LA SOURCE VIVE

AYN RAND

LA SOURCE VIVE

Roman

Traduit de l'anglais par
JANE FILLION

PLON

www.plon.fr

TITRE ORIGINAL
The Fountainhead

I

DOMINIQUE

Ce livre est un témoignage de la profonde admiration que j'éprouve pour cette magnifique profession qu'est l'architecture, pour ses humbles héros qui ont fait don à l'humanité de quelques-unes des plus hautes expressions du génie humain, et qui sont, pour la plupart, demeurés inconnus.

Je tiens également à exprimer ma gratitude aux architectes qui m'ont si aimablement prêté leur concours pour toutes les questions techniques.

Les personnages et les faits décrits dans cet ouvrage sont purement fictifs. Il en est de même des articles de journaux qui furent inventés et utilisés par moi dans mon premier projet de ce récit, il y a cinq ans, et qui ne se rapportent en rien à des journaux paraissant actuellement.

Ayn RAND.

Le 10 mars 1943.

PREMIÈRE PARTIE

PETER KEATING

1.1

Howard Roark se mit à rire.

Il se dressait, nu, au sommet de la falaise. A ses pieds, le lac immobile. Un jet pétrifié de granit s'élançait vers le ciel, au-dessus des eaux tranquilles. L'eau semblait inerte, le roc frémissant. Le roc avait cette sorte d'immobilité qu'on observe parfois lorsque deux forces égales s'affrontent et qu'il s'établit une pause plus dynamique que le mouvement. La pierre vivait, chaude de soleil.

Vu d'en haut, le lac apparaissait comme un mince disque d'acier coupant le roc en deux. On sentait la pierre s'enfoncer, inaltérable, dans les profondeurs. La pierre commençait et finissait en plein ciel, et tout ce paysage semblait suspendu dans l'espace, une île ne flottant sur rien, ancrée aux pieds de l'homme debout sur la falaise.

Il se profilait sur le ciel. Son corps était allongé, anguleux, chaque courbe interrompue par un plan. Il se tenait droit, ses mains pendaient, paumes ouvertes. Il sentait ses omoplates se toucher, son cou se raidir, le sang affluer à ses mains et le vent passer sur son dos creusé. Le vent faisait flotter ses cheveux, des cheveux qui n'étaient ni blonds ni roux, mais exactement de la couleur d'une orange bien mûre.

Il riait en pensant à ce qui lui était arrivé le matin même et à ce qui en résulterait.

Il savait que l'avenir serait difficile, qu'il lui fallait le regarder en face et préparer un plan d'action. Il savait parfaitement qu'il aurait dû l'envisager. Mais il sentait qu'il ne penserait à rien, parce que tout était parfaitement clair dans son esprit, que ses plans étaient établis depuis longtemps, et qu'il n'avait envie que de rire.

Il essaya de réfléchir, mais il oublia tout, en contemplant le granit.

Il ne riait plus, tandis que son regard prenait conscience de ce qui l'entou-

13

rait. Son visage était comparable à une loi de la nature, quelque chose qu'on ne peut ni interroger, ni altérer, ni implorer. Ses joues maigres se creusaient au-dessous de pommettes saillantes; ses yeux gris étaient calmes et froids, sa bouche dédaigneuse, étroitement close; la bouche d'un saint ou d'un bourreau.

Contemplant le granit, il eut la vision des blocs taillés, d'un mur qui s'élevait. Un arbre! Il le vit scié, réduit en planches. Et devant une trace de rouille sur la pierre, il pensa au minerai de fer, il le vit fondu, coulé, et des poutrelles d'acier se profilant sur le ciel.

« Ces rocs, se dit-il, sont ici pour moi, prêts à obéir à la foreuse, à la dynamite et à ma voix, ils attendent d'être déchirés, broyés, amalgamés, prêts à prendre la forme que ma main choisira de leur donner. »

Il secoua brusquement la tête, car il venait de se rappeler ce qui s'était passé le matin et tout ce qu'il avait encore à faire. Il s'approcha du bord de la falaise, leva les bras et plongea dans le ciel, au-dessous de lui.

Il nagea droit à la rive opposée et se retrouva à l'endroit où il avait laissé ses vêtements. Il jeta autour de lui un regard plein de regret. Au cours des trois années qu'il venait de passer à Stanton, c'était ici qu'il accourait, chaque fois qu'il pouvait dérober une heure à son travail, ce qui n'arrivait pas souvent, pour nager, se reposer, réfléchir, se sentir seul et bien vivant. Et aussitôt que la liberté lui avait été rendue, la première chose qu'il avait faite avait été d'y revenir, car il savait qu'il y venait pour la dernière fois. Ce matin même, il avait été expulsé de la Section d'Architecture de l'Institut de Technologie de Stanton.

Il se vêtit rapidement d'une chemise à manches courtes à laquelle manquaient la plupart des boutons, d'un vieux pantalon et d'une paire de sandales. Et, par un étroit passage entre les rochers, il parvint à un sentier qui traversait une pente herbeuse et se retrouva sur la grand-route.

Il marchait rapidement, avec une souple et nonchalante aisance, sur la route ensoleillée. Dans le lointain, étalée sur la côte du Massachusetts, on apercevait Stanton, petite ville dont le but le plus clair était de servir d'écrin à cette gemme précieuse qu'était le vaste institut qui se dressait sur une colline, un peu à l'écart.

La ville commençait par un dépôt d'ordures ménagères, vaste remblai grisâtre qui fumait faiblement, tandis que des boîtes de conserves vides brillaient au soleil. Les premières maisons apparurent, puis l'église, un édifice de bois, d'inspiration gothique, peint d'un bleu criard, orné d'arcs-boutants massifs qui ne supportaient rien, et de vitraux lourdement incrustés de meneaux de pierre artificielle. De là partaient de longues rues bordées de jardins exigus et prétentieux. Au fond de ces jardins, s'élevaient des maisons en bois, aux formes torturées, surchargées de pignons, de tourelles, de lucarnes, alourdies de porches, écrasées sous d'immenses toits inclinés. Des rideaux blancs flottaient aux fenêtres. On voyait, devant une porte de service, une boîte à ordures débordante. Etendu sur un coussin, devant un seuil, un vieux pékinois bavait, la gueule pendante. Entre les deux colonnes d'un portique, du linge mis à sécher flottait dans le vent.

Les gens se retournaient sur le passage d'Howard Roark. Certains, le suivant du regard, sentaient s'éveiller en eux une brusque hostilité. C'était un sentiment irraisonné, tout instinctif qu'il inspirait à la plupart des gens. Howard Roark, lui, ne voyait personne. Pour lui, les rues étaient vides et il s'y serait promené nu sans la moindre gêne.

Il traversa le cœur de Stanton, une large place bordée de magasins. Des banderoles, dans les vitrines, portaient les mots : Bienvenue a la classe 22 ! Bonne chance a la classe 22 ! Les cours, pour la classe 22, commençaient cet après-midi même à l'Institut de Technologie.

Roark s'engagea dans une rue adjacente tout au bout de laquelle, sur une petite éminence, au-dessus d'un ravin verdoyant, se dressait la maison de Mrs. Keating. C'était chez elle qu'il avait logé pendant les trois années qui venaient de s'écouler.

Mrs. Keating était sur la galerie, soignant un couple de canaris dont la cage était accrochée à la balustrade. Sa petite main grasse s'arrêta à mi-chemin et elle se mit à observer Roark avec une intense curiosité. Elle s'efforça de donner à son visage l'expression de sympathie qui convenait, mais ne parvint qu'à révéler l'effort qu'elle faisait.

Roark passait le porche sans même la remarquer. Elle l'arrêta.

– Mr. Roark !

– Oui ?

– Mr. Roark, je suis vraiment navrée au sujet... (elle hésita volontairement) au sujet de ce qui est arrivé ce matin.

– Quoi donc ?

– Votre expulsion de l'Institut. Je ne puis vous dire combien j'en suis désolée et je tenais à ce que vous le sachiez.

Il restait là, à la regarder, exactement comme s'il ne la voyait pas. Non, se dit-elle, ce n'est pas tout à fait cela. Il regardait toujours les gens avec acuité et l'on sentait que rien ne lui échappait. Mais il vous donnait l'impression que vous n'existiez pas. Il continuait de la regarder, et il n'avait certainement pas l'intention de répondre.

– Mais ce que je dis toujours, continua-t-elle, c'est que ceux qui souffrent le font par leur faute. Vous serez évidemment obligé de renoncer à l'architecture, mais après tout un jeune homme peut toujours gagner sa vie comme employé, vendeur ou Dieu sait quoi.

Il reprit sa marche vers la porte.

– Oh, Mr. Roark !

– Oui ?

– Le doyen vous a appelé au téléphone.

Cette fois, elle s'attendait à le voir témoigner quelque émotion, à le voir perdre contenance. Et, sans savoir pourquoi, elle avait toujours désiré, depuis qu'elle le connaissait, le voir perdre contenance.

– Oui ?

– Le doyen, répéta-t-elle d'un air incertain, s'efforçant de l'impressionner. Le doyen lui-même, par la voix de sa secrétaire, bien entendu.

– Et alors ?

– Elle m'a recommandé de vous dire que le doyen veut vous voir aussitôt que vous serez rentré.

– Merci.

– A votre avis, pourquoi veut-il vous parler maintenant?

– Je n'en sais rien.

Il avait bien dit «Je n'en sais rien», mais elle comprenait parfaitement que cela voulait dire «Je m'en fous». Elle le regarda d'un air incrédule.

– A propos, continua-t-elle, bien qu'il n'y eût aucun rapport apparent dans ce qu'elle allait dire avec les phrases précédentes, Peter est diplômé aujourd'hui.

– Aujourd'hui? Ah oui, c'est vrai.

– C'est un grand jour pour moi. Quand je pense combien je me suis privée et combien j'ai travaillé pour que mon fils puisse faire des études... Non pas que je me plaigne, ce n'est pas mon genre. Peter est un garçon brillant.

Elle se redressa. Son corps court et épais était si fortement corseté sous les plis amidonnés de sa robe d'indienne, que l'excès de graisse semblait refoulé aux poignets et aux chevilles.

– Bien entendu, continua-t-elle très vite, avec l'intérêt qu'elle apportait à ce sujet de conversation, bien entendu, ce n'est pas mon genre de me vanter. Il y a des mères qui ont de la chance et d'autres qui n'en ont pas. Nous recevons tous la place que nous méritons. Observez bien Peter depuis aujourd'hui. Ce n'est pas que je désire que mon fils se tue de travail, et je remercie le Seigneur du moindre de ses succès, mais si cet enfant ne devient pas le plus grand architecte des Etats-Unis, sa mère en sera bien étonnée.

Roark reprit sa marche vers la maison.

– Mais à quoi est-ce que je pense de bavarder ainsi avec vous et de vous retenir, dit-elle gaiement. Le doyen vous attend. Vous n'avez que le temps de vous changer et de partir.

Elle suivit du regard sa silhouette dégingandée, le regarda traverser le salon si net et si ordonné. Elle éprouvait toujours, lorsqu'il était dans la maison, une vague appréhension. Elle n'aurait nullement été étonnée, bien qu'il n'eût jamais rien fait de pareil, s'il avait, d'un coup de main, balayé ses tables gigognes, ses vases chinois et ses photographies encadrées.

Roark gravit l'escalier, pénétra dans sa chambre. C'était une pièce vaste et nue que ses murs passés à la chaux rendaient lumineuse. Mrs. Keating n'avait jamais eu l'impression que Roark y vivait réellement. Il n'avait pas ajouté le plus petit objet au mobilier sommaire qu'elle lui avait fourni; pas une gravure, pas un insigne, rien de personnel. Il n'avait rien apporté d'autre que ses vêtements et ses dessins; très peu de vêtements et beaucoup de dessins. Ils étaient entassés dans un coin de la chambre. Mrs Keating se surprenait parfois à penser que c'était eux qui vivaient dans cette pièce, et non lui.

Roark se dirigea vers ses dessins; n'était-ce pas la chose la plus importante à emballer. Il en prit un, un autre, un autre encore. Et il se prit à les étudier.

Jamais des constructions pareilles à celles que représentaient ces dessins n'avaient été édifiées. Elles faisaient penser à la première maison qu'aurait construite le premier homme qui n'aurait jamais vu d'autres constructions. Il n'y avait rien de spécial à en dire, sauf que chaque trait de crayon était inévitable, qu'il était exactement ce qu'il devait être. Ce n'était pas là l'œuvre d'un homme travaillant laborieusement, disposant portes, fenêtres et colonnes selon ce que sa fantaisie lui conseillait et ce que la tradition lui permettait. C'était une entité qui avait jailli de terre, de quelque source profonde, achevée, parfaite, inaltérable. La main qui avait tracé ces lignes incisives avait encore beaucoup à apprendre, mais pas un trait de crayon n'était superflu, par une surface nécessaire oubliée. Le dessin paraissait simple et dépouillé mais, à le regarder plus attentivement, on découvrait par quel métier, par quelle complexité de moyens et par quelle tension d'esprit, l'artiste était arrivé à cette simplicité. Aucune tradition n'en avait inspiré le plus petit détail. Ces constructions n'étaient ni classiques, ni gothiques, ni Renaissance. Elles étaient simplement « Howard Roark ».

Il s'arrêta plus longuement à un de ses dessins. C'en était un dont il n'avait jamais été entièrement satisfait. Il l'avait exécuté comme un exercice qu'il se donnait à lui-même, en dehors de ses travaux à l'école. Il choisissait un site, puis imaginait le genre de construction qu'il voudrait voir s'y élever. Il avait passé des nuits devant ce projet, se demandant où était l'erreur. Le regardant de nouveau, à l'improviste, il vit la faute qu'il avait commise.

L'étalant sur sa table à dessiner, il se pencha et se mit à sabrer à grands traits son épure si nette. A un moment donné il s'arrêta et contempla intensément son dessin, s'appuyant fortement sur la table du bout des doigts. Ses mains longues, aux veines apparentes, étaient osseuses et fortement charpentées.

Une heure plus tard, on frappa à la porte.

— Entrez! cria-t-il sans cesser de travailler.

— Mr. Roark! s'exclama Mrs. Keating le regardant avec stupeur. Que faites-vous, au nom du ciel?

Il se tourna vers elle et la regarda, s'efforçant visiblement de se rappeler qui elle était.

— Et le doyen! gémit-elle. Le doyen qui vous attend!

— Oh, dit Roark. Oui. J'ai oublié.

— Vous avez... oublié?

— Oui.

Elle comprit, à sa voix, qu'il était étonné de son étonnement à elle.

— Eh bien, tout ce que je peux dire, c'est que ça vous ressemble. Oui, vraiment, cela vous ressemble. Et avec la séance inaugurale qui commence à quatre heures et demie, comment voulez-vous qu'il ait le temps de vous recevoir!

— Je pars à l'instant, Mrs. Keating.

Ce n'était pas la curiosité seule qui la faisait le harceler. C'était aussi une peur secrète que la décision du Comité pût être rapportée. Il se dirigea vers la salle de bains, à l'autre bout du hall. Elle le regarda se laver les mains, mettre un semblant d'ordre dans ses cheveux souples et lisses. Il était presque au bas de l'escalier avant qu'elle eût réalisé qu'il partait.

— Mr. Roark! s'exclama-t-elle, désignant du doigt ses vêtements. Vous n'allez pas partir comme ça?

— Pourquoi pas?

— Mais c'est votre doyen!

— Il ne l'est plus, Mrs. Keating.

Elle réalisa, non sans stupeur, qu'il disait cela avec joie.

L'Institut de Technologie était bâti sur la hauteur et dressait ses murs crénelés comme une couronne au-dessus de la ville. Il avait l'aspect d'une forteresse médiévale à laquelle on aurait ajouté une cathédrale gothique. La forteresse était éminemment adaptée à ses fonctions, avec ses épais murs de brique, ses étroites meurtrières juste assez larges pour une sentinelle, ses remparts derrière lesquels pouvaient se dissimuler des archers et ses tours d'angles du haut desquelles on pouvait verser de la poix bouillante, en admettant qu'une attaque pût être dirigée contre un institut de technologie. La cathédrale le dominait, dans sa robe de dentelle, fragile défense contre deux grands ennemis, l'air et la lumière.

Le cabinet du doyen ressemblait à une chapelle, faiblement éclairée par une haute fenêtre ornée de vitraux. Une lumière crépusculaire passait à travers les robes des saints aux membres bizarrement contournés. Un rayon rouge et un rayon pourpre tombaient respectivement sur deux authentiques gargouilles placées aux deux angles d'une cheminée dans laquelle on n'avait jamais allumé aucun feu. Un rayon vert tombait sur une reproduction du Parthénon, au-dessus de la cheminée.

Lorsque Roark pénétra dans le cabinet, les contours extérieurs de la silhouette du doyen flottaient vaguement derrière un bureau sculpté comme un confessionnal. C'était un homme petit et grassouillet dont les chairs débordantes étaient tenues en respect par une dignité inattaquable.

– Ah, vous voilà, Roark, dit-il en souriant. Asseyez-vous, je vous prie.

Roark obéit. Le doyen se croisa les mains sur le ventre et attendit le plaidoyer qu'il prévoyait. Rien ne vint. Le doyen s'éclaircit la voix.

– Je pense qu'il est inutile que je vous dise à quel point je regrette le malheureux incident qui s'est déroulé ce matin, car vous connaissez l'intérêt sincère que je vous porte.

– Tout à fait inutile, dit Roark.

Le doyen lui jeta un coup d'œil, puis continua :

– Bien entendu, je n'ai pas voté contre vous. Je me suis entièrement abstenu. Mais vous serez peut-être heureux d'apprendre que vous aviez, à notre réunion, un petit groupe de défenseurs énergiques. Un petit groupe, mais bien décidé.

» Votre professeur de technique a rompu une lance en votre faveur ; le professeur de mathématiques également. Malheureusement, ceux qui ont estimé de leur devoir de voter contre vous ont été de beaucoup plus nombreux. Le professeur Peterkin a résolu la question. Il est allé jusqu'à nous menacer de donner sa démission si vous n'étiez pas expulsé. Vous vous rendez compte, j'espère, que vous avez donné au professeur Peterkin toutes raisons de se plaindre.

– Certainement.

– Voilà où a été votre erreur, votre attitude envers l'étude du dessin architectural. Vous n'avez jamais accordé à cette branche l'attention qu'elle méritait. D'un autre côté vous excelliez dans toutes les branches techniques. Bien entendu, personne ne songerait à nier l'importance des études techniques pour un futur architecte, mais pourquoi aller aux extrêmes. Pourquoi négli ger ce que nous pourrions appeler le côté artistique, tout d'inspiration de votre profession, et concentrer tous vos efforts sur le côté technique, sèchement mathématique ? Vous aviez l'intention de devenir architecte et non ingénieur civil.

— Est-ce que tout cela est bien utile ? demanda Roark. Ce qui est passé est passé. A quoi bon discuter de mon travail maintenant.

— Je m'efforce de vous aider, Roark. Et si vous êtes juste, vous reconnaîtrez que vous aviez reçu plusieurs avertissements à ce sujet.

— C'est exact.

Le doyen s'agita dans son fauteuil. Roark le faisait se sentir mal à l'aise et cependant l'attitude du jeune homme était parfaitement polie. « Voyons, se dit le doyen, il n'y a rien d'incorrect dans la façon dont il me regarde, son expression est déférente et attentive, et cependant j'ai l'impression qu'il ne me voit pas. »

— Qu'avez-vous fait des problèmes qu'on vous donnait à résoudre, des projets qu'on vous demandait de dessiner ? continua le doyen. Vous les avez tous exécutés dans ce... je ne peux pas appeler cela un style, selon cette invraisemblable conception qui est la vôtre. Conception contraire à tous les principes que nous nous sommes efforcés de vous inculquer, contraire à toute école et à toute tradition en art. Vous estimez probablement que vous êtes de l'école moderne. Mais votre travail ne relève même pas de l'école moderne, c'est de la pure insanité si j'ose dire.

— Je vous en prie.

— Lorsqu'ils vous demandaient de dessiner un projet en vous laissant le choix du style, et que vous leur présentiez une de vos élucubrations, vos professeurs laissaient passer la chose. Mais lorsqu'il s'agissait d'une étude de style, une chapelle Tudor par exemple ou un théâtre s'inspirant de l'Opéra de Paris, et que vous en faisiez quelque chose qui ressemblait à des boîtes posées les unes au-dessus des autres sans rime ni raison, était-ce de la conscience dans le travail ou pure insubordination ?

— C'était de l'insubordination, dit Roark.

— Nous voulions malgré tout vous donner une chance, en considération de votre brillant travail dans les autres branches. Mais quand vous en êtes arrivé à ceci (le doyen frappa de la main une grande feuille de papier étalée sur son bureau), pour représenter une villa Renaissance, le sujet de votre dernier concours de l'année, cette fois réellement, mon ami, c'en était trop !

Le projet était celui d'une maison de verre et de béton. Dans un angle, incisive, anguleuse, se détachait la signature : Howard Roark.

— Comment pouviez-vous espérer, après cela, passer dans une classe supérieure ?

— Je ne l'espérais pas.

— C'est vous qui nous avez forcé à agir comme nous le faisons. Evidemment, vous nous en voulez en ce moment, mais...

— Je n'éprouve rien de pareil, dit Roark tranquillement. Je vous dois des excuses. Il est rare que je me laisse prendre ainsi. Cette fois, j'ai commis une erreur. Je n'aurais jamais dû me laisser expulser. J'aurais dû partir depuis longtemps.

– Allons, allons, ne vous laissez pas aller au découragement. Ce n'est pas l'attitude que j'attends de vous, surtout étant donné ce que j'ai encore à vous dire.

Le doyen sourit et s'installa confortablement, tout réjoui à l'idée de faire une bonne action.

– J'en arrive maintenant au véritable but de cet entretien. Je désirais vous parler le plus tôt possible, car je ne voulais pas vous voir partir découragé. Je me suis évidemment exposé à la colère du Président, mais enfin... Comprenez-moi bien, il ne s'est pas engagé, mais cependant... Voilà où en sont les choses : maintenant que vous avez compris à quel point tout cela était sérieux, si vous preniez une année de repos, pour réfléchir, dirons-nous, nous pourrions éventuellement envisager de vous reprendre. Comprenez-moi bien, je ne vous promets rien, tout cela n'est absolument pas officiel, et contre toute règle, mais, étant donné les circonstances et les brillants succès que vous avez remportés dans certaines branches, je crois pouvoir vous affirmer que vous auriez beaucoup de chance d'être repris.

Roark sourit. Ce n'était pas un sourire de joie, pas plus que de reconnaissance. Il sourit simplement parce que toute cette histoire l'amusait.

– Je ne crois pas que vous me compreniez, dit Roark. Qu'est-ce qui a pu vous faire supposer que j'éprouverais le désir de revenir ?

– Comment ?

– Je n'en ai aucune envie. Je n'ai plus rien à apprendre ici.

– Je ne vous comprends pas, dit le doyen sèchement.

– Est-ce bien nécessaire que je m'explique. Quel intérêt cela peut-il avoir pour vous ?

– Je vous demande de vous expliquer.

– Très bien. Je veux être architecte et non archéologue. Je n'ai aucun intérêt à faire des projets de villas Renaissance. Pourquoi apprendre à en dessiner, puisque je n'en construirai jamais.

– Mon cher enfant, le grand style de la Renaissance est loin d'être mort et l'on construit chaque jour des maisons de ce style.

– On en construit et on en construira, mais moi je n'en construirai pas.

– Allons, allons, tout cela est enfantin.

– Je suis venu ici pour apprendre tout ce qui a trait à la construction. Lorsqu'on me donne un projet à exécuter, le seul intérêt qu'il présente pour moi est de le traiter comme je le ferais si je devais le faire construire. J'ai appris tout ce qu'il me fallait apprendre ici des études techniques que vous n'approuvez pas. Employer une année de plus à dessiner des cartes postales italiennes ne m'apprendrait rien.

Une heure auparavant, le doyen avait secrètement formulé le vœu que cet entretien se passât aussi calmement que possible. Maintenant, il en venait à désirer que Roark fît montre de quelque émotion. Un calme pareil ne lui semblait pas naturel.

– Vous voulez vraiment me faire croire que vous pensez sérieusement à exécuter de telles choses si vous devez jamais architecte ?

– Oui.

– Mon pauvre ami, qui vous y aidera ?

– La question n'est pas là. Qui m'en empêchera ?

– Voyons, écoutez-moi. Tout ceci est très important, et je regrette de n'avoir pas eu depuis longtemps avec vous une conversation sérieuse à ce sujet... Je sais, je sais, je sais, ne m'interrompez pas. Vous allez me dire que vous avez vu certains édifices modernes et que vous vous êtes fait une théorie à ce sujet. Mais vous rendez-vous compte que ce soi-disant mouvement moderne n'est qu'une fantaisie passagère ? Vous devez absolument apprendre à comprendre, puisque cela a été prouvé par toutes les autorités en la matière, que tout ce qu'il y a de beau en architecture a déjà été fait. Il y a un trésor inépuisable dans chacun des styles du passé. Nous n'avons qu'à choisir parmi les grands maîtres. Qui sommes-nous pour les dépasser ? Nous ne pouvons qu'essayer, respectueusement, de les imiter.

– Pourquoi ? demanda Howard Roark.

« Non, pensa le doyen, il n'a rien dit de plus. C'est un mot parfaitement innocent. Il ne m'insulte pas. »

– Mais c'est l'évidence même, dit le doyen.

– Regardez, dit Roark calmement en indiquant d'un geste la fenêtre. Vous voyez d'ici la cour de l'Institut et la ville. Des hommes en grand nombre s'y promènent et y vivent. Je ne me préoccupe absolument pas de ce qu'ils pensent de l'architecture, pas plus que d'autre chose d'ailleurs. Pourquoi me préoccuperais-je de ce que leurs ancêtres en pensaient.

– Mais c'est justement en cela que réside la tradition.

– Mais pourquoi ?

– Au nom du ciel, ne pourriez-vous pas cesser de répéter cette question stupide.

– Mais c'est que je ne comprends pas ! Pourquoi voulez-vous absolument que je pense que ceci est de la grande architecture ?

Il désignait du doigt le Parthénon.

– Ceci, répondit simplement le doyen, c'est le Parthénon.

– Je le sais bien.

– Et je n'ai pas de temps à perdre pour répondre à des questions stupides.

– Bon, dit Roark qui se leva, prit une longue règle sur le bureau et se dirigea vers la reproduction du Parthénon. Laissez-moi vous démontrer ce qu'il a d'imparfait.

– Voyons, répéta le doyen, c'est le Parthénon !

– Eh, oui, je le sais bien, c'est ce sacré Parthénon, dit Roark. (Il montra la gravure du bout de la règle.) Regardez bien, dit-il. Ces fameuses cannelures sur ces fameuses colonnes, pourquoi les y a-t-on faites ? Pour dissimuler les jointures du bois. Car c'est ce qu'on faisait lorsque les colonnes étaient faites de bois. Seulement voilà, celles-ci sont en marbre. Et les triglyphes ! Qu'est-ce que les triglyphes, sinon une façon de tailler les poutres des premières habitations construites en bois. Vos fameux Grecs, eux, utilisèrent le marbre, mais ils ne firent que copier les procédés employés pour les constructions de bois. Puis vos fameux maîtres de la Renaissance arrivèrent et ils se mirent à faire des copies en plâtre d'après des copies en marbre de construction en bois. Et vous voudriez maintenant que nous fassions des copies en fer et en béton de copies en plâtre d'après des copies en marbre de constructions de bois. Pourquoi ?

Le doyen observait Roark avec curiosité. Il était surpris, non par ce que celui-ci disait, mais par sa manière de le dire.

– Des lois ! dit encore Roark. Voici la mienne : ce qui a été fait dans une certaine matière ne doit jamais être refait dans une autre. Il n'y a pas deux matières pareilles, comme il n'y a pas deux sites semblables. Pas plus que deux constructions ayant exactement le même but. Le but, le site et la matière employée déterminent la forme. Rien de solide, rien de beau ne peut être édifié si l'on ne part pas d'une idée centrale et c'est de cette idée que découlent tous les détails. Un édifice vit, comme un être humain. Pour être lui-même il doit suivre sa propre vérité, son propre thème, être prêt à remplir son propre but. Pas plus qu'un être humain, un bâtiment n'est fait de pièces détachées. Son créateur lui donne une âme, et chaque mur, chaque fenêtre, chaque dégagement en est l'expression.

– Mais toutes les formes possibles d'expression ont été découvertes il y a longtemps.

– L'expression de quoi ? Le Parthénon ne remplissait pas le même but que ses ancêtres de bois. Et une piste d'atterrissage d'avion ne remplit pas le même but que le Parthénon. Chaque forme nouvelle a sa propre signification, comme chaque être humain a sa propre raison d'être, sa propre forme, son propre but. Pourquoi attache-t-on tant d'importance à ce que les autres ont fait ? Pourquoi cela nous devient-il sacré pour la simple raison que ce n'est pas nous qui l'avons fait ? Pourquoi ont-ils raison simplement parce qu'ils ne sont pas nous ? Pourquoi prennent-ils la place de la vérité ? Pourquoi fait-on de la vérité une simple question d'arithmétique à laquelle nous ne pouvons ajouter que des additions ? Pourquoi devons-nous faire des choses absurdes pour suivre une loi donnée ? Il doit y avoir une raison. Mais je l'ignore. Je l'ai toujours ignorée. Et je voudrais comprendre.

– Au nom du ciel, dit le doyen, asseyez-vous... Là, ça va mieux... Cela ne vous ferait rien de poser cette règle... Merci... Et maintenant, écoutez-moi. Personne n'a jamais discuté l'importance, pour un architecte, de tout connaître de la technique moderne. Nous devons apprendre à adapter les beautés du temps passé aux nécessités des temps présents. La voix du passé est la voix de l'humanité. En architecture, rien n'a jamais été créé par un homme isolé. Dans ce domaine, l'évolution est lente, graduelle, anonyme, collective. Chacun y collabore parmi les autres et se subordonne lui-même aux désirs de la majorité.

– Mais comprenez donc, dit Roark calmement. J'ai, disons, une soixantaine d'années à vivre. J'en passerai la plus grande partie à travailler. J'ai choisi le travail que j'aime. Si je n'y trouve pas de joie, je me condamne tout simplement à soixante ans de torture. Or, pour trouver de la joie dans mon travail, il faut que je l'accomplisse aussi bien que possible. Et pour cela il me faut suivre ma propre inspiration. Je ne suis l'héritier de rien. Je refuse d'être l'aboutissement d'une tradition. Je suis peut-être le début d'une autre.

– Quel âge avez-vous ? demanda le doyen.

– Vingt-deux ans, répondit Roark.

– Cela explique bien des choses, dit le doyen, et il parut soulagé. Vous surmonterez tout cela. (Il sourit.) Nos traditions existent depuis des milliers d'années et personne n'est parvenu à les améliorer. Et que sont vos modernes ? Des exhibitionnistes s'efforçant d'attirer l'attention par une mode transitoire. Avez-vous observé leurs carrières. En connaissez-vous un qui soit vraiment arrivé à quelque chose ? Regardez Henry Cameron. Il y a vingt ans, on en parlait comme d'un grand homme, d'un précurseur. Qu'est-il devenu ? Un pauvre type, trop heureux d'avoir, une fois par hasard, un garage à refaire ; un ivrogne qui...

– Je préfère ne pas parler d'Henry Cameron.

– C'est un de vos amis ?

– Non. Mais je connais ses œuvres.

– Et vous les trouvez...

– Je vous en prie, ne parlons pas d'Henry Cameron.

– Parfait. Vous vous rendez compte, j'espère, que je fais preuve envers vous de beaucoup... disons... de patience. Je ne suis pas habitué à soutenir une discussion avec un étudiant qui se comporte comme vous le faites. Cependant, j'ai le plus grand désir de prévenir, s'il est possible, ce qui m'apparaît comme une véritable tragédie, le spectacle d'un jeune homme évidemment doué, se préparant délibérément à gâcher sa vie.

Le doyen se demanda pourquoi il avait promis au professeur de mathématiques de faire tout ce qu'il pourrait pour ce garçon. Probablement parce que ce professeur lui avait dit, en désignant le projet de Roark : « Il y a là un grand talent. » Un génie, se demanda le doyen, ou un criminel ? Il fronça le sourcil. Au fond, il redoutait autant l'un que l'autre.

Il évoqua ce qu'il savait du passé de Roark. Le père de ce dernier était corroyeur quelque part dans l'Ohio et était mort il y avait longtemps. Les papiers du jeune homme, lors de son entrée à l'Institut, ne portaient aucune indication d'une famille quelconque. Questionné à ce sujet, Roark avait répondu avec la plus complète indifférence : « Je ne crois pas avoir de proches parents. J'en ai peut-être, mais je l'ignore. » Il avait paru étonné qu'on s'attendît à ce qu'il montrât quelque intérêt à la question. Il ne s'était pas fait un seul ami à l'Institut, avait refusé de faire partie d'une association. Il n'avait jamais cessé de travailler, ni au collège, ni pendant les trois ans qu'il avait passés à l'Institut. Il était entré très jeune dans le travail du bâtiment, successivement plâtrier, plombier, mécanicien, acceptant n'importe quel travail, allant d'une petite ville a l'autre, se dirigeant vers l'est, vers les grandes villes. Le doyen l'avait vu de ses propres yeux, au cours des dernières vacances d'été, attrapant au vol des rivets, sur un gratte-ciel en construction, à Boston. Son long corps souple à l'aise dans des bleus maculés, le regard attentif, son bras droit se détendant, adroitement, au moment voulu, pour attraper la balle de feu au moment précis où il semblait que le rivet brûlant allait manquer son but et le frapper en plein visage.

– Ecoutez-moi, Roark, dit le doyen avec bonté. Vous avez travaillé dur pour vous instruire. Et il ne vous reste plus qu'une année à faire. Il y a des choses qui doivent être prises en considération, spécialement par un garçon dans votre condition. Il vous faut absolument envisager le côté pratique de la carrière d'architecte. Un architecte n'est pas une fin en lui-même. Il n'est qu'une petite entité dans une vaste organisation sociale. La coopération est le mot de passe de notre monde moderne, et spécialement en architecture. Avez-vous déjà pensé à vos clients éventuels ?

– Oui, dit Roark.

– Le Client, dit le doyen. Le Client. C'est à lui que vous devez penser avant tout. C'est lui qui vivra dans la maison que vous construirez. Votre unique but doit être de le servir. Vous devez avant tout aspirer à donner la forme artistique qui convient aux désirs qu'il exprime. Est-ce que cela ne résume pas la question ?

– Mon Dieu, je pourrais à la rigueur dire que j'aspire à construire pour mon client la maison la plus confortable, la plus harmonieuse et la plus belle. Je pourrais dire que je m'efforcerai de lui vendre ce que j'ai de mieux et de lui apprendre à apprécier ce qui est beau. Je pourrais le dire, mais je ne le dirai pas. Parce que, en réalité, je n'ai pas l'intention de créer pour servir ou pour aider qui que ce soit. Je n'ai pas l'intention de construire pour acquérir des clients. Je chercherai des clients afin de pouvoir construire.

– Et comment ferez-vous pour leur imposer vos idées ?

– Je n'ai pas l'intention de forcer ni d'être forcé. Ceux qui m'apprécieront viendront à moi.

Brusquement le doyen comprit ce qui l'avait surpris dans les manières de Roark.

– Savez-vous, dit-il, que vous seriez infiniment plus convaincant si vous donniez l'impression que vous vous souciez qu'on vous approuve ou non.

– C'est exact, reconnut Roark. Je ne me soucie pas que vous m'approuviez ou non.

Il dit cela si simplement que cela n'avait rien d'offensant. C'était simplement l'énoncé d'un fait dont il prenait conscience, avec étonnement, pour la première fois.

– Vous ne vous souciez pas de ce que pensent les autres, ce qui, à la rigueur, peut se comprendre. Mais vous ne semblez même pas vous soucier de leur faire partager votre point de vue.

– En effet.

– Mais... c'est monstrueux.

– Vraiment ? Peut-être. Je n'en sais rien.

– Je suis enchanté de cet entretien, déclara brusquement le doyen d'une voix trop forte. Il a allégé ma conscience. Maintenant je suis persuadé, comme on l'a déclaré ce matin à notre réunion, que l'architecture n'est pas une profession pour vous. J'ai d'abord essayé de vous aider. Mais maintenant je partage les vues du Comité. Vous n'êtes pas un homme à encourager. Vous êtes dangereux.

– Pour qui ? demanda Roark.

Le doyen se leva, indiquant par là que l'entretien était terminé.

Roark quitta la pièce. Il suivit les longs couloirs, descendit l'escalier, traversa les jardins. Il avait rencontré plusieurs fois des hommes semblables au doyen. Il ne les avait pas compris. Il savait seulement qu'entre les mobiles de leurs actes et les siens, il y avait une grande différence. Il y avait longtemps que cela avait cessé de le tourmenter. Et aussi bien qu'il cherchait toujours l'idée maîtresse dans une construction, il cherchait toujours à distinguer l'impulsion profonde chez l'homme. Il connaissait la source de ses propres actions ; il ne pouvait la découvrir chez eux. Mais peu lui importait. Il n'avait pas l'habitude de penser aux autres. Cependant il se demandait parfois ce qui les faisait ce qu'ils étaient. Il se le demanda une fois de plus en pensant au doyen. Il y avait là quelque chose de caché, un principe secret qu'il lui fallait découvrir.

Il s'arrêta brusquement. Les derniers rayons du soleil couchant éclairaient le calcaire gris d'une frise courant le long du mur de brique de l'Institut. Il oublia les hommes, le doyen et ses principes secrets et ne pensa plus qu'à une chose. Que la pierre était belle sous cette chaude lumière et quelle chose magnifique il aurait pu en faire !

Il vit devant lui une feuille de papier, et, s'élevant sur celle-ci, de grands murs nus de calcaire gris, coupés de longues bandes de verre, laissant entrer à flot dans les classes les rayons du soleil couchant. Et dans un coin s'élançait, anguleuse, incisive, sa signature : Howard Roark.

1.2

« ... L'Architecture, mes amis, est un très grand Art basé sur deux principes cosmiques : la Beauté et l'Utilité, eux-mêmes fondés sur ces trois entités éternelles : la Fidélité, l'Amour et la Beauté. Fidélité aux traditions de notre Art, Amour pour nos frères humains, que nous voulons servir, Beauté, ah, la beauté est une exigeante déesse pour tous les artistes, qu'elle prenne la forme d'une belle jeune femme ou d'un édifice... hum... oui... Et pour conclure, je voudrais vous dire, à vous tous qui êtes ici et qui vous préparez à entrer dans cette belle carrière de l'architecture, que vous êtes les gardiens d'un héritage sacré... hum... oui... Donc, élancez-vous dans le monde, armé de ces trois éternelles entités... armés de courage et de clairvoyance, fidèles à tout ce que cette grande école a représenté pour vous pendant tant d'années. Puissiez-vous servir fidèlement, ni comme des esclaves du passé, ni comme ces parvenus qui visent à l'originalité et dont l'attitude est faite de vanité et d'ignorance. Puissiez-vous tous avoir devant vous une vie active et bien remplie et laisser, lorsque vous partirez, la marque de vos pas sur les sables du temps ! »

Achevant son discours sur cette métaphore, Guy Francon, levant le bras droit, salua largement ; son attitude était familière, avec quelque chose de crâne et de gai que seul pouvait se permettre un Guy Francon. L'immense hall à ses pieds s'emplit du bruit des bravos et des applaudissements.

Un océan de jeunes visages, transpirants et attentifs, s'étaient solennellement tendus, pendant quarante-cinq minutes, vers la chaire d'où Guy Francon venait de faire un discours inaugural pour l'ouverture des cours de l'Institut de Technologie de Stanton. Guy Francon qui s'était dérangé personnellement à cette occasion ; Guy Francon, de la célèbre firme Francon & Heyer, vice-président de la Guilde des Architectes américains, membre de l'Académie américaine des Arts et des Lettres, membre de la Commission nationale des Beaux-Arts, secrétaire de la Société des Arts et Métiers de

New York, président de la Société pour le Développement de l'Architecture aux Etats-Unis ; Guy Francon, chevalier de la Légion d'Honneur de France, décoré par les gouvernements de Grande-Bretagne, de Belgique, de Monaco et du Siam ; Guy Francon, l'orgueil de Stanton, l'architecte qui avait construit la Frink National Bank de New York, au sommet de laquelle, à vingt-cinq étages au-dessus du sol, brûlait perpétuellement une torche de verre ondulant au vent et éclairée par les lampes les plus puissantes de la Compagnie Générale d'Electricité.

Guy Francon descendit de la chaire, parfaitement conscient de son attitude et de ses mouvements. Il était de taille moyenne et pas trop alourdi, avec cependant une légère tendance à s'épaissir. C'était un homme de cinquante et un ans auquel personne n'aurait donné son âge. Son visage n'avait pas une ride, pas la plus légère marque du temps ; ce n'était qu'une harmonieuse composition de globes, de cercles, d'arcs et d'ellipses, éclairée par des yeux petits, mais spirituels. Sa toilette était soignée jusque dans les plus petits détails. Il déplorait, en descendant les marches, que l'Institut ne fût pas une école mixte.

« Ce hall est vraiment un splendide morceau d'architecture, se dit-il. Un peu étouffant aujourd'hui, vu l'affluence des spectateurs et le fait que le problème de la ventilation a été négligé. Par contre, ses revêtements de marbre vert, rehaussés de colonnes corinthiennes en fonte dorée et de guirlandes de fruits d'or gui serpentent le long des murs, sont du plus bel effet. Les ananas, pensa Guy Francon, sont particulièrement bien réussis. N'est-ce pas touchant, se dit-il encore, de penser que c'est moi qui ai construit cette annexe et ce hall, il y a de cela vingt ans, et que je suis ici aujourd'hui. »

Le hall était à tel point empli de corps et de visages, qu'il était impossible de reconnaître au premier coup d'œil à quel corps appartenait tel visage. Ce n'était plus qu'un magma tremblotant de bras, d'épaules, de poitrines et d'estomacs. Un de ces visages, pâle, beau, avec des cheveux noirs, était celui de Peter Keating.

Il était assis au premier rang, bien en vue, les yeux constamment fixés sur la chaire, car il savait que beaucoup de gens le regardaient. Sans tourner une seule fois la tête, il ne perdait pas un instant conscience de tous ces regards posés sur lui. Ses yeux sombres étaient intelligents et vifs et il y avait, dans l'arc parfait de sa bouche sur laquelle jouait toujours l'ombre d'un sourire, quelque chose d'aimable et de généreux. Il y avait une sorte de perfection classique dans la forme de sa tête, dans la façon dont les vagues de ses cheveux naturellement ondulés s'enlevaient au-dessus de ses tempes finement creusées. Il avait l'air à la fois modeste et assuré. C'était Peter Keating, l'étudiant le plus brillant de Stanton, président du corps des étudiants, capitaine de l'équipe des coureurs, membre de l'association d'étudiants la plus importante, l'élève le plus populaire de toute l'école.

La foule était venue, se dit Peter Keating, pour le voir recevoir son diplôme, et il essaya d'estimer combien de personnes le hall pouvait contenir. On connaissait ses succès, véritables records, et il savait lui-même que personne ne le battrait. Il y avait bien Shlinker. Shlinker l'avait serré de près, mais il l'avait battu l'année précédente. Il avait travaillé comme un chien

26

pour arriver à ce résultat. Aujourd'hui, il n'avait pas de rival... Et soudain il éprouva une étrange sensation de vide ; quelque chose de glacé lui descendit de la gorge à l'estomac, et la pensée l'effleura qu'il n'était peut-être pas quelqu'un d'aussi bien que les gens se l'imaginaient. Cherchant Shlinker du regard, il retrouva son visage jaune, ses lorgnons cerclés d'or. Il le regarda avec sympathie, avec soulagement, avec gratitude. Jamais Shlinker ne l'égalerait, ni par son physique, ni par ses capacités. Il n'avait aucune raison de douter de lui-même. Il battrait toujours Shlinker et tous les Shlinker de la terre. Il ne laisserait personne le dépasser. Ils pouvaient tous le regarder. Il leur donnerait des raisons d'écarquiller les yeux. Cette foule chaude qui l'entourait, cette attente agissaient sur lui comme un tonique. Etre vivant, se dit Peter Keating, c'est une chose merveilleuse !

La tête commençait à lui tourner légèrement. C'était d'ailleurs un sentiment agréable. Ce fut ainsi qu'il monta sur l'estrade, docilement, presque inconsciemment, et qu'il fit face à tous ces visages. Il comprit, d'après les hourras, qu'il était diplômé avec honneurs, que la Guilde des Architectes américains lui avait décerné sa médaille d'or et que la Société pour le Développement de l'Architecture aux Etats-Unis lui conférait son « Prix de Paris », une bourse de quatre ans à l'Ecole des Beaux-Arts de Paris.

Maintenant, il serrait des mains, essuyant la sueur de son visage avec l'extrémité du rouleau de parchemin qu'il tenait à la main, s'inclinant, souriant, suffoquant dans sa robe noire et espérant que les gens ne remarqueraient pas trop que sa mère sanglotait en le prenant dans ses bras. Le Président de l'Institut lui serra la main en s'écriant : « Stanton sera fier de vous, mon garçon ! » Le doyen lui tenait la main en répétant : « ... un brillant avenir... un brillant avenir... un brillant avenir... » Le professeur Peterkin lui serrait la main et lui frappait sur l'épaule en disant : « ... et vous vous apercevrez que c'est là une chose essentielle ; j'en ai fait l'expérience lorsque j'ai construit l'Office des Postes à Peabody... » Keating n'écouta pas la suite, car il avait déjà entendu souvent l'histoire de l'Office des Postes de Peabody. C'était d'ailleurs, à la connaissance de tous, le seul édifice que le professeur Peterkin eût construit avant de sacrifier la pratique aux responsabilités de l'enseignement. On parla aussi beaucoup à Keating de son concours de fin d'année, le projet d'un palais des Beaux-Arts. Mais sa vie en eût-elle dépendu que Keating aurait été incapable de se souvenir d'un seul détail de ce projet.

Cependant son souvenir avait retenu la vision de Guy Francon lui serrant la main et il entendait encore le son de cette voix mélodieuse : « ... comme je vous l'ai dit, je maintiens ma proposition, mon garçon. Evidemment, maintenant que vous avez reçu cette bourse... enfin vous déciderez... un diplôme des Beaux-Arts est très important pour un jeune architecte... mais je serais enchanté de vous prendre dans mon affaire... »

Le banquet de la classe « 22 » fut long et solennel. Keating écouta les discours avec intérêt ; lorsqu'il entendait des phrases interminables sur « ces jeunes gens qui sont l'espoir de l'architecture américaine », et sur « l'avenir qui leur ouvrait ses portes d'or », il savait qu'il était de ces jeunes gens et que cet avenir était sien et cela lui était agréable de se l'entendre dire par tant de personnages éminents. Il contemplait les orateurs aux cheveux gris et se disait qu'il arriverait à leur position, et même à une situation supérieure, à un âge moins avancé.

Mais brusquement il se souvint de Howard Roark. Il s'aperçut, non sans surprise, que le seul souvenir de son nom lui procurait, sans qu'il comprît pourquoi, une sensation vive et agréable. Et soudain il se rappela : Howard Roark avait été expulsé de l'école le matin même. Il se reprocha silencieusement cette mauvaise pensée; il fit un effort sincère pour se sentir chagriné. Mais le secret sentiment de plaisir revint l'envahir à chaque fois qu'il repensait à cette expulsion. Cet incident lui prouvait de façon évidente à quel point il avait été fou d'imaginer que Roark pouvait être pour lui un dangereux rival. A un moment donné, il avait redouté Roark plus encore que Shlinker, bien que Roark fût de deux ans son cadet et dans une classe au-dessous de la sienne. S'il lui était arrivé d'avoir des doutes au sujet de leurs dons respectifs, est-ce que cette journée ne coupait pas court à tout cela ? Puis il se souvint que Roark avait été très chic pour lui, l'aidant lorsqu'il était embarrassé par un problème... pas réellement embarrassé, mais qu'il n'avait pas eu le temps de réfléchir suffisamment à la question, surtout lorsqu'il s'agissait de plans. Seigneur! quelle façon il avait de vous débrouiller un plan, ce Roark, absolument comme s'il défaisait une ficelle nouée! Et puis après? A quoi cela l'avait-il mené? Il était fichu maintenant. Et réalisant cela, Peter Keating éprouva enfin un élan très convenable de sympathie pour Howard Roark.

Lorsqu'on demanda à Keating de prendre la parole, il se leva avec aisance. Il ne voulait pour rien au monde montrer qu'il avait peur. Il n'avait exactement rien à dire sur l'architecture, mais il parla d'abondance, la tête haute, comme un égal parmi ses égaux, avec cependant suffisamment de modestie pour que les grands personnages présents ne puissent se sentir offensés. Il s'entendit dire : « L'architecture est un grand art... les yeux fixés vers l'avenir, mais avec le respect du passé dans nos cœurs... de toutes les professions, la plus importante au point de vue social... et comme l'a dit aujourd'hui celui qui est un modèle pour nous tous : les trois entités éternelles, la Fidélité, l'Amour, la Beauté... »

Plus tard, dans les couloirs, dans la bruyante confusion des adieux, un des garçons avait jeté son bras sur l'épaule de Keating et lui avait chuchoté à l'oreille : « File chez toi et libère-toi pour ce soir, Pete. Nous filons à Boston, juste notre petit groupe. Je passerai te prendre dans une heure. » Et Ted Shlinker avait ajouté : « Tu viens, n'est-ce pas, Pete ? Pas de sorties réussies sans toi. Oh, et à propos, félicitations et tout, et tout. Je ne t'en veux pas, tu sais. Place au mérite. » Keating prit Shlinker par les épaules, et le regarda, les yeux brillants d'affection, comme si Shlinker était son meilleur ami, mais ce regard-là, Keating l'avait pour tout le monde. « Merci, mon vieux Ted. Je suis honteux d'avoir reçu cette médaille de l'A.G.A. [1]. Au fond, c'est toi qui aurais dû l'avoir, mais on ne sait jamais ce qui passe par la tête de ces vieux bonzes. »

---

1. A.G.A. Architects' Guild of America; en français : Guilde des Architectes Américains.

28

Et maintenant Keating se dirigeait vers la maison au crépuscule, en se demandant comment il ferait pour laisser sa mère seule ce soir-là.

« Ma mère, se disait-il, a beaucoup fait pour moi. » Comme elle le lui répétait fréquemment, elle était de bonne famille et avait fait d'excellentes études et cependant elle avait durement travaillé, prenant même des pensionnaires, chose qui ne s'était jamais faite dans la famille.

Le père de Peter avait un commerce à Stanton. La crise avait eu raison de son affaire et une hernie avait eu raison de Peter Keating senior, il y avait de cela douze ans. Louisa Keating était restée seule avec pour toute fortune la maison dans laquelle ils habitaient et qui était située dans une rue respectable, et la petite rente, produit d'une assurance dont elle avait veillé à ce que les annuités fussent scrupuleusement versées. La rente était minime, mais avec l'aide que lui apportaient des pensionnaires et une volonté tenace, Mrs. Keating s'en était tirée. Pendant les vacances d'été, son fils l'aidait, soit en s'engageant comme secrétaire dans les hôtels, soit en posant pour la publicité chez un chapelier. Mrs. Keating avait décidé que son fils occuperait une place honorable dans la société et elle avait poursuivi ce but avec la douceur obstinée d'une sangsue. Keating se rappela, non sans ironie, qu'à un moment donné il avait voulu être peintre. Ce fut sa mère qui l'obligea à choisir une autre profession où il pût exercer son amour du dessin. « L'architecture, lui disait-elle, est une profession extrêmement honorable. De plus, elle vous donne l'occasion de rencontrer ce qu'il y a de mieux dans la société. » Elle l'avait si bien poussé dans cette voie qu'il s'y était trouvé engagé sans savoir comment. Curieux, se dit Keating, de repenser aujourd'hui à cette aspiration de jeunesse. Curieux aussi que cela lui fît un tout petit peu mal d'y repenser. Bah, après tout, c'était une nuit faite pour se souvenir... et pour oublier.

« Les architectes, se dit-il, font presque toujours de brillantes carrières. Et une fois au sommet de leur carrière, ils n'ont aucune raison d'en dégringoler. » Mais, soudain, il se souvint de Henry Cameron, qui avait commencé de construire des gratte-ciel, il y avait de cela vingt ans. Et maintenant ce n'était plus qu'un vieil ivrogne dont le bureau se trouvait dans quelque bas quartier de New York. Keating frissonna et marcha plus vite.

Il se demandait, tout en marchant, si les gens le regardaient. Il observait les rectangles lumineux des fenêtres éclairées ; lorsqu'un rideau s'écartait et qu'une tête se penchait, il se demandait si quelqu'un le suivait du regard. Non, ce n'était pas encore le cas, mais, il le savait, un jour, tout le monde le regarderait.

Lorsque Keating approcha de la maison, il découvrit Howard Roark installé sous le porche. Nonchalamment couché sur les marches de l'escalier, ses longues jambes étendues, il s'appuyait sur un coude. Un rosier grimpant s'enroulait autour des piliers du porche et formait un véritable rideau entre la maison et un réverbère allumé au coin de la rue.

Ce globe lumineux produisait un effet étrange dans cette nuit printanière. L'obscurité environnante en paraissait plus profonde et plus douce. C'était comme un trou de lumière entouré de branches au feuillage dense. La lumière artificielle rendait les feuilles plus vivantes. En en altérant la couleur, elle suggérait qu'elles seraient, à la lumière du jour, d'un vert plus vif encore. Devant ce trompe-l'œil, un nouveau sens se développait, qui n'était ni celui de l'odorat, ni celui du toucher, ni celui de la vue, mais le sens même de l'espace et du printemps.

Keating s'arrêta en reconnaissant cette absurde chevelure orange dans l'ombre du porche. Roark était exactement celui qu'il désirait voir ce soir. Il était heureux de le trouver seul et, en même temps, un tout petit peu effrayé.

– Mes félicitations, Peter, dit Roark.

– Oh... Oh, merci... balbutia Keating, surpris d'éprouver plus de plaisir à ce simple mot qu'à tous les compliments qu'il avait reçus dans la soirée.

Il était heureux et confus que Roark le félicitât et en même temps il se traita intérieurement d'idiot

– Je veux dire. Est-ce que vous savez... Est-ce ma mère qui vous l'a dit ? ajouta-t-il brusquement.

– Oui.

– Elle n'aurait pas dû !

– Pourquoi ?

– Howard, je suis vraiment désolé qu'ils vous aient...

– N'en parlons plus, dit Roark.

– Je... Je voudrais vous parler de quelque chose, Roark. Vous demander conseil. Je peux m'asseoir ?

– De quoi s'agit-il ?

Keating s'assit sur les marches à côté de lui. Il ne pouvait pas jouer la comédie en présence de Roark et d'ailleurs il n'en éprouvait pas le désir. Une feuille tomba avec un bruit léger, soyeux, estival.

Il sentit, à cet instant, qu'il avait de l'affection pour Roark ; un sentiment mêlé de susceptibilité, d'étonnement et de faiblesse.

– Peut-être pensez-vous, dit Keating avec gentillesse et avec une absolue sincérité, que ce n'est pas très chic de ma part de vous consulter au sujet de mes projets au moment où vous-même avez été...

– Je vous le répète, n'en parlons plus. De quoi s'agit-il ?

– J'ai souvent pensé, dit Keating honnêtement et d'une façon inattendue même pour lui, que vous étiez fou. Mais je sais que vous connaissez, en architecture, des choses que ces idiots ne comprendront jamais. Et je sais aussi que vous aimez votre métier cent fois davantage.

– Alors ?

– Alors, je ne sais pas pourquoi, j'ai besoin de vous, mais... Howard, je ne vous l'ai jamais dit jusqu'à présent, votre opinion m'importe infiniment plus que celle du doyen. Je me soumets aux décisions du doyen, mais ce que vous pensez signifie cent fois plus pour moi, je ne sais pourquoi. Et je ne sais pas non plus pourquoi je vous dis tout cela.

Roark se tourna vers lui, le regarda et se mit à rire. C'était un rire jeune, chaud, amical, quelque chose de si nouveau de la part de Roark, que Keating eut l'impression que quelqu'un lui prenait la main pour le rassurer et qu'il en oublia complètement que des amis l'attendaient.

– Voyons, dit Roark, vous n'avez tout de même pas peur de moi ? Qu'est-ce que vous vouliez me demander ?

– C'est à propos de cette bourse que j'ai reçue. « Le prix de Paris. »

– Oui ?

– C'est une bourse pour quatre ans. Mais d'un autre côté, Guy Francon m'a offert de me prendre avec lui, il y a déjà quelque temps. Aujourd'hui, il m'a répété que son offre tenait toujours. Et je ne sais que choisir.

Roark le regarda. Ses doigts se mouvaient doucement, tambourinant sur les marches.

– Puisque vous voulez mon avis, Peter, dit-il enfin, je vous le donnerai. Votre première erreur est de m'avoir posé cette question. Ou de la poser à n'importe qui. Il ne vous faut jamais demander l'avis des autres, au sujet de votre travail. Ne savez-vous pas ce que vous désirez ? Comment pouvez-vous supporter de ne pas le savoir ?

– Justement, ce que j'admire en vous, Howard, c'est que vous le savez toujours.

– Pas de compliments !

– Mais c'est vrai, Roark. Comment faites-vous pour toujours savoir ce que vous devez faire ?

– Et comment pouvez-vous laisser les autres en décider pour vous ?

– Mais c'est que je ne suis sûr de rien, Howard. Je ne suis jamais sûr de moi. Et je ne suis pas du tout convaincu de valoir autant qu'ils ont voulu me le faire croire aujourd'hui. C'est une chose que je n'avouerais à personne d'autre qu'à vous. Je suppose que c'est parce que vous êtes toujours tellement sûr de vous-même que je...

– Petey ! s'exclama derrière eux Mrs. Keating, Petey, mon chéri, qu'est-ce que tu fais là ?

Elle se tenait sur le seuil, dans sa plus belle robe de taffetas lie-de-vin, à la fois heureuse et mécontente.

– Et moi qui suis là, toute seule, à t'attendre. Au nom du ciel, qu'est-ce que tu fais sur cet escalier malpropre dans ta robe d'étudiant ? Lève-toi immédiatement. Rentrez, mes enfants. Je vous ai préparé du chocolat et des gâteaux.

– Mais, maman, j'étais en train de parler avec Howard de quelque chose d'important.

Cependant, tout en disant cela, il se leva.

Mrs. Keating parut ne pas avoir entendu. Elle rentra dans la maison et Peter la suivit.

Roark les suivit du regard, haussa les épaules, se leva et rentra à son tour.

Mrs. Keating s'installa dans un fauteuil, dans un bruit de soie crissante.

– Eh bien, dit-elle, de quoi parliez-vous tous les deux ?

Keating tourmenta un cendrier, saisit puis rejeta une boîte d'allumettes, puis, ignorant sa mère, il se tourna vers Roark.

– Allons, Howard, parlons peu, mais parlons bien, dit-il d'une voix haute. Est-ce que j'envoie balader la bourse pour me mettre tout de suite au travail ou est-ce que je laisse tomber Francon et fais les Beaux-Arts pour impressionner les imbéciles ? Qu'en pensez-vous ?

L'instant d'intimité et de confiance était passé et ne se retrouverait pas.

– Ecoute, Petey, laisse-moi te dire... commençait Mrs. Keating.

– Une minute, maman !... Comprenez-moi, Howard, il faut que je réfléchisse mûrement. On ne donne pas une bourse pareille à n'importe qui. Cela prouve tout de même qu'on est bon à quelque chose. Et suivre l'Ecole des Beaux-Arts, vous savez combien c'est important.

– Non, dit Roark.

– Au nom du ciel, je connais vos idées absurdes, mais en ce moment je parle au point de vue pratique, pour un garçon dans ma position. Si l'on met un moment l'idéal de côté, c'est certainement...

– Vous n'avez nullement besoin de mon avis, dit Roark.

– Mais si ! Puisque je vous le demande !

Mais Keating n'était plus lui-même, dès qu'il avait un public, n'importe quel public. Quelque chose, entre eux deux, était rompu. Keating ne le sentait pas, mais Roark le savait. Le regard de Roark le mettait mal à l'aise et cela le rendait furieux.

– Ce que je veux, c'est pratiquer l'architecture, continua-t-il, et non en parler. La vieille école vous donne tout de même du prestige. Cela vous place au-dessus des anciens plombiers qui s'imaginent qu'ils peuvent devenir architectes. Et d'un autre côté, débuter avec Francon, Guy Francon lui-même m'offrant une situation !

Roark lui tourna le dos.

– Y en a-t-il beaucoup, parmi nos camarades, qui puissent se flatter d'une chance pareille ! continua Keating aveuglément. Ils se vanteront, dans un an, de travailler pour un Jones ou un Smith quelconque, en admettant qu'ils aient trouvé du travail. Et pendant ce temps, moi, je serai chez Francon & Heyer !

– Tu as parfaitement raison, Peter, dit Mrs. Keating en se levant Tu n'as pas à consulter ta mère pour une question aussi importante. Je te laisse en décider avec Mr. Roark.

Peter regarda sa mère. Il n'avait aucune envie d'apprendre ce qu'elle pensait de ces questions. S'il voulait prendre une décision librement, il lui fallait le faire avant de l'avoir entendue en parler. Elle était debout devant lui, prête à quitter la chambre s'il le désirait. Il savait, que de sa part, ce n'était pas de la pose, et qu'elle se retirerait sur un signe de lui. Il le désirait de tout son cœur et au lieu de faire ce signe, il dit :

– Voyons, mère, comment pouvez-vous dire une chose pareille ? Naturellement je désire connaître votre opinion. Voyons, qu'en pensez-vous ?

Elle ignora volontairement l'irritation perceptible dans sa voix, et lui sourit.

– Je n'ai aucune opinion, Petey. C'est à toi de décider. Je t'ai toujours laissé entièrement libre.

– Eh bien, dit-il d'un air hésitant et en l'observant attentivement, si je vais aux Beaux-Arts...

– Parfait, dit Mrs. Keating, va aux Beaux-Arts. C'est un endroit magnifique, de l'autre côté de l'Océan. Bien entendu, si tu pars, Mr. Francon prendra quelqu'un d'autre. Les gens parleront. Chacun sait que Mr. Francon prend chaque année dans ses bureaux le meilleur élève de Stanton. Je me demande ce qu'on en pensera, si c'est un autre qui y entre à ta place. Enfin, je suppose que ça n'a pas grande importance.

– Mais que voulez-vous que les gens disent ?

– Oh ! pas grand-chose probablement, si ce n'est que tu n'étais pas, en somme, le meilleur élève de Stanton. Je suppose qu'il engagera Shlinker.

– Non ! cria-t-il furieux, pas Shlinker !

– Si, dit Mrs. Keating d'un air suave, Shlinker.

– Mais...

– Mais qu'est-ce que cela peut te faire, ce que disent les gens ? Ce qui est important c'est que tu sois d'accord avec ta conscience.

– Et vous croyez que Francon...

– Pourquoi penserais-je constamment à Mr. Francon ! Cela ne m'intéresse pas.

– Mais vous désirez que j'entre chez Francon ?

– Je ne désire rien, Petey. Tu es ton propre maître.

Peter se demanda, l'espace d'un instant, s'il aimait réellement sa mère. Mais c'était sa mère, ce qui devait automatiquement lui inspirer de l'amour pour elle. Il tenait donc pour établi que tous les sentiments qu'il éprouvait envers elle étaient des sentiments d'amour. Mais il n'était pas très sûr qu'il eût une raison d'avoir confiance en son jugement. A moins que le fait d'être sa mère ne fût une raison suffisante.

– Bien sûr, mère... mais... Je sais, mais... Howard ?

C'était un véritable appel à l'aide. Howard était toujours là, à demi étendu sur le divan, abandonné et souple comme un chaton. Cela avait souvent étonné Keating de voir Roark se déplacer avec la tension silencieuse, la sûreté, la précision d'un chat. Et il se détendait aussi comme un chat, avec une si molle souplesse qu'il semblait ne plus avoir d'os. Roark releva la tête et parla à son tour.

– Vous savez parfaitement, Peter, ce que je pense de ces deux possibilités. Choisissez donc la moins malfaisante. Qu'est-ce que vous apprendrez aux Beaux-Arts ? A faire de nouveaux projets de Palais Renaissance et d'opéras à française. Et ils tueront tout ce que vous pouvez avoir en vous. Il vous arrive de faire de bonnes choses, quand on ne vous en empêche pas. Si vous désirez vraiment vous perfectionner, commencez à travailler. Francon est un salaud et un sombre idiot, mais chez lui vous travaillerez. Et cela vous aidera à voler plus rapidement de vos propres ailes.

– Mr. Roark lui-même dit parfois des choses sensées, interrompit Mrs. Keating, même s'il s'exprime comme un charretier.

– Vous pensez réellement qu'il m'arrive de faire du bon travail ? demanda Keating qui n'avait retenu que cette phrase de tout ce que lui avait dit Roark.

– Quelquefois, dit Roark. Pas souvent.

– Maintenant que tout est décidé... dit Mrs. Keating.

– Je... je veux encore y réfléchir, mère.

– Maintenant que tout est décidé, que penseriez-vous d'un chocolat bien chaud. Ce sera prêt en un instant.

Elle sourit à son fils, d'un sourire innocent plein de docilité et de gratitude, et sortit de la pièce dans un bruissement de soie.

Keating arpentait nerveusement la pièce. Il s'arrêta, alluma une cigarette, se mit à fumer par courtes bouffées, puis se tournant vers Roark :

– Qu'est-ce que vous allez faire, maintenant, Howard ?

– Moi ?

– C'est bien égoïste, de ma part, de ne parler que de moi. Mère est pleine de bonnes intentions, je le sais, mais elle me rend fou... Au diable tout cela. Et vous, qu'allez-vous faire ?

– Je pars pour New York.

– Oh, épatant ! Pour trouver du travail ?

– Pour trouver du travail.

– Comme... comme architecte ?

– Comme architecte, Peter.

– C'est merveilleux. J'en suis bien content. Vous avez des projets précis ?

– J'ai l'intention de travailler chez Henry Cameron.

– Oh, Howard, non !

Roark sourit nonchalamment, d'un sourire ironique, mais ne dit rien.

– Oh, non, Howard !

– Si.

– Mais il n'est plus rien, il ne compte plus. Oh, je sais, il a un nom, mais c'est un type fini. Il ne reçoit plus aucune commande importante. Il n'en a plus reçu depuis des années. On dit que son bureau est un hangar. Quel avenir avez-vous auprès de lui ? Et qu'est-ce que vous apprendrez ?

– Pas grand-chose. Simplement le métier d'architecte.

– Au nom du ciel, vous n'allez pas faire une chose pareille, gâcher délibérément votre avenir. Je pensais... enfin, je me disais que vous aviez appris quelque chose aujourd'hui !

– C'est bien le cas.

– Ecoutez, Howard, si c'est parce que vous craignez que personne d'autre ne veuille de vous, je peux vous aider. J'en parlerai au vieux Francon, je me ferai des relations...

– Je vous remercie, Peter. Mais ce ne sera pas nécessaire. Je suis décidé.

– Mais qu'a-t-il dit ?

– Qui ?

– Cameron ?

– Je ne l'ai jamais vu.

A ce moment, un klaxon se fit entendre devant la porte. Keating, rappelé à la réalité, s'élança vers la porte, se débarrassant de sa robe, et entra en collision avec sa mère qui tenait à la main un plateau chargé.

– Petey !

– Excusez-moi, mère. (Il la saisit par les coudes.) Je suis follement pressé, chérie. Une petite sortie avec des copains. Non, non, ne me dites rien, je ne rentrerai pas tard, et demain nous fêterons mon entrée chez Francon & Heyer !

Il l'embrassa brusquement, avec cette gaie exubérance qui le rendait parfois irrésistible, sortit en trombe de la pièce et s'élança dans l'escalier. Mrs. Keating secoua la tête, à la fois étourdie, mécontente et ravie.

Dans sa chambre, tandis qu'il jetait ses vêtements dans tous les sens, Keating pensa soudain à un télégramme qu'il voulait envoyer à New York. C'était une idée qui ne l'avait pas effleuré au long de la journée, mais qui lui parut soudain d'une urgence extrême. Il lui fallait l'envoyer immédiatement. Il en griffonna le texte sur un morceau de papier.

Katie chérie. Ai accepté situation Francon. Arrive New York. Tendresses.
PETER.

Cette nuit-là, Keating filait vers Boston, serré entre deux de ses camarades, le vent sifflant à ses oreilles. Et il se disait que le monde s'ouvrait devant lui comme l'obscurité dans laquelle fonçait la lumière des phares. Il était libre. Il était prêt. Dans quelques années, bientôt, car lorsqu'on roulait à une telle allure le temps n'existait plus, son nom résonnerait comme une trompette, tirant les gens de leur sommeil. Il allait faire de grandes choses, des choses magnifiques, des choses inégalées en... en quoi déjà... eh oui, que diable... en architecture.

1.3

Peter Keating contemplait le mouvement d'une rue de New York. Il observait les passants et les trouvait, en général, fort bien vêtus.

Il s'était arrêté un moment, dans la Cinquième Avenue, devant les bureaux de Francon & Heyer où l'attendait son premier jour de travail. Ces hommes qui passaient rapidement devant lui, il les trouvait élégants, diablement chics. Il jeta un regard désapprobateur sur ses vêtements. Il avait vraiment beaucoup à apprendre à New York.

Ayant rassemblé tout son courage, il se dirigea vers l'entrée. C'était un portique en miniature, de l'époque dorique, dont la réduction avait été calculée, à un centimètre près, d'après les exactes proportions décrétées par les artistes grecs aux tuniques flottantes. Entre des colonnes de marbre aux proportions parfaites, une porte tournante, tout étincelante de nickels, reflétait les autos qui passaient. Keating la poussa, traversa un luxueux hall de marbre, pénétra dans un ascenseur de laque rouge et or, qui l'amena, au trentième étage, à une porte d'acajou. Une mince plaque de cuivre portait, en lettres délicates, l'inscription :

FRANCON & HEYER, ARCHITECTES

Le bureau de réception, chez Francon & Heyer, architectes, ressemblait à une salle de bal, fraîche et intime, dans une demeure de style colonial. Les murs d'un blanc argenté étaient curieusement ornés de colonnes torses ; ces colonnes supportaient de légers frontons qui s'ouvraient en leur milieu pour encadrer des urnes de plâtre, grecques également. Des eaux-fortes, représentant des temples grecs, décoraient les murs. Elles n'étaient pas assez grandes pour qu'on en distinguât les détails, mais rien n'y manquait, ni colonnes, ni frontons, ni ruines.

Au moment où il passa le seuil, Keating eut l'impression incongrue de se trouver sur un trottoir roulant. Celui-ci le conduisit d'abord vers la secrétaire de réception, assise devant le standard du téléphone, derrière la blanche balustrade d'un balcon florentin, puis sur le seuil d'un immense atelier de dessinateurs. Il vit de longues tables planes, une forêt de cordons emmêlés descendant du plafond et aboutissant à des lampes à abat-jour verts, d'énormes piles d'épures, des étages de tiroirs de bois clair, du papier, des boîtes de métal, des échantillons de briques, des pots de colle et des calendriers offerts par des entreprises de construction et représentant, pour la plupart, des femmes nues. Le dessinateur en chef interpella Keating sans même le regarder. Il était à la fois excédé et débordé d'occupations. D'un signe du pouce, il indiqua à Keating la porte du vestiaire, du menton, la porte d'une armoire, et resta sur le seuil, à le regarder, se balançant des talons aux orteils, tandis que Peter enfilait une blouse gris perle, non sans une certaine gêne et une certaine raideur. Francon avait insisté sur la blouse. Le trottoir roulant s'arrêta ensuite devant une table, à un des angles de l'atelier, et Keating se trouva assis devant une pile de plans à développer, tandis que le dessinateur en chef s'éloignait d'un air qui prouvait éloquemment qu'il avait déjà oublié jusqu'à l'existence de Keating.

Celui-ci se pencha immédiatement sur son travail, les yeux fixes, la gorge serrée. Il ne distinguait rien que l'éclat satiné du papier étalé devant lui. Les lignes fermes qu'il traça le surprirent lui-même, car il était persuadé que sa main tremblante ne pourrait tracer que des zigzags. Il suivait les tracés sans se demander où ils allaient ni pourquoi ils y allaient. Il ne savait qu'une chose, c'est que ce plan était une œuvre formidable qu'il ne pouvait ni discuter ni égaler. Et il se demandait comment il avait jamais pu se prendre pour un architecte capable.

Ce ne fut qu'au bout d'un moment qu'il discerna les plis d'une blouse grise sur des omoplates saillantes, à la table à côté. Il regarda son voisin, d'abord avec prudence, puis avec curiosité, ensuite avec plaisir et finalement avec dédain. Lorsqu'il en arriva à ce degré, Peter Keating se sentit de nouveau lui-même et fut pénétré d'amour pour l'humanité. Il enregistra un teint jaune, un nez comique, une verrue sur un menton fuyant, un estomac serré contre le bord de la table. Cela lui fut agréable. Ce que les autres étaient capables de faire il le ferait et mieux. Il sourit. Peter Keating avait besoin, pour être heureux, du contact de ses frères humains.

Lorsqu'il se remit à considérer ces plans, les erreurs lui en apparurent immédiatement. Ils représentaient un étage d'une maison privée et Keating remarqua soudain les dégagements compliqués, et la place perdue sans aucune nécessité, et les pièces rectangulaires, étroites et longues comme des saucisses et condamnées à une demi-obscurité. « Seigneur, se dit-il, mais pour un plan pareil, on m'aurait flanqué dehors en première année. » Il se remit à travailler rapidement, aisément, avec assurance et il se sentit de nouveau parfaitement heureux.

Avant le déjeuner, Keating s'était fait des amis dans l'atelier, non pas un ami en particulier, mais il avait préparé le terrain sur lequel allait germer l'amitié. Il avait souri à ses voisins et distribué de petits clins d'œil approbatifs. Il avait profité de ses trajets jusqu'à la fontaine d'eau glacée pour caresser chacun du regard chaud et velouté de ses yeux brillants, de ces yeux qui semblaient dire à celui qu'ils regardaient qu'il était à la fois l'homme le plus important de cet atelier et du monde et le plus cher ami de Keating. Ce garçon qui vient de passer, pouvait-on lire dans son sillage, a l'air d'être un chic type et un bon camarade.

Keating remarqua un grand garçon blond, à la table voisine de la sienne, en train de dessiner la façade d'une maison locative. Keating se pencha avec un affectueux respect sur l'épaule du jeune homme et considéra la guirlande de laurier qui courait au-dessus de colonnes cannelées, à la hauteur du troisième étage.

— Il fait du bon travail, le vieux, dit Keating avec admiration.

— Quel vieux ! demanda le jeune homme.

— Mais, Francon, dit Keating.

— Francon ! Parlons-en ! dit l'autre tranquillement. Il n'a pas fait le projet d'une niche à chien en huit ans.

Et d'un geste du pouce par-dessus l'épaule, il désigna une porte vitrée derrière lui :

— C'est celui-ci.

— Qui ? demanda Keating en se retournant.

— Lui, répéta le jeune homme. Stengel. C'est lui qui fait tout, ici.

A travers la porte vitrée, Keating discerna deux épaules anguleuses au-dessus d'un bureau, une tête petite, triangulaire, et les deux taches de lumière de grosses lunettes rondes.

Il était déjà tard dans l'après-midi, lorsque, sans qu'il sût comment ses camarades en étaient informés, Keating comprit par des chuchotements autour de lui, que Guy Francon venait d'arriver et était monté à son bureau à l'étage au-dessus. Une demi-heure plus tard, la porte vitrée s'ouvrit et Stengel apparut, balançant entre ses doigts une grande pièce de carton.

— Hé, vous, là-bas, dit-il, ses lunettes se tournant dans la direction de Keating. C'est vous qui faites les plans de ceci ? Portez ce projet au patron pour qu'il l'approuve. Essayez d'écouter ce qu'il vous dira et d'avoir l'air intelligent. Et si vous n'y réussissez pas, ça n'a pas d'importance.

C'était un homme petit, dont les bras semblaient tomber jusqu'aux chevilles ; des bras qui se tordaient comme des cordes dans leurs longues manches et que terminaient des mains fortes et capables. Les yeux de Keating se glacèrent, s'assombrirent pendant un dixième de seconde, se fixèrent intensément sur les taches brillantes des lunettes, puis il sourit et dit plaisamment :

— Bien, monsieur.

Tenant le carton du bout de ses dix doigts, il gravit l'escalier, au tapis cloué, de couleur cerise, qui conduisait au bureau de Guy Francon, tout en examinant le carton, dessin en perspective, rehaussé à l'aquarelle et représentant une imposante demeure de granit gris, avec trois rangées de fenêtres, cinq balcons, quatre baies, douze colonnes, un mât à drapeau, et deux lions à l'entrée. Dans un coin, très soigneusement écrit à la main, on pouvait lire : « résidence de Mr. et Mrs. James S. Whattles. Francon & Heyer, architectes ». Keating fit entendre un léger sifflement. James S. Whattles était le fabricant, plusieurs fois millionnaire, d'un savon à barbe.

Tout, dans le bureau de Guy Francon, donnait l'impression d'avoir été enduit d'un vernis ou d'une laque spéciale. Chaque objet semblait recouvert d'un glacis qui lui donnait un éclat rigide. Keating, s'avançant, vit des fragments de son propre reflet, éparpillés dans la pièce comme un essaim de papillons, se déplacer avec lui des vitrines de Chippendale à la cheminée Louis XV. Il nota encore, dans un angle de la pièce, un buste romain authentique, et des photographies en sépia du Parthénon, de la cathédrale de Reims, de Versailles et de la Frink National Bank, flanquée de son éternelle torche.

Il vit enfin ses jambes se profiler au flanc d'un bureau d'acajou massif derrière lequel se tenait assis Guy Francon. Le visage de ce dernier était jaune et tiré. Il regarda d'abord Keating comme s'il ne l'avait jamais vu, puis se souvint brusquement de lui et lui sourit avec effusion.

– Ah, vous voilà, mon cher Kittredge ! Je suis ravi de vous revoir. Et déjà au travail ! Asseyez-vous, mon garçon, asseyez-vous. Voyons, que m'apportez-vous là. Oh, rien ne presse, rien ne presse. Asseyez-vous. Comment vous plaisez-vous ici ?

– J'ai peur, monsieur, d'être trop heureux, dit Keating, adoptant une expression de franchise et de candeur juvénile. Je savais bien qu'il me faudrait m'habituer à un nouveau travail, mais commencer dans des bureaux comme les vôtres... j'en suis un peu étourdi... mais je m'habituerai, monsieur.

– Bien entendu, fit Guy Francon. C'est un peu écrasant pour un jeune homme, au début. Mais ne vous tourmentez pas. Je suis persuadé que vous vous en tirerez très bien.

– Je ferai de mon mieux, monsieur.

– J'en suis sûr. Qu'est-ce que vous m'apportez là ?

Francon tendit la main pour prendre le dessin, mais ses doigts, en cours de route, vinrent se poser mollement sur son front.

– C'est assommant, ce mal de tête... Non, non, rien de sérieux (il sourit pour rassurer Keating), un peu de migraine simplement. Excès de travail.

– N'y a-t-il rien que je puisse faire pour vous, monsieur ?

– Non, non, merci. Je n'ai besoin de rien, j'ai plutôt quelque chose de trop (il cligna de l'œil) ... le champagne. Entre nous, le champagne ne valait rien, hier soir. D'ailleurs je ne tiens pas tellement au champagne. Et savez-vous, Kittredge, que c'est une chose très importante que de bien s'y connaître en vins. Tenez, par exemple, quand vous offrez à dîner à un client, il faut savoir choisir les vins. Je vais vous révéler un de mes secrets. Avec la caille, par exemple, la plupart des gens commanderaient simplement un bourgogne. Eh bien, moi, je demande un Clos Vougeot 1904. Vous voyez ce que je veux dire. Cela ajoute un certain quelque chose. C'est classique, mais pourtant original... A propos, qui vous a envoyé chez moi ?

– Mr. Stengel, monsieur.

– Oh, Stengel !

La façon dont il prononça ce nom ne fut pas perdue pour Keating qui enfouit cette nouvelle impression dans un coin de sa mémoire, se promettant de s'en servir à l'occasion.

– Un trop grand monsieur pour m'apporter lui-même son travail, hein ? Remarquez bien que c'est un excellent dessinateur, le meilleur dessinateur de New York, mais il a un peu trop tendance à se prendre au sérieux depuis quelque temps. Il s'imagine qu'il est le seul à travailler ici, simplement parce que je lui fournis les idées et que je lui permets de les exécuter, et parce qu'il passe toutes ses journées à barbouiller dans son bureau... Vous comprendrez un jour, mon ami, quand vous serez depuis plus longtemps dans mon affaire, que le véritable travail se fait en dehors des bureaux. Tenez, hier soir, par exemple, j'assistais au banquet de la Clarion Real Estate Association. Deux cents invités, le dîner, le champagne, et quel champagne ! ajouta-t-il avec une grimace comique. Après le dîner, vous improvisez un petit speech, vous voyez ce que je veux dire, rien d'appuyé, pas de vulgaires allusions à des transactions possibles, non, simplement quelques pensées bien choisies sur la responsabilité qu'ont ceux qui font construire vis-à-vis de la société, sur l'importance qu'il y a à choisir des architectes compétents, respectables et connus. Et vous y ajoutez quelques courts slogans qui se fixent dans leur esprit.

– Oui, monsieur, je comprends. Quelque chose comme : Choisissez celui qui construira votre home aussi soigneusement que vous avez choisi la femme pour laquelle vous le construisez.

– Pas mal. Pas mal du tout, Kittredge. Cela ne vous ennuie pas que je le note.

– Je m'appelle Keating, monsieur, dit Peter fermement. Le slogan est à vous. Je suis trop heureux qu'il vous plaise.

– Keating, naturellement ! Mais bien sûr, Keating, dit Francon avec un sourire désarmant. C'est que je vois tant de gens ! Comment avez-vous dit : Choisissez celui qui construira... C'était très bien tourné.

Il fit répéter sa phrase à Keating, et l'écrivit sur son bloc, choisissant parmi la masse des crayons de toutes couleurs, neufs, bien taillés, prêts à servir, et jamais utilisés.

Puis repoussant son bloc, il soupira, lissa les souples vagues de ses cheveux et dit d'un air excédé :

– Allons, il faut tout de même que je regarde ce que vous m'apportez.

Keating étendit respectueusement le dessin devant lui. Francon se rejeta en arrière, tint le carton à bras tendus, le regarda longuement. Il ferma l'œil gauche, puis l'œil droit, puis rapprocha le carton. Keating s'attendait presque à le voir le tourner à l'envers, mais Francon se contentait de le tenir devant lui et Keating comprit brusquement qu'il y avait longtemps que Francon ne regardait plus rien, et que toute cette mise en scène était uniquement destinée à l'impressionner, lui Keating. Il se sentit léger, léger comme l'air, car il voyait s'ouvrir devant lui, toute droite et lumineuse, la route de son avenir.

– Hum... oui, dit Francon, caressant son menton du bout de ses doigts soignés. Hum... oui...

Il se tourna vers Keating.

– Pas mal, dit-il. Pas mal du tout. Cependant... peut-être... que l'ensemble aurait pu avoir quelque chose de plus distingué... mais le projet est si bien exécuté... Qu'est-ce que vous en pensez, Keating ?

Keating avait remarqué que quatre des fenêtres étaient juste en face de quatre énormes colonnes de granit, mais après un regard à Francon qui jouait avec sa cravate d'un mauve de pétunia, il décida de n'en pas parler.

– Si je puis me permettre une suggestion, monsieur, dit-il, il me semble que les cartouches, entre le quatrième et le cinquième étage, sont de proportions trop modestes pour une façade aussi imposante. Il est évident qu'une frise ornementale aurait été infiniment plus appropriée.

– Voilà. C'est exactement ce que j'allais dire. Une frise ornementale... seulement... regardez, on serait obligé dans ce cas, de diminuer légèrement les fenêtres.

– Oui, dit Keating, remplaçant le ton qu'il employait avec ses camarades dans ce genre de discussion, par un air timide et hésitant, mais la dignité de la façade n'est-elle pas plus importante que la hauteur des fenêtres ?

– C'est absolument vrai. La dignité. C'est la première qualité que nous devons donner aux demeures que nous construisons pour nos clients. Oui, absolument, une frise ornementale... Seulement... voilà, j'avais approuvé le premier projet et ce lavis de Stengel est si admirablement fait...

– Mr. Stengel sera certainement ravi d'y changer quelque chose si vous le lui demandez.

Le regard de Francon chercha celui de Keating. Puis Francon baissa les yeux et enleva sur sa manche un fil invisible.

– Certainement... certainement... dit-il d'un air absent, mais... estimez-vous vraiment qu'une frise soit si nécessaire ?

– J'estime, dit Keating lentement, qu'il est préférable que vous fassiez exécuter les changements que vous trouvez nécessaires, plutôt que d'approuver tous les projets que vous soumet Mr. Stengel.

Francon ne dit rien. Il se contenta de regarder Keating droit dans les yeux. Et, à son expression, Peter comprit soudain qu'il avait encouru un terrible risque, mais qu'il avait gagné. Et il fut presque effrayé de sa chance

Ils échangèrent un long regard et tous deux comprirent qu'ils étaient faits pour s'entendre.

– Nous ajouterons une frise ornementale, dit Francon avec une calme autorité. Laissez-moi le projet et dites à Stengel que je désire le voir.

Keating se préparait à sortir. Francon l'interpella, d'une voix chaude et gaie :

– Oh ! Keating, à propos, me permettez-vous une petite suggestion. Tout à fait entre nous, et sans vouloir vous offenser, ne croyez-vous pas qu'une cravate bordeaux irait infiniment mieux avec votre blouse grise qu'une cravate bleue ?

– Certainement, monsieur, dit Keating avec aisance. Merci de votre conseil. Vous pourrez en voir l'effet dès demain.

Il sortit et ferma la porte avec douceur.

Traversant la salle de réception, Keating vit un homme grisonnant, à l'air distingué, qui reconduisait une femme élégante. L'homme distingué, qui ne portait pas de chapeau, faisait certainement partie de la maison. La femme élégante, qui portait un manteau de vison, était visiblement une cliente.

L'homme distingué ne s'inclinait pas jusqu'à terre, il ne déroulait pas un tapis sous les pieds de la visiteuse, il ne tenait pas un dais de plumes au-dessus de sa tête, mais il sembla à Keating qu'il y avait un peu de tout cela dans la façon dont il lui ouvrit la porte.

Le building de la Frink National Bank s'élevait au-dessus de Lower Manhattan, et son ombre allongée se déplaçait avec le soleil, comme l'aiguille d'une énorme horloge, au-dessus du quartier qui allait de l'Aquarium à Manhattan Bridge. Lorsque le soleil était couché, la torche du Mausolée d'Adrien flamboyait à sa place et envoyait des reflets rouges à des milles à la ronde, aux fenêtres des étages supérieurs des buildings suffisamment élevés pour capter ses reflets. La Frink National Bank, considérée depuis longtemps comme le plus beau building de la ville, était à elle seule un résumé de l'histoire de l'art romain. Aucun édifice de ce genre ne pouvait se vanter d'un ornement classique qu'elle ne possédât pas. Elle était à tel point ornée de colonnes, de frontons, de frises, de gladiateurs, d'urnes et de volutes, qu'elle semblait non pas taillée dans le marbre, mais décorée par un pâtissier expert. Bien qu'entièrement construite en marbre blanc, ce que tout le monde ignorait, excepté ceux qui avaient payé la facture, elle était à tel point striée et tachetée que la couleur en était lépreuse, hésitant entre le vert et le brun, couleur de pourriture, couleur de fumée. La pierre délicate, faite pour l'air pur de la pleine campagne, était rongée par les émanations toxiques de la grande ville. Telle qu'elle était, la Frink National Bank était cependant un grand succès. Ç'avait même été un tel succès que c'était la dernière chose que Guy Francon avait dessinée lui-même. Il avait estimé, après cela, qu'il pouvait dormir sur ses lauriers.

Trois rues au-delà, dans la direction de l'est, se dressait le Dana Building. Il était de quelques étages moins élevé et n'avait rien de provocant. Sa silhouette aux lignes pures et nues faisait ressortir l'harmonie de son squelette d'acier comme un beau corps révèle la perfection de son ossature. Il n'avait d'autres ornements à offrir que la précision de ses angles aigus, le modelé de ses plans, les longues bandes verticales de ses fenêtres, coulant comme des fleuves de glace, du faîte jusqu'au sol. Les New-Yorkais s'arrêtaient rarement pour contempler le Dana Building. Parfois, quelque promeneur attardé, un provincial visitant la ville, tombait dessus à l'improviste, et, contemplant cette vision au clair de lune, se demandait de quel rêve elle était sortie. Mais de tels promeneurs étaient rares. Les locataires du Dana Building déclaraient volontiers qu'ils n'échangeraient le Dana Building contre aucun autre, car ils étaient à même d'apprécier l'air et la lumière qui entraient à flots dans leurs halls et dans leurs bureaux et la claire logique qui les avait conçus. Mais les locataires du Dana Building n'étaient pas nombreux. Aucune firme importante ne tenait à s'installer dans un building qui ressemblait à un entrepôt.

Le Dana Building était l'œuvre de Henry Cameron.

Vers 1880, les architectes de New York rivalisaient entre eux pour se maintenir à la seconde place, mais aucun d'eux n'aspirait à la première. Henry Cameron l'occupait d'office. A cette époque-là, ce n'était pas une chose aisée d'obtenir qu'Henry Cameron travaillât pour vous. Il fallait s'inscrire deux ans à l'avance, car il dessinait lui-même tout ce qui sortait de son bureau. C'était lui qui choisissait ce qu'il allait vous construire et, pendant la construction, le client n'avait qu'une chose à faire : se taire. Il demandait de tous la seule chose qu'il n'avait jamais accordée à personne, l'obéissance. Il passa à travers ces années de gloire comme un projectile se dirigeant vers un but inconnu de tous. Les gens le traitaient de fou, mais ils acceptaient ce qu'il leur offrait, même s'ils n'y comprenaient rien, parce que le projet était signé : HENRY CAMERON.

Ses premières œuvres ne s'éloignaient pas trop du standard habituel, pas suffisamment en tout cas, pour effrayer les gens. Il faisait parfois d'étranges expériences, mais les gens s'attendaient à tout et ne discutaient pas avec Henry Cameron. Quelque chose montait en lui avec chaque nouvelle construction, quelque chose qui luttait en lui, qui prenait forme et qui fit enfin explosion avec la naissance du gratte-ciel. Lorsque les constructions ne s'élevèrent plus, étage par étage, en lourde maçonnerie, mais devinrent de véritables flèches d'acier s'élançant vers le ciel, ne connaissant plus ni poids ni limite, Henry Cameron fut un des premiers à comprendre la portée de ce nouveau miracle et à lui donner forme. Et il fut parmi les premiers et rares architectes qui acceptèrent cette vérité évidente, qu'un édifice en hauteur doit être traité en hauteur. Alors que ses confrères peinaient pour donner à un building de vingt étages l'air d'une vieille demeure de brique, tandis qu'ils usaient de tous les stratagèmes imaginables pour tromper, à l'aide de lignes horizontales, sur sa véritable hauteur, pour le ramener dans la tradition, masquer la honte de son squelette d'acier, lui donner une apparence réduite, paisible et vieillotte, Henry Cameron construisit des gratte-ciel qui, par la hardiesse de leurs lignes verticales, lançaient fièrement vers le ciel leur corps d'acier. Et, tandis que ses confrères les décoraient de frises et de frontons, Henry Cameron décréta que les gratte-ciel ne s'inspireraient pas de l'art grec. Henry Cameron estimait qu'aucun édifice ne doit en copier un autre.

Il avait alors trente-neuf ans. C'était un homme de petite taille, maigre et peu soigné. Il travaillait comme un bœuf, oubliait de dormir, sautait les repas, s'enivrait rarement mais violemment, traitait ses clients comme des chiens, se riait de la haine qu'il faisait naître et se plaisait même à l'exciter. Il se conduisait comme un seigneur de l'époque féodale et vivait dans un état de tension si vive qu'elle éveillait en lui et autour de lui une ardeur que ni lui ni les autres ne pourraient supporter très longtemps. On était alors en 1892.

L'Exposition colombienne de Chicago ouvrit ses portes en 1893.

La Rome d'il y a deux mille ans s'éleva sur les bords du lac Michigan, une Rome enrichie par des emprunts faits à la France, à l'Espagne, à Athènes et à tous les styles qui en avaient découlé. C'était une « cité de rêve », ornée de colonnes, d'arcs de triomphe, de bassins azurés, de fontaines de cristal et de massifs fleuris. Les architectes rivalisèrent à qui saurait le mieux copier les modèles les plus variés et les plus anciens. C'était la répétition, dans un pays neuf, de tous les crimes commis dans le Vieux Monde. Et cela se développa et se propagea comme une épidémie.

Les gens vinrent, regardèrent, s'étonnèrent et emportèrent avec eux, dans toutes les villes d'Amérique, les germes de ce qu'ils avaient vu. Et ces germes donnèrent naissance à une exubérante végétation d'Offices des Postes ornés de portiques grecs, de maisons de brique enrichies de fer forgé, de constructions hétéroclites faites d'une douzaine de Parthénons dressés les uns au-dessus des autres. Et cette végétation prospéra et étouffa tout autour d'elle.

Henry Cameron avait refusé de travailler pour l'Exposition colombienne, la traitant de noms qu'il est difficile d'écrire, mais qu'il est facile de répéter, à condition qu'il n'y ait pas de femmes dans la pièce. On ne se fit pas faute de les répéter. On raconta aussi qu'il avait jeté un encrier à la tête d'un banquier distingué qui lui avait demandé de faire le projet d'une gare de chemin de fer s'inspirant du temple de Diane à Ephèse. Le banquier ne revint jamais. Et bien d'autres l'imitèrent.

Juste au moment où il atteignait le but qu'il avait recherché pendant de longues années de lutte et d'effort, juste au moment où il prenait conscience de ce qu'il avait toujours désiré, la dernière barrière se ferma devant lui. Un pays neuf l'avait suivi dans son effort, s'était émerveillé, avait commencé d'accepter cette grandeur nouvelle qu'il lui offrait. Mais ce même pays, rétrogradant de deux mille ans, tombait dans une orgie de classicisme, n'avait plus de place pour lui et plus rien à accepter de lui.

Il n'était plus nécessaire de créer, il suffisait de photographier. L'architecte qui possédait la bibliothèque la mieux pourvue, devenait l'architecte le meilleur. Les imitateurs copiaient des imitations. Et ils étaient absous au nom de la Culture. Vingt siècles s'enrôlaient derrière des ruines poussiéreuses. Il y avait eu la grande Exposition, et il y avait des cartes postales d'Europe dans chaque album familial.

Henry Cameron n'avait rien à offrir pour compenser tout cela, rien d'autre qu'une foi profonde en son œuvre. Il ne s'en référait à rien ni à personne et n'avait rien de particulièrement important à déclarer. Il disait simplement que la forme d'une construction dépend de sa fonction ; que sa structure interne lui donne sa beauté ; que de nouvelles méthodes de construction demandent des formes nouvelles ; qu'il sentait que c'était ainsi qu'il devait créer et que rien que cela était une raison suffisante. Mais comment des gens qui discutaient Vitruve, Michel-Ange et Sir Christopher Wren auraient-ils eu le temps de l'écouter ?

Les hommes ont l'horreur instinctive de la passion, de toute forte passion. Henry Cameron commit l'erreur d'adorer son travail. Ce fut pour cette raison qu'il combattit et pour cette raison qu'il fut battu.

Les gens disaient de lui qu'il ne se tenait pas pour battu, ou que, tout au moins, il ne leur laissait pas voir. A mesure que ses clients se faisaient plus rares, ses manières envers eux devenaient plus arrogantes. Et moins il fut célèbre, plus il se fit impérieux. Il avait, depuis longtemps, un chef de bureau extrêmement capable. C'était un petit homme doux et effacé en apparence, mais en réalité d'un caractère de fer. Il tenait tête à Cameron dans ses pires colères et lui amenait des clients. Cameron insultait les clients, mais le petit homme arrangeait les choses et les clients revenaient. Ce chef de bureau mourut.

Cameron n'avait jamais su comment traiter avec les clients. Ils ne comptaient pas pour lui, pas plus que sa propre vie. Rien n'existait pour lui en dehors de son travail. Il n'avait jamais appris à donner des explications, il ne savait que donner des ordres. Il n'avait jamais été aimé, mais uniquement redouté. Et plus personne ne le craignait maintenant.

On ne lui permit que de vivre. Il apprit à mépriser les rues de la ville qu'il avait rêvé de reconstruire. Et il apprit à rester assis à sa table, dans son bureau désert, immobile, inoccupé, attendant. Il apprit à lire sans broncher, dans des revues bien intentionnées, des allusions à « feu Henry Cameron ». Et il apprit à boire aussi, calmement, régulièrement, terriblement, pendant des jours et des nuits. Et il apprit que ceux qui l'avaient amené où il en était, disaient, lorsque quelqu'un proposait de lui passer une commande : « Cameron ? Vous n'y pensez pas ! Il boit comme un trou. C'est pourquoi plus personne ne lui confie aucun travail. » Il quitta les bureaux qui s'étendaient sur trois étages dans un building luxueux, et s'installa sur un seul étage dans un local plus modeste, situé dans une rue moins élégante. Puis il s'installa dans un petit appartement de la basse ville, puis dans trois pièces donnant sur une cour intérieure près de la Batterie. Il avait choisi ce coin-là, parce qu'en se haussant sur la pointe des pieds, il pouvait apercevoir, de la fenêtre de son bureau, par-dessus un mur de brique, le faîte du Dana Building.

Howard Roark s'arrêtait à chaque palier, tandis qu'il montait les six étages qui conduisaient au bureau de Henry Cameron, pour contempler le Dana Building. L'ascenseur ne fonctionnait pas. L'escalier avait été recouvert, il y avait longtemps de cela, d'une couche de peinture d'un vert sale. Une peinture qui s'écaillait et se collait aux semelles des souliers en petites boules gluantes. Roark montait rapidement, comme s'il était attendu, un rouleau de dessins sous le bras, les yeux fixés sur le Dana Building. Il se heurta à un homme qui descendait l'escalier. Cela lui était arrivé souvent au cours des deux derniers jours. Il n'avait fait que parcourir les rues de la ville, la tête en l'air, ne voyant rien d'autre que les buildings de New York.

Dans le trou noir qui servait à Cameron d'antichambre, était installé un bureau sur lequel se trouvait le téléphone et derrière lequel était assis une espèce de squelette à cheveux gris, en manches de chemise, avec des bretelles fatiguées. Il tapait à la machine avec deux doigts et à une vitesse incroyable. La lumière d'une faible ampoule tombait en un halo jaunâtre sur son dos, sur sa chemise humide qui collait à ses omoplates.

Il leva lentement la tête lorsque Roark entra, et attendit. Le regard de ses yeux fatigués n'exprimait ni intérêt, ni curiosité.

– Je voudrais voir Mr. Cameron, dit Roark.

– Bien, dit le vieil homme sans perdre son air indifférent. A quel sujet ?

– Pour une place.

– Quelle place ?

– De dessinateur.

L'homme le regarda d'un air vague. C'était un genre de requête qu'il n'avait pas entendu formuler depuis fort longtemps. Il se leva enfin, sans mot dire, se dirigea d'un pas lent vers une porte située derrière lui et disparut.

Il avait laissé la porte à demi ouverte. Roark l'entendit dire d'une voix traînante :

– Mr. Cameron, il y a là un jeune homme qui dit qu'il cherche une place chez vous.

La voix qui lui répondit, forte et claire, semblait incroyablement jeune.

– L'imbécile ! Flanquez-le dehors... Attendez ! Faites-le entrer !

44

Le vieil homme revint, tint la porte ouverte et fit un silencieux signe de tête. Roark entra. La porte se referma derrière lui.

Henry Cameron était assis à son bureau, au fond d'une pièce longue et nue. Il était penché en avant, les coudes sur la table, les mains croisées. Ses cheveux et sa barbe étaient d'un noir d'encre, parsemés d'épais fils blancs. Les muscles de son cou, épais et court, saillaient comme des cordes. Les manches de sa chemise blanche étaient roulées au-dessus des coudes; ses bras nus et bruns étaient lourds et fermes. Son visage aux muscles rigides semblait vieilli par une extrême contrainte, mais le regard de ses yeux sombres était jeune et vivant.

Roark ne bougeait pas et les deux hommes se dévisagèrent à travers la longue pièce vide.

La lumière qui venait de la cour intérieure était grise et les grains de poussière, sur la table à dessin et sur quelques dossiers à dos vert, semblaient de duveteux cristaux déposés par la lumière elle-même. Sur le mur, entre les deux fenêtres, Roark vit un dessin, le seul de toute la pièce. C'était le projet d'un gratte-ciel qui n'avait jamais été construit.

Roark traversa le bureau, s'arrêta devant le dessin et se mit à le regarder. Cameron le suivit du regard, un regard aigu comme une longue et fine aiguille décrivant une lente courbe, perçant le corps de Roark, le tenant fermement sous sa pointe. Cameron observa les cheveux orange, les mains pendantes aux paumes ouvertes, les doigts légèrement recourbés, esquissant le geste de demander ou de saisir quelque chose.

— Eh bien, dit enfin Cameron. Etes-vous venu pour me voir ou pour regarder ce dessin?

Roark se retourna.

— Les deux, dit-il.

Il s'approcha du bureau. Les gens perdaient généralement le sentiment de leur existence en présence de Roark, mais jamais Cameron ne s'était senti plus vivant que sous le regard des yeux qui le contemplaient à ce moment.

— Que me voulez-vous? grogna Cameron.

— J'aimerais travailler pour vous, dit Roark tranquillement. Il avait bien dit « J'aimerais travailler pour vous », mais sa voix disait clairement « Je vais travailler pour vous ».

— Vraiment? dit Cameron sans se rendre compte qu'il répondait à la phrase non formulée. Que se passe-t-il? Aucun grand patron ne veut-il de vous?

— Je n'ai été voir personne.

— Pourquoi? Vous pensez que c'est ici que c'est le plus facile de débuter. Que n'importe qui peut s'introduire chez moi. Savez-vous qui je suis?

— Oui. C'est pour ça que je suis ici.

— Qui vous a envoyé?

— Personne.

— Et pourquoi diable venez-vous ici?

— Je pense que vous le savez.

— Et quelle est l'infernale impudence qui vous permet de supposer que j'aie besoin de vous? Ou bien avez-vous pensé que j'étais tellement bas que

45

j'ouvrirais la porte toute grande à n'importe quel avorton qui me ferait l'honneur de se présenter chez moi ? « Le vieux Cameron, vous êtes-vous dit à vous-même, c'est un type fini, un ivrogne... » Mais oui, vous l'avez pensé !... « un raté imbibé d'alcool qui ne sera pas trop difficile ! » C'est bien ça ?... Allons, répondez ! Répondez, vous dis-je ! Qu'avez-vous à me dévisager ainsi ? Allez-y ! Niez !

– Est-ce bien nécessaire ?

– Où avez-vous travaillé auparavant ?

– Nulle part, je commence.

– Quelles études avez-vous faites ?

– J'ai été trois ans à Stanton.

– Oh, oh ! Monsieur était trop paresseux pour aller jusqu'au bout ?

– J'ai été renvoyé.

– Parfait ! Cameron tapa du poing sur le bureau en éclatant de rire. Magnifique ! Vous n'étiez pas assez bon pour cette cage à poux de Stanton, mais vous voulez travailler pour Henry Cameron ! Vous étiez sûr qu'il accepterait le rebut ! Et pour quelle raison vous ont-ils flanqué dehors ? Les femmes ? la boisson ? quoi ?

– A cause de ceci, dit Roark, et il tendit ses dessins.

Cameron jeta un regard sur le premier, puis sur le second et les examina ensuite jusqu'au dernier. Roark entendait le bruissement du papier, tandis que Cameron faisait glisser une feuille derrière l'autre. A la fin, Cameron releva la tête.

– Asseyez-vous.

Roark obéit. Cameron le dévisagea, ses doigts épais tambourinant sur la pile de dessins.

– Et vous vous imaginez qu'ils valent quelque chose ? dit Cameron. Eh bien, ils sont exécrables. C'est inimaginable ! C'est un véritable crime. Tenez ! (Il flanqua un des dessins sous le nez de Roark.) Regardez ça. Au nom du ciel, qu'aviez-vous dans la tête ? Qu'est-ce qui vous a poussé à faire un renfoncement ici ? C'était pour faire joli ou quoi ? Pour qui vous prenez-vous ? Pour Guy Francon ?... Regardez ce projet, fou que vous êtes ! Il vous vient une idée pareille et vous ne savez pas en tirer parti. Vous commencez magnifiquement et ensuite vous gâtez tout ! Est-ce que vous comprenez tout ce que vous avez encore à apprendre ?

– Oui. C'est pourquoi je suis ici.

– Et regardez celui-ci ! J'aurais aimé avoir fait cela à votre âge ! Mais pourquoi a-t-il fallu que vous embrouilliez tout ? Regardez ce que j'en fais. Au diable votre escalier et au diable votre chaufferie ! Lorsque vous établissez les fondations...

Il parla longtemps d'un air furieux. Il jurait abondamment. Pas un seul des projets n'eut son approbation, mais Roark remarqua qu'il en parlait comme de maisons en construction.

Il s'arrêta brusquement, poussa les dessins de côté, posa sur eux son poing fermé.

– Quand avez-vous décidé de devenir architecte ? demanda-t-il.

– J'avais dix ans.

— L'homme ne sait pas si tôt ce qu'il fera dans la vie, en admettant qu'il le sache jamais. Vous mentez.

— Croyez-vous?

— Cessez de me regarder ainsi. Pourquoi avez-vous décidé que vous seriez architecte?

— Je ne le savais pas alors, mais c'est parce que je n'ai jamais cru en Dieu.

— Ne pouvez-vous pas parler sérieusement?

— Parce que j'aime cette terre. Elle est tout ce que j'aime. Mais je n'aime pas la forme des choses qu'on construit sur cette terre. J'ai le désir de les changer.

— Pour qui?

— Pour moi-même.

— Quel âge avez-vous?

— Vingt-deux ans.

— Qui vous a enseigné tout cela?

— Personne.

— On ne parle pas ainsi à vingt-deux ans. Vous êtes anormal.

— Probablement.

— Je ne dis pas cela comme un compliment.

— Je ne l'ai pas pris pour un compliment.

— Vous avez de la famille?

— Non.

— Vous avez travaillé pendant vos études?

— Oui.

— Dans quelle branche?

— Dans le bâtiment.

— Combien vous reste-t-il d'argent?

— Dix-sept dollars et trente cents.

— Quand êtes-vous arrivé à New York?

— Hier.

Cameron regarda la pile de dessins sur lesquels sa main reposait.

— Le diable vous emporte! dit-il d'un air suave. Le diable vous emporte, répéta-t-il d'une voix de stentor. Est-ce que je vous ai demandé de venir chez moi? Je n'ai pas besoin de dessinateurs! Il n'y a rien à dessiner ici! J'ai à peine assez de travail pour nous éviter l'Armée du Salut, à mes employés et à moi-même! Qu'ai-je besoin qu'un visionnaire, un illuminé, vienne crever la faim par ici? Je ne veux pas de responsabilité, je ne vous ai rien demandé. J'en ai fini avec tout ça. J'en ai fini depuis longtemps. Je suis parfaitement content des parfaits imbéciles qui sont ici; ils n'ont et n'auront jamais rien dans le ventre et ce qui leur arrive n'a aucune espèce d'importance. Je n'en demande pas plus. Quel besoin aviez-vous de venir chez moi? Vous ne ferez que courir à votre ruine et moi je vous y aiderai. Je ne veux pas vous revoir. Je ne vous aime pas. Je n'aime pas votre visage. Vous m'avez l'air d'un insupportable égoïste, d'un être impertinent. Vous êtes beaucoup trop sûr de vous-même. Il y a vingt ans j'aurais eu le plus grand plaisir à vous administrer une bonne correction. Vous commencerez votre travail ici demain matin, à neuf heures exactement.

– Bien, dit Roark en se levant.

– Quinze dollars par semaine. C'est tout ce que je puis vous donner.

– Bien.

– Vous êtes un parfait imbécile. Ce n'est pas chez moi que vous auriez dû venir. Je vous tuerai si vous allez chez quelqu'un d'autre. Comment vous appelez-vous ?

– Howard Roark.

– Si vous êtes en retard, je vous flanque à la porte.

– Bien.

Roark étendit la main pour reprendre ses dessins.

– Laissez ça là, hurla Cameron. Et maintenant sortez d'ici !

1.4

– Toohey, dit Guy Francon, Ellsworth Toohey. Vraiment chic de sa part ! Lisez cela, Peter.

Francon se pencha par-dessus son bureau et tendit aimablement à Keating le numéro d'août de *Nouvelles Frontières*. *Nouvelles Frontières* était une revue à couverture blanche ornée d'un frontispice qui réunissait une palette, une lyre, un marteau, un tournevis et un soleil levant ; il tirait à trente mille et se qualifiait lui-même de bastion de l'avant-garde intellectuelle du pays ; personne n'avait jamais discuté cette affirmation. Keating, dans un article intitulé « Marbre et Mortier » par Ellsworth M. Toohey, se mit à lire les lignes suivantes :

« ... et maintenant nous en arrivons à une nouvelle et remarquable apparition dans notre horizon new-yorkais. Nous appelons l'attention de tous les gens de goût sur le Melton Building, de Francon & Heyer. Il se dresse, dans sa sérénité immaculée, comme un témoignage éloquent du triomphe de la pureté classique alliée au bon sens. La discipline consentie à une immortelle tradition est un facteur de cohésion dans la structure de cet édifice dont la simple et claire beauté touchera le cœur de chaque passant. Il n'y a là aucun exhibitionnisme malsain, aucun effort pervers de nouveauté à tout prix, nulle orgie d'égotisme effréné. Guy Francon, son créateur, a su se plier aux canons que des générations d'artistes avant lui ont prouvés inviolables, tout en donnant cours à sa propre originalité créatrice et sans pour cela s'élever contre le dogme classique qu'il accepte avec l'humilité du véritable artiste. Il est d'ailleurs intéressant de noter en passant que la soumission aux dogmes est la seule voie donnant accès à la véritable originalité...

» Mais plus importante encore est la signification symbolique de ce building tel qu'il se dresse dans notre impériale cité. En contemplant la façade sud, l'observateur est frappé du fait que les frises, qui, répétées avec intention, déroulent, avec une gracieuse monotonie, du troisième au dix-huitième étage, leurs longues lignes horizontales, sont le principe même de la modération et de l'équilibre, et le symbole de l'égalité. Il semble qu'elles ramènent le fier édifice au niveau du spectateur. Ces frises symbolisent l'humanité, le peuple, la grande masse. Elles semblent nous dire que nul ne doit s'élever trop haut au-dessus de la masse commune, que tout est réuni et ramené à de justes proportions, même cette orgueilleuse construction, par la frise éternelle de la fraternité humaine... »

Et cela continuait ainsi. Keating lut jusqu'au bout, releva la tête et fit entendre un sifflement admiratif.

Francon sourit d'un air enchanté.

– Fameux, hein ? Et de Toohey, encore. Il n'est peut-être pas encore très célèbre, mais il le deviendra ; souvenez-vous de ce que je vous dis, Peter, il le deviendra. Et je m'y connais... Et il ne me trouve pas trop mauvais, hein ? Pourtant il a une langue de vipère, quand il le veut. Vous verrez de quels éreintements il est capable Vous connaissez la dernière cage à poules qu'a construite Durkin. Je me suis trouvé à une soirée avec Toohey et je l'ai entendu dire... (Francon pouffa) : « Si Mr. Durkin nourrit l'illusion qu'il est architecte, une bonne âme devrait se charger de lui signaler à quel point nous manquons de plombiers capables. » Imaginez cela, Peter, et devant tout le monde !

– Je me demande, murmura Keating d'un air d'envie, ce qu'il dira de moi, un jour.

– Qu'est-ce qu'il peut bien vouloir dire avec son histoire de signification symbolique et de frise de la fraternité humaine ?... Oh, et puis après tout, puisque l'article est élogieux, peu m'importe le reste.

– N'est-ce pas la tâche même du critique, Mr. Francon, d'interpréter l'œuvre et de la rendre claire à l'artiste lui-même. Mr. Toohey a simplement fait ressortir l'intention secrète qui était enfouie dans votre subconscient.

– Oh, dit Mr. Francon d'un air vague. Oh, vous croyez ? ajouta-t-il d'un air ravi. C'est possible, en effet... Oui, tout à fait possible. Vous êtes un garçon remarquable, Peter.

– Merci, Mr. Francon, dit Keating en esquissant le geste de se lever.

– Attendez. Ne me quittez pas encore. Une cigarette et nous retournerons tous les deux à nos corvées.

Francon, tout souriant, se mit à relire l'article. Jamais Keating ne l'avait vu aussi satisfait ; aucun travail effectué dans ses bureaux, aucune construction édifiée sous ses ordres ne l'avait rendu aussi heureux que ces lignes écrites par un critique, à l'usage de la foule.

Keating était confortablement installé dans un bon fauteuil. Pendant le mois qui venait de s'écouler, il n'avait pas perdu son temps. Sans qu'il eût rien dit ni rien fait pour cela, il avait créé l'impression que lorsqu'on devait envoyer quelqu'un à Guy Francon, il était préférable que ce fût lui. Il se passait rarement un jour sans le plaisant intermède d'une conversation avec Guy Francon, dans une respectueuse et grandissante intimité, tandis que Francon lui expliquait, avec force soupirs, la nécessité qu'il y avait pour lui à s'entourer de gens qui le comprenaient.

Keating avait appris tout ce qu'il pouvait savoir de Guy Francon auprès de ses camarades de travail. Il savait que Francon mangeait modérément, mais exquisément, et se flattait d'être un véritable gourmet ; qu'il avait terminé, avec les plus hautes distinctions, l'école des Beaux Arts ; qu'il avait épousé une femme très riche et que son mariage n'avait pas été heureux ; qu'il assortissait méticuleusement ses chaussettes avec ses mouchoirs, mais jamais ses cravates ; qu'il avait une grande prédilection pour la construction en granit gris ; qu'il possédait, dans le Connecticut, une carrière de granit gris qui se révélait une affaire florissante ; que son somptueux appartement de célibataire était décoré en Louis XV, couleur prune ; que sa femme, d'excellente famille, était morte en laissant toute sa fortune à sa fille unique ; que cette fille, âgée de dix-neuf ans, était élevée dans un collège.

Ce dernier détail intéressait vivement Keating. Il fit allusion devant Francon, sans avoir l'air d'y toucher, à l'existence de cette fille. « Heu, oui... dit Francon d'un air absent, oui, en effet... » Keating abandonna le sujet pour le moment, car le visage de Francon exprimait, de toute évidence, que la pensée même de l'existence de sa fille lui était franchement désagréable, et ceci pour une raison que Keating ignorait.

Keating avait fait la connaissance de Lucius N. Heyer, l'associé de Francon, et l'avait vu venir deux fois dans les bureaux en l'espace de trois semaines, mais il n'avait pas encore pu comprendre quels services Heyer rendait à la firme. Heyer ne souffrait pas d'hémophilie, mais il aurait pu en avoir. C'était un aristocrate, avec un long cou mince, des yeux saillants et pâles, et qui témoignait envers tout le monde d'une sorte de douceur effrayée. Il était le dernier représentant d'une ancienne famille, et l'on soupçonnait Francon de l'avoir pris comme associé eu égard à sa situation sociale. Les gens étaient tout attendris par ce pauvre cher Lucius, admiraient l'effort qu'il avait accompli en prenant une carrière et pensaient que ce serait gentil de leur part de lui confier le soin de bâtir leur maison. Francon la construisait pour eux et ne demandait rien de plus de Lucius. Et de cette façon, tout le monde était satisfait.

Peter Keating était aimé de ses camarades. Il leur donnait l'impression d'être là depuis longtemps. Il avait toujours su pratiquer l'art de devenir partie d'un tout ; aimable et charmant avec tous, il était comme une éponge, prêt à s'imprégner de l'air et de l'atmosphère de l'endroit où il pénétrait. Son sourire chaud, sa voix gaie, son aisance, tout en lui semblait exprimer un cœur léger incapable de blâmer, ou d'accuser qui que ce soit.

Tandis qu'il observait Francon plongé dans sa lecture, celui-ci leva la tête et le regarda. Et Francon put lire dans les yeux levés vers lui une approbation totale, mais tempérée par deux petites touches ironiques au coin des lèvres de Peter, comme deux petites notes d'un rire musical qui s'y dessinaient sans se faire entendre. Francon fut envahi d'un sentiment extrêmement agréable, provoqué par cette ironie même. L'admiration atténuée par ce demi-sourire lui conférait une importance qu'il n'avait pas besoin de mériter. Une admiration aveugle aurait été quelque chose de précaire ; une admiration méritée lui aurait créé des responsabilités ; une admiration non méritée lui était particulièrement précieuse.

– En partant, Peter, donnez donc ceci à Miss Jeffers, qu'elle le mette dans mon dossier.

En descendant l'escalier, Keating s'amusa à jeter la revue en l'air et à la rattraper avec adresse tout en arrondissant les lèvres pour siffler sans émettre aucun son.

Dans l'atelier des dessinateurs, il trouva Tim Davis, son meilleur ami, penché d'un air abattu sur son travail. Tim Davis était ce grand garçon blond qui occupait la table voisine de la sienne et avec lequel Keating s'était lié dès le début, car il avait deviné, par quelque instinct secret, que Tim Davis était le meilleur dessinateur de la boîte. Aussi souvent que cela était possible, Keating s'organisait de façon à travailler sur le même projet que Davis. Et ils avaient très vite pris l'habitude d'aller déjeuner ensemble et de se rendre, après leur journée de travail, dans un petit bar tranquille. Là Keating écoutait, avec toutes les marques de l'intérêt le plus vif, les interminables récits que lui faisait Davis de son amour pour une certaine Elaine Duffy, récits que Keating se hâtait d'oublier en le quittant.

Davis était ce jour-là de la plus sombre humeur et mâchonnait furieusement et simultanément une cigarette et son crayon. Keating n'eut pas besoin de le questionner. Il lui suffit de se pencher, de son air le plus amical, sur l'épaule de Davis. Celui-ci, crachant sa cigarette, donna libre cours à son indignation en expliquant à Keating que, pour la troisième fois dans la semaine, il lui faudrait, ce soir-là, fournir un travail supplémentaire.

— Je suis obligé de rester, Dieu sait jusqu'à quelle heure ! Il me faut terminer ce damné projet ce soir ! (Il éparpilla les feuilles devant lui.) Regardez ça ! Il me faudra des heures et des heures pour en finir. Qu'est-ce que je vais faire ?

— Mais, Tim, c'est parce qu'ils savent bien que vous êtes le meilleur dessinateur ici que c'est à vous qu'ils s'adressent.

— Qu'ils aillent au diable. J'ai rendez-vous avec Elaine, ce soir. Comment puis-je la décommander ? Ce serait la troisième fois ! Elle ne me croira pas ! Elle me l'a déjà dit la dernière fois ! J'en ai assez ! Je vais aller voir Guy le Tout-Puissant, et je lui dirai que je lui rends ses plans et ma place ! Je m'en vais !

— Attendez, dit Keating en se rapprochant de lui. Attendez ! Il y a un autre moyen. Je vais faire ce travail pour vous.

— Allons donc !

— Parfaitement. Je vais le faire. Et ne vous en faites pas. Personne n'y verra aucune différence.

— Pete ! Vous feriez cela ?

— Mais certainement. Je n'ai rien à faire ce soir. Restez jusqu'à ce qu'ils soient tous partis et vous pourrez filer.

— Oh, Pete ! soupira Davis, fortement tenté. Mais qu'est-ce que je prendrai s'ils s'en aperçoivent ! Vous êtes depuis trop peu de temps ici pour faire un travail pareil.

— Personne ne s'apercevra de rien.

— C'est que je pourrais perdre ma place, Pete. Et c'est un risque que je ne peux pas courir. Elaine et moi, nous allons bientôt nous marier. S'il arrivait quelque chose...

— Il n'arrivera rien.

Peu après six heures, Davis quitta furtivement l'atelier désert, laissant Keating installé à sa place.

Penché sous la lampe solitaire, Keating, embrassant du regard l'immense

51

atelier désert, étrangement silencieux après l'activité de la journée, fut envahi de la certitude absolue qu'un jour il y régnerait en maître, et c'était pour lui une certitude aussi évidente que l'existence du crayon qu'il tenait à la main.

Il était neuf heures et demie lorsqu'il eut terminé les plans, et, les déposant avec soin sur la table de Davis, il quitta le bureau. Il se mit à marcher droit devant lui, envahi par un sentiment de bien-être pareil à celui qu'on ressent après avoir fait un bon repas. Et, brusquement, un sentiment de solitude l'envahit. Ce soir il avait absolument besoin de parler avec quelqu'un, de lui faire partager ses impressions. Mais il n'avait personne chez qui aller. Pour la première fois depuis son arrivée à New York, il souhaita avoir sa mère avec lui. Mais elle était restée à Stanton, attendant le jour où il pourrait la faire venir auprès de lui. Non, il ne savait où aller ce soir-là, si ce n'était dans la respectable petite pension de la Vingt-huitième Rue Ouest où il occupait, au troisième étage, une petite chambre parfaitement propre, mais sans charme. Il avait fait déjà de nombreuses connaissances à New York, plusieurs jeunes filles avec l'une desquelles il se rappela avoir passé une agréable soirée, bien qu'il fût incapable de se rappeler son nom de famille, mais il ne désirait revoir personne de ces gens-là. Et brusquement il se souvint de Catherine Halsey.

Il lui avait envoyé un télégramme le jour où il avait eu son diplôme, puis l'avait complètement oubliée. A peine son nom lui fut-il revenu à la mémoire, qu'il fut envahi d'un désir intense de la revoir immédiatement. Il sauta dans un autobus qui se dirigeait vers Greenwich Village, grimpa sur l'impériale déserte, et, s'installant à l'avant, injuria les signaux lumineux chaque fois qu'ils tournaient au rouge. Il réagissait toujours ainsi quand il s'agissait de Catherine, et il se demanda, une fois de plus, ce qu'il éprouvait pour elle.

Il l'avait rencontrée, il y avait de cela un an, à Boston, où elle vivait avec sa mère restée veuve. La première fois qu'il l'avait vue, il ne l'avait trouvée ni jolie ni amusante, n'ayant rien de frappant que son ravissant sourire. Ce n'était certes pas une raison suffisante pour qu'il eût envie de la revoir, et cependant il lui avait téléphoné le lendemain. De toutes les innombrables jeunes filles qu'il avait connues au cours de ses années d'études, elle était la seule avec laquelle il n'était jamais allé plus loin que quelques baisers. Les jeunes filles qu'il rencontrait étaient toujours prêtes à lui appartenir, et il le savait. Il sentait que Catherine, elle aussi, lui aurait cédé s'il l'avait voulu. Elle l'aimait et le lui avait avoué, simplement, ouvertement, sans peur et sans timidité, mais sans rien lui demander et sans rien attendre de lui. Lui-même la désirait, mais n'avait jamais profité de ses dispositions envers lui. Il était fier de sortir avec les jeunes filles les plus belles, les plus populaires, les mieux habillées, ravi de l'envie qu'il excitait parmi ses camarades. Il avait honte de l'aspect étourdiment négligé de Catherine et du fait que les autres garçons ne la regardaient jamais deux fois, mais il n'était jamais aussi heureux que lorsqu'il l'emmenait danser. Il avait éprouvé plusieurs passions violentes, au cours desquelles il jurait qu'il ne pourrait vivre sans l'amour de telle ou telle jeune fille. Catherine, il l'oubliait pendant des semaines, et jamais elle ne se rappelait à lui, mais il lui revenait toujours, d'une façon soudaine, inexplicable, comme il le faisait ce soir.

Sa mère, une petite femme douce, aimable, qui travaillait dans l'enseignement, était morte l'hiver précédent, et Catherine était venue vivre chez un oncle à New York. Keating avait répondu à certaines de ses lettres immédiatement, et à d'autres, après des mois. Elle lui répondait toujours par retour du courrier, mais ne le relançait jamais pendant ses longs silences, attendant qu'il les rompît lui-même. Il sentait, en pensant à elle, que rien jamais ne la remplacerait et, cependant, depuis son arrivée à New York, alors qu'il lui suffisait pour la revoir, de sauter dans un autobus ou de lui donner un coup de téléphone, il l'avait oubliée de nouveau pendant plus d'un mois.

Il ne se demanda même pas, tandis qu'il se hâtait vers elle, s'il aurait dû lui annoncer sa visite. Il ne se demandait jamais s'il la trouverait à la maison. Il était toujours revenu à l'improviste et elle était toujours là pour l'accueillir. Il en fut de même ce soir-là.

Ce fut elle qui lui ouvrit la porte, au dernier étage d'une mesquine et prétentieuse maison de pierre brune.

– Hello, Peter, dit-elle exactement comme si elle l'avait vu la veille.

Elle était là, devant lui, trop petite et trop mince pour ses vêtements. Sa courte jupe noire flottait à sa taille étroite ; le col de sa blouse de jeune garçon, négligemment fermé, bâillait en découvrant une fine clavicule ; ses manches trop longues descendaient sur ses mains fragiles. Elle le regardait, la tête penchée de côté ; ses cheveux châtains, négligemment noués sur la nuque, donnaient l'impression d'être coupés, tant ils étaient légers et vaporeux, entourant son visage d'un véritable halo. Ses grands yeux gris avaient un regard de myope ; sa bouche aux lèvres brillantes, le plus lent, le plus délicat, le plus enchanteur des sourires.

– Hello, Katie, dit-il.

Un sentiment de paix l'envahit. Il sentit qu'il n'avait plus rien à redouter, ni dans cette maison ni au-dehors. Il s'était préparé à lui expliquer combien il avait été occupé depuis son arrivée à New York, mais toute explication lui parut soudain superflue.

– Donnez-moi votre chapeau, dit-elle, et faites attention à cette chaise, elle n'est pas très solide. Il y en a de plus robustes, dans le living-room. Venez.

Il remarqua que le living-room, bien que modeste, était meublé avec beaucoup de goût et de distinction. Sur de simples rayonnages, des livres précieux s'entassaient jusqu'au plafond ; tandis que ceux dont on se servait en ce moment étaient négligemment jetés un peu partout. Au-dessus d'un secrétaire modeste, mais parfaitement en ordre, une eau-forte de Rembrandt, tachée et jaunie, révélait l'œil d'un connaisseur qui avait dû faire cette trouvaille chez quelque antiquaire et qui n'avait probablement jamais voulu s'en séparer, bien que visiblement l'argent qu'il en aurait tiré ne lui eût pas été inutile. Il se demanda quelle pouvait bien être la profession de l'oncle de Katie. Il ne l'avait jamais questionnée à ce sujet.

Il resta un moment à regarder autour de lui, jouissant de cette présence et de cette impression de certitude qu'il éprouvait si rarement Puis, se retournant, il la prit dans ses bras et l'embrassa; leurs lèvres se joignirent, doucement, ardemment. Elle ne se sentait ni effrayée, ni excitée, trop profondément heureuse pour ne pas accepter ses baisers comme une chose toute naturelle.

– Dieu, que vous m'avez manqué, dit-il.

Et en le disant, il comprit à quel point c'était vrai et qu'il n'avait pas cessé un jour de la regretter, même lorsqu'il croyait ne pas penser à elle.

– Vous n'avez pas beaucoup changé, dit-elle. Un peu plus mince peut-être. Cela vous va bien. Vous serez très séduisant à cinquante ans, Peter.

– Ce n'est pas un très grand compliment... par anticipation.

– Pourquoi? Oh, vous pensez que cela veut dire que je ne vous trouve pas séduisant maintenant? Mais vous l'êtes.

– Vous ne devriez pas me dire des choses pareilles.

– Pourquoi pas? Vous le savez bien. Mais j'ai pensé tout d'un coup à vous lorsque vous aurez cinquante ans. Vous aurez les tempes argentées, vous porterez un complet gris (j'en ai vu un l'autre jour dans une vitrine et j'ai pensé qu'il vous irait bien), et vous serez un grand architecte.

– Vous le croyez vraiment?

– Mais bien entendu.

Elle ne cherchait nullement à le flatter. Elle ne semblait même pas réaliser que ce pût être une flatterie. Elle énonçait simplement un fait trop certain pour qu'il fût nécessaire d'insister.

Il s'attendait à ce qu'elle le questionnât, mais au lieu de cela, ils se mirent brusquement à parler des jours passés de Stanton, et il riait, l'ayant prise sur ses genoux, encerclant de ses deux bras son buste étroit, et plongeant dans ses yeux au regard heureux et tendre. Il lui rappela leurs vieux costumes de bain, les trous qu'elle avait toujours dans ses bas, leur pâtisserie favorite où ils avaient passé tant de soirées d'été, et tout en parlant il se disait vaguement que tout cela était absurde; qu'il avait des choses infiniment plus importantes à lui dire et à lui demander; que les gens ne parlent pas ainsi lorsqu'ils ont été séparés pendant des mois. Mais à elle, cela lui semblait parfaitement normal. Elle ne semblait même pas avoir eu conscience de leur séparation.

Ce fut lui qui lui demanda:

– Avez-vous reçu mon télégramme?

– Oh, oui, merci.

– Est-ce que vous n'avez pas envie de savoir comme je me débrouille dans une grande ville?

– Mais si. Dites-le-moi vite.

– Ça n'a pas l'air de vous intéresser beaucoup.

– Oh, mais si! Je veux connaître tout ce qui vous concerne.

– Alors pourquoi ne me questionnez-vous pas?

– Je sais bien que vous me le direz quand vous en aurez envie.

– Au fond, cela n'a pas tellement d'importance pour vous, n'est-ce pas vrai?

– Quoi donc?

— Ce que j'ai fait pendant tout ce temps.

— Oh... mais si, Peter. Non, au fond, pas tellement.

— C'est vraiment gentil de votre part !

— Mais comprenez-moi ! Ce n'est pas ce que vous faites qui compte. C'est seulement vous.

— Comment, moi ?

— Vous, ici. Vous, à New York. Ou même vous quelque part dans le monde. Je ne sais pas. Simplement vous.

— Savez-vous que vous êtes une petite folle, Katie. Votre technique est exécrable.

— Ma quoi ?

— Votre technique. On ne peut pas déclarer à un homme, de façon plus éhontée, qu'on est tout simplement folle de lui.

— Mais c'est la vérité.

— Mais il ne faut pas le dire. Les hommes ne vous rechercheront pas.

— Mais je ne tiens pas à ce qu'ils me recherchent.

— Mais vous tenez à ce que je vous aime, non ?

— N'est-ce pas le cas ?

— Si, dit-il en resserrant son étreinte, terriblement. Je suis encore plus fou que vous.

— Alors c'est parfait, dit-elle, jouant avec ses boucles sombres.

— Tout a toujours été parfait entre nous, et c'est bien ce qu'il y a de plus curieux... Et maintenant, écoutez-moi. Il faut vraiment que je vous raconte tout ce que j'ai fait, car c'est très important pour moi.

— Cela m'intéresse vraiment beaucoup, Peter.

— Eh bien, vous savez que je travaille chez Francon & Heyer et que... mais vous ne savez même pas ce que cela signifie.

— Oh, mais si. J'ai regardé dans le bottin des architectes. On y disait sur eux des choses très élogieuses. Et j'ai questionné mon oncle. Il dit qu'ils tiennent la première place.

— Et comment ! Francon, c'est le plus grand architecte de New York, de toute l'Amérique, peut-être même du monde entier. Il a construit dix-sept gratte-ciel, huit cathédrales, six gares de chemin de fer et Dieu sait combien d'autres choses... Bien entendu, c'est un vieux fou et un pompeux imposteur qui se faufile partout et...

Il se tut brusquement et la regarda, bouche bée. Il n'avait nullement prémédité de lui dire une chose pareille, une chose qu'il ne s'était même pas avouée à lui-même.

Elle le regardait d'un air serein.

— Oui ? dit-elle. Et alors ?...

— Eh bien... c'est...

Il hésita et comprit qu'à elle, il ne pouvait parler différemment.

— C'est bien ce que je pense de lui. Et je n'ai aucun respect pour lui et pourtant je suis enchanté de travailler avec lui. Comprenez-vous cela ?

— Mais oui, dit-elle calmement. Vous êtes ambitieux, Peter.

— Et vous ne me méprisez pas pour cela ?

— Non. C'est ce que vous vouliez m'entendre vous dire ?

– Exactement. D'ailleurs, je veux être juste. C'est une firme épatante, la première de New York. Je m'en tire bien et Francon est très satisfait de moi. Je vais de l'avant et je crois qu'un jour j'aurai exactement le poste que je désire. Tenez, ce soir, j'ai remplacé un des dessinateurs, et il ne sait pas que bientôt on n'aura plus besoin de lui parce que... Katie ! Qu'est-ce que je dis ?

– Peu importe, mon chéri, je vous comprends.

– Si vous me compreniez vraiment, vous me traiteriez comme je le mérite et vous m'ordonneriez de me taire.

– Non, Peter. Je ne désire rien changer en vous. Je vous aime, Peter.

– Dieu ait pitié de vous !

– Je sais, Peter.

– Elle sait ! Et elle me le dit comme ça ! Comme elle dirait : « Hello, quelle belle soirée ! »

– Pourquoi pas ? Pourquoi le regretter ? Je vous aime.

– Non, ne le regrettez pas ! Ne le regrettez jamais, Katie !... Je n'aimerai jamais que vous...

– Cela aussi, je le sais, Peter.

Il la serra plus étroitement contre lui, comme s'il avait peur de voir disparaître son petit corps fragile. Il ne savait pourquoi, mais il lui disait toujours des choses qu'il n'osait pas s'avouer à lui-même. Et il ne savait pas pourquoi le sentiment de victoire qu'il éprouvait en arrivant chez elle avait complètement disparu. Mais cela n'avait plus aucune importance. Ce qui comptait, c'était ce sentiment tout particulier de liberté qu'il éprouvait. La présence de Catherine le délivrait toujours de quelque chose qu'il ne pouvait définir. Il se sentait libre, il se sentait lui-même. Et tout ce qui comptait pour lui, à ce moment, c'était contre son poignet, le contact d'une humble petite blouse de coton.

Il se mit à la questionner sur sa vie à New York et elle commença à lui parler avec élan de son oncle.

– Il est merveilleux, Peter, simplement merveilleux. Il n'a pas d'argent, mais il m'a accueillie si généreusement. Il a renoncé à son cabinet pour que j'aie ma chambre et maintenant il est obligé de travailler ici, dans le living-room. Il faut absolument que vous le rencontriez, Peter. En ce moment, il fait une tournée de conférences, mais il faudra que vous fassiez sa connaissance à son retour.

– Certainement, avec plaisir.

– Je voulais me mettre à travailler pour assurer mon indépendance, mais il n'a pas voulu en entendre parler. « Ma chère enfant, m'a-t-il dit, pas à dix-sept ans. Voudriez-vous me voir éprouver un sentiment de honte. Je ne crois pas au travail rétribué pour les enfants. » C'est une drôle d'idée, ne trouvez-vous pas ? Mais il est plein d'idées étranges. Je ne les comprends pas toujours, mais les gens disent que c'est un homme très brillant. Il a tourné les choses de telle façon que j'avais l'air de lui faire une faveur en le laissant m'entretenir, et je trouve ça vraiment chic de sa part.

– Mais que faites-vous toute la journée ?

– Pas grand-chose, en ce moment. Je lis beaucoup. Surtout des ouvrages qui traitent d'architecture. Mon oncle a des tonnes de livres sur l'architecture. Mais quand il est là, je lui tape ses conférences. Je ne crois pas qu'il y tienne beaucoup, il préférait la secrétaire qu'il avait auparavant, mais j'aime le faire et il y a consenti. Et il me paie le salaire qu'il lui donnait. Je ne voulais pas, mais il a insisté et j'ai dû accepter.

– Quelle est sa profession ?

– Comment vous dire. Il fait tant de choses. Je ne puis me les rappeler toutes. Il enseigne l'histoire de l'art, il est professeur en quelque sorte.

– Et à propos, quand partez-vous au collège ?

– Oh !... ma foi... voyez-vous, je ne crois pas que mon oncle aime beaucoup cette idée. Je lui ai expliqué que c'était mon intention d'y aller et de travailler pour acquérir ma propre indépendance, mais il a l'air de dire que ce n'est pas une bonne chose pour moi. Oh, il ne me dit pas grand-chose, simplement des petites phrases comme : « Dieu a fait l'éléphant pour qu'il travaille durement et le moustique pour qu'il voltige çà et là, et en règle générale, il ne sert de rien de s'élever contre les lois de la nature. Cependant, si vous tenez à essayer, ma chère enfant... » Mais il ne m'en empêche pas vraiment, il me laisse libre de décider, seulement...

– Alors, ne vous laissez pas décourager.

– Oh ! il n'a pas l'intention de me décourager. Seulement, j'ai réfléchi. Je n'ai jamais rien donné d'extraordinaire à l'école, et j'étais terriblement faible en mathématiques, aussi je me demande... D'ailleurs, rien ne presse. J'ai encore tout le temps de me décider.

– Katie, cette histoire ne me plaît pas. Vous avez toujours eu l'intention d'aller au collège. Si votre espèce d'oncle...

– Vous ne devriez pas parler de lui ainsi, Peter, vous ne le connaissez pas. C'est l'homme le plus extraordinaire que je connaisse. Je n'ai jamais rencontré quelqu'un comme lui. Il est si bon, si compréhensif. Et si amusant, avec cela, plein d'humour. Quand vous êtes avec lui, rien de ce qui vous semblait sérieux ne l'est plus, et cependant c'est un homme très sérieux. Il passe des heures à parler avec moi et il n'est jamais impatienté par ma stupidité, jamais fatigué de m'expliquer les choses. Il me parle des grèves, des conditions de vie des ouvriers dans les quartiers pauvres, de l'exploitation des travailleurs, et il me parle toujours des autres, jamais de lui-même. Un de ses amis me disait que s'il le voulait, mon oncle pourrait gagner beaucoup d'argent ; il est si capable, mais il n'y tient pas, il est tellement désintéressé.

– Ce n'est guère dans la nature de l'homme.

– Attendez, pour le juger, de le connaître. D'ailleurs, lui aussi désire vous rencontrer. Je lui ai parlé de vous. Il vous appelle le Roméo à l'équerre.

– Voyez-vous ça !

– Oh, il n'y met aucune intention méchante, c'est sa manière de dire les choses. Mais vous aurez certainement beaucoup d'idées semblables et peut-être pourra-t-il vous être utile. Il est vraiment très calé en architecture. Vous verrez, vous l'aimerez, mon oncle Ellsworth.

– Qui ? dit Keating.

– Mon oncle.

– Mais dites-moi, dit Keating, d'une voix rauque, comment s'appelle-t-il ?

– Ellsworth Toohey. Pourquoi ?

Les bras lui en tombèrent. Il se mit à la regarder fixement.

– Qu'y a-t-il, Peter?

Il avala sa salive, puis dit d'une voix dure :

– Ecoutez-moi bien, Katie, je ne veux pas faire la connaissance de votre oncle.

– Mais pourquoi?

– Je ne veux pas le rencontrer. Du moins, pas grâce à vous... Voyez-vous, Katie, vous ne me connaissez pas. J'appartiens à cette sorte d'hommes qui se servent des gens. Je ne veux pas me servir de vous. Jamais. Pas de vous.

– Mais vous servir de moi, comment? Que voulez-vous dire? Je ne comprends pas.

– C'est bien simple. Je donnerais n'importe quoi pour rencontrer Ellsworth Toohey. (Peter se mit à rire avec effort.) Ainsi il est calé en architecture? Petite folle que vous êtes! Mais c'est le critique le plus autorisé que nous ayons dans cette branche. On ne le sait peut-être pas encore, mais vous verrez dans deux ans. Demandez à Francon ce qu'il en pense. Et il s'y connaît, le vieux renard. Votre oncle Ellsworth est tout simplement en train de devenir le Napoléon des critiques en architecture, c'est moi qui vous le dis. De plus, il y a peu de critiques qui se donnent la peine de parler de notre profession. Il a compris cela et prendra sans peine la première place. Si vous voyiez les types les plus importants du bureau, lapant comme de la crème jusqu'aux virgules des articles qu'il écrit! Et vous pensiez qu'il pourrait peut-être m'aider? Mais il pourrait faire ma fortune s'il le voulait bien, et il le voudra, et je le rencontrerai, un jour, comme j'ai rencontré Francon, quand je serai prêt, mais pas ici, et pas grâce à vous.

– Mais, Peter, pourquoi pas?

– Parce que je ne veux pas. Parce que tout cela est répugnant, que je déteste mon travail, ma profession, ce que je fais, ce que je serai appelé à faire. Je veux que vous n'y soyez mêlée en rien. Vous êtes tout ce que je possède au monde, Katie, et je vous veux hors de tout cela.

– Mais hors de quoi!

– Je ne sais pas!

Elle se leva, et il l'entoura de ses bras, cachant sa tête contre son flanc. Elle se pencha sur lui et lui caressa les cheveux.

– Bien, Peter. Je crois que je comprends. Vous le rencontrerez seulement quand vous le désirerez, et quand vous me le demanderez. Et vous pourrez vous servir de moi, si vous le voulez. Cela ne changera rien entre nous.

Il releva la tête et vit qu'elle souriait avec douceur.

– Vous avez trop travaillé, Peter, vous êtes un peu déprimé. Si je vous faisais une tasse de thé?

– Tiens, je n'y pensais plus, mais en réalité je n'ai pas dîné. Je n'ai pas eu le temps.

– Par exemple! Mais c'est un scandale. Venez immédiatement avec moi à la cuisine, je verrai ce que je peux vous préparer.

Il la quitta deux heures plus tard. Il se sentait pur, léger, heureux. Il avait surmonté toute crainte, oublié Toohey et Francon. Il ne se souvenait plus que d'une chose, qu'il avait promis de revenir le lendemain, et qu'il lui paraissait insupportable d'attendre si longtemps pour la revoir. Elle resta à la porte un moment, après qu'il fut parti, la main sur la poignée qu'il venait de toucher et se disant qu'il reviendrait peut-être le lendemain... ou dans trois mois.

– Ce soir, quand vous aurez terminé, dit Henry Cameron, vous viendrez me voir dans mon bureau.

– Bien, dit Roark.

Cameron tourna sur ses talons et sortit de l'atelier. C'était la phrase la plus longue qu'il eût adressée à Roark depuis un mois.

Roark arrivait ponctuellement chaque matin, accomplissait sa tâche et ne s'entendait jamais adresser de commentaire. Cameron entrait parfois dans la pièce, et se tenait pendant un long moment derrière Roark, penché par-dessus son épaule. On aurait dit que, par son regard perçant, il s'efforçait délibérément de troubler la main ferme qui dessinait. Les deux autres dessinateurs abîmaient leur travail à la seule pensée d'une telle apparition. Roark, lui, ne semblait même pas s'en apercevoir. Il continuait de travailler, au même rythme, prenant tout le temps qu'il fallait pour poser un crayon émoussé et en choisir un autre. « Hum ! » grommelait soudain Cameron. Roark tournait la tête et demandait d'un ton courtois et attentif : « Quoi donc ? » Cameron se détournait sans un mot, exprimant par toute son attitude qu'il estimait qu'une réponse était inutile, et quittait la pièce. Roark se remettait à travailler.

– Ça va mal, confiait Loomis, le plus jeune dessinateur, à son collègue Simpson. Le patron ne l'aime pas. Je le comprends, d'ailleurs. C'est un type qui ne fera pas de vieux os ici.

Simpson était âgé et faible. Il avait suivi Cameron à travers ses déménagements successifs et se cramponnait à lui sans bien savoir pourquoi. Loomis était jeune et avait l'air d'être le commis de la droguerie du coin. Et s'il était chez Cameron, c'est qu'il avait été chassé de partout.

Les deux hommes détestaient Roark. Il était généralement détesté, au premier regard, où qu'il allât. Son visage était fermé comme la porte d'un coffre-fort. On enferme généralement dans un coffre-fort des choses de valeur et c'était pour cette valeur devinée que les hommes lui en voulaient. Il créait par sa présence un sentiment de froid et d'inconfort. Par un étrange processus, il faisait sentir qu'il était là tout en n'y étant pas, ou peut-être qu'il était là et qu'eux n'y étaient pas.

Après sa journée de travail, il parcourait à pied la longue distance qui le séparait de chez lui, près d'East River. Il avait choisi ce quartier parce qu'il y avait trouvé, pour deux dollars et demi par semaine, tout l'étage supérieur d'une maison, une pièce immense utilisée autrefois comme entrepôt. L'atelier n'avait pas de plafond et l'eau filtrait entre les poutres du toit. Mais sur deux des parois s'ouvrait une longue file de fenêtres, les unes aux vitres intactes, d'autres où les carreaux avaient été remplacés par du carton, et ces fenêtres donnaient d'un côté sur le fleuve, de l'autre sur la ville.

Une semaine auparavant, Cameron était entré dans l'atelier des dessinateurs et avait jeté sur la table de Roark un projet de maison de campagne, en lui lançant, d'une voix brève : « Tâchez de me tirer une maison de ça ! » Il était sorti sans un mot d'explication. Les jours suivants, il ne s'était pas approché une seule fois de la table de Roark. Roark avait terminé les plans la veille au soir et les avait posés sur le pupitre de Cameron. Le matin même, Cameron était entré dans l'atelier, avait donné du travail à Roark, lui avait ordonné de venir dans son bureau en fin de journée et n'avait plus reparu.

Les autres employés étaient partis. Roark jeta un vieux morceau de toile cirée sur son travail et se dirigea vers le bureau de Cameron. Les plans de la maison de campagne étaient éparpillés sur le bureau. La lumière de la lampe tombait sur la joue de Cameron, sur sa barbe où brillaient des fils blancs, sur son poing, sur un coin de dessin dont les lignes noires et brillantes paraissaient comme gravées dans le papier.

– Vous êtes renvoyé, dit Cameron.

Roark était debout, à mi-chemin de la longue pièce, tout son poids sur une jambe, les mains pendantes, une épaule plus haute que l'autre.

– Vraiment ? dit-il tranquillement, sans avancer.

– Venez ici, dit Cameron, asseyez-vous.

Roark obéit.

– Vous êtes trop bien pour eux, dit Cameron. Vous avez trop de talent et trop d'aspirations. Cela ne sert à rien, Roark. Mieux vaut y renoncer maintenant que plus tard.

– Que voulez-vous dire ?

– A quoi bon dépenser les dons que vous avez reçus à vous efforcer d'atteindre un idéal que vous n'atteindrez jamais, qu'ils ne vous laisseront jamais atteindre. A quoi bon transformer votre merveilleux talent en un instrument de torture. Vendez-le, Roark, vendez-le tout de suite. Ce ne sera plus la même chose, mais vous avez assez de talent pour qu'ils vous le paient et qu'ils vous le paient cher si vous consentez à travailler selon leur conception. Acceptez, Roark. Acceptez les compromis, et cela dès maintenant, car vous devrez céder tôt ou tard. Inutile que vous passiez par quoi j'ai passé. Vous ne savez pas ce que c'est. Moi, je le sais. Quittez-moi. Allez chez quelqu'un d'autre.

– Est-ce ce que vous l'auriez fait à mon âge ?

– Orgueilleux blanc-bec ! Comment interprétez-vous mes paroles ? Et qui vous autorise à vous comparer...

Il se tut brusquement devant le sourire de Roark.

Il sourit à son tour, et du sourire le plus triste que Roark eût jamais vu.

– Non, dit Cameron doucement. Il ne sert de rien que je continue sur ce ton. Vous avez parfaitement raison d'avoir conscience de votre valeur. Mais il faut que je vous parle. Et je ne sais comment commencer. J'ai perdu l'habitude de m'adresser à des hommes tels que vous. L'ai-je perdue ? Peut-être ne l'ai-je jamais eue. Et c'est ce qui me rend la chose plus difficile. Voulez-vous essayer de me comprendre ?

– Je vous comprends parfaitement et je pense que vous perdez votre temps.

– Ne soyez pas grossier, car je serais incapable, en ce moment, de vous répondre sur le même ton. Je vous demande de m'écouter sans m'interrompre.

– Je vous écoute. Et, excusez-moi. Je n'avais nullement l'intention d'être impoli.

– Voyez-vous, je suis le dernier des architectes chez lequel vous auriez dû venir. Et ce serait, de ma part, commettre un véritable crime que de vous garder plus longtemps. On aurait dû vous mettre en garde contre moi. Je ne vous suis d'aucun appui. Je vous laisse continuer dans la voie que vous avez choisie, je ne vous communique aucun bon sens. Bien au contraire, je vous pousse en avant, je vous entraîne toujours plus loin dans cette voie. Je vous encourage à rester ce que vous êtes et à accentuer même votre caractère. Me comprenez-vous ? Et savez-vous que dans un mois, je n'aurai plus le courage de vous laisser partir ? Je ne suis même pas sûr de le pouvoir maintenant. Donc, ne discutez pas et allez-vous-en. Partez pendant qu'il est encore temps.

– Comment le pourrais-je ? Ne croyez-vous pas qu'il est déjà trop tard. Qu'il était déjà trop tard pour moi il y a douze ans.

– Essayez, Roark. Essayez d'être raisonnable pour une fois. Il y a bien assez d'architectes importants qui vous prendront chez eux, expulsion ou pas expulsion, sur un simple mot de ma part. Ils peuvent rire de moi lorsqu'ils sont réunis, mais ils sont toujours heureux de me voler quelque chose et ils savent parfaitement que je sais encore reconnaître un bon dessinateur quand j'en rencontre un. Je vous donnerai une lettre d'introduction pour Guy Francon. Il a travaillé pour moi, il y a longtemps de cela. Je crois bien l'avoir flanqué à la porte, mais qu'importe. Allez travailler chez lui. Vous n'aimerez pas beaucoup cela au début, mais vous vous y habituerez. Et, plus tard, vous me remercierez.

– Pourquoi me dites-vous tout cela ? Ce n'est pas ce que vous voudriez me dire. Et ce n'est pas ce que vous auriez fait à ma place.

– C'est bien pour cela que je vous le dis ! Parce que ce n'est pas ainsi que j'ai agi autrefois... Ecoutez-moi, Roark. J'ai peur pour vous et je vais vous expliquer pourquoi. Ce que je redoute pour vous, ce n'est pas uniquement votre conception de l'architecture. Vous pourriez être un de ces exhibitionnistes qui cherchent à tout prix à être différents des autres pour attirer l'attention par leurs singeries. Mais chez vous, ce n'est pas cela. Vous avez l'amour de votre profession. Dieu vous bénisse, vous l'aimez sincèrement, profondément. Et voilà votre malédiction, le stigmate sur votre front. Vous aimez votre travail, ils le savent et ils vous auront à cause de cela. Est-ce qu'il vous arrive de regarder les gens, dans la rue ? Est-ce qu'ils ne vous font pas peur ? A moi, si. Ils passent à côté de vous, portant des chapeaux, des paquets. Mais cela, ce n'est que leur apparence. Leur substance véritable, c'est la haine, la haine pour l'homme qui travaille avec amour. Ils le redoutent, je n'ai jamais compris pourquoi. Et vous voulez vous exposer à leurs coups, Roark, vous livrer à eux sans défense ?

– Je ne remarque jamais les gens dans la rue.

– Mais avez-vous remarqué ce qu'ils m'ont fait à moi ?

– Je ne sais qu'une chose, c'est que vous n'avez pas eu peur d'eux. Pourquoi me demander d'être effrayé par eux ?

– Mais c'est justement pour cette raison. (Il se pencha en arrière, les mains croisées sur son bureau.) Vous voulez me le faire dire, Roark. N'est-ce pas un peu cruel de votre part ? Eh bien, je vous le dis : Est-ce que vous avez envie de finir comme moi ? De devenir ce que je suis devenu ?

Roark se leva et se tint dans la zone éclairée, près du bureau.

— Si, à la fin de ma vie, dit-il, je suis ce que vous êtes aujourd'hui, ici, dans ce bureau, je considérerai cela comme un honneur que je n'ai pas mérité.

— Asseyez-vous, grommela Cameron. J'ai horreur des démonstrations.

Roark regarda autour de lui d'un air étonné, surpris de se trouver debout.

— Excusez-moi, dit-il. Je me suis levé sans y penser.

— Eh bien, asseyez-vous. Et écoutez-moi. Je comprends ce que vous voulez dire et je l'apprécie. Mais vous ne savez pas ! Je croyais que quelques semaines dans mes bureaux suffiraient à vous guérir de votre admiration pour les héros malheureux, mais je vois qu'il n'en est rien. Vous êtes là à vous répéter que ce vieux Cameron est vraiment un grand type, un martyr, le noble défenseur d'une cause perdue et que vous aimeriez monter avec lui à l'assaut des barricades et manger avec lui dans des cuisines roulantes à dix cents jusqu'à la fin de vos jours. Je sais, cela paraît une chose très pure et très belle lorsqu'on a atteint le grand âge de vingt-deux ans. Mais savez-vous ce que cela signifie ? Défendre pendant trente ans une cause perdue, cela sonne bien, n'est-il pas vrai ? Mais avez-vous jamais calculé combien il y a de jours en trente années ? Et savez-vous de quoi ils sont faits, ces jours ? Le savez-vous ?

— Je suis sûr que vous préféreriez ne pas parler de tout cela.

— Certainement que je préférerais n'en pas parler ! Mais j'en parlerai tout de même ! Je veux que vous sachiez ce qui vous attend. Il y aura des jours où vous regarderez vos mains et où vous serez saisi du désir d'en briser jusqu'au dernier os, parce que vous savez ce qu'elles seraient capables de faire et que vous ne pouvez pas leur donner la chance de le faire, et où vous vous détesterez vous-même, parce que vous aurez le sentiment d'avoir failli envers vos mains. Il y aura des jours où, lorsque vous monterez en autobus, le conducteur vous interpellera, vous demandant simplement de payer votre place. Mais ce n'est pas ce que vous entendrez. Il vous semblera qu'il se moque de vous, que ce que vous êtes devenu est inscrit sur votre front. Et il y aura des jours encore où vous serez assis au fond d'une vaste salle, en train d'écouter pérorer un individu, qui, monté sur l'estrade, parle d'architecture, de tout ce que vous aimez. Il dit de telles choses que vous vous attendez à ce que quelqu'un se lève pour l'écraser entre le pouce et l'index ; et au lieu de cela, la salle éclate en applaudissements, et vous avez envie de crier et vous ne savez plus si vous êtes au milieu d'une bande de fous ou si c'est vous qui avez perdu la tête, et vous ne dites rien, parce que ce que vous pourriez dire n'a plus aucun sens pour eux, et que même si vous essayiez de leur parler, ils vous repousseraient, parce qu'ils estiment que vous n'avez plus rien à leur apprendre en architecture ! Et voilà au-devant de quoi vous voulez aller !

Roark ne bougeait pas, les yeux fixés sur Cameron Un trait d'ombre, rayant sa joue creusée, lui coupait le menton.

— Cela ne vous suffit pas ? demanda Cameron. Très bien, je continue. Un jour, jaillira de vos doigts une œuvre qui vous paraîtra si parfaite que vous aurez envie de vous agenouiller. Vous ne pourrez pas croire que c'est vous qui avez créé cela. Vous vous direz soudain que le monde est magnifique, que le printemps embaume, que vous aimez l'humanité et que le mal n'existe pas. Et vous quitterez votre maison, votre projet sous le bras, persuadé que le premier homme auquel vous le montrerez n'aura qu'un désir, celui de le réaliser. Mais vous serez déjà arrêté dans votre premier élan par l'employé qui vient couper le gaz. Vous mangiez pourtant très peu ; tout l'argent que vous aviez, vous le gardiez pour finir votre projet, mais le peu que vous mangiez, il fallait bien le faire cuire, et vous n'aviez pas payé le gaz... Ça, ce n'est rien, on peut encore en rire. Enfin, vous serez reçu par celui que vous désiriez voir, vous maudissant vous-même de prendre autant de place, vous efforçant de vous faire tout petit, afin que cet homme ne vous voie pas, mais qu'il entende seulement votre voix, qui le prie, qui le supplie, qui lui lèche les genoux. Vous serez plein de mépris pour vous-même, mais à ce moment, une seule chose compte : que cet homme vous donne la possibilité de faire exécuter votre œuvre, et vous voudriez mettre votre cœur à nu devant lui pour lui faire comprendre tout ce que ce travail signifierait pour vous. Mais il vous répond qu'il regrette beaucoup, qu'il vient de passer la commande à Guy Francon. Vous rentrez chez vous. Et savez-vous ce que vous faites ? Vous vous mettez à pleurer. A pleurer comme une femme, comme un ivrogne, comme un imbécile. Voilà ce qui vous attend, Howard Roark. Cela vous fait toujours envie ?

– Oui, dit Roark.

Cameron ferma les yeux. Il baissa la tête, plus bas, plus bas encore. Puis il resta immobile, les épaules courbées, les mains jointes sur ses genoux.

– Howard, murmura-t-il, je n'ai jamais parlé de tout cela à personne.

– Merci, dit Roark.

Au bout d'un long moment, Cameron releva la tête.

– Rentrez chez vous, maintenant, dit-il d'une voix lasse. Vous avez beaucoup travaillé ces derniers temps, et demain vous aurez une dure journée. (Il désigna du doigt les plans de la maison de campagne.) Tout cela est bon et m'a permis de voir ce que vous êtes capable de faire, mais ce n'est pas encore au point. Il vous faudra presque tout refaire. Demain je vous expliquerai ce que j'entends.

1.5

A la fin de la première année que Keating passa dans la maison Francon & Heyer, l'on commença de chuchoter qu'il en serait le prince héritier. Bien que toujours simple dessinateur, il était, de façon évidente, le favori de Francon. Francon l'invitait à déjeuner, honneur qu'il n'avait jamais, jusqu'alors, accordé à un employé. Et il le faisait appeler pour assister aux discussions avec les clients. Ceux-ci paraissaient éprouver du plaisir à voir un jeune homme aussi décoratif que Keating dans les bureaux d'un architecte.

Lucius N. Heyer avait l'ennuyeuse habitude de demander à Francon, à brûle-pourpoint, en lui désignant un employé qui était là depuis trois ans :

« Quand avez-vous engagé celui-ci ? » Aussi Heyer surprit-il tout le monde en retenant parfaitement le nom de Keating, et en lui adressant, chaque fois qu'il le rencontrait, un sourire montrant qu'il le reconnaissait. Keating avait eu avec lui, par un triste après-midi de novembre, une longue conversation sur la porcelaine ancienne. La vieille porcelaine était le dada de Heyer. Il en possédait une magnifique collection, réunie avec amour. Keating montra de sérieuses connaissances de la question, bien qu'il n'eût jamais entendu parler de porcelaine ancienne, avant la veille au soir qu'il avait passée dans une bibliothèque publique, à se documenter solidement. Heyer fut absolument ravi. Personne, dans les bureaux, ne s'était jamais intéressé à sa collection et c'était à peine si l'on remarquait sa présence. « Vous avez vraiment la main heureuse, lorsque vous choisissez vos collaborateurs, Guy. Il y en a un, en particulier, qui, je l'espère, ne nous quittera pas. Comment s'appelle-t-il, déjà, ah oui, Keating. – D'accord, dit Francon avec un sourire, tout à fait d'accord. »

A l'atelier des dessinateurs, Keating concentrait tous ses efforts sur Tim Davis. Projets et plans n'étaient pour lui que des détails insignifiants, mais inévitables, une activité toute superficielle. Tandis que Tim Davis était son objectif le plus immédiat dans le début de sa carrière.

Davis se laissait aider par lui de plus en plus volontiers. Il ne s'était agi au début que de travail de nuit, puis Davis s'était habitué à lui confier une partie de sa tâche de la journée. Et Keating avait fait le travail secrètement d'abord, puis ouvertement. Davis aurait préféré garder la chose secrète, mais Keating s'arrangea pour que tout le monde le sût, et cela, en prenant un air de modestie naïve qui semblait proclamer qu'il n'était qu'un instrument, rien de plus que le crayon ou l'équerre de Davis, que l'aide qu'il lui apportait ne faisait qu'augmenter l'importance de Tim et qu'il n'avait, par conséquent, aucune raison de s'en cacher.

Au début, Davis transmettait les instructions à Keating ; mais petit à petit, le chef des dessinateurs prit l'habitude de porter directement à Keating des travaux destinés à Davis. Keating était toujours là, souriant, empressé, et disant : « Certainement, je vais le faire. Inutile de déranger Tim pour si peu de chose. Je m'en occuperai. » Davis, ainsi secondé, se laissait vivre. Il fumait, se prélassait, les pieds sur une chaise, les yeux clos, rêvant d'Elaine ; et il murmurait de temps à autre : « Est-ce bientôt prêt, Pete ? »

Davis avait épousé Elaine au printemps. Il arrivait fréquemment en retard. Et une ou deux fois, il avait dit à Keating : « Vous qui êtes bien avec le patron, Pete, glissez-lui un petit mot pour moi à l'occasion, afin qu'il ferme les yeux pour les petites choses. Dieu, que j'aimerais pouvoir ne pas travailler, en ce moment ! »

Mais Keating, lui, disait à Francon : « Je m'excuse, Mr. Francon, de vous apporter si tard les plans Murray, mais Tim Davis s'est disputé avec sa femme hier soir et vous savez ce qu'il en est avec ces jeunes mariés, on est obligé d'être indulgent envers eux. » Ou bien : « C'est de nouveau la faute de Tim Davis, Mr. Francon. Excusez-le, il n'a vraiment pas la tête à ce qu'il fait, en ce moment. »

Et Francon, consultant un jour le barème des salaires de ses employés, constata que le dessinateur le mieux payé était celui dont il avait le moins besoin.

Lorsque Tim Davis perdit sa place, personne, à l'atelier de dessin, n'en fut surpris, excepté lui. Il ne comprit pas ce qui lui arrivait, se sentit plein d'amertume envers un monde qu'il se mit à haïr et se persuada qu'il n'avait plus un seul ami au monde, excepté Peter Keating.

Keating le réconforta, maudit Francon et l'injustice humaine, dépensa six dollars dans un petit bar à circonvenir le secrétaire d'un obscur architecte de sa connaissance, et procura ainsi une nouvelle situation à Tim Davis.

Par la suite, chaque fois que Keating repensait à Davis, il ressentait un chaud sentiment de plaisir à l'idée qu'il avait influé sur la destinée d'un être humain, qu'il l'avait forcé à quitter une voie pour en suivre une autre. Cet être humain, ce n'était même plus pour lui Tim Davis, c'était une entité, une conscience étrangère (il avait toujours éprouvé un sentiment de crainte et d'hostilité envers cette mystérieuse entité qu'est la conscience des autres), et cette entité, il l'avait pliée à sa propre volonté. A l'unanimité, Francon, Heyer et le chef dessinateur décidèrent de transférer à Keating la situation, la table et le salaire de Tim. Mais ce ne fut pas la seule satisfaction de Peter dans cette affaire. Il en eut une autre, tout aussi vive, bien qu'infiniment moins sincère. Il disait souvent, et avec chaleur : « Tim Davis ? Mais parfaitement, c'est moi qui lui ai procuré le poste qu'il occupe actuellement. »

Il en parla à sa mère, dans une de ses lettres, et Mrs. Keating disait à ses amis : « Je ne connais pas de garçon moins égoïste que Petey. »

Peter écrivait à sa mère régulièrement chaque semaine. Ses lettres étaient courtes et respectueuses, celles de sa mère, longues, détaillées, pleines de conseils, et ils les lisait rarement jusqu'au bout.

Il voyait quelquefois Catherine Halsey, mais il n'était pas retourné chez elle le lendemain, comme il le lui avait promis quand il l'avait revue. En s'éveillant le matin et en se souvenant de ce qu'il lui avait raconté, il l'avait haïe pour ce moment de faiblesse. Cependant, il était revenu au bout d'une semaine. Elle ne lui avait fait aucun reproche et ils n'avaient plus reparlé de son oncle. Maintenant, il la voyait à peu près une fois par mois, mais ne lui reparla jamais de sa carrière.

Il essaya, mais sans succès, d'en parler à Howard Roark. Deux fois il grimpa les cinq étages qui conduisaient à l'atelier de celui-ci. Il avait besoin de le voir. Il lui semblait que seul Roark pourrait lui donner la confiance en lui qui au fond lui faisait défaut. Il parla de son travail et questionna Roark avec un intérêt sincère, sur son activité chez Cameron. Roark l'écouta, répondit avec complaisance à toutes ses questions, mais Keating sentit qu'il se heurtait à un rideau de fer, et que tous deux ne parlaient pas la même langue. Keating eut le temps de noter, non sans satisfaction, les manchettes élimées de Roark, ses souliers éculés, son pantalon rapiécé. En partant il en ricanait, mais en réalité, il se sentait profondément misérable, se demandait pourquoi, se jurait de ne jamais revoir Roark tout en sachant parfaitement qu'il le reverrait.

— Non, dit Keating, l'inviter à déjeuner, ça n'allait pas, mais elle a accepté de venir après-demain visiter avec moi l'exposition Mawson.

Il était assis sur le parquet, la tête appuyée au bord du divan, ses pieds nus sortant du pantalon d'un pyjama vert chartreuse appartenant à Guy Francon.

A travers la porte ouverte de la salle de bains, il voyait Francon, debout devant le lavabo, l'estomac pressé contre le rebord brillant, qui se lavait les dents.

– Mais c'est parfait, articula Francon à travers une épaisse mousse de pâte dentifrice. Cela ira tout aussi bien. Vous comprenez pourquoi ?

– Non.

– Seigneur, Pete, je vous l'ai longuement expliqué hier, avant que nous ne partions. Le mari de Mrs. Dunlop a l'intention de lui faire construire une maison.

– Ah ! oui, dit Keating mollement en écartant de son visage ses boucles emmêlées, ah oui... Je me souviens, maintenant... Dieu, Guy, que j'ai mal à la tête !...

Il se rappelait vaguement la soirée à laquelle l'avait conduit Francon, la nuit précédente. Il évoquait le caviar dans un bloc de glace évidé, la robe de tulle noire et le joli visage de Mrs. Dunlop, mais ce dont il ne pouvait se souvenir, c'était comment il avait échoué dans l'appartement de Francon. Il haussa les épaules ; il avait passé de nombreuses soirées avec Francon au cours de cette année et elles finissaient souvent ainsi.

– Ils ne veulent pas d'une maison importante, continua Francon (la brosse à dents fourrée dans sa bouche lui faisait une bosse dans la joue et le manche vert brillait). Quelque chose comme cinquante mille dollars à ce que j'ai cru comprendre. Eux ne sont que du menu fretin. Mais Quimby, vous savez, le gros propriétaire foncier, est le beau-frère de Mrs. Dunlop. Ça ne nous ferait pas de mal de nous immiscer un peu dans les affaires de cette famille, non pas de mal, en vérité. A vous de vous débrouiller pour nous avoir cette commande. Est-ce que je ne puis plus compter sur vous, Pete ?

– Mais si, dit Keating, la tête ballante. Vous pouvez toujours compter sur moi, Guy.

Il restait étendu, immobile, contemplant ses pieds nus. Il pensait à Stengel, le dessinateur de Francon. Il aurait voulu l'écarter de sa mémoire, mais sa pensée retournait automatiquement à Stengel, parce que celui-ci représentait pour lui le prochain pas en avant.

Stengel était imperméable à l'amitié. Depuis deux ans, les efforts de Keating se brisaient contre le verre des lunettes de ce garçon. Ce que Stengel pensait de lui, on le chuchotait dans les ateliers, mais personne n'osait le répéter ouvertement. Stengel, lui, ne se gênait pas pour dire à haute voix ce qu'il pensait, bien qu'il sût parfaitement que les corrections faites à ses plans, lorsqu'ils revenaient du bureau de Francon, étaient de la main de Keating. Mais Stengel avait un point faible. Il avait conçu le projet, depuis quelque temps, de quitter Francon et de s'installer à son compte. Il avait déjà trouvé un associé, un jeune architecte sans talent, mais qui avait hérité d'une grosse fortune. Stengel n'attendait plus qu'une occasion. Keating avait longuement réfléchi à tout cela. Il ne pouvait plus penser à autre chose. Et c'était de nouveau à cela qu'il réfléchissait, assis par terre dans la chambre à coucher de Francon.

Son plan d'action était bien établi lorsqu'il conduisit deux jours plus tard Mrs. Dunlop à la galerie de peinture où avait lieu l'exposition des œuvres d'un certain Frederic Mawson. La guidant à travers la foule clairsemée, il lui prenait de temps à autre le bras et s'arrangeait à ce qu'elle surprît son regard tourné plus souvent vers son visage à elle que vers les tableaux.

– Oui, disait-il, tandis qu'elle contemplait docilement un paysage représentant un dépôt de vieilles voitures et qu'elle s'efforçait de donner à son visage l'expression d'admiration qui convenait, oui, c'est vraiment une œuvre magnifique. Remarquez les couleurs, Mrs. Dunlop... Il paraît que ce Mawson a eu des débuts terribles. C'est toujours la même vieille histoire. Essayer de se faire connaître. La même histoire, et toujours aussi pénible. Et il en est de même pour tous les artistes, ma profession comprise, Mrs. Dunlop.

– Oh, vraiment ? demanda Mrs. Dunlop qui semblait, pour le moment, s'intéresser tout particulièrement à l'architecture.

– Ceci, continua Keating, s'arrêtant devant un tableau représentant une vieille femme aux pieds nus, accroupie au coin d'une rue misérable, ceci c'est de l'art utilisé comme document social. Et il faut un véritable courage pour admirer une œuvre pareille.

– C'est simplement merveilleux, murmura Mrs. Dunlop.

– Oui, du courage. Et c'est une qualité si rare... On raconte que Mawson mourait de faim dans un galetas, lorsque Mrs. Stuyvesant l'a découvert. C'est magnifique de pouvoir contribuer à l'épanouissement d'un jeune talent.

– Oui, ce doit être merveilleux, approuva Mrs. Dunlop.

– Si j'étais riche, dit Keating d'un air d'envie, c'est cela que je ferais. Organiser l'exposition des œuvres d'un nouvel artiste, financer le concert d'un nouveau pianiste, me faire construire une maison par un nouvel architecte.

– Vous savez, Mr. Keating, que mon mari et moi avons l'intention de nous faire construire une petite maison à Long Island.

– Vraiment ! Que c'est charmant à vous, Mrs. Dunlop de me dire à moi une chose pareille ! Et que vous êtes jeune, si vous me permettez de vous le dire. N'avez-vous pas réfléchi que je risquais de devenir terriblement ennuyeux en essayant de vous intéresser à notre firme ? Ou êtes-vous à l'abri de tout cela parce que vous avez déjà choisi votre architecte ?

– Non, je ne suis pas du tout à l'abri, dit Mrs. Dunlop avec coquetterie, et je ne redoute pas ce danger. Je pense très sérieusement à Francon & Heyer, depuis quelques jours. J'en ai entendu dire tant de bien !

– Merci, Mrs. Dunlop.

– Mr. Francon est, paraît-il, un grand architecte.

– Oh, certainement.

– Qu'avez-vous ?

– Mais rien, je vous assure.

– Allons, allons. Qu'avez-vous ?

– Vous désirez vraiment que je vous le dise ?

– Mais bien entendu.

– Eh bien, voilà. Guy Francon, ce n'est qu'un nom. Il ne s'occuperait en rien de votre maison. C'est un de ces secrets professionnels que je ne devrais pas divulguer, mais il y a en vous quelque chose qui m'oblige à être honnête. Tout ce qui se fait de bien dans nos bureaux sort des mains de Mr. Stengel.

– Qui cela ?

– Claude Stengel. Son nom ne vous dit rien, mais il sera célèbre, un jour, lorsque quelqu'un aura le courage de l'imposer. C'est lui qui fait tous les plans, tous les projets, il est l'âme de la maison. Francon se contente d'apposer sa signature au bas des travaux et d'en recueillir tous les honneurs. C'est ainsi d'ailleurs que les choses se passent presque partout.

– Mais pourquoi Mr. Stengel supporte-t-il une chose pareille ?

– Que peut-il faire d'autre ? Personne ne veut lui donner une chance. Vous savez comment sont la plupart des gens, comment ils s'en tiennent aux chemins battus. Ils paieront trois fois le prix que valent les choses simplement pour avoir une signature. Du courage, Mrs. Dunlop, voilà ce qui leur manque, du courage. Stengel est un grand artiste, mais il y a si peu de gens qui soient capables de le comprendre. Il serait prêt à s'établir à son compte si seulement il pouvait trouver quelqu'un d'aussi compréhensif que Mrs. Stuyvesant, qui lui en donnerait la possibilité.

– Vraiment ! dit Mrs. Dunlop. Que c'est intéressant ! Parlez-moi encore de lui.

Ce qu'il fit bien volontiers. Et le temps d'achever l'inspection des œuvres de Frederic Mawson, Mrs. Dunlop disait à Keating, en lui serrant la main :

– C'est tellement aimable, vraiment tellement aimable de votre part. Etesvous sûr que vous ne risquez pas d'avoir des ennuis à votre firme si vous me faites rencontrer Mr. Stengel ? J'osais à peine vous le demander et vous êtes si gentil de ne pas m'en vouloir. Il y a quelque chose de si généreux dans votre attitude. Je suis persuadée que peu de garçons dans votre situation agiraient comme vous le faites.

Lorsque Keating, s'approchant de Stengel, l'invita à participer à un déjeuner, ce dernier l'écouta sans dire un mot. Puis le regardant de côté, il lui jeta :

– Qu'avez-vous donc à y gagner ?

Mais, avant que Keating eût pu répondre, il ajouta, jetant la tête en arrière :

– Oh, je crois que je comprends.

Puis le regardant de nouveau, les lèvres tordues de mépris :

– Très bien, dit-il. Je viendrai.

Lorsque Stengel quitta la firme Francon & Heyer pour ouvrir ses propres bureaux et se mettre à la construction de la maison des Dunlop, sa première commande, Guy Francon brisa une règle contre le bord de son bureau en criant à Keating :

– La canaille ! La maudite canaille ! Après tout ce que j'ai fait pour lui !

– Qu'en attendiez-vous d'autre ? dit Keating, nonchalamment étendu dans un fauteuil. C'est la vie.

– Mais ce que je ne peux pas comprendre, c'est comment cette sale petite fouine a eu vent de cette affaire. Et l'enlever comme ça, sous notre nez !

– Moi, je n'ai jamais eu confiance en lui, dit Keating.

Et, haussant les épaules, il ajouta :

– La nature humaine...

Son amertume n'était d'ailleurs pas jouée. Stengel ne lui avait témoigné aucune gratitude et lui avait simplement dit, en partant : « Vous êtes encore un plus grand salaud que je ne le pensais. Bonne chance. Vous serez certainement un jour un grand architecte. »

Ce fut ainsi que Keating acquit la place de dessinateur en chef chez Francon & Heyer.

Francon célébra la chose par une petite fête intime dans un des restaurants les plus tranquilles et les plus coûteux de New York. « D'ici deux ans, Pete, ne cessait-il de répéter, d'ici deux ans, il se passera des choses. Vous êtes un gentil garçon, Pete, et je vous aime beaucoup, et je ferai des choses pour vous... Est-ce que je n'ai pas déjà fait des choses pour vous ?... Vous verrez, Pete... d'ici deux ans... » « Votre cravate est de travers, Guy, répondit Keating sèchement, et votre gilet est tout éclaboussé de fine... »

Lorsqu'il se trouva pour la première fois seul devant un travail à exécuter, Keating pensa à Tim Davis, à Stengel, à tant d'autres qui avaient désiré ce poste et qui avaient été vaincus par lui. Il eut une impression de triomphe, l'affirmation tangible de sa puissance. Et soudain il se vit enfermé dans sa cage de verre, seul devant une grande feuille de papier vierge. Quelque chose de lourd et de froid tomba de sa gorge à son estomac, et il retrouva la vieille impression de tomber dans un trou. Il s'appuya contre la table, ferma les yeux. Il n'avait jamais encore clairement réalisé ce que l'on attendait maintenant de lui : couvrir de dessins une feuille de papier, créer quelque chose sur cette feuille de papier.

Il devait faire le projet d'un petit hôtel particulier, mais au lieu de le voir se dresser devant lui, il le vit s'enfoncer, comme dans un puits. Et il sentait un puits aussi à l'intérieur de lui-même, un puits au fond duquel s'agitaient inutilement Davis et Stengel. Francon lui avait simplement dit, au sujet de l'hôtel : « Il faut que cela ait de la dignité, avant tout de la dignité... rien de tapageur... une ligne élégante... et tenez-vous-en au devis. » C'était ce que Francon appelait donner des idées à un dessinateur et le laisser les développer à sa guise. Empli d'une stupeur glacée, Keating vit les clients lui rire au visage ; il entendait la voix froide et toute-puissante de Toohey attirant son attention sur les possibilités que lui offrait le chômage chez les plombiers. Il prenait toute pierre en horreur et se maudissait d'avoir choisi la carrière d'architecte.

Lorsqu'il commença à dessiner, il s'efforça de ne pas trop penser à ce qu'il allait faire. Il se disait simplement que ce que Francon, Stengel, Heyer même, et tant d'autres avaient fait, il pouvait le faire.

Il passa plusieurs jours à faire des projets différents. Et il resta des heures dans la bibliothèque de Francon & Heyer, choisissant, parmi des reproductions d'édifices classiques, la façade de son hôtel. Et, peu à peu, la tension dans laquelle il travaillait se relâcha. Il eut la certitude que la maison qui s'élevait sous ses doigts était ce qu'elle devait être, puisque les hommes continuaient de révérer les maîtres des temps passés. A quoi bon se tourmenter, faire des recherches, risquer sa chance, tout cela, ils l'avaient fait pour lui.

Lorsque projets et plans furent terminés, il se mit à les contempler, d'un air incertain, prêt à tomber d'accord avec ceux qui lui auraient déclaré que cette maison était la plus belle ou la plus affreuse qu'on ait jamais vue. Il n'avait aucune certitude, et il lui en fallait une. Il se souvint de Stanton et se rappela à qui il demandait alors conseil. Et appelant au téléphone le bureau de Cameron, il demanda à parler à Howard Roark.

Il vint à l'atelier de Roark, ce soir-là, et étala devant lui les plans, élévations et perspectives de sa première création. Roark se prit à les examiner, les bras écartés, tenant des deux mains les bords de la table, et il se tut pendant un long moment.

Keating attendait, rempli d'anxiété, et la colère montait en lui, car il s'en voulait d'être si anxieux. Quand il ne put plus le supporter, il dit :

– Vous savez, Roark, tout le monde dit que Stengel est le meilleur dessinateur-architecte de la ville et je ne crois pas qu'il avait l'intention de quitter aussi vite Francon & Heyer, mais je l'y ai obligé et j'ai pris sa place. Ça n'a pas été tout seul et j'ai dû...

Il s'arrêta. Il sentait que son récit n'avait rien de glorieux, et qu'il y avait dans sa voix quelque chose d'implorant.

Roark se retourna et le regarda. Le regard de Roark n'avait rien de méprisant ; ses yeux un peu agrandis avaient une expression attentive et étonnée. Il ne dit rien et se remit à examiner les dessins.

Keating se sentit mis à nu devant lui. Davis, Stengel, Francon ne signifiaient plus rien ici. Généralement, les gens le protégeaient contre les gens, mais pour Roark les autres gens n'existaient pas. Les gens donnaient généralement à Keating le sentiment de sa propre valeur. Roark ne lui communiquait rien de semblable. Il eut envie de saisir ses projets et de s'enfuir. Mais le danger n'était pas en Roark, mais dans le fait que lui, Keating, était ce qu'il était.

Roark se tourna vers lui.

– Vous aimez faire de tels travaux, Peter ? demanda-t-il.

– Oh, je sais, dit Keating d'une voix perçante, je sais que vous n'approuvez pas ces sortes de choses, mais ce sont les affaires. Je vous demande simplement ce que vous en pensez au point de vue pratique, et non au point de vue philosophique.

– Je n'ai pas l'intention de vous faire la morale. C'est une simple question que je pose, reprit Roark.

– Si vous vouliez bien m'aider, Howard, juste me conseiller un peu. C'est mon premier projet, et ce qu'on en pensera au bureau est tellement important pour moi. Je ne sais plus si c'est bien ou non. Qu'en pensez-vous ? Vous ne voulez pas m'aider, Howard ?

– Mais si.

Roark, mettant de côté l'esquisse représentant une gracieuse façade, aux colonnes cannelées, aux frontons tronqués, ornée de faisceaux au-dessus des fenêtres et de deux aigles impériaux à l'entrée, s'empara des plans. Prenant une feuille de papier calque, il l'appliqua sur le plan de Keating et se mit à le redessiner. Sous le crayon que Roark tenait d'une main sûre, Keating vit disparaître l'imposant hall d'entrée, les corridors tortueux, les coins sombres. Et dans l'espace ainsi retrouvé, il vit apparaître un immense living-room, de vastes baies donnant sur le jardin, une spacieuse cuisine. Il contempla longuement le plan en silence.

– Et la façade ? demanda-t-il enfin lorsque Roark eut reposé son crayon.

– Pour cela, je ne peux pas vous aider. Mais s'il faut absolument qu'elle soit classique, que ce soit au moins du pur classique. Ne mettez pas trois colonnes là où une seule suffit, et enlevez-moi ces oiseaux devant l'entrée. C'est surchargé.

Keating souriait d'un air reconnaissant en quittant Roark, mais en descendant l'escalier, son projet sous le bras, il se sentait furieux et humilié. Il travailla pendant trois jours d'après les dessins de Roark, refaisant les plans ainsi qu'une façade plus simple et plus pure, et il présenta son travail à Francon avec un geste fier qui ressemblait à un paraphe.

– Eh bien, dit Francon, examinant la façade, par exemple ! Quelle imagination vous avez, Peter. Cependant, je me demande... C'est peut-être un peu osé, mais... Il toussota et ajouta : C'est exactement ce que je désirais.

– C'est que, dit Keating, j'ai étudié toutes vos œuvres ; je me suis constamment demandé ce que vous auriez fait dans ce cas, et si j'ai fait quelque chose de bon, c'est parce que j'ai réussi à saisir votre idée.

Francon sourit. Et Keating comprit brusquement que Francon ne croyait pas ce que Peter venait de lui dire et qu'il savait que Peter ne le croyait pas non plus, mais qu'ils étaient cependant tous deux parfaitement satisfaits et indissolublement liés par une commune méthode et par le même péché.

La lettre que Cameron trouva ce jour-là sur son bureau l'informait que, à son grand regret, le Conseil d'Administration de la Sécurité Trust Company n'avait pas cru devoir retenir son projet du building qui devait être édifié à Astoria pour leur nouvelle succursale, et qu'ils en avaient confié l'exécution à Gould & Pettingill. La lettre contenait, comme convenu, un chèque destiné à le dédommager des dépenses que lui avait occasionnées son projet, mais en réalité le montant de ce chèque ne couvrait pas ses frais.

La lettre était posée, ouverte sur le bureau. Cameron, penché, la regardait sans la toucher, les mains jointes sur ses genoux, les doigts serrés. Ce n'était rien qu'un morceau de papier ; cependant il était là, replié sur lui-même, immobile, regardant ce papier comme quelque chose de surnaturel, une espèce de radium dont les rayons le blesseraient s'il faisait le moindre mouvement.

Pendant trois mois, il avait attendu cette commande de la Security Trust Company. L'une après l'autre, les chances qui lui étaient apparues à de rares intervalles, au cours de ces derniers deux ans, s'étaient évanouies, se transformant d'abord en de vagues promesses pour finir par un refus formel. Il avait dû renvoyer un de ses dessinateurs. Le propriétaire avait réclamé son dû, poliment d'abord, puis sèchement, et enfin grossièrement et ouvertement. Mais personne dans le bureau ne s'en était soucié, pas plus que de l'arriéré dû sur les salaires. N'allait-on pas avoir la commande de la Security Trust Company ! Le vice-président, qui avait demandé à Cameron de leur soumettre un projet, lui avait dit : « Je sais que plusieurs de ces messieurs ne voient pas les choses comme moi, mais allez de l'avant, Mr. Cameron. Tentez votre chance et moi je combattrai pour vous. »

Cameron avait tenté sa chance. Roark et lui avaient travaillé avec acharnement pour finir les plans à temps et même un peu avant, afin de devancer Gould & Pettingill. Pettingill était le cousin de la femme du Président de la Trust Company et une autorité fameuse dans la question des ruines de Pompéi. C'était de plus un fervent admirateur de Jules César, et il était resté une fois plus d'une heure à visiter le Colisée.

Cameron et Roark, flanqués d'un pot de café noir, avaient passé de nombreuses nuits à travailler au bureau jusqu'à l'aube, et Cameron se surprenait parfois à penser à la note d'électricité, mais il repoussait cette pensée. Les lumières brillaient encore dans l'atelier lorsqu'il envoyait Roark, dans le petit matin, chercher des sandwichs. Les rues étaient déjà baignées d'une lumière grise, alors que dans leur bureau il faisait encore nuit, tant était haut le mur de brique qui s'élevait devant les fenêtres. La dernière nuit, ce fut Roark qui renvoya Cameron chez lui, après minuit, car les mains de celui-ci tremblaient et son genou cherchait l'appui du haut tabouret de dessinateur, avec une lente, prudente, maladive précision. Roark était descendu lui-même le mettre en taxi et, à la lueur d'un réverbère, Cameron avait vu soudain le visage épuisé de Roark, ses yeux agrandis, ses lèvres sèches. Le lendemain matin, Cameron, entrant dans l'atelier de dessin, avait trouvé le pot de café renversé, baignant dans une flaque noirâtre, et la main de Roark dans cette flaque, la paume en l'air, les doigts à demi fermés. Roark, étendu sur le plancher, dormait profondément, la tête renversée. Sur la table, les plans s'étalaient, terminés...

Cameron continuait de contempler la lettre sur son bureau. Et ce qu'il y avait de pire, c'est qu'il ne pensait ni aux nuits qu'ils avaient passées à travailler, ni au building qui aurait dû s'élever à Astoria, ni à celui qu'on y construirait à la place. Il ne pensait qu'à une chose, à la somme qu'il lui faudrait payer à la compagnie d'électricité.

Au cours de ces deux dernières années, il était arrivé à Cameron de disparaître de son bureau pendant des semaines, et Roark, ne le trouvant pas chez lui, et sachant ce que cela signifiait, ne pouvait rien faire d'autre que d'attendre son retour. Puis Cameron n'eut même plus honte de son propre abaissement et vint au bureau, chancelant, ne reconnaissant plus personne, complètement ivre et insultant les murs de l'unique place au monde qu'il respectât.

Roark apprit à faire face à son propriétaire et à lui déclarer calmement qu'il lui faudrait attendre encore pour être payé. Et le propriétaire, qui avait peur de lui, n'insista pas. Peter Keating eut vent de la chose, comme il apprenait toute chose qu'il désirait savoir. Il vint un soir dans l'atelier non chauffé de Roark, garda son pardessus, s'assit, et, sortant son portefeuille, en tira cinq billets de dix dollars qu'il tendit à Roark. « Je sais que vous en avez besoin, Howard. Inutile de protester. Vous me les rendrez quand vous voudrez. » Roark le regarda d'un air étonné et prit l'argent en disant : « En effet, j'en ai besoin. Merci, Peter. » Keating dit alors : « Pourquoi diable restez-vous chez le vieux Cameron ? Vous perdez votre temps. Pourquoi continuer à vivre comme vous le faites ? Laissez tomber tout cela, Howard, et venez chez nous. Je n'ai qu'un mot à dire. Francon sera enchanté. Vous commencerez à soixante dollars par semaine. » Roark sortit les billets de sa poche et les lui tendit. « Au nom du ciel, Howard! Je... je n'avais pas l'intention de vous blesser. – Moi non plus. – Je vous en prie, Howard, reprenez cet argent. – Bonne nuit, Peter. »

Roark repensait à cette scène lorsque Cameron entra dans l'atelier, la lettre de la Security Trust Company à la main. Il tendit la lettre à Roark sans un mot, tourna sur ses talons et rentra dans son bureau. Roark lut la lettre et alla rejoindre Cameron. Roark savait que chaque fois qu'à nouveau une commande leur échappait, Cameron aimait à l'avoir dans son bureau, non pour parler de ce qui s'est passé, mais simplement pour le voir, là, près de lui, parler de chose et d'autre, s'appuyer sur cette présence rassurante.

Ce jour-là, Roark vit sur le bureau de Cameron un exemplaire de *L'Etendard*, le journal new-yorkais.

C'était le journal le plus important du consortium Wynand. C'était exactement le genre de journal qu'on se serait attendu à trouver dans une cuisine, chez un coiffeur, dans un salon de troisième ordre, dans le métro, n'importe où, sauf sur le bureau de Cameron. Ce dernier vit le regard qu'y jetait Roark et il sourit.

– Je l'ai acheté ce matin en venant ici. C'est drôle, hein! Je ne savais pas que nous... recevrions cette lettre aujourd'hui. Mais cela va bien ensemble, cette lettre et ce journal. Je ne sais vraiment pas ce qui m'a forcé à l'acheter. Le sens du symbolisme, probablement. Jetez-y un coup d'œil, Howard, c'est instructif.

Roark se mit à parcourir le journal. En première page s'étalait la photographie d'une fille-mère aux lèvres épaisses et luisantes. Elle était accusée d'avoir tué son amant. Plusieurs colonnes étaient consacrées au début du récit de sa vie par elle-même et au compte rendu détaillé de la première journée du procès. Les autres pages étaient consacrées successivement à une croisade contre les sociétés d'assurance; un horoscope du jour; des extraits de sermons; des recettes pour les jeunes mariées; des portraits de jeunes filles aux jambes magnifiques; des conseils sur la meilleure façon de garder son mari; un concours pour le plus beau bébé; un poème proclamant qu'il était plus noble de laver la vaisselle que d'écrire une symphonie; un article prouvant par $a + b$ que toute femme ayant mis au monde un enfant était automatiquement une sainte.

– Voilà notre réponse, Howard. Une réponse qui nous est donnée à vous et à moi. Ce journal. Le simple fait qu'il existe et qu'il plaît. Comment lutter contre cela? Comment nous faire entendre, nous faire comprendre par les gens qui lisent cela? On n'aurait pas dû nous envoyer cette lettre de refus, un exemplaire de *L'Etendard* de Wynand aurait suffi. Ç'aurait été plus simple et plus clair. Savez-vous que d'ici quelques années l'abominable canaille qu'est Gail Wynand conduira le monde? Ce sera vraiment un monde admirable! Et peut-être, après tout, est-ce lui qui a raison.

Cameron soupesa le journal replié sur la paume de sa main.

– Il faut leur donner ce qu'ils demandent, Howard, et les laisser vous adorer pour cela, vous lécher les bottes, ou alors, quoi? A quoi bon lutter?... Et le pire de tout, c'est que tout cela n'a plus aucune importance, pas même le fait que cela n'en a plus pour moi.

Mais soudain, regardant Roark, il ajouta :

– Si seulement je pouvais tenir jusqu'à ce que vous soyez prêt, Howard !

– Ne parlez pas de cela.

– Si, je désire en parler. N'est-ce pas curieux, Howard, le printemps prochain, il n'y aura que trois ans que vous êtes ici, et il me semble qu'il y a tellement plus longtemps. Et pendant tout ce temps, vous ai-je appris quelque chose ? Je crois en réalité que je vous ai enseigné à la fois beaucoup et rien. Personne ne peut rien vous apprendre, du moins rien qui parte du cœur, source de toutes choses. Ce que vous faites est bien à vous, pas à moi, et je puis seulement vous apprendre à le faire mieux. Je puis vous donner les moyens, mais le but, le but est vôtre. Vous ne serez jamais un pauvre petit disciple faisant d'anémiques petites choses. Ce que vous serez... vivrai-je assez pour le voir ?

– Vous vivrez assez longtemps, et vous le savez bien.

Cameron parcourut du regard les murs nus de son bureau, la blanche liasse de factures qui s'amoncelaient sur son pupitre, les gouttes de pluie mêlées de suie qui glissaient le long des carreaux.

– Je n'ai plus de réponse à leur donner, Howard. Je vous laisse la tâche de les affronter. Un jour, vous leur répondrez. A tous, aux journaux de Wynand, à ce qui rend la parution de ces journaux possible, à tout ce qui se cache derrière eux. Je ne sais ce que sera votre réponse. Je sais seulement qu'il y en a une, que vous la détenez, que vous êtes vous-même la réponse, Howard, et qu'un jour, vous saurez l'exprimer.

1.6

Ecrit sur la pierre, par Ellsworth M. Toohey, parut au mois de janvier de l'année 1925.

La couverture délicate, couleur bleu nuit, était simplement ornée, à un angle, d'une pyramide argentée, et du titre en lettres d'argent. L'ouvrage portait, en sous-titre : « L'architecture à la portée de tous », et son succès fut considérable. Il contenait l'histoire complète de l'architecture depuis la hutte de boue jusqu'au gratte-ciel, racontée avec des mots très simples auxquels l'auteur parvenait à donner un petit air scientifique. L'auteur précisait d'ailleurs, dans la préface, qu'il s'était efforcé « de rendre l'architecture à celui à qui elle appartient : au peuple ». Et il disait aussi qu'il souhaitait voir l'homme moyen « parler d'architecture comme il parle de base-ball ». Il ne fatiguait pas ses lecteurs avec des questions techniques telles que les cinq règles, le montant et le linteau, l'arc-boutant et le béton armé. Il leur donnait au contraire de simples récits de la vie journalière d'un intendant égyptien, d'un savetier romain, d'une maîtresse de Louis XIV, décrivant ce qu'ils mangeaient, comment ils se lavaient, comment ils se procuraient ce qui leur était nécessaire, et quelle influence leur habitat exerçait sur leur vie. Mais il donnait à ses lecteurs l'impression qu'ils avaient appris tout ce qu'il leur était nécessaire de savoir sur les cinq règles et sur le béton armé. Et il donnait à ses lecteurs la certitude que rien, aucun problème, aucune recherche, aucune réalisation n'était plus importante que l'humble vie journalière d'une masse, anonyme dans le passé comme elle l'était dans le présent. Que l'unique but, l'unique objectif de la science était d'améliorer cette vie journalière et qu'en se contentant de vivre de leur obscure vie de chaque jour, chacun de ses lecteurs était le représentant et l'aboutissement des plus hautes aspirations de la civilisation. Les connaissances techniques de l'auteur étaient très grandes et son érudition étonnante. Personne ne pouvait lui en remontrer au sujet des instruments de cuisine à Babylone ou de l'emploi des nattes à Byzance. De plus, son style était si vivant, si coloré, qu'il semblait qu'il eût assisté lui-même à tout ce qu'il décrivait. Il ne peinait pas laborieusement à travers les siècles, mais il s'élançait sur la route du temps, comme un danseur, comme un ami de l'humanité, comme un prophète.

Il disait encore que l'architecture était bien certainement le plus grand des arts, parce qu'il était anonyme comme tout ce qui est grand. Il disait qu'il y avait de par le monde beaucoup d'édifices célèbres, mais peu d'architectes connus, et que cela était bien ainsi puisque jamais un homme isolé n'avait rien fait de grand en architecture. Et ceux, rares, dont les noms nous étaient parvenus étaient en réalité des imposteurs, s'appropriant la gloire du peuple comme d'autres s'approprient ses richesses. « Lorsque nous nous extasions devant la magnificence d'un monument ancien et que nous en attribuons le mérite à un seul homme, nous nous rendons coupables d'un détournement spirituel. Nous oublions l'armée d'artisans, obscurs, inconnus, qui l'ont précédé dans la nuit des temps, qui ont peiné avec humilité (il y a toujours de l'humilité dans l'héroïsme), chacun apportant sa modeste part au commun trésor de son temps. Un beau monument n'est pas l'invention personnelle de quelque génie. Ce n'est pas autre chose que l'expression des aspirations d'un peuple. »

Il expliquait aussi que la décadence de l'architecture avait commencé le jour où la propriété privée avait remplacé l'esprit de communauté du Moyen Age, et que l'égoïsme des propriétaires privés, dont le seul but, en faisant construire, était de satisfaire leur propre mauvais goût – « dans ce cas se réclamer de son goût individuel est toujours signe de mauvais goût » –, avait à jamais détruit l'harmonie des villes. Il démontrait ensuite que le libre arbitre n'existait pas puisque l'élan créateur, chez l'homme, était déterminé par la structure économique de l'époque dans laquelle il vivait. Il exprimait son admiration pour les grands styles classiques, mais s'élevait contre l'absurde mélange qu'on en faisait parfois. Et il niait purement et simplement l'architecture moderne, disant que : « Jusqu'à présent, elle ne représentait rien d'autre que le caprice d'individus isolés, ne correspondait à aucun grand mouvement spontané de la masse, et n'avait, par conséquent, aucune importance. » Et il prédisait la venue d'un monde meilleur, où tous les hommes seraient frères et se construiraient des demeures harmonieuses et toutes semblables, dans la grande tradition de la Grèce, cette « Mère de la démocratie ». Et, en écrivant cela, il parvenait à donner l'impression, sans pour cela abandonner le calme détachement dont était empreint son style, que ces mots imprimés avaient été tracés par une main tremblante d'émotion. Il adjurait les architectes de renoncer à la recherche égoïste de la gloire individuelle pour se consacrer à l'expression des aspirations de leur peuple. « Les architectes doivent être des serviteurs et non des chefs. Ils n'ont pas été mis au monde pour exprimer leur personnalité, mais pour donner un corps à l'âme de leur patrie et au rythme de leur temps. Ils ne doivent pas être les esclaves de leur fantaisie personnelle, mais se mettre à la recherche du commun dénominateur qui rendra leur œuvre plus proche du cœur des masses. Architectes, mes amis, il n'y a plus de place ici pour la discussion. Votre rôle n'est pas de commander, mais d'obéir. »

La publicité faite pour *Ecrit sur la pierre* citait les meilleures critiques telles que : « Merveilleux ! » « Un succès incroyable ! » « Un ouvrage inégalé dans toute l'histoire de l'Art ! » « Une occasion unique de faire la connaissance d'un homme charmant et d'un profond penseur » « Une lecture indispensable pour quiconque aspire au titre d'intellectuel ! »

Les gens aspirant à ce titre étaient décidément nombreux. Le lecteur avait l'impression d'acquérir de l'érudition sans se donner de peine, de l'autorité en la matière à peu de frais et des opinions sans effort. C'était agréable d'examiner un édifice et d'en faire la critique en termes professionnels en citant simplement la page 439 ; de soutenir des discussions artistiques en échangeant des phrases tirées des mêmes paragraphes. Et dans les salons distingués, on put bientôt entendre des phrases dans le genre de celle-ci : « L'architecture ? Ah oui, Ellsworth Toohey. »

Fidèle à ses principes, Ellsworth M. Toohey ne citait le nom d'aucun architecte dans le cours de son ouvrage. « Le culte des héros est une méthode de recherche historique qui m'a toujours été particulièrement odieuse », disait-il. Il ne donnait des noms que dans les notes en bas de page. Plusieurs de ces notes se rapportaient à Guy Francon « qui a une tendance à surcharger, mais qui est remarquable par sa stricte observance de la plus pure tradition classique ». Une autre de ces notes se référait à Henry Cameron, « considéré, à un moment donné, comme un des fondateurs de la soi-disant école nouvelle d'architecture et replongé depuis dans un oubli bien mérité. *Vox populi, vox dei* ».

En février 1925, Henry Cameron se retira.

Il savait depuis un an que ce jour viendrait. Il n'en avait jamais parlé à Roark, mais tous deux savaient que c'était inévitable. Cependant tous deux s'obstinaient, n'espérant plus rien, mais n'ayant qu'un but, tenir le plus longtemps possible. Quelques rares commandes avaient encore alimenté leur bureau au cours de l'année précédente : maisons de campagnes, garages, transformations de vieilles maisons. Ils acceptaient n'importe quoi. Mais cela même cessa. Plus aucune goutte ne tomba des tuyaux desséchés. L'eau en avait été détournée par une société qui considérait que Cameron ne lui avait jamais payé le tribut qu'il lui devait.

Simpson et le vieil employé du bureau de réception avaient été congédiés il y avait longtemps. Et Roark restait seul, assis à sa table pendant les longues soirées d'hiver, à regarder le corps de Cameron affalé sur son bureau, la tête posée sur ses bras étendus, une bouteille vide miroitant à la lumière de la lampe.

Et un jour, en février, alors que Cameron n'avait pas touché à une goutte d'alcool pendant des semaines, il se leva pour prendre un livre sur un rayonnage et tomba évanoui aux pieds de Roark, d'une façon simple, soudaine, finale. Roark le ramena chez lui et le docteur déclara que le moindre effort pour quitter son lit équivaudrait, pour Cameron, à signer son arrêt de mort. Cameron avait entendu. Il était étendu, parfaitement immobile, les mains posées docilement à ses côtés, les yeux grands ouverts, le regard vide. Il dit simplement :

– Vous fermerez le bureau pour moi, Howard.

– Bien, dit Roark.

Cameron ferma les yeux et n'ajouta pas un mot, et Roark, qui le veilla toute la nuit, ne put discerner si le vieil homme dormait ou non.

Une sœur de Cameron apparut le lendemain matin, de quelque part dans le New Jersey. C'était une douce petite vieille dame, avec des cheveux blancs, des mains tremblantes et un visage dont on ne pouvait se souvenir, calme, résigné et doucement insignifiant. Ayant de toutes petites rentes, elle consentit à assumer la responsabilité d'emmener son frère chez elle, dans le New Jersey. Elle ne s'était jamais mariée et n'avait aucune autre famille que lui. Elle ne parut ni heureuse ni malheureuse de la charge qui lui incombait. Elle semblait avoir perdu depuis longtemps la capacité de ressentir la moindre émotion.

Le jour de son départ, Cameron tendit à Roark une lettre qu'il avait écrite pendant la nuit, péniblement, une vieille planche à dessin sur les genoux, un oreiller lui soutenant le dos. C'était une lettre de recommandation adressée à un des architectes les plus renommés de New York. Roark la lut et, sans quitter Cameron des yeux, il la déchira en menus morceaux.

– Non, dit-il, vous ne leur demanderez rien. Ne vous tourmentez pas pour moi.

Cameron fit un signe d'assentiment et se tut un long moment.

Puis il dit :

– Vous fermerez le bureau, Howard, abandonnez-leur le mobilier pour qu'ils se paient, mais vous prendrez le dessin qui est dans mon bureau et vous me l'enverrez. Uniquement ce dessin. Vous brûlerez tout le reste, tous les papiers, les dossiers, les projets, les contrats, absolument tout.

– Bien, dit Roark.

Miss Cameron entra, suivie des infirmiers portant une civière et ils partirent en ambulance pour la gare maritime. A l'entrée de la gare, Cameron dit à Roark :

– Allez-vous-en, maintenant. Et il ajouta : Vous viendrez me voir, Howard... mais pas trop souvent...

Roark s'éloigna tandis que l'on transportait Cameron sur le quai. Il faisait gris et la mer exhalait une odeur froide et pourrissante. Une mouette plongea bas dans la rue, grise comme un morceau de journal tourbillonnant, se détachant sur les murs humides et striés.

Dans la soirée, Roark se rendit au bureau vide de Cameron. Il ne fit pas de lumière. Il fit un feu dans le bureau et y vida tiroirs après tiroirs, sans rien regarder. On entendait, dans le silence environnant, le bruissement sec du papier ; une fine odeur de poussière montait de la pièce obscure ; le feu sifflait, craquait, lançait des flammes claires. Parfois une feuille blanche aux bords noircis s'élançait hors du feu. Roark l'y remettait à l'aide d'une règle d'acier.

Il y avait là les reproductions des plus fameux buildings de Cameron et les projets de constructions qui n'avaient jamais été édifiées ; ces fines lignes blanches, sur ces épures, représentaient des poutres qui se dressaient quelque part ; sur des contrats, on pouvait lire des signatures célèbres ; et sur une feuille jaunie la flamme éclaira soudain un nombre de sept chiffres, avant de la réduire en cendres, dans un fin jaillissement d'étincelles.

Une coupure de presse s'échappa d'un vieux classeur et tomba sur le plancher. Roark la ramassa. Le papier jauni était fragile et cassant et il se coupait dans les plis. C'était une interview donnée par Henry Cameron le 7 mai 1892. Il y disait entre autres : « L'architecture n'est pas une affaire, ce n'est pas une carrière, mais une croisade et une consécration à une joie qui justifie l'existence même de l'humanité. » Roark laissa tomber la coupure dans le feu et s'empara d'un autre classeur.

Il ramassa tous les crayons sur le bureau de Cameron et les y jeta également.

Il resta longtemps debout près du feu. L'air chaud bougeait, interposant un voile tremblant entre les objets et sa vision. Il contemplait le projet du gratte-ciel qui n'avait jamais été édifié, pendu au mur en face de lui.

Il y avait maintenant trois ans que Peter Keating faisait partie de la firme Francon & Heyer. Il portait la tête haute, le corps bien droit et un air ouvert, très étudié. Il ressemblait absolument au brillant jeune homme dont on voit le portrait dans la publicité des rasoirs de premier ordre ou des voitures de série.

Il s'habillait bien et savait qu'on le remarquait. Il avait un appartement non loin de Park Avenue, modeste, mais élégant ; il avait fait l'acquisition de trois eaux-fortes de valeur et d'une première édition d'un classique qu'il n'avait jamais lu et qu'il se garda bien d'ouvrir. Il accompagnait parfois des clients au Metropolitan Opera. Il parut une fois au bal costumé des Beaux-Arts et fit sensation, en tailleur de pierre du Moyen Age, dans son maillot collant de velours rouge. On cita son nom dans un compte rendu mondain de la soirée. C'était la première fois qu'il voyait son nom écrit dans un journal, et il conserva la coupure de presse.

Il avait depuis longtemps oublié la première maison qu'il avait dessinée et la peur et la crainte qui l'avaient assailli à ce moment-là. Il avait compris maintenant ; c'était si simple. Les clients acceptaient n'importe quoi à condition qu'on leur fît une façade imposante, une entrée majestueuse et un salon royal pour étonner leurs invités. Keating ne demandait qu'une chose, impressionner les clients ; les clients ne demandaient qu'une chose, impressionner leurs invités, et les invités ne demandaient rien du tout.

Mrs. Keating mit sa maison de Stanton en location et vint vivre auprès de son fils, à New York. Il ne souhaitait pas sa venue, mais elle était sa mère et il n'avait aucune raison de refuser. Il l'accueillit d'ailleurs avec un certain plaisir, fier de lui montrer à quoi il était parvenu, mais elle n'en fut nullement impressionnée. Elle fit l'inspection de son appartement, de ses vêtements, de son compte en banque et dit simplement : « Cela ira, Peter... pour le moment. »

Elle vint le voir à son bureau et y passa une demi-heure. Et ce soir-là, tirant sur ses doigts et faisant craquer ses articulations, il dut pendant une heure et demie, recevoir ses conseils. « Ton collègue Whiters est beaucoup mieux vêtu que toi, Petey. Cela ne devrait pas être. Tu dois absolument maintenir ton prestige parmi ces garçons. Et le petit, celui qui t'a apporté des épures, je n'ai pas aimé la façon dont il te parlait. Oh ! une nuance, un rien, mais tout de même, j'ouvrirais l'œil... Celui qui a un long nez n'est pas un ami pour toi... Crois-moi, ce sont des choses que je sens... Et prends garde aussi à ce Bennett. Je m'en débarrasserais si j'étais toi. C'est un ambitieux. Il y a des signes qui ne trompent pas... »

Puis elle demanda :

— Guy Francon... il n'a pas d'enfants ?

— Si, une fille.

— Oh... dit Mrs. Keating, comment est-elle ?

— Je ne l'ai jamais vue.

— Mais, Peter, c'est terriblement grossier de ta part envers Mr. Francon de n'avoir fait aucun effort pour rencontrer sa fille.

— Elle a été élevée au collège, mère. Je la rencontrerai certainement un jour ou l'autre. Il se fait tard, mère, et demain j'ai une journée très chargée.

Mais il y repensa pendant la nuit et le jour suivant. Et il y avait déjà pensé souvent auparavant. Il savait que la fille de Francon avait terminé son collège depuis longtemps et qu'elle travaillait maintenant à *L'Etendard*, où elle tenait la rubrique de la décoration du home. Il avait été incapable d'en apprendre davantage. Personne au bureau ne semblait la connaître et Francon ne parlait jamais d'elle.

Le jour suivant, à l'heure du déjeuner, Keating décida d'aborder cette question.

— J'ai entendu dire **beaucoup** de bien de votre fille, dit-il à Francon.

— Et où avez-vous **entendu** dire du bien de ma fille ? demanda Francon avec mauvaise humeur.

— Oh ! vous savez ce que c'est, les gens racontent tant de choses. Et comme elle écrit bien !

— Oui, elle écrit très bien, répondit Francon brièvement.

— Franchement, Guy, j'aimerais faire sa connaissance.

Francon le regarda et soupira d'un air las.

— Vous savez, n'est-ce pas, qu'elle n'habite pas avec moi, dit-il. Elle a un appartement à elle. Je ne suis pas même sûr d'en avoir retenu l'adresse. Oh, vous la rencontrerez certainement un jour ou l'autre. Et elle ne vous plaira pas, Peter.

— Pourquoi dites-vous cela ?

— C'est ainsi, Peter. J'ai l'impression d'avoir complètement échoué dans mon rôle de père... Dites-moi, Peter, qu'a répondu Mrs. Mannering au sujet du nouveau projet d'escalier ?

Keating était à la fois irrité, déçu... et soulagé. Considérant la silhouette trapue de Francon, il se demanda à quoi devait ressembler sa fille pour être si visiblement en disgrâce auprès de lui. Riche, et laide comme les sept péchés, comme la plupart des héritières, conclut-il. Il décida cependant de ne pas se laisser arrêter par cette pensée, mais fut heureux d'avoir du temps devant lui. Et ce fut avec un vif plaisir qu'il se souvint qu'il allait voir Catherine ce soir-là.

Mrs. Keating avait fait la connaissance de Catherine à Stanton. Mais elle avait espéré que Peter l'oublierait. Elle savait maintenant qu'il n'en était rien, bien qu'il n'en parlât jamais et qu'il ne l'amenât jamais à la maison. Mrs. Keating ne prononçait jamais le nom de Catherine, mais elle faisait de fréquentes allusions à des jeunes filles sans fortune qui prenaient dans leurs filets de brillants jeunes gens, et à des jeunes gens pleins d'avenir dont la carrière avait été brisée par un mariage inconsidéré. Et elle ne manquait jamais de lui lire tout ce qui se rapportait à des hommes arrivés divorçant d'avec une femme trop simple, incapable de les suivre dans leur ascension.

En se rendant, ce soir-là, auprès de Catherine, Keating s'étonnait de l'avoir si peu vue. Les heures qu'il avait passées auprès d'elle lui avaient paru sur le moment peu importantes, et cependant il se rendait compte maintenant que c'étaient les seules heures dont il gardât le souvenir, dans toute sa vie à New York.

Il la trouva, dans le living-room de son oncle où elle le fit entrer, une masse de lettres éparpillées sur le tapis, flanquée d'une machine à écrire portative, de journaux, de ciseaux et d'un pot de colle.

– Mon Dieu ! gémit Catherine en se laissant tomber avec souplesse sur les genoux, au milieu de la liasse de papiers. Oh, mon Dieu !

Elle le regardait avec un sourire désarmant les mains levées et étendues au-dessus des piles de lettres. Elle avait presque vingt ans maintenant, mais en paraissait toujours dix-sept.

– Asseyez-vous, Peter. J'espérais avoir fini avant votre arrivée, mais j'en suis bien loin. C'est tout le courrier de mon oncle, et les coupures de presse. Il faut que je les trie, que j'y réponde, que je les classe, et... Je voudrais que vous lisiez certaines des lettres que les gens lui écrivent. C'est simplement merveilleux. Asseyez-vous, je vous en prie. J'aurai fini dans un instant.

– Vous avez fini dès maintenant, dit-il en la prenant dans ses bras et en s'asseyant avec elle dans un fauteuil.

Il se mit à la couvrir de baisers et, avec un rire heureux, elle se blottit contre son épaule.

– Katie, dit-il, vous n'êtes qu'une absurde petite folle et vos cheveux sentent si bon.

– Ne bougez plus, Peter, je suis si bien.

– Katie, je voulais vous raconter, j'ai vécu des heures magnifiques aujourd'hui. C'était l'inauguration officielle du Bordman Building. Vous savez, en plein Broadway, vingt-deux étages et une flèche gothique. Francon avait une indigestion et c'est moi qui ai été chargé de le représenter. C'est d'ailleurs moi qui l'ai dessiné, ce building, et... Mais vous ne connaissez rien à tout cela.

– Mais si, Peter. Je connais tous les buildings que vous avez créés, et j'en

80

ai les reproductions. Je les découpe dans les journaux et je m'en fais un dossier, exactement comme fait mon oncle. Oh, Peter, c'est merveilleux!

– Quoi donc?

– Les dossiers de mon oncle et ses lettres... et tout ça..

Elle tendit les bras vers les liasses de lettres comme si elle avait envie de les serrer contre elle.

– Imaginez ces lettres qui viennent de tous les coins du pays, écrites par des étrangers pour lesquels mon oncle a tant d'importance. Et me voilà en train de l'aider, moi qui ne suis rien, et songez à la responsabilité que j'ai! Tout cela est si grand, si émouvant. Que sont, auprès de ce qui peut toucher la nation tout entière, nos petits soucis personnels?

– Hum! C'est votre oncle qui vous apprend de telles choses?

– Il ne m'enseigne rien du tout, mais on ne peut vivre auprès de lui pendant des années sans acquérir un peu... de son merveilleux oubli de lui-même.

Keating avait bonne envie de se fâcher, mais que faire devant ce brillant sourire, devant ce feu nouveau qui semblait l'animer. Il ne put que lui sourire en retour.

– Je ne puis dire qu'une chose, Katie, c'est que cet enthousiasme vous sied à merveille. Savez-vous que vous seriez parfaite, si vous appreniez à vous habiller? Un de ces jours, je viendrai vous chercher et je vous emmènerai tout droit chez une bonne couturière. Il faudra que je vous fasse rencontrer Guy Francon. Je suis sûr que vous l'aimerez.

– Ah? Il me semble que vous m'aviez dit, une fois, qu'il ne me plairait pas.

– Je vous ai dit ça, moi? C'est que je ne le connaissais pas encore très bien. C'est un chic type. Je veux que vous les rencontriez tous. Vous serez... eh bien, où allez-vous?

– Je... Il est presque neuf heures, Peter, et il faut absolument que je finisse ce classement avant qu'oncle Ellsworth ne rentre. Il sera de retour à onze heures. Il prend la parole, ce soir, dans un meeting ouvrier. Cela ne vous fait rien que je travaille pendant que vous me parlez?

– Ça me fait beaucoup, au contraire. Au diable le courrier de votre précieux oncle. Il le débrouillera lui-même. Ne bougez pas.

Elle soupira, mais se blottit docilement contre lui.

– Vous ne devriez pas parler ainsi de mon oncle Ellsworth, Peter. Vous ne le comprenez pas du tout. Avez-vous lu son livre?

– Oui! Je l'ai lu! C'est un beau livre, un livre étonnant, mais je ne fais qu'entendre parler de ce damné bouquin partout où je vais, alors, si ça ne vous fait rien, parlons d'autre chose.

– Vous ne voulez toujours pas rencontrer oncle Ellsworth?

– Moi? Pourquoi dites-vous cela? Mais j'en serais ravi.

– Oh...

– Qu'y a-t-il?

– Vous m'avez dit une fois que vous ne vouliez pas faire sa connaissance par mon entremise.

– Ai-je dit cela? C'est extraordinaire, Katie, comme vous vous souvenez toujours de toutes les bêtises que je dis.

— Peter, je ne tiens pas à ce que vous rencontriez oncle Ellsworth.

— Pourquoi?

— Je ne sais pas. C'est peut-être stupide de ma part, mais en ce moment, je ne le désire pas. Et je ne sais vraiment pas pourquoi.

— Eh bien, n'y pensez plus. Je le rencontrerai en temps utile. Katie, écoutez-moi. Hier j'étais à la fenêtre, dans ma chambre, et je pensais à vous et j'avais un tel désir de vous avoir près de moi que j'ai failli vous appeler, mais il était terriblement tard. J'ai parfois tellement besoin de vous que je...

Elle l'écoutait, les bras noués à son cou et brusquement il la vit regarder par-dessus son épaule, la bouche ouverte de consternation. Elle sauta sur ses pieds, traversa la pièce en courant et, se jetant à genoux, repêcha une enveloppe lavande qui avait glissé sous le bureau.

— Eh bien, qu'y a-t-il encore? demanda-t-il d'un air irrité.

— C'est une lettre extrêmement importante, dit-elle, restant agenouillée, la lettre fermement serrée dans sa petite main, une lettre terriblement importante et elle a bien failli finir dans la corbeille à papier. Je l'aurais balayée sans même m'en apercevoir. Elle est d'une pauvre veuve qui a cinq enfants. Son fils aîné veut devenir architecte et oncle Ellsworth va faire le nécessaire pour qu'il reçoive une bourse.

— Cette fois, dit Keating en se levant, j'en ai assez. Sortons d'ici, Katie. Allons nous promener. Il fait merveilleux dehors. Vous n'êtes pas vous-même aujourd'hui.

— Oh! oui, allons-nous promener!

Dehors ils trouvèrent une brume de neige, sèche, fine, légère, qui flottait dans l'air sans paraître se poser, aveuglant les puits étroits des rues. Ils se mirent à marcher en se tenant par le bras, laissant de longues traces brunes sur les trottoirs blancs.

Ils s'assirent sur un banc dans Washington Square. La neige enfermait le square, l'isolant des maisons, de la ville même.

Du passage souterrain jaillissaient des taches de lumière, blanc acier, vertes, rouges.

Elle était assise tout contre lui. Il regardait la ville. Cette ville qui lui avait toujours fait peur, qui lui faisait encore peur et contre laquelle il se sentait défendu par ces deux fragiles barrières, la neige et cette petite fille, à côté de lui.

— Katie, murmura-t-il, Katie...

— Je vous aime, Peter...

— Katie, dit-il sans hésitation et sans emphase, tant il était pénétré d'une parfaite certitude et d'un calme parfait, nous sommes fiancés, n'est-ce pas?

Il vit son menton se mouvoir faiblement tandis qu'elle articulait un seul mot.

— Oui, dit-elle calmement, si solennellement que le ton qu'elle eut pour le dire parut presque indifférent.

Elle ne s'était jamais permis d'interroger l'avenir, car se poser une question eût été admettre un doute. Mais elle comprit en prononçant ce « oui » combien elle avait attendu cette question.

— Dans un an ou deux, dit-il, lui pressant fortement la main, nous nous marierons. Dès que j'aurai une situation sûre et que je serai bien établi dans la maison. J'ai ma mère à ma charge, mais d'ici un an tout ira bien.

Il s'efforçait de parler aussi froidement, aussi prosaïquement que possible, afin de ne pas détruire l'enchantement qu'il ressentait.

– J'attendrai, Peter, murmura-t-elle. Rien ne presse.

– Nous ne le dirons à personne, Katie... Ce sera notre secret, rien qu'à nous jusqu'au jour...

Une pensée venait de lui traverser l'esprit et il réalisa, non sans stupeur, qu'il n'avait aucun moyen de prouver qu'elle ne l'avait pas déjà effleuré. Il repoussa la jeune fille et dit d'un air indigné :

– Katie ! Vous ne pensez pas que je suis attiré vers vous à cause de votre sacré grand homme d'oncle ?

Elle se mit à rire, et son rire était si spontané, si léger qu'il se sentit lavé de tout soupçon.

– Dieu non, Peter ! Cela ne lui plaira pas, bien entendu, mais qu'est-ce que ça peut bien nous faire ?

– Ça ne lui plaira pas ? Pourquoi ?

– Je ne crois pas qu'il soit pour le mariage. Non qu'il prêche jamais rien d'immoral, mais il me dit toujours que le mariage est une institution démodée, un moyen économique de perpétuer la propriété privée, ou quelque chose de ce genre. Mais en tout cas, il ne l'aime pas.

– Eh bien, par exemple ! Nous lui montrerons ce que cela peut être !

Il était, en toute sincérité, heureux de ce qu'elle venait de lui dire. Cela enlevait, non seulement de son propre esprit qu'il savait innocent, mais de l'esprit de tous ceux auxquels cette idée aurait pu venir, la suspicion qu'il pouvait y avoir, dans ses sentiments pour elle, le genre de considérations qu'on pouvait éprouver a l'égard de... de la fille de Francon, par exemple. Et il se demanda pourquoi tout cela lui paraissait si important ; pourquoi il avait si désespérément besoin que son amour pour elle fût libre de tous liens avec qui que ce soit.

Rejetant la tête en arrière, il sentit sur ses lèvres la morsure des flocons. Puis se tournant vers elle, il l'embrassa. Sa bouche était douce et froide de neige.

Elle avait laissé glisser son chapeau en arrière, ses lèvres étaient entrouvertes, ses yeux agrandis et confiants, ses cils brillants. Il lui prit la main, la paume en l'air, et la tint dans la sienne. Elle portait des gants de laine noire et ses doigts étaient gauchement écartés comme ceux d'un petit enfant ; des gouttes de neige fondue, accrochées à la laine duveteuse, brillèrent d'un vif éclat, au passage d'une voiture.

1.7

Le Bulletin de la Guilde des Architectes américains fit paraître, dans sa rubrique « Divers », une courte note annonçant la retraite d'Henry Cameron. Six lignes en tout étaient consacrées à son œuvre et le nom de ses deux plus belles créations était incorrectement orthographié.

Keating, entrant à l'improviste dans le bureau de Francon, interrompit le courtois marchandage auquel se livrait celui-ci avec un vieil antiquaire pour l'achat d'une tabatière ayant appartenu à la Pompadour. Dérangé, Francon paya la tabatière neuf dollars et vingt-cinq cents de plus qu'il n'en avait eu l'intention. Dès que l'antiquaire eut quitté la pièce, il se tourna vers Keating et lui demanda avec humeur :

– Eh bien, qu'y a-t-il, Peter, qu'y a-t-il ?

Keating posa le bulletin sur le bureau de Francon, soulignant du doigt le passage relatif à Cameron.

– Il me faut cet homme, dit-il.

– Quel homme ?

– Howard Roark.

– Et qui diable est Howard Roark ? demanda Francon.

– Je vous ai déjà parlé de lui. Le dessinateur de Cameron.

– Ah... ah, oui, parfaitement. Eh bien, prenez-le.

– M'accordez-vous toute latitude pour l'engager ?

– Pourquoi faites-vous toute une histoire pour engager un nouveau dessinateur ? Etait-ce bien utile de m'interrompre pour si peu de chose ?

– Il fera peut-être des difficultés et j'aimerais me l'assurer avant qu'il ne s'engage ailleurs.

– Pas possible ! Il fera peut-être des difficultés ! Avez-vous l'intention de le supplier de venir ici après avoir travaillé chez Cameron, ce qui n'est vraiment pas une recommandation.

– Voyons, Guy, vous savez bien que si.

– Ma foi... au point de vue technique, oui, évidemment, on acquiert chez Cameron de solides bases, mais vraiment pas au point de vue esthétique. Et, bien entendu, Cameron a eu son heure de célébrité. En fait, j'ai été moi-même un de ses meilleurs dessinateurs, il y a bien longtemps de cela. Il y a évidemment beaucoup à dire en faveur du vieux Cameron, si vous pensez au côté technique en architecture. Engagez votre Roark si vous croyez vraiment que vous en avez besoin.

– Ce n'est pas que j'en aie vraiment besoin, mais c'est un ami à moi, il se trouve sans situation et il me semble que ce serait bien de ma part de faire quelque chose pour lui.

– Eh bien, faites ce que vous voudrez, mais ne m'ennuyez pas avec cette histoire... Dites, Peter, n'est-ce pas la plus adorable tabatière que vous ayez jamais vue ?

Ce soir-là, Keating grimpa, sans s'être annoncé, l'escalier qui conduisait à l'atelier de Roark, frappa avec nervosité et entra d'un air assuré. Roark, assis sur le rebord de la fenêtre, fumait tranquillement.

– Je passais par ici, dit Keating, j'avais une soirée à tuer et je me suis brusquement souvenu que c'est ici que vous vivez, Howard. J'ai décidé de venir vous dire bonsoir ; il y a si longtemps que nous ne nous sommes vus.

– Je sais ce qui vous amène, dit Roark, et je suis d'accord. Combien ?

– Que voulez-vous dire, Howard ?

– Vous savez parfaitement ce que je veux dire.

– Soixante-cinq dollars par semaine, laissa échapper Keating. (Ce n'était pas du tout le plan qu'il avait préparé, mais il était déconcerté de voir qu'aucun plan n'était nécessaire.) Soixante-cinq dollars pour commencer. Maintenant, si vous trouvez que ce n'est pas assez, je pourrais peut-être...

– Soixante-cinq dollars me suffiront parfaitement.

– Vous... vous allez donc venir chez nous, Howard?

– Quand désirez-vous que je commence?

– Mais... aussitôt que possible! Lundi?

– Parfait.

– Je suis content, Howard!

– Mais à une condition, dit Roark. Je ne m'occuperai jamais de la partie artistique, jamais, sous aucun prétexte. Pas de gratte-ciel Louis XV pour moi. Pas de travaux esthétiques. Mettez-moi dans la partie technique; envoyez-moi faire des inspections sur les chantiers. Me voulez-vous toujours, dans ces conditions?

– Mais certainement. C'est une chose entendue. Et vous verrez, vous aimerez la boîte et vous aimerez Francon. Il a, lui aussi, été formé par Cameron.

– Il ferait mieux de ne pas s'en vanter.

– Mais...

– Non, ne vous tourmentez pas. Je ne lui dirai pas cela en pleine figure. Je ne parlerai d'ailleurs de quoi que ce soit à qui que ce soit, si c'est cela que vous vouliez savoir.

– Mais pas du tout, je n'étais nullement inquiet, je n'y pensais même pas.

– Alors c'est parfait. Bonsoir et à lundi.

– Entendu, mais... je ne suis pas spécialement pressé, j'étais venu pour vous voir et...

– Qu'y a-t-il, Peter? Quelque chose qui vous tourmente?

– Non... je...

– Vous voudriez savoir pourquoi je fais cela? demanda Roark avec un sourire plein d'indifférence et de détachement. Eh bien, je vais vous le dire. Rentrer dans un bureau ou dans un autre m'est complètement indifférent. Il n'y a pas, dans cette ville, un architecte pour lequel j'aie envie de travailler. Et comme il faut, de toute façon que je travaille, pourquoi pas chez votre Francon si je puis obtenir chez lui ce que je désire. Je vends mon travail, je ne peux pas faire autrement... pour le moment.

– Vraiment, Howard, vous ne devriez pas envisager la chose ainsi. Vous pouvez aller très loin, dans la boîte, une fois que vous vous y serez accoutumé, et cela vous changera de voir ce que c'est qu'un véritable bureau d'architecte après ce trou que Cameron...

– Vous allez vous taire, Peter, et immédiatement encore.

– Oh, je ne disais pas cela pour vous critiquer; je disais ça comme ça.

Il ne savait plus que dire et ne savait plus très bien ce qu'il éprouvait. C'était une victoire, évidemment, mais elle sonnait creux. Mais tout de même c'était une victoire et cela lui donna envers Roark un élan d'affection.

– Howard, si nous allions boire quelque chose pour fêter votre décision.

– Je regrette, Peter, mais cela ne fait pas partie de mon travail.

Keating était arrivé, pensant devoir user de tact et de prudence et de toute son habileté; il était arrivé à son but, mais tout autrement qu'il ne l'avait prévu. Il sentait parfaitement qu'il aurait dû s'en tenir là, prendre congé et s'en aller. Mais quelque chose d'inexplicable, plus fort que toute considération d'ordre pratique, le poussait à parler. Il demanda, sans avoir l'air d'y attacher d'importance :

– Ne pourriez-vous pas être humain, une fois dans votre vie ?

– Que voulez-vous dire ?

– Humain, simple, naturel.

– Mais je le suis.

– Ne pouvez-vous jamais vous détendre ?

Roark sourit. Il était assis sur le rebord de la fenêtre, adossé au mur, les jambes étendues, tenant légèrement sa cigarette entre des doigts parfaitement souples.

– Ce n'est pas ce que je veux dire, reprit Keating. Pourquoi ne pouvez-vous pas venir boire un « drink » avec moi ?

– Pour quoi faire ?

– Faut-il toujours que vous ayez une raison de faire quelque chose ? Et faut-il toujours que vous soyez si diablement sérieux ? Pourquoi ne pouvez-vous pas faire des choses comme ça, pour rien, comme font les autres gens ? Vous êtes si grave, si raisonnable. Avec vous tout est important, chargé d'un sens secret ou d'une signification profonde, et ceci à chaque seconde et même lorsque vous vous taisez. Ne pourriez-vous pas vous sentir tout simplement détendu... et sans importance.

– Non.

– Vous n'êtes jamais fatigué d'être héroïque ?

– Qu'y a-t-il en moi d'héroïque ?

– Rien. Tout. Je ne sais pas. Ce n'est pas votre façon d'agir, c'est quelque chose gui émane de vous.

– Quoi donc ?

– La non-normalité, la lutte. Lorsque je suis auprès de vous, il me semble toujours qu'il me faut choisir entre vous et le reste du monde. Et je ne veux pas de ce choix. Je ne veux pas me sentir un outsider. J'ai besoin de me rattacher à quelque chose. Il y a tant de choses simples et agréables dans le monde. La vie n'est pas que lutte et renonciation. Avec vous, elle n'est que cela.

– A quoi ai-je donc renoncé ?

– Oh, vous obtiendrez toujours ce que vous voulez. Vous passeriez sur le corps des autres pour y parvenir. Mais votre véritable renoncement, c'est tout ce dont vous ne voulez pas.

– On ne peut pas vouloir les deux choses à la fois.

– Mais quelles choses ?

– Réfléchissez, Peter. Je ne vous ai jamais parlé de ce qui me concerne. Qu'est-ce donc qui vous le fait pressentir ? Je ne vous ai jamais demandé de faire un choix entre moi et les autres. Qu'est-ce donc qui vous fait sentir que la question de choix se pose ? Et pourquoi vous sentez-vous mal à l'aise, si vous êtes tellement sûr que j'ai tort ?

– Je... je ne sais pas. Et il continua : Je ne sais pas de quoi vous parlez. Puis il ajouta brusquement : Howard, pourquoi me haïssez-vous ?

– Mais je n'ai aucune haine pour vous.

– Eh bien, c'est encore pire. Pourquoi n'éprouvez-vous même pas de haine pour moi ?

– Mais pourquoi le devrais-je ?

– Pour me donner au moins quelque chose. Je sais que vous ne pouvez pas m'aimer. Que vous ne pouvez aimer personne. Ce serait plus charitable de votre part de reconnaître l'existence des autres en les haïssant.

– Je ne suis pas charitable, Peter.

Et comme Keating ne trouvait rien à répondre, Roark ajouta :

– Rentrez chez vous, Peter. Vous avez obtenu ce que vous désiriez. Restons-en là. A lundi.

Roark était installé à une table, dans l'atelier des dessinateurs de Francon & Heyer, un crayon à la main, une mèche de cheveux orange flottant sur son visage, et vêtu, comme un prisonnier de son uniforme, de l'inévitable blouse grise.

Il avait appris à accepter son nouveau travail. Les lignes qu'il traçait étaient les lignes pures des poutrelles d'acier et il s'efforçait de ne pas se demander ce que supporteraient ces poutrelles. C'était parfois bien difficile. Entre lui et le plan sur lequel il travaillait s'élevait le plan comme il aurait dû être. Il sentait ce qu'il aurait pu en faire, ce qu'il aurait fallu y changer pour le transformer en quelque chose de magnifique. Il lui fallait refouler cette certitude, tuer sa vision. Il était là pour obéir et pour exécuter ce qui lui était commandé. Cela lui était tellement pénible qu'il entrait, contre lui-même, dans une froide colère. Et il pensait : « Difficile ? Eh bien, et après ? »

Mais la révolte était toujours là, et un immense étonnement. Ce qu'il imaginait lui paraissait tellement plus réel que la commande qu'il exécutait là, sur ce papier, dans ce bureau. Il n'arrivait pas à comprendre l'aveuglement des hommes et de quoi était faite leur indifférence. Il contemplait son travail et il se demandait pourquoi il fallait que l'ineptie existât et qu'elle trouvât à s'exprimer. C'était une chose qu'il n'avait jamais comprise et la réalité qui permettait de telles choses ne pourrait jamais lui paraître vraiment réelle.

Mais il savait que tout cela ne durerait pas. Il fallait attendre. C'était là son rôle, attendre. Ce qu'il ressentait n'avait aucune espèce d'importance. Il n'y avait pas pour lui d'autre possibilité. Il lui fallait attendre.

« Mr. Roark, avez-vous terminé le plan de la cage d'acier qui doit contenir la lanterne gothique de l'American Radio Corporation Building ? »

Il n'avait aucun ami dans l'atelier. Il était là comme un instrument, aussi utile, aussi impersonnel, et silencieux. Seul, le chef du département technique auquel Roark avait été assigné avait dit à Keating au bout de quinze jours : « Vous avez plus de bon sens que je ne croyais, Keating. Et je vous remercie. – De quoi ? avait demandé Keating. – Pour quelque chose de très bien que vous avez probablement fait sans le savoir », répondit l'autre, non sans ironie.

De temps à autre, Keating s'arrêtait près de la table de Roark et lui disait doucement : « Pourrez-vous venir un instant, ce soir, dans mon bureau, quand vous aurez fini, Howard ? Oh, rien d'important. »

Lorsque Roark arrivait, Keating commençait par lui dire : « Alors, est-ce que vous vous plaisez, ici, Howard ? Y a-t-il une chose que vous désiriez ? Vous n'avez qu'un mot à dire et je... » Mais Roark l'interrompait et demandait : « De quoi s'agit-il cette fois ? » Et Keating, sortant des dessins d'un tiroir, disait : « Je sais que ça va parfaitement, tel que c'est là, mais j'aimerais avoir votre opinion, d'une façon générale. » Roark se mettait à examiner les dessins, et alors même qu'il sentait monter en lui l'envie de les jeter à la tête de Keating et de donner sa démission, il était toujours retenu par la pensée qu'il se trouvait devant le projet d'un édifice et qu'il lui fallait essayer de le sauver, exactement comme on se jette à l'eau quand on voit un homme qui se noie.

Il se mettait alors à travailler pendant des heures, parfois pendant toute la nuit, tandis que Keating, assis auprès de lui, le regardait faire. Roark oubliait complètement la présence de Peter. Il ne voyait plus qu'une chose, ce building, là, devant lui, et la chance qui lui était offerte de lui donner forme. Il savait que cette forme serait ensuite altérée, abîmée ; cependant un peu d'ordre et de clarté subsisterait dans le plan et le résultat final serait tout de même meilleur que s'il avait refusé d'y travailler.

Quelquefois, cependant, tombant sur le projet d'une construction plus simple, plus pure, plus honnête que les autres, Roark disait : « Ce n'est pas mal, Peter. Vous êtes en progrès. » Et Peter ressentait un étrange petit choc, quelque chose de doux, d'intime et de précieux, qu'il n'éprouvait jamais en recevant des compliments de Guy Francon, de ses clients ou d'autres. Puis il oubliait cet instant et se sentait extrêmement flatté lorsqu'une riche cliente murmurait, au-dessus d'une tasse de thé : « Vous êtes le jeune architecte le plus doué de toute l'Amérique, Mr. Keating », bien qu'elle n'eût jamais vu la plus petite chose de lui.

Il y avait d'ailleurs des compensations aux moments d'humilité qu'il ressentait devant Roark. Il entrait par exemple dans l'atelier, le matin, jetait sur la table de Roark un rouleau de calques, et disait : « Howard, mettez cela au clair pour moi, voulez-vous. Et vite, s'il vous plaît. » Ou bien, dans le cours de l'après-midi, il lui envoyait un groom qui disait d'une voix claire : « Mr. Keating veut vous voir dans son bureau immédiatement. » Ou bien, apparaissant sur le pas de la porte, il faisait quelques pas dans la direction de Roark et criait à la cantonade : « Où diable se trouve le cahier des charges pour les canalisations de la Douzième Rue ? Howard, regardez donc dans les dossiers et trouvez-moi cela. »

Au début, il était retenu par la peur d'une réaction chez Roark. Mais lorsqu'il ne rencontra chez lui qu'une silencieuse docilité, il ne se contint plus. Il éprouvait un plaisir sensuel à donner des ordres à Roark ; avec cependant un violent ressentiment pour l'inaltérable passivité de celui-ci. Il continuait, sachant parfaitement qu'il céderait si Roark se révoltait, mais désirant passionnément, au fond, provoquer une explosion. Mais rien ne se produisait.

Roark aimait les jours qu'il passait sur le chantier des buildings en construction. Il circulait à travers la charpente métallique avec plus d'aisance que sur le pavé. Et les ouvriers remarquaient, non sans curiosité, qu'il passait sur d'étroites planches, sur des poutrelles nues suspendues au-dessus du vide, aussi aisément que le meilleur d'entre eux.

C'était un jour du mois de mars, le ciel était légèrement teinté de vert par la première approche du printemps. Dans Central Park, à quelque cinq cents pieds plus bas, la terre prenait la teinte du ciel, le brun tournait légèrement au vert et les lacs brillaient comme des morceaux de miroirs à travers la toile d'araignée des branches mortes. Roark circulait dans l'armature de ce qui devait devenir un immense immeuble locatif et s'arrêta devant un ouvrier électricien au travail.

Celui-ci travaillait assidûment, enroulant des tubes métalliques autour d'une poutrelle de fer. Il lui faudrait des heures d'effort et de patience pour en venir à bout, car l'espace dont il disposait était déjà surchargé de conduites de toutes sortes. Roark, les mains dans les poches, observa, pendant un bon moment, les lents et pénibles progrès de l'ouvrier.

L'homme se releva et se tourna brusquement vers lui. Il avait une grosse tête et un visage d'une telle laideur qu'il en devenait fascinant, un visage qui n'était ni vieux, ni flétri, mais buriné de lignes profondes. Sa mâchoire puissante pendait comme celle d'un bouledogue ; ses yeux étaient extraordinaires : grands, ronds et d'un bleu intense.

– Et alors, dit-il d'un air furieux, que me voulez-vous, tête de cuivre ?
– Vous perdez votre temps, dit Roark.
– Oui ?
– Oui.
– Ne m'en dites pas tant !
– Il vous faudra des heures pour faire passer vos tuyaux autour de la poutrelle.
– Vous connaissez un meilleur moyen de s'y prendre.
– Certainement.
– Allez à vos affaires, jeune homme. Nous n'avons pas besoin d'élèves des Beaux-Arts par ici.
– Percez un trou dans la poutrelle et faites-y passer les conduites.
– Quoi ?
– Faites un trou dans la poutrelle.
– Du diable si je le fais !
– Par le diable que vous le ferez !
– Je n'ai jamais vu faire ainsi.
– Je n'ai jamais fait autrement.
– Vous ?
– Et cela se fait partout.
- Eh bien, ça ne se fera pas ainsi. En tout cas pas par moi.
– Eh bien, moi je vais le faire.
L'homme ricana :
– En voilà une idée ! Depuis quand un homme de bureau apprend-il à un ouvrier à travailler ?
– Donnez-moi votre chalumeau.
– Attention, petit. Vous allez brûler vos jolis ongles roses.
Roark, prenant les lunettes et les gants de l'ouvrier, saisit le chalumeau,

s'agenouilla et dirigea le jet de la fine flamme bleue au centre de la poutrelle. L'homme le regardait faire. Le bras de Roark était ferme ; il supportait sans faiblir le poids de l'engin, tremblant légèrement sous la violence du jet, mais sans laisser dévier la flamme. Il n'y avait pas trace de peine ou d'effort dans la position aisée de son corps. Seul son bras supportait tout l'effort. Et l'on avait l'impression que le fin jet bleu qui pénétrait lentement dans le métal, jaillissait non du chalumeau, mais de sa main.

Lorsqu'il eut terminé, il posa l'outil et se leva.

— Seigneur ! s'exclama l'électricien. Vous savez tenir un chalumeau !

— On le dirait, dit Roark.

Il retira les gants, les lunettes et les lui tendit.

— Faites ainsi à l'avenir, et dites au contremaître que c'est moi qui vous l'ai ordonné.

L'électricien contemplait non sans admiration le trou net qui traversait la poutrelle.

— Où avez-vous appris à tenir un chalumeau ainsi, tête de cuivre ? demanda-t-il.

— Oh, j'ai été électricien, plombier, poseur de rivets et pas mal d'autres choses, dit Roark avec un lent sourire amusé, devant cette reconnaissance de sa victoire.

— Et vous suiviez l'école à côté.

— Mon Dieu, oui.

— Vous voulez être architecte ?

— Oui.

— Vous serez bien le premier à connaître quelque chose en dehors des jolis tableaux et des thés de dames. Vous devriez voir les petits messieurs qu'on nous envoie du bureau.

— Inutile de vous excuser. Quant à ces gamins, je ne les aime pas non plus. Au revoir. Je vous laisse à vos tuyaux.

Lorsqu'il revint sur ce chantier, l'électricien aux yeux bleus lui fit de loin de grands signes, l'appela, et lui demanda, à propos de son travail, un conseil dont il n'avait nul besoin. Il ajouta qu'il s'appelait Mike et qu'il avait espéré chaque jour sa visite. La fois suivante, l'équipe de jour quittait le travail et Mike attendit dehors que Roark eût fini son inspection.

— Qu'est-ce que vous penseriez d'un verre de bière, tête de cuivre ? dit-il.

— Merci, dit Roark, avec plaisir.

Ils s'installèrent à une table d'angle, dans un petit bar, et tout en buvant de la bière, Mike lui raconta, récit qu'il ne se lassait pas de recommencer, comment un échafaudage s'étant écroulé sous lui, il était tombé du cinquième étage et ne s'était cassé que trois côtes. Roark, lui, parla de son travail passé dans le bâtiment. Mike, qui s'appelait en réalité Sean Xavier Donnigan, nom dont plus personne ne se souvenait, avait pour toute fortune un assortiment d'outils et une vieille Ford. Son travail qui consistait à parcourir le pays, d'un grand chantier de construction à un autre, était toute sa vie. Les gens comptaient fort peu pour Mike, mais leurs performances l'intéressaient vivement. Il vénérait la capacité dans n'importe quel domaine. Il aimait passionnément son travail et ne tolérait que les êtres animés de la même passion.

C'était un maître dans sa spécialité et il n'admirait qu'une chose, la maîtrise dans le travail. Sa conception du monde était fort simple : il y avait les capables et les incapables et il ne voulait rien avoir à faire avec ces derniers. Il aimait les maisons qu'il aidait à construire, mais il méprisait cordialement les architectes.

– Il y en avait pourtant un, tête de cuivre, dit-il d'un ton sérieux après son cinquième verre de bière, un seul, et vous êtes trop jeune pour en avoir entendu parler, mais celui-ci s'y connaissait en construction. Je travaillais pour lui lorsque j'avais votre âge.

– Comment s'appelait-il ?

– Henry Cameron. Il doit être mort, depuis longtemps déjà.

Roark le regarda un moment sans rien dire, puis :

– Il n'est pas mort, Mike... j'ai travaillé chez lui.

– Vous ?

– Pendant presque trois ans.

Ils se regardèrent longuement en silence et ceci scella définitivement leur amitié.

Quelques semaines plus tard, Mike rencontrant Roark sur le chantier l'arrêta, une expression d'étonnement sur son rude visage, et lui demanda :

– Dites donc, Roark, j'ai entendu le contremaître dire à un des entrepreneurs que vous êtes un prétentieux obstiné et la pire vermine qu'il ait jamais connue. Que lui avez-vous donc fait ?

– Rien.

– Que diable voulait-il dire ?

– Je n'en sais rien, dit Roark. Et vous ?

Mike regarda Roark, haussa les épaules et se mit à rire.

– Moi non plus, dit-il.

1.8

Au début du mois de mai, Peter Keating partit pour Washington diriger les travaux de construction d'un musée dont venait de faire don à la ville un philanthrope qui éprouvait le besoin d'apaiser sa conscience. L'édifice, déclarait Keating non sans fierté, serait nettement différent des autres ; ce n'était pas une reproduction du Parthénon, mais de la Maison Carrée de Nîmes.

Keating était déjà absent depuis quelque temps le jour où un garçon de bureau s'approcha de Roark et l'informa que Mr. Francon l'attendait dans son bureau. Lorsque Roark pénétra dans le sanctuaire, Francon l'accueillit avec un sourire et un cordial : « Asseyez-vous, mon ami, asseyez-vous... » mais quelque chose dans l'expression de Roark, qu'il n'avait jamais eu l'occasion de voir de si près, le fit se reprendre et il ajouta sèchement : « Asseyez-vous. »

Roark obéit. Francon l'étudia pendant quelques secondes et en arriva à la conclusion que ce garçon avait un visage parfaitement antipathique, mais que son attitude était correcte.

– C'est bien vous qui avez travaillé chez Cameron, n'est-ce pas ? demanda Francon.

– Oui, dit Roark.

– Mr. Keating m'a dit de vous le plus grand bien, dit Francon avec amabilité.

Puis il s'arrêta. C'était gaspiller sa courtoisie en vain. Roark le regardait, et attendait.

– Dites-moi... comment vous appelez-vous ?

– Roark.

– Eh bien voilà, Roark, nous avons un client qui est un peu... bizarre, mais c'est un homme important, très important même et il faut absolument que nous lui donnions satisfaction. Il nous a passé la commande d'un building de huit millions de dollars, mais la difficulté pour nous réside dans le fait qu'il a des idées très définies sur l'aspect que devra présenter ce building. Il veut (Francon haussa les épaules d'un air d'impuissance, rejetant sur le client tout blâme pour une suggestion aussi absurde), il veut que l'immeuble ressemble à *ceci*.

Il tendit à Roark une photographie. C'était la reproduction du Dana Building.

Roark ne broncha pas, la photo à la main.

– Vous connaissez ce building ? demanda Francon.

– Oui.

– Eh bien, c'est cela qu'il veut. Et Mr. Keating n'est pas là. J'ai demandé à Benett, à Cooper, à Williams, de me faire des projets, mais ils les ont tous refusés. J'ai donc pensé à vous donner une chance.

Francon, impressionné par sa propre magnanimité, regarda Roark, mais celui-ci ne réagit pas. Il avait l'air d'un homme qui a reçu un coup sur la tête.

– Evidemment, dit Francon, c'est pour vous un avancement bien subit et une lourde responsabilité, mais j'ai décidé de vous laisser tenter votre chance. Soyez sans crainte, d'ailleurs, Mr. Keating et moi reverrons votre travail. Faites-moi simplement les plans et un projet de façade. Vous voyez à peu près ce que le client désire, vous qui connaissez les trucs de Cameron. Mais, bien entendu, nous ne pouvons pas laisser sortir de nos bureaux quelque chose d'aussi brutal. Il nous faut une chose simple et dans le même esprit, mais avec cependant un côté artistique. Vous voyez ce que je veux dire, le grec le plus sévère. Employez plutôt le dorique que le ionique. Un fronton simple et des moulures légères, enfin quelque chose de ce genre. Vous me comprenez. Et maintenant emportez ça et montrez-moi de quoi vous êtes capable. Benett vous donnera tous les renseignements et... Qu'y a-t-il en...

Roark venait de l'interrompre.

– Mr. Francon, je vous en prie, laissez-moi faire le projet dans le même style que le Dana Building.

– Hein ?

– Laissez-moi le faire. Non pas copier le Dana Building, mais le faire tel que l'aurait voulu Henry Cameron, tel que je puis le faire.

– Vous voulez dire ?... moderne !

– Mon Dieu, oui, si vous tenez à l'appeler ainsi.

– Etes-vous devenu fou ?

– Mr. Francon, je vous en prie, écoutez-moi.

Roark se mit à parler, pesant chaque mot, comme un homme qui s'aventure sur un passage étroit, au-dessus de l'abîme, avance lentement, calcule chaque pas, mesure chaque prise.

– Je ne critique pas ce que vous faites. Je travaille pour vous, j'accepte votre argent, je n'ai pas le droit d'exprimer la moindre objection. Mais cette fois, cette fois c'est le client lui-même qui réclame autre chose. Vous ne risquez rien, puisqu'il le demande. Mais pensez à cela, il y a un homme, un, qui a su voir, qui a su comprendre et qui désire autre chose. Et un homme qui a le pouvoir de faire construire. Allez-vous, pour la première fois de votre vie, combattre les idées d'un client, et les combattre pourquoi ? Pour le tromper et lui donner cette même éternelle camelote que tous les autres vous demandent, alors qu'il est le seul, oui le seul, à venir à vous avec une telle requête ?

– Je crois que vous vous oubliez, dit Francon froidement.

– Qu'est-ce que cela peut bien vous faire ? Laissez-moi faire le projet à mon idée et montrez-le-lui. Simplement, montrez-le-lui. Il a déjà refusé trois projets, qu'est-ce que cela peut bien vous faire s'il en refuse un quatrième ? Mais s'il l'accepte... s'il l'accepte...

Roark ignorait tout de l'art de solliciter une faveur et il s'y prenait mal ; sa voix dure, forcée, dénonçait l'effort et une requête ainsi présentée devenait une insulte pour celui qui était sollicité. Keating aurait donné beaucoup pour assister à cet entretien, mais Francon n'était pas à même d'apprécier la victoire qu'il était en train de remporter ; il ne sentit que l'insulte.

– Est-ce que j'interprète correctement vos paroles, demanda Francon, en supposant que vous me critiquez et que vous voulez m'apprendre mon métier ?

– Je vous demande une faveur, dit Roark en fermant les yeux.

– Si vous n'étiez pas un protégé de Mr. Keating, je ne me donnerais même pas la peine de discuter davantage avec vous. Mais, étant donné que vous êtes visiblement naïf et inexpérimenté, j'ajouterai qu'il n'est pas dans mon habitude de demander des conseils d'ordre esthétique à mes dessinateurs. Veuillez emporter cette photographie et me faire non pas un projet tel que Cameron aurait pu en faire un, mais quelque chose qui, tout en s'inspirant du Dana Building, s'adapte à notre style. Et n'oubliez pas de suivre mes instructions en ce qui concerne l'interprétation classique de la façade.

– Je ne peux pas faire une chose pareille, dit Roark calmement.

– Quoi ? Qu'est-ce que vous dites ? Avez-vous réellement dit : « Je regrette, je ne peux pas le faire ? »

– Je n'ai pas dit « je regrette », Mr. Francon.

– Alors qu'avez-vous dit ?

– Que je ne peux pas le faire.

– Pourquoi ?

– Il ne vous servirait de rien de le savoir. Ne me demandez pas de vous faire des projets. J'accomplirai toutes les tâches que vous me demanderez, excepté celle-là. Et surtout pas une adaptation d'une œuvre de Cameron.

– Que voulez-vous dire par « aucun projet » ? Avez-vous l'intention de devenir architecte ou non ?

– Pas de cette façon.

– Oh... je vois... Ainsi vous ne pouvez pas faire ce que je vous demande. Ou plus exactement, vous ne le voulez pas.

– Si vous préférez, oui.

– Stupide insolent, je n'ai jamais entendu une chose pareille !

Roark se leva.

– Puis-je me retirer, Mr. Francon ?

– Dans toute ma vie, tonna Francon, au cours de toute ma carrière, je n'ai jamais entendu chose pareille ! Etes-vous chez moi pour me dire ce que vous avez l'intention de faire ou de ne pas faire ? Pour me donner des leçons, critiquer mon goût et porter des jugements ?

– Je ne critique rien, dit Roark tranquillement, et je ne porte aucun jugement. Il y a simplement des choses que je ne peux pas faire. Puis-je me retirer maintenant ?

– Vous pouvez quitter cette pièce et ma maison, dès maintenant et pour toujours ! Et vous pouvez aller au diable ! Et vous trouver un autre patron ! Ou plutôt essayer d'en trouver un ! Allez toucher votre chèque et allez-vous-en !

– Bien, Mr. Francon.

Ce soir-là, Roark se rendit au petit bar où il savait qu'il pouvait toujours trouver Mike après ses heures de travail. Mike travaillait actuellement à la construction d'une fabrique sous les ordres de l'entrepreneur qui avait exécuté la plupart des travaux de Francon. Mike, qui avait attendu tout l'après-midi la visite d'inspection que devait faire Roark sur les chantiers, l'accueillit avec mauvaise humeur.

– Et alors tête de cuivre ? On sèche au boulot ?

Lorsqu'il sut ce qui venait de se passer, Mike, serrant les mâchoires, ressembla plus que jamais à un bouledogue qui montre les dents. Puis il jura comme un forcené.

– Les salauds, dit-il après quelques expressions plus fortes, les salauds...

– Ne vous en faites pas, Mike.

– Et... qu'allez-vous faire, maintenant, tête de cuivre ?

– Chercher un autre type du même genre qui me jettera aussi dehors.

Keating, rentrant de Washington, se dirigea immédiatement vers le bureau de Francon. Ne s'étant pas attardé dans l'atelier des dessinateurs, il n'était au courant de rien. Francon l'accueillit chaleureusement :

– Mon garçon, quel plaisir de vous revoir ! Qu'est-ce que je vous offre ? Un whisky-soda ou de la fine ?

– Non, merci. Une cigarette, simplement.

– Voilà... Mon cher, quelle mine vous avez ! Comment faites-vous pour être toujours tellement en forme, heureux mortel ? J'ai tant de choses à vous dire ! Et d'abord, comment cela a-t-il marché à Washington ? Tout va bien là-bas ?

Et avant que Keating eût pu placer un mot, Francon se hâta de continuer :

– Il m'est arrivé quelque chose de terrible. La déception de ma vie. Vous vous souvenez de Lili Landau ? Je croyais que tout était arrangé entre nous et, la dernière fois que je l'ai vue, elle m'a flanqué mon congé ! Et savez-vous qui m'a remplacé ? Vous ne devinerez jamais ! Gail Wynand, tout simplement ! Cette fille ira loin. Les journaux de Wynand sont inondés de photos d'elle, montrant ses jambes. Quelle publicité pour elle ! Et qu'ai-je à lui offrir en comparaison ? Et savez-vous ce que Wynand a fait ? Vous vous souvenez qu'elle disait toujours que personne ne pourrait lui rendre ce qu'elle aimait le plus au monde, la maison de son enfance, l'adorable petit village autrichien où elle était née. Or Wynand l'avait acheté, ce sacré village, il y a déjà longtemps. Il l'a fait transporter ici, pierre par pierre, et il l'a fait reconstruire au bord de l'Hudson. Rien n'y manque, les pavés, l'église, les pommiers, les porcheries et tout. Et il y a quinze jours, quand tout a été prêt, il l'a offert à Lili. Pouvez-vous imaginer une chose pareille ? D'ailleurs, si le roi de Babylone a pu créer des jardins suspendus pour sa belle qui avait le mal du pays, pourquoi Gail Wynand n'aurait-il pas reconstitué un village ? Lili est tout sourire et reconnaissance, mais au fond la pauvre fille est consternée. Elle aurait de beaucoup préféré un manteau de vison. Elle n'a jamais vraiment désiré ce maudit village, et Wynand le savait bien. Mais le village est là, sur les bords de l'Hudson. La semaine passée, il a donné une soirée en son honneur, là-bas, dans le village. Un bal costumé, et il paraît que Wynand était en César Borgia, ce qui ne m'étonne pas d'ailleurs. Et quelle soirée, si ce qu'on raconte est vrai, mais avec Wynand on ne peut jamais rien prouver. Et le lendemain, est-ce qu'il ne s'amène pas avec une bande d'enfants des écoles qui n'avaient jamais vu un village autrichien, et emplit ses journaux de photos accompagnées de textes larmoyants sur les valeurs éducatives, ce qui lui a attiré les éloges attendris de nombreux clubs féminins ! Je me demande ce qu'il fera de son village quand il se débarrassera de Lili ! Et cela ne tardera pas, il ne les garde jamais longtemps. Croyez-vous qu'à ce moment j'aurai de nouveau une chance ?

– Mais c'est certain, dit Keating. Et comment ça va, au bureau ?

– Oh, très bien, comme toujours. Lucius a pris froid et il a bu tout mon meilleur armagnac. C'est mauvais pour son cœur et c'est un armagnac à cent dollars la caisse !... A part ça, Lucius s'est mis dans un joli pétrin. Toujours sa marotte, cette damnée porcelaine. Est-ce qu'il n'a pas été acheter une théière à un receleur. Et il savait parfaitement que c'était un objet volé. J'ai eu toutes les peines du monde à éviter le scandale... Oh, à propos, j'ai jeté à la porte cet ami à vous, comment s'appelait-il déjà, ah oui, Roark.

– Tiens, dit Keating.

Et, après un léger silence, il ajouta :

– Pourquoi ?

– L'insolente vermine ! Pourquoi diable l'aviez-vous engagé, Keating ?

– Que s'est-il passé ?

– J'ai voulu faire quelque chose pour lui, lui offrir une chance. Et je lui ai demandé de me dessiner un projet pour le Farrel Building, vous savez, celui pour lequel Benett a refait un projet que Farrell a fini par accepter, le dorique simplifié. Et savez-vous ce qu'a fait votre ami ? Il a simplement refusé le travail. Cela ne cadrait pas avec son idéal, ou une histoire de ce genre. Aussi lui ai-je montré la porte... Qu'y a-t-il ? Pourquoi souriez-vous ?

– Pour rien. Mais j'imagine la scène.

– Et surtout, ne me demandez pas de le reprendre !

– Non, soyez tranquille.

Pendant plusieurs jours, Keating se répéta qu'il devrait aller voir Roark. Il ne savait pas ce qu'il lui dirait, mais il avait l'impression qu'il devait dire quelque chose. Puis il laissa passer les jours. Il avait acquis de l'assurance dans son travail, il n'avait plus besoin de Roark après tout. Les jours passèrent, il n'alla pas le voir et il éprouva comme une délivrance en se sentant enfin libre de l'oublier.

A travers les fenêtres de son atelier, Roark contemplait les toits, les réservoirs à eau, les cheminées et, tout en bas, la course rapide des voitures. Il y avait comme une menace dans le silence de l'atelier, dans le vide de ses journées, dans ses mains oisives. Et il sentait une menace encore s'élever de la ville, comme si chaque fenêtre, chaque pavé se renfrognait contre lui en une muette résistance. Mais il ne se laissait pas abattre. Il avait, depuis longtemps, prévu et accepté son sort.

Il fit une liste des architectes qu'il détestait le moins, dans l'ordre du moindre mal, et il se mit en quête de travail, froidement, systématiquement, sans colère et sans espoir. Il n'avait même pas conscience de faire une chose pénible. Ce qu'il faisait, il devait le faire.

Les architectes qui le reçurent différaient tous les uns des autres. Les uns le regardaient par-dessus leur bureau, d'un air vague et affable, et semblaient exprimer par leur attitude qu'il y avait quelque chose de touchant dans son désir de devenir architecte, quelque chose de touchant et de louable, et quelque chose d'étrange et d'un peu triste aussi, comme toutes les illusions de la jeunesse. D'autres lui souriaient d'un mince sourire ironique et paraissaient jouir de sa présence dans leur bureau, car ils prenaient d'autant plus conscience de leur propre succès. Certains lui parlaient avec sécheresse, comme si son ambition leur était une insulte personnelle. D'autres encore le recevaient avec brusquerie, et leur ton coupant semblait exprimer qu'ils avaient besoin de bons dessinateurs, qu'ils avaient toujours besoin de bons dessinateurs, mais que cette qualification ne pouvait certainement pas lui être appliquée et qu'ils lui conseillaient de ne pas les forcer à en dire davantage.

Ce n'était pas méchanceté. Ce n'était pas une appréciation de ses mérites. Ils ne pouvaient pas être certains de son incapacité. Ils ne se souciaient tout simplement pas de découvrir s'il valait quelque chose. Quelquefois, on lui demandait de montrer ses dessins ; il les déroulait sur une table, un sentiment de honte lui contractant les mains ; il avait l'impression de se mettre nu, et la honte n'était pas d'exposer son corps, mais de l'exposer à un regard indifférent.

Quelquefois, rarement, il se rendait au New Jersey, auprès de Cameron. Ils s'installaient sur le porche de la maison, au sommet de la colline, Cameron, dans son fauteuil roulant, une vieille couverture étendue sur les genoux.

« Eh bien, Howard, est-ce très dur ? – Non. – Vous ne voulez pas que je vous donne une lettre d'introduction pour un de ces salauds ? – Non. »

Cameron ne le questionnait pas davantage. Il avait peur de savoir, il ne pouvait supporter l'idée que Roark était lui aussi rejeté par la ville qui l'avait repoussé. Lorsque Roark était auprès de lui, Cameron parlait d'architectures avec un confiant abandon, comme d'une chose qui faisait partie de lui. Ils restaient là longtemps, contemplant dans le lointain la ville qui se profilait à l'horizon, de l'autre côté de la rivière. Le ciel devenait à la fois foncé et lumineux, comme une paroi de glace d'un verre bleuissant ; les hautes constructions qui s'en détachaient semblaient faites d'une condensation de nuages d'un gris bleuté, aux parois verticales, aux angles vifs, immobilisés pour un instant, illuminés par le soleil couchant.

Tandis que l'été s'écoulait, que sa liste s'épuisait et qu'il se voyait obligé de retourner chez ceux qui l'avaient déjà éconduit une fois, Roark se rendit compte que les gens avaient été renseignés sur lui et il entendit partout les mêmes phrases, prononcées tantôt avec brusquerie, tantôt avec timidité, parfois avec colère ou comme une excuse. « Vous avez été renvoyé de Stanton, n'est-ce pas ? Et c'est bien vous qui avez également été renvoyé de chez Francon ? » Et tous ces gens différents avaient quelque chose en commun ; une sorte de soulagement à l'idée qu'une décision avait été prise pour eux, qu'ils n'avaient plus à hésiter.

Le soir, il fumait, assis sur le rebord de la fenêtre, sa main aux doigts écartés pressés contre la vitre, la ville lui apparaissant entre ses doigts, sentant le froid du verre pénétrer dans la peau.

En septembre, il lut, dans la revue *Architecture,* un article intitulé « Place aux jeunes ! » par Gordon L. Prescott, A.G.A. L'auteur de cet article exprimait l'idée que la tragédie, dans la profession d'architecte, résidait dans les insurmontables difficultés dont était hérissée la route d'un jeune architecte de talent ; que de grands talents avaient succombé, ignorés, dans la lutte ; que l'architecture se mourait, faute de sang frais et de conceptions neuves, par manque d'originalité et de courage. Et l'auteur de l'article ajoutait qu'il se faisait un devoir de rechercher les débutants doués, de les encourager, de les aider à se développer et de leur donner la chance de faire leurs preuves. Roark n'avait jamais entendu parler de Gordon L. Prescott, mais il y avait, dans cet article, un ton d'honnêteté convaincue. Et lorsqu'il se rendit le lendemain au bureau de Prescott, il y avait en lui une lueur d'espoir.

Le bureau de réception de Gordon L. Prescott était décoré en gris, noir et rouge ; l'ensemble était à la fois correct, de bon goût et pourtant osé. Une jeune et fort jolie secrétaire informa Roark que Mr. Prescott ne recevait que sur rendez-vous, mais qu'elle serait ravie de lui en fixer un pour le mercredi suivant, à deux heures un quart. Et le mercredi à deux heures un quart, la secrétaire sourit à Roark et le pria de prendre place un instant. Et à cinq heures moins un quart, il fut introduit dans le bureau de Gordon L. Prescott.

Gordon L. Prescott portait une veste de tweed brun à carreaux et un sweater de laine angora. Il était grand, taillé en force et ne devait pas avoir plus de trente-cinq ans. Sur un visage de collégien, à la peau fraîche, au nez minuscule, à la bouche ronde et pleine, il arborait une expression de sagesse avertie et désabusée. Il était bronzé, ses cheveux blonds coupés court comme ceux d'un soldat prussien. Il avait quelque chose de volontairement masculin, de volontairement indifférent à toute élégance, et de parfaitement conscient de l'effet produit.

Il écouta Roark sans mot dire et ses yeux étaient comme un chronographe enregistrant chacune des secondes que prenait chacun des mots prononcés par Roark. Il laissa passer la première phrase ; à la seconde il l'interrompit pour dire d'un ton bref « Montrez-moi vos dessins », comme s'il voulait lui faire comprendre que tout ce que Roark pourrait lui dire lui était déjà connu.

Il prit le rouleau de dessins entre ses mains bronzées. Avant même d'y jeter un regard, il dit : « C'est fou le nombre de jeunes architectes qui viennent me demander conseil. » Il regarda le premier dessin, mais releva la tête avant même de l'avoir vraiment vu. « Evidemment c'est cette combinaison du réel avec le transcendant qui est si dure à réaliser pour le débutant. » Il glissa le dessin sous la pile. « L'architecture est avant tout un art utilitaire et le problème consiste à élever le principe du pragmatisme à la hauteur de l'abstraction esthétique. Tout le reste n'est qu'absurdité. » Il regarda encore deux dessins et les glissa sous la pile. « Je n'ai aucune indulgence pour les visionnaires qui aiment l'architecture pour l'architecture elle-même et font de leur profession une croisade en Terre sainte. Le grand principe dynamique est le commun dénominateur de l'équation humaine. » Il regarda encore un dessin et le glissa sous les autres. « Le goût du public et le cœur du public sont, après tout, le véritable critère de l'artiste. Et l'exceptionnel doit être sacrifié au général. » Il soupesa la pile des dessins, se rendit compte qu'il en avait vu à peu près la moitié et reposa le tout sur son bureau.

– Au fait, dit-il, revenons à votre travail. Très intéressant, mais pas applicable. Pas de maturité. Une œuvre indisciplinée, pas au point, adolescente L'originalité à tout prix. Pas du tout dans l'esprit des temps actuels. Si vous voulez vous faire une idée de ce que l'on désire actuellement, laissez-moi vous montrer quelque chose. (Il sortit un dessin d'un tiroir de son bureau.) Voilà l'œuvre d'un jeune homme qui est venu me voir sans aucune recommandation, un débutant qui n'a encore travaillé nulle part. Lorsque vous serez capable de créer une chose pareille, vous n'aurez plus besoin de chercher une situation. Lorsque j'ai vu ce dessin, je l'ai immédiatement engagé et à vingt-cinq dollars par semaine, encore. Il est indiscutable que ce garçon a du génie.

Il tendit l'esquisse à Roark. Celle-ci représentait une maison qui tenait à la fois du silo à blé et d'une ombre émaciée et simplifiée du Parthénon.

– Voilà, dit Gordon L. Prescott, la véritable originalité, le nouveau dans l'éternel. Essayez donc dans cette voie. Je ne puis réellement pas vous prédire un grand avenir. Pour être franc, je ne voudrais pas vous donner de fausses illusions. Vous avez encore beaucoup à apprendre. Je ne puis vraiment présumer de l'avenir quant au talent que vous pourrez arriver à posséder un jour. Peut-être qu'à force de travail... L'architecture est vraiment une profession bien difficile et la concurrence y est terrible, voyez-vous, absolument terrible... Et maintenant, si vous voulez bien m'excuser, ma secrétaire a pris pour moi d'autres rendez-vous...

On était en octobre. Roark rentrait chez lui, tard dans la soirée. Il venait de passer une autre de ces journées qui s'allongeaient en mois derrière lui, et il aurait été incapable de dire ce qui s'était passé pendant ce jour, qui il avait vu, et dans quels termes il avait été éconduit. Il se concentrait fortement pendant les quelques minutes dont il disposait lorsqu'il était reçu par quelque architecte, oubliant tout ce qui n'était pas cet instant. Mais cet instant, il l'oubliait aussitôt qu'il se retirait. C'était une chose qu'il devait faire ; il l'avait faite, elle ne le concernait plus. Sur le chemin du retour, il se sentait de nouveau complètement libre.

Une longue rue s'allongeait devant lui, ses hauts murs se rapprochant dans le haut, et si étroite qu'il avait l'impression qu'en étendant les bras il pourrait en écarter les bords. Il marchait rapidement, sentant sous ses pas le pavé rebondir comme un tremplin.

Il vit un triangle de béton éclairé, suspendu à quelque cent pieds au-dessus de sa tête. Il ne distinguait rien de ce qui était au-dessous, de ce qui le supportait. Il pouvait imaginer tout ce qu'il voulait, tout ce qu'il aurait voulu y voir. Et brusquement il comprit qu'actuellement, étant donné l'époque où il vivait, la ville dans laquelle il vivait, et les hommes qui y vivaient, jamais il ne construirait tant qu'il ne serait pas établi à son compte. Il y avait en lui une profonde certitude intérieure. Il haussa les épaules. Ces choses qui lui arrivaient dans des bureaux étrangers n'étaient qu'une sorte de sous-réalité, des incidents sans portée sur le cours d'une vie profonde qu'ils ne pouvaient ni atteindre ni entamer.

Il tourna dans une rue transversale conduisant à East River. Un réverbère solitaire, haut suspendu, faisait une tache rouge dans la profonde obscurité. Les vieilles maisons se terraient sur le sol, écrasées par un ciel pesant. La rue, étroite et longue, lui renvoyait l'écho de ses pas. Il marchait toujours, le col relevé, les mains dans les poches. Son ombre se leva de derrière ses talons, alors qu'il passait devant une fenêtre éclairée, et dessina sur le mur un grand arc noir.

1.9

John Erik Snyte examinait les projets de Roark. Il en mit trois de côté, rassembla les autres en une pile égale, reprit ceux qu'il avait retenus, les examina à nouveau, les reposa, un à un, d'un geste décidé sur le sommet de la pile, puis se tournant vers Roark :

— Remarquable, dit-il. Osé, mais remarquable. Que faites-vous ce soir ?

— Pourquoi ? demanda Roark stupéfait.

— Vous êtes libre ? Cela vous ennuierait de commencer tout de suite ? Débarrassez-vous de votre pardessus, allez à l'atelier des dessinateurs, empruntez à l'un d'eux les instruments qu'il vous faut, et faites-moi un projet pour un grand magasin que nous sommes chargés de moderniser. Juste une esquisse, une idée générale, mais il me la faut pour demain. Ça vous est égal de veiller ? Le chauffage marche et je chargerai Joe de vous faire envoyer quelque chose à manger. Que préférez-vous boire, du café noir, du whisky ? Vous n'aurez qu'à le dire à Joe. Vous pouvez rester ?

— Oui, dit Roark encore incrédule, je peux travailler toute la nuit.

— Parfait! Splendide! Un dessinateur de chez Cameron! Exactement ce qu'il me fallait! Au fait, que receviez-vous chez Francon?

— Soixante-cinq dollars.

— Ma foi, je ne peux pas égaler Guy l'épicurien. Cinquante dollars net, cela vous va? Parfait. Au sujet du magasin, Billing vous expliquera ce qui en est. Je veux quelque chose de très moderne. Vous voyez ça? Quelque chose de violent, d'agressif, quelque chose qui frappe. Allez-y franchement. Introduisez toutes les innovations auxquelles vous pourrez penser. Et plus elles seront hardies, mieux cela vaudra! Venez avec moi!

John Erik Snyte bondit, ouvrit toute grande une porte donnant sur un immense atelier, s'y précipita, se heurta à une table, s'arrêta et s'adressant à un gros homme au visage de pleine lune:

— Billing... Roark. Voici notre dessinateur moderne. Donnez-lui les magasins Benton, et tout ce qu'il lui faut pour travailler. Laissez-lui vos clés et montrez-lui ce qu'il devra fermer en partant. Faites partir son engagement de ce matin. Cinquante dollars. A quelle heure, mon rendez-vous avec Dolson Brothers? Je suis déjà en retard. Au revoir. Je ne reviendrai pas ce soir.

Il s'en alla en claquant la porte. Billing ne montra aucune surprise, traitant Roark comme s'il l'avait toujours vu là. Il parlait nonchalamment d'une voix traînante. En vingt minutes, Roark fut installé à une table à dessin, avec du papier, des crayons, tous les instruments nécessaires, ainsi que tous les plans et photographies du magasin, les actes, et une longue liste d'instructions.

Roark contempla la feuille blanche immaculée, étalée devant lui, les doigts étroitement refermés sur la mince tige d'un crayon. Il le posa, puis le reprit, tâtant du pouce sa surface polie. Il s'aperçut soudain que, dans sa main, le crayon tremblait. Il le posa précipitamment et se sentit envahi de colère contre sa propre faiblesse. Il était honteux d'être obligé de reconnaître tout ce que ce travail signifiait pour lui et il comprenait soudain ce qu'avaient été les mois d'inaction qu'il venait de vivre. Le bout de ses doigts appuyait fortement sur le papier, comme sur une surface chargée d'électricité qui le blessait et le retenait tout à la fois. Il les en arracha brusquement, puis il se mit au travail.

John Erik Snyte était un homme d'une cinquantaine d'années; il avait une expression railleuse et amusée, avec quelque chose de rusé et d'impudent, comme s'il partageait avec son interlocuteur un vil secret auquel il ne se donnait même pas la peine de faire allusion parce que tous deux le connaissaient. C'était un architecte très en vue; il ne changeait pas d'expression en reconnaissant ce fait. Il considérait Guy Francon comme un idéaliste borné; lui ne se restreignait pas au dogme classique; il était infiniment plus libéral et plus adroit; il construisait n'importe quoi. Il n'avait aucune prévention contre l'architecture moderne, et lorsqu'un rare client le lui demandait, il exécutait un ensemble de cubes surmontés d'un toit plat, qu'il appelait une maison moderne; il construisait des demeures de style romain qu'il qualifiait de précieuses et des églises gothiques dans le style spiritualiste. Il exécutait tous ces travaux avec le même plaisir et ne se fâchait jamais, excepté lorsqu'on le traitait d'éclectique.

Il avait un système bien à lui. Il employait cinq dessinateurs au style différent et, à chaque commande qu'il recevait, il faisait entre eux un concours ; choisissant ensuite le projet gagnant, il l'embellissait de détails puisés dans les projets refusés. « Six têtes valent mieux qu'une », avait-il coutume de dire.

Lorsque Roark vit le projet final des grands magasins Benton, il comprit pourquoi Snyte n'avait pas craint de l'engager. Il reconnut les grandes surfaces planes, les baies, le système de circulation de son projet ; mais on y avait ajouté des chapiteaux corinthiens, des voûtes gothiques, des chandeliers coloniaux et d'incroyables moulures, vaguement mauresques. Le projet était exécuté à l'aquarelle, avec une exquise délicatesse, collé sur carton et recouvert d'un papier de soie. Les dessinateurs n'étaient autorisés à le contempler qu'à une distance respectueuse, les mains devaient être soigneusement lavées, les cigarettes jetées. John Erik Snyte attachait la plus grande importance à la présentation des projets aux clients, et employait un jeune étudiant chinois, un futur architecte, uniquement à l'exécution de ces chefs-d'œuvre.

Roark comprit exactement ce qu'il pouvait attendre de son travail. Jamais il ne verrait un de ses projets réalisés, mais uniquement des fragments qu'il préférait ignorer ; mais il était libre de faire tous les projets qu'il voulait et d'acquérir ainsi de l'expérience dans l'étude des problèmes que pose l'architecture moderne. C'était moins qu'il n'aurait voulu et plus qu'il n'était en droit d'espérer. Et c'est dans cette idée qu'il accepta sa situation. Il apprit à connaître ses collègues dessinateurs et sut qu'ils avaient été surnommés par le personnel de l'atelier « Classique », « Gothique », « Renaissance » et « Divers ». Il fronça légèrement le sourcil la première fois qu'on s'adressa à lui en lui disant : « Hé, Moderne. »

La grève du bâtiment, déclenchée contre les entrepreneurs sur les chantiers du Noyes-Belmont Hôtel et qui avait ensuite gagné tous les bâtiments en construction, indignait Guy Francon. Le fait que les architectes du Noyes-Belmont étaient Francon & Heyer avait été mentionné dans la presse.

La plupart des journaux, poussant à la lutte, adjuraient les entrepreneurs de ne pas céder. Les plus violentes attaques contre les grévistes paraissaient dans les puissants journaux du trust Wynand.

« Nous avons toujours été, disaient les éditoriaux de Wynand, pour les droits de l'ouvrier et contre les abus de pouvoir et les privilèges, mais nous ne pouvons accorder notre appui à la destruction des lois et de l'ordre. » Il était bien difficile de dire si l'opinion publique dirigeait les journaux de Wynand ou si ceux-ci dirigeaient l'opinion publique, mais il était certain que tous deux se tenaient de très près. Mais ce que personne ne savait, à part Guy Francon et quelques autres, c'était que Gail Wynand était à la tête de la société qui possédait le plus d'actions de la société propriétaire du Noyes-Belmont Hôtel.

La connaissance de ces faits ajoutait beaucoup au mécontentement de Francon, car personne n'ignorait que les opérations immobilières de Gail Wynand étaient plus importantes encore que son activité journalistique.

C'était la première fois que Francon recevait une commande de Wynand et il avait sauté dessus avec avidité, pensant aux innombrables possibilités que cela lui ouvrait dans l'avenir. Keating et lui avaient réuni leurs efforts pour mener à bien le projet du plus orné des palaces rococo, destiné à des clients disposés à payer, pour une chambre, vingt-cinq dollars par jour et qui avaient un goût tout spécial pour les fleurs de stuc, les cupidons de marbre et les cages d'ascenseur en entrelacs de bronze. Cette grève compromettait fortement l'avenir; non pas que Francon pût en être tenu pour responsable, mais on ne savait jamais sur qui, et pour quelles raisons, tomberait le blâme de Gail Wynand. Les imprévisibles et inexplicables renversements des faveurs de Wynand étaient bien connus, et il était de notoriété publique qu'il était bien rare qu'il employât deux fois le même architecte.

La mauvaise humeur de Francon l'entraîna à un acte sans précédent; il fit passer cette mauvaise humeur, et cela sans aucune raison, sur la seule personne qu'il avait toujours épargnée jusque-là, Peter Keating. Keating haussa les épaules et lui tourna le dos avec une silencieuse insolence. Mais à son tour, traversant les ateliers, il apostropha les plus jeunes employés sans le plus léger motif et, se heurtant violemment à Lucius N. Heyer au seuil d'un bureau, lui jeta un « Vous ne pourriez pas faire attention! » qui laissa Heyer stupéfait et consterné.

Il y avait fort peu à faire au bureau, encore moins à dire, et la plupart des gens étaient à éviter. Keating partit de bonne heure et rentra chez lui à pied dans un froid crépuscule de décembre.

A la maison, il tempêta contre l'odeur de peinture des radiateurs surchauffés et tempêta plus encore contre le froid lorsque sa mère ouvrit les fenêtres. Il ne pouvait pas comprendre pourquoi il se sentait si nerveux, à moins que ce ne fût cette soudaine inactivité qui le rendait à la solitude. Et il ne supportait pas la solitude.

Il saisit le récepteur et appela Catherine Halsey. Le son de sa voix claire fut pour lui comme une main fraîche pressée doucement contre son front brûlant. « Oh non, rien de grave, chérie. Je voulais simplement savoir si vous seriez chez vous ce soir. Je pensais faire un saut après le dîner. – Quelle bonne idée, Peter. Je ne bougerai pas. – Parfait. Alors, vers huit heures et demie? – Entendu... Oh! Peter, avez-vous entendu parler de mon oncle Ellsworth? – Oui, le diable l'emporte, j'ai entendu parler de votre oncle Ellsworth!... Je m'excuse, Katie... Pardonnez-moi, chérie, je ne voulais pas être impoli, mais je n'ai fait qu'entendre parler de votre oncle toute la journée. Je sais qu'il est extrêmement courageux et plus encore, mais jurez-moi que nous ne parlerons pas de lui ce soir! – Non, bien sûr que non. Je regrette, et je comprends. Je vous attends. – A tout à l'heure, Katie. »

Il était au courant en effet de la dernière histoire qui courait sur Ellsworth Toohey, mais il ne voulait pas y penser parce que cela le ramenait au désagréable sujet de la grève. Il y avait six mois de cela, au faîte du succès qu'il avait remporté avec *Ecrit sur la pierre*, Ellsworth Toohey s'était engagé à écrire journellement une chronique intitulée : « Une voix s'élève », dans un des journaux de Wynand, *L'Etendard*. Cela avait commencé par être uniquement de la critique d'art, mais petit à petit, Ellsworth M. Toohey s'était mis à prononcer des verdicts sur l'art, la littérature, les restaurants de New York, la crise internationale, et la sociologie, spécialement la sociologie. Ses articles avaient énormément de succès. La grève du bâtiment plaçait Ellsworth M. Toohey dans une position délicate. Il ne cachait pas sa sympathie pour les grévistes, mais il n'y fit aucune allusion dans ses articles, car aucun collaborateur ne pouvait s'exprimer librement dans les journaux de Gail Wynand, excepté Gail Wynand lui-même. Cependant un meeting monstre en faveur des grévistes avait été annoncé pour le soir même. Plusieurs orateurs connus devaient y prendre la parole, et en particulier Ellsworth Toohey. En tout cas, son nom avait été prononcé.

La chose donna lieu à de nombreuses spéculations et des paris furent même engagés sur l'absence ou la présence de Toohey au meeting. « Il viendra, dit, devant Keating, un des employés à un de ses collègues, il se sacrifiera lui-même. C'est un homme comme ça. Il n'est pas honnête seulement en théorie – Il ne viendra pas, dit l'autre. Est-ce que vous comprenez ce que cela représente de braver Wynand ? Lorsque Wynand en veut à un homme, cet homme est perdu, aussi sûr que je suis là. Personne ne sait comment ni quand il l'exécutera et il ne laisse jamais de preuves contre lui, mais quand il veut briser un type, il le fait. Il ne fait pas bon l'avoir contre soi. » Keating se souciait peu de l'issue du débat et toute cette affaire l'ennuyait.

Il garda, ce soir-là, pendant le dîner, un silence maussade et lorsque Mrs. Keating lança un de ses « Oh, à propos... » qui devait amener la conversation sur un sujet qu'il connaissait, il lui jeta un « Laissez donc Catherine tranquille ! » auquel elle jugea prudent de ne pas répondre et elle masqua sa confusion en se resservant abondamment.

Il sauta dans un taxi pour gagner Greenwich Village, grimpa l'escalier quatre à quatre et se jeta sur la sonnette. Il attendit. Rien ne vint. Il sonna de nouveau, longuement. Catherine ne pouvait pas être sortie puisqu'elle savait qu'il allait venir, c'était impossible. Stupéfait, il redescendit l'escalier, traversa la rue et chercha les fenêtres de l'appartement. Elles étaient obscures.

Il regarda ces fenêtres sombres comme le symbole d'une épouvantable trahison. Puis il fut envahi d'un sentiment de solitude, comme s'il se trouvait abandonné, sans domicile, dans la ville immense. Il en oubliait son adresse et jusqu'à l'existence de son propre appartement. Puis le souvenir du meeting lui revint, le meeting monstre au cours duquel l'oncle de Catherine devait faire publiquement figure de martyr. « C'est là qu'elle est allée, se dit-il, l'absurde petite folle ! » Il ajouta tout haut : « Qu'elle aille au diable ! » et il partit d'un pas rapide dans la direction du local où avait lieu le meeting.

Une ampoule nue, d'un blanc bleuté, donnait une lumière hostile, trop froide et trop vive, à l'entrée du local. Ses feux éclataient dans la rue obscure et faisaient briller, sur une saillie au-dessus de la porte, une coulée de glace, si mince et si lisse, que Keating pensa, Dieu sait pourquoi, à une histoire d'homme tué à l'aide d'une aiguille. Quelques badauds, indifférents à la pluie qui tombait, se tenaient devant l'entrée, surveillés par deux ou trois agents. La porte était ouverte. L'entrée, très sombre, était bondée de gens qui n'avaient pas trouvé de place dans la salle. Les discours leur étaient retransmis par un haut-parleur installé à cette occasion. Devant la porte, trois ombres vagues distribuaient des tracts aux passants. L'une de ces ombres était un jeune garçon à l'aspect maladif, au visage non rasé, au long cou maigre ; l'autre, un garçon confortablement vêtu d'une pelisse à col de fourrure ; la troisième était Catherine Halsey.

Elle était là, sous la pluie, rompue de fatigue, le nez luisant, les yeux brillants d'excitation. Keating s'arrêta, stupéfait.

Elle lui tendait machinalement un tract, lorsque, levant les yeux, elle le reconnut. Elle sourit sans montrer aucun étonnement et dit d'un air heureux :

– Oh, Peter ! Que c'est gentil d'être venu !

– Katie... (il étouffait), Katie, pourquoi diable...

– Mais je ne pouvais pas faire autrement, Peter. (Elle ne s'excusait nullement.) Vous ne comprenez donc pas que je...

– Abritez-vous au moins de la pluie, venez à l'intérieur.

– Mais je ne peux pas ! Il faut que...

– Abritez-vous au moins de la pluie, folle que vous êtes !

Il la poussa rudement vers l'intérieur.

– Peter, chéri, vous n'êtes pas fâché ? Vous comprenez, cela s'est passé ainsi. Je ne pensais pas que mon oncle me laisserait venir ici ce soir, mais à la dernière minute il m'a dit que je pouvais venir si je voulais et que je pourrais distribuer des tracts. Je savais bien que vous comprendriez et j'ai laissé un mot sur la table du living-room vous expliquant que...

– Vous m'avez laissé un mot ? Dans l'appartement !

– Mais... oui. Oh !... Peter, je n'ai pas réfléchi que vous ne pourriez pas entrer. C'est stupide de ma part, mais j'étais tellement pressée ! Non, vous ne pouvez pas être fâché contre moi, pas ce soir ! Ne comprenez-vous pas tout ce que ce meeting signifie pour lui ? Tout ce qu'il sacrifie en venant ici ? J'étais sûre qu'il viendrait. L'ai-je assez répété aux gens qui me disaient qu'il ne viendrait pas, que ce serait la fin de sa carrière. Et c'est possible, mais il ne s'en soucie pas. C'est ainsi qu'il est. Je suis à la fois effrayée et follement heureuse qu'il soit venu. Cela me donne confiance en l'humanité. Mais en même temps, j'ai peur, car voyez-vous, Wynand peut...

– Taisez-vous ! Je sais tout cela et j'en ai par-dessus la tête. Je ne veux plus entendre parler de votre oncle, de Wynand ou de cette damnée grève. Allons-nous-en d'ici.

– Oh ! non, Peter ! C'est impossible ! Je veux absolument l'entendre et d'ailleurs...

– Silence, là-bas, fit quelqu'un dans la foule.

– Nous manquons tout, chuchota Catherine. C'est Austen Heller qui parle en ce moment. Ne voulez-vous pas l'écouter ?

Keating leva les yeux vers le haut-parleur, saisi du respect que lui inspiraient les noms connus. Il n'avait pas lu souvent du Austen Heller, mais il savait que Heller était le plus brillant collaborateur de l'excellent journal indépendant, le *Chronicle,* l'ennemi juré des publications de Wynand. Il savait aussi que Heller, qui appartenait à une vieille et excellente famille, avait fait ses études à Oxford ; qu'ayant débuté comme critique littéraire, il était devenu l'ennemi juré de la contrainte sous toutes ses formes, publique ou privée, sur la terre et dans le ciel ; qu'il avait été successivement maudit par des prêtres, par des banquiers, par des associations féminines et patronales ; qu'il avait des manières infiniment meilleures que l'élite sociale dont il avait l'habitude de se moquer et une plus solide constitution que la plupart des ouvriers qu'il défendait ; qu'il pouvait parler indifféremment de la dernière pièce de Broadway, de poésie médiévale ou de finance internationale ; qu'il ne donnait jamais rien aux œuvres de charité, mais dépensait plus qu'il ne pouvait se le permettre pour la défense des détenus politiques de n'importe quel pays.

La voix qui leur parvenait par le haut-parleur était brève, précise, avec un très léger accent anglais.

« ... et nous devons admettre, disait Austen Heller d'une voix unie, que puisque, malheureusement, nous sommes obligés de vivre en communauté, nous devons avant tout nous souvenir que le plus sûr moyen d'observer des règles est d'en avoir le moins possible. Je ne vois pas d'autre valeur morale à laquelle mesurer notre conception d'un Etat, que la somme de temps, d'argent, de pensées, d'efforts et d'obéissance que cet Etat exige de chacun de ses membres. La valeur et la civilisation d'un peuple sont en raison inverse de cette exigence. Partant de ce principe, l'on ne peut concevoir une loi qui oblige un homme à travailler dans des conditions autres que celles qu'il a librement acceptées. Et l'on ne peut concevoir une loi qui l'empêcherait de fixer ces conditions, pas plus d'ailleurs qu'on ne peut forcer son patron à les accepter. La liberté d'accepter ou de refuser ces conditions est la base même de la société dans laquelle nous vivons, et le droit de se mettre en grève fait partie de cette liberté. Si je rappelle ces principes, c'est en réponse à un certain Petrone, de Hell's Kitchen, une délicate fripouille, qui a été plutôt bavard ces derniers temps et qui déclarait que la grève signifiait la destruction de la loi et de l'ordre. »

Le haut-parleur déversa sur eux la clameur perçante des acclamations et le bruit de tonnerre des applaudissements. Autour d'eux, quelques personnes s'exclamèrent. Catherine saisit le bras de Keating :

– Oh, Peter ! murmura-t-elle. C'est à Wynand qu'il fait allusion. Wynand est né à Hell's Kitchen. Heller peut se permettre de dire cela, mais Wynand risque d'en rendre mon oncle responsable.

Keating n'entendit rien de la suite du discours de Heller ; la tête lui tournait et la douleur était si violente que le bruit lui blessait même les yeux et qu'il fut obligé de les tenir fermés. Il s'appuya lourdement contre le mur.

Il ouvrit brusquement les yeux, conscient de la qualité particulière du silence qui l'entourait. Il ne s'était pas rendu compte que Heller avait fini de parler. Il vit les gens, autour de lui, dans un état de tension et d'attente frémissante, tous les regards tournés vers la sombre embouchure du haut-parleur qui grésillait à blanc. Puis une voix se fit entendre, forte et distincte :

– Mesdames, messieurs, j'ai le grand honneur de vous présenter maintenant Mr. Ellsworth Monkton Toohey.

« Tiens, eut le temps de penser Keating, Benett a gagné son pari. » Il y eut quelques secondes de silence. Ce qui se passa ensuite frappa Keating en plein sur la nuque. Ce n'était ni un coup ni du bruit, c'était quelque chose qui séparait l'instant présent de celui qui l'avait précédé. Il ne perçut pas le choc de façon consciente et il lui fallut plus d'une seconde pour réaliser que c'était des applaudissements. Une tempête d'applaudissements à faire éclater le haut-parleur. Et cela continuait, redoublait, rebondissant contre les murs, déferlant jusque dans la rue. Les gens, autour de lui, poussaient des acclamations. Catherine, immobile, les lèvres entrouvertes, retenait son souffle.

Il se passa un long moment avant que le silence ne revînt, aussi abrupt, aussi frappant que le bruit; le haut-parleur se tut, s'étranglant sur une note haute. Tout le monde était immobile. Et à ce moment l'orateur prit la parole.

« Mes amis, dit-il gravement et simplement, mes frères, ajouta-t-il doucement et comme involontairement, à la fois extrêmement ému et se moquant de lui-même pour cette émotion. Je suis plus touché par votre réception que je ne devrais l'être. J'espère que vous me pardonnerez pour ce qui reste en moi de l'enfant vaniteux qui dort au fond de chacun de nous. Mais je réalise parfaitement, et c'est dans cet esprit que je l'accepte, que vous offrez ce tribut non pas à ma personne, mais au principe que j'ai l'honneur de représenter, en toute humilité, devant vous ce soir. »

Ce n'était pas simplement une voix, mais un véritable miracle. Elle vous enveloppait comme une bannière de velours. Elle prononçait des mots anglais, mais la pure résonance de chaque syllabe en faisait comme une langue nouvelle qu'on entendait pour la première fois. C'était la voix d'un maître.

Keating s'immobilisa, bouche bée. Il ne comprenait même pas ce que disait cette voix. Il percevait la beauté des sons sans en saisir la signification. Cette voix lui aurait fait accepter n'importe quoi, l'aurait entraîné n'importe où.

« ... et ainsi, mes amis, continuait l'orateur, la leçon que nous devons tirer de cette lutte tragique est une leçon d'unité. Nous devons nous unir si nous ne voulons pas être vaincus. Notre volonté, la volonté des déshérités, des exploités, des opprimés, animés d'une foi commune et d'un but commun, doit dresser devant nous un solide rempart. Le temps est venu pour chaque homme de renoncer à ne penser qu'à ses propres petits problèmes de gain, de confort, de plaisir personnel. Le temps est venu de nous livrer au grand courant, à la marée montante qui s'avance pour nous entraîner, consentants ou non, vers l'avenir. L'histoire, mes amis, ne vous pose pas de questions et ne vous demande pas votre acquiescement. Elle est irrévocable, comme la voix des masses qui la détermine. Sachons entendre son appel. Unissons-nous, mes frères, unissons-nous, unissons-nous... »

Keating regarda Catherine. Ce n'était plus Catherine. Ce n'était plus qu'un visage pâli se dissolvant dans les sons du haut-parleur. Ce n'était pas la voix de son oncle qu'elle entendait; Keating n'éprouvait aucun sentiment de jalousie; il aurait d'ailleurs préféré cela. Non, c'était quelque chose d'abstrait et d'impersonnel, qui la vidait d'elle-même, lui enlevant toute volonté, une chose sans nom qui la submergeait et l'entraînait.

– Sortons d'ici, murmura-t-il d'un air farouche.

Il avait peur.

Elle se retourna vers lui, semblant péniblement reprendre conscience d'elle-même. Il comprit qu'elle s'efforçait de le reconnaître, lui et tout ce qui la liait à lui. Elle murmura à son tour :

– Oui, sortons d'ici.

Ils partirent droit devant eux, sous la pluie, sans aucun but. Il faisait froid, mais ils continuaient de marcher, pour le simple plaisir de remuer, de sentir leurs muscles en mouvement.

– Nous sommes en train de nous faire tremper, dit Keating brusquement et d'un ton aussi naturel qu'il le put.

Leur silence l'effrayait. Il lui semblait qu'en se taisant ils reconnaissaient implicitement quelque chose qui les avait effrayés tous les deux.

– Si nous entrions quelque part, boire quelque chose ?

– Volontiers, dit Catherine. Il fait si froid... N'est-ce pas stupide de ma part d'avoir manqué le discours de mon oncle, moi qui désirais tant l'entendre !

Allons, tout allait bien. Elle avait parlé de ce discours. Elle en avait parlé tout naturellement, exprimant juste ce qu'il fallait de regrets convenables. L'impression d'angoisse était dissipée.

– Mais j'avais envie d'être avec vous, Peter... J'ai toujours envie d'être avec vous, se hâta-t-elle d'ajouter.

Il eut un petit choc, non pas à cause de ce qu'elle venait de dire, mais à cause de la raison qui l'avait poussée à le dire. Puis cette impression disparut et Keating sourit ; il glissa ses doigts entre le poignet et le gant de Catherine, et sentit, contre la sienne, sa peau tiède...

Quelque temps après, Keating eut vent de la rumeur qui courait par toute la ville. L'on disait que le lendemain du meeting, Gail Wynand avait alloué à Ellsworth Toohey une augmentation de salaire. Toohey s'en était montré furieux et avait tenté de refuser. « On ne m'achète pas, Mr. Wynand ! » avait-il dit. « Je ne vous achète pas, avait répondu Wynand. Ne vous surestimez pas. »

Lorsque la grève fut terminée, la construction reprit de plus belle dans toute la ville et Keating passait les jours et les nuits au bureau, où affluaient de nouvelles commandes. Francon était tout sourire et organisa une petite réception pour son personnel, afin d'effacer le souvenir des paroles un peu vives qu'il avait pu éventuellement prononcer. La somptueuse résidence de Mr. et Mrs. Dale Ainsworth, à Riverside Drive, le projet préféré de Keating, un palais Renaissance en granit gris, put enfin être terminé. Mr. et Mrs. Ainsworth, pour leur pendaison de crémaillère, donnèrent une grande réception à laquelle Guy Francon et Peter Keating furent invités, mais à laquelle on oublia complètement de convier Lucius N. Heyer, chose qui arrivait vraiment souvent depuis quelque temps. Francon jouit pleinement de sa soirée car chaque centimètre de granit de la maison lui rappelait l'affaire magnifique qu'il avait réalisée grâce à sa carrière de granit du Connecticut. Et Keating eut également beaucoup de plaisir lorsque l'imposante Mrs. Ainsworth lui dit avec un sourire désarmant : « Mais j'étais persuadée que vous étiez l'associé de Mr. Francon ! C'est Francon & Heyer, évidemment ! Quelle étourderie de ma part ! Tout ce que je puis dire pour me faire pardonner, c'est que si vous n'êtes pas son associé, vous mériteriez de l'être ! » La vie, au bureau, coulait sans heurt. C'était une de ces périodes où tout semble aller tout seul.

Keating fut donc fort étonné, un matin, peu de temps après la réception des Ainsworth, de voir arriver Francon dans un état de vive irritation nerveuse. « Oh, ce n'est rien, dit-il à Keating avec un geste impatient de la main, rien du tout. » A l'atelier des dessinateurs, Keating remarqua que trois d'entre eux, leurs têtes rapprochées, étaient penchés sur *L'Etendard* dont ils lisaient un article d'un air coupable, mais avec le plus vif intérêt ; il entendit l'un d'eux ricaner de façon fort déplaisante. Lorsqu'ils l'aperçurent, le journal disparut avec la rapidité de l'éclair. Mais il n'eut pas le temps d'approfondir la chose ; un entrepreneur l'attendait dans son bureau et il avait une liasse de lettres et de dessins à voir.

Les rendez-vous se succédèrent sans interruption, si bien que, trois heures plus tard, il avait complètement oublié cet incident. Il se sentait léger, lucide, soulevé par sa propre énergie. Se rendant à la bibliothèque pour comparer un nouveau projet avec ses meilleurs prototypes, il sortit de son bureau en sifflant et en balançant gaiement son rouleau de dessins.

Arrivé au milieu du bureau de réception, il s'arrêta brusquement, laissant retomber le rouleau qui vint lui frapper les genoux, complètement inconscient de l'incorrection qu'il commettait en s'arrêtant ainsi.

Une jeune femme se tenait devant le bureau et parlait à la secrétaire de réception. Son corps élancé semblait absolument sans proportions avec un corps humain normal ; les lignes en étaient si longues, si fragiles, si exagérées que la jeune femme ressemblait à un dessin stylisé et faisait paraître les proportions habituelles à un être humain normal, gauches et lourdes en comparaison des siennes. Elle portait un simple tailleur gris, et le contraste entre la sévérité de ce vêtement et son aspect physique était évidemment voulu et le résultat étrangement élégant. Le bout de ses doigts s'appuyait sur le bureau, et sa main étroite avait la même ligne impérieuse que son bras fin. Ses yeux gris semblaient deux longues fentes rectangulaires bordées de deux franges de cils parallèles ; son expression était froidement sereine et sa bouche cruelle. Son visage, ses cheveux d'or pâle, son costume semblaient n'avoir pas de couleur, mais seulement une indication, une ébauche de couleur, et la réalité, auprès d'elle, semblait vulgaire. Keating s'était arrêté parce que, pour la première fois de sa vie, il comprenait ce que les artistes veulent dire lorsqu'ils parlent de beauté.

– Je le verrai maintenant, ou je ne le verrai pas, était-elle en train de dire à la secrétaire de réception. C'est lui qui m'a demandé de venir et c'est le seul instant dont je dispose.

Il n'y avait dans le ton de sa voix aucune insistance ; elle parlait comme quelqu'un qui n'éprouve pas le besoin d'insister.

– Oui, mais...

Une lumière s'alluma au standard ; la secrétaire se hâta de prendre la communication. « Oui, Mr. Francon... » Elle écouta et répéta, avec soulagement : « Oui, Mr. Francon. » Puis se tournant vers la visiteuse :

– Voulez-vous entrer, je vous prie.

La jeune femme se retourna et, se dirigeant vers l'escalier, jeta en passant un regard à Keating, puis détourna les yeux. L'attitude pétrifiée d'admiration du jeune homme ne pouvait lui avoir échappé. Il avait eu le temps de voir ses yeux. Leur regard lui parut las et dédaigneux et il en garda une impression de froide cruauté.

Il l'entendit monter l'escalier et cette impression se dissipa, mais l'admiration resta. S'approchant de la secrétaire, il demanda :

– Qui est-ce ?

La secrétaire haussa les épaules :

– C'est la gosse du patron.

– Hé, l'heureux gaillard ! dit Keating. Il s'est bien gardé de me la faire connaître.

– Vous m'avez mal comprise, dit la secrétaire froidement. C'est sa fille, Dominique Francon.

– Oh ! dit Keating. Oh ! Seigneur !

– Oui ? dit la jeune fille en le regardant d'un air ironique. Avez-vous lu *L'Etendard,* ce matin ?

– Non, pourquoi ?

– Eh bien, lisez-le.

Une sonnerie se fit entendre au standard et elle retourna à son travail.

Keating fit chercher par un garçon de bureau un numéro de *L'Etendard* et courut à l'article « Votre home » par Dominique Francon. Il avait entendu dire qu'elle avait eu beaucoup de succès par ses derniers articles, en décrivant les intérieurs de New-Yorkais connus. Elle s'en tenait généralement à la décoration intérieure, mais s'aventurait parfois dans la critique architecturale. Ce jour-là, elle avait pris comme sujet la nouvelle résidence de Mr. et Mrs. Dale Ainsworth, à Riverside Drive. Il y lut, parmi beaucoup d'autres, les lignes suivantes :

« Vous pénétrez dans un magnifique hall de marbre doré et vous vous dites que c'est le City Hall ou le Main Post Office, mais il n'en est rien. Pourtant, rien n'y manque, la mezzanine avec ses colonnades et l'escalier en forme de goitre et les cartouches en forme de boucles de ceintures. Seulement ce n'est pas du cuir, c'est du marbre. La salle à manger est ornée d'une splendide porte de bronze qu'on a, par erreur, placée au plafond, sous la forme d'un treillis orné de fraîches grappes de raisin de bronze. Des natures mortes ornent les panneaux des murs, des canards et des lièvres au milieu de bouquets de carottes, de pétunias et de soleils. Je ne pense pas qu'au naturel ce serait très attirant, mais étant donné que ce n'est qu'une mauvaise imitation en plâtre, tout va bien... Les fenêtres des chambres à coucher donnent sur un mur de brique, un mur lépreux, mais personne n'a besoin de visiter les chambres à coucher... Les fenêtres en façade sont assez vastes pour laisser pénétrer des flots de lumière, aussi bien que les pieds des cupidons de marbre juchés à l'extérieur. Ces cupidons sont bien nourris et agréables à voir de la rue, se détachant sur le sévère granit gris de la façade ; ils ne méritent que des louanges, à moins que vous ne puissiez supporter de contempler des talons dodus chaque fois que vous mettez le nez à la fenêtre pour savoir s'il pleut. Si vous en êtes fatigué, vous avez toujours la ressource de monter au troisième étage. Là, de la fenêtre centrale, vous pouvez admi rer tout à votre aise les reins de fonte d'un Mercure placé au sommet du fronton qui domine l'entrée. Une bien belle entrée, d'ailleurs. Demain, c'est dans le home de Mr. et Mrs. Smythe-Pickering que nous pénétrerons. »

C'était Keating qui avait dessiné la maison. Mais il ne put s'empêcher de rire, malgré son dépit, en pensant à ce qu'avait dû éprouver Francon en lisant cet article et à la tête qu'il ferait en se retrouvant devant Mrs. Dale Ainsworth. Puis il oublia et la maison et l'article, et ne se souvint plus que de la jeune fille qui avait écrit ce dernier.

Il prit au hasard trois projets sur sa table et se dirigea vers le bureau de Francon pour lui demander une approbation dont il n'avait nullement besoin.

Devant la porte close du bureau de Francon, il s'arrêta. Il entendait derrière la porte la voix de Francon, haute, irritée, impuissante, la voix qu'avait toujours celui-ci lorsqu'il se sentait battu.

– ... m'attendre à un tel outrage ! Et de la part de ma propre fille ! Je m'attends à tout de ta part, mais cela dépasse les bornes. Que puis-je faire ? Comment puis-je expliquer une chose pareille ? N'as-tu donc pas la moindre idée de ce qu'est ma situation ?

Keating, alors, l'entendit rire ; elle riait d'un rire à la fois si gai et si froid qu'il comprit qu'il ferait mieux de ne pas entrer. Et il sentit qu'il avait peur d'elle comme à l'instant où elle l'avait regardé.

Il redescendit l'escalier. Lorsqu'il eut atteint l'étage inférieur, il avait décidé qu'il ferait sa connaissance, et cela bientôt, que Francon le voulût ou non. Et il s'en réjouissait, riant de lui-même en se souvenant de la fille de Francon telle qu'il se l'était imaginée pendant des années, faisant de nouveaux projets d'avenir. Cependant, tout au fond de lui-même, il sentait vaguement qu'il vaudrait mieux pour lui ne jamais la revoir.

1.10

Ralston Holcombe n'avait pas de cou, mais un menton magnifique formant avec ses joues une courbe ininterrompue qui venait reposer mollement sur sa poitrine. Ses joues roses, douces au toucher, avaient cet aspect lisse, de pêches pelées, particulier aux vieillards. Son abondante chevelure blanche, rejetée en arrière, flottait sur ses épaules comme une coiffure de page, déposant sur son col de nombreuses pellicules.

Il se promenait dans les rues de New York, la tête couverte d'un chapeau à larges bords, vêtu d'un complet foncé, d'une chemise de satin vert pâle, d'un gilet de broché blanc, une énorme cravate noire nouée sous le menton et, à la main, un gourdin, non pas une canne, mais un solide gourdin d'ébène surmonté d'un épais bulbe d'or. Son énorme corps se pliait mal aux contraintes et à l'habillement terne d'une civilisation prosaïque et le magnifique ovale de son ventre, fendant l'air, semblait la flottante bannière de sa rébellion.

Tout lui était permis, c'était un génie. Et c'était aussi le président de la Guilde des Architectes américains.

Ralston Holcombe ne partageait pas la manière de voir de ses collègues de la guilde. A l'en croire, il n'était ni un bâtisseur avide de construire, ni un homme d'affaires, mais un fervent idéaliste.

Il s'élevait contre l'état déplorable de l'architecture en Amérique et contre l'éclectisme dénué de principes de ses collègues. A n'importe quelle période de l'histoire, déclarait-il, les architectes construisaient selon l'esprit de leur temps et ne cherchaient pas leur inspiration dans le passé. Il fallait être fidèle au passé uniquement selon l'esprit qui exige que l'art contemporain puise aux sources mêmes des réalités de la vie. Il dénonçait la stupidité de construire dans le style grec, gothique ou romain. Et il adjurait ses collègues d'être modernes et de construire dans le style qui appartenait à notre époque. Et ce style, il l'avait trouvé, c'était le style renaissance.

Il donnait à ce choix des raisons extrêmement claires. Etant donné, expliquait-il, qu'aucun événement d'une réelle portée historique ne s'est déroulé dans le monde depuis la Renaissance, nous pouvons parfaitement admettre que nous vivons encore à cette époque, et modeler toutes les formes extérieures de notre existence sur l'exemple des grands maîtres du XVIᵉ siècle.

Il n'avait aucune patience envers ceux qui parlaient d'architecture moderne en des termes totalement différents des siens ; il les ignorait purement et simplement. Il déclarait que les hommes qui voulaient briser entièrement avec le passé n'étaient que de paresseux ignorants et que personne n'avait le droit de mettre l'originalité au-dessus de la beauté. Et sa voix tremblait d'émotion en prononçant ce dernier mot.

Il n'acceptait que des commandes grandioses et se spécialisait dans l'éternel et le monumental. Il était l'auteur d'un grand nombre de monuments commémoratifs et de capitoles ainsi que de nombreux projets pour les expositions internationales.

Il travaillait comme un compositeur qui improvise sous l'impulsion d'une inspiration mystique. Il avait de soudaines visions. Il ajoutait par exemple un énorme dôme au toit plat d'un édifice terminé, incrustait de mosaïques d'or une immense voûte, éventrait une façade de calcaire pour la remplacer par du marbre. Le client pâlissait, bégayait... et payait. Son impériale personnalité remportait toujours la victoire dans n'importe quelle discussion monétaire avec ses clients ; n'était-il pas, d'une manière non formulée, mais évidente et écrasante, un artiste. Son prestige était immense.

Il appartenait à une ancienne famille. En pleine maturité, il avait épousé la fille unique d'une famille qui n'était pas ancienne, mais qui avait acquis une énorme fortune dans le chewing-gum.

Ralston Holcombe avait soixante-cinq ans, mais il avouait davantage pour le plaisir d'entendre ses amis se récrier sur son physique magnifique. Mrs. Ralston Holcombe avait quarante-deux ans, mais en avouait beaucoup moins.

Mrs. Ralston Holcombe donnait une réception intime tous les dimanches après-midi. « Tous ceux qui ont un nom en architecture viennent chez nous », avait-elle coutume de dire à ses amis. Et elle ajoutait : « Et ils font bien. »

Un dimanche après-midi, au mois de mars, Keating se dirigeait vers la demeure des Holcombe, reproduction d'un palazzo florentin, avec la conscience d'accomplir un devoir, mais sans grand enthousiasme. Il avait été un hôte assidu de ces célèbres réunions, mais il commençait à en être las, car il connaissait maintenant tous ceux qu'il avait désiré y rencontrer. Mais aujourd'hui il ne pouvait se dérober car on célébrait l'achèvement d'un nouveau capitole qui devait trouver place dans un des Etats.

Une importante assistance était dispersée par petits groupes dans l'immense salle de bal en marbre, de proportions princières. Les invités, tout en affectant des airs nonchalants, s'efforçaient d'être brillants. Leurs pas résonnaient sur les dalles de marbre comme dans une crypte. Les flammes des hautes bougies luttaient désespérément avec le jour tombant, qui les pâlissait, et semblaient hâter la venue du crépuscule. Un modèle réduit du nouveau capitole trônait au milieu de la pièce, illuminé par de minuscules globes électriques.

Mrs. Ralston Holcombe présidait à la table de thé. Chaque arrivant acceptait une fragile coupe de transparente porcelaine, y trempait les lèvres et disparaissait ensuite dans la direction du bar. Deux imposants maîtres d'hôtel passaient leur temps à recueillir les tasses abandonnées.

Mrs. Ralston Holcombe, ainsi que la décrivait une de ses meilleures amies, était « petite, mais intellectuelle ». Sa stature réduite était son secret chagrin, mis elle avait appris à en tirer des compensations. Elle pouvait se vanter, et ne s'en privait pas, de s'habiller au rayon fillette. Elle portait des robes d'écolière et, en été, des chaussettes laissant à nu ses jambes étiques aux veines apparentes. Elle adorait les célébrités et leur consacrait sa vie. Elle les pourchassait férocement et, admise en leur présence, les contemplait avec des yeux agrandis par l'admiration, exagérant sa propre insignifiance et son humilité devant le talent ; toutefois elle s'assombrissait, la bouche serrée et la rancune au cœur, si l'une d'elles ne prenait pas suffisamment au sérieux ses idées à elle sur la vie future, la théorie de la relativité, l'architecture aztèque, la limitation des naissances ou le cinéma. Elle avait de nombreux amis sans fortune et ne vous laissait pas ignorer ce fait. Mais si un de ses amis améliorait sa situation matérielle, elle le laissait tomber, avec l'impression qu'il avait commis envers elle un véritable acte de trahison. Elle détestait très sincèrement les gens riches qui la privaient du sentiment de supériorité que lui donnait sa propre fortune. Elle considérait l'architecture comme son domaine privé. Ayant été baptisée Constance, elle trouvait extrêmement spirituel de se faire appeler « Kiki » par ses amis, un surnom qu'elle les avait forcés à adopter alors qu'elle avait largement dépassé la trentaine.

Keating ne s'était jamais senti à l'aise en présence de Mrs. Holcombe qui le gratifiait de sourires chargés de sens et accueillait la moindre de ses remarques par des clignements d'yeux et des : « Peter, voulez-vous bien vous taire ! » alors qu'il n'y mettait, aucun sous-entendu. Il ne s'inclina pas moins devant elle cet après-midi-là et elle lui sourit derrière la théière d'argent. Elle portait une somptueuse robe de velours émeraude et un nœud de ruban magenta drôlement noué dans ses cheveux coupés court. Sa peau était sèche et tannée avec, sur les ailes du nez, des pores dilatés, Elle tendit à Keating une tasse de thé et la flamme d'une bougie fit jaillir une étincelle de l'émeraude carrée qu'elle portait au doigt.

Keating lui exprima son admiration pour le capitole et s'éclipsa sous le prétexte d'aller examiner la maquette. Il s'y arrêta le laps de temps nécessaire trempant ses lèvres dans le liquide parfumé qui exhalait un parfum de girofle. Holcombe, qui ne regardait jamais dans la direction de la maquette et remarquait cependant chacun de ceux qui s'en approchaient, vint lui taper sur l'épaule en lui murmurant quelques paroles appropriées sur les jeunes architectes s'initiant à la beauté du style de la Renaissance. Puis Keating s'éloigna, serra sans enthousiasme quelques mains et regarda l'heure à son bracelet-montre, calculant à quelle heure il pourrait prendre congé. Et brusquement, il s'immobilisa.

Au-delà d'une large voûte qui conduisait à une petite bibliothèque, entourée de trois jeunes gens, il venait d'apercevoir Dominique Francon.

Appuyée contre une colonne, elle tenait à la main un cocktail. Elle portait un costume de velours noir et l'étoffe épaisse, qui buvait la lumière, donnait quelque réalité à la jeune femme dont le visage, le cou et les mains baignaient dans la douce lumière des bougies. Un vif reflet lumineux jouait sur le verre qu'elle tenait à la main et semblait irradier de sa peau claire.

Keating s'élança et se mit à la recherche de Francon.

– Eh bien, Peter, dit Francon gaiement, voulez-vous un cocktail ? Ils ne sont pas fameux, ajouta-t-il en baissant la voix, mais les manhattans sont buvables.

– Non, dit Keating, merci.

– Entre nous, continua Francon en clignant de l'œil dans la direction du capitole, c'est une belle horreur.

– Oui, dit Keating, les proportions sont exécrables. Le dôme ressemble au visage de Holcombe qui lui-même ressemble à un lever de soleil...

Ils s'étaient arrêtés, tout en parlant, devant la porte de la bibliothèque et les yeux de Keating étaient fixés sur la jeune femme en noir, invitant Francon à suivre son regard. Keating était enchanté d'avoir pris Francon au piège.

– Et le plan ! Le plan ! Avez-vous remarqué qu'au second étage... oh, dit Francon dont le regard avait enfin suivi celui de Keating.

Il regarda ce dernier, puis la silhouette vêtue de noir, puis de nouveau Keating.

– Bon, dit-il enfin, mais ne me le reprochez pas plus tard. C'est vous qui l'aurez voulu. Venez.

Ils pénétrèrent tous deux dans la bibliothèque. Keating s'immobilisa, très correctement, mais son regard était intense, tandis que Francon disait avec un sourire qui manquait absolument de chaleur :

– Dominique, ma chérie, puis-je te présenter Peter Keating, mon véritable bras droit. Peter, ma fille.

– Enchanté, dit doucement Keating.

Dominique s'inclina sans mot dire.

– Il y a longtemps que je désire vous connaître, Miss Francon.

– Cela promet d'être intéressant, dit Dominique Vous allez évidemment chercher à m'être agréable et ce ne sera pas très diplomate de votre part.

– Que voulez-vous dire, Miss Francon ?

– Père préférerait certainement que vous cherchiez à m'être désagréable Mon père et moi ne nous entendons absolument pas.

– Mais, Miss Francon, je...

– Je trouve plus loyal de vous en prévenir dès le début. Vous en tirerez les conclusions qu'il vous plaira. (Keating chercha Francon du regard, mais Francon avait disparu.) Oui, continua-t-elle doucement, mon père est maladroit. C'est certainement vous qui avez demandé à m'être présenté et père n'aurait pas dû rendre la chose aussi évidente. Cela n'a d'ailleurs aucune espèce d'importance. Asseyez-vous.

Elle se glissa dans un fauteuil et Keating s'assit docilement à ses côtés. Les jeunes gens, qui lui étaient inconnus, restèrent auprès d'eux quelques instants, essayant de se mêler à la conversation en souriant vaguement, puis disparurent. Et Keating pensa avec soulagement qu'il n'y avait rien en elle d'effrayant, sauf peut-être ce contraste entre les mots qu'elle prononçait et l'air d'innocence candide avec laquelle elle les prononçait. Que fallait-il croire ?

– Je reconnais que j'ai demandé à vous être présenté, dit-il. C'est l'évidence même. Qui ne l'aurait fait à ma place ? Mais ne vous est-il pas venu à l'esprit que les conclusions que je pourrais tirer de notre rencontre n'auraient sans doute rien à voir avec votre père ?

– Ne me dites pas que je suis belle, adorable, que je ne ressemble à aucune des femmes que vous avez connues et que vous sentez que vous allez tomber amoureux de moi. Vous me le direz peut-être un jour, mais rien ne presse. A part cela, j'ai l'impression que nous nous entendrons très bien.

– Mais vous avez l'intention de me rendre les choses difficiles, n'est-il pas vrai ?

– Oui. Père aurait dû vous en avertir.

– C'est bien ce qu'il a fait.

– Vous auriez dû l'écouter. Vous devez compter avec lui. Je lui ai déjà connu de si nombreux bras droits que je commençais à être sceptique. Mais vous êtes le premier qui ait duré aussi longtemps et qui ait, je crois, des chances de le rester définitivement. J'ai beaucoup entendu parler de vous et je vous félicite.

– Il y a des années que je désire vous connaître. Je lis régulièrement vos articles avec tant de...

Il sentait qu'il aurait mieux fait de ne pas faire allusion au journal mais que de s'interrompre brusquement était encore pire.

– Avec tant de ?... demanda-t-elle gentiment.

– ... tant de plaisir, acheva-t-il, espérant qu'elle n'insisterait pas.

– Ah ! oui, dit-elle. La maison des Ainsworth. Le projet était de vous. Je suis désolée. Vous avez été victime d'une de mes rares attaques d'honnêteté. Je n'en ai pas souvent, ainsi que vous avez pu vous en rendre compte si vous avez lu mon article d'hier.

– Je l'ai lu. Et... ma foi, je vais suivre votre exemple et être tout à fait sincère. Ne le prenez pas comme un reproche, on doit toujours accepter les critiques, mais franchement le capitole d'Holcombe est pire que tout ce que vous nous reprochez. Pourquoi en avez-vous fait hier un tel éloge ? Y étiez-vous obligée ?

114

– Ne me flattez pas. Bien sûr que non. Vous imaginez-vous que l'on accorde assez d'attention à mes articles sur la décoration d'intérieur pour se soucier de ce que j'y écris ? Je n'ai d'ailleurs pas à y parler d'architecture, mais je suis fatiguée, parfois, de parler de décoration.

– Mais alors pourquoi avez-vous couvert Holcombe de compliments ?

– Parce que son capitole est quelque chose de si effroyable qu'en faire simplement l'éloge n'aurait pas été suffisant. J'ai pensé que ce serait amusant de le porter aux nues et ça l'était.

– Voilà donc ce qui vous fait agir ?

– Exactement. Mais personne ne lit mes articles, excepté les maîtresses de maison qui n'auront jamais les moyens de décorer leur intérieur ; par conséquent tout cela n'a aucune espèce d'importance.

– Mais qu'est-ce que vous aimez vraiment en architecture ?

– Rien.

– Vous savez bien, en disant cela, que je ne vous croirai pas. Pourquoi écririez-vous si vous n'aviez rien à dire ?

– Pour avoir quelque chose à faire. Quelque chose de plus dégoûtant que bien d'autres choses que je pourrais faire, mais de plus amusant aussi.

– Voyons, ce n'est pas une raison suffisante.

– Je n'ai jamais de raisons suffisantes.

– Mais vous devriez aimer votre travail.

– Je l'aime. Est-ce que cela ne se voit pas ?

– Savez-vous que je vous envie. Travailler pour une magnifique entreprise comme celle des journaux de Wynand ! La plus vaste organisation de tout le pays, à laquelle collaborent les meilleurs écrivains et...

– Ecoutez, dit-elle en se penchant vers lui d'un air confidentiel, laissez-moi vous aider. Si vous veniez de faire la connaissance de mon père et que lui-même collaborât aux journaux de Wynand, vous auriez raison de lui parler ainsi. Mais pas à moi. C'est exactement ce que je m'attendais à vous entendre dire et je déteste entendre ce que je prévoyais. Ce serait tellement plus intéressant si vous me disiez que les journaux de Wynand sont un ignoble ramassis d'' journalisme le plus ignoble, et que tous leurs collaborateurs réunis ne valent pas la corde pour les pendre.

– Est-ce vraiment ce que vous pensez d'eux ?

– Pas du tout. Mais j'ai horreur des gens qui s'efforcent de formuler ce qu'ils pensent être ma pensée.

– Merci. Je vois que j'ai vraiment besoin de votre aide. Je n'ai jamais rencontré personne... ah ! non, c'est vrai, c'est justement ce que vous ne voulez pas m'entendre vous dire. Mais j'étais sincère en parlant de Gail Wynand. J'ai beaucoup d'admiration pour lui et j'aimerais le connaître. Comment est-il ?

– Exactement ainsi que l'a défini Austen Heller, une délicate fripouille.

Keating tressaillit. Il se souvenait d'avoir entendu Austen Heller prononcer ces mots. Et Catherine lui parut un être lourd et vulgaire en comparaison de la jeune femme dont la main délicate reposait mollement sur le bras de son fauteuil.

– Mais, continua-t-il, comment est-il personnellement ?

– Je n'en sais rien. Je ne l'ai jamais rencontré.

– Vous ne l'avez jamais rencontré ?

– Non.

– Oh, j'ai entendu dire qu'il est tellement intéressant !

– Sans aucun doute. Lorsque je serai à la recherche d'impressions décadentes, je m'arrangerai pour le rencontrer.

– Connaissez-vous Toohey ?

– Oh ! dit-elle.

Il vit s'allumer dans ses yeux une lueur de mépris et il ne se laissa pas prendre à l'accent de douce gaieté de sa voix.

– Oh, Ellsworth Toohey. Bien entendu, je le connais. Il est merveilleux. J'ai toujours tant de plaisir à parler avec lui. C'est une si parfaite canaille.

– Mais, Miss Francon ! Vous êtes bien la première personne qui...

– Je ne dis pas cela pour vous choquer. Je le pense, et d'ailleurs je l'admire. Il est si complet. Et c'est si rare, dans ce monde, de rencontrer la perfection. Et c'est ce à quoi il arrive. A la perfection dans le genre. Les êtres sont si peu achevés, tellement faits de pièces et morceaux qui ne vont pas ensemble. Mais pas Toohey. C'est un monolithe. Quelquefois, quand j'ai de l'amertume envers le monde, je trouve une consolation à me dire que tout va bien, que je serai vengée, que le monde recevra ce qu'il mérite, parce qu'il existe quelque part un Ellsworth Toohey.

– Et de quoi avez-vous besoin d'être vengée ?

Elle le regarda, ouvrant tout grands les yeux qui ne furent plus deux fentes rectangulaires, mais se dévoilèrent, clairs et doux.

– Très intelligent de votre part, dit-elle. C'est la première chose vraiment intelligente que vous m'ayez dite.

– Que voulez-vous dire ?

– Que, de toutes les bêtises que je vous ai dites, vous avez su retenir la seule phrase significative. Il faut donc que je vous réponde. J'aimerais être vengée du fait que je n'ai rien à venger. Et maintenant, retournons à Ellsworth Toohey.

– Mais j'ai toujours entendu dire, et par tout le monde, que c'est une sorte de saint, le type même du pur idéaliste, absolument incorruptible et...

– C'est parfaitement exact. Une franche canaille serait beaucoup moins dangereuse. Mais Toohey est aussi une pierre de touche. Vous apprenez à connaître les gens par la manière dont ils réagissent envers lui.

– Pourquoi ? Que voulez-vous dire ?

Elle se renversa dans son fauteuil, et, rapprochant ses poignets, paumes ouvertes, pianota du bout des doigts. Puis avec un rire léger :

– Rien qui puisse faire l'objet d'une discussion autour d'une tasse de thé. Kiki a parfaitement raison. Elle me déteste cordialement, mais elle ne peut faire autrement que de m'inviter. Et je ne peux pas m'empêcher de venir, parce qu'il est si visible que cela lui est désagréable. Savez-vous que j'ai dit aujourd'hui à Ralston ce que je pense réellement de son capitole ? Mais, bien entendu, il n'a pas voulu me croire. Il s'est contenté de sourire et de me dire que je suis une charmante petite fille.

– Et vous ne l'êtes pas ?

116

– Quoi donc ?

– Une charmante petite fille.

– Non. En tout cas pas aujourd'hui. Je vous ai mis parfaitement mal à l'aise, aussi vais-je essayer de réparer. Et je vais vous dire ce que je pense de vous, car vous avez très envie de le savoir. Je pense que vous êtes prudent, avisé, aisément déchiffrable et extrêmement ambitieux et que vous irez loin. Cela dit, vous me plaisez. Je ferai à mon père des compliments sur son bras droit. Vous voyez que vous n'avez rien à craindre de la fille du patron. Mais peut-être vaut-il mieux que je ne dise rien à mon père, car un compliment de moi irait à fin contraire.

– Et moi, puis-je en retour vous dire quelque chose ?

– Certainement.

– Je crois qu'il aurait mieux valu pour moi que vous ne me disiez pas que je vous plais. Cela aurait eu plus de chance d'être vrai.

Elle se mit à rire.

– Puisque vous avez compris cela, dit-elle, nous nous entendrons certainement très bien. Et peut-être même qu'un jour vous me plairez vraiment.

A ce moment, Gordon L. Prescott apparut sur le seuil de la bibliothèque un verre à la main. Son complet gris s'accompagnait d'un sweater à col roulé de laine argent. Son visage de jeune garçon avait l'air fraîchement lavé et vous faisait penser, comme d'habitude, au savon, à la pâte dentifrice et à la vie en plein air.

– Dominique, chérie ! cria-t-il en agitant son verre. Hello, Keating, ajouta-t-il sèchement. Dominique, mais où donc vous cachiez-vous ? On m'avait bien dit que vous étiez venue et j'ai eu toutes les peines du monde à vous trouver !

– Hello, Gordon, dit la jeune fille.

Le ton qu'elle employait était parfaitement correct, il n'y avait rien d'offensant dans sa politesse tranquille, mais répondant à l'enthousiasme exubérant de son interlocuteur, elle exprimait une telle indifférence qu'elle confinait au mépris.

Prescott ne parut s'apercevoir de rien.

– Chérie, dit-il, cela paraît à peine possible, et pourtant chaque fois que je vous vois je vous trouve plus jolie.

– C'est la septième fois, dit Dominique.

– Comment ?

– C'est la septième fois que vous me dites cela en me revoyant, Gordon.

– Ah ! Dominique, vous n'êtes pas sérieuse ? Et je crois bien que vous ne le serez jamais.

– C'est ce qui vous trompe, Gordon. J'ai justement une conversation très sérieuse avec mon ami ici présent, Peter Keating.

Une jeune femme fit de grands signes à Prescott et il saisit l'occasion pour s'éloigner d'un air assez confus. Et Keating fut tout fier à l'idée qu'elle avait congédié un autre homme pour continuer une conversation engagée avec lui.

Mais lorsqu'il se tourna vers elle, elle demanda d'un air aimable :

– De quoi parlions-nous donc, Mr. Keating ?

Puis elle se mit à suivre des yeux, d'un air extrêmement intéressé, la silhouette ratatinée d'un petit homme qui toussotait au-dessus d'un verre de whisky.

– Mais, dit Keating, nous disions...

– Oh, voilà Eugène Pettingill. Un grand ami à moi. Il faut que j'aille lui dire bonjour.

Et déjà elle était loin, traversant les salons, le corps légèrement rejeté en arrière, et se dirigeant vers le moins attirant des septuagénaires.

Et Keating se demanda si elle lui faisait subir le même sort qu'à Prescott ou si ce n'était qu'une coïncidence.

Il retourna se mêler aux groupes d'invités et à la conversation. Il ne perdait pas de vue Dominique Francon évoluant dans les salons, mais pas une fois elle ne le regarda. Et il n'arrivait pas à définir si leur rencontre avait été un succès ou une complète faillite.

Il s'arrangea pour être à la porte au moment où elle partait.

Elle s'arrêta et lui adressa son sourire le plus enchanteur.

– Non, dit-elle avant qu'il ait pu prononcer un mot, inutile de me ramener. Ma voiture m'attend. Mais je ne vous en remercie pas moins.

Elle avait déjà disparu qu'il était encore à la porte, furieux contre lui-même de se sentir rougir.

Il sentit une main se poser doucement sur son épaule et se retourna pour se trouver face à face avec Francon.

– Vous rentrez, Peter ? Laissez-moi vous ramener.

– Mais je croyais que vous deviez être à votre club à sept heures.

– Oh ! peu importe. Je serai en retard, voilà tout. Je vous dépose, cela ne me dérange nullement.

Il y avait, sur le visage tendu de Francon, une expression qui ne lui était pas habituelle et qui n'était pas agréable.

Keating le suivit sans mot dire, secrètement amusé, et se garda de rompre le silence lorsqu'ils furent installés dans la confortable demi-obscurité de la voiture de Francon.

– Eh bien ? demanda Francon sans chercher à biaiser.

Keating sourit.

– Vous êtes un fou, Guy. Vous ne savez pas apprécier ce que vous avez. Pourquoi ne m'en avoir jamais parlé ? C'est la femme la plus belle que j'aie jamais vue.

– Pour cela, oui, dit Francon. C'est peut-être bien son malheur.

– Quel malheur ? Pourquoi parler de malheur ?

– Que pensez-vous réellement d'elle, Peter ? Oubliez son aspect physique. Vous verrez d'ailleurs comme vous l'oublierez vite. Que pensez-vous d'elle ?

– Eh bien, je pense avant tout qu'elle a beaucoup de caractère.

– Merci pour l'allusion.

Francon garda un silence boudeur, mais lorsqu'il se reprit à parler, il y avait dans sa voix comme une sorte d'espoir.

– Savez-vous, Peter, que j'ai été surpris en bien. Je vous ai observé tous les deux, vous avez longuement parlé. C'est assez extraordinaire. Je m'attendais à ce qu'elle vous congédiât avec un de ces traits empoisonnés dont elle a le secret. Peut-être, après tout, arriverez-vous à vous entendre. En ce qui la concerne, les prévisions sont toujours fausses. Qui sait... Et puis, Peter, je tenais à vous dire ceci : ne la croyez pas, lorsqu'elle vous dira que je désire que vous lui soyez hostile.

Il y avait une telle intensité dans les derniers mots de Francon que les lèvres de Keating se froncèrent comme pour faire entendre un léger sifflement, mais il se retint à temps. Et Francon insista lourdement :

– Je ne désire absolument pas que vous lui soyez hostile.

– Voyez-vous, Guy, dit Keating d'un ton de reproche protecteur, vous n'auriez jamais dû vous enfuir ainsi.

– Je ne sais jamais comment lui parler, dit Francon en soupirant. Je n'ai jamais su. Je ne puis arriver à comprendre en quoi elle est différente des autres, mais elle l'est. Elle n'agit pas comme un être humain normal. Elle s'est fait expulser de deux écoles, et comment elle a pu terminer son collège, c'est un mystère pour moi. Mais tout ce que je puis vous dire, c'est que pendant quatre ans je n'ai jamais ouvert mon courrier sans m'attendre au pire. Puis je me suis dit que lorsqu'elle serait indépendante, cela irait mieux. Ma tâche à moi était terminée et je n'avais plus à me tourmenter. Mais en réalité, elle est pire que jamais.

– Mais de quoi vous tourmentez-vous ?

– Je ne me tourmente pas, ou du moins, j'essaie de ne pas me tourmenter. Tout ce que je demande c'est de ne pas avoir à penser à elle. Je n'y puis rien, mais je n'ai pas l'étoffe d'un père. Mais quelquefois je ne peux m'empêcher de penser que je suis tout de même responsable de tout ce qui lui arrive. Dieu sait que je n'y tiens pas, mais cela n'y change rien. Je suis tout de même son père.

– Vous ne devriez pas lui laisser voir que vous en avez peur, Guy. Et il n'y a d'ailleurs pas de quoi avoir peur.

– Vous croyez ?

– Vraiment pas.

– Peut-être êtes-vous l'homme capable de la dominer. Je ne regrette plus que vous l'ayez rencontrée, et Dieu sait que je ne le désirais pas. Oui, vous seriez peut-être capable de la dominer. Vous êtes... extrêmement obstiné, n'est-il pas vrai, Peter, quand vous désirez quelque chose ?

– Ma foi, dit Keating, faisant de la main un geste nonchalant, il est rare que je recule devant quelque chose.

Puis il s'appuya contre les coussins comme s'il était las, comme si les propos qu'ils avaient échangés étaient sans importance et il se tut pendant le reste du parcours. Francon, lui aussi, demeura silencieux.

– Mes enfants, dit John Erik Snyte, il s'agit de vous distinguer. C'est la commande la plus importante que nous ayons reçue de l'année. Et ce n'est pas tant la question d'argent, que le prestige, et la clientèle que cette affaire peut nous rapporter par la suite. Si nous réussissons, ces messieurs, mes collègues, en verdiront de jalousie. Austen Heller ne m'a pas caché que nous sommes la troisième firme à laquelle il s'adresse. Il n'a rien voulu savoir des projets que les autres lui ont soumis. Donc à nous de faire nos preuves, mes enfants. Il nous faut quelque chose de nouveau, de jamais vu, mais de bon goût. Avant tout, du nouveau. Et maintenant, faites de votre mieux.

Les cinq dessinateurs étaient assis en hémicycle devant leur patron. « Gothique » avait l'air excédé et « Divers » découragé d'avance. « Renaissance » suivait des yeux une mouche au plafond. Seul Roark demanda :

– Qu'a-t-il dit exactement, Mr. Snyte ?

Snyte haussa les épaules et regarda Roark avec un air de complicité amusée comme si tous deux partageaient, au sujet de leur nouveau client, un secret honteux dont il n'était même pas besoin de parler.

– Entre nous, rien de sensé, dit-il. Il a même été assez vague, si l'on pense à la manière dont il manie la langue anglaise. Il a reconnu tout ignorer en architecture. Il n'a même pas précisé s'il voulait quelque chose de moderne ou s'il tenait à un style en particulier. Ce que j'ai pu tirer de lui c'est qu'il voulait une maison à lui, qu'il avait longuement hésité à faire construire parce qu'il trouvait que toutes les maisons se ressemblaient, qu'elles étaient toutes horribles, qu'on ne pouvait éprouver aucun enthousiasme à leur égard et que malgré tout cela il voulait une maison à laquelle il puisse s'attacher. « Une maison qui signifie quelque chose, a-t-il ajouté, mais je ne sais pas exactement ce qu'elle doit signifier ni comment elle le peut. » C'est à peu près tout ce qu'il a dit. Ce sont de maigres indications et je n'aurais pas accepté de lui soumettre des projets s'il ne s'agissait pas de Austen Heller. Mais je reconnais que vous aurez du mérite à vous en tirer... Que vouliez-vous dire, Roark ?

– Rien, dit Roark.

Ceci termina la première réunion qui eut lieu au sujet de la nouvelle résidence de Austen Heller.

Le même jour, Snyte et ses cinq dessinateurs prirent le train qui devait les conduire dans le Connecticut, où se trouvait l'endroit qu'avait choisi Heller pour y faire construire sa résidence. Là, sur une plage rocheuse et solitaire, à trois miles d'une petite ville, ils purent contempler tout à leur aise, tout en mâchonnant sandwichs et cacahuètes, la falaise qui s'élevait en gradins irréguliers pour se terminer par une pente rapide, brutale vers la mer, verticale flèche de roc se détachant comme une croix sur la longue ligne d'horizon de la mer lumineuse.

– Voilà, dit Snyte. C'est ici. (Il fit tourner son crayon entre ses doigts.) Pas fameux, hein ? (Il soupira.) J'ai bien essayé de lui suggérer un emplacement plus indiqué, mais il l'a tellement mal pris que je n'ai pu que me taire. (Il pointa le bout de son crayon vers la falaise.)

– Voilà où il veut que s'élève la maison, au sommet de ces rochers. (Il se frotta le nez avec la pointe de son crayon.) Je lui ai bien proposé de bâtir la maison plus à l'intérieur et de garder les rochers comme un premier plan, mais je n'ai pas eu plus de succès. (Il mordit la mine de son crayon.) Pensez un peu à ce qu'il faudra dynamiter et niveler avant de pouvoir commencer à construire. (Il se cura les ongles avec la mine de son crayon, y laissant une marque noirâtre.) Enfin, c'est à prendre ou à laisser... Observez aussi le degré d'inclinaison de la pente et la qualité de la pierre. Les approches seront difficiles... J'ai, au bureau, les plans topographiques et de nombreuses photos... Bon... Qui a une cigarette pour moi ?... Eh bien, je crois que c'est tout... Je suis toujours à votre disposition pour vous conseiller... Bon... A quelle heure repart ce maudit train ?

Ce fut ainsi que les cinq dessinateurs furent initiés à leur tâche. Quatre d'entre eux se mirent immédiatement à leur table de travail. Roark, lui, retourna seul et à plusieurs reprises, à l'endroit choisi par Heller.

Les cinq mois que Roark avait déjà passés chez Snyte ne lui laissaient qu'une impression de vide complet. Si on lui avait demandé ce qu'il avait ressenti au cours de ces mois, il aurait été incapable de répondre. Il ne se souvenait que d'une chose, des projets qu'il avait exécutés. Il aurait également pu, en se forçant, se rappeler de ce qu'on avait fait de ces projets, mais cela il ne tenait pas à s'en souvenir.

Mais à aucun de ses projets il ne s'était donné comme il le faisait pour la maison d'Austen Heller. Il veillait nuit après nuit dans l'atelier des dessinateurs, une feuille blanche devant lui, le souvenir d'une falaise au-dessus de la mer hantant sa mémoire. Et personne ne vit son projet avant qu'il fût terminé.

La nuit où il le termina, il resta longtemps assis à sa table, une de ses mains soutenant son front, l'autre pendant à son côté, tandis que le sang battait dans ses doigts engourdis. Dehors, la nuit passait d'un bleu intense à la pâleur grise de l'aube. Il se sentait complètement vide et extrêmement las.

La maison qu'il avait conçue n'avait pas été créée par lui, Roark, mais suggérée par la falaise sur laquelle elle se dressait. Elle semblait en être le prolongement, l'épanouissement, comme si la falaise ainsi couronnée avait enfin atteint le but pour lequel elle avait été créée. La maison était formée de plans inégaux, suivant les décrochements du roc, s'élevant avec lui, retombant avec lui et se fondant en un ensemble d'une harmonie parfaite. Les murs, taillés dans le granit de la falaise, prolongeaient ses lignes verticales vers le ciel ; les vastes terrasses de béton, argentées comme la mer, suivaient la ligne des vagues de l'immense horizon.

Roark était encore assis à sa table de travail lorsque les employés vinrent reprendre leur travail dans l'atelier. Et les projets furent envoyés au bureau de Snyte.

Deux jours plus tard, le projet final de la maison tel qu'il devait être soumis à Austen Heller, le projet choisi et approuvé par John Erik Snyte, exécuté par le jeune dessinateur chinois, reposait, recouvert de papier de soie, sur une grande table. C'était le projet de Roark. Les autres concurrents avaient été éliminés. C'était bien le projet de Roark, mais les murs en étaient de brique rouge, les fenêtres ramenées à une dimension normale et ornées de stores verts, deux corps de bâtiment avaient été supprimés, la vaste terrasse avançant sur la mer remplacée par un petit balcon de fer forgé. L'entrée avait été pourvue de colonnes ioniques supportant un fronton tronqué et le toit le plus haut, était surmonté d'une flèche terminée par une girouette.

John Erik Snyte se tenait devant la table, les mains levées au-dessus du lavis pour n'en pas altérer la virginale fraîcheur.

– C'est ce que Mr. Heller avait en tête, j'en suis persuadé, disait-il. Excellent... Oui, vraiment excellent. Roark, combien de fois faudra-t-il vous répéter de ne pas fumer auprès d'un projet terminé. Eloignez-vous. Vous pourriez y laisser tomber de la cendre.

Austen Heller était attendu à midi exactement. Mais à onze heures et demie, Mrs. Symington arriva à l'improviste et demanda à voir Mr. Snyte immédiatement. Mrs. Symington était une imposante douairière qui venait de s'installer dans la nouvelle résidence qu'avait exécutée pour elle Mr. Snyte ; de plus, il y avait quelque chance pour Snyte de recevoir, du frère de Mrs. Symington, la commande d'une maison locative. Il ne pouvait refuser de la recevoir et l'introduisit avec les marques de la plus profonde déférence, dans son bureau où elle se mit aussitôt, et sans ménager ses expressions, à expliquer que le plafond de sa bibliothèque s'était fendu et que les fenêtres de son salon étaient constamment recouvertes d'un voile d'humidité que rien ne pouvait combattre. Snyte fit venir son ingénieur en chef et tous deux se répandirent en explications, en excuses et en accusations contre les entrepreneurs. Mrs. Symington ne paraissait nullement convaincue lorsque le téléphone sonna au bureau de Snyte et que sa secrétaire lui annonça l'arrivée de Austen Heller.

Il était aussi impossible de demander à Mrs. Symington de s'en aller qu'à Austen Heller d'attendre. Snyte résolut le problème en abandonnant Mrs. Symington aux discours lénitifs de son ingénieur en chef et en s'excusant pour un instant. S'élançant vers le bureau de réception, il serra la main de Heller et suggéra :

– Verriez-vous quelque inconvénient, Mr. Heller, à entrer dans l'atelier de dessin ? La lumière y est meilleure. Le projet vous y attend et je préfère ne pas le déplacer.

Heller ne parut pas y trouver d'inconvénient. Il suivit docilement Snyte dans l'atelier, et les employés virent apparaître un homme de taille élevée, aux épaules larges, vêtu de tweed anglais ; sous ses cheveux couleur de sable, son visage net se brisait en d'innombrables petites rides autour des yeux ironiques au regard calme.

Le projet était étalé sur la table de travail du jeune artiste chinois qui s'écarta modestement et silencieusement. La table voisine était celle de Roark. Il tournait le dos à Heller, et, continuant son travail, ne se retourna pas. Les employés avaient été dressés à ne jamais s'interrompre lorsque Snyte amenait un client dans l'atelier.

Snyte souleva délicatement du bout des doigts, le papier de soie, comme il l'aurait fait du voile d'une jeune épousée. Puis il recula d'un pas et observa le visage de Heller. Heller se pencha et resta un long moment perdu dans sa contemplation et absolument silencieux.

– Ecoutez, Mr. Snyte, dit-il enfin. Ecoutez, je crois...

Puis il se tut.

Snyte attendit patiemment, ravi, sentant l'approche de quelque chose qu'il s'en serait voulu d'interrompre.

– Ceci, dit Heller brusquement d'une voix forte et en tapant le lavis de son poing, ce qui fit sursauter Snyte, ceci est ce qui se rapproche le plus de ce que je désirais.

– Je savais que ce projet vous plairait, Mr. Heller, dit Snyte.

– Il ne me plaît pas, dit Heller.

Snyte sursauta et attendit.

– Il se rapproche pourtant de ce que j'entendais, dit Heller d'un ton de regret, mais ce n'est pas ça. Je ne sais pas pourquoi, mais ce n'est pas ça. Excusez-moi de n'être pas plus précis, mais quand j'aime une chose, je l'aime à première vue. Je ne pourrais jamais m'habituer, par exemple, à cette entrée. Elle est très bien en soi, mais elle n'existe même pas, tant on l'a vue souvent.

– Mais permettez-moi de vous exposer mon point de vue, Mr. Heller. Il faut être moderne, c'est entendu, mais cependant garder à une maison l'apparence d'une vraie demeure. Quelque chose de majestueux et de confortable à la fois. Une maison aussi austère que celle-là a besoin de quelques adoucissements. Et, au point de vue architectural, c'est strictement correct.

– Je n'en doute pas, dit Heller, bien que je n'aie aucune expérience à ce sujet. Car je n'ai jamais été, dans la vie, strictement correct.

– Laissez-moi simplement vous expliquer mon idée et vous verrez que...

– Je sais, dit Heller, d'un air las. Je sais. Je suis persuadé que vous avez raison. Seulement... (Il y eut soudain, dans sa voix, un accent sérieux qui l'étonna lui-même.) Seulement, si je voyais là une certaine unité... une idée centrale... elle y est, et elle n'y est pas... Si cette maison avait l'air de vivre... ce qu'elle ne fait pas... Il lui manque quelque chose et elle a quelque chose en trop... Si elle était plus pure, plus nette... quel est donc le mot que j'ai entendu employer ? Si elle s'intégrait...

Roark se retourna. Il était de l'autre côté de la table. Il s'empara du lavis, sa main, prompte comme l'éclair, se saisit d'un crayon et sabra de traits sûrs l'intouchable aquarelle. Les colonnes ioniques, le fronton, l'entrée, la flèche, les stores et les briques disparurent et à leur place réapparurent les deux ailes supprimées ; les fenêtres s'élargirent, le balcon s'évanouit pour faire place à une immense terrasse au-dessus de la mer.

Et tout cela fut fait avant que personne n'ait eu le temps d'intervenir. A ce moment, Snyte s'élança, mais Heller lui saisit le poignet et le retint. Et la main de Roark continua de travailler furieusement, rasant des murs, en élevant d'autres, reconstruisant la maison à coups de crayon.

Une fois, Roark leva la tête, et pendant l'espace d'une seconde, son regard rencontra celui de Heller. Ce fut suffisant. Il leur sembla qu'ils venaient de se serrer la main. Roark se remit au travail ; lorsqu'il jeta le crayon, la maison, telle qu'il l'avait conçue, se dressait sur le papier, complète, harmonieuse. Le tout n'avait pas duré cinq minutes.

Snyte attendit un instant, puis comme Heller ne disait rien, il se déchaîna contre Roark en hurlant :

– Sortez d'ici, le diable vous emporte ! Sortez d'ici, vous dis-je, vous êtes renvoyé !

– Nous le sommes tous les deux, dit Austen Heller avec un clignement d'œil à Roark. Avez-vous déjeuné ? Laissez-moi vous emmener quelque part. Il faut que je vous parle.

Roark se dirigea vers son armoire pour y prendre son pardessus et son chapeau. Et l'atelier tout entier assista à cet acte stupéfiant : Austen Heller, se saisissant de l'aquarelle, la pliant en quatre, et enfouissant le tout dans sa poche.

– Mais, Mr. Heller... (Snyte en bégayait)... laissez-moi vous expliquer... Si c'est cela que vous désirez, rien de plus facile, nous referons le projet... laissez-moi vous expliquer...

– Pas maintenant, dit Heller, pas maintenant.

Et arrivé à la porte, il ajouta :

– Je vous enverrai un chèque.

Et Heller disparut, suivi de Roark, en claquant la porte derrière lui, et ce claquement de porte ressemblait singulièrement au point final d'un article de Heller.

Roark n'avait pas ouvert la bouche.

A la lumière tamisée du restaurant le plus luxueux dans lequel Roark eût jamais pénétré, de l'autre côté de la table étincelant de cristaux et d'argenterie, Heller, penché vers lui, lui disait :

– ... parce que c'est la maison que je désire, celle que j'ai toujours désirée. Pouvez-vous vous charger de la construction, faire les plans et surveiller les travaux ?

– Oui, dit Roark.

– Combien de temps cela prendra-t-il, en commençant immédiatement ?

– Environ huit mois.

– J'aurai ma maison à la fin de l'automne ?

– Oui.

– Exactement pareille au projet.

– Exactement.

– Je n'ai aucune idée du genre de contrat que l'on signe avec un architecte. Vous, vous devez le savoir. Voulez-vous en préparer un et le soumettre immédiatement à mon homme d'affaires ?

– Entendu.

Heller se mit à étudier ce garçon assis en face de lui. Il vit sa main posée sur la table et son attention se concentra sur cette main. Il en nota les doigts allongés, les fortes jointures, les veines apparentes. Et il n'eut pas le sentiment de s'assurer les services de cet homme, mais bien plutôt de se mettre aux siens.

– Quel âge avez-vous ? demanda Heller.

– Vingt-six ans. Désirez-vous des références ?

– Certainement pas. Je les ai là, dans ma poche. Comment vous appelez-vous ?

– Howard Roark.

Heller sortit son carnet de chèques, le jeta ouvert sur la table et chercha sa plume réservoir.

– Voilà, dit-il tout en écrivant. Je vous verse un acompte de cinq cents dollars. Trouvez-vous un bureau, procurez-vous tout ce qu'il vous faut, et allez-y.

Il détacha le chèque et le tendit à Roark, entre deux doigts, s'appuyant sur son coude, et faisant décrire à son poignet une courbe complète. De ses yeux à demi fermés, il regardait Roark d'un air d'ironie amusée. Mais son geste eut quelque chose d'un salut.

Le chèque était au nom de « Howard Roark, architecte ».

1.11

Et ce fut ainsi que Howard Roark ouvrit son propre bureau.

C'était un vaste atelier, au sommet d'une vieille maison, avec une large verrière dominant les toits. En s'approchant des fenêtres, il pouvait distinguer les rives lointaines de l'Hudson et, entre ses doigts pressés contre la vitre, il voyait bouger les bateaux. L'ameublement se composait d'un bureau, de deux chaises et d'une immense table à dessiner. La porte d'entrée, vitrée, portait la suscription « Howard Roark, architecte ». Il sortit sur le palier, et la contempla pendant un long moment, puis il rentra en claquant la porte. Prenant sur la table un té, il le reposa d'un geste décidé, comme s'il posait une ancre.

John Erik Snyte avait fait quelques difficultés. Le jour où Roark vint au bureau pour y reprendre ses instruments de dessin, Snyte, surgissant dans la salle de réception, lui serra la main avec chaleur tout en disant :

– Alors, Roark ! Alors, comment allez-vous ? Entrez, entrez, j'ai à vous parler.

Et lorsque Roark fut assis dans son bureau, Snyte continua d'un air assuré :

– Voyons, mon garçon, j'espère que vous avez assez de bon sens pour ne pas m'en vouloir de ce que j'ai pu vous dire hier. Vous savez ce que c'est, j'avais un peu perdu la tête, et ce n'est pas tant ce que vous avez fait que ce que vous avez été obligé de faire sur ce projet... ce projet !... Enfin, n'y pensons plus. Vous ne m'en voulez pas ?

– Non, dit Roark, absolument pas.

– Vous n'êtes, bien entendu, pas renvoyé. J'espère bien que vous ne m'avez pas pris au sérieux. Vous pouvez reprendre votre travail immédiatement.

– Pour quoi faire, Mr. Snyte ?

– Comment, pour quoi faire ? Oh, vous pensez encore à cette maison de Heller ? J'espère bien que vous ne prenez pas Heller au sérieux. Ce fou est capable de changer d'avis soixante fois en une minute. Il ne vous donnera certainement pas la commande. Ce n'est pas aussi simple que cela, vous savez, ce n'est pas ainsi que les choses se passent.

– Nous avons signé le contrat hier.

– Oh, vraiment ? Mais c'est magnifique. Ecoutez, Roark, je vais vous dire ce que nous allons faire. Faites ce travail chez moi et vous signerez avec moi « John Erik Snyte et Howard Roark ». Et nous partagerons les honoraires. Ceci en plus de vos appointements, bien entendu. Et à ce propos, je vous augmente. Et nous ferons le même arrangement pour toutes les commandes que vous amènerez. Et... Au nom du ciel, pourquoi riez-vous ?

– Je m'excuse, Mr. Snyte, mais je ne suis pas d'accord.

– Je n'ai pas dû me faire bien comprendre, dit Snyte d'un air surpris. Ne comprenez-vous pas quelle sécurité cela vous donne ? Vous ne pouvez pas encore voler de vos propres ailes. Les commandes ne vous tomberont pas du ciel. Et à ce moment-là, que ferez-vous ? Tandis qu'avec ce que je vous propose, vous aurez une situation fixe et vous travaillerez de façon indépendante, puisque c'est ce que vous cherchez. Et dans quatre ou cinq ans vous serez prêt à prendre votre vol. C'est ainsi que font tous les jeunes architectes. Vous me comprenez?

– Oui.

– Alors vous êtes d'accord?

– Non.

– Mais, au nom du ciel, mon garçon, avez-vous perdu la tête? Vous établir maintenant? Sans expérience, sans relations, sans... sans rien, en somme! Je n'ai jamais entendu une chose pareille. Demandez à n'importe lequel de vos collègues. Vous verrez ce qu'il vous dira. C'est de la folie!

– C'est possible.

– Ecoutez-moi, Roark. Voulez-vous, s'il vous plaît, m'écouter?

– Je suis prêt à vous écouter, Mr. Snyte, mais je tiens à vous dire qu'aucun de vos arguments ne pourra me persuader. Si dans ces conditions il vous est égal de parler, il m'est égal de vous écouter.

Snyte parla longuement et Roark écouta sans lui présenter la moindre objection, la moindre explication, la plus petite réponse.

– Eh bien, si c'est ainsi que vous êtes, dit Snyte finalement, ne vous attendez pas à ce que je vous reprenne, lorsque vous serez sur le pavé.

– Je ne m'y attends pas, Mr. Snyte.

– Et ne vous attendez pas à ce que quelqu'un, dans notre corporation, vous reprenne après la façon dont vous agissez avec moi.

– Je ne m'y attends pas non plus.

Pendant quelques jours, Snyte hésita à poursuivre Roark et Heller. Mais il y renonça, d'abord parce que le cas lui paraissait sans précédent, que Heller l'avait dédommagé de ses frais et que le projet adopté était celui de Roark, et enfin, et surtout, parce qu'on n'attaquait pas Austen Heller.

La première visite que reçut Roark dans son bureau fut celle de Peter Keating.

Il arriva, un après-midi, sans s'être annoncé, traversa l'atelier, s'assit sur le bureau de Roark en souriant gaiement et ouvrit les bras d'un geste large.

– Eh bien, Howard, dit-il. Voyez-vous ça!

Il y avait un an qu'il n'avait pas revu Roark.

– Hello, Peter, dit Roark.

– Un bureau à vous, votre nom sur la porte et tout et tout! Et si vite! C'est incroyable!

– Qui vous en a parlé, Peter?

– Oh, tout se sait. Comment pourrais-je ne pas m'intéresser à votre carrière? Vous savez bien ce que j'ai toujours pensé de vous. Et c'est même inutile que je vous dise que je vous félicite et que je vous souhaite tous les succès possibles.

– Inutile, en effet.

– Agréable, ce bureau. De l'air et de la lumière. Peut-être pas tout à fait aussi imposant qu'il pourrait l'être, mais on ne peut être trop exigeant pour débuter. Mais dites-moi, n'est-ce pas une entreprise bien hasardeuse que vous tentez là, Howard.

– Certainement.

– C'est un très grand risque que vous assumez.

– C'est bien possible.

– Etes-vous réellement décidé à travailler à votre compte, je veux dire complètement seul.

– Ça m'en a l'air! Non?

– Mais il n'est pas encore trop tard. Lorsque j'ai appris la chose, j'étais absolument persuadé que vous retourneriez avec Snyte et que vous feriez un arrangement avantageux chez lui.

– Comme vous voyez, je ne l'ai pas fait.

– Et vous ne le ferez pas?

– Certainement pas.

Keating se demanda, une fois de plus, pourquoi il était envahi par un sentiment de rancœur; pourquoi il était venu voir Roark avec l'espoir de découvrir que toute cette histoire était fausse, que Roark était troublé et prêt à céder. Ce sentiment ne l'avait pas quitté depuis l'instant où il avait appris les nouvelles concernant Roark. Et la sensation de quelque chose de déplaisant lui resta même lorsqu'il en eut oublié la cause. C'était un sentiment qui revenait comme une vague au moment où il s'y attendait le moins. Et il se demandait : « Mais que diable?... Qu'ai-je donc appris aujourd'hui? » Et brusquement il se souvenait : « Ah oui, Roark! » Roark qui s'établissait à son compte. Il se demandait alors avec impatience : « Et alors quoi? » Mais il savait parfaitement que pour lui ces quelques mots étaient pénibles à accepter et qu'il les ressentait comme une insulte.

– Savez-vous, Howard, que j'admire votre courage. Vraiment, j'ai beaucoup plus d'expérience que vous et j'ai une situation plus stable que la vôtre, si vous me permettez de vous le dire, et je parle d'une façon tout objective, mais je n'oserais pas faire un tel pas en avant.

– Je le crois volontiers.

– Ainsi, c'est vous qui ouvrez la marche. Parfait, parfait. Qui aurait imaginé une chose pareille?... Je vous souhaite bonne chance.

– Merci, Peter.

– Je sais que vous réussirez, j'en suis persuadé.

– Vraiment?

– Mais bien entendu, j'en suis persuadé. Pas vous?

– Je n'y ai guère réfléchi.

– Vous n'y avez guère réfléchi?

– Non.

– Vous n'êtes donc pas absolument sûr de réussir, Howard?

– Pourquoi me demandez-vous cela avec tant d'intérêt?

– Pourquoi?... mais... non, je n'y attache pas tant d'importance. Cependant Howard, ce n'est pas de bonne psychologie que de n'être pas sûr de réussir, dans votre situation. Ainsi donc vous avez des doutes?

– Aucun.

– Mais vous venez de dire...

– Je suis sûr de certaines choses, Peter.

– Avez-vous fait le nécessaire pour obtenir votre inscription?

– J'ai fait ma demande.

– Vous n'avez pas votre diplôme de l'école, ils vous feront certainement passer des examens très durs.

– C'est bien probable.

– Que ferez-vous si vous n'obtenez pas la licence ?

– Je l'obtiendrai.

– Alors je vous rencontrerai maintenant à l'A.G.A. si vous ne me regardez pas de haut, vous qui serez un membre actif alors que je ne suis qu'un junior.

– Je n'ai pas l'intention de faire partie de l'A.G.A.

– Ne pas en faire partie ? Mais vous êtes éligible.

– C'est possible.

– On vous demandera certainement d'en faire partie.

– Que les gens ne prennent pas cette peine.

– Mais pourquoi ?

– Voyez-vous, Peter, nous avons eu le même genre de conversation, il y a sept ans, le jour où vous m'avez demandé de faire partie de votre association d'étudiants, à Stanton. A quoi bon recommencer ?

– Vous refusez d'entrer à l'A.G.A. lorsque vous en avez l'occasion ?

– Je refuse, Peter, d'entrer, à n'importe quel moment, dans n'importe quelle association.

– Mais vous ne vous rendez pas compte à quel point cela aide !

– A quoi ?

– Mais à devenir architecte.

– Je ne désire pas que l'on m'aide à devenir architecte.

– Vous ne faites que rendre votre situation plus difficile.

– Je sais.

– Et elle le sera déjà suffisamment.

– Je sais.

– Vous vous ferez des ennemis des autres architectes si vous refusez leur invitation.

– Ce sont mes ennemis de toute façon.

La première personne à laquelle Roark apprit la nouvelle fut Henry Cameron. Roark partit pour le New Jersey le lendemain du jour où il signa le contrat avec Heller. Il avait plu et il trouva Cameron au jardin, se traînant péniblement le long des allées détrempées en s'appuyant lourdement sur sa canne. Au cours de l'hiver, Cameron s'était suffisamment remis pour pouvoir marcher chaque jour quelques heures. Mais il avançait avec effort, le corps ployé en avant. Il s'arrêta pour contempler les premières pousses vertes jaillissant à ses pieds. Puis, s'affermissant sur ses jambes, il leva sa canne et effleurant une jeune feuille encore enroulée fit tomber une goutte d'eau qui brilla aux dernières lueurs du jour. Il vit Roark qui descendait la colline et il fronça le sourcil. Il avait vu Roark il y avait à peine une semaine et ces visites avaient tant de signification pour tous les deux que ni l'un ni l'autre ne les désiraient trop fréquentes.

– Alors ? dit Cameron d'un air bourru. Que voulez-vous encore ?

– J'ai quelque chose à vous annoncer.

– Cela pouvait attendre.

– Je ne trouve pas.

– Eh bien ?

– Je m'installe à mon compte et je viens de signer le contrat de ma première construction.

Cameron ficha profondément sa canne dans le sol et, s'appuyant fermement de ses deux mains posées l'une sur l'autre sur la poignée, il fit décrire au bâton un vaste cercle. Il marquait le rythme d'un mouvement de tête et resta ainsi longtemps, les yeux fermés. Enfin, levant les yeux, il regarda Roark et dit :

– Inutile de faire tellement le fier.

Mais il ajouta, au bout d'un instant :

– Aidez-moi à m'asseoir.

C'était bien la première fois que Cameron prononçait de tels mots. Sa sœur et Roark avaient appris depuis longtemps à leurs dépens, que le seul outrage impardonnable était de lui proposer leur aide.

Roark lui prit le bras et le conduisit jusqu'à un banc. Et Cameron demanda d'un ton rude, les yeux fixés sur le soleil couchant :

– Quoi ? Pour qui ? Combien ?

Il écouta sans l'interrompre le récit de Roark. Il regarda longuement le projet, les traits noirs qui zébraient l'aquarelle au carton craquelé. Puis il posa de nombreuses questions au sujet de la pierre, de l'acier, des routes, des entrepreneurs, des prix. Il n'y ajouta ni félicitations, ni commentaires.

Ce ne fut que lorsque Roark allait le quitter que Cameron dit brusquement :

– Howard, lorsque vous inaugurerez votre bureau, prenez-en quelques photos et envoyez-les-moi.

Puis il secoua la tête, la détourna d'un air coupable et grogna :

– Je deviens sénile. N'en faites rien.

Trois jours plus tard, Roark revint. « Vous commencez à être vraiment ennuyeux », lui dit Cameron. Roark lui tendit une enveloppe, sans dire un mot. Cameron regarda les photos, celle du grand atelier nu, celle de la vaste verrière, celle de la porte d'entrée. Reposant les deux autres, il garda celle de la porte d'entrée un long moment entre ses doigts.

– Eh bien, dit-il enfin, j'ai tout de même vécu assez longtemps pour voir cela.

Il reposa la photo.

– Pas pour le voir vraiment, ajouta-t-il, pas comme je l'aurais voulu, mais tout de même je le vois. Le monde m'apparaît maintenant comme voilé, ainsi que certains s'imaginent qu'il apparaît lorsqu'on est de l'autre côté. Je dois m'habituer à le voir ainsi, je m'y applique.

Il reprit la photo.

– Howard, dit-il, regardez.

Ils tenait la photo entre eux deux.

– Ce n'est pas grand-chose. Simplement « Howard Roark, architecte ». Mais c'est comme une de ces devises que des hommes sculptaient à l'entrée d'un château et pour laquelle ils étaient prêts à donner leur vie. C'est du défi à quelque chose de si puissant et de si sombre que toute la souffrance du monde, et vous savez s'il y en a, découle de cette force occulte que vous vous préparez à défier. Je ne sais ce qu'est cette force, et je ne sais pourquoi elle est déchaînée contre vous. Je sais seulement que c'est ainsi. Et je sais aussi que si vous restez fidèle à vous-même, Howard, ce sera la victoire et pas seulement pour vous, mais pour une idée qui doit triompher, une idée qui mène le monde, mais que les hommes ne savent pas reconnaître. Cette victoire justifiera la vie de tous ceux qui sont tombés avant vous, qui ont souffert comme vous souffrirez. Que Dieu vous bénisse, Dieu ou ce principe sacré d'où découlent les meilleures, les plus hautes impulsions du cœur humain. Mais auparavant, il vous faudra traverser l'enfer, Howard.

Roark gravit le sentier qui conduisait au sommet de la falaise où se dressait, sur le ciel bleu, la carcasse d'acier de la maison Heller. L'armature en était achevée, et l'on commençait à l'enrober de béton; les grandes surfaces planes des terrasses s'avançaient au-dessus de la nappe argentée de la mer qui frémissait à leur pied. Plombiers et électriciens avaient commencé leur travail.

Il contempla les morceaux de ciel délimités par les lignes élancées des poutrelles et des colonnes, trouées d'espace qu'il avait taillées en plein azur. Ses mains se mouvaient involontairement, élevant ici un mur, organisant les chambres à venir. Une pierre se détacha de dessous ses pieds et dévala la colline, dans un arpège de sons qui résonna dans la clarté ensoleillée de ce jour d'été.

Et Roark restait là, les jambes écartées, se détachant sur l'horizon. Et il contemplait sans se lasser les matériaux amoncelés devant lui. Le nœud des rivets dans l'acier, une étincelle dans un bloc de pierre, des dessins en spirale dans de fraîches planches de bois clair.

Ce fut à ce moment qu'il aperçut une épaisse silhouette tout empêtrée de fils électriques, une face de bouledogue qu'élargissait encore un immense sourire et des yeux bleu faïence emplis d'un malicieux triomphe.

– Mike! s'exclama-t-il d'un ton incrédule.

Mike avait quitté New York pour un vaste chantier à Philadelphie, il y avait plusieurs mois, bien avant l'apparition de Heller dans le bureau de Snyte, et Roark était persuadé que Mike n'avait rien su.

– Hello, tête de cuivre, dit Mike d'un ton un peu hésitant, et il ajouta: Hello, patron.

– Mike, comment avez-vous su?...

– En voilà un architecte! Négliger le travail comme ça. Voilà trois jours que j'attends que vous vous décidiez à vous montrer.

– Mike, comment diable êtes-vous arrivé ici? Et pourquoi une telle déchéance?

Roark savait que Mike ne se souciait guère de travailler sur un si petit chantier.

– Ne faites pas l'innocent. Vous savez très bien pourquoi je suis ici. Vous ne pensiez tout de même pas que j'allais manquer votre premier chantier. Et vous appelez ça une déchéance? Eh bien c'en est peut-être une, à moins que ce soit tout juste le contraire.

Roark tendit la main, et les doigts noircis de Mike s'en saisirent avec force comme si les taches qu'ils y laissèrent devaient expliquer tout ce que Mike ne pouvait pas formuler. Et parce qu'il avait peur de s'attendrir, Mike grogna :

– Allez-vous-en, patron, allez-vous-en. Vous voyez bien que vous m'empêchez de travailler.

Roark se mit à parcourir le chantier. Il se sentait, par moments, précis, impersonnel, capable de donner des directives non pas comme s'il s'agissait de son œuvre, mais d'un problème de mathématique où n'existaient plus que tuyaux et rivets, alors que sa personnalité s'effaçait complètement.

Mais il y avait aussi des instants où quelque chose s'élevait en lui, pas une pensée, ni un sentiment, mais une vague d'une violence presque physique qui lui donnait le désir de s'immobiliser, de sentir l'existence de son être propre agrandie, continuée par le squelette d'acier qui s'élevait autour de lui et dont son corps était le centre. Il ne s'arrêtait pas ; il continuait sa ronde, mais ses mains révélaient ce qu'il désirait dissimuler. Il les levait malgré lui et les passait doucement sur les poutrelles et sur les joints. Les ouvriers, sur le chantier, avaient remarqué ce geste et ils se disaient entre eux : « Ce type est amoureux de sa maison. Il ne peut pas en détacher ses mains. »

Les ouvriers l'aimaient bien. Les contremaîtres ne l'aimaient pas. Il avait eu de la peine à trouver un entrepreneur qui voulût bien se charger du travail. Quelques-unes des meilleures maisons avaient refusé la commande. « Nous ne faisons pas ce genre de travail », ou « trop compliqué pour si peu de chose », ou « quel est le fou qui peut désirer avoir une maison pareille ? Il y a gros à parier que nous ne verrons jamais la couleur de notre argent », ou encore « jamais rien fait de pareil. Ne saurais pas comment m'y prendre. Je préfère m'en tenir à la construction qui est de la construction ». Un des entrepreneurs n'avait jeté qu'un regard sur les plans et les avait jetés sur la table avec un : « Ça ne tiendra pas. » « Ça tiendra », dit Roark. « Oui, et qui êtes-vous, pour m'apprendre mon métier, mon jeune monsieur ? »

Roark finit par découvrir une petite entreprise qui avait peu à faire et qui accepta de se charger de construire, demandant plus que le travail ne le justifiait, sous prétexte qu'il y avait un risque à courir dans une expérience pareille. La construction avançait et les contremaîtres exécutaient les ordres d'un air maussade, dans un silence réprobateur, comme s'ils n'attendaient qu'une chose, voir leurs prédictions se réaliser et la maison les ensevelir.

Roark avait fait l'acquisition d'une vieille Ford et se rendait sur le chantier plus souvent qu'il n'était nécessaire. Il lui était difficile de rester assis à son bureau ou à sa table alors que là-bas la maison s'élevait. Et sur le chantier, il avait par moments une envie folle d'oublier son bureau et sa table, de saisir des outils et de se mettre à travailler à l'érection de la maison, comme il avait travaillé autrefois, de la construire enfin de ses propres mains.

Il circulait à travers les structures, enjambant avec légèreté des piles de planches ou des rouleaux de fils, prenait des notes, donnait de brèves indications d'une voix étranglée. Il évitait de regarder du côté de Mike, mais Mike le suivait du regard dans ses évolutions et clignait de l'œil d'un air entendu lorsque Roark passait près de lui. Et il lui dit une fois :

– Un peu de tenue, tête de cuivre, vous êtes ouvert comme un livre. Bon Dieu, c'est indécent d'être heureux à ce point-là !

Roark, debout sur la falaise, tout près du chantier, contemplait la campagne et le long ruban gris de la route qui s'allongeait parallèle à la plage. Une voiture ouverte passa, se dirigeant vers l'intérieur. L'auto était pleine à craquer de gens qui allaient probablement pique-niquer. Il y avait tout un assortiment de sweaters aux couleurs vives et d'écharpes flottant au vent ; des éclats de voix, des cris, des rires dominant le bruit du moteur, lui parvinrent ; une jeune fille, assise de côté, les jambes pendant à l'extérieur, un canotier d'homme lui tombant sur le nez, pinçait sauvagement les cordes d'un ukelele et chantait d'une voix rauque tout en ponctuant sa chanson de « Hey ! » sonores. Ces gens jouissaient pleinement et visiblement d'un jour de leur existence, et ils éprouvaient le besoin de crier leur joie de laisser derrière eux, pour quelques heures, travail et soucis ; ils avaient accompli ce travail et supporté leurs soucis dans un but bien défini, et ce but, ils l'atteignaient aujourd'hui.

Il suivit du regard la voiture qui s'éloignait. Il se dit qu'il y avait une différence, une profonde différence entre la conscience qu'eux et lui avaient de cette journée. Il voulut approfondir sa pensée, mais déjà il l'oubliait. Il venait d'apercevoir un camion, lourdement chargé de dalles de granit étincelant, qui montait lentement la colline.

Austen Heller venait fréquemment voir la maison et il la regardait s'élever avec une curiosité mêlée d'étonnement. Il étudiait Roark et son œuvre avec la même attention, comme s'il ne pouvait les séparer l'une de l'autre.

Heller, cet adversaire de toute contrainte, était déconcerté par Roark, cet homme si inaccessible à toute contrainte qu'il en était devenu une puissance, un défi à tout un ensemble de choses que Heller définissait mal. En une semaine, Heller comprit qu'il avait trouvé le meilleur ami qu'il posséderait jamais ; et il comprit aussi que cette amitié était basée sur la profonde indifférence de Roark. Au plus intime de son être, Roark n'avait pas conscience de l'existence de Heller, il n'en avait nul besoin, il n'en attendait rien, ne lui demandait rien. Heller savait parfaitement jusqu'où il pouvait aller dans l'intimité de Roark. Au-delà d'une certaine limite, il ne pouvait rien lui demander et rien lui donner. Mais lorsque Roark le regardait d'un air approbateur, lorsque Roark lui souriait ou louait un de ses articles, Heller était envahi de ce sentiment de joie pure que vous donne un éloge absolument désintéressé.

Les soirs d'été, ils s'asseyaient tous deux sur une saillie de rochers, à mi-hauteur de la falaise et parlaient tandis que l'obscurité envahissait doucement le chantier, les derniers rayons du jour s'accrochant aux poutrelles d'acier les plus hautes.

– Qu'est-ce donc que j'aime tant dans la maison que vous construisez pour moi, Howard ?

– Une maison peut avoir de l'intégrité, comme un humain, disait Roark, et tout aussi rarement.

– Mais de quelle façon ?

– Regardez-la. Chaque partie est là parce qu'elle est nécessaire et pour nulle autre raison. L'extérieur correspond exactement à l'intérieur. Ce sont les pièces dans lesquelles vous vivrez qui ont donné sa forme à l'ensemble. Les rapports entre les masses ont été déterminés par la disposition intérieure. L'ornementation, elle, a été déterminée par la construction, elle n'est que le simple prolongement du principe qui a inspiré cette construction. Chaque portant s'appuie sur son support et votre regard peut suivre l'évolution logique de la structure ; vous voyez pourquoi chaque chose a été faite et à quoi elle conduit. Tant d'édifices sont ornés de corniches inutiles, de pilastres gratuits, de moulures, de fausses arches, de fausses fenêtres. Certains buildings ne semblent contenir qu'un vaste hall ; entre de massives colonnes s'élèvent des panneaux de vitre de six étages de hauteur, mais lorsque vous pénétrez à l'intérieur, vous découvrez une maison de six étages. Par contre, vous trouvez d'autres buildings ne comprenant vraiment qu'un immense hall, mais dont la façade est coupée par des assises, des étages, des rangées de fenêtres. Vous voyez ce que je veux dire. Votre maison est créée par sa propre fonction. Celles dont je vous parle ne visent qu'à produire un effet. Le motif déterminant de votre maison est cette maison elle-même, le motif déterminant les autres est l'effet produit.

— Savez-vous que c'est ce que j'ai ressenti, jusqu'à un certain point. J'ai le sentiment que lorsque je m'installerai dans cette maison, ce sera pour moi le commencement d'une nouvelle vie, et que, même dans ma simple routine journalière, il y aura une sorte d'honnêteté, de dignité, sans que je puisse bien définir pourquoi. Vous serez peut-être surpris si je vous dis que j'ai l'impression que je devrai me rendre digne de ma demeure.

— C'était bien ainsi que je l'entendais, dit Roark.

— Et, à ce propos, laissez-moi vous remercier pour le soin que vous semblez avoir pris de mon confort. J'ai remarqué une masse de petites choses auxquelles je n'avais jamais pensé auparavant, mais dont vous avez tenu compte comme si vous connaissiez tous mes besoins. Tenez, par exemple, mon bureau est la pièce où je me tiens le plus et vous lui avez donné la place d'honneur, la plus belle vue et le point culminant de la façade. Vous l'avez fait communiquer avec la bibliothèque, tandis que le salon et les chambres des invités sont suffisamment éloignées pour que je n'entende aucun bruit. Et tant d'autres détails auxquels vous avez encore pensé. Vous avez été vraiment plein de considération pour moi.

— En réalité, dit Roark, je ne pensais nullement à vous. Je ne pensais qu'à la maison, mais c'est elle qui m'a appris à avoir de la considération pour celui qui l'habiterait un jour.

La maison Heller fut terminée au mois de novembre de l'année 1926.

En janvier 1927 l'*Architectural Tribune* publia un compte rendu des plus belles demeures américaines construites au cours de l'année. Il consacrait douze grandes pages satinées à des photographies des vingt-quatre demeures que ses éditeurs avaient choisies comme les plus belles réussites architecturales récentes. La maison Heller n'y était même pas mentionnée.

Les journaux new-yorkais publiaient chaque dimanche un bref compte rendu des nouvelles résidences les plus importantes dans un certain rayon. Il n'y eut pas de compte rendu sur la maison Heller.

La revue annuelle de la Guilde des Architectes américains, qui donnait toujours des reproductions magnifiques de ce qu'elle estimait être les innovations les plus intéressantes en construction, sous le titre « L'avenir », ne faisait aucune allusion à la maison Heller.

De nombreux conférenciers firent à un public sélect des conférences sur les progrès de l'architecture américaine. Aucun d'eux ne parla de la maison Heller.

Dans les salons du club de l'A.G.A. les commentaires ne manquèrent pas.

— C'est une honte pour le pays tout entier, déclara Ralston Holcombe, que la maison Heller ait pu y être construite. C'est une insulte à notre profession. Il devrait y avoir des lois.

— Ce sont des choses pareilles qui effraient les clients, dit John Erik Snyte. En voyant une maison pareille, ils pensent que tous les architectes sont fous.

— Moi je trouve cela plus drôle qu'autre chose, déclara Gordon L. Prescott. Cela tient à la fois du poste à essence et de la fusée montant vers la lune.

— Vous verrez ce qu'il en restera dans deux ans, ajouta Eugène Pettingill. L'édifice entier s'écroulera comme un château de cartes.

— Pourquoi parler d'années, dit Guy Francon. Ces élucubrations modernes ne durent jamais plus d'une saison. Le propriétaire en sera rapidement et parfaitement dégoûté et il reviendra à un honnête style colonial.

La maison Heller acquit une véritable renommée dans le pays environnant. Les gens se détournaient de leur chemin pour arrêter leur voiture sur la route au pied de la colline, se montrer la maison du doigt et s'en gausser. Les gérants des postes à essence ricanaient en voyant passer la voiture de Heller. La cuisinière de Heller, lorsqu'elle faisait ses achats, était obligée d'endurer les regards moqueurs des boutiquiers. Et dans le voisinage on n'appelait la maison Heller que « La Maison du Fou ».

Peter Keating, lui, répondait à ses collègues, avec un indulgent sourire : « Voyons, voyons, vous ne devriez pas parler de lui ainsi. Je le connais depuis longtemps et je vous assure qu'il a beaucoup de talent. Il a d'ailleurs travaillé sous mes ordres. Il a eu un coup de folie en construisant cette maison. Mais il fera des progrès. Il a de l'avenir... Non, vous ne croyez pas ? Vous ne croyez réellement pas ? »

Ellsworth Toohey, qui ne laissait pas une pierre jaillir du sol de l'Amérique sans faire quelque commentaire, ignora complètement, en tout cas dans ses articles, que la maison Heller avait été érigée. Il ne jugea en tout cas pas nécessaire d'en informer ses lecteurs, pas même pour la démolir. Il préféra ne rien dire.

1.12

L'Etendard, ce journal new-yorkais, publiait quotidiennement, en première page, un article intitulé « Observations et Méditations » et signé par un certain Alvah Scarret. Celui-ci était devenu le conseiller, l'inspirateur et le guide de philosophie pratique des habitants d'innombrables petites villes de province. C'est dans un de ses articles qu'avait paru la phrase fameuse : « Nous vaudrions cent fois mieux si nous nous efforcions d'oublier les fallacieuses notions de notre prétendue civilisation et que nous pensions davantage à ce précepte que les peuples primitifs ont suivi bien avant nous : respecter notre mère. » Alvah Scarret, célibataire, joueur de golf émérite, avait acquis une fortune de deux millions de dollars. C'était le rédacteur en chef de tous les journaux de Wynand.

Ce fut lui qui eut l'idée d'une campagne contre les « Propriétaires-Requins », et les conditions de vie dans les taudis de New York. La campagne dura trois semaines. C'était exactement le genre de sujet qui plaisait à Alvah Scarret. Il comportait un côté humain et une portée sociale. Il se prêtait admirablement à des développements dans le supplément du dimanche, avec des illustrations montrant des jeunes filles se jetant à l'eau, leurs jupes se soulevant bien au-dessus des genoux. De plus, cette campagne embarrassait considérablement les « requins », propriétaires des blocs de maisons, en bordure d'East River, qui avaient été choisies comme spécimens des plus affreux taudis de New York. Peu de temps auparavant, ces propriétaires avaient refusé de vendre ces maisons à une obscure société immobilière ; à la fin de la campagne, très ennuyés de tout le bruit qui s'était fait autour d'eux, ils vendirent. Ce que personne ne savait c'est que la société qui acheta était elle-même entre les mains d'une société dont le principal actionnaire était Gail Wynand.

Il était rare que les journaux de Wynand n'eussent pas une campagne en cours : ils venaient d'en terminer une sur l'aviation. Ils avaient commencé par publier, dans le supplément du dimanche du *Magazine de la Famille*, une suite d'articles sur l'historique de l'aviation, avec des illustrations allant des dessins de machines volantes de Léonard de Vinci jusqu'au type de bombardier le plus récent, sans oublier Icare se tordant dans des flammes d'un rouge ardent ; son corps nu était bleu-vert, ses ailes de cire jaunes, et la fumée pourpre ; il y avait aussi la sorcière lépreuse aux yeux flamboyants, qui lisait l'avenir dans une boule de cristal et qui avait prédit, au XIe siècle, qu'un jour les hommes voleraient, le tout accompagné de chauves-souris, de vampires et de loups-garous.

La campagne s'était achevée par un concours de construction d'un modèle d'avion. Ce concours était ouvert à tous les enfants âgés de moins de dix ans qui devaient envoyer, en plus de leur projet, trois nouveaux abonnements à *L'Etendard*. Gail Wynand, qui avait son brevet de pilote, fit seul le parcours de Los Angeles à New York sur un petit appareil construit spécialement pour lui et qui valait cent mille dollars, établissant un nouveau record de vitesse transcontinental. Ayant commis une légère erreur de calcul à son arrivée à New York, il fut obligé de se poser sur un terrain rocailleux. Ce fut un atterrissage extrêmement périlleux exécuté de façon impeccable et comme par hasard une équipe de photographes de *L'Etendard* étaient sur place. Gail Wynand sortit de l'avion. Le meilleur des pilotes aurait certainement été troublé. Gail Wynand posa devant l'objectif, un gardénia immaculé à la boutonnière de sa combinaison de pilote, et portant à ses lèvres une cigarette d'une main qui ne tremblait pas. Lorsqu'on lui demanda d'exprimer un désir pour fêter son retour, il déclara que c'était d'embrasser la plus jolie femme de l'assistance, puis, choisissant la plus vieille et la plus insignifiante, il l'embrassa gravement sur le front en expliquant qu'elle lui rappelait sa mère.

Lorsque commença la campagne contre les taudis, Gail Wynand dit à Alvah Scarret : « Allez-y, tirez-en tout ce que vous pourrez. » Et lui-même partit en croisière sur son yacht, accompagné d'une charmante aviatrice de vingt-quatre ans à laquelle il avait fait cadeau de son avion.

Et Alvah Scarret alla de l'avant. A côté de nombreuses autres enquêtes, il pria Dominique Francon de se renseigner sur les conditions de vie dans les taudis et de rassembler le plus possible de matériel humain. Dominique Francon venait justement de rentrer d'un séjour à Biarritz. Elle prenait toujours des vacances pendant tout l'été et Alvah Scarret ne disait rien parce qu'elle était sa favorite, qu'elle le déconcertait terriblement et qu'il la savait capable de les quitter d'un instant à l'autre.

Dominique Francon alla vivre pendant deux semaines dans une mansarde, tout en haut d'une bâtisse d'East Side. La chambre sans fenêtres n'était éclairée que par une lucarne ; il y avait cinq étages à grimper et pas d'eau courante. Dominique faisait cuire elle-même son repas dans la cuisine d'une famille nombreuse, à l'étage au-dessous ; elle rendait visite à ses voisins, s'asseyait le soir sur les marches de l'échelle de secours, et allait au cinéma à dix sous avec les jeunes filles du voisinage.

Elle portait une jupe et une blouse élimées. L'anormale fragilité qui était son aspect normal pouvait parfaitement faire supposer qu'elle souffrait de privations et ses voisins étaient persuadés qu'elle était atteinte de tuberculose. Mais elle apportait dans ce taudis la même aisance calme que dans le salon de Kiki Holcombe. Elle frottait le plancher de sa chambre, pelait des pommes de terre et se lavait à l'eau glacée dans une cuvette d'aluminium. N'ayant jamais fait de telles choses, elle les faisait cependant très bien. Elle avait une capacité d'action, une compétence que démentait absolument son physique. Ce nouveau milieu ne la gênait nullement. Elle était aussi indifférente aux taudis qu'aux salons.

Les deux semaines écoulées, elle retourna à son appartement sur le toit d'un hôtel qui donnait sur Central Park et ses articles sur la vie dans les taudis parurent dans *L'Etendard*. Ils étaient impitoyables et brillants.

Au premier dîner où elle apparut, elle fut accablée de questions. « Ma chérie, est-ce réellement vous qui avez écrit de telles choses ?... Dominique, vous n'avez pas vraiment vécu là-bas ? – Mais si, répondit-elle, et, à ce propos, la maison que vous possédez, East Twelve Street, Mrs. Palmer, ajouta-t-elle, faisant de la main un geste nonchalant qui fit étinceler un bracelet d'émeraudes trop large et trop lourd pour son frêle poignet, a un égout qui est bouché un jour sur deux et se déverse dans la cour. Il prend, au soleil, des reflets bleus et pourpres, comme un arc-en-ciel... Et dans le bloc de maisons dont vous vous occupez pour le compte de la Société foncière du Claridge, Mr. Brooks, on peut admirer, aux plafonds, la plus belle culture de champignons que j'aie vue de ma vie. »

On lui demanda de prendre la parole à un meeting de femmes qui s'occupaient d'assistance sociale. C'était un meeting important, animé d'un esprit militant et organisé par des initiatrices de ce mouvement. Alvah Scarret fut ravi et lui donna sa bénédiction. « Allez-y, mon enfant et parlez-leur carrément. Nous avons besoin de l'appui de l'assistance sociale. » Dominique se trouva bientôt à la tribune d'un hall sans air ; devant elle s'étendait une mer de visages attentifs, épanouis par la conscience de leur propre vertu. Elle parla d'une voix égale, monotone même. Et elle dit, entre autres : « La famille qui habite le premier étage sur cour ne se soucie nullement de payer son loyer et les enfants ne peuvent aller à l'école, faute de vêtements. Le père a une ardoise au bar du coin. Il est en bonne santé et a une bonne place... Le couple qui habite le deuxième étage vient d'acheter un poste de radio de soixante-neuf dollars quatre-vingt-quinze cents et l'a payé comptant... Au quatrième étage, sur le devant, le père de famille n'a pas fourni un jour de travail de toute sa vie, et n'a pas l'intention de commencer. Il y a neuf enfants, qui sont à la charge de la paroisse, et il y en a un dixième en route... » Lorsqu'elle eut terminé, il y eut quelques maigres applaudissements. Dominique les arrêta du geste et dit : « Inutile de m'applaudir. Je ne m'y attendais pas. » Et elle ajouta poliment : « Pas de questions à poser ? » Non, il n'y en avait pas.

Lorsqu'elle rentra chez elle, Alvah Scarret l'y attendait. Il paraissait étrangement déplacé dans le salon de sa maison, sur le toit, son gros corps, en équilibre sur le bord d'une chaise fragile, se détachant comme une gargouille sur l'étendue lumineuse de la ville qui apparaissait à travers l'épais mur de verre. La ville semblait une toile de fond destinée à illuminer et à continuer la pièce. Les lignes élégantes des flèches qui se détachaient sur le ciel sombre étaient comme la continuation des lignes pures de l'ameublement ; les lumières qui brillaient à de lointaines fenêtres projetaient un reflet sur le parquet luisant et nu ; à la froide précision des constructions anguleuses, de l'autre côté du mur, correspondait la grâce de chaque objet de l'intérieur. Alvah Scarret détruisait cette harmonie. Il avait l'air à la fois d'un honnête médecin de campagne et d'un homme qui triche au jeu. Il y avait, sur son lourd visage, ce paternel et bienveillant sourire qui avait toujours été son passe-partout et son signe distinctif. Cependant la bienveillance de ce sourire n'enlevait rien à sa solennelle dignité ; son nez long, mince, aquilin, démentait sa bonté, mais ajoutait à sa dignité. Son ventre énorme, s'il lui enlevait un peu de cette dignité, ajoutait à son air de bonté.

Il se leva et saisit, d'un air épanoui, la main de Dominique.

— Je suis entré en passant, dit-il, j'ai quelque chose à vous dire. Comment cela s'est-il passé, mon petit ?

— Exactement comme je le prévoyais.

Elle enleva son chapeau et le jeta sur le siège le plus proche. Sa chevelure dégageait son front et tombait sur ses épaules en une masse si lisse et si luisante qu'elle semblait casquée d'un métal clair et poli. Elle se dirigea vers la fenêtre, se mit à regarder la ville et demanda, sans se retourner :

— Qu'aviez-vous à me dire ?

Alvah Scarret la regardait non sans plaisir. Il y avait longtemps qu'il avait renoncé à oser plus que de lui retenir la main un peu plus longtemps qu'il n'était nécessaire ou à lui tapoter l'épaule ; il s'interdisait même de penser à elle, mais gardait cependant un vague espoir à demi conscient, qui pouvait se résumer par ces mots : « On ne sait jamais. »

– Ce sont de bonnes nouvelles pour vous, mon petit, dit-il. Je caresse un projet, une sorte de réorganisation ; je vais réunir un certain nombre de questions sous une seule rubrique : « Le bien-être de la femme. » Vous voyez cela d'ici, les écoles, l'économie domestique, les soins à donner aux bébés, les jeunes délinquants, etc., etc., et tout cela sous une direction unique. Et je ne vois pas de femme plus indiquée pour prendre cette direction que ma petite fille.

– Vous voulez dire moi ? dit-elle sans se retourner.

– Exactement. Dès que Gail sera de retour, j'obtiendrai son assentiment.

Elle se retourna et le regarda, les bras croisés, les coudes dans les mains.

– Je vous remercie, Alvah, mais je n'en veux pas, de votre poste.

– Que voulez-vous dire par je n'en veux pas ?

– Mais... la vérité.

– Mais, au nom du ciel, ne comprenez-vous pas quel avancement je vous offre ?

– Un avancement dans quoi ?

– Mais dans votre carrière.

– Je n'ai jamais eu l'intention de faire une carrière.

– Vous n'allez pas continuer indéfiniment à écrire un pauvre petit article mal placé en quatrième page ?

– Non, pas indéfiniment. Quand j'en aurai assez, je cesserai.

– Mais pensez donc à ce que vous pourriez faire si vous vous lanciez vraiment ! Et pensez à ce que Gail pourrait faire pour vous le jour où il vous remarquerait.

– Je ne désire nullement qu'il me remarque.

– Mais Dominique, nous, nous avons besoin de vous. Toutes les femmes seront pour vous après ce soir.

– Je ne le pense pas.

– J'ai fait réserver deux colonnes pour donner un compte rendu du meeting et de votre exposé.

Elle alla vers le téléphone et lui tendit le récepteur, en disant :

– Je vous conseille de n'en rien faire.

– Mais pourquoi ?

Elle fouilla dans une liasse de papiers sur son bureau, prit quelques feuillets dactylographiés et les lui tendit :

– Voici l'exposé que j'ai fait ce soir, dit-elle.

Il le parcourut rapidement. Il ne fit aucun commentaire, mais s'essuya le front une ou deux fois. Puis saisissant le récepteur, il appela le journal et donna l'ordre de faire sur le meeting un compte rendu aussi bref que possible et de ne pas faire mention du nom de l'orateur.

– Parfait, dit Dominique lorsqu'il raccrocha. Suis-je renvoyée ?

Il secoua la tête d'un air navré.

– Vous désirez l'être ?

– Pas positivement.

– J'arrangerai les choses, murmura-t-il. Gail n'en saura rien.

– Comme vous voudrez. Tout cela m'est tellement indifférent.

– Dites-moi, Dominique, oui, je sais que vous n'aimez pas les questions, mais pourquoi faites-vous toujours des choses pareilles ?

– Sans aucune raison.

– J'ai entendu parler du fameux dîner au cours duquel vous avez fait certaines remarques toujours sur le même sujet. Et ce soir vous prenez la parole dans ce meeting et vous dites des choses exactement opposées.

– Mais elles sont également vraies, les unes et les autres.

– C'est certain, mais pourquoi ne pas intervertir, dire au meeting ce que vous avez dit au dîner et vice versa ?

– Parce que ça n'aurait plus eu aucun sens.

– Y en avait-il un dans ce que vous avez fait ?

– Non, mais cela m'amuse.

– Je ne vous comprends pas, Dominique. Ce n'est pas la première fois que vous agissez ainsi. Vous travaillez magnifiquement, vos articles sont remarquables et, au moment où vous allez vraiment sortir de l'ornière, vous gâtez tout par un acte inconsidéré. Pourquoi ?

– Peut-être précisément pour cela.

– Ne voulez-vous pas me dire, comme à un ami, vous savez combien je vous aime et combien je m'intéresse à vous, quel est votre but ?

– N'est-il pas visible à l'œil nu que je n'en ai aucun ?

Il leva les mains en haussant les épaules d'un air découragé.

Elle sourit gaiement.

– Il n'y a pas de quoi avoir l'air si consterné. Moi aussi, je vous aime bien, Alvah, et vous m'intéressez. Et j'aime même parler avec vous, ce qui est encore mieux. Installez-vous confortablement. Je vais aller vous chercher un « drink », vous en avez vraiment besoin.

Elle lui apporta un verre tout embué ; les cubes de glace, en se heurtant aux parois, faisaient entendre un son argentin.

– Vous êtes tout simplement une enfant délicieuse, Dominique, dit-il.

– Voilà, tout simplement.

Elle s'assit sur le bord de la table, s'appuyant sur ses bras tendus, les mains à plat, balançant lentement les jambes. Et brusquement, elle dit :

– Voyez-vous, Alvah, ce serait terrible pour moi si je tenais vraiment à ma situation au journal.

– Par exemple ! Quelle est cette nouvelle absurdité ? Pourquoi dites-vous une chose pareille ?

– C'est vrai. Ce serait terrible pour moi d'avoir un poste auquel je tienne, que j'aie peur de perdre.

– Mais pourquoi ?

– Parce que je dépendrais de vous, Alvah. Oh ! vous êtes quelqu'un de très bien, mais enfin vous n'avez rien de très attirant et cela n'aurait rien de très agréable de me faire humble devant vous qui tiendriez une cravache à la main. Oh ! ne protestez pas, je sais que ce serait une très civile petite cravache, mais il me semble que ce serait encore pire. Et je dépendrais de notre patron à tous, Gail. Oh ! je suis persuadée que c'est un grand homme, mais je préfère de beaucoup n'avoir rien à faire avec lui.

– Mais où diable puisez-vous des idées pareilles ? Alors que vous savez que Gail et moi sommes prêts à faire n'importe quoi pour vous et que moi-même...

– La question n'est pas là, Alvah, et ce n'est pas à vous seul que je pense. Mais si j'avais un jour un poste, un projet, une idée ou un être auquel je tienne, je dépendrais du monde entier. Car toutes choses sont inextricablement liées. Et les êtres aussi. Nous sommes tous sous un filet. Et aussitôt que nous désirons fortement quelque chose, nous sommes pris au piège. Il y a de par le monde une chose dont l'acquisition nous paraît précieuse. Qui sait s'il n'y a pas, quelque part, quelqu'un qui est prêt à nous l'arracher des mains ? Ne sachant qui on doit redouter, on finit par avoir peur de tout le monde. Et on commence à trembler, et à ramper, et à quémander et à recevoir. Et à recevoir... de qui ?

– En somme, si je vous comprends bien, c'est à l'humanité en général que vous en avez.

– Mais qu'est-ce, au fond, pour nous, que l'humanité en général ? Nous avons, en prononçant ces mots, une sorte de vision vague de quelque chose de grand, de solennel, d'important. Mais après tout, ce que nous en connaissons, ce sont les gens que nous rencontrons au cours de notre vie. Regardez-les. En connaissez-vous qui vous donnent une idée de grandeur ou de solennité, que ce soit des femmes du peuple qui marchandent autour d'un étal, des gamins vicieux qui écrivent des mots sales sur les trottoirs ou des jeunes filles qui font leurs débuts dans le monde et qui s'enivrent ? Ou leur équivalent dans d'autres domaines. En somme, les gens ne vous inspirent quelque respect que lorsqu'ils souffrent. Ils acquièrent alors une certaine dignité. Mais les avez-vous déjà regardés lorsqu'ils s'amusent ? C'est alors que vous les voyez dans leur vérité. Dans les parcs d'attractions et aux fêtes foraines, regardez-les dépenser l'argent pour lequel ils ont travaillé comme des esclaves. Et ceux qui sont riches et auxquels le monde entier est accessible, regardez où ils cherchent leurs plaisirs. Observez-les, dans les boîtes de nuit. Et voilà l'humanité en général. Je ne veux rien avoir à faire avec elle.

– Mais que diable, c'est votre point de vue qui est faux, et en tout cas incomplet. Tout n'est pas mauvais dans le pire des êtres, et l'on trouve presque toujours en lui quelque chose qui le rachète.

– C'est bien ce qu'il y a de pire. Trouvez-vous encourageant de voir un homme accomplir un geste héroïque et d'apprendre ensuite qu'il va voir des vaudevilles pour se détendre ? Ou de faire la connaissance d'un peintre de grand talent et d'apprendre qu'il passe son temps à coucher avec les pires souillons ?

– Que vous faut-il donc ? La perfection ?

– ... ou rien. Alors, vous voyez, je choisis... rien.

– Mais c'est de la folie.

– J'ai choisi le seul bien auquel l'homme puisse réellement aspirer. La liberté, Alvah, la liberté.

– Vous appelez cela la liberté ?

– Ne rien demander. Ne rien attendre. Ne dépendre de rien.

– Et si un jour vous désirez vraiment quelque chose ?

– Cela ne m'arrivera pas. Je m'en détournerai. Je ne veux rien de ce monde qui est le vôtre. Et je ne veux rien avoir à partager avec vous autres. Tenez, je ne relis jamais les livres qui m'ont vraiment plu. Cela me dégoûte de penser aux gens qui les lisent. Il y a des choses qu'on n'aime pas à partager, pas avec les gens tels qu'ils sont !

– Dominique, ce n'est pas normal de ressentir si violemment toutes choses.

– C'est la seule manière pour moi de les ressentir.

– Dominique, mon enfant, dit-il d'un ton sincère et apitoyé, j'aurais aimé être votre père. Quelle tragédie avez-vous donc vécue pendant votre enfance ?

– Mais aucune. J'ai eu une enfance merveilleuse, libre et calme et vraiment on ne m'a pas trop ennuyée. Si, en réalité je m'ennuyais souvent. Mais j'y suis accoutumée.

– Ah ! vous êtes bien le produit de notre triste époque ! C'est ce que je dis toujours. Nous sommes des cyniques, des décadents. Si nous revenions en toute humilité aux simples vertus...

– Alvah, non, pas avec moi. Gardez donc cela pour vos articles et..

Elle s'arrêta brusquement en le voyant changer d'expression. Il semblait à la fois surpris et blessé. Elle se mit à rire.

– J'ai tort. Vous croyez sincèrement ce que vous écrivez, bien que cela paraisse difficile à croire étant donné ce que vous êtes. Voyez-vous, Alvah, c'est pour cela que je vous aime. Et c'est pourquoi j'agis avec vous ce soir comme j'ai agi au meeting tout à l'heure.

– Comment cela ? demanda-t-il, surpris.

– En parlant comme je le fais à vous, tel que vous êtes. Cela a quelque chose de piquant de parler avec vous comme je viens de le faire. Saviez-vous, Alvah, que les peuplades primitives se taillaient des dieux à ressemblance humaine. Imaginez ce que serait une statue de vous, tout nu, avec votre ventre.

– Je ne vois vraiment pas le rapport avec ce que vous disiez auparavant.

– Il n'y en a aucun, mon ami. Excusez-moi. Savez-vous que j'aime les statues représentant des hommes nus. Ne prenez pas cet air gêné, j'ai dit, les statues. Il y en avait une en particulier, une statue d'Hélios, que je m'étais procurée dans un musée en Europe. Ça n'avait pas été sans peine ; elle n'était pas à vendre, bien entendu. Je crois que j'en étais amoureuse, Alvah. Je l'ai rapportée avec moi.

– Où est-elle ? J'aimerais bien voir enfin quelque chose que vous aimez.

– Elle est brisée.

– Brisée ! Une pièce de musée. Comment cela est-il arrivé ?

– Je l'ai cassée.

– Mais comment ?

– En la jetant dans le puits d'aération. Le fond est en ciment.

– N'êtes-vous pas un peu folle ? Mais pourquoi ?

– Pour que plus personne ne puisse la voir.

– Dominique !

Elle secoua la tête comme pour écarter ce sujet ; une vague parcourut sa chevelure, comme une onde dans une nappe de mercure. Et elle ajouta :

141

– Je suis désolée, mon cher, de vous avoir choqué. Ce n'était nullement mon intention. J'imaginais que vous étiez un de ces êtres que rien ne choque, auquel on peut tout dire. Je me suis trompée, n'en parlons plus.

Et sautant légèrement de la table :

– Et maintenant, allez-vous-en, Alvah, dit-elle. Il se fait tard et je suis fatiguée. A demain.

Guy Francon lisait régulièrement les articles qu'écrivait sa fille et il était au courant des propos qu'elle avait tenus, aussi bien au dîner qu'au meeting. Il ne comprenait pas pourquoi elle agissait ainsi, mais il savait que c'était exactement le genre de choses qu'il pouvait attendre de sa fille. Cela lui pesait et il ne pouvait penser à elle sans éprouver un sentiment de confuse appréhension. Et parfois il se demandait s'il n'en était pas arrivé à la haïr.

Mais chaque fois qu'il se posait cette question, la même vision se présentait à sa mémoire. Cela s'était passé, il y avait longtemps, un jour d'été, dans sa propriété du Connecticut. Sa fille n'était alors qu'une enfant. Il avait oublié tout ce qui s'était passé avant et après cet instant, mais il se souvenait parfaitement que, debout sur la terrasse, il la vit sauter par-dessus une haute haie vive, à l'extrémité de la pelouse. La haie semblait trop élevée pour son petit corps, il eut le temps de penser qu'elle n'y arriverait pas. Il ne se souvenait ni du début, ni de la fin du saut, mais il voyait encore, aussi clairement et intensément que sur une image filmée qu'on aurait immobilisée pour toujours, le court instant où son petit corps avait jailli dans l'espace, ses longues jambes écartées, ses minces bras levés, ses mains tendues contre le vent, sa robe blanche et ses cheveux blonds gonflés d'air, un court instant, le jaillissement de ce petit corps dans le plus grand élan de liberté enivrée qu'il lui ait jamais été donné de contempler.

Il ne savait pas pourquoi il avait conservé le souvenir de cet instant, quelle signification, cachée au moment même, il lui avait accordée pour qu'il s'en souvînt ainsi, alors qu'il avait oublié tant de choses en apparence plus importantes. Et il ne savait pas non plus pourquoi le souvenir de cet instant lui revenait chaque fois qu'il éprouvait un sentiment d'amertume envers sa fille, ni pourquoi ce souvenir le remplissait d'une tendresse presque intolérable. Il se disait simplement que son affection paternelle se manifestait presque contre sa volonté. Mais au fond de lui-même, et sans se l'avouer, il éprouvait le désir de l'aider, tout en ne sachant pas et en ne désirant pas approfondir en quoi elle avait besoin d'être aidée.

Il commença à penser de plus en plus à Peter Keating, et à envisager une solution qu'il n'avait jusqu'alors pas vraiment acceptée. Il trouvait quelque chose de réconfortant à la présence de Peter et il se disait que la nature simple et stable de Keating était exactement ce qu'il fallait à sa fille dont il connaissait la morbide instabilité.

Keating s'était bien gardé de lui avouer qu'il s'était efforcé, à plusieurs reprises, et sans résultat, de revoir Dominique. Il avait obtenu de Francon son numéro de téléphone et l'avait appelée nombre de fois. Elle lui répondait d'une voix rieuse et gaie, lui affirmant que bien entendu elle le reverrait, mais qu'elle était terriblement occupée et qu'il veuille bien la rappeler au début du mois suivant.

Mais Francon avait deviné tout cela. Il dit un jour à Keating qu'il inviterait Dominique à déjeuner et qu'il les réunirait de nouveau tous les deux. « Ou du moins, ajouta-t-il, j'essaierai de vous réunir. Car j'ai bien peur qu'elle ne refuse. » Dominique, une fois de plus, fit mentir ses prévisions; elle accepta immédiatement et aimablement.

Elle les retrouva au restaurant et leur sourit comme si elle était vraiment heureuse de les voir. Elle se mit à bavarder gaiement, et Keating, ravi, détendu, se demanda pourquoi il avait tant redouté cet instant. Au bout d'une demi-heure, elle dit en regardant Francon :

– C'est vraiment très gentil à vous d'avoir pris le temps de me voir, père, vous qui êtes tellement occupé et qui avez tant de rendez-vous.

Un air de consternation se répandit brusquement sur le visage de Francon.

– Mon Dieu, Dominique, vous me faites penser à quelque chose !

– Un rendez-vous que vous avez oublié ? demanda-t-elle gentiment.

– Oui, ma parole. Et cela m'était complètement sorti de la tête. Le vieil Andrew Colson m'a téléphoné ce matin en insistant pour me voir aujourd'hui à deux heures. Vous le connaissez, il m'est simplement impossible de ne pas le voir. Et justement aujourd'hui !...

Et il ajouta, d'un air soupçonneux :

– Comment le saviez-vous ?

– Je n'en savais rien. Mais cela n'a aucune importance, père. Mr. Keating et moi vous excusons bien volontiers. Nous allons faire un gentil déjeuner ensemble et, étant donné que je n'ai pas de rendez-vous aujourd'hui, vous pouvez être tranquille. Je ne lui échapperai pas.

Francon se demanda si elle avait deviné que c'était là le prétexte qu'il avait préparé d'avance pour la laisser seule avec Keating. Il ne savait trop que penser. Elle le regardait droit dans les yeux, et son regard était peut-être un peu trop candide. Il fut ravi de s'échapper.

Dominique se tourna vers Keating avec un regard si aimable qu'il ne pouvait être que méprisant.

– Et maintenant, déjeunons, dit-elle. Nous savons parfaitement tous les deux ce que mon père a comme arrière-pensée. N'en soyez pas plus gêné que je ne le suis moi-même. C'est bien agréable pour vous de tenir père en laisse, mais c'est un peu gênant quand il tire sur la laisse. Oublions tout cela et savourons notre lunch.

Keating sentait monter en lui une furieuse envie de se lever et de partir, mais il sentait aussi qu'il n'en ferait rien.

– Ne prenez pas cet air sombre, Peter. Et appelez-moi Dominique, puisque de toute façon nous finirons par en arriver là. Je pense que je vais vous voir beaucoup, je vois tant de gens, et si cela fait plaisir à mon père, pourquoi pas ?

Pendant le reste du repas, elle lui parla comme à un ancien ami, de façon confiante et gaie, avec un air de franchise candide qui semblait signifier qu'il n'y avait en elle rien de secret, mais qui ôta à Keating toute envie de s'en assurer. Son attitude d'une grâce exquise suggérait plutôt que, pour elle, leurs rapports n'avaient aucune espèce d'importance et qu'elle ne lui faisait même pas l'honneur de lui être hostile. Et pour cette attitude, Keating la détesta violemment, mais en même temps il ne pouvait s'empêcher d'admirer la forme de sa bouche, le mouvement de ses lèvres formant les mots, la façon dont elle croisait les jambes, d'un mouvement si souple et si juste que cela faisait penser à un précieux instrument de précision qui se referme. Et il ne pouvait refouler le sentiment de stupeur admirative qui s'était emparé de lui lorsqu'il l'avait vue pour la première fois.

Au moment où ils se quittaient, elle lui dit :

– Voulez-vous m'emmener au théâtre, ce soir, Peter ? Peu m'importe la pièce, je me fie à vous. Appelez-moi après le dîner. Et parlez-en à mon père. Cela lui fera plaisir.

– Je doute qu'il en ait du plaisir, pas plus que moi d'ailleurs, mais je n'en serai pas moins enchanté de vous emmener ce soir, Dominique.

– Et pourquoi ces restrictions ?

– Parce que je sais parfaitement que vous n'avez aucun désir d'aller au théâtre ce soir, pas plus que de me voir, d'ailleurs.

– C'est parfaitement exact. Vous commencez à me plaire, Peter. Appelez-moi à huit heures et demie.

Lorsque Keating arriva au bureau, Francon le fit aussitôt appeler.

– Eh bien ? demanda-t-il d'un air anxieux.

– Eh bien quoi, Guy ? dit Keating d'un air innocent. Pourquoi avez-vous l'air si anxieux ?

– Ma foi, pour vous dire la vérité, cela m'intéresse de savoir comment cela marche entre vous deux. Je suis persuadé que vous pourriez avoir une bonne influence sur elle. Que s'est-il passé ?

– Mais, rien du tout. Le déjeuner était charmant. Et vous connaissez les bonnes adresses, le repas était succulent. Oh ! à propos, j'emmène votre fille au théâtre ce soir.

– Non ?

– Mais oui.

– Comment êtes-vous arrivé à la persuader ?

Keating haussa les épaules.

– Je vous ai déjà dit qu'il n'y a rien d'effrayant chez Dominique.

– Oh, je n'en ai pas peur, mais... Tiens, c'est déjà « Dominique ». Mes compliments, Peter... Non, je n'en ai pas peur, mais je ne la comprends pas. Personne ne peut pénétrer dans son intimité. Elle n'a jamais eu une amie, pas même au jardin d'enfants. Il y a toujours une foule autour d'elle, mais pas un ami. Je ne sais qu'en penser. Voyez la façon dont elle vit, toute seule, toujours entourée d'une cour de garçons qui...

– Voyons, Guy, pourquoi imaginer le pire, lorsqu'il s'agit de votre propre fille ?

– Mais je ne suppose rien, et c'est bien ce que je déplore. Voyons, Peter, elle a déjà vingt-quatre ans et je suis persuadé qu'elle est encore vierge. C'est une chose que je peux déceler chez une femme au premier regard. Je n'ai rien d'un moraliste, Peter, et j'estime que c'est anormal. Ce n'est pas naturel à son âge, belle comme elle l'est et avec la vie entièrement libre qu'elle mène. Je ne sais ce que je donnerais pour la voir mariée. Inutile de raconter ce que je viens de vous dire et ne vous méprenez pas sur les derniers mots. Ça n'est pas une invite de ma part.

– Je le pense bien.

– Oh, à propos, Peter, on a téléphoné de la clinique pendant votre absence. Il paraît que le pauvre Lucius va beaucoup mieux. On pense qu'il se remettra.

Lucius N. Heyer avait eu une attaque et Keating avait témoigné du plus grand intérêt pour son état sans cependant aller le voir une seule fois.

– J'en suis bien heureux, dit Keating.

– Mais je ne pense pas qu'il se remette jamais suffisamment pour reprendre son activité. Il se fait vieux, Peter... Oui, il se fait vieux. Il arrive un moment où un homme ne peut plus supporter le fardeau des affaires.

Il prit un coupe-papier entre deux doigts et se mit à taper d'un air pensif sur le bord d'un calendrier de table.

– Cela nous arrive à tous, Peter, tôt ou tard... Il faut envisager l'avenir...

Keating était assis sur le parquet, devant un feu de bois imitation, qui rougeoyait dans la cheminée de son living-room. Il tenait ses genoux dans ses mains et écoutait sa mère le questionner au sujet de Dominique, comment elle était ce soir-là, quelle robe elle portait, de quoi ils avaient parlé et quelle fortune Peter supposait-il que sa mère lui avait laissée ?

Il sortait beaucoup avec Dominique. Il venait justement de rentrer d'une soirée passée avec elle à faire une tournée de boîtes de nuit. Elle ne refusait plus ses invitations, mais il se demandait parfois si elle ne faisait pas preuve de plus d'indifférence encore en acceptant de le voir qu'en s'y refusant. Cependant, chaque fois qu'il la voyait, il faisait des plans pour leur prochaine rencontre. Il y avait plus d'un mois qu'il n'avait revu Catherine. Elle était occupée à des travaux de recherches que lui avait confiés son oncle, en vue d'une série de conférences.

Mrs. Keating, assise sous la lampe, réparait une légère déchirure à la doublure du smoking de Peter, et lui reprochait, entre deux questions, d'être assis par terre en pantalon du soir et chemise empesée. Il n'accordait pas plus d'attention à ses reproches qu'à ses questions. Mais sous son air ennuyé, excédé même, il éprouvait un étrange réconfort, comme si les questions qu'elle lui posait le poussaient en avant et le justifiaient à ses propres yeux. Il répondait de vagues :

– Oui... Non... Je ne sais pas... Oui, charmante, elle est charmante... Il est horriblement tard, mère, je suis fatigué. Je crois que je vais aller me coucher...

A ce moment, on sonna à la porte d'entrée.

– Par exemple, dit Mrs. Keating. Qui cela peut-il être, à une heure pareille ?

Keating se leva en haussant les épaules et se dirigea vers la porte.

C'était Catherine. Elle se tenait devant lui, serrant contre elle un vieux sac à main déformé. Elle avait l'air à la fois hésitant et décidé. Elle recula un peu, puis dit :

– Bonsoir, Peter. Puis-je entrer ? Il faut absolument que je vous parle.

– Katie ! Mais bien entendu ! Que c'est gentil à vous d'être venue ! Entrez vite. Mère, c'est Katie.

Mrs. Keating regarda la jeune fille qui avançait d'un pas hésitant comme si elle se trouvait sur le pont d'un navire et comprit qu'il se passait quelque chose qu'il lui fallait traiter avec la plus grande prudence.

– Bonsoir, Catherine, dit-elle avec douceur.

Keating n'avait conscience de rien si ce n'était le sentiment de joie qu'il avait éprouvé en revoyant Catherine. Cette joie qui lui faisait comprendre que rien n'avait changé entre eux, qu'il y avait toujours cette même certitude, cette confiance, cette absence de doute qu'il ressentait toujours en présence de la jeune fille. Il en oublia de s'étonner devant l'heure tardive qu'elle avait choisie pour venir, pour la première fois, chez lui.

– Bonsoir, Mrs. Keating, dit-elle d'une voix haute et claire. J'espère que je ne vous dérange pas. J'ai peur qu'il ne soit terriblement tard.

– Mais pas du tout, mon enfant, dit Mrs. Keating.

Catherine se hâta de continuer, prononçant des mots sans suite, rassurée par le son de sa propre voix :

– Je vais seulement enlever mon chapeau... Où puis-je le poser, Mrs. Keating ? Là, sur cette table ? Je ferais peut-être mieux de le poser sur ce bureau, mais il est un peu humide, il pourrait tacher le vernis, ce serait dommage, un si joli bureau...

– Que se passe-t-il, Katie ? demanda Keating, comprenant enfin qu'il y avait quelque chose d'anormal.

Elle le regarda et il vit qu'elle avait un regard plein d'angoisse ; elle s'efforçait vainement de sourire de ses lèvres entrouvertes.

– Katie ! s'exclama-t-il.

Elle ne répondit rien.

– Enlevez votre manteau. Approchez-vous du feu.

Il poussa un siège bas près de la cheminée et la fit s'y asseoir. Elle était vêtue d'un sweater noir et d'une vieille jupe noire, comme une écolière qui n'a pas eu le temps de se changer pour aller faire une visite. Elle s'assit toute pelotonnée, les genoux serrés. Et elle dit, d'une voix plus basse et plus naturelle, mais avec un accent douloureux :

– Quelle pièce agréable... intime et chaude... Pouvez-vous ouvrir la fenêtre aussi souvent que vous le désirez ?

– Katie, ma chérie, répéta Peter doucement, qu'est-il arrivé ?

– Rien, il n'est rien arrivé de spécial, mais il fallait que je vous parle. Ce soir, tout de suite.

Peter regarda sa mère :

– Si vous préférez...

– Non, absolument pas. Mrs. Keating peut entendre tout ce que j'ai à dire. Peut-être même est-ce mieux qu'elle l'entende.

Elle se tourna vers la mère de Peter et ajouta, très simplement :

– Voyez-vous, Mrs. Keating, Peter et moi, nous sommes fiancés.

Elle se tourna vers lui et ajouta, d'une voix qui se brisait :

– Peter, marions-nous tout de suite, demain si c'est possible.

Les mains de Mrs. Keating se posèrent doucement sur ses genoux. Le regard qu'elle posa sur Catherine ne révélait rien de ses sentiments. Elle dit simplement, avec une dignité que Keating n'avait jamais espérée d'elle :

– Je ne le savais pas. J'en suis très heureuse, ma chère enfant.

– Vous ne vous y opposez pas, vous ne vous y opposez vraiment pas ? demanda Catherine d'une voix angoissée.

– Mais, mon enfant, une telle décision ne concerne que mon fils et vous.

– Katie ! répéta Peter, retrouvant sa voix. Que s'est-il passé ? Pourquoi devons-nous nous marier aussi vite que possible ?

– Oh ! c'est exactement ce que disent les jeunes filles... qui sont dans une certaine situation... (elle rougit furieusement). Dieu ! Non ! Ce n'est pas cela ! Vous le savez bien ! Vous ne pensez pas Peter, que... que je...

– Mais non, bien entendu, dit-il en riant.

Il s'assit à ses pieds et lui passa un bras autour de la taille.

– Mais ressaisissez-vous. Je suis prêt à vous épouser ce soir, si vous le désirez. Dites-moi simplement ce qui s'est passé.

– Rien. Je me sens mieux maintenant. Je vais tout vous dire. Vous allez me trouver folle. J'ai eu brusquement l'impression que jamais nous ne nous marierions, qu'il allait m'arriver quelque chose de terrible et qu'il me fallait fuir à tout prix.

– Mais que pouvait-il vous arriver de terrible ?

– Je ne sais pas. Rien de précis. J'avais travaillé toute la journée et il ne s'était rien passé, pas un coup de téléphone, pas une visite. Et brusquement, ce soir, j'ai été prise de panique, le genre de sentiment que vous éprouvez au cours d'un cauchemar, une sorte d'horreur indescriptible. L'impression que j'étais dans un danger mortel, que je ne pouvais plus y échapper, qu'il était trop tard, que j'étais perdue.

– Mais que vous ne pouviez plus échapper à quoi ?

– Je ne sais pas. A tout, à toute ma vie. Vous savez, cette impression de sables mouvants, quelque chose de lisse et d'aisé. Rien ne vous révèle leur présence, vous y marchez avec aisance et lorsque vous vous en apercevez, il est trop tard... J'ai senti que j'allais m'y enliser, que jamais je ne vous épouserais, qu'il me fallait fuir, tout de suite, ou que ce serait fini à tout jamais. N'avez-vous jamais éprouvé un tel sentiment, une angoisse inexplicable.

– Si, dit-il très bas.

– Vous ne pensez pas que je suis folle ?

– Non, Katie. Mais n'y a-t-il rien eu qui ait déclenché ce sentiment ?

– Si... mais cela me paraît tellement absurde maintenant.

Elle rit d'un air confus.

– Je travaillais dans ma chambre, et il ne faisait pas très chaud, aussi n'avais-je pas ouvert la fenêtre. Il y avait tant de papiers et de livres sur ma table que j'avais à peine la place d'écrire, et chaque fois que je faisais un mouvement un peu brusque, je faisais tomber quelque chose avec mon coude. Il y avait des papiers éparpillés sur le parquet, tout autour de moi, et ils bougeaient légèrement ; j'avais laissé entrouverte la porte qui donne sur le living-room et il devait y avoir un courant d'air. Mon oncle travaillait, lui aussi. J'avais été très absorbée pendant plusieurs heures, je ne savais même pas l'heure qu'il était, et brusquement j'ai été saisie de panique. Je ne comprends pas pourquoi. Peut-être la chambre manquait-elle d'air, ou peut-être était-ce le silence. Pas un son ne venait du living-room, je n'entendais que le bruissement des papiers, à mes pieds, faible comme un soupir d'agonisant. Je relevais la tête... Je ne pouvais pas voir mon oncle, dans le living-room, mais j'aperçus son ombre sur le mur, une ombre immense et ramassée, immobile, énorme!

Elle frissonna. Ce qu'elle racontait ne lui paraissait plus tellement absurde. Et elle continua:

– C'est à ce moment que la peur s'est emparée de moi. L'ombre ne bougeait pas, mais il me sembla que tous les papiers se mettaient en mouvement, qu'ils montaient doucement vers ma gorge et que j'allais étouffer. Ce fut alors que je criai. Et ce qu'il y a de pire, Peter, c'est qu'il ne m'entendit pas. Il ne m'entendit pas, puisque l'ombre ne bougea pas. Ce fut alors que je saisis mon manteau et mon chapeau et que je m'enfuis. Au moment où je traversai le living-room, je crois lui avoir entendu dire: «Mais Catherine, quelle heure est-il? Où vas-tu?» ou quelque chose de ce genre. Mais je ne répondis rien et je ne me retournai pas, j'en aurais été incapable. J'avais peur de lui. Peur de mon oncle Ellsworth qui n'a jamais eu un mot dur pour moi!... Et voilà, Peter, c'est tout. Je ne comprends pas ce que j'ai, mais j'ai peur. Pas autant depuis que je suis ici, près de vous, mais tout de même j'ai peur.

Mrs. Keating dit, d'une voix sèche et claire:

– Mais voyons, mon enfant, ce qui vous est arrivé est très simple. Vous aviez trop travaillé, vous étiez surmenée et vous avez cédé à vos nerfs.

– Oui... c'est peut-être cela.

– Non, dit Keating d'un air sombre, non ce n'était pas uniquement cela.

Il se rappelait le meeting et la voix dans le haut-parleur. Puis il ajouta très vite:

– Mais ma mère a raison, vous vous tuez de travail, Katie. Votre sacré oncle, je lui tordrai le cou, un de ces jours.

– Oh! mais ce n'est pas sa faute. Lui-même ne désire pas que je travaille autant. Il lui arrive souvent de me retirer les livres des mains et de me dire d'aller au cinéma. Et il prétend, lui aussi, que je travaille trop. Mais j'aime ce travail. Lorsque je me dis que chaque note que je prends, la moindre information que je découvre sera communiquée à des centaines d'étudiants, dans tout le pays, quand je pense que j'aide à instruire des gens, moi qui suis si peu de chose et que j'aide à servir une si grande cause, je me sens fière et je n'ai pas envie de m'arrêter. Vous voyez, je n'ai aucune raison de me plaindre. Et cependant, ce soir... ce soir... je ne sais pas ce qui m'arrive.

– Ecoutez-moi, Katie, nous nous procurerons la licence dès demain matin et nous nous marierons immédiatement où vous voudrez.

– Oh! oui, Peter, murmura-t-elle, faisons cela. Cela ne vous fait rien? Je n'ai aucune raison valable à vous donner, mais je le désire terriblement. Je sens qu'alors tout ira bien. Nous nous en tirerons. Je puis d'ailleurs trouver du travail si... si vous n'êtes pas à même de...

– Ne dites pas de bêtises. Et ne vous occupez pas de ça. Nous nous en tirerons parfaitement, cela n'a aucune importance. Marions-nous d'abord et le reste s'arrangera toujours.

– Chéri, j'étais sûre que vous me comprendriez.

148

— Mais oui, Katie.

— Maintenant que tout est arrangé, dit Mrs. Keating, je vais vous faire une tasse de thé bien chaud, Catherine. Vous en avez besoin.

Elle prépara le thé et Catherine le but d'un air reconnaissant en disant avec un sourire :

— Je... je craignais que vous ne soyez pas d'accord, Mrs. Keating.

— Qui donc a pu vous donner une idée pareille, dit Mrs. Keating d'une voix traînante et pas exactement sur un ton interrogateur. Et maintenant, rentrez vite à la maison comme une gentille petite fille, vous avez besoin d'une bonne nuit de sommeil.

— Mère, est-ce que Katie ne pourrait pas passer la nuit ici ? Elle pourrait dormir dans votre chambre.

— Voyons, Peter, ne deviens pas nerveux, toi aussi. Que penserait son oncle ?

— Mais non, bien entendu. Je me sens parfaitement bien, Peter. Je vais rentrer.

— Mais pas si vous...

— Non, je n'ai plus peur, plus maintenant. Je me sens tout à fait bien. Et vous savez bien que je ne peux pas avoir réellement peur d'oncle Ellsworth.

— Alors bon. Mais ne partez pas encore.

— Voyons, Peter, pourquoi lui faire courir les rues plus tard qu'il n'est nécessaire ?

— Alors, je l'accompagne.

— Non, dit Catherine. Je ne veux pas me faire plus sotte que je ne suis. Vous n'en ferez rien.

En l'embrassant, à la porte, il lui dit :

— Je serai chez vous demain matin à dix heures et nous irons chercher la licence.

— Oui, Peter, murmura-t-elle.

Il referma la porte sur elle et resta immobile un instant, ne s'apercevant pas lui-même qu'il serrait les poings. Puis il se dirigea, d'un air de défi vers le living-room, et s'arrêta, les mains dans les poches, devant sa mère. Il la regarda et son regard contenait une muette question. Mrs. Keating lui rendit calmement son regard, sans prétendre ne pas comprendre le sens de son regard, mais sans y répondre.

— As-tu toujours envie d'aller te coucher, Peter ?

Il s'attendait à tout sauf à ça. Il eut le violent désir de la prendre au mot, de quitter la chambre et d'éviter toute discussion. Mais il avait besoin de savoir ce qu'elle pensait et besoin de se justifier.

— Je suis bien décidé à ne tenir compte d'aucune objection, mère.

— Je n'ai fait aucune objection, dit Mrs. Keating.

— Mère, il faut absolument que vous compreniez que j'aime Katie, que rien ne m'empêchera de l'épouser, que c'est maintenant une chose décidée.

— Très bien, Peter.

— Je ne comprends pas ce qui vous déplaît en elle.

— Ce qui me plaît ou ce qui me déplaît n'a désormais plus aucune importance pour toi.

149

– Mais si, mère, cela en a! Et vous le savez bien. Comment pouvez-vous dire une chose pareille?

– Peter, en ce qui me concerne, je n'ai ni sympathies, ni antipathies. Je ne pense absolument pas à moi, parce que pour moi rien ne compte, excepté toi. Je suis peut-être démodée, mais c'est ainsi que je suis. Je sais bien que j'ai tort; les enfants, de nos jours, n'en demandent pas autant, mais je suis ainsi et je ne puis me changer.

– Mais, mère, vous savez parfaitement que j'apprécie vos sentiments et que pour rien au monde, je ne voudrais vous blesser.

– Tu ne peux me faire de mal, Peter, qu'en t'en faisant à toi-même Et c'est cela qui m'est si dur à supporter.

– Mais en quoi est-ce que je me fais du mal à moi-même?

– Eh bien, si tu ne refuses plus de m'écouter...

– Je n'ai jamais refusé de vous écouter!

– Eh bien, si tu désires vraiment entendre mon opinion, je te dirai que c'est aujourd'hui l'enterrement de vingt-neuf années de ma vie et de tous les espoirs que j'avais mis en toi.

– Mais pourquoi? pourquoi?

– Ce n'est pas que Catherine me déplaise, Peter. Au contraire, elle me plaît beaucoup. C'est une charmante enfant, excepté quand elle se laisse aller et fait un monde de rien du tout. Et c'est une fille sérieuse qui serait, j'en suis sûre, une excellente épouse pour n'importe quel brave garçon honnête et travailleur. Mais que ce soit une femme pour toi, Peter, pour toi!...

– Mais...

– Tu es modeste, Peter, trop modeste. C'est ce que je t'ai toujours reproché. Tu ne t'apprécies pas toi-même. Tu penses que tu ne vaux pas plus qu'un autre.

– Je ne pense rien de pareil et je ne veux pas non plus que les gens le pensent.

– Alors, réfléchis! Ne vois-tu pas les possibilités qui s'offrent à toi? Ne vois-tu pas jusqu'où tu es déjà arrivé et à quoi tu peux parvenir? Tu as des chances d'arriver, peut-être pas au sommet, mais tout près du sommet d'une carrière architecturale et...

– Presque jusqu'au sommet? C'est cela que vous pensez de moi? Si je ne peux pas être le meilleur, si je ne peux pas être l'architecte de mon temps, alors tout m'est égal.

– Mais on n'arrive pas à cela, Peter, en commettant des erreurs. Et l'on n'arrive pas à être le premier en quelque chose si l'on n'a pas la force d'accomplir le moindre sacrifice.

– Mais...

– Si tu veux vraiment viser haut, Peter, ta vie ne t'appartient plus. Et tu n'as plus le droit de te passer le moindre de tes caprices comme le feraient les gens ordinaires, parce que pour eux, cela n'a aucune espèce d'importance. Il n'est pas question ici de toi, ou de moi, ou de ce que tu ressens, Peter, il est question de ta carrière. Il faut de la force de caractère pour se priver de quelque chose afin de gagner l'estime des gens.

– La vérité, c'est que vous n'aimez pas Katie et que vous vous laissez influencer par votre antipathie.

– Et pourquoi ne l'aimerais-je pas ? Evidemment, je ne peux pas dire que j'apprécie beaucoup qu'une jeune fille ait assez peu de considération pour l'homme qu'elle aime **pour se** précipiter chez lui, le tourmenter à propos de rien et lui demander de **faire** bon marché de son avenir, simplement parce qu'elle a eu quelque absurde pressentiment. Cela montre assez ce que l'on pourrait attendre d'une telle épouse. Mais en ce qui me concerne, si tu t'imagines que je lui suis hostile, Peter, tu te trompes complètement. Ne comprends-tu pas que pour moi personnellement, ce serait un mariage parfait. Je n'aurais aucune peine à m'entendre avec Catherine, elle ne me donnerait aucun souci et elle serait pour moi la bru la plus respectueuse et la plus obéissante. Tandis que si tu épousais Miss Francon...

Il tressaillit. Il savait que sa mère en arriverait là et c'était le sujet qu'il redoutait le plus de discuter.

– Mais si, Peter, dit Mrs. Keating, calmement, fermement, il nous faut en parler. Eh bien, je suis persuadée que je ne pourrais jamais avoir aucune influence sur Miss Francon, et que cette jeune fille élégante ne voudrait rien avoir à faire avec une belle-mère ignorante et mal fagotée, comme moi. Elle s'arrangerait même probablement à me fermer sa maison. Mais si, Peter. Mais vois-tu, ce n'est pas à moi que je pense.

– Mère, dit-il d'une voix rauque, cette idée que vous avez que j'ai une chance auprès de Dominique n'est qu'une supposition gratuite de votre part. La petite garce, je ne suis même pas sûr qu'elle m'ait jamais regardé.

– Tu baisses, Peter. Il fut un temps où tu n'aurais pas admis qu'il existât quelque chose que tu ne pouvais obtenir.

– Mais je ne l'aime pas, mère.

– Oh ! tu ne l'aimes pas, vraiment ? Eh bien, qu'est-ce que je disais ? Regarde-toi. Tu as amené Francon, le meilleur architecte de New York exactement où tu voulais. Il est sur le point de t'offrir de te prendre comme associé, toi un garçon si jeune, alors que tant de tes collègues plus âgés seraient heureux d'être à ta place. Et il ne te permet pas, il te *demande* d'épouser sa fille ! Et tu iras chez lui demain et tu lui présenteras l'obscure petite fille que tu as l'intention de prendre pour femme. Si tu pouvais cesser de penser à toi pour un moment et que tu te mettes un instant à la place des autres. Crois-tu que cela lui plaira ? Et que pensera-t-il de toi quand il verra la gamine que tu as préférée à sa fille ?

– Non, cela ne lui plaira sûrement pas, murmura Keating.

– Je suis bien sûre que non. Et je te parie qu'il ne te gardera pas chez lui. Et il ne manque pas de garçons pour prendre ta place, quand ce ne serait que Benett, par exemple.

– Ah non ! s'exclama Peter d'un ton si furieux qu'elle sentit qu'elle avait frappé juste, pas Benett.

– Mais si, dit-elle d'un air triomphant, Benett. C'est ce qui arrivera, Francon & Benett, tandis que tu battras le pavé à la recherche d'une situation ! Mais tu auras une femme ! Oh ! pour cela oui, tu auras une femme !

– Mère, je vous en prie... dit-il d'un air si désespéré que cette fois elle ne se contint plus.

– Et quelle femme ! Une gauche petite fille qui ne saura que faire de ses mains et de ses pieds. Une niaise petite chose qui courra se cacher quand tu amèneras chez toi quelqu'un d'important. Tu te crois donc tellement fort. Ne te leurre pas, Peter Keating. Aucun grand homme ne l'est devenu seul. N'as-tu jamais été frappé de voir à quel point leur femme les aide, tous ces hommes arrivés ? Est-ce que Francon a épousé une femme de chambre ? Certainement pas. Essaie donc de voir les choses par les yeux des autres. Que penseront-ils de ta femme ? Que penseront-ils de toi ? Ce n'est pas ainsi qu'on arrive. Il faut jouer le jeu selon les règles. Tu veux t'égaler aux plus grands, mais que penseront-ils d'un homme qui épouse une petite fille de rien du tout ? Crois-tu qu'ils t'admireront ? Qu'ils auront confiance en toi ? Qu'ils te respecteront ?

— Taisez-vous, supplia-t-il.

Mais elle continua de parler, longtemps, tandis qu'il faisait craquer ses doigts, gémissant de temps à autre :

— Mais je l'aime... Je ne peux pas, mère, je ne peux pas... Je l'aime.

Elle ne le laissa aller que lorsque les premières lueurs d'une aube grise apparurent. Il se dirigea en titubant vers sa chambre, tandis qu'elle lui disait encore, d'une voix douce et lasse :

— Au moins, Peter, fais cela. Demande-lui d'attendre quelques mois. Heyer peut mourir d'une minute à l'autre et quand Francon aura fait de toi son associé, tu peux courir le risque de te marier à ta guise. Elle consentira certainement à attendre quelques mois, si elle t'aime vraiment. Penses-y, Peter. Et dis-toi aussi que si tu te maries maintenant, tu briseras le cœur de ta mère. Cela n'a peut-être pas une grande importance, mais pense à cela aussi. Pense à ton avenir avant tout, mais donne une pensée à ta mère...

Il n'essaya même pas de dormir. Il ne se déshabilla pas, mais s'assit sur son lit et s'efforça, pendant des heures, de voir clair en lui-même. Mais le plus clair de ses réflexions fut le désir qu'il ressentait d'être d'un an plus vieux et que toutes choses fussent arrangées, il ne savait pas comment.

Il n'avait toujours rien décidé lorsqu'il sonna à la porte de Catherine, à dix heures le lendemain matin. Il pensait vaguement qu'elle allait le prendre par la main, qu'elle le conduirait, et qu'ainsi tout serait décidé.

Catherine lui ouvrit elle-même la porte, et lui sourit d'un air heureux et confiant, comme si rien n'était arrivé. Elle le conduisit à sa chambre où de brillants rais de soleil tombaient sur les piles de livres et de papiers nettement arrangés sur son bureau. La pièce était propre, ordonnée, les tapis encore roulés, car le nettoyeur venait seulement de partir. Catherine portait une fraîche blouse d'organdi toute raide d'empois, avec, sur les épaules, un gai mouvement d'envol. Le soleil faisait briller dans ses cheveux mille aiguilles d'or. Il eut un brusque sentiment de désappointement en voyant qu'aucune menace ne pesait sur elle, de désappointement, mais de soulagement aussi.

— Je suis prête, Peter. Passez-moi mon manteau.

— Avez-vous parlé à votre oncle ? demanda-t-il.

— Oh ! oui, je lui ai parlé hier soir. Il travaillait encore lorsque je suis rentrée.

— Qu'a-t-il dit ?

152

– Rien. Il a ri et il m'a demandé ce que je voulais comme cadeau de mariage. Et il a ri de nouveau.

– Où est-il ? Est-ce qu'il ne désire pas me connaître ?

– Il a été obligé de passer au journal. Il m'a dit qu'il aurait l'occasion de vous voir tout son saoul. Mais il l'a dit si gentiment.

– Ecoutez-moi, Katie, je... il y a une chose que je dois vous dire.

Il hésita, n'osant pas la regarder. Sa voix était morne.

– Voilà ce qui se passe. Lucius Heyer, l'associé de Francon, est très malade et peut mourir d'un instant à l'autre. Francon m'a laissé entendre de façon très nette que c'était moi qui prendrais la place de Heyer. Mais Francon a également l'idée absurde de me faire épouser sa fille. Comprenez-moi bien, il n'en est pas question, mais il m'est très difficile de le lui dire. Alors je pensais... je pensais que si nous pouvions attendre, oh ! simplement quelques semaines... je serais solidement installé dans la maison et, à ce moment-là, Francon ne pourra plus rien faire contre moi le jour où je lui dirai que je suis marié. Mais bien entendu, c'est à vous de décider.

Il la regarda et ajouta d'un ton décidé :

– Si vous voulez toujours que nous nous mariions tout de suite, nous le ferons sans plus tarder.

– Mais Peter, dit-elle d'un ton calme et serein, un peu étonné, bien entendu, nous attendrons.

Il sourit d'un air satisfait et soulagé, mais il ferma les yeux un instant.

– Bien entendu, nous attendrons, répéta-t-elle d'un ton décidé. Je ne connaissais pas la situation et c'est en effet très important pour vous. Nous n'avons aucune raison de nous presser à ce point.

– Et vous ne craignez pas que j'épouse un jour la fille de Francon ?

– Oh, Peter, dit-elle en riant, je vous connais trop bien.

– Mais si pourtant vous préférez...

– Non, c'est bien mieux ainsi. Pour vous dire la vérité, je me disais ce matin que nous ferions mieux de ne pas tellement nous presser, mais je ne voulais rien vous dire. Puisque vous préférez attendre, je le préfère aussi, car nous avons appris ce matin que mon oncle est invité à faire cet été une série de conférences dans une université extrêmement importante de la côte ouest. Cela m'ennuyait beaucoup de le quitter sans avoir achevé mon travail et puis je me suis dit aussi que c'était peut-être une folie de notre part de nous marier si vite ; nous sommes si jeunes. Et oncle Ellsworth en a tellement ri. Vous voyez bien qu'il est plus sage d'attendre encore.

– Eh bien, c'est parfait. Mais Katie, si vous avez encore cette impression que vous aviez hier soir...

– Mais je ne l'ai plus ! J'ai honte de moi-même. Je ne comprends pas ce qui s'est passé en moi. J'essaie de me souvenir, mais je ne comprends plus. Et l'on se sent si bête après. Tout me paraît si simple et si clair aujourd'hui. Ai-je dit beaucoup de bêtises, hier soir ?

– N'y pensez plus. Vous êtes une sage petite fille. Nous sommes tous les deux très raisonnables. Et nous n'aurons pas à attendre trop longtemps, j'en suis persuadé.

– Mais oui, Peter.

153

Et brusquement il dit :

– Insistez, Katie.

Puis il se mit à rire comme s'il n'avait fait que plaisanter.

Elle lui sourit gaiement en retour, étendant les mains, paumes ouvertes.

– Oui, dit-il très vite, c'est vous qui avez raison, Katie. Nous attendrons. Cela vaut mieux, évidemment. Il faut que je me sauve, maintenant. Je vais être en retard au bureau.

Il éprouvait soudain un désir violent de s'enfuir.

– Je vous téléphonerai. Nous pourrions dîner ensemble demain soir.

– Entendu, Peter, ce sera gentil.

Il s'en alla, à la fois soulagé et désolé, se reprochant à lui-même le sombre pressentiment qui lui disait qu'il venait de passer à côté d'une chance qui ne se présenterait plus jamais ; que quelque chose venait de finir et qu'il s'était laissé vaincre. Et il se reprochait ce sentiment, parce qu'il ne savait pas exactement contre quoi il aurait dû combattre. Il arriva au bureau en retard pour son rendez-vous avec Mrs. Moorehead.

Lorsqu'il l'eut quittée, Catherine resta un long moment immobile au milieu de la pièce, se demandant pourquoi elle se sentait si vide et si glacée et comprenant soudain que jusqu'au dernier moment elle avait espéré qu'il la forcerait à le suivre. Puis elle haussa les épaules et, avec un sourire de reproche contre elle-même, elle s'assit à son bureau et se mit au travail.

1.13

Un jour d'octobre, alors que la maison de Heller était presque terminée, un grand garçon efflanqué, vêtu d'une salopette, se détacha d'un petit groupe qui de la route examinait la maison et s'approcha de Roark.

– C'est bien vous qui construisez la « maison du fou » ? demanda-t-il d'un air hésitant.

– Si vous parlez de cette maison, oui, dit Roark.

– Oh, je vous demande pardon, monsieur. C'est le nom qu'on lui donne par ici, mais ce n'est pas ainsi que je l'appellerais. Voyez-vous, j'aurais un travail pour vous... c'est-à-dire que je voudrais faire construire un poste à essence à quelque dix miles d'ici, sur la Post Road. J'aimerais en parler avec vous.

Un peu plus tard, installé sur un banc devant le garage dans lequel il travaillait, Jimmy Gowan expliqua son idée et il ajouta pour terminer :

– Et si j'ai pensé à vous, Mr. Roark, c'est qu'elle me plaît, cette drôle de maison que vous avez construite. Et puis je me dis que tout le monde la regarde et que tout le monde en parle. Pour une maison d'habitation ce n'est guère utile, mais pour un commerce, c'est une autre affaire. Ils peuvent en rire tout leur saoul, le principal c'est qu'ils en parlent. C'est pourquoi j'ai décidé de m'adresser à vous. Les gens me traiteront de fou, mais ça m'est égal.

Jimmy Gowan avait travaillé comme une mule pendant quinze ans, mettant de l'argent de côté pour arriver à avoir une affaire à lui. Les gens lui

154

reprochèrent avec véhémence d'avoir choisi un tel architecte ; Jimmy ne dit pas un mot pour s'expliquer ou se défendre ; il se contenta de répondre poliment : « Ma foi c'est bien possible, mes amis, c'est bien possible », et il n'en fit qu'à sa tête.

Le poste d'essence fut terminé à la fin de décembre. Il était en bordure de la Boston Post Road et formé de deux constructions de verre en hémicycle contre un fond de verdure. Le corps cylindrique du bureau et le long ovale bas du bar étaient séparés par la colonnade des pompes à essence. C'était une véritable étude de courbes. On n'y trouvait pas un angle, pas une ligne droite. On pensait involontairement à une vague à cet instant précis où elle semble s'immobiliser dans une pose parfaitement harmonieuse, avant de retomber ; ou à une grappe de bulles touchant à peine le sol et qu'un vent violent pourrait emporter ; le tout donnait une impression de gaieté, de vie et d'efficience, comme peut le faire un puissant avion.

Roark était présent le jour de l'ouverture. Il but du café, dans un gobelet blanc appétissant, au comptoir du bar et s'amusa à observer les gens qui s'arrêtaient. Il ne partit que tard dans la soirée. Alors qu'il était déjà loin sur la longue route vide, il se retourna. Les lumières du poste clignotaient, s'affaiblissant. Il se dressait là, à la croisée de deux routes, et nuit et jour des voitures passeraient, venant de villes dans lesquelles il n'y avait pas de place pour des constructions de ce genre et allant vers d'autres villes qui ne voulaient pas non plus de telles constructions. Roark se mit résolument à regarder droit devant lui, détournant les yeux du rétroviseur qui reflétait encore les lumières brillant derrière lui...

Il retourna à des mois d'inaction. Il venait à son bureau chaque matin, s'asseyait, regardant une porte qui ne s'ouvrait jamais, la main posée sur le téléphone qui ne sonnait jamais. Le cendrier qu'il vidait chaque soir ne contenait rien d'autre que les bouts consumés de ses propres cigarettes.

– Qu'est-ce que vous allez faire, Howard ? lui demanda un soir Austen Heller avec lequel il dînait.

– Rien.

– Mais pourtant...

– Je ne puis rien faire.

– Vous devriez apprendre à manier les hommes.

– Je ne peux pas.

– Mais pourquoi ?

– Je ne sais pas. C'est un sens qui me manque.

– Mais c'est quelque chose qui s'acquiert.

– Je ne suis pas doué pour cela. Je ne sais si c'est un excès ou un manque de quelque chose qui m'en empêche. De plus, je n'aime pas les gens qu'il faut persuader.

– Mais vous ne pouvez pas rester ainsi à attendre. Il vous faut absolument vous procurer des commandes.

– Et que puis-je dire aux gens pour les persuader de me commander quelque chose ? Je ne puis que leur montrer mon travail. S'ils ne le comprennent pas, ils ne comprendront pas davantage tout ce que je pourrai leur dire. Je n'ai rien à faire avec eux, tandis que mon travail est ce qui nous réunit. Je n'ai rien d'autre à leur dire.

– Mais alors qu'allez-vous faire ? N'êtes-vous pas soucieux ?

– Non. Je m'y attendais. J'attends.

– Mais quoi ?

– Des gens qui me ressemblent.

– Et comment sont-ils ?

– Je ne sais pas. Si, je le sais, mais je ne peux pas l'expliquer. Et pourtant je le voudrais. Nous avons certainement en commun un principe fondamental, mais je ne puis le découvrir.

– L'honnêteté ?

– Oui... non, ce n'est pas uniquement cela. Guy Francon est un honnête homme, mais nous n'avons rien de commun. Ralston Holcombe a du courage, à sa manière... Je ne sais pas. Je ne suis pas aussi imprécis, généralement. Tout ce que je puis vous dire, c'est que je reconnais ces gens lorsque j'en vois. A leur visage, à leur expression, je crois. Des milliers de gens passent devant votre maison et devant le poste d'essence. Que sur ces milliers de personnes, une seule s'arrête, et ce sera assez.

– Vous avez donc besoin des autres, vous aussi, Howard !

– Bien entendu. Pourquoi riez-vous ?

– Parce que j'ai toujours pensé que vous étiez l'animal le plus asocial qu'il m'ait été donné de rencontrer.

– J'ai besoin que des gens me donnent du travail. Je ne construis pas des mausolées. Mais ne croyez pas que j'aie besoin des êtres, d'une façon plus intime, plus personnelle.

– Vous n'avez besoin de personne de façon plus intime ?

– Non.

– Et vous ne vous en vantez même pas.

– Y a-t-il là de quoi se vanter ?

– Oh ! vous êtes bien trop orgueilleux pour vous vanter de quoi que ce soit !

– Vous croyez ?

– Vous ne vous connaissez donc pas ?

– Je ne sais pas comment vous me voyez, vous ou les autres.

Heller se tut un moment, décrivant des cercles avec sa cigarette, puis il se mit à rire en disant :

– C'est typique.

– Quoi donc ?

– Que vous ne m'ayez pas demandé comment je vous vois. N'importe qui l'aurait fait, à votre place.

– Oh, je m'excuse. Ce n'est pas par indifférence. Vous êtes un des rares amis auxquels je tienne. Je n'y ai simplement pas pensé.

– Je le sais bien. Et c'est là le pire. Vous êtes un monstre d'égoïsme, Howard, et c'est d'autant plus monstrueux que vous l'êtes en toute innocence.

– C'est exact.

– Vous devriez avoir l'air contrit en avouant une chose pareille.

– Pourquoi ?

– Voyez-vous, il y a une chose qui m'étonne toujours. Vous êtes l'homme

156

le plus froid que je connaisse et je sais que sous votre air tranquille, vous êtes un véritable démon ; cependant j'ai toujours le sentiment, lorsque je suis auprès de vous, que vous êtes l'être le plus vivifiant que je connaisse.

– Que voulez-vous dire par là ?

– Mais, je ne sais pas. Rien de plus que ce que je dis.

Les semaines passèrent. Roark continuait de se rendre à son bureau chaque jour, d'y passer huit heures et de lire la plus grande partie du temps. A cinq heures, il rentrait chez lui. Il s'était installé tout près de son bureau, dans une chambre plus confortable. Il dépensait peu et avait de quoi tenir longtemps.

Un matin de février, la sonnerie du téléphone résonna dans son bureau. Une voix féminine, expressive, animée, demanda un rendez-vous avec Mr. Roark, l'architecte. Et l'après-midi du même jour, une femme vive, de petite taille, au teint foncé, entra dans le bureau. Elle portait un manteau de vison et des boucles d'oreilles exotiques qui tintaient lorsqu'elle remuait la tête. Elle la remuait souvent, avec des gestes vifs d'oiseau. C'était une Mrs. Wayne Wilmot, de Long Island, qui voulait faire construire une résidence à la campagne. Si elle avait choisi pour architecte Mr. Roark, expliqua-t-elle, c'était parce qu'il avait dessiné la maison d'Austen Heller. Elle adorait tout simplement Austen Heller. Il était, précisa-t-elle, un oracle pour tous ceux qui se piquaient d'avoir le moindre droit au titre d'intellectuels avancés, « n'est-ce pas votre avis ? » et elle suivait Heller en tout, comme une fanatique, « oui, absolument comme une fanatique ». Mr. Roark paraissait très jeune, vraiment, mais cela n'avait pas d'importance. Elle était très large d'idées et toujours heureuse d'aider la jeunesse. Elle voulait une maison spacieuse, elle avait deux enfants, et elle était pour le développement de la personnalité, « pas vous ? » Il leur fallait, par conséquent, à chacun sa nursery, pour elle une bibliothèque, « j'adore lire », une salle de musique, une serre, « pour cultiver du muguet, mes amis disent que c'est *ma* fleur », un cabinet de travail pour son mari qui avait toute confiance en elle et la laissait décider de tout, « parce que je m'y entends si bien que certainement, si je n'avais pas été une femme, j'aurais été architecte », des communs, un garage pour trois voitures, etc., etc. Après une heure et demie d'explications détaillées, elle ajouta soudain :

– Et quant au style de la maison, ce sera, bien entendu, le Tudor. J'adore le style Tudor.

Roark la regarda et demanda d'une voix calme :

– Connaissez-vous la maison d'Austen Heller ?

– Non, et ce n'est pas le désir qui m'en manque, mais comment faire ? Je ne connais pas Mr. Heller, je suis simplement une de ses admiratrices, une fervente admiratrice. Comment est-il personnellement ? Il faudra me le raconter. Je meurs d'envie d'entendre parler de lui. Non, je ne connais pas sa maison. Elle est quelque part dans le Maine, n'est-ce pas ?

Roark sortit des photographies d'un tiroir de son bureau et les lui tendit.

– Voici la maison Heller, dit-il.

Elle jeta sur les photos un regard qui glissa comme de l'eau sur leur surface brillante.

– Très intéressant, dit-elle. Extrêmement nouveau, tout à fait remarquable. Mais bien entendu, ce n'est pas du tout ce que je veux. Une maison pareille ne correspondrait nullement à ma personnalité. Mes amis affirment que j'ai une personnalité élisabéthaine.

Lentement, patiemment, Roark s'efforça de lui expliquer pour quelles raisons elle devait renoncer à se faire construire une maison de style Tudor. Elle l'interrompit au milieu d'une phrase.

– Dites-moi, Mr. Roark, essayez-vous, par hasard, de m'apprendre quelque chose ? Je suis sûre de mon goût et je m'y connais en architecture. J'ai suivi un cours sur ce sujet à mon club. Mes amis me disent toujours que j'en sais davantage que bien des architectes. Je suis absolument décidée à faire construire une maison de style Tudor et je ne discuterai pas davantage cette question.

– Dans ce cas, Mrs. Wilmot, il vous faudra choisir un autre architecte.

Elle le regarda d'un air incrédule.

– Vous voulez dire que vous refusez la commande ?

– Oui.

– Vous ne voulez pas construire ma maison ?

– Non.

– Mais pourquoi ?

– Je ne fais pas ce genre de travaux.

– Mais je croyais que les architectes...

– Mais certainement. N'importe quel architecte de New York fera ce que vous lui ordonnerez de faire.

– Mais je vous avais donné la préférence.

– Me feriez-vous la faveur, Mrs. Wilmot, de m'expliquer pourquoi vous êtes venue chez moi, alors que vous désiriez tout simplement une maison de style Tudor ?

– Eh bien, mais je pensais d'abord que vous seriez heureux de travailler pour moi et aussi que je pourrais dire à mes amis que j'avais le même architecte qu'Austen Heller.

Roark s'efforça de lui expliquer son point de vue et de la convaincre. Mais il sentait, en parlant, que c'était inutile et que les mots qu'il employait frappaient dans le vide. Mrs. Wayne Wilmot n'existait pas en tant qu'individualité. Elle n'était que le reflet des opinions de ses amis, des reproductions de tableaux qu'elle avait vues, des romans qu'elle avait lus. Et c'était à ce quelque chose d'inconsistant, de sourd et d'impersonnel comme un paquet d'ouate, qu'il devait s'adresser et dont il ne pouvait espérer obtenir ni attention ni réponse.

– Je regrette, dit finalement Mrs. Wayne Wilmot, mais je n'ai pas l'habitude de discuter avec un être incapable de raisonner. Je suis persuadée que je trouverai facilement un architecte plus important que vous et qui sera trop heureux de travailler pour moi. Mon mari avait désapprouvé mon choix et je suis obligée d'avouer que c'est lui qui avait raison. Bonjour, Mr. Roark.

Elle sortit avec dignité, mais tapa la porte. Roark remit les photographies dans le tiroir de son bureau.

Mr. Robert L. Mundy, qui vint au bureau de Roark au mois de mars, lui avait été envoyé par Austen Heller. La voix et les cheveux de Mr. Mundy étaient gris comme l'acier, mais le regard de ses yeux bleus était aimable et bon. Il désirait se faire construire une demeure dans le Connecticut et il en parlait avec un frémissement dans la voix, comme un amoureux et comme un homme qui a enfin atteint son but le plus cher.

– C'est plus qu'une maison pour moi, Mr. Roark, dit-il d'un air timide et hésitant, comme s'il parlait à un homme plus âgé et plus important que lui, c'est un symbole. C'est la chose pour laquelle j'ai tant travaillé et que j'ai attendue pendant tant d'années. Je vous explique tout cela afin que vous me compreniez. Je suis riche maintenant, plus riche même que je ne le désirais. Mais il n'en a pas toujours été ainsi. Peut-être cet argent vient-il trop tard. Qui sait ? Les jeunes s'imaginent qu'on oublie son passé quand on en arrive où j'en suis, mais ils se trompent. Je n'ai jamais oublié mon enfance, dans une petite ville de Géorgie. Petit garçon, je faisais les courses du bourrelier et mes camarades riaient de moi quand des voitures me frôlaient en me couvrant de boue. Et dès ce moment, je décidai qu'un jour j'aurais une maison à moi, et justement le genre de maison devant lesquelles les voitures s'arrêteraient. Et par la suite, lorsque j'eus des moments très durs, penser à cette maison me donnait toujours des forces nouvelles. Puis, lorsque j'ai eu les moyens de la construire, je ne sais pourquoi, j'ai attendu, j'avais peur. Mais maintenant, il est grand temps. Est-ce que vous me comprenez, Mr. Roark. Austen m'a dit que vous étiez exactement l'homme capable de comprendre cela.

– Oui, dit Roark avec sérieux, je comprends.

– Il y avait une propriété, continua Mr. Mundy, là-bas, dans ma ville natale, qui contenait la plus belle maison du pays. C'était la propriété Randolph. La maison était de style colonial, on n'en construit plus de pareilles maintenant. J'y faisais parfois des livraisons, à la porte de service. Voilà la maison que je veux, Mr. Roark. Exactement pareille. Mais pas en Géorgie. Je ne veux pas retourner là-bas. Ici, aux environs. J'ai déjà acheté le terrain. Vous m'aiderez à reconstituer le parc exactement comme il était. Nous planterons les arbres, les massifs, les fleurs qui poussent en Géorgie. Nous trouverons bien le moyen de les faire pousser. Peu m'importe ce que cela coûtera. Il faudra bien entendu mettre l'électricité et construire des garages, car il faut des autos maintenant. Mais il faudra que les ampoules électriques aient l'air de bougies et que les garages ressemblent à des écuries. J'ai des photographies de la propriété Randolph telle qu'elle était autrefois et j'ai pu racheter une partie des meubles.

Lorsque Roark se mit à parler, Mr. Mundy l'écouta avec un étonnement poli. Il ne semblait nullement touché par les mots qui ne paraissaient pas l'atteindre.

– Ne comprenez-vous donc pas, disait Roark, que ce que vous voulez élever c'est un monument non pas à vous-même, non pas à votre propre vie ou à votre propre succès, mais aux autres. Que c'est encore une façon pour vous de reconnaître leur supériorité sur vous. Vous ne défiez pas cette supériorité, vous l'immortalisez. Vous ne l'avez pas surmontée, vous vous y soumettez définitivement. Serez-vous heureux si vous vous enfermez, pour le reste de votre vie, dans ce cadre emprunté ? Ne le seriez-vous pas davantage si vous vous libériez de tout cela et que vous vous construisiez une maison à vous. Ce n'est pas la propriété Randolph que vous désirez posséder, mais tout ce qu'elle représentait pour vous. Et cela vous l'avez.

Mr. Mundy s'enfermait dans son silence et Roark eut de nouveau l'impression décourageante de ne pas se trouver devant un être réel. Il n'existait pas de Mr. Mundy. Il n'était que l'ombre de ceux qui avaient vécu, il y avait longtemps de cela, dans la propriété Randolph. Or, on ne discute pas avec une ombre et il est vain d'espérer la convaincre

– Non, dit enfin Mr. Mundy. Non. Peut-être avez-vous raison, mais ce n'est pas du tout ce que je désire. Je ne dis pas que vos arguments soient mauvais, je les trouve même excellents, mais je tiens à la propriété Randolph.

– Mais pourquoi ?

– Parce qu'elle me plaît. Parce que c'est la maison que je veux.

Lorsque Roark lui expliqua que, dans ce cas, il lui faudrait choisir un autre architecte, Mr. Mundy eut ces mots inattendus :

– Mais vous me plaisez ! Pourquoi ne pouvez-vous pas vous charger de la chose ? Quelle différence cela fait-il pour vous ?

Roark renonça à le lui expliquer.

Lorsqu'ils se revirent, Austen Heller lui dit :

– Je m'y attendais. J'étais presque sûr que vous refuseriez. Je ne vous blâme pas, Howard, mais il est si riche. Cela vous aurait beaucoup aidé. Et après tout, il faut bien que vous gagniez votre vie.

– Pas de cette façon, dit Howard.

En avril, ce fut un certain Mr. Nathaniel Janss, de la Société Immobilière Janss-Stuart, qui se présenta dans le bureau de Roark. Mr. Janss était un homme franc et direct. Il expliqua que la Société Janss-Stuart avait décidé l'érection d'un nouveau building, peu important, trente étages, dans le bas Broadway ; que lui-même n'aurait jamais choisi Roark comme architecte ; qu'il était même opposé à ce choix ; mais que Austen Heller avait insisté pour qu'il eût avec Roark une entrevue et une conversation. Mr. Janss n'avait pas une haute idée des travaux de Roark, mais Austen Heller ne lui avait pas laissé de répit qu'il n'eût promis de voir Roark avant de décider quoi que ce soit. Donc à Mr. Roark de lui exposer ce qu'il avait à dire sur ce sujet.

Roark avait beaucoup à dire à ce sujet. Il eut de la peine, au début, à le dire calmement, parce qu'il avait un désir fou d'obtenir cette commande, parce qu'il se sentait prêt à l'extorquer à Mr. Janss, s'il le pouvait, par n'importe quel moyen. Mais au bout de quelques minutes, tout redevint simple et naturel. Il oublia qu'il cherchait à obtenir une commande dans sa joie de parler de ce qu'il aimait.

– Mr. Janss, dit-il, lorsque vous achetez une automobile, vous n'exigez pas des guirlandes de roses autour des portières, un lion sur chaque pare-boue et un amour joufflu sur le toit. Pourquoi ?

– Parce que ce serait absurde, répliqua Mr. Janss.

– Et pourquoi serait-ce absurde ? Je trouve au contraire que ce serait très beau. Louis XIV avait un carrosse décoré de cette manière et ce qui était assez beau pour Louis XIV l'est certainement pour nous. Pourquoi vouloir toujours innover et rompre avec les plus saintes traditions ?

– Allons, allons, vous ne pensez pas un mot de ce que vous dites.

– Moi, non, mais d'autres, oui. Et maintenant, prenez le corps humain. Voudriez-vous le voir orné de plumes d'autruche, avec des oreilles en forme de feuilles d'acanthe ? Ce serait certes plus décoratif que notre actuelle nudité. Pourquoi cette idée ne vous plaît-elle pas ? Parce que ces ornements seraient superflus, inutiles. Ce qui fait la beauté du corps humain, c'est que chaque muscle a sa fonction ; pas une ligne qui ne soit utile, pas un détail qui ne soit au service d'une fonction, au service de l'homme, de la vie de l'homme. Voulez-vous me dire alors pourquoi ; lorsque vous faites construire un building, vous tenez à ce qu'il n'ait pas l'air de ce qu'il est, d'une construction qui a une utilité, un but à remplir, mais que vous le voulez surchargé d'ornements ? Pourquoi sacrifier l'utilité à apparence, alors que vous ne savez même pas pourquoi vous tenez à cette apparence. Et pourquoi voulez-vous absolument de cette chose hybride, obtenue par le croisement de dix styles différents, de cette bête sans entrailles, sans cœur, sans cerveau, tout en frises, en corniches, en guirlandes et en colonnades ? Pourquoi ? Je serais heureux que vous me l'expliquiez, car c'est une chose que je n'ai jamais pu comprendre.

– Ma foi, dit Mr. Janss, je n'ai jamais étudié la question sous cet angle-là. Il ajouta, sans grande conviction :

– Mais nous désirons que notre building ait de la beauté et une sorte de noblesse.

– Mais qu'appelez-vous beauté ?

– Mon Dieu...

– Dites-moi, Mr. Janss, trouvez-vous vraiment que des colonnades grecques et des corbeilles de fruits soient à leur place sur nos modernes buildings de béton et d'acier ?

– Je vous avoue que je ne me suis jamais demandé ce qui faisait la beauté d'une construction, confessa Mr. Janss. Nous cherchons tout simplement à offrir au public ce qu'il aime.

– Mais qu'est-ce qui vous fait supposer que c'est ce qu'il aime ?

– Je n'en sais rien.

– Alors pourquoi vous en occuper ?

– Nous sommes obligés de compter avec le public.

– Voyons, vous savez bien que les gens acceptent ce qu'on leur donne et qu'ils n'ont pas d'opinion par eux-mêmes. Allez-vous vous laisser guider par ce qu'ils imaginent aimer ou par votre propre jugement ?

– Nous ne pouvons tout de même pas leur imposer nos goûts.

– Ce n'est pas nécessaire. Il vous suffit d'être patient, car vous avez le bon sens pour vous et de l'autre côté il n'y a qu'une épaisse, qu'une aveugle inertie. Il est vrai que les hommes ne tiennent pas tellement à avoir le bon sens de leur côté.

– Et qu'est-ce qui vous fait croire que je n'y tiens pas ?

– Oh, je ne parle pas de vous en particulier, Mr. Janss. Mais j'ai remarqué que la plupart des gens, lorsqu'ils ont une chance à courir, préfèrent miser sur des choses vaines, laides et stupides.

– Il y a du vrai dans ce que vous dites, répondit Mr. Janss.

Et comme conclusion à leur entretien, il ajouta d'un air pensif :

– Il y a beaucoup de vrai dans vos théories, Mr. Roark. Donnez-moi un peu de temps pour y penser. Je vous ferai savoir ce que j'ai décidé.

Une semaine plus tard, Mr. Janss appelait Roark au téléphone.

– C'est au Conseil d'administration qu'il appartient de décider en dernier ressort. Etes-vous disposé à tenter votre chance, Roark ? Faites-moi des plans et des projets de façade. Je les soumettrai à mon Conseil. Je ne puis rien vous promettre, mais je suis pour vous et je lutterai pour vous.

Roark travailla pendant deux semaines, nuit et jour. Il envoya projet et plans. Il fut alors convoqué devant le Conseil d'administration de la Société Immobilière Janss-Stuart. Il s'assit au bout d'une longue table et parla, son regard se déplaçant lentement d'un visage à un autre. Bien qu'il s'efforçât de ne pas les voir, il ne pouvait écarter de sa vision les feuilles blanches de ses plans étalés devant les douze hommes qui l'écoutaient. On lui posa un grand nombre de questions. De temps à autre, Mr. Janss se levait pour répondre à sa place, martelant la table de son poing et s'exclamant : « Ne comprenez-vous pas ? N'est-ce pas clair ?... Et que nous importe, Mr. Grant, si personne n'a jamais fait construire un building pareil ?... Gothique, Mr. Hubbard ? Et pourquoi gothique, s'il vous plaît ?... Je suis capable de donner ma démission, si vous n'acceptez pas ce projet. »

Roark parlait calmement. Il était le seul homme présent qui fût certain de la valeur des mots qu'il employait. Mais il savait qu'il n'y avait pas d'espoir. Les douze visages qui étaient devant lui avaient des expressions différentes, mais il y avait une sorte de commun dénominateur, qui n'avait rien à faire avec leurs traits et qui en effaçait toute expression, si bien qu'il n'avait plus devant lui des visages, mais douze ovales de chair. Il s'adressait à chacun. Il ne s'adressait à personne. Il sentait qu'il n'éveillait aucun écho, que les mots qu'il prononçait ne frappaient même pas leur tympan. Ses paroles tombaient dans un puits, s'accrochaient en route à quelque saillant qui se refusait à les retenir et les renvoyait toujours plus bas dans un trou sans fond.

On leva la séance en lui promettant de l'informer de la décision du Conseil d'administration. Il connaissait d'avance cette décision. Et, lorsqu'il reçut la lettre l'en informant, il la lut avec indifférence. La lettre avait été écrite par Mr. Janss et commençait par ces mots : « Cher Mr. Roark, j'ai le regret de vous informer que notre Conseil d'administration n'a pas cru devoir vous confier l'exécution... » Il y avait dans la brutalité de ce ton officiel une sorte de gêne, la gêne d'un homme qui n'avait pas pu tenir sa promesse.

John Fargo avait débuté dans la vie comme colporteur. A cinquante ans, il était à la tête d'une modeste fortune et d'un « grand magasin » fort prospère dans la partie la plus basse de la Sixième Avenue. Pendant des années, il avait lutté avec succès contre un « grand magasin » plus important que le sien de l'autre côté de la rue. A la fin de l'année précédente, les propriétaires de ce « grand magasin » avaient transféré leur affaire plus haut dans la ville.

Ils étaient persuadés que le centre des affaires se déplaçait vers le nord et, pour hâter la ruine de leur ancien voisin, ils laissèrent leur local vacant, comme un mauvais présage pour leur ancien concurrent. John Fargo répondit à cela en décidant de construire, à l'endroit même où se trouvait son affaire, des locaux plus vastes et plus modernes afin de donner une nouvelle impulsion à ce quartier.

Lorsqu'il convoqua Roark à son bureau, il ne lui dit pas qu'il réfléchirait et qu'il lui communiquerait sa décision ultérieurement. Il dit : « C'est vous qui serez mon architecte. » Il était confortablement assis, les pieds sur son bureau, laissant échapper par bouffées, les mots et la fumée. « Je ne vous donnerai que deux indications : l'espace dont j'ai besoin et la somme dont je peux disposer. S'il vous faut davantage, vous me le direz. Quant au reste, je m'en remets à vous. Je ne connais rien en architecture. Mais je sais reconnaître un homme capable lorsque j'en vois un. Et maintenant, allons-y. »

Si Fargo avait choisi Roark comme architecte, c'est que, passant un jour devant le poste d'essence de Gowan, il s'était arrêté, était descendu de voiture, avait posé quelques questions. Puis avec un pourboire à la cuisinière de Heller, il obtint de visiter sa maison en l'absence de celui-ci. Et à ce moment-là, sa décision fut prise.

A la fin du mois de mai, alors que son bureau disparaissait sous les plans du magasin Fargo, Roark reçut une autre commande.

Mr. Whitford Sanborn, son nouveau client, était le propriétaire d'un building qui avait été construit, il y avait bien des années, par Henry Cameron. Lorsque Mr. Sanborn décida de se faire construire une nouvelle résidence à la campagne, il rejeta toutes les suggestions de sa femme pour le choix d'un architecte, et il écrivit à Henry Cameron. Cameron lui répondit par une lettre de dix pages ; les trois premières lignes informaient Mr. Sanborn que Cameron s'était retiré des affaires, le reste de la lettre avait trait à Howard Roark. Roark ignora toujours ce que contenait cette lettre. Sanborn refusa de la lui montrer et Cameron d'en parler, mais ce fut après avoir lu cette lettre que Sanborn signa avec Roark un contrat par lequel il lui confiait le soin de construire sa nouvelle résidence à la campagne, et cela malgré les violentes objections de Mrs. Sanborn.

Mrs. Sanborn était présidente de plusieurs œuvres de charité et cela avait développé en elle ce goût de l'autocratie qu'aucune autre occupation ne suscite à ce point. Mrs. Sanborn aurait voulu se faire construire un château à la française dans leur nouvelle propriété des bords de l'Hudson. Elle voulait qu'il eût l'air à la fois imposant et ancien comme s'il avait toujours appartenu à la famille. Elle reconnaissait, bien entendu, que les gens sauraient parfaitement qu'il n'en était rien, mais il lui aurait été agréable qu'il en eût l'air.

Mr. Sanborn signa le contrat aussitôt que Roark lui eut expliqué le genre de résidence qu'il avait l'intention de lui construire. Mr. Sanborn fut d'accord avec tout et n'attendit même pas, pour signer, d'avoir vu les projets. « Mais oui, Fanny, dit-il à sa femme d'un air excédé, je veux une maison moderne. Je vous l'ai déjà dit cent fois. C'est exactement ce que Cameron aurait dessiné pour moi s'il exerçait encore. – Mais, au nom du ciel, que signifie maintenant le nom de Cameron ? demanda-t-elle. – Je n'en sais rien, Fanny, mais je sais seulement qu'il n'y a pas dans tout New York un building qui vaille celui qu'il a fait pour moi. »

Cette discussion se renouvela fréquemment au cours des longues soirées que les Sanborn passaient dans leur riche et sombre salon d'acajou massif de l'époque victorienne. Par moments, Mr. Sanborn se laissait ébranler. « Est-ce donc cela que vous désirez ? » lui demanda Roark, indiquant du geste tout ce qui l'entourait. « Si vous vous mettez à être insolent... » commença Mrs. Sanborn, mais Mr. Sanborn l'interrompit : « Par le Christ, Fanny, il a raison ! C'est en effet exactement ce dont je ne veux plus, dont je suis fatigué jusqu'au dégoût ! »

Roark ne vit personne jusqu'à ce que le projet fût terminé. La maison, taillée dans la pierre, avec de larges baies et de nombreuses terrasses, s'élevait dans un parc, au-dessus de la rivière, vaste comme la nappe d'eau, étendue comme les jardins et il fallait en étudier les lignes attentivement pour comprendre comment elle était reliée aux ondulations des jardins, si graduelle était la montée des terrasses qui aboutissaient à la maison. On avait l'impression que les arbres poussaient jusque dans la demeure, que les murs n'étaient pas une barrière contre la lumière mais qu'ils captaient une lumière plus intense encore qu'à l'extérieur.

Ce fut Mr. Sanborn qui vit le premier le projet. Il l'étudia longuement et dit enfin : « Je ne sais guère m'exprimer, Mr. Roark, mais je sens que c'est beau. Cameron ne m'a pas trompé à votre sujet. »

Mais lorsque les membres de sa famille eurent examiné le projet, Mr. Sanborn ne fut plus aussi sûr de sa beauté. Mrs. Sanborn déclara la maison horrible. Et les interminables discussions du soir reprirent de plus belle. « Mais pourquoi, *pourquoi* ne peut-on pas ajouter des tours aux angles ? demandait Mrs. Sanborn. Il y a toute la place voulue sur ce toit plat. » Lorsqu'elle comprit qu'il lui fallait renoncer définitivement aux tours, elle demanda : « Mais pourquoi ne pouvez-vous pas nous faire des fenêtres à meneaux ? Quelle différence cela ferait-il pour vous ? Dieu sait que les fenêtres sont assez grandes, et d'ailleurs pourquoi sont-elles si grandes, c'est ce que je ne comprends pas, cela enlève toute intimité. Mais enfin je suis prête à accepter vos fenêtres, Mr. Roark, puisque vous y tenez tellement, mais pourquoi ne pas y mettre des meneaux ? Cela adoucirait l'ensemble et cela lui donnerait un petit air féodal. »

Les parents et les amis auxquels Mrs. Sanborn se hâta de montrer le projet de la maison s'y montrèrent fort opposés. Mrs. Walling la qualifia de bizarre et Mrs. Hooper la trouva nue. Mr. Melander déclara qu'il n'en voudrait pour rien au monde, même si on lui en faisait cadeau, et Mrs. Applebee assura que cela lui rappelait une fabrique de chaussures. Miss Davitt examina les dessins et dit d'un air admiratif : « Oh, que c'est artistique, ma chère ! De qui est-ce ?... Roark ?... Roark ?... Jamais entendu ce nom-là... Ma foi, pour parler franchement, Fanny, cela me paraît bien étrange. »

Les deux enfants de la maison n'étaient pas du même avis. June Sanborn, une jeune fille de dix-neuf ans, s'était toujours imaginé que les architectes étaient des êtres romantiques et elle avait été ravie d'apprendre qu'il s'agis-

164

sait d'un tout jeune architecte. Mais l'aspect physique de Roark lui déplut et elle fut vexée par l'indifférence avec laquelle il accueillit ses petites coquetteries, aussi déclara-t-elle la maison hideuse et annonça-t-elle à l'avance qu'elle se refusait à y vivre. Richard Sanborn, un garçon de vingt-quatre ans qui avait été un brillant étudiant mais qui était en train de se tuer lentement à force de boire, stupéfia sa famille en sortant brusquement de son habituelle léthargie et en déclarant qu'il trouvait la maison splendide. Mais personne ne sut s'il parlait ainsi par haine de sa mère ou par opinion esthétique, à moins que ce ne fût les deux.

Whitford Sanborn oscillait avec chaque nouveau courant. Et il murmurait : « Non, pas de meneaux, bien entendu, ce serait grotesque, mais ne pourriez-vous pas lui accorder une corniche, Mr. Roark, pour que j'aie la paix. Juste une espèce de corniche crénelée. Vous croyez vraiment que cela gâterait l'ensemble ? »

Les discussions prirent fin le jour où Roark déclara qu'il ne se chargeait pas de construire la maison, à moins que Mr. Sanborn ne signât le projet tel qu'il était. Mr. Sanborn apposa sa signature sur tous les dessins et sur tous les plans.

Mrs. Sanborn fut ravie d'apprendre, peu de temps après, qu'aucun entrepreneur digne de ce nom ne voulait se charger de la construction de la maison. « Vous voyez ! » s'exclama-t-elle d'un air triomphant. Mr. Sanborn ne se tint pas pour battu. Il découvrit une firme obscure qui accepta de se charger de ce travail, à contrecœur et en ayant l'air de lui faire une faveur. Mrs. Sanborn sentit immédiatement qu'elle avait trouvé un allié en la personne de l'entrepreneur, et, rompant avec toutes ses traditions sociales, elle l'invita pour le thé. Il y avait longtemps qu'elle avait perdu toute idée cohérente au sujet de la maison. Elle ne savait plus qu'une chose, c'était qu'elle haïssait Roark. Quant à l'entrepreneur, il haïssait tous les architectes en général.

La construction de la maison Sanborn se poursuivit pendant tout l'été, puis pendant l'automne, chaque journée amenant de nouvelles batailles. « Mais bien entendu, Mr. Roark, je vous ai dit que je voulais trois armoires dans ma chambre à coucher. Je m'en souviens parfaitement, c'était un vendredi, nous étions au salon, Mr. Sanborn était assis dans un fauteuil près de la fenêtre et moi je... Les plans ? Quels plans ? Vous savez bien que je ne comprends rien aux plans. » « Tante Rosalie se refuse absolument à monter un escalier tournant, Mr. Roark. Qu'allons-nous faire ? Choisir nos invités d'après la maison ? » « Mr. Hulburt dit que ce plafond ne tiendra pas... Mais si, Mr. Hulburt s'y connaît parfaitement en architecture. Il a passé deux étés à Venise. » « June, la pauvre chérie, dit que sa chambre est sombre comme une cave... Que voulez-vous que je vous dise, Mr. Roark. Même si cette chambre n'est pas sombre, mais que la pauvre enfant a l'impression qu'elle est sombre, est-ce que cela ne revient pas au même ? » Roark passait des nuits à refaire les plans pour y introduire les changements qu'il ne pouvait éviter. Cela signifiait démolir des parquets, des escaliers, des cloisons déjà existantes ; et cela signifiait aussi des frais supplémentaires. L'entrepreneur haussait les épaules et disait : « Qu'est-ce que je vous ai dit ? C'est toujours ainsi que ça se passe quand vous prenez un de ces architectes de fantaisie. Vous verrez ce que cela vous coûtera lorsque ce sera terminé. »

Puis, au moment où la maison prenait forme, ce fut Roark qui désira y apporter un changement. L'aile droite ne l'avait jamais entièrement satisfait. En la voyant s'élever, il comprit la faute qu'il avait commise et la façon d'y remédier ; et il sentit que s'il faisait cette correction, la maison tout entière serait plus harmonieuse. Il en était à ses débuts comme architecte et faisait ses premières expériences. Il le reconnut franchement. Mais cette fois ce fut au tour de Mr. Sanborn de refuser tout changement. Roark insista. Depuis que cette aile, telle qu'elle aurait dû être, s'était dessinée clairement devant ses yeux, il ne pouvait plus supporter la maison telle qu'elle était. « Ce n'est pas que je pense que vous avez tort, lui dit Mr. Sanborn froidement, en fait, je pense même que vous avez raison. Mais je ne puis assumer une telle dépense ; je regrette. – Mais cela vous coûtera infiniment moins cher que les inutiles changements que Mrs. Sanborn m'a forcé à effectuer. – Ne revenons pas sur cette question. – Mr. Sanborn, demanda Roark lentement, voulez-vous me signer un papier m'autorisant à faire ce changement, à condition qu'il ne vous en coûte rien ? – Certainement, si vous êtes capable de faire des miracles. »

Mr. Sanborn signa, l'aile est fut refaite. Roark paya lui-même les travaux et cela lui coûta plus d'argent qu'il ne recevait d'honoraires. Mr. Sanborn hésita. Il désirait rembourser Roark, mais Mrs. Sanborn l'en dissuada. « C'est encore un de ses tours qu'il vous joue, une forme de chantage. Il fait pression sur vos meilleurs sentiments. Il est persuadé que vous paierez ; laissez-le venir. Laissez-le vous le demander. Il ne faut pas qu'il s'en tire si facilement. » Roark ne demanda rien. Mr. Sanborn ne le remboursa pas.

Lorsque la maison fut terminée, Mrs. Sanborn refusa d'y vivre. Mr. Sanborn contempla la maison d'un air de regret, trop las pour avouer qu'il l'aimait, que c'était la maison qu'il avait toujours désirée. Il céda. La maison ne fut pas meublée. Mrs. Sanborn, son mari et sa fille partirent passer l'hiver en Floride, « où, ajouta-t-elle, nous avons une maison de pur style espagnol, parce que, grâce à Dieu, nous l'avons achetée toute faite. Voilà ce qui vous arrive lorsqu'on veut faire construire soi-même et qu'on s'adresse à un architecte à moitié idiot. » Le jeune Sanborn, à la stupéfaction de tous, eut un brusque sursaut de volonté. Il refusa de partir pour la Floride. Cette nouvelle maison lui plaisait, il ne voulait pas vivre ailleurs. On meubla pour lui trois pièces. Sa famille partit et il s'installa seul dans la maison au bord de l'Hudson. Et, la nuit, l'on pouvait voir, de la rivière, un minuscule rectangle de lumière perdu au milieu de la façade de l'immense maison morte.

Le bulletin de la Guilde des Architectes d'Amérique fit paraître la note suivante :

« Un curieux incident qui serait amusant s'il n'était pas déplorable, nous a été rapporté concernant la nouvelle résidence de l'industriel bien connu Mr. Whitford Sanborn. Conçue par un certain Howard Roark, son exécution coûta plus de 100 000 dollars. Lorsque la maison fut terminée, la famille Sanborn l'estima inhabitable. Et cette maison abandonnée est l'éloquent témoignage de ce que peut produire l'incompétence professionnelle. »

1.14

Lucius N. Heyer se refusait absolument à mourir. Il s'était remis de son attaque et retournait au bureau sans vouloir tenir compte de l'opposition de son médecin et des conseils pleins de sollicitude de Guy Francon. Francon lui avait offert de lui rembourser sa part d'associé. Heyer avait refusé, le pâle regard de ses yeux troubles obstinément fixé dans le vide. Il venait à son bureau tous les deux ou trois jours, lisait les copies de lettres déposées dans une corbeille à cet effet. Il restait ensuite assis devant sa table, dessinant des fleurs sur un sous-main immaculé, puis il partait en traînant les pieds. Il se tenait les coudes serrés au corps, les bras repliés et les mains à demi fermées comme des griffes. Ses doigts tremblaient. Il avait complètement perdu l'usage de son bras gauche et cependant il ne voulait pas se retirer des affaires. Il aimait à voir son nom gravé sur le papier à lettres du bureau.

Il se demandait parfois pourquoi on ne le présentait plus aux clients importants et pourquoi on ne lui soumettait plus les projets de construction avant d'en commencer l'exécution. S'il en parlait à Francon, celui-ci répondait : « Mais Lucius, je m'en voudrais de vous ennuyer avec ces questions dans l'état où vous êtes. N'importe qui, à votre place, aurait démissionné depuis longtemps. »

Francon l'étonnait légèrement, mais Peter Keating, lui, le déconcertait complètement. Keating le saluait à peine lorsqu'il le rencontrait et comme à regret ; il quittait brusquement Heyer au milieu d'une phrase que celui-ci lui adressait ; les ordres pourtant peu importants que Heyer donnait aux employés n'étaient pas exécutés parce que Keating les contremandait. Heyer ne comprenait pas. Il pensait toujours à Keating comme à ce garçon déférent qui s'était tant intéressé à ses collections de porcelaine. Il chercha d'abord à l'excuser, puis à le désarmer, humblement, maladroitement et enfin il conçut de lui une peur irraisonnée. Il s'en plaignit à Francon. Il dit d'un air assuré, assumant une autorité qu'il n'avait en réalité jamais possédée : « Ce garçon que vous appréciez tellement, Guy, ce Keating, il devient absolument impossible. Il est grossier avec moi. Vous devriez vous en débarrasser. – Vous voyez bien, Lucius, lui répondit sèchement Francon, que vous feriez mieux de vous en aller. Vous vous surmenez et vous commencez à imaginer des choses. »

Ce fut à ce moment que s'ouvrit le concours du Cosmo-Slotnick Building.

La Société cinématographique Cosmo-Slotnick, de Hollywood, en Californie, avait décidé de faire construire un formidable building à New York, un gratte-ciel devant contenir une immense salle de cinéma et quarante étages de bureaux. Un concours mondial pour le choix de l'architecte avait été annoncé un an à l'avance. Et l'on y affirmait que les directeurs de la Cosmo-Slotnick n'étaient pas seulement les leaders de l'art cinématographique, mais qu'ils embrassaient tous les arts, puisque le cinéma les emploie tous. L'architecture étant une branche importante, bien que négligée, de ces arts, la Cosmo-Slotnick était décidée à lui donner toute son importance.

Entre la tapageuse réclame sur « C'est un marin que je veux », et « Epouses à vendre », parurent des articles sur le Parthénon et le Panthéon.

167

Miss Sally O'Dawn fut photographiée, en costume de bain, sur les marches de l'escalier de la cathédrale de Reims, et Mr. Pratt Purcell déclara dans un interview que s'il n'avait pas été acteur de cinéma, il aurait voulu être architecte. Dans un article écrit par Miss Dimples Williams, Ralston Holcombe, Guy Francon et Gordon L. Prescott exprimèrent leur opinion sur l'avenir de l'architecture américaine et dans un interview imaginaire, on exposa ce que l'on supposait que Sir Christopher Wren aurait pensé du cinéma. Dans le supplément du dimanche, l'on vit les stars de la Cosmo-Slotnick, en shorts et en sweaters, tenant à la main des tés et des règles métriques, debout devant un tableau noir sur lequel était écrit « Le Cosmo-Slotnick Building » suivi d'un immense point d'interrogation.

Le concours était ouvert aux architectes de tous pays. Le building devait s'élever dans Broadway et coûter dix millions de dollars ; il devait être le symbole de la technique moderne et de l'esprit du peuple américain ; il s'intitulait à l'avance « le plus beau building du monde ». Le jury était composé de Mr. Shupe, représentant Cosmo, de Mr. Slotnick, représentant Slotnick, du professeur Peterkin, de l'Institut technologique de Stanton, du maire de la ville de New York, de Ralston Holcombe, président de l'A.G.A., et d'Ellsworth M. Toohey.

– Allez-y, Peter ! dit Francon à Keating d'un ton enthousiaste. Surpassez-vous. Donnez votre mesure. Saisissez la chance. Si vous gagnez, vous serez connu du monde entier. Et voilà ce que nous ferons : nous ajouterons votre nom à celui le notre firme sur votre projet. Si vous gagnez, vous recevrez le cinquième du prix. Le premier prix est de soixante mille dollars, vous ne l'ignorez pas.

– Heyer s'y opposera, dit Keating d'un ton dubitatif.

– Eh bien, qu'il s'y oppose. C'est en partie pourquoi j'agis ainsi. Il finira peut-être par comprendre ce qu'il lui reste à faire. Quant à moi... vous connaissez mes sentiments, Peter. Je vous considère déjà comme mon associé. C'est une chose que je vous dois. Vous l'avez mérité. Ce concours pourrait bien précipiter les choses.

Keating refit son projet cinq fois. Il l'avait pris en horreur. Il haïssait chaque poutre du building avant même de l'avoir conçu. Tandis qu'il dessinait, ses mains tremblaient. Il ne pensait pas au dessin qu'il avait sous les yeux. Il pensait à tous les autres concurrents, à celui qui peut-être gagnerait et serait proclamé publiquement le lauréat. Il se demandait ce que celui-ci ferait, en quoi il le surpasserait, comment il s'y prendrait pour résoudre les problèmes qui se posaient. Il lui fallait battre ce gagnant imaginaire. Rien d'autre ne comptait. Il n'y avait plus de Peter Keating mais seulement un être avide de gagner comme ces plantes tropicales dont il avait entendu parler, qui, retenant une mouche prisonnière, la vident entièrement et se gavent de sa substance.

Il n'éprouvait plus rien qu'une complète incertitude le jour où son projet fut terminé et où la délicate perspective d'un palais de marbre blanc s'étala, soigneusement exécutée, devant ses yeux. Cela ressemblait à un palais Renaissance taillé dans de la gomme et étiré jusqu'à une hauteur de quarante étages. Il avait choisi le style Renaissance parce qu'il savait que tous les jurés architecturaux aiment les colonnades et parce qu'il s'était souvenu que Ralston Holcombe faisait partie du jury. Il avait fait des emprunts à tous les palais italiens que Holcombe préférait. Cela avait l'air bon... C'était peut-être bon... Il ne savait plus. Et il n'avait personne à qui le demander.

En pensant ces mots, il fut envahi d'une vague de colère folle. Il ressentit cette colère avant d'en comprendre la raison, mais la raison lui en apparut presque immédiatement. Il y avait quelqu'un à qui il pouvait demander conseil, mais il ne voulait pas y penser. Le rouge de la colère lui monta aux joues. Au fond de lui, il savait qu'il irait le voir.

Il s'efforça de repousser cette idée. Il ne demanderait rien à personne. Et à un moment donné, il se trouva en train de faire un rouleau de ses dessins et de se diriger vers le bureau de Roark.

Il trouva Roark assis solitaire à son bureau, dans un vaste atelier qui ne portait aucun signe d'activité.

– Hello, Howard, dit-il d'un ton allègre. Comment allez-vous ? Je ne vous dérange pas ?

– Hello, Peter, dit Roark. Non, vous ne me dérangez pas.

– Pas très occupé, hein ?

– Non.

– Pouvez-vous m'accorder quelques minutes ?

– Asseyez-vous.

– Dites-moi, Howard, vous avez fait de grandes choses. J'ai vu les magasins Fargo. C'est splendide. Tous mes compliments.

– Merci.

– Cela commence à marcher. Vous avez eu déjà trois commandes, n'est-ce pas ?

– Quatre.

– Mais oui, bien entendu, quatre. C'est magnifique. N'avez-vous pas eu quelques difficultés avec les Sanborn ?

– Si.

– Evidemment, cela ne va pas toujours tout seul. Et depuis ? Pas de nouvelles commandes ? Rien de nouveau ?

– Non, rien.

– Oh, cela viendra. Je dis toujours que les architectes n'ont pas besoin de s'entr'égorger. Il y a du travail pour tout le monde. On devrait développer, au contraire, un esprit d'entente professionnelle et de coopération. Tenez, par exemple, au sujet du concours, avez-vous envoyé votre projet ?

– Quel concours ?

– Mais, *le* concours. Le concours de la Cosmo-Slotnick.

– Je n'envoie aucun projet.

– Vous... n'en envoyez pas ? Aucun ?

– Non.

– Mais pourquoi ?

– Je ne participe jamais à aucun concours.

– Mais, au nom du ciel, pourquoi ?

– Allons, Peter. Vous n'êtes pas venu ici pour discuter cette question.

– En fait, j'étais venu pour vous montrer mon projet. Je ne vous demande pas de m'aider, comprenez-moi bien, mais j'aimerais voir votre réaction, avoir votre impression générale.

Il se hâta de défaire le rouleau de dessins.

Roark les examina. Keating lui jeta :

– Alors, vous trouvez bien ?

– Non. C'est infect et vous le savez bien.

Alors, pendant des heures, tandis que Keating l'observait, que le ciel s'assombrissait et que la ville s'illuminait, Roark parla, expliqua, hachura les plans de traits vigoureux, débrouillant le labyrinthe de la sortie du théâtre, agrandissant les fenêtres, faisant surgir de vastes halls, enlevant des arches inutiles, redressant des escaliers. Une fois, Keating murmura : « Mon Dieu, Howard ! Pourquoi ne pas concourir, quand on travaille comme vous le faites ? » Et Roark lui répondit : « Parce que je ne pourrais pas. Même si je le voulais. Je serais complètement vide et à sec. Je ne peux pas leur donner ce qu'ils demandent. Mais je peux démêler un écheveau de plans embrouillés lorsque je l'ai sous les yeux. »

Il faisait jour lorsqu'il repoussa les plans. Keating, alors, murmura :

– Et la façade ?

– Au diable votre façade ! Je n'ai aucune envie de m'occuper de vos perspectives Renaissance.

Mais tout en disant cela il s'emparait des dessins et commençait de les corriger.

– Eh ! que diable, si vraiment vous voulez leur donner du Renaissance, au moins que ce soit du bon Renaissance, en admettant que cela existe. Mais cela, je ne peux pas le faire pour vous. Dessinez-le vous-même. Quelque chose dans ce genre, plus simple, Peter, plus simple et plus direct, aussi honnête qu'une malhonnête chose peut l'être. Et maintenant, rentrez chez vous et tâchez de tirer quelque chose de tout cela.

Keating retourna chez lui. Il copia les plans de Roark. Il tira de la rapide esquisse qu'avait faite Roark de la façade un dessin net et soigné. Puis le projet fut expédié au :

Concours du « Plus beau Building du monde »
Société cinématographique Cosmo-Slotnick, S. A.
New York.

L'enveloppe qui accompagnait le projet était signée : « Francon & Heyer, architectes, Peter Keating, dessinateur associé. »

Roark ne trouva pas d'autre travail pendant l'hiver, aucune offre, pas de commandes en perspective. Il restait à son bureau, oubliant parfois de faire de la lumière lorsque tombait le crépuscule hâtif. Il semblait que la lourde immobilité des heures qui s'écoulaient, de la porte, de l'air même, coulait dans ses veines. Brusquement il se levait et lançait un livre contre le mur pour le seul plaisir d'entendre du bruit et de remuer ses bras. Il souriait, détendu, et, ramassant le livre, le reposait soigneusement sur son bureau. Il allumait sa lampe de table et, voyant sa main éclairée par le cône de lumière, il la contemplait un moment, en remuant lentement les doigts. Il se rappelait alors de ce que lui avait dit un jour Cameron. Il retirait ses mains, mettait son pardessus, éteignait les lumières, fermait la porte à clé et rentrait chez lui.

Lorsque le printemps approcha, il ne lui restait presque plus d'argent. Il payait très exactement le montant du loyer de son bureau le premier de chaque mois. Il aimait sentir qu'il avait trente jours devant lui pendant lesquels le bureau lui appartenait encore. Il s'y rendait chaque matin avec calme, mais il évitait de regarder le calendrier lorsque le jour baissait et qu'il se disait que c'était un jour de moins dans le mois. Se rendant compte de cette crainte, il s'obligea à regarder le calendrier. C'était une lutte qu'il menait maintenant, une lutte entre le loyer à payer et... il ne savait pas le nom de son autre adversaire. Peut-être était-ce chaque homme qui passait dans la rue.

Lorsqu'il se rendait à son bureau, les garçons d'ascenseur le regardaient curieusement, d'un air bizarre et nonchalant; lorsqu'il leur parlait, ils lui répondaient sans insolence, mais d'une manière indifférente, d'un ton traînant, qui, on le sentait, pouvait devenir insolent d'un instant à l'autre. Ils ne savaient pas ce qu'il faisait ni qui il était; ils savaient seulement que c'était un homme chez lequel il ne venait jamais de clients. Il se rendait, parce que Heller le lui avait demandé, aux réceptions que Heller donnait de temps à autre. Les gens lui disaient : Oh, vous êtes architecte? Excusez-moi si je ne suis pas au courant, mais qu'avez-vous donc construit? Lorsqu'il le leur disait, ils répondaient « Oh vraiment! », et la politesse voulue de leur attitude lui faisait comprendre que, à leurs yeux, il n'était qu'un architecte de fantaisie. Personne n'avait jamais vu ce qu'il avait fait; les gens ne savaient pas si son œuvre était belle ou médiocre, ils savaient simplement qu'ils n'en avaient jamais entendu parler.

Il était engagé dans une guerre dans laquelle il se battait contre rien; il se sentait poussé en avant, il lui fallait lutter, il n'avait pas le choix... et pas d'adversaire

Il lui arrivait de passer près de buildings en construction. Il s'arrêtait pour contempler la charpente d'acier. Il lui semblait parfois que poutres et solives prenaient la forme non d'une maison, mais de barricades lui barrant l'avenir; et les quelques pas qui le séparaient de la palissade enfermant le chantier étaient justement les pas qu'il ne pourrait jamais accomplir. Il souffrait, mais d'une souffrance qui lui était étrangère, qui ne pénétrait pas en lui. « Tout cela me fait mal », se disait-il à lui-même. Mais quelque chose d'inaccessible, d'inaltérable au fond de lui-même, lui disait qu'il n'en était rien.

Les magasins Fargo avaient été inaugurés. Mais un magasin ne peut pas sauver un quartier. Les concurrents de Fargo avaient eu raison; le vent avait tourné. La clientèle désertait ce quartier, remontait plus haut dans la ville. Et l'on fit de nombreux commentaires sur le déclin de John Fargo qui avait montré la pauvreté de son jugement en affaires en investissant des capitaux dans la construction de locaux absurdes. Ce qui prouvait, disait-on, que le public n'était nullement prêt à accepter des innovations architecturales. On ne disait pas que ses magasins étaient les plus clairs, les plus aérés de toute la

171

ville; que les plans intérieurs les rendaient d'une commodité qui n'avait jamais été atteinte; on ne disait pas non plus que la clientèle se faisait rare bien avant l'érection des locaux. On mettait tout le blâme sur le building lui-même.

Athelstan Beasely, le bel esprit de l'architecture, le bouffon de l'A.G.A. qu'on ne voyait jamais travailler, mais qui était le grand organisateur de tous les bals de charité, écrivit dans sa chronique intitulée « De tout et de rien », qui paraissait dans le Bulletin de l'A.G.A.

« Et voici, mesdames et messieurs, un conte de fées et son apologue; il y avait une fois un petit garçon aux cheveux couleur de citrouille qui se croyait plus capable que tous les autres petits garçons et petites filles. Pour le prouver, il construisit une maison qui est une très belle maison, sauf que personne ne veut y vivre, et un magasin qui est un très beau magasin mais qui court à la faillite. Il a encore construit quelque chose de remarquable, une niche à chien sur le bord d'une route boueuse. Cette niche semble avoir beaucoup de succès, d'où l'on peut conclure que c'est là le véritable champ d'activité de notre petit garçon. » A la fin du mois de mars, Roark lut dans un journal un article sur Roger Enright. Roger Enright possédait des millions, des intérêts dans les pétroles et rien ne l'arrêtait. Tout cela faisait que son nom paraissait souvent dans les journaux. Et il éveillait dans le public une espèce de respect, moitié admiratif et moitié moqueur, par l'incohérente variété de ses nombreuses entreprises. La dernière était le projet d'un nouveau type d'habitation, un immeuble locatif dans lequel chaque appartement formerait une unité aussi complète et aussi isolée qu'un luxueux hôtel particulier. Ce building devait porter le nom de Enright House. Enright avait ajouté qu'il désirait que ce building ne ressemblât à aucun autre. Il avait déjà consulté et rejeté plusieurs des meilleurs architectes de New York.

Roark eut l'impression, en lisant cet article, de recevoir une invitation personnelle et qu'il y avait là une occasion créée exprès pour lui. Pour la première fois de sa vie il chercha à obtenir une commande. Il demanda à être reçu par Roger Enright. Il n'obtint qu'un rendez-vous avec un secrétaire. Ce secrétaire, un jeune homme à l'air blasé, lui posa de nombreuses questions sur son activité antérieure. Il parlait lentement comme si cela lui coûtait d'articuler des mots étant donné que les réponses lui importaient peu. Il regarda les photographies des buildings de Roark et finit par lui déclarer que cela n'intéresserait pas Mr. Enright.

Au cours de la première semaine d'avril, alors que Roark venait de payer pour la dernière fois un mois de location de son bureau, il fut invité à soumettre un projet pour le nouveau building de la Metropolitan Bank Company. Mr. Weidler, un ami du jeune Richard Sanborn, faisait partie du conseil d'administration. Et il dit à Roark : « J'ai dû combattre durement, Mr. Roark, mais je crois que j'ai gagné. Je les ai emmenés visiter la maison Sanborn, et Dick et moi leur avons expliqué un certain nombre de choses. Cependant les membres du conseil d'administration veulent voir le projet avant de prendre une décision. Je dois donc vous dire franchement que la chose n'est pas faite, mais que vous avez beaucoup de chances. Ils ont refusé deux projets déjà, et s'intéressent beaucoup à ce que vous faites. Au travail, donc, et bonne chance !

Henry Cameron avait eu une rechute et le docteur avertit sa sœur qu'il ne se remettrait pas. Elle ne le crut pas. Elle était au contraire pleine d'espoir car Cameron, reposant dans son lit, semblait serein, presque heureux, un mot qu'elle n'avait jusqu'alors jamais associé à son frère.

Aussi fut-elle péniblement impressionnée, un soir, lorsqu'il lui dit brusquement : « Appelle Howard au téléphone et demande-lui de venir. » Depuis trois ans qu'il s'était retiré, jamais il n'avait appelé Roark auprès de lui, se contentant d'attendre ses visites.

Roark arriva une heure après. Il s'assit au chevet de Cameron et celui-ci lui parla comme à l'ordinaire, sans mentionner ni expliquer son appel. La nuit était douce, la fenêtre ouverte sur le jardin obscur. Remarquant, pendant une pause, le calme silence qui régnait sur le jardin, ce silence particulier aux heures tardives, Cameron appela sa sœur et lui dit : « Prépare le divan du living-room pour Howard. Il passera la nuit ici. » Roark regarda Cameron et comprit. Il inclina la tête en signe d'acquiescement. Il ne pouvait répondre à ce que venait de lui laisser entendre Cameron que par un calme regard, aussi solennel que celui de son vieil ami.

Roark resta trois jours. Nulle allusion ne fut faite à sa présence dans la maison, ni au temps qu'il devrait y passer. On considéra cela comme un fait tout naturel qui ne demandait pas de commentaires. Miss Cameron comprit ce que cela signifiait et se tut. Elle s'activait silencieusement, avec le calme courage de la résignation.

Cameron ne demandait pas la présence continuelle de Roark auprès de lui. Il lui disait au contraire : « Sortez donc, Howard, promenez-vous dans le jardin. C'est si beau, tout commence à verdir. » Et, de son lit, il suivait d'un air content la silhouette de Roark se déplaçant entre les arbres nus qui se détachaient sur le ciel d'un bleu doux.

Mais il aimait que Roark partageât ses repas. Miss Cameron posait un plateau sur les genoux de Cameron et servait Roark sur une petite table près du lit. Cameron semblait prendre plaisir à une chose qu'il n'avait jamais recherchée ni connue ; une impression d'intimité dans l'accomplissement d'une routine journalière, presque un sentiment familial.

Le soir du troisième jour, Cameron, renversé sur ses oreillers, parlait comme il en avait l'habitude, mais son débit était plus lent et il ne soulevait plus la tête. Roark l'écoutait, s'efforçant de ne pas montrer qu'il savait ce que cachaient les terribles pauses que marquait Cameron entre les mots. Il parlait avec naturel et ce qu'il lui en coûtait d'articuler devait rester son dernier secret, comme il le désirait.

Cameron parlait des possibilités qu'ouvraient à l'architecture les nouveaux matériaux.

– Ayez toujours l'œil sur l'industrie des métaux légers, Howard... Dans quelques... années... on fera des choses étonnantes... Et les matières plastiques ouvriront la voie à... une ère nouvelle... Vous aurez de nouveaux outils, de nouveaux moyens, de nouvelles formes... Vous leur montrerez... à ces damnés fous... quelles richesses l'esprit humain a créées pour eux... quelles nouvelles possibilités... La semaine dernière j'ai lu une étude sur une nouvelle tuile artificielle... et j'ai pensé à une façon de l'employer là où rien d'autre... ne pourrait aller... Prenez par exemple une petite maison... d'environ cinq mille dollars...

Au bout d'un moment, il se tut et demeura silencieux, les yeux clos. Puis Roark l'entendit soudain murmurer :

– Gail Wynand...

Roark se pencha sur lui, stupéfait.

– Je ne hais... plus personne... excepté Gail Wynand... Non, je ne le connais pas... mais il représente... tout ce qu'il y a de mauvais dans le monde... le triomphe... de la vulgarité arrogante... C'est Gail Wynand que vous aurez à combattre, Howard...

Il se tut pendant un long moment. Lorsqu'il rouvrit les yeux, il sourit et dit :

– Je sais... par quoi vous venez de passer au bureau... (Roark ne lui en avait jamais parlé.) Non... inutile de protester... ne me dites rien... Je sais... mais... ce n'est rien... N'ayez pas peur... Vous souvenez-vous du jour où j'ai essayé de vous renvoyer ?... Il faut oublier ce que je vous ai dit ce jour-là... Ce n'était pas toute la vérité... Je vous la dis maintenant... Il ne faut pas avoir peur... Cela vaut la peine...

Sa voix faiblissait et il ne parla pas davantage. Mais sa vue restait intacte et il pouvait regarder Roark sans effort. Il mourut une demi-heure plus tard.

Keating voyait souvent Catherine maintenant. Il n'avait annoncé leurs fiançailles à personne, mais sa mère était au courant et ce n'était plus ce précieux secret qui l'avait uni à la jeune fille. Catherine se disait parfois que leurs rencontres avaient perdu une partie de leur signification. Elle ne l'attendait plus dans la solitude comme autrefois, mais elle avait perdu la certitude qu'il lui reviendrait toujours.

Keating lui avait dit :

– Attendons les résultats de ce concours, Katie. Ce ne sera pas long, les résultats seront proclamés en mai. Si je gagne, ma carrière est faite. Alors nous nous marierons. Et, à ce moment, je ferai la connaissance de votre oncle. Lui-même demandera à me rencontrer. Il faut que je gagne.

– Je suis sûre que vous gagnerez.

– De plus le vieil Heyer n'en a plus pour longtemps. Le docteur nous a dit qu'il pouvait avoir une seconde attaque d'un instant à l'autre et nous en serons débarrassés. Si cela ne le conduit pas au cimetière cela le mènera certainement hors du bureau.

– Oh, Peter, je n'aime pas vous entendre parler ainsi. Vous ne devriez pas être aussi cyniquement égoïste.

– Je vous demande pardon, chérie. C'est vrai que je suis égoïste. Tout le monde l'est.

Il passait plus de temps encore avec Dominique. Dominique l'accueillait avec une aimable indifférence, comme s'il ne présentait pour elle aucun problème. Elle semblait trouver commode de l'avoir comme compagnon sans conséquence pour des soirées sans conséquence. Il se disait qu'elle ne le détestait pas. Et il savait parfaitement que ce n'était pas favorable pour lui.

Il lui arrivait d'oublier qu'elle était la fille de Francon ; d'oublier toutes les raisons qui lui faisaient désirer de la conquérir. Il n'avait plus besoin de prétextes. Il la désirait. Et il n'avait plus besoin pour cela que de sa présence.

Cependant il se sentait désarmé devant elle. Il avait peine à accepter l'idée qu'une femme pût être à ce point indifférente à son égard. Mais il n'était même pas certain de son indifférence. Il attendait, s'efforçant de deviner ses pensées afin d'y répondre comme il supposait qu'elle le désirait. Mais il n'éveillait chez elle aucune réaction.

Une nuit de printemps, ils allèrent ensemble à un bal. Tandis qu'ils dansaient ensemble, il la serra plus étroitement contre lui. Il sentit qu'elle l'avait remarqué et qu'elle avait compris son intention. Elle ne se dégagea pas ; elle le regarda et dans ses yeux il y avait quelque chose qui ressemblait à une attente. Au moment du départ, il l'enveloppa de sa cape et laissa errer ses doigts sur son épaule nue. Elle ne le repoussa pas, ne se couvrit pas, mais attendit qu'il retirât sa main. Puis ils se dirigèrent tous deux vers sa voiture.

Elle s'installa silencieusement dans un coin. Jusqu'alors elle n'avait jamais estimé la présence de Keating assez importante pour justifier le silence. Elle était assise, les jambes croisées, étroitement enveloppée dans sa cape, ses doigts battant une lente marche silencieuse sur son genou. Il lui prit doucement le bras. Elle ne résista pas, ne s'abandonna pas, mais ses doigts s'immobilisèrent. Il effleura des lèvres ses cheveux pâles. C'était moins qu'un baiser. Il posa simplement, longuement, ses lèvres sur ses cheveux.

Lorsque la voiture stoppa, il murmura :

– Dominique... laissez-moi monter... un instant.

– Bien, dit-elle.

Elle parlait d'un ton neutre, impersonnel, sans aucune coquetterie. Mais elle ne lui avait jamais permis, jusque-là, de monter chez elle. Il la suivit, le cœur battant.

Il y eut un fragment de seconde, au moment où elle pénétra dans son appartement, où elle s'arrêta et attendit. Il la regardait, interdit, stupéfait, trop ému pour rien comprendre. Il ne comprit le sens de son immobilité d'un instant que lorsqu'elle se remit en mouvement, se dirigeant vers le salon. Elle s'assit, les bras tombants, les mains ouvertes, dans une pose abandonnée. Le regard de ses yeux mi-clos était étrangement vide.

– Dominique... murmura-t-il, Dominique... que vous êtes belle !...

Et soudain, il fut à genoux devant elle, murmurant des mots incohérents :

– Dominique... Dominique, je vous aime... Ne riez pas de moi, je vous en supplie, ne riez pas... Toute ma vie... Tout ce que vous voudrez... Vous ne savez pas vous-même à quel point vous êtes belle !... Dominique... je vous aime...

Il l'entoura de ses bras, se penchant sur elle pour lire sur son visage un acquiescement ou un refus. La prenant contre lui avec violence, il lui baisa les lèvres.

Il ouvrit les bras. Elle retomba dans son fauteuil et il la regarda d'un air égaré. Etait-ce bien une femme qu'il avait tenue dans ses bras, un baiser qu'ils avaient échangé ? La femme qu'il venait de tenir contre lui, dont il avait baisé les lèvres, n'était pas un être vivant. Elle ne l'avait pas serré contre elle, ne lui avait pas rendu son baiser. Ce n'était pas de la révolte, cela il l'aurait compris. Non, il avait simplement l'impression qu'il aurait pu la garder contre lui ou s'en écarter, l'embrasser encore ou même aller plus loin sans même qu'elle s'en aperçût. Voyant par terre une cigarette, elle se baissa, la ramassa et la remit dans sa boîte.

– Dominique, murmura-t-il, déconcerté, ne désiriez-vous pas que je vous embrasse ?

– Si.

Elle ne se moquait pas de lui. Elle répondait avec simplicité et avec abandon.

– Ne vous avait-on jamais embrassée auparavant ?

– Si, de nombreuses fois.

– Et vous réagissiez toujours ainsi ?

– Toujours, exactement ainsi.

– Pourquoi m'avez-vous laissé vous embrasser ?

– Je voulais essayer.

– Vous êtes inhumaine, Dominique.

Elle redressa la tête, se leva et dans ses mouvements précis, aisés, il la retrouva tout entière. Il comprit qu'elle ne lui parlerait plus avec abandon, que l'intimité entre eux était chose finie. Pourtant les paroles qu'elle prononça étaient plus intimes et plus révélatrices que tout ce qu'elle lui avait dit jusqu'alors, mais elle les prononça avec une indifférence qui montrait qu'elle se souciait peu de ce qu'elle révélait et moins encore de celui auquel elle le révélait.

– Je suppose que je suis un de ces monstres dont on parle parfois, une femme absolument frigide. Je suis désolée, Peter. Vous voyez que vous n'avez pas de rivaux, mais pas plus de chance qu'un autre. Déçu, cher ?

– Vous... vous vous éveillerez... un jour...

– Je ne suis pas si jeune, Peter. J'ai vingt-cinq ans. Ce doit être une expérience intéressante que de coucher avec un homme. J'aurais aimé le désirer. Ce doit être passionnant de devenir une femme dissolue. Je le suis, en réalité, en tout, sauf en fait... Peter, vous avez l'air d'un homme qui est sur le point de rougir, et ça c'est vraiment drôle.

– Dominique ! N'avez-vous jamais été amoureuse ? Pas même un peu ?

– Jamais. Et je désirais sincèrement tomber amoureuse de vous. Ç'aurait été si commode. Tout aurait été si simple avec vous. Mais vous voyez, je ne peux pas. Cela ne fait pour moi aucune différence que ce soit vous qui me teniez dans vos bras plutôt qu'Alvah Scarret ou Lucius Heyer.

Il se leva. Il ne pouvait plus supporter de la regarder. Il s'approcha de la fenêtre et laissa errer son regard au-dehors, les mains croisées derrière le dos. Il ne se rappelait plus qu'elle était belle et qu'il la désirait, mais il n'avait pas oublié qu'elle était la fille de Francon.

– Dominique, voulez-vous m'épouser ?

Cette question, c'était maintenant qu'il devait la lui poser ; s'il se mettait à réfléchir, il ne la lui poserait jamais. Ses sentiments à lui ne comptaient plus. Il se devait de penser à son avenir. Quant à ses sentiments pour elle, il les sentait se transformer en haine.

– Parlez-vous sérieusement ? demanda-t-elle.

Il se retourna. Il se mit à parler avec vivacité, avec aisance. Maintenant il mentait, et parce qu'il mentit il parlait avec assurance et avec facilité.

– Je vous aime, Dominique. Je suis fou de vous. Laissez-moi tenter ma chance. Puisqu'il n'y a personne d'autre... Pourquoi pas ? Je suis persuadé que vous finirez par m'aimer. Je vous comprends si bien, je serai patient, je vous promets de vous rendre heureuse.

Elle eut un brusque frisson et se mit à rire. Elle riait avec abandon, de tout son cœur ; et son rire faisait onduler sa robe blanche. Elle se tenait très droite, la tête renversée en arrière, et ce rire était pour lui une insulte. Il ne contenait ni moquerie, ni amertume, mais la plus vraie, la plus franche gaieté.

Elle s'arrêta brusquement, le regarda bien en face et dit d'un air sérieux :

– Peter, si j'ai jamais le désir de me punir moi-même pour quelque terrible raison, si jamais j'ai le désir de me punir moi-même d'une manière horrible, je vous épouserai.

Et elle ajouta :

– Considérez cela comme une promesse.

– J'attendrai, quelle que soit la raison qui vous donnera à moi.

Elle sourit, du gai et froid sourire qu'il redoutait par-dessus tout.

– Franchement, Peter, rien ne vous y oblige. Votre situation d'associé de mon père, vous l'aurez de toute façon. Et nous resterons toujours bons amis. Et maintenant il est temps que vous partiez. N'oubliez pas que nous allons au concours hippique mercredi. Je ne manquerais cela pour rien au monde. J'adore les concours hippiques. Bonsoir, Peter.

Prenant congé d'elle, il rentra chez lui, dans la tiède nuit printanière. Si à cet instant quelqu'un lui avait proposé de devenir l'unique propriétaire de la firme Francon & Heyer à condition qu'il épousât Dominique, il aurait refusé. Mais, au fond du cœur, il sentait, et non sans dégoût, que si on le lui offrait le lendemain matin, il ne refuserait pas.

1.15

Peter Keating avait appris à connaître ce que c'était que la peur. Il la comparait à ce que l'on ressent lorsqu'on a un cauchemar, mais cette peur-là se dissipe quand on se réveille, tandis que lui ne pouvait ni se réveiller, ni supporter ce sentiment plus longtemps. Cela avait grandi en lui pendant des jours, pendant des semaines, cette affreuse, cette inexprimable peur de la défaite. Il échouerait au concours, il était sûr d'échouer et cette certitude augmentait en lui à mesure que passaient les jours. Il ne pouvait plus travailler ; il sursautait lorsque quelqu'un lui adressait la parole ; il y avait des nuits pendant lesquelles il ne dormait plus.

Ce jour-là, il se rendait à pied au domicile de Lucius Heyer. Il s'efforçait de ne pas remarquer les gens qu'il croisait, mais il ne pouvait pas s'empêcher de les voir. Il avait l'habitude d'observer les gens et les gens le lui rendaient. Il était pris de l'envie de les insulter, de leur crier de ne pas le regarder, de le laisser tranquille. Il ne pouvait s'empêcher de penser qu'ils le regardaient fixement parce qu'ils savaient qu'il courait à un échec.

Il se rendait chez Heyer pour atténuer les effets du désastre qu'il prévoyait, et cela de la seule façon qui lui parût possible. S'il échouait au concours, et il était sûr d'échouer, Francon serait surpris et déçu; et lorsque Heyer mourrait, et il pouvait mourir d'un instant à l'autre, Francon hésiterait, après l'épreuve amère d'une humiliation publique, à prendre Keating comme associé. Si Francon hésitait, la partie était perdue. Il n'était pas le seul à convoiter ce poste. Benett, qu'il avait été impuissant à faire partir de la firme, Claude Stengel, qui avait extrêmement bien réussi depuis qu'il s'était installé à son compte, avaient pressenti Francon en lui offrant de racheter la part de Heyer. Keating ne pouvait compter sur rien d'autre que sur la confiance que lui avait accordée Francon. Si celui-ci prenait un autre associé pour remplacer Heyer, ce serait la ruine de l'avenir de Keating. Arriver si près du but et échouer, c'est là une chose que les gens ne vous pardonnent pas.

Au cours de ses nuits sans sommeil, ses idées se firent plus claires et plus précises. Il lui fallait trouver une solution immédiate, profiter des espérances illusoires que Francon nourrissait, et cela avant que le vainqueur du concours ne fût connu. Il lui fallait obliger Heyer à se retirer, et prendre sa place. Et pour arriver à ce résultat, il ne lui restait que quelques jours.

Il se souvint de certaines allusions de Francon au sujet du manque de caractère de Heyer. Compulsant longuement les dossiers de Heyer, il y trouva ce qu'il avait espéré y trouver. C'était une lettre d'un entrepreneur, écrite il y avait une quinzaine d'années, priant Mr. Heyer d'y trouver inclus un chèque de vingt mille dollars. Compulsant le dossier du building en question, Keating n'eut pas de peine à découvrir que la construction en avait coûté plus qu'il n'était justifiable. C'était cette année-là que Heyer avait commencé sa collection de porcelaine.

Il trouva Heyer seul dans son cabinet. C'était une pièce petite, obscure. L'atmosphère en était étouffante, comme si la pièce n'avait pas été aérée depuis des années. Les sombres boiseries d'acajou, les tapisseries, les vieux meubles précieux étaient parfaitement entretenus et cependant la pièce avait un air d'indigence et de délabrement. Une seule lampe brûlait dans un coin, sur un petit guéridon et sur la table étaient posées cinq tasses, précieuses et délicates, de porcelaine ancienne. Heyer, courbé au-dessus de la table, examinait les tasses dans cette faible lumière avec une sorte de vague et morne plaisir. Il tressaillit légèrement lorsque son vieux valet de chambre introduisit Keating et cilla d'étonnement, puis il pria Keating de s'asseoir.

Lorsqu'il commença de parler, Keating comprit, au son de sa propre voix, qu'il avait dominé la peur qui l'avait assailli pendant le trajet. Sa voix était froide et assurée. Tim Davis, se dit-il, puis Claude Stengel, et maintenant celui-ci.

Il expliqua le but de sa visite, donnant à sa pensée, dans cette pièce étouffée, silencieuse, la perfection, le fini d'une pierre bien taillée.

– ... et par conséquent, à moins que vous n'informiez Francon que vous avez décidé de vous retirer des affaires, et cela dès demain matin, conclut-il, balançant la lettre qu'il tenait délicatement par un angle entre ses deux doigts, *ceci* ira directement à l'A.G.A.

178

Il attendit une réaction. Heyer était immobile, ses pâles yeux saillants et sa bouche arrondis d'étonnement. Keating haussa les épaules en se demandant s'il s'adressait à un idiot.

La bouche de Heyer s'ouvrit davantage laissant apercevoir sa langue molle et décolorée.

– Mais c'est que je n'ai pas du tout envie de me retirer, dit-il simplement, naïvement même, et d'un ton pleurard.

– Vous y serez obligé.

– Mais je ne veux pas. Et je n'en ferai rien. Je suis un architecte célèbre. J'ai toujours été un célèbre architecte. Je voudrais bien que les gens cessent de me tourmenter. Je vais vous dire un secret, ajouta-t-il en se penchant et en prenant un air sournois. Vous ne vous en êtes peut-être pas aperçu, mais moi je le sais, on ne me trompe pas. Guy lui aussi voudrait que je sorte de la firme. Il croit cacher son jeu, mais je l'ai parfaitement deviné. Ce pauvre vieux Guy.

Il eut un petit gloussement de satisfaction.

– Je crois que vous ne me comprenez pas très bien. Savez-vous ce que signifie ceci ?

Keating poussa la lettre vers les doigts recroquevillés de Heyer.

Keating remarqua que, dans la main de Heyer, la mince feuille de papier tremblait. Il la laissa échapper, elle se posa sur la table, et, de sa main gauche aux doigts paralysés, repliés comme des griffes, il fit de vains efforts pour s'en emparer de nouveau. Puis avalant sa salive, il dit :

– Si vous envoyez cette lettre à l'A.G.A., ils me reprendront mon diplôme.

– C'est certainement ce qu'ils feront, dit Keating.

– Et ce sera dans les journaux.

– Certainement, et dans tous.

– Vous ne pouvez pas faire une chose pareille.

– C'est pourtant ce que je ferai, si vous ne vous retirez pas.

Le buste de Heyer s'inclina à tel point que son épaule vint toucher le bord de la table. Sa ᵗête était juste au-dessus de la surface polie, et semblait prête à disparaître elle aussi.

– Ne faites pas une chose pareille, je vous en prie, ne faites pas une chose pareille, supplia Heyer dans un long gémissement. Vous êtes un gentil garçon, un très gentil garçon. Ne faites pas une chose pareille.

Le carré de papier jaune était toujours sur la table. La main paralysée de Heyer s'en approchait, glissant doucement sur le bord de la table. Keating se pencha en avant et prit la lettre à l'instant où Heyer allait l'atteindre.

Heyer le regardait, la tête penchée de côté, la bouche ouverte. Il regardait Keating comme s'il s'attendait à ce que celui-ci le frappât, et son expression pitoyable, implorante, semblait presque signifier qu'il était prêt à accepter cela.

– Je vous en supplie, chuchota Heyer, ne faites pas cela. Je ne me sens pas très bien et je ne vous ai jamais fait aucun mal. Il me semble même me souvenir que j'ai fait pour vous quelque chose de très gentil.

– Et quoi donc ? lui jeta Keating. Qu'avez-vous fait pour moi ?

– Vous vous appelez bien Peter Keating... Peter Keating... Oui, je me souviens que j'ai fait quelque chose de très bien pour vous... Vous êtes ce garçon en lequel Guy a mis toute sa confiance. Mais ne vous fiez pas à Guy. Moi, je ne m'y fie pas. Mais vous, vous me plaisez. Un de ces jours, nous ferons de vous un de nos dessinateurs.

Il resta un moment la bouche ouverte ; un mince filet de salive coulait sur le côté. Il recommença :

– Je vous en prie... ne faites pas...

Les yeux de Keating brillaient de dégoût ; il fut envahi d'une telle répulsion qu'il brusqua les choses pour en finir.

– Vous serez démasqué devant tout le monde, dit-il d'une voix forte. Vous serez considéré comme un escroc. Les gens vous montreront du doigt. Il y aura votre photographie dans tous les journaux. Les propriétaires du building vous intenteront un procès. On vous jettera en prison.

Heyer ne répondit rien, ne bougea pas. Sur la table, les tasses de porcelaine se heurtèrent faiblement. Keating ne pouvait pas distinguer le tremblement du corps de Heyer que lui révélait seul le léger tintement de la porcelaine, comme si les tasses elles-mêmes tremblaient.

– Retirez-vous ! dit Keating, haussant la voix pour couvrir ce tintement, retirez-vous de la firme. Pourquoi vous obstiner à y rester ? Vous n'êtes bon à rien, vous n'avez jamais été bon à rien.

Le vieil homme ouvrit la bouche et fit entendre une sorte de gargouillement mouillé qui se termina par une plainte.

Keating était assis nonchalamment, les jambes écartées, s'appuyant du coude sur un de ses genoux, une de ses mains, pendante, balançant la fameuse lettre.

– Je... balbutia Heyer, je...

– Taisez-vous, dit brutalement Keating. Vous n'avez rien à dire d'autre que oui ou non. Décidez-vous. Je ne suis pas venu ici pour discuter avec vous.

Heyer cessa brusquement de trembler. Une ombre coupa son visage en diagonale. Keating vit un œil qui ne cillait plus, et la moitié de la bouche ouverte. L'obscurité s'y engouffrait comme s'il se noyait.

– Répondez-moi ! cria Keating, effrayé. Pourquoi ne me répondez-vous pas ?

Le visage marqué s'inclina, la tête tomba en avant, porta sur la table, glissa encore et roula sur le tapis comme une tête coupée ; deux des coupes tombèrent à leur tour et se brisèrent doucement sur le tapis. La première impression de Keating fut un sentiment de soulagement à voir le corps suivre la tête et reposer intact sur le parquet. Il n'y avait pas eu d'autre bruit que le tintement léger, musical, qu'avait fait la porcelaine en se brisant.

« Il sera furieux », se dit Keating en contemplant les coupes de porcelaine. Il bondit sur ses pieds, s'agenouilla, s'efforçant, mais en vain, de rassembler les morceaux. Le mal était trop grand pour être réparable. Et en même temps, il se disait qu'elle était enfin venue, cette seconde attaque tant attendue et qu'il lui fallait appeler à l'aide, mais que tout allait bien puisque Heyer serait forcé de se retirer.

Toujours à genoux, il s'approcha davantage du corps de Heyer. Sans bien se l'expliquer, il éprouvait une répugnance à le toucher.

– Mr. Heyer! appela-t-il.

Sa voix était douce, presque respectueuse. Il souleva doucement la tête de Heyer, puis il la laissa retomber, sans bruit. Il fit entendre une sorte de hoquet. Heyer était mort.

Keating restait là, accroupi, les mains sur les genoux. Il regardait droit devant lui. Son regard s'accrocha aux plis d'une tenture qui recouvrait la porte. Il se demanda si son aspect duveteux était dû à la poussière ou au poil du velours et si c'était vraiment du velours, et il pensa que c'était terriblement vieux jeu de poser une tenture devant une porte. Puis il se mit à trembler et eut envie de vomir. Il se leva, traversa la chambre et ouvrit la porte, car il se rappelait brusquement qu'il y avait quelque part un serviteur et qu'il lui fallait absolument appeler à l'aide.

Keating se rendit au bureau comme à l'accoutumée. Il répondit aux questions qu'on lui posa, expliqua que Heyer lui avait demandé de venir le voir chez lui après le dîner, pour discuter avec lui de sa décision de quitter le bureau. Personne ne mit son récit en doute et Keating comprit immédiatement que personne n'en douterait jamais. La fin de Heyer était venue ainsi que tous l'avaient prévue. Francon n'eut d'autre sentiment que le soulagement. « Nous ne pouvons que nous réjouir qu'une longue agonie lui ait été épargnée. »

Keating se sentait plus calme qu'il ne l'avait été depuis des semaines, mais c'était le calme d'une profonde stupeur. Une pensée le hantait, incessante, insistante, monotone, à son travail, chez lui, jour et nuit : il était un assassin... ou du moins presque un assassin... oui, presque un assassin... Il savait parfaitement que ce n'avait pas été un accident, qu'il avait escompté le choc et la terreur qui s'ensuivrait. Il avait espéré provoquer cette seconde attaque qui enverrait Heyer à l'hôpital pour le reste de ses jours. Mais était-il sûr de n'avoir pas espéré davantage? N'avait-il pas réfléchi à ce que pourrait encore signifier une seconde attaque? Avait-il espéré cela? Il essayait de se rappeler, il se torturait l'esprit pour retrouver ses pensées de ce jour-là, mais en vain. Il ne se souvenait plus de rien. Il était si absorbé qu'il ne s'apercevait même pas de ce qui se passait dans les bureaux et il avait complètement oublié qu'il ne lui restait que quelques jours pour conclure avec Francon une association.

Peu de jours après la mort de Heyer, Francon le pria de venir dans son bureau.

– Asseyez-vous, Peter, dit-il avec un sourire plus brillant qu'à l'ordinaire. J'ai de bonnes nouvelles pour vous, mon petit. La lecture du testament de Lucius a eu lieu ce matin. Il n'avait plus aucune famille, vous le saviez peut-être. Eh bien, à ma grande surprise, et je me rends compte maintenant que je ne lui rendais pas justice, il a eu vraiment un joli geste. Il vous lègue tout ce qu'il possédait. Vraiment chic de sa part, pas vrai? Grâce à lui vous n'aurez pas le souci de vous procurer des capitaux lorsque nous mettrons au point la question de... Qu'y a-t-il Peter?... Peter, mon petit, vous ne vous sentez pas bien?

Keating enfouit son visage dans son bras replié, à l'angle du bureau. Il ne pouvait supporter que Francon vît son visage à cet instant. Il se sentait mal en effet, envahi d'un sentiment de nausée, car malgré l'horreur de sa situation, il s'était surpris lui-même à se demander quel pouvait être le montant de la somme que lui avait légué Heyer...

Le testament avait été rédigé cinq années auparavant, peut-être dans un élan d'affection irraisonnée pour le seul être qui avait montré à Heyer quelque considération au bureau, ou peut-être comme un geste d'indépendance envers son associé ; en tout cas, il avait été écrit et oublié. L'héritage était de deux cent mille dollars, plus les intérêts de Heyer dans la maison, ainsi que sa collection de porcelaine.

Keating quitta le bureau de bonne heure ce soir-là, se dérobant aux félicitations. Il rentra chez lui, apprit la nouvelle à sa mère, la laissa pantelante au milieu du living-room et s'enferma dans sa chambre. Il sortit sans dire un mot, avant le dîner. Il ne dîna pas ce soir-là, mais s'enivra, dans son bar préféré, et se trouva bientôt dans un état de féroce lucidité. Et avec cette acuité que donnait l'alcool à sa vision des choses, la tête dodelinant au-dessus de son verre, mais l'esprit clair, il se dit qu'il n'avait rien à regretter. Ce qu'il avait fait, n'importe qui l'aurait fait à sa place. Catherine l'avait dit, il était égoïste, mais il n'était pas le seul à l'être. Il avait eu simplement plus de chance que d'autres et il la méritait plus que beaucoup d'autres. Il commença de se sentir parfaitement bien, et fermement décidé à ne plus se laisser assaillir par des pensées inutiles. Chacun pour soi, marmonna-t-il en roulant, endormi, sur la table.

Et effectivement, ces questions inutiles, il ne se les posa plus. Il n'en eut vraiment pas le temps pendant les jours qui suivirent. Il était le vainqueur du concours de la Cosmo-Slotnick.

Peter Keating savait que, pour le gagnant, ce serait le triomphe, mais il n'avait rien imaginé qui correspondît à la réalité. Il s'attendait au son des trompettes, mais il n'avait pas prévu l'explosion d'une véritable symphonie.

Cela commença par une légère sonnerie du téléphone, annonçant les noms des gagnants. Puis chaque appareil dans les bureaux se mit à sonner à son tour, la sonnerie insistant, jaillissant sous les doigts du téléphoniste qui perdait le contrôle de sa table d'écoute. Des appels de tous les grands journaux de la ville, des plus fameux architectes, des questions, des demandes d'interviews, des félicitations. Puis un flot jaillit des ascenseurs, inondant les bureaux ; des messages, des télégrammes, des gens que Keating connaissait, des gens qu'il n'avait jamais vus auparavant, et la secrétaire de réception, perdant complètement la tête, ne savait plus qui elle devait laisser entrer et qui elle devait retenir, et Keating serrait des mains, et encore et toujours des mains, comme les rayons mous et humides d'une immense roue venant frapper contre ses doigts. Il ne sut absolument pas ce qu'il disait au cours de son premier interview dans le bureau de Francon rempli de gens et de caméras ; Francon avait ouvert toutes grandes les portes de sa cave à liqueurs et déclarait à qui voulait l'entendre que le projet du Cosmo-Slotnick Building avait été conçu et exécuté par Peter Keating seul. Francon, dans un élan d'enthousiasme, se montrait vraiment généreux, mais il se disait aussi que l'histoire ne manquait pas d'allure.

L'histoire eut plus de succès encore que Francon ne s'y attendait. Reproduit dans tous les journaux, le visage de Peter Keating fut bientôt connu du pays tout entier, ce beau visage franc, souriant, aux yeux brillants, aux boucles sombres. Il illustrait des articles traitant de la pauvreté, de la lutte pour la vie, des aspirations et du labeur incessant qui avait finalement sa récompense ; de la foi d'une mère en son fils pour les succès duquel elle avait tout sacrifié ; et l'un d'eux donna à Keating le surnom de « Cendrillon de l'Architecture ».

Les directeurs de la Cosmo-Slotnick furent enchantés ; ils n'avaient pas imaginé un seul instant que l'architecte gagnant le concours pût être beau, jeune et pauvre, ou du moins riche de si fraîche date. Ils avaient le mérite d'avoir découvert un enfant de génie. Or la Cosmo-Slotnick adorait les enfants de génie ; Mr. Slotnick n'en était-il pas un, lui qui n'avait que quarante-trois ans.

Les projets de Keating pour le « plus beau building du monde » furent reproduits dans les journaux, accompagnés des phrases par lesquelles le jury avait notifié sa décision : « pour l'extrême ingéniosité et la simplicité des plans... pour la façon claire et parfaite dont ils ont été conçus... pour l'ingénieuse utilisation de l'espace... pour l'harmonieuse adaptation du moderne au classique... à Francon & Heyer et Peter Keating... »

Keating passa aux actualités, serrant les mains de Mr. Shupe et de Mr. Slotnick, avec en sous-titres, des commentaires de ces deux gentlemen sur sa création. Keating passa à d'autres actualités, serrant la main de Miss Dimples Williams et la complimentant de son talent de star. Il fut invité à des banquets d'architectes et à des banquets de producteurs de films ; il était à la place d'honneur et devait faire un discours, oubliant parfois s'il devait parler d'architecture ou de cinéma. Il fut invité par des clubs d'architectes et par les clubs les plus divers. La Cosmo-Slotnick fit imprimer un portrait de Keating flanqué de son building que l'on pouvait recevoir en envoyant simplement à la Cosmo une enveloppe timbrée, portant son adresse et contenant deux dollars. Il parut, en chair et en os, tous les soirs, pendant une semaine, sur la scène du Cosmo Theater, lorsque la Cosmo-Slotnick présenta une super-production. En habit, mince et élégant, il s'inclinait au-dessus de la rampe et parlait pendant deux minutes de la signification de l'architecture. Il présida le jury d'un concours de beauté à Atlantic-City, le gagnant devant bénéficier d'une bande d'essai à la Cosmo-Slotnick. Il fut photographié en compagnie d'un lauréat fameux, avec comme légende : « Champions ». On fit de son building un modèle réduit qui fut envoyé, accompagné de photographies des meilleurs envois, à tous les cinémas Cosmo-Slotnick du pays qui l'exposèrent dans le foyer.

Mrs. Keating avait commencé par sangloter, serrant Peter dans ses bras et disant qu'elle ne pouvait pas y croire. Elle avait d'abord répondu en bégayant aux questions qu'on lui posait au sujet de Petey, et elle avait posé pour les photographes, mal à l'aise, et s'efforçant de plaire. Mais elle s'habitua très vite à ce nouvel état de chose. Elle dit à Peter, en haussant les épaules, que bien entendu il avait gagné, qu'il n'y avait rien là de surprenant, que personne d'autre n'aurait pu gagner à sa place. Elle employa bientôt, avec les reporters, un petit ton condescendant. Elle se montrait nettement contrariée lorsqu'elle n'était pas photographiée avec Petey. Et elle s'acheta un manteau de vison.

Keating se laissait porter par le flot. Il avait besoin de tous ces gens et de tout ce bruit autour de lui. Il n'y avait plus en lui ni doute, ni questions lorsqu'il se trouvait sur une estrade, devant une mer de visages ; l'air était lourd, compact, saturé d'une solution unique : l'admiration ; et il n'y avait plus de place pour rien d'autre. Il était célèbre, aussi célèbre que cette foule immense le lui disait ; et c'était lui qui avait raison puisque tous ces gens croyaient en lui. Il regardait tous ces visages, tous ces yeux. Il se voyait comme ils le voyaient et il recevait d'eux le don de vie. Le vrai Peter Keating n'était rien d'autre que la réflexion de tous ces regards, et son corps n'était rien d'autre que la réflexion de cette réflexion.

Il trouva le temps de passer deux heures, un soir, avec Catherine. Il la prit dans ses bras tandis qu'elle faisait tout bas de radieux plans d'avenir ; il la regardait d'un air attendri ; il n'entendait pas ce qu'elle disait, il se demandait de quoi ils auraient l'air s'ils étaient tous deux photographiés ainsi et dans combien de journaux le cliché paraîtrait.

Il ne vit Dominique qu'une fois. Elle quittait New York pendant l'été. Dominique le désappointa. Elle le félicita poliment, mais elle le traita comme elle le faisait toujours, comme si rien ne s'était passé. De toutes les publications sur l'architecture, sa chronique fut la seule qui ne mentionna pas une fois le concours de la Cosmo-Slotnick, non plus que le gagnant.

– Je pars pour le Connecticut, lui dit-elle. Je vais m'installer dans la propriété de mon père. Il me l'abandonne pour tout l'été. Non, Peter, vous ne pouvez pas venir me voir. Non, pas même une fois. Si je pars là-bas, c'est justement pour ne voir personne.

Il fut déçu, mais la déception ne fut pas assez forte pour lui gâter son triomphe, Dominique ne lui faisait plus peur. Il était persuadé qu'il l'amènerait à changer d'attitude, qu'elle aurait changé lorsqu'elle reviendrait à l'automne.

Mais il y avait une chose qui lui gâtait sa victoire, quoique pas très souvent ni très vivement. Il ne se lassait jamais d'entendre ce que l'on disait de lui, mais il n'aimait pas trop entendre parler du building. Et lorsqu'il ne pouvait y échapper, il n'appréciait guère les commentaires sur « l'harmonieuse adaptation du moderne au classique » de la façade, mais lorsqu'on en venait aux plans, et on en parlait tellement, lorsque l'on vantait une fois de plus « l'extrême ingéniosité et la simplicité des plans... leur claire et parfaite conception... l'ingénieuse utilisation de l'espace... », lorsqu'il entendait ces mots et qu'il pensait à... Non, il n'y pensait pas vraiment. Même en lui, il ne formulait pas sa pensée. Il ne se le permettait pas. Ce n'était que le sentiment de quelque chose de lourd, de sombre... et un nom.

Pendant deux semaines après la publication des résultats, il était parvenu à écarter cette pensée comme une chose qui ne méritait pas qu'il s'y arrêtât, qu'il lui fallait enterrer avec son passé plein de doute et d'humilité. Pendant tout l'hiver, il avait gardé ses premiers projets, hachés, par une autre main que la sienne, de coups de crayon. La première chose qu'il avait faite, le jour où il avait appris sa réussite, avait été de les brûler.

Et toujours cette pensée qui ne le quittait pas. Et brusquement, il réalisa qu'il n'y avait pas là une vague menace, mais un réel danger. Et il cessa d'avoir peur. Un danger réel pouvait être écarté et le plus simplement du monde. Il soupira de satisfaction, téléphona au bureau de Roark et prit rendez-vous avec lui.

Il partit à ce rendez-vous avec confiance. Pour la première fois de sa vie, il était délivré de cette étrange impression de malaise qu'il ressentait toujours en présence de Roark et qu'il ne pouvait ni expliquer ni surmonter. Il était sûr de lui maintenant. Il en avait fini avec Howard Roark.

Roark était assis à son bureau. Il attendait. Le téléphone avait sonné une fois, dans la matinée, mais ce n'était que Peter Keating, demandant un rendez-vous. Il ne se souvenait même plus que Keating devait venir. Il attendait que le téléphone sonnât. Sa vie, depuis quelques semaines, dépendait du téléphone. La Manhattan Bank Company devait, d'un instant à l'autre, lui rendre réponse au sujet du projet qu'il avait exécuté pour elle.

Le loyer du bureau n'était plus payé depuis plusieurs mois. Il en était de même du loyer de la chambre dans laquelle il vivait. Pour la chambre, il s'en souciait peu. Il avait demandé au propriétaire d'attendre, celui-ci y avait consenti et ce n'aurait pas été si grave, après tout, s'il avait refusé. Mais pour le bureau, c'était différent. Il avait informé le gérant que le paiement de son loyer se ferait attendre. Il ne lui avait pas demandé de lui accorder un délai. Il l'avait simplement informé qu'il y aurait un délai dans le paiement, et qu'il ne pouvait préciser quelle en serait la durée. Mais le seul fait de savoir qu'il avait besoin de cette aumône de la part du gérant avait donné pour lui à cette explication le sens d'une prière. Dépendre de quelqu'un pour quelque chose était pour lui une torture.

« Qu'importe, se disait-il, cela aussi je le supporterai. »

Il devait deux mois de téléphone. Il avait reçu le dernier avertissement. D'ici quelques jours le téléphone serait coupé. Mais il pouvait se passer tant de choses en quelques jours ! Il attendait.

La décision du conseil d'administration, que Weidler lui avait promise depuis longtemps, avait été remise de semaine en semaine. Le conseil n'arrivait pas à un accord ; Roark avait parmi ses membres de fervents adeptes aussi bien qu'une violente opposition ; il y avait eu de nombreuses conférences ; Weidler lui disait peu de choses, mais Roark devinait tout ce qu'il y avait derrière sa réserve. Et il y avait eu des jours de silence, de silence dans le bureau, de silence dans la ville entière, de silence en lui-même. Il attendait.

Il attendait, à moitié couché sur son bureau, appuyant son visage sur son bras, les doigts posés sur le récepteur. Il se disait qu'il ne devrait pas se laisser aller ainsi, mais il se sentait très fatigué ce jour-là. Il se disait aussi qu'il devrait lâcher le récepteur, mais sa main ne bougeait pas. Toute sa vie dépendait de ce téléphone. Il pouvait briser l'appareil, il ne continuerait pas moins d'en dépendre. Tout en lui attendait, tout son être, son souffle même. Sa main était toujours immobile sur le récepteur. Il y avait le téléphone et il y avait le courrier. Il s'était toujours menti à lui-même, au sujet du courrier, se forçant à ne pas se précipiter lorsqu'une lettre était glissée sous la porte, à ne pas s'élancer, mais à attendre, à considérer calmement l'enveloppe blanche se détachant sur le parquet puis à aller calmement la ramasser. La fente sous la porte et le téléphone, c'était tout ce qui lui restait sur terre.

Pensant à cela, il leva la tête pour regarder dans la direction de la porte. Il n'y avait rien. Il était déjà tard. L'heure de la dernière distribution devait être passée. Il souleva son poignet pour regarder l'heure à son bracelet-montre. Il vit son poignet nu, se souvint qu'il avait mis sa montre en gage. Il se tourna vers la fenêtre ; il pouvait lire l'heure à l'horloge d'une tour loin-taine. Il était quatre heures et demie. Il n'y aurait plus de distribution ce jour-là.

Il vit sa propre main soulever le récepteur, ses doigts former le numéro.

— Non, pas encore, disait la voix de Weidler dans l'appareil. L'assemblée était fixée à hier, mais elle a dû être remise... Je suis après eux comme un bouledogue... Je peux vous promettre une réponse définitive pour demain. Du moins, je puis presque vous la promettre. Si ce n'est pas demain, cela nous reportera après le week-end, mais lundi sera le dernier délai... Vous avez été extraordinairement patient avec nous, Mr. Roark, et nous l'appré-cions pleinement.

Roark reposa le récepteur. Il ferma les yeux. Il avait besoin de se reposer, de se détendre pendant quelques minutes avant de se mettre à réfléchir à la date à laquelle on devait lui couper le téléphone et de se demander comment il ferait pour tenir jusqu'au lundi.

— Hello, Howard, dit Peter Keating.

Il ouvrit les yeux. Keating était entré dans le bureau et se tenait devant lui, souriant. Il portait un pardessus de demi-saison, d'un brun clair, largement ouvert, et un bleuet à sa boutonnière. Il se tenait là, les jambes écartées, les poings sur les hanches, son chapeau rejeté en arrière, ses boucles noires si brillantes et si nerveuses au-dessus de son front blanc, que l'on s'attendait presque à y voir, comme sur le bleuet, des gouttes de rosée.

— Hello, Peter, dit Roark.

Keating s'assit confortablement, enleva son chapeau, le jeta en travers du bureau et posa ses mains, en les faisant claquer, sur ses genoux.

— Eh bien, Howard, il se passe des choses, pas vrai ?

— Mes félicitations.

— Merci. Que se passe-t-il, Howard. Vous avez l'air éreinté. Pourtant, d'après ce que je sais, vous n'êtes pas accablé de travail.

Ce n'était nullement le ton qu'il avait eu l'intention de prendre. Il avait au contraire décidé que cet interview serait paisible et amical. Il décida de reve-nir ensuite à cette attitude. Mais il lui fallait avant tout montrer à Roark qu'il n'avait pas peur de lui, qu'il n'aurait plus jamais peur de lui.

— Non, je ne me suis pas surmené.

— Voyons, Howard, pourquoi n'abandonnez-vous pas ?

Ce n'était nullement ce qu'il avait l'intention de dire et il en resta la bouche ouverte d'étonnement.

— Abandonner quoi ?

— Cette pose. Ou votre idéal, si vous préférez. Pourquoi ne pas redescendre sur la terre ? Vous mettre à travailler comme n'importe qui d'autre et cesser d'être le damné fou que vous êtes ?

Il avait l'impression de rouler sans freins du haut d'une colline. Il ne pouvait plus s'arrêter.

— Où voulez-vous en venir, Peter ?

— Comment espérez-vous faire votre chemin dans le monde ? Vous devez compter avec les gens. Or il n'y a que deux moyens. Ou vous joindre à eux, ou les combattre. Et vous, vous ne faites ni l'un ni l'autre.

— Non. Ni l'un ni l'autre.

— Et les gens ne veulent pas de vous. *Ils ne veulent pas de vous !* N'êtes-vous pas découragé ?

— Non.

— Il y a plus d'un an que vous n'avez pas reçu de commande. Et vous n'en recevrez pas. Qui voudrait vous faire travailler ? Il vous reste peut-être quelques centaines de dollars, et après, c'est la fin.

— Là vous vous trompez, Peter. Il me reste exactement quatorze dollars et cinquante-sept cents.

— Vous voyez ! Et maintenant, regardez-moi. Peu m'importe si cela vous paraît indélicat que je parle ainsi de moi-même. La question n'est pas là. Et peu importe celui qui la pose. Regardez-moi ! Rappelez-vous nos débuts et voyez où nous en sommes, maintenant. Reconnaissez-vous donc pour battu. Quittez donc la folle illusion que vous êtes supérieur à tous et mettez-vous à travailler. Dans un an vous aurez un bureau qui vous fera rougir de ce trou. Vous aurez des gens qui vous rechercheront, vous aurez des clients, vous aurez des amis, et une armée d'employés auxquels donner des ordres !... Que diable, Howard, tout cela ne me regarde en rien, qu'est-ce que cela peut me faire à moi que vous travailliez ou non ? Mais cette fois, je ne recherche pas mon intérêt, je sais au contraire que vous seriez un dangereux concurrent, et pourtant je me sens obligé de vous dire cela. Mais réfléchissez, Howard, voyons, réfléchissez ! Vous serez riche, vous serez célèbre, vous serez respecté, loué, admiré, vous serez des nôtres, enfin !... Eh bien ?... Dites quelque chose ! Pourquoi ne répondez-vous rien ?

Il vit que le regard de Roark n'était pas, comme d'habitude, indifférent et dédaigneux, mais attentif et étonné. Et c'était déjà beaucoup que Roark n'eût pas abaissé sur son regard un voile d'acier et qu'il y eût dans ses yeux quelque chose qui ressemblait à de l'étonnement, à de la curiosité.

— Ecoutez-moi, Peter. Je vous crois. Je sais que vous n'avez rien à gagner à me dire ce que vous venez de me dire. Et qui plus est, je sais parfaitement que vous ne désirez pas me voir réussir. Mais non, mais non, je ne vous le reproche pas, je l'ai toujours su, vous ne désirez nullement me voir atteindre toutes ces choses dont vous me parlez. Et pourtant vous me donnez, en toute sincérité, le moyen de les atteindre. Et vous savez que, si je suis votre conseil, je les atteindrai facilement. Et vous ne me parlez pas ainsi par sympathie, car en ce cas vous ne seriez pas à la fois si irrité et si effrayé... Voyons, Peter, qu'y a-t-il en moi, tel que je suis, qui vous effraie à ce point ?

– Je ne sais pas... murmura Keating.

A peine eut-il prononcé ces mots, qu'il comprit que c'était une confession, et même une terrible confession. Lui-même ne comprenait pas très bien la nature de cette confession et il était persuadé que Roark ne la connaissait pas non plus. Il avait dévoilé quelque chose qu'il ne pouvait exprimer, mais qu'il pressentait vaguement. Et tous deux restèrent un moment silencieux, se regardant avec étonnement et avec une sorte de résignation.

– Ressaisissez-vous, Peter, dit Roark avec gentillesse et sur un ton de camaraderie. Nous ne reparlerons jamais de cela.

Keating dit alors brusquement, d'un ton vulgaire auquel il semblait prendre plaisir :

– Et que diable, Howard, tout ce que je vous ai dit n'est qu'une question de simple bon sens. Si vous vouliez bien vous mettre à travailler comme un être normal...

– Assez! jeta Roark.

Keating se rejeta en arrière, exténué. Il lui semblait qu'il n'avait rien d'autre à dire. Il avait complètement oublié ce pour quoi il était venu.

– Eh bien, dit Roark, que vouliez-vous me dire au sujet du concours?

Keating se redressa. Il se demanda comment Roark avait deviné le motif de sa venue. Et brusquement tout lui devint facile et ses impressions antérieures furent balayées par un véritable flot de ressentiment.

– Oui, dit-il d'un ton bref avec un soupçon d'irritation, en effet j'ai à vous parler à ce sujet. Merci de me le rappeler. Vous l'avez deviné parce que vous savez que je ne suis pas une brute ingrate. Le véritable but de ma visite était de venir vous remercier, Howard. Je n'ai pas oublié que vous avez participé au projet, que vous m'avez donné de précieux conseils. Je suis prêt à le reconnaître.

– Ce n'est pas nécessaire.

– Je n'y verrais quant à moi aucun inconvénient, mais je suis persuadé que vous ne tenez pas à ce que j'en parle. Et je suis également persuadé que vous n'en parlerez pas vous-même. Vous savez comment sont les gens, ils ont une façon si stupide d'interpréter les choses... Mais, étant donné que j'ai touché une part du prix alloué au gagnant, j'estime qu'il n'est que juste que vous en receviez une partie. Et je suis heureux que cela vienne à un moment où vous en avez tellement besoin.

Ouvrant son portefeuille, il en sortit un chèque qu'il avait rempli à l'avance et il le posa sur le bureau. Le chèque portait : « Payer à l'ordre de Howard Roark la somme de cinq cents dollars. »

– Merci, Peter, dit Roark en prenant le chèque.

Puis retournant le chèque il écrivit au dos « Payer à l'ordre de Peter Keating », le signa et le tendit à celui-ci.

– Et voici mon offrande, Peter, dit-il. Elle a le même but que la vôtre, vous fermer la bouche.

Keating le regarda d'un air abasourdi.

– C'est tout ce que je puis vous offrir actuellement, dit Roark. Vous ne pouvez rien extorquer de moi en ce moment, mais lorsque j'aurai de l'argent, je préfère que vous n'ayez pas alors la possibilité de me faire chanter. Je vous avoue franchement que je vous en crois capable. Or je désire que l'on ignore toujours la part que j'ai prise à ce projet.

Il se mit à rire en voyant dans les yeux de Keating une tardive expression de compréhension.

— Non ? dit Roark, vous n'avez pas l'intention de me faire chanter avec cette histoire ?... Rentrez chez vous, Peter. Et tranquillisez-vous. Je ne dirai jamais un mot de cette histoire. Le building est à vous, chaque poutre, le plus petit morceau de tuyau aussi bien que vos portraits dans les journaux.

Keating bondit sur ses pieds. Il tremblait.

— Maudite brute ! Le diable vous emporte ! s'écria-t-il. Pour qui vous prenez-vous ? Qui vous permet de me parler ainsi ? Alors mon projet n'est pas digne de vous ? Et vous voulez me rendre honteux de l'avoir fait ! Vous n'êtes qu'un vil et méprisable vaniteux ! Qui croyez-vous donc être ? Vous n'avez même pas assez d'intelligence pour comprendre que vous n'êtes qu'un bon à rien, un incapable, un raté, un raté, un raté ! Et vous vous permettez de porter des jugements ! Vous, tout seul contre le pays tout entier ! Vous seul contre tout le monde ! Et pourquoi vous écouterais-je ? Vous ne me faites pas peur, vous ne m'impressionnez pas ! Moi, j'ai tout le monde pour moi ! Ne me regardez pas ainsi ! Je vous ai toujours haï ! Et vous n'en saviez rien ! Oui, je vous ai toujours haï. Et je vous haïrai toujours ! Je vous briserai un jour, ma parole, je vous briserai !

— Peter, dit Roark, pourquoi vous trahir ainsi ?

Keating fit entendre une espèce de râle. Il se laissa tomber sur une chaise et resta prostré, serrant dans ses mains le bord de son siège.

Au bout d'un instant, il releva la tête et dit d'une voix morne :

— Mon Dieu, Howard, qu'est-ce qui m'a pris ?

— Vous sentez-vous mieux maintenant ? Etes-vous en état de vous en aller ?

— Howard, je suis désolé. Je vous présente mes excuses, si cela peut vous être agréable. (Sa voix était terne et morne, et manquait de conviction.) J'ai perdu la tête. Je dois être nerveusement à bout. Je ne pense pas un mot de ce que je vous ai dit. Je ne sais pas pourquoi je l'ai dit. Franchement, je ne comprends pas ce qui m'a pris.

— Fermez votre col. Il s'est défait.

— Je pense que c'est ce que vous m'avez dit au sujet de ce chèque qui m'a mis en colère. Vous-même avez vu dans ce chèque une insulte. Je m'excuse. Je fais ainsi parfois des choses stupides. Je n'avais nullement l'intention de vous offenser. Nous allons le détruire, ce maudit chèque.

Ramassant le chèque et allumant une allumette, il le regarda brûler jusqu'à la dernière miette.

— Oublions tout cela, Howard, voulez-vous ?

— Vous ne croyez pas que vous feriez mieux de vous en aller, maintenant ?

Keating se leva avec effort, fit des mains quelques gestes inutiles, puis marmonna :

— Bon... bon, au revoir, Howard, je... je reviendrai... il s'est passé tant de choses, depuis quelque temps... J'ai besoin de repos... A bientôt, Howard...

En arrivant dans l'antichambre et en refermant la porte derrière lui, Peter éprouva un curieux sentiment de soulagement. Il était sombre et extrêmement fatigué, mais étrangement sûr de lui-même. Il avait appris une chose : il haïssait Roark. Ce n'était plus nécessaire pour lui de douter, de s'étonner, de se tourmenter à ce sujet. C'était très simple. Il haïssait Roark. Pour quelle raison ? Inutile de chercher la raison. La seule chose nécessaire était de haïr, de haïr aveuglément, de haïr patiemment, de haïr sans colère ; simplement de haïr, de ne rien laisser intervenir entre sa haine et lui, et de ne jamais, jamais l'oublier.

La sonnerie du téléphone retentit tard dans l'après-midi du lundi.
– Mr. Roark ? dit Weidler. Pouvez-vous venir immédiatement ? Je ne veux rien dire au téléphone. Je vous attends.
Sa voix claire et gaie était de merveilleux augure.
Roark, à travers la fenêtre, déchiffra l'heure au cadran de la tour lointaine. Il lui sourit comme à un vieil ennemi qu'on aime bien. Bientôt il n'en aurait plus besoin. Il aurait de nouveau une montre à lui. Il rejeta la tête en arrière et lança un regard de défi au pâle cadran grisâtre qui dominait la ville. Il se leva et prit son pardessus. Il l'enfila, rejeta les épaules en arrière. Il éprouvait du plaisir au simple jeu de ses muscles.
Il prit un taxi, ce qui n'était guère dans ses moyens.
Le président du conseil d'administration l'attendait dans son bureau, en compagnie de Weidler et du vice-président de la Manhattan Bank Company. Il y avait dans la pièce une longue table de conférences et les dessins de Roark y étaient étalés. Weidler se leva lorsque Roark entra et vint à sa rencontre, les mains tendues. Les mots que Weidler prononça étaient dans l'air et il sembla à Roark qu'il les avait perçus au moment où il était entré dans la pièce.
– Mr. Roark, dit-il, la commande est à vous.
Roark s'inclina. Il se sentait incapable d'articuler le moindre mot.
Le président lui sourit aimablement, l'invitant à s'asseoir. Roark s'installa à la table où étaient disposés ses dessins, la main posée à plat. L'acajou massif était vivant et chaud sous ses doigts. Il lui semblait presser de la main les fondations du building qu'il allait construire, le plus grand de sa carrière, cinquante étages en plein Manhattan.
– Je suis obligé de vous avouer, lui expliquait le président, que nous avons dû mener une véritable lutte pour faire accepter votre projet. Grâce à Dieu, le débat est terminé. Certains de nos membres ne pouvaient pas accepter vos innovations si radicales. Vous savez comme certaines personnes sont conservatrices. Mais nous avons su les amadouer et nous avons obtenu leur assentiment. Mr. Weidler, ici présent, a été pour vous un admirable avocat.
Les trois hommes dirent encore bien d'autres choses. C'était à peine si Roark les entendait. Il pensait à la première morsure de la machine lorsqu'on commencerait l'excavation. Et tout d'un coup il entendit le président qui disait « et votre projet est donc accepté à une seule condition ». Cette phrase l'éveilla de son rêve et il leva les yeux vers le président.
– Ce n'est qu'une légère concession et dès que vous l'aurez approuvée, nous pourrons signer le contrat. C'est une simple question d'apparence exté-

rieure du building. J'ai cru comprendre que vous autres, architectes modernes, n'attachez pas énormément d'importance à une simple façade. Ce sont les plans intérieurs qui comptent pour vous et, en ceci, nous vous donnons pleinement raison. Il ne nous viendrait pas à l'esprit de changer quoi que ce soit à la disposition intérieure. C'est justement la logique de vos plans qui nous a décidés en votre faveur. Nous pensons donc que vous n'y verrez pas d'inconvénient.

– De quoi s'agit-il? demanda Roark.

– Uniquement d'une légère altération dans la façade. Je vais vous montrer ce dont il s'agit. Le fils de Mr. Parker, un de nos associés, fait des études d'architecture et nous lui avons demandé de nous faire une esquisse, une simple esquisse pour illustrer ce que nous avions dans la tête et afin que les membres de notre conseil d'administration puissent se rendre compte de la concession que nous leur faisons. Voici cette esquisse.

Il prit une feuille parmi les papiers qui étaient sur la table et la tendit à Roark.

L'esquisse, dessinée avec beaucoup de soin, représentait bien le building de Roark, mais la façade avait été flanquée d'un portique dorique, d'une corniche, et la sévère décoration de Roark avait fait place à une ornementation de style vaguement grec.

Roark se leva. Il mit tout son effort à se tenir debout. Il y parvint. Le reste n'était plus rien. Il s'appuyait sur son bras tendu, se retenant au bord de la table, et, à son poignet, les tendons saillaient

– Vous voyez la chose, dit le président d'un ton conciliant. Nos conservateurs refusent d'accepter une façade aussi dépouillée que la vôtre. Et ils affirment que le public ne l'acceptera pas non plus. Nous avons donc choisi un moyen terme. De cette façon, sans être de style traditionnel, notre building donnera au public l'impression qu'il l'est, et qu'il ne diffère pas de ce qu'ils sont accoutumés de voir. Cela ajoute à notre immeuble un certain air de stabilité, de dignité, particulièrement nécessaire lorsqu'il s'agit d'une banque. Il y a une sorte de loi, non écrite, bien entendu, selon laquelle une banque se doit de posséder un portique classique et, après tout, une banque n'est pas exactement le genre d'institution faite pour l'innovation et la rébellion. Cela risque d'affaiblir la confiance qui nous est si nécessaire. Les gens n'aiment pas la nouveauté. Par contre cette esquisse a rallié l'approbation de tous. Personnellement, je n'aurais pas exigé ces changements, mais il ne me semble pas qu'ils nuisent à l'ensemble. Et c'est à cette solution que notre conseil d'administration a donné son adhésion. Bien entendu, nous ne voulons pas dire que vous devez suivre cette esquisse. Elle vous donne simplement une idée générale de laquelle vous pourrez partir pour faire une interprétation personnelle du motif classique de la façade.

Roark prit la parole. Ses interlocuteurs ne parvinrent pas à démêler si le son de sa voix trahissait un excès d'émotion ou un excès de calme. Ils conclurent que c'était plutôt un excès de calme, car Roark parlait d'une voix unie, sans accents, sans couleur, détachant chaque syllabe d'une façon mécanique. Cependant il y avait dans la pièce des vibrations qui n'étaient pas de celles que produit le calme.

Ils conclurent qu'il n'y avait rien d'anormal dans l'attitude de celui qui parlait, à part le fait que sa main droite ne lâchait pas le bord de la table et que, lorsqu'il ramassa ses dessins, il le fit de la main gauche comme si la droite était paralysée.

Il parla pendant longtemps. Il expliqua les raisons pour lesquelles il ne pouvait pas accepter de faire une façade classique. Il essaya de leur faire comprendre qu'une construction avait une intégrité, comme un honnête homme, et devait former un tout d'une inspiration unique; il leur expliqua en quoi consistait la source de vie, l'idée qui se trouvait en chaque être ou en chaque création et comment, si une particule de cet être ou de cette création trahissait l'idée qui l'inspirait, elle signait son arrêt de mort. Et que les seules choses élevées, nobles et belles sur terre étaient celles qui conservaient leur intégrité.

Le président l'interrompit :

– Mr. Roark, je suis entièrement d'accord avec vous. Il n'y a pas d'arguments à opposer à ce que vous venez de nous dire. Malheureusement, dans la vie pratique on ne peut pas toujours être aussi absolu. Il faut toujours compter avec les imprévisibles facteurs de l'émotion humaine Et cela on ne peut le combattre par la froide logique. Cette discussion est d'ailleurs inutile. Je puis vous approuver, je ne puis vous aider. La question est résolue. La décision prise par notre conseil d'administration, après de très longs débats, comme vous le savez, est irrévocable.

– Ne pourrais-je obtenir une audience de ces messieurs et leur parler moi-même ?

– Je regrette, Mr. Roark, mais le conseil d'administration se refuse à reconsidérer la question. Sa décision est définitive. Je suis simplement chargé de vous demander si vous êtes décidé à accepter la commande à cette condition ou non. Je dois d'ailleurs vous avouer que le conseil a envisagé la possibilité d'un refus de votre part, auquel cas le nom d'un autre architecte, un certain Gordon L. Prescott, a été retenu. Mais j'ai affirmé au conseil que j'étais persuadé que vous accepteriez.

Il attendit un mot. Roark ne dit rien.

– Vous avez bien compris la situation, Mr. Roark ?

– Oui, dit Roark.

Il avait les yeux baissés. Il regardait ses dessins.

– Eh bien ?

Roark ne répondit rien.

– Oui, ou non, Mr. Roark ?

Roark releva la tête et ferma à demi les yeux.

– Non, dit-il.

Après un silence, le président lui demanda :

– Etes-vous conscient de ce que vous êtes en train de faire ?

– Absolument, dit Roark.

– Dieu tout-puissant ! s'exclama soudain Weidler. Ne comprenez-vous pas que c'est une affaire énorme ? Vous êtes encore très jeune, vous ne retrouverez pas une occasion pareille. Et... et puis que diable, vous en avez besoin ! Je sais à quel point vous en avez besoin !

Roark rassembla les dessins épars sur la table, en fit un rouleau qu'il mit sous son bras.

— C'est de la pure folie, gémit Weidler. C'est vous que je voulais. C'est votre projet que nous avions choisi. Et vous-même vous avez besoin de cette commande. Ne pourriez-vous pas, pour une fois, être moins fanatique, moins désintéressé ?

— Que dites-vous ? dit Roark d'un air incrédule.

— Que vous pourriez être pour une fois moins fanatique, moins follement désintéressé.

Roark sourit. Il jeta un regard au rouleau qu'il tenait sous son bras et le serra plus étroitement contre lui.

— Il est impossible d'agir d'une façon plus égoïste que je ne le fais en ce moment, dit-il.

Il retourna à pied à son bureau. Il rassembla ses instruments de travail et le peu d'objets personnels qui s'y trouvaient. Il en fit un paquet qu'il mit sous son bras. Fermant la porte à clé il remit celle-ci au gérant et l'informa qu'il s'absentait. Passant chez lui, il y déposa son paquet puis il se rendit chez Mike Donnigan.

— C'est non ? demanda Mike au premier regard.

— C'est non, dit Roark.

— Que s'est-il passé ?

— Je vous le dirai une autre fois.

— Les brutes !

— N'y pensons plus, Mike.

— Et votre bureau ?

— Je l'ai fermé.

— Définitivement ?

— Pour le moment.

— Le diable les emporte, tête de cuivre. Le diable les emporte, tous tant qu'ils sont.

— Assez parlé, Mike. J'ai besoin de travail. Pouvez-vous m'aider ?

— Moi ?

— Je ne connais personne dans le bâtiment ici. Personne ne m'engagerait. Tandis que vous, vous connaissez tout le monde.

— Comment dans le bâtiment ? Qu'est-ce que vous racontez ?

— Dans le travail du bâtiment, dans la construction, comme autrefois.

— Vous voulez dire comme simple ouvrier ?

— Je veux dire comme simple ouvrier.

— Mais vous êtes complètement piqué, maudit fou que vous êtes !

— Assez, Mike. Voulez-vous, oui ou non, me procurer du travail ?

— Mais pourquoi diable un travail de manœuvre alors que vous pouvez trouver un poste convenable chez un architecte ? Et vous le savez bien.

— Je ne veux plus, Mike. Plus jamais.

— Mais pourquoi ?

— Je ne veux plus rien avoir à faire avec eux. Je ne veux plus voir ce qu'ils font. Je ne veux plus les aider à le faire.

— Mais vous pourriez trouver une place convenable dans une autre branche.

– Dans une autre place convenable, il me faudrait penser à mon travail. Je ne veux plus penser. Pas comme eux. Où que j'aille, il faudra que je pense comme eux. Je veux un travail que je puisse faire sans penser.

– Un architecte n'accepte pas un travail de manœuvre.

– Si, lorsque c'est tout ce que cet architecte peut faire.

– Vous pourriez apprendre un métier très rapidement.

– Je ne veux apprendre aucun métier.

– Alors si je vous comprends bien, vous voulez que je vous trouve un emploi sur un des chantiers de la ville ?

– Exactement.

– Eh bien, non ! Le diable vous emporte ! Je n'en ferai rien. Je ne peux pas ! Je ne veux pas !

– Pourquoi ?

– Voyons, tête de cuivre, vous n'allez pas vous donner en spectacle à tous ces salauds ? Pour que ces fils de chiens apprennent à quoi ils vous ont réduit et pour qu'ils s'en réjouissent !

Roark se mit à rire.

– Je me moque complètement de cela, Mike. Pourquoi vous en soucier ?

– Tout de même, je ne vous laisserai pas faire cela. Je ne donnerai pas ce plaisir à tous ces fils de chiens.

– Mike, dit Roark doucement, il ne me reste rien d'autre à faire.

– Mais si, que diable ! Ce n'est pas la première fois que je vous l'offre. Mais cette fois vous allez être raisonnable. J'ai assez de fric pour deux jusqu'à ce que...

– Je vous répondrai ce que j'ai répondu à Austen Heller ; si vous m'offrez encore une fois de l'argent, tout sera fini entre nous.

– Mais pourquoi ?

– Ne discutez pas, Mike.

– Mais...

– Je vous demande une bien plus grande faveur. Procurez-moi du travail. Et vous n'avez pas besoin d'être consterné. Je ne le suis pas.

– Mais... que deviendrez-vous ?

– Que voulez-vous dire ?

– Je veux dire... dans l'avenir.

– Je mettrai de l'argent de côté et je reviendrai. Et peut-être qu'auparavant, quelqu'un aura besoin de moi et me fera revenir.

Mike le regarda. Et il lut dans les yeux de Roark quelque chose que ce dernier n'avait pas l'habitude d'y laisser deviner.

– Okay, tête de cuivre, dit-il doucement.

Il réfléchit pendant un bon moment, puis il ajouta :

– Ecoutez-moi bien, tête de cuivre, je ne veux pas vous procurer du travail à New York. C'est au-dessus de mes forces. Cela me fait mal au ventre rien que d'y penser. Mais je vous trouverai quelque chose ailleurs.

– Parfait. Que m'importe. Pour moi c'est pareil.

– Il y a si longtemps que je travaille pour tous ces maudits entrepreneurs de Francon que je les connais tous. Francon est propriétaire d'une carrière de granit dans le Connecticut. Un des contremaîtres est un grand copain à moi. Il est justement à New York en ce moment. Avez-vous déjà travaillé dans une carrière ?

– Une fois. Il y a longtemps.

– Vous croyez que vous aimerez ça ?

– Certainement.

– J'irai le voir. Nous ne lui dirons pas qui vous êtes, simplement un ami à moi. Cela suffira.

– Merci, Mike.

Mike se leva pour prendre son pardessus, mais ses mains retombèrent et il baissa la tête.

– Ecoutez, tête de cuivre...

– Cela fera parfaitement l'affaire, Mike.

Roark reprit le chemin de chez lui. Il faisait sombre, les rues étaient désertes, il y avait un fort vent. Il en sentait la froide et sifflante pression contre sa joue. C'était d'ailleurs seulement ainsi qu'il s'était aperçu que le vent soufflait. Rien ne bougeait dans le haut couloir de pierre qu'il suivait. Il n'y avait pas un arbre à agiter, un rideau à soulever, une tente à faire battre. Rien qu'une masse nue de pierre, de verre, et d'asphalte aux angles aigus. Et le vent qui le frappait au visage en prenait quelque chose d'irréel. Mais soudain, au coin d'une rue, il vit, dans une poubelle, un vieux journal froissé qui bruissait, battant convulsivement contre le grillage. Et le vent retrouva sa réalité.

Deux jours plus tard, dans la soirée, Roark partit pour le Connecticut.

Dans le train, il se retourna, à un moment donné, pour contempler la ville qui apparaissait et disparaissait à l'horizon.

Le crépuscule en estompait les détails. Les buildings étaient semblables à de minces tours d'un bleu doux de porcelaine, la couleur des lointains au crépuscule. Les gratte-ciel aux lignes nues semblaient des formes creuses sans densité. La distance nivelait la ville. Les tours isolées semblaient d'une hauteur incroyable, sans rapport avec le reste de la cité. Elles paraissaient appartenir à un monde à elles et elles étaient le témoignage tangible de ce que l'homme avait conçu et exécuté. Ce n'était encore que des formes creuses, mais l'homme qui était arrivé jusque-là ne s'arrêterait pas en chemin. La ville qui se dressait à l'horizon était à la fois une question et une promesse.

De petites taches de lumière brillaient au haut d'une des plus fameuses tours, aux fenêtres du « Star Roof Restaurant ». Puis le train bifurqua et la ville disparut.

Ce soir-là, dans la salle des banquets du « Star Roof Restaurant », on célébrait par un dîner l'entrée de Peter Keating comme associé dans la firme qui serait connue désormais sous le nom de Francon & Keating.

A la longue table qui semblait recouverte d'une nappe de lumière, était assis Guy Francon. S'apercevant dans une glace, il constata, non sans satisfaction, que ses tempes argentées lui donnaient un air de distinction et d'élégance qui s'accordait bien avec l'habit. A la place d'honneur était assis Peter Keating. Il était renversé en arrière, les épaules très droites, tenant un verre à la main. Ses boucles sombres brillaient sur son front blanc. Pendant un court moment de silence il n'y eut parmi les convives ni envie, ni ressentiment, ni méchanceté, mais un profond sentiment de fraternité en présence de ce pâle et beau jeune homme qui paraissait aussi solennel qu'au jour de sa première communion. Ralston Holcombe se préparait à prendre la parole. Il s'était levé, un verre à la main. Il avait soigneusement préparé son discours et, à sa propre stupéfaction, il s'entendit prononcer un speech tout différent et d'un ton sincèrement ému :

– Nous sommes les gardiens d'une des grandes activités de l'homme, une de ses plus nobles tentatives. Nous avons parfois réussi, nous nous sommes souvent trompés, mais nous sommes prêts, en toute humilité, à faire place à nos continuateurs. Nous ne sommes que des hommes et nous ne sommes que des chercheurs. Mais nous recherchons la vérité avec ce qu'il y a de meilleur dans nos cœurs. Et c'est ce qu'il y a de plus noble en nous qui nous pousse à cette recherche, la plus haute de toutes. Je bois à l'avenir de l'architecture américaine !

DEUXIÈME PARTIE

ELLSWORTH M. TOOHEY

2.1

Tenir ses poings étroitement serrés, comme si la paume de ses mains avait crû autour de l'acier qu'elles étreignaient ; se tenir fermement planté, adhérant fortement au roc dont il sentait sous ses pieds la dure résistance ; ne plus avoir conscience de son corps que par quelques points de tension : les genoux, les poignets, les épaules et le manche de la foreuse ; sentir trembler dans ses mains la foreuse par longues secousses convulsives ; sentir trembler tout son corps jusqu'au plus profond de soi-même ; voir les durs profils du rocher se changer en lignes tremblantes et brisées ; sentir son corps et la foreuse n'être plus qu'un dans la volonté de faire pénétrer lentement la pointe d'acier dans le granit, voilà en quoi consistait toute la vie d'Howard Roark depuis deux mois.

Il était debout, en pleine lumière, sur la pierre brûlante, le visage noirci par le soleil. Sa chemise trempée de sueur collait à son dos. Au-dessus de lui, la carrière s'élevait en gradins. C'était un monde étrange, dépourvu de courbes, de végétation ou d'humus, un monde simplifié, fait de plans rocheux aux profils aigus, aux angles droits. Le granit n'était pas fait de la patiente accumulation, au cours des siècles, du dépôt des vents et des marées, mais d'une matière en fusion qui avait jailli violemment de la terre et ne pouvait être réduite par l'homme que par la violence.

Les gradins qui s'étageaient étaient le témoignage de la puissance de chacune de ces attaques ; chaque explosion avait arraché au roc des blocs massifs, faisant éclater le dur granit. Les foreuses, à leur tour, creusaient plus profond, avec un bourdonnement sourd et continu. Et la tension de ce son continu pénétrait les nerfs et les os, comme si la vibration de la foreuse attaquait l'homme aussi bien que le granit.

Il aimait ce travail. Il avait l'impression parfois d'une lutte entre ses muscles et le granit. Le soir il était exténué et il aimait cette sensation de vide que lui procurait son extrême fatigue.

Chaque soir, il parcourait les deux miles qui séparaient la carrière du petit bourg où vivaient les ouvriers. La terre, dans les bois qu'il traversait, était douce et chaude à ses pieds. C'était une étrange sensation après une journée passée sur les paliers de granit. Chaque soir il en éprouvait un nouveau plaisir et se retournait avec un sourire pour voir sur la terre meuble les faibles empreintes de ses pas.

Il y avait une salle de bains dans le galetas de la maison où il logeait; la peinture du plancher avait depuis longtemps disparu, laissant à nu les planches d'un blanc grisâtre. Il s'attardait dans son bain, laissant l'eau fraîche baigner sa peau incrustée de poussière de granit. Il appuyait la tête au rebord de la baignoire, fermait les yeux. Il trouvait un soulagement dans l'excès même de sa fatigue, n'éprouvait d'autre sensation que le plaisir de se détendre peu à peu.

Il prenait son repas dans la cuisine, avec d'autres ouvriers de la carrière. Il s'asseyait seul à une table d'angle. La fumée grasse, qui s'élevait perpétuellement avec un bruit de friture du vaste fourneau à gaz, remplissait la cuisine d'une brume visqueuse. Il mangeait peu, mais buvait verres d'eau sur verres d'eau, ne pouvant résister à la tentation du liquide frais et limpide.

Il dormait dans une minuscule mansarde sous le toit fortement incliné. Lorsqu'il pleuvait, il pouvait entendre le bruit de chaque goutte frappant le toit, et il lui fallait faire un effort pour se rendre compte qu'il ne pleuvait pas sur lui.

Quelquefois, après le dîner, il allait se promener dans les bois qui s'étendaient derrière la maison. Il se couchait sur le ventre, à même le sol, s'appuyant sur les coudes, le menton dans les mains, étudiant les veinures des brins d'herbe à la hauteur de son visage; soufflant doucement dessus pour les voir trembler puis reprendre leur immobilité première. Puis se mettant sur le dos, il s'abandonnait, sentant monter vers lui la tiédeur de la terre. Il distinguait encore, au-dessus de sa tête, la voûte de feuillage d'un vert intense comme si la couleur s'intensifiait avant d'être absorbée par le soir qui tombait. Les feuilles se détachaient, immobiles, contre un ciel d'un jaune très doux, d'une pâleur lumineuse menacée par le crépuscule. Roark pesait de tout son poids sur la terre qui cédait doucement. Il y enfonçait ses talons avec un sentiment de victoire silencieuse. Et il éprouvait, à étendre les jambes, un plaisir vaguement sensuel.

Quelquefois, pas souvent, il s'adossait à un arbre et restait longuement immobile, avec aux lèvres le lent sourire du bourreau contemplant sa victime. Il pensait à sa vie qui s'écoulait, aux œuvres qu'il aurait pu accomplir, qu'il aurait dû accomplir, qu'il n'accomplirait peut-être jamais. Il analysait la montée en lui de la souffrance avec une curiosité froide et détachée, se disant : « Tiens, ça recommence », et se demandant combien de temps cela durerait, cette fois-là. Il éprouvait une sorte de plaisir amer à lutter contre cette souffrance, oubliant presque qu'elle lui était personnelle, souriant de dédain sans bien réaliser qu'il souriait de sa propre agonie. De tels instants étaient rares, mais lorsqu'ils survenaient, il pensait à la carrière de granit. Comme là-bas, il lui fallait poser une mine et faire sauter ce qui en lui faisait encore appel à sa propre pitié.

Dominique Francon vivait seule, cet été-là, dans une spacieuse demeure coloniale dans la propriété de son père, à trois miles de la petite ville. Elle n'avait invité personne. Le vieux gardien et sa femme étaient les seuls êtres humains qu'elle vît et encore le moins possible. Ils vivaient à quelque distance de la maison, près des écuries. Le gardien s'occupait du parc et des chevaux, sa femme de la maison et du service de Dominique.

Les repas étaient servis avec cette gracieuse austérité que la vieille femme avait apprise aux jours lointains où la mère de Dominique vivait encore et présidait à la table de la vaste salle à manger. Le soir, Dominique trouvait son unique couvert disposé comme pour un dîner de cérémonie, éclairé aux bougies dont les flammes jaunes immobiles semblaient les étincelantes lances de métal d'une garde d'honneur. La pièce, dont la plus grande partie était plongée dans l'obscurité, semblait immense. Les hautes fenêtres s'alignaient comme une colonnade de plates sentinelles. Au centre de la longue table, en pleine lumière, s'épanouissait, dans une coupe de cristal, un nymphéa, ouvrant ses pétales d'un blanc pur autour de son cœur jaune comme une goutte de cire.

La vieille femme servait les repas dans un silence plein de réserve et disparaissait de la maison aussitôt qu'elle avait terminé son travail. Lorsque Dominique montait dans sa chambre à coucher, elle trouvait sa fragile et précieuse chemise de nuit soigneusement étalée sur le lit. Le matin, lorsqu'elle gagnait sa chambre de bain, la vapeur qui montait de la baignoire profondément encastrée était parfumée de jacinthe, par ses sels de bain préférés ; les carreaux de faïence, couleur d'aigue-marine, soigneusement polis, brillaient sous ses pieds, et les serviettes de bain d'une blancheur de neige s'amoncelaient à portée de la main. Cependant Dominique n'avait entendu aucun bruit de pas et n'avait pas l'impression d'une présence vivante dans la maison. La vieille femme la traitait avec le même soin révérencieux que les verreries de Venise, dans les vitrines du grand salon.

Dominique avait passé tant d'étés et tant d'hivers à s'entourer de gens pour mieux se sentir seule, que cette nouvelle expérience de complète solitude était pour elle un enchantement, et elle s'abandonnait à une faiblesse qu'elle ne s'était jamais permise jusqu'alors, celle d'en jouir profondément. Elle étendait les bras puis les laissait retomber paresseusement, éprouvant aux poignets cette douce langueur engourdie que l'on ressent après un premier « drink ». Elle aimait le contact de ses légères robes d'été, aimait à en sentir la soyeuse étoffe contre ses genoux, sur ses cuisses lorsqu'elle se mouvait, ayant de son corps une sensation d'une extrême acuité.

La maison s'élevait solitaire au milieu d'un vaste parc entouré de bois. Il n'y avait aucun voisin à des milles à la ronde. Elle faisait de longues randonnées à cheval sur des routes désertes, des sentiers encaissés qui ne menaient nulle part. Les feuilles brillaient dans la lumière et les branches s'inclinaient dans l'air que déplaçait son rapide passage. Il lui arrivait de retenir son souffle avec le brusque sentiment que quelque chose de merveilleux et de terrible l'attendait au prochain tournant de la route. Elle n'aurait pu dire si c'était un paysage, un être ou un événement, elle savait seulement qu'elle y prendrait un plaisir violent.

D'autres fois, elle quittait la maison et marchait pendant des heures, ne se fixant ni but ni durée. Des autos la dépassaient ; les ouvriers de la carrière la reconnaissaient et la saluaient au passage ; on la considérait comme la châtelaine du pays, comme l'avait été sa mère avant elle. Elle quittait la route pour s'enfoncer dans les bois, d'une démarche souple et balancée, levant la tête vers la cime des arbres. Au-dessus d'eux, des nuages couraient. Il lui semblait que cet arbre immense, là, devant elle, se mettait en mouvement, s'inclinait, prêt à tomber et à l'écraser sous sa masse. Elle s'arrêtait et attendait, la tête rejetée en arrière, la gorge tendue, et quelque chose en elle souhaitait cet écrasement. Puis elle haussait les épaules et reprenait sa marche. Elle écartait avec impatience les branches qui lui barraient le passage et égratignaient ses bras nus. Elle continuait de marcher malgré la fatigue qui la gagnait, luttant contre la lassitude de ses muscles. Et brusquement, elle se laissait tomber sur le dos, et restait là, les bras en croix, soupirant de bien-être, se sentant vide et légère, offrant sa poitrine à la caresse de l'air.

Certains matins, en s'éveillant, elle entendait, venant de la carrière, le bruit lointain d'une explosion. S'adossant aux oreillers de soie blanche, les bras noués derrière la tête, elle écoutait ce bruit qui lui plaisait parce qu'il signifiait destruction.

Parce que le soleil était terriblement chaud et qu'elle savait qu'il ferait plus chaud encore à la carrière, parce qu'elle n'avait envie de voir personne et qu'elle savait qu'il lui faudrait affronter toute une équipe d'ouvriers, Dominique, ce matin-là, se rendit à la carrière. Elle réalisait que par un jour pareil ce serait un spectacle terrible et elle s'en réjouissait à l'avance.

Lorsqu'elle déboucha des bois et s'arrêta sur le bord de ce vaste cratère de granit, elle eut l'impression de se pencher au-dessus d'un lieu de supplice empli de vapeur brûlante. La chaleur ne venait pas du soleil, mais de cette plaie béante dans les entrailles de la terre, dont les gradins successifs formaient réflecteurs. Sa tête, ses épaules, son dos, exposés au soleil, lui semblaient baignés de fraîcheur en comparaison de l'haleine brûlante de la pierre qui lui montait aux jambes, au cou, aux narines. A ses pieds, l'air tremblait ; des étincelles s'allumaient dans le granit ; elle eut l'impression que la pierre s'amollissait, fondait, se transformait en blanches coulées de lave. Les foreuses et les marteaux déchiraient l'air alourdi. C'était atroce de voir des hommes peiner sur les gradins de cette fournaise. Ils semblaient non pas des ouvriers, mais des forçats accomplissant quelque incroyable pénitence pour quelque incroyable forfait. Elle ne pouvait détourner d'eux son regard.

Elle se dressait sur le bord du cratère, comme une insulte à ceux qui étaient en contrebas. Sa robe couleur d'eau, d'une coûteuse simplicité, aux plis marqués comme dans du verre, ses fins talons sur ces rochers, le casque brillant de ses cheveux, l'excessive fragilité de sa silhouette se détachant sur le ciel, tout en elle parlait de l'exquise fraîcheur qui devait régner dans les jardins et dans la demeure auxquels elle appartenait.

Elle continuait de regarder les ouvriers lorsque son regard tomba sur les cheveux orange d'un homme qui avait levé la tête et qui la regardait à son tour.

Elle s'immobilisa, frappée non d'une sensation visuelle, mais d'une impression de toucher. Elle se sentit non pas regardée, mais frappée au visage. Elle éleva gauchement la main, écartant les doigts dans l'espace comme si elle s'appuyait à un mur. Il lui semblait qu'elle ne pourrait pas bouger tant que ce regard serait sur elle.

Elle nota la bouche qui n'exprimait qu'un silencieux dédain ; les plans des joues maigres et creuses ; l'éclat froid et pur des yeux dans lesquels il n'y avait pas trace de pitié. Et elle sentit que ce visage était le plus beau qu'elle eût jamais contemplé, qu'il était l'expression même de la puissance virile. Elle sentit en elle une convulsion de colère, de protestation, de résistance... et de plaisir. Il continuait de la regarder ; ce n'était pas un regard mais un acte de possession. Elle se disait qu'elle devrait donner à son visage une expression qui serait la réponse qu'il méritait de recevoir, mais au lieu de cela elle regardait la poussière de granit sur ses bras bronzés, sa chemise trempée collant à son torse, la ligne longue de ses jambes élancées. Elle pensait aux statues d'hommes nus qu'elle avait toujours recherchées, elle se demandait comment il serait, dévêtu. Il lui sembla qu'il lisait en elle ce qu'elle venait de penser. Et il lui sembla qu'elle venait de trouver un but dans la vie, la haine violente et subite que lui inspirait cet homme.

Elle fut la première à se ressaisir. Elle se détourna et s'éloigna de lui. Apercevant le directeur des travaux qui venait à sa rencontre, elle le salua de la main. Il s'élança pour la recevoir.

– Miss Francon ! Est-ce possible ! Comment allez-vous, Miss Francon ?

Elle souhaita que ces mots fussent entendus par l'homme qui travaillait en contrebas. Pour la première fois de sa vie, elle éprouva un sentiment de satisfaction à être Miss Francon, fière de la position et de la fortune de son père qu'elle avait toujours méprisées. Elle se dit que l'homme, là-bas, n'était qu'un simple ouvrier, payé par le propriétaire de la carrière et qu'elle-même en était presque propriétaire.

Le directeur attendait, respectueusement. Elle sourit et dit :

– Je suppose que j'hériterai de cette carrière un jour ou l'autre, et j'ai décidé de la visiter.

Le directeur, la précédant sur le sentier, lui fit les honneurs de son domaine, lui expliquant le processus de l'exploitation. Elle le suivit de l'autre côté de la carrière, descendit dans le vallon poussiéreux où se trouvaient les hangars, s'initia aux étonnantes machines. Elle y consacra un temps qui lui parut considérable. Puis elle retourna, seule, sur le bord de la carrière.

Elle le vit de loin tandis qu'elle approchait. Il travaillait. Elle vit qu'une de ses mèches cuivrées était tombée en travers de son visage et frémissait au tremblement de la foreuse. Et elle pensa, non sans satisfaction, que les vibrations de la foreuse devaient le faire souffrir, dans ses membres et jusqu'au plus profond de lui-même.

Lorsqu'elle fut exactement au-dessus de lui, il leva la tête pour la regarder. Elle ne s'était pas rendu compte qu'il l'avait entendue s'approcher. Il paraissait trouver tout naturel de la revoir, comme s'il s'était attendu à ce qu'elle revînt. Et elle vit passer sur ses lèvres l'ombre d'un sourire plus insultant que n'importe quelle parole. Et ce sourire s'ajoutait à la façon dont il la regardait, en plein visage, fixement, en laissant sous-entendre par son expression qu'il savait parfaitement qu'il n'aurait pas dû la regarder ainsi, mais que c'était elle, par son attitude, qui lui en avait donné le droit.

Elle se détourna brusquement et se mit à descendre le sentier pierreux s'éloignant de la carrière.

Ce n'était pas de ses yeux qu'elle se souvenait, ni de sa bouche, mais de ses mains. Toute la signification de cette journée semblait contenue pour elle dans cette vision de sa main appuyée contre le granit. Elle la revoyait dans ses moindres détails : le bout des doigts pressés contre la pierre, les longs doigts continuant la ligne droite des tendons partant en éventail du poignet aux jointures. Elle pensait à lui et, aussitôt, la vision lui revenait de cette main posée sur le granit et, sans qu'elle comprît pourquoi, cette image la remplissait de crainte.

Ce n'est qu'un simple ouvrier, se disait-elle, un salarié accomplissant un travail de forçat. Elle se répétait cela, assise devant la dalle de verre de sa table de toilette, contemplant les objets de cristal éparpillés devant elle et qui semblaient taillés dans la glace. Ils parlaient de luxe et de fragilité et elle pensait de nouveau à ce corps tendu par l'effort, à ces vêtements imprégnés de poussière de pierre, trempés de sueur, à ces mains... Et elle s'exagérait encore ce contraste, avec tout ce qu'il avait de dégradant pour elle. Elle se renversait en arrière, fermant les yeux. Elle pensait aux hommes nombreux et distingués qu'elle avait repoussés. Et de nouveau sa pensée revint à ce carrier. A l'idée d'être violentée non par un homme qu'elle admirât, mais par un homme qu'elle méprisait, elle se sentit envahie d'un plaisir trouble.

Pendant deux jours, elle se joua à elle-même la comédie de ne pas retourner à la carrière. Trouvant dans une malle de vieux baedekers, elle se mit à les compulser, choisissant le voyage qu'elle ferait, les hôtels dans lesquels elle descendrait, la chambre qu'elle aurait dans ces hôtels, les trains qu'elle prendrait et jusqu'au numéro de sa cabine de luxe au cours de sa croisière. Elle trouvait du plaisir à faire ces projets tout en sachant parfaitement qu'elle ne partirait pas et qu'elle retournerait à la carrière.

Elle y retourna trois jours plus tard. Elle s'arrêta en face du palier où il travaillait et le dévisagea ouvertement. Lorsqu'il releva la tête, elle ne détourna pas la sienne. Son regard à elle signifiait clairement qu'elle comprenait parfaitement le sens de son attitude, mais qu'elle se souciait trop peu de lui pour se donner la peine de le dissimuler ; son regard à lui, qu'il n'avait pas douté un instant qu'elle reviendrait. Il se pencha sur la foreuse et se remit au travail. Elle attendit. Elle aurait désiré qu'il la regardât de nouveau, mais elle savait qu'il l'avait compris et qu'il ne relèverait pas la tête.

Elle restait là à regarder ses mains, attendant le moment où il les poserait sur la pierre. Oubliant la foreuse et la dynamite, il lui semblait que c'était de ses mains nues qu'il brisait le granit.

Elle entendit le directeur l'appeler par son nom, se précipitant à sa rencontre. Elle se tourna vers lui.

– J'aime voir travailler les hommes, lui dit-elle.

– Oui, c'est très pittoresque, n'est-ce pas, approuva le directeur. Le nouveau chargement va partir dans un instant.

Mais elle ne s'intéressait nullement au nouveau chargement. Elle regardait l'homme là-bas, qui la fixait avec une insolence amusée, sachant parfaitement qu'il lui était désagréable qu'il la regardât ainsi en présence du directeur. Le regard de ce dernier suivit le sien et s'arrêta sur l'ouvrier.

— Hé, vous là-bas, cria-t-il, êtes-vous payé pour travailler ou pour bayer aux corneilles ?

L'homme se pencha sans répondre sur la foreuse. Dominique rit tout haut.

— C'est une équipe de durs que nous avons ici, Miss Francon, dit le directeur. Certains d'entre eux ont même fait de la prison.

— Celui-ci en a-t-il fait ? demanda-t-elle, indiquant l'homme là-bas.

— Je ne pourrais vous le dire. Je ne les connais pas tous.

Elle souhaita qu'il en eût fait. Elle se demanda si l'on fouettait encore les forçats et espéra que oui. A cette pensée, elle eut la même sensation que, lorsque, étant enfant, elle rêvait qu'elle tombait d'un escalier, ce même coup dans l'estomac.

Elle se détourna brusquement et partit.

Elle ne revint que quelques jours plus tard. Il apparut brusquement sur le bord du sentier. Elle s'arrêta net. Elle ne voulait pas se sentir trop près de lui. Le voir là devant elle, sans la barrière que mettait entre eux la distance, lui procurait une étrange sensation.

Il la regardait droit dans les yeux. Justement parce qu'ils ne s'étaient jamais parlé, il y avait entre eux une sorte de secrète intimité qu'elle s'efforça de détruire en lui adressant la parole.

— Pourquoi me dévisagez-vous ainsi ? demanda-t-elle brusquement.

Elle sentit avec soulagement que parler était le meilleur moyen de rétablir les distances entre eux. En s'exprimant comme elle venait de le faire, elle avait détruit quelque chose qui les liait. Pendant un instant il resta silencieux, se contentant de la regarder. Elle eut peur qu'il ne répondît pas, qu'il lui exprimât clairement par son silence pourquoi il jugeait inutile de lui répondre. Mais il dit :

— Pour la même raison que celle qui vous fait me regarder.

— Je ne sais pas ce que vous voulez dire.

— Si vous l'ignoriez, Miss Francon, vous seriez à la fois moins surprise et plus irritée contre vous-même.

— Vous savez donc qui je suis ?

— Vous avez pris le soin de m'en informer.

— Je ne vous conseille pas d'être insolent. Je peux vous faire renvoyer d'un instant à l'autre.

— Faut-il appeler le directeur ? demanda-t-il, le cherchant des yeux parmi les ouvriers.

Elle sourit avec dédain.

— Certainement pas. Ce serait trop simple. Mais puisque vous savez qui je suis, vous feriez mieux de cesser de me dévisager ainsi quand je viens ici. Cela pourrait être mal interprété.

— Je ne le crois pas.

Elle se détourna, s'efforçant de retrouver le contrôle de sa voix. Puis, sans le regarder, elle demanda :

— Trouvez-vous très dur de travailler ici ?

– Terriblement.

– Etes-vous très fatigué, le soir ?

– De manière inhumaine.

– Qu'est-ce que vous ressentez ?

– Mon travail fini, je puis à peine marcher. La nuit, je ne puis bouger mes bras. Lorsque je suis couché, chaque muscle de mon corps me fait souffrir.

Elle eut brusquement l'impression qu'il ne parlait pas de lui, mais d'elle et qu'il lui disait ces choses-là parce que c'était exactement ce qu'elle souhaitait entendre.

Elle se sentit envahie d'une froide et brusque colère, mais en même temps elle éprouva le désir de toucher sa peau nue, de poser son bras nu contre le sien.

Elle demanda, d'une voix calme :

– Vous n'êtes pas d'ici, n'est-ce pas ? Vous ne vous exprimez pas comme un ouvrier. Que faisiez-vous auparavant ?

– J'ai été électricien, plombier, plâtrier, et j'ai fait bien d'autres métiers encore.

– Pourquoi travaillez-vous ici ?

– Pour l'argent que vous me donnez, Miss Francon.

Elle haussa les épaules et, se détournant de lui, continua son chemin. Elle savait qu'il la suivait du regard, mais elle ne se retourna pas. Elle fit le tour de la carrière et partit aussitôt qu'elle le put, sans repasser par le sentier où elle risquait de le rencontrer à nouveau.

2.2

Dominique s'éveillait chaque matin en ayant devant elle une journée pleine de sens, car elle avait enfin un but, et ce but était de ne pas se rendre à la carrière.

Elle avait complètement perdu cette impression de liberté dont elle était si fière. Elle n'ignorait pas que lutter sans arrêt contre l'emprise d'un désir obsédant était une autre façon de reconnaître ce désir, mais elle continuait de lutter. C'était la seule façon dont elle permettait à cet homme d'influer sur sa vie et elle trouvait dans son insatisfaction même une sorte de sombre satisfaction parce que cette insatisfaction lui venait de lui.

Elle se rendit chez les voisins les plus proches, des gens distingués, très riches, qu'elle avait trouvés extrêmement ennuyeux lorsqu'elle les avait rencontrés à New York. Elle n'avait fait aucune visite pendant tout l'été. Ils furent tout à la fois surpris et enchantés de la voir. Elle s'installa au milieu d'un groupe extrêmement sélect, au bord de la piscine, observant leur attitude élégante et raffinée. Elle nota également la déférence avec laquelle ils s'adressaient à elle. Voyant son image se refléter dans la piscine, elle lui trouva un air de délicate pureté.

Et elle éprouva un plaisir trouble à se représenter la réaction des gens qui l'entouraient s'ils avaient pu lire dans sa pensée en ce moment ; s'ils avaient su qu'elle pensait à un homme qui travaillait dans une carrière, pensant à son corps d'une façon proche et intime, de la façon dont on pense à son propre corps. Elle sourit. Son expression de froide pureté ne révélait rien de la signification de ce sourire. Elle revint chez ces gens pour le simple plaisir que lui procurait le contraste qui existait entre ses pensées en leur présence et le respect qu'ils lui témoignaient.

Un soir, un des invités offrit de la reconduire chez elle. C'était un jeune poète déjà célèbre. Il était pâle et élancé avec une douce bouche sensible et des yeux que blessait le spectacle de l'univers. Elle n'avait même pas remarqué avec quel intérêt il l'avait observée pendant toute la journée. Tandis qu'ils roulaient au crépuscule, elle le vit se rapprocher d'elle. Elle entendit sa voix murmurer cette incohérente supplication que tant d'hommes déjà lui avaient adressée. Il arrêta la voiture, et elle sentit ses lèvres sur son épaule.

Elle s'écarta brusquement de lui, puis s'immobilisa, ayant peur, si elle faisait le moindre geste, de le frôler, ce qui lui aurait été insupportable. Puis, ouvrant la portière, elle sauta, referma la porte avec bruit, comme pour le rayer de son existence et se mit à courir éperdument. A bout de souffle, elle ralentit sa course et se mit à marcher, frissonnante, sur la route sombre, jusqu'à ce qu'elle aperçût le toit de sa demeure.

Elle s'arrêta, regardant autour d'elle, et brusquement frappée d'étonnement. De tels incidents s'étaient fort souvent produits dans sa vie passée. Ils n'avaient provoqué chez elle aucune réaction autre qu'un léger amusement et, en tout cas, aucune répulsion.

Elle traversa lentement la pelouse, entra dans la maison. Gravissant les marches de l'escalier qui conduisait à sa chambre, elle s'arrêta. Elle pensait à cet homme, là-bas, à la carrière. Et pour la première fois, elle s'avoua à elle-même, de façon claire et précise, que cet homme la désirait. Elle le savait depuis longtemps, elle l'avait compris au premier regard qu'ils avaient échangé, mais elle ne se l'était pas encore avoué.

Elle se mit à rire. Elle regarda autour d'elle, notant le luxe de sa silencieuse demeure. Cette demeure rendait de telles pensées impossibles.

Pendant plusieurs jours, elle parcourut avec satisfaction les enfilades de pièces de sa spacieuse demeure. Et elle souriait lorsque lui parvenait de la carrière le bruit des explosions.

Mais elle se sentait trop en sécurité à l'abri chez elle. Et le désir lui vint de mettre cette sécurité à l'épreuve.

Son choix se porta sur la dalle de marbre qui se trouvait devant la cheminée de sa chambre à coucher. Il lui fallait la briser. Elle s'agenouilla, un marteau à la main, et s'efforça de fendre le marbre. Elle frappait, élevant son bras mince bien au-dessus de sa tête, laissant retomber le marteau de toutes ses forces. Les muscles de ses bras, l'articulation de l'épaule lui faisaient mal. Enfin elle parvint à étoiler la dalle.

Elle se rendit à la carrière. Elle le vit de loin et se dirigea droit vers lui.

– Hello, dit-elle d'un air détaché.

Il arrêta la foreuse, s'adossa à la paroi rocheuse.

– Hello, dit-il.

– J'ai pensé à vous, dit-elle doucement.

Puis elle s'arrêta et reprit du même air détaché :

– Parce qu'il y a chez moi un travail que vous pourriez faire. Aimeriez-vous gagner de l'argent en dehors de votre travail ?

– Certainement, Miss Francon.

– Alors venez à la maison ce soir. L'entrée de service donne sur Ridgewood Road. La dalle de marbre d'une cheminée est brisée, je veux la faire remplacer. Il faudrait l'enlever et en commander une semblable.

Elle s'attendait à un refus irrité. Il se contenta de demander :

– A quelle heure dois-je venir ?

– A sept heures. Combien gagnez-vous, ici ?

– Soixante-deux cents à l'heure.

– Je suis sûre que vous les valez. Je suis prête à vous payer au même tarif. Savez-vous où se trouve ma demeure ?

– Non, Miss Francon.

– Vous n'aurez qu'à vous renseigner au village.

– Bien, Miss Francon.

Elle le quitta, désappointée. Elle ne sentait plus entre eux cette entente secrète. Il lui avait répondu comme s'il s'agissait d'un simple travail qu'elle aurait pu offrir à n'importe lequel des ouvriers. Puis elle ressentit de nouveau cette impression d'angoisse délicieuse, ce mélange de honte et de plaisir qu'elle ressentait auprès de lui. Et elle comprit que leur entente profonde était plus forte que jamais, que, par sa façon d'accepter avec naturel une offre qui, elle, ne l'était pas, il lui avait montré, justement parce qu'il n'avait exprimé aucun étonnement, à quel point il l'avait comprise.

Ce soir-là, elle pria le vieux gardien et sa femme de rester dans la maison. Leur discrète présence rendait plus imposante la vieille demeure. A sept heures exactement elle entendit sonner à la porte de service. La vieille gardienne amena celui que Dominique attendait dans le vaste hall.

Elle le regarda s'approcher, penchée sur la balustrade du large escalier. Elle garda la pose assez longtemps pour qu'il en suspectât le naturel puis lui dit « Bonsoir » d'une voix parfaitement calme.

Il inclina la tête pour toute réponse et se mit à gravir l'escalier. Il était vêtu de ses vêtements de travail et portait un sac d'outils. Il y avait dans ses mouvements une sorte d'énergie souple et aisée qui jurait avec la maison, avec les marches polies entre les balustrades délicatement sculptées. Elle s'était attendue à ce qu'il parût déplacé dans cette maison, mais c'était la maison qui jurait avec lui.

Elle lui indiqua de la main la porte de sa chambre. Il la suivit docilement sans paraître remarquer que c'était dans sa chambre à elle qu'il entrait. Y pénétrant comme dans un atelier, il se dirigea immédiatement vers la cheminée.

– Voilà, dit-elle en lui indiquant du geste la fissure dans le marbre.

Il ne fit aucune remarque. S'agenouillant, il prit dans son sac une mince tige de métal, en glissa la pointe dans la fissure, et d'un seul coup de marteau fendit le marbre dans toute sa longueur.

Il la regarda. Elle vit passer sur son visage l'ombre d'un sourire.

– Maintenant le marbre est réellement cassé et a besoin d'être remplacé.

– Connaissez-vous cette sorte de marbre et pouvez-vous me commander une dalle identique ? demanda-t-elle calmement.

– Certainement, Miss Francon.

– Alors, enlevez celle-ci.

– Bien, Miss Francon.

Elle le regarda faire, incapable de le quitter du regard, ayant l'impression de l'aider dans son travail, en suivant des yeux tous ses gestes. Puis elle comprit qu'elle avait peur de regarder autour d'elle et elle s'obligea à relever la tête.

Elle devina dans la mi-ombre sa coiffeuse dont l'épais rebord de glace brillait comme un ruban de satin vert ; des flacons de cristal luisaient doucement. De petites mules blanches, une serviette de toilette bleu pâle qui avait glissé à terre, une paire de bas jetés sur le bras d'un fauteuil, le couvre-pied de satin blanc, tout parlait d'intimité. Et il était là avec sa chemise humide de sueur, souillée de terre et de poussière de pierre, dont ses bras nus étaient poudrés. Elle eut l'impression que chaque objet dans la chambre avait été touché par lui, qu'ils plongeaient tous deux dans une eau profonde qui les unissait, les reliait l'un à l'autre. Elle aurait aimé qu'il la regardât. Il travaillait sans relever la tête.

Elle s'approcha davantage et resta silencieuse devant lui. Elle n'avait jamais été si près de lui. Elle voyait la peau douce de sa nuque, et la naissance des cheveux. Ses yeux tombèrent sur le bout de sa sandale. Elle n'aurait eu qu'à avancer un peu le pied pour le toucher. Elle fit un pas en arrière.

Il tourna la tête, non pour la regarder, mais pour prendre un autre outil dans sa sacoche et se remit au travail.

Elle se mit à rire tout haut. Il s'arrêta et la regarda.

– Oui ? dit-il.

Elle prit un air sérieux et une voix douce pour lui dire :

– Oh, je m'excuse. Vous devez penser que je me moque de vous, mais ce n'est nullement le cas. Je ne veux pas vous empêcher de travailler. Vous devez être pressé d'en avoir fini et de vous en aller. Vous devez être tellement fatigué. Mais d'un autre côté, je vous paie à l'heure et je ne vois aucun inconvénient à ce que vous fassiez traîner les choses en longueur. Il doit certainement y avoir des choses dont vous avez envie de parler.

– Certainement, Miss Francon.

– Eh bien ?

– Eh bien, par exemple, je trouve cette cheminée horrible.

– Vraiment ? Cette maison a été aménagée par mon père.

– Evidemment, Miss Francon.

– Ce n'est pas à vous de discuter le travail d'un architecte.

– Non, en effet.

– Vous pourriez certainement trouver un autre sujet de conversation.

– Mais certainement, Miss Francon.

Elle recula et alla s'asseoir sur le bord de son lit, s'appuyant sur ses bras tendus, les jambes croisées et tendues. Son buste souple, abandonné, démentait la raideur de sa pose, la froide pureté de son visage était en contradiction avec son buste.

Il continua de travailler et, tout en lui lançant de temps à autre un regard, se mit docilement à parler.

– Il faudra retrouver du marbre qui soit exactement de la même qualité, Miss Francon. Car il convient de distinguer entre les différentes sortes de marbre, c'est très important. De façon générale, on peut dire qu'il y a trois sortes de marbre. Les marbres blancs, qui proviennent de la cristallisation du calcaire, les marbres noirs ou onyx, qui dérivent du carbonate de calcium, et les marbres verts qui sont en majeure partie des silicates de magnésium ou serpentine. Mais ces derniers ne sont pas vraiment considérés comme des marbres. Le véritable marbre est une nouvelle forme du calcaire due à la chaleur et à la pression. La pression est un puissant facteur. Ses conséquences sont incalculables.

– Quelles conséquences ? demanda-t-elle, en se penchant en avant.

– La cristallisation des particules de calcaire et l'infiltration d'éléments étrangers, par exemple. C'est ce qui produit ces taches colorées que l'on trouve dans la plupart des marbres. Le marbre rose est dû à la présence d'oxydes de manganèse, le marbre gris à des oxydes de carbone, le marbre jaune à des oxydes de fer. Nous avons évidemment à faire, ici, à du marbre blanc. Mais il existe plusieurs variétés de marbre blanc, Miss Francon, et c'est là qu'il faut faire attention...

Elle se pencha en avant, ramassée sur elle-même. La lumière de la lampe tombait sur une de ses mains posée, la paume ouverte, sur son genou. La lumière, ourlant le bout des doigts, faisant paraître cette main, posée sur ce tissu noir, plus nue et plus blanche.

– ... attention de bien commander la même qualité de pierre. Il ne serait pas à conseiller, par exemple, de prendre du marbre blanc de Géorgie, qui n'a pas le grain aussi fin que le marbre blanc de Vermont qui, lui-même, n'est pas d'une pâte aussi fine que le marbre blanc de l'Alabama. Cette dalle est, bien entendu, en marbre de l'Alabama. Le plus beau, et le plus cher.

Il vit sa main se refermer et retomber, loin de la lumière. Il continua son travail en silence.

Lorsqu'il eut terminé, il se leva et demanda :

– Où faut-il mettre les morceaux ?

– Laissez-les là. Je les ferai enlever.

– Je vais commander une nouvelle dalle exactement de mêmes mesures et je vous la ferai envoyer. Désirez-vous que je vienne la poser ?

– Certainement. Dès qu'elle arrivera, je vous le ferai savoir. Combien vous dois-je ? (Elle consulta du regard une pendulette sur sa table de chevet.) Voyons, vous êtes ici depuis trois quarts d'heure. Cela fait quarante-huit cents. (Elle prit son sac, en sortit un dollar et le lui tendit.) Gardez la monnaie, ajouta-t-elle.

Elle espérait qu'il allait le lui jeter à la figure. Au lieu de cela, il plia le billet, le mit dans sa poche et dit :

– Merci, Miss Francon.

Il vit le bord de sa longue manche sombre trembler sur sa main refermée.

– Bonsoir, dit-elle d'une voix sourde de colère.

– Bonsoir, Miss Francon, dit-il en s'inclinant.

Et il partit.

Elle cessa de penser à lui. Elle ne pensait qu'à cette dalle de marbre qu'il avait commandée. Elle l'attendait avec une hâte fiévreuse, comme saisie d'une nouvelle manie. Elle comptait les jours, tressaillait lorsqu'elle apercevait un camion sur la route.

Elle s'efforçait elle-même de croire qu'elle n'attendait que ce marbre, que lorsqu'il serait arrivé, elle se sentirait délivrée, qu'il n'y avait nulle raison cachée à son impatience.

Lorsque le marbre arriva enfin, elle le regarda à peine. Le camion qui l'avait apporté n'avait pas encore disparu que déjà elle était à son bureau écrivant sur son élégant papier à lettres :

« Le marbre est là. Je désire qu'il soit posé dès ce soir. »

Elle envoya le gardien porter ce mot à la carrière. Elle lui ordonna de le remettre à « cet homme dont j'ignore le nom. Cet ouvrier à cheveux roux qui est venu ici un soir ».

Le gardien rapporta à Dominique un morceau de papier d'emballage sur lequel était griffonné au crayon :

« Le marbre sera posé dès ce soir. »

Elle attendit, à moitié suffoquée d'impatience, à la fenêtre de sa chambre à coucher. A sept heures, elle entendit sonner à la porte de service. On frappa à sa porte. « Entrez ! » cria-t-elle pour dissimuler l'altération de sa propre voix. La porte s'ouvrit et la vieille gardienne entra, faisant signe à quelqu'un de la suivre. Et celui qui entra était un petit Italien trapu, aux jambes torses, qui portait un anneau d'or dans une oreille et tenait respectueusement à deux mains son chapeau délavé.

– Qui êtes-vous ? demanda Dominique sans se soucier de la réponse.

– Pasquale Orsini, répondit l'homme, docile et ahuri.

– Que voulez-vous ?

– Eh bien, voilà... Tête de cuivre, à la carrière, m'a dit qu'il y avait une cheminée à arranger, que vous désiriez que je vienne l'arranger.

– Mais oui, bien sûr, dit-elle en se levant, j'avais oublié. Faites votre travail.

Elle sortit de la chambre. Elle avait envie de s'enfuir, de se dérober aux yeux de tous, de se dérober à ses propres yeux si c'était possible.

Elle se réfugia dans un coin du jardin et se mit à trembler, les poings serrés contre les yeux. Elle n'était plus que colère. C'était un sentiment unique qui balayait tout en elle, excepté la terreur qui subsistait sous la colère. La terreur de sentir qu'elle ne devait plus retourner à la carrière et que pourtant elle y retournerait.

Ce ne fut que plusieurs jours plus tard qu'elle y retourna. Elle rentrait d'une longue promenade à cheval à travers la campagne ; les ombres devenaient longues. Dominique sentit qu'elle ne supporterait pas une nuit de plus. Dans un instant, les ouvriers allaient quitter la carrière. Faisant faire volte-face à son cheval, elle partit au galop. Le vent sifflait à ses oreilles.

Lorsqu'elle arriva au pied de l'immense cuvette, elle vit au premier coup d'œil qu'il n'était plus là. Les ouvriers se pressaient sur le chemin du retour, mais lui était déjà loin.

Elle poussa son cheval vers les bois, s'enfonçant au hasard dans des allées dont les murs de feuillage devenaient imprécis dans le crépuscule. Elle s'arrêta, cueillit une branche longue et mince, la débarrassa de ses feuilles, et repartit, se servant de la badine comme d'une cravache pour en frapper son cheval. Il lui semblait que la vitesse hâterait la venue du soir, forcerait les heures à passer plus vite; il lui semblait qu'en galopant, elle dépasserait le temps et attraperait le matin au vol. Et soudain elle le vit, marchant solitaire dans le sentier, devant elle.

Elle pressa encore l'allure, puis, arrivée à sa hauteur, elle s'arrêta brusquement. Le choc fut si brusque qu'elle fut projetée en avant puis en arrière comme une corde qui se détend. Il s'arrêta lui aussi.

Ils se regardèrent sans parler. Elle sentait que ce silence prolongé était un aveu, que cette muette rencontre était éloquente par elle-même, que c'était reconnaître qu'il n'était point besoin de mots entre eux.

Elle demanda d'un ton uni :

– Pourquoi n'êtes-vous pas venu vous-même poser la dalle de marbre?

– Je pensais qu'il vous serait indifférent que ce fût moi ou un autre qui vînt. Me serais-je trompé, Miss Francon?

Elle ne perçut pas les mots qu'il prononçait comme des sons, mais comme une gifle en plein visage. Levant la badine qu'elle tenait à la main, elle le frappa à son tour, et dans le même instant, elle repartit au galop.

Dominique était assise à sa coiffeuse, dans sa chambre à coucher. Il était tard. La vaste maison vide était absolument silencieuse. Les fenêtres à la française étaient ouvertes sur la terrasse. Aucun vent n'agitait les frondaisons du parc obscur.

Son lit était ouvert, l'invitant au repos. On en devinait vaguement la blancheur près des fenêtres sombres. Il fallait essayer d'aller dormir. Leur dernière rencontre datait déjà de trois jours. Elle posa ses mains sur ses cheveux, pressant ses paumes sur leur surface lisse, posa le bout de ses doigts, humides de parfum, au creux de ses tempes, et les y laissa un instant, savourant sur sa peau la morsure froide de l'alcool. Une goutte du précieux liquide brillait sur la surface de verre de la coiffeuse, étincelant comme une pierre précieuse et presque aussi coûteuse.

Elle n'avait entendu aucun bruit dans le jardin, mais comprit soudain que quelqu'un gravissait les marches qui conduisaient à la terrasse. Elle se redressa, fronça le sourcil et regarda vers les fenêtres.

Il entra. Il portait ses vêtements de travail, une chemise maculée, aux manches retroussées, un pantalon couvert de poussière de pierre. Il ne souriait pas. Son visage était tiré, austère jusqu'à la cruauté, ascétique jusque dans la passion, les joues creusées, les lèvres rentrées, étroitement serrées. Elle sauta sur ses pieds, écartant les bras, les mains ouvertes. Il restait absolument immobile. A son cou une veine battait, régulièrement.

Il marcha sur elle. Elle fut contre lui, sentit la dure étreinte de ses bras, de ses jambes, de sa bouche.

Elle ne sut jamais si, effrayée, elle le repoussa immédiatement, ou si, au premier moment, elle se laissa aller, immobile, contre lui, troublée par son contact, ce contact qu'elle avait rêvé, qu'elle avait désiré, mais que jamais elle n'avait imaginé tel. C'était une sensation si forte qu'il lui semblait ne pouvoir la supporter plus de quelques secondes.

Elle s'efforça de s'arracher à lui. Il ne parut même pas s'en apercevoir. Elle le frappa de ses poings, au visage, à l'épaule. Saisissant ses deux mains dans une des siennes, il les lui maintint serrées dans le dos, lui blessant les omoplates. Elle rejeta la tête en arrière. Il posa ses lèvres sur sa poitrine. Dans un suprême effort, elle se libéra de son étreinte.

Elle vint buter contre sa coiffeuse, se retenant à la table pour ne pas tomber, les yeux élargis, pâlis par la peur. Il riait. Elle vit passer sur son visage une onde de rire, mais n'entendit aucun son. Peut-être l'avait-il laissée se libérer avec intention. Il était debout devant elle, les jambes écartées, les bras ballants. Elle sentait plus intensément encore l'existence de son corps que lorsqu'elle était dans ses bras. Elle regarda vers la porte, derrière elle. Il devina plutôt qu'il ne vit cette ébauche de mouvement, ce confus désir de s'élancer vers la porte. Il étendit le bras sans la toucher et elle recula. Elle remonta les épaules. Il fit encore un pas en avant ; elle les laissa retomber, se serrant plus étroitement contre la table. Il la laissa attendre, puis s'approcha. Il la souleva sans effort. Elle lui enfonça les dents dans la main et elle eut sur la langue un goût de sang. Lui renversant la tête en arrière, il lui baisa brutalement la bouche.

Elle se débattait comme un animal, mais sans bruit. Et elle n'appela pas à l'aide. A chaque coup qu'elle lui donnait, elle l'entendait haleter et elle comprenait que c'était un halètement de plaisir. Elle s'efforça d'atteindre la lampe posée sur sa coiffeuse. Il la lui arracha des mains. La lampe se brisa dans l'obscurité.

Il l'avait jetée en travers du lit et elle sentait battre son sang, dans sa gorge, dans ses yeux, tandis qu'une terreur sans nom l'envahissait. Elle éprouvait de la haine, mais subissait le contact de ses mains, de ces mains courant sur tout son corps, ces mains qui brisaient le granit. Elle se débattit dans une dernière convulsion. Puis une douleur brusque l'envahit, et elle cria. Puis elle reposa, inerte.

C'était un acte qui aurait pu être accompli dans la tendresse, comme la consécration d'un amour, ou dans le mépris, comme un symbole d'humiliation. Ce pouvait être l'acte d'un amant ou celui d'un soldat violant une femme ennemie. Il en fit un acte de mépris et non d'amour. Et c'est ce qui la fit se soumettre. Un seul geste de tendresse de sa part, et elle serait restée froide, insensible. Mais ce geste d'un maître, prenant cyniquement, dédaigneusement possession d'elle, était exactement ce qu'elle avait désiré. Puis elle le sentit si profondément bouleversé qu'elle comprit ce qu'elle venait de lui donner, et, le mordant aux lèvres, elle connut à son tour ce qu'il avait voulu qu'elle connût.

Il s'était écarté d'elle et était étendu, immobile, en travers du lit, la tête rejetée en arrière. Elle entendait son souffle profond se calmer peu à peu. Couchée sur le dos, abandonnée, la bouche entrouverte, elle se sentait vide, calme et légère.

Elle l'entendit se lever. Elle vit sa silhouette se découper contre la fenêtre. Il sortit sans un regard, sans un mot. Elle nota le fait, mais y resta indifférente. Elle entendit vaguement le bruit de ses pas décroître dans le jardin.

Elle resta longtemps immobile. Puis elle humecta ses lèvres sèches du bout de la langue. Elle émit un son étrange qui venait du plus profond d'elle-même et comprit que c'était un sanglot; mais elle ne pleurait pas, ses yeux grands ouverts étaient secs. Et brusquement elle se trouva assise sur le bord du lit, pliée en avant, serrant ses bras sur son ventre. Elle entendit sa petite table de chevet grelotter dans l'obscurité et elle leva la tête, surprise qu'une table se mit à bouger sans raison. Et soudain elle comprit que c'était elle-même qui tremblait. Elle n'avait pas peur, c'était absurde de trembler ainsi, par courtes saccades, comme un silencieux hoquet. Elle eut tout d'un coup envie d'un bain, une envie aiguë, irrésistible. Plus rien ne comptait que le désir de ce bain. Elle se leva, se dirigea vers la salle de bains.

Elle fit de la lumière et vit son corps nu se refléter dans une haute glace. Une plainte sourde monta à sa gorge. Ce n'était pas cette vision qui la lui arrachait, mais une brusque pensée. Elle sentit qu'elle ne prendrait pas de bain, qu'elle désirait garder sur son corps les traces de cette étreinte et elle comprit tout ce que ce désir signifiait. Elle tomba sur les genoux, étreignant le rebord de la baignoire. Ses mains glissèrent, elle s'abandonna sur les dalles de faïence, dures et fraîches à son corps. Elle resta là jusqu'au matin.

Roark, en s'éveillant le matin, se dit que la nuit dernière avait été une pause dans sa vie, un sommet auquel il avait atteint. C'était de tels instants qui le faisaient vivre. Celui où il avait parcouru les chantiers de la maison Heller en construction, celui qu'il avait vécu la nuit dernière. Et il y avait un rapport obscur entre ce qui s'était passé cette nuit et ce qu'il éprouvait au cours de son travail. Une certaine qualité de réaction que cela éveillait en lui, une façon plus intense de prendre conscience de sa propre existence.

Au-delà de toute violence, au-delà du cynisme voulu de son acte, ils avaient été profondément unis. S'il avait moins tenu à elle, il n'aurait pas agi comme il l'avait fait. Et si elle avait moins tenu à lui, elle n'aurait pas lutté comme elle l'avait fait. Et une exaltation profonde s'empara de lui à la pensée que tous deux le savaient.

Il se rendit à la carrière et travailla comme d'habitude. Elle ne vint pas et il savait qu'elle ne viendrait pas. Mais pas un instant il ne cessa de penser à elle. Il s'en rendit compte non sans étonnement. C'était pour lui une chose étrange d'être à ce point conscient de l'existence d'un autre être, de sentir qu'il lui était devenu à la fois si proche et si nécessaire. C'était un besoin qu'on ne pouvait qualifier, qui n'était ni agréable ni pénible, mais simplement inéluctable. La pensée qu'elle existait quelque part dans le monde prenait pour lui une signification profonde, il se demandait comment elle s'était réveillée, imaginait ce corps qui était à lui maintenant et pour toujours, se demandait à quoi elle pensait.

Ce soir-là, alors qu'il prenait son repas dans la cuisine obscure, il ouvrit un journal et vit dans un écho le nom de Roger Enright. On y disait, dans un court paragraphe :

« Encore un grand projet qui tombe à l'eau. Roger Enright, le roi du pétrole, semble cette fois bien embarrassé. Il paraît devoir renoncer à son rêve, la fameuse Enright House. Des difficultés avec les architectes, à ce que l'on raconte. Il paraîtrait que Mr. Enright, que rien ni personne ne peut satisfaire, a déjà montré la porte à une demi-douzaine de nos plus grands architectes. A son avis, des bons à rien, tous tant qu'ils sont. »

Roark éprouva cette morsure au cœur, cette douleur contre laquelle il avait déjà si souvent lutté, à l'idée de ce qu'il aurait pu faire, à ce qui aurait pu être et qui lui était interdit. Et tout d'un coup, sans raison, il pensa à Dominique Francon. Il n'y avait aucune relation entre les pensées qu'il remuait et elle, et il fut choqué de réaliser qu'elle lui restait présente même à un tel moment.

Une semaine passa. Puis, un soir, rentrant du travail, il trouva une lettre qui l'attendait. Elle avait été réexpédiée de son ancien bureau à sa dernière adresse à New York, puis, de là, à Mike, et, par Mike, dans le Connecticut. L'adresse gravée sur l'enveloppe d'une Société pétrolière ne signifiait rien pour lui. Il ouvrit la lettre et lut ce qui suit :

Cher Mr. Roark, je me suis efforcé à plusieurs reprises, et sans succès, de vous atteindre. Voulez-vous, je vous prie, me donner signe de vie aussi vite que possible. J'aimerais discuter avec vous mon projet de la Enright House si vous êtes bien l'homme qui a construit les Magasins Fargo.
   Bien à vous,

ROGER ENRIGHT.

Une demi-heure plus tard, Roark était dans le train. Lorsque celui-ci se mit en marche, il se souvint de Dominique qu'il laissait derrière lui. Cette pensée lui parut à la fois lointaine et peu importante. Il fut simplement étonné de penser à elle à un moment pareil.

Dominique se disait qu'elle pouvait tout accepter et même avec le temps tout oublier excepté une chose : l'idée qu'elle avait trouvé du plaisir à ce qui lui était arrivé, que son adversaire l'avait senti, qu'il l'avait deviné avant de venir et qu'il ne serait pas venu s'il ne l'avait pas su. Elle ne lui avait pas montré l'unique sentiment qui l'aurait réhabilitée, de la répulsion, elle avait trouvé de la joie dans sa dégradation, dans sa terreur, dans la violence qu'elle avait subie. C'était justement cette dégradation qu'elle avait désirée et elle sentait qu'elle le haïssait pour ce qu'elle éprouvait.

Elle trouva un matin, sur sa table, au moment où elle allait prendre son petit déjeuner, une lettre d'Alvah Scarret. « Quand nous revenez-vous, Dominique ? Je ne puis vous dire à quel point vous nous manquez. Vous n'êtes pas quelqu'un de confortable à avoir près de soi, j'ai horriblement peur de vous, mais au risque de rendre plus orgueilleux encore l'être orgueilleux que vous êtes, je suis obligé de vous avouer que nous vous attendons tous avec impatience. Vous serez fêtée à votre retour comme une reine. »

Elle lisait en souriant. Et elle pensait : « Si ces gens savaient... cette déférence qu'ils me témoignent tous... s'ils savaient que j'ai été violée... que j'ai été violée par un individu à tignasse rousse qui travaille dans une carrière... Moi, Dominique Francon... » Et malgré un vif sentiment d'humiliation, ces mots lui procuraient la même qualité de plaisir que celui qu'elle avait ressenti dans ses bras.

Elle pensait à cela en se promenant à travers la campagne, lorsqu'elle croisait des gens qui la saluaient, elle la châtelaine de l'endroit. Et elle avait envie de leur crier son secret.

Elle n'avait pas conscience des jours qui passaient. Elle se sentait heureuse, étrangement détachée de tout, seule avec les pensées dont elle se nourrissait. Ce fut un matin, dans le jardin, qu'elle réalisa soudain qu'une semaine avait passé, qu'il y avait une semaine qu'elle ne l'avait pas vu. Traversant la pelouse, elle gagna la route et se dirigea vers la carrière.

Elle franchit les quelques miles qui l'en séparaient, tête nue, en plein soleil. Elle ne se pressait pas. Il ne lui semblait pas nécessaire de se presser. Il lui fallait le revoir. C'était une chose inévitable... Elle n'avait pas d'autre but. Ce désir était trop grand pour qu'elle réfléchît davantage. Il y avait d'autres choses, des choses importantes, des choses laides qui se dessinaient vaguement dans son esprit, mais avant tout, une seule chose, le revoir...

Elle arriva à la carrière et regarda autour d'elle, lentement, soigneusement, puis avec stupeur. L'énormité de ce qu'elle venait de constater ne pouvait pénétrer son esprit. Elle s'était immédiatement rendu compte qu'il n'était plus là. Le travail battait son plein, le soleil était haut dans le ciel, la journée à son plus haut point d'activité, il n'y avait pas un homme inoccupé dans toute la carrière, mais lui n'était pas là. Elle resta immobile, un long moment.

Apercevant un contremaître, elle lui fit signe d'approcher.

– Bonjour, Miss Francon... Une belle journée, Miss Francon, n'est-ce pas ? On se croirait en plein été et pourtant l'automne est là, regardez les feuilles, Miss Francon.

– Vous aviez un ouvrier, ici... un homme aux cheveux orange... où est-il ? demanda-t-elle.

– Ah ! oui, celui-là. Il est parti.

– Parti ?

– Oui, il a donné son congé. Je crois qu'il est parti pour New York. Assez brusquement d'ailleurs.

– Et quand cela ? Il y a une semaine ?

– Oh ! non, hier seulement.

– Qui était...

Elle s'arrêta brusquement. Elle avait été sur le point de demander qui il était. Au lieu de cela, elle dit :

– Pourquoi avez-vous travaillé si tard, cette nuit ? J'ai entendu le bruit des explosions.

– Une livraison spéciale pour Mr. Francon. C'est pour le Cosmo-Slotnick Building. Un travail terriblement pressé.

– Ah ! oui, je vois.

– Désolé de vous avoir dérangée, Miss Francon.

– Mais non, pas du tout.

Elle s'éloigna. Elle ne voulait pas demander comment il s'appelait. C'était sa seule chance de recouvrer sa liberté.

Elle se mit à marcher, d'un pas souple et rapide, brusquement soulagée. Elle se demandait comment il se faisait qu'elle n'avait jamais réalisé qu'elle ignorait son nom. Pourquoi ne le lui avait-elle pas demandé ? Peut-être parce qu'il lui avait semblé savoir tout de lui au premier regard. Elle se dit qu'il était bien impossible de retrouver à New York un ouvrier dont on ignorait le nom. Elle était sauvée. Si elle avait su son nom, elle aurait déjà été dans le train pour New York.

L'avenir était simple. Elle n'avait qu'une chose à faire, ne jamais chercher à savoir comment il s'appelait. Un sursis s'offrait à elle, une chance de lutter. Elle briserait ce lien ou ce serait lui qui le briserait. Et dans ce cas, elle le retrouverait.

2.3

Lorsque Peter Keating entrait dans son bureau, le grincement de la porte prenait quelque chose de glorieux, comme une sonnerie de trompette, et la porte s'ouvrait largement comme d'elle-même devant un homme qui avait partout ses entrées. La première chose qu'il faisait en arrivant était de consulter les journaux. Sa secrétaire en déposait toujours une pile sur son bureau. Il lui était agréable de lire ce que l'on disait des travaux en cours du Cosmo-Slotnick Building ou de la firme Francon & Keating.

Il n'y avait rien dans les journaux, ce matin-là, et Keating fronça le sourcil. Mais il lut quelque chose qui l'intéressa sur Ellsworth M. Toohey, une histoire absolument passionnante. Thomas L. Foster, le philanthrope fameux, venait de mourir et avait légué, à côté d'autres dons plus importants, la modeste somme de cent mille dollars à Ellsworth M. Toohey, « son ami et son guide spirituel », en hommage à son esprit élevé et à son sincère dévouement à l'humanité. Ellsworth M. Toohey avait accepté le legs et en avait immédiatement fait don à « L'Institut d'Etudes Sociales », où lui-même remplissait le poste de professeur. Son cours était intitulé : « De l'Art en tant que Symptôme social. » La seule explication qu'il avait consenti à donner de son acte était « qu'il ne croyait pas à l'institution de l'héritage ». Il avait refusé de développer sa pensée. « Non, mes amis, avait-il dit, pas sur ce sujet. » Et il avait ajouté, avec ce talent charmant qu'il avait pour ne jamais paraître se prendre trop au sérieux : « J'aime à m'accorder le luxe de ne jamais commenter que des sujets intéressants. Et je ne me considère pas comme tel. »

Peter Keating lut ce récit. Et parce qu'il se savait incapable d'un tel acte de désintéressement, il en conçut une admiration sans bornes.

Puis il se souvint, avec un léger sentiment de contrariété, qu'il n'avait pas encore eu l'occasion de rencontrer Ellsworth Toohey. Ce dernier était parti faire une tournée de conférences peu après l'attribution par la Cosmo-Slotnick des prix du concours, et les brillantes réunions auxquelles avait été convié Keating depuis lors lui avaient toujours semblé vides puisqu'il était sûr de n'y pas rencontrer le seul homme qu'il désirait y voir. Toohey n'avait jamais fait mention du nom de Keating dans ses articles. Peter, avec un secret espoir, chercha dans *L'Etendard* la chronique de Toohey intitulée « Une Voix s'élève », mais celle-ci portait en sous-titre « Le Chant et les Masses », et était consacrée à prouver la supériorité de la musique populaire sur toute autre forme de musique et du chœur sur toute autre forme d'expression musicale.

Keating jeta *L'Etendard*. Il se leva et se mit à arpenter nerveusement son bureau. Il avait à résoudre un problème délicat dont il avait remis la solution depuis plusieurs jours. Il s'agissait du choix d'un sculpteur pour le Cosmo-Slotnick Building. Plusieurs mois auparavant, la commande d'une gigantesque statue symbolisant le « Travail », et qui devait s'élever dans le hall principal du building, avait été donnée, à l'essai, à Steven Mallory. Ce choix avait surpris Keating, mais comme il avait été fait par Mr. Slotnick lui-même, Keating n'avait pu que s'incliner. Il avait convoqué Mallory et l'avait informé que « ... étant donné son très réel talent... évidemment son nom n'était pas encore connu, mais il le deviendrait certainement après une commande pareille... et ce n'était pas tous les jours qu'on recevait de telles commandes ».

Mallory ne lui avait pas plu. Les yeux sombres du sculpteur avaient l'éclat sourd de tisons mal éteints et il n'avait pas souri une fois. Il avait vingt-quatre ans, avait exposé une fois, mais fort peu vendu. Ses œuvres étaient étranges et extrêmement violentes. Keating se souvenait qu'Ellsworth Toohey avait dit une fois, en parlant de lui dans « Une Voix s'élève » : « Les nus de Mr. Mallory nous paraîtraient peut-être très beaux si nous ne nous souvenions pas que Dieu a créé le monde et l'homme. Si Mr. Mallory avait été chargé de ce soin, peut-être aurait-il fait mieux que le Tout-Puissant, mais d'après ses statues, il nous est permis d'en douter. »

Keating n'avait rien compris au choix de Mr. Slotnick jusqu'au jour où il avait appris que Dimples Williams avait vécu autrefois, à Greenwich Village, dans la même maison que Steven Mallory. Or Mr. Slotnick n'avait rien à refuser à Dimples Williams. Mallory avait donc été choisi, il s'était mis au travail et avait soumis une maquette en plâtre de sa statue du « Travail ». Lorsqu'il la vit, Keating comprit que cette statue serait comme un coup de tonnerre dans le cadre sobrement élégant de son hall. C'était le corps élancé et nu d'un homme dont l'élan paraissait capable de briser la coque d'acier d'un navire de guerre, de franchir toutes les barrières. Il se dressait comme un défi à l'humanité, vous emplissant d'un trouble étrange. Les humains, auprès de lui, paraissaient plus petits et plus tristes qu'à l'habitude. Et, pour la première fois de sa vie, en contemplant cette statue, Keating comprit toute la signification du mot « héroïque ».

Il ne fit aucun commentaire et se contenta d'envoyer la statue à Mr. Slotnick, mais plusieurs personnes exprimèrent avec indignation ce que Keating avait pensé. Et Mr. Slotnick demanda à Keating de choisir un autre sculpteur, lui laissant toute la responsabilité de ce choix.

Keating se laissa tomber dans un fauteuil, se renversa en arrière et fit claquer sa langue contre son palais. Il se demandait s'il donnerait la commission à Bronson, qui était un ami de Mrs. Shupe, la femme du Président de la Cosmo, ou à Palmer qui lui avait été recommandé par Mr. Huseby, qui avait l'intention de faire construire une manufacture de produits de beauté de cinq millions de dollars. Keating découvrit qu'il aimait cette hésitation. Il tenait entre ses mains le sort de deux hommes ou d'autres s'il le désirait, leur avenir, leur travail, leurs espoirs, peut-être même la quantité de nourriture qu'ils pouvaient se permettre d'absorber. Il pouvait faire le choix qui lui plaisait, avec raisons ou sans raisons ; il pouvait même tirer leur nom au sort, en le jouant à pile ou face sur les boutons de son gilet. Il se sentait un grand homme grâce à ces êtres qui dépendaient de lui.

Ce fut alors qu'il remarqua une enveloppe.

Elle était posée sur une pile de lettres, sur son bureau. C'était une enveloppe toute simple, étroite et longue, mais qui portait à l'angle l'en-tête de *L'Etendard*. Il s'en saisit aussitôt, l'ouvrit. Elle ne contenait pas de lettre, mais quelques feuillets d'épreuves pour *L'Etendard* du lendemain. Il reconnut aussitôt le familier « Une Voix s'élève », par Ellsworth M. Toohey, et sous ce titre, en sous-titre, en larges lettres espacées, un seul nom, plus éclatant d'être seul, prenant toute sa valeur par son isolement :

KEATING

Il laissa tomber les épreuves, s'en empara de nouveau et se mit à lire avec avidité. s'étouffant avec de gros morceaux de phrases mal digérées ; les feuillets tremblaient dans ses mains, son front se couvrait de taches rouges. Toohey avait écrit les phrases suivantes :

« Parler de grandeur peut très vite paraître une exagération, et, comme toutes les exagérations de dimension, cela suggère immédiatement l'idée de vide. On pense à un ballon d'enfant, exagérément gonflé. Il existe cependant des occasions où l'on est forcé de reconnaître l'approche de quelque chose que nous sommes obligés de qualifier de grand. Une telle promesse se dessine à notre horizon architectural en la personne d'un tout jeune homme qui se nomme Peter Keating.

» Nous avons abondamment entendu parler, et ce n'est que justice, du superbe Cosmo-Slotnick Building dont il est le créateur. Examinons ce building et, à travers lui, l'homme qui lui a donné sa personnalité.

» En réalité, mes amis, ce building ne porte pas la marque de la personnalité d'un seul homme, et c'est cela, à mon avis, qui constitue sa grandeur. La grandeur d'un jeune être absolument désintéressé qui, ayant assimilé de belles choses, les rend au monde auxquelles elles appartiennent, enrichies des dons magnifiques de son jeune talent. Et c'est ainsi qu'un créateur arrive à représenter, non les aspirations d'un individu isolé, mais celles de l'humanité tout entière...

» ... Tous les êtres doués d'un jugement personnel entendront le message que leur adresse Peter Keating à travers le Cosmo-Slotnick Building. Ils comprendront que les trois étages inférieurs, simples et massifs, représentent la masse de la classe ouvrière, support de notre société tout entière ; que les rangées de fenêtres toutes pareilles, offrant leurs vitres au soleil, sont les âmes des gens du peuple, ces innombrables êtres anonymes dans leur humaine fraternité, cherchant la lumière ; que les gracieux pilastres s'élevant de la base solide des étages inférieurs, pour aboutir à l'épanouissement heureux de leurs chapiteaux corinthiens, sont les fleurs de la culture qui ne peuvent fleurir que lorsqu'elles sont enracinées dans le riche sol de la masse...

» ... et en réponse à ceux qui considèrent tous les critiques comme de véritables démons uniquement préoccupés de détruire les talents naissants, nous remercions Peter Keating de nous offrir la rare occasion de remplir avec bonheur notre véritable mission qui est de découvrir de jeunes talents lorsqu'il y en a à découvrir. Et si le hasard veut que Peter Keating lise ces lignes, nous n'attendons de lui aucune reconnaissance. La gratitude est nôtre. »

Ce ne fut que lorsque Keating se mit à relire ces lignes pour la troisième fois, qu'il découvrit quelques mots griffonnés au crayon sous le titre :

Cher Peter Keating,
Venez donc me voir à mon bureau un de ces jours. Je serais heureux de savoir de quoi vous avez l'air.

E. M. T.

Keating laissa retomber les épreuves sur son bureau et, dans un état de stupeur heureuse, se mit à rouler une de ses boucles autour de ses doigts. Puis il s'élança vers la reproduction du Cosmo-Slotnick Building qui était pendue au mur entre une immense photographie du Parthénon et une autre du Louvre. Il examina les pilastres. Il ne les avait jamais considérés comme les symboles de la culture fleurissant dans le sol des masses, mais il ne voyait à cela aucun inconvénient, pas plus qu'à toute l'interprétation que donnait le critique de son œuvre.

Saisissant le récepteur, il entendit au bout du fil la voix haute et égale de la secrétaire d'Ellsworth Toohey et prit rendez-vous pour l'après-midi du lendemain, à quatre heures et demie.

Pendant les heures qui suivirent, la routine journalière acquit une saveur nouvelle. Il lui semblait que son activité habituelle n'avait été jusque-là qu'un mur brillant, mais uni, que les mots d'Ellsworth Toohey avait changé en un bas-relief plein de noblesse, lui communiquant une réalité à trois dimensions.

Guy Francon, sur ces entrefaites, descendit de son bureau, sans but particulier. Les nuances subtiles de sa chemise et de ses chaussettes s'assortissaient à ses tempes argentées. Il souriait silencieusement, d'un air bienveillant. Keating le croisa dans les ateliers et, sans s'arrêter, ralentit suffisamment son allure pour planter dans les plis mauves de la pochette de veston de Francon un rouleau d'épreuves. « Lisez cela quand vous aurez un instant, Guy », cria-t-il, du seuil de la pièce voisine, et il ajouta, déjà au milieu de la pièce : « Voulez-vous que nous déjeunions ensemble, Guy ? Attendez-moi au Plazza. »

Alors qu'il rentrait de ce déjeuner, Keating fut arrêté par un jeune employé qui lui demanda d'une voix tout excitée :

– Dites, Mr. Keating, savez-vous qui a tiré sur Ellsworth Toohey ?

Keating parvint à grand-peine à articuler :

– Qui a fait quoi ?

– Tiré sur Mr. Toohey ?

– Qui ?

– C'est justement ce que je voudrais savoir.

– On a tiré... sur Ellsworth Toohey?

– C'est ce que j'ai pu lire en manchette sur le journal que lisait un type au restaurant. Il m'a été impossible de m'en procurer un.

– Est-ce qu'il est... mort?

– Je ne sais pas. J'ai vu seulement qu'on avait tiré sur lui.

– S'il est mort, cela signifie-t-il que son article de demain ne paraîtra pas?

– J'sais pas. Pourquoi, Mr. Keating?

– Allez me chercher un journal.

– Mais je dois...

– Dépêchez-vous, espèce d'idiot!

Il y avait tous les détails dans l'édition de l'après-midi. Quelqu'un avait tiré sur Ellsworth Toohey, le matin même, au moment où il sortait de voiture devant le studio de la radio où il devait parler sur « Les Opprimés et les Exploités ». Il n'avait pas été atteint. Ellsworth Toohey était resté parfaitement calme et maître de lui. Il y avait quelque chose de théâtral dans la totale absence d'émotion dont il avait fait preuve. Il avait simplement dit « La radio n'attend pas », et, gravissant en hâte les marches qui conduisaient au studio, il avait parlé pendant une demi-heure devant le micro, de mémoire, comme il le faisait toujours, et sans faire la moindre allusion à ce qui venait de se passer. L'assaillant, arrêté, avait refusé de parler.

Keating se sentit les yeux agrandis et les lèvres sèches en lisant le nom de l'assaillant. C'était Steven Mallory.

Keating n'était effrayé que par une seule chose: l'inexplicable. Particulièrement lorsque l'inexplicable ne se trouvait pas dans les faits, mais dans un sentiment de crainte irraisonnée au plus profond de lui-même. Il n'y avait rien qui le concernât directement dans ce qui venait de se passer, et, cependant, il aurait donné tout au monde pour que ce fût n'importe qui excepté Steven Mallory. Et ce qui l'effrayait, c'est qu'il ne comprenait pas pourquoi il formulait ce vœu.

Steven Mallory s'était refusé à toute déclaration. Il n'avait donné aucune explication de son acte. On avait supposé au début qu'il avait agi sous l'empire du désespoir d'avoir perdu la commande de la Cosmo-Slotnick, car l'on savait qu'il vivait dans une terrible pauvreté. Mais on apprit, de façon formelle, qu'Ellsworth Toohey n'avait rien à voir avec la perte de cette commande. Non seulement Toohey n'avait jamais parlé de Steven Mallory à Mr. Slotnick, mais encore il n'avait jamais vu la statue du « Travail ». Mallory avait reconnu qu'il n'avait jamais rencontré Toohey, qu'il ne l'avait jamais vu auparavant, qu'il ne connaissait aucun de ses amis. « Estimez-vous que Mr. Toohey soit d'une façon ou d'une autre responsable de la perte de cette commande? » lui avait-on demandé. « Non », avait répondu Mallory. « Mais alors, pourquoi avez-vous fit cela? » Mallory n'avait rien répondu.

Toohey n'avait pas identifié son assaillant lorsque celui-ci avait été appréhendé par des policiers devant le bâtiment de la radio. Il n'apprit son nom qu'après l'émission. A ce moment-là, sortant du studio et débouchant dans une antichambre pleine de reporters, Toohey déclara: « Non, bien entendu, je ne porterai pas plainte. Je regrette qu'on l'ait arrêté. Au fait, qui est-ce? » Lorsqu'on le lui dit, Toohey s'immobilisa et son regard se perdit un moment entre l'épaule d'un des reporters et le bord du chapeau d'un autre. Et lui qui était resté parfaitement calme lorsque la balle l'avait frôlé, pour venir briser la vitre de la porte d'entrée devant lui, ne dit qu'un mot qui sembla tomber à ses pieds, alourdi par la terreur : « Pourquoi ? »

Personne ne put lui répondre. Se ressaisissant, Toohey haussa les épaules, sourit et dit : « Si c'est là une façon de se faire de la publicité gratuite, elle est de bien mauvais goût », mais personne n'ajouta foi à cette explication d'autant plus que l'on sentait que Toohey n'y croyait pas non plus. Au cours de l'interview qui suivit, Toohey répondit avec bonne humeur à toutes les questions. Il dit entre autres : « Je ne me suis jamais considéré comme suffisamment important pour motiver une tentative d'assassinat. Ce serait le plus grand témoignage d'admiration que l'on puisse rendre à quelqu'un si cela n'avait pas quelque chose de si théâtral. » Et il finit par créer l'impression charmante que rien d'important ne s'était passé, parce que rien d'important ne se passe jamais sur cette terre.

Mallory fut emprisonné en attendant le jugement. Tout effort pour le faire parler avait échoué.

Ce qui tint Keating péniblement éveillé, cette nuit-là, pendant de longues heures, fut la certitude grandissante que Toohey ressentait exactement ce qu'il ressentait lui-même. « Il sait, se dit Keating, comme je le sais moi-même, qu'il y a, dans le motif de Steven Mallory, un plus grand danger que dans sa tentative d'assassinat. Mais nous ne connaîtrons jamais ce motif. Et si nous le connaissons un jour... » A ce moment, Keating toucha le fond même de sa peur. Et il souhaita de tout son être, au cours des années à venir et jusqu'à la fin de sa vie, ne jamais connaître ce motif.

La secrétaire d'Ellsworth Toohey se leva d'un air nonchalant lorsque Keating entra et elle l'introduisit dans le bureau de son patron.

Il y avait longtemps que Keating n'éprouvait plus aucune anxiété à faire la connaissance d'un homme important, mais ce jour-là il était très ému lorsque]a porte s'ouvrit devant lui. Il se demandait comment serait Toohey. Il se rappelait la voix splendide qui s'était élevée au meeting en faveur de la grève et il imaginait un homme d'une stature élevée, à l'abondante chevelure touchée d'argent, avec de larges traits bien dessinés et un air d'extrême bienveillance, quelque chose comme Dieu le Père.

– Mr. Peter Keating, Mr. Toohey, dit la secrétaire et elle sortit en refermant la porte derrière lui.

Au premier regard qu'on jetait sur Ellsworth Monkton Toohey, on avait envie de lui offrir un lourd pardessus fourré, si fragile et si exposé vous apparaissait son frêle petit corps, comme celui d'un poussin qui vient de briser sa coquille et qu'on écraserait dans la main. Au second regard l'on se disait que la pelisse devrait être d'une qualité exceptionnelle, tant les vêtements qui habillaient ce corps étaient exquis. Les plis de son complet foncé suivaient exactement les lignes de son corps sans chercher à en rien corriger. Soulignant le creux de la poitrine étroite, ils suivaient, du cou étroit et long, la ligne tombante des épaules. Le corps tout entier était dominé par le visage au front élevé. C'était un visage en forme de cœur allant des tempes larges au petit menton pointu. Ses cheveux étaient noirs, laqués, divisés en deux masses égales par une fine raie blanche. Cela faisait paraître sa tête étroite et longue, mais donnait trop d'importance aux oreilles qui se détachaient, dans leur nudité solitaire, comme les anses d'un bol à bouillon. Son nez long et fin était prolongé par une petite moustache noire. Ses yeux sombres étaient remarquables. Il y avait en eux tant d'intellectualité et d'étincelante gaieté qu'il semblait porter des lunettes non pour protéger ses yeux mais bien plutôt pour protéger ses interlocuteurs de leur excessif éclat.

– Hello, Peter Keating, dit Ellsworth Monkton Toohey de sa voix magique, ensorcelante. Que pensez-vous du temple de la Niké Apteros?

– Comment... allez-vous, Mr. Toohey? dit Keating, éberlué. Qu'est-ce que je pense de quoi?...

– Asseyez-vous, mon cher. Du temple de la Niké Apteros?

– Eh bien... Mon Dieu... je...

– Je suis bien certain que vous ne pouvez ignorer ce petit bijou. Le Parthénon a usurpé la gloire qui – et n'est-ce pas presque toujours ainsi, les plus grands et les plus forts s'appropriant toute la gloire alors que la beauté cachée passe inaperçue – la gloire, dis-je, qui aurait dû revenir à cette merveilleuse création de l'âme grecque. Vous avez remarqué, j'en suis sûr, le juste équilibre de ses masses, l'absolue perfection de ses modestes proportions – vous voyez ce que je veux dire, la perfection dans l'humilité – le délicat fini des détails!

– Oui, en effet, balbutia Keating, le temple de la Niké Apteros a toujours été pour moi le plus parfait des...

– N'est-ce pas? dit Ellsworth avec un sourire que Keating ne put analyser. J'en étais sûr. Et j'étais sûr que vous me répondriez ainsi. Vous avez un très beau visage, Peter Keating, lorsque vous ne faites pas les yeux ronds, comme en ce moment, ce qui n'est vraiment pas nécessaire.

Et Toohey se mit à rire, d'une façon cynique, insultante, de Keating et de lui-même, comme pour mettre à nu toute la fausseté de leur conversation. Keating fut d'abord complètement déconcerté, puis il se mit à rire à son tour et eut brusquement l'impression de se trouver devant un très vieil ami.

– Voilà qui est mieux, dit Toohey. Ne trouvez-vous pas comme moi qu'il vaut infiniment mieux ne pas parler sérieusement à un moment important. Et l'instant que nous vivons pourrait fort bien être important, qui sait, pour vous et pour moi. Je savais que vous seriez un peu intimidé par moi et moi-même, je l'avoue franchement, j'avais un peu peur de vous. N'est-ce pas mieux ainsi?

– Oh! si, Mr. Toohey, dit Keating d'un air heureux.

Son assurance habituelle l'avait complètement abandonné, mais il se sentait à l'aise bien qu'ayant l'impression que toute responsabilité lui était enlevée, qu'il n'avait plus à se soucier de ce qu'il disait, parce qu'il était doucement mais fermement dirigé et qu'il n'avait plus aucun effort à faire.

– J'ai toujours pensé que le jour où je vous rencontrerais serait un jour important pour moi, Mr. Toohey, et cela depuis des années.

– Vraiment? dit Ellsworth Toohey dont les yeux, derrière les lunettes, étaient devenus attentifs. Et pourquoi?

– Parce que je me demandais toujours ce que vous penseriez de moi... que je désirais vous plaire... obtenir votre approbation... un jour... par mon travail... et même...

Et même ?...

– ... souvent, lorsque je dessinais, je me disais : « Est-ce le genre d'architecture qu'apprécierait Ellsworth Toohey ? » Et j'essayais de regarder mon travail comme je pensais que vous l'auriez regardé vous-même... je... j'ai... (Toohey écoutait attentivement) j'ai toujours désiré faire votre connaissance parce que vous êtes un si profond penseur, un homme d'une telle culture que...

– Allons, dit Toohey d'un ton légèrement impatient (son intérêt s'était relâché depuis un instant), laissons cela, voulez-vous ? Je ne voudrais pas être impoli, mais de telles phrases ne sont pas de mise entre nous. Si peu naturel que cela puisse vous paraître, sincèrement, je n'aime pas les louanges.

C'était le regard de Toohey, pensa Keating, qui vous mettait ainsi à l'aise. Il y avait une telle compréhension dans ce regard, une bonté si complaisante. Mais quelle idée étrange de penser une chose pareille, une telle bonté illimitée. On avait à la fois l'impression qu'on ne pouvait rien lui cacher, mais que ce n'était pas nécessaire parce qu'il pouvait comprendre n'importe quoi. Jamais Keating n'avait vu un regard moins critique.

– Mais, Mr. Toohey, murmura-t-il, j'aurais au moins voulu...

– ... me remercier pour mon article, dit Toohey en faisant une petite grimace d'un air comiquement désespéré. Et moi qui fais l'impossible pour vous en empêcher ! Laissons cela, voulez-vous ? Vous n'avez aucune raison de me remercier. Si vous méritez vraiment ce que j'ai dit de vous, dans ce cas le crédit en revient à vous et non à moi. N'est-ce pas vrai ?

– Mais j'ai été si heureux que vous pensiez que je suis...

– ... un grand architecte ? Mais sûrement, mon enfant, vous le saviez. Ou n'en étiez-vous pas sûr ? Pas tout à fait sûr ?

– C'est-à-dire, je...

Ce ne fut qu'une pause d'une seconde. Mais il sembla à Keating que cette pause était tout ce que Toohey avait désiré entendre de lui. Sans vouloir en entendre davantage, Toohey comme s'il avait reçu une réponse, et une réponse qui lui plaisait complètement, continua :

– Et quant au Cosmo-Slotnick Building, qui pourrait dénier que ce ne soit une réussite extraordinaire ? Savez-vous que j'ai été extraordinairement intrigué par le plan. Un plan vraiment brillant. Et tout à fait nouveau. Entièrement différent de ce que vous aviez fait jusqu'à présent. Est-ce que je me trompe ?

– Mais bien entendu, dit Keating, parlant pour la première fois d'une voix claire et nette. Mais c'est que le problème qui se posait était différent de tout ce que j'avais fait jusqu'alors et il m'a fallu faire des plans tout différents pour résoudre ce problème.

– Evidemment, dit Toohey d'un air aimable. Un beau travail, en tout cas, et dont vous pouvez être fier.

Keating s'aperçut que le regard de Toohey, centré au milieu de ses verres, était posé droit sur le sien et Keating comprit brusquement que Toohey savait que ce n'était pas lui qui avait fait les plans du Cosmo-Slotnick Building. Cela ne l'effraya nullement, mais ce qui l'emplit de crainte fut de lire de l'approbation dans le regard de Toohey.

– Si vous devez éprouver envers moi, nous ne dirons pas de la gratitude, la gratitude est un mot si embarrassant, mais disons une certaine reconnaissance, continua Toohey (et sa voix se fit plus douce, comme si Keating était devenu son complice et que dorénavant les mots qu'ils prononceraient feraient partie d'un code secret), vous devriez me remercier d'avoir compris la signification symbolique de votre building et de l'avoir formulée en mots comme vous l'avez exprimée dans le marbre. En admettant, bien entendu, que vous ne soyez pas un simple maçon, mais un penseur par la pierre.

– Oui, dit Keating, c'était bien là le symbole que je voulais exprimer lorsque j'ai conçu ce building, les fleurs de la culture poussant sur le sol des masses. Cela a toujours été ma conviction profonde que la vraie culture vient du peuple. Mais je n'avais pas espéré être compris.

Toohey sourit. Ses lèvres minces s'écartèrent, montrant ses dents. Il ne regardait pas Keating. Il regardait sa main, une main souple et sensible de pianiste, faisant glisser une feuille de papier sur le bureau. Puis il dit :

– Peut-être sommes-nous frères par l'esprit, Keating. Peut-être appartenons-nous à la même famille spirituelle. Et c'est cela et uniquement cela qui compte dans la vie.

Cette fois, il ne regardait plus Keating, mais au-dessus et au-delà de lui.

Et Keating comprit que Toohey savait que lui, Keating, n'avait jamais pensé à un symbole quelconque avant d'avoir lu cet article, mais que Toohey de nouveau l'approuvait. Et lorsque les yeux de Toohey revinrent lentement au visage de Keating, ils étaient pleins d'affection, mais d'une affection froide et réaliste. Et Keating eut l'impression que les murs de la pièce se refermaient doucement sur lui, le laissant dans une terrible intimité, non avec Toohey, mais avec quelque secret péché. Il eut envie de se lever et de s'enfuir. Mais il resta assis, la bouche à demi ouverte.

Et sans comprendre lui-même ce qui l'incitait à parler, Keating entendit sa propre voix s'élever dans le silence.

– Je voulais aussi vous dire combien j'ai été heureux que vous ayez échappé, hier, à la balle de ce fou, Mr. Toohey.

– Oh ?... Oh, merci. Mais c'est peu de chose, voyez-vous. Simplement un des tributs que l'on est obligé de payer lorsqu'on appartient à la vie publique.

– Je n'ai jamais aimé Mallory. Il a quelque chose de si tendu. Je n'aime pas cette sorte de gens. Et je n'aime pas davantage ce qu'il fait.

– Un exhibitionniste. Il n'ira pas loin.

– Ce n'est pas moi qui ai eu l'idée de lui confier le travail, mais Mr. Slotnick. Une question de recommandation, bien entendu. Mais Mr. Slotnick a reconnu son erreur.

– Est-ce que Mallory a jamais mentionné mon nom devant vous ?

– Non, jamais.

– Je ne le connaissais pas, vous savez. Je ne l'avais même jamais vu. Pourquoi a-t-il fait cela ?

Cette fois, ce fut Toohey qui s'immobilisa en voyant une certaine expression passer sur le visage de Keating, Toohey qui, pour la première fois, eut quelque chose d'inquiet et d'incertain. « Voilà ce qui nous lie, pensa Keating, voilà le lien secret qu'il y a entre nous, c'est la peur ; et encore la peur est un mot trop faible, mais je n'en connais pas de meilleur. » Et il comprit, sans pouvoir le raisonner, qu'il se sentait plus près de Toohey que de tous les êtres qu'il avait connus jusqu'ici.

– Oh, vous savez ce qui en est, dit Keating gaiement, espérant que le lieu commun qu'il s'apprêtait à formuler épuiserait le sujet. Mallory est un incapable, et il le sait, et il a voulu se venger sur vous qui êtes pour lui le symbole de ce qui est grand et capable.

Mais au lieu du sourire qu'il attendait, Keating vit le regard de Toohey, aigu comme un microscope, le fouiller jusqu'aux os. Puis le visage de Toohey se durcit, reprit son expression de maîtrise de lui-même et Keating comprit que Toohey avait trouvé un certain réconfort dans ce qu'il supposait être chez Keating une profonde ignorance des choses. Et Toohey dit lentement, d'un air étrange et ironique :

– Je crois que nous allons devenir de grands amis, Peter.

Keating fit une pause d'un instant, avant de répondre précipitamment :

– Oh, je l'espère, Mr. Toohey !

– Oh, Peter ! Suis-je si vieux que cela ? « Ellsworth » est le monument élevé au goût de mes parents en matière de prénoms.

– Je l'espère... Ellsworth.

– Voilà qui est mieux. Et je me soucie peu de mon nom lorsque je le compare à tous ceux dont j'ai été gratifié, en privé et en public, au cours de ces dernières années. C'est d'ailleurs plutôt flatteur. Lorsqu'un homme a des ennemis, cela prouve qu'il est capable d'être dangereux si cela est nécessaire. Il y a des choses que nous devons détruire, sans cela ce sont elles qui nous détruiraient. Nous allons nous voir beaucoup, Peter.

Sa voix était maintenant douce et égale avec une sûreté de décision réfléchie et éprouvée, et l'on sentait que plus jamais il ne se poserait de questions au sujet de Keating.

– A ce propos, j'ai formé le projet, depuis déjà quelque temps, de réunir quelques jeunes architectes, j'en connais beaucoup, afin qu'ils se groupent en une sorte d'association, pour échanger des idées, développer l'esprit de coopération, suivre une ligne d'action commune pour le bien de leur profession si la nécessité s'en fait sentir. Rien d'aussi officiel que l'A.G.A. Simplement un groupe de jeunes. Est-ce que cela vous intéresserait ?

– Mais, certainement. Et vous en seriez le président ?

– Certainement pas. Je ne suis jamais président de quelque chose, Peter. J'ai horreur des titres. Non, j'étais justement en train de penser que vous feriez un excellent président ; nous ne saurions en avoir un meilleur.

– Moi ?

– Vous, Peter. Oh, ce n'est encore qu'un vague projet, rien de défini, une idée avec laquelle je joue à mes moments perdus. Nous en reparlerons. Il y a une chose que j'aimerais que vous fassiez, et c'est une des raisons pour lesquelles je désirais vous rencontrer.

– Mais, certainement, Mr. Too... Ellsworth. Tout ce que je puis faire pour vous...

– Ce n'est pas pour moi. Connaissez-vous Loïs Cook ?

– Loïs... qui ?

– Cook. Non, vous ne la connaissez pas, mais vous ferez sa connaissance. Cette jeune femme est le plus grand génie littéraire que nous ayons eu depuis Goethe. Il faut que vous lisiez ses œuvres, Peter. Et c'est un conseil que je ne donne pas à n'importe qui. Elle est tellement supérieure à la classe moyenne qui aime tout ce qui est évident et tangible. Elle a l'intention de se faire construire une maison, un petit hôtel particulier sur le Bowery. Oui, sur le Bowery. C'est tout à fait Loïs. Elle m'a demandé de lui indiquer un architecte. Je suis persuadé qu'il faut un garçon comme vous pour comprendre une femme comme Loïs. Je vous recommanderai à elle si cela vous intéresse de construire une demeure petite, mais coûteuse.

– Mais bien entendu ! C'est... vraiment très aimable à vous, Ellsworth ! Et moi qui m'étais imaginé, tout à l'heure, et en lisant votre article, que vous vouliez me demander... quelque service, vous voyez ce que je veux dire, un prêté pour un rendu et au lieu de cela vous...

– Mon cher Peter, que vous êtes naïf !

– Oh, je n'aurais pas dû dire cela. Je m'en excuse. Je n'avais pas l'intention de vous offenser. Je...

– Je ne suis nullement froissé. Vous apprendrez à me connaître. Si étrange que cela puisse paraître, Peter, il y a dans ce monde des êtres qui éprouvent des sentiments complètement désintéressés.

Puis ils parlèrent de Loïs Cook et des trois livres qu'elle avait publiés. « Des romans ? Non, Peter, pas exactement des romans... Non, pas des recueils de nouvelles, non plus... du Loïs Cook, tout simplement, une forme de littérature absolument nouvelle... » Et ils parlèrent encore de la fortune qu'elle avait héritée d'une lignée de commerçants heureux, de la maison qu'elle voulait se faire construire.

Ce ne fut que lorsque Toohey se leva pour reconduire Keating jusqu'à la porte, et Keating remarqua combien sa démarche était peu assurée et ses pieds petits, que Toohey s'arrêta brusquement et lui dit :

– J'oubliais, il me semble qu'il y a entre nous une sorte de lien, mais je suis incapable de me rappeler lequel... mais si, bien sûr, ma nièce, la petite Catherine.

Keating sentit son visage se durcir et se dit qu'il ne devait pas permettre à Toohey une remarque à ce sujet, mais il sourit lâchement au lieu de protester.

– Vous êtes fiancés, à ce que j'ai compris.

– Oui.

– C'est charmant, dit Toohey. Vraiment charmant. Je serai ravi de devenir votre oncle. Et vous l'aimez beaucoup ?

– Oui, dit Keating, beaucoup.

L'absence de tout accent donnait à sa réponse quelque chose de solennel. Ce fut le premier instant où Keating se montra vrai et sincère devant Toohey.

– C'est délicieux, dit Toohey. Un jeune amour. Le printemps et le crépuscule, le ciel et les boîtes de chocolat à un dollar. La prérogative des dieux et du cinéma... Je vous félicite, Peter. Je trouve cela charmant. Vous n'auriez pu mieux choisir. C'est exactement le genre de femme pour lesquelles le monde est sans signification aucune, le monde avec toutes ses possibilités de grandeur, car elle est innocente, douce, jolie et anémique.

– Si vous commencez à... articula Keating.

Mais Toohey eut un sourire de bonté ineffable.

– Mais Peter, je vous comprends parfaitement. Et je vous approuve. Je suis un réaliste. Et je sais que l'homme ne peut faire autrement que de faire l'âne. Allons, allons, vous n'avez pas encore complètement perdu votre sens de l'humour. D'ailleurs j'ai toujours profondément aimé la légende de Tristan et Isolde. C'est la plus belle histoire du monde, tout de suite après celle de Mickey et de Minnie Mouse.

2.4

« ... brosse passant sur les cheveux brosse à cheveux chevelure brosse brosse chevelure écume dôme d'écume dôme romain viens viens viens brosse à cheveux chevelure lure lure turelure... »

Peter Keating cligna des yeux comme s'il cherchait à distinguer quelque chose à une grande distance puis reposa son livre. C'était un mince volume noir qui portait en lettres rouges le titre : *Nuages* et *Suaires*, par Loïs Cook. La bande indiquait que c'était un ensemble des impressions qu'avait tirées Miss Cook de ses voyages autour du monde.

Keating se renversa en arrière avec une sensation de chaleur et de bien-être. Ce livre lui plaisait. Il transformait l'humble routine de son déjeuner du dimanche matin en une profonde expérience spirituelle. Et la preuve pour lui que ce livre était profond, était qu'il n'y comprenait rien.

Peter Keating n'avait jamais éprouvé le besoin de donner une forme à ses convictions intimes, mais il avait une échelle de valeurs à lui. « Une chose n'est pas vraiment é.evée si vous pouvez l'atteindre ; elle n'est pas vraiment grande si vous pouvez l'analyser ; elle n'est pas vraiment profonde si vous pouvez en voir le fond. » C'était là son credo, qu'il ne formulait pas, mais qui était pour lui indiscutable. Cela lui épargnait tout effort d'atteindre, d'analyser ou de déchiffrer quoi que ce soit et lui permettait de mépriser cordialement ceux qui s'y efforçaient. Il était donc tout naturel qu'il jouît intensément de l'ouvrage de Loïs Cook. Il se sentait rehaussé à ses propres yeux par la révélation qu'il avait de sa capacité à répondre aux choses profondes, abstraites, idéales. Toohey lui avait dit : « N'y cherchez pas autre chose que le son pour le son, la poésie du mot en lui-même, un style qui n'est qu'une révolte contre le style. Mais seuls les esprits délicats peuvent apprécier une œuvre pareille, Peter. » Keating pensa qu'il lui serait agréable de parler de ce livre à ses amis et de sentir, s'ils ne comprenaient pas, qu'il leur était supérieur. Il ne se donnerait même pas la peine de leur faire comprendre cette supériorité, automatiquement refusée à ceux qui demandaient des explications. Le livre lui plaisait décidément.

Il prit un second toast et vit, au bout de la table, laissée là par sa mère à son intention, la haute pile des journaux du dimanche. Il s'en empara, se sentant suffisamment fort, tout pénétré qu'il était de sa profondeur spirituelle, pour affronter le monde entier contenu dans ces pages. Il écartait les journaux illustrés, lorsque sa main s'immobilisa. Il venait de reconnaître la reproduction d'un projet, l'Enright House, par Howard Roark.

Il n'avait pas eu besoin de lire la légende, ni la signature nerveuse à l'angle du dessin. Il savait que personne d'autre n'aurait pu concevoir ce projet, que personne d'autre ne dessinait ainsi, d'une façon à la fois sereine et violente, d'un trait de crayon qui faisait penser à des fils de haute tension, légers et innocents à voir, mais dangereux à toucher. L'édifice se déployait sur un large espace à East River. Au premier regard on ne pensait pas à un building, mais à un bloc de cristal de roche. On y trouvait la même formation, sévère, mathématique, groupant la plus libre, la plus charmante fantaisie ; des lignes droites, des angles nets, des arêtes coupées au couteau, et cependant une harmonie des masses aussi délicate que le travail d'un joaillier ; une incroyable variété dans les formes, aucun corps de bâtiment ne se répétant deux fois, mais se rattachant de façon inéluctable au corps suivant et à l'ensemble du bâtiment. Ainsi les futurs habitants de cette maison n'auraient-ils pas l'impression de vivre dans l'alvéole d'une énorme ruche, mais de posséder une demeure à eux, reliée à une autre comme des cristaux à d'autres cristaux.

Keating contempla longuement le projet. Il savait depuis longtemps que Howard Roark avait été choisi comme architecte pour l'Enright House. Il avait vu quelquefois le nom de Roark mentionné dans les journaux. Oh ! peu de chose, quelques lignes disant par exemple « le jeune architecte choisi par Mr. Enright, probablement un garçon intéressant ». La légende, sous le dessin, disait que la mise à exécution du projet allait commencer incessamment. « Eh bien, pensa Keating, qu'est-ce que cela peut bien me faire ? » Il laissa retomber le journal qui vint se poser à côté du petit livre noir et rouge. Il les contempla tous les deux. Il avait la vague impression que Loïs Cook était sa défense contre Howard Roark.

— Qu'est-ce donc, Petey, demanda la voix de sa mère derrière lui.

Il lui tendit le journal par-dessus l'épaule. Une seconde plus tard, le journal retombait sur la table.

— Ah, fit Mrs. Keating en haussant les épaules. Peuh !

Mrs. Keating portait une élégante robe de soie, trop ajustée, qui révélait la solide armature de son corset. Une broche de diamant brillait à son corsage, suffisamment petite pour que l'on ne doutât point que les pierres ne fussent véritables. On sentait que tout ce qu'elle portait, comme tout ce qui l'entourait dans leur nouvel appartement, avait coûté très cher. Keating s'était occupé lui-même de la décoration de leur intérieur qui était une fraîche imitation de l'époque victorienne. L'ensemble était classique et imposant. Au-dessus de la cheminée du salon, on pouvait voir le portrait à l'huile de ce qui n'était pas, mais qui était supposé être un de leurs ancêtres.

— Petey, mon chéri, j'ai horreur de te bousculer un dimanche matin, mais ne serait-il pas temps de t'habiller ? Il faut que je me sauve et je ne voudrais pas que tu oublies l'heure et que tu sois en retard chez Mr. Toohey. C'est si aimable à lui de t'inviter.

– Oui, mère.

– Y aura-t-il des invités de marque ?

– Des invités de marque, non, mais il y aura en tout cas quelqu'un que tu connais.

Il fit une pause et ajouta :

– Katie sera là.

Cette nouvelle ne parut l'affecter en rien. Elle avait acquis, depuis quelque temps, une étrange assurance, comme une couche de graisse à travers laquelle plus rien de ce qui concernait Catherine ne pouvait l'atteindre.

– Une simple réunion de famille, appuya Peter. C'est ce qu'a dit Mr. Toohey.

– C'est charmant. Je suis sûr que Mr. Toohey est un homme très intelligent.

– Mais oui, mère.

Et, se levant avec impatience, Peter quitta la pièce.

C'était la première fois que Keating visitait le nouvel appartement d'une maison d'aspect fort distingué dans lequel Catherine et son oncle s'étaient installés depuis peu. Rien ne le frappa spécialement dans cette nouvelle installation, si ce n'est son aspect simple et soigné, élégant sans ostentation, que rehaussaient des livres en grand nombre et quelques toiles, peu nombreuses, mais authentiques et de prix. Ce n'était jamais de l'appartement d'Ellsworth Toohey qu'on gardait le souvenir, mais de lui-même. Il était, ce jour-là, vêtu d'un complet gris foncé, d'une parfaite correction, et chaussé de pantoufles de vernis noir incrusté de cuir rouge. Ces pantoufles, qui juraient avec la sévère élégance de son complet, en accentuaient l'effet. Il était assis dans un fauteuil large et bas et son visage avait une expression d'amabilité condescendante, si condescendante que Catherine et Keating se sentirent devant lui aussi insignifiants que des bulles de savon.

Keating n'aima pas la façon dont Catherine était perchée sur le bord d'une chaise, les jambes gauchement ramassées. Et il regretta de lui voir un costume qu'elle portait depuis trois ans. Elle tenait les yeux fixés sur un point du tapis, regardant rarement Keating et jamais son oncle. Keating ne retrouvait en elle aucune trace de cette joyeuse admiration avec laquelle elle parlait toujours de Toohey, et que Peter s'attendait à lui voir extérioriser devant son oncle. Il y avait en Catherine quelque chose d'abattu, de décoloré et de très las.

Le valet de chambre apporta le plateau du thé.

– Sers-nous le thé, veux-tu, ma chérie, dit Toohey à Catherine. Ah, il n'y a rien de meilleur que le thé l'après-midi. Quand l'Empire britannique disparaîtra de la surface du globe, les historiens découvriront qu'il a apporté à la civilisation deux contributions d'une valeur inestimable, le rituel du thé et les romans policiers. Catherine, mon petit, est-ce vraiment indispensable que tu brandisses ce pot à eau comme un couteau à découper ? Cela n'a d'ailleurs aucune importance, tu es charmante telle que tu es et c'est justement ta gaucherie que Peter et moi aimons en toi. Nous ne tenons nullement à ce que tu aies des manières de duchesse. D'ailleurs, qui se soucie des duchesses, actuellement ?

Catherine, versant le thé, en répandit sur la table de verre, ce qui ne lui arrivait jamais.

— J'avais envie de vous voir une fois ensemble tous les deux, dit Toohey, tenant nonchalamment sa tasse de délicate porcelaine. C'est absurde de ma part, il n'y a pas de quoi faire une histoire de tout cela, mais il m'arrive d'être idiot et sentimental comme tout le monde. Je te fais mes compliments, Catherine. Je dois le dire, je ne te savais pas autant de goût. Peter et toi ferez un très beau couple. Et quelle gentille épouse tu seras pour lui. Tu lui prépareras son porridge, tu lui repasseras ses mouchoirs et tu lui donneras des enfants qui bien entendu auront tous les oreillons, et pas tous ensemble, ce qui est bien contrariant.

— Mais, en somme, vous... vous nous approuvez ? demanda Keating d'un air anxieux.

— Vous approuver pour quoi, Peter ?

— De nous marier... éventuellement.

— Quelle question inutile, Peter ! Bien entendu, je vous approuve. Mais que vous êtes jeune ! C'est la caractéristique de la jeunesse de faire une histoire de rien. Vous me demandez cela comme si la chose était assez importante pour que je m'y oppose.

— Katie et moi, nous nous connaissons depuis sept ans, dit Keating sur la défensive.

— Et, bien entendu, ça a été le coup de foudre ?

— Oui, dit Keating, furieux de se sentir ridicule.

— Ce devait être le printemps, dit Toohey. C'est généralement le printemps Et dans une salle de cinéma, plongée dans l'obscurité, deux êtres, perdus dans leurs rêves, se tiennent la main. Mais les mains deviennent moites, lorsqu'on les tient trop longtemps. Cependant, c'est une chose magnifique que d'être amoureux. C'est à la fois l'histoire la plus belle et la plus banale. Ne te détourne pas ainsi, Catherine. Nous ne devons jamais, en aucune circonstance, perdre notre sens de l'humour.

Il souriait d'un sourire bienveillant qui s'adressait à tous deux, si bienveillant même, qu'il faisait de leur amour quelque chose de petit et de mesquin, car seul un sentiment méprisable pouvait inspirer une telle compassion. Il demanda encore :

— Et à propos, Peter, quand avez-vous l'intention de vous marier ?

— Mon Dieu... nous n'avons pas encore fixé de date. Vous savez ce que c'est, ce concours et maintenant Katie qui a entrepris ce travail... A ce propos, ajouta-t-il d'un ton acerbe, car tout ce qui avait trait à cette nouvelle activité de Katie l'irritait sans qu'il sût pourquoi, lorsque nous nous marierons, il faudra que Katie cesse de travailler. Je suis tout à fait contre ce travail.

— Mais bien entendu, dit Toohey. Je ne l'approuve pas non plus, si Catherine n'y tient pas.

Catherine travaillait comme assistante de nursery à la Fondation Clifford.

L'idée était venue d'elle. Ayant souvent fréquenté la Fondation avec son oncle qui y donnait des cours d'économie sociale, elle avait fini par s'y intéresser.

– Mais je tiens beaucoup à mon travail ! dit Catherine, faisant montre soudain d'un véritable intérêt. Et je ne comprends pas pourquoi cela vous déplaît, Peter ! (Il y avait dans sa voix un accent de défi, quelque chose de dur et d'assez déplaisant.) C'est la première fois que je trouve autant de joie à un travail. Aider des êtres qui sont faibles et malheureux. J'y suis allée ce matin, rien ne m'y obligeait, mais j'en avais envie, et je suis rentrée si tard que je n'ai pas eu le temps de me changer. Mais qu'est-ce que cela peut bien faire, et quelle importance cela a-t-il que je me sois changée ou non. Figurez-vous, oncle Ellsworth – sa voix avait perdu son accent dur et elle parlait vite et avec conviction – que le petit Billy Hansen, vous vous souvenez de Billy, avait mal à la gorge et que personne ne s'en était aperçu. La sœur n'était pas là et j'ai dû lui badigeonner la gorge avec de l'argerol, pauvre chou. Il avait d'horribles taches blanches !

Elle dit cela d'un ton extasié comme si elle y trouvait une beauté toute spéciales. Elle regardait son oncle. Et pour la première fois, depuis qu'ils étaient réunis, Keating vit dans son regard cet éclair d'affection qu'il s'était attendu à y trouver. Elle continua à parler de son travail, des enfants, de la fondation. Toohey l'écoutait d'un air grave. Il ne faisait aucun commentaire, mais son visage s'était transformé, son regard attentif avait perdu son expression de gaieté ironique, et, oubliant ses propres préceptes, il était devenu sérieux, extrêmement sérieux même. Remarquant que l'assiette de Catherine était vide, il lui offrit un sandwich d'un geste très simple, mais infiniment respectueux.

Keating attendait impatiemment que Catherine cessât de parler pour changer de conversation. Regardant dans la pièce, autour de lui, il aperçut les journaux du jour. Il y avait une question qu'il désirait poser à Toohey depuis longtemps. Il demanda d'un ton détaché :

– Ellsworth... que pensez-vous de Roark ?

– Roark ? Roark ? demanda Toohey ? Et qui est donc Roark ?

La manière trop innocente, trop négligente dont il répéta ce nom, sur un ton dédaigneux et à peine interrogateur, fit comprendre à Keating que Toohey connaissait parfaitement ce nom. Il est rare que quelqu'un avoue sa totale ignorance sur un sujet si vraiment il l'ignore complètement.

– Howard Roark. Vous savez bien, l'architecte. Celui auquel on a confié la construction de l'Enright House.

– Oh ! Oh ! parfaitement. Ainsi elle se construit enfin, cette fameuse Enright House ?

– Il y a une reproduction du projet dans le *Chronicle* d'aujourd'hui.

– Vraiment ? J'ai pourtant lu le *Chronicle* aujourd'hui.

– Et... qu'avez-vous pensé de ce projet ?

– Si ç'avait été quelque chose d'important, je m'en serais certainement souvenu.

– Oui, évidemment ! Keating dit cela d'un ton dansant, comme s'il caressait chaque syllabe au passage. C'est quelque chose d'horrible, d'absurde, qui ne ressemble à rien !

Il éprouvait un sentiment de délivrance. Un peu ce que doit éprouver un homme persuadé qu'il est atteint d'un mal chronique et auquel un spécialiste vient d'affirmer qu'il est parfaitement sain. Il eut envie de rire, gaiement, bêtement, sans retenue.

– Howard est de mes amis, dit-il d'un air heureux.

– Un de vos amis? Vous le connaissez?

– Si je le connais! Mais nous étions à l'école ensemble, à Stanton, et il a vécu trois ans chez nous. Je pourrais vous décrire la couleur de ses sous-vêtements et sa façon de prendre une douche.

– Il vivait dans votre maison à Stanton? répéta Toohey.

Sa voix avait pris soudain une extrême précision. Le son en était mince, sec et décidé, comme le bruit d'une allumette que l'on brise.

Au grand étonnement de Keating, Toohey se mit à lui poser un grand nombre de questions sur Howard Roark, mais c'était des questions étranges qui n'avaient rien à voir avec l'architecture. Des questions toutes personnelles qu'il semblait curieux de poser sur quelqu'un qu'on ne connaissait pas.

– Le voit-on rire souvent?

– Très rarement.

– A-t-il parfois l'air malheureux?

– Jamais.

– Avait-il beaucoup d'amis à Stanton?

– Il n'a jamais eu d'amis.

– Ses camarades ne l'aimaient pas?

– Personne ne peut l'aimer.

– Pourquoi?

– Parce qu'il vous fait sentir que ce serait de l'insolence de votre part.

– Est-ce qu'il lui arrivait de sortir le soir, de boire, de s'amuser?

– Jamais.

– Aime-t-il l'argent?

– Non.

– Croit-il en Dieu?

– Non.

– Parle-t-il beaucoup?

– Très peu.

– Est-ce qu'il écoute lorsque d'autres personnes discutent de leurs idées devant lui.

– Il écoute. Mais mieux vaudrait qu'il n'écoutât pas.

– Pourquoi?

– Ce serait moins insultant, si vous comprenez ce que je veux dire, que de le voir vous écouter et de sentir que cela n'influe en rien sur sa propre opinion.

– De quand date sa vocation d'architecte?

– Il...

– Que vouliez-vous dire, Peter?

– Rien. Je m'aperçois à l'instant que c'est une question que je ne me suis jamais posée à son sujet. C'est une question qu'on ne se pose pas lorsqu'on le connaît. C'est un maniaque de l'architecture. Elle est tellement tout pour lui que plus rien d'autre ne compte. Il a perdu tout sens de la mesure. Voilà un homme qui n'a pas le sens de l'humour, Ellsworth. On ne peut l'imaginer voulant faire autre chose que de l'architecture.

– Non, dit Toohey, mais on peut se l'imaginer si on avait voulu l'en empêcher.

– Il nous marcherait sur le corps, sur le mien, sur le vôtre, mais il ferait de l'architecture.

Toohey replia sa serviette à thé, un minuscule carré de linon posé sur son genou. Il la remit soigneusement dans ses plis et marqua les plis avec l'ongle.

– Vous vous souvenez de ce que je vous ai dit à propos de ce groupe de jeunes architectes, Peter ? dit-il. Je suis en train d'organiser une première réunion. J'ai parlé avec plusieurs des futurs membres et vous auriez été flatté d'entendre ce qu'ils ont dit de vous lorsque je vous ai proposé comme président.

Ils parlèrent agréablement pendant une autre demi-heure puis, lorsque Keating se leva pour prendre congé, Toohey dit soudain :

– Oh, à propos, j'ai parlé de vous à Loïs Cook. Elle vous fera signe incessamment.

– Merci infiniment, Ellsworth. A ce sujet, je suis en train de lire *Nuages et Suaires*.

– Eh bien ?

– Oh, c'est remarquable. Ne trouvez-vous pas Ellsworth que... que l'on a un point de vue tout différent sur toutes choses lorsqu'on a lu ce livre ?

– Oui, dit Toohey, c'est tout à fait cela.

Il était debout, devant la fenêtre, contemplant les derniers rayons d'un brillant soleil qui illuminait cette claire et froide journée. Se tournant vers Peter et Catherine, il dit :

– Une belle journée. Probablement une des dernières que nous aurons cette année. Pourquoi n'emmenez-vous pas Catherine faire une promenade, Peter ?

– Quelle bonne idée, dit Catherine d'un air ravi.

– Eh bien, sauvez-vous, dit Toohey gaiement. Voyons, Catherine, est-ce que tu as besoin de ma permission ?

Lorsqu'ils se retrouvèrent seuls tous les deux, dans les rues glacées qu'illuminait le soleil couchant, Keating retrouva Catherine et sentit de nouveau tout ce qu'elle était pour lui, et cette douce émotion qui l'envahissait lorsqu'ils n'étaient que tous les deux, mais qui lui échappait lorsqu'ils n'étaient pas seuls. Il referma sa main sur la sienne. Elle retira sa main, ôta son gant et glissa ses doigts dans les siens. Et il se rappela soudain que les mains deviennent moites lorsqu'on les serre trop longtemps. Et d'irritation, il accéléra le pas. Il se dit aussi qu'ils se tenaient exactement comme Mickey et Minnie Mouse et qu'ils devaient probablement être ridicules aux yeux des passants. Pour échapper à ces pensées, il regarda Catherine. Elle regardait droit devant elle, vers le couchant doré, sur lequel se détachait son profil délicat. L'ombre d'un sourire heureux creusait le coin de sa bouche. Mais il remarqua que le bord de ses paupières était pâle et il se demanda si elle n'était pas, en effet, anémique.

Loïs Cook était assise par terre au milieu de son living-room, les jambes croisées sous elle à la turque, découvrant ses gros genoux nus, ses bas gris roulés sur d'épaisses jarretières et le bord de son pantalon d'un rose fané. Peter Keating était juché sur le bord d'une chaise longue de satin violet. C'était la première fois de sa vie qu'il ne se sentait pas à son aise au cours d'un premier entretien avec un client.

Loïs Cook avait trente-sept ans. Elle répétait avec insistance, au cours d'interviews et dans la conversation privée, qu'elle en avait soixante-quatre. On répétait ses paroles comme une blague spirituelle et cela créait vaguement l'impression qu'elle était extraordinairement jeune pour son âge. Elle était grande, sèche, étroite d'épaules et large de hanches, et elle avait un long visage jaune aux yeux trop rapprochés. Ses cheveux pendaient sur ses oreilles en mèches grasses. Ses ongles étaient cassés. Elle mettait autant de soin à paraître négligée que d'autres à se soigner, et pour le même motif.

Elle parlait sans arrêt, balançant le buste.

– ... oui, sur le Bowery. Un petit hôtel particulier. Un sanctuaire sur le Bowery. J'ai déjà le terrain. J'en avais envie et je l'ai acheté, ce n'est pas plus compliqué que cela, ou plutôt mon fou d'homme d'affaires l'a acheté pour moi. Il faudra que je vous fasse faire sa connaissance. Je ne sais pas combien il vous faudra d'argent, mais c'est sans importance, l'argent est quelque chose de si ordinaire, comme les choux. Il me faut trois étages et un living-room avec un sol dallé.

– Miss Cook, je viens de lire *Nuages et Suaires* et ç'a été pour moi une véritable révélation spirituelle. Permettez-moi de me compter parmi les heureux qui comprennent tout ce qu'il y a de courage et de signification profonde dans l'œuvre que vous accomplissez tandis que...

– Oh, à d'autres! dit Loïs Cook en clignant de l'œil.

– Mais je pense ce que je dis, dit Keating d'un air vexé, j'ai aimé votre livre, je...

Miss Cook eut l'air excédé.

– C'est une chose si ordinaire, dit-elle d'un ton traînant, d'être compris par n'importe qui.

– Mais Mr. Toohey me disait...

– Ah! oui, Mr. Toohey.

Son regard était plein de vivacité maintenant, avec quelque chose de coupable et d'insolent comme le regard d'un enfant qui vient de faire une polissonnerie.

– Mr. Toohey. Je préside un petit groupe de jeunes écrivains auxquels Mr. Toohey veut bien s'intéresser.

– Vraiment? dit Keating d'un air ravi. (Il avait enfin trouvé un point commun entre eux deux.) Comme c'est intéressant! Mr. Toohey est justement en train de former un groupe de jeunes architectes et il a eu la bonté de me demander d'en être le président.

– Oh, dit-elle en clignant de nouveau de l'œil, vous êtes donc des nôtres?

– Que voulez-vous dire?

Il devina, sans comprendre pourquoi, qu'il venait de la décevoir. Elle se mit à rire. Toujours assise par terre, le regardant de bas en haut, elle se mit à rire d'un rire sans grâce et sans joie.

– Que diable... Il se reprit : Pourquoi donc riez-vous, Miss Cook ?

– Oh, Seigneur ! dit-elle. Vous êtes un si, si charmant garçon et si joli !

– Mr. Toohey est un grand homme, dit Keating d'un air de colère. C'est le plus... c'est l'homme le plus noble que j'aie jamais...

– Oh, en effet, Mr. Toohey est un homme remarquable, dit-elle d'un ton étrangement dépourvu de tout respect. Mon meilleur ami. L'homme le plus étonnant du monde. Il y a le monde et puis il y a Mr. Toohey. Une loi de la nature. Et puis on peut faire, avec son nom de si jolies rimes : Toohey – goohey – phooey – hooey. C'est bien simple, c'est un saint. Et la sainteté est aussi rare que le génie. Moi, je suis un génie. Je veux un living-room sans fenêtres. Souvenez-vous-en lorsque vous dresserez les plans. Pas de fenêtres, des briques par terre et un plafond noir. Et pas d'électricité. Je ne veux pas l'électricité dans ma maison. Uniquement des lampes à acétylène. Thomas Edison peut aller au diable ! Qui était-ce après tout ?

Les mots qu'elle prononçait ne le troublèrent pas autant que son sourire. Plutôt qu'un sourire, c'était une sorte de rictus qui retroussait les coins de sa bouche mince et lui donnait l'air sournois et rusé.

– Et puis, Keating, je veux que ma maison soit *laide*, magnifiquement laide. Il faut que ce soit la maison la plus laide de tout New York.

– La plus... laide, Miss Cook ?

– Mon cher, la beauté est si banale !

– C'est vrai, mais... mais je... je ne sais comment je pourrai..

– Voyons, Keating, un peu de courage. N'êtes-vous pas capable d'un geste hardi, à l'occasion ? Ils sont tous là à peiner, à lutter, à souffrir pour atteindre à la beauté, pour se surpasser les uns les autres. Surpassons-les tous ! Jetons-leur leur beauté à la figure. Dépassons-les tous. Soyons pareils à des dieux ! Osons être laids !

Il accepta de construire son hôtel et, au bout de quelques semaines, il surmonta la gêne qu'il avait ressentie au début. Il remarqua que, lorsqu'il faisait allusion à sa nouvelle activité, il excitait toujours une respectueuse curiosité. C'était une curiosité amusée, mais nuancée de respect. Le nom de Loïs Cook était connu dans les salons les plus snobs. Et ceux qui se piquaient d'intellectualisme jetaient les titres de ses livres dans la conversation pour y briller. On les citait toujours avec une nuance de défi, comme si c'était un acte de courage. Mais c'était un courage sans danger, qui n'excitait jamais aucun antagonisme. Pour un auteur dont les livres ne se vendaient pas, son nom semblait étrangement fameux et respecté. Elle était le porte-parole d'une avant-garde d'intellectuels et de révoltés. Mais de révoltés contre quoi, Keating l'ignorait et préférait ne pas approfondir.

Il dessina pour elle la maison qu'elle désirait. C'était un édifice moitié marbre et moitié stuc, orné de gargouilles et de lanternes de carrosses. Il semblait le dernier vestige d'un parc d'attractions.

Jamais une œuvre de Keating n'avait été autant reproduite dans les journaux, à l'exception du Cosmo-Slotnick Building. Un des commentateurs exprima l'opinion que « Peter Keating promet d'être plus qu'un jeune architecte simplement brillant et capable de plaire à tous les Grands Mogols du capitalisme. Avec une cliente telle que Loïs Cook, il a pénétré dans le champ

236

de l'expérimentation intellectuelle. » Quant à Toohey, il fit allusion au petit hôtel comme à « une blague cosmique ».

Mais une sensation très particulière subsista en Keating après ce travail, une sorte d'arrière-goût. Il lui arrivait d'y penser en travaillant à quelque projet qu'il aimait particulièrement, et dont il se sentait fier. Il ne pouvait analyser exactement de quoi était faite cette impression, mais il ressentait une espèce de honte.

Il s'en ouvrit un jour à Ellsworth Toohey. Celui-ci n'en fit que rire. « C'est excellent pour vous, Peter. Il ne faut pas que vous preniez, de votre propre importance, une idée exagérée. Et inutile aussi de vous accabler du goût de l'absolu. »

2.5

Dominique était de retour à New York. Elle était rentrée sans but bien défini, pour la simple raison qu'elle n'avait pu supporter la vie à la campagne plus de trois jours après sa dernière visite à la carrière. Il lui fallait être en ville ; c'était une brusque nécessité, un besoin irrésistible et irraisonné. Elle n'en attendait d'ailleurs rien, mais il lui fallait autour d'elle des rues et des maisons. Lorsqu'elle s'éveillait le matin, la rumeur assourdie qui montait jusqu'à elle lui rappelait où elle était et pourquoi elle y était. Elle s'approchait de la fenêtre et, écartant les bras, s'appuyant aux montants, elle tenait entre ses deux mains un morceau de la ville, avec ses rues et ses toits.

Elle sortait faire de longues promenades. Elle marchait vite, les mains dans les poches d'un vieux manteau au col relevé. Elle se répétait qu'elle n'avait aucune chance de le rencontrer et que d'ailleurs elle ne le désirait pas. Mais c'était plus fort qu'elle, il lui fallait marcher dans les rues, droit devant elle, pendant des heures.

Elle avait toujours eu horreur des rues de cette ville. Horreur de tous ces visages qu'elle croisait, qu'elle dépassait, de tous ces visages rendus semblables par un sentiment unique, la peur, la peur comme commun dénominateur, peur d'eux-mêmes, peur des autres, peur de tout, une peur qui les rendait capables de se ruer sur ce qui, pour d'autres, était sacré. Elle ne pouvait définir ni la nature ni la raison de cette peur, mais elle en avait toujours senti l'omniprésence. Jusqu'alors, elle s'était toujours gardée pure et libre, n'ayant qu'une unique passion, ne se mêler à rien ni à personne. Et elle avait aimé la foule, elle avait aimé ressentir sa haine impuissante parce qu'elle ne lui offrait aucune cible à atteindre.

Mais elle avait perdu cette liberté. Chaque pas qu'elle faisait dans la rue la blessait maintenant. Elle était liée à *lui*, et *il* était lié à cette ville. Ce n'était qu'un travailleur anonyme accomplissant un travail obscur, perdu dans la foule et dépendant d'elle, mais ne lui appartenant pas plus qu'il ne lui appartenait à elle, Dominique. Il lui était pénible de penser qu'il était peut-être en train de fouler un de ces trottoirs, d'acheter un paquet de cigarettes, de se faire coudoyer par des gens. Elle rentrait chez elle, après ces longues courses, tremblante de fièvre. Et le lendemain, elle repartait.

Lorsque ses vacances arrivèrent à leur fin, elle se rendit dans les bureaux de *L'Etendard* avec l'intention de donner sa démission. Continuer d'écrire des articles ne l'amusait plus. Elle coupa court à l'accueil enthousiaste d'Alvah Scarret par ces mots : « Je ne suis venue que pour vous dire que je vous quitte, Alvah. » Il la regarda d'un air stupéfait et ne put dire qu'un mot : « Pourquoi ? »

Elle se sentit atteinte par ce « pourquoi ». Jusqu'alors, elle avait toujours agi sous l'impulsion de l'instant, sans jamais chercher de raison à ses actes. Mais maintenant elle se trouvait devant un « pourquoi » qui posait une question et demandait une réponse. Elle ne chercha pas à l'éluder devant elle-même. Elle se dit : « C'est à cause de lui que j'ai envie de changer le cours de toute ma vie. C'est une autre forme de viol. » Elle le revit devant elle, souriant comme il souriait dans l'allée forestière. Et elle se dit que, quelque décision qu'elle prît, ce serait toujours sous l'empire d'une contrainte, soit qu'elle renonçât à son travail, ce qu'elle désirait depuis qu'elle l'avait rencontré, soit qu'elle n'y renonçât pas, par défi, pour se prouver à elle-même que cette rencontre n'avait en rien changé sa vie. Cette dernière solution était pour elle la plus pénible et ce fut pour cette raison qu'elle s'y arrêta. Relevant la tête, elle dit :

– Je plaisantais, Alvah. Je voulais voir ce que vous diriez. Je reste, bien entendu.

Elle avait repris son travail depuis quelques jours lorsque Ellsworth Toohey pénétra dans son bureau.

– Hello, Dominique, dit-il. J'apprends à l'instant que vous êtes de retour.

– Hello, Ellsworth.

– Heureux de vous revoir. J'ai toujours l'impression que vous nous laisserez tomber, un beau jour, comme ça, sans raison.

– L'impression, Ellsworth, ou l'espoir ?

Il y avait dans le regard de Toohey sa bienveillance habituelle et son sourire était aussi charmeur qu'à l'habitude, mais avec une nuance d'ironie, pour bien faire comprendre à Dominique qu'il savait qu'elle ne s'y laissait pas prendre et de l'assurance pour lui montrer qu'il continuerait, comme par le passé, d'être charmeur et bienveillant.

– Vous vous trompez absolument, dit-il en souriant avec calme, vous vous êtes toujours trompée à mon égard.

– Non. Je ne suis pas une personne de tout repos, Ellsworth, ne croyez-vous pas ?

– Je pourrais évidemment vous demander : en quoi. Mais supposons que je n'en fasse rien et que je vous dise simplement que les personnes qui ne sont pas de tout repos ont leur utilité tout comme les autres. Préféreriez-vous cela ? Bien entendu, la chose la plus simple à dire est que j'ai toujours été et que je serai toujours l'un de vos plus grands admirateurs.

– Pour moi ce n'est pas un compliment.

– Pourtant je ne pense pas que nous serons jamais des ennemis, Dominique, si c'est cela que vous voulez dire.

– Non, je ne le pense pas non plus, Ellsworth. Vous êtes l'être le plus réconfortant que je connaisse.

– Mais bien entendu.

– Dans le sens où je l'entends ?

– Dans celui que vous voudrez.

Sur le bureau de Dominique se trouvait le numéro illustré du dimanche du *Chronicle*. Il était ouvert à la page reproduisant le projet de l'Enright House. Elle le prit et le lui tendit, le questionnant du regard. Il examina le projet, la regarda, revint au dessin. Puis laissant le journal retomber sur le bureau :

– Indépendant à en être insultant, n'est-il pas vrai ?

– Voyez-vous, Ellsworth, l'homme qui a dessiné ceci aurait dû ensuite se suicider. Celui qui a conçu une chose aussi belle n'aurait jamais dû permettre qu'elle fût réalisée, il n'aurait même pas dû le désirer. Mais cette maison sera construite et des femmes feront sécher des langes sur les terrasses, des hommes cracheront dans les escaliers et accrocheront d'ignobles peintures contre les murs. Il leur a donné cela et ils en feront leur chose. Il n'aurait pas dû donner la possibilité à des hommes comme vous de contempler une telle beauté et d'en parler. Il déshonore son œuvre en la livrant à vos critiques. Il se fait pire que vous. Vous ne commettrez qu'une mauvaise action de plus, mais lui commet un sacrilège, et il le sait.

– Allez-vous écrire un article à ce sujet ? demanda-t-il.

– Non, ce serait, de ma part aussi, un sacrilège.

– Et pourquoi m'en parlez-vous à moi comme vous venez de le faire ? Elle le regarda. Il souriait aimablement.

– Mais oui, bien entendu, dit-elle, cela aussi c'est un sacrilège.

– Dînons ensemble un de ces jours, Dominique, voulez-vous ? dit-il. Je ne profite vraiment pas assez de vous.

– Entendu, dit-elle, le jour que vous voudrez.

Lorsqu'il passa en jugement pour tentative d'assassinat sur la personne d'Ellsworth Toohey, Steven Mallory refusa de donner les motifs de son acte. Il se refusa d'ailleurs à toute déclaration et donna l'impression d'être absolument indifférent à l'issue du procès. Ellsworth Toohey, lui, créa une vive sensation en comparaissant, sans y avoir été convié, pour prendre la défense de Mallory. Il implora l'indulgence du jury, déclarant qu'il ne voulait pour rien au monde nuire à la carrière et à l'avenir de Mallory. Tout le monde dans la salle fut touché, excepté Steven Mallory. Celui-ci, en regardant et en écoutant Ellsworth Toohey, avait l'air d'endurer une forme toute spéciale de cruauté. Le juge le condamna à deux ans de prison avec sursis.

On commenta abondamment l'extraordinaire générosité de Toohey. Celui-ci repoussa tous les éloges, se contentant de déclarer, d'un air gai et modeste aux journalistes qui l'interrogeaient, « qu'il se refusait à agir comme complice dans la fabrication des martyrs ».

A la première réunion de leur fameuse association de jeunes architectes, Keating se rendit compte que Toohey avait un instinct remarquable pour choisir des gens qui étaient faits pour s'entendre. Il y avait quelque chose de commun aux dix-huit personnes qui étaient rassemblées, quelque chose qu'il ne pouvait définir, mais qui lui donnait une impression de confort et de sécurité qu'il n'avait jamais ressentie lorsqu'il était seul, ni dans d'autres milieux. Et cette impression de confort résultait en partie du fait qu'il sentait que, pour quelque raison qui lui échappait, toutes les autres personnes présentes avaient le même sentiment que lui. C'était une espèce de fraternité, mais une fraternité qui n'avait rien de saint, ni de noble. Et c'était peut-être en cela justement que résidait cette impression de confort, c'est que tous sentaient que sainteté et noblesse étaient ici des sentiments absolument inutiles.

Si ce n'avait été qu'il était fier d'en être le président, Keating aurait été plutôt déçu de la composition de cette réunion. Des dix-huit personnes réunies dans le living-room de Toohey, aucune n'était un architecte de renom, exception faite pour Gordon L. Prescott qui portait un chandail beige et semblait légèrement condescendant quoique sérieux. Pour les autres, Keating n'avait jamais entendu prononcer leur nom. La plupart d'entre eux étaient des débutants, jeunes, hardis et mal vêtus. Certains n'étaient que des employés. Il y avait une femme architecte qui avait construit quelques petits hôtels particuliers, principalement pour des veuves riches ; elle avait des manières agressives, une bouche serrée et un pétunia véritable dans les cheveux. Il y avait un tout jeune garçon au regard pur et innocent ; un obscur entrepreneur au visage gras et inexpressif ; une grande femme maigre qui faisait de la décoration d'intérieur et une autre femme qui ne faisait rien du tout.

Keating n'arriva pas à comprendre ce qu'étaient exactement les buts de l'association, et ceci malgré un grand nombre de déclarations. Aucune de ces déclarations d'ailleurs n'était très cohérente, mais toutes semblaient avoir le même sens caché. Et il sentit que ce qui était sous-entendu était la seule chose claire parmi tant de vagues généralités, même si personne n'y faisait franchement allusion. C'était ce sens caché qui l'unissait à eux comme il les unissait les uns aux autres, et il ne ressentait pas le désir de mieux le définir.

On parla longuement de l'injustice, de la malveillance, de la cruauté de la société envers les jeunes et quelqu'un suggéra que chacun devrait avoir des commandes assurées lorsqu'il quittait le collège. La femme architecte s'en prit principalement à l'iniquité des riches. L'entrepreneur maugréa, disant que le monde était dur et que « les types feraient bien de s'entraider un coup ». Le jeune garçon aux yeux innocents déclara que « nous pourrions faire tant de bien... » et il y avait dans sa voix quelque chose de si désespérément sincère que cela parut étrangement déplacé. Gordon L. Prescott déclara que l'A.G.A. n'était rien d'autre qu'une association de vieilles perruques qui n'avaient aucunement le sens de la responsabilité sociale et pas une goutte de sang dans les veines, et qu'il était grand temps de leur flanquer un coup de pied quelque part. Et la femme qui n'avait pas d'occupation bien définie parla d'idéals et de causes, mais personne ne comprit très bien à quoi elle faisait allusion.

Peter Keating fut élu président à l'unanimité. Gordon L. Prescott fut nommé vice-président et trésorier. Toohey refusa toute espèce de titre. Il déclara qu'il se contenterait d'agir comme un conseiller officieux. Il fut décidé que l'association prendrait le nom de « Association des Constructeurs américains » et que les membres n'en seraient pas fatalement des architectes, mais que la société serait ouverte à toutes les professions qui touchaient à l'architecture et à tous ceux qui prenaient à cœur les intérêts du noble métier de la construction.

Ce fut alors que Toohey prit la parole. Il parla assez longuement, debout, s'appuyant d'une main contre une table. Sa voix magnifique s'était faite douce et persuasive. Elle emplissait la pièce, mais donnait à ses auditeurs l'impression qu'elle aurait pu remplir aussi bien un amphithéâtre romain, et il y avait quelque chose de subtilement flatteur à entendre cette voix puissante assourdie à leur intention.

« ... et par-dessus tout, mes amis, ce qui manque à la profession architecturale, c'est que l'on comprenne son extrême importance sociale. Ce manque est dû à deux causes : d'abord au caractère anti-social de notre société, et ensuite à votre propre modestie. Vous avez été habitués à penser à vous-mêmes comme à de simples travailleurs n'ayant pas de but plus élevé que de gagner votre pain, d'assurer votre existence. Le temps est venu, mes chers amis, de faire une pause et de définir votre place dans la société. De toutes les professions, la vôtre est la plus importante. Importante non pas par la quantité d'argent que vous pouvez gagner, ni par les dons artistiques dont vous pouvez faire preuve, mais par les services que vous pouvez rendre à vos frères humains. Vous êtes ceux qui procurez un toit aux hommes. Souvenez-vous de cela, puis contemplez nos grandes villes, nos taudis, et vous réaliserez alors l'œuvre gigantesque qui vous attend. Mais pour aller au-devant de cette tâche, vous devez acquérir une vision plus large et de vous-même et de votre travail. Vous êtes les chevaliers d'une nouvelle croisade en faveur des sans-appui et des sans-abri. Nous ne serons pas jugés sur ce que nous sommes, mais sur les services que nous aurons rendus. Unissons-nous dans cet esprit. Et soyons, dans tous les domaines, fidèles à ce nouvel idéal, plus large et plus élevé. Efforçons-nous de réaliser, si vous me permettez de le dire, mes chers amis, un plus noble rêve ! »

Keating écoutait avec avidité. Il n'avait jamais pensé à lui-même autrement qu'à un homme qui gagnait sa vie dans une profession que sa mère l'avait poussé à choisir. Il était enrichissant de découvrir que c'était beaucoup plus que cela ; que son activité professionnelle avait une signification plus élevée. Cela avait quelque chose d'émouvant et de grisant. Et il était sûr que tous les auditeurs pensaient comme lui.

« ... et lorsque notre système de société s'écroulera, la corporation des constructeurs ne s'écroulera pas avec elle. Elle ne disparaîtra pas sous les flots, mais, portée par les vagues, elle acquerra une plus grande importance et une plus large place... »

A cet instant l'on entendit sonner à la porte d'entrée et peu après le valet de chambre de Toohey introduisait dans le living-room Dominique Francon.

A la façon qu'eut Toohey de s'arrêter au milieu d'un mot, Keating comprit que Dominique n'était ni invitée, ni attendue. Elle sourit à Toohey et lui fit, de la tête et de la main, signe de continuer. Il esquissa une légère inclination dans sa direction, à peine plus qu'un mouvement de sourcils, et reprit son discours. C'était un accueil aimable qui, par sa simplicité même, associait la nouvelle arrivée à la société déjà réunie, mais Keating eut l'impression que

Toohey avait réagi d'un battement de cils trop tard. Et c'était bien la première fois qu'il voyait Toohey manquer le juste moment.

Dominique s'assit dans un coin, un peu à l'écart. Keating, oubliant d'écouter, s'efforça d'attirer son attention. Il lui fallut attendre que son regard, allant d'un visage à un autre, rencontrât le sien. Il s'inclina alors et fit des signes, avec un sourire plein de connivence. Elle inclina la tête, il vit ses cils effleurer ses joues comme elle baissait les yeux, puis elle le regarda de nouveau, un assez long moment, sans sourire, comme si elle découvrait quelque chose de différent dans son visage. Il ne l'avait pas revue depuis le printemps. Il lui trouva l'air un peu fatigué, mais plus charmante encore qu'il ne s'en souvenait.

Puis il se tourna de nouveau vers Ellsworth Toohey et se remit à écouter. Les mots qu'il entendit étaient tout aussi exaltants qu'auparavant, mais il n'éprouva plus à les écouter le même plaisir. Il regarda de nouveau Dominique. Elle n'appartenait pas à cette pièce, à cette réunion. Il n'aurait pu dire pourquoi, mais c'était une certitude évidente, absolue. Ce n'était pas sa beauté, ni son élégance hardie, mais quelque chose faisait d'elle un « outsider ». C'était comme si tous avaient été confortablement nus, et qu'étant entrée, habillée, elle les avait fait brusquement se sentir gênés et inconvenants. Et pourtant son attitude était des plus simples. Elle semblait écouter avec attention. A un moment donné, elle s'adossa, croisa les jambes et alluma une cigarette. Elle éteignit l'allumette avec un brusque mouvement de poignet et la jeta dans un cendrier, sur une table à côté d'elle. Et, sans pouvoir se raisonner, il eut l'impression qu'elle leur jetait cette allumette à la figure. Il se dit qu'il était stupide, mais il remarqua cependant que, pas une fois, Ellsworth Toohey ne la regarda en parlant.

Lorsque le meeting prit fin, Toohey se précipita vers elle.

— Dominique, chère : s'exclama-t-il. Puis-je me considérer comme flatté ?

— Si vous voulez.

— Si j'avais pu deviner que cette réunion vous intéresserait le moins du monde, je vous aurais envoyé une invitation toute spéciale.

— Mais vous ne pensiez pas que cela m'intéresserait ?

— Non, à franchement parler, je...

— C'était une erreur, Ellsworth. Vous avez oublié de compter avec mon instinct de journaliste. Ne jamais rien laisser passer. Et ce n'est pas tous les jours qu'on a la chance d'assister à la naissance d'une félonie.

— Que voulez-vous dire exactement, Dominique ? demanda Keating d'un ton brusque.

Elle se tourna vers lui.

— Hello, Peter, dit-elle.

— Vous connaissez Peter Keating, bien entendu, dit Toohey en souriant.

— Mais oui. Peter a même été amoureux de moi.

— Vous vous trompez de temps de verbe, Dominique, dit Keating.

— Il ne vous faut jamais prendre ce que dit Dominique au sérieux, Peter. Elle ne le dit d'ailleurs pas dans cette intention. Vous serait-il agréable de vous joindre à notre petit groupe ? Vos qualités professionnelles vous rendent éminemment éligible.

– Non, Ellsworth, je ne me joindrai pas à votre petit groupe. Je ne vous hais pas assez pour cela.

– Mais qu'est-ce que donc qui vous déplaît dans cette association ? demanda Peter.

– Mais Peter ! s'exclama-t-elle d'un air languissant, qu'est-ce qui a pu vous donner une pareille idée. Je ne désapprouve rien du tout, n'est-ce pas, Ellsworth ? Je pense que c'est une initiative tout indiquée qui répond à une évidente nécessité. C'est exactement ce dont nous avons besoin, et ce que nous méritons.

– Pouvons-nous espérer votre présence à notre prochain meeting ? demanda Toohey. C'est si agréable d'avoir un auditeur si attentif et qui n'intervient pas... je parle de notre prochain meeting, bien entendu.

– Non, Ellsworth, je vous remercie. C'était pure curiosité. Bien que vous ayez certainement réuni un intéressant petit groupe de jeunes constructeurs. A ce propos, pourquoi n'avez-vous pas invité l'architecte qui a conçu l'Enright House, quel est son nom déjà ? Ah oui, Howard Roark ?

Keating sentit ses mâchoires se raidir. Mais elle les regardait d'un air si innocent et elle avait dit cela d'un ton si négligent, comme une simple remarque, qu'elle ne voulait sûrement pas dire... quoi ? se demanda-t-il, et il acheva en lui-même sa pensée : qu'elle ne voulait sûrement pas dire ce qu'il avait eu si peur de lui entendre formuler.

– Je n'ai jamais eu le plaisir de rencontrer Mr. Roark, dit Toohey d'un air grave.

– Et vous, le connaissez-vous ? demanda Keating à Dominique.

– Non, répondit-elle. J'ai simplement vu son projet de l'Enright House.

– Et alors, insista Keating, qu'en pensez-vous ?

– Rien, répondit-elle.

Lorsqu'elle se leva pour partir, Keating l'accompagna. Il la regardait tandis qu'ils étaient dans l'ascenseur et observa la façon dont sa main étroitement gantée de noir tenait son sac, d'une manière à la fois insolente et abandonnée, et il se sentit, une fois de plus, à sa merci.

– Dominique, pourquoi êtes-vous ici aujourd'hui ?

– Oh, il y avait longtemps que je n'étais allée nulle part et j'ai décidé de m'y remettre. Tenez, lorsque je vais nager, je n'aime pas à me torturer en entrant dans l'eau par petits morceaux. Je m'y jette carrément, cela me fait un choc, mais après ce n'est plus rien.

– Que voulez-vous dire ? Et que reprochez-vous à ce meeting ? Après tout, nous n'avons aucun plan bien défini. Nous n'avons même pas de programme. Je n'ai même pas très bien compris le but de cette réunion.

– C'est bien cela, Peter. Vous n'avez même pas compris pourquoi vous vous réunissiez.

– C'est simplement un moyen de nous réunir, pour parler. Quel mal y a-t-il à cela ?

– Peter, je suis fatiguée.

– Est-ce que votre apparition de ce soir signifie au moins que vous avez décidé de sortir de votre retraite ?

– Exactement. Mais pourquoi parler de retraite ?

– C'est que j'ai vainement et fréquemment essayé de vous atteindre.

– Vraiment?

– Vous dirai-je combien je suis heureux de vous revoir.

– Admettons que vous me l'avez dit.

– Savez-vous que vous avez changé, Dominique. Je ne sais en quoi cela réside, mais je vous trouve changée.

– Vraiment?

– Admettons aussi que je vous aie dit à quel point je vous trouve charmante, car les mots me manquent pour l'exprimer.

Les rues étaient plongées dans l'obscurité. Il fit signe à un taxi. S'asseyant à côté d'elle, il la regarda droit dans les yeux, chargeant son regard d'une prière, s'efforçant de rendre le silence significatif. Elle ne se détourna pas, lui rendit son regard. Elle paraissait attentive à quelque pensée secrète qui l'étonnait elle-même et qu'il ne pouvait deviner. Il s'approcha davantage et lui prit la main. Il sentit l'effort qu'elle faisait, de ses doigts rigides à son bras tout entier, pour ne pas retirer sa main. Il prit cette main, la tourna paume en dehors et y posa ses lèvres.

A ce moment il la regarda. Il laissa retomber sa main qui resta un instant en l'air, les doigts crispés à demi fermés. Ce n'était plus l'indifférence dont il se souvenait, c'était un dégoût si fort qu'il en devenait impersonnel, et qu'il cessait d'être offensant tant il paraissait s'adresser à tous sauf à un seul. Il la sentit très proche de lui et, dans une brusque intuition, il chuchota:

– Dominique, qui était-ce?

Elle se retourna brusquement, le regardant attentivement. Elle eut une légère moue, ses lèvres devinrent plus pleines, puis s'allongèrent en un léger sourire. Et elle dit, le regardant droit dans les yeux:

– Un homme qui travaillait à la carrière de granit.

Il se mit à rire de bon cœur.

– Je n'ai que ce que je mérite, Dominique. Ma question est absurde.

– N'est-ce pas étrange, Peter, que j'aie cru un moment pouvoir vous aimer physiquement?

– Que trouvez-vous là d'étrange?

– Le fait que nous nous connaissons si mal nous-mêmes. Un jour vous comprendrez ce que vous êtes, Peter, et ce sera pire pour vous que pour la plupart d'entre nous. Mais inutile de vous tourmenter à l'avance, c'est une révélation que vous n'aurez pas avant longtemps.

– Ainsi vous avez cru un instant que je pourrais vous plaire, Dominique?

– Il me semblait que je ne pourrais jamais aimer personne et dans ce cas vous étiez si exactement celui qu'il fallait.

– Je ne comprends pas ce que vous voulez dire. Je me demande si vous pensez à ce que vous dites. Je ne sais qu'une chose, c'est que je vous aimerai toujours et que, maintenant que vous êtes de retour, je ne vous laisserai plus disparaître.

– Maintenant que je suis de retour, Peter, je désire ne plus vous revoir. Oh, je vous verrai forcément lorsque nous nous rencontrerons comme ce soir, mais ne me téléphonez pas et ne venez pas me voir. Je ne cherche pas à vous blesser, Peter, et vous n'avez rien fait qui m'ait déplu. C'est plutôt quelque chose en moi-même que je veux fuir. Je m'excuse de vous choisir comme exemple, mais vous êtes pour moi tellement typique. Vous représentez pour moi tout ce que je méprise le plus au monde et je ne tiens pas à me souvenir constamment à quel point je méprise le monde. Si j'y pensais trop souvent, j'y retournerais. Ne prenez pas cela pour une insulte, Peter. Essayez de me comprendre. Vous n'êtes nullement le pire représentant de ce monde-là, vous en êtes au contraire un des types les plus achevés, et c'est bien cela qui est effrayant. Si jamais un jour je reviens à vous, repoussez-moi, Peter. Je vous dis cela maintenant parce que je puis encore vous le dire, mais si je vous reviens, vous ne saurez pas me repousser. C'est pourquoi je vous mets en garde pendant qu'il est encore temps.

— Je ne comprends pas un mot de ce que vous me dites, dit Keating d'un ton froid, les lèvres raidies par la colère.

— N'essayez pas, vous n'y parviendriez pas. Promettez-moi simplement de m'éviter ; vous voulez bien ?

— Jamais je ne renoncerai à vous.

Elle haussa les épaules.

— Comme vous voudrez, Peter. C'est la première fois que je fais preuve de bonté envers vous, ou envers quiconque, d'ailleurs.

2.6

Roger Enright avait débuté dans la vie en travaillant dans une mine de charbon en Pennsylvanie. Sur la route de la fortune qu'il possédait actuellement, personne, jamais, ne lui avait tendu la main. « Et c'est la raison pour laquelle, expliquait-il, personne ne m'a jamais barré la route. » Bien des gens, en réalité, s'était efforcés de lui barrer la route, mais il ne s'en était jamais aperçu. Bien des incidents de sa longue carrière avaient été discutés, mais ils n'avaient jamais pu être exploités contre lui. Sa vie était éclatante et publique comme un livre ouvert. Il n'offrait aucune prise aux maîtres chan teurs et aux amateurs de biographies scandaleuses. Les gens riches ne l'aimaient pas, parce qu'ils lui reprochaient d'avoir fait fortune d'une manière trop apparente.

Il détestait les banquiers, les syndicats, les femmes, les évangélistes et la Bourse. Il n'avait jamais acheté une action quelconque ni vendu une part dans une de ses entreprises et il gérait sa fortune lui-même aussi simplement que s'il l'avait tout entière dans sa poche. En dehors de ses affaires de pétrole, il possédait une maison d'édition, un restaurant, un garage et une fabrique de frigidaires. Avant de s'engager dans une nouvelle aventure, il étudiait soigneusement la question, puis il agissait ensuite comme s'il n'en avait jamais entendu parler, dépassant tout ce qui s'était fait. Certaines de ses expériences étaient couronnées de succès, d'autres non. Il continuait de s'en occuper avec une énergie féroce. Il travaillait douze heures par jour.

Lorsqu'il décida de faire construire un nouveau building, il chercha pendant six mois l'architecte qui lui conviendrait. Puis il choisit Roark à la fin de leur première entrevue qui dura exactement une demi-heure. Lorsque plans et projets furent faits, il donna l'ordre de commencer les travaux immédiatement et lorsque Roark voulut lui expliquer ses idées il l'interrompit : « Ne m'expliquez rien. Ce serait du temps perdu que de vouloir m'expliquer des choses abstraites. Je n'ai jamais eu aucun idéal ; les gens prétendent même que je suis complètement immoral. Je ne me fie qu'à mon instinct, mais je sais reconnaître ce qui me plaît. »

Roark n'avait jamais fait allusion à la tentative qu'il avait faite pour atteindre Enright, ni à son interview par un secrétaire excédé. Mais Enright l'apprit d'une façon ou d'une autre. En cinq minutes le secrétaire fut renvoyé et dix minutes plus tard il quittait le bureau, ainsi qu'il en avait reçu l'ordre, au milieu d'une journée particulièrement chargée, laissant sur sa machine une lettre inachevée.

Roark rouvrit son bureau, ce vaste atelier au sommet d'un vieux building, et y adjoignit une pièce contiguë pour les dessinateurs qu'il engagea et qu'il chargea de dresser les plans de l'Enright House. Ces dessinateurs étaient jeunes et manquaient d'expérience. Il les avait engagés sans les connaître et sans exiger la moindre lettre de recommandation. Il les avait choisis, parmi beaucoup d'autres, d'après les dessins qu'ils lui avaient soumis.

Dans la tension croissante des jours suivants, jamais il ne leur adressa la parole en dehors du travail. Ils sentaient, en arrivant le matin, qu'ils ne devaient pas avoir de vie privée et que rien n'avait de réalité ni de signification que les larges feuilles de papier étalées sur les tables. L'atelier leur paraissait d'abord froid et sans âme comme une usine jusqu'au moment où ils regardaient Roark, et à ce moment ils comprenaient qu'ils n'étaient pas dans une usine, mais dans une fournaise qui se nourrissait de leurs corps et de celui de Roark le tout premier.

Il arrivait à ce dernier de passer toute la nuit au bureau. Ils le retrouvaient à son travail lorsqu'ils arrivaient le matin. Il ne semblait pas fatigué Il lui arriva de rester au bureau deux jours et deux nuits de suite. Dans l'après-midi du troisième jour il s'endormit, à demi couché sur sa table. Il s'éveilla quelques heures plus tard, ne fit aucun commentaire et alla d'une table à l'autre vérifier le travail qui s'était fait pendant son sommeil. Et les remarques qu'il fit donnaient l'impression que son esprit n'avait pas cessé un instant de travailler.

– Vous êtes insupportable lorsque vous travaillez, Howard, lui dit un soir Austen Heller, bien que Roark n'eût pas parlé une fois de son travail.

– Pourquoi cela ? demanda-t-il, l'air étonné.

– Ce n'est pas confortable de se trouver dans la même pièce que vous. La tension d'esprit est quelque chose de contagieux.

– Quelle tension ? Je ne me sens vraiment moi-même que lorsque je travaille.

– C'est bien cela. Vous ne vous sentez complètement vous-même que lorsque vous êtes sur le point d'éclater. De quoi diable êtes-vous donc fait, Howard ? Après tout, il ne s'agit que d'un building, et non pas d'un composé du saint sacrement, du supplice chinois et de l'extase sexuelle, comme vous avez l'air de le croire.

– Vraiment ?

Il ne pensait pas souvent à Dominique, mais lorsqu'il y pensait ce n'était pas comme à un souvenir qui lui revenait brusquement, mais comme à une présence qui ne le quittait jamais complètement. Il la désirait. Il savait que s'il le voulait il pouvait la revoir, mais il attendait. Cela l'amusait d'attendre parce qu'il savait que cette attente lui était, à elle, insupportable. Il savait que la séparation la liait à lui d'une manière plus complète et plus humiliante que sa présence n'aurait pu le faire. Il lui laissait le temps de chercher à se ressaisir, afin de lui faire mieux sentir combien elle était à sa merci, lorsqu'il lui plairait de la revoir. Elle comprendrait alors qu'il avait attendu volontairement, pour mieux la dominer. A ce moment, elle serait prête, soit à le tuer, soit à se donner à lui, deux actes qui pour elle se ressemblaient singulièrement. Il voulait l'acculer jusque-là. Il attendait.

On était sur le point de commencer les travaux de l'Enright House lorsque Roark fut convoqué dans les bureaux de Joel Sutton, un remarquable homme d'affaires qui avait décidé de faire construire un vaste building de bureaux. Joel Sutton avait fait fortune, bien que manquant complètement de psychologie. Il aimait tout le monde. Sa sympathie ne faisait aucune distinction entre les êtres. C'était un grand niveleur aussi incapable de distinguer un sentiment élevé d'un sentiment bas et réduisant l'humanité à l'état plan de la surface d'un bol de mélasse.

Joel Sutton rencontra Roark à un dîner donné par Enright. Joel Sutton se prit de sympathie pour Roark et même d'admiration. Mais il ne voyait aucune différence entre un Roark et d'autres personnes. Lorsque Roark vint le voir, comme il l'en avait prié, Joel Sutton lui dit :

— Dites-vous bien que je ne suis nullement décidé, réellement pas décidé du tout, mais j'ai pensé à vous pour ce petit building que j'ai envie de faire construire. Votre Enright House est un peu... spéciale, mais intéressante. D'ailleurs tous les buildings le sont, j'adore faire construire. D'un autre côté Rog Enright est un homme à la page, tout à fait à la page, un homme capable de faire pousser de l'argent là où personne n'en trouverait. Aussi suis-je toujours heureux d'avoir un tuyau de Rog Enright et je pars du principe que ce qui est assez bon pour lui est assez bon pour moi.

Plusieurs semaines s'écoulèrent après ce premier interview. Joel Sutton ne prenait jamais une décision dans la hâte.

Un soir du mois de décembre, Austen Heller arriva à l'improviste chez Roark et lui demanda avec insistance de l'accompagner à une grande réception que donnait le vendredi suivant Mrs. Ralston Holcombe.

— Ah ! non, par exemple, Austen ! s'exclama Roark.

— Voyons, Roark, pourquoi pas ? Je sais que vous avez horreur de ces réceptions, mais ce n'est pas une raison suffisante pour n'y pas aller et d'un autre côté vous en avez d'excellentes pour y aller. Son salon est une véritable maison de rendez-vous pour architectes et, comme vous vendriez jusqu'à votre chemise et jusqu'à votre âme, si vous en avez une, pour obtenir une commande, vous pouvez bien supporter quelques heures pénibles qui risquent de vous ouvrir de nouveaux champs d'action.

– Certainement, mais je ne crois pas que ces réceptions vous mènent à quoi que ce soit au point de vue travail.

– Venez tout de même cette fois.

– Mais pourquoi particulièrement cette fois-là ?

– Eh bien, d'abord parce que cette horrible peste de Kiki Holcombe me l'a demandé. Elle est venue hier, pendant deux heures, me supplier de vous amener et m'a même fait manquer un déjeuner. C'est une atteinte à sa réputation que de ne pouvoir exhiber dans ses salons l'architecte de l'Enright House. Elle s'est spécialisée dans les architectes. Elle a tellement insisté pour que je vous emmène que j'ai fini par le lui promettre.

– Mais pour quoi faire ?

– Vous y rencontrerez Joel Sutton qui y sera, elle me l'a dit. Essayez, dussiez-vous en mourir, d'être aimable avec lui. D'après ce que j'ai entendu dire, il est pratiquement décidé à vous prendre comme architecte. Un simple contact personnel est peut-être juste ce qu'il faut pour provoquer sa décision. Il a une meute d'architectes à ses trousses, et ils seront tous là. Et moi je veux que vous obteniez cette commande. Je ne veux plus entendre parler de carrières de granit au cours des dix années qui vont suivre. Je n'éprouve aucune sympathie pour les carrières de granit.

Roark était assis à sa table, se retenant à ses bords pour s'obliger à l'immobilité. Il était exténué par quatorze heures de travail dans son bureau, du moins il pensait qu'il devait l'être, mais il était trop fatigué pour sentir sa fatigue. Il ployait les épaules pour arriver à une détente qui se refusait à lui. Ses bras raidis étaient tendus, et un de ses coudes tremblait légèrement de façon continue. Une de ses longues jambes était repliée, le genou appuyé contre la table, l'autre, étendue, était agitée de mouvements nerveux. Il n'arrivait pas à se détendre.

Sa nouvelle installation se composait d'un vaste living-room dans une maison locative petite, mais très moderne. La maison lui avait plu parce qu'il n'y avait pas de corniches au-dessus des fenêtres et pas de moulures sur les murs à l'intérieur. La pièce était peu et simplement meublée ; avec quelque chose de net, de vaste et de nu ; on s'attendait presque à entendre un écho à sa propre voix.

– Pourquoi ne pas venir, ne serait-ce qu'une fois ? plaidait encore Heller. Ce ne sera pas si terrible que cela. Vous y trouverez peut-être même de l'amusement. Vous y retrouverez une quantité de vieux amis : John Erik Snyte, Peter Keating, Guy Francon et sa fille. C'est une fille qui vaut la peine d'être connue. Avez-vous jamais lu ses articles ?

– Je viendrai, dit Roark abruptement.

– Vous êtes suffisamment inattendu pour être capable d'être raisonnable à l'occasion. Je passerai vous prendre vendredi à huit heures et demie. La cravate noire. Au fait, avez-vous un smoking ?

– Enright m'a obligé à m'en faire faire un.

– Enright est un homme bien sensé.

Lorsque Heller fut parti, Roark resta encore longtemps assis à sa table. Il avait décidé d'assister à la réception parce qu'il savait que c'était le dernier endroit où Dominique aimerait le rencontrer.

– Il n'y a pas d'être plus inutile, ma chère Kiki, dit Ellsworth Toohey, qu'une femme riche qui fait profession de recevoir. Mais, toutes les choses inutiles ont du charme, comme l'aristocratie, par exemple, la plus inutile de toutes.

Kiki Holcombe fronça le nez dans une charmante petite grimace de reproche, mais se sentit extrêmement flattée d'être comparée à l'aristocratie. Trois lustres de cristal étincelaient au-dessus du balcon florentin et, lorsqu'elle leva les yeux vers Toohey, les lumières s'y reflétèrent, leur donnant un humide éclat entre les cils épais alourdis de rimmel.

– Vous dites des choses abominables, Ellsworth. Je me demande pourquoi je continue à vous inviter.

– Précisément pour cette raison, ma chère. Et je sais que je serai invité ici aussi souvent qu'il me plaira.

– Que peut répondre à cela une simple femme ?

– Ne commencez jamais une discussion avec Mr. Toohey, dit Mrs. Gillepsie, une femme de haute stature, portant un collier de diamants de la taille des dents de devant qu'elle montrait dans un sourire. Cela ne sert à rien. Vous êtes battue d'avance.

– La discussion, Mrs. Gillepsie, est une chose qui manque à la fois de charme et d'utilité. Laissez cela aux hommes qui sont des cerveaux. Se prétendre un cerveau est d'ailleurs une dangereuse confession de faiblesse, car on dit que les hommes développent leur cerveau quand ils ont échoué dans tous les autres domaines.

– Vous ne pensez pas un mot de ce que vous dites, dit Mrs. Gillepsie, souriant d'un sourire béat.

Elle prit triomphalement possession de lui et l'arracha comme une proie de prix à Mrs. Holcombe qui s'était détournée un instant pour accueillir de nouveaux invités.

– Mais vous autres, intellectuels, vous êtes de tels enfants. Vous êtes trop sensibles, on a toujours envie de vous dorloter.

– Je n'en ferais rien, si j'étais vous, Mrs. Gillepsie, nous risquerions d'en abuser. Et d'ailleurs, faire étalage de son intelligence est une chose si vulgaire, presque plus vulgaire encore que d'étaler sa richesse.

– Je savais que nous en arriverions là. On m'avait bien dit que vous étiez une espèce de socialiste, mais je ne voulais pas le croire. Et d'ailleurs je continue de ne pas le croire. Que dites-vous de cela ?

– J'en suis ravi, dit Toohey.

– On ne me trompe pas. Jamais on ne me fera croire que vous êtes un homme dangereux. D'ailleurs les hommes réellement dangereux sont des individus négligés au langage horrible. Et vous, vous avez une si belle voix !

– Et qu'est-ce qui a bien pu vous faire croire que j'aspirais à être dangereux, Mrs. Gillepsie ? Je suis tout simplement, comment dirais-je, la plus humble des choses, une conscience. Votre propre conscience, par exemple, me tourmentant pour vous du sort des malheureux de ce monde et vous permettant ainsi de n'y pas penser.

– Quelle drôle d'idée. Je ne sais si elle est absurde ou très profonde.

– Les deux à la fois, Mrs. Gillepsie, comme toutes les idées.

Kiki Holcombe contemplait avec satisfaction sa salle de réception. Relevant la tête, elle remarqua que la voûte qui s'arrondissait au-dessus de ses invités était, malgré les lustres, dans la pénombre. La salle n'en paraissait que plus immense, dominée par cette voûte sombre. La masse énorme des invités ne réussissait pas à la faire paraître plus petite. Cette voûte au-dessus d'eux avait l'air du couvercle d'une boîte étrangement disproportionnée et c'était justement cette large zone vide au-dessus de leurs têtes qui créait une impression de luxe, quelque chose comme le couvercle d'une boîte à bijoux, exagérément bombée au-dessus d'une unique pierre précieuse mollement couchée sur le fond plat.

La foule se déplaçait en deux larges courants contraires qui la ramenaient tôt ou tard vers deux tourbillons ; au centre de l'un d'eux se tenait Ellsworth Toohey, au centre de l'autre, Peter Keating. Le smoking ne seyait pas à Ellsworth Toohey ; le rectangle de sa chemise blanche prolongeait son visage, l'allongeant encore ; les ailes de sa cravate faisaient ressembler son cou pâle à celui d'un poulet plumé, d'une pâleur bleuâtre, et l'on sentait qu'une main vigoureuse, en serrant un peu, l'aurait aisément étouffé. Et cependant il portait le smoking mieux que tous les hommes présents, avec cette aisance qui provient d'une longue habitude des choses non seyantes, et le grotesque même de son apparence était une déclaration de sa supériorité suffisamment établie pour lui permettre de mépriser cette apparence.

S'approchant d'une sombre jeune femme qui portait des lunettes et une robe très profondément décolletée, il lui disait : « Ma chère, vous ne serez jamais rien d'autre qu'une dilettante de l'intelligence tant que vous n'accepterez pas d'être submergée par une cause plus grande que vous-même. »

Et à un gentleman obèse dont le visage tournait au pourpre dans la chaleur de la discussion : « Mais, mon cher ami, je ne m'en réjouis pas plus que vous. Je dis simplement que tel est le cours inévitable des événements. Et qui sommes-nous, vous ou moi, pour nous opposer au déroulement de l'histoire ? »

Et à un jeune architecte à l'air malheureux : « Non, mon garçon, ce que je vous reproche ce ne sont pas les projets exécrables que vous avez dessinés, mais le mauvais goût dont vous avez fait preuve en pleurnichant et en protestant contre mes critiques. Vous ne savez vraiment pas encaisser. »

Et à la veuve d'un millionnaire : « Oui, j'estime que ce serait une bonne idée si vous faisiez un don à l'Institut d'Etudes sociales. Ce serait une façon pour vous de prendre part au grand courant humain de recherches culturelles, sans pour cela troubler votre traintrain journalier, ni votre digestion. »

Et les gens qui l'entouraient s'exclamaient : « Est-il spirituel ! Et quel courage ! »

Peter Keating arborait un sourire radieux. Il sentait monter vers lui, de tous les points de la salle, l'attention et l'admiration. Il regardait tous ces gens, élégants, parfumés, vêtus de soie, laqués de lumière, ruisselant de lumière comme ils ruisselaient sous la douche quelques heures auparavant, se préparant à s'approcher de lui et à rendre hommage à un homme qui se nommait Peter Keating. Et il y avait même des moments où il oubliait qu'il était ce Peter Keating et où, apercevant sa silhouette dans une glace, il avait envie, lui aussi, d'aller lui apporter son tribut d'admiration.

A un moment donné, le courant le mit face à face avec Ellsworth Toohey. Keating sourit comme un jeune garçon émergeant, un jour d'été, d'un torrent, frais, brillant, plein de vie. Toohey le regardait, les mains négligemment enfoncées dans ses poches, soulevant son smoking autour de ses hanches étroites. Il semblait vaciller légèrement sur ses petits pieds et son regard attentif était énigmatique.

– Oh! Ellsworth, quelle soirée magnifique! dit Keating, confiant comme un enfant parlant à sa mère et sûr d'en être compris, et aussi comme quelqu'un qui aurait un peu bu.

– Heureux, Peter? Vous faites sensation, ce soir. Le petit Peter semble avoir franchi la ligne de la célébrité. Cela arrive, un beau jour, on ne peut jamais prévoir exactement quand ni pourquoi... Il y a cependant quelqu'un, ce soir, qui semble vous ignorer d'une façon flagrante.

Keating s'assombrit, se demandant quand et comment Toohey avait eu le temps de remarquer cela.

– Bah, dit Toohey, c'est l'exception qui confirme la règle. C'est dommage, pourtant. J'avais toujours eu l'idée, absurde probablement, qu'il faudrait un homme tout à fait remarquable pour plaire à Dominique Francon, et j'avais, par conséquent, pensé à vous. Oh, une simple pensée qui m'avait effleuré en passant. Tout de même, l'homme qui la conquerra aura quelque chose qui vous manquera toujours. Sur ce point, vous serez battu.

– Aucun homme, jusqu'à présent, ne l'a conquise, jeta Keating.

– Non, en effet. Pas encore. C'est même plutôt étonnant. Peut-être l'homme qui lui plaira sera-t-il assez spécial.

– Que voulez-vous insinuer? Vous ne paraissez guère aimer Dominique Francon.

– Je n'ai jamais dit que je l'aimais.

Quelques instants plus tard, Keating entendit Toohey déclarer solennellement, au milieu d'une discussion fort sérieuse : « Le bonheur? C'est quelque chose de tellement bourgeois. Et d'ailleurs qu'est-ce que le bonheur? Il y a dans la vie tant de choses plus importantes que lui. »

Keating se dirigea lentement vers Dominique. Elle était debout, un peu renversée en arrière, comme si l'air était un support suffisant pour son dos nu. Sa robe était de la couleur du verre. Elle avait quelque chose de si transparent qu'il semblait qu'on aurait pu voir à travers elle. Elle semblait trop fragile pour vivre et cette fragilité même laissait deviner une force cachée qui rattachait à la vie un corps qui avait quelque chose d'irréel.

Lorsqu'il s'approcha d'elle, elle ne feignit pas de l'ignorer. Elle se tourna vers lui, répondit à ses questions, mais la précision monotone de ses réponses avait quelque chose de si décourageant qu'il la quitta au bout d'un instant.

Lorsque Roark et Heller arrivèrent, Kiki Holcombe les accueillit à la porte. Heller lui présenta Roark et elle parla, comme elle faisait toujours, d'une voix qui partait en fusée, écartant toute interruption par sa rapidité même.

– Ah! Mr. Roark, je suis heureuse de faire enfin votre connaissance. Nous avons tous tant entendu parler de vous ! Je dois tout de suite vous prévenir que mon mari vous est opposé, uniquement au point de vue artistique, bien entendu. Mais ne vous laissez pas démonter, vous avez dans la maison une alliée et une alliée enthousiaste !

– C'est très aimable à vous, Mrs. Holcombe, dit Roark, mais peut-être pas absolument nécessaire.

– J'adore votre Enright House. Je ne peux pas dire, bien entendu, qu'elle soit conforme à mes convictions esthétiques, mais les gens cultivés doivent avoir l'esprit ouvert à tout, être prêts à reconnaître toutes les nouvelles formes de l'art créateur, et ils doivent avant tout être larges d'idées, ne trouvez-vous pas ?

– Je ne sais pas, dit Roark. Je n'ai jamais été large d'idées.

Elle n'eut pas l'impression qu'il avait dit cela avec insolence. Son attitude, sa façon de parler étaient parfaitement correctes. Et pourtant l'insolence était ce qui se dégageait dès l'abord de lui. Le smoking allait bien à son corps mince et élancé et cependant il y avait en lui quelque chose qui choquait. Peut-être était-ce ses absurdes cheveux orange. De plus, elle n'aimait pas son visage. Cet homme aurait certainement été plus à sa place sur un chantier ou dans l'armée que dans son salon.

– Nous nous intéressons tous tellement à votre travail, reprit-elle. Votre première construction, n'est-ce pas ?

– La cinquième.

– Oh, vraiment ? Mais oui, bien sûr. Que c'est donc intéressant.

Elle joignit les mains d'un air extasié puis se tourna vers de nouveaux arrivants. Entraînant Roark, Heller lui demanda :

– Vers qui voulez-vous aller en premier ?... Tiens, Dominique Francon nous regarde. Venez.

Roark le suivit. Il vit, de l'autre côté de la pièce, Dominique seule. Son visage était absolument dénué de toute expression, et l'on n'y sentait même pas l'effort d'être inexpressif. C'était étrange de voir un visage humain n'être plus qu'une structure d'os recouverts de chair, n'ayant pas plus d'expression qu'un bras ou qu'une épaule, et ne reflétant plus aucune sensation. Elle les regardait s'approcher. Ses pieds drôlement posés, comme deux petits triangles parallèles, elle semblait isolée sur un espace étroit, comme s'il n'y avait pas de parquet autour d'elle, et ne se sentir en sécurité qu'à condition de ne pas bouger et de ne pas baisser les yeux. Il ressentit un violent plaisir à la voir si fragile devant le choc qu'il lui infligeait et à la voir le supporter si vaillamment.

– Miss Francon, puis-je vous présenter Howard Roark ? dit Heller.

Heller n'avait pas élevé la voix pour prononcer le nom de Roark et il se demanda avec étonnement pourquoi ce nom avait résonné avec tant de force, peut-être à cause du profond silence qui s'était établi. Mais non, en réalité il n'y avait pas eu de silence. Le visage de Roark était correctement inexpressif, tandis que Dominique disait d'un ton impersonnel :

– Monsieur...

Et que Roark, s'inclinant, répondait :

– Mademoiselle...

– L'Enright House...

Dominique prononça ces deux mots comme mue par une force indépendante de sa volonté et comme s'ils signifiaient plus de choses qu'elle n'en formulait.

– Oui, Miss Francon ? dit Roark.

Elle se reprit et continua, en souriant d'un air aimablement indifférent :

– Je connais bien Roger Enright. C'est presque un ami de la famille.

– Je n'ai pas encore eu le plaisir de rencontrer beaucoup d'amis de Mr. Enright.

– Je me souviens qu'une fois mon père l'avait invité à dîner. Ce fut un triste dîner. Mon père est un brillant causeur, mais il lui fut impossible d'arracher un mot à Mr. Enright. Roger se taisait avec obstination. Il faut connaître mon père pour comprendre quel affront ce fut pour lui.

– J'ai travaillé pour votre père (elle tendit la main vers lui puis s'arrêta à mi-chemin), comme dessinateur, il y a quelques années (elle laissa retomber sa main).

– Alors vous comprendrez que mon père ne pouvait pas s'entendre avec Roger Enright.

– Non, en effet.

– Je crois que Roger avait plutôt de la sympathie pour moi, mais il ne m'a jamais pardonné d'écrire dans un journal appartenant à Wynand.

Assistant à cet échange de phrases, Heller se dit qu'il s'était trompé. Il n'y avait rien d'étrange dans cette rencontre parfaitement anodine. Il fut ennuyé de voir que Dominique ne parlait pas d'architecture, comme chacun s'y serait attendu, et en conclut, non sans regrets, que probablement Roark lui était antipathique comme la plupart des hommes.

A ce moment Mrs. Gillepsie s'empara de Heller et l'entraîna plus loin. Roark et Dominique restèrent seuls.

– Mr. Enright lit tous les journaux qui paraissent à New York, dit Roark, mais il fait enlever à tous la page de l'éditorial.

– C'est tout à fait lui. Roger a raté sa vocation. C'est un scientifique. Il a un tel amour des faits et une telle horreur des commentaires.

– Par contre, connaissez-vous Mr. Fleming ?

– Non.

– C'est un ami de Heller. Mr. Fleming, lui, ne lit que l'éditorial. Les gens aiment beaucoup l'écouter parler.

Elle le regarda attentivement. Lui-même la regardait bien en face, et l'écoutait avec beaucoup d'attention, ainsi que l'aurait fait n'importe quel homme qui venait de lui être présenté. Elle aurait voulu trouver sur son visage un reflet de son expression habituelle, ne fût-ce que l'ombre de son sourire moqueur ; la moquerie même aurait été une allusion tacite et un lien entre eux deux. Mais rien. Il lui parlait comme à une étrangère, repoussant toute réalité autre que l'instant présent, se conduisant exactement comme un homme qui vient d'être présenté à une jeune femme et qui se soumet exactement aux convenances. Et devant son attitude respectueusement formaliste, elle se disait que sa robe n'avait rien à lui cacher, qu'il y avait eu entre eux la plus grande intimité possible, alors qu'il se tenait là, devant elle, à quelque distance, comme un homme qui ne se permettrait pas de s'approcher davantage. Et elle se dit que c'était sa manière à lui de se moquer d'elle, après ce qu'il n'avait certainement pas oublié, mais dont il ne voulait pas avoir l'air de se souvenir. Et elle comprit qu'il voulait la forcer à faire, la première, allusion au passé, l'humilier pour la forcer à accepter ce passé en l'obligeant à en parler la première, car il savait qu'elle ne pourrait pas s'empêcher d'y faire allusion.

– Et que fait Mr. Fleming dans la vie ? demanda-t-elle.

– Il est fabricant de taille-crayons.

– Vraiment ? Un ami d'Austen ?

– Austen connaît beaucoup de monde. Il prétend que cela fait partie de ses affaires.

– Et cela lui réussit ?

– A qui donc, Miss Francon ? A Austen, je n'en suis pas sûr, mais quant à Mr. Fleming, ses affaires sont florissantes. Il a des succursales dans le New Jersey, le Connecticut et Rhode Island.

– Vous vous trompez sur le compte d'Austen, Mr. Roark. C'est un homme qui a pleinement réussi. Dans sa profession comme dans la mienne, on réussit si on parvient à rester libre.

– Et comment y arrive-t-on ?

– Il y a deux manières : ou ignorer les gens ou les percer à jour.

– Et quelle est la meilleure, Miss Francon ?

– La plus difficile.

– Mais le désir de choisir la voie la plus difficile est en soi-même un aveu de faiblesse.

– C'est certain, Mr. Roark. Mais c'était la façon la moins pénible de formuler cet aveu.

– En admettant que cette faiblesse existe, bien entendu.

A ce moment-là, quelqu'un fendit la foule et un bras se posa sur l'épaule de Roark. C'était celui de John Erik Snyte.

– Roark, ah ça, par exemple ! Si je m'attendais à vous voir ici ! Ravi, ravi de vous revoir ! Depuis si longtemps ! Il faut absolument que je vous parle ! Vous voulez bien me le prêter un instant, Dominique ?

Roark s'inclina, les bras collés au corps, une mèche de cheveux tombant en avant, de sorte que Dominique ne put distinguer son visage et ne vit qu'une tête couleur orange courtoisement inclinée devant elle, puis il se perdit avec Snyte dans la foule.

– Seigneur, était en train de dire Snyte, quel chemin vous avez fait en si peu d'années ! Dites-moi, savez-vous si Enright a l'intention de s'occuper en grand d'affaires immobilières et s'il a d'autres constructions en vue ?

Ce fut Heller qui débarrassa Roark de Snyte et qui l'amena à Joel Sutton. Joel Sutton fut absolument enchanté. La présence de Roark à cette soirée lui enlevait ses dernières hésitations ; c'était pour lui comme une étiquette d'origine sur la personne de Roark. Joel Sutton referma sur le bras de Roark une main dont les doigts gras et roses se détachèrent sur le drap noir. Et Joel Sutton dit d'un seul trait et d'un air extrêmement confidentiel :

– L'affaire est dans le sac, mon garçon. C'est vous que je choisis. Et maintenant, n'en profitez pas pour m'arracher jusqu'à mon dernier penny. Vous autres, architectes, vous êtes tous des coupeurs de gorges et des détrousseurs de grands chemins, mais je vais tout de même me risquer. Vous devez être un type épatant pour avoir su entortiller le vieux Rog. Et vous m'avez attrapé, moi aussi, ou du moins presque. Donnez-moi un coup de téléphone un de ces jours et nous aurons une bataille en règle au sujet du contrat.

Heller les regardait tous les deux et se disait qu'il y avait quelque chose d'inconvenant à les voir ensemble. La haute silhouette mince de Roark, avec ce quelque chose de pur et de fier propre aux corps élancés, à côté de cette souriante boule de graisse dont la décision avait tant d'importance.

Roark se mit alors à parler du futur building, mais Joel Sutton le regarda d'un air désapprobateur, à la fois surpris et blessé. Joel Sutton n'était pas venu à cette soirée pour parler d'affaires sérieuses ; les réceptions sont données dans le but de vous distraire et la plus grande des distractions ne consiste-t-elle pas à oublier tout souci ? Aussi Joel Sutton se mit-il à parler du badminton. C'était là son dada. Le badminton, expliquait-il, était un jeu aristocratique. Rien de comparable avec le golf, si commun, auquel tant de gens consacraient tout leur temps. Roark écoutait poliment, et, n'ayant rien à dire sur ce sujet, se taisait.

— Vous jouez au badminton, bien entendu ? demanda soudain Joel Sutton.

— Non, dit Roark.

— Vous n'y jouez pas ? s'exclama Joel Sutton. Vous n'y jouez pas ! Alors, ça, c'est dommage, vraiment dommage ! J'aurais parié que vous jouiez. Grand et mince comme vous l'êtes, vous joueriez admirablement, vous avez l'allure d'un champion. Je vous voyais déjà battre le vieux Tompkins à plates coutures, tandis que le building s'élevait.

— Quand le building s'élèvera, Mr. Sutton, je n'aurai pas le temps de jouer à quoi que ce soit.

— Et pourquoi, je vous prie, n'auriez-vous pas le temps ? A quoi vous servent vos employés ? Engagez-en un ou deux de plus, et qu'ils travaillent pour vous. Je vous paierai assez pour cela, vous pouvez en être sûr. Ah ! mais c'est vrai que vous ne jouez pas au badminton. Quelle malchance ! J'aurais parié que... L'architecte qui a construit ma maison de Canal Street était un as au badminton, mais il est mort l'an passé, dans un accident d'automobile. Dommage, un bon architecte, lui aussi. Et vous, vous ne jouez pas !

— Mr. Sutton, vous n'êtes pas vraiment contrarié ?

— Je suis très désappointé, mon garçon.

— Mais enfin pourquoi m'avez-vous engagé ?

— Pourquoi je vous ai quoi ?

— Engagé.

— Eh bien, mais pour me construire un building, évidemment.

— Croyez-vous réellement que ce building serait plus réussi si je jouais au badminton ?

— Eh, c'est qu'il y a les affaires et puis il y a le plaisir. Le côté pratique de la vie et le côté humain. Oh, j'en prendrai mon parti, mais je pensais réellement qu'avec un corps comme le vôtre... mais ça ne fait rien, ça ne fait rien, on ne peut pas tout avoir.

Joel Sutton venait à peine de le quitter lorsque Roark entendit derrière lui une voix sonore disant : « Mes félicitations, Howard ! » et il se retourna pour se trouver face à face avec Peter Keating qui le contemplait avec un sourire brillant et moqueur.

– Hello, Peter. Que disiez-vous ?

– Je vous félicitais d'avoir su empaumer le vieux Joel Sutton. Mais vous savez, vous ne vous y prenez pas très bien.

– Que voulez-vous dire ?

– Ce vieux Joel. J'ai entendu la plus grande partie de votre conversation. Pourquoi pas, après tout ? Ce n'est pas ainsi qu'il faut faire, Howard. Savez-vous ce que j'aurais fait, à votre place ? J'aurais juré que je jouais au badminton depuis l'âge de deux ans, que c'est un jeu de princes et de rois qui demande, pour l'apprécier, une rare qualité d'âme et, avant qu'il ait pu me soumettre à une épreuve, je me serais arrangé à savoir jouer comme un prince, moi aussi. Qu'est-ce que cela vous aurait coûté ?

– Je n'y ai même pas pensé.

– C'est un secret, Howard, et un précieux secret. Je vous l'offre gratis avec mes compliments. Soyez toujours ce que les gens veulent que vous soyez. Vous en faites alors ce que vous voulez. Je vous le donne pour rien, ce conseil, parce que je sais que vous ne vous en servirez pas. Vous ne sauriez pas. Vous êtes brillant par certains côtés, Howard, je vous l'ai déjà dit, mais terriblement stupide par d'autres.

– C'est bien possible.

– Il vous faudrait tout de même essayer d'apprendre certaines choses, si vous voulez jouer le jeu dans les salons de Kiki Holcombe. Est-ce votre intention ? Est-ce que par hasard vous deviendriez adulte, Howard ? J'avoue que cela m'a fait un certain choc de vous voir ici, justement ici. Oh, et à propos, mes félicitations pour l'affaire Enright, du beau travail ma foi, et à ce propos, où donc avez-vous passé l'été ? Oh, et rappelez-moi de vous donner une leçon sur la façon de porter le smoking. Vous avez l'air tellement comique ! Et cela me plaît que vous ayez l'air ridicule. Nous sommes de vieux amis, pas vrai, Howard ?

– Vous êtes ivre, Peter.

– Bien entendu. Mais je n'ai rien bu ce soir, pas une goutte d'alcool. De quoi je suis ivre, vous ne le saurez jamais, jamais ; cela ne vous regarde pas et c'est peut-être aussi cela qui m'enivre, l'idée que cela ne vous regarde pas. Savez-vous, Howard, que je vous aime beaucoup. Sincèrement... ce soir.

– Mais oui, Peter, et vous m'aimerez toujours, croyez-le.

Roark fut présenté à bien des gens et bien des gens parlèrent avec lui. Ils étaient souriants et paraissaient sincères dans l'effort qu'ils faisaient pour le traiter comme un ami, pour exprimer leur admiration, faire preuve de bonne volonté et d'un intérêt véritable. Mais il eut à subir pas mal de phrases dans le genre de celles-ci : « L'Enright House est vraiment magnifique. Presque aussi belle que le Cosmo-Slotnick Building. » « Je suis persuadé qu'un avenir magnifique s'ouvre devant vous, Mr. Roark, vous pouvez me croire, je m'y connais ; vous serez un autre Ralston Holcombe. » Il était habitué à l'hosti-lité, cette bienveillance lui paraissait cent fois pire que l'hostilité, mais il prenait son mal en patience, se disant que tout cela serait bientôt fini et qu'il reviendrait à la simple, à la claire réalité de son travail.

Il ne regarda pas Dominique une seule fois pendant le reste de la soirée. Elle l'observa constamment, notant les gens qui l'arrêtaient et ceux avec lesquels il parlait. Elle remarquait son attitude courtoisement résignée tandis qu'il écoutait et elle se disait que cela aussi, c'était pour lui une manière de se moquer d'elle. Elle le voyait se mêler à la foule, accorder son attention à tous ceux qui la lui demandaient et il savait parfaitement que, pour elle, c'était plus dur que de le voir travailler sous le soleil de la carrière. Elle n'essaya pas de se rapprocher de lui. Elle savait qu'il ne reviendrait pas auprès d'elle ce soir-là, mais se sentait incapable de partir avant lui.

Il y avait dans la salle une autre personne qui était anormalement consciente de la présence de Roark et cela dès le moment où Roark était entré, et cette personne était Ellsworth Toohey. Toohey ne connaissait pas Roark, pas même de vue, et cependant lorsque celui-ci entra il le regarda longuement et l'observa pendant assez longtemps. Puis il se mêla à la foule, souriant à ses amis. Mais entre les sourires et les phrases qu'il distribuait à la ronde, ses yeux revenaient constamment à l'homme aux cheveux orange. Et il le regardait comme il regardait parfois le pavé depuis une fenêtre du trentième étage, se demandant ce qu'il ressentirait s'il tombait et que son corps vînt s'écraser sur le sol. Il ne connaissait pas le nom de cet homme, pas plus que sa profession ou que son passé ; mais il n'avait pas besoin de savoir tout cela. Cet homme était une force. Toohey voyait si rarement des hommes. C'était fascinant pour lui de voir une force réelle dans un corps humain.

Au bout d'un moment, il demanda à John Erik Snyte :

– Qui est cet homme ?

– Celui-là ? dit Snyte. C'est Howard Roark. Vous savez, l'Enright House.

– Oh, dit Toohey.

– Vous dites ?

– Rien. J'aurais dû le deviner.

– Voulez-vous que je vous présente ?

– Non, dit Toohey, non, je ne désire pas le connaître.

Et jusqu'à la fin de la soirée, chaque fois que quelque silhouette lui bouchait la vue, Toohey se déplaçait impatiemment pour retrouver Roark. Ce n'était pas qu'il eût envie de regarder Roark, mais il ne pouvait pas faire autrement, pas plus qu'il ne pouvait s'empêcher de contempler le pavé, bien que cela lui fût extrêmement pénible.

Ce soir-là, Ellsworth Toohey ne vit personne que Roark. Et Roark ne savait même pas que Toohey se trouvait dans la salle.

Lorsque Roark se retira, Dominique s'imposa de rester encore quelques minutes, pour être sûre de ne pas le rattraper et seulement alors elle se disposa à partir.

Au moment des adieux, les doigts fins et moites de Kiki Holcombe retinrent un instant les siens et glissèrent jusqu'à son poignet qu'ils serrèrent.

– Et dites-moi, ma chère, demanda-t-elle, qu'avez-vous pensé de ma nouvelle recrue, cet Howard Roark ? Je vous ai vue causer avec lui.

– Je pense, dit Dominique d'un ton ferme, que c'est l'être le plus révoltant que je connaisse.

– Oh, croyez-vous ?

– Apprécieriez-vous, par hasard, cette arrogance insupportable ? La seule chose qu'on puisse dire en sa faveur, mais cela a si peu d'importance, c'est qu'il est extrêmement bien physiquement.

– *Bien physiquement ?* Vous voulez rire, Dominique !

Pour la première fois depuis qu'elle la connaissait, Kiki Holcombe vit paraître sur le visage de Dominique une expression de véritable étonnement. Et Dominique comprit que ce qu'elle voyait en lui, que ce reflet divin sur son visage n'était perceptible que pour elle seule, que les autres n'en étaient pas conscients et que ce qu'elle avait cru être une simple remarque sans importance était au contraire l'aveu de quelque chose de profond en elle et d'incompréhensible pour les autres.

– Voyons, ma chère, ajouta Kiki, il n'est vraiment pas beau, mais extrêmement viril.

– Ne soyez pas surprise, Dominique, dit une voix derrière elle. Le jugement esthétique de Kiki n'est pas le vôtre, ni le mien.

Dominique se retourna. Ellsworth Toohey, souriant, l'observait d'un air scrutateur.

– Vous... commençait Dominique, et elle se tut.

– Bien entendu, dit Toohey s'inclinant légèrement et montrant qu'il approuvait pleinement ce qu'elle n'avait pas formulé. Mais accordez-moi le crédit d'un discernement presque égal au vôtre, Dominique. Je vous laisse, naturellement, tout le plaisir esthétique, mais avouez que vous et moi nous discernons des choses qui ne sont pas apparentes pour tout le monde.

– Quelles sortes de choses ?

– Ma chère enfant, quelle longue discussion philosophique il nous faudrait entamer, et combien compliquée, et combien inutile. Je vous ai toujours dit que nous devrions être amis. Nous avons tant de points communs, intellectuellement. Nous partons de pôles opposés, mais cela ne fait aucune différence puisque nous en arrivons au même point. Quelle soirée intéressante, Dominique !

– A quoi faites-vous allusion ?

– Eh bien, par exemple, il est intéressant pour moi de savoir ce que vous qualifiez de beau. Cela m'est agréable de pouvoir enfin vous classer, d'une façon irréfutable et concrète. Et sans l'aide des mots, simplement grâce à un certain visage.

– Si... si vous comprenez vraiment ce dont vous parlez, vous ne pouvez pas être ce que vous êtes.

– Au contraire, chère. Je le suis justement parce que je comprends ce dont je parle.

– Dans ce cas, Ellsworth, vous devez être pire encore que je ne supposais.

– Et peut-être plus encore que vous ne le pensez en ce moment. Mais utile. Nous sommes tous utiles les uns aux autres. Comme vous le serez pour moi, comme vous voudrez l'être pour moi.

– De quoi parlez-vous, exactement ?

– Ça, Dominique, c'est une faute de goût. Un excès de précision. Si vous ne savez pas ce dont je parle, je ne peux pas vous expliquer. Et si vous le savez, il est inutile que je vous en dise davantage.

– Quelle drôle de conversation, murmura Kiki, déconcertée.

– C'est notre façon à nous de nous taquiner, dit Toohey gaiement. Ne vous tourmentez pas, Kiki. Dominique et moi nous taquinons toujours, assez maladroitement d'ailleurs.

– Un jour ou l'autre, Ellsworth, dit Dominique, vous commettrez une erreur.

– C'est bien possible. Mais vous, ma chère enfant, en avez déjà commise une.

– Bonsoir, Ellsworth.

– Bonsoir, Dominique.

Lorsque Dominique fut partie, Kiki se tourna vers Toohey.

– Qu'avez-vous donc tous les deux, Ellsworth ? Et quelle étrange conversation ! Le visage des gens et une première impression n'ont pas tant d'importance.

– Ceci, ma chère Kiki, dit Toohey d'une voix douce et distante comme s'il répondait non à elle mais à sa propre pensée, est une grande erreur. Il n'existe rien de plus éloquent, de plus chargé de signification qu'un visage humain. Au fond, nous ne connaissons vraiment les êtres que par le premier regard que nous jetons sur eux. Ce regard-là nous apprend tout, même si nous ne sommes pas suffisamment lucides pour prendre conscience de ce qu'il nous apprend. Avez-vous jamais pensé à ce qu'était le style d'une âme, Kiki ?

– Le... quoi ?

– Le style d'une âme. Vous vous rappelez le philosophe fameux qui parlait du style d'une civilisation. Il insistait sur le mot « style ». Il disait que c'était le mot le plus exact qui lui venait à l'esprit. Il disait que chaque civilisation a un principe de base, une conception unique, suprême, déterminante, et que chacun des efforts des hommes faisant partie de cette civilisation est fidèle, inconsciemment, mais irrévocablement, à ce principe... Je crois, Kiki, que chaque âme humaine a, elle aussi, un style à elle, un thème de base. Et chaque pensée, chaque acte, chaque désir de cet être humain en sera le reflet. Mais étudier un être pendant des années ne vous indiquera pas ce thème. Son visage, oui. Il faudrait des volumes pour décrire un être. Vous décrivez son visage, tout est dit.

– Cela me paraît exagéré, Ellsworth. Et terrible, si c'est vrai. Les gens seraient nus devant nous.

– Oui, mais il y a quelque chose de pire. Nous sommes également nus devant eux. Vous vous trahissez vous-même par la façon dont vous réagissez à certains êtres. A certains visages... Le style de l'âme... Après tout, il n'y a rien d'important sur terre, excepté les humains. Et quoi de plus important, pour les humains, que leurs relations les uns avec les autres...

– Eh bien, que lisez-vous sur mon visage ?

Il la regarda comme s'il s'apercevait seulement de sa présence.

– Que dites-vous ?

– Je disais, que lisez-vous sur mon visage ?

– Oh !... parfaitement... eh bien, dites-moi quelle est la star de cinéma que vous préférez et je vous dirai qui vous êtes.

– J'adore qu'on m'analyse. Attendez un instant. Voyons, mon artiste préférée a toujours été...

Mais déjà il ne l'écoutait plus. Lui tournant le dos, il s'éloignait sans un mot d'excuse. Il paraissait las. Et c'était la première fois qu'elle le voyait commettre une impolitesse, du moins involontairement.

Un peu plus tard, au milieu d'un groupe, elle l'entendit dire, de sa voix riche et bien timbrée :

– ... et par conséquent, la conception humaine la plus noble est celle d'une parfaite égalité entre les êtres.

2.7

« ... et ce ne sera rien d'autre qu'un moment élevé à l'égotisme de Mr. Enright et de Mr. Roark. Et ce n'est peut-être pas par hasard, mais par un raffinement du sort, qu'il se dressera entre un pâté de maisons brunes et les réservoirs d'une usine à gaz. Aucun autre cadre n'aurait mieux mis en valeur l'éclatante insolence de ce building. Il s'élèvera comme un défi à tous les autres édifices de la ville et à ceux qui les ont construits. Nos constructions à nous sont essentiellement fausses et dénuées de toute signification. Ce building ne fera qu'accentuer leur caractère. Mais le contraste ne sera pas à son avantage. En créant ce contraste, il devient lui-même partie dans cette absurdité, et même la partie la plus comique. Si un rayon de lumière tombe sur une porcherie, c'est par sa faute que nous en apercevons la fange, c'est lui qui nous la révèle. Nos habitations avaient le grand avantage de l'obscurité et de la modestie. De plus, elles nous conviennent. L'Enright House est hardie et belle. Le serpent à plumes aussi. Elle ne manquera pas d'attirer l'attention, mais particulièrement sur l'inconcevable audace de l'imagination de Mr. Roark. Lorsque ce building sera construit, ce sera comme une blessure sur le visage de notre ville. Car une blessure, elle aussi, est colorée. »

Ceci parut dans la chronique « Votre Home » par Dominique Francon, une semaine après la réception donnée par Kiki Holcombe.

Le matin même de sa parution, Ellsworth Toohey entra dans le bureau de Dominique. Il tenait à la main un exemplaire de *L'Etendard* ouvert à la page de « Votre Home ». Il le lui montra en silence, se balançant légèrement sur ses petits pieds, l'expression tout unie, innocente, mais les yeux pleins de rire.

– Eh bien? demanda Dominique.

– Où avez-vous rencontré Roark avant la réception?

Dominique, un bras posé sur le dossier de sa chaise, un crayon négligemment tenu du bout des doigts, sourit légèrement.

– Je n'ai jamais rencontré Roark avant la réception, répondit-elle.

– Je me suis donc trompé. Je m'étonnais simplement de... (il montra le journal) ce changement de sentiment.

– Oh, mon article. Eh bien, disons que cet homme ne m'a pas plu, lorsque je l'ai rencontré... à la réception.

– C'est bien ce que j'avais remarqué.

260

– Asseyez-vous, Ellsworth. Cela ne vous va pas d'être debout.

– Je ne vous dérange pas ? Pas trop occupée ?

– Pas spécialement.

Il s'assit sur un coin du bureau et se mit pensivement à taper son genou du journal replié.

– Voyez-vous Dominique, ce n'est pas bien fait. Pas bien du tout.

– Pourquoi ?

– Ne comprenez-vous pas tout ce qu'on peut lire entre les lignes ? Evidemment peu de gens le comprendront. Mais lui comprendra, tout comme moi.

– Je n'ai pas écrit cet article pour lui ou pour vous.

– Pour le public ?

– Pour le public.

– Alors c'est un mauvais tour que vous nous jouez à lui et à moi.

– Vous voyez donc que ce n'est pas si mal joué que ça !

– Après tout, à chacun ses méthodes.

– Et vous, qu'allez-vous écrire à ce sujet ?

– A quel sujet ?

– Celui de l'Enright House.

– Rien.

– Rien ?

– Rien.

D'un mouvement de poignet, il fit tomber le journal sur le bureau, et il ajouta :

– A propos d'architecture, Dominique, comment se fait-il que vous n'ayez jamais rien écrit sur le Cosmo-Slotnick Building ?

– Cela en valait-il la peine ?

– Certainement. Il y a des gens que cela ennuierait beaucoup.

– Et cela vaut-il la peine de se déranger pour ces gens ?

– Mais, il me semble que oui.

– Et quels sont ces gens ?

– Oh, je ne puis vous le dire exactement. Comment pouvons-nous savoir quels lecteurs nous aurons ? C'est bien cela qui rend la chose si intéressante. Tous ces étrangers que nous n'avions jamais vus auparavant, auxquels nous n'avions jamais parlé, ou auxquels nous ne *pouvons* pas parler, ils peuvent lire notre réponse dans ce journal, si jamais nous avons envie de leur répondre. Il me semble vraiment que vous devriez écrire quelques mots aimables sur le Cosmo-Slotnick Building.

– Vous paraissez aimer beaucoup Peter Keating.

– Oui, je l'aime beaucoup en effet. Et vous l'aimerez aussi un jour ou l'autre, lorsque vous le connaîtrez mieux. Peter est un homme utile à connaître. Pourquoi ne pas prendre le temps, un de ces jours, de lui faire raconter l'histoire de sa vie ? Vous apprendriez des masses de choses intéressantes.

– Quoi, par exemple ?

– Eh bien, par exemple, qu'il a étudié à Stanton.

– Je le savais.

– Vous ne trouvez pas cela intéressant ? Moi, si. Un endroit étonnant, ce Stanton. Un remarquable échantillon d'architecture gothique. Les vitraux de la chapelle sont, paraît-il, parmi les plus remarquables de notre pays. Et pensez à tous ces jeunes étudiants, tous si différents. Les uns achevant leurs études avec les plus hautes récompenses, les autres se faisant expulser.

– Où voulez-vous en venir ?

– Saviez-vous que Peter Keating était un ancien ami de Howard Roark ?

– Non. C'est vrai ?

– C'est vrai.

– Peter Keating est l'ami de tout le monde.

– C'est parfaitement vrai. Un garçon remarquable. Mais dans ce cas, c'est différent. Vous ne saviez pas que Roark, lui aussi, était à Stanton ?

– Non.

– Vous ne paraissez pas savoir grand-chose au sujet de Mr. Roark.

– Je ne sais rien de Mr. Roark. Et ce n'est pas de lui que nous parlions.

– Non ? Non, en effet, nous parlions de Peter Keating. Eh bien, voyez-vous, pour préciser sa pensée, rien de mieux que le contraste, la comparaison. Exactement comme vous l'avez fait dans votre charmant petit article d'aujourd'hui. Pour vous faire apprécier Peter comme il doit l'être, laissez-moi emprunter une comparaison. Prenons deux lignes parallèles. D'accord avec Euclide, je ne pense pas que ces deux parallèles se rencontreront jamais. Donc, ils allèrent tous deux à Stanton. La mère de Peter tenait une sorte de pension, de sorte que Roark vécut chez eux pendant trois ans. Ceci n'a peut-être pas énormément d'importance, sauf que cela rend le contraste plus éloquent et, comment dire, plus personnel. Peter passe ses examens et reçoit les plus hautes distinctions. Roark est expulsé. Inutile de vous expliquer pourquoi, nous le comprenons, vous et moi. Peter débute chez votre père dont il est maintenant l'associé. Roark travailla quelque temps chez votre père qui le jeta dehors. Mais oui. N'est-ce pas comique ? Il le jeta dehors sans que vous y fussiez pour rien... cette fois-là. Peter gagne le concours du Cosmo-Slotnick Building, Roark construit un garage dans le Connecticut. Peter signe des autographes, et Roark est ignoré même des fabricants d'appareils sanitaires. Pour Roark, avoir reçu la commande d'un immeuble locatif est quelque chose de plus précieux que la naissance d'un fils, alors que Peter n'y aurait même pas fait attention s'il avait reçu la commande de l'Enright House. De telles commissions, il en reçoit chaque jour. Cependant, je ne pense pas que Roark ait beaucoup d'estime pour le talent de Peter. Il n'en a jamais eu et n'en aura jamais, quoi qu'il advienne. Et maintenant, suivez bien mon raisonnement. Aucun homme n'aime à être vaincu. Mais être vaincu par un homme qui a toujours été pour vous le type même de la médiocrité, faire ses débuts en même temps que ce médiocre et le voir réussir, alors que vous n'arrivez à rien qu'à recevoir des camouflets, voir ce médiocre vous arracher l'une après l'autre les chances de travail pour lesquelles vous auriez donné votre vie, voir la médiocrité couronnée de succès, gagnant à tous les coups, alors que vous perdez à tous les coups, que vous êtes sacrifié, ignoré, vaincu, vaincu non par un homme plus génial que vous, non par un surhomme, mais par un Peter Keating, eh bien, mon petit amateur, croyez-vous que l'Inquisition espagnole ait jamais inventé torture plus grande ?

– Ellsworth ! s'exclama Dominique, sortez d'ici !

Elle avait bondi sur ses pieds. Elle se tint droite un instant, puis se pencha en avant, appuyant les paumes de ses mains sur son pupitre. La masse lisse de sa chevelure glissant en avant lui cacha le visage.

– Mais, Dominique, dit Toohey d'un air engageant, je vous expliquais simplement pourquoi j'estime que Peter Keating est un garçon intéressant.

Elle rejeta ses cheveux en arrière d'un mouvement de la tête, releva le visage et retomba sur sa chaise, le regard fixé sur lui, la bouche ouverte d'une façon assez disgracieuse.

– Dominique, dit-il avec douceur, vous ne dissimulez pas assez, non vraiment, vous ne dissimulez pas assez.

– Sortez d'ici.

– J'ai toujours pensé que vous me sous-estimiez. Appelez-moi la prochaine fois que vous aurez besoin d'aide.

Arrivé à la porte, il se retourna et ajouta :

– Bien entendu, personnellement, j'estime que Peter Keating est le plus grand architecte que nous possédions.

Ce soir-là, lorsque Dominique rentra chez elle, le téléphone sonnait.

– Dominique, ma chère, dit une voix anxieuse à l'autre bout du fil, est-ce que vous pensez vraiment ce que vous avez écrit ?

– Qui parle ?

– Joel Sutton. Je...

– Hello, Joel. Si je pense quoi ?

– Hello, chère, comment allez-vous ? Comment va votre charmant père ? Je veux dire, pensez-vous vraiment ce que vous avez écrit au sujet de l'Enright House et de ce Roark ? Ce que vous en dites dans votre article d'aujourd'hui. Vous êtes au courant de mon intention de faire construire un building, n'est-ce pas ? Nous a ions décidé d'aller de l'avant ; il s'agit d'une très grosse somme d'argent et je pensais que j'avais bien choisi, après mûres réflexions, mais j'ai toute confiance en vous, vous êtes une grosse intelligence, très intelligente, et si vous travaillez pour un type comme Wynand c'est que vous vous y connaissez. Wynand est un as, lui, pour tout ce qui touche à la construction. Cet homme-là a gagné plus d'argent avec ses affaires immobilières qu'avec tous ses journaux réunis. C'est une chose que le public ignore, mais moi je le sais. Et vous qui travaillez pour lui, vous devez être au courant de bien des choses, et maintenant je ne sais plus que penser. Parce que, voyez-vous, j'étais décidé, oui absolument et définitivement décidé – ou du moins presque – à prendre pour architecte ce Roark. Et le fait est que je le lui ai dit et qu'il vient me voir demain après-midi pour signer le contrat et maintenant... Est-ce que vous pensez réellement que mon building aura l'air d'un serpent à plumes ?

– Dites-moi, Joel, dit-elle, les mâchoires serrées, pouvez-vous déjeuner avec moi demain ?

Ils se retrouvèrent, le lendemain, dans la vaste salle à manger déserte d'un hôtel extrêmement distingué. Il n'y avait que quelques dîneurs solitaires et de nombreuses tables vides, ce qui donnait à l'ensemble un air d'élégante exclusivité. Joel Sutton rayonnait. Jamais il n'avait escorté une femme aussi décorative que Dominique.

– Savez-vous, Joel, dit Dominique d'une voix sérieuse et sans sourire, c'était une idée remarquable de votre part de choisir Roark.

– Vous le pensez vraiment ?

– Mais certainement. Il construira pour vous un building qui sera beau comme un hymne, un building qui vous coupera le souffle, mais qui le coupera aussi à vos locataires. Dans cent ans on parlera de vous dans l'histoire, et l'on recherchera votre tombeau dans Potter's Field.

– Au nom du ciel, Dominique, de quoi parlez-vous ?

– Mais de votre building. De la sorte de building que Roark créera pour vous. Ce sera une grande chose, Joel.

– Vous voulez dire une belle chose ?

– Non, je ne dis pas « belle », je dis « grande ».

– Et ce n'est pas la même chose ?

– Non, Joel, non, ce n'est pas la même chose.

– Je n'aime pas cette idée de « grandeur ».

– Non, je le crois volontiers. Je savais que vous ne l'aimeriez pas. Alors, qu'avez-vous à faire de ce Roark ? Ce que vous voulez, c'est un building qui ne choque personne, quelque chose d'intime et de confortable, comme un petit salon vieillot et parfumé. Un building que tout le monde aimera. C'est extrêmement inconfortable, Joel, de faire figure de héros et vous n'êtes pas taillé pour cela.

– Mais c'est bien évident que je veux faire construire un building qui plaira à tout le monde. Dans quel but croyez-vous que je fais cette affaire. Pour ma santé ?

– Certainement pas, Joel, et pas davantage pour le salut de votre âme.

– Il faut donc que je renonce à ce Roark ?

Elle se redressa, tendue comme si tous ses muscles se raidissaient contre quelque douleur secrète, mais en même temps, dans ses yeux à demi fermés on pouvait lire une secrète joie.

– Avez-vous vu beaucoup de buildings construits par lui ? Connaissez-vous beaucoup de gens qui l'emploient ? Il y a six millions d'habitants à New York. Six millions d'êtres ne peuvent pas se tromper.

– Non, évidemment pas.

– Evidemment.

– Mais d'un autre côté, Enright...

– Vous n'êtes pas Enright, Joel. D'abord, il ne sourit pas autant que vous, et ensuite, il ne m'aurait pas demandé mon avis. Vous me l'avez demandé, et c'est pourquoi j'ai de la sympathie pour vous.

– Vous avez vraiment de la sympathie pour moi, Dominique ?

– Ne saviez-vous pas que vous avez toujours été un de mes grands favoris ?

– Moi... j'ai toujours eu confiance en vous. Et je suis toujours prêt à vous écouter. Que croyez-vous que je devrais faire ?

– C'est très simple. Vous voulez le maximum de ce que peut vous donner votre argent. Vous voulez un building qui soit... ce qu'il doit être. Et il faut un architecte connu afin que les gens constatent que vous valez autant qu'eux.

– C'est cela. C'est cela... Mais, Dominique, vous ne mangez rien.

– Je n'ai pas faim.

– Mais dans ce cas, quel architecte me recommandez-vous?

– Voyons, Joel, réfléchissez. Quel est actuellement l'architecte dont tout le monde parle? Qui reçoit le plus grand nombre de commandes? Qui gagne le plus d'argent et qui vous en donnera pour votre argent? Qui est jeune, célèbre, de tout repos et très populaire?

– Ma foi, je crois que c'est... Peter Keating.

– Exactement, Joel, Peter Keating.

– Je regrette, Mr. Roark, je regrette énormément, croyez-moi, mais après tout, je ne suis pas dans les affaires pour ma santé, ni pour le salut de mon âme... ce qui veut dire... enfin, je suis sûr que vous me comprenez. Ce n'est pas que j'aie quelque chose contre vous, bien au contraire. Je suis persuadé que vous êtes un très grand architecte. Mais c'est justement là que réside la difficulté. Le sublime, c'est très bien, mais ce n'est pas pratique, et vous serez forcé d'admettre avec moi que Mr. Keating est bien plus connu que vous et qu'il a justement... la cote, la faveur du public que vous n'avez pas réussi à vous attirer.

Ce qui mettait Sutton mal à l'aise c'était que Roark ne protestait pas. Il aurait préféré l'entendre essayer de discuter. Lui, Sutton, aurait alors pu employer les arguments irréfutables que Dominique lui avait fournis quelques heures auparavant, mais il paraissait vain d'essayer de convaincre un homme qui l'était déjà. Cependant Mr. Sutton aimait tout le monde et ne pouvait supporter de blesser qui que ce fût.

– En fait, Mr. Roark, continua-t-il, je ne suis pas arrivé seul à cette conclusion. Ma décision était prise, c'était vous que je voulais, vraiment j'étais décidé, mais c'est Miss Dominique Francon pour les jugements de laquelle j'ai la plus haute estime, qui m'a convaincu que vous n'étiez pas celui qu'il me fallait... et qui a eu le cran de m'autoriser à vous le répéter.

Roark releva la tête. Sutton vit le creux de ses joues s'accentuer, comme aspiré de l'intérieur, et sa bouche s'ouvrir toute grande et il comprit que Roark riait, d'un rire silencieux, mais profond.

– Quoi diable vous fait rire, Mr. Roark?

– Ainsi Miss Francon vous a prié de me dire cela?

– Elle ne m'en a pas prié, pourquoi l'aurait-elle fait, elle m'y a autorisé.

– Oui, évidemment.

– Ce qui prouve son honnêteté et la fermeté de ses convictions qu'elle est prête à défendre publiquement.

– Absolument.

– Mais qu'avez-vous donc?

– Rien, Mr. Sutton.

– C'est indécent, vous savez, de rire autant.

– En effet.

La pièce était plongée dans la pénombre. Une reproduction de la maison de Heller était fixée, non encadrée, sur le long mur nu. Cela faisait paraître la pièce plus vide encore et le mur plus long. Il ne sentait pas le temps s'écouler, mais il en avait conscience comme d'une chose solide enclose en la chambre et dépourvue de toute signification. Seul son corps immobile vivait.

Lorsqu'il entendit frapper à la porte, il ne se leva pas mais dit simplement : « Entrez. »

Dominique apparut. Elle pénétra dans l'atelier comme si elle n'y venait pas pour la première fois. Elle portait un tailleur noir d'un lourd tissu, simple comme un vêtement d'enfant, fait pour la protéger et non pour l'embellir. Son col montant, de coupe masculine, était relevé et son chapeau lui cachait la moitié du visage. Il restait assis à la regarder. Elle guettait son sourire moqueur, mais il ne vint pas. Elle sentit le ridicule qu'il y avait à rester là plantée à l'entrée de la pièce. Elle enleva son chapeau, en le tenant par le bord, comme un homme qui entre dans une pièce, et le tint à bout de bras, le balançant de ses doigts crispés. Elle attendit, ayant sur le visage une expression froide et résolue, mais ses pâles cheveux lisses avaient quelque chose d'humble et de désarmé. Elle dit enfin :

– Vous n'êtes pas étonné de me voir ?

– Je vous attendais ce soir.

Elle leva la main, pliant à peine le coude, avec une extrême économie de mouvement et lança son chapeau sur une table, mais la longue courbe décrite par le couvre-chef montra la violence qui se cachait sous le mouvement retenu de son poignet.

Il demanda :

– Que voulez-vous ?

Et elle répondit :

– Vous le savez bien.

Elle reprit : « Vous le savez bien », d'une voix sourde et basse.

– Certainement. Mais je veux vous l'entendre dire.

– A votre aise.

Elle se mit à parler d'une voix posée, avec la précision de quelqu'un qui obéit à un ordre.

– Je veux être à vous, maintenant, cette nuit, et chaque fois qu'il vous plaira de m'appeler. J'ai besoin de vous, de votre corps, de votre bouche, de vos mains. Je vous désire, non comme une hystérique, mais froidement, consciemment, sans dignité et sans remords. Rien ne peut m'empêcher de vous désirer, ni fausse honte, ni respect humain. Car je vous désire sainement, comme une femelle son mâle.

Elle parlait d'un ton simple et uni, comme si elle récitait un acte de foi. Elle se tenait immobile, ses pieds chaussés de souliers à talons plats, solidement plantés sur le sol, les épaules rejetées en arrière, les bras le long du corps. Il y avait en elle quelque chose d'impersonnel ; elle n'était nullement troublée par les mots qu'elle prononçait et semblait chaste comme un jeune garçon.

– Je vous hais, Roark, vous le savez. Je vous hais parce que vous êtes vous, parce que j'ai besoin de vous, parce que je ne peux pas me passer de vous. J'ai l'intention de vous combattre et de vous écraser et je vous le dis aussi calmement que je vous dis que j'ai besoin de vous, comme une femelle de son mâle. Et je prierai pour que vous ne vous laissiez pas détruire par moi. Je vous dis cela, bien que je ne croie à rien et que je n'aie personne à prier. Cependant je lutterai pour m'interposer dans chacune de vos démarches, pour vous arracher les chances qui pourront se présenter à vous. Je vous atteindrai dans la seule chose qui compte pour vous, votre travail. Je combattrai pour vous réduire à merci, pour vous frustrer de tout ce que vous espérez. J'ai commencé aujourd'hui et c'est pourquoi je serai à vous cette nuit.

Il était enfoncé dans son fauteuil, détendu, immobile, mais d'une immobilité qui se chargeait lentement de la violence qui montait en lui.

– Je vous ai fait du mal aujourd'hui et je recommencerai. Je viendrai vers vous chaque fois que je vous aurai battu, chaque fois que je vous aurai blessé et je me donnerai à vous. Je veux être possédée non par un amant, mais par un adversaire qui effacera la victoire que j'aurai remportée sur lui, non par une lutte honorable sur le même terrain, mais par le simple contact de son corps contre le sien. Voilà ce que je veux de vous, Roark. Et voici ce que je suis. Vous vouliez le savoir, vous le savez. Et maintenant, qu'avez-vous à me dire ?

– Déshabillez-vous.

Elle resta, pendant un instant, parfaitement immobile. Deux taches blanches parurent aux commissures de ses lèvres. Puis elle vit, à un mouvement de son torse, qu'il retenait sa respiration, et elle lui sourit, à son tour, d'un air moqueur.

Portant ses deux mains à son col, elle défit les boutons de sa jaquette, calmement, soigneusement, l'un après l'autre. La jetant sur le parquet, elle enleva son chemisier de fin tissu blanc et apparut les bras nus, mais les mains encore étroitement gantées de noir. Elle enleva ses gants avec soin, un doigt après l'autre. Elle se déshabillait avec indifférence, comme si elle se trouvait dans sa chambre à coucher.

Alors, seulement, elle le regarda. Elle était debout, nue, attendant, et elle sentait que l'attente était, pour lui aussi, presque insupportable. Il se leva, marcha vers elle et, lorsqu'il la tint contre lui, elle l'entoura de ses bras et l'étreignit avec une violence plus forte que toute révolte.

Un peu plus tard, couchée auprès de lui, examinant vaguement la chambre, elle demanda :

– Roark, pourquoi travailliez-vous à la carrière ?

– Vous le savez bien.

– Oui. Un autre, à votre place, aurait trouvé du travail chez un architecte.

– Et dans ce cas vous n'auriez pas éprouvé ce besoin de me combattre.

– Comprenez-vous ce sentiment ?

– Mais oui. Ne vous agitez pas. Cela n'a aucune importance.

– Savez-vous que l'Enright House est la construction la plus belle de la ville de New York ?

– Je sais que vous le savez.

– Roark, quand je pense que vous travailliez à la carrière alors que vous aviez en vous l'Enright House et tant d'autres créations et que vous étiez là à creuser le granit comme un...

– Dominique, vous êtes sur le point de vous attendrir et demain vous le regretterez.

– Oui.

– Vous êtes adorable, Dominique.

– Chut.

– Vous êtes adorable.

– Roark, je... je continuerai de vous combattre.

– Croyez-vous que je vous désirerais si je ne le savais pas?

– Roark...

– Vous voulez que je vous répète ce que je viens de dire? Je vous désire, Dominique, je vous désire, je vous désire.

– Et moi je vous...

Elle se tut avant de prononcer le mot qui lui montait aux lèvres.

– Non. Pas encore. Ne le dites pas encore. Dormez maintenant.

– Ici? Avec vous?

– Ici. Avec moi. Et demain c'est moi qui vous ferai votre petit déjeuner. Saviez-vous que je le prépare toujours moi-même? Vous verrez ça. Cela vous plaira autant que de me voir travailler à la carrière. Et puis vous retournerez chez vous et vous tirerez des plans pour m'anéantir. Bonne nuit, Dominique.

2.8

Dans le living-room à travers les baies duquel les lumières de la ville, se détachant sur un ciel sombre, montaient jusqu'à mi-hauteur des panneaux vitrés, Dominique, assise à son bureau, corrigeait les dernières pages d'un article lorsqu'elle entendit résonner le timbre de la porte d'entrée. Les gens ne se permettaient pas de venir la voir à l'improviste; elle releva la tête, le crayon à la main, à la fois agacée et intriguée. Elle entendit les pas de la femme de chambre dans le hall, puis celle-ci entra dans le bureau en disant : « Un gentleman qui demande à vous voir, Madame », d'un ton légèrement hostile qui indiquait que le gentleman en question avait refusé de donner son nom.

A-t-il des cheveux orange? faillit demander Dominique, mais elle n'en fit rien et posant son crayon d'un mouvement sec, elle dit simplement : « Faites-le entrer. »

La porte se rouvrit; elle vit, se détachant sur le hall éclairé, un long cou et des épaules tombantes qui dessinaient assez bien la silhouette d'une bouteille, puis une voix riche et crémeuse dit : « Bonsoir, Dominique », et elle reconnut Ellsworth Toohey qu'elle n'avait jamais invité chez elle.

– Bonsoir, Ellsworth, dit-elle avec un sourire, il y a fort longtemps que je ne vous ai vu.

– C'est pourquoi vous pouviez plus ou moins vous attendre à ma venue, non ?

Et se tournant vers la femme de chambre :

– Du cointreau, je vous prie, s'il y en a dans la maison, ce dont je ne doute pas.

La femme de chambre regarda Dominique avec de grands yeux, mais sur un signe affirmatif de sa maîtresse, elle sortit en refermant la porte derrière elle.

– En train de travailler, bien entendu ? dit Toohey, en voyant le bureau éclairé. Cela vous sied à ravir, Dominique, et ce n'est pas sans résultats. Vous écrivez infiniment mieux depuis quelque temps.

Laissant retomber son crayon et étendant le bras sur le dossier de sa chaise, Dominique, à demi tournée vers Toohey, demanda d'un air calme :

– Que me voulez-vous, Ellsworth ?

Il ne s'installa pas, mais se mit à inspecter le living-room avec la curiosité raffinée d'un dilettante.

– Pas mal, Dominique. A peu près ce que j'imaginais. Peut-être un peu froid. Voyez-vous, je n'aurais pas mis là ce fauteuil d'un bleu si glacial. C'est trop facile. Cela va trop bien. Exactement la tache de couleur que l'on attendait. Moi, j'aurais choisi un rouge carotte. Un rouge affreux, éclatant, outrageant. Comme les cheveux de Mr. Howard Roark. Ceci tout à fait *en passant* [1], simple façon de parler, aucune allusion personnelle. Oui, il manque ici la fausse note qui ferait toute la pièce. Ce sont ces détails qui donnent à un intérieur son élégance. Votre manière d'arranger les fleurs est charmante, et les tableaux, non plus, ne sont pas mal.

– Mais oui, Ellsworth, mais oui, mais que me voulez-vous ?

– Savez-vous que je n'étais jamais venu ici auparavant ? Pour la simple raison que vous ne me l'avez jamais demandé. Je me demande pourquoi, d'ailleurs.

Il s'installa confortablement, une jambe mince horizontalement étendue sur l'autre, la cheville prenant appui sur le genou, exposant dans toute sa longueur une chaussette d'un gris d'acier, et au-dessus, un peu de peau d'un blanc bleuâtre, parsemée de quelques poils noirs.

– Vous étiez si peu sociable. Le temps passé, chère, j'emploie intentionnellement le temps passé. Ne venez-vous pas de dire qu'il y a longtemps que nous ne nous sommes vus. C'est exact. Vous avez été si occupée, et d'une façon si inusitée. Des visites, des dîners, des soirées dans les boîtes de nuit, et il paraît même que vous donnez des thés. N'est-ce pas vrai ?

– C'est exact.

– Vous ! Donner des thés ! Ça, c'est le comble ! Cette pièce doit d'ailleurs se prêter fort bien aux réceptions. Elle est vaste, on peut y entasser des gens, spécialement quand on n'est pas trop difficile quant à la qualité, ce qui est votre cas, actuellement. Et que leur offrez-vous ? De la pâte d'anchois et des œufs émincés sur des sandwichs en forme de cœurs ?

– Non, du caviar et des oignons émincés sur des sandwichs en forme d'étoiles.

---

1. En français dans le texte.

– Et aux vieilles dames?

– Du fromage à la crème et des noix hachées sur des sandwichs en forme de spirales.

– J'aimerais vous voir vous occuper de ces détails. C'est extraordinaire, comme vous êtes devenue attentive envers les vieilles dames. Particulièrement celles qui sont ignoblement riches et qui ont des gendres dans les affaires immobilières. Mais c'est encore moins affreux que d'aller voir *Embrassez-moi* avec le Commodore Highbee qui a des fausses dents, mais qui possède un terrain magnifique à l'angle de Broadway et de Chambers.

La femme de chambre entra, apportant un plateau. Toohey prit un verre, et le tenant délicatement, le huma, tandis qu'elle se retirait.

– Et me direz-vous le pourquoi de ce service d'espionnage (je ne vous demande pas qui en est l'instigateur), et de ce rapport détaillé sur mon activité? demanda Dominique d'un air nonchalant.

– Mais vous pourriez parfaitement le demander. C'est chacun et c'est tous. Vous pouvez bien supposer que les gens parlent de Miss Dominique Francon, dans le rôle, si nouveau pour elle, d'hôtesse fameuse. Miss Dominique Francon devenant une seconde Kiki Holcombe, mais en infiniment mieux, infiniment plus subtile, plus capable et surtout, tellement plus belle. Il est vraiment temps que vous utilisiez cette extraordinaire beauté qui donne à toutes les femmes l'envie de vous sauter à la gorge. Cette beauté, vous pourriez l'utiliser autrement, si l'on pense à la relation qui existe entre la forme et la fonction, mais enfin elle sert au moins au bien de quelques personnes. A celui de votre père, par exemple. Je suis sûr qu'il doit être ravi de votre nouvelle forme de vie. La petite Dominique aimable avec les gens, la petite Dominique devenant enfin une femme normale. Il se trompe, bien entendu, mais cela lui fait tellement plaisir. Et à d'autres aussi. A moi, par exemple, bien que je sache pertinemment que vous ne feriez jamais une chose avec l'intention de m'être agréable. Mais c'est chez moi une heureuse faculté, de tirer des joies de choses qui ne m'étaient pas destinées, et ceci d'une façon absolument dénuée de tout égoïsme.

– Avec tout cela, vous n'avez pas répondu à ma question.

– Mais je ne fais rien d'autre. Vous me demandez pourquoi tant d'intérêt pour vos actes, et je vous réponds : parce qu'ils m'enchantent. De plus, on serait en droit de s'étonner, et encore ce serait faire preuve de bien courte vue, si l'on me voyait glaner des informations sur l'activité de mes ennemis. Mais ne pas être au courant des actions de ceux de mon bord, ce serait, de ma part, une bien grande maladresse, et quoi que vous pensiez de moi, je suis sûr que vous ne me trouvez pas maladroit.

– *De votre bord*, Ellsworth?

– Voyez-vous, Dominique, voilà le côté faible de votre style parlé et écrit. Vous faites un usage abusif des points d'interrogation. C'est toujours mauvais, spécialement quand c'est inutile. Abandonnons le genre inquisiteur, et parlons, tout simplement. Nous savons à quoi nous en tenir, tous les deux, et les questions, entre nous, sont inutiles. Sinon, il y a longtemps que vous m'auriez jeté à la porte. Au lieu de cela vous m'offrez une fort coûteuse liqueur.

Il leva son verre et en huma le contenu avec une sorte de plaisir sensuel qui, à un dîner, aurait correspondu à un vulgaire claquement de langue, alors que dans ce salon, cet homme à la petite moustache bien taillée, portant à ses lèvres ce verre de cristal, avait quelque chose de suprêmement élégant.

– Bon, dit-elle, parlons.

– C'est ce que j'ai fait, jusqu'à présent, et ce que je puis faire de mieux, puisque vous, vous n'êtes pas encore disposée à parler. Laissez-moi vous dire, d'une façon tout à fait abstraite, combien il est intéressant de voir les gens vous accueillir, si volontiers, vous accepter, vous entourer. Et pourquoi cela. Eux-mêmes dédaignent volontiers leurs semblables, mais que quelqu'un qui leur avait toujours témoigné du dédain, fasse montre soudain d'un instinct grégaire, et les voilà tous sur le dos, les pattes repliées, pour se faire frotter le ventre. Je crois qu'on peut trouver à leur attitude deux explications possibles. La première serait qu'ils sont généreux et prêts à vous offrir leur amitié. Malheureusement ce genre d'explication n'est jamais juste. La seconde, c'est qu'ils savent parfaitement que vous vous dégradez en ayant besoin d'eux, que vous descendez d'un piédestal – la solitude est toujours un piédestal – et qu'ils sont enchantés de vous y aider de tous leurs moyens. Quoique, bien entendu, aucun d'eux n'en soit conscient, excepté vous. C'est pourquoi vous devez endurer de véritables agonies, et vous n'auriez jamais agi comme vous le faites si vous n'aviez pas un but défini, un but pire encore que les moyens que vous employez et qui rend ces moyens supportables.

– Savez-vous, Ellsworth, que vous venez de dire une chose que vous n'écririez jamais dans vos articles.

– Vraiment ? C'est fort possible. Il y a bien des choses que je vous dis et que je n'écrirais jamais dans mes articles. Et laquelle était-ce ?

– Que toute solitude est un piédestal.

– Oh, c'était cela ? Oui, en effet, je ne l'écrirais pas. C'est une pensée que je vous offre, mais qui ne me paraît pas valoir grand-chose. Je peux faire mieux. Je regrette que vous n'ayez retenu que cela de mon petit speech.

– Et qu'auriez-vous désiré que je retienne ?

– Eh bien, mes deux explications, par exemple. Il y a là une question intéressante. Qu'est-ce qui est le plus charitable : prêter aux gens des sentiments élevés et les accabler d'un insupportable fardeau de noblesse, ou les voir comme ils sont et les accepter, ce qui est pour eux infiniment plus confortable. En admettant, bien entendu, que la charité soit préférable à la justice.

– Je m'en moque complètement, Ellsworth.

– Je vois, vous n'êtes pas disposée à soutenir une discussion sur des questions abstraites. Vous ne vous intéressez qu'à des résultats concrets. Parfait. Combien de commandes avez-vous obtenues pour Peter Keating au cours des trois derniers mois ?

Elle se leva, s'approcha du plateau, se versa un « drink » et dit : « Quatre » en portant le verre à ses lèvres. Puis se retournant pour le regarder, le verre à la main, elle ajouta :

– Et voilà la fameuse technique Toohey. Ne jamais frapper un coup au commencement d'un article, ni à la fin, mais au moment où l'on s'y attend le moins. Remplir une colonne entière de bavardages, juste pour y glisser une ligne importante.

271

Il s'inclina avec courtoisie.

– C'est tout à fait ça. Et c'est pourquoi j'aime à parler avec vous. C'est un tel gaspillage d'être subtil et retors avec des gens qui ne s'aperçoivent même pas que vous l'êtes. Mais le bavardage n'est jamais absolument dénué de sens, Dominique. Cependant, je ne savais pas que ma technique était devenue à ce point évidente. Il faudra que je songe à en changer.

– A quoi bon ? Puisque vos lecteurs aiment ça.

– Oh ! je leur ferais aimer n'importe quoi ! Ainsi c'est quatre affaires que vous lui avez amenées. Il m'en a échappé une, je n'en avais compté que trois.

– Je ne comprends pas ce qui vous a amené chez moi, si c'est tout ce que vous vouliez savoir. Vous qui aimez tant Peter Keating, vous voyez que je lui apporte une aide magnifique, bien supérieure à celle que vous pourriez lui apporter ; venir me le recommander me paraît donc bien inutile.

– Deux erreurs dans la même phrase, Dominique. Une erreur véritable et une entorse à la vérité. Votre honnête erreur est de croire que j'ai le désir d'épauler Peter Keating, ce que je peux faire, quoi que vous en pensiez, encore mieux que vous, ce que j'ai déjà fait et que je ferai encore, mais ça c'est une autre histoire. L'entorse à la vérité est de feindre de croire que je suis venu ici pour parler de Peter Keating. A la minute où vous m'avez vu entrer, vous avez su ce qui m'amenait. Et pour parler de ce sujet-là, vous seriez capable de laisser s'introduire chez vous quelqu'un d'encore plus odieux que moi, quoique je ne sache pas qui pourrait vous paraître plus odieux que moi en ce moment.

– Peter Keating, dit Dominique.

Toohey fit une grimace de dédain, fronçant le nez.

– Oh ! non. Il est trop médiocre pour cela. Mais si nous parlions de Peter Keating. C'est une si heureuse coïncidence qu'il soit l'associé de votre père. Que vous fassiez des efforts inouïs pour procurer des travaux à votre père, comme une fille dévouée, quoi de plus naturel. Vous avez opéré des merveilles en faveur de la firme Francon & Keating, au cours des derniers trois mois. Et cela tout simplement en souriant à quelques douairières et en portant des robes étourdissantes à des réceptions de choix. Quelles merveilles n'accompliriez-vous pas si vous vous décidiez à vendre votre corps incomparable pour procurer des commandes à Peter Keating.

Toohey fit une légère pause, et, comme Dominique se taisait, il ajouta :

– Mes compliments, Dominique, vous vous montrez égale à la haute opinion que j'ai de vous. Vous n'avez même pas été choquée par ma dernière phrase.

– Et qu'y avait-il dans cette phrase, Ellsworth ? Le désir de me choquer ou une suggestion détournée.

– Oh, elle aurait pu signifier bien des choses, être une façon de vous sonder, mais en fait, elle ne voulait rien dire du tout. Ce n'était rien autre qu'un léger accès de vulgarité. Cela fait partie de ma technique. Vous savez, la fausse note au bon moment. Je suis, par essence, un puritain si convaincu que je peux me permettre une touche de vulgarité, à l'occasion, pour rompre la monotonie.

– Vraiment, Ellsworth. En réalité, je me demande qui vous êtes. Et je vous avoue que je l'ignore.

– Comme tout le monde, dit Toohey d'un air aimable. Et je suis pourtant un être sans mystère, un homme tout simple. Toutes choses sont simples d'ailleurs quand vous les ramenez à leur principe fondamental. Et vous seriez surprise d'apprendre combien il existe peu de ces principes. Deux en tout, peut-être. Et qui suffisent à expliquer tous les êtres. Ce qui est difficile c'est de démêler les sentiments et de les ramener à ces principes ; c'est ce que les gens n'aiment pas faire. Je crois d'ailleurs que le résultat de cette opération ne leur plairait pas davantage.

– Moi, elle ne me ferait pas peur. Je sais ce que je suis. Et je n'ai pas peur de le dire. Je suis, tout simplement, une femelle.

– Ne vous y trompez pas, ma chère, vous êtes bien pire que cela. Vous êtes une sainte, et vous êtes la preuve vivante que les saints sont des êtres dangereux et indésirables.

– Et vous ?

– Moi, je sais exactement ce que je suis. Et c'est ce qui explique ce que je suis. Je vous donne là une indication fort utile, si vous vous donnez la peine de vous en servir. Ce que vous ne ferez pas. Et pourtant, cela pourrait vous être utile... plus tard.

– Pourquoi cela ?

– Vous avez besoin de moi, Dominique. Il serait donc préférable que vous me compreniez un peu. Vous voyez que je n'ai pas peur d'être compris, ou tout au moins, pas par vous.

– J'ai besoin de vous ?

– Allons, ayez donc, vous aussi, un peu de courage.

Dominique se redressa et attendit, froidement et en silence. Toohey sourit avec un plaisir évident et ne fit aucun effort pour cacher sa satisfaction.

– Voyons, dit-il en examinant le plafond d'un air faussement attentif. Les commandes que vous avez obtenues pour Peter Keating. Le Cryson Building n'avait aucune valeur, étant donné qu'Howard Roark n'a jamais eu la moindre chance de l'obtenir. Pour la résidence des Lindsay, c'était déjà un peu différent. Roark a été très près de l'obtenir ; je suppose même que, sans vous, il l'aurait eue. Pour le club-house de Stonebrook, il avait également des chances que vous avez détruites. Pas de commentaires sur la technique du coup par surprise, Dominique ? ajouta-t-il avec un petit rire, un rire qui était comme de l'huile épandue sur sa voix fluide. Vous avez échoué avec la maison de campagne des Norris ; il l'a obtenue la semaine passée. Mais enfin, évidemment, vous ne pouvez pas espérer cent pour cent de succès. Après tout, l'Enright House est une grande chose, on en parle beaucoup et l'on commence à manifester un certain intérêt pour Mr. Howard Roark. Mais vous avez, jusqu'ici, remarquablement réussi, et je vous en félicite. Est-ce que cela ne vous est pas agréable ? Après tout, chaque artiste a besoin d'être apprécié et qui pourrait vous complimenter puisque tout le monde ignore ce que vous faites, excepté deux personnes, Roark et moi, et ce n'est évidemment pas Roark qui vous complimentera. A la réflexion, je me demande si Roark est au courant de vos faits et gestes, et cela doit légèrement gâter votre plaisir, n'est-il pas vrai ?

– Comment avez-vous deviné tout cela ? demanda Dominique d'une voix lasse.

273

— Voyons, ma chère enfant, vous n'avez sûrement pas oublié que c'est moi le premier qui vous en ai donné l'idée.

— Ah! oui, dit-elle d'un air absent, en effet.

— Et maintenant vous savez pourquoi je suis venu vous voir. Et vous comprenez ce que je voulais dire en parlant de gens du même bord.

— Oui, dit-elle, je comprends.

— C'est un pacte que je vous offre, ma chère enfant, une alliance. Des alliés n'ont jamais confiance l'un envers l'autre, mais leur action n'en est pas moins effective. Nos motifs peuvent être absolument opposés et en fait ils le sont, mais cela importe peu. Les résultats seront les mêmes. Il n'est pas nécessaire de partager de nobles visées, il est nécessaire d'avoir un ennemi commun. Et cela, nous l'avons.

— C'est exact.

— Et c'est pourquoi vous avez besoin de moi. Je vous ai déjà été utile une fois.

— En effet.

— Et j'ai des moyens d'atteindre Mr. Roark supérieurs à toutes les réceptions que vous pourrez donner.

— Mais quel est votre but?

— Ne vous occupez pas de cela. Vous ai-je demandé le vôtre?

— Non, en effet.

— Alors c'est bien entendu? Nous sommes alliés dans cette affaire?

Légèrement penchée en avant, elle le regarda, le visage dénué de toute expression.

— Nous sommes alliés, dit-elle.

— Parfait. Et maintenant, écoutez-moi. Cessez de parler de lui dans vos articles, comme vous le faites si fréquemment. Je sais, vous lui lancez chaque fois quelque flèche, mais c'est trop. Vous rappelez constamment son nom à vos lecteurs, et ce n'est pas votre but. Autre chose : vous feriez bien de m'inviter à vos réceptions. Il y a des choses que vous ne pouvez pas faire et dont je puis me charger. Autre chose encore : Mr. Gilbert Colton, vous savez, des Poteries Colton, en Californie, a l'intention de faire construire une succursale dans l'Est. Il lui faut un architecte très moderne. Le nom de Mr. Roark a déjà été prononcé. Arrangez-vous pour qu'il n'obtienne pas l'affaire, elle est très importante et lui ferait une publicité énorme. Inventez de nouveaux sandwichs pour Mrs. Colton, faites ce que vous voudrez, mais arrangez-vous pour que Roark n'ait pas l'affaire.

Dominique se leva, se dirigea nonchalamment vers une table, prit une cigarette, l'alluma et, se tournant vers Toohey, dit d'un air ironique :

— Vous pouvez vous exprimer de façon fort précise et fort concise quand vous le voulez bien.

— Certainement, quand je l'estime nécessaire.

Adossée à la fenêtre, contemplant la ville, Dominique continua :

— Vous n'avez, jusqu'à présent, rien fait contre Roark. Je ne savais pas que vous lui accordiez tant d'importance.

— En êtes-vous bien sûre?

— Vous ne l'avez jamais mentionné dans vos articles.

– C'est justement ce que j'ai fait de pire contre lui, jusqu'à présent.

– Quand avez-vous entendu parler de lui pour la première fois ?

– Lorsque j'ai vu les projets de la maison de Heller. Et vous ?

– Lorsque j'ai vu les projets de l'Enright House.

– Pas avant ?

– Pas avant.

Dominique fuma un moment, en silence, puis elle dit, sans se retourner :

– Ellsworth, si l'un de nous essayait de répéter ce que nous disons ce soir, l'autre pourrait toujours le nier et il n'y aurait aucune preuve contre lui. Nous pouvons donc parfaitement être sincères l'un avec l'autre. Cela ne présente aucun danger. Pourquoi le haïssez-vous ?

– Je n'ai jamais dit que je le haïssais.

Elle haussa les épaules.

– Et d'ailleurs, ajouta-t-il, vous devez connaître la réponse à cette question.

Toujours sans se retourner, elle fit un signe d'assentiment au reflet de sa cigarette qui brillait sur la vitre.

Toohey se leva, s'approcha d'elle et se mit à contempler les lumières de la ville qui s'étendaient devant eux, les formes anguleuses des buildings, les murs sombres que trouaient des fenêtres éclairées comme si les murs n'étaient qu'un mince voile noir jeté sur une masse solide de lumière en fusion. Et il dit doucement :

– Regardez. Une magnifique réalisation. Une création héroïque. Pensez aux milliers d'hommes qui ont travaillé pour édifier ceci et aux millions d'hommes qui en profitent. On dit que s'il n'y avait pas eu, au cours des âges, une dizaine, peut-être moins, d'hommes de génie, tout cela n'aurait pas été possible. Et c'est peut-être vrai. Dans ce cas, il y a, de nouveau, deux attitudes possibles. Nous pouvons considérer cette poignée d'hommes comme de grands bienfaiteurs de l'humanité ayant déversé sur nous les trésors de leur esprit créateur que nous sommes trop heureux de recevoir dans un esprit de gratitude et de fraternité. Ou bien nous pouvons estimer, au contraire, que par la splendeur de leurs conceptions que nous ne pouvons ni égaler ni soutenir, ces hommes nous ont montré ce que nous sommes et nous pouvons préférer, à ces dons royaux, une caverne au bord d'une mare boueuse, et le feu jaillissant de deux morceaux de bois frottés l'un contre l'autre. Et peut-être la caverne et les bouts de bois seraient-ils plus en harmonie avec nos facultés créatrices que les gratte-ciel et la lumière au néon. De ces deux attitudes, Dominique, laquelle estimez-vous la plus véritablement humanitaire ? Pour moi, toute la question est là.

Au bout d'un certain temps, Dominique commença de trouver plus faciles ses rapports avec les gens. Elle apprit à accepter les souffrances qu'elle s'imposait à elle-même comme une épreuve d'endurance et se sentait soutenue par la curiosité de savoir jusqu'où elle pourrait aller. Elle se rendait à des réceptions, à des dîners, à des bals, au théâtre, toujours gracieuse et souriante, mais ce sourire faisait paraître son visage à la fois plus brillant et plus froid, comme un jour d'hiver ensoleillé. Elle acquiesçait d'un air impassible aux paroles vides de sens que prononçaient ses interlocuteurs qui auraient été certainement vivement choqués par le moindre signe d'enthousiasme ou de réprobation de sa part, comme si un air poliment ennuyé était la seule attitude possible, la seule manière pour tous ces gens de préserver leur précaire dignité. Elle approuvait tout, elle acceptait tout.

– Oui, Mrs. Holt, je pense, comme vous, que Peter Keating, est l'homme du siècle, de notre siècle.

« Non, Mr. Inskip, non, pas Howard Roark. Vous n'avez que faire d'un Howard Roark... Un faiseur ?... Mais bien entendu que c'est un faiseur, et un homme d'une honnêteté aussi scrupuleuse que la vôtre n'a pas de peine à juger de l'intégrité de ceux auxquels il a affaire... Pas grand-chose de bon ? Non, Mr. Inskip, en effet, Howard Roark n'est pas grand-chose... Non, je ne bois jamais beaucoup, merci, Mr. Inskip... Vraiment, vous aimez mes yeux ?... Oui, ils brillent toujours ainsi quand quelque chose me fait plaisir et je suis si heureuse de vous entendre dire que cet Howard Roark n'est pas grand-chose de bon.

« Vous avez fait la connaissance de Mr. Roark, Mrs. Jones ? Et il ne vous a pas plu... Le type d'homme pour lequel on se sent incapable d'éprouver la moindre compassion ? Comme c'est vrai ! La compassion est un sentiment si merveilleux. Exactement ce que l'on ressent lorsqu'on voit une chenille écrasée. C'est un sentiment qui vous élève. On se sent soulagé, exactement comme lorsqu'on desserre sa ceinture. Et cela ne demande aucun effort, de ressentir de la compassion. Il n'y a qu'à regarder plus bas que soi, c'est si facile. Lorsque vous regardez plus haut que vous, vous attrapez une douleur dans la nuque. Oui, la compassion est la plus grande des vertus. C'est la justification de la souffrance. Il faut bien qu'il y ait de la souffrance de par le monde, autrement comment nous sentirions-nous vertueux et compatissants ?... Oh, il existe évidemment une antithèse, mais combien plus difficile... l'admiration, Mrs. Jones, l'admiration. Mais là, il faut plus qu'une ceinture défaite... Aussi je déclare que tout être pour lequel nous ne pouvons pas éprouver de compassion est un être mauvais. Comme cet Howard Roark.

Tard, dans la soirée, Dominique se rendait souvent chez Roark. Elle arrivait à l'improviste, sûr de le trouver chez lui et de l'y trouver seul. Là il n'était plus nécessaire de dissimuler, de mentir, d'approuver ou de se trahir soi-même. Elle était au contraire libre de résister et de sentir sa résistance accueillie par un adversaire assez fort pour ne pas craindre la lutte, et même pour la désirer. Elle trouvait en face d'elle une personnalité qui respectait la sienne, et ils s'affrontaient avec des armes égales, sans concessions et sans honteuses défaites.

Lorsqu'ils étaient dans les bras l'un de l'autre, l'acte qui les unissait était ce qu'il devait être, ce que la nature voulait qu'il fût, un acte de violence, un abandon rendu plus complet par la force de leur résistance. Et c'était un acte de tension, comme toutes les grandes forces terrestres. Comme l'électricité, cette force nourrie de résistance, s'élançant le long des fils métalliques tendus ; comme l'eau transformée en puissance par la violence contenue de la digue. Le contact de leurs deux corps n'éveillait pas en eux de la joie, mais une vague de douleur, à force d'être trop fortement désiré et parce qu'il était l'aboutissement d'heures de désir et de défi. C'était un acte qu'ils accomplissaient les dents serrées et remplis de haine, c'était cette insupportable agonie qu'est la passion, ce mot qui désigne aussi la plus haute souffrance, un instant fait de haine, de tension, de douleur, et qui, se dépassant lui-même, aboutissait à ce défi de toute souffrance, à l'extase.

Elle arrivait chez lui après quelque soirée, vêtue d'une robe du soir coûteuse et fragile comme une mince couche de glace sur son corps, et elle s'appuyait au mur, sentant contre sa peau le contact rude du plâtre grossier, examinant longuement chaque objet, la table de cuisine couverte de papiers, les règles métalliques, les serviettes tachées par les traces noirâtres de cinq doigts écartés, et son regard revenait à l'éclat satiné de sa robe, au triangle étroit de sa sandale d'argent, à tout ce qu'elle allait enlever dans un instant. Elle aimait errer à travers la pièce, jeter ses gants sur une litière de crayons, de gommes et de vieux chiffons, poser son précieux sac du soir sur une chemise sale, détacher son bracelet de diamants et le jeter sur un plat, entre un sandwich entamé et un dessin pas encore terminé.

– Roark, disait-elle, debout derrière lui qui était assis à sa table, et, tout en parlant, elle lui entourait les épaules de son bras et glissait sa main sous sa chemise pour lui caresser la poitrine, Mr. Symons m'a promis, aujourd'hui, de prendre pour architecte Peter Keating. Trente-cinq étages et le prix de revient importe peu, il peut dépenser sans compter, c'est de l'art pour l'art.

Il riait doucement, sans se retourner, et, refermant les doigts sur son poignet, il la forçait à appuyer plus fort sa main sur sa poitrine. Lui renversant la tête en arrière, elle se penchait sur lui et l'embrassait sur la bouche.

Parfois, en arrivant, elle trouvait un exemplaire de *L'Etendard* ouvert à la page où paraissait « Votre home » par Dominique Francon. On y lisait par exemple : « Howard Roark est le marquis de Sade de l'architecture. Il est amoureux de ses buildings et vous voyez le résultat. » Elle savait qu'il avait *L'Etendard* en horreur, qu'il le mettait en évidence avec intention et qu'il observait sa réaction avec ce demi-sourire qu'elle détestait. Elle se sentait vexée. Elle était contente qu'il lût tout ce qu'elle écrivait, mais elle aurait préféré penser que cela lui était pénible et qu'il s'en abstenait. Cependant, plus tard, dans la soirée, reposant dans ses bras, lorsqu'elle apercevait, par-dessus sa tête aux cheveux orange, la tache blanche du journal, elle se sentait comblée.

Nue, dans l'obscurité, elle se levait et traversait la chambre pour prendre, sur la table, une cigarette. Frottant une allumette, elle se penchait sur la flamme et son petit ventre plat se creusait légèrement. Il demandait : « Allumez-en une pour moi. » Elle lui mettait, entre les lèvres, une cigarette allumée, et se promenait dans la chambre en fumant, tandis qu'appuyé sur son coude, il l'observait.

Un jour, en arrivant, elle le trouva en train de travailler. « Il faut que je finisse ce travail, dit-il, asseyez-vous et attendez. » Puis il parut l'oublier complètement. Elle attendit en silence, pelotonnée dans un fauteuil à l'autre bout de la pièce. Elle étudiait la ligne droite de ses sourcils que l'attention rapprochait, sa bouche ferme, la veine qui battait à son cou, l'assurance précise, chirurgicale de ses gestes. Il n'avait pas l'air d'un artiste. Elle songeait, en le regardant, à son travail à la carrière, à un chercheur de trésor abattant un mur, à un moine méditant. Et elle ne désirait qu'une chose, qu'il restât longtemps ainsi à travailler, car elle aimait son expression d'ascétique pureté, cette absence complète de sensualité qui lui rendait plus précieux le souvenir de certains moments.

Il y avait des soirs où il venait chez elle comme elle venait chez lui, sans la prévenir. Si elle avait des invités, il ordonnait : « Renvoyez-les », et elle s'exécutait tandis qu'il allait l'attendre dans sa chambre. Il y avait entre eux un accord tacite, qui n'avait jamais été formulé et qui était de ne jamais se faire voir ensemble. Sa chambre à coucher était d'un raffinement exquis, avec ses meubles de verre et la teinte dominante en était un vert très pâle, le vert de la glace en épaisseur. Il aimait y venir dans ses vêtements de travail salis par une journée passée sur les chantiers. Rejetant les couvertures du lit, il s'installait et ils parlaient tranquillement pendant une heure ou deux, sans faire aucune allusion à son dernier article ou à la commande qu'elle venait d'obtenir pour Peter Keating, et les moments qu'ils passaient ainsi, dans une profonde intimité, étaient plus voluptueux encore par ce qu'ils se refusaient que par ce qu'ils s'accordaient.

D'autres soirées, ils les passaient dans le living-room, devant l'immense baie qui dominait la ville. Elle aimait à le voir là. Il fumait, debout, à demi tourné vers elle, contemplant la cité étendue à ses pieds. S'écartant un peu de lui, elle s'étendait sur le parquet et le regardait.

Un jour qu'il venait de sortir de son lit, elle fit la lumière et le vit, debout, nu. Le regardant, elle dit d'une voix qu'un désir de complète sincérité rendait basse et presque désespérée : « Roark, tout ce que j'ai fait dans ma vie, je l'ai fait par horreur de ce monde qui vous a obligé à travailler dans une carrière de granit. »

– Je sais.

Il s'assit au pied du lit. Elle se retourna, vint s'appuyer contre lui, mit ses pieds sur l'oreiller, et fit glisser lentement la paume de sa main sur sa jambe à lui, de la cheville au genou, en un mouvement lent et continu.

– Mais, bien entendu, ajouta-t-elle, si cela avait dépendu de moi, le printemps passé, au moment où vous étiez sans argent et sans travail, c'est justement dans cette carrière que je vous aurais envoyé.

– Je sais cela aussi. Mais peut-être ne l'auriez-vous pas fait. Peut-être m'auriez-vous trouvé une place de préposé aux lavabos du club-house de l'A.G.A.

– Oui, c'est possible. Posez votre main sur mon dos, Roark, oui, là, et ne bougez plus.

Elle resta longtemps immobile, la joue appuyée contre son genou, un bras pendant hors du lit, ne se sentant vivre que par cette main pressée contre son dos.

Dans les salons, au restaurant, dans les bureaux de l'A.G.A. tout le monde parlait de l'antipathie qu'éprouvait Miss Dominique Francon, de *L'Etendard,* pour Howard Roark, l'architecte découvert par Roger Enright. Cela finissait même par lui donner une certaine célébrité. On disait de lui : « Roark ? Vous savez, ce garçon que Dominique Francon ne peut pas sentir. » « La fille de Francon s'y connaît en architecture et si elle dit qu'il ne vaut rien, c'est qu'il est encore pire que je ne le croyais. » Seigneur ! ce qu'ils doivent se détester, ces deux-là ! Quoique, si j'ai bien compris, ils ne se connaissent même pas. » Dominique aimait entendre répéter de telles choses. Et il lui était agréable, que Athelstan Beasely, écrivant un article dans le *Bulletin de L'A.G.A.* sur l'architecture des châteaux médiévaux, ajoutât : « Pour comprendre leur aspect farouche, nous devons nous rappeler que les luttes entre les seigneurs féodaux étaient presque aussi féroces que celle à laquelle se livrent Miss Dominique Francon et Mr. Howard Roark. »

Austen Heller, qui aimait bien Dominique, lui en parla un jour. Jamais elle ne l'avait vu dans une telle colère, ayant complètement abandonné son attitude habituelle de calme ironie.

– A quel diable de jeu vous livrez-vous, Dominique ? s'exclama-t-il. Ce sont des mœurs de gangsters que de s'attaquer ainsi à un homme par la voix de la presse. Pourquoi ne laissez-vous pas de tels procédés à Ellsworth Toohey ?

– Vous ne trouvez pas Ellsworth merveilleux ?

– Il a au moins la décence de tenir sa sale gueule fermée en ce qui concerne Roark, ce qui d'ailleurs est également une infamie. Mais vous, qu'est-ce qui vous a passé par la tête ? Est-ce que vous vous rendez compte de qui et de quoi vous parlez ? C'était déjà suffisant quand vous vous amusiez à vanter la dernière horreur de grand-papa Holcombe ou à lécher les bottes de votre père et de ce joli garçon pour cartes postales qu'il s'est choisi pour partenaire. Mais parler comme vous le faites d'un homme comme Roark... Voyez-vous, je vous accordais intégrité et jugement, si l'occasion vous était donnée d'en faire preuve. Et je croyais même que vous agissiez comme vous le faisiez uniquement pour souligner la médiocrité des œuvres que vous vantiez. Je n'aurais jamais pensé que vous n'étiez qu'une irresponsable femelle.

– Vous aviez tort, dit-elle.

Roger Enright entra un jour dans son bureau et dit, sans même la saluer :

– Mettez votre chapeau. Je vous emmène la voir.

– Bonjour, Roger. Voir quoi ?

– L'Enright House, ou du moins ce qu'il en existe.

– Mais certainement, Roger, dit-elle en se levant, toute souriante. Je serai enchantée de la voir.

En route, elle demanda :

– Que se passe-t-il, Roger. Vous voulez essayer de m'acheter ?

Assis très raide sur les coussins gris de sa spacieuse limousine, il répondit, sans la regarder :

– Je puis admettre la malveillance par stupidité. Je puis admettre la malveillance par ignorance. Mais ce que je ne puis admettre, c'est la malveillance gratuite. Vous êtes libre, bien entendu, d'écrire ce que vous voudrez. Mais je sais que ce n'est pas par stupidité, et ce ne sera pas par ignorance.

– Vous me surestimez, Roger, dit-elle en haussant les épaules.

Et ils ne se parlèrent plus jusqu'à la fin du parcours.

Franchissant ensemble la palissade de bois, ils pénétrèrent dans la forêt d'acier nu et de planches qui deviendraient un jour l'Enright House. Les hauts talons de Dominique passaient légèrement sur les planches maculées de chaux et elle avançait, rejetée en arrière, avec une élégance aisée et insolente. Elle s'arrêta pour regarder le ciel qui s'encadrait dans l'acier comme un tableau, ce ciel qui paraissait plus lointain qu'à l'habitude, vu du pied de ces vertigineuses poutrelles de fer. Elle regardait les cages d'acier des futurs corps de bâtiments, leurs angles hardis, l'incroyable complexité des formes naissantes, formant cependant un tout simple et logique, ce squelette nu dont les murs n'étaient faits que d'espace, un squelette nu par un jour d'hiver, avec cependant une promesse de vie, comme la brume verte des premiers bourgeons sur un arbre dépouillé.

– Oh, Roger !

Il la regarda et vit sur son visage l'expression qu'on s'attend à lire sur le visage de certains fidèles, dans une église, le jour de Pâques.

– Je ne vous avais sous-estimés ni l'un ni l'autre, dit-il sèchement. Pas plus vous que ce building.

– Bonjour, dit une voix ferme et basse, tout près d'eux.

Elle ne fut pas surprise de voir Roark. Elle ne l'avait pas entendu s'approcher, mais il ne paraissait pas concevable de le séparer de son œuvre. Il était là, tout simplement, il avait été là depuis le moment où elle avait pénétré dans l'enceinte, et son œuvre n'était qu'un prolongement de lui, comme son propre corps. Il se tenait là, devant eux, les mains dans les poches de son ample pardessus, la tête nue malgré le froid.

– Miss Francon – Mr. Roark, dit Enright.

– Nous nous sommes déjà rencontrés chez les Holcombe dit Dominique. Mr. Roark s'en souvient peut-être.

– Mais, certainement, Miss Francon, dit Roark.

– Je voudrais faire visiter le chantier à Miss Francon, dit Enright.

– Voulez-vous que je vous conduise ? lui demanda Roark.

– Oh, oui, je vous en prie, répondit pour lui Dominique.

Tous trois se mirent en marche à travers le chantier, et les ouvriers regardaient Dominique avec curiosité. Roark expliquait le système de dégagement, celui des ascenseurs, la distribution de la chaleur, la disposition des fenêtres, absolument comme s'il s'était adressé à un entrepreneur. Elle posait des questions, il y répondait. « Combien de mètres cubes d'espace, Mr. Roark... Combien de tonnes d'acier ? » « Faites attention à ces tuyaux, Miss Francon. Passez par ici. » Enright, les suivait, les yeux à terre, ne regardant rien. Puis soudain il demanda : « Où en sommes-nous, Howard ? » et Roark, souriant, répondit : « Nous avons deux jours d'avance sur le contrat. » Et ils se mirent à parler travail, comme deux frères, oubliant Dominique, le bruit assourdissant des machines les enfermant dans un monde à eux.

Debout au cœur même du bâtiment, Dominique se disait que, même si elle n'avait rien de lui que son corps, ce qu'il ne lui livrait pas lui était donné par tout ce qu'elle pouvait voir et toucher. La moindre poutrelle, la moindre conduite, et tous ces plans immenses avaient été conçus par lui et n'auraient pu l'être par personne d'autre. Ils lui appartenaient, comme son propre visage, comme sa propre âme. L'œuvre créée expliquait celui qui l'avait conçue, celui qui, en imprimant sa forme à l'acier, s'exprimait lui-même, se livrant à elle qui admirait cette œuvre et qui la comprenait.

— Vous êtes fatiguée, Miss Francon, demanda Roark en la regardant.

— Non, pas du tout. Je me demandais... quel système de plomberie vous emploierez ici, Mr. Roark.

Quelques jours plus tard, chez Roark, assise au coin de sa table à dessin, elle relisait son dernier article : « J'ai visité le chantier de l'Enright House. Je souhaite qu'un jour, au cours d'un raid aérien, une bombe détruise cette maison. Ce serait une fin digne d'elle, infiniment plus que de la voir se dégrader, tachée de suie, déshonorée par les photographies de famille, les chaussettes sales, les shakers à cocktails et les pelures de pamplemousse. Il n'y a pas, dans tout New York, une seule personne qui soit digne d'habiter cette maison. »

Roark s'approcha d'elle, s'appuya contre ses genoux, et lut avec elle en souriant.

— Roger a été complètement déconcerté par cet article.

— Il l'a donc lu ?

— J'étais dans son bureau, ce matin, alors qu'il était en train de le lire. Il a commencé par vous adresser certaines injures que je n'avais jamais entendues auparavant, puis il m'a dit : « Attendez un peu » et il a relu tout l'article. Il m'a regardé, ahuri, plus fâché du tout et il m'a dit : « Si vous le lisez d'une certaine façon... mais d'un autre côté... »

— Qu'avez-vous répondu ?

— Rien. Voyez-vous, Dominique, je vous suis très obligé, mais quand cesserez-vous de m'adresser ces éloges excessifs ? D'autres que moi pourraient comprendre et vous ne voulez pas cela.

— Quelqu'un d'autre ?

— Vous saviez parfaitement que j'avais compris dès votre premier article sur l'Enright House, et c'était d'ailleurs ce que vous vouliez. Mais n'avez-vous jamais pensé que d'autres que moi pourraient lire entre les lignes ?

— Oui, peut-être. Mais le résultat pour vous ne sera pas meilleur. On ne vous en aimera pas davantage pour cela. Et d'ailleurs qui se donnerait la peine de lire entre les lignes... excepté... Roark, que pensez-vous d'Ellsworth Toohey ?

— Seigneur et pourquoi penserais-je quelque chose d'Ellsworth Toohey ?

Elle aimait à rencontrer Roark à quelque réception où l'avait entraîné Heller ou Enright. Elle aimait sa façon polie, impersonnelle, de l'appeler Miss Francon. Elle s'amusait secrètement de la nervosité de son hôtesse et de ses efforts pour les empêcher de se rencontrer. Elle sentait que les gens qui les entouraient s'attendaient constamment à quelque explosion, à quelque signe évident d'hostilité qui ne se produisaient jamais. Elle ne recherchait pas Roark, mais elle ne l'évitait pas non plus. Ils parlaient l'un avec l'autre, si par hasard ils se trouvaient dans le même groupe, comme ils auraient parlé à n'importe qui d'autre. Cela ne leur demandait aucun effort. Cela leur semblait simple et facile et cela justifiait toutes choses, même cette réception. Et elle éprouvait un profond plaisir à se dire qu'aux yeux des gens, ils apparaissaient comme des étrangers et comme des ennemis. Elle se disait que les gens pouvaient penser d'eux bien des choses, excepté la vérité. Cela rendait leur intimité plus secrète, inviolée par les pensées, par les paroles du monde qui ignorait tout d'eux. C'était un secret qui n'était qu'à eux. Et jamais elle ne sentait plus profondément le lien qui les unissait que lorsqu'elle se trouvait avec lui au milieu d'indifférents et qu'elle le regardait à peine.

Si, le cherchant du regard à travers la pièce, elle le voyait en train de parler à des gens dont l'expression était indifférente, elle se détournait, rassurée. Si les visages étaient hostiles, cela lui était agréable ; elle était mécontente lorsqu'elle lisait sur un visage tourné vers lui un sourire ou une expression de sympathie ou d'approbation. Ce n'était pas chez elle de la jalousie ; peu lui importait que ce visage fût celui d'un homme ou celui d'une femme ; mais elle ressentait cette approbation comme une impertinence.

Elle était tourmentée par de toutes petites choses, la rue où il vivait, l'entrée de sa maison, les voitures qui tournaient au coin du pâté de maisons où il habitait. Elle en voulait particulièrement aux voitures ; elle aurait aimé pouvoir leur interdire cette rue. Voyant une boîte à ordures à la porte à côté, elle se demandait si elle y était déjà lorsqu'il avait passé là, le matin, en se rendant à son bureau, et s'il avait remarqué la boîte à cigarettes vide qui en dominait l'édifice. Une fois, dans le hall de sa maison, elle vit quelqu'un sortir de l'ascenseur. Elle en reçut un choc. Il lui avait toujours semblé qu'il était le seul habitant de cette maison. Lorsqu'elle entrait dans ce petit ascenseur qu'elle manœuvrait elle-même, elle s'appuyait contre la paroi, les bras croisés sur la poitrine, tenant ses épaules dans ses mains et se sentant au chaud et à l'aise comme sous une douche tiède.

Elle pensait à tout cela tandis que quelque indifférent lui parlait de la dernière pièce de Broadway, que Roark buvait un cocktail de l'autre côté de la pièce et qu'elle entendait la maîtresse de maison murmurer à l'un de ses invités : « Seigneur, j'ignorais complètement que Gordon amènerait Dominique. Austen va être furieux contre moi, lui qui m'a amené son ami Roark. »

Et plus tard dans la nuit, couchée près de lui, les yeux clos, les joues en feu, les lèvres humides, oubliant les règles qu'elle s'était imposées, oubliant le sens des mots qu'elle prononçait, elle murmurait :

– Roark, il y avait ce soir un homme qui parlait avec vous et qui vous souriait exactement de la façon dont il souriait l'autre jour à deux artistes de cinéma, avec la même sympathie. Et j'avais une envie furieuse de lui dire : « Ne regardez pas cet homme, sinon vous ne pourrez plus regarder les autres hommes. Ne l'aimez pas, ou il vous faudra haïr le reste du monde ; car c'est ainsi, fou que vous êtes, c'est lui ou les autres, mais ce n'est pas lui et les autres. Je vous défends de le regarder, je vous défends de l'aimer ! » C'est vrai, Roark, je ne peux pas le supporter, je ferais tout au monde pour vous arracher à eux, à leur monde, à tout ce qu'ils représentent. Je ferais n'importe quoi, Roark, n'importe quoi...

Elle ne s'entendit pas prononcer ces paroles, pas plus qu'elle ne lut sur le visage de Roark l'expression de profonde compréhension qui s'y peignit. Elle ne vit pas qu'il souriait, elle sentit simplement qu'il se penchait sur elle et qu'elle n'avait plus rien à cacher, qu'il n'y avait plus en elle rien d'incertain, mais que tout était certitude, réponse et don.

Peter Keating était déconcerté. Le subit intérêt que prenait Dominique à sa carrière était certes extrêmement flatteur et profitable ; chacun le lui disait, et pourtant il y avait des moments où il ne se sentait ni ébloui, ni flatté, mais mal à l'aise.

Autant qu'il le pouvait, il évitait Guy Francon pour échapper à des questions telles que : « Comment vous y êtes-vous pris, Peter ?... Je vous en prie, dites-moi comment vous vous y êtes pris ? »

— Elle doit être follement amoureuse de vous, lui dit un jour Francon. Qui aurait jamais pensé cela d'une femme comme Dominique ! Si elle avait agi ainsi il y a cinq ans, elle aurait fait de moi un millionnaire. Mais, évidemment, on ne fait pas pour un père ce qu'on fait pour un... (devant le regard menaçant de Peter, il changea la fin de sa phrase et conclut) pour un mari, dirons-nous.

— Voyons, Guy, commença Keating, puis il s'arrêta, soupira et murmura : Je vous en prie, Guy, ne parlons pas de cela...

— Je sais, je sais, je sais, il ne faut rien précipiter. Mais que diable, Peter, entre nous, n'est-ce pas aussi évident que des fiançailles, davantage même, et moins discret ?

Le sourire s'effaça brusquement du visage de Francon qui eut soudain quelque chose de sérieux, de paisible et de franchement âgé, et il ajouta, dans un de ses rares éclairs de véritable dignité :

— Et j'en suis heureux, Peter. C'est ce que j'ai toujours désiré. Il faut croire qu'après tout, j'aime ma fille, car tout cela me rend tellement heureux. Je sais que je la laisserai en de bonnes mains, elle et tout le reste...

— Excusez-moi, mon vieux, je suis terriblement pressé. Je n'ai pas dormi deux heures cette nuit, avec cette affaire Colton. Jésus, quel travail et tout cela grâce à Dominique. C'est exténuant, mais vous verrez, ce sera bien ; le chèque aussi d'ailleurs !

— Est-ce qu'elle n'est pas merveilleuse ! Et voulez-vous me dire pourquoi elle fait tout cela ? Je le lui ai demandé, mais je n'ai pas compris un mot à tout ce qu'elle m'a raconté. Vous savez comment elle est, quelquefois.

— Ne nous posons pas de questions, dit Keating. Le principal, n'est-ce pas, c'est ce qu'elle fait, et non pas pourquoi elle le fait.

Il ne pouvait pas expliquer à Francon que lui-même n'avait pas d'explication à lui donner, qu'il n'avait pas vu Dominique seule depuis des mois, qu'elle refusait de le voir.

Il se souvenait de leur dernière conversation, lorsqu'il l'avait raccompagnée en voiture, après le meeting chez Toohey. Il se rappelait la calme indifférence avec laquelle elle l'avait insulté et quel mépris il y avait dans ces insultes dites sans colère. Il pouvait tout attendre d'elle après cela, excepté de la voir se transformer en son champion, en son agent publicitaire, presque en entremetteuse. « Ce qu'il y a d'horrible, se dit-il, c'est qu'il me vienne à la pensée des mots pareils quand je réfléchis à tout cela. »

Il la voyait souvent depuis qu'elle avait entrepris, en sa faveur, cette campagne qu'il ne lui avait pas demandée. Il était invité à ses réceptions et présenté à ses futurs clients. Elle ne lui avait jamais accordé un moment d'entretien. Il avait essayé de la remercier et de la questionner. Mais il ne pouvait pas lui imposer une conversation qu'elle ne désirait pas soutenir, avec une foule d'invités se pressant autour d'eux. Il continuait donc de sourire d'un air absent, tandis qu'elle posait négligemment la main sur la manche de son smoking et qu'elle s'appuyait sur lui dans une pose d'autant plus intime et abandonnée qu'elle semblait ne pas en avoir conscience et qu'elle expliquait à un cercle d'admirateurs ce qu'elle pensait du Cosmo-Slotnick Building. Il sentait que tous ses amis l'enviaient et il se disait, non sans amertume, qu'il était, dans tout New York, le seul homme à ne pas croire que Dominique était amoureuse de lui.

Mais il connaissait la dangereuse instabilité de ses caprices et ce caprice-là lui était trop profitable pour qu'il ne le respectât pas. Il se tenait à l'écart et lui envoyait des fleurs. Il travaillait comme un fou et s'efforçait de ne pas penser. Cependant, au fond de lui, le malaise persistait.

Un jour, il la rencontra par hasard au restaurant. Il vit qu'elle déjeunait seule et résolut de profiter de l'occasion. Marchant droit vers Dominique, il décida de prendre l'attitude d'un vieil ami qui ne se souvenait de rien d'autre que de son incroyable bienveillance envers lui. Après quelques brillantes allusions à sa chance, il demanda :

– Dominique, pourquoi refusez-vous de me voir ?

– Pour quoi faire ?

– Mais au nom du ciel !...

L'exclamation avait jailli avec trop de force, révélant une colère longuement retenue, et il se hâta de reprendre en souriant :

– Ne pourriez-vous au moins me donner la possibilité de vous remercier ?

– Vous m'avez déjà remerciée, à plusieurs reprises.

– En effet, mais n'avez-vous jamais pensé que je pourrais avoir envie de vous questionner. Que je pouvais vraiment être un peu... surpris ?

– Je n'y avais pas pensé. Oui, en effet, vous devez l'être.

– Alors ?

– Alors quoi ?

– Alors, quel but poursuivez-vous ?

– Mais... environ cinquante mille dollars, jusqu'à présent, je crois.

– Vous devenez vulgaire, Dominique.

– Vous voulez que je cesse de m'occuper de vous ?

– Oh, non ! c'est-à-dire pas...

– Pas au point de vue affaires ? Très bien, je continuerai. Vous voyez bien, à quoi bon parler de tout ça ? Je fais certaines choses pour vous et vous en êtes enchanté. Nous agissons donc en plein accord.

– Vous dites des choses vraiment comiques. En plein accord ! C'est à la fois exagéré et insuffisant. Comment peut-il en être autrement, étant donné les circonstances ? Vous ne vous attendiez tout de même pas à ce que je m'oppose à ce que vous faites pour moi ?

– Non, certainement pas.

– Mais le mot d'accord ne correspond nullement à ce que j'éprouve.

J'éprouve pour vous une telle gratitude et je vous ai tant d'obligations que j'en suis simplement éberlué, renversé, ahuri. J'en deviens stupide et je sais combien vous détestez ça, mais réellement je vous suis tellement reconnaissant que je ne sais comment l'exprimer.

– Eh bien, mais c'est parfait, Peter. Cette fois vous m'avez remerciée.

– Voyez-vous, je ne m'étais jamais bercé de l'illusion que vous pensiez beaucoup de bien de mon travail ou même que vous vous y intéressiez. Et brusquement vous... Cela me touche beaucoup et cependant... Dominique, demanda-t-il brusquement, et sa voix chavira un peu, car il sentait que la question qu'il allait poser, comme le pêcheur jette en plein courant sa ligne armée d'un hameçon, visait la cause même de son malaise... Dominique, pensez-vous réellement que je sois un grand architecte?

Dominique eut un lent sourire.

– Peter, dit-elle, si les gens vous entendaient poser une question pareille, ils en seraient bien étonnés. Et plus étonnés encore que vous me la posiez à moi.

– Oui, je sais, mais... est-ce que vous pensez réellement toutes les choses que vous dites de moi?

– Elles atteignent leur but.

– Je sais, mais pourquoi m'avez-vous choisi, moi? Est-ce parce que vous trouvez que j'ai du talent?

– Vos plans s'achètent comme des petits pains. Est-ce que cela ne vous suffit pas?

– Oui... Non... Je veux dire... il y a autre chose... Dominique, je voudrais vous entendre me dire, une fois, juste une fois, que je...

– Peter, je vais être obligée de me sauver dans un instant. Laissez-moi vous dire, avant de partir, que vous aurez probablement des nouvelles de Mrs. Lonsdale. Rappelez-vous qu'elle est prohibitionniste, qu'elle aime les chiens, qu'elle a horreur des femmes qui fument et qu'elle croit à la réincarnation. Elle veut que sa maison soit plus belle que celle de Mrs. Purdee, faite par Holcombe. Si vous lui dites que l'hôtel de Mrs. Purdee a quelque chose de prétentieux et que la véritable simplicité coûte plus cher que le faux luxe, vous l'aurez comme vous voudrez. Ah, et n'oubliez pas de lui parler de tapisserie au petit point, c'est son dada.

Keating s'en alla, tout ragaillardi à l'idée d'une nouvelle affaire, et oublia la question qu'il avait posée. Plus tard, il repensa à leur conversation avec ressentiment, mais se dit, en haussant les épaules, que ce qu'il y avait de plus clair dans l'aide que lui apportait Dominique c'était son désir de ne pas le voir.

Il trouvait du plaisir et une sorte de compensation à assister aux meetings de l'Association des Constructeurs américains qu'avait créée Toohey. Pourquoi cela lui apparaissait comme une compensation, il l'ignorait, mais le fait était là et cela le réconfortait. Il écoutait, attentivement, ce jour-là, le speech que faisait Gordon L. Prescott sur la signification de l'architecture.

« ... et c'est ainsi que la profonde signification de notre profession réside justement dans le fait que nous travaillons dans le vide. Nous créons ce vide dans lequel certains corps physiques sont appelés à se mouvoir, ces corps que nous désignons du nom d'humains. Par le vide j'entends ce qu'on a coutume d'appeler chambres. Il n'y a que l'homme du commun pour s'imaginer que nous élevons des murs de pierre. Rien n'est moins vrai. C'est le vide que nous construisons, ainsi que je l'ai prouvé tout à l'heure. Et ceci nous amène à un corollaire d'une importance astronomique : à l'acceptation inconditionnée du principe que l'absence est supérieure à la présence. Par conséquent, nous en arrivons à l'acceptation de la non-acceptation. Pour formuler ma pensée en termes plus simples, je dirai que rien est supérieur à quelque chose. Dans ce cas, il devient clair que l'architecte est autre chose qu'un gâcheur de plâtre puisque le plâtre n'est rien d'autre qu'une illusion secondaire. L'architecte, en réalité, est un prêtre de l'abstrait, s'attaquant à des principes essentiels, et qui a le courage d'envisager le concept primaire de la réalité comme la non-réalité, puisqu'il n'y a rien et qu'il crée le vide. Et si cela vous apparaît comme une contradiction, ce n'est pas une preuve de faux raisonnement, mais au contraire d'une logique supérieure, d'une dialectique de la vie et de l'art. Et si nous voulons tirer les déductions inévitables de ce principe fondamental nous en arrivons à des conclusions d'une importance sociale extraordinaire. Vous comprendrez facilement qu'à ce moment la femme belle est inférieure à celle qui n'a pas de beauté, les intellectuels inférieurs aux illettrés, les riches aux pauvres et les capables aux incapables. Et l'architecture est l'illustration concrète de ce paradoxe cosmique. Ne nous laissons pas étourdir par l'orgueil que peuvent nous inspirer de telles considérations et disons-nous bien que tout le reste n'est que bavardages. »

En écoutant de telles paroles, on ne se posait plus de questions sur sa propre valeur ou sur son travail. Il n'était même plus nécessaire d'avoir le respect de soi-même.

Keating écoutait dans un contentement béat. Il regarda ses compagnons. Tous écoutaient avec attention, dans le plus parfait silence. Et tous paraissaient aussi enchantés que lui. L'un mâchait du chewing-gum, l'autre se curait les ongles avec une allumette, un autre s'étirait avec sans-gêne. Et cela aussi plut à Keating. C'était comme s'ils avaient dit : « Nous sommes enchantés d'entendre des choses sublimes, mais nous n'avons nullement l'intention de nous laisser impressionner. »

Les membres de l'Association des Constructeurs américains se réunissaient une fois par mois et n'avaient aucune activité spéciale autre que d'écouter des discours et de boire de la mauvaise bière. L'Association ne s'augmentait ni en qualité, ni en quantité et aucun résultat concret ne résultait de son activité.

Les réunions avaient lieu dans une immense salle vide au-dessus d'un garage dans le West Side. Un escalier, long, étroit, mal aéré, aboutissait à une porte portant le nom de l'Association. La salle était meublée de chaises pliantes, d'une table pour le président et d'une corbeille à papier. L'A.G.A. considérait l'Association des Constructeurs américains comme une absurdité. « Pourquoi diable perdez-vous votre temps avec ces piqués ? » demanda un jour Francon à Keating, en faisant une grimace de dédain amusé. « Je veux être pendu si je le sais, répondit Keating gaiement, mais vraiment ils me plaisent. » Ellsworth Toohey assistait toujours aux réunions, mais ne prenait plus la parole. Il s'asseyait dans un coin et écoutait.

Un soir, Keating et Toohey rentraient ensemble à pied, après le meeting, par les rues sombres et misérables de West Side, et ils s'arrêtèrent pour boire une tasse de café, devant un café de piètre apparence. « Pourquoi pas ici, dit Toohey en riant lorsque Keating lui rappela les restaurants renommés que Toohey avait rendus fameux en les patronnant. Au moins là personne ne nous reconnaîtra et ne viendra nous ennuyer. »

Il envoya une bouffée de fumée de sa cigarette d'Orient à une affiche décolorée de Coca-Cola, commanda un sandwich, mordit délicatement dans un morceau de pickle qui n'était pas maculé par les mouches mais qui aurait pu l'être, et se mit à parler à Keating. Ce n'était pas ce qu'il disait qui comptait le plus, c'était sa voix, la voix inégalable d'Ellsworth Toohey. Il semblait à Keating qu'il se trouvait au centre d'une vaste plaine, sous un ciel clouté d'étoiles, tenu sous le charme, dans un sentiment de confiance et de sécurité.

– La bonté, Peter, disait doucement la voix, la bonté, c'est le premier commandement, et peut-être le seul. Et c'est pourquoi j'ai dû démolir cette nouvelle pièce dans mon article d'hier. Elle manquait par trop de bonté. Nous devons être bons, Peter, pour tous ceux qui nous entourent. Nous devons les accepter tels qu'ils sont et être toujours prêts à leur pardonner. Nous avons tant de choses à nous faire pardonner ! Si vous apprenez à aimer tous les êtres, les plus humbles, les plus petits, les plus bas, alors ce qu'il y a de plus bas en vous sera également aimé. C'est alors que nous découvrirons le sens de l'égalité universelle, et de la grande paix d'une humanité fraternelle, dans un monde nouveau, Peter, un monde nouveau et magnifique... »

2.9

Ellsworth Monkton Toohey était âgé de sept ans lorsqu'il dirigea la lance du tuyau d'arrosage sur Johnny Stokes, alors que celui-ci passait au bas du jardin, vêtu d'un costume du dimanche tout neuf. La mère de Johnny était très pauvre et il y avait plus d'un an que Johnny attendait ce costume. Ellsworth ne chercha pas à agir furtivement et en cachette mais accomplit cet acte ouvertement, de façon délibérée. Il se dirigea vers la prise d'eau, ouvrit le robinet, se mit au milieu de la pelouse et dirigea le jet sur Johnny, en visant juste, alors que la mère de Johnny était à quelques pas derrière son fils et que ses parents à lui se tenaient sous le porche en compagnie du pasteur. Johnny Stokes était un bel enfant avec des fossettes et des boucles blondes. Dans la rue, les gens se retournaient pour le regarder. Jamais personne ne s'était retourné pour regarder Ellsworth Toohey.

Le choc, la stupeur des parents furent tels qu'il se passa un bon moment avant que l'un d'eux songeât à se précipiter sur Ellsworth. Il se dressait, raidissant son mince petit corps contre la violence du jet qui jaillissait sous ses mains, ne perdant pas une minute de vue son objectif, et ne s'arrêta que lorsqu'il s'estima satisfait. Il laissa alors retomber le tuyau dont l'eau se perdit dans le gazon, fit deux pas dans la direction du porche, et attendit, la tête haute, s'offrant lui-même à la punition qui ne pouvait tarder. Cette punition lui serait venue de Johnny lui-même si Mrs. Stokes n'avait pas retenu son fils qui se débattait. Ellsworth ne daigna même pas se tourner vers eux, mais dit lentement, distinctement, en regardant sa mère et le pasteur : « Johnny est un sale crâneur qui rosse tous les gosses à l'école. » Ce qui était vrai.

La question punition était devenue un véritable problème d'éthique. Il était déjà difficile, en toute circonstance, de punir Ellsworth en raison de son corps fragile et de sa santé délicate ; de plus il ne semblait vraiment pas juste de châtier un enfant qui s'était sacrifié lui-même pour venger l'injustice et qui l'avait fait courageusement, ouvertement, en dépit de sa faiblesse physique. Il faisait presque figure de martyr. Ellsworth ne dit rien de pareil, mais sa mère le dit pour lui et le pasteur eut plutôt tendance à être de son avis. Ellsworth fut envoyé dans sa chambre et privé de dîner. Il ne protesta pas, accepta cette sentence avec douceur et refusa la nourriture que sa mère lui apporta en secret dans la soirée, en désobéissant à son mari. Mr. Toohey insista pour rembourser à Mrs. Stokes le prix du costume de Johnny. Mrs. Toohey prit un air boudeur. Elle n'aimait pas Mrs. Stokes.

Le père d'Ellsworth était le directeur de la succursale à Boston d'une importante maison de vente de chaussures. Il touchait un salaire modeste, mais confortable, et possédait une maison modeste, mais confortable, dans un faubourg peu élégant de Boston. Le secret chagrin de sa vie était de ne pas posséder une affaire à lui. Mais c'était un homme tranquille, consciencieux, et un mariage prématuré avait mis fin à toutes ses ambitions.

La mère d'Ellsworth était une femme mince et agitée qui, en l'espace de neuf ans, avait adopté, puis rejeté cinq religions. Elle avait des traits délicats, le genre de traits qui donnent à une femme une beauté éphémère pendant son court épanouissement, beauté qu'elle n'avait pas auparavant et qu'elle ne retrouve jamais plus tard. Ellsworth était son idole. Sa sœur Helen, de cinq ans plus âgée que lui, était une gentille petite fille, qui n'avait rien de remarquable, pas jolie, mais gracieuse et fraîche. Elle ne présentait aucun problème d'aucune sorte. Ellsworth, au contraire, était chétif de naissance. Sa mère l'adora dès l'instant où le docteur déclara qu'il ne serait probablement pas viable. Et elle sentait se développer en elle sa vie spirituelle tandis que croissait l'amour exalté qu'elle portait à cet affreux nourrisson bleuâtre. Elle fut presque désappointée lorsqu'elle le vit se fortifier et qu'elle comprit qu'il ne resterait pas infirme. Elle s'intéressait peu à sa fille. Il n'y avait rien de martyrisant à aimer Helen et elle était si visiblement plus aimable que son frère qu'il paraissait juste de moins l'aimer.

Mr. Toohey, pour des raisons qu'il aurait eu peine à expliquer, ne portait pas à son fils un amour exagéré. Ellsworth, cependant, régnait sur la maison, par un accord tacite de ses parents, bien que son père se demandât souvent pourquoi il se soumettait à cet accord.

Le soir, sous la lampe, dans la pièce où se réunissait la famille, on entendait s'élever la voix chagrine et dolente de Mrs. Toohey, à la fois irritée et battue d'avance.

– Horace, je veux une bicyclette, une bicyclette pour Ellsworth. Tous les garçons de son âge en ont une. Willie Lovett vient d'en recevoir une. Horace, je veux une bicyclette pour Ellsworth.

– Pas maintenant, Mary, répondait Mr. Toohey d'une voix lasse. Peut-être l'été prochain... Mais actuellement il ne me serait pas possible...

Mrs. Toohey se mettait à argumenter, sa voix s'élevant par degré jusqu'aux glapissements.

– Mère, pourquoi cette discussion? demandait Ellsworth de sa voix douce, bien timbrée, distincte, bien qu'il parlât plus doucement que ses parents, mais d'un ton de commandement, étrangement persuasif. Il y a tant de choses dont nous avons davantage besoin que d'une bicyclette. Et pourquoi vous occuper de Willie Lovett? Je n'aime pas Willie. C'est un imbécile. Ce n'est pas difficile pour Willie d'obtenir une bicyclette, lui dont le père est propriétaire d'un magasin d'alimentation. C'est un parvenu, d'ailleurs. Je n'ai aucune envie d'une bicyclette.

Tout ce que venait de dire Ellsworth était vrai et c'était vrai aussi qu'il n'avait pas envie d'une bicyclette. Mais Mr. Toohey, regardant son fils, se demandait pourquoi il venait de parler ainsi. Il voyait le regard de son fils, innocent derrière ses lunettes; il n'y avait dans ces yeux ni douceur suspecte, ni reproches, ni malice. C'était un regard simplement innocent. Mr. Toohey se disait qu'il aurait dû être reconnaissant à son fils de se montrer si raisonnable, et cependant il aurait donné beaucoup pour qu'Ellsworth n'eût pas fait cette remarque sur le père de Willie, qui était propriétaire de son affaire.

Ellsworth n'eut pas de bicyclette. Il y gagna un redoublement de considération des siens, une respectueuse sollicitude, tendre et navrée de la part de sa mère, gênée et soupçonneuse de la part de son père. Mr. Toohey redoutait par-dessus tout une conversation avec son fils, sentait tout ce qu'il y avait d'absurde dans cette crainte et s'en voulait d'être ainsi.

« Horace, il me faudrait un nouveau costume pour Ellsworth. J'en ai vu un en vitrine aujourd'hui... »

« Mère, j'ai déjà quatre costumes. Pourquoi en aurais-je besoin d'un autre? Je n'ai pas envie d'avoir l'air stupide comme Pat Noonan qui en change tous les jours. Et tout ça parce que son père est propriétaire d'une pâtisserie. Pat est fier de ses vêtements comme une fille. Je n'ai pas envie qu'on me traite de poule mouillée. »

« Ellsworth, se disait parfois Mrs. Toohey, à la fois heureuse et effrayée, Ellsworth est un véritable saint; il a le plus complet mépris pour les biens matériels. » Et cela était vrai. Ellsworth se souciait fort peu des biens matériels.

C'était un enfant pâle et mince, à l'estomac délicat, et sa mère devait prendre grand soin de son alimentation. Il s'enrhumait trop facilement. Sa voix sonore étonnait, sortant d'un corps si frêle. Dans le chœur, à l'église, il n'avait pas de rival. A l'école, c'était un élève modèle. Il savait toujours ses leçons, ses cahiers étaient bien tenus, ses ongles propres, il aimait l'école du dimanche et préférait la lecture aux sports dans lesquels il n'avait aucune chance de triompher. Il était moyen en mathématiques qu'il détestait, mais excellent en histoire, en anglais, en civisme et en littérature, et plus tard, en psychologie et en sociologie.

Il étudiait consciencieusement et beaucoup. Il n'était pas comme Johnny Stokes qui n'écoutait jamais en classe, ouvrait rarement un livre à la maison et cependant savait les choses presque avant que le professeur ne les eût expliquées La science venait à Johnny automatiquement, comme toutes choses : ses adroits petits poings, son corps sain, son extraordinaire beauté physique, son exubérante vitalité. Mais Johnny était capable de faire des choses choquantes et inattendues. Ellsworth faisait des choses attendues, et il les faisait mieux que personne. Lorsqu'on leur donnait à faire des compositions, Johnny en profitait pour étonner la classe par un brillant déploiement d'esprit de révolte. Ayant reçu pour thème « Les Années d'Ecole – L'Age d'Or », Johnny écrivit de main de maître un essai dans lequel il démontrait qu'il haïssait l'école et pourquoi. Ellsworth rendit un poème en prose sur la gloire des jours d'école, poème qui fut publié par un journal local.

Mais là où Ellsworth battait Johnny à plates coutures, c'était lorsqu'il s'agissait de noms et de dates. La mémoire d'Ellsworth était comme une couche de ciment encore liquide qui retient tout ce qui s'y pose. Johnny était un geyser jaillissant, Ellsworth, une éponge.

Ses camarades l'appelaient « Elsie Toohey ». Ils le contrariaient rarement et l'évitaient autant que possible, quoique pas ouvertement. Ils avaient peine à se faire une opinion sur lui. Il était obligeant et secourable lorsque vous aviez besoin d'aide pour vos leçons. D'un autre côté, il avait une langue acérée et pouvait marquer un enfant pour la vie par un surnom bien trouvé, du genre de ceux qui blessent. C'était un tireur de première force. Il avait tous les signes extérieurs d'une poule mouillée et cependant on ne pouvait le qualifier de tel. Il avait trop d'assurance et un trop calme et trop profond mépris pour tout le monde. De plus, il n'avait peur de rien.

Il était capable de marcher droit sur les garçons les plus forts, au milieu d'une rue, et d'énoncer, sans crier, d'une voix claire qui portait loin, d'énoncer sans colère – personne n'avait jamais vu Ellsworth Toohey en colère – des phrases dans le genre de celles-ci : « Johnny Stokes a une pièce à son pantalon... Johnny Stokes vit dans un meublé. Willie Lovett est un âne... Pat Noonan est une nouille. » Et personne ne le rossait, Johnny pas plus que les autres, parce qu'il portait des lunettes.

Il ne pouvait prendre part à aucun jeu et c'était bien le seul enfant qui s'en glorifiait au lieu de se sentir frustré ou honteux comme le sont habituellement les garçons délicats. Il trouvait les sports vulgaires et le disait. Il déclarait le cerveau plus précieux que les muscles et il le pensait.

Il n'avait pas d'ami intime. On le jugeait impartial et incorruptible. Et il y eut dans sa vie d'enfant deux incidents dont sa mère était particulièrement fière.

Il arriva que le riche, le populaire Willie Lovett fit une invitation, le jour de sa fête, à la même date que Drippy Munn, le fils d'une veuve, une couturière. Drippy Munn était un gosse pleurard dont le nez coulait toujours. Personne n'accepta l'invitation de Drippy, excepté les enfants qui n'étaient jamais invités nulle part. Et de tous ceux qui avaient reçu les deux invitations, Ellsworth Toohey fut le seul qui, refusant d'aller chez Willie Lovett, passa la journée chez Drippy Munn, ce dont il n'attendait et ne reçut aucun plaisir. Et les ennemis de Willie Lovett se moquèrent de lui pendant des mois pour s'être vu préférer un Drippy Munn.

Il arriva également que Pat Noonan offrit à Ellsworth un sac de bonbons à condition qu'Ellsworth lui permît de jeter un rapide coup d'œil sur sa copie, pendant un examen. Ellsworth prit les bonbons et laissa Pat copier son travail. Une semaine plus tard, Ellsworth, se levant, alla droit au pupitre du professeur, y déposa le sac de bonbons intact et avoua son crime sans nommer l'autre coupable. Tous les efforts qu'on fit pour lui arracher ce nom furent vains. Il dit simplement que le garçon qui avait agi ainsi était un des meilleurs élèves et qu'il ne se sentait pas le droit de lui faire du tort simplement pour apaiser sa conscience. Seul il fut puni de deux heures de retenue après la classe. Puis le professeur fut obligé de laisser tomber la chose, les examens étant terminés. Mais cela jeta une ombre de suspicion sur les notes de Johnny Stokes, de Pat Noonan et de tous les meilleurs élèves, excepté, bien entendu, d'Ellsworth Toohey.

Ellsworth avait onze ans lorsque sa mère mourut. Tante Adeline, la sœur de son père, qui ne s'était jamais mariée, vint tenir la maison. Tante Adeline était une femme énergique, de haute stature, qui suggérait immédiatement les mots de « cheval » et de « bon sens ». Le secret chagrin de sa vie était de n'avoir jamais inspiré de passion. Helen fut immédiatement sa favorite. Quant à Ellsworth, elle le considéra immédiatement comme un démon sorti des enfers. Mais Ellsworth, lui, ne se démentit jamais, envers sa tante, d'une parfaite courtoisie. Il s'élançait pour ramasser son mouchoir ou lui avancer un fauteuil, spécialement quand il y avait des invités de sexe masculin. Il lui envoyait, à la Saint-Valentin, des poèmes sur un papier à dentelles orné de boutons de roses, chantait « Douce Adeline » à pleine voix. « Vous êtes un monstre, Elsie, lui dit-elle un jour, vous vous nourrissez du malheur des autres. – Dans ce cas, je ne mourrai jamais de faim », répondit-il. Après quelque temps, ils en arrivèrent à une sorte de neutralité armée et Ellsworth fut libre d'agir à sa guise.

Au collège, Ellsworth devint une célébrité locale, grâce à son don d'orateur. Par la suite, pendant des années, on ne parla jamais d'un élève comme d'un futur orateur, mais comme d'un futur Toohey. Il gagnait tous les concours. Et ceux qui y avaient assisté parlaient ensuite de « ce merveilleux garçon », oubliant sa pauvre petite silhouette, sa poitrine creuse, ses jambes courbes et ses lunettes, pour ne se souvenir que de sa voix. Il gagnait tous les tournois et sur n'importe quel sujet. Une fois, après avoir battu Willie Lovett dans une joute oratoire sur le sujet : « La plume est plus puissante que l'épée », il lui offrit de renverser leurs positions, et gagna de nouveau.

Jusqu'à l'âge de seize ans, Ellsworth s'était senti attiré par le doctorat. Il s'occupait beaucoup de religion, parlait fréquemment de Dieu et de l'âme, faisait énormément de lectures religieuses, mais plus sur l'histoire de l'Eglise que sur la foi elle-même. Il toucha ses auditeurs aux larmes, dans un de ses plus grands triomphes oratoires sur le thème : « Heureux les pacifiques, car ils hériteront la terre. »

Ce fut à cette époque qu'il commença à se faire des amis. Il aimait à parler de la foi et certains de ses camarades aimaient à l'entendre. Il découvrit que les garçons brillants, forts, capables, n'éprouvaient pas ce désir et n'avaient pas besoin de lui. Mais les malheureux, les peu doués, venaient à lui. Drippy Munn s'attacha à ses pas avec la dévotion silencieuse d'un chien. Billy Wilson perdit sa mère et vint passer les soirées auprès de Toohey ; assis sous le porche, frissonnant, silencieux, les yeux secs et agrandis, il l'écoutait parler. Skinny Dix fut atteint de paralysie infantile et, de son lit, guettait le coin de la rue où allait apparaître Ellsworth Toohey. Rusty Hazelton échoua à ses examens et pleura pendant des heures, la main ferme et froide d'Ellsworth posée sur son épaule.

On ne pouvait pas dire si c'était Ellsworth qui allait à eux ou eux qui venaient à Ellsworth. C'était comme une loi de la nature. Aussi bien que la nature a horreur du vide, la douleur et Ellsworth Toohey s'attiraient immanquablement.

De sa voix chaude et profonde, il leur disait :

– Il est bon de souffrir. Ne vous plaignez pas. Inclinez-vous, supportez, acceptez, et soyez reconnaissant envers Dieu qui vous envoie cette souffrance. Car elle vous rend meilleur que ne le seront jamais les gens heureux et gais. Et si vous ne comprenez pas le pourquoi de vos souffrances, n'essayez pas de comprendre. Tout le mal vient de l'esprit, parce que l'esprit se pose trop de questions. Il est bon de croire et non de comprendre. Donc, si vous avez échoué à vos examens, réjouissez-vous. Cela prouve que vous valez mieux que ces garçons habiles qui pensent trop et trop facilement.

Les gens disaient que c'était touchant de voir comment les amis d'Ellsworth s'attachaient à lui. Au bout de quelque temps, ils ne pouvaient plus se passer de lui. Ils en étaient intoxiqués.

Ellsworth avait quinze ans lorsqu'il étonna le professeur d'études bibliques par une question étrange. Le maître venait de disserter sur ce texte : « A quoi servirait-il à un homme de conquérir le monde entier s'il perd son âme ? » Ellsworth dit : « Alors, pour être vraiment puissant, un homme devrait conquérir des âmes ? » Le professeur fut sur le point de lui demander ce que diable il voulait dire par là, et, se reprenant à temps, lui demanda simplement ce qu'il voulait dire. Ellsworth refusa de s'expliquer.

A seize ans, Ellsworth perdit tout intérêt pour les questions religieuses. Il venait de découvrir le socialisme.

Cette évolution choqua profondément tante Adeline.

– Premièrement, c'est absurde et blasphématoire. Et secondement, ça n'a aucun sens. Vous m'étonnez, Elsie. « Les pauvres en esprit », c'était parfait, mais « les pauvres », tout court, sonne beaucoup moins bien. De plus, ça ne vous ressemble pas. Vous n'êtes pas taillé pour les grandes révoltes, mais seulement pour les petites agitations. Non, il y a quelque chose qui ne joue pas, Elsie. Ce n'est décidément rien pour vous.

– Premièrement, ma chère tante, ne m'appelez pas Elsie. Et deuxièmement, vous avez tort.

Ce changement d'orientation parut profitable à Ellsworth. Il n'avait rien d'un fanatique agressif, mais devint, au contraire, plus aimable, plus calme, plus doux. Il eut plus de considération pour son prochain. Devenant moins nerveux, il se sentit plus sûr de lui. Ceux qui l'entouraient commencèrent de l'aimer et tante Adeline cessa de se tourmenter à son sujet. Son intérêt pour les théories révolutionnaires ne le conduisit à aucun excès fâcheux. Il ne s'inscrivit à aucun parti politique. Il lisait énormément, assistait à des meetings où il prit la parole une ou deux fois, avec peu de succès d'ailleurs. La plupart du temps, il se contentait d'écouter.

Puis il partit pour Harvard. Sa mère lui avait légué son assurance sur la vie à cette condition expresse. Il y fit de brillantes études, spécialement en histoire. Tante Adeline s'était attendue à le voir se spécialiser en sciences économiques et sociales et redoutait un peu de le voir se consacrer au travail social. Il n'en fit rien et voua toute son attention aux lettres et aux beaux-arts. Sa tante en fut surprise. C'était encore un changement de direction et il n'avait jamais paru spécialement attiré par ces branches-là. « Vous n'avez rien d'un artiste, Elsie, lui déclara-t-elle. Cela ne marchera pas. – Vous vous trompez, une fois de plus ma petite tante », lui répondit-il.

Mais le remarquable succès d'Ellsworth à Harvard, ce furent ses rapports avec ses camarades. Il sut s'imposer. Parmi les jeunes et fiers descendants de fiers et vieux noms, il ne dissimula nullement la modestie de ses origines. Il l'exagéra même. Il ne raconta pas que son père était directeur d'une succursale, dans une affaire de chaussures, il se dit le fils d'un cordonnier. Il n'y mettait ni défi, ni amertume, ni arrogance prolétarienne. Il avait l'air de se moquer de lui-même, et aussi, en l'observant bien, de ceux auxquels il s'adressait. Et il se conduisait comme un snob, non pas comme un snob qui s'affiche, mais comme un être qui est snob avec naturel et ingénuité, tout en s'efforçant de ne pas l'être. Il était extrêmement poli, non pas à la manière d'un homme qui recherche les faveurs, mais comme quelqu'un qui en accorde. Son attitude était contagieuse. Ses camarades ne cherchaient pas les raisons de sa supériorité, ils l'acceptaient comme une chose établie. On trouvait amusant au début de se lier avec « Monk » Toohey, puis ce fut une façon de se distinguer et de faire preuve d'un esprit avancé. C'était là une victoire qu'Ellsworth n'eut pas l'air de considérer comme telle. Il agissait, parmi ces jeunes gens encore inexpérimentés, avec l'assurance d'un homme qui a un plan, un plan mûrement réfléchi, élaboré dans les moindres détails et qui n'accorde qu'une attention amusée aux petites difficultés de la route. Son sourire avait quelque chose de secret, de contenu, le sourire d'un boutiquier qui compte la recette, et il avait cette expression-là même quand il ne semblait rien lui arriver d'extraordinaire.

Il avait cessé de parler de Dieu et de l'élévation de l'âme par la souffrance. Il parlait des masses. Il démontrait à un auditoire sous le charme, dans des réunions qui duraient jusqu'à l'aube, que la religion est une source d'égoïsme, et cela parce qu'elle donne trop d'importance à l'individu. La religion ne nous recommande-t-elle pas, avant tout, de sauver notre âme ?

« Pour arriver à la vertu dans son sens le plus absolu, disait Ellsworth Toohey, un homme doit être capable de prendre sur lui les crimes les plus immondes, et cela pour le salut de ses frères. Mortifier la chair n'est rien. Mortifier l'âme est le seul acte réellement vertueux. Ainsi, vous croyez que vous aimez l'humanité ? Vous ne savez pas ce que c'est que l'amour. Vous donnez de l'argent pour une caisse de chômage et vous croyez avoir fait votre devoir ? Pauvres fous ! Aucune offrande n'a de valeur, tant que vous n'avez pas donné ce que vous avez de plus précieux. C'est votre âme qu'il faut donner. Pour une erreur ? Oui, si d'autres y croient. Pour une duperie ? Oui, si d'autres en ont besoin. Pour une trahison, pour une escroquerie, pour un crime ? Oui. Pour tout ce qui existe, à vos yeux, de plus bas et de plus vil.

Et ce n'est que lorsque vous éprouverez du mépris pour votre précieux petit moi, que vous arriverez à cette paix profonde et vraie qui accompagne l'oubli de soi, la fusion de votre âme dans la vaste âme collective de l'humanité. Il n'y a pas de place pour l'amour des autres dans l'antre encombré d'un avare qu'est le cœur d'un moi égoïste. Faites le vide dans votre cœur afin de pouvoir tout accueillir. Rappelez-vous qu'il a été dit : " Celui qui aimera sa vie la perdra, mais celui qui haïra sa vie en ce monde recevra la vie éternelle. " Les vendeurs d'opium de l'Eglise avaient là une indication dont ils ne surent pas profiter. Faire abnégation de soi-même ? Certes, mes amis, et cela avant tout. Mais on n'arrive pas à l'oubli de soi-même en se gardant pur et fier de sa pureté. Le sacrifice qui va jusqu'à la destruction de sa propre âme... mais que vous dis-je là ? Seuls les héros sont capables d'aller aussi loin dans la voie du sacrifice. »

Il n'avait guère de succès auprès des garçons pauvres obligés de lutter pour achever leurs études. Par contre il se fit un véritable groupe d'adeptes parmi les étudiants riches qui appartenaient à la seconde ou à la troisième génération de millionnaires. Il leur offrait un programme de vie qu'ils se sentaient capables d'accomplir.

Il termina ses études avec les plus hautes distinctions. Lorsqu'il arriva à New York, il y était précédé par une espèce de petite célébrité. Des échos étaient parvenus de Harvard, au sujet d'un garçon remarquable qui s'appelait Ellsworth Toohey. Ces échos pénétrèrent dans un petit cercle d'intellectuels d'avant-garde et de gens extrêmement riches qui oublièrent immédiatement ce qu'on leur avait raconté, mais retinrent ce nom qui resta vaguement lié, dans leur esprit, à des concepts tels que le talent, le courage, l'idéalisme.

Les gens commencèrent à se grouper autour d'Ellsworth Toohey et il devint très vite pour eux une nécessité spirituelle, du moins pour une certaine catégorie de gens, car les autres, guidés par leur instinct, s'en écartaient soigneusement. Un jour que quelqu'un faisait remarquer le loyalisme des adeptes de Toohey, car, bien qu'il n'eût aucun titre, aucun programme, aucune doctrine définie, on parlait déjà de ses adeptes, un de ses rivaux, envieux, lança : « Toohey attire les gens collants. Or vous connaissez les deux choses qui adhèrent le mieux : la boue et la glu. » Mais Toohey l'entendit, sourit en haussant les épaules et lui jeta : « Allons, allons, il y en a bien d'autres : les emplâtres, les sangsues, les chaussettes mouillées, les ceintures de caoutchouc, le chewing-gum et le pudding au tapioca. » Et s'en allant, il lança encore, par-dessus son épaule, mais sans sourire, cette fois : « Et le ciment. »

Il prit ses grades à l'université de New York et écrivit une thèse sur *Les Plans collectifs dans l'Architecture urbaine au XIVe siècle*... Il gagnait sa vie grâce à des activités nombreuses et variées que nul ne soupçonnait si diverses. Ayant, à l'université, un poste de conseiller en orientation professionnelle, il donnait également des comptes rendus sur les livres, les pièces, les expositions, écrivait des articles, faisait des conférences dans de petits cercles obscurs. Certaines tendances commençaient d'être apparentes dans son travail de critique. Parmi les livres dont il devait faire l'analyse, il préférait ceux qui parlaient de la terre à ceux qui avaient une ville pour cadre ;

ceux qui mettaient en scène des gens moyens plutôt que des êtres extra-ordinaires, des êtres malades plutôt que des êtres sains ; et il y avait une tendresse toute spéciale dans son style lorsqu'il parlait des « petites gens ». « Humain » était son adjectif favori ; il préférait l'étude des caractères à l'action et les descriptions à l'étude des caractères. Il avait un faible pour les romans sans intrigue et prônait, par-dessus tout, les romans sans héros.

Il était considéré comme de première force en orientation professionnelle. Son minuscule bureau, à l'université, était devenu une espèce de confessionnal dans lequel les étudiants venaient lui soumettre tous leurs problèmes, aussi bien académiques que personnels. Il était prêt à discuter, avec la même attention, aussi sérieuse, aussi soutenue, l'établissement d'un programme de cours, une affaire de cœur ou, plus particulièrement, le choix d'une carrière.

Lorsqu'on le consultait pour une affaire de cœur, Toohey conseillait la reddition s'il ne s'agissait que d'une aventure avec une charmante petite écervelée, avec laquelle on pouvait s'enivrer de temps à autre. « Soyons modernes », et le renoncement s'il s'agissait d'un véritable et profond amour. « Soyons adultes ». Lorsqu'un garçon lui avouait le sentiment de honte qu'il éprouvait après quelque aventure peu reluisante, Toohey lui ordonnait de se secouer. « C'est une expérience excellente. Il y a deux choses dont nous devons nous débarrasser le plus tôt possible : un sentiment de supériorité et une conception exagérée de l'acte sexuel. »

Les gens avaient remarqué qu'Ellsworth Toohey laissait rarement un garçon poursuivre la carrière qu'il avait choisie.

« Non, à votre place je n'étudierais pas le droit. Vous y apportez trop d'intérêt, trop de passion. Il n'est pas bon de choisir une carrière pour laquelle on ressent une attirance presque exagérée. Il est préférable de choisir une profession que vous exercerez avec calme, avec pondération et équilibre. Oui, même si elle vous déplaît. Cela vous remet sur la terre... »

« Non, si j'étais vous, je ne continuerais pas d'étudier la musique. L'excès de facilité dont vous faites preuve est le signe le plus sûr que votre talent n'est que superficiel. Oui, évidemment, vous l'aimez. Mais ne trouvez-vous pas cette raison bien enfantine. Croyez-moi, renoncez-y, même si cela vous est terriblement dur... » « Non, je suis désolé, j'aurais tant voulu pouvoir vous dire que je vous approuve, mais vraiment ce n'est pas le cas. Vous avez choisi l'architecture dans un but purement égoïste. Et vous n'avez certainement pris en considération que votre satisfaction personnelle. Et cependant la carrière d'un homme doit avoir, avant tout, une utilité sociale. La question primordiale est de savoir comment vous pouvez être le plus utile à vos semblables. Ce n'est pas ce que vous pouvez recevoir de la société qui est important, c'est ce que vous pouvez lui apporter. Et quand vous en arrivez à considérer la question sous ce jour-là, vous vous apercevez qu'il n'y a pas de profession comparable à celle de médecin. Pensez-y. »

Certains de ses protégés réussirent fort bien, certains échouèrent, un seul se suicida. Et les jeunes gens affirmaient qu'Ellsworth Toohey avait exercé sur eux une excellente influence car ils ne l'oubliaient jamais, continuant de le consulter à tout propos, lui écrivant, s'accrochant à lui. Ils étaient devenus comparables à des moteurs sans démarreur dont une main étrangère devait remonter la manivelle. Mais Toohey prenait toujours le temps de leur consacrer toute son attention.

Sa vie était aussi encombrée, aussi anonyme et aussi impersonnelle qu'une place publique. L'ami de l'humanité n'avait pas un ami intime. Les gens venaient à lui ; il ne se confiait à personne. Il acceptait tout. Son affection était unie, lisse et douce comme une plage de sable. Aucun vent de discrimination n'y soulevait des dunes. Le sable était étale et le soleil haut.

Il trouvait le moyen, malgré ses modestes rentes, de faire des dons à de nombreuses organisations, mais il ne prêtait jamais un dollar à qui que ce fût. Il ne demandait jamais à ses amis plus riches d'aider quelqu'un qui était dans le besoin, mais il obtenait d'eux des sommes importantes et des dotations pour des institutions charitables : fondations de toutes sortes, centres récréatifs, asiles pour filles déchues, écoles pour enfants arriérés. Et il faisait partie, sans jamais accepter aucune rétribution, de l'administration de toutes ces institutions. Un grand nombre d'entreprises philanthropiques gérées par les gens les plus divers avaient toutes un lien entre elles, une sorte de commun dénominateur, le nom d'Ellsworth Toohey parmi les membres du comité. Il était, à lui tout seul, une sorte de société par actions d'altruisme.

Les femmes ne jouaient pas de rôle dans sa vie. Elles ne l'avaient jamais beaucoup intéressé. Ses besoins furtifs et peu fréquents d'aventures, il les réalisait toujours avec le même type de femme, jeune, élancée, la poitrine généreuse et la tête vide ; filles de salle rieuses, manucures zézayantes, sténographes incapables, le genre de filles qui portent des robes roses ou mauves, des petits chapeaux posés très en arrière, avec, sur le front, une forêt de boucles blondes. Les femmes intelligentes le laissaient complètement indifférent.

Il soutenait que la famille était une institution bourgeoise, mais il ne proposait pas d'autre solution et n'entreprenait pas de croisade en faveur de l'amour libre. La question sexuelle l'ennuyait. Il considérait qu'on en avait hautement surestimé l'importance. Il y avait des problèmes tellement plus intéressants.

Les années passaient, et chacune de ses journées, pleine d'activités, était comme une pièce d'argent qu'il mettait patiemment dans une gigantesque machine, sachant qu'un jour cela lui serait rendu. Petit à petit, une de ses nombreuses activités prit le pas sur les autres. Il acquit la réputation d'être un excellent critique pour tout ce qui touchait à l'architecture. Il avait écrit sur ce sujet dans trois magazines successifs qui avaient commencé leur carrière avec éclat et cessé de paraître les uns après les autres : *Voix nouvelles, Voies nouvelles, Nouveaux Horizons*. Le quatrième, *Frontières nouvelles*, avait survécu, et Ellsworth Toohey était le seul collaborateur qui eût résisté à ces naufrages successifs. Le domaine de l'architecture semblait avoir été peu exploré par la critique. Peu de gens se donnaient la peine de signaler les constructions nouvelles, et le nombre de leurs lecteurs était réduit. Toohey se fit ainsi une réputation et une sorte de monopole officieux. Les meilleures revues prirent l'habitude de s'adresser à lui quand il leur fallait un article se rapportant au domaine de l'architecture.

En 1921, un léger changement se produisit dans la vie privée de Toohey.

Sa nièce, Catherine Halsey, la fille de sa sœur Helen, vint vivre auprès de lui. Le père de Toohey était mort depuis longtemps et tante Adeline était retournée à l'obscure pauvreté de quelque petite ville de province ; à la mort de ses parents, Catherine se trouva seule au monde. Toohey n'avait pas eu l'intention de la prendre chez lui. Mais lorsqu'elle descendit du train à New York, son petit visage sans beauté s'illumina pendant un instant comme si l'avenir s'ouvrait devant elle, lui effleurant le front de sa main mystérieuse, et qu'elle se fût tenue devant lui, ardente et fière et prête à le recevoir. Ce fut un de ces rares moments où l'être le plus humble comprend soudain ce que cela signifie de se sentir au centre de l'univers et se sent transfiguré par la joie, et où celui qui est témoin de cette émotion trouve soudain le monde plus beau de posséder une ville pareille. Ellsworth Toohey sentit cela et décida que Catherine resterait avec lui.

Ce fut en 1925 que parut *Ecrit sur la pierre,* et ce fut la gloire.

Ellsworth Toohey devint un homme à la mode. Les femmes du monde intellectuelles se l'arrachaient. Certaines personnes ne pouvaient le souffrir et riaient de lui. Mais il n'y avait pas grand mérite à se moquer d'Ellsworth Toohey car il était toujours le premier à faire sur lui-même les remarques les plus outrageantes. Un soir, à un dîner, un homme d'affaires, suffisant et grossier, écouta pendant un moment Toohey développer ses théories sociales, puis dit d'un air satisfait : « Ma foi, je ne comprends rien à ces histoires intellectuelles. Moi, je joue à la bourse. – Et moi, répondit Toohey, je joue à la bourse les valeurs de l'esprit. Et je vends au comptant. »

La conséquence la plus importante de la parution d'*Ecrit sur la pierre* fut le contrat que signa Toohey avec Gail Wynand, le propriétaire de *L'Etendard,* contrat par lequel il s'engageait à y écrire un article quotidien.

Ce contrat fut une surprise pour les amis de Toohey aussi bien que pour ceux de Wynand et au début tout le monde en fut indigné. Toohey avait fait de fréquentes et peu respectueuses allusions à Wynand ; les journaux de Wynand avaient traité Toohey de tous les noms. Mais les journaux de Wynand n'avaient d'autre ligne de conduite que de refléter les préjugés du plus grand nombre, ce qui leur donnait une attitude éminemment variable mais aisément reconnaissable ; à la fois inconsistante, irresponsable, banale et larmoyante. Les journaux de Wynand se dressaient contre les privilégiés en faveur de l'homme moyen, mais d'une manière si modérée qu'elle ne pouvait choquer personne. Ils dénonçaient les monopoles, si cela leur convenait, soutenaient les grévistes s'ils y trouvaient leur intérêt, et vice versa. Ils accusaient Wall Street et ils accusaient le socialisme puis ils partaient en guerre en demandant des films sains et tout cela avec le même enthousiasme. Ils étaient hardis et même téméraires en apparence et, en réalité, parfaitement inoffensifs. Ellsworth Toohey avait des opinions bien trop avancées pour écrire dans la seconde page de *L'Etendard.*

Mais en réalité, les collaborateurs de *L'Etendard* n'avaient pas de tendances plus précises que le journal auxquels ils appartenaient. Tout ce qu'on leur demandait, c'était de plaire au grand public, ou du moins à la majorité du public. C'était ce qui faisait dire : « Gail Wynand n'est pas un cochon. Il mange de tout. » Ellsworth Toohey faisait autorité dans son domaine et le public montrait brusquement de l'intérêt pour tout ce qui touchait à l'architecture. *L'Etendard* n'avait pas de critique autorisé en architecture. *L'Etendard* s'assurait la collaboration d'Ellsworth Toohey. C'était un simple syllogisme.

Ce fut ainsi que vit le jour : « Une Voix s'élève. »

L'Etendard en expliqua le but dans les termes suivants : « A partir de lundi, *L'Etendard* aura l'honneur de vous présenter un nouveau collaborateur, Ellsworth Mr. Toohey, dont vous avez tous lu et apprécié le brillant ouvrage, *Ecrit sur la pierre*. Le nom même de Mr. Toohey évoque immédiatement la noble profession de l'architecture. Mr. Toohey vous exposera ici tout ce que vous désirez savoir au sujet des merveilles de notre architecture moderne. Lisez, à partir de lundi, « Une Voix s'élève », qui paraîtra exclusivement dans *L'Etendard* de New York.

Sur la personnalité même de Mr. Toohey, il n'y avait pas un mot.

Ellsworth Toohey ne fit aucune déclaration et ne donna d'explications à personne. Il ne se donna même pas la peine de répondre à ceux de ses amis qui lui reprochaient de se vendre. Il se mit tout simplement au travail. Il consacrait « Une Voix s'élève » à l'architecture... une fois par mois, et le reste du temps, disait ce qu'il avait envie de dire à des millions de lecteurs.

Toohey était le seul des collaborateurs de Wynand qui eût un contrat lui permettant d'écrire ce qui lui plaisait. Il avait insisté sur ce point. Tout le monde considérait cela comme une grande victoire, excepté Ellsworth Toohey lui-même. Car cette mansuétude pouvait signifier deux choses : ou bien Wynand s'inclinait respectueusement devant le prestige de son nom, ou bien Wynand le considérait comme de trop peu d'importance pour être dangereux.

« Une Voix s'élève » n'affichait jamais des opinions dangereusement révolutionnaires et touchait rarement aux questions politiques. Elle exprimait surtout des sentiments avec lesquels la plupart des gens se sentaient en harmonie : l'altruisme, la fraternité, l'égalité. « Il vaut mieux être bon que juste... La compassion est supérieure à la justice, elle rend le cœur plus léger... Du point de vue anatomique, et peut-être également à d'autres points de vue, le cœur est l'organe le plus important... Le cerveau n'est qu'une superstition... Dans le domaine spirituel, il existe un test infaillible : tout ce qui procède du moi est détestable, tout ce qui procède de l'amour du prochain est excellent... Servir est l'unique signe de véritable noblesse. Je ne verrais, quant à moi, rien de choquant à prendre l'engrais comme symbole de ce qu'il y a de plus élevé dans la destinée humaine. C'est grâce à l'engrais que nous avons du blé et des roses... La mélodie populaire la plus médiocre est supérieure à la plus belle symphonie... Un homme plus brave que ses frères les insulte par implication. N'aspirons pas à posséder des vertus que nous ne pouvons partager... J'en suis encore à attendre le génie ou le héros, qui, brûlé par une allumette, ressentirait moins la douleur que ses humbles frères, les hommes du commun... Le génie est une exagération de dimension. L'éléphantiasis aussi. Tous deux ne sont peut-être que des maladies... Nous sommes tous frères, sous la peau, et quant à moi, je serais prêt à écorcher l'humanité pour le prouver. »

Dans les bureaux de *L'Etendard,* Ellsworth Toohey était traité avec respect et circonspection. On chuchotait que Gail Wynand ne l'aimait pas, parce que Wynand était toujours poli avec lui. Alvah Scarret mettait, dans ses rapports avec lui, une pointe de cordialité, mais se tenait à distance.

Toohey, lui, ne faisait aucun effort pour approcher Wynand. Il semblait indifférent envers tous les collaborateurs importants de *L'Etendard.* Par contre, il se donnait beaucoup de peine pour les autres.

Il avait organisé un club pour les employés de Wynand. Ce n'était pas un syndicat, mais simplement un club. On se réunissait, une fois par mois, dans la bibliothèque du journal. On n'y discutait pas salaires, heures de travail ou conditions de travail ; les réunions n'avaient aucun but concret. Les employés apprenaient à se mieux connaître, parlaient entre eux, écoutaient des allocutions, prononcées, la plupart du temps, par Ellsworth Toohey. Il parlait d'horizons nouveaux et de la presse, cette grande voix des masses. Gail Wynand apparut, une fois, à l'improviste, à l'une de ces réunions. Toohey, souriant, l'invita à entrer dans leur club, en l'assurant qu'il avait toutes chances d'être élu. Wynand refusa. Il s'assit dans un coin, écouta pendant une demi-heure, bâilla, se leva et partit avant la fin.

Alvah Scarret appréciait le fait que Toohey ne cherchait pas à empiéter sur son domaine, qui était celui de la police intérieure. Et par un échange de bons procédés, Scarret laissait Toohey recommander ses protégés lorsqu'il y avait un poste à repourvoir, spécialement si ce n'était pas un poste important. Dans ce cas, Scarret s'en souciait peu, alors que Toohey, au contraire, y tenait beaucoup, même quand il ne s'agissait que d'un poste de petit commis. Les protégés de Toohey obtenaient presque toujours la place. La plupart d'entre eux étaient jeunes, capables, avec des yeux rusés et une poignée de main molle. Ils avaient d'autres choses en commun, mais elles étaient moins apparentes.

Il y avait plusieurs meetings mensuels auxquels Toohey assistait régulièrement : celui de l'Association des Constructeurs américains, de l'Association des Ecrivains américains et de l'Association des Artistes américains. Il était d'ailleurs le fondateur de ces trois organismes.

Loïs Cook était présidente de l'Association des Ecrivains américains. Les réunions avaient lieu dans le salon de son hôtel sur le Bowery. Elle était le seul membre de l'association qui fût connu. Parmi les autres se trouvait une femme qui n'employait jamais de majuscules dans ses livres et un homme qui ne se servait jamais de virgules ; un tout jeune garçon qui avait réussi à composer un roman de mille pages sans y mettre une seule fois la lettre o et un autre qui écrivait des poèmes sans rimes ni rythme ; un type barbu qui employait toutes les dix pages un mot de cinq lettres qu'on n'a pas l'habitude de voir imprimé, une femme qui imitait Loïs Cook, mais dont le style était encore plus obscur. Lorsqu'on lui demandait des éclaircissements, elle vous expliquait que c'était ainsi qu'elle voyait la vie, à travers le prisme de son subconscient. « Vous savez, n'est-ce pas, ce qu'un prisme fait d'un rai de lumière ? » disait-elle. Il y avait aussi un triomphant jeune homme connu tout simplement sous le nom de Ike le Génial, bien que personne ne sût exactement ce qu'il avait fait, excepté qu'il aimait tout dans la vie.

L'Association signa un manifeste dans lequel il était dit que l'écrivain est le serviteur du prolétariat, mais le texte n'en était pas aussi simple que cela et beaucoup plus long. Ce manifeste fut envoyé à tous les journaux du pays. Mais il ne fut publié nulle part, excepté à la page 32 de *Nouvelles Frontières*.

L'Association des Artistes américains avait pour président un jeune homme cadavérique qui peignait ce qu'il voyait dans ses rêves. Parmi ses membres s'en trouvait un qui n'employait pas de toile pour peindre, mais faisait des choses avec des cages à oiseaux et des métronomes, et un autre qui avait découvert une nouvelle technique. Il noircissait entièrement une feuille de papier et peignait ensuite à la gomme. Une femme peintre, d'un certain âge, plutôt corpulente, déclarait à qui voulait l'entendre qu'elle dessinait avec son subconscient et que jamais elle ne regardait sa main qui faisait absolument ce qu'elle voulait. Sa main, disait-elle, était guidée par l'esprit de l'homme qu'elle aurait dû aimer et qu'elle n'avait jamais rencontré sur cette terre. Dans ces réunions-là, on parlait moins du prolétariat, mais davantage de la tyrannie de la réalité et de l'objectivité.

Quelques personnes firent observer à Ellsworth Toohey qu'il se rendait coupable d'inconséquence. Lui qui était opposé à tout individualisme encourageait ces écrivains et ces artistes qui tous étaient de féroces individualistes. « En êtes-vous sûr ? » demandait Toohey en souriant aimablement.

Personne ne prenait ces associations au sérieux. Les gens en parlaient parce que ça faisait un sujet de conversation et c'était une telle plaisanterie, ajoutaient-ils, que cela ne pouvait être que bien inoffensif. « En êtes-vous sûr ? » répétait Toohey.

Ellsworth Toohey avait maintenant quarante et un ans. Il vivait dans un intérieur raffiné mais qui semblait modeste en comparaison des rentes dont il aurait pu disposer s'il l'avait voulu. Il se flattait d'être conservateur en une chose seulement, dans sa façon de s'habiller. Personne ne l'avait jamais vu se mettre en colère. Son attitude était immuable, que ce fût dans un salon, à un meeting d'ouvriers, dans sa salle de bains ou à un rendez-vous amoureux ; il était froid, maître de lui, ironique et légèrement protecteur.

Les gens l'admiraient pour son sens de l'humour. C'était, disaient-ils, un homme capable de se moquer de lui-même. « Je suis un être dangereux. On aurait dû vous mettre en garde contre moi », disait-il du ton dont il aurait dit une chose parfaitement absurde.

De tous les titres qu'on lui accordait, celui qu'il préférait était : Ellsworth Toohey, l'Humanitaire.

2.10

L'Enright House fut inaugurée en juin 1929.

Ce fut une réception tout intime. Roger Enright désirait simplement célébrer cet instant pour son plaisir. Il invita quelques amis et ouvrit devant eux la grande porte de verre pour laisser entrer à flots l'air tiédi par le soleil. Quelques reporters étaient présents parce que tout ce qui concernait Roger Enright les intéressait et parce qu'ils savaient que, par leur présence, ils ennuyaient Roger Enright. Il les ignorait. Debout au milieu de la rue, il contemplait les bâtiments, rentrait dans le hall, s'arrêtait sans raison, reprenait sa marche. Il ne disait rien, fronçait les sourcils d'un air furieux, comme s'il était prêt à faire explosion de rage et, à ces signes caractéristiques, ses amis reconnaissaient qu'il était pleinement heureux.

Les corps de bâtiment s'élevaient, sur les bords d'East River, semblables à des bras levés vers le ciel. Comme dans un bloc de cristal de roche, chaque corps montait plus que l'autre dans une gradation si éloquente que l'ensemble semblait s'élever dans un mouvement continu jusqu'à ce que le spectateur réalisât que c'était son regard qui adoptait ce rythme. Les murs, un calcaire d'un gris très pâle, semblaient d'argent contre le ciel et avaient l'éclat, la netteté d'un métal, mais un métal vivant et chaud, forgé par le plus puissant des instruments, la forte volonté d'un artiste. Le building vivait d'une vie à lui et dans la mémoire des spectateurs résonnaient quelques mots dont le sens ne leur apparaissait que vaguement : « ... à Son image et à Sa ressemblance. »

Un jeune photographe de *L'Etendard* remarqua Howard Roark, seul de l'autre côté de la rue, s'appuyant au parapet qui dominait la rivière, la tête nue levée vers le building, inconscient de l'instant. Le jeune photographe, en voyant le visage de Roark, pensa à une question qu'il s'était souvent posée et qui l'avait toujours intrigué : pourquoi les sensations qu'on éprouve en rêve sont-elles tellement plus intenses que tout ce que l'on peut éprouver dans la réalité ? Pourquoi l'horreur est-elle si totale et l'extase si complète et quelle est donc cette qualité de sensation si spéciale qu'il est impossible de la retrouver par la suite ? Ce qu'il éprouvait, par exemple, lorsqu'il rêvait qu'il marchait dans une allée, sous des branches entrecroisées, dans une atmosphère indicible de joie sans cause et d'attente. Et pourquoi, lorsqu'il s'éveillait, n'y avait-il plus rien que le souvenir d'une allée s'enfonçant dans les bois ? Si ces pensées lui vinrent, c'est que, pour la première fois, il venait d'apercevoir, sur le visage de Roark levé vers le building, le reflet d'une impression de rêve. Ce photographe était un débutant encore inexpérimenté, mais qui aimait son travail, et qui avait fait de la photographie d'amateur depuis sa plus tendre enfance. Aussi prit-il un instantané de Roark.

Plus tard, lorsque le directeur artistique de *L'Etendard* vit cette photo, il aboya : « Que diable est ceci ? – Howard Roark, dit le photographe. – Et qui est Howard Roark ? – Mais, l'architecte. – Et qui diable vous a demandé une photo de l'architecte ? – Je pensais que... – Et d'ailleurs, elle est idiote, cette photo. Qu'est-ce qu'il a donc, ce type-là, à faire une tête pareille ? » Et la photo s'en alla au rebut.

L'Enright House se loua rapidement. Les locataires qui s'y installèrent étaient des gens qui désiraient vivre dans la clarté et dans le confort. Ils ne se posèrent pas de questions sur la valeur artistique du building, mais sentirent, dès le début, qu'il y ferait bon vivre. C'était, pour la plupart, des gens qui avaient des vies actives et bien remplies. Pendant environ trois semaines, on parla beaucoup de l'Enright House. Les uns disaient que c'était l'œuvre d'un homme prétentieux, d'un exhibitionniste, d'un faiseur. « Vous voyez-vous, ma chère, habitant une maison pareille et invitant Mrs. Moreland, elle qui a un si joli intérieur. » Quelques-uns commençaient à dire : « Vous savez, j'aime assez l'architecture moderne. J'ai vu des choses intéressantes, et il existe, en Allemagne, un mouvement dans ce sens tout à fait remarquable. Mais l'Enright House... c'est une horreur ! »

Cependant les gens commençaient de venir à Roark. Pendant l'hiver, il construisit, pour une famille Norris, une petite maison de campagne. En mai, il reçut la commande de son premier building de bureaux, un gratte-ciel de cinquante étages au centre de Manhattan. Anthony Cord qui faisait construire était un homme d'obscure origine qui avait fait une fortune rapide à Wall Street, en quelques années de lutte violente. Il voulait un building à lui et alla directement chez Roark.

Les bureaux de Roark se composaient maintenant de quatre pièces. Ses employés l'aimaient. Ils n'en étaient pas conscients et auraient été surpris si on leur avait dit qu'ils éprouvaient de l'affection pour un homme aussi froid, aussi inabordable, aussi peu humain que leur patron. Du moins c'était là les mots qu'ils employaient pour le qualifier, que leurs conceptions et leur standard de vie passée les poussaient à employer. Mais au fond, travaillant avec lui, ils savaient parfaitement qu'il n'était rien de tout cela, mais il leur était impossible d'exprimer ni ce qu'il était vraiment, ni ce qu'ils ressentaient envers lui.

Il ne souriait jamais à ses employés, il ne les emmenait jamais prendre un « drink », il ne leur posait jamais de questions sur leur vie familiale, leurs affaires de cœur ou leurs convictions religieuses. Il ne cherchait dans un homme que son essence, sa faculté créatrice. Pour travailler chez lui, il fallait être capable. Il n'admettait aucune excuse, aucune circonstance atténuante. Mais si un de ses employés travaillait bien, il était assuré de l'estime de son patron qui la lui accordait non comme un don, mais comme un dû. Et c'était une chose assurée, un fait acquis, et qui fortifiait, en chacun de ceux qui travaillaient pour lui, le respect de soi-même.

– Mais c'est inhumain ! s'exclama un garçon auquel un des dessinateurs de Roark essayait d'expliquer cela. Des rapports si froids, si exclusivement intellectuels !

Un des employés, un Peter Keating en plus jeune, voulut introduire une autre atmosphère dans les bureaux. Il ne resta pas quinze jours. Roark se trompait parfois dans le choix de ses employés, mais pas souvent. Ceux qu'il gardait plus d'un mois devenaient ses amis pour la vie. Ils ne se donnaient pas ce titre ; ils ne faisaient pas son éloge à d'autres personnes ; ils ne parlaient même pas de lui, mais ils savaient, obscurément, qu'en étant fidèles envers lui, ils l'étaient envers le meilleur d'eux-mêmes.

Dominique passa tout l'été à New York. Elle se rappelait, non sans ironie envers elle-même, son habitude de voyager, furieuse de sentir qu'elle ne pouvait pas s'en aller, qu'elle ne pouvait pas le vouloir. Elle aimait jusqu'à cette colère qui la rapprochait de lui. Les soirées qu'elle ne passait pas avec lui, elle les employait à marcher dans les rues de New York. Elle allait revoir l'Enright House, les Magasins Fargo, s'y arrêtant longuement. Elle partait seule, en voiture, revoir la maison de Heller, la propriété des Sanborn, le poste d'essence de Gowan. Mais jamais elle n'en parlait à Roark.

Une fois, elle prit le ferry-boat et partit pour l'Ile à deux heures du matin. Elle était seule sur le pont désert. Elle regardait la ville s'éloigner doucement. Entre la vaste étendue du ciel et de l'océan, la ville semblait un bloc solide et dentelé. Un bloc serré, pressé. Non pas une ville faite de maisons séparées par des rues, mais un bloc sculpté d'un seul morceau. Une forme qui montait, redescendait, sans ordre, dessinant de longues pointes et de brusques dénivellements, comme le graphique d'une lutte obstinée. Mais elle montait, montait encore jusqu'aux mâts triomphants des gratte-ciel qui dominaient la ville.

Le ferry-boat passa tout près de la statue de la Liberté qui baignait dans une lumière verdâtre et qui, le bras tendu, se haussait, elle aussi, vers le ciel.

Debout sur le pont, Dominique voyait la cité s'éloigner et à mesure que la distance augmentait, elle sentait en elle comme une corde tendue qui la rattachait à un point, là-bas. Pendant le trajet de retour, elle éprouva un sentiment de calme bonheur à voir la ville se dresser à sa rencontre, et elle ouvrit les bras, en un large geste d'accueil. La cité montait plus haut que sa taille, que ses poignets, que le bout de ses doigts. Puis les gratte-ciel montèrent au-dessus de sa tête. Elle était arrivée.

Elle descendit. Elle savait où elle devait aller et elle aurait voulu y être vite. Cependant, elle s'y rendit à pied, pour mieux savourer l'attente. Elle marcha jusqu'à mi-chemin de Manhattan, par de longues rues vides qui se renvoyaient l'écho de ses pas. Il était quatre heures et demie lorsqu'elle frappa à sa porte. Il fit un effort pour s'éveiller. « Non, dit-elle en secouant la tête. Rendormez-vous. J'ai simplement besoin d'être là, près de vous. » Elle ne le toucha pas. Enlevant son chapeau et ses chaussures, elle se pelotonna dans un fauteuil et s'endormit, la joue contre le bras. Au matin, il ne lui posa aucune question. Ils préparèrent ensemble le petit déjeuner, puis il se hâta vers son bureau. Mais avant de partir, il la prit dans ses bras et l'embrassa. Après son départ, elle resta encore un moment, puis rentra chez elle. Ils n'avaient pas échangé vingt paroles.

Ils quittaient parfois New York pendant le week-end et, prenant la voiture de Dominique, allaient s'installer dans quelque coin tranquille. Ils s'étendaient au soleil, sur le sable d'une plage déserte, s'en allaient nager, revenaient. Elle aimait à le voir nager. Elle restait parfois sur la plage, tandis que les vagues venaient lui lécher les genoux, et le regardait avancer en droite ligne, coupant les brisants. Elle aimait à se coucher avec lui tout au bord de l'eau. Etendue sur le ventre, à quelque distance de lui, tournant le dos à l'océan qui venait caresser ses orteils. Les vagues montaient derrière eux, se brisaient contre leurs corps et se retiraient en un long ruissellement.

Ils passaient la nuit dans quelque auberge de campagne, ne prenant qu'une chambre pour les deux. Ils ne parlaient jamais de ce qu'ils avaient laissé derrière eux. Et c'était justement tout ce qu'il y avait entre eux d'inexprimé qui donnait tant de saveur à ces heures d'abandon. Et leurs yeux s'emplissaient d'un rire silencieux lorsque, se regardant, ils y pensaient tous les deux.

Elle s'efforçait de lui faire sentir le pouvoir qu'elle avait sur lui. Elle cessait de venir chez lui, voulant le forcer à venir chez elle. Il gâtait tout en venant presque immédiatement, lui refusant la satisfaction de sentir qu'il s'était forcé à attendre en luttant contre son désir. Parfois elle lui disait : « Baisez-moi la main, Roark. » S'agenouillant, il lui baisait la cheville. Il la désarmait en reconnaissant sa puissance, spontanément et volontiers. Couché à ses pieds, il lui disait : « Mais oui, j'ai besoin de vous. Je deviens fou quand je vous vois. Vous pouvez faire de moi presque tout ce que vous voulez. Est-ce cela que vous vouliez m'entendre dire ? Mais j'ai bien dit, presque, Dominique. Et les choses que vous ne pouvez pas me forcer à faire, cela me mettrait à la torture d'être obligé de vous les refuser, comme je le ferais ; à la torture, Dominique. Etes-vous contente ? Pourquoi voulez-vous toujours savoir si je vous appartiens. Tout est si simple. Mais oui, je suis à vous, ou, du moins, tout ce qui en moi peut appartenir à un autre être. Et vous voudriez savoir si vous pourriez me faire souffrir ? Certes, vous le pourriez. Et puis après ? » Mais ces mots ne sonnaient pas comme une défaite, car elle n'avait pas besoin de les lui arracher. Il les lui disait de lui-même en toute simplicité. Elle n'éprouvait pas l'orgueil d'une conquête et se sentait possédée bien plus qu'elle ne possédait, par cet homme qui lui disait ces choses, qu'elle savait vraies, et qui restait cependant en parfaite possession de lui-même, comme il lui plaisait de rester.

A la fin du mois de juin, un certain Kent Lansing vint voir Roark. C'était un homme d'une quarantaine d'années, qui était habillé comme une gravure de mode et qui avait l'air d'un grand sportif, bien qu'il ne fût pas particulièrement développé, fort ou musclé, mais au contraire mince et anguleux. Et cependant il faisait penser à un boxeur ou à des choses plus éloignées encore de son apparence physique : un bélier, un tank, un sous-marin. Il faisait partie d'une société qui s'était formée dans le but d'ériger un luxueux hôtel à Central Park South. De gros financiers faisaient partie de cette société administrée par un important conseil d'administration. Le site était déjà choisi, l'architecte pas encore et Kent Lansing avait décidé que ce serait Howard Roark.

– Je n'essaierai même pas de vous dire à quel point j'aimerais construire cet hôtel, lui dit Roark à la fin de leur première entrevue, mais je n'ai aucune chance. Je m'entends déjà difficilement avec une seule personne. Je n'arriverai à rien avec un groupe. Aucun conseil d'administration ne m'a jamais confié un travail et ne le fera jamais.

– Avez-vous déjà vu un conseil d'administration avoir une activité quelconque ? lui demanda en souriant Kent Lansing.

– Que voulez-vous dire ?

– Mais ceci : connaissez-vous un conseil d'administration où l'on fasse quelque chose ?

– Il me semble pourtant qu'ils existent et qu'ils fonctionnent.

– Croyez-vous ? Voyez-vous, il y eut un temps où tout le monde était persuadé que la terre était plate. Il serait intéressant de faire une étude sur la nature et sur les origines des illusions humaines. Il faudra que j'écrive une fois un livre sur ce sujet. Il n'aura d'ailleurs pas de succès. Il y aura un chapitre sur les conseils d'administration. Car vous savez, au fond, c'est une chose qui n'existe pas.

– J'aimerais pouvoir vous croire. Mais n'est-ce pas une blague?

– Non, il ne vous serait pas agréable de me croire, car la source de nos illusions n'est rien de très beau. C'est même quelque chose de lamentable ou de tragique. Dans le cas qui nous intéresse, c'est l'un et l'autre, et vous pouvez me croire, ce n'est pas une blague. Mais laissons cette question pour le moment. Ce que je veux dire, c'est qu'un conseil d'administration est formé d'un ou deux hommes décidés et d'une bande d'idiots. On nous dit que nous ne pouvons concevoir le néant. Eh bien, ces hommes ne sont que du vide et, pris en groupe, ils représentent assez bien le néant absolu. Siégez un jour à un de ces conseils, et vous me direz ce que vous en pensez. La question est de mettre quelque chose dans ce vide. C'est une dure bataille, la plus dure de toutes. C'est une chose toute simple que de combattre un adversaire, quand on en a un. Mais combattre rien... Ne me regardez pas comme si j'étais fou. Vous devez me comprendre. Ne vous êtes-vous pas, vous aussi, battu toute votre vie, contre le néant?

– Je vous regarde parce que vous me plaisez.

– Mais bien entendu que je vous plais. Comme je savais que vous me plairiez. Les hommes sont frères, vous savez, et il y a en eux un grand instinct de fraternité, excepté dans les associations, comités, corporations et autres choses de ce genre. Mais je parle trop. C'est d'ailleurs pour cela que je suis un bon vendeur. Mais à vous, je n'ai rien à vendre. Nous dirons donc tout simplement que vous commencerez prochainement à faire des projets pour l'Aquitania, c'est le nom de notre futur hôtel, et voilà tout.

Si la violence de batailles qui demeurent ignorées du grand public pouvait être évaluée, la lutte de Kent Lansing au conseil d'administration de la Société de l'Aquitania resterait comme un des grands carnages de l'histoire. Mais ce qu'il combattait n'était pas suffisamment tangible pour laisser des cadavres sur le champ de bataille.

Il lui fallait lutter contre des idioties telles que : « Dites donc, Palmer, Lansing veut nous imposer un certain Roark, comment est-ce que vous votez? Est-ce que les huiles sont pour ou contre lui? – Moi, je ne prends aucune décision avant de savoir qui vote pour ou contre. » « Lansing dit... mais d'un autre côté, Thorpe me disait... » « Talbot fait construire un building formidable de soixante étages dans la Cinquième Avenue, et il prend Francon & Keating. » « Harper ne jure que par ce jeune type, Gordon Prescott. » « Betsy prétend que nous sommes fous. » « Je n'aime pas la tête de ce Roark. Il a l'air si peu maniable. » « Je puis vous l'affirmer, ce Roark n'est pas un type pour nous. – Qu'est-ce que je veux dire par là? – Eh! que diable, vous le savez aussi bien que moi, ce n'est pas un type pour nous. » « Thompson dit que Mrs. Pritchett lui a affirmé qu'elle sait par Mr. Macy que si... – Eh bien, moi, je me soucie peu de ce que les gens disent. Je me fais une opinion par moi-même et je prétends que ce Roark est un bon à rien. J'ai vu l'Enright House et je ne l'aime pas. – Pourquoi? – Je n'en sais rien. Je ne l'aime pas, voilà tout. Est-ce que je n'ai pas le droit d'avoir une opinion personnelle? »

La bataille dura des semaines. Tout le monde avait quelque chose à dire, excepté Roark. Lansing lui dit un jour :

– Tout va bien. Attendez. Ne faites rien. Laissez-moi faire. Vous n'arriveriez à rien. En face de la société, l'homme le plus directement intéressé, l'homme qui fait le plus, qui contribue le plus, est celui qui a le moins à dire. C'est un fait admis qu'il n'a pas voix au chapitre, que les raisons qu'il pourrait donner sont repoussées d'avance, puisque ce n'est jamais le discours que l'on prend en considération, mais celui qui le prononce. Il est tellement plus facile de juger un homme qu'une idée. Quoique juger un homme sans savoir ce qu'il a dans la tête soit une chose qui me dépasse. Et pourtant c'est bien ainsi que cela se passe. Voyez-vous, pour juger des idées, il faut une échelle des valeurs. Et une telle échelle n'est pas faite d'ouate. Or l'ouate est la matière dont est fait le plus souvent l'esprit humain, quelque chose qui ne peut prendre aucune forme, n'offre aucune résistance et peut être tordu en forme de huit. Vous pourriez leur dire, tellement mieux que moi, pour quelles raisons ils doivent vous faire confiance, mais ils ne vous écouteraient pas tandis que moi, ils m'écouteront. Parce que, pour eux, je représente l'homme moyen. La plus courte distance entre deux points, ce n'est pas la ligne droite, c'est l'homme moyen. Et plus l'homme est moyen, plus la distance est courte. Voilà la psychologie d'un huit.

– Pourquoi combattez-vous ainsi pour moi ? demanda Roark.

– Pourquoi êtes-vous un bon architecte ? Parce que vous avez un certain système de valeurs qui est bien à vous et auquel vous vous tenez. J'ai moi aussi un système de valeurs qui est bien à moi et auquel je me tiens. Et ce que je désire, je sais que c'est vous qui me le donnerez. Lorsque je lutte pour vous, j'agis, dans la mesure de mes forces, comme vous le faites en dessinant un projet. Croyez-vous que l'intégrité soit le monopole des artistes ? Et d'ailleurs, en quoi croyez-vous que consiste l'intégrité ? Simplement dans le fait de ne pas dérober la montre de son voisin ? Ce n'est pas si simple que cela. Si c'était le cas, quatre-vingt-quinze pour cent des gens seraient honnêtes et ce n'est vraiment pas le cas. Etre intègre, c'est être capable d'agir selon ses idées, ce qui présuppose la capacité de penser. Or une conviction est une chose que l'on ne peut ni emprunter, ni prêter. Et c'est pourquoi, si l'on me demandait de choisir un symbole pour l'humanité telle qu'elle est, je ne prendrais ni un aigle, ni un lion, ni une licorne, mais trois boules dorées. »

Et comme Roark le regardait, il ajouta :

– Ne vous tourmentez pas. Ils sont tous contre moi, mais j'ai un avantage sur eux. Ils ne savent pas ce qu'ils veulent. Moi je le sais.

A la fin du mois de juillet, Roark signa un contrat pour la construction de l'Aquitania.

Ellsworth Toohey, installé à son bureau, était en train de lire une note concernant le contrat de l'Aquitania. Il avait une cigarette au coin de la bouche et la tapota du bout du doigt, lentement, rythmiquement, pendant un long moment.

Il entendit la porte s'ouvrir, et, levant les yeux, il vit Dominique sur le seuil, les bras croisés sur la poitrine. On pouvait lire sur son visage de l'intérêt, ce qui pour elle était énorme.

– Ma chère enfant, dit-il en se levant, je crois bien que c'est la première fois, depuis quatre ans que nous travaillons dans le même building, que vous me faites l'honneur de pénétrer dans mon bureau. C'est un événement.

Elle ne répondit rien, mais sourit avec gentillesse, ce qui était encore plus alarmant. Il continua, d'une voix aimable :

— Mon petit discours équivalait, bien entendu, à une question. Est-ce que, par hasard, nous ne nous comprendrions plus à demi-mot ?

— J'en ai l'impression, si vous estimez vraiment nécessaire de me demander ce qui m'amène auprès de vous. Mais vous le savez, Ellsworth, vous le savez certainement. J'en vois la preuve sur votre bureau, ajouta-t-elle en riant et en lui montrant du doigt le journal. Vous donneriez beaucoup pour avoir fait disparaître ce journal, mais évidemment vous ne pouviez pas vous attendre à ma venue. Cela n'a d'ailleurs aucune importance, mais cela me plaît de vous prendre ainsi sur le fait. Ce journal ouvert sur votre bureau, et à la page immobilière, encore !

— On dirait que cette nouvelle vous fait plaisir.

— En effet, Ellsworth.

— Je croyais que vous aviez tout mis en œuvre pour empêcher la signature de ce contrat.

— C'est exact.

— Si vous vous imaginez que vous jouez la comédie en ce moment, Dominique, vous vous trompez. Vous ne la jouez pas.

— Non, Ellsworth, en effet.

— Alors vous êtes réellement heureuse que Roark ait signé ce contrat ?

— Tellement heureuse que je serais capable de coucher avec ce Kent Lansing, quel qu'il soit, si jamais je le rencontrais et qu'il lui vînt à l'esprit de me le demander.

— Alors le pacte est rompu ?

— Pas le moins du monde. Je continuerai de m'efforcer de lui arracher tous les travaux qui pourraient se présenter à lui. Je continuerai, exactement comme par le passé, mais ce sera de moins en moins facile. L'Enright House, le Cord Building et maintenant l'Aquitania. Non, ce ne sera facile ni pour vous ni pour moi. Il est en train de vous battre, Ellsworth. Ellsworth, et si nous nous étions trompés, vous et moi, et que le monde ne soit pas ce que nous pensions ?

— Vous vous êtes toujours trompée, ma chère amie, excusez-moi de vous le dire. J'aurais dû mieux vous connaître et ne pas m'étonner. Il est normal que vous vous réjouissiez du succès de Roark. Je ne fais aucune difficulté pour vous avouer qu'à moi, cela ne m'est pas agréable. Ainsi votre visite à mon bureau aura été une complète victoire. Tout ce qui nous reste à faire, c'est d'enregistrer l'affaire de l'Aquitania comme une défaite importante, de l'oublier et de repartir de plus belle.

— Absolument, Ellsworth, de plus belle. J'ai ce soir un dîner au cours duquel j'espère pouvoir enlever une affaire, la construction d'un hôpital, pour Peter Keating.

Ellsworth Toohey rentra chez lui et passa la soirée à penser à Hopton Stoddard.

Hopton Stoddard était un petit homme qui valait vingt millions de dollars. Trois héritages avaient contribué à arrondir une fortune acquise au cours de soixante-douze années entièrement vouées à faire de l'argent. Hopton Stoddard avait le génie de l'investissement. Il mettait de l'argent dans les affaires les plus variées : maisons mal famées, revues à grand spectacle à Broadway, de préférence d'inspiration religieuse, domaines hypothéqués. C'était un homme petit et voûté, au visage qui paraissait presque défiguré par un éternel sourire. Sa petite bouche se relevait en V en une expression immuablement souriante, ses sourcils dessinaient deux minuscules V inversés au-dessus de deux yeux bleus et ronds; sa chevelure blanche, abondante et ondée, ressemblait à une perruque mais était bien à lui.

Toohey était lié avec Hopton Stoddard depuis de nombreuses années et exerçait sur lui une forte influence. Hopton Stoddard ne s'était jamais marié. Il n'avait ni famille, ni amis. Il n'avait confiance en personne, persuadé que tout le monde en voulait à son argent. Mais il avait un immense respect pour Ellsworth Toohey, parce que Toohey était exactement l'opposé de lui-même. Toohey avait le plus grand mépris des biens matériels, et, pour cette simple raison, Stoddard le considérait comme la personnification de toutes les vertus. Qu'il prononçait là la condamnation de sa propre vie ne lui était jamais venu à l'esprit. Il n'avait pas la conscience en repos, et son inquiétude augmentait avec les années et la certitude d'une fin prochaine. Il trouvait de l'aide dans la religion, s'efforçant de soulager sa conscience par de larges offrandes. Il entrait dans différentes sectes, assistait aux services, donnait des sommes importantes, puis essayait une autre foi. A mesure que le temps passait, le tempo de son inquiétude s'accélérait, prenant l'aspect d'une véritable panique.

L'indifférence de Toohey pour les questions religieuses était la seule chose qui l'inquiétât dans la personne de son mentor et ami. Mais tout ce que prêchait Toohey, la charité, le sacrifice, la pitié pour les humbles, était en parfait accord avec les préceptes divins. Hopton Stoddard était toujours sûr d'avoir raison lorsqu'il suivait les conseils de Toohey. Il donnait largement, sans trop se faire prier, aux institutions recommandées par Toohey. Dans toutes les questions spirituelles, Toohey était pour lui, sur la terre, ce qu'il espérait que serait Dieu de l'autre côté.

Mais cet été là, pour la première fois, Toohey rencontra de la résistance chez Hopton Stoddard.

Hopton Stoddard avait décidé de réaliser un rêve qu'il avait conçu et caressé, longuement, prudemment, comme tout ce qu'il entreprenait, pendant plusieurs années. Il avait décidé de faire construire un temple. Un temple qui ne serait consacré à aucune religion précise, qui n'aurait rien de sectaire, qui serait ouvert à tous, quelque chose comme le temple à un dieu inconnu. Hopton Stoddard voulait mettre toutes les chances de son côté.

Il fut navré lorsque Ellsworth Toohey s'efforça de le détourner de ce projet. Toohey avait besoin d'un local pour abriter un nouveau home pour enfants anormaux. Tout était déjà organisé : le comité, formé de personnalités extrêmement distinguées, le fonds de roulement; mais la maison manquait et les capitaux pour en bâtir une. Puisque Hopton Stoddard voulait laisser derrière lui une preuve de son extrême générosité à laquelle son nom resterait attaché, quel plus noble emploi pourrait-il faire de son argent que de créer Le Home Hopton Stoddard pour Enfants Anormaux, pour ces pauvres petits malheureux, ajouta Toohey d'un ton emphatique, dont personne ne se soucie. Mais l'idée de ce home n'éveillait aucun enthousiasme chez Hopton Stoddard, pas plus que d'autres institutions de ce genre. Non, ce qu'il voulait, lui, c'était donner au monde « le Temple Hopton Stoddard, Temple de l'Esprit humain ».

Il n'avait pas d'arguments à opposer aux brillantes objections de Toohey, mais il ne faisait que répéter : « Non, Ellsworth, non, je ne crois pas que vous ayez raison. » Les choses en restèrent là. Hopton Stoddard ne voulait pas céder, mais la désapprobation de Toohey le rendait très malheureux et il remettait sa décision de jour en jour. Il savait pourtant qu'il lui faudrait se décider à la fin de l'été, car il partait à l'automne pour un long voyage, un pèlerinage aux sanctuaires les plus sacrés de toutes les croyances, de Lourdes à Jérusalem, de La Mecque à Bénarès.

Quelques jours après la signature du contrat de l'Aquitania, Toohey rendit visite, un soir, à Hopton Stoddard, dans son vaste appartement encombré, à Riverside Drive.

— Hopton, dit-il d'un ton cordial, j'ai eu tort. Vous avez raison de vouloir construire un temple.

— Non ! dit Hopton Stoddard, le souffle coupé.

— Si, dit Toohey, vous avez raison. Rien ne le remplacerait. Construisez votre temple. Le Temple de l'Esprit Humain.

Hopton Stoddard avala sa salive et ses yeux bleus se remplirent de larmes. Quels progrès ne devait-il pas avoir accompli sur les chemins de la vertu pour être capable de gagner à son point de vue son professeur spirituel ! Après une telle victoire, plus rien ne comptait. Béat, souriant, comme un nourrisson ridé, il se mit à écouter Ellsworth Toohey, approuvant, agréant tout ce qu'il lui proposait.

— C'est une entreprise audacieuse, Hopton, et si vous la réalisez, il faut que ce soit quelque chose de très beau. Savez-vous que c'est assez présomptueux que de vouloir offrir un présent à Dieu ? Si ce n'est pas vraiment beau, ce sera une offense et non pas une offrande.

— Oui, bien sûr, il faut que ce soit très beau, le plus beau possible. Mais vous m'aiderez, n'est-ce pas Ellsworth ? Vous êtes tellement calé pour tout ce qui est art et architecture. Oui, bien entendu, il faut que ce soit très beau.

— Je serai heureux de vous aider, si vous le désirez vraiment.

— Si je le désire ? Que voulez-vous dire par cela ? Si je le désire ? Mais au nom du ciel, qu'est-ce que je ferais sans vous ? Je ne connais rien à.. à ce genre de choses. Et il faut que ce soit très beau.

— Si je vous aide, ferez-vous exactement ce que je vous dirai de faire ?

— Oui, oui, mille fois oui.

— Eh bien, avant tout, il vous faut un architecte. C'est très important.

— Oui, en effet.

— Il ne vous faut pas un de ces architectes-hommes d'affaires, tout cousus de dollars. Ce qu'il vous faut, c'est un homme qui croie à son travail... comme vous croyez en Dieu.

— C'est cela. C'est exactement cela.

— Alors, il vous faut prendre celui que je vais vous indiquer.

– Certainement, mais qui est-ce ?

– Howard Roark.

– Hein ? dit Hopton Stoddard surpris. Qui est-ce ?

– C'est l'homme qui construira pour vous le Temple de l'Esprit humain.

– Est-il vraiment capable ?

Ellsworth Toohey se tourna vers son vieil ami et le regarda droit dans les yeux.

– Par mon âme immortelle, Hopton, dit-il solennellement, c'est le meilleur architecte que nous possédions.

– Oh !...

– Mais il n'est pas facile de se l'assurer. Il ne travaille que sous certaines conditions qu'il vous faudra observer scrupuleusement. Et il vous faudra également le laisser absolument libre de travailler à sa guise. Lui exposer votre idée, lui dire combien d'argent vous comptez dépenser et, pour le reste, vous en remettre à lui entièrement. Le laisser concevoir et bâtir votre temple à son idée. Autrement, il refusera. Dites-lui franchement que vous ne connaissez rien à l'architecture, mais que vous l'avez choisi parce que vous savez qu'il est le seul homme en qui vous puissiez avoir une entière confiance.

– Entendu, si vous répondez de lui.

– Je réponds de lui.

– Alors c'est parfait. Quant à la question d'argent, elle n'entre pas en ligne de compte.

– Il vous faudra être très prudent lorsque vous lui parlerez pour la première fois. Il commencera très probablement par refuser. Il vous dira qu'il ne croit pas en Dieu.

– *Quoi ?*

– Ne le croyez pas. C'est un homme profondément religieux, à sa manière. Il est facile de s'en rendre compte d'après son œuvre.

– Oh !

– Mais il n'appartient à aucune Eglise. Ainsi vous ne ferez preuve d'aucune partialité. Et vous n'offenserez personne.

– Ça, c'est très bien.

– Et puisque vous voulez faire œuvre de foi, il vous faut commencer par avoir confiance. N'ai-je pas raison ?

– Complètement raison.

– Inutile de lui demander de vous soumettre des projets, cela vous ferait perdre du temps et il n'y a aucune raison pour que vous retardiez votre départ. Engagez-le, simplement. Inutile de signer un contrat. Faites simplement un arrangement avec votre banque pour qu'on s'occupe du côté matériel de l'affaire en votre absence et laissez-le faire. Inutile également de lui payer ses honoraires avant votre retour. Dans un an, ou plus, lorsque vous reviendrez de votre grand voyage, et que vous aurez admiré les plus grands temples du monde, vous en retrouverez un, plus beau encore, qui vous attendra.

– C'est exactement ce que je désire.

– Cependant, ce qu'il ne faudra pas négliger, c'est de préparer l'opinion publique par une publicité bien comprise.

– Parfaitement. C'est-à-dire, je me demande si la publicité...

– Absolument. Connaissez-vous un événement important qui n'ait pas été préparé par une campagne de publicité bien faite ? Si vous négligez ce côté de la question, ce sera simplement irrespectueux.

– Oui, c'est vrai.

– Donc, si vous voulez que votre publicité soit bien faite, il faut en arrêter le plan d'avance. Ce qu'il faut, le jour où l'on découvrira le temple, c'est que cela sonne comme une fanfare, comme une ouverture d'opéra, comme la trompette de l'ange Gabriel.

– Que c'est beau, Ellsworth, ce que vous dites !

– Pour arriver à ce résultat, il ne faut pas permettre à des reporters d'affaiblir la portée de votre acte en le racontant prématurément. Ne leur montrez pas les projets du temple. Dites à Roark de les garder secrets. Il ne demandera pas mieux. Ordonnez à l'entrepreneur de construire une solide palissade de bois autour de l'emplacement que vous aurez choisi. Que personne ne sache rien avant que vous ne soyez de retour et que vous ne découvriez le temple vous-même. Et à ce moment-là, faites-en passer des reproductions dans tous les sacrés journaux de ce pays !

– Ellsworth !

– Oh, pardon.

– L'idée est bonne. C'est ainsi que j'ai agi pour les représentations de *La Vie de la Vierge* et j'avais une troupe de quatre-vingt-dix-sept acteurs.

– Voilà. Cependant, en même temps, il faut tenir en haleine l'intérêt du public. Prenez un bon agent publicitaire et expliquez-lui ce que vous voulez. Je vous en indiquerai un qui est excellent. Qu'il s'arrange à ce qu'il paraisse une note dans les journaux sur le mystérieux Temple Stoddard, à peu près tous les quinze jours. Que le public soit intrigué, impatient, et il sera prêt pour le grand jour.

– Bravo.

– Mais avant toute chose, ne dites pas à Roark que je vous l'ai recommandé. Et ne dites à personne que je me suis occupé de cette affaire. A personne. Jurez-le-moi.

– Mais pourquoi ?

– Parce que j'ai plusieurs amis qui sont architectes, que c'est une très grosse commande et que je ne veux peiner personne.

– Oui, je vois.

– Jurez.

– Oh, Ellsworth.

– Jurez-le, par le salut de votre âme.

– Je vous le jure. Par... ce que vous dites.

– Bon. Maintenant, étant donné que vous n'avez jamais eu affaire à un architecte, et que celui-ci a un caractère très spécial, je vais vous expliquer exactement ce qu'il faudra que vous lui disiez.

Le jour suivant, Toohey entra dans le bureau de Dominique. Il s'approcha en souriant et dit, d'une voix froide :

– Vous vous souvenez d'Hopton Stoddard et de ce temple à un dieu inconnu qu'il avait le projet de faire construire, et dont il parlait il y a quelque six ans ?

– Vaguement.

– Il va exécuter son projet.

– Vraiment ?

– Et c'est Howard Roark qui le réalisera.

– Non !

– Si.

– Ça, par exemple... Pas Hopton ?

– Pourquoi pas, Hopton ?

– Oh, mais je vais intervenir.

– N'en faites rien. C'est moi qui ai prié Stoddard de donner le travail à Roark.

Elle s'immobilisa, et son visage prit brusquement une expression sérieuse. Il continua :

– Je tenais a ce que vous le sachiez, afin qu'il n'y ait aucune erreur de tactique. Personne ne le sait, et personne ne doit le savoir. Je vous demande de ne pas l'oublier.

– Quel est votre but ? demanda Dominique d'une voix blanche.

Toohey sourit.

– Le rendre célèbre, dit-il.

Roark était assis dans le bureau d'Hopton Stoddard et l'écoutait parler, stupéfait. Hopton Stoddard s'exprimait lentement, ce qui donnait à ses paroles quelque chose de grave et d'impressionnant, mais ce qui était simplement dû au fait qu'il avait presque appris son discours par cœur. Ses yeux d'enfant avaient quelque chose de rusé et de suppliant à la fois. Pour une fois Roark avait presque oublié l'architecture et mis au premier plan l'élément humain. Il ne pouvait supporter cet homme ; il avait envie de se lever et de partir, mais les mots qu'il entendait prononcer le retenaient. Ces mots ne s'accordaient ni avec le visage, ni avec la voix de celui qui parlait.

– Voyez-vous, Mr. Roark, ce ne doit pas être seulement un édifice religieux, ce doit être quelque chose de plus. Vous savez, n'est-ce pas, qu'il portera le nom de « Temple de l'Esprit humain ». Ce que nous voulons, c'est rendre dans la pierre, comme d'autres le rendent par la musique, non pas l'esprit d'une secte, mais l'essence même de toutes les religions. Et quelle est-elle ? Cette grande aspiration de l'âme humaine vers ce qu'il y a de plus haut, de plus noble, de plus beau. L'âme humaine à la fois créatrice et en quête de l'idéal. La grande force qui meut l'univers. L'héroïque esprit humain. Voilà votre tâche, Mr. Roark.

Roark se frotta les yeux du revers de la main, complètement ahuri. Ce n'était pas possible. Ce n'était simplement pas possible que cet homme-là lui demandât une chose pareille. Pas cet homme-là. Il y avait quelque chose de pénible à l'entendre parler ainsi.

– Mr. Stoddard, dit-il d'une voix lente et basse, j'ai peur que vous ne vous soyez trompé et que je ne sois pas l'homme qu'il vous faut. Je ne pense pas qu'il serait juste de ma part d'accepter une tâche pareille. Je ne crois pas en Dieu.

Il fut stupéfait de voir apparaître sur le visage de Hopton Stoddard une expression de triomphe et de ravissement. Hopton Stoddard était ébloui de constater une fois de plus l'extraordinaire clairvoyance d'Ellsworth Toohey qui avait décidément toujours raison. Cela redoubla sa confiance et il répondit d'une voix ferme, prenant pour la première fois le ton d'un homme âgé qui s'adresse à un homme encore très jeune et qui parle avec sagesse et avec bonté :

– Peu importe. Vous êtes en réalité un homme profondément religieux, Mr. Roark... à votre manière. Cela se sent à votre œuvre.

Hopton Stoddard se demanda pourquoi Roark le regardait ainsi, longuement, sans bouger.

– C'est parfaitement vrai, dit enfin Roark très bas.

Qu'il pût apprendre quelque chose sur lui-même, sur son œuvre, de cet homme qui était là devant lui, et que cet homme le lui dît avec cette confiance généreuse qui sous-entendait une compréhension totale, enleva à Roark ses derniers doutes. Il se répéta une fois de plus qu'il ne comprenait pas les êtres, qu'il ne devait pas se fier à ses impressions ; que, de toute façon, Hopton Stoddard serait sur un autre continent ; que rien ne comptait en regard de l'occasion de travail qui s'offrait à lui ; qu'on ne pouvait hésiter plus longtemps lorsqu'une voix humaine, fût-elle celle d'un Hopton Stoddard, vous disait :

– Cette force qui meut l'univers, il me plaît de l'appeler Dieu. Vous pouvez lui donner un autre nom. Mais ce que je veux retrouver dans ce temple, c'est votre esprit, Mr. Roark. Donnez-m'en l'essence et vous aurez accompli votre tâche, comme j'aurai accompli la mienne. Ne vous inquiétez pas du but que je poursuis. Faites ce temple à l'image de votre âme et il sera ce qu'il doit être, que vous le vouliez ou non.

Et ce fut ainsi que Roark accepta de construire le « Temple Stoddard de l'Esprit humain ».

2.11

En décembre, le building de la Cosmo-Slotnick fut inauguré en grande pompe. Rien n'y manqua, ni les stars, ni les orchidées, ni les caméras, ni les projecteurs, et il y eut, pendant trois heures, des discours tous pareils.

« Je devrais être heureux », se disait Peter Keating qui ne l'était pas. Il regardait, d'une fenêtre, la masse mouvante de la foule qui remplissait Broadway, essayant, mais en vain, de se mettre dans l'ambiance. Il n'éprouvait rien. Il fut même obligé de s'avouer qu'il se sentait excédé. Ce qui ne l'empêchait pas de sourire, de serrer des mains et de se laisser photographier, tandis que le building de la Cosmo-Slotnick élevait fièrement au-dessus de la rue sa masse de sucre blanc.

Après la cérémonie, Ellsworth Toohey emmena Keating dans un coin tranquille réservé pour eux dans un restaurant luxueux et distingué. Plusieurs réceptions brillantes étaient données en l'honneur de l'inauguration du building, mais Keating, sautant sur l'offre de Toohey, avait refusé toute invitation. Toohey observa Peter qui avalait son « drink » d'un coup et s'affalait dans un fauteuil.

– N'était-ce pas magnifique ? dit Toohey. Voilà, Peter, le genre de joies que vous pouvez désormais attendre de la vie. (Il leva son verre délicatement.) Je vous souhaite de nombreux triomphes, comme celui de ce soir.

– Merci, dit Keating.

Et saisissant à la hâte son verre, sans le regarder, il le porta à ses lèvres et s'aperçut qu'il était vide.

– Ne vous sentez-vous pas fier de vous, Peter ?

– Si, si, bien sûr.

– A la bonne heure. C'est ainsi que j'aime à vous voir. Vous étiez très beau, ce soir. Vous serez magnifique aux actualités.

Une légère lueur d'intérêt parut dans les yeux de Keating.

– Espérons que les photos seront réussies.

– C'est vraiment dommage que vous ne soyez pas marié, Peter. Une jeune épouse aurait été décorative, ce soir. Cela plaît au public et c'est excellent aussi aux actualités.

– Katie ne rend pas bien en photo.

– Oh, c'est vrai, vous êtes fiancé avec Katie. Que c'est stupide de ma part, je l'oublie toujours. Non, en effet, Katie ne donne rien en photo. D'ailleurs j'imagine difficilement Katie jouant un rôle dans la vie sociale et mondaine. Il y a un grand nombre d'adjectifs charmants qu'on peut appliquer à Katie, mais « posée » et « distinguée » n'en font pas partie. Il ne faut pas m'en vouloir, Peter, mais je ne puis m'empêcher de laisser courir mon imagination. M'occupant d'art comme je le fais, j'ai tendance à considérer les choses du point de vue purement esthétique. Et, en vous regardant ce soir, je ne pouvais m'empêcher de penser à la femme que j'aurais voulu voir à vos côtés.

– Qui donc ?

– Oh, ne faites pas attention à ce que je vous dis. Ce n'est rien de plus qu'une vision esthétique. La vie n'atteint jamais ce point de perfection. Et les autres hommes auraient trop à vous envier. Ce serait trop, si vous ajoutiez cela à vos autres succès.

– De qui parlez-vous ?

– N'y pensez plus, Peter. Vous ne l'obtiendrez pas. Pas plus qu'un autre, d'ailleurs. Vous êtes habile, mais pas à ce point.

– Mais de qui parlez-vous ?

– De Dominique Francon, bien entendu.

Keating se redressa et Toohey vit apparaître, dans son regard, une expression de contrariété, de révolte, d'hostilité même. Toohey soutint son regard calmement. Ce fut Keating qui détourna le sien et qui, se laissant retomber dans son fauteuil, dit d'une voix plaintive :

– Voyons, Ellsworth, je ne l'aime pas.

– Je n'ai jamais pensé que vous l'aimiez. Mais je n'attache pas, comme le fait l'homme moyen, une importance exagérée à l'amour, à l'amour sexuel, bien entendu.

– Je ne représente pas l'homme moyen, dit Keating d'un ton maussade, mais c'était une protestation machinale qui manquait de feu.

– Redressez-vous, Peter. Vous n'avez vraiment rien d'un héros, affalé ainsi.

Keating se redressa, vexé, furieux, et il jeta :

– J'ai toujours senti que vous aimeriez me voir épouser Dominique. Pourquoi ? Qu'est-ce que cela peut bien vous faire ?

– Vous avez répondu vous-même à votre question, Peter. Qu'est-ce que cela peut bien me faire, en effet. Mais nous parlions d'amour. L'amour sexuel, Peter, est un sentiment profondément égoïste. Or ce ne sont pas les sentiments égoïstes qui nous donnent le bonheur. Tenez, ce soir, par exemple, étiez-vous heureux, Peter ? Non, ne vous donnez pas la peine de me répondre, c'est inutile. Ce que je voudrais vous prouver par là c'est qu'il faut apprendre à se méfier de ses impulsions personnelles. Ce que l'homme désire est généralement si peu important. Personne ne peut arriver au bonheur avant d'avoir vraiment compris cela. Pensez à ce soir, par exemple. Vous étiez, mon cher Peter, la personne la moins importante de toute l'affaire, et cela est juste. Ce n'est pas celui qui a créé une chose qui est important, mais ceux pour lesquels cette chose a été faite. Mais vous n'êtes pas encore arrivé à comprendre cela, et c'est pourquoi vous ne ressentiez pas ce soir ce sentiment d'exaltation qui aurait dû être le vôtre.

– C'est vrai, reconnut Keating.

Il n'aurait fait cet aveu à personne d'autre.

– Vous n'avez pas éprouvé la joie de celui qui s'efface devant l'œuvre accomplie. Ce n'est que lorsque vous aurez appris à vous oublier vous-même, et lorsque vous arriverez à traiter avec ironie la niaiserie sentimentale qui accompagne nos fonctions sexuelles, que vous réaliserez ce quelque chose de grand que j'ai toujours attendu de vous.

– Vous... vous attendez cela de moi, Ellsworth ? Vraiment ?

– Serais-je ici avec vous si je ne le pensais pas ? Mais revenons à l'amour. L'amour pour un être, Peter, est un mal, comme tout ce qui est personnel. Et cela ne peut rien amener que de mauvais. Ne voyez-vous point pourquoi ? L'amour pour un être est un acte de discrimination, de préférence. C'est donc un acte d'injustice envers tous les humains que vous frustrez de cet attachement arbitrairement réservé à un seul. Il faut apprendre à aimer, également, tous les êtres. Mais vous ne pouvez arriver à une si noble conception si vous n'avez pas d'abord tué en vous-même vos égoïstes petites préférences. Elles sont mauvaises et nuisibles puisqu'elles sont en contradiction avec la première des lois cosmiques : la profonde égalité de tous les hommes.

– Vous voulez dire, demanda Keating brusquement intéressé, que... du point de vue philosophique, en profondeur, nous sommes tous semblables ? Tous tant que nous sommes ?

– Mais absolument, dit Toohey.

Keating se demanda pourquoi cette idée lui était si profondément agréable. Peu lui importait qu'une telle théorie fit de lui l'égal de n'importe quel pickpocket ; l'idée d'ailleurs l'en effleura vaguement et ne lui fut nullement désagréable bien qu'elle fût en complète contradiction avec cette recherche passionnée de la supériorité qui l'avait tourmenté toute sa vie. Peu lui importait cette contradiction. Il pensait à un homme qui n'était pas venu ce soir et dont cette théorie faisait de lui l'égal.

– Voyez-vous, Ellsworth, dit-il en se penchant en avant et se sentant soudain étrangement heureux, parler avec vous est ce que j'aime le plus au monde. J'avais plusieurs invitations ce soir et je suis tellement plus heureux ici, auprès de vous. Je me demande parfois ce que je deviendrais sans vous.

– Mais, dit Toohey, c'est ainsi que les choses doivent être. Sans cela à quoi servirait d'avoir des amis ?

Cet hiver-là, le bal costumé des Arts fut plus brillant et plus original qu'il ne l'avait été depuis longtemps. Athelstan Beasely, qui en était l'organisateur, avait eu, comme il le disait lui-même, un trait de génie. Tous les architectes avaient été invités à se costumer en une de leurs œuvres les plus réussies. Ce fut un vrai succès.

Peter Keating fut le clou de la soirée. Il était extraordinaire en building de la Cosmo-Slotnick. Il portait une exacte réplique en papier mâché du fameux palais qui le recouvrait de la tête aux genoux. On ne distinguait pas son visage, mais on voyait briller ses yeux à travers les fenêtres du dernier étage, tandis que le toit s'élevait au-dessus de sa tête. La colonnade lui partait de l'estomac et il pouvait passer un doigt à travers le portail de la grande entrée. Il avait les jambes libres et était impeccable comme toujours en pantalon d'habit et souliers vernis.

Guy Francon était tout à tait réussi en Frink National Bank, bien que l'édifice fût un peu plus large que l'original afin de laisser de la place à son estomac. La torche d'Adrien, au-dessus de sa tête, était éclairée par une vraie ampoule alimentée d'une minuscule batterie. Ralston Holcombe était somptueux en capitole et Gordon L. Prescott très viril en silo à grain. Eugène Pettingill promenait partout, sur ses vieilles jambes torses, un imposant Hôtel de Park Avenue, et l'on voyait briller ses lunettes d'écaille sous la majestueuse tour centrale. Les gens s'amusèrent royalement.

Plusieurs des architectes, Athelstan Beasely en particulier, commentèrent avec aigreur l'absence d'Howard Roark qui avait été invité et ne vint pas. On s'était attendu à le voir paraître costumé en Enright House.

Dominique traversa le hall, s'arrêta devant la porte et regarda longuement l'inscription « Howard Roark, architecte ».

Elle n'était encore jamais venue dans son bureau. Elle avait lutté longtemps contre son envie de s'y rendre. Mais elle ne pouvait plus résister au désir de voir l'endroit dans lequel il travaillait.

La secrétaire de réception fut saisie lorsque Dominique lui dit son nom, mais sans se départir de son calme elle l'annonça à Roark.

– Veuillez entrer, Miss Francon, dit-elle.

Roark lui sourit lorsqu'elle parut dans son bureau ; il ne paraissait nullement surpris.

– Je savais que vous viendriez un jour ou l'autre, dit-il. Voulez-vous que je vous fasse les honneurs ?

– Qu'est-ce que cela ? demanda-t-elle.

Il avait les mains pleines de terre ; sur une longue table couverte d'esquisses, se dressait le modèle en glaise d'un building, une étude inachevée d'angles et de terrasses.

– L'Aquitania? demanda-t-elle encore.

Il fit signe que oui.

– Vous procédez toujours ainsi?

– Non, pas toujours. Quelquefois. Il y a là un problème difficile. Il faut que je l'étudie un peu. Ce sera probablement mon œuvre préférée. Il y a tant de difficultés à résoudre.

– Continuez. J'aime à vous voir travailler. Cela ne vous dérange pas?

– Pas du tout.

Un instant plus tard, il avait oublié sa présence. Elle s'assit et se prit à observer le mouvement de ses mains, qui modelaient la glaise. Un pan de mur s'éleva. Puis brusquement il démolit toute une partie de la maquette et se mit à la refaire, lentement, patiemment, et il y avait, dans son hésitation même, une espèce de certitude. Elle le vit de la paume de la main lisser une longue surface plane, et elle vit sous ses doigts jaillir un angle dans l'espace, avant de le voir modeler dans la glaise.

Elle se leva et s'approcha de la fenêtre. Les buildings qui se dressaient à ses pieds ne semblaient pas plus grands que la maquette sur la table. Elle eut une brusque vision de ses mains à lui, donnant une forme nouvelle à toutes ces constructions, les détruisant pour les reconstruire à nouveau. Elle fit de la main un mouvement inconscient, suivant la forme d'une construction s'élevant dans les airs, essayant d'imaginer l'impression de possession physique qu'il devait éprouver à ce moment-là.

Elle revint vers lui. Il était penché sur la maquette, le visage barré d'une mèche de cheveux, ignorant sa présence, perdu dans la contemplation de cette œuvre qui jaillissait de ses doigts. Il lui sembla, l'espace d'un éclair, qu'elle le voyait se pencher sur le corps d'une autre femme et le caresser. Elle s'appuya contre le mur, envahie d'une sensation violente de plaisir physique.

Au début de janvier, lorsque les premières poutrelles d'acier s'élevèrent des excavations, premières bases de ce qui allait devenir le Cord Building et l'Aquitania, Roark se mit à faire des esquisses pour le Temple.

Lorsque les premières furent au point, il dit à sa secrétaire:

– Trouvez-moi Steven Mallory.

– Mallory, Mr. Roark? Qui... Ah! oui, le sculpteur au revolver?

– Le quoi?

– N'est-ce pas lui qui a tiré sur Ellsworth Toohey?

– Attendez. Oui, c'est exact.

– C'est bien celui-là qu'il vous faut, Mr. Roark?

– Oui, c'est bien celui-là.

Pendant deux jours, la secrétaire téléphona chez les marchands de tableaux, dans les galeries d'art, chez les architectes, à la rédaction des journaux. Personne ne pouvait lui dire ce qu'il était advenu de Steven Mallory, ni où on pouvait le trouver. Le troisième jour, elle fit son rapport à Roark: « On m'a donné une adresse qui est peut-être la sienne. Il n'y a pas le téléphone. » Roark dicta une lettre dans laquelle il demandait à Mallory de lui téléphoner à son bureau.

La lettre ne fut pas retournée, mais une semaine se passa sans qu'il eût de réponse. Enfin, Steven Mallory téléphona.

– Hello? dit Roark lorsque sa secrétaire lui eut transmis la communication.

– Ici Steven Mallory, dit une voix jeune et dure, espaçant chaque mot d'une façon impatiente et agressive.

– J'aurais à vous parler, Mr. Mallory. Pourriez-vous venir me voir à mon bureau?

– A quel sujet voulez-vous me voir?

– Pour une commande, bien entendu. Je voudrais une de vos sculptures pour orner un édifice que je vais construire prochainement.

Il y eut un long silence.

– Bien, dit ensuite Mallory d'une voix terne. Et il ajouta : Quel édifice?

– Le Temple Stoddard. Vous en avez peut-être entendu parler?

– Naturellement. Qui n'en a pas entendu parler? Alors c'est vous qui le construisez? Me payerez-vous autant que vous devez payer votre agent publicitaire?

– Ce n'est pas moi qui paie l'agent publicitaire. Je vous paierai ce qu'il vous plaira de me demander.

– Vous ne risquez rien, vous savez bien que cela ne peut être beaucoup.

– Quand vous serait-il possible de venir me voir?

– Eh! que diable, fixez le jour vous-même. Vous savez bien que je n'ai rien à faire.

– Deux heures, demain après-midi?

– Bon.

Et il ajouta :

– Je n'aime pas votre voix.

Roark se mit à rire.

– Eh bien, moi, j'aime la vôtre. Restons-en là et soyez ici demain à deux heures.

Roark raccrocha en souriant. Mais le sourire s'effaça brusquement de son visage qui devint soudain très grave.

Mallory ne vint pas au rendez-vous. Trois jours passèrent sans qu'il donnât signe de vie. Roark décida d'aller le voir lui-même.

La maison meublée dans laquelle vivait Mallory était une grande baraque brunâtre et dégradée qui s'élevait dans une rue où régnait une forte odeur de poisson. L'entrée, étroite, se trouvait entre une blanchisserie et une cordonnerie. Une concierge malpropre répondit « Mallory, cinquième sur cour » et disparut. Roark gravit un escalier de bois usé éclairé par des ampoules nues entre un réseau de tuyaux. Il tapa à une porte misérable.

La porte s'ouvrit. Un grand jeune homme maigre se dressa sur le seuil. Il avait une chevelure en désordre, une bouche ferme à la lèvre inférieure carrée, et les yeux les plus expressifs que Roark eût jamais vus.

– Que me voulez-vous, lança-t-il.

– Mr. Mallory?

– Oui.

– Je suis Howard Roark.

Mallory se mit à rire, appuyé contre la porte, un bras étendu en travers de rentrée, avec l'intention évidente de ne pas le laisser entrer. Il était visiblement ivre.

– Pas possible! dit-il. En personne!

– Puis-je entrer?

– Pour quoi faire?

Roark s'assit sur la balustrade de l'escalier.

– Pourquoi n'êtes-vous pas venu au rendez-vous? demanda-t-il.

– Le rendez-vous? Ah oui. Je vais vous l'expliquer, dit Mallory gravement. Cela s'est passé ainsi. J'avais réellement l'intention d'y aller, oui réellement. Je suis donc parti pour votre bureau, mais en route j'ai passé devant un cinéma dans lequel on jouait *Deux têtes sur un seul oreiller*, alors je suis entré. Je ne pouvais pas manquer de voir *Deux têtes sur un seul oreiller*.

Il rit, s'appuyant sur son bras tendu.

– Vous feriez mieux de me laisser entrer, dit Roark calmement.

– Eh bien, entrez, que diable!

La pièce n'était qu'une étroite tanière. Il y avait un lit défait dans un angle, des journaux et des vêtements dans tous les coins, un réchaud à gaz, une gravure encadrée venant d'un magasin à prix unique et représentant une prairie brunâtre où paissaient des moutons. Il n'y avait pas un dessin au mur, pas une statue dans la pièce, rien qui témoignât de la profession de son occupant.

Roark, débarrassant l'unique chaise de la chambre des livres et de la casserole qui s'y trouvaient, s'assit. Mallory resta debout devant lui, ricanant et oscillant légèrement.

– Vous n'y êtes pas du tout, dit Mallory. Ce n'est pas ainsi que l'on procède. Vous devez être bien à court pour venir ainsi chez moi. Je vais vous dire comment cela se passe habituellement. Vous me donnez rendez-vous à votre bureau et, la première fois que je viens, vous vous arrangez à n'y pas être. La seconde fois, vous me faites attendre pendant une heure et demie, puis vous sortez dans l'antichambre et vous me serrez la main en me demandant si je connais les Wilson de Podunk, car c'est si agréable d'avoir des amis communs. Puis vous vous excusez de ne pouvoir me recevoir, mais vous êtes terriblement pressé. Vous me téléphonerez très prochainement, nous déjeunerons ensemble et nous parlerons affaires. Puis vous ne donnez plus signe de vie pendant deux mois. A ce moment, vous me demandez un projet. Puis vous me dites que je ne vaux rien, que vous le saviez depuis le début, et vous jetez ma maquette dans la caisse à balayures. Puis vous passez la commande à Valerian Bronson qui l'exécute à votre parfaite satisfaction. C'est toujours ainsi que cela se pratique. Mais pas cette fois.

Tout en parlant, Mallory scrutait le visage de Roark et son regard avait l'acuité d'un professionnel. A mesure qu'il parlait, sa voix perdait son accent d'artificielle gaieté et il prononça les derniers mots d'un ton morne.

– Non, en effet, dit Roark, pas cette fois.

Mallory l'étudia un long moment en silence.

– Vous êtes Howard Roark? demanda-t-il. J'aime ce que vous faites. Et c'est pour cela que je ne voulais pas vous rencontrer. Ainsi je n'aurai pas mal au cœur chaque fois que je verrai quelque chose de vous. Et je pourrai continuer de penser que vous êtes digne de votre œuvre.

– Et si je l'étais ?

– Ce sont des choses qui n'arrivent pas.

Mais il s'assit sur le bord du lit en désordre et se pencha en avant sans quitter Roark du regard, et ce regard, comme une plaque sensible, laissait voir à quel point lui plaisaient les traits vigoureux de Roark.

– Ecoutez-moi, dit Roark parlant lentement et distinctement, je désire que vous fassiez pour moi une statue qui décorera le Temple Stoddard. Donnez-moi du papier et je vous signe un contrat immédiatement avec une clause stipulant que je vous devrai un million de dollars si je choisis un autre sculpteur, ou si je refuse votre travail.

– Vous pouvez parler normalement. Je ne suis pas ivre. Du moins pas complètement. Et je vous comprends parfaitement.

– Alors ?

– Pourquoi m'avez-vous choisi ?

– Parce que vous êtes un bon sculpteur.

– Ce n'est pas vrai.

– Que vous êtes un bon sculpteur ?

– Non, que c'est là votre raison. Qui m'a recommandé à vous ?

– Personne.

– Une femme avec laquelle j'ai couché ?

– Je ne connais aucune femme avec laquelle vous ayez couché.

– Vous avez un budget trop court.

– Non, mon budget est illimité.

– Vous avez pitié de moi ?

– Non, pourquoi aurais-je pitié de vous ?

– Vous voulez faire de la publicité autour de l'histoire Toohey ?

– Seigneur, non !

– Alors ?

– Pourquoi chercher tant d'absurdités alors que je vous ai donné la raison la plus simple.

– Qui est ?...

– Que j'aime vos œuvres.

– Voilà. C'est ce qu'ils disent tous. C'est ce qu'ils sont supposés dire et penser. Qu'arriverait-il, Seigneur, si tout le monde enlevait le masque. Donc, vous aimez mes œuvres. Et maintenant, dites-moi ce que vous avez réellement dans la tête.

– J'aime votre travail.

Mallory dit sérieusement, d'une voix posée :

– Vous voulez dire que vous avez vu de mes œuvres et que vous les avez aimées, vous, vous-même, vous seul, sans que personne vous ait dit que vous devriez les aimer ou pourquoi vous deviez les aimer et vous avez décidé de me choisir moi, pour cette seule raison, sans rien savoir de moi, uniquement pour les œuvres que j'ai créées et pour ce que vous y avez vu ? Et c'est pour cela que vous avez décidé de me donner ce travail à faire et que vous vous êtes donné la peine de me chercher, et que vous êtes venu ici et que vous vous êtes laissé insulter par moi, parce que ce que vous avez découvert en mes œuvres m'a donné à vos yeux de l'importance, et que vous m'avez voulu moi et pas un autre. C'est cela que vous voulez dire ?

320

– Exactement, dit Roark.

Il y avait une tragique expression dans les yeux agrandis de Mallory. Il secoua la tête et dit très simplement, comme s'il voulait se calmer lui-même : « Non. »

Il se pencha en avant et dit d'une voix morne et implorante :

– Ecoutez, Mr. Roark. Je ne vous reprocherai rien. Mais je veux savoir. Bon, c'est entendu, je travaillerai pour vous puisque je vois que vous êtes bien décidé à me faire travailler et vous savez parfaitement que vous n'aurez à me signer aucun contrat et aucun dédit. Il n'y a qu'à regarder cette chambre. Donc, c'est entendu, vous avez obtenu ce que vous vouliez, alors, pourquoi ne pas me dire la vérité ? Pour vous, cela ne changera rien, et pour moi c'est extrêmement important.

– Qu'est-ce qui est extrêmement important ?

– De ne pas... De ne pas... Voyez-vous, je pensais que plus personne, jamais, ne me ferait travailler. Vous êtes venu, c'est bien, je recommencerai. Seulement, je ne veux plus recommencer à m'imaginer que je travaille pour quelqu'un qui aime ce que je fais. Cela, je ne pourrais plus le supporter. Je me sentirais mieux si vous me disiez la vérité. Je me sentirais plus calme. Pourquoi vous donner la peine de jouer la comédie pour moi ? Je ne suis plus rien. Et je n'aurai pas une moins bonne opinion de vous, si c'est cela que vous redoutez. Ce serait tellement plus honnête de me dire la vérité. Alors tout redeviendrait simple et clair. Et je ne vous en respecterais que davantage, je vous le jure.

– Qu'avez-vous donc, mon pauvre enfant ? Que vous a-t-on fait ? Pourquoi éprouvez-vous le besoin de dire des choses pareilles ?

– Parce que... dit Mallory d'une voix éclatante, mais il se reprit et répéta très bas : ... parce que j'ai passé deux ans ici (et d'un geste il montra la pièce) m'efforçant de m'habituer à l'idée que tout ce que vous venez de me dire n'existe pas.

Roark marcha vers lui, lui prit le menton dans la main, le força à relever la tête et dit :

– Vous n'êtes qu'un sombre idiot. Vous n'avez pas à vous demander ce que je pense de votre œuvre, ce que je suis ou pourquoi je suis ici. Vous avez trop de valeur pour cela. Mais puisque vous tenez absolument à le savoir... j'estime que vous êtes notre meilleur sculpteur. Et cela parce que vos sculptures ne montrent pas l'homme tel qu'il est, mais tel qu'il pourrait et qu'il devrait être. Parce que vous êtes allé au-delà du probable et que vous nous avez montré ce qui est possible, mais possible seulement à travers vous. Parce que par votre œuvre, vous n'exprimez cependant aucun mépris pour l'humanité. Parce que vous respectez l'être humain. Parce que vos statues mettent au jour ce qu'il y a d'héroïque dans l'homme. Et c'est pourquoi je ne suis pas venu ici pour vous accorder une faveur, ni parce que j'avais pitié de vous, ni parce que vous avez terriblement besoin de travail. Je suis venu pour une raison toute simple et parfaitement égoïste, la raison qui fait choisir à un homme la nourriture la plus saine qu'il peut trouver. Je suis venu chercher ce qu'il me fallait. Et je n'ai pas pensé à vous, mais à moi.

Mallory se détourna, enfouit son visage dans les draps, entourant sa tête de ses bras, les poings serrés. A son dos agité de légers frissons, Roark comprit qu'il pleurait. Et à la façon dont il serrait les poings et dont il s'enfonçait dans les oreillers, Roark comprit qu'il n'avait jamais pleuré auparavant. Il s'assit sur le bord du lit, ne pouvant détourner les yeux de Mallory, bien que ce spectacle lui fût extrêmement pénible.

Au bout d'un moment, Mallory se releva. Levant les yeux sur Roark, il vit sur son visage une expression toute de calme et de bonté, et sans la moindre trace de pitié. Roark n'était pas de ces hommes qui contemplent l'agonie d'un autre homme avec un secret plaisir ou qui se sentent rehaussés à leurs propres yeux à la vue d'un mendiant qui leur demande l'aumône. Il n'était pas de ces âmes avides qui se nourrissent des humiliations des autres. Le visage de Roark était tiré et il avait l'air exténué, mais son regard était empreint de sérénité et il y avait dans ses yeux, lorsqu'ils rencontrèrent ceux de Mallory, de la compréhension et du respect.

– Etendez-vous maintenant, dit Roark. Reposez-vous un moment.

– Comment avez-vous fait pour leur résister ?

– Etendez-vous. Reposez-vous. Nous parlerons ensuite.

Mallory se leva. Roark le prit par les épaules, le força à se rasseoir, lui souleva les jambes pour le forcer à s'étendre, lui glissa sous la tête un oreiller. Mallory ne résistait plus.

Faisant un pas en arrière, Roark se heurta à une table encombrée. Quelque chose tomba sur le sol. Mallory étendit le bras, s'efforçant de l'atteindre le premier. Roark le repoussa et se saisit de l'objet.

C'était une minuscule statuette de plâtre, du genre de celles qu'on vend dans les magasins à prix unique. Elle représentait un bébé couché sur le ventre, montrant un derrière à fossettes et regardant timidement par-dessus son épaule. Dans un ou deux traits, dans le jeu de certains muscles, apparaissait un talent magnifique qui n'avait pu être complètement étouffé, mais l'ensemble s'efforçait de donner l'impression de la vulgarité et de la mignardise, et l'on pouvait imaginer ce qu'il avait dû en coûter à l'artiste pour en arriver là. Cet objet devait être le résultat d'heures de véritable torture.

Mallory vit la main de Roark se mettre à trembler. Le bras de Roark se leva, lentement, au-dessus de sa tête, se balança un instant, un court instant qui sembla durer une éternité, puis il se détendit et la statuette, traversant la pièce, vint s'écraser contre le mur où elle se brisa en mille pièces. Ce fut la première fois que quelqu'un put voir Roark mortellement en colère.

– Roark.

– Oui ?

– Roark, j'aurais voulu vous connaître avant que vous n'ayez du travail pour moi. Ainsi je n'aurais pas eu une raison d'éprouver de la gratitude pour vous. Et j'ai une immense gratitude envers vous. Pas parce que vous allez me faire travailler. Pas parce que vous êtes venu ici, ni pour ce que vous pourrez faire pour moi plus tard. Uniquement parce que vous êtes... ce que vous êtes.

Il avait parlé, les yeux fermés, d'une voix inexpressive. Il resta ensuite longtemps silencieux, détendu comme un homme qui a enfin cessé de se raidir contre la souffrance. Roark, près de la fenêtre, regardait la chambre misérable et le garçon étendu sur le lit. Il se demanda pourquoi il éprouvait comme un sentiment d'attente. L'attente d'une explosion au-dessus de leurs têtes. Cela lui parut d'abord stupide, puis il comprit. C'est exactement ce que doit ressentir, se dit-il, un homme terré dans un trou d'obus. Cette chambre n'est pas simplement un témoignage d'extrême pauvreté, elle est l'aboutissement d'une guerre, dont les dévastations sont plus terribles encore que celles que peuvent causer les armes de tous les arsenaux du monde. C'est une guerre contre un ennemi qui n'a ni nom, ni visage. Et ce gosse était un frère d'armes blessé dans la lutte. Roark, penché au-dessus de lui, éprouva le désir, absolument nouveau pour lui, de le prendre dans ses bras et de l'emmener loin du danger. Il se rappela soudain Kent Lansing, s'efforça de se souvenir de quelque chose que ce dernier lui avait dit...

Mallory ouvrit les yeux, se redressa, s'accouda. Roark, approchant du lit l'unique chaise, s'assit auprès de lui.

– Et maintenant, dit-il, parlez. Dites-moi que vous avez réellement besoin de dire. Ne me parlez ni de votre famille, ni de votre enfance, ni de vos amis, ni de vos sentiments. Parlez-moi de vos pensées.

Mallory le regarda d'un air incrédule et murmura :

– Comment avez-vous deviné que c'était cela ?

Roark sourit sans répondre.

– Comment avez-vous deviné que c'était cela qui me tuait ? Quelque chose qui lentement, pendant des années, m'a forcé à haïr des êtres, alors que je n'avais pas le désir de haïr... Avez-vous éprouvé cela, vous aussi ? Avez-vous remarqué que vos meilleurs amis aiment tout de vous excepté ce qui compte ? Et ce qu'il y a de plus important en vous n'a aucune importance pour eux et même aucune signification. Vraiment, vous voulez bien m'écouter ? Cela vous intéresse de savoir ce que je fais et pourquoi je le fais, vous voulez savoir ce que je pense ? Cela ne vous ennuie pas ? Vous trouvez cela important ?

– Allez-y, dit Roark.

Et pendant des heures il écouta Mallory lui parler de son travail, de ce qu'il mettait dans son travail, des pensées qui avaient donné une impulsion à sa vie, parler avec avidité, comme un homme qui se noyait et qu'on ramène sur la grève et qui boit l'air à longs traits et s'enivre de la vie recouvrée.

Mallory vint au bureau de Roark le lendemain matin et Roark lui montra les premières esquisses du Temple. Lorsqu'il était devant une table à dessin, avec un problème à résoudre, Mallory était un autre homme. Il n'y avait plus en lui aucune incertitude, plus aucun souvenir de ce qu'il avait souffert. Le geste de sa main saisissant les esquisses était sûr et précis comme celui d'un soldat à l'exercice. On sentait que rien ne pourrait jamais altérer quelque chose qui était en lui et qui entrait en action en cet instant. Cela lui donnait en lui-même une absolue confiance et le faisait traiter Roark comme un égal.

Il étudia longuement les dessins, puis releva la tête. Rien dans son visage ne révélait ce qu'il éprouvait, excepté son regard.

– Cela vous plaît ? demanda Roark.

– N'employez pas ces mots stupides.

Tenant à la main l'une des esquisses, il s'approcha de la fenêtre, et son regard alla de la rue au dessin, puis au visage de Roark et de nouveau à la fenêtre.

– Cela ne semble pas possible, dit-il. Qu'il puisse y avoir cela... et cela. (Il désigna la rue.)

Sur une maison meublée, au portique corinthien, une banderole flottait vous invitant à aller voir une opérette à Broadway; du linge grisâtre séchait sur le toit.

– Non, cela ne semblait pas possible dans la même ville, et dans le même monde, dit encore Mallory. Mais avec vous, tout est possible. Je n'aurai plus jamais peur.

– De quoi?

Mallory posa soigneusement l'esquisse sur la table avant de répondre :

– Vous avez parlé hier d'une loi essentielle. Une loi qui exige de l'homme qu'il recherche toujours le meilleur, le plus beau... Cependant... Le génie méconnu, c'est une vieille histoire, une histoire banale, mais avez-vous jamais pensé à ceux qui reconnaissent le génie et qui le nient? Que la plupart des hommes soient de pauvres fous qui ne savent pas reconnaître la beauté quand ils la voient, cela encore je peux l'admettre. On ne peut pas leur en vouloir. Mais pouvez-vous comprendre ceux qui la reconnaissent et qui n'en veulent pas?

– Non.

– Non, évidemment. J'ai pensé à vous toute la nuit. Je n'ai pas dormi. Savez-vous quel est votre secret? C'est votre terrible innocence.

Roark se mit à rire de bon cœur, regardant le visage si jeune de Mallory.

– Non, dit ce dernier, il n'y a pas de quoi rire. Je sais ce dont je parle et vous non. Vous ne pouvez pas le savoir, vous êtes si parfaitement sain. Et c'est cette parfaite santé morale dont vous jouissez qui fait que vous ne pouvez pas concevoir le mal. Vous savez qu'il existe, mais vous n'y croyez pas vraiment. Je suis plus sage que vous en ces choses, parce que je suis plus faible. Je comprends aussi... l'autre côté. Et c'est ce qui m'a fait... ce que vous m'avez vu hier.

– Tout cela est fini.

– Peut-être, mais pas complètement. J'ai cessé d'avoir peur, mais je sais que la peur existe. Une certaine espèce de peur. Quelle est l'expérience la plus horrible que vous puissiez imaginer? Pour moi, c'est d'être enfermé sans armes, dans une cage scellée avec une bête féroce ou avec un fou furieux. Et vous n'auriez pour vous que votre voix et votre raison. Vous crieriez à la bête qui est devant vous de ne pas vous toucher, vous emploieriez les mots les plus éloquents, vous sentiriez que vous détenez la vérité absolue. Mais devant les yeux flamboyants qui vous fixent vous comprendriez que rien ne peut toucher la bête qui est devant vous, qu'elle ne vous entend pas, que quoi que vous disiez elle ne se meut que par une impulsion à elle. C'est cela l'horreur. Eh bien, c'est cela qui est suspendu au-dessus du monde, qui menace l'humanité. Une chose horrible, privée de sens et de raison, mais ayant pourtant un but à elle et des ruses pour y parvenir. Je ne crois pas être un lâche, mais j'ai peur de cette chose. Et je ne sais rien d'elle excepté qu'elle existe. Je ne sais de quoi elle est faite et je ne sais à quoi elle aspire.

– Le principe qui inspire le recteur, dit Roark.

– Quoi?

– C'est une question que je me suis posée, autrefois. Mallory, pourquoi avez-vous tiré sur Ellsworth Toohey?

Il vit le jeune homme se raidir et il ajouta :

– Vous n'avez pas besoin de me répondre s'il vous est pénible d'en parler.

– Il m'est pénible d'en parler, dit Mallory d'une voix sèche, mais vous ne pouviez poser une question plus intelligente.

– Asseyez-vous, dit Roark, et parlons travail.

Mallory écouta attentivement tandis que Roark lui expliquait ce que serait l'édifice et ce qu'il voulait comme sculpture. Roark conclut :

– Juste une statue. Nous la placerons ici. (Il indiqua l'endroit sur une des esquisses.) Les murs sembleront avoir été élevés autour d'elle. La statue d'une femme nue. Si vous comprenez l'esprit du cadre, vous comprendrez ce que cette statue doit être. L'âme humaine. Ce qu'il y a d'héroïque dans l'être humain. Ses aspirations et ses réalisations. Ennobli par ses aspirations et noble par son essence même. Cherchant Dieu... et se trouvant lui-même. Trouvant sa suprême réalisation en lui-même... Vous êtes le seul artiste au monde qui puissiez faire cela.

– Oui.

– Oui.

– Vous ferez votre travail comme je fais le mien. Je vous ai dit ce que je voulais, je m'en remets à vous. La seule chose que je me permettrai c'est de vous conseiller un modèle mais s'il ne vous plaît pas, prenez-en un autre.

– Qui est-ce?

– Dominique Francon.

– Seigneur!

– Vous la connaissez?

– Je l'ai vue une fois. Si je pouvais l'avoir... Dieu, c'est exactement la femme qu'il me faudrait. Elle...

Il s'arrêta, découragé et ajouta :

– Elle ne voudra pas. Pensez donc, pour vous!

– Elle posera.

Lorsque Guy Francon apprit la chose, il fit tout pour l'empêcher.

– Voyons, Dominique, dit-il d'un air irrité, il y a des limites à tout, même pour toi. Pourquoi fais-tu une chose pareille? Et pour ce Roark encore. Après tout ce que tu as écrit et dit sur lui, comment s'étonner si les gens parlent. Personne n'y aurait fait attention si tu avais posé pour quelqu'un d'autre, mais pour ce Roark! Je ne peux plus aller nulle part sans qu'on me questionne à ce sujet. Et que puis-je faire?

– Commander d'avance une reproduction de la statue, Père, car elle sera certainement très belle.

Peter Keating évitait ce sujet. Mais, rencontrant Dominique dans un salon, il ne put s'empêcher de lui demander, bien qu'il se fût juré de ne pas le faire :

– Est-il vrai que vous posez pour une statue qui décorera le temple de Roark.

– Oui.

– Cela ne me plaît pas, Dominique.

– Non?

– Excusez-moi. Je sais que je n'ai aucun droit... C'est seulement... Je n'aime pas vous voir vous lier d'amitié avec Roark. Avec n'importe qui, mais pas avec Roark.

Dominique eut brusquement l'air intéressé.

– Pourquoi ? demanda-t-elle.

– Je ne sais pas.

Le regard scrutateur qu'elle lui lança le mit mal à l'aise.

– Peut-être, murmura-t-il, est-ce parce que cela ne m'a jamais semblé naturel que vous puissiez avoir, pour son œuvre, un tel dédain. D'un côté cela me rendait heureux, mais d'un autre... cela ne me semblait pas juste... de votre part.

– Cela ne l'était pas, en effet, Peter.

– Non. Mais vous ne l'aimez pas en tant qu'être ?

– Non, je ne l'aime pas en tant qu'être.

Ellsworth Toohey fut extrêmement contrarié.

– C'est bien imprudent de votre part, Dominique, lui dit-il dans son bureau, d'un ton qui s'efforçait de rester calme.

– Je le sais.

– Ne pourriez-vous pas changer d'avis et refuser ?

– Je n'ai pas l'intention de changer d'avis, Ellsworth.

Il s'assit en haussant les épaules et au bout d'un moment dit en souriant :

– Après tout, ma chère, cela vous regarde.

Dominique, qui s'était remise à corriger des épreuves, ne répondit rien. Toohey alluma une cigarette.

– Ainsi, il a choisi Steven Mallory ?

– Oui. Une curieuse coïncidence, n'est-il pas vrai ?

– Ce n'est pas une coïncidence, ma chère enfant. Dans des cas pareils, il n'y a jamais de coïncidence, mais une loi profonde qui les provoque. Bien que je sois sûr que Roark l'ignore et que ce n'est pas elle qui a déterminé son choix.

– Et ce choix, vous l'approuvez ?

– De tout cœur. Cela rend toutes choses parfaites.

– Ellworth, pourquoi Mallory a-t-il essayé de vous tuer ?

– Je n'en ai pas la moindre idée. Franchement, je l'ignore. Je suppose que Mr. Roark le sait, ou qu'il devrait le savoir. A propos, qui vous a demandé de poser pour cette statue, Roark ou Mallory ?

– Cela ne vous regarde pas, Ellsworth.

– Je vois. C'est Roark.

– Savez-vous que j'ai dit à Roark que c'était vous qui aviez conseillé à Hopton Stoddard de le prendre comme architecte ?

Toohey s'immobilisa une seconde, la cigarette à la main, puis se remit à fumer.

– Vraiment ? Pourquoi ?

– J'ai vu les projets du Temple.

– C'est bien ?

– C'est mieux, Ellsworth.

– Qu'a-t-il dit quand vous lui avez raconté cela ?

– Rien. Il a ri.

– Vraiment ? C'est sympathique de sa part. Mais il ne sera peut-être pas le seul à rire.

Au cours des mois de cet hiver, Roark dormit rarement plus de trois heures par nuit. Il y avait dans ses mouvements une puissance contenue comme s'il communiquait de l'énergie à tous ceux qui l'entouraient. Cette énergie, partant de son bureau, se distribuait en trois points de la ville, sur le Cord Building, une tour de cuivre et de verre au centre de Manhattan ; sur l'Aquitania, à Central Park South ; et sur le Temple qui se dresserait sur un rocher dominant l'Hudson, à Riverside Drive.

Lorsque Roark pouvait accorder un instant à Austen Heller, celui-ci lui disait, à la fois amusé et content :

– Lorsque vous en aurez terminé avec ces trois chantiers, Howard, plus personne ne pourra se mettre en travers de votre route. Plus rien ne vous arrêtera. Je me demande parfois jusqu'où vous irez. J'ai toujours eu une faiblesse pour l'astronomie, voyez-vous.

Un soir de mars, Roark se trouvait à l'intérieur de la haute palissade qui avait été érigée autour du chantier du Temple, selon les ordres de Stoddard. Les premiers blocs de pierre, base des murs futurs, s'élevaient au-dessus du sol. Il se faisait tard et les ouvriers étaient partis. L'endroit était désert, loin du monde, englouti par l'obscurité, mais le ciel était clair, trop clair pour l'heure, annonçant le printemps proche. La sirène d'un bateau mugit quelque part sur la rivière, et le son parut venir d'une contrée lointaine, à travers des milles et des milles de silence. La lumière brûlait encore dans le hangar de bois que l'on avait construit comme studio pour Steven Mallory et où Dominique posait.

Le Temple, achevé, serait une construction peu élevée, de calcaire gris. Sa ligne générale était horizontale, non pas s'élançant vers le ciel, mais suivant la courbe de la terre. Il ressemblerait à des bras étendus, paumes ouvertes dans une grande acceptation silencieuse. Il ne collerait pas au sol, ne se blottirait pas sous le ciel mais la terre s'élèverait avec lui et ses quelques lignes verticales feraient paraître le ciel plus proche. Il était à l'échelle humaine de si exacte façon qu'il ne diminuerait pas l'homme, mais serait pour lui un cadre idéal, faisant de l'être humain la mesure absolue d'où toute dimension devait dériver. Lorsqu'un homme entrerait dans ce temple, il sentirait l'espace se modeler autour de lui comme si le sanctuaire n'avait attendu que sa venue pour être complet et parfait. Ce serait un lieu heureux, plein d'une joie calme et contenue. Un lieu où l'homme se sentirait fort et pur ; et où il retrouverait cette paix de l'esprit qu'il ne retrouve que dans le sentiment de sa grandeur.

Il n'y aurait, à l'intérieur, aucune décoration autre que les décrochements des plans et les vastes baies. Ce ne serait pas un sanctuaire caché sous d'épaisses voûtes, mais une place ouverte aux arbres, à la rivière, au soleil. Et l'on verrait, à l'horizon, se dessiner les contours de la ville, dominés par les gratte-ciel, ce témoignage de l'effort humain. Et face à l'entrée, avec la ville comme fond, se dresserait la statue d'un beau corps nu.

Il n'y avait, dans l'obscurité, que quelques blocs de pierre, mais Roark voyait se dresser devant lui le Temple terminé, il le sentait dans ses mains qui en avaient dessiné les plans. Il resta longuement immobile, puis il se dirigea, foulant la terre remuée, inégale du chantier, vers le hangar.

– Un instant, dit la voix de Mallory lorsqu'il eut frappé.

A l'intérieur du hangar, Dominique descendit de la sellette et enfila une blouse. Mallory, alors, ouvrit la porte.

– Oh, c'est vous, dit-il. Je pensais que c'était le gardien. Que faites-vous ici, si tard?

– Bonsoir, Miss Francon, dit Roark. (Dominique lui fit un léger signe de tête.) Je m'excuse de vous déranger, Steve.

– Aucune importance. Nous ne faisons pas grand-chose de bon, ce soir. Dominique ne peut attraper la pose. Asseyez-vous, Howard. Quelle heure est-il donc?

– Neuf heures et demie. Si vous avez encore envie de travailler, voulez-vous que je fasse chercher quelque chose à manger?

– Je n'en sais rien. Fumons toujours une cigarette.

Un plancher de bois, des poutres apparentes, un poêle de fonte rougeoyant dans un coin composaient le décor. Mallory s'y trouvait dans son élément. Le front maculé de terre, il fumait nerveusement, marchant de long en large.

– Vous voulez vous rhabiller, Dominique? demanda-t-il. Je ne crois pas que nous ferons grand-chose de bon, ce soir.

Elle ne répondit rien. Elle regardait Roark. Mallory gagna le fond du hangar, revint sur ses pas, sourit à Roark:

– Pourquoi n'êtes-vous encore jamais venu ici, Howard? Il est vrai que si j'avais vraiment travaillé, je vous aurais flanqué dehors. Et vous ne m'avez pas dit ce que vous faites ici, à cette heure.

– J'avais envie de venir, ce soir, et je n'ai pas pu me libérer plus tôt.

– Est-ce cela que vous voulez, Steve? demanda soudain Dominique.

Enlevant sa blouse, elle se dirigea vers la sellette et prit la pose. Mallory la regarda, regarda Roark, puis revint à elle. Et il vit enfin ce qu'il avait essayé de trouver toute la journée. Dominique se dressait devant lui, le corps tendu, la tête rejetée en arrière, les bras aux côtés, paumes dehors, comme elle l'avait fait depuis bien des jours, mais maintenant son corps était vivant, tellement immobile qu'on le sentait vibrer, parlant enfin le langage qu'il avait désiré entendre, exprimant enfin l'extase d'un être devant une vision d'une suprême beauté, cet instant unique où le corps se tend avant de se briser, où il est illuminé par la connaissance totale.

Mallory jeta sa cigarette à travers la pièce.

– Gardez la pose, Dominique, s'exclama-t-il. Gardez-la. Gardez-la!

Il fut à son poste avant que sa cigarette eût touché le sol.

Il se mit au travail. Dominique était absolument immobile. Roark, appuyé contre le mur, la regardait.

En avril, les murs du Temple se dressaient en lignes inégales au-dessus du sol. Les nuits de lune ils brillaient d'un doux éclat, comme baignés d'eau. La haute palissade montait la garde autour d'eux.

Après la journée de travail, quatre personnes restaient souvent sur le chantier : Roark, Mallory, Dominique et Mike Donnigan. Mike s'était trouvé jusqu'à présent sur tous les chantiers de Roark.

Ils s'installaient tous les quatre dans le studio de Mallory, après que tout le monde était parti. Une toile humide recouvrait la statue inachevée. La porte du hangar restait ouverte sur la première tiédeur d'une nuit de printemps. Sur une branche qui se détachait sur l'ouverture, on distinguait trois feuilles nouvelles qui se profilaient sur le ciel sombre où tremblaient des étoiles pareilles à des gouttes d'eau. Il n'y avait pas de chaises dans le hangar. Mallory, debout devant le poêle, faisait rôtir des saucisses et préparait du café. Mike, assis sur la sellette, fumait sa pipe. Roark était couché sur le sol, appuyé sur un coude. Dominique était assise sur un tabouret de cuisine, enveloppée d'une blouse, ses pieds nus sur le plancher nu.

Ils ne parlaient pas travail. Mallory racontait des histoires scandaleuses et Dominique riait comme un enfant. Ils parlaient de tout et de rien, et les mots se chargeaient de sens par le son de leurs voix, par leur chaude gaieté, par leur confiant bien-être. C'était tout simplement quatre personnes qui avaient du plaisir à être ensemble. Les murs qui s'élevaient dans l'obscurité, à quelques pas d'eux donnaient un sens à leur repos, leur donnaient le droit d'être gais ; ce travail auquel tous contribuaient formait comme un accompagnement sensible au son de leurs voix. Roark riait comme jamais Dominique ne l'avait vu rire et il paraissait si jeune.

Ils restaient là très tard, dans la nuit qui s'avançait. Mallory leur versait du café dans un assortiment hétéroclite de tasses ébréchées. L'odeur du café se mêlait à celle de la nuit et de la verdure neuve.

Au mois de mai, le travail cessa sur les chantiers de l'Aquitania.

Deux des membres de la société s'étaient ruinés à la Bourse. Un troisième avait ses capitaux immobilisés par un procès au sujet d'un héritage contesté ; un autre avait détourné des capitaux. L'association se trouva prise dans un enchevêtrement de procès qu'il faudrait des années pour démêler. Le building inachevé fut momentanément abandonné.

– Je remettrai l'affaire sur pied, même s'il me faut pour cela tuer un ou deux associés, dit Kent Lansing à Roark. Je me débarrasserai d'eux, et un jour nous terminerons ce building, vous et moi. Mais cela prendra du temps, probablement même beaucoup de temps. Je ne vous recommande pas la patience. Des hommes comme vous et moi n'auraient pas survécu au-delà de leur quinzième année s'ils n'avaient pas acquis une patience de bourreau chinois, et la peau d'un cuirassé.

Ellsworth Toohey, juché sur le bureau de Dominique, s'exclama en riant :
– La symphonie inachevée... Dieu merci.

Dominique s'empara de ces mots et écrivit un de ses articles sur « La Symphonie inachevée de Central Park South ». Elle n'ajouta pas le « Dieu merci », mais le surnom resta. Et lorsque des étrangers, remarquant cet édifice à demi terminé dominant une rue importante, avec ses fenêtres béantes, ses murs nus, ses poutres apparentes, demandaient ce que c'était, les gens qui n'avaient jamais entendu parler de Roark et qui ignoraient tout de l'his-

toire de ce building, disaient en ricanant : « Ça, oh, c'est la Symphonie inachevée. »

Tard dans la nuit, Roark debout de l'autre côté de la rue, sous les arbres
du Parc, contemplait le building noir et désert se détachant entre les
constructions flamboyantes. Ses mains modelaient l'espace comme elles
avaient modelé la maquette de glaise, mais ce mouvement instinctif ne rencontrait que le vide.

Il lui arrivait parfois de rôder à travers le building. Il passait sur des
planches branlantes suspendues dans le vide, à travers des chambres sans
plafond et d'autres qui n'avaient pas de plancher. Les poutrelles de fer nues
passaient à travers les murs comme des os brisés à travers la chair.

Un vieux gardien vivait dans une cabane dans la cour intérieure. Un soir,
rencontrant Roark dans sa course solitaire, il lui dit brusquement : « J'ai failli
avoir un fils, une fois. Il est né mort. » Il avait prononcé ces mots presque
involontairement et il regarda Roark, étonné lui-même d'avoir parlé ainsi.
Roark lui sourit, les yeux à demi fermés ; il posa la main sur l'épaule du vieillard, puis disparut dans la nuit.

Cela ne dura que quelques semaines. Puis il se força à oublier l'Aquitania.

Un soir d'octobre, Roark et Dominique entrèrent ensemble dans le
Temple terminé. L'inauguration devait avoir lieu la semaine suivante, le lendemain du retour de Stoddard. Personne ne l'avait encore vu, excepté ceux
qui avaient travaillé à sa construction.

La soirée était calme et claire. Le temple se dressait dans un site désert et
silencieux. Les chauds rayons du soleil couchant avaient sur les murs de calcaire les mêmes reflets que les premières lueurs de l'aube.

Ayant d'abord contemplé le Temple de l'extérieur, ils étaient entrés et se
tenaient maintenant, silencieux, devant la grande figure de marbre qui se
dressait devant eux. Les ombres, dans l'espace modelé autour d'eux, semblaient avoir été composées par les mains qui avaient dessiné les murs. Les
jeux de lumière donnaient à chaque plan son importance et les ordonnaient
comme les phases d'un discours.

– Roark...
– Ma chérie ?
– Non... rien...

Ils se dirigèrent vers la voiture, la main dans la main.

2.12

L'ouverture du Temple Stoddard fut annoncée pour le 1er novembre dans
l'après-midi.

L'agent publicitaire avait bien travaillé. On parlait beaucoup de l'événement, de Howard Roark et de l'œuvre architecturale dont allait s'enrichir la
ville.

Le 31 octobre au matin, Hopton Stoddard rentra de son voyage autour du
monde. Ellsworth l'attendait sur le quai.

Le 1er novembre au matin, Hopton Stoddard fit paraître une courte note annonçant que l'inauguration n'aurait pas lieu. Il ne donnait aucune explication.

Le 2 novembre au matin, dans *L'Etendard*, la chronique d'Ellsworth Toohey, « Une Voix s'élève », portait comme sous-titre : « Sacrilège ». On y disait ce qui suit :

« Ce n'est certes pas notre fonction d'être un tueur de mouches, mais lorsqu'une mouche est saisie de la folie des grandeurs, nous sommes bien obligés de nous pencher pour l'exterminer.

» On a beaucoup parlé, dernièrement, d'un certain Howard Roark. Etant donné que la liberté de parole est notre héritage le plus sacré et qu'il comprend également la liberté de perdre son temps, il n'y aurait eu à cela aucun mal, à part le fait qu'il y aurait des sujets tellement plus intéressants à discuter que celui d'un homme qui ne semble avoir rien autre à son crédit qu'un building inachevé. Non, il n'y aurait à cela aucun mal, si le comique n'avait pas tourné au tragique et au frauduleux.

» Howard Roark, dont la plupart d'entre vous n'ont jamais et n'entendront plus jamais parler, est un architecte. Il y a un an, il fut investi d'une mission qui comportait une bien lourde responsabilité. Il fut chargé de la construction d'un monument important, et cela en l'absence de son client qui avait toute confiance en lui et qui lui avait accordé la plus complète liberté d'action. Si la terminologie de notre droit criminel pouvait s'appliquer au domaine de l'art, nous dirions que ce que Mr. Roark lui a livré constitue un abus de confiance spirituel.

» Mr. Hopton Stoddard, le philanthrope bien connu, avait eu l'intention de faire don à la ville de New York d'un Temple de la Religion, une chapelle ne représentant aucune secte mais symbolisant l'essence même de la foi humaine. Ce que Mr. Roark a jugé bon d'édifier pourrait être un entrepôt, et encore bien peu pratique ; ce pourrait être également une maison mal famée, ce qui expliquerait l'ornementation sculpturale. Ce n'est en tout cas pas un temple.

» On dirait que, par une volonté délibérée, on a pris exactement le contrepied de tout ce qui pourrait rappeler une construction d'inspiration religieuse. Au lieu d'être austèrement clos, ce prétendu temple est largement ouvert, comme une véranda. Au lieu de provoquer cet état de respectueuse humilité qui convient à un lieu où l'homme, placé devant l'éternité, réalise sa propre insignifiance, cet édifice a un caractère de voluptueuse exaltation. Au lieu des lignes verticales s'élevant vers le ciel que demande la nature même d'un temple, comme un symbole de l'élan humain vers quelque chose de plus grand que notre pauvre moi, cet édifice est fait de lignes horizontales et se vautre le ventre dans la boue, montrant par là sa soumission à la chair et glorifiant les plaisirs charnels les plus grossiers. La statue d'une femme nue en un lieu où l'homme se rend pour se sentir élevé au-dessus de lui-même en dit assez et rend inutiles d'autres commentaires.

» Celui qui entre dans un temple cherche à se délivrer de lui-même. Il veut abaisser son orgueil, confesser ses iniquités, obtenir son pardon. Il se dépouille de tout ce qui n'est pas une profonde humilité. La véritable attitude d'un homme dans la maison de Dieu est sur les genoux. Aucun être en possession de toutes ses facultés n'aurait l'idée de s'agenouiller dans le temple de Mr. Roark. Le lieu le défend. Les émotions qu'il suggère sont d'un ordre tout différent. Ce sont l'arrogance, l'audace, le défi et l'exaltation de soi-même. Ce n'est pas la maison de Dieu, c'est la cellule d'un mégalomane. Ce n'est pas un temple, mais bien sa parfaite antithèse, la dérision insolente de toute religion. Nous aurions dit que c'était un temple païen, si les païens n'étaient, de source notoire, d'excellents architectes.

» Cette chronique ne se réclame d'aucune secte en particulier, mais la plus simple décence demande que nous respections les convictions religieuses de nos frères humains. Nous avons pensé qu'il était de notre devoir d'expliquer au public la nature de cette attaque délibérée contre la religion. Nous ne pouvions laisser passer un tel outrage, un tel sacrilège.

» Et si l'on nous reproche d'y avoir oublié nos fonctions de critique des valeurs purement architecturales, nous répondrons que l'occasion de les exercer ne s'y prêtait pas. Ce serait une erreur de glorifier la médiocrité par l'effort d'un criticisme sérieux. Nous croyons nous rappeler de quelques autres œuvres que cet Howard Roark a exécutées auparavant; toutes présentaient les mêmes caractères d'absurdité et de platitude dus à un amateur prétentieux. Tous les anges de Dieu ont des ailes, mais on ne peut en dire autant de tous ses génies.

» Mais en voilà assez, mes amis. Je suis heureux d'en avoir fini avec ma chronique d'aujourd'hui. Je n'éprouve aucun plaisir à faire des notices nécrologiques. »

Le 3 novembre s'ouvrit la procédure du procès qu'intentait Hopton Stoddard à Howard Roark pour rupture de contrat et défaut de construction, avec demande de dommages et intérêts. Il exigeait une somme suffisante pour faire transformer le temple par un autre architecte.

Ce n'avait pas été une chose difficile que de persuader Hopton Stoddard d'intenter ce procès. Il était revenu de voyage écrasé par les témoignages de tant de religions et tout spécialement par les innombrables formes que prenait la promesse de l'enfer par toute la terre. Et il en était arrivé à la conclusion que sa vie le destinait à la pire fin possible dans quelque religion que ce fût. Cela avait agi sur le peu qu'il lui restait de cervelle. Les stewards, sur le bateau qui le ramenait, avaient eu nettement l'impression que ce vieillard n'était pas que sénile.

Le jour même de son retour, Ellsworth Toohey l'emmena voir le Temple. Hopton Stoddard ouvrit de grands yeux et Toohey, qui ne disait mot, l'entendit claquer de toutes ses fausses dents. Le Temple ne ressemblait à rien de tout ce que Stoddard avait vu dans son voyage autour du monde, ni à ce à quoi il s'était attendu. Il ne savait qu'en penser. Il se tourna vers Toohey avec un regard implorant, mais les yeux de ce dernier étaient absolument dénués d'expression. Il attendit. A ce moment, Toohey aurait pu le convaincre de n'importe quoi. Toohey prit enfin la parole et lui redit à peu près ce qu'il avait écrit dans sa chronique.

– Mais vous m'aviez dit que Roark était excellent, gémit Stoddard désespéré.

– Je croyais qu'il le serait, dit Toohey froidement.
– Mais alors, que s'est-il passé ?
– Je l'ignore, répondit Toohey.

Mais le regard accusateur qu'il lança à Stoddard fit comprendre à celui-ci qu'il y avait un coupable dans toute cette affaire et que ce coupable s'appelait Stoddard.

Toohey refusa de parler dans la limousine qui les ramenait à l'appartement de Stoddard, malgré les instances de celui-ci. Il refusa de répondre à toute question. Ce silence terrifia Stoddard. Arrivé chez lui, il s'effondra dans un fauteuil tandis que Toohey se tenait devant lui, sombre comme un juge.

– Hopton, dit-il, je sais pourquoi cela est arrivé.
– Oh ! Pourquoi ?
– Avais-je un intérêt quelconque à vous tromper ?
– Non, certainement pas. Vous êtes le plus grand expert et l'homme le plus honnête que je connaisse et je ne comprends pas, je ne comprends simplement pas ce qui s'est passé !
– Moi, si. Lorsque je vous ai recommandé, Roark, j'avais toutes raisons de penser, en toute honnêteté de jugement, qu'il vous donnerait une œuvre de maître. Il ne l'a pas fait. Hopton, savez-vous quelle est la puissance qui peut déjouer tous les calculs humains ?
– Que... quelle puissance ?
– Dieu a choisi ce moyen pour rejeter votre offrande. Il ne vous a pas jugé digne de lui bâtir un sanctuaire. Vous pouvez m'abuser, Hopton, comme vous pouvez abuser tous les hommes, mais on ne trompe pas Dieu. Il sait que votre conscience est plus chargée de fautes que je ne le croyais.

Il parla ainsi longtemps, d'un ton calme et sévère à une forme terrifiée et silencieuse. Et à la fin, il dit :

– Selon toute évidence, Hopton, vous ne pouvez pas obtenir votre pardon de cette manière. Seuls ceux qui ont le cœur pur peuvent offrir un sanctuaire à Dieu. Il vous faut gravir les humbles marches de l'expiation avant d'en arriver là. Il vous faut vous racheter aux yeux des humains avant d'être racheté devant Dieu. Ce n'est pas un temple que vous auriez dû lui dédier, mais un monument à la charité humaine, comme l'aurait été, par exemple, un home pour les enfants anormaux.

Hopton Stoddard ne voulut pas s'engager sur cette voie.

– Plus tard, Ellsworth, plus tard, gémit-il. Laissez-moi le temps de réfléchir.

Mais il fut d'accord pour intenter un procès à Roark, comme Toohey le lui suggérait, de demander des dommages et intérêts pour couvrir les frais de transformation et de décider ultérieurement ce que seraient ces transformations.

– Ne soyez surpris par rien de ce que je pourrai dire ou écrire à ce sujet, lui dit Toohey en le quittant. Je serai peut-être obligé d'affirmer certaines choses qui ne sont pas absolument vraies. Je suis bien obligé de protéger ma réputation contre un échec dont la faute ne me revient pas à moi, mais à vous. Et n'oubliez pas que vous avez juré de ne jamais révéler qui vous avait conseillé de vous adresser à Roark.

Le jour suivant, « Sacrilège », paraissant dans *L'Etendard*, posa la première mine et l'annonce du procès mit le feu aux poudres.

Personne n'aurait éprouvé le besoin d'entrer en guerre à propos d'un édifice, mais la religion avait été attaquée. L'agent publicitaire avait si bien préparé le terrain, l'attention du public avait si bien été éveillée qu'il ne fut pas difficile de l'entraîner sur un autre terrain.

Les clameurs d'indignation qui s'élevèrent contre Howard Roark et son temple étonnèrent tout le monde, excepté Ellsworth Toohey. Les prêtres jetèrent l'anathème sur lui dans leurs sermons. Des clubs de femmes votèrent une protestation. Un Comité des Mères emplit la page 8 des journaux d'une pétition dans laquelle il était vaguement question de la protection de leurs enfants. Une actrice fameuse écrivit un article sur l'unité essentielle à tous les arts, expliqua que le Temple Stoddard manquait totalement de « diction structurale » et évoqua le temps où elle jouait le rôle de Marie-Madeleine dans un grand drame lyrique. Une femme du monde décrivit tous les temples exotiques qu'elle avait visités au cours de ses périlleux voyages à travers la jungle et vanta la foi touchante des sauvages, l'opposant au cynisme de l'homme moderne. Le Temple Stoddard, expliqua-t-elle, était un symptôme d'affaiblissement et de décadence. La photo qui accompagnait l'article la montrait, en costume d'équitation, un pied bien chaussé sur la dépouille d'un lion. Un professeur de collège écrivit une lettre à la rédaction, décrivant ses expériences spirituelles et spécifiant qu'il n'aurait pu les effectuer dans un lieu tel que le Temple Stoddard. Kiki Holcombe écrivit également à la rédaction une lettre dans laquelle elle exposait ses idées sur la vie et sur la mort.

L'A.G.A., dans une déclaration très digne, dénonça la fraude artistique et spirituelle que constituait le Temple Stoddard. Des déclarations analogues, mais rédigées avec moins de dignité et plus d'argot, furent lancées par l'Association des Constructeurs américains, des Ecrivains et des Artistes. Personne n'avait jamais entendu parler de ces gens-là, mais enfin ils formaient des associations et cela leur donnait un certain poids. Les gens en parlaient entre eux. « Savez-vous, disait l'un, que l'Association des Constructeurs américains a déclaré que ce temple était une fraude architecturale ? » Et l'autre, ne voulant pas avouer qu'il n'avait jamais entendu parler de cette association, de répondre : « J'étais sûr qu'ils réagiraient ainsi. Pas vous ? »

Hopton Stoddard reçut un si grand nombre de lettres de sympathie qu'il commença de se sentir tout à fait heureux. Jusque-là, il n'avait jamais été très populaire. Ellsworth avait raison ; ses frères humains lui pardonnaient ses péchés. Décidément, Ellsworth avait toujours raison.

Les journaux, au bout de quelque temps, abandonnèrent le sujet, mais *L'Etendard* continua sa campagne. Gail Wynand, sur son yacht, naviguait vers l'océan Indien ; et Alvah Scarret était justement à court de sujet. Cette histoire l'arrangeait. Ellsworth Toohey n'eut pas besoin de lui faire des suggestions. Scarret sauta de lui-même sur l'occasion.

Il écrivit des articles sur le déclin de la civilisation dans lesquels il déplorait que la foi se perdît. Il ouvrit un concours d'essais pour les élèves des grandes écoles sur le sujet : « Pourquoi je vais à l'église ». Il fit paraître une série d'articles illustrés sur « L'Eglise de mon Enfance ». Il donna une quantité de reproductions de sculpture religieuse à travers les âges, du Sphinx aux totems, et reproduisit sous tous les angles la statue pour laquelle avait posé Dominique, en donnant libre cours à son indignation, mais en ayant bien soin d'omettre le nom du modèle. Il donna également une caricature de Roark en homme préhistorique, vêtu d'une peau d'ours et tenant à la main une massue. Et il écrivit des articles pleins de transparentes allusions sur la Tour de Babel qui ne put jamais atteindre le ciel et sur Icare et sa chute lamentable.

Ellsworth Toohey restait à l'arrière-plan et attendait. Il ne fit que deux petites suggestions : il découvrit, dans les archives de *L'Etendard*, la photographie de Roark à l'inauguration de l'Enright House, cette photo qui avait saisi sur son visage le reflet d'un moment d'exaltation et la reproduisit dans *L'Etendard* avec cette rubrique : « Etes-vous donc si heureux, Monsieur le Surhomme ? » Et il obtint de Stoddard qu'il ouvrît le Temple au public avant l'ouverture du procès. Le Temple attira une foule considérable qui laissa des dessins obscènes et des graffiti sur le piédestal de la statue pour laquelle avait posé Dominique.

Il y eut des gens, en petit nombre, qui, entrant dans l'édifice, l'admirèrent en silence. Mais c'était de ces gens qui ne se mêlent pas à la vie publique. Austen Heller écrivit en faveur de Roark et du Temple un article de défense passionnée, mais il ne faisait autorité ni en architecture ni en religion, et son article fut emporté dans la tourmente.

Howard Roark ne fit absolument rien.

Il reçut, dans son bureau, un groupe de reporters qui lui demandèrent de faire une déclaration. Il parla sans aucune colère. Il dit simplement :

« Je ne puis faire à quiconque une déclaration quelconque au sujet de cet édifice. J'aurais pu préparer des arguments que vous auriez offerts tout chauds à vos lecteurs, mais ç'aurait été une insulte pour eux et pour moi. Cependant, je suis heureux que vous soyez venus me voir, car j'ai quelque chose à vous dire. Que celui qui s'intéresse à cet édifice aille le voir, qu'il le considère attentivement, et ensuite, s'il a quelque chose à dire, qu'il le dise avec des mots à lui. »

L'Etendard donna de l'interview le compte rendu suivant :

« Mr. Roark, qui paraît apprécier la publicité, reçut les reporters avec une nonchalante insolence et parla du public avec ironie. Tout en se refusant à toute déclaration, il ne négligea pas le côté publicitaire de la situation et insista sur le fait que tout ce qu'il demandait, c'était que le Temple fût visité par le plus grand nombre de gens possible. »

Roark refusa de prendre un avocat. Il déclara qu'il présenterait sa défense lui-même et se refusa à toute autre explication, malgré les protestations indignées d'Austen Heller.

— Voyez-vous, Austen, il y a certaines règles auxquelles je suis tout disposé à me conformer. M'habiller, me nourrir comme tout le monde, me servir du même métro. Mais pour certaines choses, je ne puis me plier à la règle, et ce procès en est une.

— Mais que connaissez-vous des lois et des tribunaux ? Il gagnera.

– Il gagnera quoi?

– Son procès.

– Quelle importance cela a-t-il? Il n'y a rien que je puisse faire pour l'empêcher de transformer le Temple. Il lui appartient. Il peut le faire disparaître de la surface de la terre, il peut en faire une fabrique ou un entrepôt. Qu'il perde ou gagne le procès n'y changera rien.

– Oui, mais s'il gagne, c'est avec votre argent qu'il fera ces transformations.

– Oui, évidemment, ce sera avec mon argent.

Steven Mallory, lui, ne fit aucun commentaire. Mais il eut de nouveau l'expression qu'il avait le jour où Roark l'avait vu pour la première fois.

– Steve, vous feriez mieux de me parler de tout ça, cela vous ferait du bien, lui dit Roark, un soir.

– Je n'ai rien à en dire, répondit Mallory d'un air indifférent. Je vous avais bien dit qu'ils ne vous laisseraient pas vivre.

– Cela n'a aucun sens. Et vous n'avez aucune raison d'avoir peur pour moi.

– Je n'ai pas peur pour vous. Ce n'est pas cela. C'est... c'est autre chose.

Quelques jours plus tard, Mallory, assis dans l'embrasure de la fenêtre, dans la chambre de Roark, dit brusquement:

– Howard, vous vous souvenez de ce que je vous ai dit une fois au sujet d'une bête féroce qui me terrifiait. Je ne connais pas Ellsworth Toohey. Je ne l'avais jamais vu avant de tirer sur lui. J'ai simplement lu ses articles. Et si j'ai tiré sur lui, Howard, c'est que lui sait ce que je veux dire lorsque je parle de la bête.

Dominique vint chez Roark le soir même du jour où Stoddard annonça son intention de lui intenter un procès. Elle ne dit rien. Posant son sac sur une table, elle se mit à se déganter, lentement, comme pour prolonger l'intimité que créait ce geste familier. Elle contempla longuement ses mains nues, puis releva la tête. Il put lire sur son visage qu'elle sentait ce qu'il devait souffrir, qu'elle partageait sa souffrance, mais qu'elle ne prononcerait pas le moindre mot de consolation.

– Vous avez tort, lui dit-il. (Ils se parlaient toujours ainsi, d'une façon abrupte, continuant une conversation dont le début n'avait pas été formulé.) Je ne ressens pas ce que vous croyez.

– Je ne veux pas le savoir.

– Mais moi je tiens à ce que vous le sachiez. Ce que vous imaginez dépasse infiniment la réalité. Je ne crois pas que cela me touche beaucoup qu'il démolisse le Temple. Ou peut-être que cela me fait tellement mal que je ne le sens plus. Mais je ne crois pas. Si vous désirez m'aider, ne le prenez pas plus à cœur que je ne le fais. Je suis incapable de souffrir complètement. J'en ai toujours été incapable. Les choses m'atteignent jusqu'à un certain point, pas plus loin. Tant qu'il y a en moi cette zone inviolée, je ne souffre pas vraiment. Ne vous tourmentez pas pour moi.

– Où commence cette zone?

– A l'endroit où je ne pense rien, où je ne sens rien, excepté que j'ai créé cette œuvre, que je l'ai exécutée. C'est la seule chose qui compte.

– Vous n'auriez pas dû la créer pour des gens pareils, pour qu'ils en fassent l'usage qu'ils en feront.

– Cela n'a pas d'importance. Ils peuvent la détruire. Elle n'en aura pas moins existé.

Dominique secoua la tête.

– Ne comprenez-vous pas tout ce que je vous épargne en faisant échouer certains de vos projets ? Tous ces gens qui s'acharnent contre vous... et qui ne sont même pas dignes de vivre dans une maison que vous auriez créée pour eux. Et qui n'ont pas le droit de toucher à vous... d'aucune façon.

Lorsque Dominique pénétra, ce jour-là, dans le bureau de Toohey, ce dernier eut un sourire de bienvenue, indubitablement sincère. Et le sourire était encore sur ses lèvres tandis qu'il fronçait le sourcil en une grimace de désappointement, et pendant un instant, sourire et grimace se disputèrent son visage d'une manière comique. Il était déçu de l'expression indifférente de Dominique. Il n'y avait, dans l'expression de celle-ci, ni colère, ni ironie. Elle entra comme un garçon de bureau qui a un message à faire et demanda :

– Où voulez-vous en arriver ?

Il essaya de recréer l'atmosphère qui accompagnait généralement leurs rencontres.

– Asseyez-vous, ma chère enfant, dit-il. Je suis enchanté de vous voir. Véritablement enchanté. Vous vous êtes beaucoup fait attendre. Je vous attendais bien plus tôt. J'ai reçu des compliments pour mon petit article, mais la seule chose qui m'intéresse, c'est de savoir ce que vous en pensez.

– Encore une fois, où voulez-vous en arriver ?

– J'espère, ma chère enfant, que vous ne m'en voulez pas pour les remarques que j'ai été obligé de faire sur la statue pour laquelle vous avez posé. Il m'aurait été difficile de faire autrement.

– Quel est le but de ce procès ?

– Bon, vous voulez me faire parler. Et moi qui aurais eu tant de plaisir à vous entendre. Enfin, un demi-plaisir vaut mieux que pas de plaisir du tout. Mais ne voulez-vous pas vous asseoir. Ce serait tellement plus confortable... Non ? Comme vous préférez, mais ne vous sauvez pas. Le procès ? Voyons, n'est-ce pas facile à comprendre.

– En quoi est-ce que cela l'arrêtera dans sa carrière, dit Dominique du ton dont elle aurait récité une statistique. Qu'il perde ou qu'il gagne ne prouvera rien. Toute cette histoire n'est qu'une source de distractions pour une bande d'imbéciles, ignobles mais sans importance. Je n'aurais pas cru que vous perdriez votre temps à lancer des bombes puantes. Avant Noël, tout le monde aura oublié cette affaire.

– Seigneur, quel échec pour moi ! Je n'aurais jamais cru que j'étais un si piètre professeur. Que vous ayez si peu appris en deux ans d'étroite collaboration avec moi est une chose réellement décourageante. Et étant donné que vous êtes la femme la plus intelligente que je connaisse, la faute m'en est certainement imputable. Voyons, il y a une chose que vous devez savoir, c'est que je ne perds jamais mon temps. Et en effet, je ne le perds jamais. Vous avez raison, ma chère petite, tout sera oublié d'ici Noël. Et c'est justement

337

cela que je veux. Vous pouvez combattre quelque chose de tangible, vous ne pouvez rien contre l'impondérable. Certes, on oubliera complètement Mr. Hopton Stoddard. On oubliera le Temple. On oubliera le procès. Mais de tout cela, il restera quelque chose. On dira : « Howard Roark ? Comment pouvez-vous avoir confiance en un homme pareil ? Un ennemi de la religion. Un être absolument immoral. Il prendra certainement des bénéfices illicites sur les travaux d'exécution... Roark ? Mais il ne vaut rien. Ne vous souvenez-vous pas qu'un de ses clients a été obligé de lui intenter un procès pour un travail inacceptable ?... Roark ? Roark ? Attendez un instant. Est-ce que ce n'est pas ce type dont le nom a été traîné dans les journaux ? Voyons qu'est-ce que c'était, au juste ? Un joli scandale en tout cas. Et son client a été obligé de lui intenter un procès. Vous n'allez pas vous adresser à un homme pareil, alors qu'il existe tant d'architectes parfaitement honorables ? » Et comment voulez-vous combattre cela, ma chère amie ? Pouvez-vous m'en indiquer le moyen ? Spécialement quand on n'a pas d'autre arme que son talent, qui n'est même pas une arme, mais un danger.

Dominique était vraiment décevante. Elle écoutait patiemment, ne montrant pas le plus léger signe d'irritation. Elle était debout devant son bureau, ferme et droite comme une sentinelle dans la tourmente qui sait qu'elle ne doit pas quitter son poste, même si elle a l'impression d'être à bout de forces.

— Je suppose que vous désirez que je continue, dit encore Toohey. Vous voyez maintenant de quelle puissance spéciale sont chargés les impondérables. Vous ne pouvez pas vous défendre contre eux, vous ne pouvez pas vous expliquer, vous ne pouvez pas vous en débarrasser. Personne ne vous écoute. Non, vous ne pouvez pas briser la carrière d'un architecte en démontrant que c'est un mauvais architecte. Mais vous pouvez le ruiner en prouvant que c'est un athée, qu'il a eu un mauvais procès, qu'il a couché avec une certaine femme ou qu'il s'adonne à la boisson. Vous me direz que c'est absurde. Ça l'est en effet, et c'est pourquoi ça marche. Les choses raisonnables peuvent être combattues par la raison. Mais comment combattre l'absurde ? Votre erreur, ma chère enfant, et celle de la plupart des gens, c'est de ne pas tenir suffisamment compte de l'absurde. L'absurde est un facteur important dans notre monde tel qu'il va. Si vous l'avez contre vous, il vous reste bien peu de chances. Mais si vous pouvez en faire votre allié... alors là ! Dominique, au moindre signe de vous, je m'arrête.

— Continuez, dit-elle.

— Il me semble qu'arrivés là, vous devriez me poser une question. Ou peut-être préféreriez-vous que je la devine ? Vous avez raison. La question qui se pose est celle-là. Pourquoi ai-je choisi Howard Roark ? Parce que, pour me citer moi-même, ce n'est pas ma fonction de tuer des mouches. Je donne cette fois à cette phrase un sens légèrement différent, mais peu importe. Ce que j'ai fait m'a également servi à obtenir de Hopton Stoddard quelque chose que je désirais, mais ce n'est qu'un petit à-côté de la question. Avant tout, cette affaire aura été pour moi une expérience, dont les résultats sont des plus intéressants. Si vous n'y étiez pas si étroitement mêlée, vous seriez la première à en apprécier toute la saveur. Pour être franc d'ailleurs, j'ai fait bien peu si l'on considère le résultat atteint. Ne trouvez-vous pas intéressant de voir cette immense machine compliquée qu'est notre société, avec ses leviers, ses courroies, ses engrenages, qu'il faudrait, semble-t-il, une armée pour mettre en action, se mettre en marche au contact de votre petit doigt, si vous appuyez sur le centre de gravité, et tout broyer sur son passage ? C'est une chose qui est faisable, ma chère enfant, mais il faut du temps. J'ai l'avantage d'avoir été précédé dans cette voie par de véritables experts. Je suis peut-être le plus capable de la lignée parce que je vois plus clairement ce que je veux. Mais tout cela n'est que de l'abstraction. Pour en revenir à la réalité, ne trouvez-vous rien d'amusant dans ma petite expérience ? Avez-vous remarqué, par exemple, que les gens se mettent toujours du mauvais côté ? Mr. Alvah Scarret, les professeurs de collège, les rédacteurs de journaux, les mères respectables et la Chambre de commerce auraient dû voler à la défense de Roark, s'ils comprenaient où est leur intérêt. Au lieu de cela, ils soutiennent Hopton Stoddard. Par contre, j'ai appris qu'une bande de fades bonshommes qui s'intitulent « La Ligue Nouvelle de l'Art prolétarien », avaient voulu se porter à la défense de Howard Roark, sous prétexte qu'il était victime du capitalisme, alors qu'ils auraient dû faire de Hopton Stoddard leur champion. Roark, d'ailleurs, a eu le bon sens de refuser. Lui comprend. Comme vous, comme moi. Mais c'est l'exception. Bah ! la ferraille aussi a son utilité.

Dominique se dirigea vers la porte.

– Dominique, vous n'allez pas partir ainsi, sans dire mot, un seul mot.

– Si.

Toohey paraissait réellement blessé.

– Dominique, vous me laissez tomber, vous que j'ai tant attendue ? En règle générale, je me suffis à moi-même, mais il m'arrive à l'occasion d'avoir besoin d'une audience. Vous êtes le seul être au monde avec lequel je puisse être moi-même. Probablement parce que vous avez un tel mépris pour moi que rien de ce que je peux dire ne peut y ajouter. Je le sais et cela m'est égal. D'ailleurs les méthodes dont j'use avec les autres ne serviraient de rien avec vous. C'est étrange à dire, mais avec vous je suis obligé d'être honnête. Mais à quoi bon accomplir une réelle performance, si personne ne sait que vous l'avez accomplie. Autrefois, vous m'auriez dit que c'est là la mentalité du meurtrier qui a commis le crime parfait et qui le confesse parce qu'il ne peut supporter l'idée que personne n'apprécie sa performance. Et je vous aurais répondu que vous aviez raison. J'ai besoin d'une audience. Voilà l'ennui avec les victimes. Elles ne savent même pas qu'elles sont des victimes, et c'est bien ainsi que cela doit être, mais cela rend toutes choses bien monotones et vous prive d'une partie de votre plaisir. Vous êtes une si précieuse exception : une victime capable d'apprécier le fini de sa propre exécution... Au nom du ciel, Dominique, vous n'allez pas me quitter au moment où je vous supplie presque de rester.

Elle avait déjà la main sur le loquet de la porte. Il haussa les épaules et se renversa sur sa chaise.

– C'est bien, dit-il. A propos, inutile d'essayer d'acheter Hopton Stoddard. Je fais de lui ce que je veux, en ce moment. Il ne se vendra pas. (Dominique avait déjà ouvert la porte, mais à ces derniers mots elle la referma et revint sur ses pas.) Oui, bien entendu, je sais que vous avez essayé. C'est inutile. Vous n'êtes pas assez riche pour cela. Vous n'avez même pas l'argent nécessaire pour racheter le Temple et vous n'arriverez pas à réunir la somme. De plus, Hopton n'acceptera pas de vous de l'argent pour refaire le Temple. Je sais que vous lui avez offert cela aussi. Mais c'est l'argent de Roark qu'il veut. Et à ce propos, croyez-vous qu'il serait agréable à Roark que je lui fasse savoir ce que vous avez essayé de faire pour lui ?

Il sourit, attendant une protestation, mais le visage de Dominique n'exprimait rien. Elle se dirigea de nouveau vers la porte.

– Une dernière question, Dominique. L'avocat de Mr. Stoddard demande s'il peut vous citer comme témoin, en tant qu'expert en architecture. Vous témoignerez pour le plaignant, bien entendu ?

– Oui, je témoignerai pour le plaignant.

Le procès Hopton Stoddard-Howard Roark eut lieu au mois de février 1931.

La salle du tribunal était pleine à ce point que les réactions de la foule ne se manifestaient que par de lentes vagues déferlant sur les têtes, comme les frissons qui passent sous la peau d'un phoque.

La foule, de couleur brune dans l'ensemble, avec ici et là quelque tache de couleur discrète, était comme un cake aux fruits de tous les arts dont la crème était l'A.G.A. Les hommes avaient l'air distingué, les femmes, bien vêtues, avaient l'air méchant. Chacune d'elles revendiquait l'exclusive propriété des artistes qui l'escortaient, un monopole qu'elle protégeait par les regards sévères qu'elle lançait aux autres femmes. Presque tout le monde se connaissait. Il y avait dans la salle une atmosphère de pacte secret, de première à l'opéra et de pique-nique en famille. On sentait qu'on y parlait de « notre monde », « nos fils », « nos idées ».

Steven Mallory, Austen Heller, Roger Enright, Kent Lansing et Mike s'étaient installés dans un angle de la salle. Ils s'efforçaient de ne pas regarder autour d'eux. Mike était inquiet au sujet de Steven Mallory. Il ne le lâchai† pas d'une semelle, insistait pour s'asseoir auprès de lui et lui jetait un coup d'œil chaque fois qu'un mot particulièrement offensant leur parvenait. Mallory finit par s'en apercevoir et lui dit :

– Ne vous en faites pas, Mike. Je ne crierai pas. Et je ne tirerai sur personne.

– Veillez sur votre estomac, mon garçon, veillez sur votre estomac, dit Mike. Il y a de quoi être malade.

– Mike, vous vous rappelez cette nuit où nous avions veillé si tard que l'aube est venue. Dominique n'avait plus une goutte d'essence et il n'y avait plus de bus. Nous avons tous décidé de rentrer à pied et le soleil se levait au-dessus des toits quand le premier d'entre nous arriva chez lui.

– Voilà. Exactement le genre de choses auquel il vous faut penser. Et moi, je penserai à la carrière de granit.

– Quelle carrière de granit ?

– Une carrière qui m'a rendu malade, une fois, mais la vie a passé et cela n'a plus aucune importance.

340

Derrière les fenêtres, le ciel était blanc et plat comme de la glace. La lumière semblait tomber des couches de neige qui s'accumulaient sur les toits et sur les corniches, une lumière blafarde qui dénudait les choses et les gens.

Le juge, dans sa haute stalle, avait l'air perché. Il avait un tout petit visage, sillonné de rides vertueuses. Il tenait les mains à la hauteur de la poitrine, le bout des doigts pressés l'un contre l'autre. Hopton Stoddard n'était pas présent. Il s'était fait représenter par son avocat, un homme de taille élevée et de belle mine, grave comme un ambassadeur.

Roark était seul au banc de la défense. La foule, qui l'avait d'abord observé, y avait renoncé, n'y trouvant aucune satisfaction. Il n'avait pas l'air abattu et il n'y avait dans son attitude aucun défi. Il avait l'air calme et indifférent. Non pas l'air d'un homme qui se trouve être le point de mire d'une nombreuse assistance, mais de quelqu'un qui est seul chez lui et qui écoute la radio. Il ne prenait pas de notes, et il n'y avait aucun papier devant lui, à l'exception d'une large enveloppe brune. La foule aurait tout accepté sauf de voir un homme rester parfaitement indifférent aux vibrations de son énorme ricanement collectif. Certains étaient prêts à avoir pitié de lui. Au bout de cinq minutes, il n'y eut personne dans la salle qui ne le haït.

L'avocat du plaignant exposa le cas d'une manière très simple. Il reconnut qu'il était vrai que Hopton Stoddard avait accordé à Howard Roark toute liberté pour concevoir et faire exécuter le Temple. Cependant, Mr. Stoddard avait clairement spécifié qu'il comptait sur un temple. Or l'édifice qui avait été construit ne pouvait en aucun cas être considéré comme un édifice religieux et c'était ce que la partie plaignante se proposait de démontrer avec l'appui des meilleures autorités en la matière.

Roark refusa la possibilité qui lui était offerte de faire une déclaration au jury.

Ellsworth Monkton Toohey fut le premier témoin appelé par le plaignant. Il s'assit sur l'extrême bord de la chaise des témoins, et s'appuya en arrière, au dossier. Puis il plaça une de ses jambes horizontalement en travers de l'autre. Il avait l'air légèrement amusé, mais parvenait à suggérer l'impression que ce n'était qu'une façon bien élevée de dissimuler son air excédé.

L'avocat lui posa un grand nombre de questions au sujet de son activité professionnelle, sans oublier le nombre de volumes vendus de *Ecrit sur la pierre*. Puis il procéda à la lecture de l'article de Toohey, « Sacrilège », demandant à ce dernier s'il en était bien l'auteur. Toohey l'en assura. Puis suivit une liste de questions formulées en termes fort érudits sur les mérites architecturaux du Temple. Toohey prouva qu'il n'en avait aucun. Il fit ensuite un véritable exposé historique. Parlant avec aisance et nonchalance, il fit un bref exposé de toutes les civilisations connues et de leurs monuments religieux les plus célèbres, des Incas aux Phéniciens, citant, quand cela était possible, la date à laquelle ces monuments avaient été commencés, la date à laquelle ils avaient été achevés, le nombre des ouvriers employés à leur construction et leur prix de revient approximatif en dollars. L'auditoire en était sous le coup.

Toohey prouva que le Temple Stoddard était en contradiction avec tous les principes historiques et architecturaux.

« Je me suis efforcé de démontrer, dit-il dans sa péroraison, que les deux principes essentiels qui président à la construction d'un temple sont la crainte et l'humilité. Je vous ai fait remarquer les gigantesques proportions des édifices religieux, leurs lignes ascendantes, leurs dieux horribles, grotesques, pareils à des monstres, et plus tard, les gargouilles. Tout cela tend à pénétrer l'homme de sa propre insignifiance, à lui faire sentir qu'il doit tout attendre de la miséricorde divine, le saisir d'une terreur sacrée qui le conduit à l'humilité et à la vertu. Le Temple Stoddard est un insolent déni à tout notre passé, un " non " insolent jeté à la face de l'histoire. Je crois pouvoir expliquer la raison pour laquelle ce procès a tellement excité l'intérêt du public. Nous avons tous compris instinctivement que sa portée morale dépassait de beaucoup son issue légale. Cet édifice est l'expression d'une profonde haine pour l'humanité. C'est un défi aux impulsions les plus sacrées des humains, et qui s'adresse aussi bien à l'homme de la rue qu'à tous ceux qui se trouvent dans cette salle ! »

Ce n'était plus un témoin déposant devant un jury, mais Ellsworth Toohey prenant la parole dans un meeting, et le résultat ne se fit pas attendre. La salle éclata en applaudissements. Le juge frappa de son marteau et menaça de faire évacuer la salle. L'ordre fut rétabli, mais un reflet du discours de Toohey resta sur le visage des assistants qui gardaient quelque chose d'hypocritement vertueux. Il était agréable de se sentir ainsi pris à témoins et de représenter la partie lésée. Bien entendu, les trois quarts des assistants n'avaient jamais vu le Temple Stoddard.

– Je vous remercie, Mr. Toohey, dit l'avocat en s'inclinant légèrement.

Puis se tournant vers Roark, il demanda, avec une parfaite courtoisie :

– Pas de questions ?

– Pas de questions, dit Roark.

Ellsworth Toohey leva un sourcil et quitta sa place à regret.

– Mr. Peter Keating, appela l'avocat.

Le visage de Peter Keating était frais et reposé comme après une bonne nuit de sommeil. Il gravit les marches qui montaient à la tribune des témoins avec une sorte d'allégresse de collégien, balançant exagérément les bras et les épaules. Il prêta serment et répondit aux premières questions d'un ton enjoué. Sa pose était étrange. Il était accoudé, le torse ployé avec souplesse, mais ses pieds étaient fermement posés sur le sol et ses genoux serrés. Il ne regarda pas Roark une seule fois.

– Veuillez, je vous prie, nommer les buildings les plus importants dont vous avez dessiné les plans, Mr. Keating, lui dit l'avocat.

Keating commença de citer une liste de noms impressionnante ; il parla d'abord très vite, puis de plus en plus lentement, et le dernier nom se perdit, à peine prononcé.

– Est-ce que vous n'oubliez pas le plus important, Mr. Keating ? demanda le juge. N'est-ce pas vous qui avez fait les plans du Building de la Cosmo-Slotnick ?

– Si, murmura Keating.

– Voyons, Mr. Keating, vous étiez bien à l'Institut de Technologie de Stanton à la même époque que Mr. Roark ?

– Oui.

– Que pouvez-vous nous dire du passage de Mr. Roark à cet Institut?

– Il fut renvoyé.

– Il fut renvoyé parce qu'il ne pouvait pas fournir un travail digne de la haute tenue de cet Institut?

– Oui, exactement.

Le juge jeta un regard à Roark. Un homme de loi se serait opposé à cette question, comme irrégulière. Roark n'éleva aucune objection.

– A cette époque, pensiez-vous qu'il montrait des dispositions pour la profession d'architecte?

– Non.

– Pourriez-vous parler un peu plus fort, Mr. Keating?

– Je ne pensais pas.. qu'il eût aucun talent.

Il se passait des choses étranges dans l'élocution de Keating. Certains mots ressortaient nettement, comme si chacun était ponctué d'un point d'exclamation; d'autres ne formaient qu'une masse confuse comme s'il ne désirait pas se faire entendre. Il ne regardait pas l'avocat. Il avait les yeux fixés sur le public. Par moments, il avait l'air d'un gosse qui vient de faire une bonne blague, de dessiner par exemple une paire de moustaches sur le visage d'une merveilleuse jeune fille, réclame d'une pâte dentifrice, dans un couloir de métro. Puis soudain il jetait vers la foule un regard de détresse, comme s'il paraissait devant elle en accusé.

– N'avez-vous pas, à un moment donné, employé Mr. Roark dans vos bureaux?

– Oui.

– Et vous vous êtes trouvé forcé de le renvoyer?

– Oui... en effet.

– Pour incompétence?

– Oui.

– Et que pouvez-vous nous dire de la carrière de Mr. Roark?

– Mon Dieu, le terme « carrière » est bien relatif. Au point de vue réalisation, n'importe lequel de nos dessinateurs en a fait plus que Mr. Roark. Nous n'appelons pas construire un ou deux buildings faire une carrière. Nous en faisons autant dans l'espace d'un mois.

– Pourriez-vous nous donner votre opinion sur son travail, au point de vue professionnel?

– Eh bien, j'estime qu'il manque avant tout de maturité. Assez frappant, quelquefois même tout à fait intéressant, essentiellement... adolescent.

– Mr. Roark n'est donc pas un architecte en pleine possession de son talent?

– Dans le sens dont **nous parlons** d'un Mr. Ralston Holcombe, d'un Mr. Guy Francon, d'un Mr. **Gordon** Prescott, non. Mais, cependant je tiens avant tout à être juste. J'estime que Mr. Roark a des capacités indiscutables, particulièrement en ce qui concerne la technique de la construction. Il aurait pu arriver à quelque chose. J'ai essayé de lui en parler, j'ai essayé de l'aider, vraiment je l'ai fait. Mais autant parler à un mur de béton armé. J'étais sûr qu'un jour ou l'autre il aurait des ennuis, et je n'ai nullement été surpris quand j'ai appris qu'un de ses clients était obligé de le poursuivre en justice.

– Que pouvez-vous nous dire de l'attitude de Mr. Roark envers ses clients ?

– Justement, toute la question était là. Il ne se souciait absolument pas de ce que ses clients pouvaient penser ou désirer, ni d'ailleurs de ce que n'importe qui dans le monde pouvait penser ou désirer. Il ne comprenait même pas que d'autres architectes pussent s'en soucier. Il ne vous accordait même pas cela, pas la moindre compréhension, pas la moindre estime. Je ne vois pas ce qu'il y a de répréhensible à chercher à plaire aux gens. Je ne vois pas ce qu'il y a de coupable à aimer être en bons termes avec les gens, à être aimé, populaire. Est-ce donc un crime ? Et pourquoi quelqu'un aurait-il le droit, pour cette raison, de ricaner en vous regardant, de ricaner tout le temps, tout le temps, jour et nuit, sans vous laisser un moment de répit, comme dans le supplice chinois de l'eau, vous savez, où on laisse tomber de l'eau sur le crâne du patient, goutte à goutte ?

Des gens, dans l'assistance, commencèrent de réaliser que Peter Keating était ivre. L'avocat se rembrunit. La déposition avait déjà été enregistrée, mais le témoin commençait à sortir des rails.

– Voyons, Mr. Keating, si vous nous parliez plutôt de la conception qu'a Mr. Roark de l'architecture.

– Certainement, si cela vous intéresse. Il pense que pour parler d'architecture, il faut d'abord enlever ses chaussures et ensuite se mettre à genoux. Voilà ce qu'il en pense. Et pourquoi cette attitude ? Après tout l'architecture est un travail comme un autre, n'est-il pas vrai ? Pourquoi en faire une affaire sacrée ? Pourquoi devrions-nous vivre dans le sublime ? Nous ne sommes que des êtres humains, après tout, et nous avons besoin de gagner notre vie. Pourquoi les choses ne pourraient-elles pas être simples et faciles ? Et pourquoi devrions-nous tous nous transformer en héros sacrés ?

– Il me semble, Mr. Keating que nous nous écartons un peu du sujet. Nous disions...

– Nous ne disions rien du tout. Je sais parfaitement ce dont je parle et vous le savez aussi. Et tout le monde ici. Je parle du Temple. Pourquoi choisir un homme comme lui pour construire un temple. Seul un être profondément humain aurait pu faire cela. Un homme qui comprend... et qui pardonne. Un homme qui pardonne... N'est-ce pas pour cela que nous nous rendons à l'église... pour être pardonnés...

– Certainement, Mr. Keating, mais pour en revenir à Mr. Roark...

– Pour en revenir à Mr. Roark ? Eh bien, ce n'est pas un bon architecte. Il n'est bon à rien d'ailleurs. Pourquoi aurais-je peur de dire qu'il n'est bon à rien ? Et pourquoi avez-vous tous peur de lui ?

– Mr. Keating, si vous ne vous sentez pas bien et préférez renoncer...

Keating regarda l'avocat comme s'il s'éveillait. Il s'efforça de regagner le contrôle de lui-même. Au bout d'un instant, il dit d'une voix terne, impersonnelle :

– Non, je me sens parfaitement bien. Je répondrai à toutes vos questions. Que voulez-vous savoir encore ?

– Voulez-vous nous donner, en termes professionnels, votre opinion sur l'édifice connu sous le nom de Temple Stoddard ?

– Certainement. Le Temple Stoddard... Le Temple Stoddard a été construit sur un plan défectueux qui mène à la confusion spatiale. Il n'y a pas d'harmonie entre les volumes, aucun sens de la symétrie. Les proportions en sont absurdes. (Il parlait d'une voix monotone. Il sentait son cou se raidir et devait faire un effort pour se tenir droit.) Tout dans cet édifice est en contradiction avec les plus élémentaires principes de la composition. L'effet final est celui de...

– Plus fort, s'il vous plaît, Mr. Keating.

– Le résultat final est quelque chose d'informe, de primaire, qui ne révèle ni sens de la construction, ni instinct de la beauté, ni imagination créatrice... ni... (il ferma les yeux) intégrité.

– Merci, Mr. Keating. Ce sera tout.

L'avocat se tourna vers Roark et demanda, d'un ton nerveux :

– Pas de questions ?

– Pas de questions, dit Roark.

Ainsi se termina le premier jour du procès.

Ce soir-là, Mallory, Heller, Mike, Enright et Lansing se réunirent dans la chambre de Roark. Ils ne s'étaient pas donné rendez-vous, mais tous vinrent, poussés par le même sentiment. Ils ne parlaient pas du procès. Cependant aucune contrainte ne régnait et ils n'évitaient pas consciemment le sujet. Roark, assis à sa table de travail, parlait de l'avenir de l'industrie plastique, lorsque brusquement Mallory éclata de rire, sans raison apparente.

– Qu'est-ce qui vous prend, Steve ? demanda Roark.

– Je pensais... Howard, nous sommes tous venus chez vous pour vous aider, pour vous soutenir, mais en réalité c'est vous qui nous aidez. Vous soutenez vos soutiens, Howard.

Ce soir-la, Peter Keating était affalé sur une table dans un petit bar, le buste ployé, la tête cachée dans son bras étendu.

Les deux jours suivants, ce fut un défilé de témoins qui venaient déposer en faveur du plaignant. Chaque déposition était précédée d'une série de questions sur l'activité professionnelle du témoin. L'avocat les mettait en valeur comme un véritable agent publicitaire. Austen Heller fit la remarque que les architectes devaient se disputer le privilège d'être cités comme témoins, étant donné que c'était pour eux une occasion unique de publicité, dans une profession qui est généralement assez peu tapageuse.

Aucun des témoins ne regardait Roark en parlant. Roark, lui, ne les quittait pas du regard et les écoutait attentivement. Mais il répondait uniformément « pas de questions » après chaque déposition.

Ralston Holcombe, avec sa cravate lavallière et sa canne au pommeau d'or, avait l'air à la fois d'un grand-duc et d'un compositeur d'opérette. Son témoignage fut long et scolastique et il conclut par ces mots :

« Tout cela est absurde. C'est de l'enfantillage. Je ne peux pas dire que je plaigne beaucoup Mr. Hopton Stoddard. Il devrait mieux s'y connaître. C'est un fait scientifique que le style architectural de la Renaissance est le seul style qui soit réellement approprié à notre époque. Si des hommes de la valeur de Mr. Stoddard se refusent à admettre cela, que pouvons-nous attendre d'une bande de parvenus, de soi-disant architectes et de la masse en général ? Il a été prouvé que le style de la Renaissance est le seul style possible pour les églises, les temples, les cathédrales. Rappelez-vous Sir Christopher Wren. Et souvenez-vous du plus bel édifice religieux de tous les temps, Saint-Pierre de Rome. Aurions-nous la prétention de mieux faire ? Etant donné que Mr. Stoddard n'a pas spécifié qu'il voulait un temple Renaissance, j'estime qu'il a obtenu ce qu'il méritait. C'est une dure leçon. »

Gordon L. Prescott portait, comme à l'habitude, un sweater à col roulé, un veston écossais, un pantalon de tweed et des souliers de golf.

« La corrélation entre le transcendantal et le purement spatial dans cet édifice est absolument fausse, dit-il. Si nous considérons que l'horizontal est à une dimension, le vertical à deux dimensions, le diagonal à trois dimensions et l'interpénétration des espaces à quatre dimensions, l'architecture étant essentiellement un art à quatre dimensions, il devient évident que l'édifice en question est homoloïdal, ou si vous préférez, dans le langage du commun, plat. L'élément de vie qui provient du sens de l'ordre dans le chaos, ou, si vous préférez, de l'unité dans la diversité, et vice versa – ce qui est la réalisation d'une contradiction inhérente à l'architecture – est ici complètement absent. Je cherche très réellement à m'exprimer aussi clairement que possible, mais il m'est impossible de faire ma déposition sous une forme simpliste uniquement pour plaire à l'homme moyen atteint de paresse mentale. »

John Erik Snyte témoigna avec modestie et simplicité déclarant qu'en effet il avait employé Roark dans ses bureaux, que celui-ci s'était montré déloyal et peu scrupuleux puisqu'il avait commencé sa carrière en volant un de ses clients à son patron.

Le quatrième jour du procès, l'avocat du plaignant appela son dernier témoin.

– Miss Dominique Francon, annonça-t-il d'un ton solennel.

Mallory ne put retenir une exclamation, mais personne ne l'entendit. La main de Mike, se refermant sur son poignet, l'obligea à se tenir tranquille.

L'avocat avait gardé Dominique pour la fin, en partie parce qu'il attendait beaucoup d'elle, et en partie parce qu'il n'était pas très rassuré. Dominique était le seul témoin qui avait refusé de lui communiquer sa déposition et qui avait repoussé tous conseils. Elle n'avait jamais mentionné le Temple Stoddard dans ses articles, mais en consultant ses chroniques antérieures et ce qu'elle avait écrit sur Roark, l'avocat s'était senti rassuré. De plus, Ellsworth Toohey lui avait conseillé de la convoquer.

Dominique se tint immobile un instant sur l'estrade des témoins, parcourant lentement la foule du regard. Sa beauté était éblouissante, mais impersonnelle, comme ne faisant pas partie d'elle. Elle faisait penser à une victime montant à l'échafaud ou à une mystérieuse figure se dressant à la proue d'un navire.

– Comment vous appelez-vous ?

– Dominique Francon.

– Votre profession, Miss Francon ?

– Journaliste.

– Vous êtes l'auteur de cette brillante chronique « Votre Home » qui paraît dans *L'Etendard* de New York ?

– Je suis l'auteur de « Votre Home », oui.

– Votre père est bien Guy Francon, l'éminent architecte ?

– Oui. Mon père avait été cité comme témoin. Il a refusé de venir témoigner. Il a répondu qu'il se souciait peu d'un édifice tel que le Temple Stoddard, mais il a oublié de se conduire comme un gentleman.

– Je vous serais obligé, Miss Francon, de répondre simplement à mes questions. C'est un privilège pour nous de vous avoir pour témoin, puisque vous êtes le seul témoin femme et que la femme a toujours eu le sens le plus pur de la foi religieuse. Etant, de plus, une autorité en architecture, vous êtes éminemment qualifiée pour nous donner ce que j'appellerai, en toute déférence, votre point de vue féminin de la question. Voulez-vous nous dire en toute sincérité ce que vous pensez du Temple Stoddard ?

– Je pense que Mr. Stoddard a commis une erreur. Il n'y aurait eu aucun doute quant à la justesse de sa cause, s'il avait demandé des dommages et intérêts non pour des transformations, mais pour la démolition pure et simple.

L'avocat eut l'air visiblement soulagé.

– Voudriez-vous expliquer votre point de vue, Miss Francon ?

– Chacun des témoins vous l'a expliqué.

– J'en conclus que vous êtes d'accord avec les témoignages qui ont précédé le vôtre ?

– Entièrement. Davantage même que les témoins eux-mêmes. Ils se sont montrés extrêmement convaincants.

– Pourriez-vous... préciser votre pensée, Miss Francon ? Que voulez-vous dire exactement ?

– Ce qu'a déclaré Mr. Toohey : que ce temple est une menace pour nous tous.

– Oh, je vois.

– Mr. Toohey a si bien compris ce procès. Vous en donnerai-je à mon tour, mon interprétation ?

– Je vous en prie.

– Howard Roark a construit un temple dédié à l'esprit humain. Il conçoit l'homme fort, fier, pur, sage et sans peur. Il voit en l'homme le héros et c'est au héros qu'il voua ce temple. Un temple est un lieu où l'homme doit se sentir saisi d'exaltation. Howard Roark pense que l'exaltation provient de la conscience d'être sans péché, de rechercher la vérité, de réaliser ses plus hautes possibilités, de ne pas connaître la honte et d'être capable de se tenir nu en plein soleil. Pour lui l'exaltation signifie joie, et la joie appartient à l'homme par droit de naissance. Et pour lui un lieu dédié à l'âme humaine est un lieu sacré. Voilà ce que pense Howard Roark de l'homme et de ses plus hautes tendances. Ellsworth Toohey, lui, a déclaré que ce temple était l'expression de la haine de l'humanité la plus profonde. Ellsworth Toohey estime que le propre de l'exaltation est d'être frappé de terreur, de tomber à genoux et de se frapper la poitrine. Ellsworth Toohey trouve que l'acte le plus haut que puisse accomplir l'homme est de réaliser sa propre indignité et de rechercher le pardon. Ellsworth Toohey estime que c'est de la dépravation de ne pas tenir pour un fait établi que l'homme a besoin de pardon. Ellsworth Toohey a compris que ce temple était dédié à l'homme et à la terre, et il a traduit cela en disant que l'édifice traînait son ventre dans la boue. Glorifier l'homme, a déclaré Ellsworth Toohey, c'est glorifier les plus grossiers plaisirs de la chair, car le royaume de l'esprit n'est pas à la portée de l'homme. Pour entrer dans ce royaume, à en croire Ellsworth Toohey, il faut être à genoux, comme un mendiant. Ellsworth Toohey est ce que nous appellerons un admirateur de l'humanité.

– Miss Francon, ce n'est pas sur la personnalité de Mr. Toohey que porte la discussion et si vous vouliez bien revenir à...

– Je ne porte aucun jugement sur Ellsworth Toohey. C'est Howard Roark que je condamne. Un édifice, dit-on, doit s'accorder à l'endroit où il est érigé. Dans quelle partie du monde Mr. Roark a-t-il bâti son temple ? Et pour quelle sorte d'hommes ? Regardez autour de vous. Voyez-vous un lieu devenant sacré parce qu'il servirait de sanctuaire à Mr. Hopton Stoddard, à Mr. Ralston Holcombe, à Mr. Peter Keating ? Lorsque vous les regardez tous, vous mettez-vous à haïr Ellsworth Toohey ou à maudire Howard Roark pour l'acte impardonnable qu'il a commis ? Ellsworth Toohey a raison, ce temple est un sacrilège, mais pas dans le sens où il l'entend. Et je crois d'ailleurs que Mr. Toohey le sait. Quand vous voyez un homme jeter des perles aux pourceaux sans même obtenir une côtelette de porc en retour, ce n'est pas contre les pourceaux que vous vous indignez. C'est contre l'homme qui avait accordé assez peu de valeur à ses perles pour les jeter dans la boue en soulevant un concert de grognements, comme ceux que retranscrit fidèlement le sténographe du tribunal.

– Miss Francon, votre manière de témoigner est irrespectueuse et inadmissible et...

– Laissez parler le témoin, interrompit le juge de façon inattendue.

Ce digne magistrat, qui s'ennuyait jusqu'alors, trouvait plaisir à admirer la silhouette de Dominique. Il sentait, de plus, que l'assistance jouissait profondément de cette atmosphère de scandale, même si ses sympathies allaient à Hopton Stoddard.

– Votre Honneur, je crains qu'il n'y ait eu quelque malentendu, dit l'avocat. Miss Francon, pour qui témoignez-vous ? Pour Mr. Roark, ou pour Mr. Stoddard ?

– Mais pour Mr. Stoddard, bien entendu. Je donne les raisons pour lesquelles j'estime que Mr. Stoddard mérite de gagner son procès. N'ai-je pas juré de dire la vérité ?

– Continuez, dit le juge.

– Tous les témoins ont dit la vérité. Mais pas toute la vérité. Je répare simplement une omission. Ils ont parlé de menace et de haine. Ils avaient raison. Le Temple Stoddard est une menace pour bien des gens. S'il continuait d'exister, plus personne n'oserait se regarder dans un miroir. Et voilà la chose la plus cruelle à demander aux hommes. Vous pouvez exiger d'eux n'importe quoi, la richesse, la gloire, l'amour, la brutalité, le meurtre, l'oubli de soi, mais ne leur demandez pas d'avoir le respect d'eux-mêmes, ils vous haïraient. Et ils ont pour cela leurs raisons. Ils n'avoueront pas, bien entendu, qu'ils vous haïssent. Ils diront que c'est vous qui les haïssez. Et voilà les hommes tels qu'ils sont. Aussi à quoi bon se faire martyr de l'impossible ? A quoi bon construire un temple pour un monde qui n'existe pas ?

– Votre Honneur, je ne vois vraiment pas ce que ce témoignage peut...

– Je prouve la justesse de votre cause. Je vous démontre pourquoi vous devez vous tenir aux côtés d'un Ellsworth Toohey, ce que vous ferez de toute façon. Le Temple Stoddard doit être détruit. Non pour sauver les hommes, mais pour le sauver des hommes. Quelle différence cela fait-il d'ailleurs ? Mr. Stoddard gagnera son procès. Je suis pleinement d'accord avec tout ce qui se passe ici, excepté sur un point. Et j'estime que nous n'avions pas le droit de passer ce point sous silence. Qu'on le détruise, mais qu'on ne nous fasse pas croire qu'on accomplit un acte vertueux. Disons que nous sommes des taupes et que nous ne pouvons supporter les pics neigeux. Je réalise pleinement, en ce moment, que j'accomplis un acte aussi gratuit, aussi inutile que celui de Howard Roark. Ceci est mon Temple Stoddard, le premier, et le dernier (elle inclina légèrement la tête vers le juge). J'ai fini, Votre Honneur.

– Pas de questions ? jeta l'avocat à Roark.

– Pas de questions, répondit Roark.

L'avocat déclara, se tournant vers le juge :

– Le plaignant a terminé.

Le juge se tourna vers Roark et esquissa un geste vague, l'invitant à parler.

Roark se leva, s'approcha de l'estrade, une large enveloppe brune à la main. Il en tira dix photographies du Temple Stoddard qu'il déposa sur le pupitre du juge. Puis il dit simplement :

– La défense a terminé.

2.13

Hopton Stoddard gagna son procès.

Ellsworth Toohey écrivit : « Mr. Roark amena une Phryné au tribunal, mais sans succès. Nous n'avons d'ailleurs jamais cru à cette légende. »

Roark fut condamné à payer les frais que comporterait une transformation du Temple. Hopton Stoddard fit une déclaration selon laquelle le Temple devait être transformé en Home Hopton Stoddard pour les enfants anormaux.

Au lendemain du procès, Alvah Scarret, trouvant sur son bureau les épreuves de « Votre Home », eut un sursaut. L'article contenait la presque totalité de la déposition de Dominique devant le tribunal. Cette déposition avait été citée dans L'Etendard, mais seuls des extraits anodins en avaient été tirés. Alvah Scarret se hâta vers le bureau de Dominique.

– Chérie, chérie, chérie ! s'exclama-t-il, nous ne pouvons pas faire passer un article pareil !

Elle le regarda d'un air innocent et ne répondit rien.

– Dominique, mon amour, soyez raisonnable. Sans parler du langage que vous employez et des idées impossibles que vous exprimez, vous savez très bien que le journal a pris une position opposée à la vôtre. Vous n'ignorez pas la campagne que nous avons menée. Vous avez lu mon éditorial de ce matin :

« Une Victoire pour la Décence ». Nous ne pouvons pas tolérer qu'un de nos collaborateurs prenne la position adverse.

– Il vous faudra pourtant le faire passer.

– Mais, chérie...

– Sinon je serai obligée de vous quitter.

– Voyons, voyons, ne soyez pas absurde. C'est ridicule. Vous savez parfaitement que nous ne pouvons pas nous passer de vous. Nous ne pouvons pas..

– Il vous faut choisir, Alvah.

Scarret savait parfaitement qu'il serait blâmé s'il publiait cet article et plus encore s'il perdait Dominique Francon dont les chroniques étaient extrêmement populaires. Wynand était toujours en croisière. Scarret lui envoya, à Bali, un câble dans lequel il lui expliquait la situation.

En quelques heures, Scarret reçut la réponse, écrite dans le code privé de Wynand. Mis en clair, cela donnait : « Renvoyez cette poule. G. W. »

Scarret, consterné, lut et relut le câble. C'était un ordre qui ne lui laissait aucune alternative, même si Dominique cédait. Il espéra qu'elle donnerait sa démission. La pensée de la congédier lui faisait horreur.

Grâce à un jeune commis qu'il avait recommandé pour cet emploi, Toohey obtint la copie en clair du câble chiffré de Wynand. Le glissant dans sa poche, il se dirigea vers le bureau de Dominique. Il ne l'avait pas revue depuis le procès. Il la trouva occupée à vider les tiroirs de son secrétaire.

– Hello, dit-il sèchement, que faites-vous donc ?

– J'attends des nouvelles d'Alvah Scarret.

– C'est-à-dire ?

– Afin de savoir si je dois ou non donner ma démission.

– Envie de parler du procès ?

– Non.

– Moi si. J'estime que c'est de la simple courtoisie de ma part de reconnaître que vous avez réussi à faire ce que personne n'avait réussi avant vous : prouver que j'étais dans mon tort.

Il parlait d'un ton froid. Son visage était inexpressif, ses yeux sans bonté.

– Je ne m'attendais pas à vous voir témoigner comme vous l'avez fait. Vous m'avez joué là un vilain tour. Digne de vous d'ailleurs. J'avais simplement mal calculé la direction que pourrait prendre votre attaque. Enfin, vous avez eu le bon sens de reconnaître vous-même que votre acte était absolument inutile. Néanmoins vous avez marqué un point. Pour bien vous manifester mon admiration, j'ai un présent pour vous.

Il posa le câble sur le bureau.

Elle le lut et le garda à la main.

– Vous ne pouvez même pas donner votre démission, ma chère. Vous n'aurez pas la joie de faire ce sacrifice à votre héros, jeteur de perles. Sachant quelle importance vous attachez à ne pas être battue par une autre main que la vôtre, j'ai pensé que cela vous ferait plaisir.

Elle roula le câble et le mit dans son sac.

– Merci, Ellsworth.

– Si vous avez l'intention de me combattre, ma chère, il vous faudra plus que des paroles.

– Ne l'ai-je pas toujours fait?

– Si, en effet. C'est exact. Vous avez raison, une fois de plus. Vous m'avez toujours combattu, et la seule fois où vous vous êtes effondrée, et où vous avez demandé grâce, c'est devant le tribunal.

– C'est vrai.

– C'est cela que je n'avais pas prévu.

– En effet.

Il s'inclina et quitta la pièce.

Dominique fit un paquet des choses qu'elle désirait emporter, puis elle se rendit au bureau de Scarret. Elle lui montra le câble, mais sans le lui donner.

– Et voilà, Alvah, dit-elle.

– Dominique, je n'ai pas pu faire autrement, je n'ai pas pu faire autrement. Mais comment diable vous êtes-vous procuré ce câble?

– Peu importe, Alvah. Non, je ne vous le rendrai pas. Je le garde, en souvenir. (Elle le remit dans son sac.) Envoyez-moi mon chèque et faites-moi suivre mon courrier.

– Vous... vous auriez donné votre démission, de toute façon, n'est-ce pas?

– Oui, certainement. Mais je préfère encore être congédiée.

– Dominique, si vous saviez à quel point je suis consterné. Je ne puis pas le croire. Je ne puis simplement pas le croire.

– Ainsi les gens sont tout de même arrivés à faire de moi une espèce de martyr. Et c'est ce que toute ma vie je me suis efforcée d'éviter. C'est une chose déshonorante que de faire figure de martyr. Un trop grand honneur pour vos adversaires. Mais je vais vous dire une chose, Alvah, et je vous la dis à vous justement parce que je ne pourrais pas imaginer quelqu'un de moins approprié, pour entendre cette confession; rien de ce qu'on pourra me faire à moi, ou à lui, n'égalera ce que je me ferai à moi-même. Si vous imaginez que je ne puis supporter l'histoire du Temple Stoddard, attendez de voir ce que je supporterai encore.

Un soir, quelques jours après le procès, Ellsworth Toohey, dans son cabinet de travail, écoutait la radio. Il ne se sentait pas en humeur de travailler et s'accordait un moment de repos, confortablement installé dans un bon fauteuil, suivant du bout des doigts le rythme compliqué d'une symphonie. Il entendit frapper à la porte.

– Entrez, dit-il d'un ton traînant.

Catherine entra. Elle eut un regard vers la radio pour s'excuser de cette intrusion.

– Je savais que vous n'étiez pas en train de travailler, oncle Ellsworth. Je voudrais vous parler.

Debout devant lui, elle semblait avoir peine à redresser son corps mince et anguleux. Sa jupe, faite d'un très beau tweed, avait besoin d'être repassée. Son visage était légèrement, mais mal fardé. La peau, entre des traînées de poudre, paraissait terne et sans vie. A vingt-six ans elle avait l'air d'une femme qui s'efforce de dissimuler qu'elle a dépassé la trentaine.

Au cours des dernières années, et avec l'aide de son oncle, elle était devenue une travailleuse sociale extrêmement capable. Elle avait un poste rétribué dans une fondation, s'était ouvert un compte en banque. Elle invitait ses amies à déjeuner, généralement des femmes plus âgées qu'elle et qui travaillaient dans la même fondation, et la conversation, à table, roulait sur les filles mères, le développement de la personnalité chez les enfants pauvres et les crimes des corporations industrielles.

Au cours de ces dernières années également, Toohey semblait avoir oublié son existence. Mais il savait qu'elle l'admirait énormément, à sa façon silencieuse et effacée. Il était rare qu'il lui adressât la parole le premier. Mais elle lui demandait continuellement son avis pour de petites choses. Elle était comme un accumulateur branché sur son énergie à lui et qui a besoin de temps à autre d'être rechargé. Elle n'allait pas au théâtre sans le consulter auparavant sur la valeur de la pièce. Elle n'assistait pas à un cours sans lui avoir demandé son avis. Elle était devenue l'amie d'une jeune fille intelligente, capable, gaie, et aimée, elle, bien qu'elle fût également une travailleuse sociale. Mais Toohey n'approuva pas cette amitié et Catherine y renonça.

Lorsqu'elle avait besoin d'un conseil, elle le lui demandait brièvement, en passant, toujours craintive de le déranger, à l'heure des repas, devant la porte de l'ascenseur, lorsqu'il sortait, au salon entre deux émissions de la radio, ne lui demandant jamais que des miettes de son temps.

Aussi Toohey eut-il l'air surpris lorsqu'il la vit entrer dans son cabinet. Il dit néanmoins :

– Certainement, mon petit, je ne suis pas occupé. D'ailleurs je ne suis jamais trop occupé pour t'écouter. Baisse un peu la radio, veux-tu ?

Elle diminua le volume de la radio, et s'assit dans un fauteuil en face de lui. Ses mouvements étaient gauches et inharmonieux comme ceux d'une adolescente ; elle avait perdu l'habitude de se mouvoir avec assurance et cependant, parfois par un geste, un mouvement de tête, elle faisait montre de la brusque impatience qui commençait à se développer en elle.

Elle regarda son oncle. Derrière ses lunettes, ses yeux fixes, au regard tendu, ne révélaient rien d'elle. Elle commença :

– Qu'avez-vous fait ces derniers temps, oncle Ellsworth ? J'ai lu quelque chose dans les journaux au sujet d'un grand procès auquel vous étiez mêlé et qui a été gagné par ceux que vous souteniez. J'en ai été heureuse pour vous. Il y avait des mois que je n'avais pas lu un journal. J'ai été tellement occupée... Non, ce n'est pas tout à fait exact. J'aurais eu le temps, mais lorsque je rentrais à la maison, je n'avais plus la force de rien faire d'autre que de me mettre au lit et de dormir. Oncle Ellsworth, croyez-vous que les gens dorment beaucoup parce qu'ils sont fatigués ou parce qu'ils cherchent à échapper à quelque chose ?

– Voyons, mon petit, ni l'un ni l'autre ne te ressemble.

Elle secoua la tête d'un air découragé.

– Je sais, dit-elle.

– Voyons, qu'y a-t-il ?

Les yeux baissés, elle murmura avec effort :

– J'ai peur de n'être bonne à rien, oncle Ellsworth. (Elle leva les yeux sur lui.) Je suis terriblement malheureuse.

Il la regarda sans mot dire. Son visage avait une expression sérieuse et il y avait dans ses yeux de la bonté. Elle murmura :

– Vous comprenez ? (Il fit signe que oui.) Vous n'êtes pas fâché contre moi ? Vous ne me méprisez pas ?

– Ma chère enfant, comment le pourrais-je ?

– Je ne voulais pas vous en parler. Je ne voulais même pas me l'avouer à moi-même. Ce n'est pas un état récent, cela dure depuis si longtemps. Laissez-moi tout vous dire, soyez indulgent, j'ai besoin de parler. Comme si je retournais me confesser, ainsi que je le faisais autrefois. Oh, ne croyez pas que je veuille reprendre des pratiques religieuses. Je sais maintenant que la religion n'est qu'un moyen d'exploitation d'une classe sociale par une autre. Vous me l'avez trop souvent et trop bien expliqué pour que je ne l'aie pas compris et ne plus aller à l'église ne me manque pas. Mais j'ai besoin, oui besoin de parler à quelqu'un.

– Katie, ma chérie, avant tout, pourquoi as-tu l'air d'avoir peur ? Il ne faut pas. Surtout pas de me parler. Détends-toi, redeviens toi-même et explique-moi ce qui s'est passé.

Elle le regarda avec gratitude.

– Vous êtes... tellement intuitif, oncle Ellsworth. C'est la seule chose que je ne voulais pas vous dire, mais que vous avez devinée. Oui, j'ai peur. Vous venez de me dire : sois toi-même. Or c'est justement de moi-même que j'ai peur. Parce que j'ai une mauvaise nature.

Il se mit à rire, non de façon offensante, mais d'un bon rire affectueux qui signifiait qu'il ne croyait pas un mot de ce qu'elle disait. Mais elle n'eut même pas un sourire.

– Non, oncle Ellsworth, c'est vrai. Je vais essayer de vous l'expliquer. Voyez-vous, toujours, depuis ma plus petite enfance, j'ai essayé de bien faire. Je croyais que tout le monde en faisait autant, mais maintenant je n'en suis plus si sûre. Certaines personnes s'efforcent réellement de bien faire, même s'il leur arrive de commettre des erreurs, mais la plupart ne s'en soucient pas. Moi je me suis toujours donné beaucoup de peine et j'ai toujours pris ces questions au sérieux. J'ai toujours su que je n'étais pas quelqu'un d'extraordinaire et que le bien et le mal étaient de bien grands sujets pour moi. Mais j'ai toujours senti que, pour autant que je le saurais, je ferais toujours tout mon possible pour faire ce qui me semblait être juste. Ce qui est bien tout ce que l'on peut nous demander, n'est-il pas vrai ? Je pense que tout cela doit vous paraître terriblement enfantin.

– Non, Katie, pas du tout. Continue, mon petit.

– Eh bien, pour commencer, je savais qu'il ne fallait pas être égoïste. De cela, en tout cas, j'étais sûre. Aussi me suis-je efforcée de ne jamais rien exiger pour moi-même. Quand Peter disparaissait pendant des mois... Mais je sais que vous n'approuvez pas cela.

– Quoi donc, mon enfant ?

– Peter et moi. Aussi n'en parlerai-je pas. C'est sans importance, d'ailleurs. Vous devez comprendre maintenant combien j'étais heureuse de venir vivre auprès de vous. Vous êtes plus près que n'importe qui d'autre de mon idéal d'altruisme. Je me suis efforcée de vous imiter de mon mieux. C'est ce

353

qui m'a fait choisir le travail que je fais actuellement. Vous ne m'avez jamais dit à proprement parler que vous me le conseilliez, mais j'ai eu l'impression que c'était cela qu'il vous plairait de me voir faire. Ne me demandez pas comment je suis arrivée à cette conclusion, je ne pourrais pas vous le dire. Je ne me suis basée sur rien de tangible, simplement sur de petites choses que vous disiez. J'ai commencé ce travail avec beaucoup d'enthousiasme. Je savais que tout notre malheur provient de notre égoïsme et que le seul moyen de trouver le véritable bonheur est de se consacrer aux autres. Vous me disiez cela, d'autres l'avaient dit avant vous. Les plus grands hommes dans l'histoire l'ont dit depuis des siècles.

— Et ?...

— Regardez-moi !

Il la regarda un instant sans que son visage exprimât rien, puis il sourit gaiement et dit :

— Je ne vois pas ce qui cloche, mon petit, à part le fait que tes bas ne vont pas ensemble et que tu pourrais te poudrer plus soigneusement.

— Ne riez pas, oncle Ellsworth, je vous en supplie, ne riez pas. Je sais bien que vous dites toujours que nous devons savoir rire de tout et particulièrement de nous-mêmes. Mais en ce moment, je ne peux pas.

— Je te promets de ne pas rire, Katie. Mais que se passe-t-il ?

— Je suis malheureuse. Je suis malheureuse d'une façon horrible, honteuse, indigne. Il me semble qu'il y a en moi quelque chose de... malpropre et de déshonnête. Je vis, j'agis et j'ai peur de penser, peur de me regarder. Et c'est cela le pire. Je deviens hypocrite. Moi qui ai toujours tant voulu être honnête avec moi-même. Je ne le suis plus, je ne le suis plus, je ne le suis plus !

— Domine-toi, mon enfant. Ne crie pas. Les voisins pourraient t'entendre.

Elle se passa le dos de la main sur le front, secoua la tête, murmura :

— Excusez-moi... Cela va passer...

— Explique-moi simplement pourquoi tu te sens si malheureuse.

— Je ne sais pas. Je ne comprends pas ce qui m'arrive. Tenez, par exemple, c'est moi qui ai organisé ce cours de soins à donner avant la naissance à la Fondation Clifford. C'est moi qui en ai eu l'idée, j'ai rassemblé l'argent, trouvé le professeur. Ce cours est extrêmement suivi. Je me dis à moi-même que je devrais en être heureuse. Mais je ne le suis pas. Cela ne me fait absolument rien. Le soir, dans mon lit, je me dis : « C'est toi qui as fait adopter le bébé de Marie Gonzalès par une gentille famille, tu devrais en être heureuse. » Mais je ne le suis pas, je n'éprouve absolument rien. Lorsque je suis honnête envers moi-même, je suis obligée de m'avouer que la seule émotion véritable que j'ai ressentie depuis des années est une terrible fatigue. Pas une fatigue physique. Non, simplement une grande fatigue. Comme si plus rien en moi ne pouvait ressentir quelque chose.

Elle retira ses lunettes, comme si la double barrière des verres de son oncle et des siens l'empêchait de communiquer avec lui. Elle se remit à parler d'une voix plus basse, prononçant les mots avec de plus en plus d'effort.

— Mais ce n'est pas tout. Il m'arrive quelque chose de pire. Quelque chose d'horrible. Je commence à haïr les gens, oncle Ellsworth. Je deviens cruelle, mesquine, médiocre, comme je ne l'avais jamais été auparavant. J'exige des gens de la reconnaissance. Je... je demande de la gratitude. Cela me plaît que les pauvres gens me flattent et me fassent des courbettes, et plus ils sont serviles, plus ils me plaisent. Une fois... une fois j'ai dit à une pauvre femme qu'elle ne savait pas apprécier ce que des gens comme nous faisaient pour des femmes comme elle. J'ai eu tellement honte, après, que j'ai pleuré pendant des heures. Je commence à ne plus pouvoir supporter que les gens ne soient pas de mon avis. J'ai le sentiment qu'ils n'ont pas à penser par eux-mêmes, que je sais mieux qu'eux ce qu'il leur faut, qu'ils doivent se soumettre à mon autorité. J'ai connu une jeune fille qui se tourmentait parce qu'elle s'était attachée à un beau garçon qui avait une mauvaise réputation. Je l'ai torturée pendant des semaines, cherchant à la persuader qu'il ne serait pour elle qu'une source de chagrin et qu'il lui fallait absolument rompre. Ils se sont mariés et il n'y a pas de couple plus heureux dans tout le district. Croyez-vous que j'en sois heureuse ? Non, j'en suis furieuse et je suis à peine polie avec cette jeune femme quand je la revois. Et cette jeune fille qui cherchait si désespérément du travail. Sa situation chez elle était vraiment terrible et je lui promis de lui trouver quelque chose. Avant que j'aie pu lui procurer un emploi, elle se trouva elle-même une place excellente. Cela ne me fut pas agréable. Il ne me plaisait pas de penser que quelqu'un s'était sorti d'un mauvais pas sans mon aide. Hier, je parlais avec un jeune garçon qui voudrait continuer ses études et je m'efforçais de le décourager, lui conseillant de trouver plutôt du travail immédiatement. Je me sentais irritée et j'ai brusquement réalisé que c'était parce que j'aurais tant voulu moi-même aller au collège – vous vous souvenez, vous vous y êtes opposé – que je ne voulais pas que ce gosse y aille... Oncle Ellsworth, ne comprenez-vous pas ? C'est maintenant que je deviens égoïste. Et d'une manière cent fois plus horrible que les patrons qui pressurent ces pauvres gens en économisant quelques sous sur leur salaire !

Il demanda d'un air calme :

– Est-ce là tout ?

Elle ferma les yeux un instant, les rouvrit et dit, les yeux baissés :

– Oui... sauf que je ne suis pas la seule à être ainsi. Beaucoup de gens sont comme moi et, en particulier, la plupart des femmes avec lesquelles je travaille... Je ne comprends pas pourquoi elles sont devenues telles... Je ne comprends pas ce qui m'est arrivé à moi... Autrefois, je me sentais si heureuse lorsque j'aidais quelqu'un. Je me souviens qu'une fois, j'avais déjeuné avec Peter ce jour-là, sur le chemin du retour je vis un vieil homme qui jouait de l'orgue de barbarie et je lui donnai cinq dollars, ce qui était tout ce que j'avais dans mon sac. Je les avais économisés pour m'acheter un flacon de « Nuit de Noël ». J'avais terriblement envie de ce parfum, et pourtant, chaque fois que je repensais à ce vieil homme je me sentais heureuse... Je voyais souvent Peter en ce temps-là... Et en rentrant chez moi, j'avais envie d'embrasser les gosses les plus déguenillés de notre quartier... Et maintenant, il me semble que je hais les pauvres... Comme mes collègues d'ailleurs... Mais les pauvres ne nous détestent pas autant qu'ils le pourraient. Ils se contentent de nous mépriser... N'est-ce pas étrange ? Ce sont les maîtres

355

généralement qui méprisent les esclaves et les esclaves qui haïssent les maîtres. Je ne sais plus très bien à qui ces titres s'appliquent. Peut-être cet exemple est-il juste, peut-être pas. Je ne sais plus...

Elle releva la tête, dans un dernier sursaut de révolte.

– Comprenez-vous maintenant qu'il y a là quelque chose que je ne puis comprendre ? Pourquoi, après avoir cherché honnêtement à faire ce que je croyais être le bien, suis-je devenue mauvaise ? C'est donc que je suis mauvaise de nature et incapable de faire le bien. Il me semble qu'il n'y a pas d'autre explication. Et cependant comment est-il possible qu'un être soit parfaitement sincère dans sa recherche du bien et qu'il n'y trouve aucune joie ? Suis-je donc à ce point corrompue ? Mais le fait est là, j'ai renoncé à tout, je n'éprouve plus un désir égoïste, je n'ai plus rien à moi et je suis horriblement malheureuse. Comme le sont les femmes qui me ressemblent. Et je ne connais pas un seul être ayant renoncé à son bonheur personnel qui soit heureux sur cette terre... excepté vous.

Elle baissa la tête et ne la releva pas. Elle semblait indifférente même à la réponse qu'elle demandait.

– Katie, dit-il doucement d'un ton de reproche, Katie, ma chérie !

Elle ne répondit pas.

– Tiens-tu réellement à ce que je te réponde ? (Elle fit signe que oui.) Parce que, vois-tu, tu as répondu toi-même à tes propres questions. (Elle leva sur lui son regard las.) De quoi m'as-tu parlé ? De quoi t'es-tu plainte ? Du fait que tu es malheureuse. Tu ne m'as parlé que de Katie Halsey et de rien d'autre. Je n'ai de ma vie entendu un exposé plus personnel que le tien.

Elle ferma à demi les yeux, comme un élève qui écoute attentivement une leçon difficile.

– Ne vois-tu pas à quel point tu t'es montrée égoïste ? Tu choisis une noble carrière non pour le bien que tu pourras exercer, mais pour le bonheur personnel que tu espères en retirer.

– Mais j'ai réellement le désir d'aider les autres.

– Parce qu'en faisant cela tu pensais que tu te sentirais bonne et vertueuse.

– Mais... oui. Est-ce mal de chercher à bien faire ?

– Oui, si c'est là ton but principal. Ne vois-tu pas combien ton mobile est égoïste. Au diable les gens, pourvu que je sois vertueuse.

– Mais comment peut-on être quelqu'un si l'on ne se respecte pas soi-même ?

– Et pourquoi faut-il absolument que tu sois quelqu'un ?

Elle écarta les mains dans un geste d'étonnement désespéré.

– Si ton premier souci est de savoir ce que tu es, ce que tu penses, ce que tu ressens, ce que tu as ou ce que tu n'as pas, tu n'es rien d'autre que la pire des égoïstes.

– Mais je ne peux pas sortir de mon corps.

– Non, mais tu peux sortir de ton âme étroite.

– Vous voulez dire qu'il faut que je désire être malheureuse ?

– Non. Tu dois cesser de désirer quoi que ce soit. Tu dois oublier à quel point Miss Catherine Halsey est importante. Car, en réalité, vois-tu, elle ne

?'est pas. Les hommes n'ont d'importance que par leurs rapports avec les autres hommes, leur utilité, les services qu'ils rendent. Tant que tu n'auras pas compris cela, tu ne peux espérer te sentir autrement que malheureuse. Pourquoi faire une tragédie cosmique du fait que tu as éprouvé des senti ments cruels envers un autre être? Eh quoi? Ce n'est qu'une souffrance parmi bien d'autres. On ne passe pas de l'état de vie animale à la vie spirituelle sans une certaine transition. Et cette transition est parfois pénible. Une femme très belle a souvent été une ridicule adolescente. Toute évolution exige une destruction et, comme l'on dit, on ne peut pas faire d'omelette sans casser des œufs. Il te faut accepter de souffrir, d'être cruelle, injuste, si tous ces sentiments contribuent à tuer en toi la plus rebelle des racines, l'égoïsme. Et seulement lorsqu'il sera mort en toi, lorsque plus rien ne te sera rien, lorsque tu auras oublié ton identité et oublié jusqu'à ton nom, seulement alors tu éprouveras le bonheur dont je t'ai souvent parlé et seulement alors les portes du domaine spirituel s'ouvriront toutes grandes devant toi.

— Mais oncle Ellsworth, murmura-t-elle, lorsque les portes s'ouvriront, qui donc entrera?

Il se mit à rire de bon cœur et il y avait dans ce rire une certaine admiration.

— Ma chère enfant, dit-il, je ne te croyais pas capable de m'étonner.

Puis il redevint sérieux

— C'était une bonne plaisanterie, Katie, mais tu sais, je l'espère, que ce n'était qu'une plaisanterie?

— Oui, dit-elle d'un air incertain, du moins je le suppose Cependant...

— Nous ne pouvons être assez précis quand nous parlons par abstraction. Bien entendu, c'est toi qui entreras. Et loin de perdre ton identité, tu en auras acquis une bien plus large, une identité qui, à travers les individus, rejoindra l'humanité tout entière.

— Mais comment? Et de quelle manière? Et je ferai partie de quoi?

— Tu vois comme il est difficile de discuter de tels sujets alors que notre langage est celui même de l'individualisme avec tous ses concepts et ses superstitions. La « personnalité » n'est qu'une illusion. Mais tu ne peux construire une nouvelle demeure avec de vieilles briques. Et tu ne peux espérer me comprendre complètement étant donné tes conceptions actuelles. Nous sommes tous empoisonnés par les exigences de notre moi. Nous ne pouvons comprendre ce que sera le bien et le mal dans une société où le moi ne comptera plus et nous ne savons pas ce que nous ressentirons alors, mais la première chose à faire est de détruire le moi. Et pour cela il ne faut pas compter sur notre intelligence. Il ne faut pas penser, il faut croire. Croire, Katie, même si notre esprit se révolte. Ne pense pas, crois seulement. N'écoute pas ton raisonnement, écoute ton cœur. Ne pense pas. Sens. Et crois.

Parfaitement immobile, elle s'était ressaisie, mais avait l'air de quelqu'un qui aurait passé sous un tank. Elle murmura d'un ton docile :

— Oui, oncle Ellsworth... Je... je n'avais pas envisagé les choses sous ce jour-là... Je veux dire que j'avais toujours pensé qu'il fallait... Mais vous avez raison, si raison est le mot qui convient, s'il existe un mot pour exprimer ce que je veux dire... Oui, je veux essayer de croire... J'essaierai de comprendre... Non, non, pas de comprendre. De sentir, de croire, veux-je dire... Mais je suis si faible... Et je me sens toujours si peu de chose lorsque je parle avec vous... Je suppose que j'avais tout de même raison, en un sens, je ne suis vraiment bonne à rien... mais cela n'a pas d'importance... non, pas d'importance...

Lorsque la sonnette retentit, le soir suivant, Toohey alla lui-même ouvrir la porte.

Il sourit en faisant entrer Peter Keating. Après le procès, il s'était attendu à ce que Keating vînt le voir ; il savait que Peter aurait besoin de lui et il l'avait même attendu plus tôt.

Keating entra avec une démarche incertaine. Ses mains semblaient trop lourdes pour ses poignets. Il avait les yeux gonflés et la peau de son visage paraissait relâchée.

– Hello, Peter, dit gaiement Toohey. Vous vouliez me voir ? Entrez, entrez. Vous avez de la chance. J'ai toute ma soirée à moi.

– Non, dit Keating, c'est Katie que je viens voir.

Il ne regardait pas Toohey et ne put voir l'expression des yeux de celui-ci derrière ses lunettes.

– Katie ? Mais bien sûr ! dit Toohey aimablement. Vous n'étiez jamais venu ici voir Katie, aussi il ne m'était pas venu à l'esprit... Allez vite, je suppose qu'elle doit être chez elle. Par ici ; vous ne savez pas où est sa chambre ? La seconde porte.

Keating traversa lourdement le hall, frappa à la porte de Catherine et entra dès qu'elle eut répondu. Toohey le regarda disparaître, l'air songeur.

Catherine bondit en voyant entrer Peter. Elle le regarda stupidement, d'un air incrédule, puis courut vers son lit sur lequel traînait une gaine qu'elle cacha précipitamment sous l'oreiller. Puis elle enleva ses lunettes, referma son poing sur elles et les fourra dans sa poche. Elle se demanda ce qui serait le pire, rester comme elle était ou s'asseoir devant lui à sa coiffeuse pour refaire son visage.

Il y avait six mois qu'elle n'avait pas revu Keating. Au cours des trois dernières années, ils s'étaient rencontrés occasionnellement, à de longs intervalles, avaient eu quelques déjeuners ensemble, quelques dîners, étaient allés deux fois au cinéma. Ils se rencontraient toujours dans des endroits publics. Depuis qu'il avait fait la connaissance de Toohey, Keating ne voulait plus venir la voir chez elle. Lorsqu'ils se retrouvaient, ils parlaient comme si rien n'était changé entre eux. Mais il y avait longtemps qu'ils n'avaient plus parlé de mariage.

– Hello, Katie, dit Keating doucement. Je ne savais pas que vous portiez des lunettes maintenant.

– Oh ! c'est seulement... seulement pour lire... Je... Hello, Peter... Je dois être horrible, ce soir... Cela me fait plaisir de vous voir, Peter.

Il s'assit lourdement, son chapeau à la main, sans enlever son pardessus. Elle se tenait debout devant lui, souriant d'un air malheureux. Puis, avec un geste vague de la main, elle demanda :

– N'êtes-vous entré que pour un instant, ou voulez-vous enlever votre manteau ?

– Non, ce n'est pas pour un instant.

Il se leva, enleva son manteau, le posa avec son chapeau sur le lit, puis, souriant pour la première fois, lui demanda :

– Mais peut-être êtes-vous occupée et avez-vous envie de me renvoyer.

Elle pressa les paumes de ses mains sur ses paupières et se ressaisit rapidement. Il lui fallait le recevoir, comme elle l'avait toujours fait, avec légèreté et naturel.

– Non, non, dit-elle, je ne suis nullement occupée.

Il s'assit et étendit le bras en un geste de silencieuse invite. Elle vint à lui immédiatement et il l'attira sur le bras de son fauteuil.

La lumière de la lampe tombait sur lui et elle s'était suffisamment ressaisie pour remarquer son expression.

– Peter ! s'exclama-t-elle. Que vous est-il donc arrivé ? Vous avez une mine épouvantable !

– Je me suis enivré.

– Mais... pas à ce point ?

– Si, à ce point. Mais c'est fini, maintenant.

– Mais pourquoi ?

– J'avais besoin de vous voir, Katie. J'avais besoin de vous.

– Mon chéri... mais que vous a-t-on fait ?

– Personne ne m'a rien fait. Et je me sens bien maintenant. Je me sens bien parce que je suis auprès de vous... Katie, avez-vous jamais entendu parler de Hopton Stoddard ?

– Stoddard... Je ne vois pas. Il me semble avoir lu ce nom quelque part.

– Peu importe. Je pensais seulement à d'étranges choses. Voyez-vous, ce Stoddard est une vieille fripouille qui ne pouvait plus supporter le poids de ses péchés et qui, pour soulager sa conscience, voulut faire à la ville un don fastueux... Mais moi, quand je n'ai plus pu le supporter, j'ai compris que la seule façon pour moi de me racheter était de faire la chose dont j'avais le plus envie, venir près de vous.

– Qu'est-ce que vous ne pouviez plus supporter, Peter ?

– J'ai fait quelque chose d'abominable, Katie. Je vous le dirai un jour, pas maintenant... Ecoutez, voulez-vous me dire que vous me le pardonnez, sans me demander ce que c'est ? Et je me dirai... je me dirai que je suis pardonné par le seul être qui pourra jamais me pardonner. Quelqu'un qui ne peut pas être offensé et qui par conséquent n'a pas besoin de m'absoudre, mais cela ne fait que rendre les choses plus dures pour moi.

Elle n'eut pas l'air étonné et elle dit avec sérieux :

– Je vous pardonne, Peter.

Il fit à plusieurs reprises un signe de tête approbateur et répondit :

– Merci.

Se pressant contre lui, elle murmura :

– Vous avez été terriblement malheureux ?

– Oui, mais c'est passé maintenant.

Il la prit dans ses bras et l'embrassa. Il oublia enfin le Temple Stoddard et elle ne se demanda plus où était le bien et le mal. Tout était si simple.

– Katie, pourquoi ne nous sommes-nous pas mariés ?

– Je ne sais pas, dit-elle.

Et elle se hâta d'ajouter, uniquement parce que son cœur battait à se rompre, qu'elle ne pouvait rester silencieuse et qu'elle ne voulait pas prendre avantage sur lui à ce moment :

– Probablement parce que nous savions que rien ne pressait.

– Mais le temps presse, s'il n'est pas déjà trop tard.

– Peter... vous... vous voulez toujours m'épouser ?

– N'ayez pas l'air si surprise, Katie. Sinon, je penserai que vous avez douté de moi au cours de toutes ces années. Et en ce moment, je ne pourrais pas le supporter. C'est pour cela que je suis venu ici ce soir. Nous allons nous marier. Nous allons nous marier immédiatement.

– Oui, Peter.

– Inutile d'annoncer notre mariage, de fixer une date, de faire des préparatifs, d'inviter des gens. Nous avons toujours laissé l'une ou l'autre de ces choses nous arrêter. Je ne comprends pas comment nous avons pu laisser les choses aller ainsi à la dérive... Nous ne dirons rien à personne. Nous filerons tout simplement et nous nous marierons. Et nous annoncerons notre mariage et donnerons des explications après, si les gens en demandent. Et cela s'applique également à votre oncle, à ma mère et à tous.

– Oui, Peter.

– Quittez votre sacré travail demain même. Moi je m'arrangerai pour prendre un mois de congé au bureau. Guy sera furieux, je m'en réjouis. Préparez-vous, vous n'avez d'ailleurs pas besoin d'emporter grand-chose, surtout pas des produits de beauté. Est-ce que vous ne me disiez pas que vous étiez horrible ce soir ? Vous n'avez jamais été plus charmante. Je serai ici à neuf heures du matin, après-demain. Soyez prête à partir.

– Oui, Peter.

Lorsqu'il l'eut quittée, elle se jeta sur son lit en sanglotant sans retenue, sans dignité, sans se soucier de qui que ce fût.

Ellsworth Toohey avait laissé la porte de son studio ouverte. Il avait vu Keating passer devant lui sans même le remarquer. Puis le bruit des sanglots de Catherine lui parvint. Il se dirigea vers sa chambre et entra sans frapper.

– Qu'y a-t-il, ma chérie, demanda-t-il. Peter a-t-il fait quelque chose qui t'a peinée ?

Elle s'était soulevée sur son lit, et le regardait, la tête rejetée en arrière, sanglotant de plus belle. Et, sans réfléchir davantage, elle dit la première chose qui lui vint à l'esprit, quelque chose qu'elle-même ne comprit pas, mais que lui saisit parfaitement :

– Je n'ai plus peur de vous, oncle Ellsworth.

2.14

– Qui ? s'exclama Keating.

– Miss Dominique Francon, répéta la femme de chambre.

– Vous êtes ivre, espèce de folle !

– Mr. Keating !

Il bondit, l'écarta de son passage, se précipita dans le living-room et vit Dominique Francon, debout, là, dans son appartement.

– Hello, Peter.

– Dominique !... Dominique, est-ce possible ?

Dans le mélange de colère, d'appréhension, de curiosité et de vanité satisfaite qui l'envahit, la seule pensée consciente fut la satisfaction de penser que, grâce à Dieu, sa mère n'était pas à la maison.

– J'ai téléphoné à votre bureau. On m'a dit que vous étiez chez vous.

– Je suis tellement ravi, si agréablement sur... Au diable, Dominique, à quoi bon tout cela. J'essaie toujours d'être correct avec vous et vous me percez à jour de telle sorte que c'est bien inutile. A quoi bon jouer au maître de maison enchanté. Vous savez parfaitement que je suis complètement ahuri, que votre présence ici n'est pas naturelle et que tout ce que je dirai sonnera faux.

– Voilà qui est mieux, Peter.

Il remarqua soudain qu'il tenait une clé à la main et se hâta de la glisser dans sa poche. C'était la clé de la valise qu'il était en train de préparer pour son départ du lendemain. Il jeta un regard autour de lui et constata avec déplaisir à quel point ce décor de l'époque victorienne paraissait vulgaire en contraste avec l'élégante silhouette de Dominique. Elle était vêtue d'un costume gris, d'une veste de fourrure au col relevé jusqu'au menton. Elle ne rappelait en rien la femme qui avait déposé au tribunal, ni celle qu'il rencontrait dans des dîners. Il se rappela soudain cet instant, il y avait de cela bien des années, où il l'avait vue pour la première fois sur les marches de l'escalier conduisant au bureau de Guy Francon et où il avait souhaité ne jamais la revoir. Elle restait pour lui ce qu'elle était alors, une étrangère qui l'effrayait par son visage de cristal où rien ne se lisait.

– Ne voulez-vous pas vous asseoir, Dominique ? Enlever votre manteau ?

– Non, je ne resterai pas longtemps. Et puisque nous ne jouons pas la comédie ce soir, vous dirai-je immédiatement pourquoi je suis venue, ou commencerons-nous par quelques phrases polies ?

– Non, pas de politesse, je vous en prie.

– Très bien. Voulez-vous m'épouser, Peter ?

Il resta d'abord parfaitement immobile, puis il s'assit lourdement, car il avait compris qu'elle ne plaisantait pas.

– Si vous désirez toujours m'épouser, continua-t-elle de la même voix précise et impersonnelle, il faut le faire immédiatement. Ma voiture est en bas. Nous allons jusqu'au Connecticut et nous rentrons. Cela nous prendra environ trois heures.

– Dominique...

Il ne put en dire davantage. Il avait l'impression d'être paralysé. Il savait en réalité qu'il était violemment vivant et que la stupeur qui envahissait ses muscles et son cerveau n'était que le désir d'échapper à la responsabilité d'une décision consciente.

– Inutile de feindre, Peter. Habituellement les gens discutent d'abord de leurs idées et de leurs sentiments, puis ils en arrivent aux questions pratiques. Pour nous, c'est le contraire. Vous parler autrement serait vous tromper. Il faut qu'il en soit ainsi. Ni questions, ni conditions, ni explications. Ce que nous ne disons pas est la meilleure des réponses. Justement parce que nous ne le disons pas. Il n'est pas question pour vous de réfléchir, mais simplement de savoir si vous êtes décidé ou non.

— Dominique, dit-il de cet air concentré qu'il avait lorsqu'il s'aventurait sur une poutre à nu dans un chantier en construction, si je vous comprends bien, je dois vous imiter, ne pas discuter, ne pas parler, simplement répondre.

— Oui.

— Cependant... c'est... difficile.

— Cette fois, Peter, il n'y a aucune protection, rien derrière quoi se cacher, pas même des mots.

— Si vous me disiez au moins...

— Non.

— Si vous me laissiez le temps...

— Non. Ou nous descendons ensemble maintenant ou nous n'y pensons plus.

— Il ne faudra pas m'en vouloir si je... Vous ne m'avez jamais permis d'espérer que... que vous... non, non, je ne dirai rien... mais mettez-vous à ma place. Je suis ici, seul, et...

— Et je suis la seule personne présente qui puisse vous donner un conseil. Je vous conseille de refuser. Vous voyez que je suis honnête envers vous, Peter. Mais je ne viendrai pas à votre secours en retirant mon offre. Vous auriez préféré ne pas avoir la possibilité de m'épouser. Mais vous l'avez. Maintenant. Et la décision dépend de vous.

Brusquement, toute dignité l'abandonna. Il se prit la tête dans les mains.

— Dominique... pourquoi ?

— Vous connaissez mes raisons. Je vous les ai données il y a longtemps. Si vous n'avez pas le courage de vous les rappeler, n'espérez pas que je vous les répète.

Il était assis dans un fauteuil, la tête basse.

— Dominique, dit-il enfin, deux personnes comme vous et moi se mariant, c'est un événement mondain.

— Oui.

— Ne serait-ce pas mieux si nous nous mariions correctement en l'annonçant à l'avance et en faisant une véritable cérémonie ?

— Je suis courageuse, Peter, mais pas à ce point. Vous pourrez donner des réceptions et avoir votre publicité après.

— Vous ne voulez rien entendre actuellement, excepté oui ou non ?

— Exactement.

Il la regarda longuement. Le regard qu'elle lui rendit n'avait pas plus de réalité que celui d'un portrait. Il se sentait seul dans la pièce. Elle attendait patiemment, ne lui faisant même pas la grâce de le prier de se hâter.

— C'est bien, Dominique, dit-il enfin, c'est oui.

Elle inclina gravement la tête en signe d'acquiescement.

— Je vais aller mettre mon manteau, dit-il. Vous préférez prendre votre voiture ?

– Oui.

– C'est une voiture ouverte, je crois ? Faut-il mettre ma pelisse ?

– Non. Mais prenez une écharpe, il y a du vent.

– Pas de valise ? Nous rentrons directement ?

– Nous rentrons directement.

Il laissa ouverte la porte du hall et elle le vit enfiler son pardessus, jeter une écharpe autour de son cou avec le geste dont il aurait jeté une cape sur son épaule. Il vint sur le seuil du living-room, son chapeau à la main et l'invita d'un geste à le suivre. Il fit venir l'ascenseur et s'effaça pour l'y laisser pénétrer la première. Ses mouvements étaient sûrs et précis, n'exprimant ni joie, ni émotion. Il paraissait plus viril qu'il ne l'avait jamais été.

Il lui prit le bras fermement, d'un geste protecteur, pour l'aider à traverser la rue. Ouvrant la portière de la voiture, il la laissa s'installer au volant et monta à côté d'elle. Se penchant vers lui, elle régla le pare-brise de son côté, disant : « Si ce n'est pas suffisant, relevez-le encore quand nous roulerons, vous aurez moins froid. » Lui confiant son sac, elle prit le volant, démarra. Il n'y avait plus entre eux aucun antagonisme, mais une espèce de camaraderie navrée, comme s'ils étaient tous deux victimes du même désastre, ce qui leur donnait le désir de s'entraider.

Elle conduisait vite, par habitude, mais d'une façon régulière qui excluait toute idée de hâte. Ils se taisaient, bercés par le ronronnement du moteur, ne changeant même pas de position lorsque la voiture s'arrêtait à un croisement. Ils étaient emportés par un élan unique, une direction impérieuse, comme la trajectoire d'une balle qui ne peut être détournée de sa course. Le crépuscule tombait sur la ville. Le pavé brillait. Les magasins étaient encore ouverts. Un cinéma avait déjà allumé son enseigne lumineuse et les lampes rouges qui s'allumaient et s'éteignaient à un rythme régulier, absorbant les dernières traces de lumière, faisaient paraître la rue plus sombre.

Peter Keating n'éprouvait pas le désir de parler. Il était très différent du Peter Keating habituel. Il ne demandait pas de sympathie, il ne demandait pas de pitié, il ne demandait rien. Dominique, qui appréciait son attitude, lui lança un regard où il y avait presque de la gentillesse. Il soutint son regard fermement et il n'y avait dans le sien aucune interrogation, mais de la compréhension. C'était presque comme s'il lui avait dit : « Mais bien sûr. »

Ils étaient déjà sortis de la ville et la route sombre et glacée s'élançait à leur rencontre lorsqu'il dit :

– Les agents de la circulation sont mauvais par là. Avez-vous votre carte de presse s'ils essaient de vous ennuyer ?

– Je ne fais plus partie de la presse.

– Quoi ?

– Je ne suis plus journaliste.

– Vous avez donné votre démission ?

– Non, j'ai été congédiée.

– Ce n'est pas possible !

– Où étiez-vous donc ces derniers jours ? J'aurais cru que tout le monde le savait.

– Je m'excuse, mais je n'ai pas suivi les événements de très près ces derniers temps.

Quelques miles plus loin, elle demanda :

– Donnez-moi une cigarette. Elles sont dans mon sac.

Il ouvrit le sac, y vit son étui à cigarettes, son poudrier, son bâton de rouge, un peigne, un mouchoir trop immaculé pour qu'il osât l'effleurer et qui exhalait faiblement son parfum. Quelque chose en lui sentit qu'ouvrir ce sac était un geste presque aussi intime que de lui ouvrir son corsage. Mais ce fut une impression dont il eut à peine conscience, non plus que de l'air de propriétaire avec lequel il ouvrit ce sac. Il prit une cigarette dans l'étui, l'alluma et la lui mit aux lèvres. Il en alluma une pour lui et referma le sac.

Lorsqu'ils atteignirent Greenwich, ce fut lui qui s'enquit de l'adresse, lui dit où se diriger, dans quelle rue tourner. « Nous y voici », dit-il lorsqu'ils arrivèrent devant la maison du juge. Il descendit le premier, lui ouvrit l'autre portière. Puis il sonna.

Ils furent mariés dans un living-room orné de fauteuils aux petits points. L'abat-jour de la lampe était garni d'une frange de perles. Les témoins étaient la femme du juge et un voisin du nom de Chuck qui avait dû s'interrompre dans quelque tâche ménagère et qui sentait légèrement le chlore.

Ils revinrent à la voiture et Keating demanda :

– Voulez-vous que je prenne le volant ? Etes-vous fatiguée ?

– Non, je préfère conduire.

La route qui les ramenait vers la ville était bordée de champs brunâtres dont chaque dénivellation était frangée, du côté de l'ouest, d'un reflet rougeâtre. L'horizon baignait dans ce même reflet rougeâtre et de longues bandes de nuages couleur de feu striaient le ciel. Les quelques voitures qu'ils croisaient étaient des ombres à peine visibles. Quelques-unes avaient déjà allumé leurs phares, deux yeux jaunes et gênants.

Keating regardait la route ; elle lui semblait étroite, un simple trait au centre du pare-brise, encadré par les champs et les collines et le tout contenu dans le rectangle de glace devant lui. La route s'écartait devant la voiture qui fonçait ; elle emplissait la vitre, coulait sur ses bords, se scindait pour les laisser passer, et s'écoulait de chaque côté de la voiture en deux bandes grises. Il lui semblait assister à une course et il souhaitait voir la voiture gagner et pénétrer dans la route avant qu'elle eût eu le temps de s'ouvrir.

– Où allons-nous vivre pour commencer ? demanda-t-il. Chez vous ou chez moi ?

– Chez vous, bien entendu.

– Je préférerais que ce fût chez vous.

– Non. Je ferme mon appartement.

– Ce n'est pas possible que vous aimiez mon intérieur.

– Pourquoi pas ?

– Je ne sais pas. Il ne vous va pas.

– Je m'y ferai.

Ils se turent un moment, puis il demanda :

– Comment allons-nous annoncer notre mariage ?

– Comme vous voudrez. Je vous en laisse le soin.

Il commençait à faire sombre et elle alluma les phares. Il observait les signaux lumineux qui s'allumaient au bord de la route, jaillissant soudain à leur approche et formant « Tournant à gauche », « Croisement » en taches de lumière qui avaient quelque chose de conscient et de malveillant.

Ils roulaient en silence, mais il n'y avait plus maintenant aucun lien entre eux. Ils n'allaient plus au-devant d'un désastre, le désastre était accompli, il n'y avait plus besoin de courage. Il se sentait de nouveau incertain et inquiet comme toujours lorsqu'il était en face de Dominique Francon.

Il se tourna à demi pour la regarder. Elle tenait les yeux fixés sur la route. Son profil offert au vent glacé était pur, serein et tellement adorable qu'il en eut le cœur serré. Il regarda ses mains gantées fermement posées sur le volant. Son regard descendit sur son pied étroit posé sur l'accélérateur, puis remonta le long de sa jambe, et s'arrêta sur un triangle étroit de sa courte jupe grise. Et il réalisa brusquement qu'il avait désormais le droit de penser ce qu'il venait de penser.

Pour la première fois, tout ce que comportait ce mariage lui apparut pleinement et consciemment. Il comprit alors qu'il avait toujours désiré Dominique d'un désir tenace et sans espoir, sans éprouver pour elle le moindre amour. « Ma femme », se dit-il pour la première fois sans mettre dans ce mot la moindre trace de respect. Et il éprouva pour elle un désir si violent que, si ç'avait été l'été, il lui aurait ordonné d'arrêter la voiture dans le plus proche bosquet et l'aurait prise sur-le-champ.

Il étendit son bras derrière le dossier de son fauteuil et lui entoura les épaules, l'effleurant à peine du bout des doigts. Elle ne bougea pas, ne résista pas, ne se tourna pas vers lui. Il retira son bras et se remit à considérer la route.

– Mrs. Keating, dit-il soudain sans s'adresser à elle, mais comme on constate un fait.

– Mrs. Peter Keating, corrigea-t-elle.

Lorsqu'ils arrivèrent en bas de chez lui, il descendit et lui ouvrit la portière, mais elle resta au volant.

– Bonne nuit, Peter, dit-elle. A demain.

Et voyant l'expression de son visage, elle ajouta avant qu'il eût pu prononcer les mots qui se dessinaient sur ses lèvres :

– Je ferai porter mes bagages chez vous demain matin et nous prendrons toutes nos dispositions. La vie commence, Peter.

– Où allez-vous ?

– J'ai des choses à régler.

– Mais que dirai-je aux gens ce soir ?

– Ce que vous voudrez, s'il est vraiment nécessaire que vous leur disiez quelque chose.

Elle mit sa voiture en marche et disparut.

Lorsqu'elle entra, ce soir-là, dans la chambre de Roark, il l'accueillit non avec le léger sourire par lequel il lui signifiait qu'il l'avait attendue, mais avec un sourire dans lequel il y avait de l'attente et de la douleur.

Il ne l'avait pas revue depuis le procès. Elle avait quitté la salle après avoir déposé et il n'avait plus rien su d'elle. Il était allé chez elle, mais la femme de chambre lui avait répondu que Miss Francon ne pouvait pas le recevoir

Elle le regarda et lui sourit en retour. C'était, pour la première fois, un sourire d'acceptation totale, comme si de le revoir résolvait toutes choses, répondait à toutes les questions et que son unique but dans la vie était d'être une femme qui le regardait.

Ils restèrent silencieux un moment l'un devant l'autre et elle pensa que les mots les plus beaux sont ceux qu'on ne prononce pas.

Lorsqu'il fit un mouvement vers elle, elle dit :

– Ne parlons pas du procès. Plus tard.

Lorsqu'il la prit dans ses bras, elle se tourna contre lui, appuya sa poitrine contre la sienne, ses jambes contre les siennes, de toutes ses forces, comme si elle était couchée contre lui, que ses pieds ne la portaient plus, qu'il supportait tout le poids de son corps.

Ils ne se quittèrent pas cette nuit-là et n'eurent pas conscience d'avoir dormi, car il y avait autant d'intensité dans leurs moments d'inconscient anéantissement que dans les instants où s'unissaient leurs deux corps.

Au matin, lorsque tous deux se furent vêtus, elle le regarda aller et venir dans la pièce. Elle observa la puissance calme qui se dégageait de ses moindres gestes et, à la lourdeur de ses propres poignets, elle sentit qu'elle lui avait donné sa force, qu'il avait puisé en elle une nouvelle énergie.

Il était à l'autre bout de la pièce, lui tournant le dos, lorsqu'elle dit, d'une voix douce et basse :

– Roark.

Il se retourna comme s'il s'attendait à ce qu'elle l'appelât et comme s'il avait déjà deviné ce qu'elle allait lui dire.

Elle était debout au milieu de la pièce, à l'endroit où elle se tenait le premier jour qu'elle était venue chez lui, et il y avait dans son expression quelque chose de solennel.

– Je vous aime, Roark.

C'était la première fois qu'elle prononçait ces mots.

Elle le vit changer de visage avant même qu'elle eût prononcé les mots suivants.

– Je me suis mariée hier. Avec Peter Keating.

Cela aurait été plus facile si elle l'avait vu raidir la bouche pour retenir les mots qui allaient sortir, ou fermer les poings dans une sorte de défense contre lui-même. Mais elle sentit sa profonde réaction intérieure que n'accompagnait aucun geste physique.

– Roark... dit-elle tout bas, effrayée.

– Ce n'est rien, dit-il. Puis : Attendez un moment... Bien, continuez.

– Roark, avant de vous connaître, j'avais toujours redouté de rencontrer un homme comme vous parce que je savais qu'il arriverait un jour ce qui s'est passé au cours de ce procès et que je devrais faire une chose comme celle que j'ai faite en témoignant pour vous. J'ai eu horreur de ce que je faisais, car c'était vous insulter que de vous défendre et c'était une insulte pour moi que vous ayez à être défendu... Roark, je peux tout accepter, excepté ce qui paraît le plus facile à la plupart des gens : les demi-mesures, l'à-peu-près, les compromis. Peut-être peut-on leur trouver des justifications. Mais c'est une chose que moi je ne puis comprendre. Lorsque je pense à ce que vous êtes, je ne puis accepter d'autre réalité qu'un monde à votre ressemblance. Ou tout au moins un monde dans lequel vous auriez un combat digne de vous et des chances de vaincre. Mais ce monde n'existe pas. Et je ne peux pas vivre déchirée entre le monde tel qu'il existe – et vous. Cela signifierait pour moi lutter contre des choses et contre des gens qui ne sont pas dignes d'être vos adversaires. Il faudrait combattre pour vous en utilisant leurs méthodes, et cela me semblerait une horrible profanation. Cela voudrait dire faire pour vous ce que j'ai fait pour Peter Keating : mentir, flatter, louvoyer, se prêter aux choses les plus ineptes pour obtenir d'eux une chance pour vous ; les supplier de vous permettre de vivre, de vous permettre de travailler, les supplier, Roark, ne pas rire d'eux, mais trembler devant eux, parce qu'ils ont entre leurs mains le pouvoir de vous blesser. Est-ce de ma part une preuve de faiblesse de ne pouvoir accepter une telle chose ? Je ne sais pas en quoi réside la force la plus grande : dans le pouvoir d'accepter tout cela pour l'amour de vous ou de tellement vous aimer que ces choses soient pour moi inacceptables. Je ne sais plus. Je vous aime trop.

Il la regarda sans parler. Elle sentit qu'il avait compris tout cela depuis longtemps, mais que ces choses devaient être dites.

– Vous n'avez pas conscience de l'existence des autres. Moi si. Je ne peux pas m'en empêcher. Je vous aime. Le contraste est trop grand. Roark, vous ne vaincrez pas, ils vous détruiront, mais je ne serai pas là pour voir cela. J'aurai tout détruit en moi. C'est le seul geste de protestation qui me reste. Que puis-je vous offrir d'autre ? Ce que les gens sacrifient est généralement si peu de chose. Je vous donne mon mariage avec Peter Keating. Je me refuse le bonheur en ce monde et je choisis la souffrance. C'est là ma réponse au monde et le don que je vous fais. Je ne vous reverrai probablement jamais. Je ne l'essayerai pas, d'ailleurs. Mais je vivrai pour vous, chaque minute de ma vie, et à travers les actes les plus honteux que j'accomplirai. Je vivrai pour vous à ma manière, la seule qui me soit permise.

Il allait parler, mais elle l'arrêta du geste et continua :

– Attendez. Laissez-moi finir. Vous pourriez me demander pourquoi je ne me tue pas. Parce que je vous aime. Parce que vous existez. Et le seul fait que vous existez ne me permet pas de mourir. Et puisqu'il faut que je vive pour continuer de savoir que vous vivez, je veux vivre dans le monde tel qu'il est, et selon ses lois. Et pas à moitié, complètement. Sans vaines supplications et sans chercher à éviter le pire, mais en allant au-devant de lui. Non pas comme la femme de quelque être à moitié convenable, mais en tant que femme de Peter Keating. Et ce n'est qu'au plus profond de moi-même, là où rien ne peut m'atteindre, à l'abri de ma propre dégradation, que j'entretiendrai votre souvenir et le sentiment de votre existence. Je me dirai quelquefois « Howard Roark » à moi-même et je sentirai que j'ai le droit de le dire.

Elle était debout devant lui, le visage levé vers lui. Ses lèvres n'étaient pas serrées, mais doucement refermées. Cependant le dessin de sa bouche avait quelque chose de trop ferme, et exprimait la douleur, la tendresse, la résignation.

Sur son visage à lui il y avait une expression de souffrance acceptée qui paraissait faire partie de lui non comme une blessure, mais comme une cicatrice.

– Dominique, si je vous disais maintenant de faire annuler votre mariage immédiatement, d'oublier le monde et ma lutte contre lui, de ne plus éprouver ni colère, ni mépris, ni espoir, mais de vivre pour moi, pour le besoin que j'ai de vous, comme ma femme, comme ma chose ?...

Il vit sur son visage la même expression qu'elle avait vue sur le sien lorsqu'elle lui avait annoncé son mariage. Il attendit qu'elle se ressaisît et qu'elle parlât. Au bout d'un instant elle prononça avec effort ces mots qui ne semblaient pas venir du profond d'elle-même mais lui être extérieurs :

– Je vous obéirais.

– Vous comprenez maintenant pourquoi je ne vous le demanderai pas, pourquoi je n'essaierai pas de vous retenir. Je vous aime, Dominique.

Elle ferma les yeux. Il continua :

– Vous auriez préféré que je ne le dise pas, mais moi je veux que vous l'entendiez. Quand nous sommes ensemble, nous n'avons jamais besoin de dire les choses. Si je vous les dis, c'est pour quand nous serons séparés. Je vous aime, Dominique. C'est pour moi une chose aussi évidente que mon existence même. Vous m'êtes aussi nécessaire que l'air qui pénètre dans mes poumons. Je n'ai à vous donner ni pitié, ni sacrifice, mais moi-même et le besoin que j'ai de vous. Et c'est seulement ainsi que vous pouvez désirer être aimée. Et c'est seulement ainsi que je puis vous aimer. Si vous m'épousiez maintenant, je deviendrais toute votre vie. Mais je n'aimerais pas cela. Vous n'aimeriez pas cela non plus, et vous ne m'aimeriez pas longtemps. Pour dire « Je vous aime », il faut savoir dire « Je ». En vous obligeant à venir à moi maintenant je n'aurais rien de vous qu'une coupe vide. Vous le demander serait vous détruire. Et c'est pourquoi je ne ferai rien pour vous retenir, pourquoi je vous laisserai retourner auprès de votre mari. Je ne sais pas comment je survivrai à cette nuit, mais j'y arriverai. Je vous veux complète, comme je le suis moi-même, comme vous le serez après avoir livré bataille à la vie. Un combat n'est jamais inutile.

Elle sentit, à l'effort avec lequel il prononçait ces mots, qu'il était plus dur encore pour lui de parler que pour elle d'écouter, aussi ne fit-elle rien pour l'interrompre.

– Vous devez apprendre à ne plus redouter le monde. A ne plus dépendre de lui comme vous le faites actuellement. A ne plus jamais vous sentir atteinte comme vous l'avez été au tribunal. Et en cela je ne puis vous aider. Vous devez trouver votre voie vous-même. Et alors vous reviendrez vers moi. Le monde ne me détruira pas, Dominique, pas plus qu'il ne vous détruira vous-même. Vous triompherez parce que vous avez choisi la route la plus dure, parce que vous allez combattre pour votre liberté. Je vous attendrai. Je vous aime. Je vous le dis pour toutes les années que nous aurons à attendre. Je vous aime, Dominique.

Il la prit dans ses bras, l'embrassa puis la laissa partir.

2.15

A neuf heures, le lendemain matin, Peter Keating arpentait sa chambre dont il avait fermé la porte à clé. Il se forçait à oublier qu'il était neuf heures et que Catherine l'attendait. Il arrivait à l'oublier, elle et tout ce que son existence sous-entendait.

Il s'était enfermé dans sa chambre pour se protéger de sa mère. La nuit précédente, le voyant si nerveux, elle l'avait obligé à lui avouer la vérité. Il avait fini par lui dire qu'il venait d'épouser Dominique Francon et avait inventé la nécessité où s'était trouvée Dominique d'aller annoncer leur mariage à quelque vieille parente qui habitait hors de la ville. Sa mère avait poussé de tels cris et lui avait posé tant de questions qu'il était parvenu à ne rien lui dire d'essentiel et à lui cacher sa terreur. Mais, quant à lui, il n'était nullement certain de posséder réellement une femme ni de la voir revenir le lendemain matin.

Il avait défendu à sa mère d'annoncer la nouvelle, mais elle avait donné quelques coups de téléphone dans la soirée, avait recommencé le matin et maintenant l'appareil sonnait sans arrêt et l'on entendait des voix anxieuses qui criaient « Est-ce bien vrai ? », puis des exclamations suivies de félicitations. Keating pouvait se rendre compte que la nouvelle se répandait dans la ville en cercles sans cesse grandissant, au nom et à la situation sociale des gens qui appelaient. Il refusa de répondre lui-même au téléphone. Il lui semblait que tout New York célébrait cet événement, alors que lui, réfugié dans sa chambre, se sentait seul, perdu, misérable.

Il était bientôt midi lorsque la sonnerie de la porte d'entrée retentit et il porta ses mains à ses oreilles, refusant d'entendre qui venait et ce qu'on lui voulait. Et soudain il entendit la voix de sa mère, que l'excitation rendait si perçante qu'elle en paraissait stupide d'une façon gênante : « Petey, mon chéri, est-ce que tu ne viens pas embrasser ta femme ? » Il se précipita dans le hall. Dominique était là, en train d'enlever son manteau de souple vison, et la fourrure apporta à Peter un peu de l'air froid du dehors et une bouffée du parfum de la jeune femme. Elle lui sourit, le regardant droit dans les yeux et dit :

– Bonjour Peter.

Il hésita un instant et, en cet instant, il réentendit tous les coups de téléphone et il eut, enfin, la brusque illumination du triomphe. Il s'avança comme s'il traversait l'arène d'un stade croulant de monde, sourit comme s'il sentait déjà sur lui l'éclat des réflecteurs qui capteraient ce sourire et répondit :

– Dominique, ma chérie, il me semble que je rêve.

La dignité que leur avait conférée leur mutuelle compréhension avait disparu et leur mariage était enfin ce qu'il devait être.

Elle en parut heureuse et dit en souriant :

– Je regrette que vous ne m'ayez pas prise dans vos bras pour franchir le seuil, Peter.

Il ne l'embrassa pas, mais lui prenant la main il la baisa un peu au-dessus du poignet, dans un mouvement de tendre intimité. Puis, voyant sa mère s'approcher, il dit avec un geste de triomphe :

– Mère, Dominique Keating.

Il vit sa mère l'embrasser et Dominique lui rendre gravement son baiser. Mrs. Keating s'exclamait :

– Ma chère enfant, je suis tellement heureuse, tellement heureuse. Dieu vous bénisse, je ne savais pas que vous étiez si belle !

Il y eut ensuite un instant d'hésitation, mais Dominique prit l'initiative, ne leur laissant pas le temps de s'étonner. Elle pénétra dans le living-room et dit :

– Si nous commencions par déjeuner, et puis vous me ferez visiter l'appartement, Peter. Mes bagages seront ici dans une heure.

Mrs. Keating rayonnait.

– Le déjeuner est prêt, Miss Fran... Voyons, comment vais-je vous appeler, ma chérie ? Mrs. Keating ou...

– Dominique, bien entendu, répondit Dominique sans sourire.

– N'allons-nous pas annoncer notre mariage, inviter quelques personnes et... commençait Keating.

Mais Dominique l'interrompit :

– Plus tard, Peter. D'ailleurs il s'annoncera de lui-même.

Lorsque ses bagages arrivèrent, il la vit se diriger sans une hésitation vers la chambre à coucher. Elle montra à la femme de chambre comment disposer ses vêtements et demanda à Peter de l'aider à réorganiser les armoires.

Mrs. Keating avait l'air étonné.

– Mais, mes enfants, n'allez-vous pas partir ? Tout cela est si rapide et si romanesque et... pas le plus petit voyage de noce ?

– Non, dit Dominique, je ne veux pas arracher Peter à son travail.

– Tout cela est temporaire, bien entendu, dit Keating. Il nous faudra prendre un autre appartement, plus vaste que celui-ci. C'est vous qui le choisirez.

– Pourquoi ? dit-elle. Je ne trouve pas cela nécessaire. Nous pouvons parfaitement rester ici.

– C'est moi qui partirai, offrit généreusement Mrs. Keating sans réfléchir, poussée d'ailleurs par la sainte terreur que lui inspirait Dominique. Je prendrai un petit appartement rien que pour moi.

– Non, dit Dominique, ne faites pas cela, je vous en prie. Je désire que rien ne change. Je veux me glisser dans la vie de Peter sans rien y changer.

– C'est vraiment très gentil à vous, dit Mrs. Keating toute souriante, tandis que Keating se disait en lui-même qu'il ne trouvait pas que ce fût si gentil que ça.

Quant à Mrs. Keating, elle savait parfaitement que, la première émotion passée, elle détesterait sa belle-fille. Elle aurait accepté le dédain. Elle ne pouvait supporter la politesse grave de Dominique.

Le téléphone sonna. Le dessinateur-chef de Keating appelait du bureau. Il présenta ses félicitations, puis dit :

– Nous venons d'apprendre la nouvelle, Peter, et Guy est sous le coup. Je crois que vous feriez bien de l'appeler, de venir ici ou de faire quelque chose.

Keating partit pour le bureau, heureux de s'échapper un moment. Lorsqu'il entra dans l'atelier des dessinateurs, il était l'image même du jeune et radieux amoureux. Il riait, secouait des mains, répondait aux bruyantes félicitations, aux exclamations d'envie, aux plaisanteries osées. Puis il se dirigea vers le bureau de Francon.

Il se sentit un instant étrangement coupable en voyant sur le visage de Francon un sourire qui était comme une bénédiction. Il lui frappa affectueusement sur l'épaule et murmura :

– Je suis tellement heureux, Guy, tellement heureux.

– Je l'espérais depuis longtemps, dit Francon doucement, mais maintenant tout est bien. Et il est juste maintenant que tout cela vous revienne un jour, Peter, tout, ce bureau, mon affaire, tout, et bientôt.

– Qu'est-ce que vous racontez là ?

– Oh ! vous me comprenez. Je suis fatigué, Peter. Voyez-vous, il arrive un moment où vous vous sentez fatigué d'une façon définitive et alors... Non, vous ne pouvez pas me comprendre, vous êtes trop jeune. Mais franchement, Peter, à quoi est-ce que je sers, ici ? Et ce qu'il y a de plus curieux, c'est que je ne tiens même plus à faire semblant d'être indispensable... C'est agréable d'être sincère quelquefois. C'est reposant. Oh, je resterai peut-être encore une année ou deux, puis je prendrai ma retraite. Et alors tout sera à vous. Cela m'amusera peut-être de rester encore un peu. J'aime ces bureaux. Il y a tant d'activité, nos affaires marchent si bien, nous sommes entourés de considération. C'est une bonne firme, que Francon & Heyer. Non, qu'est-ce que je dis ? Francon & Keating. Et bientôt ce sera simplement Keating... Peter, ajouta-t-il doucement, pourquoi n'avez-vous pas l'air heureux ?

– Mais si, je suis heureux et reconnaissant, mais pourquoi, au nom du ciel, parler de prendre votre retraite justement aujourd'hui ?

– Non, ce n'est pas cela que je veux dire. Je veux dire : pourquoi n'avez-vous pas l'air heureux lorsque je vous dis que la maison vous appartiendra un jour ? J'aimerais que vous en soyez heureux, Peter.

– Par le ciel, Guy, vous devenez morbide, vous...

– Peter, il est extrêmement important pour moi que vous soyez heureux de ce que je vous laisserai. Que vous en soyez fier. Et vous l'êtes, n'est-ce pas, Peter ? Vous l'êtes ?

– Mais qui ne le serait pas ? dit Keating sans regarder Francon.

Il ne pouvait supporter le ton suppliant de Francon.

– En effet, qui ne le serait pas ? Oui, bien sûr... Et vous l'êtes, Peter ?

– Où voulez-vous en venir ? demanda Peter avec irritation.

– Je voudrais que vous soyez fier de moi, Peter, dit Francon humblement, simplement, avec une espèce de désespoir. Je voudrais avoir l'impression que j'ai accompli quelque chose. Je voudrais être sûr que tout cela avait un sens. En faisant un dernier bilan, je voudrais être certain que tout cela n'a pas été... pour rien.

– Vous n'en êtes pas sûr ? Vous n'en êtes pas sûr ?

Les yeux de Peter avaient un éclat meurtrier, comme si Francon présentait pour lui un véritable danger.

– Qu'y a-t-il, Peter ? demanda Francon avec douceur, presque avec indifférence.

371

– Le diable vous emporte, Guy ! Vous n'avez pas le droit de ne pas être sûr de vous ! A votre âge, avec votre nom, votre prestige, votre...

– Je voudrais être sûr de moi, Peter. J'ai beaucoup travaillé.

– Mais vous ne l'êtes pas !

Peter se sentait à la fois furieux et effrayé et il éprouvait le besoin de blesser Francon. Il lui jeta à la tête ce qu'il croyait pouvoir le blesser le plus, oubliant que c'était à lui-même et non à Francon que ce serait pénible.

– Eh bien, moi, dit-il, je connais quelqu'un qui ne se posera pas de questions à la fin de sa vie, quelqu'un qui sera tellement sûr de lui que je voudrais, pour cela, lui faire rentrer sa sale tête dans les épaules !

– Qui cela ? demanda paisiblement Francon, sans beaucoup d'intérêt.

– Guy ! Guy, qu'est-ce qui nous prend ? De quoi donc parlions-nous ?

– Je ne sais plus, dit Francon qui, brusquement, eut l'air très las.

Ce soir-là Francon vint dîner chez Keating. Il était habillé avec soin et baisa la main de Mrs. Keating avec beaucoup de galanterie. Mais il avait l'air grave en félicitant Dominique et il ne trouva pas grand-chose à lui dire. Il y avait quelque chose d'implorant dans le regard qu'il lui lança. Au lieu de l'expression ironique et moqueuse qu'il s'attendait à lui voir, il lut dans ses yeux une soudaine compréhension. Elle ne dit rien mais, se penchant sur lui, elle l'embrassa sur le front et laissa gentiment ses lèvres sur sa tempe un instant de plus qu'il n'était nécessaire. Il éprouva un sentiment de chaleur, puis d'effroi.

– Dominique, dit-il très bas (les autres ne pouvaient l'entendre), tu dois être terriblement malheureuse...

Elle se mit à rire gaiement, en le prenant par le bras.

– Mais pas du tout, Père ! Comment pouvez-vous dire une chose pareille !

– Excuse-moi, murmura-t-il. Je suis stupide... Bien entendu tout cela est absolument merveilleux...

Les gens ne cessèrent d'affluer toute la soirée, du moins tous ceux qui jugeaient être suffisamment intimes pour venir sans être invités et sans se faire annoncer. Keating ne savait plus très bien s'il était content de les voir ou non. Tout lui paraissait parfait tant que durait autour de lui cette gaie animation. Dominique était exquise. Il n'y avait pas, dans son attitude, la plus légère trace d'ironie.

Il était tard lorsque le dernier hôte partit et qu'ils se retrouvèrent seuls entre les cendriers débordants et les verres vides. Ils se tenaient chacun à une extrémité du living-room et Keating s'efforçait de retarder le plus possible l'instant qu'il redoutait.

– Allons, Peter, dit Dominique, il est temps.

Lorsqu'il fut étendu dans l'obscurité à côté d'elle, son désir assouvi, mais plus insatisfait que jamais par ce corps qui n'avait pas répondu, même pas en se débattant, à son étreinte, vaincu alors qu'il espérait s'imposer à elle, les premiers mots qu'il murmura furent :

– Dieu vous maudisse.

Elle ne tressaillit même pas.

Puis un souvenir lui revint qu'il avait un instant oublié.

– Qui était-ce ? demanda-t-il.

– Howard Roark, répondit-elle.

– Evidemment, dit-il d'un ton hargneux, vous n'êtes pas obligée de me le dire !

Il donna de la lumière. Il la vit paisiblement étendue, la tête rejetée en arrière. Son visage était calme, pur, innocent. Elle murmura, sans tourner la tête, d'une voix douce :

– Peter, puisque j'ai supporté cela... je peux supporter n'importe quoi...

– Si vous croyez que je vous ennuierai souvent, si c'est cela votre conception de...

– Aussi souvent ou aussi rarement que vous le voudrez, Peter.

Le lendemain matin, entrant dans la salle à manger pour prendre son petit déjeuner, Dominique trouva sur son assiette cette boîte longue et blanche qu'utilisent les fleuristes.

– Qu'est-ce que c'est ? demanda-t-elle à la femme de chambre.

– Cela a été apporté ce matin, Madame, avec la recommandation de le poser à votre place.

La boîte était adressée à Mrs. Peter Keating. Dominique l'ouvrit. Elle contenait quelques branches de lilas blanc, un plus grand luxe encore que les orchidées à cette époque de l'année. Sur une carte était écrit en larges lettres d'une écriture fougueuse et qui semblait rire de vous : « Ellsworth M. Toohey ».

– Que c'est aimable à lui, dit Keating. Je m'étonnais que nous n'ayons encore rien de lui.

– Mettez-les dans l'eau, Mary, dit Dominique tendant les fleurs à la femme de chambre.

Dans l'après-midi, Dominique téléphona à Toohey pour l'inviter à dîner.

Le dîner eut lieu quelques jours plus tard. La mère de Keating avait invoqué un engagement antérieur pour ne pas y assister. Et vis-à-vis d'elle-même elle s'efforçait de se persuader qu'elle s'habituerait petit à petit à cette nouvelle vie. Il n'y avait donc que trois places à la table de la salle à manger décorée de bougies dans des chandeliers de cristal et d'un surtout de fleurs bleues et de boules de verre.

Lorsque Toohey entra, il s'inclina devant la maîtresse de maison comme s'il assistait à un bal à la cour. Dominique avait l'air de la femme du monde qui n'a jamais été qu'une femme du monde et ne saurait être autre chose.

– Eh bien, Ellsworth, eh bien ? dit Keating avec un geste large qui englobait le hall, Dominique et l'air ambiant.

– Mon cher Peter, dit Toohey, nous ne discuterons pas l'évidence.

Dominique, suivie des deux hommes, se dirigea vers la salle à manger. Elle portait une robe de dîner, composée d'une blouse de satin blanc de coupe masculine et d'une longue jupe de satin noir, pure et lisse comme ses cheveux plats. Sa taille étroite était si irréellement mince qu'on avait l'impression de pouvoir l'encercler des deux mains et briser sans effort ce corps fragile. Ses manches courtes laissaient ses bras nus et elle portait un simple bracelet d'or, trop large et trop lourd pour son poignet délicat. Elle avait l'air à la fois d'une femme en pleine maturité et d'une très jeune fille.

– Ellsworth, n'est-ce pas merveilleux ? dit Keating admirant Dominique comme il l'aurait fait d'un confortable compte en banque.

– Je n'en attendais pas moins, dit Toohey, et pas plus.

Pendant le dîner, ce fut presque exclusivement Keating qui fit tous les frais de la conversation. Il semblait possédé d'un délire de paroles. Il se transformait en mots avec le sensuel abandon d'un chat qui ronronne.

– Vous savez, Ellsworth, c'est Dominique qui vous a invité. Je ne le lui ai pas demandé. Vous êtes notre premier invité. N'est-ce pas merveilleux ? Ma femme et mon meilleur ami. Et moi qui avais toujours eu cette idée absurde que vous ne vous aimiez pas. Dieu sait d'où j'avais tiré cette idée. Et cela me rend tellement heureux, de nous voir là, tous les trois.

– Vous ne croyez donc pas aux mathématiques, Peter ? dit Toohey. Pourquoi cet étonnement ? Certains nombres donnent immanquablement certains résultats. Etant donné les entités que sont Dominique, vous et moi, le résultat ne pouvait être autre que ce qu'il est.

– On dit que trois c'est une foule, dit en riant Keating. Mais c'est une bêtise. Deux valent mieux qu'un et quelquefois trois valent mieux que deux. Tout dépend des circonstances.

– Ce qu'il y a de faux dans ce vieux cliché, dit Toohey, c'est l'interprétation erronée que l'on donne au mot « foule ». C'est tout le contraire, comme vous venez si heureusement de le découvrir, Peter. J'ajouterai que le chiffre trois est un nombre mystique. Pensez, par exemple, à la Sainte Trinité. Ou au ménage à trois sans lequel le théâtre et le cinéma n'existeraient pas. Il y a tant de variations possibles sur le nombre trois et elles ne sont pas fatalement malheureuses. Comme nous trois, par exemple, moi servant d'hypoténuse de base, ce qui me paraît tout indiqué, ne trouvez-vous pas, Dominique ?

Ils en étaient au dessert lorsqu'on appela Keating au téléphone. Ils purent entendre sa voix impatiente dans la pièce à côté, jetant des instructions à un dessinateur qui était resté au bureau pour finir un travail pressé et qui avait besoin de conseils. Toohey se tourna vers Dominique et lui sourit. Ce sourire contenait tout ce qu'il n'avait pu encore exprimer. Dominique ne lui rendit pas son sourire tandis qu'elle soutenait son regard, mais elle changea d'expression, marquant ainsi qu'elle comprenait ce qu'il y avait sous ce sourire. Il aurait préféré qu'elle eût l'air de ne pas s'en apercevoir. Ç'aurait été moins dédaigneux.

– Ainsi vous êtes rentrée dans le rang, Dominique ?

– Oui, Ellsworth.

– Vous ne criez plus merci.

– Cela vous semblerait-il nécessaire ?

– Non. Je vous admire, Dominique... Et comment vous plaît le mariage ? J'imagine que Peter ne doit pas faire un mauvais mari, mais pas aussi bon évidemment que l'homme auquel nous pensons tous les deux, qui est certainement ce qu'il y a de mieux sur terre, ce que vous n'avez aucune chance de vérifier.

Elle n'eut pas l'air choqué, mais profondément étonné.

– De quoi parlez-vous donc, Ellsworth ?

– Voyons, ma chère, il y a longtemps que nous avons cessé de nous jouer la comédie. Vous êtes tombée amoureuse de Roark à l'instant où vous l'avez aperçu dans les salons de Kiki Holcombe, ou pour être plus exact, vous avez eu envie d'être sa maîtresse, mais il ne se soucie nullement de vous, et de là votre comportement actuel.

– C'est là votre idée ? demanda-t-elle tranquillement.

– N'est-ce pas aveuglant ? La femme dédaignée. Aussi évident que Roark était l'homme qui devait vous plaire. Et de la façon la plus primitive. Et qu'il ne sait même pas que vous existez.

– Je vous ai surestimé, Ellsworth, dit Dominique.

Il n'avait plus pour elle aucun intérêt. Il n'était même pas nécessaire d'être prudente en sa présence. Elle prit un air excédé. Il fronça les sourcils, déconcerté.

Keating revenait. Toohey lui frappa amicalement sur l'épaule au moment où Peter passait devant lui pour regagner son fauteuil.

– Avant que je ne m'en aille, Peter, j'aimerais vous parler de la reconstruction du Temple Stoddard. J'aimerais que vous me foutiez ça droit.

– Ellsworth !... s'exclama Peter.

Toohey se mit à rire.

– Ne vous frappez pas, Peter. Juste une touche de vulgarité professionnelle. Dominique ne m'en voudra pas. N'est-elle pas une ex-journaliste ?

– Qu'est-ce qui ne va pas, Ellsworth ? demanda Dominique. Vous avez l'air déprimé. Vous ne vous sentez pas égal à vous-même ? Si nous prenions le café au salon ? ajouta-t-elle en se levant.

Hopton Stoddard ajouta un don généreux aux dommages et intérêts qu'il avait reçus de Roark, et le Temple Stoddard fut transformé, pour répondre à sa nouvelle utilisation, par un groupe d'architectes choisis par Ellsworth Toohey et qui comprenait : Peter Keating, Gordon L. Prescott, John Erik Snyte et un certain Gus Webb, un garçon de vingt-quatre ans qui aimait à chuchoter des obscénités aux femmes bien dans la rue et qui n'avait jamais reçu une commande de sa vie. Trois de ces hommes avaient une situation sociale et professionnelle. Le quatrième n'en avait aucune et ce fut pour cette raison que Toohey le leur adjoignit. Et des quatre, c'était Gus Webb qui avait la voix la plus forte et la plus grande assurance. Il prétendait n'avoir peur de rien et c'était vrai. Tous étaient membres de l'Association des Constructeurs américains.

L'Association des Constructeurs américains s'était beaucoup développée. Après le procès Stoddard, bien des discussions eurent lieu dans les salons de l'A.G.A. D'une façon générale, l'attitude de l'A.G.A. n'avait pas été particulièrement cordiale envers Ellsworth Toohey, spécialement depuis la fondation de la nouvelle association. Mais le procès amena un subtil changement d'opinion. Plusieurs membres de l'A.G.A. firent remarquer qu'en somme le procès avait découlé d'un article de Toohey et qu'un homme qui pouvait persuader un client de poursuivre son architecte n'était pas un homme à dédaigner. Quelqu'un proposa de demander à Ellsworth Toohey de prendre la parole au cours d'un lunch à l'A.G.A. Certains des membres s'y opposèrent, Guy Francon entre autres. Un de ceux qui se montrèrent les plus opposés à cette idée fut un jeune architecte qui prononça d'une voix tremblante, tout intimidé de prendre la parole en public pour la première fois de sa vie, un speech extrêmement éloquent dans lequel il exposait qu'il avait la plus grande admiration pour Ellsworth Toohey, qu'il partageait son idéal social, mais qu'on ne devait pas le laisser prendre une importance exagérée. La majorité fut contre lui. Ellsworth Toohey fut invité à prendre la parole au cours d'un déjeuner, l'affluence fut énorme et Toohey parla d'une façon extrêmement brillante et spirituelle. A la suite de ce déjeuner, plusieurs membres de l'A.G.A. entrèrent dans l'Association des Constructeurs américains, et John Erik Snyte l'un des premiers.

Les quatre architectes qui avaient reçu la charge de reconstruire le Temple Stoddard se réunissaient dans le bureau de Keating, autour d'une table sur laquelle étaient étalés les plans du Temple et des photographies des dessins originaux de Roark que l'on avait pu se procurer par un entrepreneur, ainsi qu'une reproduction en glaise que Keating avait fait faire. Ils parlèrent de la crise dont la répercussion se faisait durement sentir dans le bâtiment ; ils parlèrent femmes, et Gordon L. Prescott conta de nombreuses histoires lestes. Puis Gus Webb, levant le poing, le laissa retomber sur la maquette qui, encore humide, s'effondra en une masse informe.

– Et maintenant, mes enfants, au travail, dit-il.

– Gus, espèce d'idiot, cette maquette avait coûté cher.

– Bah ! Ce n'est pas nous qui payons, répondit Gus.

Chacun d'eux reçut une collection de photographies des dessins originaux avec la signature « Howard Roark » visible dans le coin. Ils passèrent bien des soirées et même bien des semaines à refaire l'édifice d'après leur propre conception, le transformant, l'embellissant. Ils prirent même plus de temps qu'il n'était nécessaire. Et ils firent plus de transformations qu'il n'était nécessaire. Ils semblaient y prendre plaisir. Ensuite ils réunirent leurs quatre versions et firent une combinaison du tout. Jamais ils n'avaient pris autant de plaisir à un travail. Ils avaient de longues et amicales conférences. Il y avait parfois de légères discussions telles que Gus Webb disant à Gordon : « Eh ! que diable, si vous vous attribuez les cuisines, alors moi je prends les toilettes », mais ce n'étaient que des rides de surface. Ils éprouvaient un sentiment d'unité et une anxieuse amitié les uns pour les autres, la sorte de complicité qui fait qu'un homme est prêt à monter sur la chaise électrique plutôt que de trahir quelqu'un de sa bande.

Le Temple Stoddard ne fut pas entièrement démoli. On en conserva la carcasse à l'intérieur de laquelle on construisit cinq étages contenant les dortoirs, les salles d'étude, l'infirmerie, la cuisine, la buanderie. Le hall d'entrée fut pavé de marbre de couleur, l'escalier fut orné d'une rampe de fer forgé, les cloisons des cabines de douches étaient en verre, les salles de jeux étaient décorées de pilastres corinthiens dorés. On ne toucha pas aux immenses baies qui furent simplement coupées par les étages successifs.

Les quatre collègues avaient décidé que, pour arriver à un ensemble harmonieux, il valait mieux ne pas s'arrêter à un style déterminé. Peter Keating dessina le portique dorique de marbre blanc qui domine l'entrée principale, et les balcons vénitiens pour lesquels on ouvrit de nouvelles fenêtres. John Erik Snyte se chargea de la flèche semi-gothique, surmontée d'une croix, qui devait dominer l'édifice ainsi que de la frise de feuilles d'acanthe stylisées que l'on tailla dans le calcaire des murs. Gordon L. Prescott exécuta la corniche semi-Renaissance et la terrasse vitrée qui prolongeait le troisième étage. Gus Webb dessina une ornementation cubique qui allait avec les fenêtres originales et l'inscription en lettres très modernes éclairée au néon, qui fut placée sur le toit et sur laquelle on pouvait lire « Home Stoddard pour enfants anormaux ».

– Que vienne la révolution, s'exclama Gus Webb en contemplant la maison terminée, et chaque gosse dans le pays aura une maison pareille.

Le dessin original de l'édifice était encore visible. Il ne ressemblait pas à un corps dont tous les membres ont été détruits mais à un corps désarticulé dont les membres ont été remis n'importe comment.

En septembre le Home était prêt à recevoir ses pensionnaires. Un personnel extrêmement capable fut recruté par Toohey. Le plus difficile fut de trouver des enfants vraiment qualifiés. La plupart d'entre eux durent être pris dans d'autres institutions. Soixante-cinq enfants de trois à quinze ans furent choisis par des dames du comité pleines de zèle et de bonté et qui se firent un point d'honneur de rejeter tous ceux qui pouvaient guérir et de ne garder que les incurables. Il y avait là un garçon de quinze ans auquel on n'avait jamais pu apprendre à parler; un petit qui souriait continuellement mais ne pouvait apprendre à lire ni à écrire; une petite fille qui n'avait pas de nez et dont le père était également le grand-père; un être informe nommé « Jackie » dont on ne pouvait déterminer l'âge ni le sexe. Ils entrèrent dans leur nouveau home, les yeux vagues, des yeux pour lesquels le monde des vivants n'existait pas.

Par les chaudes soirées, des gosses des misérables quartiers environnants se glissaient dans le parc du Home Stoddard et contemplaient avec admiration les salles de jeux, les salles d'études et la cuisine derrière ses vastes fenêtres. Ces enfants-là avaient des vêtements misérables et des visages barbouillés, de petits corps agiles, l'air impertinent et des yeux brillants d'intelligence et de curiosité. Les dames directrices du Home les chassaient avec des exclamations indignées sur ces « jeunes gangsters ».

Une fois par mois, une délégation de membres du comité venait visiter le Home. C'était un groupe de gens extrêmement distingués dont les noms se trouvaient dans le comité d'un très grand nombre d'œuvres sociales, bien qu'ils n'eussent rien fait pour le mériter. Les manteaux de vison et les clips de diamant dominaient ainsi que les cigares à un dollar et les hauts-de-forme luisants importés d'Angleterre. Ellsworth Toohey faisait toujours lui-même les honneurs du Home. Cette visite faisait paraître les manteaux de vison plus douillets et le droit de leurs propriétaires à les porter plus évident, puisqu'elle établissait à la fois leurs vertus altruistes et leur incontestable supériorité dans cette inspection plus impressionnante qu'une visite à la morgue. Au moment du départ, Ellsworth Toohey recevait des compliments sur le travail merveilleux qu'il accomplissait et n'avait pas de peine à se faire verser des chèques au profit de ses innombrables activités sociales, telles que publications, conférences, émissions à la radio et contributions à l'Institut d'Etudes sociales.

Catherine Halsey se vit confier le traitement par les travaux manuels et s'installa complètement au Home. Elle prit son travail extrêmement au sérieux. Elle en parlait abondamment à qui voulait l'entendre. Sa voix avait maintenant une intonation sèche et arbitraire. Des lignes s'étaient creusées aux coins de sa bouche. Les gens la préféraient encore avec ses lunettes, car lorsqu'elle les enlevait, son regard n'avait rien de rassurant. Elle parlait de son travail d'un air de défi, spécifiant bien qu'il ne s'agissait pas de charité, mais de « droit humain ».

La partie la plus importante de sa journée était l'heure qui était consacrée à l'activité artistique des enfants et qui s'intitulait « La Période créative ». Il y avait une salle spéciale pour cette heure-là, une salle magnifique d'où l'on apercevait la ville dans le lointain, où les enfants recevaient différents matériaux et étaient encouragés à créer sous la direction de Catherine qui veillait sur eux comme un ange présidant à une naissance.

Elle fut transportée le jour où Jackie, le moins doué de tout le lot, créa une véritable œuvre d'imagination. Jackie s'était emparé d'une poignée de petits morceaux de carton de toutes couleurs et d'un pot de colle et s'était réfugié dans un coin de la salle. Il y avait là une corniche avançant légèrement, recouverte de plâtre et peinte en vert, qui était tout ce qui restait d'un modelé que Roark avait dessiné à l'intérieur du Temple pour retenir la lumière du soleil couchant. Catherine, allant voir ce que faisait Jackie, découvrit, collée sur la corniche, la forme aisément reconnaissable d'un chien brun avec des taches bleues et cinq pattes. Le visage de Jackie était empreint d'une expression de fierté.

– Vous voyez! Vous voyez! dit Catherine à ses collègues. N'est-ce pas admirable et émouvant? Dieu sait jusqu'où peut aller cet enfant s'il est convenablement encouragé. Pensez à ce qu'il advient de ces petites âmes si on les frustre de leurs instincts créateurs. C'est tellement important de leur donner la chance de s'exprimer! Avez-vous vu le visage de Jackie?

La statue pour laquelle avait posé Dominique avait été vendue. Personne ne savait qu'elle avait été rachetée par Ellsworth Toohey.

Le bureau de Roark ne se composait plus que d'une seule pièce. Après avoir terminé le Cord Building, il ne trouva plus aucun travail. La crise avait complètement entravé le travail du bâtiment et touchait tout le monde. On disait que l'ère des gratte-ciel était terminée. Certains architectes fermaient leurs bureaux.

Quelques commandes surgissaient encore à l'occasion, et plusieurs architectes se jetaient dessus avec la dignité d'une meute. Des hommes comme Ralston Holcombe en faisaient partie, lui qui n'avait jamais recherché de travail et qui demandait même des références avant d'accepter un nouveau client. Lorsque Roark se présentait pour obtenir un travail, on l'éconduisait de façon à lui faire comprendre que, puisqu'il n'avait pas assez de tact pour s'abstenir, ce n'était pas nécessaire d'être poli avec lui. « Roark, disaient des hommes d'affaires prudents, celui dont on a parlé dans les journaux? L'argent est trop rare actuellement pour s'exposer à le perdre dans des procès. »

Il trouva quelques petits travaux tels que moderniser des maisons locatives, ce qui signifiait en réalité ajouter des étages et refaire la plomberie. « N'acceptez pas, Howard, lui disait avec indignation Austen Heller. Quelle impudence de vous offrir, à vous, de tels travaux ! Après le Cord Building et l'Enright House ! – Je prendrais n'importe quoi », répondait Roark.

Le procès Stoddard lui avait coûté plus d'argent que ne lui en avait rapporté le Cord Building. Cependant il avait pu économiser suffisamment pour vivre quelque temps. Il payait le loyer de Mallory et la plupart des nombreux repas qu'ils prenaient ensemble.

Mallory avait essayé de s'y opposer. « Taisez-vous, Steve, avait répondu Roark. Je ne le fais pas pour vous, mais pour moi. Dans des temps pareils, j'aime à m'offrir un peu de luxe. J'achète donc la chose la plus précieuse qui existe, votre temps. Je m'oppose à un pays tout entier, et ça c'est du luxe. Ils veulent vous obliger à faire des statuettes à prix unique et moi je ne veux pas que vous en fassiez et il m'est assez agréable d'avoir le dessus. »

– Mais à quoi voulez-vous que je me mette, Howard ?

– Je veux vous voir travailler sans demander à personne ce que vous devez faire.

Austen Heller apprit tout cela de la bouche même de Mallory et eut une conversation à ce sujet avec Roark.

– Puisque vous l'aidez, pourquoi ne me laissez-vous pas vous aider ?

– Ce serait bien volontiers, dit Roark, mais cela ne vous est pas possible. Tout ce dont Mallory a besoin c'est de temps. Il peut travailler sans clients. Moi, je ne peux pas.

– C'est assez piquant, Howard, de vous voir dans le rôle d'un altruiste.

– Ce n'est pas nécessaire de m'insulter. Je n'ai rien d'un altruiste. Mais laissez-moi vous dire une chose. La plupart des gens prétendent être atteints par les souffrances des autres. Moi, je ne le suis pas. Et pourtant il y a une chose que je ne puis comprendre. Ces gens ne passeraient pas sans s'arrêter devant un homme baignant dans son sang et abandonné sur la route par un automobiliste peu scrupuleux. Mais ils ne tourneraient pas la tête pour regarder Steven Mallory. Ce qu'ils ne comprennent pas c'est que, si la souffrance pouvait être mesurée, il y aurait plus de souffrance en Steven Mallory lorsqu'il ne peut pas accomplir l'œuvre qu'il porte en lui, que dans un groupe d'hommes sur lesquels un tank aurait passé. S'il existe des hommes qui désirent adoucir la peine de leurs semblables, n'est-ce pas avec un Mallory qu'ils devraient commencer ?... Cependant ce n'est pas pour cette raison que je le fais.

Roark n'avait jamais revu le Temple Stoddard depuis sa transformation. Il alla le voir un soir de novembre. Il ne savait pas exactement lui-même si c'était une concession à son chagrin ou une victoire sur sa peur de le revoir.

Il était tard et le jardin du Stoddard Home était désert. La maison était plongée dans l'obscurité, sauf une fenêtre qui brillait au dernier étage. Roark contempla longuement l'édifice.

La porte qui se trouvait sous le portique grec s'ouvrit et une mince silhouette masculine se découpa dans l'embrasure Elle descendit les quelques marches, puis s'arrêta.

– Hello, Mr. Roark, dit Ellsworth Toohey doucement.

– Hello, dit Roark regardant Toohey sans aucune curiosité.

– Je vous en prie, ne vous en allez pas.

Il n'y avait dans sa voix aucune trace de moquerie, mais au contraire le plus grand sérieux.

– Je ne m'en vais pas.

– Je crois que j'ai toujours su que vous viendriez ici un jour ou l'autre et j'ai toujours désiré être ici quand vous y viendriez. Je m'inventais des excuses pour y venir souvent.

Il parlait sans aucun pathos, d'une voix simple et posée.

– Eh bien ?

– Vous pouvez parler avec moi. Voyez-vous, je comprends votre œuvre. La façon dont j'ai agi contre vous est une autre histoire.

– Vous êtes libre d'agir à votre guise.

– Je crois que je comprends votre œuvre mieux que personne au monde, à l'exception peut-être de Dominique Francon, et encore je n'en suis pas sûr. C'est déjà quelque chose, n'est-il pas vrai, Mr. Roark ? Il n'y a pas beaucoup de gens, autour de vous, qui puissent en dire autant. Et c'est peut-être un plus grand lien que si j'étais pour vous un défenseur aveugle, mais dévoué.

– J'ai toujours pensé que vous compreniez mes œuvres.

– Vous voulez bien que nous parlions ?

– De quoi ?

Il y eut presque, dans l'obscurité, le bruit d'un soupir, puis Toohey montrant du doigt l'édifice, demanda :

– Est-ce que vous comprenez cela ?

Roark ne répondit pas.

Toohey continua doucement :

– Qu'est-ce que cela représente pour vous ? Une absurde confusion ? Des pièces rapportées au hasard ? Un chaos imbécile ? Mais ce n'est rien de tout cela, Mr. Roark. N'y discernez-vous pas une méthode ? Vous qui déchiffrez le langage des structures et des formes ? Ne voyez-vous pas le but poursuivi ?

– Je ne vois surtout aucun intérêt à en parler.

– Mr. Roark, nous sommes complètement seuls. Pourquoi ne me dites-vous pas, une fois, ce que vous pensez de moi. Aussi crûment que vous le voudrez. Personne ne nous entendra.

– Mais je ne pense rien de vous.

Le visage de Toohey était celui d'un homme qui écoute calmement, attentivement, la réponse même du destin. Il resta silencieux et Roark demanda :

– Que vouliez-vous encore me dire ?

Toohey le regarda, puis son regard remonta aux arbres nus qui les entouraient, à la rivière là-bas et à la grande étendue de ciel au-dessus de la rivière.

– Rien, répondit-il.

Il s'éloigna, d'un pas rapide et égal, faisant crisser le gravier dans le silence environnant.

Roark resta seul dans l'allée solitaire, les yeux toujours fixés sur le temple détruit.

II

HOWARD ROARK

HOWARD ROARK

TROISIÈME PARTIE

GAIL WYNAND

3.1

Gail Wynand appuya contre sa tempe le canon d'un revolver.

Il sentit contre sa peau le contact froid d'un cercle de métal... et rien de plus. Il aurait tout aussi bien pu tenir à la main un tuyau de plomb ou un bijou. Ce n'était qu'un cercle de métal dépourvu de toute signification. « Je vais mourir », dit-il tout haut... et il bâilla.

Il n'éprouvait ni soulagement, ni désespoir, ni crainte. Sa mort même n'aurait pas la dignité d'une chose sérieuse. Ce n'était qu'un instant anonyme. Quelques minutes auparavant il tenait à la main une brosse à dents; il tenait maintenant un revolver avec une aussi parfaite indifférence.

« On ne meurt pas ainsi, se dit-il. Je devrais éprouver une grande exaltation ou une saine terreur. Je devrais ressentir profondément ma propre fin. Que je sente en moi un spasme d'horreur et j'appuie sur la détente. » Mais il ne sentait rien.

Il haussa les épaules et abaissa le revolver. Il se mit à taper avec la crosse la paume de sa main gauche. « Les gens parlent toujours, se dit-il, de mort rouge et de mort noire ; pour toi, Gail Wynand, ce serait la mort grise. Comment se fait-il que personne n'ait jamais dit que c'est en cela que réside l'ultime horreur ? Ni cris, ni plaintes, ni convulsions, non plus que le sentiment du vide absolu, d'un espace ravagé par quelque immense désastre. Non, rien de tout cela, mais quelque chose de mesquin, de sale, de pitoyable, incapable même de vous effrayer. Impossible de me tuer dans ces conditions, se dit-il en souriant froidement. Ce serait vraiment de mauvais goût. »

Il traversa sa chambre à coucher. Son hôtel particulier était construit au-dessus du cinquante-septième étage d'un grand hôtel dont il était propriétaire, au centre de Manhattan. La ville tout entière s'étendait à ses pieds. Sa chambre à coucher était une cage de verre qui s'élevait sur le toit de son petit hôtel. Les murs et le plafond étaient formés d'énormes plaques de verre

385

sur lesquelles pouvaient glisser, le long des murs, des rideaux de peau de suède d'un bleu très doux. Mais rien ne recouvrait le plafond. De son lit, il pouvait étudier la marche des étoiles au-dessus de sa tête, les traits de feu des éclairs, ou la pluie brillante, crépitante, arrêtée dans sa course par une invisible paroi. Il se plaisait à éteindre les lumières et à ouvrir les rideaux lorsqu'il était couché avec une femme. « Nous nous appartenons devant six millions d'êtres », avait-il coutume de dire à ce moment-là.

Mais ce soir-là, il était seul. Les rideaux étaient ouverts. Il se mit à contempler la ville. Il était tard et la grande orgie de lumière commençait à diminuer. Il se dit qu'il lui importait peu de contempler cette ville pendant des années, ou de ne jamais la revoir.

Il s'appuya à la paroi vitrée et sentit le froid le pénétrer à travers le mince tissu de soie de son pyjama foncé. Un monogramme était brodé en blanc sur sa poche de poitrine ; un G. W. reproduisant exactement son écriture lorsqu'il signait de ses initiales, d'un seul et royal mouvement.

Les gens disaient que la plus grande déception de Gail Wynand, parmi beaucoup d'autres, était son apparence physique. Il semblait l'aboutissement décadent et presque trop parfait d'une longue et exquise lignée ; pourtant chacun savait qu'il venait du ruisseau. Il était grand, trop mince pour être physiquement beau, car il semblait n'avoir ni chair, ni muscles. Il n'avait pas besoin de se tenir droit pour donner une impression de force. Comme une feuille d'acier, il pouvait plier, mais on sentait en lui la force contenue qui pourrait d'un instant à l'autre le faire se détendre. Il était rare qu'il restât complètement immobile, allant et venant volontiers. Sous n'importe quels vêtements, il était d'une rare élégance.

Son visage n'appartenait pas à notre civilisation moderne, mais à l'ancienne Rome. Le visage d'un véritable patricien. Ses cheveux, striés de gris, étaient rejetés en arrière de son front haut. La peau tendue sur son visage bien modelé ; sa bouche était longue et mince ; ses yeux, sous des sourcils obliques, étaient d'un bleu très pale et ressortaient sur les photos comme deux sardoniques ovales blancs. Un artiste lui avait un jour demandé de poser pour un Méphistophélès. Wynand avait refusé en riant et le peintre avait secoué la tête, tristement, car le rire rendait ce visage plus parfait encore pour le but auquel il le destinait.

Il s'appuya davantage à la paroi vitrée, sentant toujours sur sa paume le poids du revolver. « Aujourd'hui, pensa-t-il. Que s'est-il passé aujourd'hui ? Y a-t-il eu dans cette journée quelque chose qui ait eu une signification et qui m'aiderait à en donner au moment présent ? »

Cette journée était si parfaitement semblable à celles qui l'avaient précédée qu'il était bien difficile d'y découvrir quelque chose de particulier. Il avait cinquante et un ans et l'on était à la mi-octobre, en l'année 1932. De cela, il était sûr. Il lui fallait un effort de mémoire pour se souvenir du reste.

Il s'était éveillé et levé à six heures, ce matin-là. Jamais, depuis qu'il était adulte, il n'avait dormi plus de quatre heures. Il était descendu dans sa salle à manger prendre son petit déjeuner. Son hôtel particulier, de petites dimensions, se dressait à l'extrémité d'un toit immense transformé en jardin. La décoration intérieure était d'un raffinement et d'un goût parfaits et aurait suscité l'admiration s'il n'en avait pas été le propriétaire. Mais les visiteurs étaient profondément choqués lorsqu'ils se disaient que c'était là le home du propriétaire de *L'Etendard*, le journal le plus vulgaire de tout le pays.

Après le déjeuner il s'était installé dans son cabinet de travail. Sur son bureau se dressait une pile de journaux, de livres, de magazines arrivés le matin même d'un peu partout. Il avait travaillé pendant trois heures, lisant et faisant en travers des pages de brèves annotations, à l'aide d'un gros crayon bleu. Son écriture avait l'air d'un code d'espionnage et personne ne pouvait la déchiffrer que sa secrétaire, une femme sèche, d'un certain âge, qui pénétrait dans le cabinet lorsque Wynand le quittait. Il n'avait pas entendu le son de sa voix en cinq ans ; aucun contact n'était nécessaire entre elle et lui. Lorsqu'il revenait à son cabinet de travail, dans la soirée, la pile de livres et de journaux et la secrétaire avaient également disparu. A leur place, il trouvait sur son bureau des pages soigneusement dactylographiées contenant exactement ce qui devait être retenu de son travail du matin.

A dix heures, il était arrivé dans les locaux de *L'Etendard*, un building fort simple et assez délabré qui s'élevait dans un quartier fort peu élégant du bas Manhattan. Lorsqu'il traversait les couloirs étroits du building, les employés lui disaient bonjour. Ils le saluaient avec correction et lui leur répondait avec courtoisie, mais son passage faisait l'effet d'un rayon mortel sur tout organisme vivant.

Parmi les nombreuses règles pénibles imposées aux employés des entreprises Wynand, la plus pénible certainement était celle qui exigeait qu'aucun employé ne s'arrêtât de travailler lorsque Mr. Wynand apparaissait. Personne ne savait jamais où et quand il allait se montrer. Il arrivait au moment le plus inattendu, à l'endroit le plus inattendu, et sa présence avait le pouvoir d'une décharge électrique. Les employés s'efforçaient d'obéir à la règle aussi bien qu'ils le pouvaient, mais ils préféraient cent fois faire trois heures supplémentaires que travailler pendant dix minutes tandis qu'il les observait en silence.

Ce matin-là, au bureau, il revit les épreuves du numéro du dimanche de *L'Etendard*. Il sabrait à grands coups de crayon bleu les passages qu'il désirait voir supprimer. Il ne se donnait même pas la peine de signer de ses initiales. Chacun savait que seul Gail Wynand avait ce coup de crayon-là qui semblait rayer de l'existence jusqu'à l'auteur de l'article.

Il acheva de revoir les épreuves, puis ordonna qu'on le mît en communication avec le rédacteur du Wynand *Herald* à Springville, dans le Kansas. Lorsqu'il téléphonait à quelque rédaction en province, le nom de Wynand n'était jamais annoncé à sa victime. Il estimait que sa voix devait être connue de tous ses collaborateurs.

– Bonjour, Cummings, dit-il lorsque le rédacteur vint à l'appareil.

– Seigneur ! s'exclama celui-ci. N'est-ce pas ?...

– Si, dit Wynand. Ecoutez bien, Cummings. Encore une histoire comme celle que vous avez fait passer hier sur « La dernière Rose de l'Eté » et vous pourrez retourner jouer du bugle à l'école.

– Bien, Mr. Wynand.

Wynand raccrocha. Il demanda à être mis en communication avec un éminent sénateur de Washington.

– Bonjour, mon cher sénateur, dit-il lorsqu'au bout de deux minutes cet honorable gentleman vint au bout du fil. C'est si aimable à vous de répondre à mon appel. Croyez que je l'apprécie pleinement. Je m'en voudrais d'abuser de votre temps, mais je tenais à vous exprimer ma plus vive gratitude et à vous dire moi-même à quel point j'ai apprécié les efforts que vous avez faits pour faire passer le projet de loi Hayes-Langston.

– Mais... Mr. Wynand! (La voix du sénateur exprimait la plus complète stupéfaction.) C'est très aimable à vous... mais le projet n'a pas encore été accepté.

– Oh, je me suis donc trompé. Mais c'est sans importance. Il passera certainement demain.

Une séance du conseil d'administration des entreprises Wynand avait été fixée à onze heures et demie, ce matin-là. Les entreprises Wynand consistaient en vingt-deux journaux, sept magazines, trois services d'informations et deux services d'actualités. Wynand était propriétaire de soixante-quinze pour cent des actions. Les directeurs ne savaient jamais exactement en quoi consistaient leurs fonctions et quel était le but poursuivi. Wynand exigeait que l'on commençât à l'heure, qu'il fût présent ou non. Ce jour-là, il entra dans la salle de séance à midi vingt-cinq. Un vieux monsieur, à l'air extrêmement distingué, était en train de prononcer une allocution. Les directeurs avaient l'ordre de ne jamais s'arrêter lorsque Wynand entrait et même de ne pas sembler s'apercevoir de sa présence. Il se dirigea vers le fauteuil vide qui l'attendait à la tête de la longue table d'acajou et s'y installa. Pas une tête ne se tourna. On eût dit que son fauteuil était occupé par un fantôme dont ils n'osaient reconnaître l'existence. Wynand écouta en silence pendant un quart d'heure. Il se leva au milieu d'une phrase et quitta la pièce comme il y était entré.

Arrivé dans son bureau, il déploya sur une grande table une carte de Stoneridge, son nouveau lotissement, et passa une demi-heure à discuter avec deux de ses agents. Il avait fait l'acquisition à Long Island d'une vaste étendue de terrain qui devait être transformée en lotissements Stoneridge, un ensemble de modestes villas dont Gail Wynand serait l'unique constructeur et l'unique propriétaire. Les rares personnes qui étaient au courant de cette nouvelle affaire immobilière lui avaient assuré qu'il était fou. Personne ne songeait à construire, cette année-là. Mais Gail Wynand avait fait fortune en entreprenant des affaires que les gens traitaient de folies.

L'architecte du lotissement Stoneridge n'avait pas encore été choisi. Des nouvelles du projet avaient transpiré dans cette corporation à l'affût. Pendant des semaines Wynand avait refusé de lire les lettres ou de répondre aux coups de téléphone des meilleurs architectes du pays. Et il refusa une fois de plus, lorsque, à la fin de son entretien, sa secrétaire l'informa que Mr. Ralston Holcombe demandait instamment qu'il lui accordât deux minutes d'entretien au téléphone.

Lorsque ses agents furent partis, Wynand pressa sur son bureau un bouton qui appelait Alvah Scarret. Scarret répondit à cet appel en entrant dans le bureau avec un large sourire. Il répondait toujours à cette sonnerie avec l'empressement flatté d'un jeune commis.

– Alvah, que diable signifie cette histoire du « Valeureux Calcul biliaire ? »

– Oh, dit Scarret en riant. C'est le titre d'une nouvelle par Loïs Cook.

– Quelle sorte de nouvelle ?

– Oh ! ce n'est qu'un tissu d'absurdités. Une espèce de poème en prose. C'est l'histoire d'un calcul biliaire qui s'imagine qu'il a une vie propre, une individualité bien à lui à l'intérieur de la vésicule biliaire. Mais, un beau jour, le propriétaire de la vésicule prend une forte dose d'huile de ricin. Il y a une description très détaillée des conséquences de cet acte. Je ne sais si c'est absolument juste du point de vue médical, mais le résultat met fin à l'existence du valeureux calcul biliaire. Et le but du poème est de prouver que le libre arbitre n'existe pas.

– Combien s'en est-il vendu d'exemplaires ?

– Je ne sais pas. Peu, j'imagine. Et uniquement parmi les intellectuels. Mais j'ai entendu dire que la vente avait monté les derniers temps et...

– Evidemment. Qui donc s'occupe de cela, Alvah ?

– Que voulez-vous dire ? Oh ! vous avez remarqué les quelques allusions...

– J'ai remarqué que ce titre apparaissait à différentes pages de *L'Etendard* depuis quelques semaines. Et il fallait que ce fût bien adroitement fait pour que j'aie mis tant de temps à m'en apercevoir, et pour comprendre que ce n'était pas dû au hasard.

– Que voulez-vous dire ?

– Et que croyez-vous que je veuille dire ? Pourquoi ce titre apparaît-il continuellement aux endroits les plus inattendus ? Un jour c'est dans une histoire de crime, à propos d'un assassin qui mourut bravement « comme le valeureux calcul biliaire ». Deux jours plus tard, à la page 16, au sujet d'une affaire intérieure de l'Etat d'Albany. « Le sénateur Hazleton s'imagine être indépendant, mais il se pourrait bien qu'il ne fût qu'un " valeureux calcul biliaire ". » Puis vous le retrouvez aux annonces mortuaires. Hier, c'était à la page de la femme. Et aujourd'hui dans les histoires drôles. Snooxy appelle son riche propriétaire un « valeureux calcul biliaire ».

Scarret se mit à rire de bon cœur.

– Avouez que c'est drôle, dit-il.

– J'ai trouvé cela drôle au début, mais plus maintenant.

– Mais qu'est-ce que cela peut bien faire, Gail ? Cela ne paraît jamais dans un article sérieux et ce ne sont que nos collaborateurs à quarante dollars par semaine qui se sont emparés de cette blague.

– C'est justement là qu'est la question. Et le fait que ce livre n'est pas un succès. Si c'en était un, il serait tout naturel que le titre vînt à l'esprit automatiquement. Mais ce n'est pas le cas. Quelqu'un a donc intérêt à faire connaître ce livre. Qui ?

– Oh, voyons Gail ! Qui peut donc se soucier de ce livre ? Et qu'est-ce que cela peut nous faire ? Ce n'est pas une question politique. Et je ne pense pas que les gens se passionnent pour ou contre le libre arbitre.

– Est-ce qu'un de nos collaborateurs vous a consulté à ce sujet ?

– Mais non, je vous assure. Il n'y a personne derrière tout cela. C'est absolument spontané. Simplement quelques personnes qui ont trouvé cela drôle

– Quelle est la première personne qui vous en ait parlé ?

– Je ne sais vraiment pas... Attendez, que je réfléchisse... C'était... Oui, je crois que c'était Ellsworth Toohey.

– Faites cesser cette histoire. N'oubliez pas d'en parler à Mr. Toohey.

– Okay, puisque vous le désirez. Mais au fond ce n'est rien du tout. Simplement quelques personnes qui s'amusent.

– Il ne me plaît pas que l'on s'amuse aux dépens de mon journal.

– Bien, Gail.

A deux heures, Wynand arriva, en hôte d'honneur, à un déjeuner donné par l'Assemblée Nationale des Clubs féminins. Il s'assit à la droite de la présidente, dans une salle de banquet pleine d'échos, que remplissaient l'odeur des boutonnières, gardénias et pois de senteur, et celle du poulet rôti. Après le lunch, Wynand prit la parole. L'Assemblée réclamait le droit à une carrière pour la femme mariée. Les journaux de Wynand menaient, depuis plusieurs années, une campagne contre le travail de la femme mariée. Wynand parla pendant vingt minutes et ne dit exactement rien. Cependant, il réussit à créer l'impression qu'il partageait tous les sentiments exprimés au congrès. Personne n'avait jamais été capable d'expliquer l'effet que produisait Gail Wynand sur une assemblée, et particulièrement sur une assemblée féminine. Il n'avait rien de spectaculaire. Sa voix était basse, métallique, plutôt monotone. Il était d'une correction telle que cela paraissait presque une satire de la correction. Et cependant il tenait son public sous le charme. Les gens prétendaient que cela était dû à sa subtile, mais très forte virilité. En parlant d'une voix courtoise de l'école, du home et de la famille, il donnait à chacune de ses auditrices l'impression qu'il lui faisait la cour.

Rentrant à son bureau, Wynand s'arrêta dans la salle de rédaction. Debout devant un haut pupitre, un énorme crayon bleu à la main, il écrivit sur une immense feuille de papier d'imprimerie, en lettres d'un pouce de haut, un éditorial brillant et hardi, dans lequel il attaquait tous ceux qui se font les avocats du travail pour la femme mariée. Le G. W. de la fin s'enleva comme une flamme bleue. Il ne se relut pas, il ne se relisait jamais, jeta son papier sur le bureau d'un des rédacteurs et sortit de la pièce.

Tard dans l'après-midi, alors que Wynand se préparait à partir, sa secrétaire l'informa qu'Ellsworth Toohey sollicitait le privilège d'une audience.

– Qu'il vienne, dit Wynand.

Toohey entra, arborant un demi-sourire prudent, un sourire qui se moquait à la fois de lui-même et de son patron, mais avec un sens délicat de la mesure, soixante pour cent d'ironie s'adressant à lui-même. Il savait que Wynand n'avait aucune envie de le voir et que le fait d'être reçu n'était pas un élément en sa faveur.

Wynand était assis à son bureau, le visage courtoisement inexpressif. Deux légères rides en diagonale doublaient la ligne oblique de ses sourcils. C'était une particularité déconcertante qui donnait à son visage une étrange accentuation.

– Asseyez-vous, Mr. Toohey. Que puis-je faire pour vous ?

– Ma foi, je suis plus présomptueux que cela, Mr. Wynand, dit Toohey gaiement. Je ne suis pas venu vous demander un service, mais vous offrir les miens.

– A quel sujet ?

– Stoneridge.

Les lignes diagonales s'accentuèrent sur le front de Wynand.

– Et de quelle aide peut m'être un de mes chroniqueurs au sujet de Stoneridge ?

– Un chroniqueur, d'aucune, Mr. Wynand. Mais un expert en architecture...

Toohey laissa traîner la voix en une interrogation moqueuse.

Si les yeux de Toohey n'avaient pas été fixés insolemment sur ceux de Wynand, il aurait reçu l'ordre de quitter le bureau immédiatement. Mais par ce regard Toohey exprimait qu'il savait parfaitement à quel point Wynand avait été importuné par des gens voulant lui recommander des architectes et tout ce qu'il avait fait pour les éviter, et que, par conséquent, Toohey avait surpassé Wynand en finesse en obtenant un interview dans un but que celui-ci n'avait pas prévu. Cette impertinence amusa Wynand, ainsi que Toohey l'avait espéré.

– Parfait, Mr. Toohey. Qui voulez-vous me vendre ?

– Peter Keating.

– Allez-y.

– Je vous demande pardon ?

– Allez-y, vendez-le-moi.

Toohey eut un court moment d'hésitation, puis il se reprit et se jeta à l'eau.

– Vous me croirez certainement si je vous dis que je n'ai aucunement partie liée avec Mr. Keating, et que j'agis uniquement comme son ami... et le vôtre. (Toohey s'exprimait avec aisance, mais avait cependant perdu une partie de son assurance.) Cela vous paraîtra peut-être banal, mais que puis-je dire d'autre ? C'est la vérité. (Wynand ne broncha pas.) Je me suis permis de solliciter cet entretien, car je considérais de mon devoir de vous donner mon opinion. Non pas un devoir moral, mais un devoir d'esthétique, dirons-nous. Je sais que dans tout ce que vous entreprenez, il vous faut ce qu'il y a de mieux. Pour un projet de l'importance de celui que vous envisagez, il n'existe pas d'architecte qui puisse égaler Peter Keating, que ce soit au point de vue capacité, originalité ou imagination. Telle est, Mr. Wynand, ma sincère opinion.

– Je vous crois très volontiers.

– Vraiment ?

– Certainement. Mais, Mr. Toohey, en quoi votre opinion peut-elle m'intéresser ?

– Mon Dieu, après tout, ne suis-je pas votre expert en architecture ?

Toohey ne put s'empêcher de prononcer cette phrase avec une légère irritation.

– Mon cher Mr. Toohey, ne me confondez pas avec vos lecteurs.

Après une seconde d'hésitation, Toohey se rejeta en arrière en riant et en faisant des mains un geste d'impuissance.

– Pour être franc, Mr. Wynand, je ne pensais pas vous impressionner beaucoup par mes paroles. Aussi n'avais-je pas l'intention d'essayer de vous vendre Peter Keating.

– Non ? Et quelle était votre intention ?

– Simplement vous demander d'accorder une demi-heure de votre temps à quelqu'un qui serait infiniment plus capable que moi de vous convaincre des capacités de Peter Keating.

– Et qui est-ce ?

– Mrs. Peter Keating.

– Et pourquoi me soucierais-je de discuter cette question avec Mrs. Peter Keating ?

– Parce que c'est une femme d'une très grande beauté et, de plus, extrêmement difficile à avoir.

Wynand rejeta la tête en arrière et éclata de rire.

– Seigneur ! Toohey, mes goûts sont-ils évidents à ce point-là ?

Toohey cilla, pris de court.

– Vraiment, Mr. Toohey, je vous dois des excuses, si, en affichant mes préférences, je vous ai entraîné à être cynique à ce point. Mais j'ignorais que parmi vos nombreuses activités humanitaires, vous cultiviez également celle d'entremetteur.

Toohey se leva.

– Je regrette de vous décevoir, Mr. Toohey. Je n'ai pas le moindre désir de faire la connaissance de Mrs. Peter Keating.

– Je ne pensais pas que vous l'auriez, Mr. Wynand, sur une simple suggestion de ma part. J'ai compris cela il y a plusieurs heures, plus exactement, ce matin. Aussi ai-je pris la liberté de me préparer une autre chance de discuter cette question avec vous et me suis-je permis de vous faire envoyer un présent. Vous le trouverez à votre hôtel lorsque vous y rentrerez. Alors, si vous estimez que j'avais quelque raison d'espérer vous voir agir ainsi, vous pourrez me téléphoner. Je viendrai immédiatement et vous me direz si vous désirez ou non rencontrer Mrs. Peter Keating.

– Toohey, c'est à peine croyable, mais je crois que vous m'offrez un pot-de-vin.

– C'est exact.

– Savez-vous que pour un coup pareil vous pourriez fort bien perdre votre situation ?

– J'attends de connaître votre opinion sur mon présent.

– Fort bien, Mr. Toohey. Je ne manquerai pas de vous la donner.

Toohey s'inclina et s'apprêta à se retirer. Il était déjà à la porte lorsque Wynand ajouta :

– J'ai l'impression, Toohey, qu'un jour arrivera où je ne pourrai plus vous supporter.

– J'espère que ce jour n'arrivera qu'en temps voulu, dit Toohey.

Et, s'inclinant une fois de plus, il disparut.

Lorsque Wynand arriva chez lui, il avait complètement oublié Ellsworth Toohey.

Ce soir-là, dans son petit hôtel, Wynand dînait avec une femme qui avait un clair visage, de doux cheveux bruns et, derrière elle, trois siècles d'ancêtres qui auraient tué un homme pour la millième partie de ce que Gail Wynand lui avait fait endurer.

Le galbe de son bras, lorsqu'elle porta à ses lèvres un gobelet de cristal rempli d'eau, était aussi pur que le dessin des candélabres d'argent exécutés par un artiste de grand talent et Wynand contempla l'un et l'autre avec la même admiration. La mouvante lumière des bougies jouant sur le visage de la jeune femme en faisait une vision d'une telle beauté qu'il se prit à souhaiter qu'elle ne fût pas en vie et qu'il pût la contempler en silence... et rêver.

– Dans un mois ou deux, Gail, dit-elle en souriant avec nonchalance, quand il fera vraiment froid et laid, prenons le *C'est Moi* et partons droit vers le soleil, comme nous l'avons fait l'hiver passé.

C'est Moi était le nom du yacht de Wynand. Il n'avait jamais donné à personne l'explication de ce nom bizarre. Bien des femmes lui avaient posé la question. La jeune femme qui était chez lui ce soir la lui avait déjà posée. Comme il se taisait, elle lui demanda une fois de plus :

– Au fait chéri, que signifie le nom que vous avez donné à votre merveilleux bateau ?

– C'est une question à laquelle je ne réponds pas, dit Wynand, ou plutôt c'est l'une d'elles.

– Alors, dois-je me faire faire des robes pour la croisière ?

– Le vert est la couleur qui vous sied le mieux, et qui rend bien en mer. J'aime à en étudier l'harmonie avec vos cheveux et votre peau. Je regretterai la vision de vos bras nus se détachant sur un tissu de soie verte. Car nous passons ensemble notre dernière soirée.

Les doigts de la jeune femme s'immobilisèrent sur la tige de son verre. Rien ne lui avait permis de soupçonner que c'était le dernier soir. Mais elle savait que ces mots étaient sans appel. Toutes les femmes qui étaient entrées dans la vie de Wynand savaient que cela finirait ainsi et qu'il n'y aurait pas à se rebeller. Après un silence, elle demanda :

– Pourquoi, Gail ?

– Pour la plus simple des raisons.

Plongeant la main dans sa poche, il en retira un bracelet de diamants qui étincela de mille feux glacés à la lueur des bougies ; les lourds chaînons, souplement montés, coulaient dans sa main. Il n'y avait ni écrin, ni emballage d'aucune sorte. Il le lui lança à travers la table.

– Un souvenir, ma chère, dit-il, et d'une infiniment plus grande valeur que ce qu'il doit commémorer.

Le bracelet heurta le gobelet qui fit entendre une fine plainte aiguë, comme si le verre criait pour la jeune femme qui, elle, ne dit rien. Wynand savait parfaitement qu'il faisait une chose horrible, que cette femme n'était pas de celles auxquelles on fait un tel cadeau à un tel moment, mais qu'elle ne refuserait pas, pas plus que des femmes pareilles à elle n'avaient refusé dans des circonstances analogues.

– Merci, Gail, dit-elle en attachant le bracelet à son bras et sans regarder Wynand.

Un peu plus tard, lorsqu'ils se dirigèrent vers le salon, elle s'arrêta devant l'escalier qui conduisait à la chambre à coucher, et, le regardant entre ses longs cils, dit d'une voix basse :

– Laissez-moi mériter ce souvenir, Gail.

Il secoua la tête.

– C'était bien mon intention, dit-il. Mais je suis fatigué.

Lorsqu'elle fut partie, il resta un moment debout dans le hall et se dit qu'en ce moment elle souffrait, que sa souffrance était réelle, mais que, dans quelque temps, plus rien ne lui semblerait réel que ce bracelet. Il y avait bien longtemps qu'une telle pensée ne lui inspirait plus aucune amertume. Et lorsqu'il se demanda ce qu'il ressentait lui-même, il comprit qu'il ne s'étonnait que d'une chose, d'avoir attendu si longtemps.

Il s'installa dans sa bibliothèque, lut pendant quelques heures. Et brusquement il s'arrêta. Il s'arrêta sans raison, au milieu d'une phrase importante. Il n'avait pas envie de lire davantage. Il n'avait plus envie de faire aucun effort.

Rien ne lui était arrivé, rien de positif tout au moins, et d'ailleurs aucun fait n'était susceptible de le rendre malheureux. Il n'y avait plus en lui que négation, comme si tout avait été vidé de toute signification, et qu'il n'y eût plus que le néant, mais un néant qui n'était même pas attirant et qui lui paraissait incongrûment ordinaire, comme un meurtrier qui aurait un bon sourire.

Il n'avait rien perdu, excepté le désir. Non, plus que cela, la source de toute chose, le désir du désir. Il se rappela qu'un homme qui perd la vue en garde au moins le souvenir ; mais il avait entendu parler d'une forme plus grave encore de cécité. Si les centres nerveux commandant à la vision sont détruits, le malade perd jusqu'au souvenir de la perception visuelle.

Il jeta son livre et se leva. Il n'avait ni l'envie de rester immobile ni le désir de bouger. Il décida d'aller dormir. C'était beaucoup trop tôt, mais il en serait quitte pour se lever plus tôt encore. Il monta à sa chambre à coucher prit une douche, enfila son pyjama. Puis il ouvrit un des tiroirs de sa commode et vit le revolver qu'il y gardait toujours. Ce fut le brusque intérêt qu'il éprouva, une sorte d'adhésion immédiate de tout son être, qui le fit se saisir de l'arme.

Et ce fut justement le manque absolu d'émotion qu'il ressentit lorsqu'il décida de se tuer qui le convainquit que c'était pour lui la seule chose à faire. La chose lui parut toute simple, indiscutable, évidente.

Et il était maintenant adossé à la cloison de verre, arrêté par cette simplicité même, par cette évidence.

Il se dirigea vers son lit et s'y assit, tenant toujours son revolver à la main. Un homme qui va mourir, se dit-il, revoit toute sa vie en un éclair. Et moi, je ne vois rien. Mais je puis essayer de la revoir. Et peut-être y puiserai-je la volonté de vivre ou des raisons de mourir.

Sur la berge de l'Hudson, en pleine obscurité, Gail Wynand, âgé de douze ans, était adossé à un pan de mur à demi écroulé, un bras en arrière, le poing fermé, prêt à frapper... et il attendait.

Le pan de mur contre lequel il s'appuyait formait un angle dont un des côtés le cachait de la rue ; de l'autre côté, le terrain descendait en pente raide vers le fleuve. L'enfant devinait confusément la rive sombre de l'Hudson, avec ses masures affaissées, ses entrepôts coupés de grands pans de ciel ; au-dessous d'une corniche écornée, une fenêtre brillait d'un éclat maléfique.

Il se préparait à se battre et il savait que c'était sa vie même qui était en jeu. Son poing fermé, qu'il tenait abaissé et un peu en arrière, semblait étreindre des fils invisibles qui commandaient les centres nerveux de son corps maigre et efflanqué sous la chemise et le pantalon en lambeaux, jusqu'aux tendons gonflés de ses bras nus, jusqu'aux veines saillantes de son cou tendu. Les fils semblaient vibrer, le corps était absolument immobile, mais dans un tel état de tension qu'on sentait que le toucher du doigt équivaudrait à presser la détente d'une arme mortelle.

Il savait que le chef d'une bande de va-nu-pieds le cherchait et qu'il ne viendrait pas seul. Il savait que, dans la bande, deux des gosses possédaient un couteau et que l'un d'eux avait un crime à son actif. Il les attendait, les poches vides. Il était le plus jeune membre de la bande et le dernier à s'y être enrôlé. Le chef avait décrété qu'il méritait une leçon.

La discussion avait éclaté au sujet du pillage d'une péniche que projetait la bande. Le chef avait décidé que l'opération se ferait de nuit et tous étaient d'accord, excepté Gail Wynand. Ce dernier avait expliqué d'une voix lente et dédaigneuse, qu'une bande rivale, en aval du fleuve, avait tenté le même coup la semaine précédente, et qu'elle avait laissé six de ses membres aux mains de la police et deux au cimetière. Il fallait agir à l'aube, à l'instant où personne ne s'y attendrait. Il fut hué, mais ne broncha pas. Gail Wynand n'était pas fait pour recevoir des ordres. Il ne se fiait qu'à son propre jugement. Aussi le chef avait-il décidé de régler cette question une fois pour toutes.

Les trois garçons qui s'avançaient marchaient si doucement que rien ne décelait leur présence. Cependant Gail Wynand les entendit venir de loin. Il ne bougea pas, serra le poing.

Au moment précis où ils arrivaient, il bondit, droit dans l'espace, comme lancé par une catapulte. Il frappa un de ses adversaires à la poitrine, heurta le second à l'estomac et tomba à pieds joints sur le troisième. Tous quatre ne formèrent bientôt qu'une masse confuse. Lorsque ses trois poursuivants parvinrent à se dégager et relevèrent la tête, ils ne reconnurent pas Gail Wynand. Ils n'avaient devant eux qu'un tourbillon d'où pleuvaient les coups.

Il n'avait rien que ses deux poings contre cinq poings et un couteau, mais cela ne comptait pas. Leurs coups tombaient comme sur du caoutchouc; le couteau rencontrait une résistance prouvant qu'il avait atteint son but, rien n'y faisait. L'être qu'ils combattaient était invulnérable. Il n'avait plus le temps de sentir la douleur. Il se mouvait trop vite pour leur laisser le temps de l'atteindre et celui qui s'élançait n'était déjà plus celui qui avait été frappé.

Il semblait avoir entre les deux omoplates un moteur qui imprimait à ses bras un mouvement continu. Seuls deux cercles étaient visibles. Ses bras avaient disparu comme les rayons d'une roue rapidement actionnée. Et les coups portaient à chaque fois sans que la roue ralentît sa vitesse. Un des garçons vit son couteau s'enfoncer dans l'épaule de Wynand. Il vit le mouvement que fit cette épaule pour rejeter l'arme qui glissa jusqu'à la ceinture. Ce fut la dernière chose qu'il distingua. Violemment heurté au menton, il vint s'écrouler en donnant de la tête, contre un amas de vieilles briques.

Longtemps encore, les deux autres garçons luttèrent contre cette force centrifuge d'où giclaient des gouttes de sang. Mais il n'y avait rien à faire. Ils ne se battaient pas contre un être humain, mais contre une volonté sans défaillance.

Lorsqu'ils s'avouèrent battus, gémissant sur le tas de briques, Gail Wynand dit simplement, d'une voix calme : « L'expédition aura lieu à l'aube », et s'en alla. De ce jour, il fut nommé chef de la bande.

Le pillage des péniches se fit deux jours plus tard, au point du jour, et avec un complet succès.

Gail Wynand vivait avec son père, dans le sous-sol d'une vieille maison en plein cœur de Hell's Kitchen. Son père, qui était docker, était un homme de haute taille, silencieux, illettré, qui n'avait jamais fréquenté l'école. Son père, son grand-père n'avaient jamais rien connu d'autre que la pauvreté. Mais, en remontant loin dans leur famille, on y aurait trouvé des traces d'aristocratie et quelque noble ancêtre qu'une tragédie depuis longtemps oubliée avait précipité dans le ruisseau. Il y avait quelque chose dans l'apparence des Wynand ; que ce fût dans leurs misérables logements, dans les tavernes ou en prison, qui jurait avec leur entourage. Et le père de Gail avait été surnommé par ses camarades, « le Duc ».

La mère de Gail était morte de consomption alors qu'il avait deux ans. Il était enfant unique. Il savait vaguement que le mariage de son père avait été tout un drame. Il existait un portrait de sa mère. Ni par son physique, ni par la façon dont elle était habillée, elle ne ressemblait aux femmes de leur quartier. Elle était d'une grande beauté. Le père de Gail n'était plus lui-même depuis cette mort. Il aimait son fils, mais d'une affection qui ne le faisait pas lui adresser plus de deux phrases par semaine.

Gail ne ressemblait ni à son père ni à sa mère. Il aurait fallu remonter non pas des générations, mais des siècles en arrière, pour retrouver l'ancêtre auquel il ressemblait. Il avait toujours été trop grand pour son âge, et trop mince. Ses camarades l'appelaient Wynand l'Echalas. Il n'avait pas de muscles et en usait pourtant.

Il s'était mis à travailler dès sa prime enfance. Pendant assez longtemps il fut vendeur de journaux au coin des rues. Un beau jour il entra droit à l'imprimerie et exposa à l'imprimeur-chef une idée qui lui était venue, celle de porter les journaux à domicile le matin. Et il expliqua comment et pourquoi la création de ce service augmenterait la vente du journal. « Ouais ? dit le chef. – J'en suis sûr, dit Wynand. – Qu'est-ce qui commande, ici ? demanda l'imprimeur. – Vous n'êtes qu'un imbécile », répondit Wynand. Il perdit sa place.

Il travailla ensuite dans une épicerie. Il faisait les courses, balayait le plancher défoncé, triait des corbeilles de légumes pourris, aidait à servir les clients, mesurant patiemment une mesure de farine ou remplissant les cruches de lait. Autant employer un rouleau compresseur pour repasser des mouchoirs. Mais il serrait les dents et se taisait. Un jour il suggéra à l'épicier que ce serait une bonne idée de mettre le lait en bouteilles, comme le whisky. « Ferme ta gueule et va donc voir ce que veut Mrs. Sullivan, répondit le patron. Et n'essaie pas de m'apprendre mon métier. Qui est-ce qui commande, ici ? » Wynand alla servir Mrs. Sullivan et ne répondit rien.

Il travailla dans une taverne. Il lavait les crachats et les vomissures des ivrognes. Il vit et entendit des choses qui tuèrent en lui pour toujours le pouvoir d'étonnement. Au prix des plus grands efforts, il apprit à se taire, à accepter la place que les autres lui imposaient, à accepter le règne de la stupidité... et à attendre. Personne ne l'avait jamais entendu parler de ses sentiments. Ceux qu'il éprouvait envers les hommes étaient variés, mais le respect n'en faisait pas partie.

Il fut cireur de bottes à bord d'un ferry-boat. N'importe quel marchand de chevaux, n'importe quel docker ivre avait le droit de lui donner des ordres et de le rudoyer. Et s'il se révoltait, il entendait une voix rude qui lui criait : « Qui est-ce qui commande, ici ? » Mais il aimait ce travail. Lorsqu'il n'avait pas de clients, il s'adossait à la rambarde et contemplait Manhattan, les planches fraîches des maisons en construction, les grues et les déchargeurs, les rares gratte-ciel qui s'élevaient à l'horizon. Il pensait à ce qui devrait être construit et à ce qui devrait être détruit, à ce qui était et à ce qui pourrait être. Un appel rude « Hé ! là-bas ! » le réveillait de ses songes. Il revenait à son banc et se penchait docilement sur une chaussure boueuse. Et le client ne voyait qu'une petite tête châtain clair et deux mains fines et capables.

Les soirs de brouillard, personne ne remarquait la mince silhouette adossée à un réverbère à gaz, l'aristocrate du Moyen Age, le patricien-né dont tous les instincts exigeaient le commandement, dont l'esprit vif sentait qu'il avait droit au commandement, qu'il était né pour commander et non pour nettoyer des planchers souillés et pour obéir.

Il avait appris à lire seul à l'âge de cinq ans, en posant le minimum de questions. Il lisait tout ce qui lui tombait sous la main. Il ne pouvait accepter l'inexplicable. L'emblème de son enfance, celui qui remplaça la devise qu'il avait perdue des siècles auparavant, était le point d'interrogation. Il n'était jamais nécessaire de lui expliquer deux fois la même chose. Il reçut ses premières notions de mathématiques des ingénieurs qui faisaient poser des conduites, et les premiers éléments de géographie, de matelots sur la jetée. Il reçut ses premiers principes civiques de politiciens d'un club local qui se réunissaient dans un repaire de gangsters. Il n'était jamais entré ni dans une église, ni dans une école. Il avait douze ans lorsqu'il pénétra pour la première fois dans un temple. Il entendit un sermon sur la patience et sur l'humilité. Il n'y retourna jamais. Il avait treize ans lorsqu'il décida de goûter de l'instruction et s'inscrivit dans une école communale. Son père ne fit aucun commentaire, pas plus qu'il ne faisait d'observations lorsque Gail rentrait tuméfié d'une rixe avec un des membres de sa bande.

Au cours de sa première semaine d'école, l'institutrice interrogea constamment Gail Wynand, par pur plaisir, car il répondait toujours juste. Lorsqu'il avait confiance en ses supérieurs et en leurs buts, il leur obéissait comme un Spartiate, s'imposant la discipline de fer qu'il exigeait des membres de sa bande. Mais sa force de volonté lui fut inutile. En une semaine il s'aperçut qu'il n'avait pas besoin de faire un effort pour être le premier de sa classe. Et, au bout d'un mois, l'institutrice avait cessé de remarquer sa présence. Il était inutile de s'occuper de lui qui savait toujours ses leçons, alors qu'il y avait dans la classe des élèves plus lents et moins bien doués sur lesquels elle devait concentrer tout son effort. Il restait parfaitement tranquille pendant des heures qui se traînaient péniblement tandis que le professeur répétait, mâchait et remâchait une question, s'efforçant d'arracher une étincelle d'intelligence à des yeux vagues et à des voix hésitantes. A la fin du premier trimestre, faisant la révision des rudiments d'histoire qu'elle s'était efforcée de leur inculquer, l'institutrice demanda : « De combien d'Etats était formée la fédération à cette époque-là ? » Aucune main ne se leva. Enfin Gail Wynand leva le bras. Le professeur lui fit signe de parler. « Pourquoi, demanda-t-il, faut-il que j'ingurgite dix fois la même chose ? Je sais tout cela par cœur. – Tu n'es pas seul dans la classe », répondit le professeur. Gail employa une expression qui fit pâlir l'institutrice et la fit rougir violemment quelques minutes plus tard, quand elle en eut compris pleinement la signification, puis il se dirigea vers la porte. Sur le seuil, il se retourna et ajouta : « Ah oui, il y avait treize Etats. »

Et son instruction en resta là.

La plupart des habitants d'Hell's Kitchen s'aventuraient peu au-delà des limites de leur quartier. Certains même sortaient rarement des misérables demeures dans lesquelles ils étaient nés. Gail Wynand, au contraire, se dirigeait souvent vers les rues les plus élégantes de la ville. Il n'éprouvait aucune amertume envers les riches et les puissants, pas plus que de l'envie ou de la crainte. Il était simplement intéressé par le spectacle de la rue et se sentait aussi à l'aise à la Cinquième Avenue que partout ailleurs. Il passait devant les imposantes demeures, les mains dans les poches, ses orteils sortant de ses souliers percés. Les gens le regardaient, mais il n'en avait cure. Il passait, laissant à ceux qui le dévisageaient l'impression que, plus qu'eux, il appartenait à ce quartier.

Il cherchait à comprendre ce qui rendait ces gens différents de ceux qui vivaient à Hell's Kitchen. Ce n'était pas leur façon de s'habiller, leurs équipages ou les banques qui attiraient son attention. Les gens, dans son quartier, avaient aussi des vêtements, de méchantes carrioles et de l'argent. Ce n'était qu'une question de degrés. Mais ils ne lisaient pas, n'achetaient jamais de livres. Il décida de se documenter sur les livres que lisaient les habitants de la Cinquième Avenue. Il vit un jour une dame qui attendait dans une voiture arrêtée au bord du trottoir. Il vit au premier coup d'œil que c'était vraiment « une dame », son jugement en de telles matières étant aussi aigu que celui du Bottin mondain. Or cette dame était plongée dans un livre. Il bondit sur le marchepied de la voiture, lui arracha le livre des mains et s'enfuit. Et il eût fallu des hommes plus agiles et plus rapides que les agents pour le rattraper.

Le livre était un ouvrage d'Herbert Spencer. Ce fut pour lui une véritable agonie que de le lire jusqu'au bout. Il y parvint cependant. Il en comprit environ le quart. Ce fut là le début d'un effort qu'il poursuivit avec une systématique et patiente détermination. Sans aide, sans conseils, et sans plan d'aucune sorte, il se mit à dévorer le choix de livres le plus hétéroclite. Et lorsque dans un ouvrage il tombait sur quelque chose qu'il ne comprenait pas, il s'efforçait de s'en procurer un autre sur ce sujet. Il errait ainsi dans toutes les directions. Il lut d'abord des ouvrages spécialisés, puis ensuite des livres de classe. Cependant, s'il n'y avait aucun ordre dans ses lectures, il y en avait dans ce qu'il retenait.

Il découvrit la salle de lecture d'une bibliothèque publique et la fréquenta assidûment pendant quelque temps... pour en étudier les dégagements. Puis un jour, et à des heures différentes, une série de jeunes garçons laborieusement peignés et débarbouillés, se rendirent à la salle de lecture. Ils étaient minces en y entrant, mais ne l'étaient plus en en sortant. Et ce soir-là, Gail Wynand eut une petite bibliothèque à lui dans un coin de son misérable logement. Les membres de la bande avaient exécuté ses ordres sans protester. C'était pourtant une chose scandaleuse. Jamais une bande qui se respectait ne s'était abaissée à voler des livres. Mais Wynand l'Echalas avait donné l'ordre et l'on ne discutait pas les ordres de Wynand.

Il avait quinze ans lorsqu'on le trouva, un matin, gisant dans la rue, les deux jambes brisées, à moitié assommé par quelque docker ivre. Lorsqu'on le découvrit, il était sans connaissance. Mais il ne s'était pas évanoui tout de suite après avoir été frappé. Il était seul dans une allée obscure. Au coin de la rue, une lumière brillait. Personne ne comprit comment il était parvenu à se traîner jusque-là, mais le fait est qu'il y parvint, laissant derrière lui une trace sanglante. Il avait dû ramper, ne pouvant mouvoir que ses bras. Il frappa contre la porte. C'était un bar, encore ouvert. Le tenancier sortit. Ce fut la seule fois en toute sa vie que Gail Wynand implora de l'aide. L'homme lui lança un terne et lourd regard montrant qu'il avait compris qu'il avait devant lui un être à l'agonie, mais que cela n'éveillait chez lui qu'une solide et bovine indifférence. Puis il rentra dans le bar en claquant la porte. Il n'avait pas le moindre désir d'être mêlé à une histoire.

Des années plus tard, Gail Wynand, devenu le rédacteur de *L'Etendard* de New York, n'avait pas oublié le nom du docker, ni celui du tenancier de bar. Il ne fit rien au premier, mais il poussa le tenancier à la faillite, à la ruine et au suicide.

Gail Wynand avait seize ans lorsque son père mourut. Il restait complètement seul, momentanément sans travail, ayant soixante-cinq cents en poche, le terme à payer et une érudition désordonnée. Il sentit que le jour était venu pour lui de décider de ce qu'il ferait de sa vie. Il monta, cette nuit-là, sur le toit de sa maison et contempla les lumières de la ville, cette ville dans laquelle il n'avait pas le droit de commander. Il laissa errer son regard des mansardes des misérables taudis qui l'entouraient aux fenêtres des plus lointaines demeures. Ce n'étaient que des rectangles éclairés se détachant dans l'obscurité, mais d'après la qualité de la lumière, il pouvait distinguer à quelles sortes de constructions elles appartenaient. Les lumières qui l'entouraient étaient ternes, découragées; les plus lointaines étaient intenses et claires. Il se posa une question : quelle était la chose qui entrait dans toutes les maisons, dans les plus somptueuses comme dans les plus misérables ? Qui entrait dans chaque chambre, atteignait tous les êtres ? Tous mangeaient du pain. Mais peut-on mener les êtres par le pain qu'ils mangent ? Tous buvaient du café, enfilaient des chaussures, tous lisaient... Sa voie était tracée.

Le lendemain matin, il pénétra dans le bureau du rédacteur de la *Gazette*, un journal de quatrième ordre édité dans un building misérable, et demanda du travail à la salle de rédaction. Le rédacteur examina ses vêtements et lui demanda : « Savez-vous épeler chat ? – Et vous, savez-vous épeler anthropomorphologie ? répondit Wynand. – Nous n'avons besoin de personne, dit le patron. – Je vais attendre, dit Wynand. Usez de moi lorsque vous en aurez envie. Et vous n'aurez pas besoin de me payer. Vous m'engagerez lorsque vous sentirez que cela en vaudra la peine. »

Il resta dans la maison, assis sur les marches de l'escalier, devant la salle de rédaction. Il y passa toutes ses journées pendant une semaine. Personne ne faisait attention à lui. La nuit, il dormait dans des encoignures de portes. Lorsqu'il n'eut plus d'argent, il vola quelque nourriture à des éventaires ou fouilla des boîte à ordures, avant de reprendre son poste sur l'escalier.

Un jour, un des reporters eut pitié de lui et lui jeta en passant une pièce de deux sous en disant : « Va donc t'acheter quelque nourriture, petit. » Il restait à Wynand une pièce de dix sous. Il la tendit au reporter en répondant : « Et vous, allez donc vous acheter un cheval. » Le reporter s'éloigna en jurant. Les deux pièces de monnaie restèrent sur l'escalier. Wynand n'y toucha pas. L'histoire fut répétée dans la salle de rédaction. Un commis boutonneux haussa les épaules et empocha l'argent.

A la fin de la semaine, dans un moment de presse, un des rédacteurs appela Wynand pour lui faire faire une course. D'autres petites tâches suivirent. Il les exécutait avec une exactitude militaire. Au bout de dix jours il fut engagé. Six mois plus tard, il était reporter. Deux ans après, rédacteur associé.

Gail Wynand avait vingt ans lorsqu'il tomba amoureux. Depuis l'âge de treize ans, il savait tout ce qu'il y avait à savoir du point de vue sexuel. Il avait eu de nombreuses expériences. Il ne parlait jamais d'amour, ne s'efforçait nullement de créer un climat romantique et traitait toute l'affaire comme un simple besoin physique. Mais dans ce domaine il était expert et les femmes le savaient, rien qu'à le regarder. La jeune fille dont il tomba amoureux était d'une délicate beauté qui inspirait l'admiration plus que le désir... Elle était fragile et silencieuse. Et son visage semblait cacher quelque charmant mystère.

Elle devint la maîtresse de Gail Wynand et il eut la faiblesse d'en être heureux. Si elle le lui eût demandé, il l'aurait épousée immédiatement. Mais ils parlaient peu. Il semblait qu'ils n'en eussent pas besoin.

Un soir, cependant, il parla. Agenouillé devant elle, le visage levé vers elle, il mit son cœur à nu : « Ma chérie, tout ce que tu voudras, tout ce que je suis, tout ce que je serai un jour... C'est cela que je te donne, non ce que je pourrai obtenir pour toi, mais ce qui me rend capable de l'obtenir. Cette force-là, un homme n'y renonce pas facilement, mais moi je veux y renoncer. Je te la donne... Je te la consacrerai entièrement, uniquement. » La fille sourit et demanda : « Est-ce que tu me trouves plus jolie que Maggy Kelly ? »

Il se leva, sortit de la maison sans un mot et ne revit jamais cette fille. Et Gail Wynand, qui se vantait de n'avoir pas besoin de recevoir deux fois une leçon, ne renouvela pas l'erreur de tomber amoureux.

Il était âgé de vingt et un ans lorsque sa situation à la *Gazette* fut menacée pour la première et dernière fois. Politique et corruption ne l'avaient jamais gêné. Sa bande avait été payée pour prendre part à des campagnes électorales. Mais lorsque Pat Mulligan, officier de police de sa circonscription, fut cassé, Wynand ne put le supporter, car Pat Mulligan était le seul honnête homme qu'il eût jamais connu.

La *Gazette* était aux mains de ceux qui avaient fait dégrader Mulligan. Wynand ne dit rien. Il se contenta de réunir suffisamment d'informations pour couler la *Gazette*. Il y perdrait sa place par la même occasion, mais peu lui importait. Ce fut en lui une de ces rares impulsions qui l'emportaient au-delà de toute prudence, faisant de lui un être dominé par un sentiment unique, le désir d'arriver à son but parce que le bon droit lui en paraissait aveuglant. Cependant il savait que l'anéantissement de la *Gazette* ne serait qu'un premier pas, insuffisant pour sauver Mulligan.

Depuis trois ans, Wynand gardait une coupure de journal, un éditorial sur la corruption, par le célèbre rédacteur en chef d'un grand journal. Il l'avait gardée, parce que c'était le plus bel hommage à l'intégrité qu'il eût jamais lu. Il prit cette coupure et se rendit chez ce rédacteur. Il allait lui expliquer le cas Mulligan et à eux deux ils déjoueraient cette machination.

Il traversa toute la ville pour arriver au building de ce grand journal. Cela lui faisait du bien de marcher. Cela l'aidait à contrôler la fureur qui l'habitait. Il fut introduit dans le bureau du rédacteur. Il avait une façon à lui de s'introduire partout. Il vit un homme gras installé à un bureau, laissant couler son regard à travers ses paupières mi-closes. Il ne se nomma pas, posa simplement la coupure sur le bureau et demanda : « Vous souvenez-vous de ceci ? » Le rédacteur examina la coupure, puis regarda Wynand. Wynand avait déjà vu ce regard dans les yeux du tenancier qui avait refermé la porte sur lui. « Est-ce que vous vous imaginez que je me souviens de tout ce que j'écris ? » demanda le rédacteur.

« Merci », dit Wynand après un court silence. C'était bien la première fois qu'il éprouvait de la gratitude envers quelqu'un. Sa reconnaissance était sincère, le prix d'une leçon qu'il ne recevrait pas deux fois. Le rédacteur lui-même comprit qu'il y avait quelque chose d'étrange dans le « merci » de son interlocuteur, et quelque chose d'effrayant même. Mais ce qu'il ne savait pas, c'est que quelque chose venait de mourir en Gail Wynand.

Wynand rentra à la *Gazette*, n'éprouvant aucune colère envers le rédacteur qu'il venait de quitter, mais un furieux mépris pour lui-même, pour Pat Mulligan, pour l'honnêteté en général. Et il se sentit honteux en pensant de qui Mulligan et lui avaient failli être les victimes. Il retourna à son bureau et écrivit un brillant article, accablant pour Mulligan. « Et moi qui pensais que vous aviez pitié de ce pauvre diable ! lui dit son chef, ravi. – Je n'ai pitié de personne », répondit Wynand.

Les épiciers et les dockers n'avaient pas compris les mérites de Gail Wynand. Les politiciens l'apprécièrent à sa juste valeur. Pendant ses années de travail au journal, il avait appris à traiter les hommes. Son visage avait acquis cette expression qu'il devait garder toute sa vie, pas exactement un sourire, mais un regard ironique qui s'adressait au monde entier. Les gens pouvaient s'imaginer que cette ironie s'adressait justement à la chose dont ils avaient envie de se moquer. De plus, il était agréable d'avoir affaire à un homme que ne troublaient ni des passions, ni des idées.

Il avait vingt-trois ans lorsqu'un parti politique, qui avait besoin d'un journal pour mener une campagne en vue des prochaines élections municipales, acheta la *Gazette*. Ce journal fut acheté au nom de Gail Wynand qui servit de couverture pour des machinations. Il mena la campagne, et ses patrons l'emportèrent aux élections. Deux ans plus tard, il attaqua toute la bande, envoya les chefs au bagne et devint l'unique propriétaire de la *Gazette*.

Son premier acte d'autorité fut de faire enlever le panonceau au-dessus de la porte du building et de détruire tout ce qui se rapportait à l'ancien titre du journal. La *Gazette* devint *L'Etendard*. Ses amis le mirent en garde. « C'est une erreur de changer le titre d'un journal, lui dirent-ils. – Nous verrons bien », répondit-il.

La première campagne de *L'Etendard* fut un appel à la charité. Sur la même page, et disposant du même espace, le journal exposa deux cas : celui d'un jeune et courageux savant, mourant de faim dans une mansarde et travaillant à une invention de grand avenir ; et celui d'une femme de chambre qui avait été la maîtresse d'un assassin qu'on venait d'exécuter et qui était enceinte de lui. Un des récits étaient illustré de diagrammes scientifiques, l'autre de la photo d'une fille dont la bouche avait une tragique expression et dont les vêtements étaient misérables. *L'Etendard* demandait à ses lecteurs de venir en aide à ces infortunés. Il reçut neuf dollars et quarante-cinq cents pour le jeune savant, et mille soixante-dix-sept dollars pour la fille mère. Gail Wynand réunit ses collaborateurs. Il posa sur la table le journal déployé et l'argent recueilli pour ces deux cas. « Y a-t-il encore ici quelqu'un qui n'ait pas compris ? » demanda-t-il. Personne ne répondit. « Vous comprenez maintenant la sorte de journal que sera *L'Etendard*. »

Les rédacteurs de journaux, en ce temps-là, aimaient à imprimer leur personnalité au journal qu'ils rédigeaient. Gail Wynand consacra son journal corps et âme à la masse. *L'Etendard* prit l'apparence extérieure d'une affiche de cirque, comme il avait du cirque les performances. Son but était le même : frapper, amuser, et attirer le public. Et il portait l'empreinte non pas d'un, mais de millions d'hommes. « Les hommes se différencient par leurs vertus, disait Gail Wynand lorsqu'il exposait son point de vue, mais ils se ressemblent par leurs vices. » Et il ajoutait, regardant son interlocuteur bien en face : « Je me mets au service de ce qui domine sur la terre. Je suis donc le représentant de la majorité. N'est-ce pas là un acte vertueux ? »

Ce que le public aimait c'étaient les crimes, les scandales et le sentiment. Gail Wynand lui en fournissait largement. Il donnait aux gens ce qu'ils désiraient avec, en plus, la justification de goûts dont ils avaient été jusque-là plutôt honteux. *L'Etendard* parlait de meurtres, d'incendies criminels, de viols ou de corruption, mais en s'élevant contre tout cela. Il y avait trois colonnes de détails pour un alinéa moralisateur. « Si vous obligez les gens à accomplir une noble tâche, cela les assomme, disait Wynand. Si vous les laissez s'abandonner à leurs goûts les plus bas, vous les rendez honteux. Mais faites une combinaison des deux et vous les tenez. » Et il faisait des articles sur les filles déchues, les divorces scandaleux, les asiles d'enfants trouvés, les bas quartiers et les hôpitaux. « Le sexe d'abord, disait Wynand, les larmes ensuite. Excitez-les, puis faites-les pleurer et vous les tenez. »

L'Etendard entreprenait de courageuses croisades... sur des sujets pour lesquels il ne rencontrait pas d'opposition. Il attaquait des politiciens... juste avant leur condamnation ; s'en prenait aux monopoles... au nom des opprimés ; il se moquait des riches et des puissants... à la manière de ceux qui ne deviendront jamais ni l'un ni l'autre. Il exaltait les charmes de la société... mais donnait les nouvelles mondaines avec un léger ricanement. Cela donnait à l'homme de la rue deux satisfactions : celle de pénétrer dans les salons les plus brillants, mais de ne pas s'essuyer les pieds en entrant.

L'Etendard avait le droit d'abuser du goût et de la crédulité de ses lecteurs, mais non de leur matière grise. Ses titres énormes, ses illustrations frappantes et ses textes plus que simples frappaient les sens et parvenaient à l'entendement du lecteur sans le processus intermédiaire de la raison, comme une nourriture ingurgitée à la sonde n'a pas besoin d'être digérée.

« Les véritables nouvelles, disait Gail Wynand à ses collaborateurs, sont celles qui créent la plus grande excitation possible parmi le plus grand nombre possible de lecteurs. La chose qui les stupéfie. Et plus ils seront stupéfiés, mieux cela vaudra, à condition qu'ils soient assez nombreux. »

Un jour, il amena dans les bureaux un homme qu'il avait ramassé dans la rue. C'était un homme tout à fait ordinaire, ni bien vêtu, ni déguenillé ; ni grand, ni petit ; ni blond, ni brun. Il avait cette sorte de visage dont il est impossible de se souvenir, même quand on l'a bien regardé. Il était effrayant à force d'être si totalement indéfinissable. Il n'avait même pas les signes caractéristiques d'un idiot. Wynand le promena à travers le building, le présenta à chacun de ses collaborateurs, puis le laissa partir. Il réunit ensuite tous ses employés et leur dit : « Lorsque vous avez une hésitation au sujet de votre travail, pensez à cet homme. C'est pour lui que vous écrivez. – Mais, Mr. Wynand, dit un des plus jeunes rédacteurs, il est impossible de se rappeler ce visage. – Eh oui, c'est bien, cela », dit Wynand.

Lorsque le nom de Gail Wynand devint une menace pour les autres journalistes, plusieurs propriétaires de journaux le prirent à part, dans une grande fête de charité à laquelle tous assistaient, et lui reprochèrent ce qu'ils appelaient l'abaissement du goût du public. « Ce n'est pas mon affaire, leur répondit Wynand, d'aider les gens à conserver un respect d'eux-mêmes qu'en réalité ils ne possèdent pas. Vous leur donnez ce qu'ils feignent d'aimer, en public. Je leur donne ce qu'ils aiment réellement. L'honnêteté est la meilleure des politiques, messieurs, mais pas dans le sens où vous l'entendez. »

Il était impossible à Wynand de ne pas faire bien ce qu'il faisait. Quel que fût son but, les moyens qu'il employait pour y arriver étaient de premier ordre. L'élan, la force, la volonté qu'il n'employait pas à donner une signification à son journal, il l'employait à le rédiger Il déployait un talent exceptionnel à achever la perfection dans le banal. Il aurait pu fonder une nouvelle religion s'il avait employé autrement l'énergie spirituelle qu'il utilisait à collectionner de sombres histoires et à les étaler dans son journal.

L'Etendard était toujours le premier à recevoir les nouvelles. Y avait-il un tremblement de terre en Amérique du Sud et les nouvelles ne parvenaient-elles plus du lieu du sinistre, Wynand frétait un navire, envoyait une équipe sur place et inondait les rues de New York de suppléments, plusieurs jours avant ses concurrents. Et les suppléments étaient illustrés de dessins terrifiants représentant des maisons en flammes, des abîmes béants et des corps déchiquetés. Lorsqu'un navire, luttant contre la tempête quelque part près de la côte de l'Atlantique, envoyait un SOS, Wynand lui-même arrivait à son secours avant les garde-côtes, avec un bateau et un équipage à lui. Il organisait le sauvetage et rapportait un récit dont il avait l'exclusivité, illustré de photos dont certaines le montraient gravissant une échelle, un bébé dans les bras, au-dessus d'une mer déchaînée. Et lorsqu'au Canada, un village était coupé du reste du monde par une avalanche, c'était *L'Etendard* qui envoyait un ballon porter des vivres et des bibles à la population. Lorsqu'une grève éclatait dans une mine de charbon, *L'Etendard* organisait des soupes populaires et écrivait de tragiques histoires sur les jolies filles des mineurs poussées à bout par la misère. Et lorsqu'un chaton ne pouvait plus redescendre du haut d'un toit, c'était un photographe de *L'Etendard* qui allait l'y chercher.

« Lorsqu'il n'y a pas de nouvelles, faites-en. » Tel était l'ordre de Wynand. Un fou s'échappa d'un asile d'aliénés. Après des jours et des jours de terreur pour tous ceux qui habitaient dans les environs, terreur soigneusement entretenue par *L'Etendard* qui prédisait les pires catastrophes et soulignait avec indignation l'insuffisance de la police locale, ce fou fut capturé par un des reporters de *L'Etendard*. Ce malade recouvra miraculeusement la santé quinze jours après avoir été retrouvé et donna à *L'Etendard* une suite d'articles sur les mauvais traitements dont il avait souffert à l'asile d'aliénés. On procéda à des réformes massives. Par la suite, des gens racontèrent que le malade avait travaillé à *L'Etendard* avant son internement. Mais cela ne fut jamais prouvé.

Le feu éclata dans une blanchisserie qui employait une trentaine de jeunes filles. Deux d'entre elles périrent dans le désastre. L'une des survivantes, Mary Watson, donna à *L'Etendard* un récit inédit de l'exploitation dont elles avaient souffert. Cela finit par une véritable croisade contre les blanchisseries, menée par les femmes les plus en vue de la ville. La cause de l'incendie ne fut jamais découverte. On chuchota que Mary Watson était en réalité Evelyn Drake qui écrivait pour *L'Etendard*, mais cela non plus ne fut jamais prouvé.

Pendant les premières années de vie de *L'Etendard*, Gail Wynand passa plus de nuits sur le divan de son bureau que dans son lit. L'effort qu'il demandait à ses employés était dur à accomplir ; l'effort qu'il exigeait de lui-même était difficile à concevoir. Il traitait ses collaborateurs comme des soldats, il se traitait lui-même comme un esclave. Il payait bien son personnel, ne gardant pour lui-même que le montant de son loyer et de ses repas. Il vivait dans une chambre meublée, alors que ses meilleurs reporters avaient un appartement dans les hôtels les plus luxueux. Il dépensait plus d'argent qu'il n'en gagnait, mais exclusivement pour le compte de *L'Etendard*. Son journal était pour lui comme une maîtresse exigeante dont tous les désirs devaient être satisfaits sans regarder au prix.

L'Etendard fut le premier à acquérir l'équipement typographique le plus perfectionné. Et il fut le dernier à engager les meilleurs reporters, le dernier, parce qu'il les garda. Wynand prenait à ses concurrents leurs collaborateurs les plus capables ; personne ne pouvait rivaliser avec les salaires qu'il leur offrait. Sa manière de faire était très simple. Lorsqu'un journaliste recevait une invitation à se rendre auprès de Wynand, il considérait cela comme une insulte à son intégrité professionnelle, mais venait cependant au rendez-vous. Il arrivait, prêt à énumérer toutes les conditions qu'il poserait avant d'accepter un poste, s'il l'acceptait. Wynand commençait par énoncer le montant du salaire que toucherait ce nouveau collaborateur. Puis il ajoutait : « Peut-être avez-vous des conditions à me poser ?... » et voyant son interlocuteur avaler sa salive, il ajoutait : « Non ? Parfait. Venez lundi au rapport. »

Lorsque Wynand créa un nouveau journal à Philadelphie, les directeurs des journaux déjà existants s'unirent contre lui comme des chefs de clan en Europe au moment de l'invasion d'Attila. Et la guerre qui s'ensuivit fut aussi sauvage. Wynand ne fit qu'en rire. Il avait des procédés à lui pour battre de vitesse les chauffeurs des camions transportant les journaux et les vendeurs des rues. Deux de ses concurrents périrent dans la bataille et le journal de Wynand, *L'Etoile de Philadelphie*, survécut.

Le reste fut rapide et simple, comme une épidémie. A trente-cinq ans, Wynand avait un journal à lui dans toutes les villes importantes des Etats-Unis. A quarante, il avait créé les magazines Wynand, les actualités Wynand ainsi qu'un grand nombre d'affaires de toute sorte.

Il avait bâti sa fortune à l'aide d'activités variées auxquelles il ne donnait aucune publicité. Il n'avait rien oublié de son enfance. Il se souvenait de ses rêves d'enfant, alors qu'il était cireur de bottes sur un ferry-boat, et des chances qu'offrait une grande cité en plein développement. Il achetait du terrain dont nul ne pensait qu'il prendrait de la valeur, construisait contre tous les avis et transformait les billets de cent en billets de mille. Il s'attaquait aux entreprises les plus diverses. Elles échouaient parfois, ruinant tous ceux qui y étaient mêlés, excepté Gail Wynand. Il entreprenait une campagne contre une obscure société de transports en commun et lui faisait perdre sa concession. Cette concession était transmise à un groupe plus obscur encore, mais que contrôlait Gail Wynand. Il fit une tentative, en apparence infructueuse, pour monopoliser le marché du bœuf dans le Middle West... et laissa le champ libre à une autre société qui agissait en son nom.

Il fut aidé dans son ascension par tous ceux, et ils étaient nombreux, qui avaient découvert que le jeune Wynand était un garçon remarquable dont on avait intérêt à se servir. Il montrait, à rendre service, une complaisance charmante. Mais les gens s'apercevaient, après coup, que c'était lui qui s'était servi d'eux, comme l'avaient appris à leurs dépens ceux qui avaient racheté pour lui la *Gazette*.

Il lui arrivait parfois de perdre de l'argent dans une affaire, froidement et volontairement. Par une série d'obscures démarches qui ne laissaient aucune trace, il ruinait des hommes extrêmement puissants : le directeur d'une banque, celui d'une compagnie d'assurance, le propriétaire d'une grande ligne maritime. Personne ne pouvait découvrir le motif de ses actes. Ces hommes n'étaient en rien ses concurrents et il ne gagnait rien à les ruiner.

« On ne sait ce qui fait agir cette canaille de Wynand, disaient les gens, mais certainement pas l'argent. »

Ceux qui l'attaquaient avec trop de persistance perdaient leur situation, les uns en quelques semaines, les autres après des années. Il était capable de laisser passer une insulte sans la relever et de briser un homme pour une remarque innocente. Personne ne pouvait jamais dire à l'avance ce qu'il laisserait passer et ce dont il se vengerait.

Son attention fut attirée un jour par les brillants articles qu'écrivait, dans un journal concurrent, un jeune reporter, et il le convoqua. Le jeune homme vint, mais le salaire que Wynand lui offrit ne l'éblouit nullement. « Je ne peux pas travailler pour vous, Mr. Wynand, dit-il avec un grand sérieux, parce que... vous n'avez aucun idéal. » Les lèvres minces de Wynand se retroussèrent en un sourire. « Vous n'échapperez pas à la dépravation humaine, mon petit, dit-il avec bonté. Le patron pour lequel vous travaillez a peut-être un idéal mais il a besoin de capitaux et il reçoit des ordres des gens les plus méprisables. Je n'ai pas d'idéal, mais je ne dépends de personne. Choisissez. » Le jeune homme retourna à son journal. Un an plus tard, il revint voir Wynand, et lui demanda si son offre était toujours valable. Wynand lui dit que oui. Depuis ce jour le jeune homme fit partie de *L'Etendard* et c'était, de tous les employés, le seul qui aimât Gail Wynand.

Alvah Scarret, le seul survivant de la *Gazette*, s'était élevé avec Wynand. Mais on ne pouvait pas dire qu'il aimât Wynand ; il avait cependant pour lui un dévouement fanatique et se serait laissé fouler aux pieds par son patron. Mais Alvah Scarret était incapable de haïr et, par conséquent, incapable d'aimer. Il était rusé, habile et absolument dénué de scrupules, en toute innocence, comme un être incapable de concevoir même la notion de scrupule. Il croyait fermement tout ce qu'il écrivait et tout ce qui s'imprimait dans *L'Etendard*. Il était même capable de croire à quelque chose pendant deux semaines de suite. Il était extrêmement précieux pour Wynand qui le considérait comme le baromètre des réactions du public.

Il était impossible de dire si Gail Wynand avait une vie privée. Les heures qu'il passait hors de son bureau avaient le même style que la première page de *L'Etendard*, mais sur un plan supérieur, comme s'il continuait à se donner en spectacle, devant un parterre de rois. Il loua la salle entière, lors d'une grande représentation à l'opéra, et assista seul à la représentation en compagnie de sa maîtresse du jour. Il découvrit une pièce qui lui plut, écrite par un jeune auteur encore inconnu. Il donna à ce dernier une très grosse somme, devint propriétaire de la pièce, la fit jouer une seule fois et pour lui seul, et détruisit le manuscrit. Un jour qu'une femme du monde, fort distinguée, lui demandait de contribuer à quelque œuvre de charité, Wynand lui tendit un chèque en blanc et se mit à rire en disant que la somme qu'elle se permettrait d'écrire serait certainement inférieure à celle qu'il lui aurait donnée. Il acheta un vague trône dans les Balkans pour un prétendant sans le sou dont il avait fait la connaissance dans quelque bar et qu'il ne revit jamais par la suite. Et il parlait en riant de « mon valet de chambre, mon chauffeur et mon roi ».

Parfois, le soir, vêtu d'un mauvais complet qu'il avait payé neuf dollars, Wynand, prenant le métro, se rendait dans les bas quartiers et hantait les tavernes pour écouter les réflexions de son public. Un soir, dans un petit bar en sous-sol, il entendit un conducteur de camion dénoncer Gail Wynand comme le pire représentant du capitalisme, dans un langage extrêmement coloré. Wynand abonda dans son sens et renforça ses dires par quelques expressions bien choisies qu'il avait gardées de son vocabulaire de Hell's Kitchen. Puis, avisant sur la table un exemplaire de *L'Etendard*, il l'ouvrit à la page 3, en arracha sa photographie, y épingla un billet de cent dollars, tendit le tout au conducteur du camion et sortit avant que personne n'eût dit un mot.

Ses maîtresses se succédaient avec une telle rapidité que le monde avait cessé de s'y intéresser. L'on disait de Wynand que la seule chose qui l'intéressât en une femme c'était de l'acheter, et qu'il s'adressait uniquement aux femmes qui avaient la réputation de n'être pas achetables.

Il tenait secrets les détails de sa vie en la livrant dans l'ensemble au grand public. Il s'était voué lui-même à la masse, il lui appartenait comme un monument dans un parc, comme le signal lumineux d'un autobus, comme les pages de *L'Etendard*. Sa photographie était dans les journaux plus fréquemment que celles des stars de cinéma. On l'y représentait dans toutes les circonstances possibles et dans toutes les tenues imaginables. Il n'avait jamais été photographié complètement nu, mais ses lecteurs en avaient pourtant l'impression. Il ne tirait aucun plaisir de cette publicité personnelle, c'était simplement une politique à laquelle il était obligé de se soumettre. Chaque pouce carré de sa maison avait été reproduit dans ses journaux et dans ses magazines. « Il n'y a pas un des sacrés habitants de ce pays qui ne sache comment est fait l'intérieur de mon frigidaire ou celui de ma baignoire », disait-il.

Il y avait pourtant dans sa vie une chose que peu de gens connaissaient et dont il ne parlait jamais. A l'étage le plus élevé du building où il vivait, juste au-dessous de son petit hôtel, se trouvait sa galerie de peintures. Elle était toujours fermée. Personne n'en avait l'accès, excepté la personne qui en prenait soin. Et un très petit nombre de gens en connaissaient l'existence. Un ambassadeur de France lui demanda un jour à la visiter. Wynand refusa. De temps à autre, pas souvent, Wynand descendait à sa galerie et y passait des heures. Les œuvres qu'il y avait rassemblées avaient été choisies selon un sens des valeurs bien à lui. Il avait des œuvres célèbres. Il avait également des toiles d'artistes encore inconnus. Il avait refusé d'acquérir des œuvres de grands maîtres qui ne lui plaisaient pas. Le prix auquel atteignait un tableau ou la signature la plus connue lui importait peu. Les grands marchands de tableaux avec lesquels il était en affaires disaient de lui que son jugement était d'un maître.

Un soir, le valet de chambre de Wynand vit son maître remonter de sa galerie et fut frappé de son expression. Il avait quelque chose de douloureux et, cependant, il paraissait dix ans plus jeune. « Etes-vous souffrant, monsieur ? » demanda-t-il. Wynand le regarda d'un air las et répondit : « Allez vous coucher. »

« Nous pourrions faire sensation dans notre supplément du dimanche en

407

parlant de votre galerie de tableaux, lui dit un jour Alvah Scarret. – Non, dit Wynand. – Mais pourquoi, Gail ? – Ecoutez, Alvah, chaque être sur la terre a une âme que nul ne peut contempler, même les forçats au bagne, même les girls d'une revue, tout le monde, excepté moi. Mon âme s'étale sur le supplément du dimanche, dans la page en trois couleurs. Il faut donc bien que j'aie un substitut, même si ce n'est qu'une pièce fermée à clé et qui contient quelques objets que nul ne verra jamais. »

Ce fut certainement à la suite d'un long processus et de nombreux signes prémonitoires qu'un nouveau trait de caractère se manifesta chez Gail Wynand, mais Scarret ne le remarqua pas avant que Wynand n'eût atteint quarante-cinq ans. A ce moment, ce trait devint perceptible à bien d'autres personnes. Wynand semblait avoir perdu tout intérêt à ruiner des industriels ou des financiers. Il avait trouvé une autre sorte de victimes. Il était malaisé de dire si c'était chez lui un sport, une manie ou une poursuite systématique. De toute façon, c'était une chose horrible, à la fois terriblement cruelle et dénuée de toute signification.

Cela commença avec Dwight Carson. Dwight Carson était un jeune écrivain plein de talent qui avait, de plus, la réputation sans tache d'un homme passionnément dévoué à ses convictions. Il soutenait la cause de l'individu contre les masses. Il écrivait pour des revues de haute tenue et de peu de diffusion qui n'étaient nullement une menace pour Wynand. Wynand acheta Dwight Carson. Il le força à écrire dans *L'Etendard* une chronique dans laquelle Carson prônait la supériorité de la masse sur l'homme de génie. C'était une chronique mal faite, ennuyeuse et peu convaincante, et qui irritait de nombreux lecteurs. C'était gaspiller à la fois, et la place qui y était consacrée dans le journal, et le très haut salaire que recevait l'auteur. Mais Wynand insistait pour que cette chronique continuât.

Alvah Scarret lui-même fut choqué par l'apostasie de Carson. « De n'importe qui d'autre, Gail, dit-il un jour, mais vraiment je ne me serais pas attendu à cela de Carson. » Wynand se mit à rire. Il rit trop longtemps, comme incapable de s'arrêter ; son accès de rire semblait être à la limite de l'hystérie. Scarret se rembrunit. Il n'aimait pas sentir Wynand incapable de dominer ses sentiments. Cela était en contradiction avec tout ce qu'il savait de lui. Et cela donna à Scarret une curieuse impression d'appréhension. Il lui sembla apercevoir une fissure dans un mur solide. La fissure ne pouvait en aucune façon menacer l'existence même du mur, mais cependant, elle était désagréable à voir.

Quelques mois plus tard, Wynand acheta un jeune écrivain, collaborateur à une revue socialiste et connu pour sa parfaite honnêteté, et lui ordonna d'écrire une série d'articles glorifiant l'homme d'exception et envoyant les masses au diable. Et cela aussi irrita de nombreux lecteurs. Mais Wynand ne s'en souciait nullement. Il ne prenait même plus en considération les réactions du public.

Il s'assura les services d'un délicat poète pour faire des reportages sportifs sur le base-ball. Ceux d'un critique d'art pour donner des nouvelles financières. Il prit un socialiste pour défendre les propriétaires d'usines et un conservateur pour champion des travailleurs. Il força un athée à glorifier la religion et obligea un savant à proclamer la supériorité de l'intuition sur les méthodes scientifiques. Il alloua à un grand chef d'orchestre une confortable rente annuelle et ne lui demanda rien en échange que le serment de ne plus diriger aucun orchestre.

Quelques-uns de ces hommes avaient commencé par refuser. Mais ils avaient tous fini par céder, lorsqu'ils s'étaient vus mener à deux doigts de la faillite par une série d'opérations aussi mystérieuses qu'incontrôlables. Certains de ces artistes étaient célèbres, d'autres non. Wynand ne faisait pas montre d'un intérêt particulier pour la carrière de ses victimes. Il ne s'intéressait pas non plus aux hommes arrivés qui faisaient commerce de leur art et ne défendaient aucun idéal. Ceux auxquels il s'attaquait avaient une qualité en commun : leur parfaite intégrité.

Une fois qu'il les avait brisés, Wynand continuait scrupuleusement de les payer, mais il ne s'y intéressait plus. Dwight Carson devint une victime de l'éthylisme. Deux autres artistes s'adonnèrent aux drogues. Un troisième se suicida. C'en fut trop pour Scarret. « Ne trouvez-vous pas que cela va trop loin, Gail ? demanda-t-il. C'est un véritable meurtre. – Absolument pas, répondit Wynand. C'est purement une question de circonstances. La cause du mal était en lui. Si la foudre tombe sur un arbre pourri et que cet arbre s'écroule, est-ce la faute de l'éclair ? – Mais qu'appelez-vous un arbre sain ? – C'est une chose qui n'existe pas, Alvah, dit gaiement Wynand ; purement et simplement pas. »

Alvah Scarret ne posa jamais de questions à Wynand au sujet de cette nouvelle lubie. Mais par quelque obscur instinct, il en devina en partie la raison. Il rit, haussa les épaules et déclara aux gens qu'il n'y avait pas de quoi se frapper, que ce n'était rien d'autre « qu'une soupape de sûreté ». Il n'y avait en somme que deux êtres qui comprenaient Gail Wynand : Alvah Scarret... partiellement ; Ellsworth Toohey... complètement.

Ellsworth Toohey, qui, à ce moment-là, redoutait par-dessus tout une querelle avec Wynand, ne put cependant se défendre d'un obscur ressentiment de ce que Wynand ne l'avait pas choisi comme victime. Il aurait aimé que Wynand essayât de le corrompre, quelles que pussent être les conséquences. Mais Wynand n'avait pas même l'air de s'apercevoir que Toohey existait.

Wynand n'avait jamais eu peur de la mort. Durant sa vie, l'idée du suicide l'avait souvent effleuré, non comme une tentation, mais comme une des nombreuses possibilités que lui offrait la vie. Il examinait la question avec une courtoise indifférence, comme il examinait toute question... puis n'y pensait plus. Il avait connu des moments de complet épuisement où sa volonté semblait l'abandonner. Quelques heures dans sa galerie l'en avaient toujours guéri.

Et c'est ainsi qu'il avait atteint sa cinquante et unième année et qu'au soir d'un jour où rien de particulier ne lui était arrivé, il ne s'était pas senti le courage de faire un pas de plus.

Gail Wynand toujours assis au bord de son lit, penché en avant, les coudes sur les genoux, le revolver dans la main.

« Oui, se dit-il, il y a une réponse à tout cela. Mais je ne désire pas la connaître. Non, je ne désire pas la connaître. »

Et parce qu'il y avait une espèce de peur dans son refus d'analyser davantage sa vie, il comprit qu'il ne se tuerait pas cette nuit-là. Aussi longtemps qu'il redoutait quelque chose, il avait un pied dans la vie, même si vivre ne signifiait que s'avancer vers quelque mystérieux désastre. A l'idée de mourir, il n'éprouvait rien. La vie lui accordait encore une faible aumône, un léger sentiment de peur.

Il soupesa dans sa main le revolver. Et il sourit avec ironie. « Non, se dit-il, ce n'est pas le moment. Pas encore. Tu ne peux te résoudre à mourir sans raison. C'est cela qui t'a arrêté. Cela prouve qu'il y a encore en toi quelque chose qui espère. »

Il posa le revolver sur le lit, sentant que le moment était passé et que l'arme était désormais sans danger. Il se leva. Il n'éprouvait aucune exaltation ; il se sentait las, mais savait qu'il était rentré dans la vie. Il n'existait plus d'autre problème que d'en finir le plus vite possible avec cette journée et d'aller dormir.

Il se dirigea vers le studio pour boire un « drink ».

Donnant la lumière, il vit soudain surgir le cadeau de Toohey. C'était une haute caisse à claire-voie, dressée à côté de son bureau. Il l'avait déjà remarquée au début de la soirée, mais après un « que diable est-ce que cela ? » il l'avait oubliée.

Il se versa un « drink » et se mit à boire lentement. La caisse était trop importante pour sortir du champ de sa vision et, tout en buvant, il cherchait à deviner ce qu'elle pouvait bien contenir. Elle était trop haute et trop étroite pour contenir un meuble. Il ne pouvait imaginer ce que Toohey avait inventé de lui envoyer. Il s'était attendu à quelque chose de moins tangible... une petite enveloppe contenant une menace de chantage. Tant de gens avaient essayé, sans succès d'ailleurs, de le faire chanter. Toohey était évidemment trop malin pour s'y risquer.

Lorsqu'il eut vidé son verre, il n'avait toujours pas deviné le contenu de la caisse. Cela l'agaçait, comme un mot croisé difficile. Il avait un assortiment d'outils dans un des tiroirs de son bureau. Il les prit et se mit à ouvrir la caisse.

C'était la statue qu'avait faite Steven Mallory, et pour laquelle avait posé Dominique Francon.

Gail Wynand alla jusqu'à son bureau et posa les pinces qu'il tenait à la main comme si elles étaient du cristal le plus fragile. Puis il se remit à contempler la statue. Il la contempla plus d'une heure.

A ce moment, il se dirigea vers le téléphone et forma le numéro de Toohey.

– Hello ? dit Toohey d'une voix rauque et impatiente révélant qu'il venait d'être tiré d'un profond sommeil.

– Venez, dit Wynand.

Et il raccrocha.

Toohey arriva une demi-heure plus tard. C'était la première fois qu'il venait chez Wynand. Ce fut Wynand lui-même qui vint lui ouvrir, toujours en pyjama. Il l'introduisit sans mot dire et le conduisit dans son studio.

Le beau corps nu sculpté dans le marbre, la tête rejetée en arrière dans un mouvement plein d'exaltation, régnait dans la pièce comme dans le temple Stoddard. Le regard interrogateur de Wynand, plein d'une colère contenue, se posa sur celui de Toohey.

– Vous désirez, bien entendu, connaître le nom du modèle? demanda Toohey, avec dans la voix un léger accent de triomphe.

– Certainement pas, dit Wynand. Je veux savoir le nom du sculpteur.

Il se demanda pourquoi cette question déplaisait à Toohey; il y avait sur le visage de ce dernier plus que de la déception.

– Le sculpteur? dit Toohey · Voyons... laissez-moi réfléchir... Il me semble que je le savais... Ce doit être Steven... Ou Stanley... Stanley quelque chose... Non vraiment, je ne m'en souviens pas.

– Puisque vous avez su choisir cette sculpture, il est impossible que vous n'ayez pas demandé le nom du sculpteur et que vous ne vous en souveniez pas.

– Je regarderai, Mr. Wynand.

– Où l'avez-vous achetée?

– Dans quelque galerie de la Seconde Avenue.

– Comment s'y trouvait-elle?

– Je l'ignore. Je ne m'en suis pas enquis. Je l'ai achetée parce que je connaissais le modèle qui avait posé.

– Vous mentez. Si vous ne discerniez rien d'autre dans ce nu, vous n'auriez pas couru le risque de me l'offrir. Vous savez parfaitement que personne ne pénètre jamais dans ma galerie. Qu'est-ce qui vous autorisait à croire que je vous permettrais d'y contribuer? Personne n'a jamais osé me faire un cadeau de ce genre. Vous ne vous y seriez pas risqué si vous n'aviez pas été sûr, terriblement sûr, de la valeur de cette sculpture. Et sûr aussi que je ne pourrais pas faire autrement que de l'accepter. Que vous auriez le dessus. Et c'est ce qui est arrivé.

– Je suis heureux de vous l'entendre dire, Mr. Wynand.

– Ne vous réjouissez pas trop vite, car je vous dirai aussi que l'idée de recevoir ce nu de vous m'est profondément désagréable. Comme il m'est désagréable de penser que vous avez été capable de l'apprécier. Cela ne va pas avec l'idée que je me faisais de vous. Je dois d'ailleurs reconnaître que je me suis trompé à votre sujet. Vous êtes un bien meilleur expert que je ne l'imaginais.

– Il ne me reste qu'à considérer cela comme un compliment et à vous en remercier, Mr. Wynand.

– Et maintenant expliquez-moi ce que vous désirez au juste. Dois-je comprendre que vous m'offrez cette statue à condition que j'aie une entrevue avec Mrs. Peter Keating?

– Certainement pas, Mr. Wynand. La statue est à vous. Je désirais simplement que vous sachiez que c'est Mrs. Peter Keating qui a posé pour ce nu.

Le regard de Wynand alla de la statue à Toohey.

– Imbécile! dit-il doucement.

Toohey le regarda, stupéfait.

– Vous vous êtes donc servi de *ceci* comme d'une lanterne rouge à la porte? (Wynand eut l'air soulagé. Il cessa d'observer Toohey.) J'aime mieux cela, Toohey. Vous n'êtes pas aussi fort que je l'avais cru un instant.

– Mais, Mr. Wynand, qu'est-ce ?...

– Comment n'avez-vous pas compris que me montrer cette statue serait le plus sûr moyen de tuer en moi tout désir de rencontrer votre Mrs. Keating ?

– Attendez de la voir, Mr. Wynand.

– Oh ! elle est probablement très belle. Plus belle peut-être encore que ce nu. Mais elle ne possède certainement pas ce que l'artiste a donné à son œuvre. Et revoir le même visage, dénué de toute signification, comme une mauvaise caricature... ne croyez-vous pas qu'il y a de quoi prendre une femme en grippe pour cela ?

– Attendez de l'avoir vue.

– C'est bon, je la verrai. Je vous ai donné ma promesse, je m'exécute. Mais je ne vous promets pas de coucher avec elle, simplement de la voir.

– C'est là tout ce que je vous demande, Mr. Wynand.

– Qu'elle téléphone à mon bureau et qu'elle prenne rendez-vous.

– Merci, Mr. Wynand.

– Je suis persuadé que vous mentez en me disant ignorer le nom du sculpteur qui a fait ce nu. Mais ce serait prendre trop de peine que de vous obliger à me le dire. Elle me le dira certainement.

– Je suis persuadé en effet qu'elle vous le dira. Mais pourquoi mentirais-je ?

– Dieu seul le sait. Savez-vous que si le sculpteur n'avait pas eu un tel talent vous auriez perdu votre situation chez moi ?

– Mais après tout, Mr. Wynand, j'ai un contrat.

– Gardez de telles réflexions pour vos syndicats, Elsie ! Et maintenant ce que vous avez de mieux à faire est de me souhaiter une bonne nuit et de vous en aller.

– En effet, Mr. Wynand. Je vous souhaite une bonne nuit.

Wynand le reconduisit à travers le hall. A la porte il s'arrêta et dit :

– Vous êtes un mauvais homme d'affaires, Toohey. J'ignore pourquoi vous désirez à ce point me faire rencontrer Mrs. Keating. Et je ne sais quel but vous poursuivez en essayant de procurer une commande à votre ami Keating. Mais ce que je sais, c'est que, quelle que soit la chose que vous désirez, elle ne peut avoir autant de valeur que celle dont vous vous séparez.

3.2

– Pourquoi n'aviez-vous pas mis votre bracelet d'émeraudes ? demanda Peter Keating. Tout le monde ouvrait de grands yeux devant l'étoile de saphirs de la soi-disant fiancée de Gordon Prescott.

– Je m'excuse, Peter. Je le porterai la prochaine fois, répondit Dominique.

– C'était une belle réception. Avez-vous passé un moment agréable ?

– Je passe toujours des moments agréables.

– Moi aussi... Cependant... Oh ! Dieu ! Voulez-vous que je vous dise la vérité ?

– Non.

– Dominique, je me suis ennuyé à mourir. Vincent Knowlton est un sombre idiot ! Et un tel snob ! Je ne peux plus le supporter. Mais je ne l'ai pas montré, n'est-ce pas ? demanda-t-il, brusquement inquiet.

– Non. Vous vous êtes remarquablement bien tenu. Vous avez ri de tous ses bons mots, même à ceux qui ne faisaient rire personne.

– Ah ! vous avez remarqué cela. Cela rend toujours.

– Oui, je l'ai remarqué.

– Et vous pensez que je ne devrais pas le faire ?

– Je n'ai pas dit cela.

– Vous pensez que c'est... bas ?

– Je ne juge rien.

Peter Keating s'enfonça davantage dans son fauteuil, s'écrasant le menton contre la poitrine. Il n'était pas confortablement installé, mais n'eut pas le courage de se redresser. Un bon feu pétillait dans la cheminée du living-room. Peter avait éteint toutes les lumières, à l'exception d'une lampe voilée de soie claire, mais la pièce n'en était pas plus intime pour cela. On avait l'impression de s'être installé dans un appartement dont toutes les autres pièces devaient être fermées. Dominique était assise à l'autre bout du living-room, dans un fauteuil droit. Sa pose n'avait rien de raide mais manquait par trop d'abandon pour être vraiment confortable. Ils étaient seuls et elle avait l'air d'être là en visite ; ou mieux encore, elle ressemblait à un ravissant mannequin assis dans une élégante vitrine, à l'intersection de deux rues animées.

Tous deux revenaient d'une réception chez Vincent Knowlton, un garçon très lancé dans la société, et le nouvel ami de Keating. Ils avaient dîné légèrement et s'étaient installés pour passer une soirée tranquille. Ils n'avaient pas d'invitations ce soir-là.

– Vous n'auriez pas dû rire lorsque Mrs. Marsh vous a parlé de théosophie, dit Peter. Elle y croit.

– Je regrette. Je ferai plus attention une autre fois.

Il attendit qu'elle donnât une impulsion nouvelle à leur conversation, mais elle se tut. Et il pensa soudain que jamais, au cours de leurs vingt mois de mariage, elle ne lui avait adressé la parole la première. Il se dit que c'était ridicule, impossible ; il essaya de se rappeler une occasion où elle lui aurait parlé spontanément. Oui, évidemment. Elle lui demandait par exemple : « A quelle heure rentrerez-vous, ce soir ? » ou « Faut-il inviter les Dixon à notre dîner de mardi ? » et d'autres choses de ce genre.

Il la regarda. Elle n'avait pas l'air de s'ennuyer et ne montrait en rien que la présence de son mari lui déplût. Elle était là, alerte et dispose, prête à s'intéresser à ce qu'il dirait. Elle ne s'était pas munie d'un livre et ne s'enfermait pas dans un monde de pensées à elle. Elle le regardait bien en face, comme si elle attendait qu'il lui parlât. Il se rendit compte qu'elle le regardait toujours ainsi, droit dans les yeux, et il se demanda s'il aimait cela. Oui, cela lui plaisait. Il n'avait ainsi aucune raison d'être jaloux, pas même de ses pensées secrètes. Non, au fond cela ne lui plaisait guère. Cela empêchait toute évasion, pour elle comme pour lui.

– Je viens de finir *Le Valeureux Calcul biliaire*, dit-il. C'est un livre remarquable. C'est l'œuvre d'un esprit brillant, d'un Puck léger au visage couvert de larmes, d'un clown au cœur d'or assis pour un instant sur le trône de Dieu.

– Oui, j'ai lu la même critique. Dans *L'Etendard* de dimanche.

– Mais j'ai lu le livre, et vous le savez parfaitement.

– C'est très bien de votre part.

– Oui?

Cette simple approbation lui fit plaisir.

– Oui. C'était une politesse envers l'auteur. Cela doit lui plaire qu'on lise ses livres. C'était donc bien aimable à vous de prendre le temps de le lire... alors que vous saviez d'avance ce que vous en penseriez.

– Je ne le savais nullement. Il se trouve simplement que je suis d'accord avec le critique.

– *L'Etendard* a d'excellents critiques littéraires.

– Vous voyez. Il n'y a donc rien de répréhensible à ce que je sois d'accord avec eux.

– Absolument rien. Je suis toujours d'accord.

– Avec qui?

– Avec tout le monde.

– Est-ce que vous vous moquez de moi, Dominique?

– M'avez-vous donné des raisons de le faire?

– Mais, je ne crois pas. Non, certainement pas.

– Alors je ne me moque pas de vous.

Il attendit. Un camion passa sous leurs fenêtres, et le bruit qu'il fit meubla le silence pendant quelques secondes. Puis Peter éprouva le besoin de parler de nouveau.

– Dominique, j'aimerais savoir ce que vous pensez.

– De quoi?

– De... de...

Il chercha quelque sujet important et finit par dire piteusement:

– ... ce que vous pensez de Vincent Knowlton.

– Je pense que cela vaut la peine de lui lécher les fesses.

– Au nom du ciel, Dominique!

– Excusez-moi. C'était grossier et inutile. Et j'ai tort, bien entendu. Voyons, laissez-moi réfléchir. Vincent Knowlton est une agréable connaissance à cultiver. Les vieilles familles méritent toute notre considération et nous devons être tolérants envers l'opinion des autres, car la tolérance est la plus grande des vertus. Il serait donc injuste de vouloir à tout prix que Vincent Knowlton pense comme vous. Et si vous respectez ses opinions, il ne demandera pas mieux que de vous obliger, car c'est un homme extrêmement serviable.

– Voilà qui est raisonnable, dit Keating, rassuré par un langage qu'il comprenait. Je pense, moi aussi, que la tolérance est une vertu, car...

Il s'arrêta net, puis reprit d'une voix morne:

– Vous m'avez déjà tenu une fois exactement les mêmes propos.

– Vous avez remarqué cela, dit Dominique.

Elle ne donna pas à ces mots un sens interrogatif, mais en fit le simple énoncé d'un fait. Ce n'était pas non plus un sarcasme. Il le déplora. Car si Dominique avait fait de l'ironie avec lui, si elle avait cherché à le blesser, ç'aurait été la preuve qu'elle reconnaissait qu'il existait. Mais depuis vingt mois, jamais Dominique ne lui avait adressé une remarque personnelle.

Il se mit à suivre machinalement des yeux le jeu des flammes. N'y avait-il pas là de quoi rendre un homme heureux ? Rêver devant le feu, à son propre foyer, dans sa propre maison. N'était-ce pas ce qu'il avait toujours entendu dire, ce qu'il avait lu cent fois. Il fixa les flammes, sans ciller, s'efforçant de s'identifier complètement avec une vérité établie. Encore une minute, et il allait se sentir parfaitement heureux, se dit-il en s'efforçant de se concentrer. La minute passa et il n'éprouva rien du tout.

Il se dit que s'il décrivait cette scène à ses amis, il n'aurait aucune peine à les rendre envieux de son bonheur. Pourquoi ne pouvait-il s'en convaincre lui-même ? Ne possédait-il pas tout ce qu'il avait désiré ? Il avait voulu dominer... Or cette dernière année, il était devenu le chef incontesté des architectes de sa génération. Il avait voulu la gloire... N'avait-il pas cinq dossiers bourrés de coupures de **presse** ? Il avait voulu la richesse... Il avait suffisamment d'argent pour vivre dans le luxe jusqu'à la fin de ses jours. Il avait tout ce qu'un homme peut désirer. Combien de gens luttaient et peinaient pour arriver à quoi il était arrivé ? Et combien d'autres rêvaient d'un tel but, et souffraient et mouraient sans jamais l'atteindre ? « Peter Keating est l'homme le plus heureux que je connaisse ! » Combien de fois n'avait-il pas entendu répéter cette phrase !

L'année qui venait de s'écouler avait été l'année la plus heureuse de sa vie. A tout ce qu'il possédait déjà, il avait ajouté l'impossible... Dominique Francon. Quelle joie cela avait été pour lui de rire d'un air insouciant lorsque ses amis lui répétaient : « Mais Peter, comment avez-vous fait pour qu'elle consente ? » Et quel plaisir de lui présenter des étrangers, de dire d'un ton léger : « Ma femme » et de voir jaillir, irrépressible, un regard d'envie et d'admiration. Une fois, à une réception, un homme du monde, légèrement ivre, lui avait demandé en clignant de l'œil : « Dites donc, savez-vous qui est cette splendide créature ? – Plutôt, avait répondu Keating, ravi. C'est ma femme. »

Il se disait souvent que leur mariage avait tourné bien mieux qu'il ne s'y attendait. Dominique était pour lui une femme idéale. Elle se dévouait entièrement à ses intérêts, s'efforçant de plaire à ses clients, recevant ses amis, tenant sa maison. Et elle n'avait rien changé aux habitudes de Peter, ni son horaire habituel, ni ses plats favoris, pas même la décoration de leur appartement. Elle n'avait rien apporté avec elle que ses effets personnels, n'avait pas ajouté un livre ou un cendrier à leur intérieur. Lorsqu'il exprimait son opinion sur un sujet quelconque, elle ne discutait jamais, elle lui donnait raison. Gracieusement, comme si c'était une chose toute naturelle, elle s'effaçait devant lui, se tenait à la seconde place.

Il s'était attendu à un torrent qui l'entraînerait et le jetterait contre des récifs. Or ce n'était même pas une rivière joignant à la sienne son cours paisible. Il lui semblait plutôt que le cours de sa vie continuait et que Dominique nageait paisiblement dans le courant. Non, elle ne nageait pas, fendre l'eau était une action trop précise, elle se laissait flotter dans son sillage. S'il avait eu le pouvoir de décider de l'attitude que prendrait Dominique après leur mariage, c'est exactement ainsi qu'il aurait souhaité qu'elle agît.

Seules leurs nuits le laissaient misérable et insatisfait. Elle se donnait à lui aussi souvent qu'il le désirait, mais, comme au cours de leur première nuit, il ne tenait dans ses bras qu'un corps inerte, qui le subissait sans réagir. Pour lui, elle était toujours vierge. Il ne lui avait rien révélé. A chaque fois, brûlant d'humiliation, il décidait de ne plus jamais la toucher. Mais devant sa beauté, son désir renaissait. Il y cédait lorsqu'il ne pouvait plus le maîtriser, et peu souvent.

Ce fut sa mère qui exprima ce qu'il n'osait pas s'avouer à lui-même au sujet de son mariage. « Je n'en peux plus, lui avoua-t-elle, quelque dix mois après leur mariage. Si elle se fâchait une fois contre moi, si elle me disait des choses désagréables, si elle me jetait un objet à la tête, ce ne serait rien. Mais cela, je ne peux le supporter. – Mais que voulez-vous dire, Mère ? demanda Peter, sentant un froid étrange l'envahir. – Tu le sais bien, Peter », répondit-elle. Et sa mère qui, autrefois, l'accablait de conseils ou de reproches, refusa de dire un mot de plus au sujet de son mariage. Elle les quitta pour s'installer dans un appartement à elle. Elle venait souvent les voir et était toujours très polie avec Dominique, avec quelque chose de résigné et de vaincu. Il se disait qu'il devrait être content d'être débarrassé de sa mère, mais au fond, il la regrettait.

Il ne pouvait définir ce qu'avait fait Dominique pour lui inspirer cette terreur qu'il sentait croître en lui. Il n'avait pas un geste, pas un mot à lui reprocher. Mais depuis vingt mois, il en était comme ce soir ; il ne pouvait supporter de rester seul avec elle. Cependant, il ne voulait pas avoir l'air de la fuir, pas plus qu'elle ne l'évitait.

– Nous n'attendons personne, ce soir ? demanda-t-il d'un ton neutre en se détournant du feu.

– Non, dit-elle.

Et avec un sourire qui laissait sous-entendre les mots qu'elle allait prononcer, elle ajouta :

– Préférez-vous rester seul, Peter ?

– Non !

Il jeta cela comme un cri. « Il ne faut pas que je me montre si désarmé », se dit-il, et il ajouta à haute voix :

– Non, mille fois non. Je suis trop heureux de passer une soirée seul avec ma femme.

Un obscur instinct lui disait qu'il lui fallait résoudre ce problème, qu'il lui fallait apprendre à rendre leurs moments de solitude en commun supportables, que dans son propre intérêt il ne devait pas se dérober.

– Qu'aimeriez-vous faire, ce soir, Dominique ?

– Tout ce que vous voudrez.

– Avez-vous envie d'aller au cinéma ?

– Et vous ?

– Oh ! Je ne sais pas. Cela tue le temps.

– Eh bien, mais c'est parfait. Tuons le temps.

– Non. Quand vous le dites ainsi, cela me paraît horrible.

– Vraiment ?

– Pourquoi ne pas passer la soirée chez nous ? Restons ici.

– Très bien, Peter.

Il se tut. « Mais le silence, se dit-il, est une fuite aussi, une pire sorte d'évasion. »

— Voulez-vous jouer au baccara ? demanda-t-il.

— Vous aimez jouer au baccara ?

— Oh ! Cela tue le...

Il s'arrêta net. Elle sourit.

— Dominique, dit-il, vous êtes si belle ! Vous êtes toujours si... parfaitement belle ! Je voudrais savoir vous dire ce que je ressens à vous regarder.

— Cela m'intéresserait de le savoir, Peter.

— J'aime à vous contempler. Je pense toujours à ce que Gordon Prescott dit de vous, que vous êtes la plus parfaite des réussites de Dieu en mathématiques constructives. Vincent Knowlton, lui, vous compare à un matin de printemps. Et Ellsworth... Ellsworth dit que vous êtes un reproche vivant pour toutes les autres femmes.

— Et Ralston Holcombe ?

— Oh ! peu importe, lança-t-il d'un ton furieux en se retournant vers le feu.

« Je sais maintenant pourquoi je ne puis supporter ce silence, se dit-il. C'est parce que je sens que cela ne fait aucune différence pour elle que je parle ou que je me taise. C'est comme si je n'existais pas, comme si je n'avais jamais existé... une chose plus difficile à concevoir que sa propre mort... n'être jamais né... » Il se sentit brusquement envahi du désir désespéré de lui paraître réel.

— Dominique, savez-vous à quoi j'ai pensé ? demanda-t-il d'un ton animé.

— Non. A quoi avez-vous pensé ?

— C'est une chose à laquelle je pense depuis un certain temps. Je n'en ai parlé à personne. Et personne ne me l'a suggérée. C'est une idée qui m'est venue.

— Eh bien, mais c'est parfait. Et qu'est-ce que c'est ?

— J'ai pensé que nous pourrions aller vivre à la campagne et nous y faire construire une maison. Est-ce que cela vous plairait ?

— Cela me plairait beaucoup. Tout autant qu'à vous. Est-ce vous qui feriez les plans de la maison ?

— Seigneur ! non ! Benett ferait cela pour moi. C'est lui qui dessine les projets de toutes nos maisons de campagne. C'est un as dans ce domaine.

— Et cela vous plairait d'aller vivre à la campagne ?

— Ma foi non. Je pense même que ce serait diablement incommode. Mais je remarque que, de plus en plus, tous les gens qui sont « quelqu'un » s'y installent. Je me sens toujours une âme de prolétaire lorsque je suis obligé d'avouer que nous vivons en ville.

— Et cela vous plairait d'avoir des arbres, un jardin et de la terre autour de vous ?

— Bêtises que tout cela. Quand aurais-je le temps d'en profiter ! Un arbre est un arbre. Quand vous avez vu un documentaire sur la forêt au printemps, vous avez vu tout ce qu'il y avait à voir à ce sujet.

— Peut-être aimeriez-vous faire un peu de jardinage ? Certaines personnes disent que travailler la terre soi-même est un travail extrêmement amusant.

— Seigneur ! non ! Qu'imaginez-vous que nous aurons comme propriété ?

Nous sommes assez riches pour avoir un jardinier, et même un bon, de façon à exciter l'admiration de nos voisins.

– Vous pourriez alors faire du sport.

– Oui, cela me plairait assez.

– Lequel ?

– Je pense que je jouerai surtout au golf. Etre membre d'un club à la campagne et être en même temps un des gros propriétaires de l'endroit, vous crée une situation tout autre que celle que vous avez en jouant pendant le week-end. Et les gens que vous rencontrez sont tout différents aussi. Bien supérieurs. Et les relations que vous pouvez vous faire...

Il se ressaisit et ajouta d'un air mécontent :

– Je monterai également à cheval.

– J'adore monter à cheval. Et vous ?

– Je n'ai jamais eu beaucoup de temps à y consacrer. Et je trouve que cela vous secoue terriblement les intérieurs. Mais je ne vois pas pourquoi Gordon Prescott s'imaginerait qu'il est le seul homme sur la terre à monter à cheval et à pouvoir flanquer sa photo en costume d'équitation jusque dans sa salle de réception.

– Je suppose que vous feriez construire dans un coin tranquille ?

– Oh ! je ne crois pas à ces histoires d'île déserte. Je veux qu'on puisse apercevoir la maison d'une grande route et que les gens se disent que c'est la propriété Keating. Quand je pense que Claude Stengel a une maison de campagne, alors que j'habite dans un appartement ! Nous nous sommes établis à peu près en même temps, et presque personne ne le connaît, donc je ne vois pas pourquoi...

Il s'arrêta de nouveau. Dominique le regardait, l'air serein.

– Le diable vous emporte ! s'exclama-t-il. Si vous n'avez pas envie de vous installer à la campagne, dites-le.

– Je ferai très volontiers ce que vous désirerez, Peter. Je serais heureuse de vous voir suivre une idée à vous.

Il se tut un long moment.

– Qu'est-ce que nous faisons demain soir ? demanda-t-il.

Et il regretta aussitôt sa question.

Dominique se leva, se dirigea vers son bureau et y prit son carnet d'invitations.

– Nous avons les Palmer à dîner.

– Oh ! Dieu ! gémit-il. Ils sont tellement ennuyeux. Est-ce vraiment indispensable ?

– Nous invitons les Palmer, dit-elle, pour obtenir la commande de leur nouveau building. Et il nous faut cette commande pour impressionner les Eddington à notre dîner de samedi. Les Eddington n'ont pas de building à faire construire, mais ils sont dans le Bottin mondain. Les Palmer vous assomment et les Eddington vous traitent de haut. Mais vous êtes obligé de flatter des gens que vous dédaignez, afin d'impressionner des gens qui vous méprisent.

– Je ne comprends pas ce besoin que vous avez de dire des choses pareilles !

— Voulez-vous feuilleter ce carnet, Peter?

— Mais enfin c'est ce que tout le monde fait. Ce pourquoi tout le monde vit.

— En effet, Peter. Presque tout le monde.

— Si vous ne m'approuvez pas, pourquoi ne le dites-vous pas?

— Vous ai-je dit que je ne vous approuvais pas?

Il réfléchit un instant.

— Non, admit-il. Non, vous ne l'avez pas dit... Mais vous avez une façon de présenter les choses...

— Préféreriez-vous que je les présente d'une façon plus enveloppée, comme je l'ai fait pour Vincent Knowlton?

— Ce que j'aimerais... (Il éleva la voix tout d'un coup.) Ce que j'aimerais c'est que vous exprimiez une fois une opinion! Par le diable, au moins une fois!

— Quelle opinion, Peter? Celle de Gordon Prescott? de Ralston Holcombe? d'Ellsworth Toohey? demanda Dominique d'une voix neutre.

Il se tourna vers elle et, s'appuyant aux bras de son fauteuil, se souleva légèrement, soudain attentif. Quelque chose entre eux commençait à prendre forme. Et les mots pour l'exprimer lui montaient aux lèvres.

— Dominique, dit-il calmement, j'ai compris. Je sais maintenant pourquoi, dès le début, il s'est élevé une barrière entre nous.

— Vous aviez donc cette impression?

— Laissez-moi parler, c'est très important. Dominique, jamais, pas une fois, sur aucun sujet, vous n'avez exprimé ce que vous pensiez. Et vous n'avez jamais formulé un désir, quel qu'il soit.

— Quel mal y a-t-il à cela?

— Mais c'est... pire que la mort. Vous ne vivez pas, seul votre corps se meut. Laissez-moi vous expliquer ce que je ressens. Dominique, comprenez-vous ce que c'est que la mort? Cette impossibilité pour un être de se mouvoir, parce qu'il n'y a plus en lui ni vouloir, ni pouvoir. Vous comprenez bien, plus rien, le néant absolu. Votre corps à vous se meut encore, mais c'est tout. Mais ce quelque chose qui est en vous... comprenez-moi bien, je ne l'emploie pas dans un sens religieux, mais il n'y a pas d'autre mot, je suis donc bien obligé de dire : votre âme, eh bien, votre âme n'existe plus. Vous n'avez plus ni volonté, ni désirs. Votre être réel n'existe plus.

— Et qu'est-ce que mon être réel?

Pour la première fois au cours de la soirée, Dominique écoutait avec attention, sans sympathie, mais avec intérêt.

— Mais ce qu'est chez tous les humains l'être réel, dit Peter encouragé. Ce n'est certes pas le corps. C'est... c'est l'âme.

— Et qu'est-ce que l'âme?

— C'est... nous. Ce qui est en nous.

— Ce qui en nous pense, choisit et prend des décisions?

— Oui, c'est cela. Et aussi ce qui en nous éprouve et ressent. Vous... vous y avez renoncé.

— Il y a donc deux choses auxquelles l'homme ne peut renoncer impunément, ses pensées et ses désirs?

– Oui, vous me comprenez parfaitement. Pour tous ceux qui vous entourent, vous n'êtes plus qu'un corps sans vie, un mannequin. Ce que vous faites est pire qu'un crime, c'est...

– La négation de tout?

– Oui. La négation absolue. Il n'y a rien de vous ici. Vous n'avez jamais été présente et rien ne décèle votre présence. Si vous m'aviez dit un jour que ces rideaux sont horribles et si vous les aviez enlevés pour en mettre d'autres, il y aurait quelque chose de vous dans cette pièce. Mais vous n'en avez jamais rien fait. Vous n'avez jamais dit à la cuisinière quel était votre entremets préféré. Vous n'êtes pas ici, Dominique. Vous ne vivez pas. Où est votre « vous »?

– Où est le vôtre, Peter? demanda Dominique doucement.

Il s'immobilisa, les yeux agrandis, et elle comprit que ce qu'il regardait ainsi c'était une procession d'années qui passaient devant lui.

– Ce n'est pas vrai, dit-il enfin d'une voix morne. Ce n'est pas vrai.

– Qu'est-ce qui n'est pas vrai?

– Ce que vous venez de dire.

– Mais je n'ai rien dit. Je vous ai posé une question.

Il la suppliait par son regard de parler, de le rassurer. Elle se leva et se tint debout devant lui, fièrement dressée, le corps vibrant de vie, de cette vie dont il lui avait reproché de manquer, et il eut l'impression d'être devant un juge.

– Vous commencez à comprendre, n'est-il pas vrai, Peter? Vous expliquerai-je ma pensée? Vous n'avez jamais désiré me connaître telle que je suis réellement. Et les autres pas plus que moi. Mais j'aurais dû avoir l'air de ne pas m'en apercevoir. Ce que vous vouliez, c'était que je joue un rôle pour vous aider à jouer le vôtre, un rôle magnifique, compliqué, fait de guirlandes, d'entrelacs et de mots. Surtout de mots. Vous avez été choqué lorsque je me suis exprimée crûment sur le compte de Vincent Knowlton, et rassuré lorsque j'ai exprimé la même idée, mais chastement voilée de concepts vertueux. Vous ne teniez pas à ce que je croie à mon rôle, il vous suffisait que je feigne d'y croire. L'être réel, Peter? Il n'acquiert de réalité que par son indépendance. Vous avez, je crois, compris cela. Un être est réel lorsqu'il choisit lui-même des rideaux, des entremets (vous aviez parfaitement raison à ce sujet, Peter), des rideaux, des entremets, et aussi ses croyances, Peter, et la forme des buildings qu'il construit. Mais vous n'avez jamais désiré avoir devant vous un être réel. Ce que vous désiriez, c'était un miroir. La plupart des gens ne demandent rien d'autre que des miroirs pour s'y refléter comme les autres gens se reflètent en eux. Vous connaissez l'impression d'infini que donnent deux miroirs accrochés en face l'un de l'autre dans un passage étroit. Vous trouvez cette combinaison dans des hôtels extrêmement vulgaires. Le reflet de reflets et l'écho d'échos. Sans commencement ni fin. Sans mobile et sans but. Je vous ai donné ce que vous demandiez. Je suis devenue pareille à vous, pareille à vos amis, pareille à la plupart des gens... mais sans les guirlandes. Je ne me suis pas servie des critiques que j'avais lues pour cacher mon propre manque de jugement... je n'ai exprimé aucun jugement. Je n'ai pas plagié les maîtres pour masquer mon impuissance créatrice... je n'ai rien créé. Je n'ai pas déclaré à qui voulait l'entendre que l'égalité est une noble conception et l'union entre les hommes le but suprême de l'humanité... je me suis contentée d'approuver. Vous appelez cela être mort, Peter ? Cette impression de mort, c'est à vous que je l'ai communiquée et à ceux qui nous entourent. Mais vous... ce n'est pas ainsi que vous avez agi. Les gens se sentent bien auprès de vous, ils vous aiment, ils jouissent de votre présence. Vous leur épargnez cette impression de mort... mais c'est sur vous qu'elle pèse.

Il ne répondit rien. Elle s'éloigna de lui et retourna s'asseoir.

Il se leva à son tour, fit quelques pas vers elle, murmura :

– Dominique...

Et brusquement il fut à genoux devant elle, l'étreignant, se serrant contre elle.

– Dominique, ce n'est pas vrai... que je ne vous ai jamais aimée. Je vous aime, je vous ai toujours aimée, et ce n'était pas... vis-à-vis des autres... pas complètement... Je vous aimais. Il n'y a que deux personnes sur la terre, vous et un autre être, un homme, qui m'aient fait éprouver ce sentiment... pas exactement de peur... non, l'impression que j'ai devant moi un mur, un mur escarpé qu'il me faut gravir... et que je parviendrai... je ne sais où... L'homme, je l'ai toujours haï... mais vous, depuis le jour où je vous ai vue, je vous ai désirée... et c'est pourquoi je vous ai épousée... alors que je savais que vous me méprisiez... et c'est pourquoi vous auriez dû me pardonner ce mariage... Vous n'auriez pas dû vous venger ainsi... pas ainsi Dominique... Dominique, je ne peux pas lutter, je...

– Qui est l'homme que vous haïssez, Peter ?

– Peu importe.

– Qui est-ce ?

– Personne. Je...

– Dites-moi son nom.

– Howard Roark.

Elle se tut un long moment. Puis elle lui effleura les cheveux de la main, et il y avait dans ce geste de la bonté.

– Je ne me suis pas servie de vous pour me venger, Peter, dit-elle doucement.

– Mais alors... pourquoi ?

– Je vous ai épousé pour des raisons qui me sont personnelles. J'ai joué un rôle, ainsi que le veut le monde. Mais je ne puis rien faire à moitié. Ceux qui en sont capables doivent avoir une faille en eux-mêmes. Beaucoup d'êtres sont ainsi, fissurés dans leur être intime. Et ils se mentent à eux-mêmes pour ne pas se l'avouer. Je ne me suis jamais menti à moi-même. J'ai donc fait ce que vous faisiez tous, mais d'une façon évidente et absolue. Je vous ai probablement fait beaucoup de mal. Si j'étais capable de le ressentir, je vous dirais que je le regrette. Ce n'était pas mon intention.

– Dominique, je vous aime. Mais j'ai peur. Quelque chose a changé en moi depuis notre mariage, et même si je devais vous perdre un jour, je ne serais plus jamais celui que j'étais avant de vous connaître... Vous avez détruit quelque chose en moi...

– Non. Vous vous imaginez que j'ai détruit quelque chose en vous, mais ce quelque chose vous ne l'avez jamais possédé.

– Que voulez-vous dire ?

– L'on dit que la pire chose que l'on puisse faire à un être humain, c'est de tuer en lui le respect de lui-même. Mais ce n'est pas vrai. Le respect de soi-même est une chose qu'on ne peut détruire. La pire chose que l'on puisse faire à un être humain c'est de tuer en lui l'illusion qu'il avait de se respecter lui-même.

– Dominique, je... je voudrais ne plus parler.

Elle regarda ce visage blotti contre ses genoux et Peter vit de la pitié dans son regard, et l'espace d'un éclair il comprit quelle chose horrible c'était que d'inspirer de la pitié. Mais incapable de supporter cette idée il s'en détourna, se défendant de la formuler.

Dominique se pencha sur lui et le baisa au front. C'était la première fois qu'elle l'embrassait.

– Je ne désire pas vous voir souffrir, Peter, dit-elle avec douceur. Je vous dis là une chose réelle et c'est moi qui parle, mon vrai moi, avec des mots à moi. Je ne désire pas vous voir souffrir. Je ne puis rien éprouver d'autre pour vous, mais cela je le ressens réellement.

Il lui baisa la main, longuement.

Lorsqu'il releva la tête, elle le regarda comme si, pour un instant, il était réellement son mari.

– Peter, si vous pouviez tenir bon... rester ce que vous êtes en ce moment...

– Je vous aime.

Ils se turent longuement, mais ce silence n'avait plus rien de pesant.

A ce moment, le téléphone sonna.

Ce ne fut pas cette sonnerie qui rompit le charme, ce fut l'empressement avec lequel Keating bondit et s'élança pour répondre. Elle l'entendit parler et il y avait dans sa voix l'expression d'un tel soulagement que c'en était presque choquant.

– Hello ?... Oh! *hello*, Ellsworth !... Non, absolument rien... Libres comme l'air... Mais certainement, venez, venez immédiatement !... OK !...

– C'est Ellsworth, dit-il en rentrant dans le living-room. Il veut nous voir.

Sa voix était gaie, avec une touche d'insolence.

Elle ne répondit rien.

Il s'activa, vidant des cendriers qui contenaient une allumette ou un mégot, pliant des journaux, ajoutant une bûche au feu qui n'en avait nul besoin, allumant des lampes, tout cela en sifflant une opérette à la mode.

En entendant la sonnerie, il courut ouvrir la porte.

– Que c'est charmant, dit Toohey en entrant. Un bon feu et rien que vous deux. Hello, Dominique. J'espère que je ne vous dérange pas.

– Hello, Ellsworth, répondit-elle.

– Vous ne nous dérangez jamais, dit Keating. Je ne puis vous dire à quel point je suis heureux de vous voir. (Il poussa un fauteuil près du feu.) Instal-lez-vous ici, Ellsworth. Que puis-je vous offrir ? Quand j'ai entendu votre voix au téléphone, j'ai eu envie de sauter et de japper comme un jeune chiot.

– Vous n'avez pas envie de remuer la queue ? demanda Toohey. Non, pas de liqueurs, merci. Et comment allez-vous, Dominique ?

– Exactement comme il y a un an.

– Mais pas comme il y a deux ans ?

– Non. en effet.

– Que faisions-nous, il y a deux ans ? demanda nonchalamment Keating.

– Vous n'étiez pas encore mariés, dit Toohey. Une époque préhistorique. Voyons, que se passait-il il y a deux ans ? Le Temple Stoddard venait d'être terminé.

– Oh ! ça ! dit Keating.

– Avez-vous eu des nouvelles de votre ami Roark... Peter ? demanda Toohey.

– Non. Il y a, je crois, plus d'un an qu'il n'a pas reçu de commandes. Il est fini, cette fois.

– Oui, je le crois aussi... Et vous, Peter, que faites-vous de beau ?

– Oh ! pas grand-chose. Je viens de lire *Le Valeureux Calcul biliaire*.

– Cela vous a plu ?

– Oui ! Voyez-vous, j'estime que c'est un livre très important, car il prouve une chose qui est vraie, c'est que le libre arbitre n'existe pas. Nous ne pouvons rien à ce que nous sommes, ni à ce que nous faisons. Nous ne sommes responsables de rien. Tout provient de notre hérédité et... et de nos glandes. Si vous parvenez à quelque chose, vous n'y avez aucun mérite, c'est une question de glandes. Si vous n'êtes bon à rien, vous ne devriez pas être puni pour cela, vous n'avez pas de chance, et voilà tout.

Keating s'exprimait d'un ton plein de défi, et avec une violence que ne justifiait nullement une discussion littéraire. Il ne regardait ni Toohey, ni Dominique, mais semblait s'adresser à la pièce et à ce qui venait de s'y passer.

– Absolument exact, dit Toohey. Et il est bien évident que l'idée de punition pour les incapables est une absurdité. Du moment qu'ils souffrent de leur malchance et de leur incapacité, et, étant donné qu'ils n'en sont pas responsables, ils devraient recevoir une compensation, quelque chose comme une récompense.

– Mais... absolument ! s'écria Keating. Ce serait... logique !

– Et juste, dit Toohey.

– Je vois que vous faites à peu près ce que vous voulez à *L'Etendard*, Ellsworth, dit Dominique.

– A quoi faites-vous allusion ?

– Au *Valeureux Calcul biliaire*.

– Non, pas exactement. Pas complètement. Il y a toujours... les impondérables.

– De quoi parlez-vous donc ? demanda Keating.

– Oh ! question métier, dit Toohey.

Il tendit les mains vers les flammes et fit jouer ses doigts dans leur reflet.

– A propos, Peter, avez-vous tenté quelque chose au sujet de Stoneridge ?

– Au diable votre Stoneridge ! dit Keating.

– Que se passe-t-il donc ?

– Vous le savez parfaitement ! Vous connaissez mieux que moi ce maudit chien! Qu'une chance pareille s'offre aux architectes, en ce moment, une telle manne dans le désert, et qu'il faille que ce soit ce Wynand de malheur qui en soit l'instigateur!

– Et que reprochez-vous à Mr. Wynand?

– Oh! voyons, Ellsworth! Vous savez parfaitement que si c'était n'importe qui d'autre, j'attraperais cette commande comme ça... (il fit claquer ses doigts) je n'aurais même pas à la demander, le propriétaire des terrains viendrait me chercher. D'autant plus qu'on sait parfaitement qu'en comparaison avec les années précédentes, je n'ai presque rien à faire. Mais Mr. Gail Wynand! On dirait qu'il se prend pour un grand lama qui ne peut supporter de respirer l'air pollué par les architectes.

– Vous avez donc essayé de l'atteindre?

– Ne m'en parlez pas! Cela me rend malade d'y penser. J'ai dépensé plus de trois cents dollars à inviter à déjeuner et à abreuver d'alcool toutes sortes d'abrutis qui prétendaient me mettre en rapport avec lui. Ce serait plus facile, je crois, d'obtenir une audience du pape.

– Je pense que cela vous serait agréable d'obtenir Stoneridge?

– Agréable? Est-ce que vous vous moquez de moi, Ellsworth? Je donnerais mon bras droit pour l'avoir.

– Je ne vous le conseillerais pas. Vous ne pourriez plus faire aucun projet... ou prétendre les avoir faits. Il vaudrait mieux donner quelque chose de moins tangible.

– Je donnerais mon âme.

– Vraiment, Peter? demanda Dominique.

– Qu'avez-vous dans la tête, Ellsworth? jeta Keating.

– Une simple suggestion que je voudrais vous faire. Quel a été, jusqu'à présent, votre meilleur vendeur, celui qui vous a procuré les commandes les plus intéressantes?

– Mais... Dominique, sans aucun doute.

– C'est bien ce que je pensais. Eh bien, du moment que vous ne pouvez pas atteindre Wynand, et d'ailleurs cela n'y changerait rien que vous le voyiez, ne pensez-vous pas que Dominique serait la seule personne capable de le convaincre?

Keating ouvrit de grands yeux.

– Vous êtes fou, Ellsworth!

Dominique, intéressée, se pencha en avant.

– De tout ce que j'ai entendu raconter, dit-elle, j'ai conclu que Gail Wynand n'accorde ses faveurs à une femme que si elle est belle. Et si elle est belle, il n'en fait pas une faveur.

Le regard que lui lança Toohey soulignait encore le fait qu'il n'éleva aucune protestation.

– Tout cela est absurde, dit Keating avec irritation. Comment Dominique pourrait-elle le rencontrer?

– En téléphonant à son bureau et en prenant rendez-vous, dit Toohey.

– Et qui vous dit qu'il lui en accordera un?

– Lui-même me l'a affirmé.

– Quand?

– Cette nuit, assez tard. Ou très tôt ce matin, pour être plus exact.

– Ellsworth! s'exclama Keating. Et il ajouta : Je ne vous crois pas.

– Moi si, dit Dominique, sinon Ellsworth n'aurait pas amorcé cette conversation.

Elle sourit à Toohey.

– Ainsi Wynand vous a promis qu'il me recevrait?

– Oui, ma chère enfant.

– Comment êtes-vous arrivé à cela?

– En employant un argument extrêmement convaincant. Cependant il vaudrait mieux ne pas laisser traîner les choses, et téléphoner dès demain matin... si vous désirez le voir, bien entendu.

– Pourquoi ne téléphonerait-elle pas maintenant? dit Keating. Non, il est trop tard. Vous téléphonerez demain matin à la première heure.

Dominique le regarda en fermant à demi les yeux, mais ne fit aucun commentaire.

– Il y a assez longtemps que vous n'avez pris un intérêt actif à la carrière de Peter, dit Toohey. Est-ce que cela ne vous intéresserait pas de réussir pour lui une chose aussi difficile?

– Certainement, si Peter le désire.

– Si je le désire? s'exclama Keating. Est-ce que vous devenez fous tous les deux? C'est une occasion unique, une...

Il vit que tous deux le regardaient curieusement et jeta :

– Tout cela est absurde!

– Qu'est-ce qui est absurde, Peter? demanda Dominique.

– Vous laisserez-vous arrêter par de stupides racontars? Mais la femme de n'importe quel architecte serait prête à ramper sur les mains et sur les genoux pour obtenir une chance pareille de...

– Mais cette chance, aucune d'elles ne l'obtiendrait. Pas un architecte n'a une femme comme Dominique. Et vous avez raison d'en être fier, Peter.

– Dominique saura se défendre en n'importe quelles circonstances.

– Cela ne fait aucun doute.

– C'est entendu, Ellsworth, dit Dominique. Je téléphonerai à Wynand demain.

– Ellsworth, vous êtes étonnant! dit Keating, évitant de regarder sa femme.

– Je boirais bien quelque chose, maintenant, dit Toohey, quand ce ne serait que pour célébrer cet heureux événement.

Keating sortit précipitamment, se dirigeant vers la cuisine. Toohey et Dominique, restés seuls, se regardèrent. Toohey souriait. Il jeta un regard dans la direction de la porte par laquelle venait de disparaître Keating, puis fit à Dominique un léger signe amusé.

– Vous vous y attendiez, dit Dominique.

– Evidemment.

– Et quel est votre but véritable, Ellsworth?

– Eh bien, mais obtenir la commande de Stoneridge pour Peter. C'est vraiment une affaire énorme.

– Pourquoi désirez-vous tellement que je devienne la maîtresse de Wynand?

– Mais ne pensez-vous pas que ce serait une expérience intéressante pour plusieurs personnes ?

– Vous n'êtes pas absolument satisfait de la façon dont mon mariage a tourné, n'est-ce pas Ellsworth ?

– Non, pas absolument. Environ cinquante pour cent. Mais rien n'est parfait en ce monde. Il faut prendre d'une chose tout ce qu'on peut en tirer et puis en essayer une autre.

– Vous le souhaitiez ardemment, ce mariage, entre Peter et moi. Vous saviez ce qui en résulterait, mieux que Peter et mieux que moi.

– Peter, lui, n'en savait rien.

– Vous avez réussi... à moitié. Vous avez fait de Peter Keating ce que vous vouliez. Le premier architecte du pays est de la boue sous la semelle de vos souliers.

– Je n'ai jamais beaucoup aimé votre façon de vous exprimer, mais je suis obligé d'avouer qu'elle ne manque pas de justesse. Moi j'aurais dit : le premier architecte du pays a maintenant une âme qui remue la queue. Votre style à vous est plus modéré.

– Mais pour l'autre moitié, Ellsworth ? Un échec ?

– Presque total. Et c'est ma faute. J'aurais bien dû penser qu'un homme comme Peter Keating était incapable de vous détruire, même en vous épousant.

– Eh bien ! vous êtes franc !

– Je vous ai dit une fois que c'était la seule méthode qui convenait avec vous. De plus il ne vous a certainement pas fallu deux ans pour deviner ce que j'espérais de ce mariage.

– Vous pensez donc que Gail Wynand finira d'accomplir ce que n'a pas pu faire Peter Keating ?

– Peut-être. Qu'en pensez-vous ?

– Je pense qu'une fois de plus je ne suis pour vous qu'un moyen. Pourquoi lui en voulez-vous, à Wynand ?

Toohey eut un rire embarrassé qui prouvait qu'il ne s'était pas attendu à cette question.

– Ne montrez donc pas que vous êtes touché, Ellsworth, dit Dominique d'un ton de dédain.

– Parfait. Nous parlerons donc sans ambages. Je n'ai rien de particulier contre Mr. Gail Wynand. Il y a déjà longtemps que je projette de lui faire faire votre connaissance. Et si vous voulez tout savoir, il a fait, hier matin, quelque chose qui m'a ennuyé. Il est trop observateur. J'ai donc décidé que le moment était venu.

– Et justement, il y avait Stoneridge.

– Et il y avait Stoneridge, en effet. Je savais qu'il y aurait là quelque chose qui vous tenterait. Vous seriez incapable de vous vendre pour sauver votre pays, votre âme ou la vie de l'homme que vous aimez, mais vous vous vendrez afin d'obtenir pour Peter Keating une commande qu'il ne mérite pas. Je me demande ce qu'il restera de vous après cela... ou de Gail Wynand. Cela m'intéresse énormément.

– Tout cela est très juste, Ellsworth.

– Tout ? Même ce que j'ai dit au sujet de l'homme que vous aimez... si vous l'aimez ?

– Oui.

– Vous ne vous vendriez pas pour Roark ? Mais je m'excuse, je suppose que vous ne devez pas aimer entendre prononcer son nom.

– Howard Roark ? Pourquoi ? dit Dominique d'un ton égal.

– Vous êtes courageuse, Dominique.

Keating revenait avec un plateau de cocktails. Ses yeux avaient un éclat fiévreux et il faisait trop de gestes.

– A Gail Wynand et à *L'Etendard*, dit Toohey en levant son verre.

3.3

Gail Wynand se leva pour accueillir Dominique. Il lui avança une chaise, puis, au lieu de se réinstaller à son bureau, il resta debout devant elle, l'étudiant d'un œil connaisseur et avec une visible admiration. Il semblait vouloir suggérer, par la manière évidente dont il se comportait, qu'elle devait connaître la raison de cette attitude et la trouver toute naturelle.

– Vous avez l'air de la version stylisée de votre propre version stylisée, dit-il enfin. En règle générale, faire la connaissance du modèle qui a posé pour une œuvre d'art est une chose bien dangereuse, mais, dans votre cas, il y a une étroite alliance entre le sculpteur et Dieu.

– Quel sculpteur ?

– Mais celui qui a fait de vous une statue.

Il avait supposé que cette statue avait une histoire et il eut la certitude d'avoir deviné juste en voyant passer, sur le visage de la jeune femme, une légère contraction qui démentit, pour un instant, l'air parfaitement indifférent qu'elle lui montrait.

– Où et quand avez-vous vu cette statue, Mr. Wynand ?

– Dans ma galerie d'art, ce matin.

– Comment êtes-vous entré en sa possession ?

Ce fut au tour de Wynand d'avoir l'air étonné.

– Vous ne le saviez pas ?

– Non.

– Votre ami Ellsworth Toohey m'en a fait cadeau.

– Afin d'obtenir ce rendez-vous pour moi ?

– Peut-être pas pour une raison aussi crue que vous semblez le croire, mais en fait... oui.

– Il ne m'en avait rien dit.

– Cela vous est-il désagréable que je sois en possession de cette statue ?

– Pas spécialement.

– Je m'attendais à vous entendre me dire que vous en étiez ravie.

– Ce serait mentir.

Il s'assit nonchalamment sur le bord de son bureau, les jambes croisées et demanda :

– Je crois comprendre que vous aviez perdu la trace de cette statue et que vous cherchiez à la retrouver.

– Depuis deux ans.

– Vous ne l'aurez pas. Mais vous aurez peut-être Stoneridge, dit-il en l'observant attentivement.

– J'ai changé d'avis. Je suis enchantée que Toohey vous ait donné cette statue.

Il eut un amer sentiment de triomphe... et de désappointement en voyant qu'il lisait si facilement dans sa pensée et que cette pensée était si évidente. Il demanda :

– Parce que, grâce à ce cadeau, vous avez obtenu ce rendez-vous ?

– Non, mais parce que vous êtes l'avant-dernière personne au monde entre les mains de laquelle je voudrais voir cette statue. Mais Toohey, lui, est la dernière.

Le sentiment de triomphe s'évanouit. Une femme anxieuse d'obtenir la commande de Stoneridge n'aurait pas dit une chose pareille. Il demanda encore :

– Vous ne saviez pas que la statue était chez Toohey ?

– Non.

– Je crois que nous devrions nous unir contre notre ami commun, Mr. Ellsworth Toohey. Je n'aime pas qu'on dispose de moi comme d'un pion sur un échiquier et je ne pense pas que cela vous plaise plus qu'à moi. Il y a vraiment trop de choses que Mr. Toohey garde pour lui. Le nom du sculpteur, par exemple

– Il ne vous l'a pas dit ?

– Non.

– Steven Mallory.

– Mallory ?... Pas celui qui a essayé de...

Wynand se mit à rire.

– Pourquoi riez-vous ? demanda Dominique.

– Toohey m'a affirmé qu'il ne pouvait retrouver le nom du sculpteur. Ce nom-là !

– Mr. Toohey vous étonne encore ?

– Il y a réussi à plusieurs reprises ces jours derniers. Il y a une sorte de subtilité à être aussi évident en apparence qu'il l'a été. C'est vraiment de l'art. J'ai presque de l'admiration pour son habileté.

– Je ne partage pas votre goût.

– Dans aucun domaine ? Pas même en sculpture... ou en architecture ?

– Certainement pas en architecture.

– N'est-ce pas là pour vous la chose à ne pas dire ?

– C'est bien possible.

– Vous êtes intéressante, dit-il en la regardant attentivement.

– Ce n'était pas mon intention.

– Voilà la troisième faute que vous commettez.

– La troisième ?

– La première concernait Mr. Toohey. Etant donné les circonstances, je me serais attendu à ce que vous m'en fassiez l'éloge, à ce que vous me citiez ses paroles, à ce que vous fassiez état de ses connaissances en architecture.

– Mais sachant que vous connaissez Ellsworth Toohey, tout cela me semble bien inutile.

– C'est ce que j'avais l'intention de vous répondre... si vous m'en aviez donné l'occasion.

– C'est plus amusant ainsi.

– Vous vous attendiez à vous amuser ?

– Pourquoi pas ?

– Et cette histoire de statue, ça vous amuse ?

C'était là le seul point sensible qu'il avait discerné en elle.

– Non, dit-elle d'une voix dure. Cela ne m'amuse pas.

– Dites-moi, quand a-t-elle été faite, et pour qui ?

– Mr. Toohey avait également oublié cela ?

– Apparemment.

– Vous souvenez-vous d'un scandale qui éclata au sujet d'un édifice qu'on appelait le Temple Stoddard ? Vous étiez absent à ce moment-là.

– Le Temple Stoddard... Comment se fait-il que vous sachiez où j'étais il y a deux ans ?... Attendez... Le Temple Stoddard... Parfaitement, je me souviens : un temple sacrilège qui donna à la gent biblique l'occasion de se déchaîner.

– Oui.

– Il y avait... (il hésita). Il y avait une statue de femme nue mêlée à l'affaire.

– Oui.

– Je vois.

Il se tut un moment. Puis il reprit d'une voix hostile, comme s'il s'efforçait de dominer un mouvement de colère dont elle ne put deviner la raison :

– J'étais quelque part près de Bali à l'époque. Je regrette que tout New York ait vu cette statue avant moi. Je ne lis jamais les journaux lorsque je voyage. Celui qui apporterait un journal « Wynand » sur mon yacht serait immédiatement débarqué.

– Avez-vous jamais vu des reproductions du Temple Stoddard ?

– Non. Le Temple était-il digne de la statue ?

– La statue est presque digne du Temple.

– Le Temple a été détruit, si je ne me trompe ?

– Oui. Avec l'aide des journaux Wynand.

– Je me souviens qu'Alvah Scarret s'était lancé à fond dans cette histoire. Je regrette d'avoir manqué ça. Mais Alvah s'en est très bien tiré. Mais, en somme, comment saviez-vous que j'étais absent et pourquoi cette circonstance est-elle restée dans votre mémoire ?

– Parce que c'est à ce moment-là que j'ai perdu mon poste chez vous.

– *Votre* poste ? Chez *moi* ?

– Ne saviez-vous pas que mon nom était Dominique Francon ?

Il eut un brusque mouvement d'épaules qui démontrait la surprise la plus vive. Il la regarda avec de grands yeux et dit très simplement :

– Non.

– Toohey a cherché à rendre les choses aussi difficiles que possible entre nous, dit Dominique souriant avec indifférence.

– Au diable Toohey ! Il y a quelque chose que je ne comprends pas. Vous êtes Dominique Francon ?

– Je l'étais.

– Vous avez travaillé ici, dans ce building, pendant des années?

– Pendant six ans.

– Comment se fait-il que je ne vous ai jamais rencontrée?

– Je suis persuadée que vous ne connaissez pas tous vos collaborateurs.

– Je pense que vous comprenez ce que je veux dire.

– Voulez-vous que je le dise pour vous?

– Oui.

– Pourquoi n'ai-je pas cherché à faire votre connaissance?

– Exactement.

– Parce que je n'en avais aucun désir.

– Mais c'est précisément cela que je ne comprends pas.

– Dois-je laisser passer cette phrase ou essayer de la comprendre?

– Je vous éviterai cette peine. Avec la beauté qui est la vôtre et étant donné la réputation qui est la mienne... comment se fait-il que vous n'ayez pas essayé de faire une véritable carrière à *L'Etendard*?

– Je n'ai jamais désiré faire une carrière à *L'Etendard*.

– Mais pourquoi?

– Peut-être pour la raison qui vous empêche de lire les journaux lorsque vous êtes à bord de votre yacht.

– C'est une bonne raison, dit Wynand doucement. Voyons, dit-il en reprenant son ton habituel, quelle fut la raison qui vous fit perdre votre poste? Vous avez adopté, à ce moment-là, une position différente de la nôtre?

– J'ai essayé de défendre le Temple Stoddard.

– Comment pouviez-vous être assez naïve pour écrire avec sincérité dans *L'Etendard*?

– C'est ce que j'allais vous dire, si vous m'en aviez donné le temps.

– Cela vous amuse de parler de tout ça?

– Maintenant oui, mais à l'époque je fus navrée. J'aimais travailler ici.

– Vous êtes certainement la seule personne dans ce building qui ait jamais pensé une chose pareille.

– Il doit y en avoir une seconde.

– Et quelle est-elle?

– Vous-même, Mr. Wynand.

– N'en soyez pas trop sûre.

Levant la tête, il vit dans son regard une lueur amusée et il demanda:

– Vous étiez certaine que je vous répondrais ainsi?

– En effet, dit-elle calmement.

– Dominique Francon... répéta-t-il sans s'adresser à elle. J'aimais bien ce que vous écriviez. Je souhaiterais presque que vous fussiez ici pour me demander de vous rendre votre poste.

– Mais je suis ici pour parler de Stoneridge.

– Ah! oui, en effet.

Il s'installa, se préparant à entendre un long plaidoyer. Il se disait qu'il serait intéressant d'entendre les arguments qu'elle choisirait et de la voir jouer le rôle de quémandeuse. Il reprit:

– Eh bien, que désiriez-vous me dire à ce sujet?

– J'aimerais que vous passiez cette commande à mon mari. Bien entendu, je comprends parfaitement que vous n'avez aucune raison de le faire, à moins que je ne couche avec vous. Si vous considérez cela comme une compensation suffisante... je suis prête à vous l'offrir.

Wynand la regarda sans rien dire et sans que son visage exprimât la moindre réaction. Elle lui rendit son regard et parut étonnée de ce long examen, comme si ce qu'elle venait de dire ne méritait pas tant d'attention. Lui eut beau l'observer attentivement, il ne put rien lire sur ce visage qu'une expression inattendue de pureté introublée.

– C'était bien ce que j'avais l'intention de vous suggérer, dit-il, mais pas de façon si crue, ni la première fois que nous nous rencontrerions.

– Je vous ai épargné perte de temps et mensonges.

– Vous aimez beaucoup votre mari?

– Je le méprise.

– Vous avez foi en son talent?

– C'est un architecte de troisième ordre.

– Alors pourquoi faites-vous cela?

– Cela m'amuse.

– Et moi qui m'imaginais être le seul à agir pour un tel motif!

– Que vous importe? Je ne pense pas que vous ayez jamais considéré l'originalité comme une vertu très désirable, Mr. Wynand.

– Donc, si je vous comprends bien, il vous est indifférent que votre mari obtienne ou non Stoneridge?

– Absolument.

– Et vous n'avez aucun désir de coucher avec moi?

– Aucun.

– Je vous admirerais si vous jouiez un rôle. Seulement vous ne jouez pas la comédie.

– Non, en effet. Et je vous en prie, ne commencez pas à m'admirer. J'ai tout fait pour éviter cela.

Wynand sourit sans qu'un muscle de son visage bougeât. L'expression ironique qui se jouait sur son visage s'accentua simplement, puis disparut.

– En fait, dit-il, votre motif principal, après tout, c'est moi. Votre désir de vous donner à moi.

Traduisant le regard qu'elle n'avait pu s'empêcher de lui lancer, il se hâta d'ajouter :

– Non, ne vous hâtez pas de conclure que j'ai pu tomber dans une erreur aussi grossière. Je ne l'entendais pas dans le sens habituel, mais dans le sens exactement opposé. N'avez-vous pas dit tout à l'heure que j'étais pour vous l'avant-dernière personne au monde? Vous ne tenez pas à Stoneridge. Vous tenez à vous vendre pour le motif le plus bas que vous puissiez trouver à l'être que vous méprisez le plus au monde.

– Je ne m'attendais pas à ce que vous compreniez cela, dit-elle simplement.

– Ce que vous voulez (les hommes font parfois de telles choses, mais pas les femmes), c'est exprimer par l'acte sexuel votre profond mépris pour moi.

– Non, Mr. Wynand pour moi-même.

Les lèvres minces de Wynand eurent un léger mouvement, comme s'il venait de percevoir la première lueur d'une révélation personnelle, révélation involontaire, première faiblesse au cours de cet entretien.

– La plupart des gens feraient n'importe quoi pour se convaincre qu'ils se respectent eux-mêmes.

– Oui.

– Et bien entendu, la recherche du respect de soi-même est la preuve qu'il fait défaut.

– C'est juste.

– Comprenez-vous donc ce que signifie le fait que vous recherchez le mépris de vous-même ?

– Que ce mépris de moi-même me fait défaut ?

– Exactement. Et que vous ne l'obtiendrez jamais.

– Je ne m'attendais pas à ce que vous compreniez cela aussi.

– Je ne vous dirai rien de plus... sinon je cesserais d'être l'avant-dernière personne au monde et je ne remplirais plus les conditions requises... (Il se leva.) Il n'est pas nécessaire que je vous dise que j'accepte votre proposition ?

Dominique inclina la tête en signe d'assentiment.

– A dire vrai, reprit Wynand, peu m'importe l'architecte qui construira Stoneridge. Je n'ai jamais pris un bon architecte pour aucune des choses que j'ai fait construire. Je donne au public ce qu'il aime. J'étais hésitant, cette fois, parce que j'étais fatigué de tous les bousilleurs qui avaient travaillé pour moi et qu'il est difficile de se décider sans raison. Je suis sûr que vous ne m'en voudrez pas de vous dire que je vous suis réellement reconnaissant du motif de choix que vous me donnez. Il me serait difficile d'en trouver un meilleur.

– Je suis contente que vous ne m'ayez pas dit que vous avez toujours été un admirateur des œuvres de Peter Keating.

– Et vous, vous ne m'avez pas dit que vous étiez heureuse d'allonger la liste des maîtresses de Gail Wynand.

– Je vais vous dire une chose qui vous fera peut-être plus plaisir : je crois que nous allons très bien nous entendre tous les deux.

– Je le pense aussi. Je vous devrai, en tout cas, une nouvelle expérience, faire ce que j'ai toujours fait... mais honnêtement. Commencerai-je dès maintenant à vous donner des ordres ? Je ne veux pas prétendre à autre chose.

– Si vous le désirez.

– Nous partirons sur mon yacht pour une croisière de deux mois. Nous embarquerons dans dix jours. A votre retour, vous serez libre de retourner auprès de votre mari... avec le contrat de Stoneridge.

– Parfait.

– J'aimerais faire la connaissance de votre mari. Voulez-vous dîner avec moi tous les deux lundi soir ?

– Oui, si vous le désirez.

Lorsqu'elle se leva pour partir, Wynand lui demanda :

– Vous dirai-je la différence qui existe entre votre statue et vous ?

– Non.

– Je vous la dirai quand même. Il est frappant de voir les mêmes éléments employés dans deux compositions, mais avec des thèmes différents. Dans la statue, ce thème est l'exaltation. Votre thème à vous, c'est la souffrance.

– La souffrance ? Je n'ai pas conscience d'avoir extériorisé ce sentiment.

– Non, en effet, et c'est justement ce que je veux dire. Aucun être vraiment heureux n'est à ce point inaccessible à la douleur.

Wynand téléphona à son marchand de tableaux et lui demanda d'organiser une exposition privée des œuvres de Steven Mallory. Il refusa de voir Mallory lui-même. Il ne faisait jamais la connaissance des artistes dont il aimait les œuvres. Le marchand de tableaux se hâta d'exécuter les ordres de Wynand. Celui-ci fit l'acquisition de cinq œuvres de Mallory et paya davantage que le marchand n'avait rêvé lui demander. « Mr. Mallory aimerait savoir, dit le marchand, ce qui a attiré votre attention sur lui. – J'ai vu une de ses œuvres. – Laquelle ? – Peu importe. »

Toohey s'attendait à ce que Wynand le fît chercher après avoir vu Dominique, mais Wynand n'en fit rien. Quelques jours plus tard, rencontrant par hasard Toohey dans la salle de rédaction, Wynand l'interpella :

– Mr. Toohey, les gens qui ont essayé de vous tuer sont-ils à ce point nombreux que vous ne puissiez vous souvenir de leur nom ?

– Je crois que ceux qui aimeraient essayer sont en effet assez nombreux, dit en souriant Toohey.

– Vous accordez un trop grand crédit à l'humanité, répondit Wynand en s'éloignant.

Peter Keating pénétrait dans la salle, brillamment éclairée, du plus élégant et du plus luxueux des restaurants de la ville. Il se rengorgea, savourant la pensée qu'il y venait invité par Gail Wynand.

Il s'efforça de ne pas paraître frappé par la grande allure de Wynand et bénit *in petto* ce dernier de l'avoir invité dans un endroit public. Les gens regardaient beaucoup Wynand, avec tact et discrétion, mais enfin ils le regardaient et leur attention se concentrait également sur ses invités.

Dominique était assise entre les deux hommes. Elle portait une robe de lourde soie blanche avec des manches longues et un capuchon, une robe de nonne d'un effet saisissant justement parce que la forme en était si peu indiquée pour une robe du soir. Elle ne portait pas un bijou. Ses cheveux d'or lisse la coiffaient comme un casque. La soie mate, suivant les lignes de son corps, en révélait les formes avec une froide innocence, la faisant ressembler à quelque victime offerte en sacrifice, au-delà de toute pudeur. Keating n'en fut nullement ému, mais remarqua que Wynand n'y semblait pas insensible.

A une table assez éloignée de la leur, quelqu'un les regardait avec insistance... quelqu'un de grand et de massif. Et lorsque la lourde silhouette se leva et s'avança vers eux, Keating reconnut Ralston Holcombe.

– Peter, mon cher, que je suis heureux de vous voir ! s'exclama Holcombe, serrant la main de Keating, s'inclinant devant Dominique, et ignorant très visiblement Wynand. Pourquoi ne nous voyons-nous pas plus souvent ? Où vous cachiez-vous donc ?

En réalité, ils avaient déjeuné ensemble trois jours auparavant.

Wynand s'était levé, et se tenait légèrement incliné, dans une attitude pleine de courtoisie. Keating hésitait. Enfin, et très à contrecœur, il finit par dire :

– Mr. Wynand... Mr. Holcombe.

– Mr. Gail Wynand ? s'exclama Holcombe avec un air de parfaite innocence.

– Mr. Holcombe, si vous aviez devant vous un des Smith Brothers du sirop pour la toux, en chair et en os, le reconnaîtriez-vous ?

– Mais... je crois, dit Holcombe en cillant nerveusement.

– Mon visage, Mr. Holcombe, est certainement aussi connu.

Holcombe balbutia quelques lieux communs et se retira précipitamment.

Wynand sourit d'un air indulgent.

– Vous n'aviez pas besoin d'avoir peur de me présenter Mr. Holcombe, Mr. Keating, tout architecte qu'il soit.

– Peur, Mr. Wynand ?

– C'était superflu puisque tout est décidé. Mrs. Keating ne vous a-t-elle pas dit que Stoneridge est à vous ?

– Je... non, elle ne m'a rien dit... Je ne savais pas...

Wynand souriait, mais ne disait rien et Keating sentit qu'il lui fallait continuer de parler tant que Wynand ne l'interrompait pas.

– Je n'osais pas espérer... du moins pas si rapidement... Je pensais évidemment que ce dîner... vous aiderait peut-être à décider... Est-ce que vous faites souvent des surprises de ce genre ? ajouta-t-il brusquement.

– Chaque fois que je le peux, répondit Wynand gravement.

– Je ferai de mon mieux pour mériter votre confiance et l'honneur que vous me faites, Mr. Wynand.

– Je n'en doute pas, dit Wynand.

Il parlait peu avec Dominique, ce soir, toute son attention concentrée sur Keating.

– Le public s'est montré plein d'indulgence pour mes œuvres précédentes, dit Keating, mais je ferai de Stoneridge ma plus grande réussite.

– Voilà qui est plein de promesses, étant donné la liste impressionnante de vos créations.

– Je n'osais pas espérer que mes œuvres étaient suffisamment importantes pour attirer votre attention, Mr. Wynand.

– Mais je les connais fort bien. Le Cosmo-Slotnick Building qui est du plus pur Michel-Ange...

Le visage de Keating s'illumina d'une expression de plaisir incrédule. Il savait que Wynand faisait autorité en la matière et n'aurait pas employé cette comparaison à la légère.

– ... Le Prudential Bank Building qui est du véritable Palladio... Les Grands Magasins Slottern qui sont du plus authentique Christopher Wren... (Le visage de Keating s'assombrit.) Voyez quelle illustre compagnie j'acquiers pour le prix d'un seul homme. C'est une véritable affaire !

Keating sourit, le visage durci et dit :

– Je sais que vous avez le sens de l'humour, Mr Wynand.

– Et connaissez-vous mon sens descriptif?

– Que voulez-vous dire?

Wynand se tourna à demi vers Dominique et se mit à l'examiner comme si elle était non un être, mais un objet.

– Votre femme a vraiment un corps admirable, Mr. Keating. Ses épaules sont trop minces, mais admirablement proportionnées au reste de son corps. Ses jambes sont trop longues, mais ce sont elles qui lui donnent cette élégance de ligne qu'on retrouve dans un yacht bien balancé. Et sa poitrine est splendide, ne trouvez-vous pas?

– L'architecture est une profession toute simple, Mr. Wynand, dit Keating, s'efforçant de rire, et qui ne vous prépare pas à des discussions aussi sophistiquées.

– Me serais-je mal fait comprendre, Mr. Keating?

– Si je ne savais pas que vous êtes un parfait gentleman, je pourrais mal interpréter vos paroles, mais vous ne me tromperez pas.

– C'est justement ce que je m'efforce de ne pas faire.

– J'apprécie l'honneur que vous me faites, Mr Wynand, mais je ne suis pas assez vaniteux pour trouver indispensable que nous parlions de ma femme.

– Pourquoi pas, Mr. Keating? N'est-il pas tout naturel de parler d'une chose que l'on a... ou que l'on va avoir... en commun avec quelqu'un d'autre.

– Mr. Wynand... vraiment... je ne comprends pas...

– Désirez-vous que je sois plus explicite?

– Non, je...

– Non? Est-ce que nous renonçons à parler de Stoneridge?

– Oh! non, parlons-en, au contraire... je...

– Mais c'est ce que nous faisions, Mr. Keating.

Keating regarda autour de lui. Il se dit que des choses pareilles ne devraient pas être dites dans un tel cadre. Le luxe délicat qui l'entourait les faisait paraître monstrueuses. Il souhaita être au fond d'une cave humide. Du sang sur des pierres... bon, mais du sang sur le tapis... non.

– Je comprends parfaitement que vous plaisantez, Mr. Wynand, dit-il.

– C'est à mon tour d'admirer votre sens de l'humour, Mr. Keating.

– On ne fait pas... des choses pareilles...

– Ce n'est pas là du tout ce que vous vouliez dire, Mr. Keating. Vous entendez que des choses pareilles se font couramment, mais qu'on n'en parle pas.

– Je ne pensais pas...

– Vous y pensiez avant de venir ici, et cela vous était égal. Je reconnais que je me conduis abominablement mal. Je romps avec toutes les règles de la charité. Il n'y a rien de plus cruel que d'être honnête.

– Je vous en prie, Mr. Wynand... laissons là cette discussion. Je ne comprends vraiment pas ce que vous attendez de moi.

– C'est très simple. J'attends que vous me frappiez au visage. Et il y a déjà quelques minutes que j'attends.

Keating s'aperçut que les paumes de ses mains étaient humides et qu'il s'efforçait de garder son équilibre en se cramponnant à la serviette qui était étalée sur ses genoux. Wynand et Dominique mangeaient lentement, élégamment, comme s'ils étaient à une autre table. Keating eut brusquement l'impression de ne plus se trouver en face de corps humains. Quelque chose s'était évanoui. La lumière des lustres de la salle s'était transformée en rayons X qui les dénudaient non seulement jusqu'aux os, mais plus profondément encore; il n'avait plus en face de lui que des âmes, des âmes en tenue de soirée, qui n'étaient plus entourées de leur vêtement de chair, et qui le terrifiaient par la révélation de leur nudité. Et ce qu'il y avait de plus effrayant, c'était l'expression innocente de ses tortionnaires. Et il se demanda comment il leur apparaissait, si son enveloppe charnelle l'avait quitté lui aussi.

– Non? dit Wynand. Vous n'avez pas envie de me frapper, Mr. Keating? Bien entendu, ce n'est pas une obligation. Vous pouvez aussi me dire que vous ne voulez plus entendre parler de tout cela. Je ne vous en voudrai nullement. Ce Mr. Ralston Holcombe, de l'autre côté de la pièce, est tout aussi capable que vous de bâtir Stoneridge.

– Je ne comprends pas ce que vous voulez dire, Mr. Wynand, murmura Keating.

Il avait les yeux fixés sur l'aspic à la tomate qui couronnait sa salade. Cet aspic était mou et tremblotant et l'aspect l'en rendait malade.

Wynand se tourna vers Dominique.

– Vous souvenez-vous de notre conversation au sujet d'une certaine quête, Mrs. Keating? Je vous disais que vos efforts ne seraient jamais couronnés de succès. Regardez votre mari. C'est un expert en la matière... et sans le moindre effort. Voilà comment on fait. Prenez exemple. Et ne vous donnez pas la peine de me dire que vous ne pourriez pas. Je le sais. Vous n'êtes qu'un amateur, ma chère.

Keating sentait qu'il devait dire quelque chose, mais il en était incapable, tant que cet aspic était devant lui. C'était de lui que provenait sa terreur et non du monstre élégant qui lui faisait face. Il se pencha en avant et du coude fit tomber son assiette à salade.

Il murmura une vague excuse. Une ombre s'approcha, une voix polie prononça quelques mots, puis tout s'effaça.

Keating entendit une voix dire « Pourquoi faites-vous cela? », vit deux visages se tourner vers lui et comprit que c'était lui qui avait parlé.

– Mr. Wynand ne prend pas plaisir à vous torturer, Peter, dit Dominique. C'est à cause de moi qu'il agit ainsi. Pour voir ce que je suis capable d'endurer.

– C'est exact, Mrs. Keating, reconnut Wynand. Ou du moins en partie exact. Pour être juste il faudrait ajouter: et pour me justifier moi-même.

– Pour vous justifier aux yeux de qui?

– Aux vôtres. Et aux miens peut-être aussi.

– Vous en éprouvez donc le besoin?

– Quelquefois. *L'Etendard* est un journal méprisable, et je le sais. J'ai donc payé de mon honneur le privilège d'occuper une position qui me permet d'observer comment l'honneur agit... chez les autres.

Keating commença à se sentir sûr que son apparence physique avait entièrement disparu, car ses deux convives avaient complètement cessé de remar quer sa présence. Il se sentit rassuré. Sa place à table était vide. Il se demanda, mais avec une profonde indifférence et comme de très loin, pourquoi ces deux êtres en face de lui se regardaient calmement, non comme des ennemis, non comme des complices, mais comme des camarades.

Deux jours avant la date fixée pour leur départ, Wynand téléphona à Dominique, assez tard dans la soirée.
– Pourriez-vous venir immédiatement ? demanda-t-il.
Et, percevant ce que signifiait un instant de silence, il se hâta d'ajouter :
– Oh ! non, ce n'est pas ce que vous pensez. Je m'en tiens scrupuleusement à notre pacte. Vous n'avez rien à craindre de moi. Je voudrais vous voir, simplement.
– Très bien, dit-elle.
Et elle fut étonnée de l'entendre lui répondre doucement :
– Merci.
Lorsque l'ascenseur s'arrêta dans le hall privé de son petit hôtel, il était là qui l'attendait, mais il ne lui laissa pas le temps de sortir de la cabine. Il l'y rejoignit au contraire.
– Ce n'est pas chez moi que je vous conduis, dit-il, mais à l'étage au-dessous.
Le liftier le regarda, surpris.
L'ascenseur s'arrêta devant une porte close. Wynand l'ouvrit et fit entrer Dominique la première, la suivant dans sa galerie de tableaux. Elle se rappela que l'on disait qu'il n'y faisait entrer personne. Elle ne posa pas de questions et il n'offrit pas d'explications.
Pendant des heures elle circula silencieusement dans les vastes pièces, contemplant des trésors d'une incroyable beauté. D'épais tapis assourdissaient ses pas et nul son ne parvenait de la ville, car il n'y avait pas de fenêtres. Wynand la suivait, s'arrêtant lorsqu'elle s'arrêtait, contemplant les mêmes choses, mais son regard s'égarait parfois sur le visage de Dominique. Celle-ci passa, sans s'arrêter, devant la statue qui avait une fois décoré le Temple Stoddard.
Il ne lui demanda ni de rester, ni de se hâter, la traitant comme si l'endroit lui appartenait à elle et non à lui. Lorsqu'elle décida de partir il la suivit sans un mot jusqu'à la porte.
Ce fut alors qu'elle lui demanda :
– Pourquoi avez-vous tenu à me montrer tout cela ? Cela ne me donnera pas une meilleure opinion de vous, mais peut-être une pire.
– Oui, c'est ce que j'aurais pensé, dit-il tranquillement, si je m'étais posé cette question. Mais je n'ai pensé à rien. Je voulais simplement que vous voyiez tout cela.

3.4

Le soleil se couchait lorsqu'ils descendirent de voiture. Sur le ciel et sur la mer, voûte verte au-dessus d'une nappe de mercure, des traînées de feu s'attardaient, ourlant les nuages et se reflétant dans les cuivres du yacht. La blanche forme frémissante semblait tendue à la limite de l'immobilité.

Dominique regardait le « C'est Moi » écrit en lettres d'or au flanc pur et immaculé du bateau.

– Que signifie ce nom ? demanda-t-elle.

– C'est une réponse, dit Wynand, à des gens qui sont morts il y a longtemps, mais qui vivent encore dans mon souvenir. La phrase que j'ai entendue le plus souvent pendant mon enfance était : « Qui est-ce qui commande, ici ? »

Dominique se rappela avoir entendu dire qu'il ne répondait jamais à cette question. Pourtant, il lui avait répondu immédiatement et sans paraître avoir conscience de faire une exception. Il y avait dans l'attitude calme et déterminée de Wynand quelque chose d'étrange et de nouveau.

Aussitôt qu'ils furent à bord, le yacht se mit en marche, comme s'il avait suffi des pas de Wynand sur le pont pour établir un contact. Ils s'accoudèrent au bastingage et regardèrent s'éloigner la longue plage brune qui s'élevait et s'abaissait contre le ciel. Puis Wynand se tourna vers Dominique. Il ne cherchait pas à la retrouver, ce n'était pas le commencement de quelque chose, mais une continuation... comme si, depuis qu'il la connaissait, il n'avait pas cessé de la regarder.

Lorsqu'ils descendirent, il l'accompagna à sa cabine, puis avec un : « S'il vous manque quoi que ce soit, je vous en prie, dites-le-moi », il disparut par une porte communicante. Dominique vit que cette porte donnait dans la chambre à coucher de Wynand. Celui-ci ne réapparut pas.

Dominique se mit à flâner paresseusement à travers sa cabine. Son ombre la suivait, réfléchie par les panneaux lustrés de pâle citronnier. Elle s'allongea dans un fauteuil très bas, les jambes croisées, les bras noués derrière la tête et regarda le hublot tourner du vert au bleu foncé. Elevant le bras, elle fit de la lumière, et le hublot ne fut plus qu'un trou noir.

Le steward annonça le dîner. Wynand frappa à la porte et pilota Dominique vers la salle à manger. Et, de nouveau, elle fut surprise de son attitude. Il était gai, mais d'une gaieté calme sous laquelle on le sentait sérieux.

Lorsqu'ils furent installés, Dominique demanda :

– Pourquoi m'avez-vous laissée seule ?

– Je pensais que cela vous serait peut-être agréable.

– Pour que je m'habitue à une certaine idée.

– Peut-être.

– Je m'y étais déjà habituée avant de venir vous voir à votre bureau.

– Oui, évidemment. Pardonnez-moi de vous avoir prêté quelque faiblesse. Je devrais mieux vous comprendre. Au fait, vous ne m'avez pas demandé où nous allons.

– Cela aussi serait une faiblesse.

– C'est juste. Et je suis heureux de votre indifférence, car je n'ai jamais de destination précise. Ce bateau n'est pas fait pour arriver, mais pour fuir. Lorsque je mouille dans un port, c'est uniquement pour le plaisir de le quitter ensuite. Et je me dis toujours : « Voilà encore une place qui ne me retiendra pas. »

– J'ai beaucoup voyagé autrefois. Et j'éprouvais toujours ce sentiment. Des gens m'ont dit que cela dénotait chez moi la haine de l'humanité.

– Ne me dites pas que vous avez cru une chose pareille.

– Je ne sais pas.

– Il est impossible que vous n'ayez pas percé à jour ceux qui disent de pareilles stupidités. Ceux qui proclament que le pourceau est le symbole de l'amour de l'humanité... parce qu'il accepte tout. En réalité, celui qui aime tout le monde et se sent à l'aise n'importe où, celui-là a la haine de l'humanité. N'attendant rien des hommes, aucune forme de dépravation ne peut le rebuter.

– Vous pensez à ces gens qui affirment qu'il y a quelque chose de bon dans le pire des hommes?

– Je pense à ceux qui ont l'imprudence de proclamer qu'ils aiment également le sculpteur qui a fait cette statue de vous et l'homme qui fabrique des ballons ornés d'un Mickey Mouse, que l'on vend au coin des rues. Je pense à ceux qui aiment les hommes qui préfèrent Mickey Mouse à votre statue... et ils sont légion. Je pense à ceux qui s'extasient devant Jeanne d'Arc et devant les vendeuses des grands magasins de Broadway avec une égale ferveur. Qui admirent avec la même exaltation votre beauté et celle de ces femmes qu'on voit dans l'autobus, les genoux écartés, montrant un peu de chair au-dessus de leur jarretière. Ceux qui ne font pas de distinction entre le regard pur, ferme et hardi du savant penché sur son télescope et le regard vague d'un imbécile. Et ces hommes représentent une large part de l'humanité et se croient généreux et magnanimes. Et vous me direz encore que c'est vous qui haïssez l'humanité, Mrs. Keating?

– Vous dites là des choses qui... aussi loin que je puis remonter dans mes souvenirs... depuis que j'ai commencé à regarder autour de moi et à réfléchir... m'ont...

Elle s'arrêta.

– Vous ont torturée. Mais c'est évident. On ne peut avoir l'amour de l'homme sans haïr la plupart des créatures qui prétendent à ce nom. C'est l'un ou l'autre. On ne peut aimer à la fois Dieu et les sacrilèges. A moins de ne pas comprendre qu'un sacrilège a été commis et de ne pas reconnaître Dieu dans l'homme.

– Et qu'aurez-vous à objecter si je vous réponds ce que les gens me répondent en pareil cas, que l'amour est fait de pardon.

– Je vous répondrai que c'est une réponse inconvenante et que vous êtes incapable d'un tel sentiment... même si vous croyez pouvoir vous y astreindre.

– Ou que l'amour est fait de pitié.

– Oh! assez. C'est déjà assez lamentable de devoir entendre des choses pareilles. Mais les entendre dire par vous... c'est révoltant, même si ce n'est qu'une plaisanterie.

– Mais qu'avez-vous à y répondre?

– Que l'amour est fait de respect, d'adoration, d'aspirations et que ce n'est pas un bandage pour des plaies suppurantes. Mais tant de gens ne connaissent pas cet amour-là. Ceux qui en parlent le plus sont ceux qui sont

439

les plus incapables de le ressentir. Ils font une espèce de pâle ragoût avec de la sympathie, de la pitié, du mépris, le tout assaisonné d'indifférence, et ils appellent cela de l'amour. Le jour où l'on a compris ce que signifie réellement aimer, comme vous et moi nous le comprenons, un sentiment absolu sur un plan absolu, l'on ne veut plus d'un autre amour.

– Comme... vous et moi... le comprenons ?

– C'est ce que l'on ressent lorsqu'on contemple la statue que Mallory a faite de vous. Il n'y a là ni pitié ni pardon. Et j'aurais envie de tuer celui qui prétendrait que c'est là une lacune. Mais l'homme dont je parle, en regardant cette statue, ne sera pas plus ému qu'en voyant un chien branler la queue devant lui. Et il aura même l'impression d'accomplir un geste plus noble en soignant la patte du chien qu'en rêvant devant une œuvre d'art. Donc si vous recherchez la grandeur, l'exaltation, Dieu dans sa création et que vous refusez d'accepter le lavage des plaies comme un substitut, on vous accuse d'avoir la haine de l'humanité. Et cela parce que vous avez commis le crime d'éprouver un amour que l'humanité n'a pas encore appris à mériter.

– Mr. Wynand, avez-vous lu l'article que j'ai écrit et qui m'a fait perdre mon poste à votre journal ?

– Non. Autrefois je ne l'ai pas lu. Et maintenant je n'ose pas.

– Pourquoi ?

Il ignora volontairement sa question et dit en souriant :

– Et ainsi vous êtes venue vers moi et vous m'avez dit : « Vous êtes l'être le plus vil que je connaisse... c'est pourquoi je viens vers vous pour apprendre à me mépriser moi-même. Il me manque ce quelque chose qui fait vivre la plupart des humains. Ils trouvent la vie supportable, alors que moi je ne puis l'accepter. » Comprenez-vous maintenant tout ce que vous m'avez révélé de vous-même ?

– Je ne pensais pas que vous le comprendriez.

– Non, évidemment. Vous ne pouviez vous attendre à cela du directeur de *L'Etendard.* Moi-même, ne m'attendais-je pas à quelque vamp, amie d'Ellsworth Toohey ?

Ils se mirent à rire tous les deux. « N'est-ce pas une chose étrange, se dit Dominique, que nous puissions parler ainsi, sans effort, comme s'il avait oublié le but de ce voyage ? » Il y avait en lui quelque chose de si calme qu'une paix contagieuse en émanait.

Elle observa la façon simple et raffinée dont le dîner était servi. La table immaculée se détachait sur les parois d'acajou d'un pourpre chaud. Tout, dans le yacht, était d'un tel raffinement qu'il semblait à Dominique que c'était la première fois qu'elle vivait dans un cadre réellement luxueux, mais d'un luxe si peu ostentatoire qu'on le ressentait plus qu'on ne le voyait. C'était la richesse asservie à son propriétaire et non l'homme riche ébloui par ce qui représentait pour lui le but suprême de sa vie. La perfection à laquelle il était arrivé en créant ce cadre n'était pas, pour l'homme qui était accoudé en face d'elle, un aboutissement. Et elle se demanda quel était son but dans la vie.

– Ce bateau vous sied, dit-elle.

Elle vit dans ses yeux une expression de plaisir... et de gratitude.

– Merci... Et ma galerie de tableaux ?

– Aussi. Mais elle est moins excusable.

– Je ne tiens pas a ce que vous me trouviez des excuses, dit-il avec simplicité et sans aucune idée de reproche.

Ils avaient fini de dîner. Elle attendait l'invitation qui lui apparaissait comme inévitable. Elle ne vint pas. Il continuait de fumer, lui parlant du yacht et de l'océan.

Elle posa par hasard sa main sur la nappe, tout près de celle de Wynand. Elle vit qu'il regardait cette main. Elle avait une envie folle de la retirer, mais se força à ne pas bouger. « Maintenant », pensa-t-elle.

Il se leva.

– Si nous allions sur le pont, dit-il.

Ils s'accoudèrent à la rambarde, tout entourés d'obscurité. Ils avaient le sentiment de l'espace qui les entourait par la qualité de l'air qui passait sur leurs visages. Quelques étoiles donnaient de la réalité au ciel immense et vide. Quelques reflets blancs donnaient vie à l'océan.

Wynand était debout, nonchalamment appuyé, un bras levé, se retenant à une drisse. Elle voyait jaillir derrière lui l'écume à la crête des vagues et elle pensa une fois de plus que ce décor seyait à Wynand.

– Il existe encore un autre de ces lieux communs du sentiment que vous n'avez certainement jamais ressenti.

– Lequel ?

– Vous n'avez jamais pensé que vous vous sentiez petit lorsque vous regardiez l'océan.

– Jamais, dit-il en riant. Ni en regardant les étoiles, pas plus que les pics neigeux ou que le Grand Canyon. Et pourquoi se sentir petit ? Lorsque je contemple l'océan, je pense à la grandeur de l'homme. Je pense à ses magnifiques capacités qui lui ont permis de créer ce bateau et de conquérir les mers. Lorsque je regarde ces chaînes de montagnes, je pense aux tunnels et à la dynamite. Lorsque je regarde les étoiles, je pense aux avions.

– Oui. Et ce sentiment si particulier de ravissement profond que les hommes disent éprouver en contemplant la nature... ce n'est jamais de la nature que je l'ai reçu, mais...

– Mais de quoi ?

– Des œuvres humaines, murmura-t-elle. Des gratte-ciel.

– Pourquoi avez-vous hésité à achever votre phrase ?

– Je... ne sais pas.

– Je donnerais tous les couchers de soleil du monde pour la vue de New York se détachant sur l'horizon. Surtout quand on n'en distingue pas les détails, mais seulement les formes, ces formes qui évoquent ceux qui les ont créées. Le ciel, au-dessus de New York, et la ville, l'expression la plus tangible de la volonté de l'homme, de quelle autre religion avons-nous besoin ? Lorsque les gens me parlent de quelque pèlerinage dans un coin perdu et marécageux en pleine jungle, où ils vont s'émerveiller devant un temple en ruine abritant un dieu de pierre aux yeux fuyants, au ventre énorme, créé par des sauvages lépreux, je m'en étonne toujours. Si c'est la beauté et la preuve du génie qu'ils recherchent, et le sens du sublime, qu'ils viennent à New

York, qu'ils aillent sur les bords de l'Hudson, qu'ils comprennent et qu'ils s'agenouillent. Lorsque je contemple la cité depuis mes fenêtres je n'ai nullement l'impression de ma petitesse, mais je me dis que si, un jour, une guerre menaçait de détruire la ville, j'aurais envie de m'élancer dans l'espace pour la protéger avec mon propre corps.

– Gail, je ne sais plus si c'est vous ou moi qui parlez.

– Avez-vous entendu ce que vous venez de dire?

Dominique sourit.

– Je ne retire pas ce que j'ai dit... Gail.

– Merci... Dominique, dit-il doucement d'un air amusé. Mais nous ne parlions ni de vous, ni de moi. Nous parlions des autres.

Il s'accouda à la rambarde, regardant scintiller les vagues et reprit:

– Il est intéressant d'analyser les raisons qui rendent les hommes si désireux de s'abaisser eux-mêmes. Ce besoin qu'ils ont par exemple de se sentir petits devant la nature. C'est plus qu'un sentiment commun, c'est une institution. Avez-vous remarqué l'air vertueux qu'un homme prend lorsqu'il exprime de tels sentiments. Regardez-moi, a-t-il l'air de dire, je suis si fier de me sentir un pygmée, je me sens tellement vertueux! N'avez-vous jamais remarqué avec quelles délices les gens citent les paroles de quelque célébrité déclarant qu'elle se sent bien peu de chose lorsqu'elle est devant les chutes du Niagara. Comme s'ils se pourléchaient les lèvres à l'idée que le meilleur d'eux-mêmes n'est que poussière devant la force brutale d'un tremblement de terre, et qu'ils aient envie de se mettre à quatre pattes et de se traîner, le front dans la boue, devant la majesté d'un ouragan déchaîné. Mais ce ne sont certes pas ces gens-là qui ont enchaîné le feu, l'eau et l'électricité, traversé l'océan en sloop, construit des avions, des barrages... des gratte-ciel. Qu'est-ce donc dont ils ont si peur et qu'ils haïssent tant, ceux qui aiment à se vautrer dans la boue, et quelle joie y trouvent-ils?

– Lorsque j'aurai trouvé la réponse à cette question, dit Dominique, je me sentirai en paix avec le monde.

Wynand continua de parler... de ses voyages... des continents qui les entouraient... au-delà de l'obscurité qui les enveloppait, cette obscurité si vaste qui pressait comme une douce draperie sur leurs paupières. Dominique attendait, et, peu à peu, elle cessa de répondre, lui donnant l'occasion d'utiliser leurs brefs silences pour en finir, pour dire les mots qu'elle attendait. Il ne les prononça pas.

– Fatiguée, Dominique? demanda-t-il.

– Non.

– Je puis aller vous chercher un « transat », si vous voulez vous étendre.

– Non, j'aime être là, debout.

– Il fait un peu frais, mais demain nous serons descendus plus au sud et vous verrez l'océan en feu, la nuit. C'est très beau.

Il se tut. Dominique mesurait la rapidité de leur marche au bruit de l'eau, à la bruissante plainte qu'elle exhalait contre l'étrave qui creusait une longue blessure dans les flots.

– Quand descendons-nous dans nos cabines? demanda-t-elle.

– Nous n'y descendons pas.

Il avait dit cela calmement, très simplement, comme s'il se trouvait désarmé devant un fait auquel il ne pouvait rien.

– Voulez-vous m'épouser ? demanda-t-il.

Elle ne put retenir un sursaut. Il s'y attendait et son sourire montra qu'il la comprenait.

– Je préférerais ne rien dire de plus, dit-il, choisissant ses mots avec soin, mais vous préférez certainement que je vous explique ma pensée... car le silence entre nous est plus que je n'ai le droit d'espérer. Vous n'avez guère envie de vous confier à moi, et puisque j'ai parlé pour vous ce soir, laissez-moi continuer. Vous m'avez choisi comme un symbole de votre mépris pour les hommes. Vous ne m'aimez pas. Vous ne désirez rien m'accorder. Je ne suis que l'instrument par lequel vous voulez vous détruire vous-même. Je sais tout cela, je l'accepte et je vous demande de m'épouser. Si vous voulez commettre un acte abominable pour vous venger du monde, il ne suffit pas de vous donner à votre ennemi, il faut que vous l'épousiez. Non pour l'égaler, mais pour le combattre. Vous avez déjà essayé une fois, mais votre victime n'était pas digne de votre choix. Vous le voyez, je plaide mon cas avec des mots à vous. Ce que moi je cherche dans ce mariage est sans importance pour vous et je ne l'oublierai pas. Vous n'avez pas à le savoir, ni à vous en préoccuper. Je ne vous demande aucune promesse et ne vous impose aucune obligation. Vous serez libre de me quitter le jour où vous le voudrez. Incidemment... et il est bien entendu que cela ne vous concerne en rien... je vous aime.

Elle était debout, un bras replié derrière elle, les doigts pressés contre la rambarde.

– Je n'ai pas voulu cela, dit-elle.

– Je le sais. Mais si cela vous intéresse de le savoir, je vous dirai que vous avez commis une erreur. Vous m'avez dévoilé l'être le plus pur qu'il m'ait été donné de contempler.

– N'est-ce pas une chose étrange à dire si l'on pense à la façon dont nous nous sommes rencontrés ?

– Dominique, j'ai passé toute ma vie à tirer les fils qui faisaient se mouvoir des marionnettes. Je connais tous les dessous du monde. Croyez-vous que j'aurais pu croire à la pureté, si elle n'était pas venue à moi dissimulée sous l'horrible forme que vous lui aviez choisie ? Mais ce que j'éprouve ne doit pas influer sur votre décision.

Elle le regarda, pensant aux heures qui venaient de s'écouler, profondément surprise. L'expression de sa bouche était pleine de douceur. Il le remarqua. Elle se dit que chaque mot qu'il avait employé, elle aurait pu le prononcer, que l'offre qu'il venait de lui faire et que la forme qu'il lui avait donnée, elle l'aurait pensée et formulée ainsi. Et elle pensa brusquement qu'il venait de détruire le but qu'elle s'était proposé, rendant impossible pour elle la recherche de la dégradation avec un homme qui parlait comme il venait de le faire. Elle eut brusquement envie d'aller vers lui, de tout lui dire, d'éprouver un moment de détente à se sentir comprise, puis de lui demander de ne jamais la revoir.

Puis elle se souvint.

Wynand remarqua que la main de Dominique ne s'appuyait plus fortement à la rambarde, à la recherche d'un appui, ce qui aurait prouvé l'importance qu'elle accordait à cet instant, mais que ses doigts étaient souples et détendus. Il comprit qu'elle venait de prendre une décision et qu'elle ne se raidissait plus contre une lutte intérieure.

Dominique venait de se rappeler le Temple Stoddard. Elle pensait à l'homme qui était là devant elle, qui venait de lui parler en termes émouvants de sentiments absolus sur un plan absolu, et de son désir de protéger les gratte-ciel de son propre corps... et elle revoyait, en première page de *L'Etendard,* cette caricature de Howard Roark contemplant l'Enright House et la légende qui illustrait ce dessin : « Etes-vous heureux, Monsieur Superhomme ? »

Elle leva le visage vers lui et demanda :

– Vous épouser ? Devenir Mrs. Wynand – Journaux ?

Elle sentit l'effort qu'il fit pour lui répondre :

– S'il vous plaît de le formuler ainsi... oui.

– Je suis prête à vous épouser.

– Merci, Dominique.

Elle attendit, l'air indifférent.

Lorsqu'il se tourna vers elle, il parla, comme il l'avait fait toute la journée, d'une voix calme avec un soupçon de gaieté.

– Nous ne continuerons pas notre croisière. Nous resterons encore une semaine en mer... ce serait dommage de rentrer immédiatement. Le lendemain de notre retour, vous partirez pour Reno. Moi, je m'occuperai de votre mari. Je lui donnerai Stoneridge, je lui donnerai tout ce qu'il voudra, pourvu qu'il aille au diable. Nous nous marierons le jour de votre retour.

– Bien, Gail. Et maintenant, descendons.

– Vous le désirez ?

– Non. Mais je ne veux pas donner trop d'importance à notre mariage.

– Et moi je tiens à lui en donner, Dominique. Et c'est pourquoi je ne vous toucherai pas ce soir. Pas avant que nous soyons mariés. Je sais que c'est absurde. La cérémonie du mariage est, pour vous comme pour moi, dépourvue de toute signification. Mais pour nous, être conventionnel, c'est être anormal. Et c'est pourquoi je tiens à cette convention, le seul moyen pour moi de faire quelque chose d'exceptionnel.

– Comme il vous plaira, Gail.

L'attirant à lui, il lui baisa les lèvres, mettant un point final aux paroles qu'il venait de prononcer, mais il y mit une telle intensité que Dominique essayant de se raidir, de ne pas répondre à son baiser, sentit que son corps s'abandonnait et qu'il n'y avait plus pour elle d'autre réalité que cet homme qui la tenait dans ses bras.

Il relâcha son étreinte. Elle comprit qu'il avait perçu sa réaction.

– Vous êtes fatiguée, Dominique, dit-il en souriant. Je vous souhaite une bonne nuit. Moi je vais rester encore un peu ici.

Lui obéissant docilement, elle disparut vers sa cabine.

3.5

– Qu'est-ce qui se passe ? Rien de fait pour Stoneridge ? jeta Peter Keating.

Dominique pénétra dans le living-room. Keating la suivit, et attendit, debout sur le seuil de la porte ouverte. Le liftier apporta les bagages, puis se retira. Enlevant ses gants, Dominique dit :

– Rassurez-vous, Peter. Vous aurez Stoneridge. Mr. Wynand vous le dira lui-même. Il veut vous voir ce soir, à huit heures et demie, chez lui.

– Et pourquoi, que diable ?

– Il vous le dira lui-même.

Elle frappa doucement la paume de sa main avec ses gants, dans un geste qui ressemblait à un point final et allait quitter la pièce. Keating lui barra le chemin.

– Tout cela m'est égal, dit-il. Je m'en moque. Je joue le jeu. Vous vous croyez grandioses, Mr. Gail Wynand et vous... parce que vous vous conduisez comme des charretiers, que vous ne respectez rien, ni la simple décence, ni les sentiments des autres ! Mais je puis en faire autant. Je me servirai de vous deux, je tirerai de vous ce que je veux... et le reste m'importe peu. Qu'est-ce que vous en pensez ? Le ver qui refuse d'être foulé aux pieds ? Cela enlève du piquant à l'affaire, hein ?

– Je pense, au contraire, Peter, que cela est mieux ainsi, et j'en suis ravie.

Keating ne trouva pas en lui la force de garder cette attitude lorsqu'il entra dans le cabinet de travail de Wynand, ce soir-là. Il éprouvait une terreur involontaire à pénétrer chez Gail Wynand. Au moment où il traversa la pièce pour venir s'asseoir devant le bureau, il n'éprouvait plus rien qu'un sentiment de pesanteur et il ne se serait pas étonné si ses pieds avaient laissé des marques sur l'épais tapis, car il se sentait aussi lourd que s'il avait eu aux pieds les chaussures plombées d'un scaphandrier.

– Ce que j'ai à vous dire, Mr. Keating, n'aurait jamais dû avoir besoin d'être dit, déclara Wynand.

Keating n'avait jamais entendu quelqu'un s'exprimer avec une telle maîtrise de soi et un tel soin dans le choix des mots.

– Tout mot superflu, reprit Wynand, serait une offense pour vous. Je serai donc bref. J'épouse votre femme. Elle part demain pour Reno. Voici le contrat pour Stoneridge. Il est signé. J'y ai joint un chèque de deux cent cinquante mille dollars. Cette somme n'a rien à voir avec ce que vous recevrez pour votre travail, d'après contrat. Elle est en plus. Je vous serais obligé de ne faire aucun commentaire d'aucune sorte. Je réalise pleinement que j'aurais pu avoir votre consentement pour moins que cela, mais je ne veux pas de discussions. Ce serait intolérable si nous commencions à marchander. Je vous prie donc de prendre ceci et de considérer l'affaire comme réglée.

Il tendit le contrat par-dessus son bureau. Keating vit le rectangle bleu pâle du chèque attaché par un clip en haut de la page. Sous la lumière de la lampe, le clip brillait comme de l'argent.

Keating ne tendit pas la main pour prendre le papier. Il dit en détachant chaque mot :

– Je n'en veux pas. Vous pouvez avoir mon consentement pour rien.

Il vit une lueur d'étonnement... presque de bonté... sur le visage de Wynand.

– Vous n'en voulez pas ? Et vous ne voulez pas non plus de Stoneridge ?

– Si, je veux Stoneridge ! (Keating, tendant la main, saisit le contrat.) Je veux tout ! Pourquoi vous tiendrais-je quitte de tout ? Et qu'est-ce que cela peut bien me faire ?

Wynand se leva, et il y avait à la fois du soulagement et une nuance de regret dans sa voix lorsqu'il dit :

– Parfait, Mr. Keating. Pendant un instant, vous aviez presque justifié votre mariage. Laissons les choses comme elles sont. Bonsoir.

Keating ne rentra pas chez lui ce soir-là. Il alla chez Neil Dumont, son nouveau chef-dessinateur et son meilleur ami. Neil Dumont était un jeune homme efflanqué et anémique, reçu dans la meilleure société. Ses épaules tombantes pliaient sous le poids de trop d'ancêtres illustres. Ce n'était pas un bon dessinateur, mais il avait beaucoup de relations. Il était obséquieux envers Keating au bureau et Keating était obséquieux envers lui hors du bureau.

Il trouva Dumont chez lui. Gordon Prescott et Vincent Knowlton se joignirent à eux et ils décidèrent de faire la bombe. Keating buvait peu, mais payait pour tout le monde. Il payait même plus qu'il n'était nécessaire, anxieux, semblait-il, de trouver des choses à payer. Il distribuait des pourboires extravagants et ne cessait de répéter : « Nous sommes des amis, n'est-ce pas, de vrais amis ? » Dans les glaces, autour de lui, des lumières dansaient. Il cherchait le regard de ses trois amis et lorsqu'il le saisissait au passage, il y lisait un contentement et une sympathie qui le réconfortaient.

Ce soir-là, ses bagages terminés, Dominique se rendit chez Steven Mallory.

Il y avait maintenant deux ans qu'elle n'avait pas revu Roark. De temps à autre, elle allait voir Mallory. Ce dernier savait que ces visites étaient un accident dans une lutte dont Dominique se refusait à parler, et que les rares soirées qu'elle passait avec lui, elle les dérobait à sa vie. Il ne lui posait jamais de questions et était toujours heureux de la voir. Ils parlaient paisiblement, dans une atmosphère de camaraderie telle qu'en peut éprouver un vieux ménage, comme s'ils s'étaient appartenus, que l'émerveillement avait depuis longtemps disparu et qu'il ne restait plus qu'une parfaite intimité. En réalité, il ne l'avait jamais touchée, mais il l'avait possédée de façon plus profonde lorsqu'elle avait posé pour lui et cela avait créé entre eux quelque chose de très particulier.

Il sourit lorsqu'en ouvrant la porte il la vit devant lui.

– Hello, Dominique.

– Hello, Steve. Je vous dérange ?

– Pas du tout. Entrez.

Steven Mallory avait maintenant un immense atelier tout au haut d'une vieille maison. Dominique nota de nombreux changements depuis sa dernière visite. Il y avait dans l'atmosphère quelque chose de riant, de détendu.

Quelques meubles anciens, un tapis d'Orient d'une rare finesse et d'un chaud coloris, des cendriers de jade, quelques belles pièces de sculpture trouvées dans des fouilles, de belles choses qui avaient plu à Mallory et que le brusque intérêt de Wynand pour ses œuvres lui avait permis d'acquérir.

Dominique fit lentement le tour de l'atelier, examinant chaque objet, cherchant la raison pour laquelle il avait été choisi. Mallory traîna deux fauteuils devant la cheminée et ils s'installèrent devant un bon feu.

Mallory dit alors, très simplement :

– A Clayton, Ohio.

– Que fait-il ?

– Un nouveau building pour les grands magasins Janer. Cinq étages sur la rue principale.

– Depuis combien de temps est-il là-bas ?

– Environ un mois.

C'était la première question à laquelle répondait Mallory lorsque Dominique venait le voir, et cela sans attendre qu'elle la lui posât. Et il le faisait avec tant d'aisance et de simplicité que cela épargnait à Dominique toute explication ou commentaire.

– Je pars demain, Steve.

– Pour longtemps ?

– Six semaines. Reno.

– J'en suis bien content.

– Mais je préfère ne pas vous dire maintenant ce que je ferai en rentrant. Je ne crois pas que vous en seriez content.

– J'essaierai de l'être... si vous faites ce que vous désirez faire.

– Oui, c'est moi qui l'ai voulu.

Couchée sur un lit de braise, une bûche intérieurement consumée avait gardé sa forme et brûlait sans flamme. Elle semblait éclairée de l'intérieur par une quantité de petites fenêtres. Mallory se pencha et ajouta une bûche au feu. Les petites fenêtres s'écroulèrent en faisant jaillir des étincelles contre les briques noircies.

Puis il se mit à lui parler de son travail. Dominique écoutait comme un émigré qui réentend sa langue maternelle.

Pendant une courte pause, elle demanda :

– Comment va-t-il, Steve ?

– Bien, comme toujours. Il ne change pas.

Il tisonna le feu. Quelques braises s'en échappèrent. Il les repoussa du pied et reprit :

– Je me dis souvent que c'est le seul d'entre nous qui soit arrivé à l'immortalité. Je ne l'entends pas dans le sens de gloire et je ne veux pas dire par là qu'il ne mourra pas un jour ou l'autre. Mais il y atteint par sa vie. Il représente exactement pour moi le concept de l'immortalité. Vous savez combien tous les êtres aspirent à l'éternité, mais ils meurent un peu chaque jour. Lorsque vous les revoyez, ils ne sont plus ce qu'ils étaient la fois précédente. A chaque heure de leur vie, ils tuent quelque chose en eux. Ils changent, ils se renient, ils se contredisent... et ils appellent cela évoluer. Et finalement, il n'y a plus rien en eux qui n'ait été renié ou trahi ; comme s'ils n'avaient jamais été une entité, mais une succession d'adjectifs venant s'attacher à une masse informe. Comment peuvent-ils espérer arriver à un état permanent, s'ils sont incapables de s'y tenir pour un moment ? Mais Howard, lui... On se l'imagine parfaitement éternel.

Dominique contemplait le feu dont le reflet donnait à son visage un semblant de vie. Mallory, au bout d'un instant, lui demanda :

– Elles vous plaisent, mes nouvelles acquisitions ?

– Beaucoup. Et cela me plaît que vous en soyez le propriétaire.

– Je ne vous ai pas raconté ce qui m'est arrivé depuis la dernière fois. Une chose absolument incroyable. Gail Wynand...

– Oui, je suis au courant.

– Vraiment ? Mais pourquoi Wynand, et comment a-t-il découvert mes œuvres ?

– Cela aussi je le sais. Je vous le dirai à mon retour.

– Il a un sens artistique remarquable. Vraiment étonnant. Il a acheté ce qu'il y avait de mieux.

– Cela ne m'étonne pas, dit Dominique.

Puis sans aucune transition, et cependant Mallory comprit parfaitement qu'elle ne parlait pas de Wynand, elle demanda :

– Steve, est-ce qu'il vous demande quelquefois de mes nouvelles ?

– Non.

– Lui avez-vous dit que je venais parfois vous voir ?

– Non.

– Faites-vous cela... pour moi, Steve ?

– Non. Pour lui.

Il sentit qu'elle savait maintenant tout ce qu'elle voulait savoir.

Se levant, elle demanda :

– Si nous buvions une tasse de thé. Montrez-moi simplement où sont les choses, et je le ferai.

Dominique partit pour Reno de bonne heure le lendemain matin. Keating dormait encore et elle ne l'éveilla pas pour lui dire au revoir.

Lorsqu'il ouvrit les yeux, avant même de regarder l'heure à la pendule, il sut qu'elle était partie par la qualité spéciale du silence qui régnait dans la maison. Il pensa qu'il aurait dû se dire « bon débarras », mais il s'en sentit incapable. Ce qu'il ressentait, il l'exprima par une phrase vague et qui pour lui résumait tout : « A quoi bon », qui d'ailleurs ne s'appliquait ni à lui ni à Dominique. Il était seul et il ne lui était plus nécessaire de jouer un rôle Il resta au lit, couché sur le dos, les bras étendus. Il avait une expression étrangement humble et de l'anxiété dans le regard. Il sentait en lui la fin et la mort de quelque chose, mais ce quelque chose n'était pas seulement la perte de Dominique.

Il se leva et se dirigea vers la salle de bains. Il y avait sur le sol une serviette de toilette dont Dominique s'était ser .e et qu'elle y avait jetée. Il la ramassa, y enfouit son visage et resta longtemps ainsi, abîmé non pas dans la douleur, mais dans une étrange émotion qui n'avait pas de nom. Et il comprit qu'il avait aimé Dominique deux fois... le soir où Toohey avait téléphoné, et maintenant. Il ouvrit les mains et laissa retomber la serviette qui glissa entre ses doigts comme de l'eau.

Il se rendit à son bureau et travailla comme d'habitude. Personne n'était au courant de son divorce et il n'éprouvait pas le désir d'en informer qui que ce fût. Neil Dumont cligna de l'œil et dit en riant : « Eh bien, Peter, vous en avez une tête ! » Il haussa les épaules et se détourna. La vue du Dumont lui était insupportable.

Il quitta le bureau de bonne heure. Un vague désir, encore imprécis, comme la faim, prit corps tout d'un coup. Il lui fallait absolument voir Ellsworth Toohey. Il lui fallait l'atteindre à tout prix. Il se sentait l'âme de l'unique survivant d'un naufrage qui nage vers une lumière lointaine.

Il se dirigea vers l'appartement de Toohey. En présence de celui-ci, il se sentit assez fier de son self-control car Toohey n'eut pas l'air de remarquer quoi que ce fût.

– Oh ! hello, Peter, dit-il gaiement. Votre sens de l'opportunité laisse beaucoup à désirer. Vous ne pourriez pas plus mal tomber. J'ai un travail fou. Mais ne vous en faites pas. Pour quoi sont faits les amis, si ce n'est pour nous déranger ? Asseyez-vous, asseyez-vous, je serai à vous dans une minute.

– Je suis désolé, Ellsworth, mais... il fallait que je vous voie.

– Installez-vous confortablement et oubliez-moi un instant.

Keating s'assit et attendit. Toohey se remit au travail, faisant de rapides corrections à un travail dactylographié. Il s'arrêta un instant pour tailler un crayon et il sembla à Keating qu'on lui grattait les nerfs. Puis Toohey se remit à écrire et il n'y eut plus d'autre bruit que le bruit soyeux des pages qu'il tournait.

Une demi-heure plus tard, il repoussa les papiers et sourit à Keating.

– Ça y est, dit-il.

Et comme Keating faisait un mouvement pour se lever, il ajouta :

– Pas encore. Juste un coup de téléphone à donner.

Il forma le numéro de Gus Webb.

– Hello, Gus, dit-il gaiement. Comment allez-vous, espèce de réclame vivante de l'avortement ?

Keating n'avait jamais entendu Toohey parler sur ce ton d'intimité facile, une camaraderie très spéciale et sans aucune contrainte. Il entendit la voix perçante de Webb qui répondait en riant. Le récepteur continua de cracher une suite de sons rapides et lointains qui semblaient venir du fond de la gorge. Il ne pouvait distinguer les mots, mais le ton de la voix ; c'était un mélange de laisser-aller et d'insolence, ponctué d'éclats de rire perçants.

Toohey, renversé dans son fauteuil, écoutait en souriant. « Oui, disait-il de temps à autre, ah, ah... absolument... mais c'est évident... » Il se renversa encore plus et posa sur le bureau un pied chaussé d'un escarpin brillant et pointu. « Ecoutez, mon vieux, ce que je voulais vous dire c'est d'y aller doucement avec le vieux Bassett. C'est évident, il aime ce que vous faites, mais évitez d'y aller trop fort, au moins pour le moment. Bouclez-la pendant quelque temps... Vous savez très bien dans quel sens je vous le dis... C'est ça... Voilà... Vous y êtes... Oh, vraiment ! Très bien, mon ange ! Au revoir... Oh ! Gus, connaissez-vous l'histoire de la dame anglaise et du plombier ? » Et pendant que Toohey narrait l'anecdote, le récepteur grésillait de rires venant de l'autre extrémité du fil. « Prenez soin de vous-même et de votre digestion, mon petit ange. Bonne nuit. »

Toohey raccrocha, se remit sur pied et, se levant, s'approcha de Keating ; debout devant lui, se balançant sur ses petits pieds, les yeux brillants, il demanda :

– Eh bien, Peter, que se passe-t-il ? Etes-vous au bord d'un précipice ?

Keating fouilla dans une poche intérieure et en retira un chèque jaune, tout froissé, signé par lui et donnant l'ordre de payer à Ellsworth M. Toohey la somme de dix mille dollars. Peter tendit le chèque non comme un donateur, mais comme un mendiant.

– Je vous en prie, Ellsworth... prenez cela.. pour une de vos œuvres... pour l'Institut d'Etudes sociales... ou ce que vous voudrez... vous vous y connaissez mieux que moi... pour une de vos œuvres...

Toohey prit le chèque du bout des doigts comme il l'aurait fait d'une pièce de cuivre malpropre, fit des lèvres un mouvement d'appréciation et posa le chèque sur son bureau.

– Très chic de votre part, Peter. Vraiment très chic. Et pour quelle raison ?...

– Ellsworth, vous rappelez-vous que vous m'avez dit une fois... que peu importe ce que nous sommes ou comment nous agissons, à condition que nous aidions les autres ? Que c'est tout ce qui compte : faire le bien.

– Je ne l'ai pas dit une fois, je l'ai dit un million de fois.

– Mais c'est vrai, Ellsworth ?

– Naturellement que c'est vrai, si vous avez le courage d'accepter cette idée.

– Vous êtes mon ami, n'est-ce pas ? Il me semble même que vous êtes mon seul ami. Je... je ne suis même plus ami avec moi-même, mais vous l'êtes ? Je veux dire... avec moi, vous l'êtes, n'est-ce pas Ellsworth ?

– Mais bien entendu. Et mon amitié pour vous a plus de valeur que votre amitié pour vous-même... ce qui est une conception bizarre, mais défendable.

– Vous comprenez des choses que personne d'autre ne comprend. Et vous m'aimez, n'est-ce pas ?

– Profondément... quand j'en ai le temps, bien entendu.

– Oh ! Ellsworth !

– Et votre sens de l'humour, Peter, qu'en faites-vous ? Voyons, que se passe-t-il ? Est-ce une indigestion physique ou morale ?

– Ellsworth, je...

– Oui ?

– Je ne peux pas le dire... pas même à vous

– Vous êtes un lâche, Peter.

Keating ouvrit de grands yeux. Toohey avait prononcé ces mots d'un ton à la fois sévère et compatissant, et Peter ne savait pas s'il devait se sentir peiné, insulté ou mis en confiance.

– Vous me déclarez à l'instant, reprit Toohey, que nos actes n'ont aucune importance... et vous êtes bouleversé par une action que vous avez commise. Allons, soyez un homme et dites-vous que rien n'a d'importance, que vous-

450

même êtes sans importance. Et persuadez-vous-en. Ayez du cran et essayez d'oublier votre petit « moi ».

– Je sais que je ne compte pas, Ellsworth, et que mes actes n'ont aucune espèce d'importance. Si seulement tout le monde pouvait penser de même ! Je n'ai aucune importance et je ne tiens pas à en avoir.

– D'où vient cet argent ?

– J'ai vendu Dominique.

– Que voulez-vous dire ? La croisière ?

– Mais je n'ai pas l'impression que c'est Dominique que j'ai vendue.

– Mais qu'est-ce que cela peut vous faire que...

– Elle est partie pour Reno.

– *Quoi ?*

Keating fut étonné de la violente réaction de Toohey, mais il était trop las pour en chercher la raison. Il lui raconta tout ce qui était arrivé et cela ne lui prit pas plus de temps à raconter que cela n'en avait mis à se dérouler.

– Malheureux ! Vous n'auriez jamais dû permettre cela !

– Que pouvais-je faire... contre Wynand ?

– Vous n'auriez jamais dû les laisser se marier !

– Mais pourquoi, Ellsworth ? Cela vaut mieux que...

– Je n'avais pas pensé un instant qu'il... mais... Le diable l'emporte ! Je suis encore plus fou que vous !

– Mais cela vaut mieux pour Dominique si...

– Au diable votre Dominique ! C'est à Wynand que je pense !

– Ellsworth, qu'est-ce que vous avez ?... Qu'est-ce que cela peut bien vous faire ?

– Restez tranquille, voulez-vous ? Laissez-moi réfléchir.

Au bout d'un instant, Toohey haussa les épaules, s'assit à côté de Keating et glissa son bras sous celui de Peter.

– Je suis désolé, Peter, dit-il, je m'excuse. J'ai été avec vous d'une brusquerie inexcusable. C'était simplement la surprise, mais je comprends très bien ce que vous devez ressentir. Ne le prenez pas trop à cœur. Tout cela n'est pas très grave.

Toohey parlait machinalement, l'esprit ailleurs. Keating ne s'en aperçut pas. Il ne percevait que les mots, et c'était pour lui comme une oasis dans le désert.

– Non, ce n'est pas grave, reprit Toohey. Vous n'êtes qu'un homme, après tout. Et vous n'aspirez pas à être davantage. Qui vaut mieux que vous ? Et qui a le droit de vous jeter la première pierre ? Tout cela n'a pas grande importance.

Au nom du ciel ! s'exclama Alvah Scarret. Ce n'est pas possible ! Pas avec Dominique Francon !

– Si, dit Toohey. Dès son retour.

Scarret avait été surpris lorsque Toohey l'avait invité à déjeuner, mais la nouvelle qu'il venait d'apprendre fut pour lui une surprise beaucoup plus grande et infiniment moins agréable.

– J'aime beaucoup Dominique, dit-il en repoussant son assiette, car il n'avait plus aucun appétit. Je l'ai toujours beaucoup aimée. Mais de là à ce qu'elle devienne Mrs. Gail Wynand !

– Oui, dit Toohey, c'est exactement ce que je ressens.

– Je lui ai toujours conseillé de se marier. Cela vous aide dans la vie. Cela vous donne l'air respectable et cela ne lui ferait pas de mal. Il a toujours fait de la corde raide. Il s'en est tiré jusqu'à présent. Mais épouser Dominique !

– Que lui reprochez-vous, à ce mariage ?

– D'être... de ne pas être... oh ! et puis vous le savez aussi bien que moi.

– Moi je le sais. Mais vous ?

– D'abord, Dominique est une femme dangereuse.

– C'est exact, mais ce n'est là qu'une objection secondaire. Votre première pensée était : « Gail Wynand est un homme dangereux. »

– Ma foi... en un certain sens... oui.

– Mon estimé collaborateur, nous nous comprenons parfaitement. Mais il est des cas où il devient nécessaire de préciser sa pensée. Cela peut mener dans l'avenir à une certaine... coopération. Vous et moi avons beaucoup de points communs, bien que vous n'ayez pas toujours été disposé à l'admettre. Nous sommes deux variations sur le même thème, ou pour employer votre style préféré, nous partons chacun d'un point opposé pour arriver au même but. Mais notre cher patron, lui, c'est une autre chanson. Un leitmotiv entièrement différent... ne croyez-vous pas Alvah ? Notre cher patron est un accident dans un milieu comme le nôtre. Et un accident n'est jamais un phénomène très sûr. Pendant des années, vous êtes resté assis au bord de votre chaise, n'est-ce pas vrai, Alvah ? observant Mr. Gail Wynand. Vous savez donc exactement ce que je veux dire. Vous savez également que Miss Dominique Francon n'est pas dans le même ton que nous, elle non plus, et vous n'avez aucune envie de la voir prendre de l'influence sur notre cher patron ? N'ai-je pas exactement résumé la question ?

– Vous êtes un homme intelligent, Ellsworth, dit Scarret assez lourdement.

– Il y a des années que vous auriez dû vous en apercevoir.

– Je lui parlerai. Il vaut mieux que vous ne vous en chargiez pas, car il ne peut pas vous sentir... pardonnez-moi de vous le dire. Mais je ne pense pas que j'arriverai à grand-chose. Pas s'il est décidé.

– Je ne le pense pas non plus. Vous pouvez toujours essayer, mais c'est probablement inutile. Une de mes forces, c'est que je sais toujours reconnaître une défaite quand il m'arrive d'être battu.

– Mais alors, en somme pourquoi m'avez-vous...

– Raconté tout cela ? A titre purement amical, Alvah. Etre informé avant les autres est toujours précieux.

– Je l'apprécie, Ellsworth, je l'apprécie pleinement.

– Et ce serait sage de votre part de continuer à m'apprécier. On ne renonce pas volontiers, Alvah, aux journaux Wynand, et l'union fait la force... toujours pour employer votre style.

– Que voulez-vous dire ?

– Simplement que nous allons au-devant de temps difficiles, mon cher, et que nous ferions mieux d'être unis.

– Je suis avec vous, Ellsworth. J'ai toujours été avec vous.

– C'est inexact, mais nous ne reviendrons pas sur le passé. Nous ne nous occuperons que du présent... et de l'avenir. Et comme preuve de notre entente, que penseriez-vous de nous débarrasser de Jimmy Kearns à la première occasion ?

– Je ne m'étais donc pas trompé en pensant que c'était à lui que vous en aviez, et depuis des mois ! Qu'est-ce que vous reprochez donc à Jimmy Kearns ? C'est un garçon brillant. Le meilleur critique dramatique de toute la ville. Il a de l'esprit, du mordant. Il promet.

– Il a un esprit... bien à lui et cinglant comme une cravache. Mais je ne pense pas que vous teniez à ce qu'il y ait ici une autre cravache que celle que vous tenez en main. Et je crois que vous feriez bien d'être prudent et de vous demander ce que promettent... ses promesses.

– Et qui mettrais-je à sa place ?

– Jules Fougler.

– Oh ! non, Ellsworth !

– Pourquoi pas ?

– Ce vieux daim ! Nous ne pouvons pas prendre un type pareil.

– Vous le pouvez si vous le voulez. Et pensez au nom qu'il a.

– Mais c'est le plus impossible des vieux...

– Vous n'êtes pas obligé de le prendre. Nous discuterons de cela une autre fois. Débarrassez-vous simplement de Jimmy Kearns.

– Ma foi, Ellsworth, je n'ai pas de favoris, et à moi cela m'est égal. Je renverrai Jimmy si vous le désirez. Mais je ne vois pas quelle différence cela fera, ni le rapport que cela a avec votre conversation.

– Vous comprendrez cela un jour, dit Toohey.

Ce soir-là, Alvah Scarret, confortablement installé dans un vaste fauteuil du studio de Wynand, entreprit celui-ci.

– Gail, vous savez que je ne souhaite qu'une chose, c'est que vous soyez heureux. Vous me croyez, n'est-ce pas, si je vous dis que je n'ai pas d'autre désir ?

Wynand à demi couché sur un divan, une jambe repliée, fumait et écoutait en silence.

– Il y a des années que je connais Dominique, reprit Scarret. Je l'ai connue bien avant que vous en ayez entendu parler. Et je l'aime beaucoup. Je l'aime, je puis le dire, comme un père. Mais vous êtes obligé de reconnaître que ce n'est pas exactement le genre de femme que votre public s'attendait à vous voir épouser.

Wynand ne répondit rien.

– Votre femme sera une sorte de personnage officiel, Gail. C'est inévitable. Elle appartiendra à votre public. Vos lecteurs ont le droit de vous demander et d'attendre de vous certaines choses. Votre femme sera pour eux en quelque sorte un symbole, si vous voyez ce que je veux dire. Un peu comme la reine d'Angleterre. Comment pouvez-vous espérer que Dominique réponde à l'idée qu'ils se font de ce que doit être Mrs. Gail Wynand ? Ou qu'elle se souciera d'en avoir les apparences ? Dominique est la femme la plus indépendante que je connaisse. Elle a une terrible réputation. Et encore, tout cela ne serait rien, mais pensez donc, Gail... une divorcée ! Et nous qui dépensons des tonnes de papier à défendre la sainteté du home et la pureté de la femme ! Comment ferons-nous pour faire avaler cela à votre public ? Comment dois-je m'y prendre pour leur faire accepter votre femme ?

— Ne croyez-vous pas que vous feriez mieux d'abandonner ce sujet, Alvah ? demanda Wynand.

— Oui, Gail, dit Alvah humblement.

Il se tut un moment, extrêmement penaud, et vivement désireux, comme après une violente dispute, de se faire pardonner.

— J'ai trouvé, Gail ! s'exclama-t-il d'un air ravi. Je sais ce que nous allons faire. Dominique revient au journal et nous lui confions une rubrique différente... sur le home. Vous voyez ce que je veux dire, la tenue de la maison, la cuisine, les bébés, etc. Cela rachètera tout. On verra quelle bonne petite maîtresse de maison elle est devenue, malgré ses erreurs passées. Les femmes lui pardonneront tout. Et nous aurons une rubrique spéciale, « Les recettes de Mrs. Gail Wynand ». Et quelques photos nous la montreront en robe d'indienne et tablier, les cheveux sagement coiffés.

— Fermez ça, Alvah, avant que je ne vous gifle, dit Wynand sans élever la voix.

— Bien, Gail.

Scarret se préparait à se lever.

— Restez tranquille, dit Wynand. Je n'ai pas fini.

Scarret se rassit docilement.

— Demain matin, dit Wynand, vous enverrez une circulaire à chacun de nos journaux, donnant l'ordre aux responsables de compulser leurs dossiers et d'en sortir toutes les photographies de Dominique Francon qui ont pu être prises au moment où elle collaborait au journal. Ces photos devront être détruites. Vous informerez le personnel que, dorénavant, la mention du nom de Dominique ou l'emploi d'une de ses photos entraînerait le renvoi de tout le bureau responsable. En temps utile, vous ferez paraître une note annonçant mon mariage, dans tous nos journaux. Ceci ne peut être évité. Mais faites une note aussi brève que possible. Pas de commentaires, pas d'anecdotes, pas de photos. Faites passer cette consigne et assurez-vous qu'elle sera suivie. Il en coûtera sa situation à quiconque me désobéira, vous y compris.

— Pas de détails... quand vous l'épousez !

— Pas de détails, Alvah.

— Quel malheur ! Une nouvelle pareille ! Mais les autres journaux...

— Je ne me soucie pas de ce que feront les autres journaux.

— Mais quelles sont vos raisons, Gail ?

— Vous ne comprendriez pas.

Dominique, assise contre la vitre, se laissait bercer par la pulsation des roues, tandis que dans le crépuscule, les paysages de l'Ohio se déroulaient sous ses yeux. Elle avait la tête renversée en arrière et les mains mollement posées sur la banquette. Il lui semblait faire corps avec le wagon, être emportée comme l'étaient le cadre de la fenêtre, le plancher et les murs de son compartiment. L'obscurité envahissait le wagon dont les angles étaient déjà dans l'ombre. Seule la fenêtre demeurait lumineuse, de cette lumière du soir qui semble monter du sol. Elle ne se décidait pas à faire de la lumière, voulant jouir jusqu'au bout de cette pénombre si reposante.

Elle n'avait pas conscience d'avoir un but. Il n'y en avait pas d'autre à ce voyage que le voyage lui-même, que le mouvement qui l'emportait et le bruit de ce mouvement. Elle se sentait faible et vide, perdant conscience de sa propre identité dans un état vaguement agréable où plus rien ne subsistait, que le paysage qui défilait devant la fenêtre.

Au moment où le train ralentit et où elle aperçut par la fenêtre le nom de « Clayton » sur un écriteau décoloré, au fronton de la petite gare, elle comprit ce qu'elle attendait, et pourquoi elle avait pris ce train omnibus après avoir soigneusement contrôlé à quelles stations il s'arrêtait, bien qu'à ce moment cela ne lui eût paru qu'une suite de noms sans signification. Elle saisit au vol sa valise, son manteau et son chapeau et se mit à courir. Elle ne prit pas le temps de se vêtir, de peur d'être emportée plus loin. Elle courut le long du couloir, dégringola les marches et sauta sur le quai, sentant sur sa poitrine la morsure du vent d'hiver. Elle arriva sous l'écriteau. Derrière elle le train, qui s'était remis en marche, gagnait de la vitesse.

Elle enfila son manteau, mit son chapeau et, longeant le quai, traversa la salle d'attente. Le plancher était souillé de morceaux de chewing-gum sec et une lourde chaleur se dégageait du poêle de fonte. Sortant de la gare, elle déboucha sur une petite place.

Le ciel, au-dessus des toits bas, retenait encore une lueur dorée. Les trottoirs étaient faits de briques usées et les petites maisons s'appuyaient les unes contre les autres. Un arbre nu tendait vers le ciel ses branches tordues ; à l'entrée d'un garage abandonné poussait une herbe jaunie ; les vitrines des magasins étaient obscures, à l'exception d'une pharmacie à l'angle d'une rue, dont la vitrine, presque au ras du sol, brillait faiblement.

Dominique ne s'était jamais arrêtée dans cette petite ville, mais elle sentait qu'elle lui appartenait, qu'il s'établissait entre elles deux une étroite intimité. Il lui semblait que chaque coin d'ombre exerçait sur elle une attraction comme celle que subissent les planètes, conditionnant leur orbite. Elle posa la main sur la manette d'une pompe à incendie et sentit le froid intense du métal à travers son gant. C'était ainsi que cette ville la touchait, d'une façon intense et directe que ni ses vêtements ni son esprit ne pouvaient empêcher. Un sentiment de paix l'envahit, car elle était maintenant placée devant l'inévitable. Il lui fallait agir, mais tout était simple et décidé d'avance. Elle demanda à un passant de lui indiquer l'emplacement du nouveau building des grands magasins Janer.

Elle se mit à marcher dans les rues obscures. Elle passa devant des jardins désolés par l'hiver et des porches branlants ; devant des terrains vagues où des herbes bruissaient contre des boîtes de conserve vides ; devant des épiceries fermées et des blanchisseries fumantes ; à une fenêtre dont les rideaux étaient relevés, un homme en manches de chemise, assis près du feu, lisait son journal. Elle tourna des angles, croisa des rues, sentant sous ses fines semelles la forme des pavés. De rares passants la regardaient, surpris à la vue de cette élégante étrangère. Elle le remarqua et en fut étonnée. Elle avait envie de leur dire : « Mais ne comprenez-vous pas que j'appartiens à cette ville au même titre que vous ? » De temps à autre, elle s'arrêtait, fermant les yeux, reprenant son souffle.

Elle arriva dans la rue principale et ralentit sa marche. Il y avait quelques lumières, des autos garées au bord des trottoirs, un cinéma. Dans la vitrine d'un bazar, des ustensiles de cuisine voisinaient avec de la lingerie rose. Elle marcha de plus en plus lentement, regardant droit devant elle.

Elle vit, au flanc d'une vieille maison, une lueur éclairant un mur de brique jaune sur lequel se voyait encore la marque des étages d'une construction démolie. La lueur provenait d'une excavation au pied du mur. Elle comprit qu'elle était arrivée et en éprouva presque du regret. S'ils travaillaient tard, il risquait d'être encore là, et elle n'avait pas envie de le voir ce soir. Elle ne désirait qu'une chose, découvrir l'endroit où il travaillait. Elle n'en demandait pas davantage et préférait le revoir le lendemain matin. Cependant il était trop tard pour reculer. Elle s'approcha de l'excavation que ne défendait aucune palissade. Elle entendit le bruit de l'acier mordant dans la pierre, vit s'élever le bras d'une grue, se profiler l'ombre d'ouvriers contre les talus de terre fraîchement éboulée, d'un jaune vif à la lumière. Elle ne discernait pas le passage qui reliait l'excavation à la rue, mais elle entendit un bruit de pas sur des planches et Roark fut devant elle. Il était sans chapeau et portait ouvert son manteau vague.

Il s'arrêta. Il la regarda. Elle crut se tenir bien droite devant lui, tant il lui semblait normal de revoir ces yeux gris et ces cheveux orange, aussi fut-elle tout étonnée de le voir se hâter vers elle, lui prendre fermement le bras et de l'entendre lui dire : « Venez vous asseoir. »

Elle comprit alors qu'elle n'aurait pu rester debout sans cette main qui la soutenait. Il prit sa valise puis, lui faisant traverser la rue obscure, la fit s'asseoir sur les marches du perron d'une maison inoccupée. Elle s'adossa à la porte close. Il s'assit à côté d'elle. Il continuait à lui tenir fermement le bras, non comme une caresse, mais comme une sorte de contrôle de leurs sentiments à tous les deux.

Au bout d'un moment, il la lâcha. Elle sentit qu'elle avait retrouvé son calme et qu'elle pouvait parler.

– C'est votre nouveau building ?
– Oui. Vous êtes venue à pied depuis la gare ?
– Oui.
– La course est longue.
– Assez, oui.

Elle remarqua qu'ils ne s'étaient pas salués en se revoyant et que c'était bien ainsi. Ce n'était pas un revoir, mais quelque chose qui reprenait, qui n'avait jamais été interrompu. Et elle comprit à quel point cela lui paraîtrait absurde de l'accueillir par un « hello ». Est-ce qu'on se dit bonjour à soi-même, le matin ?

– A quelle heure vous êtes-vous levé, ce matin ? demanda-t-elle.
– A sept heures.

– J'étais encore à New York. En taxi, me dirigeant vers Grand Central. Où avez-vous pris votre petit déjeuner ?

– Dans une cuisine roulante.

– De celles qui restent ouvertes toute la nuit ?

– Oui. Pour les conducteurs de camions.

– Et vous y allez souvent ?

– Chaque fois que j'ai envie d'une tasse de café.

– Et vous vous asseyez au comptoir et les gens passent et vous regardent ?

– Je m'assieds au comptoir quand j'en ai le temps, et les gens passent, mais je ne crois pas qu'il y en ait beaucoup qui me regardent.

– Et ensuite ? Vous allez à votre travail à pied ?

– Oui.

– Chaque jour ? Le long de ces rues ? Devant ces fenêtres ? Et les gens vous regardent ?

– Les gens ne flânent pas aux fenêtres, ici.

Du perron où ils étaient assis, ils pouvaient voir l'excavation de l'autre côté de la rue, la terre fraîchement creusée, les ouvriers, les poutrelles d'acier sur lesquelles frappait la lumière. Dominique éprouva une curieuse impression à voir de la terre fraîche au milieu des pavés et des trottoirs, comme si le vêtement de la ville avait été arraché montrant la chair nue.

– Vous avez construit deux maisons de campagne, au cours des deux dernières années ? demanda-t-elle.

– Oui. Une en Pennsylvanie et l'autre près de Boston.

– C'étaient des maisons de peu d'importance ?

– Peu coûteuses, si c'est cela que vous entendez, mais extrêmement intéressantes à faire.

– Combien de temps resterez-vous encore ici ?

– Un mois.

– Pourquoi travaillez-vous la nuit ?

– Le travail est terriblement pressé.

De l'autre côté de la rue, la grue tournait, balançant dans les airs une longue poutre. Dominique vit Roark la suivre des yeux et comprit, à son expression, qu'il n'en était pas conscient, mais que c'était chez lui une réaction tout instinctive, qu'il y avait une intimité presque physique entre lui et tout ce qui concernait la construction de ce building.

– Roark...

Ils n'avaient pas encore prononcé le nom l'un de l'autre et ils éprouvèrent, elle à le dire et lui à l'entendre, une sorte de plaisir sensuel.

– Roark, c'est de nouveau la carrière.

Il sourit.

– Si vous voulez. Mais pas tout à fait.

– Après l'Enright House ? Après le Cord Building ?

– Ce n'est pas ainsi que je l'envisage.

– Et comment ?

– J'aime mon travail. Chaque building est pour moi une entité, unique et non répétable.

Il regardait le chantier. Il n'avait pas changé. C'était toujours la même légèreté, la même aisance de mouvement, d'action et de pensée. Elle reprit, et la phrase qu'elle prononça n'avait ni commencement ni fin :

– ... construisant des buildings de cinq étages pour le reste de votre vie...

– Pourquoi pas, si c'est nécessaire. Mais je ne le crois pas.

– Et qu'attendez-vous donc ?

– Je n'attends rien.

Elle ferma les yeux, mais ne put dissimuler sa bouche, et sa bouche exprimait de l'amertume, de la colère et de la peine.

– Roark, si vous aviez été à New York je ne serais pas venue vous voir.

– Je le sais.

– Mais vous ici, dans ce trou... il fallait que je vous voie.. il fallait que je connaisse cette petite ville.

– Quand repartez-vous ?

– Vous avez compris que je n'étais pas venue pour rester auprès de vous ?

– Oui.

– Pourquoi ?

– Vous redoutez encore les cuisines roulantes et les regards qui vous suivent derrière les fenêtres.

– Je ne retourne pas à New York. Du moins pas immédiatement.

– Non ?

– Vous ne m'avez pas posé une seule question, Roark. Excepté pour me demander si j'étais venue de la gare à pied.

– Et qu'avez-vous envie que je vous demande ?

– J'ai sauté du train en voyant le nom de la station, dit Dominique d'une voix sourde. Je n'avais pas l'intention de venir ici. Je vais à Reno.

– Et ensuite ?

– Je me remarie.

– Est-ce que je connais l'homme que vous épouserez ?

– Vous avez certainement entendu parler de lui. Il s'appelle Gail Wynand.

Ce qu'elle lut dans le regard de Roark lui donna presque envie de rire. Pour une fois elle lui avait infligé un choc qu'il ne cherchait pas à dissimuler. Mais elle n'eut pas le cœur de rire. Quant à Roark, il pensait à Henry Cameron. A Cameron lui disant : « Je n'ai pas de réponse à leur donner, Howard. C'est à vous que je confie cette tâche. Vous leur répondrez... à tous, aux journaux Wynand, à ce qui rend les journaux Wynand possibles, à ce qui en est le moteur.

– Roark.

Il ne répondit pas.

– C'est pire que Peter Keating, n'est-il pas vrai ?

– Bien pire, en effet.

– Vous vous y opposez ?

– Non.

Il ne l'avait plus touchée depuis le moment où il avait lâché son bras, et ce contact-là était celui d'un infirmier. Elle avança la main et la posa sur celle de Roark. Il ne la retira pas, n'affecta pas un air d'indifférence. Dominique se pencha, et, lui tenant toujours la main, y pressa longuement ses lèvres. Dans le mouvement qu'elle fit son chapeau tomba. Roark vit cette blonde tête à ses genoux, il sentit ces lèvres lui baiser la main, encore et encore. Il noua étroitement ses doigts à ceux de Dominique, mais ce fut sa seule réponse.

Elle releva la tête et regarda autour d'elle. A quelque distance, une fenêtre brillait derrière un grillage de branches nues. De modestes maisons émergeaient vaguement de l'obscurité. Des arbres bordaient les trottoirs étroits.

Elle se baissa pour ramasser son chapeau qui était tombé quelques marches plus bas. Elle appuya sa main nue sur l'escalier. La pierre était usée, lisse et glaciale. Elle puisa à ce contact une sorte de réconfort. Elle resta un instant penchée en avant, les paumes pressées contre la pierre pour se pénétrer de ces marches, creusées par tant d'anonymes passants, comme elle avait touché tout à l'heure la manette de la pompe à incendie.

– Roark, où habitez-vous ?

– Dans un garni.

– Comment est votre chambre ?

– Comme toutes les chambres.

– Comment est-elle meublée ? Qu'y a-t-il aux murs ?

– Une tapisserie fanée.

– Et les meubles ?

– Une table, des chaises, un lit.

– Non, racontez-moi tout, en détail.

– Eh bien, il y a une armoire, une commode, le lit dans le coin le plus près de la fenêtre, une grande table de l'autre côté...

– Contre le mur ?

– Non, je l'ai placée de biais, près de la fenêtre. C'est là que je travaille. Il y a encore une chaise, un fauteuil, une lampe de bridge et une étagère dont je ne me sers pas. Je crois que c'est tout.

– Pas de tapis. Pas de rideaux ?

– Je crois bien qu'il y a quelque chose aux fenêtres et une espèce de tapis. Le parquet est ancien, très beau et parfaitement entretenu.

– Je penserai à votre chambre cette nuit... dans le train.

Roark regardait quelque chose dans le chantier. Dominique demanda :

– Roark, permettez-moi de rester avec vous, cette nuit.

– Non.

Elle suivit son regard. Après un moment de silence, elle demanda encore :

– Comment avez-vous eu cette commande ?

– Le propriétaire a vu de mes œuvres à New York et elles lui ont plu.

Un ouvrier en salopette sortit de l'excavation, chercha à les distinguer dans l'obscurité et cria :

– C'est vous, patron ?

– Oui, lui cria Roark en retour.

– Pourriez-vous venir une minute ?

Roark se leva et traversa la rue. Dominique ne put entendre la conversation, mais elle entendit Roark dire gaiement : « C'est très facile ! » puis tous deux s'engagèrent sur les planches qui conduisaient au chantier. L'homme continuait de parler, désignant du doigt quelque chose. Roark rejeta la tête en arrière pour examiner la structure d'acier. La lumière tombait en plein sur son visage et Dominique retrouva cette expression qu'elle lui connaissait de concentration, pas tout à fait un sourire mais une expression heureuse de compétence et d'action raisonnée et disciplinée. Roark se pencha, ramassa une planchette, sortit un crayon de sa poche. Il posa le pied sur une pile de planches, appuya le morceau de bois sur son genou et fit un rapide croquis tout en expliquant quelque chose à l'ouvrier qui approuva de la tête d'un air satisfait.

Leurs paroles ne parvenaient pas à Dominique, mais elle perçut la qualité des rapports de Roark avec cet homme, et ce qu'ils devaient être avec tous les autres ouvriers du chantier, une espèce de loyalisme et de fraternité, mais pas dans le sens que l'on accorde généralement à ces mots. Roark, ayant terminé son explication, tendit la planchette à l'ouvrier, et tous deux rirent de quelque chose. Puis Roark retraversa la rue et revint s'asseoir aux côtés de Dominique.

– Roark, dit-elle, je voudrais rester ici avec vous toute ma vie.

Il la regarda d'un air attentif et attendit qu'elle continuât.

– Je voudrais vivre ici, dit-elle d'un ton sourd. Vivre de votre vie. Ne plus recevoir d'argent. Je le donnerai à n'importe qui, à Steve Mallory, si vous voulez, ou à Toohey pour une de ses œuvres, peu m'importe. Nous louerons une maison ici... comme une de celles-ci... et je tiendrai votre ménage... Ne riez pas, j'en suis parfaitement capable... Je ferai la cuisine, je laverai votre linge, je récurerai les planchers. Et vous, vous abandonnerez l'architecture.

Roark n'eut pas un sourire et continua d'écouter attentivement.

– Roark, essayez de me comprendre. Je vous en supplie, essayez de me comprendre. Je ne puis supporter de voir ce que l'on vous fait endurer, ce que l'on vous fera encore endurer. C'est une trop grande chose que votre carrière par la conception même que vous en avez. Vous ne pouvez continuer ainsi. Et d'ailleurs on vous en empêchera. Tout cela finira par un terrible désastre. Cela ne peut pas finir autrement. Abandonnez. Prenez un travail tout simple, comme celui que vous faisiez à la carrière. Nous vivrons ici. Nous aurons peu de chose, mais nous ne donnerons rien. Nous ne vivrons que l'un pour l'autre.

Roark se mit à rire. Dominique sentit que par considération pour elle il s'efforçait de réprimer sa gaieté, mais qu'il n'y parvenait pas.

– Dominique...

La façon dont il prononça son nom se grava pour toujours dans le cœur de la jeune femme et l'aida à supporter les mots qui suivirent.

– Dominique, je voudrais pouvoir vous dire que j'ai été tenté, ne fût-ce qu'un instant, mais ce serait mentir. Si je voulais être cruel, j'accepterais, simplement pour voir dans combien de temps vous me supplieriez de revenir à l'architecture.

– Oui, vous avez probablement raison.

– Epousez Wynand, cela vaudra mieux pour vous que les pensées avec lesquelles vous vous tourmentez.

– Cela ne vous fait rien... si je reste encore un peu... Mais ne parlons plus de mon mariage. Bavardons simplement, comme si tout allait bien. Un armistice d'une demi-heure après des années d'attente... Racontez-moi tout ce que vous avez fait depuis que vous êtes ici, tout ce dont vous pouvez vous souvenir.

Ils se mirent à se parler comme si le perron de la maison abandonnée était l'intérieur d'un avion, à mi-chemin entre le ciel et la terre, et Roark ne regarda plus de l'autre côté de la rue.

Ce fut lui cependant qui consulta son bracelet-montre et qui dit :

– Il y a un train pour l'ouest dans une heure. Voulez-vous que je vous accompagne à la gare ?

– Allons-y à pied.

– Très bien.

Elle se leva et demanda :

– Jusqu'à quand... Roark ?

Il eut un geste large pour désigner tout ce qui les entourait.

– Jusqu'à ce que vous cessiez de haïr tout cela, d'avoir peur de tout cela. Jusqu'à ce que vous appreniez à n'en tenir aucun compte.

Ils allèrent ensemble à pied à la gare. Leurs pas accordés résonnaient dans les rues désertes. Dominique laissait errer son regard sur tout ce qui l'entourait, prenant possession de chaque chose. Elle aimait cet endroit, cette ville et tout ce qu'elle contenait.

Ils passaient devant un terrain vague. Le vent jeta dans les jambes de Dominique une page d'un vieux journal. Le papier s'attacha à elle avec une insistance qui avait quelque chose de conscient, comme la caresse appuyée d'un chat. Elle se dit que chaque objet de cette ville avait des droits sur elle. Se penchant, elle ramassa le papier et se mit à le plier pour l'emporter.

– Que faites-vous ? demanda Roark.

– Quelque chose à lire en train, répondit-elle stupidement.

Il lui arracha le journal, en fit une boule qu'il lança parmi les mauvaises herbes. Elle ne fit aucun commentaire et ils se remirent à marcher.

Sur le quai désert une unique ampoule brûlait. Ils attendirent. Roark ne quittait pas des yeux la voie sur laquelle le train allait apparaître. Lorsque les rails se mirent à vibrer, lorsque le feu blanc de la lanterne avant jaillit, puis sembla, non pas avancer, mais s'élargir, grandir avec une furieuse rapidité, il ne fit pas un mouvement, ne se tourna pas vers elle. La machine fonça, jeta son ombre sur le quai, disparut. Pendant un instant Dominique discerna la haute silhouette élancée de Roark se détachant contre les lumières. Puis le train ralentit dans un bruit de wagons heurtés. Roark continuait de regarder droit devant lui. Dominique ne pouvait voir de son visage que le dessin des pommettes.

Lorsque le train s'arrêta, il se tourna vers elle. Ils ne se serrèrent pas la main, ne se dirent pas un mot. Très droits, immobiles l'un devant l'autre, ils avaient presque l'air d'être au garde-à-vous et d'échanger un salut militaire. Puis Dominique saisit sa valise et monta en voiture. Le train démarra une minute après.

3.6

Chuck : Et pourquoi pas un rat musqué ? Pourquoi l'homme s'imaginerait-il être supérieur au rat musqué ? La vie bat au cœur de toutes les petites créatures des champs et des bois. La vie chantant l'éternelle tristesse. L'ancestrale tristesse. Le chant des chants. Nous ne comprenons pas... mais pourquoi chercher à comprendre. Les comptables, les pédicures et les facteurs sont les seuls êtres qui veulent comprendre à tout prix. Nous, nous ne faisons qu'aimer. Le doux mystère de l'amour! Ne contient-il pas tout? Donnez-moi l'amour et fourrons tous les philosophes dans le calorifère. Lorsque Mary prit dans ses bras le pauvre rat musqué, son cœur se brisa et la vie et l'amour y entrèrent à flots. Il est vrai que le rat musqué imite admirablement le vison, mais la question n'était pas là. La vie même était en jeu.

Jake (entrant en trombe): Dites donc, vous autres, vous n'auriez pas un timbre à l'effigie de George Washington?

Rideau.

Ike fit claquer son manuscrit et avala une gorgée d'air. Il était enroué d'avoir lu, à haute voix et pendant deux heures, toute sa pièce d'une seule haleine. Il regarda ses auditeurs avec un sourire d'ironie pour lui-même, remontant les sourcils d'un air insolent. Mais son regard avait quelque chose de suppliant.

Ellsworth Toohey, qui était assis sur le parquet, frotta son dos contre le pied d'une chaise et bâilla. Gus Webb, qui était couché sur le ventre au milieu de la pièce, roula sur lui-même et s'étendit sur le dos. Lancelot Clokey, le correspondant étranger, prit son verre et le vida. Jules Fougler, le nouveau critique dramatique de *L'Etendard*, resta assis sans bouger. Il n'avait pas fait un mouvement depuis deux heures. Loïs Cook, qui les recevait, leva les bras, les tordit, les étendit et s'exclama:

– Mon Dieu, Ike, que c'est mauvais!

– Loïs, ma fille, où cachez-vous votre gin? dit Lancelot Clokey d'une voix gémissante. Ne soyez pas tellement avare! Vous êtes la plus mauvaise hôtesse que je connaisse.

– Je ne comprends rien à la littérature, dit Gus Webb. C'est absolument stérile, une simple perte de temps. Les écrivains devraient être supprimés.

Ike eut un rire aigu.

– De la pourriture, dit-il en brandissant son manuscrit. De la véritable pourriture. Pourquoi croyez-vous que je l'ai écrite? Montrez-moi quelqu'un qui soit capable d'écrire quelque chose de pire. De votre vie vous n'entendrez une plus mauvaise pièce.

Il n'y avait pas ce soir-là un meeting de l'Association des Ecrivains américains, mais une réunion tout amicale. Ike avait demandé à quelques-uns de ses amis la faveur de leur lire sa dernière pièce. A vingt-six ans, il avait déjà écrit onze pièces de théâtre, mais aucune n'avait été jouée.

– Vous feriez mieux de renoncer au théâtre, Ike, dit Lancelot Clokey. Ecrire est une affaire sérieuse et non un divertissement pour n'importe quel imbécile qui a envie de s'y essayer.

Le premier livre de Lancelot Clokey, un récit de ses aventures au cours de ses voyages à l'étranger, avait paru depuis deux mois et se révélait un véritable succès de librairie.

– Vraiment, Lance, ce n'est pas un divertissement pour les imbéciles? dit Toohey d'un air innocent.

– Oh! c'est bon, jeta Clokey. C'est bon. Donnez-moi donc quelque chose à boire.

– Cette pièce est infecte, dit Loïs Cook en secouant la tête d'un air accablé. Absolument infecte. Tellement infecte même qu'elle en devient admirable.

– Idiote! dit Gus Webb. Je me demande ce que je fais ici.

Ike lança son manuscrit dans la direction de la cheminée. Le cahier, arrêté par un écran, retomba et s'ouvrit, montrant ses pages toutes chiffonnées.

– Si Ibsen écrit des pièces de théâtre, pourquoi n'en écrirais-je pas? demanda Ike. Ibsen est excellent et je ne vaux rien, mais ce n'est pas une raison suffisante.

– Pas absolument, dit Lancelot Clokey. Mais c'est vrai que vous ne valez rien.

– Inutile de le répéter. Je l'ai dit moi-même.

– C'est une très belle pièce, dit une voix.

Cette voix était lente, nasale et ennuyée. C'était la première fois qu'elle se faisait entendre et tous se tournèrent vers Jules Fougler. Un caricaturiste avait fait une fois de lui un portrait excellent, qui consistait en deux cercles : le plus grand pour son estomac et le plus petit pour sa lèvre inférieure. Il portait un complet magnifiquement coupé, d'une couleur que lui-même qualifiait de « caca d'oie ». Il ne quittait jamais ses gants et portait une canne. C'était un critique dramatique éminent.

Jules Fougler étendit sa canne, attrapa le manuscrit avec la poignée, et l'amena à ses pieds. Il ne le ramassa pas, mais répéta en le regardant :

– C'est une très belle pièce.

– Pourquoi? demanda Lancelot Clokey.

– Parce que je le dis, répondit Jules Fougler.

– C'est une blague, Jules? demanda Loïs Cook.

– Je ne fais jamais de blagues, dit Jules Fougler. Je trouve cela vulgaire.

– Envoyez-moi deux fauteuils pour la générale, ricana Lancelot Clokey.

– Huit dollars et quatre-vingts cents deux fauteuils pour la générale, dit Jules Fougler. Ce sera le plus grand succès de la saison.

Jules Fougler, tournant la tête, rencontra le regard de Toohey. Celui-ci souriait, mais son sourire n'avait rien de léger ni de moqueur. C'était un signe d'approbation au sujet d'une chose qu'il considérait comme très sérieuse. Le regard méprisant de Fougler se chargea de compréhension en rencontrant celui de Toohey.

– Pourquoi n'entrez-vous pas dans l'Association des Ecrivains américains, Jules? demanda Toohey.

– Je suis un individualiste, dit Fougler. Je ne crois pas aux associations. Et d'ailleurs, est-ce bien nécessaire?

– Non, pas nécessaire du tout, dit Toohey gaiement. Pas pour vous, Jules. Je n'ai plus rien à vous apprendre.

– Ce que j'aime avec vous, Ellsworth, c'est que je n'ai jamais besoin de m'expliquer.

– A quoi bon expliquer quoi que ce soit, ici. Nous sommes six qui nous comprenons.

– Cinq, dit Fougler. Je n'aime pas Gus Webb.

– Pourquoi ? demanda Gus qui n'avait nullement l'air offensé.

– Parce qu'il ne se lave pas les oreilles, répondit Fougler comme si la question lui avait été posée par un tiers.

– Oh ! dit Gus.

Ike s'était levé et regardait Fougler en retenant sa respiration.

– Vous aimez ma pièce, Mr. Fougler ? demanda-t-il d'une toute petite voix.

– Je n'ai pas dit cela, dit Fougler d'un ton froid. Je pense qu'elle pue et que c'est pour cela qu'elle est bonne.

– Oh ! dit Ike.

Il se mit à rire, d'un air soulagé. Et il regarda tour à tour tous les assistants avec un air de timide triomphe.

– Oui, dit Fougler, et mes intentions en critiquant cette pièce sont les mêmes que vos intentions en l'écrivant. Nos motifs sont identiques.

– Vous êtes un as, Jules.

– Mr. Fougler, pour vous, je vous prie.

– Vous êtes un as et le plus chic type que je connaisse, Mr. Fougler.

Fougler tourna les pages du manuscrit, à ses pieds, avec le bout de sa canne.

– Vous tapez atrocement mal à la machine, Ike, dit-il.

– Eh, que diable, je ne suis pas une dactylo, je suis un créateur.

– Lorsque votre pièce sera jouée, vous serez en état de vous offrir une secrétaire. Je serai obligé de vous faire une bonne critique, afin d'éviter à l'avenir un pareil abus de la machine à écrire. C'est un instrument splendide qui devrait être respecté.

– C'est parfait, Jules, dit Lancelot Clokey, et vous êtes comme toujours extrêmement intelligent et spirituel, et sophistiqué et brillant et tout et tout... mais pourquoi diable voulez-vous encourager cette imbécillité ?

– Parce que c'est justement... comme vous le dites... une imbécillité.

– Vous n'êtes pas logique, Lance, dit Ike. En tout cas pas sur le plan cosmique. Ecrire une bonne pièce et recevoir des éloges, ce n'est rien. Tout le monde peut le faire. Tous ceux qui ont du talent... et le talent, après tout, n'est qu'un accident glandulaire. Mais écrire une pièce imbécile et avoir une bonne critique... ça c'est du sport.

– Il en sait quelque chose, dit Toohey.

– C'est une question d'opinion, dit Lancelot Clokey.

Puis, vidant son verre jusqu'à la dernière goutte, il se mit à sucer un morceau de glace.

– Ike comprend les choses infiniment mieux que vous ne le faites, Lance, dit Jules Fougler. Il vient de nous prouver qu'il a l'étoffe d'un véritable penseur, dans le petit speech qu'il vient de faire, et qui, entre nous soit dit, est meilleur que toute sa pièce.

– J'écrirai ma prochaine pièce sur ce sujet, dit Ike.

– Ike a exposé ses raisons, continua Fougler, et les miennes, et même les vôtres, Lance. Prenez mon cas, par exemple. Quel intérêt y a-t-il pour un critique à taire l'éloge d'une bonne pièce ? Aucun. Le critique, à ce moment-là, n'est rien d'autre qu'une espèce de messager honorifique entre l'auteur et le public. J'en ai par-dessus la tête. Pourquoi n'aurais-je pas le droit de vouloir imposer ma propre personnalité au public ? Si je ne le fais pas, je finirai par éprouver le sentiment d'être frustré, et je ne crois pas aux bienfaits de la frustration. Mais un critique capable de faire accepter une pièce absolument dénuée de tout talent... vous percevez la différence ! Et voilà la raison pour laquelle je ferai un succès de... quel est le titre de votre pièce, Ike ?

– *Coup de pied au c...*

– Quoi ?

– C'est le titre.

– Oh ! parfait. C'est donc la raison pour laquelle je ferai un succès de *Coup de pied au c...*

Loïs Cook rit bruyamment.

– Vous faites des histoires pour rien du tout, grommela Gus Webb, toujours couché sur le dos, les mains croisées derrière la nuque.

– Et maintenant, prenons votre propre cas, Lance, continua Fougler. Quelle satisfaction un correspondant peut-il trouver à faire des reportages sur les événements mondiaux ? Le public lit tant de choses sur la crise internationale que vous avez bien peu de chance d'être remarqué. Mais vous valez autant, après tout, qu'un général, un amiral ou un ambassadeur. Vous avez parfaitement le droit d'exiger que les gens s'intéressent à vous. Vous avez donc employé le meilleur moyen, en écrivant une remarquable collection de ragots... oui de ragots, moralement justifiés. Un livre habile. Les catastrophes mondiales servant de toile de fond à votre sale petite personnalité. Comment Lancelot Clokey s'enivra à une conférence internationale. Les beautés qui couchèrent avec Lancelot Clokey pendant une invasion. Comment Lancelot Clokey attrapa la dysenterie dans un pays où régnait la famine. Et en somme pourquoi pas, Lance ? Cela a marché, n'est-il pas vrai ? Le public a fait le nécessaire pour cela.

– Le public est toujours disposé à apprécier un véritable document humain, dit Lancelot Clokey, regardant d'un air maussade le fond de son verre.

– Oh ! fermez ça, Lance ! s'écria Loïs Cook. Qui voulez-vous tromper ici ? Vous savez parfaitement qu'il n'y a pas le moindre intérêt humain dans votre livre, mais tout simplement de l'Ellsworth Toohey derrière lui.

– Je n'oublie pas ce que je dois à Ellsworth, dit Clokey d'un ton boudeur. Ellsworth est mon meilleur ami. Cependant je suis persuadé qu'il ne serait pas arrivé à un résultat pareil si le livre n'était pas bon.

Huit mois auparavant, Lancelot Clokey était debout devant Ellsworth Toohey, son manuscrit à la main, comme Ike aujourd'hui devant Fougler, écoutant avec stupeur Toohey lui déclarer que son livre serait le plus grand succès de librairie de la saison. Mais la vente de deux cent mille exemplaires avait tellement grisé Clokey qu'il était désormais incapable de reconnaître la vérité, sous quelle forme que ce fût.

– Il y est pourtant arrivé avec *Le Valeureux Calcul biliaire*, dit Loïs Cook placidement, et jamais livre plus mauvais n'a été couché sur le papier. Je suis bien placée pour le savoir. Et pourtant il y est parvenu.

– Et j'ai failli perdre mon poste au journal, dit Toohey d'un air indifférent.

– Qu'est-ce que vous faites donc de vos alcools, Loïs ? jeta Clokey. Vous les gardez pour prendre un bain ?

– C'est bon, c'est bon, gribouilleur, dit Loïs Cook en se levant nonchalamment.

Elle flâna dans la pièce, ramassa sur le parquet un verre à moitié plein, le vida, disparut et revint avec un assortiment de coûteuses bouteilles. Clokey et Ike s'empressèrent de se servir.

– Je trouve que vous êtes injuste envers Lance, Loïs, dit Toohey. Pourquoi n'écrirait-il pas une autobiographie ?

– Parce que sa vie ne méritait pas d'être vécue et encore moins d'être racontée.

– C'est exactement la raison pour laquelle j'en ai fait un succès de librairie.

– Vous m'en direz tant !

– Cela m'est agréable de le dire à quelqu'un.

Il y avait dans la pièce plusieurs sièges confortables, mais Toohey préférait rester étendu sur le parquet. Il se coucha sur le ventre, et, le buste légèrement relevé, s'appuyant sur ses coudes, se mit à se balancer, portant le poids de son corps alternativement d'un bras sur l'autre, les jambes écartées en forme de V. Il semblait jouir profondément de ce laisser-aller.

– Oui, il m'est agréable de le dire à quelqu'un. Le mois prochain, je lancerai l'autobiographie d'un dentiste de province qui est vraiment quelqu'un de très remarquable justement par le fait qu'il n'y a pas, dans toute sa vie, un fait intéressant ni, dans tout son livre, une phrase originale. Cela vous plaira, Loïs. Imaginez un être absolument quelconque dénudant son âme comme si c'était une révélation.

– Les petites gens... dit Ike tendrement. J'aime les petites gens. Nous devons aimer nos frères les plus humbles.

– Gardez ça pour votre prochaine pièce, dit Toohey.

– Impossible, rétorqua Ike. Je le dis déjà dans celle-ci.

– Et quelle est votre idée, Ellsworth ? jeta Clokey.

– C'est très simple, Lance. Lorsque le fait d'être une complète nullité qui n'a jamais rien fait de plus que de manger, de dormir et de bavarder avec les voisins devient un fait digne de remarque, méritant d'être raconté au monde entier et d'être étudié avec application par des millions de lecteurs... le fait d'avoir bâti une cathédrale devient un acte insignifiant qui n'intéresse plus personne. C'est une question de perspective et de relativité. La distance possible entre les extrêmes de toutes capacités est limitée. Le sens de l'ouïe, chez la fourmi, ne lui permet pas de percevoir le bruit du tonnerre.

– Vous parlez comme un bourgeois décadent, Ellsworth, dit Gus Webb.

– Taisez-vous, chou à la crème, dit Toohey sans se fâcher.

– Tout cela est très bien, dit Loïs Cook, mais vous ne réussissez que trop bien, Ellsworth. Cela finira par me faire du tort. Si cela continue, je serai obligée, pour me faire remarquer, d'écrire quelque chose de réellement bien.

– Pas au cours de ce siècle, Loïs, dit Toohey. Ni au cours du siècle suivant. Il est trop tard.

– Vous ne m'avez pas dit !... s'exclama soudain Ike, l'air soucieux.

– Qu'est-ce que je ne vous ai pas dit ?

– Vous ne m'avez pas dit qui jouerait ma pièce.

– J'en fais mon affaire, dit Jules Fougler.

– J'ai oublié de vous remercier, Ellsworth, dit Ike d'un ton solennel. Mais je le fais maintenant. Les pièces sans valeur ne manquent pas, mais c'est la mienne que vous avez choisie, vous et Mr. Fougler.

– Votre nullité nous est utile, Ike.

– Eh bien, c'est déjà quelque chose.

– C'est beaucoup.

– Mais... comment ?

– Vous parlez trop, Ellsworth, dit Gus Webb. Vous êtes en veine de confidences.

– Taisez-vous, Cupidon. J'ai envie de parler ce soir. Comment, Ike ? Eh bien, supposons par exemple que je n'aime pas Ibsen...

– Ibsen est fameux, dit Ike.

– Certainement, mais supposons que je ne l'aime pas. Et supposons que je veuille détourner le public d'aller voir ses pièces. Il ne me servirait à rien d'essayer de l'en dégoûter. Mais si j'arrive à persuader les gens que vous êtes aussi grand qu'Ibsen, il arrivera un jour où ils ne verront plus entre vous et lui aucune différence.

– Seigneur ! Vous croyez vraiment que vous y arriverez ?

– Ce n'est qu'un exemple, Ike.

– Mais ce serait merveilleux.

– Oui, ce serait merveilleux. Et, à ce moment-là, ce que le public irait voir n'aurait plus aucune espèce d'importance. Plus rien d'ailleurs n'aurait d'importance... ni les écrivains, ni leur audience.

– Comment cela, Ellsworth ?

– Voyez-vous, Ike, il n'y a pas de place, au théâtre, à la fois pour Ibsen et pour vous. Vous comprenez cela, non ?

– Dans un certain sens... oui.

– Il faut donc bien que je fasse place nette pour vous.

– Toute cette stérile discussion pourrait s'exprimer et se résumer en un mot, dit Gus Webb. C'est une simple question d'économie fonctionnelle.

– Que voulez-vous dire, Gus ? demanda Loïs Cook.

– Les derniers seront les premiers, petite sœur.

– Gus est cynique, mais profond, dit Ike. Il me plaît.

– Allez au diable, dit Gus.

A ce moment le maître d'hôtel de Loïs Cook entra dans la pièce. C'était un homme d'un certain âge, extrêmement digne et portant fort bien l'habit. Il annonça Peter Keating.

– Peter ? dit Loïs Cook gaiement. Qu'il entre, qu'il entre.

Keating parut et s'arrêta interdit devant cette assemblée.

– Oh !... bonsoir, tout le monde, dit-il sans élan. Je ne savais pas que vous aviez des invités, Loïs.

– Ce ne sont pas des invités. Venez, Peter, asseyez-vous, versez-vous à boire. Vous connaissez tout le monde.

– Hello, Ellsworth, dit Keating cherchant un réconfort dans le regard de Toohey.

Toohey lui fit un signe de la main, sauta sur ses pieds et s'installa dans un fauteuil les jambes gracieusement croisées. Et tous dans la pièce suivirent automatiquement son exemple. Chacun se redressa, rapprocha les genoux, se ressaisit. Seul Gus Webb resta vautré, comme auparavant.

Keating, net, soigné apporta dans la pièce étouffante un peu de la fraîcheur de sa marche à travers les rues glaciales. Mais il était pâle et ses mouvements étaient las et lents.

– Désolé de vous déranger, Loïs, dit-il. Je n'avais rien de particulier à faire ce soir et je me sentais si seul que j'ai eu l'idée de faire un saut jusque chez vous. (Il avait bronché sur le mot « seul » et eut, en le prononçant, un sourire d'ironie pour lui-même.) Je suis terriblement las de Neil Dumont et de sa bande. J'avais besoin d'une compagnie plus enrichissante, de nourriture spirituelle, en quelque sorte.

– Je suis un génie, déclara Ike. Je vais être joué à Broadway. Ibsen et moi sommes sur le même plan. C'est du moins ce que déclare Ellsworth.

– Ike vient de nous lire sa dernière pièce, expliqua Toohey. C'est une œuvre magnifique.

– Vous l'aimerez, Peter, dit Lancelot Clokey. C'est vraiment très beau.

– C'est un chef-d'œuvre, dit Jules Fougler. J'espère que vous vous en montrerez digne, Peter. C'est le genre de pièce qui dépend beaucoup de ce que le public est capable d'apporter avec lui. Si vous êtes un de ces êtres à l'esprit étroit, à l'âme sèche et à l'imagination limitée... ce n'est rien pour vous. Mais si vous êtes vraiment un être humain au cœur chaud, plein de rires, et qui a gardé à travers la vie cette capacité qu'il avait dans son enfance de ressentir les plus pures émotions... alors cette pièce sera pour vous une expérience inoubliable.

– Si vous ne devenez pas semblable à des enfants, vous n'entrerez pas dans le royaume des cieux, ajouta Ellsworth Toohey.

– Merci, Ellsworth. Ce sera le leitmotiv sur lequel je construirai ma critique, répondit Jules Fougler.

Keating leva sur Ike et ses amis un regard plein de respect. Ils avaient tous quelque chose de pur et de serein. Il les sentait tellement au-dessus de lui par l'étendue et la sûreté de leurs connaissances, et cependant ils l'invitaient à se joindre à eux avec tant de souriante bienveillance.

Keating, pénétré de leur grandeur, absorba avec avidité la nourriture spirituelle qu'il était venu chercher et sentit qu'il s'élevait vers eux. Et l'admiration que leur témoignait Keating donna aux assistants le sentiment de leur grandeur. Un circuit s'établit dans la pièce et le cercle se referma. Chacun en fut conscient excepté, bien entendu, Peter Keating.

Ellsworth Toohey se posa un beau jour en défenseur de l'architecture moderne.

Au cours des dix années qui venaient de s'écouler, alors que la plupart des résidences privées continuaient d'être de fidèles copies historiques, les principes d'Henry Cameron avaient conquis le champ de la construction industrielle : usines, buildings commerciaux, gratte-ciel. Ce n'était qu'une pâle et incomplète victoire ; un compromis qui consistait à supprimer colonnes et frontons, à admettre que des murs pussent rester nus, quitte à abîmer une ligne pure et belle, peut-être par accident, par des volutes à la grecque. Beaucoup d'architectes copiaient Cameron, peu le comprenaient. Le seul argument irrésistible en sa faveur auprès de ceux qui faisaient construire, c'était l'économie réalisée par l'absence d'ornementation.

Dans de nombreux pays d'Europe, et plus particulièrement en Allemagne, une nouvelle méthode de construction s'était développée ; elle consistait principalement à poser un toit plat sur des murs nus aux larges ouvertures. Et l'on baptisait cette méthode du nom d'architecture moderne. Alors que Cameron avait lutté pour se dégager de règles arbitraires, afin d'arriver à une liberté qui imposait à l'architecte moderne une nouvelle et plus grande responsabilité, cette liberté même devenait pour beaucoup l'élimination de tout effort, même de celui de connaître parfaitement tous les styles. Et des règles nouvelles, tout aussi rigides, élevèrent à la hauteur d'un système la pauvreté d'inspiration, l'incompétence et la médiocrité.

« Un édifice crée sa propre beauté et son ornementation découle naturellement de son thème intérieur et de sa structure », avait dit Cameron. « Un édifice n'a besoin ni de beauté ni de thème central, ni d'ornementation », déclaraient les nouveaux architectes. C'était d'ailleurs prudent de leur part de faire cette déclaration. Cameron et quelques autres avaient tracé la voie et l'avaient pavée de leurs propres corps. Le plus grand nombre de ceux qui leur succédèrent, ces architectes qui avaient pour habitude de copier le Parthénon, virent à la fois le danger et le moyen d'en sortir. Ils s'engagèrent dans la voie tracée par Cameron, mais aboutirent à un nouveau Parthénon, d'un genre plus facile, le cube de verre et de béton. Le palmier s'était brisé ; la mousse vint se nourrir de lui, le déformer, le recouvrir, le ramener à la jungle commune.

Et la jungle trouva son expression.

Dans sa chronique « Une Voix s'élève », qui portait en sous-titre « Je nage dans le sens du courant », Ellsworth Toohey écrivait :

« Nous avons longtemps hésité à reconnaître l'important phénomène connu sous le nom d'architecture moderne. Une telle prudence est indispensable à quiconque se fait le mentor du goût du public. Trop souvent l'on prend pour un vaste mouvement populaire ce qui n'est que la manifestation isolée de quelque anomalie à laquelle il convient de ne pas accorder une signification qu'elle n'a pas. Mais l'architecture moderne a soutenu l'épreuve du temps, elle répond donc à un besoin profond des masses et nous sommes heureux de la saluer ici.

» Il convient dès l'abord de rendre hommage aux pionniers de ce mouvement et en particulier à Henry Cameron. Une inspiration prémonitoire des tendances de la nouvelle école se retrouve dans certaines de ses œuvres. Mais, comme tous les pionniers, il était encore retenu par certains préjugés et par une sentimentalité propre à la classe moyenne dont il sortait. Ce qui le perdit, ce fut sa croyance superstitieuse à la beauté par l'ornementation, même si cette ornementation était de sa propre inspiration et par conséquent inférieure aux ornements de style.

» C'est sous l'impulsion d'un vaste mouvement collectif que l'architecture moderne a trouvé sa profonde et véritable expression. On assiste maintenant, dans le monde entier, à sa floraison, non dans le chaos de la fantaisie individuelle, mais sous le contrôle d'une discipline organisée qui exige beaucoup de l'artiste et, en particulier, qu'il se subordonne à l'essence collective de sa profession.

» Les lois de l'architecture nouvelle ont été formulées par le vaste processus de la création populaire. Elles sont aussi strictes que les règles du classicisme. Elles demandent une simplicité sans ornements, comme l'honnêteté d'un homme du commun. Tout comme à l'époque périmée des banquiers internationaux, tout building se devait d'avoir une prétentieuse corniche, les temps nouveaux exigent que chaque building ait un toit plat. Aussi bien que l'époque impérialiste voulait que chaque maison eût son portique romain, l'époque actuelle exige de chaque demeure de larges baies, symbole de la lumière qui est distribuée également à chacun.

» L'on comprendra aisément la signification sociale qui se dégage des formes de l'architecture moderne. Dans le vieux système d'exploitation de l'homme par l'homme, l'élément social le plus important – l'ouvrier – ne pouvait réaliser sa propre importance. Ses fonctions pratiques étaient à la fois dissimulées et déguisées; ainsi un maître habille ses domestiques d'une livrée de fantaisie, soutachée d'or. Et cet état d'esprit se reflétait dans l'architecture de cette période. Les éléments fonctionnels d'un building, les portes, les fenêtres, les escaliers, étaient dissimulés sous les guirlandes d'ornements superflus. Dans le building moderne, au contraire, ce sont les éléments utiles, symbole du labeur, qui sont mis en évidence. N'entendez-vous pas s'élever la voix du monde nouveau où l'ouvrier aura enfin la place qu'il mérite?

» Comme un des meilleurs exemples de l'architecture moderne en Amérique, nous attirons votre attention sur le nouveau building de la Bassett Brush Company, qui est presque terminé. C'est un édifice de proportions modestes, mais un parfait spécimen de la nouvelle école dans sa simplicité dépouillée, et un exemple saisissant de la grandeur dans l'humilité. Il a été conçu par Augustus Webb, un jeune architecte d'avenir. »

Peter Keating, rencontrant Toohey quelques jours plus tard, lui demanda d'un air troublé :

– Dites-moi, Ellsworth, vous pensez réellement ce que vous avez écrit l'autre jour?

– A quel sujet?

– Au sujet de l'architecture moderne?

– Bien entendu, que je le pense. Comment avez-vous aimé ma petite chronique?

– Oh! je l'ai trouvée très bien, très convaincante. Mais dites-moi, Ellsworth, pourquoi... pourquoi avez-vous uniquement cité Gus Webb? J'ai fait moi-même pas mal de choses modernes, ces dernières années. Le Palmer Building était absolument nu, le Mowry Building n'était rien autre que des fenêtres et un toit et le Sheldon Warehouse était...

– Voyons, Peter, ne soyez pas si moche. J'ai déjà beaucoup fait pour vous. Laissez-moi donc donner un coup d'épaule à quelqu'un d'autre.

A un déjeuner où il devait parler d'architecture, Peter Keating s'exprima de la manière suivante :

– En faisant une révision de ma carrière, j'en arrive à la conclusion que j'ai travaillé selon un principe vrai : le principe qu'une constante évolution est une nécessité vitale. Etant donné que la construction est une partie indispensable de notre vie, il s'ensuit que l'architecture doit constamment évoluer. Je n'ai, quant à moi, jamais eu aucun préjugé en architecture et me suis toujours efforcé d'être ouvert à toutes les suggestions Les fanatiques qui vont partout répétant que toute construction doit être moderne sont aussi étroits d'esprit que les conservateurs acharnés qui condamnent tout ce qui n'est pas de style ancien. Je ne songe nullement à m'excuser pour ceux de mes buildings qui ont été conçus dans la tradition classique. Ils correspondaient au besoin d'une époque, Mais je ne m'excuse pas non plus pour ceux que j'ai dessinés dans le style moderne. Ne représentent-ils pas le monde de l'avenir, un monde que nous espérons meilleur ? Je suis absolument convaincu que c'est en observant ce principe et en le réalisant en toute humilité, selon ses forces, que l'architecte trouvera sa joie et sa récompense.

Lorsque la nouvelle que Peter Keating avait été choisi pour construire Stoneridge fut connue dans les milieux professionnels, les commentaires flatteurs et les propos envieux ne manquèrent pas. Keating s'efforça, mais en vain, de retrouver le sentiment de plaisir qu'il éprouvait autrefois à de tels moments. Il ressentait bien quelque chose qui ressemblait à de la satisfaction, mais c'était un sentiment ténu et pâli.

Faire lui-même les projets pour Stoneridge lui parut un effort au-dessus de ses forces. Ce n'était pas qu'il songeât encore aux circonstances dans lesquelles il avait obtenu Stoneridge. Cela aussi s'était tellement atténué dans son esprit qu'il l'avait presque oublié. Il n'avait simplement pas le courage de faire le grand nombre de projets que comportait le lotissement. Il se sentait extrêmement las. Le matin, au réveil, il était déjà fatigué et il se surprenait à attendre pendant la journée le moment où il pourrait enfin aller se coucher.

Il confia Stoneridge à Neil Dumont et à Benett. « Allez-y, dit-il d'un air las, faites ce que vous voudrez. – Quel style, Peter ? demanda Dumont. – Oh ! choisissez une époque quelconque, les petits propriétaires ne voudraient pas de leurs villas autrement. Mais simplifiez-la à l'extrême... pour la presse. Qu'il y ait à la fois une touche historique et un sentiment moderne. Quant au choix des moyens, peu m'importe. »

Dumont et Benett firent les plans. Keating changea la ligne de quelques toits, modifia un certain nombre de fenêtres. Les dessins préliminaires furent soumis à l'approbation de Wynand. Keating ne sut jamais si celui-ci les avait examinés personnellement. Il ne l'avait jamais revu.

Il y avait un mois que Dominique était partie, lorsque Guy Francon annonça sa décision de se retirer. Keating l'avait informé de son divorce sans lui donner aucune explication. Francon avait accueilli la nouvelle avec calme. « Je m'y attendais, avait-il dit. Qu'y pouvons-nous, Peter ? Ce n'est probablement ni de votre faute, ni de la sienne. » Il n'en avait jamais reparlé. Il ne donna pas davantage d'explication au sujet de sa décision, se contentant de dire simplement : « Je vous en avais déjà parlé, il y a longtemps. Je suis fatigué. Bonne chance, Peter. »

La perspective d'avoir tout le poids du bureau sur les épaules et de voir sur la porte son nom solitaire donna à Keating un sentiment d'inconfort. Il lui fallait un partenaire. Il choisit Neil Dumont. Neil avait de l'aisance et de la distinction. C'était en somme un second Lucius Heyer. La raison sociale de la firme devint Peter Keating et Cornelius Dumont. Il avait été décidé de célébrer cet événement par une beuverie, mais Keating n'y assista pas. Il l'avait promis cependant, mais oublia complètement et partit en week-end solitaire dans une contrée enneigée. Il ne se rappela la date de la soirée que le lendemain du jour où elle devait avoir lieu, alors qu'il marchait seul, en pleine campagne, sur une route glacée.

Stoneridge fut la dernière commande que reçut la firme Francon & Keating.

3.7

Lorsque Dominique descendit du train à New York, Wynand l'attendait. Elle ne lui avait pas écrit, n'avait rien reçu de lui pendant les semaines qu'elle avait passées à Reno, et n'avait informé personne de son retour. Mais cette haute silhouette se dressant sur le quai avec cet air si particulier de calme et de décision lui fit comprendre que Wynand s'était constamment tenu en rapport avec ses avocats, qu'il avait suivi chaque pas de la procédure, savait la date exacte à laquelle le jugement serait rendu, l'heure à laquelle elle prendrait le train et le numéro de son compartiment.

Lorsqu'il la vit, il ne s'avança pas à sa rencontre. Ce fut elle qui vint à lui, comme elle sentait qu'il le désirait. Elle ne souriait pas, mais il y avait sur son visage cette douce sérénité qui pouvait d'un instant à l'autre se transformer en sourire.

– Hello, Gail.

– Hello, Dominique.

Elle n'avait guère pensé à lui pendant son absence, du moins pas avec intensité, ni avec le sentiment très vif de son existence à lui, et cependant elle eut l'impression de le reconnaître, de retrouver un être qui lui était proche et indispensable.

– Donnez-moi vos bulletins de bagage, dit-il. Je ferai le nécessaire. J'ai ma voiture.

Elle lui tendit les bulletins qu'il mit dans sa poche. Il ne leur restait plus qu'à se diriger vers la sortie, mais contrevenant l'un et l'autre aux décisions qu'ils avaient prises, ils ne bougèrent pas, immobiles l'un devant l'autre et se regardant.

Ce fut Wynand qui se ressaisit le premier.

– Si j'en avais le droit, dit-il en souriant légèrement, je vous dirais que je n'aurais pu supporter la séparation si je vous avais imaginée aussi charmante que vous l'êtes. Mais puisque je n'en ai pas le droit, considérons que je n'ai rien dit.

Dominique se mit à rire.

– Vous avez raison, Gail. Il y a quelque chose d'artificiel dans notre excès de prudence. Et c'est accorder à notre situation trop d'importance. Plus de contrainte entre nous.

– Je vous aime, dit Wynand d'une voix neutre, comme s'il reconnaissait un état de chose pénible et qu'il ne s'adressait pas à elle.

– Je suis heureuse de vous revoir, Gail. Je ne savais pas qu'il en serait ainsi, mais j'en suis heureuse.

– De quelle façon, Dominique ?

– Je ne sais pas. Par contagion, peut-être. J'éprouve une impression de paix et de stabilité.

Ils prirent soudain conscience qu'ils étaient sur un quai encombré, que des gens les heurtaient, que des chariots à bagages les frôlaient.

Ils sortirent de la gare, se dirigèrent vers la voiture. Dominique ne demanda pas où l'emmenait Wynand. Peu lui importait. Elle s'assit silencieusement à côté de lui. Elle se sentait divisée, presque tout entière entraînée par un élan qu'elle n'avait pas le désir de réfréner, et une petite partie d'elle-même s'étonnant de cet élan. Elle éprouvait le désir de se confier à Wynand, prise de confiance envers lui, un étrange sentiment de confiance sans estime, sans joie, mais de confiance tout de même. Au bout d'un moment, elle s'aperçut que sa main gantée reposait dans celle de Wynand et qu'il pressait son poignet nu. Elle ne s'était pas aperçue qu'il lui avait pris la main, tant ce geste lui avait paru naturel. Peut-être même le désirait-elle depuis l'instant où elle l'avait revu. Il lui fallait réagir.

– Où allons-nous, Gail ? demanda-t-elle.

– Chercher la licence et nous marier.

Dominique se redressa, se tourna vers Wynand. Elle ne retira pas sa main, mais ses doigts se raidirent, se reprirent.

– Non, dit-elle.

Elle sourit, et, volontairement, prolongea ce sourire d'un air calme et délibéré. Wynand la regardait sans broncher.

– Je veux un véritable mariage, Gail, dans l'hôtel le plus chic de la ville. Je veux que vous lanciez des invitations, une masse d'invitations. Je veux beaucoup de monde, des célébrités, des fleurs, des photographies au magnésium et des prises de vues. Je veux exactement le genre de mariage que le public attend d'un Gail Wynand.

Il lui lâcha la main, simplement, sans marquer le moindre ressentiment. Il eut l'air absorbé, pendant un instant, comme s'il calculait un problème qui n'avait rien de particulièrement difficile.

– Très bien. Il me faudra une semaine pour faire tout cela. Cela aurait pu être fait ce soir, mais puisque vous exigez que ce soit sur invitations, nous sommes obligés de donner à nos invités huit jours de délai. Sinon cela paraîtrait bizarre et ce que vous voulez c'est un mariage normal. Je vais vous conduire pour une semaine dans un hôtel. N'ayant pas prévu cela, je n'ai pas retenu d'appartement. Où voulez-vous descendre ?

– Chez vous.

– Non.

– Au Nordland, alors.

– Au Nordland.

Prenant congé d'elle dans le hall de l'hôtel, il lui dit :

– Je vous reverrai dans une semaine, mardi, au Noyes-Belmont, à quatre heures de l'après-midi. Les invitations devront être lancées par votre père. Ayez l'obligeance de le prévenir que je me mettrai en rapport avec lui. Je me charge du reste.

Il s'inclina. Rien dans son attitude n'avait changé. Il avait toujours ce calme d'une qualité si particulière et qui semblait fait de deux choses : de cette tranquille assurance que donne à un homme la certitude de se tenir parfaitement en main et de la simplicité enfantine avec laquelle il acceptait les événements qui lui paraissaient inévitables.

Pendant la semaine qui s'écoula, il ne donna pas signe de vie à Dominique qui se rendit compte qu'elle l'attendait avec impatience.

Elle ne le revit que lorsqu'elle fut à ses côtés devant le magistrat qui prononçait les paroles qui les unissaient en présence de six cents personnes, dans la salle de bal brillamment illuminée du Noyes-Belmont.

La cérémonie que Dominique avait exigée avait été réalisée d'une manière si parfaite qu'elle en devenait sa propre caricature ; non pas un mariage dans la bonne société, mais quelque chose d'impersonnel, de luxueux et de vulgaire. Wynand avait compris ce que voulait Dominique et lui avait obéi scrupuleusement ; il s'était refusé le plaisir de l'exagération, mais avait reconstitué exactement la cérémonie qu'aurait choisie Gail Wynand le publiciste, s'il avait décidé de se marier en grande pompe.

Son attitude impeccable faisait partie de la cérémonie et s'y conformait en tout point. Lorsqu'il entra, Dominique le vit regarder la foule des invités qui aurait pu être celle d'une première à l'opéra ou d'un bazar de charité, mais qui ne s'accordait guère à sa disposition intérieure. D'une correction parfaite, il avait l'air extrêmement distingué.

Puis il se plaça à ses côtés ; la foule ne fut plus qu'épais silence et regard avide, tandis qu'ils étaient tous deux devant le magistrat qui allait les marier. Dominique portait une longue robe noire et une touffe de jasmin attachée au poignet. Son visage, auréolé de dentelle noire, était levé vers le magistrat qui détachait les mots un à un.

Elle regarda Wynand. Il ne regardait ni elle, ni le magistrat et elle comprit qu'il était seul dans cette salle immense. Il s'emparait de cet instant et en faisait, malgré la foule, malgré la vulgarité ambiante, un instant d'intense recueillement. Il n'aurait certainement pas désiré une cérémonie religieuse dépourvue pour lui de signification, et la formule que récitait le fonctionnaire en avait certainement encore moins, et cependant il accomplissait ce rite dans un esprit profondément religieux. Dominique pensa que si elle avait été unie à Roark dans les mêmes circonstances, il aurait eu exactement la même attitude.

L'absurdité de la réception monstre qui suivit laissa Wynand parfaitement indifférent. Il affronta avec sa femme la batterie des caméras et répondit avec affabilité aux questions des reporters, foule dans la foule. Au côté de Dominique, il serra une chaîne de mains qui se déroula pendant des heures. Rien ne semblait le toucher, ni les lumières aveuglantes, ni les buissons de lis, ni le bruit de l'orchestre, ni le fleuve des gens s'écoulant et se divisant en delta autour du buffet et du champagne. Il ne semblait même pas avoir conscience de ce flot d'invités venus par ennui, par envie, par haine, certains par crainte devant cette invitation portant ce nom redouté, d'autres par appétit de scandale. Il ne semblait pas s'apercevoir qu'ils considéraient cette réception comme leur dû, leur présence comme indispensable et qu'au milieu de cette foule, seule sa femme et lui ressentaient toute l'horreur de cette performance.

Dominique l'observait intensément. Elle aurait voulu le voir prendre plaisir à tout cela ne fût-ce qu'un instant. « Qu'il accepte tout cela et qu'il s'y incorpore, même le temps d'un éclair, qu'il me montre l'âme du propriétaire de *L'Etendard* baignant dans son propre élément. » Elle ne sentit en lui aucune acceptation. Plutôt par moments une ombre de souffrance, mais encore cette souffrance ne l'atteignait-elle pas en profondeur. Et elle pensa à celui qui lui avait dit que la souffrance ne pouvait l'atteindre que jusqu'à un certain point.

Ayant reçu les dernières félicitations ils étaient maintenant, selon l'usage établi, libres de s'éclipser. Mais Wynand ne fit pas mine de partir. Il attendit que Dominique lui donnât le signal du départ. Elle s'écarta de lui et se mêla aux invités ; elle souriait, écoutait, acquiesçait à d'agressives stupidités, une coupe de champagne à la main.

Elle aperçut de loin son père. Guy Francon semblait à la fois fier et assuré, et un peu effaré. Il avait accueilli avec beaucoup de calme l'annonce de ce mariage. « Je voudrais te voir heureuse, Dominique. C'est mon plus cher désir. J'espère que cette fois, tu le seras. » Le ton dont il avait prononcé ces derniers mots prouvait qu'il n'y croyait guère.

Elle aperçut soudain Ellsworth Toohey. Se sentant regardé, il se détourna brusquement. Dominique eut envie de rire, mais le fait de saisir Ellsworth Toohey hors de ses gardes ne lui parut pas suffisamment important pour justifier même sa gaieté.

Alvah Scarret se dirigeait vers elle. Il fit un effort lamentable pour la féliciter, mais son visage avait une expression à la fois boudeuse et mortifiée. Après avoir rapidement murmuré quelques souhaits de bonheur, il dit vivement et avec une colère sincère :

– Mais pourquoi, Dominique ? Pourquoi ?

Dominique fut stupéfaite qu'Alvah Scarret se permît une question aussi directe et cc fut avec beaucoup de froideur qu'elle demanda :

– De quoi parlez-vous, Alvah ?

– Du veto, bien entendu.

– De quel veto ?

– Vous savez parfaitement de quel veto je parle. Et maintenant, je vous le demande, que va-t-on penser de nous, alors que les reporters de tous les journaux de la cité sont ici, jusqu'à ceux des plus sales canards, et aux services d'information, tous, excepté ceux de *L'Etendard* ! Tous les reporters, excepté ceux des journaux Wynand ! Que dois-je dire aux gens ? Comment expliquer un silence **pareil** ? Etait-ce là une chose à faire à un ancien confrère ?

– Vous feriez mieux de m'expliquer les choses, Alvah.

– Vous voulez dire que vous ne saviez pas que Gail avait interdit à un seul de nos reporters d'être ici aujourd'hui ? Et qu'il n'y aura pas de compte rendu demain, pas la moindre anecdote, pas la moindre photo, rien que deux lignes à la page 18 ?

– Non, je ne le savais pas.

Il s'étonna de la voir le quitter si brusquement. Elle tendit son verre au premier invité qu'elle rencontra et qu'elle prit pour un sommelier et se dirigea, à travers la foule, vers Wynand.

– Partons, Gail.

– Bien, chérie.

Quelques instants plus tard, dans le salon de l'hôtel particulier de Wynand, elle se disait qu'elle était maintenant chez elle et s'étonnait de trouver cela tellement naturel.

Wynand la regardait. Il semblait n'avoir aucun désir de lui parler ou de la toucher, se contentant de la regarder se mouvoir dans cette demeure qui était désormais la sienne, si haut au-dessus de la ville. La signification profonde de cet instant lui paraissait trop importante pour être partagée même avec elle.

Elle erra doucement à travers la pièce, enleva son chapeau, s'appuya à une table. Elle s'étonnait de sentir céder en elle cette disposition habituelle qu'elle avait de très peu parler, de garder ses pensées pour elle. Auprès de Wynand, elle éprouvait un désir de complète sincérité comme elle n'en avait ressenti auprès de personne.

– Vous avez obtenu ce que vous vouliez, Gail, après tout. Nous sommes mariés comme vous le désiriez.

– Oui, en effet.

– C'est en vain que j'ai essayé de vous torturer.

– En somme oui. Tout cela m'importait peu.

– Vraiment ?

– Vraiment. Puisque c'est là ce que vous vouliez, j'ai tenu ma promesse.

– Mais vous avez horreur de ce genre de cérémonie, Gail ?

– Profondément. Mais est-ce que cela compte ? Le seul moment un peu dur a été quand vous m'avez demandé dans la voiture d'organiser ce mariage. Mais après, j'en ai été plutôt content.

Il parlait calmement, imitant sa franchise. Et Dominique comprit qu'il lui laissait l'initiative de leurs rapports, qu'il s'inspirerait de son attitude à elle, qu'il respecterait son silence, mais répondrait à sa franchise par la franchise.

– Pourquoi ?

– N'avez-vous pas compris que vous commettiez une erreur... si c'était une erreur ? Vous n'auriez pas désiré me faire souffrir si je vous étais complètement indifférent.

– Non, ce n'était pas une erreur.

– Vous êtes belle joueuse, Dominique.

– Vous aussi, Gail. Et il y a une chose pour laquelle je désire vous remercier.

– Laquelle ?

– D'avoir interdit à vos reporters de parler de notre mariage.

Il la regarda avec attention, puis sourit.

– Cela ne vous ressemble pas de me remercier pour une telle chose.

– Cela ne vous ressemble pas non plus de l'avoir faite.

– Je ne pouvais faire autrement. Mais je pensais que vous en seriez fâchée.

– J'aurais dû l'être. Mais je ne le suis pas et je vous remercie.

– Peut-on éprouver de la gratitude pour la gratitude ? C'est un peu difficile à exprimer, mais c'est là ce que je ressens, Dominique.

Dominique remarqua la lumière douce qui irradiait des murs. Cet éclairage indirect donnait son caractère à la pièce, faisant chanter les matières et les couleurs. Elle pensa aux autres pièces de la maison qu'elle ne connaissait pas encore, et eut, à l'idée de les visiter, un mouvement de plaisir.

– Gail, je ne vous ai pas demandé ce que nous allions faire maintenant. Est-ce que nous partons en voyage de noces ? C'est amusant que je ne me le sois même pas demandé. Je pensais à la cérémonie du mariage, pas au-delà. Comme si mon rôle s'arrêtait là, et que le vôtre commençait à ce moment. Cela non plus ne me ressemble pas, Gail.

– Mais cette fois, ce n'est pas en ma faveur. De la passivité chez vous, ce n'est pas bon signe.

– Cela pourrait l'être... si je suis heureuse.

– Oui, peut-être. Mais cela ne durerait pas. Non, nous ne partons pas en voyage. A moins que vous ne le désiriez, bien entendu.

– Non.

– Alors nous resterons ici. Ce sera encore une manière de faire une exception. La meilleure pour vous et pour moi. Partir a toujours été pour nous deux une façon de fuir quelque chose. Cette fois, nous ne fuyons pas.

– Non, Gail.

Il la prit dans ses bras et l'embrassa. Elle avait le bras replié, la main à l'épaule. En détournant un peu la tête, sa joue effleura le jasmin qui se fanait à son poignet et dont le parfum délicat évoqua pour elle le printemps.

Lorsqu'elle entra dans la chambre à coucher, elle vit tout de suite que ce n'était plus celle dont elle avait vu la reproduction dans d'innombrables magazines. La cage de verre avait été démolie. A sa place s'élevait une voûte que ne rompait aucune ouverture. La pièce était éclairée et ventilée artificiellement, car ni l'air ni la lumière ne parvenaient du dehors.

S'abandonnant à Wynand, Dominique pressait contre la toile lisse et fraîche les paumes de ses mains, pour ne pas tendre les bras vers lui et ne pas le presser contre elle. Mais cette indifférence voulue n'éveilla chez Wynand aucune colère. Elle ne le trompait pas. Il se mit à rire en disant d'une voix ironique et amusée : « Cela ne sert à rien, Dominique. » Et elle comprit qu'en effet elle ne pourrait maintenir entre eux cette barrière, que c'était au-dessus de ses forces. Elle sentit qu'en elle-même quelque chose répondait qui comblait un besoin et appelait l'acceptation et le plaisir. Ce n'était pas une réponse au désir, ni même à l'acte sexuel, mais la soumission de la femme à l'homme qui porte en lui la force de vie. Que l'homme qui la tenait dans ses bras avait cette puissance, cette force primitive et que cet acte en était la plus pure expression. Elle ne répondait ni à l'acte, ni à l'homme, mais à la force qui était en lui.

– Eh bien? dit Ellsworth Toohey. Vous me comprenez maintenant?

Il s'appuyait familièrement au dossier de la chaise de Scarret, tandis que ce dernier contemplait d'un air sombre une corbeille débordante de lettres, posée à côté de son bureau.

– Des milliers, soupira Scarret, il y en a des milliers, Ellsworth. Si vous voyiez comment ils le traitent! Et pourquoi n'a-t-il pas parlé de son mariage? En est-il donc honteux? Qu'a-t-il à cacher? Pourquoi ne s'est-il pas marié à l'église comme tout homme qui se respecte? Comment a-t-il pu épouser une divorcée? Tous, et ils sont des milliers, posent les mêmes questions. Et il ne veut même pas jeter un coup d'œil sur ces lettres, Gail Wynand, lui qu'on appelait le sismographe de l'opinion publique.

– C'était juste, d'ailleurs, dit Toohey, tout à fait juste.

– Tenez, en voici une parmi les autres, dit Scarret prenant une lettre sur son bureau et se mettant à la lire à haute voix:

« Je suis une femme respectable, mère de cinq enfants, et je n'ai certainement pas l'intention de rester abonnée à votre journal. Il y avait pourtant quatorze ans que je le lisais fidèlement, mais maintenant vous avez montré que vous êtes un homme sans moralité qui tourne en dérision la sainte institution du mariage et ne craint pas de commettre l'adultère avec une créature déchue, une divorcée, qui a joliment bien fait de se marier en noir, car c'est tout ce qu'elle méritait. Dans ces conditions, je ne lirai pas votre journal un jour de plus, car vous n'êtes pas digne de fournir de la lecture à mes enfants et vous m'avez vraiment trop déçue. Sincèrement vôtre, Mrs. Thomas Parker. »

– J'ai lu cette lettre à Wynand, il n'a fait qu'en rire.

– Vous voyez, fit Toohey.

– Mais qu'est-ce qui lui arrive?

– Il ne lui arrive rien, Alvah, c'est quelque chose qui le quitte.

– Oh! à propos, avez-vous remarqué que la plupart des journaux ont exhumé les photos de la statue pour laquelle avait posé Dominique et qui décorait ce maudit temple et qu'ils en ont illustré leurs articles sur notre mariage, les maudits chiens! Et cela sous prétexte de montrer l'intérêt que prend aux arts la nouvelle Mrs. Wynand. Sont-ils contents de faire cela à Gail! S'en donnent-ils à cœur joie, les cochons! Je me demande qui a bien pu leur rappeler cette histoire.

– Oui, je voudrais bien le savoir, moi aussi.

– Bien entendu, tout cela n'est qu'une tempête dans un verre d'eau et le public l'aura oublié dans quelques semaines. Le mal ne sera peut-être pas très grand.

– Cet incident, non, mais ce qu'il en restera.

– Que voulez-vous dire?

– Ces lettres nous le disent, Alvah, non pas les lettres en elles-mêmes mais le fait qu'il refuse de les lire.

– Oh! il ne faudrait pas non plus exagérer. Gail sait parfaitement où et quand il doit s'arrêter. Ne faisons pas une montagne d'une tau...

Il regarda Toohey et sa voix cassa brusquement.

478

– Par Dieu, vous avez raison ! Qu'allons-nous faire ?

– Rien mon ami, rien pour le moment.

Toohey était assis sur le bord du bureau de Scarret et jouait de la pointe de son soulier avec les lettres qui s'empilaient à ses pieds. Il avait pris l'agréable habitude d'entrer à toute heure dans le bureau de Scarret qui ne faisait plus rien sans le consulter.

– Dites, Ellsworth, demanda soudain Scarret, êtes-vous réellement loyal envers *L'Etendard* ?

– Alvah, au nom du ciel, n'employez pas ce jargon. Personne ne croit à des histoires pareilles.

– Non, moi j'y crois. Enfin... vous comprenez dans quel sens je le dis.

– Je n'en ai pas la moindre idée. Et qui s'amuserait à ne pas être loyal envers son gagne-pain ?

– Oui, évidemment.. Voyez-vous, Ellsworth, j'ai beaucoup de sympathie pour vous, mais je ne sais jamais si vous parlez mon langage ou le vôtre.

– Ne vous embarrassez pas de complications psychologiques. Vous n'en sortirez pas. Qu'avez-vous à me demander ?

– Pourquoi continuez-vous d'écrire dans *Nouvelles Frontières* ?

– Mais pour de l'argent.

– Allons donc, c'est une bêtise pour vous.

– Mon Dieu, c'est une revue qui a un certain prestige. Pourquoi n'y collaborerais-je pas ? Je ne me suis pas engagé à vous donner l'exclusivité de mes productions.

– Certainement pas et peu m'importe pour qui vous écrivez. Mais *Nouvelles Frontières* est devenue bizarre ces temps derniers.

– A quel sujet ?

– Au sujet de Gail Wynand.

– Oh ! sottises, Alvah.

– Non, mon cher, ce ne sont pas des sottises. Vous ne l'avez probablement pas remarqué, peut-être ne lisez-vous pas cette revue très attentivement, mais moi cela m'a frappé. J'ai une sorte d'instinct pour ces choses-là. Et je sais parfaitement distinguer entre les boutades d'un jeune chroniqueur et la volonté d'une rédaction de journal.

– Vous êtes nerveux, Alvah, et porté à exagérer. *Nouvelles Frontières* est une revue libérale qui a toujours attaqué Gail Wynand. Comme tout le monde d'ailleurs. Il n'a jamais été particulièrement populaire et il ne s'˘n porte pas plus mal.

– Oui, mais là c'est différent. Ce qui me déplaît, c'est de sentir derrière tout cela une intention, un but caché. Je pense à de petits filets d'eau, à l'air parfaitement innocent, qui se réunissent pour former un petit ruisseau qui rapidement...

– Auriez-vous la manie de la persécution, Alvah ?

– Non, cela ne me plaît pas. Tout allait bien quand on se contentait de parler de son yacht, des femmes qu'il entretenait ou de quelque petit scandale aux élections municipales... ce qui n'a d'ailleurs jamais pu être prouvé, ajouta-t-il hâtivement. Mais je n'aime pas la forme que prennent maintenant les attaques contre lui. Cette espèce de jargon intellectuel qui est de mode actuellement : Gail Wynand l'exploiteur, Gail Wynand le bandit du capitalisme, Gail Wynand, la maladie d'une époque. Ce ne sont encore que des mots, Ellsworth mais il y a de la dynamite sous ces mots.

– C'est tout simplement une façon moderne de dire les mêmes choses, rien de plus. De plus, je ne suis pas responsable de l'attitude d'une revue simplement parce que j'y écris un article de temps à autre.

– Oui, mais... ce n'est pas ce que j'ai entendu dire.

– Et qu'avez-vous entendu dire ?

– Que vous financiez la revue.

– Moi ? Et avec quel argent ?

– Enfin, pas vous personnellement, mais j'ai entendu dire que vous aviez réussi à persuader le jeune Ronny Pickering, ce pochard, à lui apporter une aide substantielle sous la forme de cent mille dollars juste au moment où *Nouvelles Frontières* allait ne plus avoir de frontières du tout.

– C'est exact, mais je l'ai fait uniquement pour arracher Ronny aux femmes impossibles qui le ruinaient. Ce malheureux gosse se perdait complètement. J'ai donné un but à sa vie. Et il a fait de ces cent mille dollars un meilleur usage que s'il les avait distribués à des figurantes.

– C'est juste, mais vous auriez pu attacher un petit élastique à votre cadeau et glisser un mot au rédacteur en le priant de laisser Gail tranquille sinon...

– Les *Nouvelles Frontières* ne sont pas *L'Etendard,* Alvah. C'est une revue qui a des principes. On n'offre pas au rédacteur un cadeau accompagné de « sinon ».

– Vous plaisantez, Ellsworth. De qui vous moquez-vous ?

– Bon, eh bien, pour vous tranquilliser, je vais vous raconter une chose dont vous n'avez certainement pas entendu parler, car elle a été réalisée par des intermédiaires et dans le plus grand secret. Je viens d'obtenir de Mitchell Layton qu'il achète une part importante des actions de *L'Etendard.*

– Non ?

– Si.

– Par Dieu, Ellsworth, ça c'est un résultat ! Mitchell Layton ? Mais c'est une véritable mine d'or et... Attendez une minute, vous dites bien Mitchell Layton ?

– Oui. Qu'est-ce que vous avez à lui reprocher ?

– Voyons, c'est bien le petit garçon auquel son grand-papa laissa une fortune telle qu'il n'arrive pas à la digérer ?

– Oui, grand-papa lui a laissé une fortune énorme.

– Mais il est complètement timbré. C'est bien celui qui a d'abord été yogi, puis végétarien, puis unitaire, puis nudiste... et qui vient de partir pour Moscou construire le palais du prolétariat ?

– Mais oui... et après ?

– Seigneur ! un rouge dans notre conseil d'administration !

– Mitch n'est pas rouge. Comment pourrait-on l'être quand on possède le quart d'un trillion de dollars ? Il est rose thé très pâle, tirant sur le jaune. Mais c'est un cœur d'or.

– Mais... à *L'Etendard !*

– Alvah, vous êtes un âne. Ne comprenez-vous pas qu'en lui faisant placer de l'argent dans un solide journal conservateur, je le guéris de ses tendances roses et je le remets dans le bon chemin ? De plus, quel mal peut-il faire ? Votre cher Gail a toujours la haute main sur son journal, n'est-il pas vrai ?

– Est-ce que Gail est au courant de cette histoire ?

– Non, le cher Gail n'a pas été aussi attentif, au cours des cinq dernières années, qu'il l'était autrefois. Et vous ferez mieux de ne pas lui en parler. Vous voyez vous-même ce qu'il en est avec Gail. Il aura peut-être besoin, à l'occasion, qu'on fasse pression sur lui. Pour cela il faut de l'argent. Soyez aimable avec Mitch Layton. Il peut se révéler utile.

– Ah ! c'est ça ?

– C'est ça. Comme vous le voyez, j'ai la conscience en repos. J'ai aidé une petite revue libérale comme *Nouvelles Frontières* à passer le cap, mais j'ai apporté une aide infiniment plus substantielle à ce support du conservatisme qu'est *L'Etendard.*

– C'est vrai. Et c'est joliment chic de votre part, si l'on considère que vous êtes vous-même un radical.

– Parlerez-vous encore après cela de manque de loyalisme ?

– Ma foi non. Je suis persuadé maintenant que vous soutiendrez toujours ce vieil *Etendard.*

– Mais bien entendu. J'aime *L'Etendard.* Je ferais n'importe quoi, je donnerais ma vie pour *L'Etendard* de New York.

3.8

Fouler le sol d'une île déserte, c'est encore se sentir rattaché au reste du monde, mais dans leur hôtel sur le toit, le téléphone décroché, Wynand et Dominique oubliaient les cinquante-sept étages d'acier et de granit au-dessous d'eux et croyaient vivre non dans une île, mais sur quelque lointaine planète. La ville était pour eux un cadre familier, une abstraction avec laquelle ils n'avaient aucun contact, un spectacle admirable, comme le ciel, mis qui ne les concernait pas.

Pendant les deux semaines qui suivirent leur mariage, ils ne sortirent pas une seule fois. Il aurait été facile à Dominique de faire monter l'ascenseur et de briser cette réclusion, mais elle n'en ressentait pas le désir. Elle ne résistait pas, ne s'étonnait pas, ne questionnait pas, mais vivait dans l'enchantement et dans la paix.

Wynand parlait avec elle pendant des heures si elle en manifestait le désir, mais il était capable de rester silencieux pendant des heures, si Dominique semblait le préférer, et de la contempler comme il contemplait les œuvres d'art de sa galerie, du même regard lointain et détaché. Il répondait à n'importe quelle question. Il n'en posait aucune. Il ne parlait jamais de ses propres sentiments. Lorsqu'il plaisait à Dominique de rester seule, il ne la relançait jamais. Un soir qu'elle lisait dans sa chambre, elle le vit paraître sur la terrasse et s'accouder au parapet gelé qui bordait le jardin plongé dans l'obscurité. Un rai de lumière tombait sur lui. Il ne se retourna pas, n'eut pas un regard vers la maison.

Lorsque les deux semaines furent écoulées, Wynand retourna à ses affaires et à son bureau. Mais l'atmosphère qu'ils avaient créée demeura, comme un thème dominant toute leur vie actuelle et future. Le soir, lorsque Wynand rentrait, la ville cessait d'exister. Ils n'allaient nulle part, n'invitaient personne.

Bien que Wynand ne le lui eût jamais demandé, Dominique sentait qu'il préférait qu'elle ne sortît pas, ni seule, ni avec lui. C'était une sorte de tranquille obsession, un désir qu'il n'osait pas espérer voir se réaliser. Lorsqu'il rentrait, sa première question était : « Etes-vous sortie ? » et jamais : « Où êtes-vous allée ? » Ce n'était pas de la jalousie, puisque le lieu lui importait peu. Un jour qu'elle exprimait le désir de s'acheter une paire de chaussures, il lui en fit envoyer un choix par trois bottiers. Et lorsqu'elle lui parla d'un film qu'elle avait envie de voir, il fit installer chez lui une salle de projection.

Elle lui obéit pendant quelques mois, puis, lorsqu'elle s'aperçut qu'elle prenait trop de plaisir à leur isolement, elle le rompit d'un seul coup. Elle le força à accepter des invitations et elle-même se mit à recevoir.

Il y avait cependant un mur que Dominique ne put rompre... celui que Wynand avait élevé entre sa femme et ses journaux. Jamais le nom de Dominique n'y paraissait. Wynand écartait également toutes tentatives d'entraîner Dominique dans la vie publique, telles que présider un comité, organiser une vente de charité ou entreprendre quelque action sociale. Il n'hésitait pas à ouvrir son courrier... lorsque l'enveloppe portait une suscription indiquant son origine... Il déchirait les lettres sans y répondre et en informait ensuite Dominique. Celle-ci souriait et ne disait rien.

Cependant il ne paraissait pas partager le mépris de Dominique pour ses journaux. Il refusait d'en parler. Elle n'arrivait pas à découvrir ce qu'il en pensait réellement, ni son sentiment à ce sujet. Un jour qu'elle lui parlait d'un éditorial particulièrement odieux, il répondit froidement :

— Je n'ai jamais cherché à me justifier pour ce qui paraît dans *L'Etendard*. Je ne commencerai pas aujourd'hui.

— Mais cet article est vraiment horrible, Gail.

— Je croyais que vous m'aviez justement épousé parce que j'étais le directeur de *L'Etendard* ?

— Et moi je croyais que cette idée ne vous était pas agréable.

— Ce qui m'est agréable ou désagréable n'a rien à voir ici. N'espérez pas que je change quoi que ce soit à *L'Etendard* ou que j'y renonce. C'est une chose que je ne ferais pour personne au monde.

— Je n'aurai pas l'idée de vous le demander, Gail, dit Dominique en riant. Mais Wynand, lui, ne rit pas.

A son bureau, à *L'Etendard*, il travaillait avec une énergie nouvelle, décuplée ; un train d'enfer qui étonnait même ceux qui l'avaient connu dans les périodes de sa vie les plus actives. Il lui arrivait de passer la nuit au bureau, ce qu'il n'avait plus fait depuis longtemps. Il ne changea rien à ses méthodes, ni à sa ligne de conduite. Alvah Scarret était enchanté. « Nous nous étions trompés, Ellsworth, disait-il à son inséparable compagnon, c'est bien toujours le même vieux Gail, Dieu le bénisse. Il travaille encore mieux qu'avant. — Mon cher Alvah, dit Toohey, rien n'est jamais aussi simple que vous ne vous l'imaginez, ni aussi rapide. – Mais il est heureux! Ne voyez-vous pas à quel point il est heureux? – Etre heureux est ce qui pouvait lui arriver de plus dangereux. Et humanitaire pour une fois, c'est réellement pour lui que je m'inquiète. »

Sally Brent décida de jouer un tour au patron. Sally Brent était une des meilleures acquisitions de *L'Etendard*. C'était une femme d'un certain âge, bien en chair, qui s'habillait comme un mannequin pour un défilé au vingt et unième siècle, mais qui écrivait comme une femme de chambre. Ses lecteurs lui étaient très attachés et ses succès la rendaient confiante en elle à l'excès.

Sally Brent décida de faire un reportage sur Mrs. Gail Wynand. C'était exactement le genre de reportage qu'elle avait accoutumé de faire et c'était vraiment trop dommage de laisser se perdre un sujet pareil. Elle parvint à s'introduire dans l'hôtel particulier de Wynand, usant pour cela des procédés chers aux reporters de *L'Etendard* pour pénétrer dans un endroit où leur présence n'était pas désirée. Vêtue de noir, un soleil à l'épaule, fleur qu'elle portait constamment et qui était devenue sa marque de fabrique, elle fit une entrée dramatique en s'exclamant tout d'une haleine :

– Mrs. Wynand, je suis ici pour vous aider à déjouer les plans de votre mari !

Puis avec un clin d'œil destiné à souligner sa propre gaminerie, elle continua :

– Notre cher Mr. Wynand a été injuste envers vous, ma chère, en vous frustrant de la renommée à laquelle vous avez droit, et ceci pour une raison qui m'échappe. Mais nous allons lui montrer de quoi nous sommes capables, vous et moi. Que peut faire un homme lorsque deux femmes se liguent contre lui ? Le patron ne comprend tout simplement pas quel sujet en or vous êtes. Donnez-moi le sujet, je le rédige et le résultat sera tel qu'il n'aura pas le courage de le refuser.

Dominique était seule ce jour-là. Elle eut un sourire indéfinissable que Sally Brent ne lui connaissait pas et dont la signification lui échappa, tout observatrice qu'elle fût. Dominique répondit complaisamment. Elle donna exactement à Sally Brent le genre de récit dont celle-ci rêvait.

– Mais oui, bien entendu, c'est moi qui lui prépare son petit déjeuner, dit Dominique. Les œufs au jambon, voilà son plat favori, simplement des œufs au jambon... Oh! oui, Miss Brent, je suis follement heureuse. En m'éveillant le matin je me dis que ce n'est pas possible que moi, ce pauvre petit moi, je sois devenue la femme du grand Gail Wynand, qui avait le choix parmi les femmes les plus belles du monde. C'est qu'il faut que je vous avoue que j'étais amoureuse de lui depuis des années. Ce n'était pour moi qu'un rêve merveilleux, mais impossible. Et maintenant ce rêve est devenu une réalité... Je vous en prie, Miss Brent, transmettez de ma part un message à toutes mes sœurs d'Amérique. La patience est toujours récompensée et le bonheur vous attend peut-être au coin de la rue. Je trouve que c'est une pensée magnifique qui peut-être les aidera comme elle m'a aidée moi-même... Oui, tout ce que je demande à la vie maintenant, c'est de rendre Gail heureux, de partager ses joies et ses peines, d'être une bonne épouse et une bonne mère.

Alvah Scarret fut tellement enchanté de ce récit qu'il perdit toute prudence. « Allez-y, Alvah, lui dit Sally Brent, faites faire les épreuves et posez-les sur son bureau. Il marchera, j'en suis sûre. » Le soir même, Sally Brent était renvoyée. Son coûteux contrat fut résilié... Il ne lui restait que trois ans à faire... et elle fut priée de ne jamais remettre les pieds à *L'Etendard,* sous quelque prétexte que ce fût.

Scarret, saisi de panique, essaya en vain de protester.

– Gail, vous ne pouvez pas renvoyer Sally ! Pas *Sally* !

– Le jour où je ne pourrai plus renvoyer quelqu'un quand j'en ai envie, je fermerai la boîte et j'y mettrai le feu, répondit Wynand d'un ton calme.

– Mais ses lecteurs ! Nous allons perdre ses lecteurs !

– Au diable ses lecteurs !

Ce soir-là, Wynand, sortant de sa poche un chiffon de papier froissé, les fameuses épreuves, le jeta sans un mot dans la direction de Dominique, de l'autre côté de la table. Le chiffon lui effleura la joue et tomba à terre. Dominique le ramassa, le défroissa, y jeta les yeux et rit de bon cœur.

Sally Brent écrivit un article sur la vie amoureuse de Gail Wynand. Ecrit en termes gais et cyniques, présenté comme une étude de sociologie, rédigé par une intellectuelle, l'article contenait des détails tels qu'aucune revue digne de ce nom n'aurait accepté de le publier. Il parut dans *Nouvelles Frontières.*

Wynand apporta un jour à Dominique un collier exécuté spécialement pour elle. Il était fait de brillants à la monture invisible, irrégulièrement espacés, comme une poignée de pierreries jetées au hasard. La chaîne de platine qui les reliait avait été faite au microscope et était absolument invisible à l'œil nu. La gorge de Dominique, lorsque Wynand y posa le collier, parut éclaboussée de gouttes d'eau.

Assise devant son miroir, Dominique laissa glisser son peignoir et admira le scintillement des pierres sur sa peau nue. Mais lorsqu'elle parla, ce fut pour dire :

– L'histoire de cette malheureuse femme du Bronx qui a assassiné la jeune maîtresse de son mari est parfaitement sordide, Gail. Il y a quelque chose de plus sordide encore, c'est le plaisir qu'y prennent ceux qui lisent cette histoire. Mais le pire de tout... ce sont ceux qui profitent de cette curiosité. En somme, c'est cette pauvre femme, avec ses jambes en tuyaux d'orgue et son cou fané, qui a rendu possible l'achat de ce collier. C'est un bijou merveilleux et je le porterai avec joie.

Wynand sourit. Et dans son regard s'alluma un éclair de courage.

– C'est une façon d'envisager les choses, dit-il. Il y en a une autre. Il me plaît de penser que je me suis emparé de ce qu'il y a de pire dans le monde... la mentalité de cette femme et la mentalité de ceux qui se sont complu à lire son histoire... et que j'en ai fait ce collier. J'aime l'idée que je suis un alchimiste capable d'une telle transformation.

Elle ne lut dans son regard ni excuses, ni regret, ni ressentiment. C'était un étrange regard qu'elle lui avait déjà vu, un regard d'adoration. Et elle réalisa soudain qu'à un tel degré d'intensité, l'amour rend celui qui l'éprouve digne d'admiration.

Elle était de nouveau assise devant son miroir, lorsqu'il entra chez elle le lendemain soir. Il se pencha, lui baisa la nuque... et vit un carré de papier glissé dans un des coins du miroir. C'était la copie en clair du câble qui avait mis fin à la carrière de Dominique à *L'Etendard*.

« Renvoyez cette poule. G. W. »

Il se redressa, se tint très droit derrière elle.

– Comment êtes-vous entrée en possession de ceci ? demanda-t-il.

– Grâce à Ellsworth Toohey. Je l'ai toujours gardé. Je ne savais pas cependant à quel point les termes en deviendraient appropriés,

Wynand inclina gravement la tête, sans essayer de nier qu'il était l'auteur de ce câble et ne fit pas d'autres commentaires.

Dominique s'attendait à ce que le câble disparût pendant la nuit. Mais le lendemain matin, il était toujours là. Il y resta. Lorsque Wynand la prenait dans ses bras, Dominique voyait parfois son regard se diriger vers le miroir. Mais ce qu'il pensait, elle l'ignorait.

Au printemps, la signature d'un contrat avec un éditeur obligea Wynand à s'absenter une semaine. C'était leur première séparation. Dominique fit à Wynand la surprise d'aller l'attendre à l'aéroport. Elle était gracieuse et gaie. Il y avait dans son attitude envers lui quelque chose qu'il n'aurait jamais osé espérer y trouver, quelque chose auquel il ne pouvait croire, et auquel il se laissa pourtant complètement prendre.

Lorsqu'il pénétra dans le salon de leur hôtel sur le toit, et qu'il s'installa avec délice sur un divan, Dominique comprit qu'il ne souhaitait qu'une chose, retrouver l'atmosphère si particulière de leur monde à eux. Elle vit dans ses yeux un regard confiant, un regard sans défense. Elle se raidit et dit, sans s'asseoir :

– Vous feriez mieux d'aller vous habiller, Gail. Nous allons au théâtre ce soir.

Il se redressa avec un sourire, deux rides obliques se dessinant sur son front. Elle admira une fois de plus la perfection de son contrôle sur lui-même. Seules, ces rides le trahissaient.

– Parfait, dit-il. Cravate noire ou cravate blanche ?

– Blanche. J'ai des places pour *Coup de Poing sur la Gueule*. J'ai eu beaucoup de peine à me les procurer.

C'en était trop. C'était quelque chose de trop absurde, de trop ridicule pour mériter même une discussion. Wynand se mit à rire de bon cœur, en s'exclamant :

– Au nom du ciel, Dominique, non pas ça !

– Mais, Gail, c'est le plus grand succès de la saison. Votre propre critique dramatique, Jules Fougler (Wynand cessa brusquement de rire) qui s'y connaît, a déclaré que c'était la pièce la plus importante de notre époque. Ellsworth Toohey : que le monde qui vient avait enfin trouvé son expression. Alvah Scarret : que cette pièce n'était pas écrite avec de l'encre, mais avec le lait de la tendresse humaine. Sally Brent... avant d'être renvoyée de *L'Etendard*... a déclaré que c'était un spectacle auquel elle avait ri... mais la gorge serrée. Mais voyons, cette pièce est l'enfant chéri de *L'Etendard*. J'étais persuadée que vous désireriez la voir.

– Oui, bien entendu.

Wynand se leva et partit s'habiller.

Coup de Poing sur la Gueule tenait l'affiche depuis plusieurs mois. Ellsworth Toohey avait informé ses lecteurs, dans une de ses chroniques, que malheureusement le titre de la pièce avait dû être légèrement altéré, « une concession à la ridicule pruderie de la classe moyenne qui régit notre littérature. Un exemple criant du manque de liberté des artistes. Et qu'on ne vienne plus nous raconter que nous vivons dans une société libre. A l'origine, le titre de cette pièce magnifique était tiré du langage populaire dont elle avait la verdeur et l'expressive éloquence ».

Wynand et Dominique, installés au centre du quatrième rang, écoutaient sans échanger un regard. L'action qui se déroulait sur la scène n'était faite que de trivialité et de grossièreté, mais ce qui la rendait dangereuse c'était une espèce de courant profond qui la soutenait. Il y avait un miasme dans les pesantes âneries que les acteurs débitaient et qu'ils avaient absorbées comme une infection. On le sentait à leur expression affectée, à leur ton faux, à leurs gestes vulgaires. Les pires insanités étaient dites comme des révélations et exigeaient avec insolence d'être acceptées comme telles, non pas avec une innocente présomption, mais avec une effronterie consciente. Comme si l'auteur, connaissant parfaitement la nature de son œuvre, mettait toute sa force à l'imposer au public, détruisant en celui-ci la capacité d'admirer ce qui est beau. L'œuvre justifiait le verdict de ses promoteurs. Elle faisait rire, elle amusait. C'était une blague indécente que l'on jouait au public. Sur le piédestal duquel un dieu avait été arraché, se dressait non pas Satan avec son épée, mais un voyou sirotant une bouteille de Coca-Cola.

Le public se taisait, partagé entre l'humilité et l'ahurissement. Lorsque quelqu'un riait, le public se joignait à lui, tout heureux d'apprendre qu'il venait d'entendre quelque chose de drôle. Jules Fougler n'avait nullement cherché à influencer ses lecteurs. Il s'était contenté de leur faire comprendre... bien à l'avance et de mille façons différentes... que ceux qui n'étaient pas capables d'apprécier cette pièce ne méritaient pas le nom d'homme. « Inutile de demander des explications, ajoutait-il. Ou vous êtes dignes de comprendre, ou vous ne l'êtes pas. »

Pendant l'entracte, Wynand entendit une femme corpulente déclarer : « C'est merveilleux. Je ne peux pas dire que je comprenne vraiment, mais je sens qu'il y a là quelque chose d'extrêmement important. »

– Voulez-vous que nous partions, Gail ? demanda Dominique.

– Non, nous resterons jusqu'à la fin.

Il resta silencieux dans la voiture au retour. Lorsqu'ils furent chez eux, il attendit, prêt à tout entendre et à tout accepter. L'espace d'un instant, Dominique eut la tentation de l'épargner. Elle se sentait vide et lasse. Elle n'avait plus aucun désir de le blesser, elle aurait voulu s'appuyer sur lui.

Puis les pensées qu'elle avait remuées au théâtre lui revinrent. Elle se dit que cette pièce était une création de *L'Etendard,* que c'était *L'Etendard* qui lui avait donné la vie, l'avait nourrie, portée jusqu'au triomphe. Et c'était *L'Etendard* qui avait entrepris et achevé la destruction du temple Stoddard... *L'Etendard* de New York du 2 novembre 1930. « Une voix s'élève, Sacrilège », par Ellsworth M. Toohey. « Les Eglises de notre Enfance », par Alvah Scarret... « Etes-vous heureux, Monsieur le Surhomme ?... » Cette destruction était maintenant une chose depuis longtemps accomplie... Il n'y avait pas de comparaison possible entre deux entités sans rapport aucun, un édifice et une pièce de théâtre. Cependant ce qui se passait maintenant n'était pas un accident, ni une simple question de personnalités telles que celles de Ike, de Fougler, de Toohey, d'elle-même et de... Roark. Non, c'était beaucoup plus que tout cela. C'était une lutte en dehors du temps, la rencontre de deux abstractions, le principe qui avait permis que l'édifice fût construit et le principe qui avait permis que cette pièce fût jouée... deux forces qui lui apparurent soudain dans toute leur nudité... deux forces qui s'étaient heurtées depuis que le monde existe... et chaque religion les connaît... et il y a toujours eu Dieu et le Diable... seulement les hommes ne savent pas toujours reconnaître le diable sous toutes ses formes... Il n'est pas seul et grand, il est multiple, obscène et bas. *L'Etendard* s'était acharné sur le temple Stoddard afin de faire place nette pour cette pièce... Il ne pouvait faire autrement... il n'y avait pas de moyen terme, pas de compromis, pas de neutralité possible... c'était une chose ou l'autre ; cela avait toujours été ainsi... cette lutte avait de nombreux symboles mais pas de nom et pas d'évidence.

« ... Roark, s'entendit-elle crier intérieurement, Roark... Roark... Roark... »

– Dominique... qu'y a-t-il ?

La voix de Wynand était pleine de douceur et d'anxiété. Jamais jusqu'alors il ne lui avait laissé voir la moindre inquiétude. Elle sentit qu'il lisait ses pensées sur son visage.

Elle se ressaisit, sûre d'elle, faisant taire ses pensées :

– Je pensais à vous, Gail, dit-elle.

Il attendit sans un mot.

– Eh bien, Gail ? « Un sentiment absolu sur un plan absolu ? »

Elle se mit à rire, balançant les bras comme elle l'avait vu faire aux acteurs sur scène.

– Dites, Gail, « auriez-vous un timbre de deux cents à l'effigie de George Washington ?... Quel âge avez-vous, Gail ? Vous avez beaucoup travaillé, n'est-ce pas ? Votre vie est plus qu'à moitié écoulée, mais ce soir vous avez reçu votre récompense. Votre suprême récompense. Bien entendu aucun homme ne s'élève jamais au niveau de ses passions les plus hautes. Cependant si vous faites encore un grand effort, vous arriverez peut-être un jour à être digne de cette pièce ! »

Wynand se taisait, écoutant, acceptant.

– Vous devriez vous procurer le manuscrit de la pièce et l'exposer au centre de votre galerie d'art. Vous devriez débaptiser votre yacht et l'appeler le *Coup de Poing sur la Gueule*. Vous devriez vous servir de moi...

– Assez.

– ... et me faire jouer chaque soir le rôle de Mary. De Mary qui adopte le pauvre rat musqué et...

– Dominique, assez.

– Répondez-moi, alors. Je serais curieuse de vous entendre.

– Je ne me justifie jamais devant personne.

– Vantez-vous alors. Ce sera tout aussi bien.

– Si vous tenez à le savoir, cette pièce m'a rendu malade. Vous vous y attendiez d'ailleurs. C'était pire encore que l'histoire de la malheureuse femme du Bronx.

– Bien pire, en effet.

– Mais il y a une chose pire encore. C'est d'écrire une pièce réellement belle et de la livrer en pâture à une audience comme celle de ce soir pour qu'elle en rie. S'offrir en martyr au genre de public qui a pris du plaisir à la pièce de ce soir.

Wynand comprit que quelque chose, dans les mots qu'il venait de prononcer, avait atteint Dominique en profondeur. Il ne sut s'il avait éveillé chez elle de la surprise ou de la colère. Il ne pouvait deviner à quel point les idées qu'il venait d'émettre étaient familières à Dominique. Il reprit :

– Oui, cette pièce m'a rendu malade, mais pas davantage que bien des œuvres qu'a patronnées *L'Etendard*. Elle a cependant quelque chose d'assez particulier, une sorte de bassesse qui m'a frappé. Mais si cela plaît aux imbéciles, c'est du domaine de *L'Etendard*. *L'Etendard* a été créé tout spécialement pour le bénéfice des imbéciles. Que vouliez-vous encore me faire dire ?

– Ce que vous avez ressenti ce soir.

– Un avant-goût de l'enfer, parce que vous étiez avec moi. C'était bien ce que vous désiriez, n'est-ce pas ? Me faire souffrir de ce contraste. Vous n'y avez pas tout à fait réussi. Je regardais la scène et je me disais : « Voilà comment sont certaines gens, quel est leur esprit... mais quoi je l'ai rencontrée, elle, elle m'appartient... » Et rien que pour une telle pensée cela valait la peine de souffrir. J'ai souffert ce soir, comme vous l'aviez voulu, mais la douleur ne peut jamais m'atteindre que jusqu'à un certain point car...

– Taisez-vous, cria Dominique. Par Dieu, taisez-vous !

Tous deux se regardèrent, frappés d'étonnement. Ce fut Wynand qui réagit le premier. Sentant que Dominique avait besoin d'aide, il s'approcha d'elle et lui enveloppa les épaules de son bras. Elle s'arracha à lui, traversa la pièce, s'approcha de la fenêtre et se mit à contempler la ville, les hauts buildings sombres tachés de lumière.

Au bout d'un instant, elle dit d'une voix sans timbre :

– Je m'excuse, Gail.

Il ne répondit pas.

– Je n'avais pas le droit de vous parler comme je l'ai fait. Nous sommes à égalité, Gail. J'en suis punie, si cela peut vous faire plaisir de l'apprendre. C'est moi qui me suis effondrée la première.

– Je ne tiens nullement à ce que vous soyez punie, dit Wynand calmement. Dominique, que s'est-il passé ?

– Rien.

– Que vous ai-je rappelé par mes paroles ? Ce n'est pas ce que j'ai dit qui pouvait vous atteindre ainsi. Il y avait autre chose. Que signifiaient ces mots pour vous ?

– Rien.

– Que la douleur ne peut m'atteindre que jusqu'à un certain point ? C'est à cette phrase que vous avez bronché. Pourquoi ?

Elle continuait de regarder la ville. Dans le lointain, on devinait le Cord Building.

– Dominique, reprit Wynand, je sais ce que vous êtes capable d'endurer. Ce doit donc être quelque chose de terrible qui vous a fait réagir ainsi. Je veux le savoir. Je pourrai peut-être vous aider. (Elle ne répondit rien.) J'ai bien senti au théâtre qu'il n'y avait pas seulement cette pièce absurde. Quelque chose d'autre vous tourmentait. Je l'ai lu sur votre visage. Et vous avez eu de nouveau la même expression ici tout à l'heure. Qu'y a-t-il ?

– Gail, dit Dominique avec douceur, voulez-vous me pardonner ?

Il resta un instant silencieux. Il ne s'était pas attendu à cela.

– Que dois-je vous pardonner ?

– Tout. Et ce soir.

– Vous n'avez fait qu'user de vos privilèges. N'est-ce pas à cette condition que vous m'avez épousé, pour me faire payer pour *L'Etendard* ?

– Je n'en ai plus le désir.

– Pourquoi ?

– C'est impossible.

Dans le silence qui suivit, elle entendit le bruit de ses pas tandis qu'il arpentait la pièce de long en large.

– Dominique, qu'est-ce que cela vous a rappelé, tout à l'heure ?

– La douleur qui ne peut dépasser un certain point ? Rien. J'ai pensé simplement que vous n'aviez pas le droit de dire une chose pareille. Ceux qui en ont le droit ont payé pour cela un prix que vous ne pouvez donner. Mais cela n'a plus d'importance. Dites-le si vous voulez. Moi non plus je n'ai pas le droit de le dire.

– Ce n'était pas tout.

– Je crois que nous avons beaucoup de points communs, vous et moi. Et nous avons commis la même trahison. Non, ce n'est pas le mot juste... Si, après tout c'est bien le mot exact. C'est le seul qui rende à peu près mon sentiment.

– Dominique, ce n'est pas possible que vous ayez ressenti cela ce soir, dit Wynand d'une voix étrange.

– Pourquoi ? dit Dominique en se tournant vers lui.

– Parce que c'est exactement ce que j'ai ressenti, le sentiment d'une trahison.

– Envers qui ?

– Je ne sais pas. Si j'étais croyant, je dirais envers Dieu. Mais je ne suis pas un homme religieux.

– C'est bien ce que j'ai ressenti, Gail.

– Pourquoi ? Il n'y a pas de raison. *L'Etendard* n'est pas votre enfant.

– Il y a d'autres formes du même péché.

Wynand traversa la pièce et prit Dominique dans ses bras en disant :

– Vous ne mesurez pas la portée des mots que vous employez. Nous avons beaucoup de choses en commun, c'est vrai, mais pas cela. J'aimerais mieux que vous crachiez sur moi plutôt que de vous efforcer de partager mes péchés.

489

Levant une main caressante, Dominique en effleura la joue et la tempe de Wynand.

Il demanda une fois encore :

– Voulez-vous me dire... maintenant... ce que vous avez eu ?

– Rien. J'ai trop présumé de mes forces. Vous êtes fatigué, Gail. Pourquoi ne montez-vous pas ? Je reste ici encore un instant. Je ne me lasse pas de regarder la ville. Et quand je vous rejoindrai, je serai tout à fait bien.

3.9

Dominique était accoudée à la rambarde ; le bois était chaud à ses pieds chaussés de sandales, le soleil à ses jambes nues. Le vent faisait voler sa robe blanche. Elle regardait Wynand étendu sur un « transat ».

Elle remarqua une fois de plus combien Wynand était autre à bord de son yacht. Elle l'avait observé tout au long de leur croisière. Elle se souvenait du jour où elle l'avait vu descendre en courant l'échelle de bord. Une haute silhouette blanche s'élançant avec confiance, gagnant de vitesse, ignorant le danger. Ce n'était plus l'éditeur corrompu d'un trust de journaux, mais un aristocrate à bord de son yacht. Il était le type même, pensa Dominique, que se représentent les êtres jeunes qui croient encore à l'aristocratie, gai, brillant, sans aucune notion de péché.

Le regardant, étendu sur son fauteuil de bord, elle se dit qu'une certaine nonchalance n'était attirante que chez ceux dont ce n'était pas l'attitude habituelle. Chez eux, le laisser-aller lui-même prenait une signification. Elle se demanda une fois de plus qui il était. Gail Wynand, connu pour ses extraordinaires capacités... Il y avait bien plus en lui que l'étoffe d'un ambitieux aventurier qui avait créé un trust de journaux. Elle devinait en lui, tel qu'il était là, étendu au soleil, quelque chose de beaucoup plus profond, une force qui se rattachait au dynamisme universel.

– Gail, dit-elle brusquement, involontairement.

Il ouvrit les yeux tout grands pour la regarder.

– Quel dommage que je n'aie pu enregistrer ce « Gail », dit-il nonchalamment. Vous auriez été stupéfaite de le réentendre. Ici c'est du gaspillage. C'est dans notre chambre que j'aurais voulu l'entendre.

– Je l'y répéterai, si vous le désirez.

– Merci, ma chérie. Je vous promets de ne pas abuser de cette promesse et de ne pas me laisser abuser. Vous n'êtes pas amoureuse de moi. Vous n'avez jamais aimé personne.

– Qu'est-ce qui vous le fait supposer ?

– Si vous aimiez un homme, vous ne vous contenteriez pas de lui imposer une horrible cérémonie de mariage et une atroce soirée au théâtre. Vous lui donneriez réellement un avant-goût de l'enfer.

– Comment avez-vous deviné cela, Gail ?

– Pourquoi m'observez-vous si attentivement depuis que nous nous connaissons ? Parce que je ne suis pas le Gail Wynand dont vous aviez entendu parler. C'est que moi, je vous aime. Et l'amour crée l'exception. Si

vous aimiez, vous éprouveriez le désir d'être brisée, foulée aux pieds, dominée, car c'est justement là une chose impossible à concevoir pour vous dans
vos rapports avec les humains. Et ce serait justement l'offrande, le quelque
chose de totalement différent que vous désireriez offrir à l'homme que vous
aimeriez. Et Dieu sait que ce ne serait pas facile pour vous.

– Si cela est vrai, pourquoi alors...

– Pourquoi ai-je été avec vous humble et doux... pour votre plus grand
étonnement? Parce que je suis la pire canaille qui ait jamais existé.

– Je n'en crois rien, Gail.

– Non? Je ne suis plus l'avant-dernière personne au monde?

– Non.

– Eh bien, chérie, en réalité, si.

– Pourquoi vous complaisez-vous à de telles pensées?

– Je ne m'y complais pas, mais avec vous, j'ai le désir d'être honnête. C'est
mon luxe à moi. Ne changez pas d'opinion à mon sujet. Continuez de me
juger comme vous le faisiez avant de me connaître.

– Gail, ce n'est pas possible que vous désiriez cela.

– Mes désirs n'ont aucune importance. D'ailleurs, je ne désire rien d'autre
que de vous avoir à moi. Même sans amour de votre part. C'est ainsi que
cela devait être. Si vous commencez à m'observer de trop près, vous verrez
des choses qui vous déplairont terriblement.

– Quelle sorte de choses?

– Vous êtes si belle, Dominique. C'est un si charmant don de Dieu, qu'un
être dont la beauté intérieure correspond à l'aspect physique.

– De quelles choses parlez-vous, Gail?

– Savez-vous de quoi vous êtes amoureuse? De l'intégrité absolue, de
l'impossible. De ce qui est pur, raisonné, fidèle à soi-même, d'un style unique
comme une œuvre d'art. C'est d'ailleurs l'unique domaine dans lequel on
puisse trouver ce que vous cherchez. Le domaine artistique. Mais vous, vous
voulez trouver cela chez un être humain. C'est une exigeante passion. Or
moi, voyez-vous, je n'ai jamais eu aucune intégrité.

– Comme vous en êtes sûr, Gail!

– Avez-vous oublié *L'Etendard*?

– Au diable *L'Etendard*!

– De grand cœur! Au diable *L'Etendard*! C'est merveilleux de vous
entendre dire cela. Mais *L'Etendard* n'est pas le symptôme le plus grave. Et
ce n'est pas le fait que je n'ai jamais observé aucune sorte d'intégrité qui est
si important. Ce qui est plus grave, c'est que je n'en aie jamais ressenti le
moindre besoin. La conception même me fait horreur. Et tout ce que cela
sous-entend de présomption.

– Dwight Carson..., dit-elle avec dans sa voix un accent de dégoût.

Wynand se mit à rire.

– Oui, Dwight Carson. L'homme que j'ai acheté. L'individualiste qui s'est
transformé en glorificateur de la masse anonyme et qui est devenu incidemment un éthéromane. Oui, j'ai fait cela. Et c'est pire que *L'Etendard*, bien
certainement. Cela vous déplaît que je vous rappelle cela?

– Oui.

491

– J'imagine tout ce que vous avez dû entendre à ce sujet. Tous ces géants de l'esprit que j'ai brisés. Je ne crois pas que personne ait jamais compris tout le plaisir que j'y trouvais. Une véritable jouissance. Je suis parfaitement indifférent à des limaces telles qu'un Ellsworth Toohey ou mon ami Alvah, et tout à fait disposé à les laisser en paix. Mais qu'on me montre un homme légèrement supérieur... et aussitôt j'ai le désir de faire de lui un autre Toohey. C'est plus fort que moi. C'est comme un désir sexuel.

– Mais pourquoi?

– Je ne sais pas.

– A ce propos, vous vous méprenez sur Ellsworth Toohey.

– C'est possible. Vous ne vous attendez tout de même pas à ce que je perde mon temps à démêler ce nœud de serpents.

– Et vous êtes en contradiction avec vous-même.

– Comment cela?

– Pourquoi n'avez-vous pas essayé de me détruire?

– La fameuse exception, Dominique. Je vous aime. Je ne pouvais pas faire autrement que de vous aimer. Mais je n'aurais pas donné cher de votre peau si vous aviez été un homme.

– Gail... pourquoi?

– Pourquoi j'ai fait tout cela?

– Oui.

– La puissance, Dominique. La seule chose au monde que j'aie jamais désirée. Savoir qu'il n'y a pas un homme sur terre que je ne puisse obliger à faire... certaines choses. L'homme que je ne pourrais briser, c'est lui qui me détruirait. Mais il m'a fallu des années pour me sentir aussi sûr de moi que je le suis maintenant. Les gens disent que je n'ai pas le sens de l'honneur, qu'il y a dans la vie quelque chose qui me manquera toujours. Je ne pense pas qu'il m'ait manqué grand-chose puisque la chose qui m'a manqué... n'existe pas.

Wynand parlait de façon normale, mais il remarqua soudain que Dominique l'écoutait avec un intense effort de concentration comme s'il chuchotait et qu'elle ne voulût pas perdre un mot de ce qu'il disait.

– Qu'avez-vous, Dominique? A quoi pensez-vous?

– J'écoute ce que vous dites, Gail.

Ce qu'elle ne lui dit pas c'est qu'elle écoutait non les mots, mais ce qui se cachait derrière les mots. Derrière chaque phrase qu'il prononçait, elle en percevait une autre, alors qu'il n'avait certainement pas conscience de ce qu'il lui confessait.

– Ce qu'il y a de pire chez les gens malhonnêtes, continua Wynand, c'est leur conception de l'honnêteté. Je connais une femme qui n'a jamais été capable de garder une conviction plus de trois jours de suite et lorsque je lui déclarai que j'estimais qu'il n'y avait en elle aucune intégrité, elle pinça les lèvres et me dit que sa conception de l'intégrité n'était certainement pas la mienne. Je suppose qu'elle n'avait jamais volé. Ce n'est pas pour des gens comme elle que je suis dangereux. Je ne les hais point. Ce que je hais, c'est l'impossible conviction à laquelle vous êtes si passionnément attachée, Dominique.

– En êtes-vous sûr ?

– Je crois l'avoir abondamment prouvé.

Dominique, s'approchant de Wynand, s'assit à ses pieds, sentant sous ses jambes nues le bois lisse et tiède. Wynand se demanda pourquoi Dominique le regardait avec tant de gentillesse. Il fronça le sourcil. Elle comprit qu'il lisait sur son visage tout ce qu'elle avait deviné d'informulé dans ses paroles... et elle détourna son regard.

– Gail, pourquoi me dites-vous des choses pareilles ? Ce n'est certainement pas ce que vous désirez me voir penser de vous.

– Non, certainement pas. Pourquoi je vous le dis maintenant ? Vous voulez savoir la vérité ? Parce que ces choses devaient être dites. Parce qu'avec vous je veux être honnête. Uniquement avec vous et avec moi-même. Mais je n'aurais pas le courage de vous dire de telles choses ailleurs qu'ici. Pas à la maison. Pas sur terre. Mais ici, parce que rien ici ne me semble tout à fait réel. Est-ce que je me trompe ?

– Non.

– Peut-être ai-je pensé qu'ici vous accepteriez de telles choses et que pourtant vous continueriez de penser à moi comme vous le faisiez lorsque vous avez prononcé mon nom, avec une inflexion que j'aurais tant voulu enregistrer.

Dominique se rapprochant encore inclina la tête et posa son visage sur les genoux de Wynand, laissant retomber sa main aux doigts à demi refermés sur le bois lisse et brillant du pont. Elle ne voulait pas que Wynand lût sur son visage tout ce qu'elle avait pressenti dans la confession qu'il venait de lui faire.

Un soir d'automne, ils étaient tous deux appuyés au parapet de leur jardin sur le toit, contemplant la ville. Les longues colonnes de fenêtres allumées semblaient des torrents de lumière ruisselant du ciel et s'écoulant dans un lac de feu à leurs pieds.

– Les voilà, Dominique, ces hauts buildings... ces gratte-ciel. Vous souvenez-vous ? Cela a été le premier lien entre nous. Je crois bien que nous en sommes amoureux, vous et moi.

Dominique se dit qu'elle aurait dû lui en vouloir de dire une chose pareille, mais qu'elle ne ressentait rien de pareil.

– C'est vrai, Gail, je crois que j'en suis amoureuse.

Contemplant les hautes barres lumineuses du Cord Building, Dominique, élevant la main, en toucha dans l'espace la forme brillante. Le souvenir de Roark n'éveillait chez elle aucun remords.

– J'aime à voir un homme au pied d'un gratte-ciel, reprit Wynand. Il ne paraît pas plus grand qu'une fourmi... N'est-ce pas là le lieu commun usité en pareil cas ? Les imbéciles ? N'est-ce pas l'homme qui fait le gratte-ciel, cette masse incroyable de pierre et d'acier ? Loin de le rendre pareil à un pygmée, le gratte-ciel grandit l'homme, lui donne dans le monde sa véritable place. Ce que nous aimons dans ces buildings, Dominique, c'est qu'ils révèlent la faculté créatrice de l'homme, son côté héroïque.

– Vous aimez ce qu'il y a d'héroïque dans l'homme, Gail ?

– Je n'y crois pas, mais j'aime à y penser.

Dominique s'appuya davantage au parapet et contempla les lumières vertes qui serpentaient en longues lignes bien au-dessous d'eux. Elle reprit :

– J'aimerais vous comprendre, Gail.

– Cela me semble si facile. Je ne vous ai jamais rien caché.

Il observa les signaux lumineux qui s'allumaient et s'éteignaient spasmodiquement sur le fleuve obscur. Puis, désignant à Dominique une lumière diffuse, au sud de la ville, une tache d'un bleu très pâle :

– Voilà le building de *L'Etendard.* Vous voyez, là-bas, cette lumière bleue ? J'ai fait beaucoup de choses, mais pas celle-là, la plus importante. Il n'y a pas de Wynand Building à New York. Un jour je ferai construire un nouveau bâtiment pour *L'Etendard.* Ce sera le plus grand édifice de la ville et il portera mon nom. J'ai commencé dans un bureau misérable, le journal s'appelait alors *La Gazette.* Je n'étais qu'un instrument dans les mains de quelques canailles. Mais je pensais déjà au Wynand Building que je construirais un jour. Je n'ai jamais cessé d'y penser.

– Et pourquoi ne l'avez-vous pas fait construire ?

– Je n'étais pas prêt.

– Mais pourquoi ?

– Maintenant encore, je ne suis pas prêt. Je ne pourrais vous dire pour quelle raison. Je sais seulement que c'est pour moi quelque chose d'extrêmement important, une sorte de symbole. Lorsqu'il sera temps, je le sentirai.

Il se tourna vers l'ouest, vers une tache sombre où brillaient quelques faibles lumières très espacées.

– C'est là que je suis né, dit-il. A Hell's Kitchen. (Dominique écouta attentivement, car il était rare qu'il parlât de son enfance.) J'avais seize ans lorsque je montai un jour sur le toit de notre maison pour contempler la ville, comme nous le faisons ce soir. Et ce jour-là, je décidai ce que serait ma vie.

Il y eut dans la voix de Wynand, pour prononcer ces derniers, mots, une qualité spéciale qui fit que Dominique se dit : « Ecoute c'est important. » Sans le regarder, elle comprit qu'elle vivait l'instant qu'elle avait tant attendu, qui lui donnait enfin la clé de l'énigme. Des années auparavant, pensant à Gail Wynand, elle s'était demandé comment un homme pareil affrontait sa vie et son travail ; elle imaginait de la vantardise dissimulant une honte secrète, ou une insolence se targuant de ses péchés. Elle regarda Wynand. La tête rejetée en arrière, les yeux levés vers le ciel, il ne lui offrait rien de ce qu'elle avait imaginé. Chose incroyable, il y avait en lui de la bravoure et de la noblesse.

Elle sentit qu'elle avait deviné quelque chose de lui, mais que l'énigme restait entière. Et presque involontairement quelque chose en elle l'incita à parler :

– Gail, séparez-vous d'Ellsworth Toohey.

Il se tourna vers elle, stupéfait.

– Pourquoi ?

– Gail, écoutez-moi, dit-elle avec dans la voix une insistance qu'elle n'avait jamais eue en s'adressant à lui. Je n'ai jamais cherché à entraver l'action de Toohey. Au contraire, je l'ai aidé. Il me semblait qu'il était exactement ce que le monde méritait. Jamais je n'ai cherché à préserver de lui quelque chose... ou quelqu'un. Jamais je n'aurais cru que ce serait *L'Etendard*,... *L'Etendard* qui est fait pour lui... que j'essaierais de protéger contre lui.

— De quoi diable parlez-vous ?

— Gail, lorsque je vous ai épousé, je ne prévoyais pas que je ressentirais envers vous cette loyauté. C'est en contradiction avec tout ce que j'ai fait, plus encore que je ne puis vous le dire... c'est une sorte de catastrophe pour moi... une volte-face... et ne me demandez pas pourquoi je suis ainsi... Il me faudra à moi-même des années pour le comprendre... mais je sens que je vous dois cet avertissement. Débarrassez-vous d'Ellsworth Toohey. Jetez-le dehors avant qu'il soit trop tard. Vous avez brisé des hommes infiniment moins mauvais et moins dangereux que lui. Chassez Toohey, suivez ses traces et ne vous arrêtez pas avant d'avoir détruit jusqu'à son souvenir.

— Mais pourquoi ? Et pourquoi pensez-vous à lui justement maintenant ?

— Parce que je sais le but qu'il poursuit.

— Quel but ?

— Le contrôle des journaux Wynand.

Wynand se mit à rire de bon cœur. Il n'y avait dans ce rire ni moquerie, ni indignation, mais la plus pure gaieté devant une absurde plaisanterie.

— Gail..., dit Dominique navrée.

— Au nom du ciel, Dominique. Et moi qui avais une telle confiance dans votre jugement !

— Vous n'avez jamais compris Toohey.

— Et je n'y tiens nullement. Me voyez-vous m'acharnant sur Ellsworth Toohey ? Un tank pour venir à bout d'une punaise. Et pourquoi renverrais-je Elsie ? C'est le genre de collaborateurs qui me rapportent de l'argent. Le public aime ses élucubrations. Je ne me séparerai jamais d'un pareil attrape-nigauds. Il a autant de valeur pour moi qu'un attrape-mouches.

— C'est bien là que réside le danger, ou du moins en partie.

— Parce qu'il a ses lecteurs ? Il n'est pas le seul de mes collaborateurs qui ait son public à lui. Lorsque je congédiai certains d'entre eux, ce fut leur perte. Leur popularité cessa aux portes de *L'Etendard,* tandis que *L'Etendard* continua sans eux.

— Je ne parle pas simplement de sa popularité, mais de la nature toute spéciale de cette popularité. Vous ne pouvez pas le frapper avec ses propres armes. Vous êtes un tank, c'est vrai, c'est-à-dire une arme honnête qui marche en tête, écrase tout sur son passage et encaisse les coups. Lui, c'est un gaz corrosif. De cette sorte qui attaque les poumons. Il me semble qu'il existe un secret pour arriver au cœur même du mal et que ce secret, il le possède. Je ne sais pas en quoi il consiste. Je sais seulement qu'il le connaît et qu'il s'en sert pour arriver à son but.

— Le contrôle des journaux Wynand ?

— Le contrôle des journaux Wynand... comme un des moyens qui l'amèneront à son véritable but.

— Quel but ?

– Le contrôle du monde.

Wynand eut l'air franchement dégoûté.

– Que signifie tout cela, Dominique ? Quelle est cette plaisanterie ?

– Je parle sérieusement, Gail. On ne peut plus sérieusement.

– Le contrôle du monde, ma chérie, appartient à des hommes comme moi. Les Toohey de ce monde n'en connaissent pas le premier mot.

– Je vais essayer de m'expliquer. Ce sera très difficile. Rien n'est plus ardu à démontrer qu'une évidence aveuglante que chacun se refuse à voir. Mais si vous voulez bien m'écouter...

– Je m'y refuse absolument. Ne m'en veuillez pas, mais considérer qu'Ellsworth Toohey peut représenter une menace pour moi me paraît une chose absolument ridicule. En parler me semble vraiment offensant.

– Gail, je...

– Non, chérie. Je ne crois pas que vous compreniez grand-chose à *L'Etendard.* Je n'y tiens pas d'ailleurs. Je préfère que vous n'ayez rien à voir avec mon journal. Oubliez-le et laissez-m'en le soin.

– C'est une prière, Gail ?

– C'est un ultimatum.

– Bon.

– Oubliez tout cela. Et ne vous mettez pas à avoir des complexes envers quelqu'un d'aussi insignifiant qu'Ellsworth Toohey. Cela ne vous ressemble pas.

– Très bien, Gail. Et maintenant rentrons. Il fait trop froid ici pour vous qui n'avez pas de manteau.

Wynand rit doucement. Jamais jusqu'alors Dominique n'avait eu pour lui de telles attentions. Lui prenant la main, il en baisa la paume et y enfouit son visage.

Pendant les semaines qui suivirent, lorsqu'ils se retrouvaient en tête à tête, ils parlaient peu et jamais d'eux-mêmes. Ce n'était nullement le silence du ressentiment, mais au contraire le sentiment d'une intimité trop parfaite pour être exprimée par des mots. Passant la soirée ensemble, ils ne disaient rien, contents simplement d'être en présence l'un de l'autre. Et parfois, se regardant brusquement, ils échangeaient un sourire qui ressemblait à une poignée de main.

Puis, un soir, elle comprit qu'il parlerait. Elle était assise à sa coiffeuse. Il entra et vint s'adosser au mur, tout près d'elle. Il regardait ses mains, ses épaules nues, mais elle eut l'impression qu'il ne la voyait pas. Il contemplait quelque chose de plus important qu'un beau corps, quelque chose de plus grand que l'amour qu'il avait pour elle : il regardait en lui-même, et cela, Dominique le savait, c'était la plus grande preuve d'amour.

« Je respire par nécessité, pour alimenter mon corps, pour vivre... Ce que je vous donne, ce n'est pas un sacrifice ou ma pitié, mais moi-même, et le besoin que j'ai de vous. » Elle entendait les mots que Roark avait prononcés, la voix de Roark les prononçant... et elle n'eut pas l'impression de commettre une trahison envers Roark en prêtant à cet homme qui l'aimait les mots que Roark avait employés.

496

– Gail, dit-elle avec douceur, un jour je serai obligée de vous demander de me pardonner de vous avoir épousé.

Wynand secoua lentement la tête. Il souriait.

– Je pensais que vous seriez la chaîne qui m'attacherait au monde, reprit Dominique, et au lieu de cela vous êtes mon défenseur. Et cela fait que mon mariage n'est pas honnête.

– Pourquoi ? Ne vous ai-je pas dit que j'acceptais de vous épouser, quelles que fussent vos raisons ?

– Mais vous avez changé toutes choses pour moi. Ou est-ce moi qui les ai changées ? Je ne sais plus. Il s'est passé une chose étrange entre nous. Je vous ai donné ce que je croyais perdre auprès de vous. Une raison de vivre que je croyais au contraire détruire par ce mariage. Le sens de l'exaltation dans la vie. Et vous... vous êtes pour moi celui qui a accompli tout ce que j'aurais voulu accomplir dans la vie. Sentez-vous à quel point nous nous ressemblons ?

– Je l'ai senti dès le premier jour.

– Et maintenant, Gail, je désire rester auprès de vous... pour une autre raison. Pour recevoir une réponse. Il me semble que le jour où je comprendrai qui vous êtes, je comprendrai aussi ce que je suis. Il doit y avoir une réponse. Il y a un nom pour ce que nous éprouvons en commun. Ce nom, je ne le connais pas. Je sais seulement qu'il est très important pour moi de le connaître.

– C'est bien possible. Je suppose que moi aussi je devrais essayer de comprendre. Mais je n'y tiens pas. Tout m'est égal maintenant, et je n'ai plus peur de rien.

Dominique leva la tête et le regarda.

– Moi j'ai peur, Gail, dit-elle doucement.

– De quoi, chérie ?

– De ce que je vous fais endurer.

– Comment cela ?

– Je ne vous aime pas, Gail.

– Même de cela je ne me soucie pas.

Elle baissa la tête et sa chevelure lui parut un casque pâle de métal poli.

– Dominique.

Elle releva la tête docilement.

– Je vous aime, Dominique. Je vous aime tant que plus rien ne m'importe... pas même vous. Pouvez-vous comprendre cela ? Uniquement l'amour que j'ai pour vous... et non la réponse que vous me donnez. Pas même votre indifférence. Le monde ne m'a jamais beaucoup donné. Et je ne lui ai jamais beaucoup demandé. Je n'ai jamais réellement désiré quelque chose. Pas de cette façon totale, absolue qui fait d'un désir un ultimatum. C'est « oui » ou « non » et l'être qui désire ainsi ne peut accepter le « non » sans cesser d'exister. C'est ce que vous êtes pour moi. Mais lorsqu'on en arrive à ce degré, ce n'est pas l'être qui compte, c'est le désir. Non pas vous, mais moi. Le pouvoir de désirer à ce point-là. Cela seul est digne d'être ressenti, d'être vécu. Je n'avais jamais éprouvé cela auparavant, Dominique. Je n'avais jamais appris à dire « mien » en parlant de quelque chose. Pas dans le sens que j'y mets en parlant de vous. « Mienne. » Est-ce cela que vous appelez le sens de l'exaltation de la vie ? Vous avez dit quelque chose de semblable. Vous comprenez ces choses. Je vous aime, Dominique... je vous aime... vous me permettez de vous le dire maintenant... je vous aime.

Dominique se pencha et prit, au coin de son miroir, le câble qui y était glissé. Elle le froissa lentement entre ses paumes. Wynand, immobile, écoutait le froissement du papier. Dominique se pencha, ouvrit sa main au-dessus de la corbeille à papier et y laissa tomber le chiffon de papier. Sa main s'immobilisa un instant, tendue, les doigts ouverts.

QUATRIÈME PARTIE

HOWARD ROARK

4.1

Les feuilles ruisselaient, dansaient, baignées de lumière. Sur la mouvante masse, certaines se détachaient, d'un vert si vif qu'il blessait la vue. Mais l'ensemble était plutôt lumière que couleur, vivante lumière aux contours imprécis. La forêt était une nappe d'eau entrant doucement en ébullition et emplissant l'air de bulles vertes, essence même du printemps. Au-dessus de la route, les arbres penchés se rejoignaient, et les taches de soleil, se jouant sur le sol au balancement des branches, semblaient caresser la terre. Et le jeune homme qui la foulait souhaita ne jamais mourir.

« Pas lorsque la terre est aussi belle, se dit-il, et qu'elle semble vouloir enfin me donner la réponse que j'attends avec ses mots à elle, de feuilles, de troncs et de rochers. » Mais il savait bien que le monde ne lui paraissait si beau que parce que depuis des heures aucune œuvre humaine ne lui était apparue. Il était seul, parcourant à bicyclette une route abandonnée qui serpentait à travers les collines de Pennsylvanie, une contrée qu'il ne connaissait pas encore, et il était plein d'émerveillement devant cette nature inviolée.

C'était un tout jeune homme. Il sortait du collège, en ce printemps de 1935, et n'avait pas encore décidé si la vie valait la peine d'être vécue. Il ne se posait pas cette question d'une façon consciente et il ne pensait pas à la mort. Il se disait simplement qu'il lui fallait découvrir le but et le sens de la vie et aussi la joie de vivre... et que rien jusqu'à présent ne les lui avait donnés.

Ce qu'on lui avait enseigné au collège n'avait pas été une réponse à ses questions. On lui avait beaucoup parlé de responsabilité sociale, d'une vie de dévouement et de sacrifice. Tous lui disaient que c'était ainsi que l'on trouvait la beauté et l'inspiration. Il ne puisait dans ces notions aucune inspiration, aucune exaltation.

Il aurait été incapable de préciser ce qu'il attendait de la vie. Il le ressentait profondément, ici, dans cette agreste solitude. Mais il n'affrontait pas la nature avec la joie d'un animal bien portant... comme une fin et un but en soi, il l'affrontait avec la joie d'un homme sain... avec une sorte de défi, comme un instrument, un moyen, un ensemble de matériaux. Et il sentait monter en lui de la colère à l'idée que cette exaltation il ne l'éprouvait qu'en pleine nature, que ce grand espoir qui le soulevait l'abandonnerait lorsqu'il retournerait vers les hommes et leurs travaux. Il se disait que ce n'était pas bien qu'il en fût ainsi; que le travail de l'homme devrait être supérieur à la nature, l'embellir et non la dégrader. Il lui était pénible de mépriser les hommes. Il aurait tant voulu les aimer et les admirer. Mais il redoutait l'apparition de la première maison, de l'auberge ou de la salle de cinéma qu'il apercevrait.

Il avait depuis toujours le désir de composer, et seule la musique lui semblait exprimer ce qu'il ressentait. Ainsi ce qu'il éprouvait à l'instant même se traduisait pour lui par le début du premier concerto de Tchaïkovski, ou par le dernier mouvement du second concerto de Rachmaninov. « Les hommes, se disait-il, n'ont pas su exprimer par des mots, par des actes, ou par des pensées l'espoir confus qui m'agite, mais ils l'ont exprimé par la musique. Si je pouvais trouver dans les actions des hommes, dans leurs œuvres, une réponse à la promesse contenue dans cette musique. Non pas le serviteur se sacrifiant au maître, l'immolation devant l'autel, mais une œuvre ayant son but en elle-même, accomplie, pure de tout péché. Je ne vous demande pas de m'aider ou de me servir, mais de me montrer une œuvre heureuse. Je ne demande pas à mes frères humains de travailler à mon bonheur, mais de me montrer le leur... de me prouver que c'est une chose possible... qu'une telle œuvre existe... et c'est alors que je trouverai la force d'accomplir la mienne. »

La route montant au sommet de la colline semblait aboutir à un trou bleu, d'un bleu si pur et si frais qu'on eût dit une nappe d'eau encadrée de feuillage. « Ce serait curieux, pensa le jeune garçon, si j'arrivais au sommet et que je découvre qu'il n'y a plus rien que du bleu. Plus rien que le ciel au-dessus de moi, devant moi, au-dessous de moi. » Il ferma les yeux et donna encore quelques coups de pédale, imaginant l'impossible, s'accordant un instant de rêve, se voyant arriver sur la crête, ouvrir les yeux et ne plus voir que du ciel.

La nature du sol qui changeait l'obligea à freiner. Il s'arrêta, ouvrit les yeux.

Dans la large vallée qui s'ouvrait à ses pieds, touchée par les premiers rayons du soleil levant, s'étageait une ville de rêve. Mais non, ce n'était pas possible, ce ne pouvait pas être. Des villes pareilles n'existaient pas. Puis il cessa de se poser toute question et se contenta d'admirer.

Des bungalows s'étageaient en gradins sur les deux flancs de la vallée. Le jeune homme comprit que les versants n'en avaient pas été touchés, que rien n'en avait altéré la beauté, que ces gradins étaient naturels. Les plans successifs du terrain avaient été utilisés de telle façon que chaque maison semblait une floraison spontanée et l'on sentait que la vallée, sans elles, eût été moins belle. Comme si les forces aveugles qui, au cours des siècles, avaient taillé ces gradins, avaient enfin trouvé leur expression définitive : cette ville, intégrée à la vallée, et lui donnant enfin toute sa signification.

Les maisons étaient faites de simple pierre du pays, de cette roche qui parsemait les flancs verdoyants de la colline... et de verre de grandes dalles de verre, afin que le soleil, jouant un rôle actif, complétât par sa chaude lumière la structure elle-même. Les maisons étaient nombreuses, elles étaient peu importantes, parfaitement isolées les unes des autres et il n'y en avait pas deux pareilles. Mais elles étaient comme les variations d'un même thème, comme une symphonie d'une extraordinaire richesse d'inspiration. On sentait là une force librement épandue, se dépensant sans compter et se renouvelant sans cesse. « La réponse, pensa le jeune homme, la réponse à la promesse qu'exprime une certaine musique, cette réponse, la voilà, devant moi. Je la sens s'exprimer en moi en accords. Il y a donc un langage commun de la pensée, de la vue et de l'ouïe... Sont-ce les mathématiques ? Cette discipline de la raison. La musique n'est que mathématiques... et l'architecture... n'est-ce pas la musique de la pierre ? » D'étranges pensées l'envahissaient, tant cette ville à ses pieds lui paraissait irréelle.

Il vit des arbres, des pelouses, des sentiers serpentant sur les collines, des marches taillées dans la pierre, des piscines, des courts... mais pas le moindre signe de vie. La vallée semblait inhabitée.

Le fait qu'elle fût déserte l'étonna moins que l'existence même de la ville. La chose lui parut même toute naturelle, tant cet endroit paraissait hors du monde. Et il n'éprouvait pas le moindre désir d'en savoir davantage.

Après avoir longuement contemplé la vallée, il regarda autour de lui... et s'aperçut qu'il n'était pas seul. A quelques pas de lui, un homme était assis sur un rocher, contemplant lui aussi la vallée. Profondément absorbé, il n'avait pas dû entendre marcher le jeune homme. C'était un homme de haute taille, aux cheveux de couleur orange.

Le jeune homme marcha droit vers ce promeneur solitaire qui leva les yeux vers lui ; le regard de ses yeux gris était extraordinairement serein. Le jeune garçon comprit immédiatement que cet homme éprouvait les mêmes sentiments que lui et qu'il pouvait lui parler non comme à un étranger, mais comme à un ami.

— Tout cela n'est pas réel, n'est-ce pas ? demanda-t-il.

— Mais... si, répondit l'homme aux yeux gris.

— Ce n'est pas un décor de cinéma ou quelque chose de ce genre ?

— Non. C'est une station d'été. Elle vient d'être achevée et s'ouvrira dans quelques semaines.

— Qui l'a construite ?

— Moi.

— Comment vous appelez-vous ?

— Howard Roark.

— Merci, dit le jeune homme.

Il savait que les calmes yeux gris qui le regardaient comprendraient tout ce qu'il mettait dans ce mot. Et en effet, Howard Roark inclina la tête en signe d'assentiment.

Poussant son vélo, le jeune garçon s'engagea sur l'étroit sentier qui conduisait au fond de la vallée. Roark le regarda disparaître. C'était la première fois qu'il voyait ce jeune homme et il ne devait jamais le revoir. Ce qu'il ne savait pas, c'était qu'il avait donné à un être la joie de vivre.

Roark n'avait pas compris pourquoi il avait été choisi pour bâtir la station d'été de Monadnock Valley.

La chose s'était passée, il y avait un an et demi, à l'automne de 1933. Roark avait entendu parler du projet et était allé voir Mr. Caleb Bradley, le directeur d'une puissante société qui avait fait l'acquisition de cette vallée et qui faisait une bruyante publicité. Roark était allé chez Bradley par devoir, persuadé qu'il ne ferait qu'ajouter un refus de plus à la liste déjà longue de ses échecs. Il n'avait rien construit à New York depuis l'affaire du Temple Stoddard.

Lorsqu'il entra dans le bureau de Bradley, il comprit qu'il lui fallait oublier Monadnock Valley, car jamais un homme pareil ne la lui donnerait. Caleb Bradley était un petit homme grassouillet avec un joli visage entre des épaules rondes. L'expression de ce visage était à la fois pleine d'expérience et enfantine. Il était impossible de donner un âge à cet homme. Il pouvait aussi bien avoir vingt ans que cinquante. Le regard de ses pâles yeux bleus était à la fois rusé et blasé.

Mais il était difficile à Roark d'oublier tout ce que représentait pour lui Monadnock Valley. Aussi se mit-il à en parler avec fougue, oubliant l'inutilité de ses paroles. Mr. Bradley l'écoutait, visiblement intéressé, mais certainement pas par ce que lui disait Roark. Roark avait le sentiment très net d'une troisième entité dans la pièce. Mr. Bradley dit peu de chose, promettant simplement de prendre sa demande en considération et de lui faire connaître sa décision, mais il ajouta une phrase étrange. Il demanda, d'une voix si neutre, si parfaitement dépourvue aussi bien d'admiration que de mépris, qu'il était impossible de deviner le but de sa question :

– Vous êtes bien l'architecte qui a construit le Temple Stoddard, Mr. Roark ?

– Oui, dit Roark.

– Curieux que je n'aie pas eu moi-même l'idée de faire appel à vous.

Ce qu'il y aurait eu de plus curieux, se dit Roark, en se retirant, ç'aurait été que Mr. Bradley eût réellement fait appel à lui.

Trois jours plus tard, Bradley lui téléphonait, le priant de passer à son bureau. Roark s'y rendit et fit la connaissance de quatre nouveaux personnages : le conseil d'administration de la Monadnock Valley. Tous quatre étaient des hommes bien mis, au visage aussi totalement dépourvu d'expression que celui de Mr. Bradley.

– Veuillez avoir l'obligeance de répéter à ces messieurs ce que vous m'avez dit l'autre jour, Mr. Roark, dit aimablement Bradley.

Roark exposa ses idées.

Si le désir de la société était réellement de créer, comme elle l'avait annoncé, une station d'été pour des gens ayant de petits moyens, ses administrateurs devaient avant tout réaliser que le pire fléau, pour les gens peu fortunés, est le manque de solitude. Seuls les gens très riches ou les gens très pauvres jouissent réellement de leurs vacances, les riches parce qu'ils ont des propriétés et les pauvres parce qu'ils ne redoutent nullement l'odeur et le contact de leurs semblables, aussi bien sur les plages que dans les dancings.

Mais les gens de goûts raffinés, aux rentes modestes, ne savent où aller, eux qui ne trouvent ni repos ni plaisir à se réunir en troupeaux. Pourquoi serait-il fatal que la pauvreté donnât à chacun des instincts grégaires ? Et pourquoi ne pas offrir à ces gens un refuge où pour une semaine, ou pour un mois, ils pourraient, pour une somme modeste, trouver ce à quoi ils aspirent, ce dont ils ont besoin ? Roark avait visité Monadnock Valley. La chose était faisable. Ne pas toucher aux collines qui dominaient la vallée. Se garder de les dynamiter, de les aplanir. Et ne pas construire un de ces immenses caravansérails, mais une multitude de petits bungalows séparés les uns des autres, formant chacun un petit domaine, où les gens pourraient se rencontrer ou ne pas se rencontrer, à leur guise. Ne pas faire une de ces énormes piscines communes, mais une quantité de petites piscines privées, autant que la société pourrait en assumer... il était prêt à leur prouver que la chose pouvait être réalisée à peu de frais. Pas de ces courts en série qui ressemblent à un parc à bétail, mais une quantité de courts privés. Ne pas faire de cette vallée un de ces endroits où l'on va pour faire des connaissances et trouver un mari en quinze jours, mais un refuge pour des gens qui apprécient leur propre compagnie et cherchent simplement un coin agréable où ils pourraient en jouir librement.

Les membres du conseil d'administration écoutèrent Roark sans l'interrompre. Il les vit, à plusieurs reprises, échanger des regards. Et il eut la certitude que c'était là le genre de regards que se lancent des gens qui se retiennent de rire tout haut. Cependant il avait dû se tromper puisque, deux jours plus tard, il signait le contrat par lequel il s'engageait à construire la station d'été de Monadnock Valley.

Roark exigea les initiales de Mr. Bradley sur chacun des projets qui sortaient de ses ateliers. Il se souvenait du Temple Stoddard. Mr. Bradley apposait ses initiales, signait, ratifiait. Il était d'accord avec tous les projets, approuvait toutes les initiatives. Il semblait enchanté de laisser à Roark toute liberté. Mais cette complaisance avait quelque chose de particulier... comme si Mr. Bradley se prêtait aux fantaisies d'un enfant.

Roark apprit peu de chose au sujet de Mr. Bradley. Celui-ci avait, disait-on, fait fortune dans les terrains au moment du boom en Floride. La société qu'il présidait semblait disposer de fonds illimités et était commanditée par de riches et puissants actionnaires. Roark n'en rencontra jamais aucun. Le conseil d'administration ne fit que de courtes visites sur les chantiers et montra peu d'intérêt pour les travaux. Mr. Bradley, administrateur délégué, était responsable de tout... mais, à part un contrôle très serré du budget, il ne semblait jamais si content que lorsqu'il pouvait laisser Roark agir à sa guise.

Pendant les dix-huit mois qui suivirent, Roark n'eut guère le temps de se poser des questions au sujet de l'étrange comportement de Mr. Bradley. Roark accomplissait l'œuvre la plus importante de sa vie.

Depuis une année, il vivait sur les chantiers mêmes, dans une cabane hâtivement construite, un simple abri de bois meublé d'un lit, d'un poêle et d'une grande table. Ses meilleurs dessinateurs étaient venus le rejoindre, abandonnant des places mieux payées à New York pour vivre dans des huttes ou sous la tente, travailler dans les baraquements de bois qui servaient d'atelier. Il y avait tant à faire qu'aucun d'eux n'eut l'idée de perdre son temps à se faire un logement plus confortable. Ce ne fut que bien longtemps après qu'ils réalisèrent à quel point ils avaient manqué du plus élémentaire confort. Et même alors cela leur parut à peine croyable, tant l'année passée à Monadnock Valley resta dans leur mémoire comme une époque d'enchantement où la terre cessa de tourner et où pendant douze mois ce fut le printemps. Ils ne se rappelaient plus la neige, la dure terre gelée, le vent sifflant à travers les planches mal jointes, les couvertures trop minces sur les lits de camp, et les doigts gourds de froid qu'il fallait déraidir devant le poêle, le matin, avant de pouvoir tenir un crayon. S'ils gardaient de cette époque un souvenir de printemps, c'est que leurs impressions étaient liées à l'idée de renouveau... aux premières pousses vertes, aux premiers bourgeons, au premier ciel vraiment bleu. Il y avait en eux une allégresse due non aux prés, aux arbres ou au ciel, mais à l'impression d'un commencement, d'une triomphante progression et à la certitude d'une réalisation que rien ne pourrait empêcher. Non, ce n'étaient pas des feuilles ou des fleurs qui leur donnaient cette impression de jeunesse, de mouvement, de but atteint, mais des échafaudages, des foreuses, des blocs de pierre, d'épaisses dalles de verre jonchant le sol.

Ils étaient une armée au service d'une cause, mais aucun d'eux ne le formulait ainsi, excepté peut-être Steven Mallory. Ce dernier avait été chargé de l'exécution des fontaines et des travaux de sculpture de Monadnock Valley. Une bataille, pensait-il. Non, le mot n'est pas juste. Il n'y a pas de gloire dans la guerre, pas de beauté dans les batailles que se livrent les hommes. Mais ici, à Monadnock Valley, des hommes luttent pour une cause telle que cette lutte restera pour chacun d'eux la plus précieuse des expériences.

Tout cela, Steven Mallory n'en parlait à personne, mais il lut les mêmes sentiments sur le visage de Mike, lorsque celui-ci arriva avec son équipe d'électriciens. Mike ne fit aucune remarque, mais il fit à Mallory une grimace joyeuse qui en disait long. Une fois cependant, Mike dit abruptement :

– Je vous avais bien dit de ne pas vous en faire. C'était au procès, vous vous en souvenez ? Rien ne peut l'abattre, ni carrières, ni procès. Ils ne l'auront pas, Steve, non ils ne l'auront pas, tous ces maudits chiens, c'est moi qui vous le dis.

Ici, se disait Mallory, on oublierait le monde. On se sentait sur une terre nouvelle. Les collines qui les entouraient étaient leur rempart. Mais ils avaient encore un autre protecteur... l'architecte qui se promenait parmi eux, foulant l'herbe ou la neige des collines, enjambant les rochers ou les planches entassées, s'arrêtant devant les tables à dessin, les grues au travail, montant sur les échafaudages... l'homme qui avait rendu ce rêve réalisable... et plus peut-être encore que la volonté de cet homme... que sa faculté créatrice... sa conception du travail qui était tout autre que celle des hommes qui vivaient de l'autre côté des collines.

Assistant un jour à une visite de Mr. Bradley qui jeta sur toutes choses un regard absent, sourit et partit, Mallory se sentit envahi d'une colère irraisonnée et de crainte.

– Howard, dit-il un soir qu'ils étaient assis tous les deux devant un feu de

506

branches sèches, sur la colline, Howard, c'est l'histoire du Temple Stoddard qui recommence.

— Ma foi, dit Roark, cela ne m'étonnerait pas. Mais ce que je ne puis comprendre, c'est ce que ces gens ont dans la tête.

Il roula sur le ventre et contempla les dalles de verre empilées près des chantiers. Captant la lumière, elles étincelaient et ressemblaient à des sources jaillissant du sol. Il dit simplement :

— Que nous importe, Steve, après tout, ce qu'ils feront de Monadnock Valley et les gens qui y vivront. Ce qui compte, c'est ce que nous avons accompli. Voudriez-vous ne pas l'avoir fait, quel que soit le prix que nous devrons payer un jour ?

— Non, dit Mallory.

Roark aurait voulu louer pour lui-même un des bungalows et passer l'été à Monadnock Valley. Mais, avant même que la station ne fût ouverte, il reçut un télégramme de New York.

Je vous avais dit que j'y arriverais. Il m'a fallu cinq ans pour me débarrasser de mes frères et amis, mais maintenant l'Aquitania est à moi... et à vous. Venez le terminer.

Kent LANSING.

Roark rentra donc à New York pour voir déblayer de sa couche de gravats et de poussière de ciment le squelette de la Symphonie Inachevée, pour voir les grues soulevant des poutres très haut au-dessus de Central Park, pour voir se vitrer les ouvertures béantes, et, se dressant plus haut que les plus hauts toits de la ville, l'Aquitania terminé, briller de tous ses feux en bordure de Central Park.

Roark avait été extrêmement occupé au cours des deux dernières années. Monadnock Valley n'avait pas été son unique chantier. De différents Etats, des endroits les plus inattendus, lui parvenaient des commandes : maisons privées, buildings, grands magasins. Il s'en chargeait, dormant quelques heures dans le train ou dans l'avion qui l'emmenait de Monadnock Valley vers de petites villes lointaines. L'origine de la commande était toujours la même : « J'étais à New York et j'ai vu l'Enright House, le Cord Building, et cela m'a plu. » Ou encore : « J'ai vu une reproduction de ce temple qu'ils ont détruit. » C'était comme un fleuve souterrain qui courait à fleur de sol dans tout le pays et qui jaillissait comme une source aux endroits les plus inattendus. Les travaux étaient généralement de peu d'importance... mais Roark ne chômait pas.

Lorsque Monadnock Valley fut terminé, il eut trop à faire avec l'Aquitania pour avoir le temps d'y repenser beaucoup. Mais Steve Mallory, lui, se tourmentait.

— Pourquoi ne font-ils aucune publicité, Howard ? Pourquoi ce brusque silence ? Avez-vous remarqué ? Ils ont fait un tel battage autour de leur projet, fait couler tant d'encre pour le lancer... avant de commencer les travaux. Puis, à mesure que les travaux avançaient, leur publicité s'est ralentie, et maintenant... Mr. Bradley et Compagnie sont devenus sourds-muets. Justement à l'heure où l'on se serait attendu à une orgie de publicité de leur part. Pourquoi ?

– Je n'en sais rien, dit Roark. Je suis architecte et non agent de location. Pourquoi vous tourmenter ? Vous avez fait votre travail, laissez-les faire le leur à leur idée.

– Elle est bien étrange, leur idée. Avez-vous remarqué le peu de réclame qu'ils font dans les journaux ? Ils parlent, comme vous l'aviez fait, d'un coin paisible, de repos, de solitude... mais de quelle manière ! Cela peut se résumer ainsi : « Venez à Monadnock Valley, vous vous y ennuierez à mourir. » On dirait, oui, on dirait vraiment qu'ils cherchent à effrayer le public, à le dissuader d'y aller.

– Je ne lis jamais ces choses-là, Steve.

Cependant, un mois à peine après l'ouverture de la station de Monadnock Valley, il n'y avait pas un bungalow qui ne fût loué. Le public était une étrange mixture de gens du monde qui auraient parfaitement pu s'offrir une villégiature plus brillante, de jeunes écrivains, d'artistes encore inconnus, d'ingénieurs, de journalistes, d'ouvriers... Brusquement, spontanément, les gens s'étaient mis à parler de Monadnock Valley. Cette conception nouvelle correspondait à un réel besoin, comblait une lacune. Les gens en parlèrent entre eux, mais ce ne fut pas la vogue, la ruée, car les journaux ne s'en étaient pas emparés. Mr. Bradley n'avait pas d'agents publicitaires. D'ailleurs, Mr. Bradley et sa société avaient complètement disparu de la vie publique. Un magazine que personne n'avait sollicité donna quatre pages de photographies de Monadnock Valley, et envoya un reporter interviewer Howard Roark. A la fin de l'été, tous les bungalows étaient loués à l'avance pour les prochaines vacances.

Un matin d'octobre la porte s'ouvrit brusquement sous la poussée de Steven Mallory qui, traversant la salle de réception, fonça vers le bureau de Roark. La secrétaire s'efforça en vain de le retenir. Roark travaillait et avait demandé qu'on ne le dérangeât pas. Mais Mallory la repoussa et s'engouffra dans le bureau, tapant la porte derrière lui. La secrétaire eut le temps de remarquer qu'il tenait un journal à la main.

Roark, qui dessinait, releva la tête et laissa tomber son crayon. Il se dit que Mallory devait avoir l'expression qu'il avait maintenant le jour où il avait tiré sur Ellsworth Toohey.

– Eh bien, Howard ? Voulez-vous savoir pourquoi vous avez obtenu Monadnock Valley ?

Il jeta le journal sur la table. Et Roark lut en grosses lettres, à la troisième page : « Caleb Bradley arrêté ».

– Il y a là l'explication de tout, dit Mallory. Ne le lisez pas, cela vous rendrait malade.

– Bon. De quoi s'agit-il ?

– Ils ont vendu le double.

– Qui ? De quoi ?

– Bradley et sa bande. De Monadnock Valley, dit Mallory se forçant avec peine à parler avec précision. Ils furent persuadés dès le début que l'affaire ne valait rien. Ils achetèrent le terrain pour presque rien... ils étaient convaincus que l'emplacement ne convenait pas à une station d'été... qu'il était trop isolé, loin de toute ligne d'autobus, loin de tout cinéma... que ce n'était pas le moment de créer une telle station et que le public n'y viendrait pas. Ils firent une publicité monstre et vendirent des actions à de gros financiers, mais tout cela n'était qu'une vaste escroquerie. Ils vendirent deux cent pour cent de toute l'affaire et touchèrent deux fois ce qu'il leur en coûta pour créer Monadnock Valley. Ils étaient certains de faire faillite. Ils *voulaient* faire faillite. Ils étaient sûrs ainsi qu'ils n'auraient pas de dividendes à distribuer. Ils avaient déjà tout combiné pour s'en sortir lorsque l'affaire ferait faillite. Ils étaient prêts à tout... excepté au succès. Et ils n'ont pas pu tenir le coup parce que, maintenant, il leur faudrait payer deux fois à leurs actionnaires ce que Monadnock Valley rapporte chaque année. Et cela rapporte gros. Alors qu'ils étaient persuadés qu'ils avaient pris toutes dispositions pour s'assurer une faillite certaine ! Howard, n'avez-vous pas compris ? Ils vous avaient choisi parce qu'ils pensaient ne pas pouvoir trouver un pire architecte !

Roark jeta la tête en arrière et se mit à rire de bon cœur.

– Que le diable vous emporte, Roark, il n'y a pas là de quoi rire !

– Asseyez-vous, Steve. Et ne tremblez pas ainsi. Vous avez la tête de quelqu'un qui vient de contempler un champ jonché de cadavres.

– C'est bien ce qui m'est arrivé, et pire encore. J'ai vu le fond des choses. Qu'évoque-t-on lorsqu'on pense à quelque chose de vraiment affreux : la guerre, le meurtre, l'incendie criminel, le tremblement de terre ? Tout cela n'est rien. Voilà l'horreur... ce récit dans ce journal. Voilà ce que l'homme devrait apprendre à redouter, à combattre, à dénoncer, et qu'il devrait flétrir des noms les plus infamants. Je pense à toutes les explications que l'on a données du mal au cours des siècles et à tous les remèdes qu'on a essayé de lui trouver. Sans le moindre succès, d'ailleurs. On n'a jamais réussi à expliquer le mal, à agir contre lui, à l'enrayer. Mais la racine même du mal... la bête féroce, vous vous souvenez, Howard... elle est là... dans ce récit. Et aussi dans l'âme de ceux qui le liront et qui penseront : « Bah ! il faut bien que les gens de génie luttent dans la vie, c'est une nécessité... » et qui s'en vont ensuite enseigner à quelque idiot de village à tresser des corbeilles. Et voilà la bête en action. Howard, pensez un instant à Monadnock Valley. Fermez les yeux, revoyez-la. Et pensez à ces hommes qui vous ont choisi, persuadés que leur choix ne pouvait être pire ! Howard, il y a quelque chose de faussé, de tragiquement faussé dans un monde qui vous a permis d'accomplir votre œuvre la plus belle... grâce à une ignoble méprise !

– Quand cesserez-vous de penser à tout cela ? De vous tourmenter au sujet de mes rapports avec le monde ? Quand donc apprendrez-vous à oublier tout cela ? Quand Dominique apprendra-t-elle...

Howard s'arrêta court. Il n'avait jamais prononcé le nom de Dominique devant Mallory au cours des cinq dernières années. Mallory comprit que ce qu'il venait de dire avait touché Roark au point de lui faire oublier son habituelle réserve. Il en fut surpris et peiné. Mais Roark reprit :

– Dominique avait exactement les mêmes idées que vous.

Mallory n'avait jamais parlé à Roark de ce qu'il avait deviné de son passé.

Le silence que tous deux observaient sous-entendait que Mallory comprenait bien des choses, que Roark le savait et qu'il était inutile d'en parler. Mais cette fois Mallory demanda :

– Vous attendez toujours qu'elle vous revienne ? Mrs. Gail Wynand... que le diable...

– Taisez-vous, Steve, dit Roark d'un ton calme.

– Excusez-moi, murmura Mallory.

Roark se dirigea vers sa table et dit de son ton habituel :

– Rentrez chez vous, Steve, et oubliez ce Bradley. Ils vont tous s'intenter des procès les uns aux autres, mais nous n'y serons pas mêlés et ils ne détruiront pas Monadnock. Oubliez tout cela et allez-vous-en. J'ai à travailler.

La révélation des méthodes financières qui avaient été utilisées pour la création de Monadnock fit scandale. Il y eut un procès, quelques-uns de ces messieurs furent envoyés aux travaux forcés et Monadnock Valley fut confié à un nouveau conseil de gérance qui l'administra pour la société. Roark ne fut mêlé en rien au procès. Il était extrêmement occupé et il oublia de lire les comptes rendus du jugement dans les journaux. Mr. Bradley reconnut... pour s'excuser auprès de ses associés... que jamais il n'aurait pu imaginer qu'un plan aussi absurde, conçu par le plus grand fou qu'il eût jamais connu, aboutirait au succès.

Ce fut alors qu'Austen Heller écrivit son fameux article sur Howard Roark et Monadnock Valley. Il parla de tous les buildings que Roark avait créés et il formula en mots ce que Roark avait exprimé par les formes. Mais ce n'était pas la forme habituelle, si mesurée, d'Austen Heller. C'était un véritable cri d'admiration et de colère. « Sommes-nous damnés pour qu'une beauté pareille nous parvienne par le truchement d'une escroquerie ? »

L'article souleva de violentes controverses dans les milieux artistiques.

– Howard, dit un jour Mallory quelques mois plus tard, vous êtes célèbre.

– Ma foi, dit Roark, je finis par le croire.

– Les trois quarts des gens ne savent même pas de quoi il est question, mais ils ont entendu l'autre quart vous discuter avec passion et ils savent en tout cas qu'il faut prononcer votre nom avec respect. Parmi ceux qui vous discutent, quatre dixièmes vous haïssent, trois dixièmes estiment qu'il faut à tout prix avoir une opinion dans une discussion, deux dixièmes sont toujours prêts à admirer et à soutenir, quand il n'y a plus de danger, « une révélation », et le dernier dixième vous comprend réellement. Mais tous ont enfin découvert qu'il existe un certain Howard Roark et que c'est un architecte. Le Bulletin de l'A.G.A. parle de vous comme d'un architecte au talent indiscutable, mais indiscipliné... et le Musée de l'Avenir a fait encadrer et mettre sous verre de magnifiques reproductions de Monadnock, de l'Enright House, du Cord Building et de l'Aquitania. Il est vrai qu'elles sont exposées dans la salle qui touche celle où sont exposées les œuvres de Gordon L. Prescott. Mais enfin, il ne faut pas être trop difficile.

Kent Lansing dit un soir :

– Heller a accompli une grande œuvre. Vous souvenez-vous, Howard, de ce que je vous ai dit un jour au sujet de la psychologie de l'homme moyen ? Il ne faut pas le mépriser. Il est nécessaire. Ce qu'il fallait, c'était l'instruire. Il faut deux hommes pour faire une grande carrière : celui qui accomplit une œuvre réellement grande, et celui... presque aussi rare, qui a suffisamment de noblesse pour reconnaître la grandeur et pour le dire.

Ellsworth Toohey écrivit :

« Le côté paradoxal dans toute cette absurde histoire, est le fait que Mr. Caleb Bradley est victime d'une grave injustice. Son éthique est évidemment discutable, mais son sens de l'esthétique est indiscutable. Il fit montre d'un jugement plus sûr en matière d'architecture que Mr. Austen Heller, ce réactionnaire démodé qui s'est brusquement mué en critique d'art. Tous les malheurs de Mr. Caleb Bradley lui vinrent du mauvais goût dont firent preuve les amateurs de Monadnock Valley. Dans l'opinion de celui qui écrit ces lignes, sa peine aurait dû être commuée en reconnaissance de la justesse de ses goûts artistiques. Monadnock Valley est une escroquerie, c'est vrai... mais pas uniquement du point de vue financier. »

La gloire nouvelle de Roark trouva peu d'échos parmi les hommes d'argent qui étaient la source la plus sûre de commandes en architecture. Ceux qui avaient dit autrefois : « Roark ? Connais pas », disaient maintenant : « Roark ? Il fait trop parler de lui. »

Mais il y eut des gens qui se laissèrent impressionner par le simple fait que Roark avait construit quelque chose qui avait rapporté de l'argent à ses propriétaires contre leur gré. C'était là un facteur plus convaincant que n'importe quelle abstraction. Et puis, il y avait tout de même ce fameux dixième qui comprenait. Au cours de l'année qui suivit la création de Monadnock Valley, Roark construisit deux résidences privées dans le Connecticut, une salle de cinéma à Chicago et un hôtel à Philadelphie.

Au printemps de 1936, une ville de l'Ouest dressa les plans d'une exposition internationale qui devait avoir lieu l'année suivante et qui porterait comme nom « La Marche des Siècles ». Le comité, composé d'hommes extrêmement distingués, et qui était chargé de faire faire les projets, nomma un conseil formé des meilleurs architectes du pays pour dresser les plans de l'exposition. Le comité se voulait prudemment, mais résolument moderne. Howard Roark fut l'un des huit architectes choisis.

Ayant reçu une convocation, Roark se présenta devant le comité et déclara qu'il serait enchanté de faire les plans de l'exposition... seul.

— Vous ne parlez pas sérieusement, Mr. Roark, déclara le président. Il est bien naturel que pour une création de cette importance nous désirions nous assurer le concours de tout ce qu'il y a de mieux. Or deux têtes valent mieux qu'une et huit têtes... Enfin vous voyez vous-même... les plus grands talents... les noms les plus connus... le travail accompli dans un esprit d'entente, de coopération, de collaboration... Vous savez comment on arrive à de grands résultats.

— Oui, je le sais.

— Vous comprenez par conséquent...

— Je ne me chargerai de ce travail que si je suis seul à le faire. Je ne crois pas à la collaboration en architecture.

— Vous êtes prêt à repousser une pareille opportunité ? La chance d'une réputation mondiale, presque une chance d'immortalité ?

– Je ne travaille pas en collectivité. Je ne discute pas, je ne coopère pas, je ne collabore pas.

Le refus de Roark fut commenté avec aigreur dans les cercles architecturaux. « L'orgueilleux ! » s'exclamèrent les gens. L'indignation fut si grande qu'elle dépassa les cercles professionnels. Chacun prit cela pour une insulte personnelle, chacun se sentait parfaitement qualifié pour juger, altérer ou embellir le travail de son prochain.

« Cet incident démontre de façon parfaite, écrivit Ellsworth Toohey, la nature antisociale de Mr. Howard Roark, son égotisme, l'arrogance de l'individualisme effréné qu'il personnifie. »

Parmi les huit architectes choisis pour dresser les plans de l'exposition figuraient Peter Keating, Gordon L. Prescott, Ralston Holcombe. « Je refuse de travailler avec Howard Roark, déclara Peter Keating quand il vit la liste des architectes choisis. C'est lui ou moi. » Il fut alors informé que Mr. Roark avait décliné l'invitation. Keating assuma les fonctions de président du conseil. Les comptes rendus sur les travaux en cours se référaient toujours à « Mr. Peter Keating et ses collaborateurs ».

Keating avait beaucoup changé au cours des dernières années. Il était irascible, intraitable. Il lançait des ordres et perdait patience devant la moindre difficulté. Et lorsqu'il perdait patience, il se mettait aussitôt à crier. Son répertoire d'insultes avait quelque chose de caustique, d'insidieux, presque de féminin dans sa cruauté. Son visage était maussade.

A l'automne de 1936, Roark installa ses bureaux au dernier étage du Cord Building. Il avait pensé, en dessinant les plans de ce building, qu'un jour il installerait là ses bureaux. Lorsqu'il vit l'inscription : HOWARD ROARK, ARCHITECTE, sur la porte neuve, il s'immobilisa un instant, puis il se dirigea vers son bureau particulier. C'était, au bout d'une longue suite d'ateliers, une pièce d'angle dont trois parois étaient de verre et qui dominait la ville. Roark s'arrêta au milieu de la pièce. À travers les larges baies, il apercevait les Magasins Fargo, l'Enright House, l'Aquitania. Il s'approcha ensuite de la fenêtre qui regardait au midi. A l'extrémité de Manhattan, à une grande distance, il distinguait le Dana Building d'Henry Cameron.

Un après-midi de novembre, Roark rentrait à son bureau après une visite au chantier d'une maison en construction à Long Island. Comme il pénétrait dans la salle de réception en secouant son manteau ruisselant de pluie, il lut sur le visage de sa secrétaire une expression d'excitation contenue. La jeune fille, visiblement, avait attendu son retour avec impatience.

– Mr. Roark, ce doit être probablement quelque chose de très important, dit-elle. J'ai pris rendez-vous pour vous demain après-midi à trois heures. A son bureau.

– De qui parlez-vous ?

– Il a téléphoné il y a une demi-heure. Mr. Gail Wynand.

4.2

Un panneau, au-dessus de la porte d'entrée, reproduisait le titre du journal :

Le panneau était de petites dimensions et renforçait l'impression que la gloire et la puissance n'ont pas besoin de publicité. Il se détachait, comme un fin sourire ironique, sur la laideur nue du building, véritable usine méprisant tout ornement autre que ce panneau.

Le hall d'entrée faisait penser à la bouche béante d'une énorme chaudière. Les ascenseurs avalaient et recrachaient le flot ininterrompu du combustible humain. Tous ces hommes, sans se bousculer, se hâtaient cependant vers un but précis. Personne ici ne flânait. Les portes des ascenseurs claquaient comme des valves, au rythme d'une pulsation. Des taches de lumière alternativement rouges et vertes, s'allumaient sur un tableau de signalisation, indiquant la montée des ascenseurs.

On avait l'impression que toute l'activité du building était sous le contrôle de tableaux semblables, eux-mêmes entre les mains d'une autorité suprême qui en réglait tous les mouvements et que la maison tout entière, pleine d'une énergie canalisée, fonctionnait sans heurt et silencieusement, comme une magnifique machine que rien ne pouvait détruire. Personne n'accorda la moindre attention au visiteur aux cheveux rouges qui s'arrêta un instant dans le hall.

Howard Roark contemplait la haute voûte carrelée. Lui qui n'avait jamais éprouvé de haine pour personne, il se disait que, quelque part dans ce bâtiment, il y avait un homme qui lui avait inspiré un sentiment bien proche de la haine.

Gail Wynand jeta un coup d'œil à la pendulette de son bureau. Il se rappela que, dans quelques minutes, il allait recevoir un architecte. L'entrevue, se dit-il, n'aurait rien de compliqué. Il en avait une telle habitude. Il lui suffirait de parler, il savait exactement ce qu'il allait dire et il ne demandait rien d'autre à son interlocuteur que quelques grognements d'assentiment.

Son regard revint aux épreuves qui s'amoncelaient sur son bureau. Il était en train de lire un éditorial d'Alvah Scarret sur le public donnant à manger aux écureuils de Central Park et un article d'Ellsworth Toohey sur les mérites d'une exposition de peinture due aux employées du Département de l'Hygiène de la Ville de New York. Un bourdonnement se fit entendre suivi de la voix de sa secrétaire disant :

– Mr. Howard Roark, Mr. Wynand.

– OK, dit Wynand en abaissant l'interrupteur.

Comme il retirait sa main, son regard tomba sur la rangée de boutons qui se trouvait en bordure de son bureau, brillantes petites taches, de couleurs différentes, et ayant chacune son but bien défini. Chacun de ces boutons était l'extrémité d'un fil qui le reliait à quelque partie du bâtiment ; chacun de ces fils contrôlait un homme qui lui-même avait d'autres hommes sous ses ordres et chacun de ces groupes contribuait à rédiger ce journal qui allait ensuite s'introduire dans des millions de homes, dans des millions de cervelles humaines. Oui, il y avait tout cela dans ces boutons de matière colorée. Mais il n'eut pas le temps de s'amuser plus longtemps avec cette pensée. La porte de son bureau s'ouvrait.

Wynand ne fut pas certain d'avoir attendu un moment, de ne pas s'être levé immédiatement, comme le lui commandait la plus simple courtoisie, et d'être resté assis, à regarder l'homme qui entrait. Peut-être s'était-il levé immédiatement et avait-il eu seulement l'impression d'avoir tardé à le faire. Roark ne fut pas certain, lui non plus, de s'être arrêté, en entrant dans la pièce, au lieu de se diriger vers l'homme qui était assis à son bureau. Peut-être s'était-il avancé immédiatement et avait-il eu seulement l'impression de s'être arrêté. Mais il y eut un instant pendant lequel tous deux oublièrent l'immédiate réalité ; Wynand, ce qu'il avait l'intention de dire à cet homme, et Roark que cet homme était le mari de Dominique. Un instant pendant lequel plus rien n'exista pour les deux hommes que la connaissance qu'ils eurent l'un de l'autre, que leurs pensées simultanées : « Voilà donc Gail Wynand », « Voilà donc Howard Roark ».

A ce moment, Wynand se leva, fit de la main un geste indiquant un siège près de son bureau. Roark s'approcha, y prit place et ni l'un ni l'autre ne remarqua qu'ils n'avaient échangé aucune formule de politesse.

Wynand sourit et s'entendit prononcer une phrase qu'il n'avait pas eu la moindre intention de formuler. Il dit très simplement :

– Je ne pense pas que vous soyez disposé à travailler pour moi.

– J'y suis disposé, répondit Roark qui était venu à ce rendez-vous avec l'intention de refuser.

– Vous connaissez le genre de construction que j'ai fait bâtir jusqu'à présent ?

– Oui.

Wynand sourit.

– Cette fois, c'est différent. Ce n'est pas pour mon public que je veux faire construire, c'est pour moi.

– Vous n'avez rien fait construire pour vous-même, jusqu'à présent ?

– Non... si l'on en excepte la cage que j'ai fait élever sur un toit et cette vieille usine à imprimer que vous voyez ici. Pourriez-vous me dire pourquoi je n'ai jamais fait construire un building pour moi, alors que j'avais la possibilité d'élever une ville si cela me plaisait. Moi je l'ignore. Mais vous, vous le savez peut-être.

Wynand avait complètement oublié qu'en règle générale il ne permettait jamais à un homme qui travaillait pour lui d'avoir sur lui des idées personnelles.

– Parce que vous n'étiez pas heureux, répondit Roark.

Il dit cela simplement, sans aucune insolence, comme si rien d'autre qu'une absolue honnêteté n'était possible entre eux. Ce n'était pas le commencement d'une conversation, mais la continuation de quelque chose qui avait commencé il y avait longtemps.

– Expliquez-vous, dit Wynand,

– Je suis sûr que vous me comprenez.

– J'aimerais vous entendre m'expliquer votre pensée.

– La plupart des gens font construire comme ils vivent, par routine et comme un accident sans signification. Mais peu d'entre eux comprennent que construire est un symbole. Nous vivons par la pensée et l'existence n'est rien d'autre que l'opération qui consiste à donner à cette vie de l'esprit une réalité physique, à la traduire en actes et en formes. Pour un homme qui comprend cela, une maison qu'il fait construire pour lui est l'expression même de sa vie. S'il ne fait pas construire alors qu'il en a les moyens, c'est que sa vie n'a pas été ce qu'il désirait.

– Et vous n'estimez pas absurde de me dire cela justement à moi?

– Non.

– Je ne le trouve pas non plus. (Roark sourit.) Mais vous et moi sommes les seules personnes qui puissions comprendre ce que vous venez de dire. Vos deux remarques : que je n'avais pas eu ce que je désirais, et que j'étais capable de comprendre la valeur d'un symbole élevé. Vous ne désirez pas retirer cette dernière affirmation?

– Non.

– Quel âge avez-vous?

– Trente-six ans.

– J'étais déjà propriétaire de la plupart des journaux que je possède actuellement... à trente-six ans. Ne voyez pas là une remarque personnelle, ajouta-t-il. Je ne sais pourquoi je vous dis cela. Une idée qui m'est venue, simplement.

– Que voulez-vous que je construise pour vous?

– Ma demeure.

Wynand eut l'impression que ces deux mots produisaient à Roark un effet plus grand qu'ils n'auraient dû le faire. Ce ne fut qu'une impression. Il faillit demander : « Qu'y a-t-il? » mais s'en abstint, puisque après tout Roark n'avait rien dit.

– Votre diagnostic était juste, reprit Wynand, car maintenant j'ai le désir de me faire construire un home. Maintenant je n'ai plus peur de donner à ma vie une forme visible. Et pour m'exprimer franchement, comme vous l'avez fait, maintenant, je suis heureux.

– Quelle sorte de maison désirez-vous?

– Une maison à la campagne. J'ai déjà acheté le terrain. Dans le Connecticut, un domaine de cinq cents acres. Quel genre de maison? C'est à vous d'en décider.

– Est-ce Mrs. Wynand qui m'a choisi pour cela?

– Non. Mrs. Wynand n'est au courant de rien. C'est moi qui lui ai proposé d'aller nous installer à la campagne et elle y a consenti. Je lui ai demandé de choisir un architecte... le nom de jeune fille de ma femme était Dominique Francon... elle faisait de la critique d'art... mais elle a préféré s'en remettre à moi. Voulez-vous savoir pourquoi mon choix s'est porté sur vous? Il m'a fallu du temps pour me décider. J'étais vraiment embarrassé. Je n'avais jamais entendu parler de vous. Je ne connaissais aucun architecte. Je dis cela au sens propre du terme... sans oublier les années que j'ai passées à m'occuper d'affaires immobilières, ce que j'ai fait construire, et les imbéciles qui travaillaient pour moi. Il ne s'agissait plus de Stoneridge, il s'agissait cette fois de... comment avez-vous dit cela?... de donner forme à ma vie. C'est alors que je visitai Monadnock. Ce fut la première fois que j'entendis votre nom. Mais je me soumis encore à une longue épreuve. Je parcourus le pays, examinant les maisons privées, les hôtels, les buildings. Chaque fois que je voyais quelque chose qui me plaisait et que je demandais qui en était l'auteur, on me répondait : Howard Roark. Et c'est pourquoi j'ai fait appel à vous. J'ai à peine besoin de vous dire l'admiration que j'éprouve pour votre talent.

– Merci, dit Roark.

– Cependant, je redoutais de vous connaître.

– Pourquoi ?

– Avez-vous entendu parler de ma galerie de tableaux ?

– Oui.

– J'ai toujours refusé de faire la connaissance des artistes dont j'aime les œuvres. L'œuvre a trop de signification pour moi. J'ai toujours peur que l'artiste ne me la gâte. Il en est généralement ainsi. L'artiste est le plus souvent un démenti à son propre talent. Vous pas. J'aime à parler avec vous. Et si je vous dis tout cela, c'est simplement pour que vous sachiez que je respecte peu de chose dans la vie, mais que je respecte les œuvres de ma galerie, les œuvres que vous avez créées, et la capacité de l'homme à produire de telles œuvres. Peut-être est-ce la seule religion que j'aie jamais eue. (Il haussa les épaules.) Je crois avoir détruit, perverti, corrompu presque tout ce qui existe. Mais je n'ai jamais touché à cela. Pourquoi me regardez-vous ainsi ?

– Excusez-moi. Parlez-moi de la maison que vous désirez.

– Je veux que ce soit un palais.... mais je ne pense pas que les vrais palais soient réellement luxueux. Ils sont si vastes, si publics. Le vrai luxe pour moi, c'est une maison de petites dimensions. Une demeure pour deux personnes seulement... ma femme et moi. Il n'est pas nécessaire de prévoir une famille, nous n'avons pas l'intention d'avoir des enfants. Ni des visiteurs, nous n'avons pas l'intention de recevoir. Une chambre d'amis, à tout hasard, mais pas plus. Un salon, une salle à manger, une bibliothèque, deux studios, une chambre à coucher. Des chambres de domestiques, un garage. C'est l'idée générale. Les détails, je vous les donnerai plus tard. Le prix... ce qu'il vous faudra. L'aspect..., ajouta Wynand en souriant, j'estime, après avoir vu vos œuvres, que seul celui qui serait capable de faire mieux a le droit de vous donner des conseils. Les autres n'ont qu'à se taire. La seule chose que je désire c'est que ma maison ait le caractère Roark.

– Que voulez-vous dire ?

– Je suis sûr que vous me comprenez.

– C'est possible, mais j'aimerais que vous m'expliquiez votre pensée.

– Eh bien, certaines maisons, tout en façade, sont à la fois médiocres et prétentieuses ; d'autres, qui n'ont pas le courage d'être ce qu'elles sont, ont l'air de s'excuser par chacune de leurs briques ; d'autres encore ont quelque chose de faux, de replâtré, de malsain. Les demeures que vous construisez expriment toutes le même sentiment, un sentiment de joie. Non pas une joie passive, mais une joie exigeante. Un sentiment qui, lorsqu'on l'éprouve, a quelque chose d'exaltant et vous entraîne sur un plan supérieur.

– Evidemment, c'était inévitable, dit pensivement Roark.

– Quoi donc ?

– Que vous compreniez tout cela.

– Pourquoi dites-vous cela comme si vous... déploriez que j'en sois capable.

– Je ne le déplore nullement.

– J'espère que vous ne me tenez pas rigueur de ce que j'ai fait construire auparavant ?

– Certainement pas.

– Ce sont justement les Stoneridge, et les Noyes-Belmont... ainsi que les journaux Wynand... qui me permettent de m'adresser à vous pour faire construire ma maison. C'est là un résultat qui en vaut la peine. Peu importe comment j'y suis parvenu. Eux n'étaient que les moyens... vous êtes le but.

– Vous n'avez pas à vous justifier devant moi.

– Je ne me jus... Oui, c'est exactement ce que j'étais en train de faire.

– Il ne faut pas. Je ne pensais nullement à ce que vous avez fait construire auparavant.

– A quoi pensez-vous ?

– Que je suis désarmé devant quiconque voit dans mes œuvres ce que vous y voyez.

– Et il vous déplaît de vous sentir désarmé devant moi ?

– Non, mais ce n'est pas dans ma nature.

– Ce n'est pas dans ma nature non plus de chercher à me justifier. Nous sommes donc quittes, n'est-il pas vrai ?

– Oui.

– Il faut que je vous en dise davantage au sujet de la demeure que je veux que vous construisiez pour moi. Il me semble qu'un architecte est un peu comme un confesseur... il doit tout savoir des gens qui vivront dans la maison qu'il va édifier, puisque ce qu'il leur donne est quelque chose de plus personnel encore que les vêtements ou la nourriture. Considérez-le sous cet angle et pardonnez-moi si j'ai un peu de peine à m'exprimer... Je ne me suis jamais confessé. Voyez-vous, si je désire maintenant avoir un home, c'est que je suis désespérément amoureux de ma femme... Qu'y a-t-il ? Trouvez-vous que ce soit là une déclaration inconvenante ?

– Non. Continuez.

– Je ne puis supporter de voir ma femme parmi d'autres personnes. Ce n'est pas de la jalousie. C'est quelque chose de plus fort et de pire. Je ne puis supporter de la voir marcher dans les rues de la ville. Je ne puis la partager, pas même avec des magasins, des théâtres, des taxis ou des trottoirs. Il faut que je l'emmène. Il faut que je la mette hors d'atteinte, à l'abri de tout. Cette maison sera une forteresse. Mon architecte en sera le gardien.

Roark ne quittait pas Wynand des yeux. Il lui fallait le regarder en face pour continuer à l'écouter. Wynand sentait l'effort dans ce regard, mais le prit pour une force. Il se sentit encouragé par ce regard et eut l'impression que rien, à cet instant, ne lui serait pénible à avouer.

– Cette maison doit être une prison. Non, ce n'est pas cela. Une citadelle dans laquelle abriter mon trésor le plus précieux. Mais ce doit être plus que cela. Ce doit être un monde à part, si beau que nous ne regretterons jamais celui que nous aurons quitté. Une prison, oui, mais uniquement par la puissance qu'elle exercera par sa perfection. Ni barreaux, ni remparts... mais votre talent se dressant comme une muraille entre le monde et nous. Voilà ce que j'attends de vous. Cela et plus encore. Avez-vous jamais construit un temple?

Pendant un instant Roark fut trop surpris pour répondre, mais il vit que la question était sincère. Wynand ne savait rien.

– Oui, dit-il enfin.

– Alors pensez à cette maison comme vous penseriez à un temple. Un temple élevé pour Dominique Wynand... Je désire que vous fassiez sa connaissance avant d'en faire le projet.

– J'ai rencontré Mrs. Wynand il y a quelques années.

– Vraiment? Alors vous devez me comprendre.

– Oui.

Wynand regarda la main de Roark sur le bord du bureau, les longs doigts qui effleuraient les épreuves de *L'Etendard*. Au sommet de la pile, le titre « Une Voix s'élève » se détachait. « Quel magnifique presse-papier, songea Wynand, ferait sur mon bureau la main de Roark moulée en bronze. »

– Vous voyez maintenant ce que je désire, reprit Wynand. Allez de l'avant. Commencez immédiatement. Lâchez tout ce que vous faites en ce moment. Vous fixerez vous-mêmes vos honoraires. Il me faut cette maison pour l'été... Oh! pardonnez-moi. L'habitude de traiter avec des architectes que je méprise. Je ne vous ai même pas demandé si vous étiez disposé à entreprendre ce travail.

Roark bougea d'abord la main, la retirant du bureau.

– Oui, dit-il, j'y suis disposé.

Wynand vit l'empreinte des doigts de Roark sur la plaque de verre du bureau, aussi distincte que des cannelures et ces empreintes étaient humides.

– Combien de temps vous faudra-t-il? demanda Wynand.

– Vous aurez votre maison en juillet.

– Il faut bien entendu que vous voyiez l'emplacement. Je désire vous le montrer moi-même. Voulez-vous que nous y allions demain matin?

– Si vous voulez.

– Soyez ici à neuf heures.

– Bon.

– Désirez-vous que je fasse préparer un contrat? J'ignore complètement vos méthodes de travail. En règle générale, avant de conclure une affaire avec qui que ce soit, j'ai pour principe de tout connaître de celui auquel j'ai affaire. Je n'ai pris aucun renseignement sur vous. J'ai purement et simplement oublié. Cela me paraissait absolument inutile.

– Je suis prêt à répondre à toutes vos questions.

Wynand secoua la tête en souriant.

– Non. Je ne vous poserai aucune question en dehors du travail.

– Je ne pose jamais qu'une seule condition, dit Roark. Le jour où vous aurez accepté le projet de la maison, il devra être réalisé tel qu'il a été conçu, sans aucune altération.

– Certainement. C'est une chose entendue. J'avais entendu dire d'ailleurs que vous refusez de travailler dans d'autres conditions. Mais verriez-vous un inconvénient à ne faire aucune publicité au sujet de ma maison ? Je sais que cela vous aurait été utile au point de vue professionnel, mais je voudrais que tout cela demeurât hors des journaux.

– Je n'y vois, pour ma part, aucun inconvénient.

– Me promettez-vous de n'accorder aucun droit de reproduction aux journaux et magazines ?

– Je vous le promets.

– Merci. Je vous revaudrai cela. Je mets les journaux Wynand à votre entière disposition. Et je suis prêt à vous donner tous les coups de main nécessaires pour n'importe quel autre travail.

– Je n'ai besoin d'aucun coup de main.

Wynand se mit à rire de bon cœur.

– En voilà une chose à dire, et dans mon bureau encore ! Je suis persuadé que vous n'avez pas la moindre idée de la façon dont vos collègues auraient mené un tel entretien. Je ne crois pas que vous ayez été conscient un seul instant de parler avec Gail Wynand.

– Si, dit Roark, je l'étais.

– Je vous disais cela comme un remerciement. Il ne m'est pas toujours agréable d'être Gail Wynand.

– Je le savais.

– Je crois que je vais revenir sur ma décision et vous poser une question personnelle. Vous m'avez dit tout à l'heure que vous répondriez à n'importe quelle question.

– En effet.

– Cela vous a-t-il toujours été agréable d'être Howard Roark ?

Roark sourit, d'un sourire amusé, surpris, involontairement dédaigneux.

– Vous m'avez répondu, dit Wynand.

Il se leva, tendit la main :

– Demain matin, neuf heures.

Lorsque Roark fut parti, Wynand rêva un moment à son bureau. Il souriait. Il avança la main vers un des boutons colorés... et le retira. Il prenait soudain conscience qu'il lui faudrait reprendre une attitude différente, son attitude habituelle, et qu'il ne pourrait plus parler comme il venait de le faire pendant une demi-heure. Et il réalisa brusquement ce qu'il y avait eu d'étrange dans cet entretien. Pour la première fois de sa vie il s'était entretenu avec un autre homme sans éprouver cette sensation de répugnance à parler, cette impression de pesanteur, cette nécessité de déguiser sa pensée qu'il éprouvait toujours lorsqu'il s'adressait aux êtres. Avec Roark il n'avait éprouvé aucun contrainte, aucun désir de contrainte, comme s'il s'était entretenu avec lui-même.

Il appuya sur un bouton et dit à sa secrétaire :

– Dites aux archives de m'envoyer tout ce qu'ils ont sur Howard Roark.

– Devinez ce qui se passe, dit Alvah Scarret qui mourait visiblement d'envie qu'on le lui demandât.

Ellsworth Toohey fit de la main un geste impatient, sans lever les yeux de son travail.

– Allez-vous-en, Alvah. Je suis occupé.

– Mais c'est intéressant, Ellsworth. C'est vraiment intéressant. Je sais que cela vous passionnera.

Toohey leva la tête et regarda Scarret, avec, au coin des yeux, une subtile expression d'ennui, et pour bien lui faire comprendre qu'il lui accordait une faveur, il dit d'un ton traînant empreint d'une condescendante patience :

– Eh bien, de quoi s'agit-il ?

Scarret ne parut nullement froissé de l'attitude de Toohey. Il y avait déjà plus d'un an que Toohey avait adopté cette attitude avec lui. Scarret n'avait pas remarqué la transformation progressive de leurs relations ; lorsqu'il s'en était aperçu, il était trop tard pour en prendre ombrage. Et leurs rapports lui semblaient maintenant absolument normaux.

Scarret eut le sourire d'un brillant élève qui s'attend à être félicité par son professeur pour avoir découvert une erreur dans un de ses livres de classe.

– Ellsworth, votre bureau privé de renseignements est en faute.

– Que voulez-vous dire ?

– Je parie que vous ne savez pas ce que Gail vient de faire... vous qui mettez toujours votre point d'honneur à en être parfaitement informé.

– Et qu'est-ce que j'ignore ?

– Devinez qui était dans son bureau tout à l'heure ?

– Mon cher Alvah, je n'ai pas de temps à perdre à des devinettes.

– Vous chercheriez pendant mille ans que vous ne trouveriez pas.

– Bon, eh bien, puisque le seul moyen de se débarrasser de vous est de jouer le jeu, je vais vous poser la question : Qui était tout à l'heure dans le bureau de notre cher Gail ?

– Howard Roark.

Toohey leva la tête, oubliant de masquer son intérêt et dit d'un ton incrédule :

– Non !

– Si ! dit Scarret, fier de l'effet produit.

– Par exemple ! dit Toohey.

Et il éclata de rire.

Scarret esquissa un sourire, surpris, désireux de partager sa gaieté, mais n'en comprenant pas exactement la cause.

– Oui, c'est assez drôle... mais en somme, pourquoi est-ce drôle, Ellsworth ?

– Oh ! Alvah, ce serait trop long de vous l'expliquer !

– Je pensais que c'était peut-être...

– N'avez-vous pas le sens de ce qui est spectaculaire, Alvah ? N'aimez-vous pas assister à un feu d'artifice ? Si vous voulez savoir à quoi nous pouvons nous attendre, dites-vous que les pires guerres sont les guerres de religion entre sectes de la même foi ou les guerres civiles, entre hommes de la même race.

– Je ne vous suis pas très bien.

– Eh bien ! ça me change. On ne me suit que trop d'habitude.

– Enfin, je suis ravi que vous le preniez ainsi, mais moi je ne trouvais pas ça très bien.

– Bien sûr que c'est mauvais signe, mais pas pour nous.

– Ce qu'il y a d'ennuyeux, c'est que nous nous sommes déchaînés, et vous en particulier contre ce Roark, le traitant de bon à rien, et maintenant si le patron l'engage... ça risque d'être gênant.

– Ah ! ça ?... Oui, en effet...

– Enfin, je suis content que vous le preniez ainsi.

– Et que faisait-il dans le bureau de Wynand ? C'est pour un travail ?

– C'est ce que je ne sais pas. Impossible de l'apprendre. Personne ne sait rien.

– Avez-vous entendu dire que Wynand avait l'intention de faire construire, ces derniers temps ?

– Non, et vous ?

– Non. Décidément mon bureau d'informations privées se relâche. Enfin, on fait ce qu'on peut.

– Moi, Ellsworth, j'ai une idée. Je crois que cette histoire nous sera profitable.

– Comment cela ?

– Ellsworth, Gail est devenu impossible, ces derniers temps.

Scarret prononça ces mots d'un air solennel, comme s'il faisait partager à Toohey une importante découverte. Toohey se contenta de sourire.

– Oui, je sais, Ellsworth, vous me l'aviez prédit. Vous aviez raison. Vous avez toujours raison. Que je sois maudit si je comprends ce qui lui est arrivé. Est-ce Dominique, ou quelque changement dans sa vie, mais il lui est certainement arrivé quelque chose. Pourquoi prend-il de brusques colères et s'est-il mis à lire chaque ligne de chaque édition et fait-il un foin du diable pour la moindre chose ? Il a tordu le cou dernièrement à trois de mes meilleurs éditoriaux et il ne m'avait jamais fait cela auparavant. Jamais ! Savez-vous ce qu'il m'a dit l'autre jour : « La maternité est une chose merveilleuse, Alvah, mais par Dieu, n'en abusez pas. Il y a tout de même une limite à la dépravation intellectuelle. » A quoi faisait-il allusion ? J'avais écrit pour la Journée des Mères le plus touchant des éditoriaux que j'aie jamais écrit. Parole d'honneur, j'en étais ému moi-même. Et quelle mouche l'a piqué de venir me parler de dépravation ? Et l'autre jour il a traité Jules Fougler d'esprit au rabais et a jeté devant lui son article du dimanche à la corbeille à papiers. Un article épatant... sur le théâtre populaire. Jules Fougler, notre meilleur critique ! Il n'y a rien d'étonnant à ce que Gail n'ait plus un ami au journal. On le détestait déjà avant, mais vous devriez les entendre maintenant !

– Je les ai entendus.

– Il perd de son autorité, Ellsworth. Je ne sais ce que je ferais sans vous et sans tous ces jeunes types que vous m'avez fait engager. Ce sont maintenant nos meilleurs collaborateurs, ces gamins, bien plus que nos anciens rédacteurs qui se prennent tellement au sérieux. Ces gosses-là, ce sont eux qui tiendront debout *L'Etendard*. Tandis que Gail... Vous savez que la semaine passée il a flanqué Dwight Carson à la porte ? Je trouve cela très significatif. Bien entendu Dwight était un poids mort, un inutile, mais c'était le premier des favoris de Gail, un de ceux qui lui avaient vendu leur âme. De sorte qu'en somme j'aimais bien avoir Dwight ici, c'était bien, c'était salutaire, c'était une relique du Gail des meilleurs jours, une soupape de sûreté pour Gail, comme je le disais toujours. Et quand brusquement il a autorisé Carson à s'en aller... cela ne m'a pas plu, Ellsworth, je vous le dis franchement, cela ne m'a pas plu du tout.

– Que signifie cette tirade, Alvah ? Croyez-vous m'apprendre des choses que je ne sais pas ou bien... excusez cette métaphore... êtes-vous simplement en train de laisser échapper de la vapeur... sur mon épaule ?

– Oui, ce doit être ça. Je n'aime pas à taper sur Gail, mais j'en ai tellement sur le cœur qu'il faut que ça sorte. Mais voilà où je veux en venir : Cet Howard Roark, à quoi vous fait-il penser ?

– Je pourrais écrire un volume à ce sujet, Alvah. Ce n'est guère le moment d'entamer une discussion de ce genre.

– Non, mais voici ce que je veux dire. Que savons-nous de ce Roark ? Que c'est un type impossible, un original, un fou, mais que savons-nous encore ? Que c'est un de ces fous qu'on ne peut acheter ni à l'aide des femmes, ni avec de l'argent, ni même avec un revolver sur la tempe. Il est plus irréductible que ne l'était Dwight Carson, plus dur que ne l'étaient tous les favoris de Gail réunis. Vous voyez où je veux en venir. Quels moyens emploiera Gail pour s'attaquer à un homme pareil ?

– Il y en a plusieurs.

– Il n'y en a qu'un, si je connais Gail et je le connais bien. C'est pourquoi je me sens plein d'espoir. Voilà ce dont Gail avait besoin depuis longtemps. La fameuse soupape de sûreté. Il brisera la colonne vertébrale de ce type... et cela fera à Gail le plus grand bien. Cela le remettra dans son état normal... Voilà mon idée, Ellsworth.

Scarret, voyant que ces derniers mots n'éveillaient chez Toohey aucun enthousiasme, acheva d'un ton hésitant :

– Evidemment, je peux me tromper... Je ne sais pas... Ce n'est peut-être pas ça du tout... Mais je pensais que psychologiquement...

– Psychologiquement, oui...

– Alors vous pensez que c'est ainsi que cela se passera ?

– C'est possible. Et peut-être sera-ce pire que tout ce que vous pouvez imaginer. Mais tout cela n'a plus d'importance pour nous, parce que voyez-vous, Alvah, en ce qui concerne *L'Etendard*, si jamais il y avait un conflit entre le patron et nous, nous n'aurions plus besoin d'avoir peur de Mr. Gail Wynand.

Lorsque le commissionnaire des archives entra avec une lourde enveloppe de coupures de presse, Wynand, levant la tête, dit :

– Tout ça ? Je ne le croyais pas si célèbre.

– Ce sont les comptes rendus du procès pour le Temple Stoddard, Mr. Wynand.

Le jeune garçon s'arrêta net. Le patron n'avait rien dit, seules deux rides en diagonale s'étaient creusées sur son front et l'employé ne connaissait pas assez Wynand pour en comprendre la signification, mais sans savoir pourquoi, il se sentit effrayé. Au bout d'un instant, Wynand dit :

– C'est bien. Merci.

Le jeune garçon déposa l'enveloppe sur le bureau et se retira.

Wynand contempla l'enveloppe jaune débordante de coupures. Elle se reflétait dans le verre du bureau, semblait le traverser, prendre racine dans le bois. Wynand regarda autour de lui comme s'il cherchait un recours qui empêcherait d'ouvrir cette enveloppe.

Se redressant, il posa ses deux avant-bras très droits de chaque côté de son bureau, les mains à plat, les doigts serrés, regarda intensément ce paquet redoutable posé sur son bureau. Il avait quelque chose de grave, de fier, de concentré comme une momie de pharaon. Enfin il avança la main, attira l'enveloppe à lui, l'ouvrit et se mit à lire.

« Sacrilège », par Ellsworth Toohey... « Les Eglises de notre Enfance », par Alvah Scarret... éditoriaux, sermons, discours, exposés, lettres au rédacteur en chef, *L'Etendard* se déchaînant dans une attaque de grand style avec photographies, caricatures, interviews, manifestes de protestation, campagne auprès des éditeurs.

. Wynand lut chaque coupure méthodiquement, les mains posées à plat sur ıe bureau. Il ne touchait pas aux papiers en lisant, prenant connaissance de la coupure qui était sur le dessus de la pile, puis la posant de côté pour lire la suivante. Sa main accomplissait ce geste avec une perfection mécanique, ses doigts se levant à l'instant où ses yeux avaient déchiffré le dernier mot, ne laissant pas la coupure sur la pile une seconde de plus qu'il n'était nécessaire. Il ne s'arrêta longuement que pour contempler les photographies montrant les différentes faces et l'intérieur du Temple Stoddard. Il s'arrêta plus longtemps encore devant la photographie de Roark, où celui-ci avait été saisi dans un moment d'exaltation et qui portait comme légende : « Etes-vous heureux, Monsieur le Surhomme ? » Il l'arracha à l'article qu'elle illustrait et la glissa dans le tiroir de son bureau. Puis il se remit à lire.

Le procès... le témoignage d'Ellsworth Toohey... celui de Peter Keating... de Ralston Holcombe... de Gordon L. Prescott... pas de compte rendu du témoignage de Dominique Francon, mais simplement un bref résumé, Puis : « La Défense a terminé ». Quelques allusions encore dans « Une Voix s'élève... » puis une longue interruption... La dernière coupure, de trois ans plus tard, se référait à Monadnock Valley.

Il était tard lorsque Wynand termina sa lecture. Ses secrétaires étaient parties. Il ressentit autour de lui la sensation de pièces et de halls vides. Mais le bruit des rotatives montait jusqu'à lui, une sourde et monotone vibration qui pénétrait partout. Il avait toujours aimé l'entendre... ce bruit de pulsation du cœur même du building. Il écouta encore. On préparait l'édition du lendemain de *L'Etendard*. Il resta là longtemps, sans bouger.

4.3

Roark et Wynand, debout au sommet de la colline, contemplaient la vaste étendue de terrain qui se déroulait sous leurs yeux en douces ondulations. Les arbres nus se profilaient sur la crête de la colline, s'étageaient jusqu'aux

rives du lac, leurs branches dessinant dans l'espace des compositions géométriques. La couleur du ciel, d'un clair, d'un délicat bleu-vert, faisait paraître
l'air plus froid. Et le froid effaçait les couleurs de la terre, n'y laissant que
des éléments dont jaillirait la couleur. Ces teintes brunâtres contenaient en
elles une promesse de vert, ces tons rougeâtres annonçaient la pourpre
future, le gris était le prélude de l'or. La terre n'en était qu'au prélude d'une
magnifique histoire, elle était semblable au squelette d'acier d'un building...
attendant d'être parachevé, contenant toute la splendeur de l'avenir dans sa
nudité dépouillée.

– Où croyez-vous que devrait se dresser la maison ? demanda Wynand.

– Ici, dit Roark.

– J'espérais que ce serait cet emplacement que vous choisiriez.

Wynand et Roark étaient venus de New York en voiture et depuis deux
heures ils parcouraient le domaine, traversant des champs déserts, une forêt,
suivant le bord d'un lac, gravissant la colline. Maintenant Wynand se taisait,
tandis que Roark contemplait le paysage qui s'offrait à ses yeux. Et Wynand
se demandait quelles étaient ces rênes, venant de tous les points de l'horizon,
que cet homme rassemblait dans ses mains.

Lorsque Roark se tourna vers lui, Wynand demanda :

– Puis-je vous parler maintenant ?

– Mais bien entendu.

Roark souriait, amusé par la déférence avec laquelle Wynand s'adressait à
lui.

La voix de Wynand s'éleva, claire et froide, comme la couleur du ciel au-
dessus de leurs têtes, et avec le même éclat :

– Pourquoi avez-vous accepté de travailler pour moi ?

– Parce que je suis architecte.

– Vous savez parfaitement ce que je veux dire.

– Je n'en suis pas sûr.

– Est-ce que je ne vous fais pas horreur ?

– Non, pourquoi ?

– Vous voulez donc que ce soit moi qui en parle le premier ?

– De quoi donc ?

– Du Temple Stoddard ?

Roark sourit.

– Ainsi vous vous êtes renseigné depuis hier ?

– J'ai lu les coupures de presse vous concernant.

Il attendit, et comme Roark ne disait rien, il reprit :

– Je les ai toutes lues. Tout ce que nous avons dit de vous, ajouta-t-il
d'une voix où se mêlaient le défi et la prière.

Le visage parfaitement calme de Roark l'exaspéra. Il continua, donnant à
chaque mot toute sa signification :

– Nous vous avons traité d'incapable, de fou, de barbouilleur, de charla-
tan, d'escroc, de maniaque...

– Cessez donc de vous torturer.

Wynand ferma les yeux comme si Roark l'avait frappé. Au bout d'un
moment il reprit :

– Mr. Roark, vous ne me connaissez pas encore. Apprenez donc ceci : je ne m'excuse pas. Je ne m'excuse jamais pour aucune de mes actions.

– Pourquoi parler d'excuses ? Je ne vous en ai pas demandé.

– Je suis d'accord avec chacun des qualificatifs qu'on vous a attribués. Je suis d'accord avec chacun des mots qui sont imprimés par *L'Etendard*.

– Je ne vous ai pas demandé de les répudier.

– Je sais parfaitement ce que vous pensez. Vous vous êtes aperçu hier que j'ignorais tout du Temple Stoddard. J'avais simplement oublié le nom de l'architecte qui y était mêlé. Vous en avez conclu que ce n'était pas moi qui avais mené campagne contre vous. Et en cela vous avez raison, car j'étais en voyage à cette époque. Mais ce que vous ne comprenez pas, c'est que cette campagne était dans le véritable esprit de *L'Etendard* et en parfaite harmonie avec ses fonctions. Personne n'en est responsable, si ce n'est moi. Alvah Scarret ne faisait qu'exécuter ce que je lui avais enseigné. Si j'avais été à New York, j'aurais agi de même.

– C'est votre droit.

– Vous ne croyez pas que je l'aurais fait ?

– Non.

– Je ne vous ai pas demandé de me faire des compliments et je ne vous demande pas votre pitié.

– Ce que vous voudriez que je fasse m'est impossible.

– Et que croyez-vous que j'attends de vous ?

– Que je vous frappe au visage.

– Et pourquoi ne le faites-vous pas ?

– Je ne puis feindre une colère que je n'éprouve pas, dit Roark. Ce n'est pas par pitié. En réalité mon attitude envers vous est cruelle, bien que je n'agisse pas par cruauté. Si je vous frappais, vous me pardonneriez le Temple Stoddard.

– Parce que ce serait vous qui auriez quelque chose à vous faire pardonner ?

– Non. Vous savez que quelqu'un doit pardonner quelque chose, mais ce n'est pas très clair dans votre esprit. Vous voudriez que je vous pardonne ou que j'exige réparation, ce qui est la même chose, et vous vous imaginez que cela résoudrait la question. Mais je n'ai rien à faire avec tout cela. Je ne suis pas acteur dans cette affaire. Mes réactions n'ont aucune importance. D'ailleurs ce n'est pas à moi que vous pensez. Je ne puis vous aider, car ce n'est pas de moi que vous avez peur en ce moment.

– Et de qui ?

– De vous-même.

– Qui vous a donné le droit de me dire tout cela ?

– Vous-même.

– Bien. Continuez.

– Vous êtes sûr que vous voulez en entendre davantage ?

– Continuez.

– Je pense que ce qui vous tourmente, c'est de m'avoir fait souffrir. Mais il y a une chose qui vous tourmente davantage encore, c'est de savoir qu'en réalité je n'ai pas souffert.

– Continuez.

– Vous sentez aussi que mon attitude à votre égard ne m'est dictée ni par la bonté, ni par la générosité, mais par l'indifférence. Et cela vous effraie parce que vous savez que quelqu'un devra payer pour le Temple Stoddard... et que vous voyez que ce n'est pas moi qui paie. Vous êtes surpris que j'aie accepté de travailler pour vous. Croyez-vous qu'il m'ait fallu du courage pour accepter ? Il vous en a fallu un bien plus grand pour vous adresser à moi. Et pour résumer ma pensée au sujet de l'affaire Stoddard : j'en suis quitte, vous pas.

Wynand leva les mains, paumes ouvertes, en un geste d'acquiescement. Ses épaules s'affaissèrent légèrement. Il dit très simplement :

– Vous avez raison. En tout.

Puis il se redressa, mais il y avait dans son expression quelque chose de résigné et il semblait être devenu soudain plus vulnérable.

– Je ne sais si vous comprenez que vous venez de m'infliger une défaite ? dit-il.

– Oui. Et vous avez bien encaissé. Vous avez donc eu ce que vous vouliez. Considérons que nous sommes quittes et oublions le Temple Stoddard.

– Je ne sais si vous avez beaucoup de pénétration, ou si c'est moi qui suis trop aisément déchiffrable, mais personne jusqu'à présent ne m'avait ainsi percé à jour.

– Et vous dirai-je maintenant ce que vous attendez de moi ?

– Et que croyez-vous que j'attende encore de vous ?

– Une opinion personnelle. C'est bien mon tour de vous la donner.

– Vous êtes très honnête.

– Pourquoi ne le serais-je pas ? Je ne puis vous accorder que vous m'ayez fait souffrir ; je dois au contraire reconnaître que vous m'avez fait plaisir. Je ne sais pourquoi, je suis heureux de vous avoir plu. Et de ma part, c'est aussi exceptionnel que pour vous d'accepter une défaite. Il m'est généralement indifférent de plaire ou de déplaire, mais dans ce cas c'est autre chose. Je suis content d'être apprécié par vous.

Wynand se mit à rire de bon cœur.

– Vous êtes aussi naïvement orgueilleux qu'un empereur. En accordant des honneurs, c'est à vous-même que vous en faites un. Où diable avez-vous été chercher l'idée que vous me plaisiez ?

– Ne m'obligez pas à vous l'expliquer, vous me reprocheriez encore de vous comprendre trop aisément.

Wynand s'assit sur un tronc d'arbre qui barrait la route. Il ne dit rien, mais quelque chose dans son attitude invitait, demandait. Roark s'assit à côté de lui, la trace d'un sourire amusé jouait encore sur son visage et il écoutait parler Wynand avec beaucoup d'attention, semblant trouver dans ses paroles une confirmation à ses propres pensées.

– Vous vous êtes fait vous-même ? demanda Wynand. Votre famille était pauvre.

– Oui. Comment le savez-vous ?

– Parce que je puis imaginer qu'on vous ait jamais fait cadeau de quelque chose, d'un compliment, d'une idée ou d'une fortune. Je suis parti de rien, moi aussi. Qu'était votre père ?

– Soudeur sur acier.

– Le mien était docker. Avez-vous fait tous les métiers quand vous étiez enfant ?

– Oui, mais spécialement dans le bâtiment.

– Moi, c'était pire. Je faisais n'importe quoi. Quel travail préfériez-vous ?

– Fixer les rivets sur les traverses d'acier.

– Moi, c'était d'être cireur de bottes sur le ferry-boat qui fait la traversée de l'Hudson. J'aurais dû haïr ce travail, je l'aimais. J'ai oublié les gens, mais je me souviens de la ville. La cité de New York, se dressant sur la rive, à laquelle je me sentais lié par un lien élastique. Le lien s'étirait et je partais pour l'autre rive, mais il se contractait et me ramenait toujours. J'avais le sentiment que jamais je n'échapperais à cette ville et que jamais elle ne m'échapperait.

A la façon dont Wynand s'exprimait, Roark comprit qu'il parlait rarement de son enfance. Les mots qu'il employait avec une certaine hésitation avaient quelque chose de neuf, de non terni par l'usage comme une pièce d'argent qui n'aurait pas encore servi.

– Vous est-il arrivé d'être sans abri et de souffrir de la faim ?

– Quelquefois, oui.

– Cela vous était très pénible ?

– Non.

– A moi non plus. Ce n'est pas de cela que je souffrais le plus. Vous est-il arrivé, quand vous étiez enfant, d'avoir envie de crier en ne voyant rien d'autre autour de vous que la plus épaisse bêtise, comprenant comment les choses devraient être faites pour l'être bien et n'ayant pas le pouvoir d'en persuader ceux qui vous entouraient ? Devant recevoir des ordres... ce qui est déjà assez dur... mais devant les recevoir de vos inférieurs ! Avez-vous souffert de cela ?

– Oui.

– Avez-vous ravalé votre colère et l'avez-vous entretenue en vous, et décidé que, dussiez-vous passer par les pires moments, il arriverait un jour où vous commanderiez à ces gens, et à tous les gens, et à tout ce qui vous entoure ?

– Non.

– Non ? Vous avez tout oublié ?

– Non. Je hais l'incompétence. C'est même probablement la seule chose au monde qui m'inspire de la haine. Mais cela ne m'a pas donné le désir de dominer les êtres, ni de leur enseigner quoi que ce soit. Je n'ai qu'une idée, faire mon travail à ma façon, dussé-je pour cela endurer les pires traitements.

– Ils ne vous ont pas manqué.

– Rien ne m'a vraiment atteint.

– Y a-t-il dans votre passé des choses dont vous n'aimiez pas vous souvenir ?

– Non.

– Je ne puis en dire autant. Je me souviens d'une certaine nuit. J'avais été roué de coups et me traînais vers une porte... Je me souviens du pavé... je le vois encore... je revois ces veines dans la pierre et ces taches blanches... je ne sentais plus si j'avançais ou non... ces taches changeant de forme me le disaient... il me fallait atteindre cette tache là-bas, à quelques centimètres de moi... et c'était long et difficile... et sous mon ventre il y avait du sang...

Wynand ne s'attendrissait pas sur lui-même. Il parlait simplement, de façon impersonnelle et avec une sorte d'étonnement.

– Je voudrais pouvoir vous aider, dit Roark.

Wynand eut un lent sourire dépourvu de gaieté.

– Je crois que vous le pourriez. Et je serais prêt à accepter cette idée. Il y a deux jours, j'aurais tué quiconque m'aurait offert son aide... Vous avez compris, bien entendu, que la nuit dont je viens de parler n'était pas un de ces souvenirs qui me font horreur et que je crains d'évoquer. Cette nuit-là est moins pénible à rappeler que certaines choses dont je ne peux même pas parler.

– Je sais, et c'est à ces choses-là que je faisais allusion lorsque j'ai dit que je voudrais pouvoir vous aider.

– Et à quoi pensiez-vous spécialement ?

– Au Temple Stoddard.

– Et vous voudriez m'aider à l'oublier ?

– Oui.

– Quel fou vous êtes ! Ne comprenez-vous pas...

– Et vous, ne comprenez-vous que je vous aide déjà ?

– En quoi faisant ?

– En acceptant de construire votre maison.

Roark vit se dessiner les rides obliques sur le front de Wynand. Les yeux de ce dernier pâlirent comme si le bleu se retirait de l'iris et ne furent plus, dans son visage, que deux fentes lumineuses. Et il dit :

– Et en touchant pour cela un chèque confortable.

L'ébauche d'un sourire apparut sur le visage de Roark, puis disparut aussitôt. Sourire eût été reconnaître que cette brusque insulte était un aveu de défaite plus éloquent que les confidences les plus intimes. La suppression de ce sourire signifiait que Roark refusait d'aider Wynand en cet instant difficile.

– Mais bien entendu, dit Roark avec calme.

Wynand se leva.

– Partons, dit-il. Nous perdons notre temps. J'ai des choses plus importantes à faire au bureau.

Pendant le trajet du retour ils n'échangèrent pas une parole. Wynand faisait du cent à l'heure. La vitesse élevait de chaque côté de la voiture un mur d'air mouvant comme s'ils roulaient le long d'un silencieux couloir.

Wynand s'arrêta devant l'entrée du Cord Building et dit à Roark qui descendait de voiture :

– Rendez-vous sur les lieux aussi souvent qu'il sera nécessaire, Mr. Roark. Il n'est pas nécessaire que je vous y accompagne. Vous obtiendrez de mon bureau un relevé topographique et tous les renseignements nécessaires. Ne me dérangez pas, à moins que ce ne soit indispensable. Je vais être très occupé. Quand les premiers projets seront prêts, faites-le-moi savoir.

Lorsque les projets furent prêts, Roark téléphona au bureau de Wynand. Il y avait plus d'un mois qu'il n'avait parlé à ce dernier. « Restez à l'appareil, je vous prie, Mr. Roark », dit la secrétaire de Wynand. Roark attendit. La voix de la secrétaire se fit de nouveau entendre, l'informant que Mr. Wynand le priait d'apporter les plans à son bureau, dans l'après-midi à telle et telle heure. Wynand avait donc refusé de répondre personnellement.

Lorsque Roark entra dans son bureau, Wynand dit : « Comment allez-vous, Mr. Roark », d'une voix aimable et impersonnelle. Aucun souvenir de leur intimité ne se lisait sur son visage courtois, mais fermé.

Roark lui tendit les plans de la maison ainsi qu'un dessin en perspective de la façade. Wynand étudia chaque plan. Il s'attarda longuement sur la perspective. Relevant la tête, il dit enfin, d'un ton trop correct :

Je suis très frappé par votre œuvre, Mr. Roark. Vous m'avez fait d'ailleurs dès le début une forte impression. J'ai réfléchi et je désire passer avec vous un marché tout spécial.

Le regard que Wynand fixait sur Roark était empreint d'un sérieux plein de douceur, presque de tendresse. Il semblait ne traiter Roark avec ménagement que pour mieux l'amener au but qu'il se proposait.

Il prit la perspective de la façade et la tint entre deux doigts ; la lumière l'éclairant en plein fit miroiter la feuille blanche, tandis que les lignes noires ressortaient avec plus d'intensité.

– Cette maison, vous désirez la construire, vous le désirez vivement ? demanda doucement Wynand.

– Oui, dit Roark.

Wynand, écartant les doigts, laissa retomber le carton sur son bureau.

– Elle sera construite, Mr. Roark, exactement comme vous l'avez dessinée sur ce projet, mais à une condition.

Roark se renversa en arrière, les mains dans les poches, et attendit.

– Vous ne me demandez pas à quelle condition, Mr. Roark ? A votre guise, je vais vous le dire. Je n'accepterai votre projet que si vous acceptez le marché que je vous offre. Je désire signer avec vous un contrat par lequel je m'engage à ne pas prendre d'autre architecte que vous pour tous les buildings que je construirai à l'avenir. Je suppose que vous vous rendez compte de ce que cela signifie. Je crois pouvoir affirmer que j'ai la haute main sur le bâtiment plus que n'importe qui dans le pays. Il n'y a pas un de vos collègues qui ne serait heureux de devenir mon architecte attitré. Cette situation, je vous l'offre. En échange, vous aurez à vous soumettre à certaines conditions. Avant de les énumérer, je tiens à attirer votre attention sur les conséquences d'un refus de votre part. Comme vous le savez peut-être, je supporte mal un refus et la puissance dont je dispose peut agir dans les deux sens. Il me serait facile de faire de telle sorte que vous n'obteniez plus une commande. Je sais que vous avez maintenant une certaine réputation, mais aucun architecte, même d'avenir, ne peut lutter contre le genre de pression que je suis en mesure d'exercer. Vous avez déjà passé par des périodes difficiles ; elles ne sont rien en regard du blocus que je serais capable d'exercer. Peut-être vous faudrait-il retourner travailler dans une carrière de granit... parfaitement, je suis au courant... l'été 1928... la carrière de Francon dans le Connecticut...

Comment je sais cela ? Et mes détectives privés, Mr. Roark, qu'en faites-vous ? Oui, vous en seriez peut-être réduit à retourner dans une carrière, seulement, à ce moment-là, je veillerais à ce qu'aucune carrière ne vous fût ouverte. Et maintenant, je vais vous dire ce que j'attends de vous.

Dans tout ce qu'on avait raconté au sujet de Gail Wynand, personne n'avait jamais fait allusion à l'expression de son visage dans des moments pareils. Les rares êtres qui l'avaient vu dans de telles circonstances n'aimaient pas à en parler, Dwight Carson pas plus que les autres. A de tels moments, Wynand avait les lèvres entrouvertes, les yeux brillants. Il y avait dans son expression un mélange de plaisir sensuel et d'agonie... celle de sa victime... la sienne... les deux peut-être.

– Ce sera vous, à l'avenir, qui dessinerez tous mes immeubles commerciaux, dans le goût du public. Vous ferez des maisons coloniales, des hôtels rococo et des buildings de style vaguement grec. Vous emploierez votre indiscutable talent à créer des formes choisies par le grand public et grâce à vous je gagnerai de l'argent. Vous plierez votre génie et vous le ferez servir à des buts utilitaires. Les gens appellent cela arriver à l'harmonie. Vous créerez dans votre sphère ce à quoi je suis arrivé avec *L'Etendard*. Croyez-vous qu'il n'ait pas fallu du talent pour donner forme à *L'Etendard* ? Voilà ce que sera votre future carrière. Seule la maison que vous avez dessinée pour moi sera exécutée selon vos plans. Ce sera la dernière œuvre purement dans l'esprit Roark qui verra le jour. Personne après moi n'en pourra avoir d'autre. Vous avez entendu parler de ces dictateurs d'autrefois qui mettaient à mort l'architecte qui avait créé leur palais afin que personne ne pût les égaler. Oui, ils tuaient l'architecte ou bien ils lui crevaient les yeux. Nos méthodes modernes sont légèrement différentes. Jusqu'à la fin de votre vie, il vous faudra vous plier à la volonté du plus grand nombre. Je ne vais pas essayer d'argumenter avec vous. C'est à peine si je vous offre une alternative. Vous êtes un homme avec lequel on peut parler franc. Votre choix est très simple à faire : si vous refusez, vous ne construirez plus rien ; si vous acceptez, vous construirez d'abord ma maison que vous aimez et un grand nombre de buildings qui ne vous plairont pas, mais qui nous rapporteront de l'argent à tous les deux. Jusqu'à la fin de votre vie, vous créerez des lotissements à la Stoneridge. Voilà ce que j'avais à vous dire.

Il se renversa en arrière, attendant la réaction qu'il connaissait bien et s'en réjouissant à l'avance : un regard de colère, d'indignation, de fierté blessée

– Mais bien entendu, dit Roark. Je serai ravi de travailler ainsi. Rien n'est plus facile.

Il se pencha, prit sur le bureau de Wynand un crayon et le premier morceau de papier qui lui tomba sous la main... une lettre à l'en-tête imposant, et se mit à dessiner rapidement au dos de cette lettre. Le mouvement de sa main était aisé et sûr. Wynand regarda le visage penché sur ce dessin, le front lisse, les sourcils droits, le regard attentif, mais que ne troublait aucun effort.

Roark releva la tête et tendit le papier à Wynand par-dessus le bureau.

– Est-ce cela que vous voulez ?

La maison de Wynand se dressait sous ses yeux... avec un porche colonial, un toit débordant, deux énormes cheminées, quelques pilastres, et des fenêtres à meneaux. Ce n'était pas une parodie, mais une adaptation que n'importe quel professeur aurait qualifiée d'excellente.

– Seigneur, non !

La réponse fut immédiate et instinctive.

– Alors bouclez-la, dit Roark, et faites-moi grâce à l'avenir de vos suggestions en architecture.

Wynand se rejeta en arrière et se mit à rire. Il rit longtemps, incapable de s'arrêter, mais son rire était sans gaieté.

Roark secoua la tête d'un air excédé.

– Vous devriez me connaître mieux que cela. Et quel tour usé vous avez essayé de me jouer ! Mon obstination est si connue que je ne pensais pas que quelqu'un perdrait son temps à essayer de nouveau de me tenter.

– Howard, je parlais sérieusement, avant d'avoir vu ceci.

– Mais je le savais bien que vous parliez sérieusement. Jamais je n'aurais cru que vous pourriez être fou à ce point.

– Vous savez que vous risquiez gros.

– Nullement. J'avais un allié en lequel je pouvais avoir toute confiance.

– Lequel ? Votre propre intégrité ?

– La vôtre, Gail.

Wynand considéra un moment son bureau d'un air pensif. Relevant la tête, il dit :

– Vous avez tort de vous y fier.

– Je ne le crois pas.

Wynand eut soudain une expression de lassitude, presque d'indifférence.

– C'est la méthode que vous avez employée au procès Stoddard, n'est-ce pas ? « La défense a terminé. » J'avoue que j'aurais aimé être dans la salle pour vous entendre prononcer cette phrase... Vous m'avez appliqué en somme le même procédé.

– Si vous voulez.

– Mais cette fois vous avez gagné. Et n'imaginez pas que je sois heureux de vous voir triompher.

– Je n'imagine rien.

– N'imaginez pas que j'aie fait cela simplement pour vous éprouver, que je sois content d'être battu et que je me dise maintenant avec un sourire que j'ai enfin trouvé un homme qui me résiste. Ne croyez pas cela de moi, car ce ne serait pas vrai.

– Je le sais.

– Autrefois je ne me serais pas tenu pour battu si aisément. Ceci n'aurait été que le commencement. Je sais que je puis faire bien davantage. Mais je n'en ai pas envie. Pas seulement parce que vous tiendriez probablement bon jusqu'au bout, mais parce que réellement je n'en ai plus envie. Non, je ne me réjouis pas de votre attitude et je ne vous en ai aucun gré... D'ailleurs tout cela n'a aucune espèce d'importance...

– Gail, pourquoi vous mentir ainsi à vous-même ?

– Je ne mens pas. Chacun des mots que je vous ai dit est vrai. Je pensais que vous le compreniez.

– Les mots que vous avez prononcés... oui, mais ce n'est pas à cela que je pensais.

– Vous vous trompez sur moi et vous avez tort de rester ici.

– Avez-vous envie de me jeter dehors ?

– Vous savez bien que je ne le pourrais pas.

Le regard de Wynand alla de Roark au projet de la maison qui était posé sur le bureau, le dessin en dessous. Wynand hésita un instant, contemplant la feuille blanche, puis il la retourna. Et il demanda doucement :

– Vous dirai-je ce que je pense de ceci ?

– Vous me l'avez déjà fait comprendre.

– Howard, vous avez dit l'autre jour que vous considériez la maison que l'homme se fait construire comme l'expression même de sa vie. Estimez-vous que ma vie mérite une telle expression ?

– Oui.

– C'est là un jugement sincère ?

– Absolument sincère, Gail. Il ne saurait l'être plus. Et il est définitif, quoi qu'il puisse arriver à l'avenir.

Wynand reposa le projet et étudia longuement les plans. Lorsqu'il releva la tête, il avait retrouvé son calme habituel.

– Pourquoi vous êtes-vous tenu à l'écart si longtemps ?

– Vous aviez tellement à faire avec vos détectives privés.

Wynand se mit à rire.

– C'est vrai, je n'ai pu y résister, je suis retombé dans mes mauvaises habitudes. Maintenant je sais tout de vous... sauf les femmes que vous avez eues dans votre vie. Ou vous êtes très discret, ou il y en a eu très peu. Impossible d'obtenir la moindre information à ce sujet.

– Il y en a eu très peu, en effet.

– Je crois que vous me manquiez. Et que recueillir des détails sur votre passé était une façon de vous remplacer. Pourquoi n'êtes-vous jamais revenu ?

– Vous m'aviez prié de n'en rien faire.

– Etes-vous toujours aussi docile ?

– Oui, quand je trouve le conseil bon.

– Eh bien, en voilà un autre, et j'espère que vous le trouverez bon, lui aussi : venez dîner avec nous ce soir. Je vais prendre ces projets pour les montrer à ma femme. Je ne lui avais parlé de rien.

– De rien ?

– Non. J'ai hâte de lui montrer ceci, et je désire vous réunir. Je sais qu'elle n'a pas été chic envers vous... j'ai lu ses articles... mais il y a si longtemps. J'espère que cela n'a plus d'importance pour vous.

– Plus aucune.

– Alors vous viendrez ?

– Entendu.

4.4

Dominique était debout devant la porte de verre de sa chambre. Le jardin sur le toit, sous sa couche de glace, était baigné d'une lumière stellaire.

Wynand en vit le reflet sur le profil délicat de sa femme, un éclat léger sur ses paupières et sur les modelés de ses joues. Il pensa que cet éclairage était exactement celui qui convenait à ce visage. Dominique se tourna lentement vers lui et la lumière auréola la masse pâle et lisse de sa chevelure. Elle lui sourit, comme elle le faisait toujours, d'un sourire plein d'intimité et de compréhension.

– Que se passe-t-il, Gail ?

– Bonsoir, chérie. Pourquoi ?

– Vous avez l'air heureux. Ce n'est peut-être pas le mot, mais je n'en trouve pas de plus juste.

– Léger conviendrait mieux. Je me sens jeune ce soir, de trente ans plus jeune. Non pas que je veuille redevenir ce que j'étais il y a trente ans. Personne ne souhaite jamais une chose pareille. Mais j'ai l'impression, sans cesser d'être moi-même, de recommencer par le commencement. C'est à la fois illogique, impossible et délicieux.

– On éprouve généralement ce sentiment quand on a fait la connaissance de quelqu'un. Une femme, j'imagine.

– Non, un homme. Dominique, que vous êtes belle ce soi ! Mais je répète toujours la même chose. Ce n'est pas cela que je voulais dire, mais ceci : je suis particulièrement heureux que, ce soir, vous soyez si belle.

– Qu'y a-t-il, Gail ?

– Rien. Je sens simplement que peu de choses sont vraiment importantes et vivre, ce soir, me paraît facile.

Prenant la main de sa femme, il la porta à ses lèvres.

– Dominique, je n'ai pas cessé un instant de penser que c'était un miracle que notre mariage ait duré. Ce soir il me semble que rien ni personne ne pourra le briser... Oh ! à propos, j'ai un cadeau pour vous... et ne me répondez pas que c'est la phrase que je prononce le plus souvent lorsque je vous revois. Plus exactement j'aurai un cadeau à vous faire à la fin de l'été. Notre maison.

– La maison ! Il y avait si longtemps que vous n'en aviez parlé que je croyais que vous n'y pensiez plus.

– Je ne pense à rien d'autre depuis six mois. Vous n'avez pas changé d'avis ? Vous êtes toujours disposée à vivre à la campagne ?

– Mais oui, Gail, puisque vous y tenez tant. Avez-vous choisi un architecte ?

– J'ai fait plus. J'ai apporté, pour vous les montrer, le projet et les plans.

– Oh ! je me réjouis de les voir.

– Ils sont dans mon bureau. Venez, j'ai hâte de vous les montrer.

Dominique sourit et posant les doigts sur le poignet de Wynand le serra légèrement, petite caresse d'encouragement, puis le suivit. Il ouvrit la porte de son studio et la fit passer la première. Les lumières étaient allumées et tombaient en plein sur la perspective de la façade étalée sur le bureau, face à la porte.

Dominique s'arrêta, les mains croisées dans le dos. Elle était trop loin pour déchiffrer la signature, mais il lui suffit d'un coup d'œil pour reconnaître que ce lavis ne pouvait être l'œuvre que d'un seul homme.

Elle leva puis abaissa les épaules et bougea le torse comme si elle était attachée à un mât, qu'elle avait abandonné tout espoir de délivrance et que seul son corps faisait un dernier geste d'instinctive défense.

Il lui sembla que si Gail Wynand l'avait trouvée couchée dans les bras de Roark l'impression d'intimité violée aurait été moins terrible ; ce projet, qui était plus personnel à Roark que son propre corps, et qui avait été exécuté à l'instigation d'une force presque égale à la sienne, celle de Gail Wynand, lui parut terrible pour elle, pour Roark, pour Wynand... terrible, et pourtant inévitable.

– Non, murmura-t-elle, ces choses-là n'arrivent jamais par hasard.

– Que dites-vous ?

Dominique fit doucement de la main un signe repoussant toute conversation et s'approcha du bureau, le bruit de ses pas amorti par l'épais tapis. Elle reconnut l'anguleuse signature : HOWARD ROARK. Mais loin de s'en effrayer elle y puisa un réconfort, un signe d'accueil.

– Dominique ?

Dominique tourna la tête vers Wynand. Il lut sur son visage ce qu'elle éprouvait.

– Je savais que cela vous plairait, dit-il. Excusez-moi d'employer une expression aussi faible. Nous sommes décidément à court de mots ce soir.

Dominique se dirigea vers le divan et s'y installa, s'appuyant fortement contre les coussins qui la soutenaient. Elle ne quittait pas Wynand des yeux. Il était appuyé au manteau de la cheminée, à demi tourné vers le bureau, et sur son visage se lisait le reflet du projet qu'il contemplait.

– Vous l'avez vu, Gail ?

– Qui donc ?

– L'architecte.

– Bien sûr que je l'ai vu, il n'y a pas une heure.

– Quand l'avez-vous rencontré pour la première fois ?

– Le mois dernier.

– Et depuis des semaines vous le connaissez... et chaque soir... quand vous rentriez à la maison...

– Vous vous demandez pourquoi je ne vous en ai pas parlé auparavant ? Je voulais d'abord avoir le projet à vous montrer. C'est bien ainsi que je voyais notre maison, mais j'aurais été incapable de l'expliquer. Il me semblait impossible que quelqu'un comprît ce à quoi je rêvais et le réalisât, mais lui l'a fait.

– Qui, lui ?

– Howard Roark.

Dominique éprouva, à entendre prononcer ce nom par Gail Wynand, un étrange plaisir.

– Comment l'avez-vous découvert, Gail ?

– J'ai fait de la prospection dans tout le pays. Chaque fois qu'une maison m'a plu, j'ai découvert qu'elle était de lui.

Elle approuva de la tête.

– Dominique, je suppose que tout cela vous est maintenant indifférent, mais je sais que j'ai choisi pour architecte un homme contre lequel vous avez mené une véritable campagne quand vous étiez à *L'Etendard*.

– Vous avez lu mes articles?

– Oui. Et je les ai trouvés bien étranges. On sent que vous admirez l'œuvre, mais que vous détestiez l'homme personnellement. Cependant vous l'avez défendu au procès Stoddard.

– Oui.

– Vous avez même travaillé pour lui, en quelque sorte. Cette statue, Dominique, c'est pour son temple qu'elle avait été faite?

– Oui.

– Que tout cela est étrange! Vous avez perdu votre situation à *L'Etendard* en défendant Roark, mais cela je ne le savais pas lorsque je l'ai choisi pour architecte. Je n'ai établi aucun rapport avec le procès, j'avais oublié le nom de l'architecte qui y était impliqué. Dans un certain sens, Dominique, c'est lui qui vous a donnée à moi. Grâce à cette statue... qui devait orner ce temple... Et maintenant il va me donner cette maison. Dominique, pourquoi le haïssiez-vous?

– Je ne le haïssais pas... Il y a si longtemps...

– Tout cela n'a plus aucune importance, dit Wynand. Seul ceci compte, ajouta-t-il en désignant le projet.

– Il y a des années que je ne l'ai vu, reprit Dominique.

– Vous allez le revoir dans moins d'une heure. Il dîne avec nous.

Dominique traça une spirale sur l'accoudoir du divan, pour s'assurer que sa main lui obéissait.

– *Ici?*

– Oui.

– Vous l'avez invité à dîner?

Wynand sourit. Il se rappelait quelle opposition il avait toujours manifestée à avoir des invités chez lui.

– Lui, c'est différent, dit-il. Je tiens à le recevoir chez moi. Vous ne devez pas très bien vous le rappeler, sinon vous n'en seriez pas surprise.

Dominique se leva.

– Très bien, Gail. Je vais donner des ordres et m'habiller.

Ils se trouvèrent face à face dans le salon de Gail Wynand, et Dominique sentit combien tout était simple. Il ne l'avait jamais quittée. Il avait été le moteur de tout ce qu'elle avait accompli dans cette maison. C'était à cause de lui qu'elle était ici et, maintenant, il venait réclamer sa place. Elle le regardait. Elle le revoyait comme elle l'avait vu le matin où, pour la dernière fois, elle s'était éveillée dans ses bras. Et elle sentait que les années écoulées n'avaient altéré en rien la vivacité de ce souvenir. Elle comprit que tout, dès le début, avait été inévitable, que rien n'aurait pu se passer autrement, depuis l'instant où elle l'avait regardé, sur le sentier de la carrière... et que cela devait aboutir à cet instant... à sa présence dans la maison de Gail Wynand. Un sentiment de paix l'envahit. Ce n'était plus à elle qu'il incombait de prendre des décisions. C'était lui à l'avenir qui déciderait de tout.

Elle se tenait très droite, la tête levée. Les plans de son visage avaient à la fois une précision et une pureté presque austère et étaient cependant d'une exquise fragilité. Ses mains qui pendaient immobiles à ses côtés suivaient les longues lignes pures de sa robe noire.

– Comment allez-vous, Mr. Roark ?

– Comment allez-vous, Mrs. Wynand ?

Permettez-moi de vous remercier de la maison que vous avez créée pour nous. C'est votre plus belle œuvre.

– En pouvait-il être autrement, étant donné son but ?

Dominique se tourna vers Wynand.

– Comment avez-vous décrit à Mr. Roark la maison dont vous rêviez, Gail ?

– Exactement comme je vous en ai parlé à vous.

Dominique eut une brève intuition de ce que Roark avait dû entendre et accepter. Elle alla s'asseoir, les deux hommes l'imitèrent.

– Si cette maison vous plaît, une part du succès revient à Mr. Wynand qui l'a conçue ainsi.

– Voulez-vous dire que votre client a collaboré avec vous ?

– Dans une certaine mesure, oui.

– Si je me souviens bien, il me semble que ceci est en contradiction avec vos convictions professionnelles.

– Mais pas avec mes convictions personnelles.

– Je ne suis pas sûre de très bien vous comprendre.

– Je crois aux conflits, Mrs. Wynand.

– Y en avait-il un dans la création de cette maison ?

– Oui, le désir de ne pas être influencé par le client.

– De quelle façon ?

– J'ai travaillé avec plaisir pour certaines personnes, avec déplaisir pour d'autres. Mais ni les unes ni les autres n'avaient beaucoup d'importance. Cette fois-ci, je savais que la maison serait ce qu'elle serait uniquement parce qu'elle était destinée à Mr. Wynand. Je devais surmonter cela. Ou plus exactement je devais travailler avec cette notion et contre elle. C'était la meilleure façon de travailler. Le résultat devait surpasser la personnalité de l'architecte, celle du client... Je crois y être parvenu.

– Mais cette maison... c'est encore vous, Howard, c'est toujours vous, dit Wynand.

Le premier signe d'émotion parut sur le visage de Dominique qui eut un léger choc en entendant le mot « Howard ». Wynand ne s'en aperçut pas, mais Roark le remarqua. Il la regarda... et ce fut entre eux le premier contact personnel. Ce regard ne révéla d'ailleurs rien à Dominique, si ce n'est la calme affirmation de ce qu'elle venait d'entendre.

– Merci de comprendre cela, Gail, dit Roark.

Dominique ne fut pas très sûre de l'avoir entendu prononcer le nom de Gail.

– Une chose m'étonne, dit Wynand. J'ai le sens de la propriété extrêmement développé. Les choses m'obéissent. Si je choisis un cendrier en série dans un bazar, que je le paie, que je le mets dans ma poche, il devient pour moi un cendrier spécial, particulier, uniquement parce qu'il est à moi. Cette qualité confère aux choses une qualité spéciale, une sorte de halo. Et j'éprouve ce sentiment pour tout ce que je possède... mon pardessus... le plus usé des caractères à l'imprimerie du journal... un numéro de *L'Etendard* dans un kiosque à journaux... cet hôtel sur le toit... ma femme. Je n'ai jamais désiré quelque chose comme j'attends cette maison que vous allez construire pour nous, Howard. Je crois que je serai jaloux de Dominique parce qu'elle y vivra... je suis tout à fait déraisonnable pour des choses de ce genre... et cependant, je n'aurai jamais le sentiment d'en être vraiment propriétaire, car, quoi que je fasse, quoi que je paie pour l'acquérir, cette maison restera vôtre, Howard, elle restera toujours vôtre.

— C'est inévitable, dit Roark. Mais d'un autre côté, Gail, vous possédez cette maison et tout ce que j'ai construit d'autre. Vous possédez toutes les œuvres devant lesquelles vous vous êtes arrêté et auxquelles quelque chose en vous a répondu.

— Mais comment ?

— Justement par cette réponse que vous leur donnez. Ce que l'on ressent devant une œuvre que l'on admire peut se traduire par un mot, le mot « oui ». C'est à la fois une affirmation, une acceptation, une sorte de ratification. Et ce « oui » est plus qu'une simple réponse à une œuvre, c'est une sorte d'« amen » à la vie, à la terre qui porte cette œuvre, à la pensée qui l'a créée, à vous-même qui êtes capable de l'apprécier. Mais la capacité de dire « oui » ou « non » est l'essence même de toute possession, et avant tout de la possession de vous-même. De votre âme, si vous préférez. Car votre âme a une fonction de base... l'acte d'évaluer. « Oui » ou « non », « je veux » ou « je ne veux pas ». Vous ne pouvez pas dire « oui » sans dire « je ». Pour qu'il y ait affirmation, il faut qu'il y ait un être qui affirme. Et dans ce sens, tout ce que vous aimez devient vôtre.

— Oui, mais vous le partagez avec tous.

— Non, ce n'est pas exactement un partage. Lorsque j'écoute une de mes symphonies préférées, je ne reçois pas d'elle ce que le compositeur en a reçu. Son « oui » était différent du mien. Cette réponse de l'homme à l'œuvre est quelque chose d'absolument personnel. Je suis seul à créer ce que je crée, Gail, et vous ne pouvez savoir de quelle manière mon œuvre est mienne. Mais si vous y avez répondu par votre propre « amen », elle est vôtre aussi. Et je suis heureux qu'il en soit ainsi.

— J'aime cette idée, dit Wynand en souriant En ce cas, je possède aussi Monadnock Valley, l'Enright House, le Cord Building...

— Et le Temple Stoddard, dit Dominique.

Elle les écoutait, profondément surprise. Jamais Wynand n'avait parlé ainsi à un de ses invités et jamais Roark ne s'était exprimé ainsi devant un de ses clients, cela Dominique en était sûre. Elle sentait que la surprise, chez elle, allait se transformer en colère, en indignation. Elle prononça ces quelques mots d'une voix coupante qui devait trancher le fil de leur entretien.

Elle crut y être parvenue, car Wynand répondit par un simple « oui » qui tomba lourdement.

— Oubliez le Temple Stoddard, Gail, dit Roark.

Il y avait dans sa voix une gaieté si simple et si vraie qu'aucune protestation solennelle n'aurait pu avoir plus d'effet.

– Oui, Howard, dit Wynand, souriant.

Roark se tourna vers Dominique.

– Je ne vous ai pas remerciée, Mrs. Wynand, de m'avoir accepté pour architecte. Je sais que j'ai été choisi par Mr. Wynand et vous auriez pu, en somme, ne pas être d'accord. Je suis heureux qu'il n'en ait pas été ainsi.

« Tout cela me paraît simple, alors que c'est à peine croyable, pensa Dominique. Je suis prête à accepter n'importe quoi ce soir. Je le regarde. »

– Ne serait-ce pas faire injure à mon goût que de me croire capable de refuser une maison créée par vous, Mr. Roark, répondit-elle avec une courtoise indifférence.

Ce qu'elle exprimait à haute voix lui semblait n'avoir aucune espèce d'importance.

Wynand demanda brusquement :

– Howard, ce « oui » une fois prononcé ne peut pas être repris, n'est-ce pas ?

Dominique sentit monter en elle du rire et de la colère. « Cette question, pensa-t-elle, c'est moi qui aurais dû la poser. Oh ! qu'il me regarde en répondant, qu'il me regarde ! »

– Jamais, répondit Roark en regardant Wynand.

– On a formulé tant de bêtises, dit Wynand, au sujet de l'inconstance humaine et de la nature transitoire de nos sentiments. J'ai toujours pensé que, si un sentiment évolue, c'est qu'il n'a jamais fortement existé. Il y a des livres que j'ai aimés lorsque j'avais seize ans. Je les aime toujours.

Le maître d'hôtel entra, portant un plateau de cocktails. Tenant son verre à la main, Dominique regarda Roark prendre le sien. Elle se dit qu'à cet instant leurs doigts tenant la tige du verre éprouvaient la même sensation et qu'ils avaient au moins cela en commun... Wynand debout, un verre à la main, regardait Roark avec une sorte d'incrédulité émerveillée, non pas comme un hôte regarde son invité, mais comme quelqu'un qui a acquis quelque chose de précieux et qui ne peut croire à son bonheur... « Je ne suis pas folle, se dit Dominique, je suis seulement nerveuse, mais tout va bien. Je viens de dire quelque chose, je ne sais pas exactement quoi, mais ce doit être bien puisque tous deux m'écoutent, me répondent et que Gail sourit. Il faut donc croire que je dis ce qu'il faut... »

Le dîner fut annoncé ; Dominique se leva aussitôt et se dirigea vers la salle à manger, semblable à un gracieux animal auquel des réflexes bien conditionnés donnaient de la dignité. Elle s'assit au haut de la table, entre les deux hommes qui se faisaient face. Elle observait, dans les mains de Roark, l'argenterie brillante marquée G. W. « J'ai si souvent présidé cette table, pensait-elle, ne suis-je pas la charmante Mrs. Gail Wynand ? J'ai eu à ma droite des sénateurs, des juges, des présidents de compagnie d'assurances, et voilà ce pour quoi je m'entraînais, pourquoi Gail s'est élevé, à travers quelles tortures, à une situation qui lui a permis de recevoir à sa table des juges et des sénateurs. C'est pour qu'un soir l'invité qui lui ferait face soit Howard Roark. »

Wynand parlait journaux. Il semblait n'avoir aucune prévention à discuter la question avec Roark. Dominique se contentait de prononcer quelques mots lorsque cela lui paraissait nécessaire. Elle parlait avec une extrême simplicité. Elle se sentait portée, ne résistait plus, n'éprouvait même plus de réactions personnelles, n'éprouvait plus ni crainte, ni peine. Elle se disait que si tout d'un coup, au cours de la conversation, Wynand lui disait : « Cet homme a été votre amant », elle répondrait tout aussi simplement : « Oui, Gail, en effet. » Mais ce soir, Wynand la regardait peu et elle comprit, à son expression, qu'il trouvait la sienne normale.

Lorsqu'ils furent de retour au salon, la silhouette de Roark se profila contre la ville illuminée. Et Dominique, une fois de plus, laissa errer ses pensées. « Gail a construit cet hôtel, se disait-elle, comme une preuve tangible de sa victoire... pour avoir toujours devant lui cette ville... cette ville où c'était enfin lui qui commandait. Mais voilà pourquoi cet hôtel a réellement été construit... pour que Roark se tienne un soir debout devant cette baie... et je crois que Gail le comprend tout comme moi. » Roark fumait, et, regardant la courbe que décrivait sa cigarette contre le ciel noir quand il la portait à ses lèvres, Dominique se dit que les lumières qui scintillaient derrière lui n'étaient que des étincelles se détachant de sa cigarette.

Elle dit doucement :

– Gail aimait contempler la ville, le soir. Je crois vraiment qu'il était amoureux des gratte-ciel.

Elle s'aperçut qu'elle avait parlé au passé et se demanda pourquoi.

Ils se remirent à parler de la maison. Wynand alla chercher le projet dans son studio, étala les plans sur une table du salon et tous trois se mirent à les étudier. Roark expliquait, développait ses idées, suivant du bout de son crayon les fines lignes noires des dessins géométriques. Ils ne parlèrent plus cette fois de beauté et d'affirmation, mais de penderies, d'escaliers, d'offices et de salles de bains. Roark demanda à plusieurs reprises à Dominique si les arrangements qu'il prévoyait lui convenaient. Et Dominique trouva étrange de les entendre parler de cette maison comme si réellement ils croyaient qu'elle y vivrait un jour.

Lorsque Roark fut parti, Wynand lui demanda :

– Que pensez-vous de lui ?

Quelque chose de cruel et de malfaisant monta en elle comme un vertige et elle s'entendit répondre, avec un mélange de bravade et de crainte :

– Est-ce qu'il ne vous fait pas penser à Dwight Carson ?

– Laissons là Dwight Carson.

Et Wynand, repoussant toute discussion, refusant de se sentir coupable, eut exactement le même accent pour répondre cela que la voix qui avait dit : « Oubliez le Temple Stoddard. »

La secrétaire de réception regarda, saisie, le gentleman fort distingué dont elle avait si souvent vu la photographie dans les journaux.

– Gail Wynand, dit-il, s'introduisant lui-même avec une légère inclinaison de tête. Je désirerais voir Mr. Roark. Mais s'il est occupé ne le dérangez pas. Je n'ai pas de rendez-vous.

La secrétaire ne se serait pas attendue à voir Wynand arriver sans se faire annoncer et à l'entendre demander à être reçu sur ce ton de déférence.

539

Elle annonça le visiteur. Roark, aussitôt, sortit de son bureau, souriant et semblant trouver cette visite toute naturelle.

– Hello, Gail. Entrez.

– Hello, Howard.

Il suivit Roark dans son bureau. Derrière les larges baies, la ville se dissolvait, mangée par le crépuscule. Il neigeait. Les flocons noirs tourbillonnaient furieusement dans la lumière.

– Je ne veux pas vous déranger si vous êtes occupé, Howard. Ma visite n'a rien d'important.

Il n'avait pas revu Roark depuis le dîner, il y avait de cela cinq jours.

– Je ne suis pas occupé. Enlevez votre pardessus. Voulez-vous que je fasse apporter les plans?

– Non, je n'ai pas envie, ce soir, de parler de la maison. Je suis venu ici sans aucune raison. J'ai passé toute la journée à mon bureau, j'en avais assez et j'ai eu envie de vous voir. Pourquoi riez-vous?

– Pour rien, mais pourquoi avez-vous dit que votre visite était sans importance?

Wynand le regarda, fit un signe de tête et sourit.

Il s'assit sur le bord du bureau de Roark, à l'aise comme il ne s'était jamais senti dans son propre bureau, les mains dans les poches, balançant une jambe.

– Il est presque inutile que je vous parle, Howard. Il me semble toujours que je lis de moi une copie, alors que vous avez l'original entre les mains. Il me semble que vous entendez tout ce que je vous dis une minute avant que je l'aie énoncé. Nous ne sommes pas synchronisés.

– Vous appelez ça pas synchronisés?

– Vous avez raison. Nous sommes trop parfaitement synchronisés. (Il laissa errer son regard à travers la pièce.) Si nous possédons vraiment les choses auxquelles nous répondons « oui », alors ce bureau m'appartient.

– Il vous appartient en effet.

– Savez-vous ce que je ressens à être ici? Je ne vous dirai pas que je me sens comme chez moi, je ne me suis jamais senti chez moi nulle part. Et je ne vous dirai pas non plus que j'éprouve ce que j'ai ressenti dans les palais que j'ai visités ou dans les grandes cathédrales d'Europe. Je retrouve les impressions que j'avais lorsque je vivais encore à Hell's Kitchen... dans les meilleurs jours que j'aie passés là-bas... et Dieu sait qu'ils étaient peu nombreux. Mais, quelquefois, j'étais assis comme maintenant sur quelque pan de mur éboulé qui dominait les quais.. et il y avait une masse d'étoiles au-dessus de ma tête et de grosses masses sombres autour de moi... et du fleuve montait une forte odeur... Howard, lorsque vous regardez en arrière, est-ce qu'il vous semble que tous les jours sont semblables, qu'ils se sont déroulés régulièrement, comme des lignes écrites à la machine et toutes pareilles? Ou y a-t-il eu des arrêts... un but atteint... et puis la vie de tous les jours qui reprenait.

– Il y a eu des arrêts.

– Les reconnaissiez-vous lorsqu'ils se produisaient. Saviez-vous leur donner l'importance qu'ils méritaient?

– Oui.

– Moi pas. Je ne les reconnaissais que plus tard et sans me les expliquer. Je me souviens d'un de ces instants... j'avais douze ans et j'étais caché derrière un mur, m'attendant à être tué. Mais au fond de moi je savais que je ne mourrais pas. Je ne me souviens ni de la bataille, ni de ce que je fis après, mais uniquement de cet instant où j'attendais. Je ne sais pourquoi je considère cela comme un de ces arrêts, ni pourquoi je m'en sens fier et je ne sais pas non plus pourquoi j'y pense ici, ce soir.

– Ne cherchez pas à le savoir.

– Le savez-vous ?

– Je vous ai dit de ne pas chercher à le savoir.

– Depuis que je vous ai rencontré... je pense beaucoup à mon passé. Et je n'y avais plus pensé pendant des années. Non, inutile que vous en tiriez de secrètes déductions. Cela ne me blesse pas de revoir ainsi le passé, et cela ne me donne pas de joie non plus. Je me rappelle, tout simplement. Ce n'est pas un pèlerinage, pas même un voyage, mais une sorte de promenade sans but comme on en fait le soir dans la campagne quand on est déjà un peu las... S'il y a un rapport quelconque avec vous et tout cela, c'est uniquement cette pensée qui me revient constamment que vous et moi avons eu les mêmes débuts. Que nous sommes partis du même point, c'est-à-dire de rien. Je pense simplement cela et je n'y ajoute aucun commentaire. Et je ne trouve à cela aucun sens particulier, mais cette pensée revient toujours... que nous sommes partis du même point... Pourriez-vous me dire ce que cela signifie ?

– Non.

Wynand regarda de nouveau autour de lui... et remarqua un journal posé sur une pile de dessins.

– Qui diable lit *L'Etendard*, ici ?

– Moi.

– Depuis quand ?

– Depuis un mois environ.

– Par sadisme ?

– Non, par simple curiosité.

Wynand se leva, alla prendre le journal et se mit à le feuilleter. Il s'arrêta à une page et se mit à rire. Il tendit le journal déployé à Roark. On y voyait des reproductions des projets destinés à l'exposition « La Marche des Siècles ».

– N'est-ce pas horrible ? dit Wynand. Cela m'écœure que nous soyons obligés de louer une telle chose, mais je me sens plus léger lorsque je repense à ce que vous avez répondu à ces messieurs du comité. Quand je pense, reprit-il en riant, que vous leur avez dit en pleine figure que vous ne coopériez ni ne collaboriez.

– Mais ce n'était pas une attitude, Gail. C'était une question de simple bon sens. Comment peut-on collaborer à son propre travail ? Je puis coopérer, si c'est cela qu'ils veulent dire, avec les ouvriers qui construisent mes buildings. Mais je ne puis les aider à poser les briques et ils ne peuvent m'aider à dresser les plans.

– C'est exactement le genre de gestes que j'aimerais pouvoir faire. Je suis obligé d'accorder à tous ces comités une large place dans mes journaux, mais maintenant tout va bien. Vous leur avez répondu à ma place. Tenez, c'est comme le déjeuner auquel j'ai dû assister aujourd'hui, et qui était donné par l'association des publicistes américains. Si vous les aviez vus, autour de moi, frétillant, se trémoussant, se démenant. J'étais écœuré. Je me sentais devenir fou furieux et j'avais l'impression que, dans un instant, j'allais leur casser la gueule. Et tout d'un coup j'ai pensé à vous. Je me suis dit que rien de tout cela ne vous atteignait, d'aucune façon. Pour vous, l'association des publicistes américains n'existe purement et simplement pas. C'est une sorte de quatrième dimension qui ne peut en aucun cas avoir le moindre rapport avec vous. Et cette pensée m'a été infiniment réconfortante.

Wynand s'adossa plus confortablement, étendit les jambes, croisa les bras et continua doucement :

– Je me souviens, Howard, d'un petit chat que j'avais ; ce n'était qu'un chat de gouttière, plein de puces, un composé de poil, de boue, et d'os. Il s'était attaché à mes pas et m'avait suivi jusqu'à la maison. Je le nourris et le mis dehors, mais le lendemain il était là, et finalement je le gardai. J'avais dix-sept ans et je travaillais à *La Gazette,* m'initiant à des méthodes qui devaient me servir toute ma vie. Généralement je prenais les choses assez philosophiquement, mais pas toujours. Il y avait des moments où cela allait vraiment mal. Le soir spécialement. Je me souviens qu'une fois, j'eus envie de me tuer. Pas de colère, la colère me faisait travailler double, ni par crainte... par dégoût, Howard. Il me semblait que d'un égout crevé l'eau s'échappait, montait, recouvrant tout de sa nappe immonde, m'envahissant le cerveau. Et c'est alors que je regardai mon petit chat. Je me dis qu'il ignorait tout de mes tourments, de mes dégoûts. Il était pur... pur dans le sens le plus absolu du mot, parce qu'il était incapable de concevoir la laideur humaine. Je ne puis vous dire quel soulagement ce fut pour moi d'imaginer cette petite conscience embryonnaire, si libre et si pure. Je me couchai sur le plancher et enfouis mon visage dans sa fourrure et la petite bête se mit à ronronner. Je me sentis mieux... Et voilà, Howard. J'ai comparé votre bureau à un quai puant et vous-même à un petit chat que j'aimais. Voilà ma façon de vous rendre hommage.

Roark sourit. Wynand vit que son sourire était plein de gratitude.

– Attendez, reprit Wynand vivement. Ne dites rien. (Il marcha vers la fenêtre et se mit à regarder au-dehors.) Je ne sais ce qui me pousse à vous parler ainsi. Je vis les premières années heureuses de ma vie. Si je me suis adressé à vous, c'est que je voulais élever un monument à mon bonheur. Je viens ici pour y trouver le calme, je l'y trouve et cependant je vous parle de ces choses... Bah ! qu'importe... Quel horrible temps ! En avez-vous fini avec votre travail aujourd'hui ?

– Oui, ou du moins presque.

– Allons dîner ensemble quelque part près d'ici.

– Bon.

– Puis-je téléphoner ? Je veux prévenir Dominique de ne pas m'attendre pour le dîner.

Il composa le numéro. Roark se dirigea vers l'atelier des dessinateurs ; il avait des ordres à donner avant de partir. Mais, arrivé à la porte, il s'arrêta. C'était plus fort que lui, il voulait entendre.

« Hello, Dominique... Oui... Fatiguée ?... Non, il me semblait... Voulez-vous m'excuser, ma chérie, je ne rentrerai pas dîner... Je ne sais pas encore, tard peut-être... Je dîne en ville... Non, je dîne avec Howard Roark... Hello, Dominique ?... Oui... Comment ?... Je vous appelle de son bureau... A tout à l'heure, chérie... » Il raccrocha.

A l'autre bout du fil, Dominique laissait sa main posée sur le récepteur comme pour établir un mystérieux contact.

Depuis cinq jours et cinq nuits, elle luttait contre un désir unique... revoir Roark. Le revoir seul... n'importe où... chez lui, à son bureau, dans la rue... pour n'échanger qu'un mot, un regard même... mais seul. Mais elle ne pouvait rien faire. Plus rien ne devait venir d'elle. Lorsqu'il déciderait que l'heure était venue, il viendrait à elle. Elle savait qu'il viendrait et elle attendait. Mais elle ne pouvait détacher sa pensée d'un bureau dans le Cord Building.

Elle restait là, debout, la main toujours posée sur le récepteur. Gail Wynand avait le droit de se rendre à ce bureau. Elle, non.

Ellsworth Toohey, entrant dans le bureau de Wynand ainsi qu'il en avait été prié, fit quelques pas puis s'arrêta. Les murs du bureau privé de Wynand... la seule pièce luxueuse de tout l'immeuble... étaient recouverts de panneaux de liège et de hêtre et n'avaient jamais été décorés de la moindre gravure ni d'aucun tableau. Et maintenant, sur le mur faisant face au secrétaire de Wynand, était accroché un agrandissement sous verre : la photo de Roark le jour de l'ouverture de l'Enright House, de Roark appuyé au parapet, la tête rejetée en arrière.

Toohey se tourna vers Wynand. Leurs regards s'affrontèrent.

Wynand indiqua un siège à Toohey qui s'y installa. Wynand dit alors en souriant :

– Il ne m'était jamais venu à l'esprit que je pourrais un jour me trouver d'accord avec vos théories sociales, Mr. Toohey, mais aujourd'hui je m'y sens obligé. Vous avez toujours flétri l'hypocrisie des classes supérieures à laquelle vous opposiez les vertus des masses. Aujourd'hui, je regrette les avantages dont je jouissais lorsque je n'étais encore qu'un prolétaire. Vivrais-je encore à Hell's Kitchen, je commencerais cet entretien par un : écoute-moi bien, vermine ! mais étant donné que je suis un capitaliste invétéré, je n'en ferai rien.

Toohey attendait, l'air extrêmement intéressé.

– Je vous dirai donc : écoutez-moi bien, Mr. Toohey. Je ne sais ce qui vous fait agir et je ne tiens pas à connaître vos motifs. Je n'ai pas l'estomac des étudiants en médecine. Je ne vous poserai par conséquent aucune question et n'écouterai aucune explication. Je vous dirai simplement qu'à partir d'aujourd'hui il est un nom que vous ne mentionnerez plus dans vos chroniques. (D'un geste Wynand indiqua la photographie de Roark.) J'aurais pu exiger de vous que vous vous rétractiez publiquement, et j'y aurais pris plaisir, mais je préfère vous interdire absolument ce sujet. Plus un mot, Mr. Toohey, vous m'entendez bien, plus un mot. Et inutile de faire allusion à votre contrat ou à quelque clause spéciale. Je ne vous le conseillerais pas. Conti nuez d'écrire vos chroniques, mais rappelez-vous qui vous êtes et écrivez vos articles en conséquence. Faites-les modestes, Mr. Toohey, très modestes.

– Bien, Mr. Wynand, dit Toohey docilement. Donc, si je vous comprends bien, je ne dois plus rien écrire sur Mr. Roark.

– Vous pouvez vous retirer.

– Bien, Mr. Wynand, dit Toohey en se levant.

4.5

Gail Wynand, assis à son bureau, relisait les épreuves d'un éditorial sur la valeur morale qu'il y avait à élever une nombreuse famille. Des phrases usées comme un vieux morceau de chewing-gum, mâchées et remâchées, crachées puis avalées de nouveau, passant de bouche en bouche, du pavé aux semelles des chaussures, de la bouche au cerveau... Lorsque sa lecture lui devenait trop pénible, il pensait à Howard Roark et se remettait à lire d'un cœur plus léger.

« Etre soignée est un grand atout pour une femme. Ne manquez pas de laver vos dessous chaque soir et d'avoir quelques sujets de conversation, de préférence intellectuels, et vous serez toujours invitée. » « Votre horoscope de demain se présente sous un aspect très favorable. Les ingénieurs, les conférenciers et les amoureux verront leurs efforts couronnés de succès. » « Mrs. Huntington-Cole dont les occupations favorites sont le jardinage, l'opéra et les collections de porcelaine, partage son temps entre son petit garçon " Kit " et ses nombreuses activités charitables. » « Je suis la petite Millie, une orpheline... » « Pour recevoir le texte complet, envoyez dix cents et une enveloppe affranchie portant votre nom et votre adresse... »

Wynand tournait les pages et pensait à Howard Roark.

Il signa un contrat publicitaire de cinq ans avec Kream. O. Pudding qui retenait deux pages du numéro du dimanche dans tous les journaux du trust Wynand. Ces hommes en face de lui étaient comme des arcs de triomphe de chair, des monuments élevés à sa victoire, cette victoire qui représentait des soirées de patience et de stratégie, des dîners au restaurant, des gorges abreuvées d'alcool, des mois de réflexion, d'énergie dépensée, cette énergie qui coulait comme un fluide dans ces bouches épaisses, dans ces doigts boudinés de l'autre côté de son bureau et qui aboutissait à ce contrat, deux pages entières tous les dimanches, avec des illustrations en couleurs, représentant un pudding du plus beau jaune décoré de framboises ou arrosé de sauce au beurre. Wynand, par-dessus ces hommes, regarda la photographie qui lui faisait face : le ciel, la rivière, et ce visage d'homme, levé.

« Cela me fait mal, se dit-il, oui cela me fait mal de penser à lui. Et si cela me rend certaines choses plus faciles comme de voir des gens, lire des articles, signer des contrats... c'est peut-être justement parce que cela me fait tellement mal de l'évoquer. La douleur, elle aussi, est un stimulant. »

Cependant, le soir, lorsqu'il était installé avec Roark dans le studio de son hôtel particulier, ce n'était plus de la douleur qu'il ressentait, mais une envie de rire sans méchanceté.

– Howard, tout ce que vous avez fait dans votre vie va exactement à l'encontre des statuts établis par l'humanité et vous ne vous en portez pas plus mal. Il me semble parfois que vous jouez une immense blague au monde entier.

Roark était installé dans un bon fauteuil près de la cheminée. Les reflets du feu jouaient dans la pièce ; la lumière semblait prendre plaisir à caresser chaque objet, comme si elle était fière d'en rehausser la beauté. Roark et Wynand étaient seuls. Dominique s'était retirée après le dîner, sentant qu'ils souhaitaient rester en tête à tête.

– Oui, il me semble que vous nous jouez un bon tour à tous, continua Wynand, à moi, à chaque homme qui marche dans la rue. J'ai toujours aimé observer les gens que l'on rencontre dans la rue. Il m'arrivait de prendre l'autobus uniquement pour voir combien d'entre eux avaient *L'Etendard* à la main. Autrefois je les haïssais et parfois j'en avais peur. Mais maintenant je les regarde et j'ai envie de leur dire : « Pauvres fous. »

Wynand téléphona un matin à Roark qui était à son bureau.

– Pouvez-vous déjeuner avec moi, Howard ?... Oui ?... Alors rendez-vous au Nordland dans une demi-heure.

Il haussa les épaules en souriant lorsqu'il se trouva assis en face de Roark, au restaurant.

– Non, rien du tout, Howard, rien de spécial. Je viens simplement de passer une demi-heure horrible et j'avais envie de l'oublier en votre compagnie.

– Pourquoi une demi-heure horrible ?

– Je me suis fait photographier avec Lancelot Clokey.

– Qui est Lancelot Clokey ?

Wynand se mit à rire à gorge déployée, oubliant sa discrétion habituelle et provoquant un regard étonné du maître d'hôtel.

– Voilà, Howard, voilà pourquoi il fallait que je déjeune avec vous. Parce que vous êtes capable de dire des choses pareilles.

– Mais de quoi s'agit-il ?

– Est-ce que vous ne lisez pas les livres qui paraissent ? Ne savez-vous pas que Lancelot Clokey est « notre meilleur observateur de la scène internationale » ? C'est du moins ce que dit la critique... dans *L'Etendard*. Lancelot Clokey vient justement d'être choisi comme l'auteur de l'année, ou quelque chose de ce genre, par je ne sais plus quelle organisation. Nous publions sa biographie dans notre supplément du dimanche et j'ai dû me faire photographier, le bras posé sur son épaule. Il porte des chemises de soie et pue le gin. Son second livre traite de son enfance et du rôle qu'elle a joué dans sa compréhension actuelle des problèmes internationaux. Il s'en est déjà vendu cent mille exemplaires. Mais vous, vous n'avez jamais entendu parler de lui. Allons, mangez, Howard. J'aime à vous voir manger. J'aimerais pouvoir me dire que vous êtes misérable, que vous avez réellement besoin de ce déjeuner et que je vous nourris.

A la fin de la journée, Wynand venait parfois, sans se faire annoncer, surprendre Roark à son bureau ou chez lui. Roark avait maintenant un appartement dans Enright House, une des alvéoles du bloc de cristal de roche qui se dressait au-dessus d'East River. L'appartement se composait d'un atelier, d'une bibliothèque et d'une chambre à coucher. Roark en avait dessiné lui-même le mobilier. Wynand mit longtemps à comprendre pourquoi l'ensemble lui donnait une impression de luxe, alors qu'il n'y avait en réalité rien de luxueux dans les détails. Il comprit ensuite que cette impression provenait des plans et des vides savamment ménagés et d'une austérité voulue et extrêmement raffinée. Par sa valeur marchande, cet intérieur était le plus modeste qu'eût connu Wynand au cours des vingt-cinq dernières années.

— Nous avons eu les mêmes débuts, Howard, dit-il un soir, en regardant autour de lui. D'après mon jugement et mon expérience, vous auriez dû rester dans le ruisseau. Mais vous n'en avez rien fait. Cette pièce me plaît. J'aime à m'y trouver.

— Et moi, j'aime à vous y voir.

— Howard, avez-vous jamais eu à votre merci un seul être humain ?

— Non, et je n'aurais pas aimé cela.

— Je ne peux pas le croire.

— C'est une chose qui m'a été offerte une fois, Gail, et j'ai refusé.

Wynand le regarda avec curiosité ; c'était la première fois qu'il sentait dans la voix de Roark une sorte d'effort.

— Pourquoi ?

— Il m'était impossible de faire autrement.

— Par respect pour cet homme ?

— Ce n'était pas un homme, c'était une femme.

— Quel fou vous faites ! Par respect pour une femme ?

— Par respect pour moi-même.

— N'espérez pas me faire comprendre une chose pareille. Nous sommes aussi différents que deux hommes peuvent l'être.

— Je le croyais autrefois. Je voulais le croire.

— Et vous ne le croyez plus ?

— Non.

— N'éprouvez-vous pas du mépris pour tous les actes que j'ai commis au cours de ma vie ?

— Pour la plupart de ceux que je connais, oui.

— Et cependant vous aimez à me voir ici ?

— Oui. Gail, il y avait un homme pour lequel vous étiez le symbole du mal qui l'avait brisé et qui, il le redoutait, me briserait moi aussi. Il m'a légué sa haine. Et j'avais une autre raison. Je crois que je vous haïssais avant de vous connaître.

— Je le savais. Et qu'est-ce qui vous a fait changer d'avis ?

— Je ne puis vous l'expliquer.

Les deux hommes se rendaient régulièrement dans le Connecticut. Les murs de la maison commençaient à s'élever au-dessus du sol gelé. Wynand suivait Roark à travers le chantier et l'observait tandis qu'il donnait ses instructions. Parfois Wynand venait seul. Les ouvriers voyaient le roadster noir jaillissant sur la route qui serpentait sur la colline, puis la silhouette de Wynand se détachait sur la crête d'où il contemplait les travaux. On ne pouvait, en le regardant, oublier qui il était. La sobre élégance de son pardessus, sa manière de mettre son chapeau, son attitude aisée, à la fois précise et nonchalante, tout en lui faisait penser à l'Empire Wynand : la presse et son bruit de tonnerre d'un océan à l'autre, les innombrables journaux, les magazines aux luxueuses couvertures, les actualités captées au vol, les câbles couvrant le monde, cette puissance pénétrant dans chaque palais, dans chaque capitale, dans les chambres les plus secrètes, nuit et jour, durant chacune des précieuses minutes de l'existence de cet homme. Il se tenait immobile contre le ciel d'un gris sale et des flocons de neige se posaient paresseusement sur les bords de son chapeau.

Un jour d'avril il se dirigeait vers sa propriété, après une interruption de plusieurs semaines. Le roadster volait sur la route, perdant toute apparence de poids, n'étant plus que vitesse. Wynand, n'éprouvant pas la sensation du mouvement dans sa boîte de cuir et de verre, avait l'impression d'être légèrement suspendu au-dessus du sol, tandis que la terre fuyait sous lui. Wynand aimait à être au volant comme il aimait être assis à son bureau de *L'Etendard*. Il avait dans les deux cas l'impression de tenir un monstre en laisse sous ses doigts vigilants.

Quelque chose accrocha sa vision et ce ne fut qu'un mile plus loin qu'il s'en étonna, car ce n'était qu'une touffe d'herbe au bord de la route ; au bout d'un moment, il comprit ce qui l'avait étonné. L'herbe était verte. « Ce n'est pas possible, se dit-il, en plein hiver ! » Et brusquement il réalisa que ce n'était plus l'hiver. Il avait été tellement occupé au cours des dernières semaines, qu'il n'avait pas eu le temps de le remarquer. Il vit alors, épandue sur les champs, une poudre verte fine comme un murmure. Et trois pensées se déroulèrent dans son cerveau, en une succession précise : c'est le printemps... en verrai-je encore beaucoup ?... J'ai cinquante-cinq ans.

C'étaient là de simples constatations énoncées sans émotion et qui ne lui faisaient éprouver ni exaltation, ni crainte. Mais c'était la première fois qu'il sentait la fuite du temps ; jusqu'à présent il n'avait jamais pensé à son âge pour mesurer sa vie, n'avait jamais envisagé l'existence comme une course limitée. Il était Gail Wynand, il était resté immobile, comme cette voiture, et les années avaient fui comme la terre fuyait sous lui, tandis que son moteur intérieur dominait la fuite des ans.

« Non, se dit-il, je ne regrette rien. Il y a des choses qui m'ont manqué mais je ne me pose pas de questions, car j'ai aimé ma vie telle qu'elle était, même dans ses moments les plus vides, même ce que je n'ai pas compris ; et que je l'aie aimée, c'est bien ce qu'il y a de plus extraordinaire. Mais c'est indéniable.

» S'il y avait quelque chose de vrai dans cette vieille légende qui prétend que nous paraîtrons un jour devant un juge suprême auquel nous devrons énumérer nos meilleures actions, je ne me prévaudrais pas d'un seul acte que j'ai accompli, mais du seul que je n'ai pas commis : rechercher l'approbation des autres. Je me tiendrai fièrement devant ce juge et je lui dirais : " Je suis Gail Wynand, l'homme qui a commis tous les crimes excepté un : celui de ne voir que futilité dans le fait merveilleux d'exister et de chercher une justification à ma vie en dehors de moi-même. " Voilà tout mon orgueil : que maintenant, pensant à la mort, je ne me demande pas, comme le font tous les hommes de mon âge : mais quels étaient donc le sens et le but de tout ceci ?

J'étais moi-même le sens et le but de ma vie, moi, Gail Wynand. Ce que j'ai vécu et ce que j'ai accompli. »

Il arrivait au pied de la colline et serra brusquement les freins, saisi. En son absence, la maison avait pris forme ; il la reconnaissait maintenant. Elle commençait à ressembler au projet. Il en éprouva un émerveillement d'enfant, comme si, au fond de lui, il n'avait jamais cru qu'elle serait exactement pareille au projet. Se détachant sur un ciel d'un bleu très pâle, la maison ressemblait à une esquisse ; les plans maçonnés semblables à des touches d'aquarelle, le squelette encore nu à des coups de crayon. Un immense lavis sur un papier d'un bleu très doux.

Il sortit de la voiture et se dirigea vers le sommet de la colline. Il vit Roark au milieu des ouvriers. Restant dehors, il observa la manière qu'avait Roark de circuler à travers le chantier, la façon dont il tournait la tête ou levait la main pour indiquer quelque chose. Wynand remarqua surtout la manière qu'avait Roark de s'immobiliser : les jambes écartées, les bras aux côtés, la tête levée ; une attitude instinctive de confiance en soi, d'énergie contrôlée sans effort, attitude qui donnait à sa silhouette la même pureté structurale qu'à ses œuvres. Une construction heureuse, pensa Wynand, est le problème résolu de la tension, de la balance des forces dans la sécurité.

Il n'y a pas de signification émotionnelle, se dit-il, dans le fait de construire un building ; c'est un travail purement mécanique, comme celui de poser des canalisations ou de monter une voiture. Et il se demanda pourquoi il éprouvait, en observant Roark dans un chantier, un sentiment analogue à celui qu'il ressentait dans sa galerie de tableaux. « Il fait davantage corps avec un building en voie de construction qu'avec un building terminé, se dit-il. Et il est plus à sa place sur un chantier qu'à sa table de travail. Un chantier est son cadre véritable, il lui sied, comme, de l'avis de Dominique, le yacht me sied. »

A ce moment, Roark se dirigea vers lui et tous deux se mirent à marcher parmi les arbres, sur la crête de la colline. Ils s'assirent sur un tronc tombé en travers du chemin ; la maison leur apparaissait dans le lointain, au travers des branches encore sèches et nues, mais qui cependant évoquaient le printemps par leur élan vers le ciel et leur sourd travail intérieur.

– Howard, avez-vous jamais été amoureux ? demanda Wynand abruptement.

Roark se tourna vers lui pour le regarder en face et répondit calmement :

– Je *suis* amoureux.

– Mais lorsque vous parcourez un chantier, ce que vous ressentez est plus fort que l'amour ?

– Beaucoup plus fort, Gail.

– Je pense aux gens qui prétendent que le bonheur est impossible ici-bas, et qui luttent pour essayer de trouver des joies dans la vie. Quels efforts ! Pourquoi l'être humain devrait-il vivre dans la douleur ? Au nom de quel inconcevable principe peut-on demander aux hommes d'exister pour autre chose que pour leur propre bonheur ? Chacun d'eux le demande. Chaque atome de son être y aspire. Mais ils ne le trouvent jamais et je me demande bien pourquoi. Ils se plaignent de ne pas trouver de sens à la vie. Il y a une sorte de gens que je méprise tout particulièrement. Ceux qui veulent absolument trouver un but élevé, une espèce de but universel, mais qui ne savent pas pour quoi vivre et qui vont répétant qu'il leur faut absolument se trouver eux-mêmes. Vous entendez cela constamment. C'est le leitmotiv de notre époque. Vous le retrouvez dans tous les livres que vous ouvrez, dans ces lamentables confessions que sont la plupart des autobiographies. On dirait que c'est là une chose vraiment noble à avouer et dont il y a lieu d'être fier. J'aurais cru, moi, que c'était la plus honteuse.

— Regardez, Gail.

Roark se leva, fit quelques pas et revint avec une forte branche qu'il avait arrachée à un arbre. La prenant par les deux bouts, il la plia lentement entre ses mains ; ses poignets et ses jointures se tendirent sous l'effort et la branche prit une forme arquée.

— Maintenant, reprit Roark, je puis en faire ce que je veux : un arc, un harpon, une canne, un pieu. C'est là le sens de la vie.

— La force ?

— Non, l'effort. (Il jeta la branche au loin.) Quand je pense à tout ce que la terre nous offre et à tout ce que nous pouvons faire... A quoi pensez-vous, Gail ?

— A cette photo de vous que j'ai dans mon bureau.

Garder tout son calme parce qu'*il* le voulait, être patiente, faire de cette patience un devoir quotidiennement et consciencieusement accompli, et, lorsqu'elle se trouvait en présence de Roark lui exprimer par sa sérénité même qu'il ne pouvait rien exiger d'elle qui lui fût plus difficile, mais que, puisque tel était son désir, elle était heureuse de lui obéir... telle était la discipline à laquelle devait se soumettre Dominique.

Elle se tenait à l'écart, calme spectatrice, et observait silencieusement Roark et Wynand. Elle qui avait tant désiré comprendre Wynand, elle recevait maintenant sa réponse.

Elle acceptait les visites de Roark et s'inclinait devant le fait que, pendant les heures qu'il passait auprès d'eux, il était l'hôte de Wynand et non pas le sien. Elle prenait envers lui l'attitude d'une gracieuse maîtresse de maison, indifférente et souriante, le plus sérieux ornement de l'hôtel de Wynand. Elle présidait au dîner, puis les laissait seuls dans le studio.

Elle se réfugiait au salon et restait, porte ouverte, dans l'obscurité. Immobile, elle fixait des yeux la barre de lumière qui filtrait sous la porte du studio, de l'autre côté du hall. Elle se disait : « Voilà ma tâche, même lorsque je suis seule, même dans l'obscurité, et alors que personne ne le saura, de fixer cette porte, comme je le regarde lui, sans jamais me plaindre... Roark, si c'est là le châtiment que vous avez choisi pour moi, je veux l'accepter pleinement, non comme un rôle à jouer en votre présence, mais comme un devoir à accomplir dans la solitude... Vous savez que la violence ne m'est pas dure à supporter, mais qu'être patiente est pour moi la chose la plus difficile, et vous l'avez choisie pour moi et je dois accepter ce sacrifice et vous l'offrir... mon bien-aimé... »

Lorsque Roark la regardait, il n'y avait dans ses yeux aucun reniement du passé. Son regard disait simplement que rien n'avait changé et qu'il n'était même pas besoin de le dire. Il lui semblait qu'elle l'entendait lui dire : « Pourquoi vous tourmenter ? Avons-nous jamais été séparés ? Votre salon, votre mari, cette ville à vos pieds dont vous aviez si peur, ces vastes baies, tout cela est-il réel ? Est-ce que vous comprenez, Dominique ? Est-ce que vous commencez à comprendre ? » « Oui », avait-elle envie de répondre à haute voix, et il lui semblait que ce oui, Roark le comprendrait comme une réponse.

Non, ce n'était pas un châtiment qu'il avait choisi pour elle, c'était une discipline qui leur était imposée à tous deux, la dernière épreuve. Et elle comprit le but de cette épreuve lorsqu'elle découvrit que son amour pour lui était fortifié par la présence de Wynand et même par ce que tous deux ressentaient pour Wynand, par cette situation impossible, par leur silence forcé... toutes ces barrières prouvant à Dominique qu'aucune barrière ne pouvait exister entre eux.

Elle ne le voyait jamais seul. Elle attendait.

Elle s'était toujours refusée à se rendre sur le chantier, disant à Wynand : « Je verrai la maison lorsqu'elle sera terminée. » Elle ne lui posait jamais de questions au sujet de Roark. Elle posait ses mains bien en évidence sur les accoudoirs de son fauteuil, obligée ainsi de contrôler son émotion, car ses mains étaient pour elle le baromètre de son endurance lorsque Wynand rentrait tard et lui disait qu'il avait passé la soirée chez Roark, dans cet appartement qu'elle ne connaissait pas.

Un jour elle se laissa aller à lui dire :

– Qu'est-ce donc, Gail ? Une obsession ?

– En quelque sorte, oui.

Et il ajouta :

– C'est curieux que vous ne l'aimiez pas.

– Je n'ai rien dit de pareil.

– Non, mais je le vois bien. Cela ne m'étonne pas, d'ailleurs. C'est dans votre ligne. Vous deviez le détester... précisément parce que c'est le type d'homme que vous devriez aimer... Ne m'en veuillez pas de cette obsession.

– Je ne vous en veux pas.

– Dominique, me comprendrez-vous si je vous dis que je vous aime davantage depuis que je le connais ? Même... il faut que je vous le dise... même lorsque je vous tiens dans mes bras, il me semble que c'est plus beau qu'avant, que je suis moins indigne de vous.

Il parlait avec cette confiance et cette simplicité qui régnaient entre eux depuis trois ans. Elle le regarda, comme elle le faisait toujours, avec une tendresse dénuée de tout dédain, une tristesse à laquelle ne s'alliait nulle pitié.

– Je comprends, Gail.

Au bout d'un moment, elle demanda :

– Qu'est-il pour vous, Gail ? Un sanctuaire ?

– Non, répondit Wynand, un cilice.

Lorsque Dominique fut montée, Wynand, s'approchant de la baie, se mit à contempler le ciel. La tête rejetée en arrière, il sentait la résistance des muscles de sa gorge et il se demanda si l'impression de solennité qu'éprouvait l'homme à regarder le ciel provenait du spectacle qu'il contemplait, ou de la sensation que lui donnait sa gorge tendue.

4.6

– L'erreur fondamentale du monde moderne, dit Ellsworth Toohey, c'est de considérer fallacieusement la liberté et la contrainte comme deux principes opposés. Si nous voulons résoudre les problèmes immenses qui s'offrent à nous aujourd'hui, il nous faut avant tout mettre de l'ordre dans notre confusion mentale et regarder les choses d'un point de vue philosophique. Par leur essence même, la liberté et la contrainte ne font qu'un. Laissez-moi vous en donner un exemple. La signalisation lumineuse vous empêche de traverser les rues à votre gré, mais cette contrainte vous permet de ne pas être écrasé par un camion. Si l'on vous confiait un poste avec interdiction de le quitter, cela restreindrait la liberté de votre carrière, mais cela vous en donnerait une autre, qui serait d'être assuré de n'être jamais en chômage. A chaque contrainte nouvelle qui nous est imposée correspond une liberté nouvelle. Les deux éléments sont inséparables. Et ce n'est qu'en acceptant la contrainte totale que nous arrivons à la liberté totale.

– C'est vrai, cria d'une voix perçante Mitchell Layton.

C'était un véritable cri, poussé d'une voix éclatante, jaillissant avec la soudaineté d'une sirène d'incendie. Tous les invités se tournèrent vers leur hôte.

Mitchell Layton était vautré dans un fauteuil au petit point, les jambes et le ventre en avant, comme un gosse insupportable qui exagère sa mauvaise tenue. Rien, dans la personne de Mitchell Layton ne semblait vraiment terminé ; tout paraissait s'être arrêté en route. Son corps avait eu d'abord l'intention de grandir, mais il avait changé d'avis, aboutissant à un long torse planté sur de petites jambes trapues, le visage avait une ossature délicate, mais la chair qui le recouvrait lui avait joué un mauvais tour en s'arrondissant, pas suffisamment pour donner une impression d'obésité, mais assez pour qu'il parût faire une moue perpétuelle. Mitchell Layton boudait. Ce n'était ni une expression passagère, ni même une question de muscles faciaux, c'était un état chronique qui avait envahi son être tout entier. Il boudait avec tout son corps.

Mitchell Layton avait hérité d'un quart de trillion de dollars et avait passé trente-trois années de sa vie à essayer de se le faire pardonner.

Ellsworth Toohey, en smoking, était nonchalamment appuyé contre une vitrine. Il y avait dans son attitude un aimable laisser-aller et une touche d'impertinence, comme si les gens qui l'entouraient ne méritaient pas qu'il eût une attitude plus correcte.

Il laissait errer son regard autour de lui. Le salon dans lequel il se tenait n'était pas tout à fait colonial et presque empire. Le mobilier présentait un ensemble de lignes droites, de cols de cygne, de miroirs noirs, de falots-tempête transformés à l'électricité, de chrome et de tapisserie au petit point. Le seul point commun qu'avaient tous ces objets entre eux était que tous avaient coûté très cher.

– C'est vrai, répéta Mitchell Layton d'un ton agressif, comme s'il attendait à être contredit et insultait d'avance ses contradicteurs, c'est parfaitement vrai que les gens font beaucoup trop grand cas de la liberté. C'est un mot vague et dont on a abusé. Et je ne suis même pas sûr que ce soit une telle bénédiction. Je suis persuadé que les gens seraient beaucoup plus heureux dans une société aux lois strictes, aux buts bien définis et aux formes unifiées... comme une danse populaire. Vous savez à quelle beauté arrive une danse réellement populaire. Pourquoi? Parce qu'il a fallu des générations pour la créer et que l'on ne permet pas au premier fou venu d'y changer quelque chose. Voilà ce dont nous avons besoin, de forme, de rythme et de beauté.

– C'est une comparaison excellente, Mitch, dit Ellsworth Toohey. Je vous ai toujours dit que vous aviez un esprit créateur.

– Ce que je veux dire par là, continua Mitchell Layton, c'est que les gens sont malheureux non pas parce qu'ils manquent de choix, mais parce qu'ils en ont trop. Devoir prendre des décisions, toujours prendre des décisions, est une chose épuisante. Dans une société aux lois rigides, un homme se sentirait en sécurité. On ne viendrait pas constamment le solliciter de faire telle ou telle chose. Plus personne ne ferait rien, excepté bien entendu de travailler pour le bien public.

– Ce sont les valeurs spirituelles qui comptent, dit Homer Slottern. C'est une chose qu'il faut comprendre si l'on veut être de son temps. Ce siècle est le siècle des valeurs spirituelles.

Homer Slottern était un homme au visage épais, aux yeux endormis. Ses boutons de chemise étaient faits d'émeraudes et de rubis qui éclaboussaient le devant empesé de sa chemise blanche. C'était le propriétaire de trois grands magasins.

– Il devrait y avoir une loi obligeant tout le monde à étudier les secrets mystiques de l'Antiquité, reprit Mitchell Layton. Tout a été consigné dans les pyramides d'Egypte.

– Très juste, Mitch, approuva Homer Slottern. Il y a beaucoup à dire en faveur du mysticisme. Mais d'un autre côté, le matérialisme...

– Ce n'est pas en contradiction, interrompit Mitchell Layton. Le monde futur combinera les deux principes,

– En fait, dit Ellsworth Toohey, ce ne sont que deux manifestations superficielles d'une seule et même chose, d'une seule et même intention.

Ses lunettes étincelèrent comme si elles s'allumaient de l'intérieur et Toohey parut goûter tout particulièrement la remarque qu'il venait de faire.

– Tout ce que je puis dire, dit soudain Jessica Pratt, c'est que l'oubli de soi-même est le seul principe moral indispensable, le principe le plus noble, un devoir sacré, infiniment plus important que la liberté. L'oubli de soi est l'unique voie qui mène au bonheur. On devrait exécuter tous les égoïstes, pour leur épargner des malheurs. De toute façon, ils ne peuvent pas être heureux.

Jessica Pratt parlait avec ardeur. C'était une femme d'un certain âge à l'air doux; sa peau farineuse, vierge de tout maquillage, vous donnait l'impression qu'on aurait, en y touchant, de la poussière au bout des doigts.

Jessica Pratt était une femme de bonne famille, pauvre, et qui n'avait qu'une passion au monde : son amour pour sa sœur cadette, Renée. Toutes deux étaient restées orphelines très jeunes et Jessica avait consacré sa vie à élever sa sœur. Elle ne s'était jamais mariée, avait lutté, conspiré, comploté, s'était privée de tout, pour arriver à ce triomphe... le mariage de Renée avec Homer Slottern.

Renée Slottern, juchée sur un tabouret, mâchonnait des cacahuètes. De temps à autre, elle se penchait vers la coupe de cristal pour en prendre une autre. C'était là sa seule activité. Dans son visage pâle, ses yeux pâles avaient un regard placide.

– C'est aller trop loin, Jess, dit Homer Slottern. Vous ne pouvez demander à l'homme d'être un saint.

– Je ne demande rien, dit Jessica Pratt doucement. Il y a bien longtemps que je ne demande plus rien. Mais ce dont nous avons besoin, c'est d'une nouvelle éducation. Je suis persuadée que Mr. Toohey me comprend. Si chacun recevait une éducation convenable, le monde deviendrait meilleur. Et si nous obligions les hommes à être bons, ils n'en seraient que plus heureux.

– Toute cette discussion est parfaitement inutile, dit Eve Layton. Quelle est la personne intelligente qui croit encore à la liberté, actuellement ? C'est démodé. L'avenir appartient à la société planifiée. La contrainte est une loi de la nature. C'est ainsi et il n'y a pas à y revenir.

Eve Layton était extrêmement belle. Ses cheveux noirs et lisses brillaient aux lumières ; sa robe de satin d'un vert pâle, semblait vivante comme de l'eau et prête à couler de son corps pour dénuder sa peau brune et douce. Elle avait la faculté de faire du satin et des parfums quelque chose d'aussi moderne qu'un meuble chromé. C'était Vénus sortant d'un sous-marin.

Eve Layton était persuadée que sa mission dans la vie était d'être de l'avant-garde... dans n'importe quel domaine. Sa méthode avait toujours consisté à prendre son élan et à sauter triomphalement quelques longueurs plus loin que les autres. Sa philosophie consistait en une phrase : « Etre toujours en tête », qu'elle traduisait, dans la conversation par un : « Moi, je suis d'après-demain. » C'était une parfaite écuyère, un excellent chauffeur, un hardi pilote, une championne de natation. Lorsqu'elle se rendit compte de l'importance que prenaient les cercles intellectuels, elle prit son élan comme elle le faisait toujours pour sauter un fossé. Elle atterrit très loin, en pleine avant-garde. Mais là, elle s'aperçut, non sans stupéfaction, que les gens discutaient ses idées. Jusqu'alors personne n'avait discuté ses performances. Il lui vint une colère impatiente contre tous ceux qui critiquaient ses idées politiques. Elle en fit une question personnelle. Elle ne pouvait pas se tromper, puisqu'elle était d'après-demain.

Mitchell Layton, son mari, la détestait.

– C'est au contraire une discussion extrêmement intéressante, lui dit-il d'un ton hargneux. Tout le monde ne peut pas être aussi capable que vous, ma chère. Il nous faut aider les autres. C'est notre devoir à nous autres, intellectuels. Et il faut absolument que nous cessions d'être effrayés par le mot contrainte. Ce n'est pas de la contrainte quand c'est pour une bonne cause, et pour l'amour de l'humanité. Mais il est bien difficile de faire comprendre de telles choses à nos concitoyens. Les Américains sont tellement bornés !

Mitchell Layton ne pouvait pardonner à sa patrie de lui avoir accordé une fortune colossale, mais de lui avoir refusé la considération correspondant à cette fortune. Les gens se refusaient à accepter ses idées sur l'art, sur la littérature, l'histoire, la biologie, la sociologie et la métaphysique comme ils acceptaient ses chèques. Il reprochait aux gens de ne considérer en lui que l'homme riche et de dédaigner la personnalité.

– Il y a en effet beaucoup à dire en faveur de la contrainte, affirma Homer Slottern, à condition qu'elle serve à des fins démocratiques. L'intérêt des masses doit toujours venir en premier, que cela nous plaise ou non.

En réalité l'attitude d'Homer Slottern était faite de deux tendances distinctes et contradictoires, ce qui ne le troublait pas parce qu'il ne s'en rendait pas compte. Avant tout, il avait, pour les théories abstraites, le plus parfait mépris. Donner à la clientèle ce qu'elle désirait et faire par surcroît de bonnes affaires, ça c'était la vie. Mais d'un autre côté, Homer Slottern se sentait mal à l'aise à l'idée qu'il avait négligé le côté spirituel de l'existence dans sa hâte à gagner de l'argent. Peut-être des hommes comme ce Toohey possédaient-ils quelque chose que lui n'avait pas. Et si un jour ses magasins lui étaient enlevés? Serait-il réellement plus agréable de vivre comme directeur d'un magasin d'Etat? Le salaire d'un directeur lui donnerait-il le prestige et le confort dont il jouissait actuellement, tout en lui ôtant la responsabilité d'être propriétaire?

– Est-ce vrai que dans la société future les femmes pourront s'offrir tous les hommes qu'elles désireront? demanda Renée Slottern.

Elle avait commencé sa phrase sur un ton d'interrogation, mais l'acheva d'un ton rêveur. Elle ne tenait pas tellement à ce qu'on lui répondît. Elle se contentait de s'émerveiller vaguement à l'idée qu'il y aurait un jour des femmes qui pourraient mettre dans leur vie un homme qu'elles désiraient vraiment.

– C'est absurde de parler de choix personnel, dit Eve Layton. C'est démodé. Il n'existe pas d'êtres distincts, mais des entités collectives. C'est l'évidence même.

Ellsworth Toohey sourit silencieusement.

– Il faut absolument faire quelque chose pour les masses, déclara Mitchell Layton. Elles ont besoin d'être dirigées. Ces gens-là ne savent pas ce qui est bon pour eux. Ce que je ne comprends pas, c'est que nous, qui sommes cultivés et avons une situation sociale, sommes convaincus de l'excellence du collectivisme et prêts à lui sacrifier des avantages personnels, alors que des travailleurs, qui ont tout à y gagner, restent stupidement indifférents à ces questions. Non, je ne peux pas comprendre pourquoi les ouvriers, dans notre pays, ont si peu de sympathie pour le collectivisme.

– Vraiment? dit Ellsworth Toohey dont les lunettes étincelaient.

– Vous m'ennuyez tous avec vos discussions, jeta Eve Layton qui arpentait la pièce tandis que la lumière ruisselait sur ses épaules.

La conversation dévia et l'on se mit à parler art et à passer en revue les chefs de file dans tous les domaines.

– Loïs Cook dit que les mots doivent absolument être libérés de l'emprise de la raison. Elle dit qu'on peut comparer la domination des mots par la raison à l'exploitation des masses par les capitalistes. Il faut absolument élargir le sens des mots grâce à des notions collectives. Voilà ce que dit Loïs Cook. Elle est si amusante, si rafraîchissante...

– Ike... comment s'appelle-t-il déjà ?... Ike dit que le théâtre est avant tout une question de sentiment. Il est faux, dit-il, de prétendre qu'une pièce se déroule sur la scène. La pièce se joue dans le cœur des spectateurs...

– Jules Fougler, lui, disait dans le numéro de dimanche de *L'Etendard* que, dans le monde futur, le théâtre ne sera plus du tout nécessaire. Il prétend que la vie quotidienne d'un homme du commun est en elle-même une œuvre d'art, au même titre que la meilleure tragédie de Shakespeare. Il n'y aura plus de place dans le monde de l'avenir pour un dramaturge. Le critique se contentera d'étudier la vie des masses et d'en dégager, pour le public, la valeur artistique. Voilà l'opinion de Jules Fougler. Je ne peux pas dire que je partage complètement ce point de vue, mais il y a là certainement une idée intéressante...

– Lancelot Clokey dit que l'Empire britannique est condamné. Il dit aussi qu'il n'y aura pas de guerre parce que les travailleurs du monde entier ne le permettront pas. Ce sont les financiers internationaux et les fabricants de munitions qui sont les fauteurs de guerre et ils ne sont plus ce qu'ils étaient. Lancelot Clokey dit encore que le monde est un mystère et que sa mère est sa meilleure amie. Et il dit également dans cet article que le Premier ministre de Bulgarie mange des harengs à son petit déjeuner...

– Gordon Prescott estime que quatre murs et un plafond sont la base de toute architecture. Le plancher est facultatif. Tout le reste n'est qu'ostentation capitaliste. Il dit aussi que personne ne devrait être autorisé à construire tant qu'il y aura quelque part des hommes qui n'ont pas de toit sur la tête... Et que fait-il, pourriez-vous lui répondre, des Patagons ? Eh bien, répond-il, c'est à nous de leur apprendre à ressentir le besoin d'un toit. Prescott appelle cette théorie l'interdépendance transspatiale...

Ellsworth Toohey se taisait toujours. Il souriait à une vision intime : celle d'une énorme machine à écrire. Chacun des noms fameux qu'on citait devant lui était une des touches de cette machine ; chacune de ces touches agissait dans son propre domaine, frappant, laissant sa marque, et l'ensemble du clavier s'inscrivait sur une immense feuille de papier vierge. Une machine à écrire, oui, se disait-il, mais cela sous-entend que quelqu'un tape sur les touches.

Son attention s'éveilla lorsqu'il entendit Mitchell Layton s'exclamer d'un ton boudeur :

– *L'Etendard* ! Que le diable l'emporte !

– Tout à fait mon avis, dit Homer Slottern.

– C'est un journal qui périclite, dit Mitchell Layton. Oui, je ne crains pas de l'affirmer, qui périclite ! Un joli placement que j'ai fait là ! C'est la première fois qu'Ellsworth se trompe.

– Ellsworth ne se trompe jamais, dit Eve Layton.

– Eh bien, cette fois, il s'est trompé. C'est lui qui m'a conseillé d'acheter des actions de ce sale canard.

Mitchell Layton rencontra le regard de Toohey, d'une douceur de velours, et il se hâta d'ajouter :

– Je ne veux pas dire par là que je me plaigne, Ellsworth. Cela n'a aucune importance. Cette affaire m'aidera peut-être même à réduire un peu mes impôts, mais il est incontestable que cette sale feuille réactionnaire est en train de descendre la pente.

– Je ne vous demande qu'un peu de patience, Mitch, dit Toohey.

– Vous ne croyez pas que je devrais vendre et me sortir de là ?

– Non, Mitch, je ne le crois pas.

– Bon, puisque vous me l'affirmez, j'attendrai. Je suis de taille à le supporter. Je puis supporter n'importe quoi.

– Mais pas moi ! s'exclama Homer Slottern avec une surprenante véhémence. C'est à se demander s'il est prudent de continuer à faire de la publicité dans *L'Etendard.* Ce n'est pas une question de tirage... de ce côté-là, tout va bien... non, c'est plutôt une impression... une impression bizarre... Savez-vous, Ellsworth, que j'ai très sérieusement envisagé de rompre mon contrat.

– Pourquoi cela ?

– Avez-vous entendu parler du mouvement « Ne lisez plus les journaux Wynand » ?

– Oui.

– C'est un certain Gus Webb qui est à la tête de ça. Ils collent des papillons sur le pare-brise des autos parquées ; et dans les toilettes publiques ; au cinéma, ils sifflent les actualités Wynand lorsqu'elles passent. Oh ! je ne pense pas que ce soit un groupement très important, mais cependant... La semaine dernière, une femme impossible a fait un véritable scandale dans un de mes magasins, celui de la Cinquième Avenue, en nous reprochant d'être les ennemis des travailleurs parce que nous faisons de la publicité dans *L'Etendard.* Cela encore, on peut ne pas s'en soucier, mais cela devient beaucoup plus grave quand une de nos plus anciennes clientes, une douce petite vieille dame du Connecticut, républicaine depuis trois générations, nous écrit qu'elle va probablement retirer de chez nous son carnet d'achat parce que quelqu'un lui a dit que Wynand était un dictateur.

– Gail Wynand ne connaît rien aux questions politiques et les envisage sous l'angle le plus primitif, dit Toohey. Il en est encore aux conceptions politiques du club démocratique de Hell's Kitchen. Il y avait une certaine innocence dans ce qu'on appelait la corruption dans ce temps-là, ne croyez-vous pas ?

– Peu n'importe. Ce n'est pas de cela que je parle. Ce que je veux dire, c'est que dans une certaine mesure *L'Etendard* devient dangereux. Il nuit aux affaires. On est obligé d'être tellement prudent par les temps qui courent. Vous entrez en relations d'affaires avec des gens contre lesquels commence une campagne et vous vous trouvez éclaboussé vous aussi. Je ne peux pas m'exposer à de telles choses.

– C'est une campagne qui n'est pas entièrement injustifiée.

– Peu n'importe. Je me fiche absolument qu'elle soit justifiée ou non. Pourquoi irais-je lier mon sort à celui de Gail Wynand ? S'il se crée un mouvement d'hostilité contre lui, la seule chose à faire pour moi est de séparer complètement mes affaires des siennes. Et je ne suis pas le seul à penser ainsi. Nous sommes tout un groupe à avoir le même sentiment. Jim Ferris, de Ferris & Symes ; Billy Shultz, de Vimo Flakes ; Bud Harper, de Toddler Togs, et... bref, vous les connaissez tous, ils sont tous de nos amis, de notre groupe, des hommes d'affaires libéraux. Tous songent à cesser toute publicité dans *L'Etendard.*

– Ayez encore un peu de patience, Homer. Ne vous pressez pas. Il y a temps pour tout et ce n'est pas à la légère qu'on parle de moment psychologique.

– OK, j'attendrai puisque vous me le conseillez. Mais... il y a quelque chose dans l'air. Et un jour ou l'autre ça tournera mal.

– Ce n'est pas impossible, mais je vous préviendrai à temps.

– Je croyais qu'Ellsworth travaillait à *L'Etendard,* dit étourdiment Renée Slottern qui paraissait surprise.

Tous se tournèrent vers elle avec un mélange d'indignation et de pitié.

– Que vous êtes naïve, Renée! dit Eve Layton en haussant les épaules.

– Mais que reprochez-vous à *L'Etendard?*

– Ne te mets pas martel en tête, mon petit, avec ces malpropres histoires de politique, dit Jessica Pratt. *L'Etendard* est un ignoble journal et Mr. Wynand un homme abominable. Il défend les intérêts les plus égoïstes de la classe dirigeante.

– Je le trouve très bien physiquement, dit Renée. Il a beaucoup de sex-appeal.

– Au nom du ciel! s'exclama Eve Layton.

– Je ne vois pas pourquoi Renée n'aurait pas le droit d'exprimer son opinion, dit aussitôt Jessica Pratt, prenant la défense de sa sœur.

– On m'avait dit également qu'Ellsworth était le président de l'union des employés de Wynand, continua Renée d'un ton plaintif.

– Certainement pas, Renée. Je ne suis jamais président de quoi que ce soit. J'en fais partie, tout simplement, au même titre que le dernier des commis.

– Il y a donc une union des employés de Wynand? demanda Homer Slottern.

– Ce n'était qu'un club au début, expliqua Toohey. Il s'est transformé en syndicat l'année dernière.

– Qui en a été l'instigateur?

– C'est difficile à dire. Ça a été plus ou moins une chose spontanée, comme tous ces mouvements.

– Je trouve ce Wynand puant, déclara Mitchell Layton. Pour qui se prend-il? Je me le demande. Je fais partie d'un conseil d'administration qu'il préside et où il nous traite comme des laquais. Est-ce que mon argent ne vaut pas le sien? Est-ce que je n'ai pas entre les mains une bonne part des actions de son damné journal? Je pourrais lui en apprendre au point de vue journalisme. Ce ne sont pas les idées qui me manquent. D'où lui vient son arrogance? D'avoir fait sa fortune lui-même? A-t-il besoin d'être snob à ce point simplement parce qu'il sort de Hell's Kitchen? Ce n'est pas la faute des autres s'ils n'ont pas eu la chance de naître à Hell's Kitchen et par conséquent pas la chance d'en sortir. Personne ne comprend quel handicap cela représente d'être né riche. Les gens sont persuadés que parce que vous êtes né avec de l'argent, vous auriez été incapable d'en gagner. Je suis persuadé que si j'avais eu les débuts de Gail Wynand, je serais actuellement deux fois plus riche qu'il ne l'est et trois fois plus connu. Mais il est tellement orgueilleux qu'il ne voudrait jamais croire une chose pareille.

Personne ne répondit. Tous entendaient dans la voix de Mitchell Layton monter les inflexions de l'hystérie. Eve Layton lança à Toohey un regard d'appel à l'aide. Toohey sourit et s'avança.

– Je suis honteux pour vous, Mitch, dit-il.

Homer Slottern ouvrit de grands yeux. Personne ne se permettait jamais de contredire Mitchell Layton sur ce sujet, pas plus que sur un autre d'ailleurs.

Mitchell Layton avala sa lèvre inférieure.

– Oui, je suis honteux pour vous, Mitch, répéta Toohey fermement, à l'idée que vous pouvez vous comparer à un homme aussi méprisable que Gail Wynand.

Quelque chose qui ressemblait à un sourire apparut sur les lèvres de Mitchell Layton.

– C'est vrai, dit-il d'un air soumis.

– Non, vous ne seriez pas capable d'égaler la carrière de Gail Wynand. Pas avec votre âme sensible et vos instincts humanitaires. C'est cela qui vous retient, Mitch, et non votre fortune. Qui se soucie encore de la fortune ? Le temps de l'argent est passé. Votre nature est simplement trop fine pour les brutales compétitions de notre système capitaliste. Mais cela aussi passera.

– C'est l'évidence même, dit Eve Layton.

Il était tard lorsque Toohey se retira. Il se sentait en forme et décida de rentrer à pied. Les rues de la ville étiraient devant lui leur solitude et les masses sombres des buildings s'élevaient vers le ciel, confiantes et vulnérables. Toohey se souvint de ce qu'il avait dit une fois à Dominique : « Une pièce de mécanique compliquée, telle est notre société... En pressant votre petit doigt sur un point... le centre de toute gravité... vous pouvez transformer toute la machine en un tas informe d'acier tordu... » Dominique lui manquait décidément. Il aurait aimé qu'elle assistât à la conversation de ce soir.

Tout ce qu'il ne pouvait partager avec personne bouillonnait en lui. Il s'arrêta au milieu d'une rue déserte et se mit à rire à gorge déployée, la tête levée vers le sommet des gratte-ciel.

Un policeman vint lui taper sur l'épaule en lui demandant :

– Eh bien ! monsieur !

Toohey distingua des boutons et un uniforme bleu tendu sur un large torse, et un bon visage, solide et patient. Un homme aussi ferme et aussi sûr que les buildings qui l'entouraient.

– Vous faites votre devoir, mon brave, dit Toohey dans la voix duquel tremblait encore l'écho de son accès de fou rire. Vous protégez la loi, l'ordre, la décence et les vies humaines. Pourquoi ne m'arrêtez-vous pas ?

– Ça va, mon vieux, ça va, dit l'agent. Continuez votre chemin. Cela arrive à tout le monde de boire un verre de trop.

4.7

Ce ne fut que lorsque le dernier ouvrier fut parti que Peter Keating se sentit envahi d'un sentiment de désolation et d'une étrange sensation de faiblesse et d'engourdissement. Il était debout dans le hall, examinant le plafond. Sous la couche épaisse de peinture toute fraîche, on distinguait encore les bords du carré qui avait été une ouverture par laquelle passait l'escalier, ouverture que l'on venait de refermer. Le bureau de Guy Francon n'était plus qu'un souvenir. La firme de Keating et Dumont ne disposait plus que d'un étage.

Peter Keating se revoyait, gravissant pour la première fois les marches recouvertes de peluche rouge, un dessin à la main. Il revoyait le bureau de Guy Francon tout brillant de reflets et il songeait aux quatre années qui venaient de s'écouler et pendant lesquelles ce bureau avait été le sien.

Il avait parfaitement compris ce qui arrivait à la firme au cours de ces années; les ouvriers en salopettes enlevant l'escalier le lui avaient fait mieux comprendre encore lorsqu'ils avaient refermé l'ouverture, mais c'était maintenant, devant ce carré réapparaissant sous la peinture fraîche, qu'il réalisait pleinement la signification profonde de tout cela.

Il y avait longtemps qu'il s'était résigné à descendre la côte; il n'avait rien fait pour cela, mais il n'avait guère lutté non plus, se contentant de laisser aller les choses. Cela s'était passé très simplement et ne lui avait nullement paru pénible; c'était plutôt comme une somnolence qui s'était emparée de lui et ne le conduisait à rien de plus grave qu'à un sommeil qui serait le bienvenu. La seule chose qui lui était douloureuse c'était l'effort qu'il faisait pour comprendre comment et pourquoi cela était arrivé.

Evidemment il y avait eu l'exposition « La Marche des Siècles », mais ce n'était pas suffisant pour tout expliquer. « La Marche des Siècles » s'était ouverte en mai. C'était un four. A quoi servirait, se disait Keating, de se le dissimuler ? C'était un four, un four complet. « La Marche des Siècles, avait écrit Ellsworth Toohey, les siècles m'ont tout l'air d'avoir passé à cheval et à une distance respectueuse. » Tout ce qui avait été écrit sur la valeur architecturale de l'exposition était du même ordre.

Keating se rappelait, non sans amertume, combien les sept architectes élus et lui-même avaient travaillé pour mettre cette exposition debout. Il était parfaitement vrai que lui, étant président, s'était constamment mis en avant et avait accaparé toute la publicité, mais il n'en avait pas fait plus que les autres au point de vue plans. Ils avaient travaillé en parfaite harmonie, au cours de nombreuses conférences, chacun prêt à faire des concessions, dans un véritable état d'esprit collectif, aucun d'eux n'essayant de faire triompher ses idées personnelles ou ses préjugés. Ralston Holcombe lui-même avait renoncé à sa chère Renaissance. Ils avaient conçu des pavillons modernes, résolument modernes, plus modernes même que les vitrines des grands magasins Slottern. Keating ne pensait pas, à ce moment-là, que les pavillons ressemblaient à « de la pâte dentifrice sortant d'un tube géant sur lequel on aurait marché... » ou à « une interprétation stylisée de l'intestin grêle » comme l'avait écrit un critique.

Mais le public semblait partager cette impression, en admettant que le public eût une opinion. Ce qui était certain c'est que les billets d'entrée pour « La Marche des Siècles » se vendaient au rabais, et que l'unique succès de l'exposition et son sauveur au point de vue financier était une certaine Juanité Fay qui dansait avec pour tout vêtement un patron vivant.

Mais qu'importait que l'exposition fût un four? Cela n'avait affecté en rien ses collègues. Gordon L. Prescott travaillait plus fort que jamais. Non, ce n'était pas ça, se disait Keating. Cela avait commencé bien avant l'exposition, mais il aurait été incapable de dire exactement quand.

Il y avait évidemment plusieurs explications possibles La crise les avait tous touchés; certains l'avaient surmontée, d'autres non. Keating & Dumont étaient parmi ces derniers. Il y avait eu quelque chose de changé dans la firme et dans les milieux où elle recrutait ses clients, le jour où Guy Francon s'était retiré. Keating se rendait compte maintenant qu'il y avait eu un certain art et une certaine ingéniosité dans la façon dont Guy Francon utilisait son énergie, même si cette énergie consistait simplement à user de son charme et de sa position sociale pour en imposer aux millionnaires hésitants. Il était évident qu'il y avait chez Guy Francon une chose à laquelle les gens ne restaient pas insensibles.

Mais la réaction actuelle du public semblait à Peter Keating absolument dénuée de sens. L'homme en vue en architecture actuellement... sur une petite échelle, car il n'était plus question de grands travaux... était Gordon L. Prescott, Président de l'Association des Constructeurs américains; Gordon L. Prescott qui faisait des conférences sur le pragmatisme transcendantal en architecture et en urbanisme social, Gordon L. Prescott qui posait ses pieds sur les tables dans les salons, se rendait à des dîners de cérémonie en culotte de golf et faisait à haute voix des remarques désobligeantes sur ce qu'il mangeait. Les gens du monde aimaient cet architecte « libéral ». L'A.G.A. existait toujours, raidie dans sa dignité, mais les gens en parlaient comme d'une maison de retraite. L'Association des Constructeurs américains avait pris une très grande importance. Enfin, le seul architecte dont Ellsworth Toohey citait le nom dans ses articles était Augustus Webb. A trente-neuf ans, Keating avait déjà reçu l'étiquette de démodé.

Il ne cherchait plus à comprendre. Il comprenait vaguement que l'explication de cette évolution était d'une nature telle qu'il valait mieux pour lui l'ignorer. Dans sa jeunesse, il éprouvait envers les travaux d'un Guy Francon ou d'un Ralston Holcombe un aimable mépris, et les imiter ne lui avait jamais semblé qu'un innocente supercherie. Mais il sentait obscurément qu'il y avait en un Gordon Prescott et en un Gus Webb quelque chose de si bas, un abus de confiance si frauduleux que sa conscience pourtant élastique ne pouvait l'admettre. Il avait sincèrement cru que le public admirait Holcombe et que par conséquent faire du Holcombe était encore lui donner ce qu'il aimait. Mais il sentait très bien que personne n'admirait l'œuvre d'un Prescott. Il y avait quelque chose d'obscur et de louche dans la manière dont les gens louaient ses œuvres, non pas comme s'ils s'inclinaient devant le talent d'un Prescott, mais comme s'ils prenaient plaisir à cracher sur le talent de tous les autres. Pour une fois, Keating ne pouvait pas suivre les réactions du public; il était trop évident, même pour lui, que la faveur du public avait cessé d'être un témoignage accordé au mérite, qu'elle était au contraire devenue une marque d'opprobre.

Keating continuait d'aller de l'avant, porté par la force de l'inertie. Même réduits à un étage, ses bureaux étaient beaucoup trop importants pour lui et il n'occupait pas la moitié des pièces, mais il se refusait à déménager et payait le déficit de sa poche. Il voulait tenir. Il avait perdu la plus grande partie de sa fortune personnelle dans des spéculations hasardeuses, mais il lui restait suffisamment d'argent pour qu'il eût la vie assurée jusqu'à la fin de ses jours. Cette question le préoccupait peu. L'argent avait cessé d'être pour lui le facteur le plus important. Ce qu'il redoutait par-dessus tout, c'était l'inactivité. L'idée que la routine journalière pourrait lui manquer assombrissait sa vie.

Il avait pris une démarche lente, les bras collés au corps, les épaules constamment remontées comme pour lutter contre un froid imaginaire. Il prenait du poids. Son visage portait des marques de bouffissure. Il le tenait généralement baissé et un second menton commençait à se dessiner sur son nœud de cravate. Des traces de son ancienne beauté étaient encore visibles sur son visage et ne faisaient qu'aggraver les choses. On pensait à un dessin à l'encre tracé sur du buvard et qui se serait étalé et noyé. Ses tempes grisonnaient. Il buvait beaucoup, sans plaisir.

Il avait demandé à sa mère de revenir vivre avec lui. Ils passaient de longues soirées dans le living-room, n'échangeant pas une parole, nullement hostiles l'un à l'autre, cherchant au contraire un réconfort dans leur mutuelle présence. Mrs. Keating ne lui faisait aucun reproche, ne lui donnait pas de conseils. Il y avait, dans son attitude envers lui, une nouvelle forme de tendresse mêlée de crainte. Elle lui préparait elle-même son petit déjeuner, bien qu'ils eussent une domestique ; elle lui faisait ses plats préférés, des crêpes, par exemple, dont il raffolait à l'âge de neuf ans lorsqu'on lui avait enlevé les amygdales. S'il remarquait ses efforts et lui en faisait compliment, elle battait des cils et détournait la tête, se demandant pourquoi elle en était si heureuse et pourquoi cependant ses yeux se remplissaient de larmes.

Il lui arrivait de dire brusquement, après un long silence : « Tout ira bien, n'est-ce pas, Petey ? » Et il ne lui demandait pas ce qu'elle voulait dire par là, mais se contentait de répondre calmement : « Mais certainement, mère, tout ira bien », s'efforçant par pitié pour elle de prendre un accent convaincant.

Un jour elle lui demanda : « Tu es heureux, Petey, n'est-ce pas ? » Il la regarda et vit qu'elle ne plaisantait pas, que ses yeux grands ouverts étaient pleins d'effroi. Et comme il ne répondait rien elle s'exclama : « Il faut que tu sois heureux, Petey, il le faut ! Sans cela ma vie n'aurait aucun sens. » Il aurait voulu se lever, la prendre dans ses bras et la rassurer, mais il se souvint de Guy Francon lui disant le jour de son mariage : « J'ai tellement besoin que vous soyez fier de moi, Peter... sans cela ma vie n'aurait aucun sens. » Ce souvenir le glaça. Il sentait là la présence de quelque chose qu'il se refusait à analyser. Il se détourna sans répondre.

Un autre soir, elle lui dit sans préambule : « Tu devrais te remarier, Petey, je suis persuadée que tu serais beaucoup plus heureux. » Et comme Peter ne répondait rien, cherchant comment il pourrait changer de conversation, elle reprit : « Petey, pourquoi... pourquoi n'épouses-tu pas Catherine Halsey ? » Il sentit la colère lui brûler les yeux et alourdir ses paupières tandis qu'il se tournait vers sa mère, mais devant sa petite silhouette ramassée, à la fois raide et sans défense, pleine d'une sorte de fierté désespérée, prête à accepter les coups qu'il lui porterait et l'en absolvant d'avance... il comprit qu'elle venait de prononcer la phrase la plus courageuse, le plus sincère des mea culpa. Sa colère tomba, car il comprit qu'elle souffrait plus encore que lui, et avec un geste de la main qui expliquait tout, il se contenta de murmurer : « Mère, voyons... »

Une ou deux fois par mois, à la fin de la semaine, il quittait la ville. Personne ne savait où il allait. Mrs. Keating se tourmentait, mais ne posait pas de questions. Elle supposait qu'il y avait une femme derrière ce mystère et probablement personne de bien recommandable, sinon son fils n'aurait pas gardé un si maussade silence. Il arrivait à Mrs. Keating de souhaiter à Peter d'être tombé dans les griffes de la pire des aventurières qui l'obligerait à l'épouser.

En réalité, Peter se rendait à une hutte qu'il avait louée dans un obscur village sur les collines. Il avait là tout un attirail de peintre. Il passait ses journées sur les collines, à peindre. Il n'aurait pu dire pourquoi il était revenu à cette ambition mort-née de son adolescence dont sa mère l'avait détourné et qu'elle avait canalisée dans l'architecture. Il n'aurait pu dire à la suite de quel processus cette impulsion lui était devenue irrésistible, mais il avait loué la cabane et se plaisait à y aller.

Il n'aurait même pas été exact de dire qu'il éprouvait du plaisir à peindre. Ce n'était ni une joie, ni un apaisement, mais bien plutôt une sorte de torture, cependant il continuait. Installé devant son chevalet, il contemplait la courbe des collines, la forêt qui les recouvrait, le ciel qui les dominait. Il éprouvait pour cette terre qui l'entourait une humble et presque insoutenable tendresse... mais n'avait pour exprimer ce sentiment que des moyens insuffisants, comme paralysés. Il continuait cependant, espérant toujours. Mais, lorsqu'il regardait ses toiles, il sentait bien qu'il n'avait rien su capter de ce qu'il ressentait par sa manière enfantine et crue. Peu lui importait. Personne jamais ne verrait ces toiles. Il les empilait dans un coin de la hutte dont il refermait soigneusement la porte avant de rentrer en ville. Il ne trouvait à peindre ni plaisir, ni orgueil, ni réponse à son angoisse... mais... lorsqu'il était assis devant son chevalet... il lui venait une sorte de paix.

Il s'efforçait de ne pas penser à Ellsworth Toohey. Un instinct obscur lui disait qu'il conserverait une précaire sécurité d'esprit tant qu'il ne toucherait pas à ce sujet. Il ne pouvait y avoir qu'une explication à l'attitude de Toohey envers lui... et il préférait ne pas se l'avouer.

Il voyait Toohey de plus en plus rarement. Les intervalles séparant chacune de leurs entrevues étaient de plus en plus longs. Keating acceptait cela et se rassurait en se disant que Toohey était très occupé. Le silence de Toohey sur ses travaux avait quelque chose de déconcertant. Il se disait que Toohey avait des choses plus importantes à écrire. Les critiques de Toohey sur « La Marche des Siècles » avaient porté un coup à Keating. Mais il se disait que ces critiques étaient justifiées et qu'il ne pouvait qu'accepter ce blâme. Keating pouvait supporter de douter de lui-même, il ne pouvait supporter de douter de Toohey.

Ce fut Neil Dumont qui l'obligea à repenser à Toohey. Neil se mit un jour à lui parler avec véhémence de la crise, de l'inutilité qu'il y avait à regretter le lait répandu, des changements qui se produisaient dans les conditions d'existence, de l'adaptation aux circonstances et de l'importance qu'il y avait à être de son époque. Keating conclut de ce long et confus discours que les affaires, telles qu'ils les avaient traitées jusqu'à présent, n'existaient plus, que l'Etat prenait la haute main sur tout, que cela leur plût ou non, que l'industrie du bâtiment se mourait, que l'Etat serait bientôt le seul client et qu'ils feraient bien de se mettre sur les rangs s'ils voulaient arriver à quelque chose. « Regardez Gordon Prescott, dit encore Neil Dumont, le joli petit monopole qu'il s'est fait dans les habitations à bon marché et les bureaux de poste. Et regardez Gus Webb, se poussant au premier plan. »

Keating ne répondit pas. Neil Dumont ne faisait que formuler les pensées qui hantaient Keating depuis longtemps, mais qu'il ne pouvait se décider à regarder en face.

Il ne voulait pas penser à Cortland Homes.

Cortland Homes était un projet d'habitations à bon marché organisé par l'Etat. L'emplacement avait déjà été choisi, à Astoria, sur les bords d'East River. Ce devait être une gigantesque expérience de logements à loyer modeste, devant servir de modèle au pays tout entier, et même au monde entier. Il y avait déjà un an que Keating entendait parler de ce projet par ses collègues. Les fonds avaient été votés, l'emplacement choisi, mais non l'architecte. Keating ne voulait pas s'avouer à lui-même à quel point il désirait avoir Cortland et combien petites étaient ses chances de l'obtenir.

— Ecoutez, Peter, nous ferons aussi bien d'appeler un chat un chat, reprit Neil Dumont. Nous sommes sur une mauvaise pente, mon vieux, et vous le savez bien. C'est entendu, nous pouvons encore tenir un an ou deux en vivant sur notre réputation, mais après ? Ce n'est d'ailleurs pas de notre faute. L'entreprise privée meurt un peu plus chaque jour. C'est un processus historique, la voie de l'avenir. Nous ferons donc aussi bien de mettre à l'eau notre canot de sauvetage s'il y en a un. Or il y en a un excellent, attendant celui qui sera assez malin pour s'en saisir, et c'est Cortland Homes.

Cette fois, le nom avait été prononcé. Keating en l'entendant eut l'impression étrange d'entendre les sons voilés d'une cloche, comme si quelque chose se mettait en branle que rien ne pourrait arrêter.

— Que voulez-vous dire, Neil ?

— Cortland Homes égale Ellsworth Toohey. Est-ce clair cette fois ?

— Mais Neil, je...

— Mais à quoi pensez-vous, Peter ? Savez-vous que chacun se rit de vous et dit que s'il avait le bonheur d'être, comme vous, le favori de Toohey, il obtiendrait Cortland Homes comme ça (Neil fit claquer ses doigts soignés), juste comme ça, et tout le monde se demande ce que vous attendez. Vous savez bien que c'est votre ami Ellsworth qui est à la tête de ce projet.

— Ce n'est pas exact. Il n'a aucune situation officielle. Il n'a jamais de situation officielle.

– Voyons, Peter, de qui vous moquez-vous ? Tous les garçons qui comptent dans n'importe quel bureau sont à lui. Je ne sais pas comment il y arrive, mais c'est un fait. Voyons, Peter, qu'y a-t-il ? Avez-vous peur de demander une faveur à Ellsworth Toohey ?

« Cette fois, se dit Keating, je ne puis plus reculer. » Car il ne voulait pas avouer, même à lui-même, qu'il avait peur de demander quelque chose à Ellsworth Toohey.

– Mais non, dit-il d'une voix neutre, quelle idée, Neil !... C'est bon, je parlerai à Ellsworth.

Ellsworth Toohey était étendu sur un divan, en robe de chambre. Son corps avait la forme d'un x irrégulier... les bras croisés au-dessus de la tête, les jambes largement écartées. Le dessin de sa robe de chambre de soie imprimée : la marque de fabrique de Coty, des houppes à poudre blanches sur fond orange, avait quelque chose de gai et d'élégant dans son absurdité même. Sous sa robe de chambre, Toohey portait un pyjama de nuit, en batiste vert pistache, extrêmement froissé. Le pantalon flottait sur ses chevilles minces.

« C'est bien Toohey, se dit Keating, de se vêtir ainsi dans un living-room si sévère. » A part un tableau de maître derrière lui, la pièce était nue comme une cellule de moine, ou plutôt non, se dit Keating, comme la retraite d'un roi en exil, dédaigneux de toutes contingences.

Le regard de Toohey était chaud, amusé, encourageant. Toohey avait répondu au téléphone lui-même. Toohey lui avait fixé un rendez-vous immédiatement. Et que c'était agréable d'être reçu ainsi, sans façon, dans l'intimité. « Pourquoi avais-je peur, se dit Keating ? Pourquoi ai-je douté de lui ? Nous sommes de vieux amis. »

– Oh ! Seigneur ! dit Toohey en bâillant, que je suis fatigué ! Il arrive un moment, dans la journée, où il devient indispensable de se détendre. En rentrant chez moi, j'ai senti que je ne pourrais pas garder mes vêtements une minute de plus. Je me sentais comme un paysan galeux qui ne peut plus y tenir. Vous m'excusez, Peter ? Il y a des gens avec lesquels on est obligé de se gêner, mais pas avec vous, non vraiment pas avec vous.

– Non bien entendu.

– Je crois que je prendrai un bain dans un moment. Il n'y a rien de tel qu'un bon bain chaud pour se sentir un vrai parasite. Aimez-vous les bains chauds, Peter ?

– Mais... oui... certainement...

– Vous prenez du poids, Peter. Bientôt vous ne serez pas beau à voir dans votre baignoire. Vous engraissez et vous faites une longue figure. Ce n'est pas une bonne combinaison. C'est absolument faux du point de vue esthétique. Les gens gras doivent être gais et cordiaux.

– Je... je suis parfaitement bien, Ellsworth. C'est uniquement...

– Vous aviez un si charmant caractère. Il ne faut pas le perdre. Les gens se lasseront vite de vous.

– Je n'ai pas changé, Ellsworth, dit Keating en appuyant sur les mots avec intention, non vraiment je n'ai pas changé. Je suis exactement celui que j'étais lorsque j'ai fait les plans du Cosmo-Slotnick.

Il regarda Toohey d'un air entendu, espérant qu'il comprendrait cette allusion transparente, car Toohey entendait à demi-mot des choses infiniment plus subtiles. Il attendait un mot d'encouragement, mais Toohey, le regard aimable et vide, reprit :

— Voilà une affirmation qui va à l'encontre de toute philosophie, Peter. Le changement est le principe fondamental de l'univers. Tout change autour de nous : les saisons, les feuilles, les fleurs, les oiseaux, la morale, les hommes et les buildings. Tout suit son cours, Peter.

— Oui, c'est vrai, les choses changent rapidement et parfois d'une façon si étrange. Vous ne vous en apercevez pas et un beau jour vous vous trouvez devant le fait accompli. Vous vous souvenez, il y a quelques années, Loïs Cook, Gordon Prescott, et Ike, et Lance... ils étaient parfaitement inconnus. Et maintenant... ils sont en pleine ascension, et tous ont été découverts par vous, Ellsworth. On peut être sûr, quand on commence à parler d'un jeune artiste, que c'est un de vos poulains. Vous êtes étonnant, Ellsworth. Etre arrivé à un résultat pareil... en si peu d'années...

— C'est bien plus simple que vous ne le pensez, Peter. Vous en êtes encore au concept de la personnalité et vous croyez que je fais de telles choses peu à peu, mais mon pauvre ami, dans ce cas, la vie d'une centaine d'agents publicitaires n'y suffirait pas. La chose peut se faire d'une manière bien plus rapide à notre époque où le temps est si précieux. Si vous voulez faire pousser quelque chose, il est inutile de soigner chaque plant séparément ; vous répandez simplement un certain engrais et la nature fait le reste. Vous croyez peut-être que dans tout cela je suis le seul responsable, mais ce n'est pas le cas, vraiment pas ! Je suis simplement un rouage parmi les autres, un levier dans un mouvement d'une très grande ampleur. Un mouvement très vaste et très ancien. Le hasard a voulu que je choisisse comme champ d'action le domaine qui vous intéresse... le domaine des arts... car j'estime qu'il réunit les facteurs décisifs de la tâche que nous avons à accomplir.

— Oui, je comprends, mais ce que j'admire c'est votre flair. Que vous ayez ainsi découvert des jeunes qui avaient du talent et un avenir. Je veux être pendu si je comprends comment vous avez pu pressentir cela en eux. Rappelez-vous les gens impossibles que nous avions au début dans l'Association des Constructeurs américains. Personne ne nous prenait au sérieux et les gens se moquaient de vous à vous voir perdre votre temps à de telles organisations.

— Mon cher Peter, les gens se trompent si souvent dans leurs jugements. Prenez par exemple le vieil adage : diviser pour régner. Il peut être juste, évidemment, mais il appartenait à notre siècle de découvrir une formule infiniment plus puissante : s'unir pour régner.

— Que voulez-vous dire ?

— Rien que vous puissiez comprendre. Et je ne veux pas abuser de vos forces. Vous ne me donnez pas l'impression d'en avoir beaucoup à dépenser.

— Je vous assure que je me sens bien. Peut-être suis-je un peu tourmenté, parce que...

— Le tourment est une déperdition de nos réserves émotionnelles. Se tourmenter est un acte déraisonnable, indigne d'une personne éclairée. Etant donné que nous sommes tout simplement la résultante de notre métabolisme chimique et des facteurs économiques qui nous entourent, nous ne pouvons rien changer à rien. A quoi bon, par conséquent, nous tourmenter. Il y a, bien entendu, des exceptions, ou du moins nous croyons qu'il y en a. Elles ne sont qu'apparentes. Nous nous imaginons, dans certaines circonstances, que nous exerçons notre libre arbitre. C'est ce que vous croyez faire en venant me parler de Cortland Homes.

Keating tressaillit, puis sourit avec reconnaissance. C'était bien Toohey de deviner le pourquoi de sa venue et de lui épargner d'embarrassants préliminaires.

– C'est vrai, Ellsworth. C'est de cela que je voulais vous parler. Vous lisez en moi comme dans un livre.

– Quelle sorte de livre, Peter ? Un roman à dix sous ? Une histoire d'amour ? Un roman policier ? Un plagiat ? Non, disons simplement un feuilleton, un long, un bon, un excellent feuilleton.. auquel manque le dernier numéro. Oui, la fin a été égarée. Il n'y aura pas de fin... à moins, bien entendu, qu'il n'y ait Cortland Homes. Oui, cela ferait un excellent épilogue.

Keating écoutait, le regard attentif et livré, oubliant de dissimuler la honte et la prière qui s'y lisaient.

– Un projet fantastique, Cortland Homes, reprit Toohey. Infiniment plus important que Stoneridge. Vous vous souvenez de Stoneridge, Peter ?

« Il se laisse aller avec moi, se dit Keating, il est fatigué, il ne peut pas toujours avoir du tact, il ne se rend pas compte de ce qu'il... »

– Stoneridge, reprit Toohey. La grandiose conception du lotissement par Gail Wynand. Avez-vous jamais pensé à la carrière de Gail Wynand, Peter ? D'un trou à rats à Stoneridge... comprenez-vous ce qu'un tel écart signifie ? Etes-vous capable de mesurer l'effort, la dépense d'énergie, la souffrance dont Gail Wynand a payé chacun de ses pas en avant. Eh bien, moi, je tiens dans ma main un projet autrement important que Stoneridge, et sans avoir rien fait pour cela. Enfin je le tiens, c'est une façon de parler, se hâta d'ajouter Toohey en laissant retomber sa main qu'il avait tendue paume ouverte. Ne le prenez pas au pied de la lettre, Peter.

– Wynand, je le hais, dit Keating, tête baissée, d'une voix sourde. Je le hais plus que n'importe qui au monde.

– Wynand ? C'est un être très naïf. Assez naïf pour croire que l'on obtient tout des hommes avec de l'argent.

– Pas d'un homme comme vous, Ellsworth. Vous êtes un homme intègre et c'est pourquoi j'ai foi en vous. C'est tout ce qui me reste. Si je cessais de croire en vous, il ne me resterait plus rien.

– Merci, Peter. C'est très gentil à vous. Légèrement hystérique, mais gentil.

– Ellsworth, vous savez ce que je ressens à votre égard ?

– Mais, je le crois.

– C'est justement pourquoi je ne puis comprendre...

– Quoi donc ?

Cette chose que Keating s'était juré de ne jamais dire, il sentit qu'il allait la formuler, qu'il ne pouvait pas faire autrement.

— Ellsworth, pourquoi m'avez-vous laissé tomber ? Pourquoi n'écrivez-vous plus jamais rien sur moi ? Pourquoi parlez-vous toujours, dans vos articles, dans les revues, de Gus Webb ? Et pourquoi lui passez-vous toutes les commandes que vous pouvez obtenir ?

— Mais, Peter, pourquoi pas ?

— Mais... je...

— Je regrette de constater que vous ne m'avez jamais compris, Peter. Au cours de tant d'années, vous n'avez rien appris de moi. Je ne crois pas à l'individualisme, Peter. Je ne crois pas aux hommes irremplaçables. Je crois au contraire que nous sommes tous égaux et interchangeables. Une situation que vous occupez aujourd'hui peut être occupée demain par n'importe qui. N'ai-je pas toujours prêché ces idées ? Pourquoi supposez-vous que je vous ai choisi ? Que je vous ai mené jusqu'où vous êtes allé ? Tout simplement pour barrer la route à des hommes qui auraient pu devenir irremplaçables, et pour laisser leur chance à des hommes comme Gus Webb. Pour quelle raison croyez-vous que j'ai lutté contre Howard Roark... par exemple ?

L'esprit de Keating était en déroute. Il avait l'impression d'avoir reçu sur la tête quelque chose de lourd et de plat. Pour le moment il ne sentait rien qu'un vide douloureux. Les bribes de phrases qui lui parvenaient le persuadaient que les idées qu'il entendait énoncer étaient d'une haute tenue morale, qu'il les avait toujours considérées telles et qu'il n'avait aucune raison de se sentir blessé par ces paroles... que ce n'était pas là l'intention de Toohey. Ce dernier le regardait droit dans les yeux et son expression était douce, bienveillante même. Peut-être que plus tard... Il y repenserait... Mais un nom l'avait frappé et demeurait fiché dans un coin de son cerveau.

Et, alors que son seul espoir reposait en Toohey, quelque chose d'inexplicable s'éleva en lui. Il se pencha en avant, ayant trouvé un moyen d'atteindre Toohey, désireux de le blesser. Ses lèvres se tordirent en un mauvais sourire tandis qu'il disait :

— Cette fois, vous avez échoué, n'est-il pas vrai, Ellsworth ? Songez donc à la situation qu'il occupe... Howard Roark.

— Mon pauvre ami, que c'est donc fastidieux de discuter idées avec un esprit incapable de s'élever aux généralités. Vous êtes absolument incapable de dégager le principe des choses, Peter. Vous ne pensez que par personnes. Croyez-vous vraiment que je n'aie rien d'autre à faire dans la vie que de me préoccuper du sort de votre Howard Roark ? Mr. Roark n'est pour moi qu'un détail parmi beaucoup d'autres. Je m'en suis occupé en temps utile. Je m'en occupe encore d'ailleurs, mais pas directement. Je dois vous avouer, cependant, que Mr. Howard Roark est une grande tentation pour moi. Je me dis quelquefois qu'il serait regrettable que je ne me mesure jamais avec lui. Mais peut-être ne sera-ce pas nécessaire. Lorsque vous vous élevez aux principes, Peter, les questions individuelles ne vous intéressent plus.

— Que voulez-vous dire ?

— Je veux dire qu'on peut suivre deux procédures bien distinctes. On peut s'efforcer d'arracher chaque mauvaise herbe séparément... et les vies de dix hommes n'y suffiraient pas... ou répandre sur le sol un certain produit qui empêchera ces mauvaises herbes de pousser. Ce dernier procédé est le plus

567

rapide. Je dis « mauvaises herbes » parce que c'est un symbole commode et pour ne pas vous effrayer, mais la même technique est valable bien entendu pour toute autre plante que vous désirez détruire, que ce soit le sarrasin, les pommes de terre, les oranges, les orchidées ou les roses Crimson.

– Ellsworth, je ne comprends pas de quoi vous parlez.

– Mais bien entendu que vous ne comprenez pas, et c'est mon avantage sur vous, et sur tout le monde d'ailleurs. Je dis ces choses-là publiquement et quotidiennement... et personne ne comprend de quoi je parle.

– Savez-vous que Howard Roark est en train de construire la maison, le propre home de Gail Wynand ?

– Mon cher Peter, pensiez-vous réellement me l'apprendre ?

– Et quel effet est-ce que cela vous fait ?

– En quoi voulez-vous que cela m'affecte d'une manière ou d'une autre ?

– Avez-vous entendu dire que Roark et Wynand sont les meilleurs amis du monde ? Et quels amis, à ce qu'il paraît ! Eh bien ! Vous savez de quoi Wynand est capable. Vous savez ce qu'il peut faire pour Roark s'il le désire. Essayez de barrer la route à Roark, maintenant ! Essayez, mais essayez donc...

Il s'étouffa et se tut. Il se mit à fixer la cheville nue de Toohey qui apparaissait entre le pantalon de son pyjama et sa pantoufle bordée de fourrure. Il ne s'était jamais représenté la nudité de Toohey, n'avait même jamais bien réalisé que Toohey eût un corps. Cette cheville avait quelque chose de vaguement indécent. Etait-ce la peau, d'un blanc bleuâtre, tendue sur des os qui paraissaient friables ? Il pensa à ces os de poulet que les gens laissent sur leur assiette, soigneusement nettoyés, et qui se brisent si facilement. L'envie le prit de saisir cette cheville entre le pouce et l'index et de la casser d'un seul coup.

– Ellsworth, c'est pour vous parler de Cortland Homes que je suis venu ici !

Keating ne pouvait détacher ses yeux de cette cheville. Il espérait en parlant se délivrer de cette obsession.

– Ne criez pas ainsi, dit Toohey. Qu'est-ce qui vous prend ? Cortland Homes ? Eh bien, qu'avez-vous à me dire à ce sujet ?

Keating regarda d'un air étonné Toohey qui avait pris son air le plus innocent.

– Je voudrais avoir Cortland Homes, dit-il d'une voix si sourde qu'elle paraissait venir de dessous un voile. Et je voudrais que vous m'aidiez à l'obtenir.

– Et pourquoi vous aiderais-je ?

Que répondre à cela ? Dire : « Parce que vous avez écrit un jour que j'étais le plus grand architecte de l'époque », ce serait sous-entendre que Toohey ne le pensait plus. Keating n'osait affronter cette pensée ni provoquer la réponse de Toohey. Il fixait deux longs poils sur la cheville nue de Toohey. L'un était raide, l'autre bouclait. Au bout d'un long moment, il répondit :

– Parce que j'en ai terriblement besoin, Ellsworth.

– Je le sais que vous en avez besoin.

Que dire après cela ? Toohey retira sa cheville, leva son pied et le posa confortablement sur un coussin du divan.

– Asseyez-vous donc, Peter, vous êtes là debout comme une gargouille.

Keating ne bougea pas.

– Qu'est-ce qui vous a fait supposer que le choix d'un architecte pour Cortland Homes était entre mes mains ?

Keating releva la tête, le cœur soudain plus léger. Il avait offensé Toohey, en le croyant plus puissant qu'il n'était. Et là était la raison de son attitude.

– Mais j'ai cru comprendre... c'est un bruit qui court... on m'a dit que vous aviez une très grande influence en tout ce qui concerne ce projet... au sein du comité... à Washington... et ailleurs...

– D'une façon tout à fait officieuse. Comme une sorte d'expert en architecture. Rien de plus.

– Oui, bien entendu... C'est... ce que je voulais dire.

– Tout ce que puis faire, c'est de recommander un architecte. Mais je ne puis rien lui garantir. Ma décision n'a rien de définitif.

– C'est tout ce que je vous demande, Ellsworth. Un mot de recommandation de votre part...

– Mais Peter, si je recommande quelqu'un, il faut que je puisse donner des raisons à mon choix. Je ne puis user de l'influence que j'ai pour rendre service à un ami, n'est-il pas vrai ?

Keating, les yeux fixés sur la robe de chambre de Toohey, se répétait : « Des houppes à poudre, pourquoi des houppes à poudre ? Si seulement il pouvait se changer. Ce dessin me porte sur les nerfs. »

– Votre réputation en tant qu'architecte n'est plus ce qu'elle était, Peter, reprit Toohey.

– Vous venez de dire « rendre service à un ami », Ellsworth, dit très bas Peter.

– Mais bien entendu que je suis votre ami. Je l'ai toujours été. Vous n'en doutez pas, j'espère ?

– Non... je ne pourrais pas, Ellsworth...

– Alors, tout va bien. Ecoutez, je vais vous dire exactement ce qu'il en est. Nous n'en sortons pas, de ce maudit Cortland. Et cela à cause d'une petite clause qui n'a l'air de rien. J'ai essayé d'obtenir la commande pour Gordon Prescott et pour Gus Webb. Je trouvais que c'était plus dans leur ligne que dans la vôtre et je ne savais pas que le projet vous intéressait à ce point-là. Mais ni l'un ni l'autre n'ont pu remplir les conditions. Savez-vous quelle est la grande difficulté pour ces maisons locatives ? Le prix, Peter. Comment faire pour construire une maison moderne et convenable dont les appartements se loueront quinze dollars par mois ? Avez-vous jamais essayé de vous imaginer cela ? Eh bien, c'est ce qu'on attend de l'architecte qui construira Cortland, si jamais on le trouve. Evidemment, il y a un système de balance parmi les locataires. Une famille qui dispose de douze cents dollars par an paie davantage pour le même appartement qu'une famille qui dispose de six cents dollars par an. Vous connaissez cette méthode qui consiste à pressurer de pauvres bougres pour aider de plus pauvres bougres encore. Mais de toute façon le prix de revient du building et son entretien doivent être aussi bas qu'il est humainement possible. Ces messieurs de Washington ne veulent plus faire une expérience comme celle de... enfin un lotissement d'Etat où les maisons sont arrivées à coûter dix mille dollars alors qu'une entreprise privée les aurait faites pour deux mille. Cortland doit être un projet modèle. Un exemple pour le monde entier. Ce doit être la plus éclatante, la plus efficiente des démonstrations d'ingéniosité dans les plans et d'économie dans la construction. Voilà ce que ces messieurs demandent. Gordon et Gus n'y sont pas arrivés. Leurs projets ont été repoussés. Et vous seriez surpris d'apprendre combien d'architectes ont déjà essayé. Même au sommet de votre carrière, je n'aurais pu les persuader de vous prendre. Et que puis-je dire en votre faveur ? De quoi puis-je parler ? De peluche, de dorures et de marbre, du vieux Guy Francon, du Cosmo-Slotnick Building, de la Frink National Bank et de cet avorton de « Marche des Siècles » qui ne fera pas ses frais ? Alors que ce qu'ils veulent ce sont des appartements de millionnaires pour un prix de famine. Et vous croyez que vous pourriez y arriver ?

– Je... j'ai des idées, Ellsworth. J'ai vu venir les choses... J'ai... étudié de nouvelles méthodes Je pourrais peut-être...

– Si vous y arrivez, la commande est à vous. Si vous n'y arrivez pas, mon amitié ne vous sera d'aucun secours. Et Dieu sait que je voudrais pouvoir vous aider. Voici ce que nous allons faire, Peter. Venez à mon bureau demain. Je vous remettrai le dossier, vous l'emporterez chez vous et vous verrez ce que vous pouvez faire. Tentez votre chance, puisque vous y tenez. Faites un projet préliminaire. Je ne vous promets rien, mais si vous vous rapprochez des conditions exigées, je soumettrai ce projet à qui-de-droit et je l'appuierai de toutes mes forces. C'est tout ce que je puis faire pour vous. La chose ne dépend donc pas de moi, mais entièrement de vous.

Il y avait dans le regard de Keating une attention soutenue, de l'angoisse, presque du désespoir.

– Vous voulez vraiment essayer, Peter ?

– Si vous y consentez.

– Mais bien entendu, pourquoi pas ? Je serais ravi si vous parmi tous les autres arriviez à tourner cette difficulté.

– Au sujet du changement que vous avez remarqué en moi, Ellsworth, dit Keating brusquement, au sujet de ce changement... ce n'est pas de ne pas réussir qui m'abat à ce point... c'est de ne pas comprendre pourquoi j'ai glissé ainsi... du sommet où j'étais parvenu... et sans aucune raison...

– En effet, Peter, je comprends que cela vous tourmente. Il n'y a rien de plus angoissant que l'inexplicable. Mais vous pourriez aussi vous demander pour quelle raison vous vous êtes trouvé un jour au sommet... Voyons, Peter, ce n'est qu'une plaisanterie. Auriez-vous perdu tout sens de l'humour ?

Le lendemain matin, Keating ayant fait un saut à *L'Etendard* et vu Ellsworth Toohey arriva dans son bureau. Il avait avec lui tous les papiers concernant le projet de Cortland Homes. Il étala les documents sur une vaste table et ferma la porte à clé. Il demanda à un employé de lui apporter un sandwich pour le déjeuner et en commanda un autre pour le dîner. « Vous ne voulez pas que je vous aide, Peter ? demanda Neil Dumont. Nous pourrions discuter la chose ensemble. » Keating secoua la tête en signe de refus.

Il passa toute la nuit à sa table. Après quelques heures, il cessa d'étudier les documents, enfoncé dans ses pensées. Il ne pensait même plus aux clauses et aux chiffres éparpillés devant lui. Il les avait étudiés de près et il avait compris qu'il n'arriverait à rien.

Lorsque le jour se leva, lorsqu'il entendit marcher derrière sa porte close et qu'il comprit que dans son bureau, comme dans toute la ville, la vie reprenait... il se leva, s'approcha de son bureau et consulta l'annuaire du téléphone. Puis il composa un numéro.

— Ici Peter Keating. Je désire prendre rendez-vous avec Mr. Roark.

« Mon Dieu, pensait Keating en attendant la réponse, faites qu'il ne me reçoive pas. Faites qu'il refuse, mon Dieu, et j'aurai le droit de le haïr jusqu'à la fin de mes jours. »

— Est-ce que quatre heures demain après-midi vous conviendrait, Mr. Keating ? fit la voix aimable et douce de la secrétaire. Mr. Roark vous recevra à ce moment-là.

4.8

Roark s'efforça de ne pas montrer le choc qu'il éprouvait à revoir Peter Keating... et comprit qu'il n'y avait pas réussi. Le léger sourire qui monta aux lèvres de Keating était l'aveu mélancolique et résigné du changement qui avait frappé Roark.

— N'avez-vous vraiment que deux ans de moins que moi, Howard ? fut la première chose que Keating demanda à cet homme qu'il n'avait pas revu depuis six ans.

— Je ne sais pas, Peter, mais je crois que oui. J'ai trente-sept ans.

— J'en ai trente-neuf... et voilà.

Keating se dirigea vers la chaise qui faisait face au bureau de Roark, tâtonnant pour y arriver. Il était aveuglé par l'éclat des parois de verre dont étaient faits trois des murs du bureau de Roark. Il contempla le ciel, la ville. Il n'avait pas le sentiment d'être très haut ; au contraire les buildings lui donnaient la sensation d'être sous ses pieds et ne semblaient pas appartenir à une ville véritable, mais bien plutôt à la reproduction en miniature d'un panorama qui lui était familier et qui lui paraissait, vu d'ici, incroyablement proche et rapetissé. Il avait l'impression qu'en se penchant il aurait pu prendre un de ces gratte-ciel dans sa main. Il vit les taches noires des autos qui semblaient se traîner tant elles prenaient de temps pour parcourir une distance longue comme le doigt. Une succession de plans verticaux sur lesquels étincelaient les taches des vitres et chacune de ces surfaces planes était un réflecteur d'une couleur différente : rose, or, pourpre ; la légère brume bleue qui s'y jouait leur donnait forme, vie et distance. L'éclat de la ville se fondait dans un ciel d'été d'un bleu très doux, comme un décor effacé, une eau très pâle sur de l'or en fusion. Et dire, pensa Keating, que ce sont des hommes qui ont créé cela. Et il se rappela soudain qu'il était l'un d'entre eux.

Il vit la silhouette de Roark, maigre et élancée, se détacher pendant un instant contre un des panneaux de verre, puis Roark s'assit en face de lui.

Keating pensa à des hommes perdus dans le désert ou périssant en mer, et qui, sous un ciel éternel et silencieux, ne pouvaient dire autre chose que la vérité. Et il comprit qu'il ne dirait que des choses vraies, car il était en présence de la plus belle ville du monde.

– Howard, en me recevant, n'est-ce pas comme si vous me tendiez l'autre joue ?

Il dit cela spontanément et il y avait dans sa voix beaucoup de dignité.

Roark le regarda un instant sans rien dire. Il y avait donc en Keating un plus grand changement qu'un visage ravagé.

– Je ne sais, Peter. Pas si cela signifie pardonner. Si l'on m'atteignait vraiment, je ne pardonnerais jamais. Oui, si cela signifie ce que je ressens actuellement. Je ne crois pas qu'un homme puisse réellement en atteindre un autre. Pas de façon vraiment importante. Pas plus que l'aider d'ailleurs. Je n'ai en réalité rien à vous pardonner.

– Je préférerais que vous le pensiez. Ce serait moins cruel.

– C'est possible.

– Vous n'avez pas changé, Howard.

– Non, je ne crois pas.

– Si c'est là mon châtiment, je tiens à ce que vous sachiez que je l'accepte et que je comprends. Il fut un temps où j'aurais estimé que je m'en tirais à peu de frais.

– Il y a vraiment en vous quelque chose de changé, Peter.

– Je le crois.

– Je regrette que cette entrevue soit pour vous un châtiment.

– J'en suis persuadé, mais c'est fini maintenant. Le plus dur est passé.

– Le moment où vous avez pris cette décision ?

– Oui.

– Eh bien, maintenant, dites-moi tout simplement de quoi il s'agit.

Keating était assis très droit et se sentait calme et même confiant, si différent de ce qu'il était trois jours auparavant devant un homme en robe de chambre. Il se mit à parler lentement, sans pitié pour lui-même.

– Howard, je suis un parasite. J'ai été un parasite toute ma vie. A Stanton déjà c'est vous qui aviez dessiné mes meilleurs travaux. Vous qui avez dessiné la première maison que j'ai construite. Vous qui avez conçu le Cosmo-Slotnick Building. Je me suis nourri de vous et des hommes qui vous ressemblaient et qui m'ont précédé. Les hommes qui ont conçu le Parthénon, les cathédrales gothiques, les premiers gratte-ciel. S'ils n'avaient pas existé, je n'aurais pas su comment poser une pierre sur une autre. Au cours de toute ma vie je n'ai pas ajouté une poignée de porte à ce qui avait été fait avant moi. J'ai pris ce qui ne m'appartenait pas et je n'ai rien donné en retour. Je n'avais rien à donner. Je ne joue pas un rôle, Howard, et je suis pleinement conscient de ce que je dis. Cependant je suis venu ici pour vous demander de me sauver une fois de plus. Si vous avez envie de me jeter dehors, faites-le maintenant.

Roark secoua lentement la tête et lui fit de la main signe de continuer.

– Vous savez, je suppose, que je suis fini en tant qu'architecte. Oh ! pas complètement fini, mais enfin sur le point de l'être. D'autres, à ma place, se contenteraient de ce qui me reste, mais moi je ne peux pas, eu égard à la situation que j'ai eue autrefois. Ou que je croyais avoir. Les gens ne pardonnent pas à un homme de descendre la côte. Il me faut m'égaler à l'idée qu'ils ont de moi. Et je ne puis le faire que par le moyen que j'ai employé toute ma vie. J'ai besoin d'un prestige que je ne mérite pas pour parer une œuvre que je n'ai pas accomplie moi-même et illustrer un nom que je n'ai pas acquis le droit de porter. Il m'est offert une dernière chance. Je sais que je n'en aurai pas d'autre. Or le projet dont il s'agit, je suis incapable de le réaliser. Il est inutile que je fasse un essai lamentable et que je vous demande ensuite de le corriger. Je vous demande purement et simplement de l'exécuter pour moi et de me laisser le signer de mon nom.

— De quoi s'agit-il?

— De Cortland Homes.

— Le projet d'habitations à bon marché?

— Oui. Vous en avez entendu parler?

— J'en connais chaque détail.

— Et ce projet vous intéresse, Howard?

— Qui vous a offert de concourir et dans quelles conditions?

Keating exposa les faits, avec calme et précision, relatant sa conversation avec Toohey comme s'il s'agissait du résumé d'une affaire qui ne le concernait pas. Il tira les documents de sa serviette, les posa sur le bureau et continua de parler, tandis que Roark les examinait. A un moment donné, Roark l'interrompit par un : « Attendez un instant, Peter. » Keating se tut. Il attendit longtemps. Roark compulsait les documents, mais Keating voyait qu'il avait l'esprit ailleurs. Enfin Roark lui fit signe de continuer et Keating, docilement, reprit son exposé, sans se permettre la moindre question.

— Je sais parfaitement qu'il n'y a aucune raison pour que vous fassiez cela pour moi, conclut-il. Si vous pouvez résoudre la difficulté qui se présente, rien n'est plus simple pour vous que vous présenter devant le Comité et de demander le travail pour vous-même.

— Croyez-vous que je puisse passer par-dessus Toohey? demanda Roark en souriant.

— Non. Non, je ne le crois pas.

— Comment savez-vous que je m'intéresse à la question des habitations à bon marché?

— Quel est l'architecte qui ne s'y intéresse pas?

— En effet, je m'y intéresse, mais pas comme vous le croyez.

Il se leva et il y eut dans ce geste quelque chose de rapide, d'impatient, de tendu. Et Keating se dit que c'était la première fois qu'il voyait Roark s'abandonner à un mouvement d'excitation intérieure.

— Il faut que je réfléchisse, Peter. Laissez-moi ces documents. Venez chez moi demain soir. Je vous donnerai une réponse.

— Vous ne... refusez pas?

— Pas encore.

— Vous pourriez... après tout ce qui s'est passé...

— Au diable le passé.

— Vous allez envisager...

– Je ne peux rien vous dire maintenant, Peter. Il faut que j'y réfléchisse. Ne vous faites pas d'illusions. Peut-être vous demanderai-je quelque chose qu'il vous sera impossible de m'accorder.

– Tout ce que vous voudrez, Howard. Absolument tout.

– Nous en reparlerons demain.

– Howard, je... comment pourrai-je vous remercier, même si...

– Ne me remerciez pas. Si j'accepte, c'est que j'aurai mes raisons. Et que j'y trouverai mon avantage autant que vous le vôtre, plus même peut-être. Et n'oubliez jamais que je n'agis pas pour d'autres motifs.

Keating arriva chez Roark le lendemain soir. Il n'aurait pu dire s'il avait attendu cet instant avec beaucoup d'impatience. Le coup qu'il avait reçu chez Toohey avait porté. Il pouvait agir, il n'avait plus la force de penser.

Il s'arrêta au milieu de la pièce et regarda lentement autour de lui. Il avait été reconnaissant à Roark pour toutes les choses que celui-ci ne lui avait pas dites. Cependant ce fut lui qui dit :

– Nous sommes à Enright House, ici ?

– Oui.

– Cette maison, c'est vous qui l'avez construite ?

Roark fit un signe affirmatif, comprenant ce qui se passait dans l'esprit de Keating et dit simplement :

– Asseyez-vous, Peter.

Keating avait apporté son cartable. Il le posa à côté de lui, l'appuyant contre sa chaise. Le cartable était bourré et avait l'air assez lourd. Keating le soupesa, le reposa, puis se redressant, demanda :

– Alors ?

– Peter, pouvez-vous essayer d'imaginer un moment que vous êtes seul au monde ?

– Je ne cesse de le penser depuis trois jours.

– Non, ce n'est pas ce que je veux dire. Pouvez-vous essayez d'oublier ce que l'on vous a appris à répéter et vous efforcer de penser, de penser intensément et par vous-même. Il y a des choses qu'il faut que vous compreniez. C'est là ma première condition. Je vais vous expliquer ce que j'attends de vous. Si vous envisagez la chose comme le feraient la plupart des gens, vous me direz que ce n'est rien. Mais dans ce cas, cela n'ira pas. Il faut que vous compreniez pleinement toute l'importance de ma demande.

– J'essaierai, Howard. J'ai été... honnête avec vous, hier.

– Oui. Si vous ne l'aviez pas été, je vous aurais renvoyé immédiatement. Je vous crois capable de me comprendre et de faire ce que je vais vous demander.

– Vous avez donc l'intention d'accepter ?

– Peut-être, si j'obtiens de vous ce que je veux.

– Howard... vous pouvez me demander n'importe quoi. Tout au monde. Je vendrais mon âme...

– Voilà justement le genre de chose que je voudrais vous voir comprendre. Vendre son âme est la chose la plus facile au monde. Nombre de gens le font à chaque heure de leur vie. Si je vous demande de ne pas la vendre, comprendriez-vous que c'est une chose infiniment plus difficile ?

– Oui... oui, certainement.

– Oui? Eh bien, voilà. Je voudrais que vous me disiez pour quelle raison, à votre avis, je désire concourir pour Cortland. Et je voudrais que vous me fassiez une offre. Allez-y.

– Vous pourrez garder les honoraires. Je n'en ai pas besoin. Vous pouvez même avoir davantage. Je doublerai le montant du prix.

– Vous devriez mieux me connaître, Peter. Est-ce avec cela que vous espérez me tenter?

– Vous me sauverez la vie en acceptant ma proposition.

– Ai-je une raison quelconque de désirer vous sauver la vie?

– Non.

– Alors?

– C'est un projet gouvernemental, Howard, et son but est humanitaire. Pensez à tous les pauvres gens qui vivent dans des taudis. Si grâce à vous ils peuvent, malgré leurs moyens réduits, jouir d'un honnête confort, vous aurez l'impression d'avoir accompli une noble tâche.

– Vous étiez plus honnête que cela hier, Peter.

Baissant les yeux, laissant tomber la voix, Keating murmura :

– Vous auriez de la joie à faire ce travail.

– Ah! Peter, enfin nous parlons la même langue.

– Que voulez-vous de moi?

– Ecoutez-moi bien. Il y a des années que j'étudie cette question des habitations à bon marché. Je n'ai jamais arrêté ma pensée sur les pauvres gens vivant dans des taudis. Je pensais simplement aux possibilités que nous offre le monde moderne. Les matériaux nouveaux, la façon de les employer, les expériences possibles. Tant de témoignages nouveaux du génie humain. Tant de possibilités nouvelles à exploiter. Construire à peu de frais, simplement, intelligemment. J'ai eu beaucoup de temps pour étudier ces questions, car je n'ai pas eu beaucoup de travail après le Temple Stoddard. Je n'espérais pas réaliser mes projets. Je travaillais simplement parce que je ne peux pas voir une matière nouvelle sans me demander : Que pourrait-on faire avec cela? Et au moment où il me vient une idée pareille, il faut que je l'exécute. Trouver la solution, forcer la matière. J'ai travaillé ces questions pendant des années, et avec tant de joie! Il y avait là un problème dont je voulais trouver la solution. Vous cherchez comment construire des appartements qui se loueront quinze dollars par mois? Je vous en construirai à dix dollars par mois.

Keating fit un mouvement involontaire en avant.

– Mais avant tout, je veux que vous réfléchissiez et que vous me disiez ce qui m'a incité à donner des années de ma vie à cette étude. L'argent? La gloire? La charité? L'altruisme? (Keating, à chaque mot, disait non de la tête.) A la bonne heure, je vois que vous commencez à comprendre. Donc, quoi que ce soit que nous décidions, ne parlons plus des pauvres dans les taudis. Ils n'ont rien à faire dans tout cela, quoi qu'en puissent penser les imbéciles. Voyez-vous, Peter, je ne m'occupe jamais de mes clients, mais uniquement du rôle qu'ils jouent par rapport à la construction. Ils font partie du building au même titre que la brique et l'acier. Et ils ne sont pas plus un but pour moi que la brique ou l'acier. Ils ne sont que des instruments de travail. Peter, pour être capable de faire quelque chose pour les autres, il faut être un créateur. Mais pour créer, il faut aimer son travail et non ses conséquences secondaires. Aimer le travail, et non pas les gens. L'action en soi et non un quelconque objectif charitable. Je serai ravi si des gens qui en ont besoin trouvent dans les maisons que je construirai un meilleur niveau de vie, mais ce n'est pas là le but de mon travail, ni sa raison d'être, ni ma récompense.

Il s'approcha de la fenêtre et contempla les lumières de la ville qui tremblaient au-dessus de la rivière sombre.

– Vous me disiez hier : « Quel est l'architecte qui ne s'intéresse pas à cette question des habitations à bon marché ? » En réalité l'idée me fait horreur. Ce serait certainement faire œuvre louable que de procurer un appartement convenable à un homme qui gagne quinze dollars par semaine, mais à condition que ce ne soit pas aux dépens d'autres hommes, et sans cela élever les impôts, et le taux des autres loyers et obliger ainsi celui qui gagne quarante dollars par semaine à vivre dans un trou à rat. Or c'est exactement ce qui se passe à New York. Personne dans cette ville ne peut assumer un appartement moderne... excepté les gens très riches et les gens très pauvres. Connaissez-vous les maisons de fausse pierre brune dans lesquelles vivent les couples moyens de travailleurs ? Avez-vous visité la cuisine-laboratoire et la salle de bains ? On force ces gens à vivre dans de tels appartements parce qu'ils ne sont pas suffisamment incapables. Gagnant quarante dollars par semaine, ils n'ont pas droit aux habitations à bon marché, mais ce sont eux qui fournissent l'argent nécessaire à ces damnés projets. Ils paient des impôts, et ces impôts élèvent leur propre loyer. Ils sont parfois obligés de déménager pour s'installer plus mal encore. Je n'en veux nullement à l'homme qui ne gagne que quinze dollars par semaine, mais je ne vois pas pourquoi l'homme qui en gagne quarante devrait souffrir pour lui. On a beaucoup écrit et beaucoup discuté sur cette question. Mais voyez les résultats ! Cependant les architectes défendent tous le point de vue gouvernemental. Les architectes aiment beaucoup les comités, les conférences, la coopération et la collaboration. Et ils arrivent à quoi ? A la « Marche des Siècles ». Peter, je suis persuadé que chacun de vous pris séparément aurait fait quelque chose de mieux que les huit réunis. Pensez-y une fois sérieusement.

– J'y ai déjà pensé... mais à propos de Cortland...

– Ah ! oui, Cortland. Je vous ai expliqué toutes les choses en lesquelles je ne crois pas, afin que vous compreniez ce que je veux et pourquoi je le veux. Je ne crois pas aux projets du gouvernement en matière d'habitations à bon marché. Je ne veux plus entendre parler de leur but élevé. Mais peu m'importe qui vivra dans ces maisons et qui me les commande. Ce qui m'intéresse, ce sont les maisons elles-mêmes. Si elles doivent être construites, au moins qu'elles le soient convenablement.

– Vous seriez disposé... à les construire ?

– Au cours des années pendant lesquelles j'ai travaillé à ce problème, jamais je n'ai espéré voir l'application pratique de mes efforts. Je m'obligeais à ne pas l'espérer. Je savais que je n'aurais pas la chance de montrer ce qui pouvait être fait sur une grande échelle. La construction par l'Etat a si bien fait monter les prix que les propriétaires privés ne peuvent plus entreprendre de tels essais, pas plus qu'aucune forme de construction à bon marché. Or aucune commission officielle ne me donnerait jamais de commandes. Vous l'avez bien compris, lorsque vous m'avez dit vous-même que je ne pourrais jamais passer par-dessus Toohey. Et ce n'est pas le seul qu'il me faudrait écarter. Jamais je n'ai pu m'entendre avec un groupe, un conseil d'administration, un conseil ou un comité, public ou privé, à moins qu'un homme comme Kent Lansing n'ait lutté pour moi. Il y a à cela une raison, mais je n'ai aucune envie de la discuter maintenant. Si je vous dis tout cela, c'est pour que vous compreniez que, moi aussi, j'ai besoin de vous et que nous ne ferons qu'un juste échange.

— *Vous* avez besoin de moi!

— Peter, j'aimerais faire ce travail et j'aimerais voir mon projet exécuté. Je veux le voir réel, fonctionnant, achevé. Mais une chose vivante est un tout. Comprenez-vous ce que je veux dire? Une entité, quelque chose de pur, de complet, d'absolu! Parce qu'à la base de cette entité il y a une idée. L'idée qui l'a créée et à laquelle on ne peut rien changer sans l'altérer. Je serais heureux de concourir pour Cortland. J'aimerais voir mon projet réalisé, mais je veux le voir réaliser exactement comme je l'aurai conçu.

— Howard... ce n'est pas moi qui dirai que tout cela n'est rien.

— Vous me comprenez?

— Je le crois.

— J'aime, à l'ordinaire, recevoir l'argent qui m'est dû pour mon travail, mais je peux m'en passer. J'aime que les gens sachent par qui est fait mon travail, mais je peux supporter qu'ils l'ignorent. Il m'est agréable d'entendre ceux qui vivent dans les maisons que j'ai construites me dire qu'ils les aiment, mais tout cela n'a pas beaucoup d'importance. La seule chose qui importe, mon but, ma récompense, mon commencement et ma fin, c'est le travail en lui-même. Mon travail exécuté comme je l'ai conçu. Peter, il n'y a rien au monde que vous puissiez me donner, excepté cela. Donnez-le-moi et je vous offrirai en retour tout ce que j'ai à donner : mon travail. Peut-être estimez-vous que mes motifs de travailler sont personnels et égoïstes, uniquement privés. Mais c'est mon unique moteur, moi-même.

— Oui, Howard, je vous comprends... de tout mon être.

— Voilà donc ce que je vous propose : je dessinerai le projet de Cortland. Vous le signerez de votre nom. Vous toucherez les honoraires. Mais vous vous engagerez devant moi à faire construire Cortland exactement d'après les plans.

Keating soutint le regard de Roark, calmement, volontairement, pendant un moment assez long.

— Bien, Howard, dit-il enfin. Je ne vous ai pas répondu tout de suite pour bien vous montrer que je sais exactement ce à quoi je m'engage.

— Vous savez que ce ne sera pas facile?

— Je sais que ce sera terriblement difficile.

— En effet. D'abord le projet est extrêmement important. Et surtout c'est une commande officielle. Il y aura donc de nombreux intermédiaires, ayant tous de l'autorité, et tous désireux de l'exercer d'une manière ou d'une autre. Vous aurez à soutenir une dure bataille. Il vous faudra avoir le courage de *mes* convictions.

– Je m'efforcerai d'en être digne, Howard.

– Vous n'en serez pas capable si vous ne comprenez pas que je vous confie une tâche qui est plus sacrée... plus noble puisque vous aimez ce mot... qu'aucun principe altruiste. Tant que vous n'aurez pas compris que je ne vous accorde pas une faveur, que je n'agis pas en faveur des futurs locataires, mais uniquement pour moi, vous n'aurez pas le droit d'accepter cet échange.

– Oui, Howard.

– Il vous faudra agir dès le début en conséquence de ce que je vous demande. Signer avec vos chefs suprêmes un contrat de fer et lutter sans pitié contre tous les bureaucrates qui viendront vous harceler toutes les cinq minutes pendant les travaux. Je n'aurai pas d'autre garantie que votre parole. Etes-vous disposé à me la donner ?

– Je vous la donne, Howard.

Roark sortit de sa poche deux feuilles de papier dactylographiées et les tendit à Keating.

– Signez ceci.

– Qu'est-ce que c'est ?

– Un contrat dans lequel sont notifiées les clauses de notre accord. Nous en garderons chacun une copie. Il n'a probablement aucune valeur légale, mais ce sera pour moi une arme contre vous. Je ne pourrai pas vous poursuivre, mais je peux rendre notre accord public. Puisque c'est le prestige que vous recherchez, vous ne pouvez pas vous permettre de laisser dévoiler ceci. Si le courage vous manque à certains moments, rappelez-vous que vous aurez tout à perdre en renonçant. Mais si vous tenez parole, je vous donne la mienne... c'est également notifié dans le contrat... que je ne vous trahirai jamais. Cortland sera à vous. Le jour où la construction en sera terminée, je vous renverrai ce papier et vous pourrez le brûler si vous le désirez.

– Très bien, Howard.

Keating signa, tendit la plume à Roark qui signa à son tour.

Keating se tut un moment, puis dit lentement, comme s'il cherchait à formuler une pensée encore vague dans son esprit :

– Tout le monde penserait que vous êtes fou... Tout le monde dirait que c'est moi qui reçois tout...

– Vous recevrez tout ce que la société peut donner à l'homme. Vous garderez l'argent, la gloire, les honneurs qu'il plaira aux gens de vous accorder. Vous recevrez les sentiments de gratitude que les locataires seront capables d'éprouver envers vous. Mais moi j'aurai ce que personne ne peut donner à un autre homme, excepté cet homme lui-même... moi, j'aurai bâti Cortland.

– Votre part est plus grande que la mienne, Howard.

– Peter ! s'exclama Roark d'un ton triomphant. Vous comprenez cela !

– Oui.

Roark se renversa en arrière et rit doucement, du rire le plus heureux que Keating eût jamais entendu.

– Cela marchera, Peter, cela marchera. Tout ira bien. Vous avez fait quelque chose de merveilleux, vous ne m'avez même pas remercié, ce qui aurait tout gâté.

Keating fit un signe de tête approbateur.

– Et maintenant, détendez-vous, Peter. Voulez-vous boire quelque chose ? Nous ne discuterons aucun détail ce soir. Installez-vous confortablement et réhabituez-vous à moi. Cessez d'avoir peur de moi, oubliez tout ce que vous m'avez dit hier soir. Votre attitude d'aujourd'hui balaie tout. Nous repartons du début. Nous sommes associés maintenant et vous avez à faire votre part et une part importante. Voilà comment je conçois la coopération. Je ferai le travail, vous tiendrez tête aux gens. Ainsi nous accomplirons chacun le travail que nous savons le mieux faire, et aussi honnêtement que possible.

En disant cela, Roark se dirigea vers Keating et lui tendit la main.

Sans se lever, sans relever la tête, Keating saisit cette main et la tint serrée dans la sienne un instant.

Lorsque Roark lui eut apporté un « drink », Keating le but à longs traits puis se mit à regarder autour de lui. Ses doigts tenaient fermement le verre, son bras ne tremblait pas. Cependant les petits cubes de glace tintaient contre la paroi du verre sans raison apparente.

Son regard fit lentement le tour de la pièce et revint se fixer sur Roark. « Il ne le fait pas avec intention, se dit-il, ce n'est pas pour me faire de la peine ; il n'y peut rien, il ne s'en rend même pas compte, mais de tout son être se dégage ce rayonnement d'un homme heureux de vivre. » Et Keating comprit brusquement que jusqu'alors il n'avait jamais cru réellement qu'un être vivant pût être reconnaissant d'avoir reçu le don de vie.

– Vous êtes... si jeune, Howard... Vous êtes si jeune... Je me souviens de vous avoir reproché d'être trop vieux d'esprit et trop sérieux... Vous souvenez-vous du temps où vous travailliez sous mes ordres chez Francon ?

– Laissons cela, Peter. Ne revenons pas sur ce qui est passé.

– Vous dites cela parce que vous êtes bon. Attendez, ne froncez pas le sourcil, laissez-moi parler. Je sais que vous ne voulez faire aucune allusion au passé. Et Dieu sait si je le redoutais avant de venir vous voir. Je me raidissais d'avance contre tout ce que vous pourriez me dire. Et vous n'avez rien dit. Si nos situations étaient inverses et si j'étais à votre place, pouvez-vous imaginer ce que j'aurais dit ou fait ? Vous n'êtes pas assez orgueilleux.

– Mais Peter, je suis terriblement orgueilleux, et encore, orgueilleux n'est peut-être pas le mot juste. Je ne fais jamais de comparaisons. Je ne pense jamais à moi-même par rapport à quelqu'un d'autre. Je refuse de me considérer comme faisant partie d'un tout. Je suis un égoïste fini.

– Oui, c'est vrai, mais les égoïstes ne sont pas bons et vous, vous l'êtes. Vous êtes l'homme le plus égoïste et le meilleur que je connaisse. Et cela semble absurde.

– Peut-être ces concepts mêmes sont-ils absurdes. Peut-être n'ont-ils pas le sens que les hommes ont appris à leur donner. Mais laissons tout cela. Puisque vous avez envie de parler, parlons plutôt de ce que nous allons faire. Tenez, continua-t-il en désignant, par la fenêtre ouverte, une tache sombre dans la ville, voilà où se dressera Cortland. Lorsqu'il sera terminé, je le verrai de ma fenêtre. Il fera partie de la cité. Peter, vous ai-je jamais dit à quel point j'aime cette ville ?

Keating vida son verre et se leva.

– Je crois que je vais partir, Howard... je ne suis bon à rien, ce soir.

– Je vous ferai signe dans quelques jours. Nous ferons mieux de nous rencontrer chez moi. Ne venez pas à mon bureau. Inutile qu'on vous y voie, quelqu'un pourrait deviner quelque chose. A ce propos, quand les plans et les dessins seront terminés, il vous faudra les recopier, car certaines personnes pourraient reconnaître ma manière de dessiner.

– Oui... c'est entendu.

Keating se leva, regarda son cartable d'un air hésitant, puis s'en saisit. Il murmura quelque vague formule d'adieu, prit son chapeau et se dirigeait vers la porte lorsqu'il s'arrêta, les yeux baissés sur son cartable.

– Howard... j'ai là quelques petites choses que je voudrais vous montrer.

Il rentra dans la pièce et posa le cartable sur la table.

– Je ne les ai montrées à personne, ni à ma mère, ni à Ellsworth Toohey... je voudrais simplement que vous me disiez s'il y a quelque...

Ses doigts tremblaient en dénouant les cordons du cartable. Il tendit à Roark six de ses toiles.

Roark les examina l'une après l'autre. Il y mit plus de temps qu'il n'était nécessaire. Lorsqu'il se sentit assez sûr de lui pour lever les yeux, il fit de la tête un signe de dénégation en réponse à la question que Keating n'avait pas formulée.

– C'est trop tard, Peter, dit-il avec douceur.

– Je... le savais, dit Keating.

Lorsque Keating fut parti, Roark s'appuya contre la porte en fermant les yeux. Il se sentit malade de pitié.

C'était un sentiment qu'il n'avait jamais éprouvé... même pas lorsque Henry Cameron s'était évanoui devant lui, ni lorsque Steve Mallory s'était mis à sangloter sur son lit. Ces moments-là étaient pleins d'une émotion profonde mais pure. Tandis que la pitié... cet homme sans valeur et sans espoir et qui le savait... ce quelque chose de fini, d'irréparable... Il y avait quelque chose de honteux dans ce sentiment... la honte d'être obligé de porter sur un être humain un tel jugement et la honte d'éprouver une émotion qui ne contenait aucune trace de respect.

« Voilà ce que c'est que la pitié », se dit-il, et l'étonnement l'envahit. Il se dit qu'il devait y avoir quelque chose de terriblement faussé dans un monde qui avait fait de ce sentiment monstrueux une vertu.

4.9

Ils s'étaient installés au bord du lac, Wynand sur un rocher, Roark étendu de tout son long, Dominique assise sur l'herbe, le buste droit, sa robe d'un bleu très doux étalée autour d'elle en corolle.

La demeure de Wynand se dressait au sommet de la colline. Des rives du lac, des terrasses successives s'élevaient jusqu'à la crête boisée. La maison, faite de rectangles horizontaux, s'élevait en un élan plein de hardiesse. Une série de volumes allant diminuant, chacun formant une pièce séparée, s'élevait en gradins successifs de la base de l'édifice. Il semblait que du vaste living-room qui tenait presque tout le rez-de-chaussée, une main s'était déplacée lentement, inscrivant les marches ascendantes, d'une montée continue. Cette main s'était arrêtée puis s'était remise en mouvement, chaque élan nouveau plus court et plus brusque que le précédent, pour finir enfin en plein ciel. Comme si le motif musical de la marche ascendante des terrasses avait été repris, pressé, accéléré, pour aboutir au staccato final.

— J'aime à la regarder d'ici, dit Wynand. J'ai passé toute la journée hier à voir tourner sur elle la lumière. Lorsque vous créez une maison, Howard, savez-vous exactement ce qu'en fera la lumière, sous n'importe quel angle et à n'importe quelle heure ? Etes-vous maître aussi du soleil ?

— Bien sûr, dit Roark sans lever la tête. Malheureusement, ici je n'en suis pas maître. Etendez-vous, Gail. Vous me faites ombre. J'aime à sentir le soleil sur mon dos.

Wynand se laissa glisser dans l'herbe. Roark était couché sur le ventre, le visage appuyé sur son bras replié, ses cheveux orange épandus sur sa manche blanche, une main étendue en avant, la paume à plat dans l'herbe. Dominique regardait cette main dont les doigts froissaient l'herbe avec un plaisir sensuel.

Le lac s'étendait à leurs pieds, nappe égale s'obscurcissant dans les bords comme si les arbres s'avançaient pour l'enfermer pour la nuit entre leurs bras. Le soleil dessinait sur l'eau une barre d'or. Dominique, les yeux levés sur la maison, se vit à la fenêtre, regardant vers le lac et n'apercevant sur la plage qu'une silhouette unique.

Il y avait maintenant un mois qu'elle vivait dans cette maison. Elle ne croyait pas que ce moment arriverait, puis un beau jour Roark lui avait dit : « La maison sera prête dans une quinzaine, Mrs. Wynand », et elle avait répondu : « Bien, Mr. Roark. »

Elle avait tout accepté de lui : cette maison, la rampe de l'escalier sous sa main, les murs qui retenaient l'air qu'elle respirait, le commutateur qu'elle tournait le soir et la lumière qui fusait, l'eau qui jaillissait lorsqu'elle ouvrait un robinet, la chaleur d'un feu de bois par une soirée fraîche du mois d'août, dans une cheminée conçue et dessinée par lui dans les moindres détails. Elle se disait : « Il est présent à chaque instant... Il assure chacun de mes besoins... et pourquoi pas ? Mon corps tout entier n'est-il pas dépendant de lui ? » Et il lui semblait que la maison et elle ne faisaient qu'un.

Elle avait appris à accepter aussi les nuits où elle reposait entre les bras de Wynand et ouvrait les yeux pour contempler cette chambre que Roark avait conçue pour elle. Elle serrait les dents contre le plaisir qui l'envahissait, et qui était en partie une réponse et en partie une révolte de son corps insatisfait, s'abandonnant cependant et ne sachant plus lequel des deux hommes lui donnait ce plaisir.

Wynand l'observait lorsqu'elle traversait une pièce, descendait l'escalier, se tenait devant une fenêtre. Et il lui disait : « Je ne savais pas qu'une maison pût être faite pour une femme, comme une de ses robes. Vous qui ne pouvez vous voir comme je vous vois, vous ne savez pas à quel point cette maison vous sied. Chacun des angles, chacune des parties de chaque pièce est un cadre digne de vous. Elle est proportionnée à votre taille, à votre silhouette. La matière même dont sont revêtus les murs s'harmonisent avec votre chair d'une étrange façon. C'est un nouveau temple Stoddard, mais construit pour un seul être et cet être est mien. C'est cela que je voulais. Ici la ville ne peut plus vous atteindre. Il me semblait toujours que, là-bas, je risquais de vous perdre. Cette ville, qui m'a donné tout ce que je possède, je ne sais pourquoi il me semble qu'un jour elle me le redemandera. Mais ici vous êtes en sécurité et vous êtes à moi. »

Et Dominique se retenait pour ne pas lui crier : « Gail, ici je lui appartiens plus que partout ailleurs. »

Roark était le seul invité que Wynand tolérât dans leur nouvelle demeure. Dominique devait accepter la présence de Roark durant les week-ends. Cela lui était pénible. Elle savait qu'il ne le faisait pas pour la torturer, mais simplement parce que Wynand le lui demandait et qu'il aimait la compagnie de Wynand. Elle se revoyait, le premier soir de son arrivée, la main sur la rampe de l'escalier qui menait à sa chambre à coucher : « Vous pouvez descendre pour le petit déjeuner à l'heure qu'il vous plaira, Mr. Roark. Vous n'aurez qu'à sonner à la salle à manger. – Merci Mrs. Wynand. Bonne nuit. »

Elle le vit seul, une fois, l'espace d'un instant. Il était encore très tôt. Elle n'avait pas dormi de la nuit, pensant à lui qui dormait dans une chambre en face de la sienne. Elle était sortie de la maison où tout dormait encore. Elle descendit la colline, trouvant un apaisement dans l'extraordinaire immobilité de tout ce qui l'entourait, cette paix du jour avant le lever du soleil, cette lumineuse attente. Elle entendit des pas derrière elle, s'arrêta, s'appuya au tronc d'un arbre. Roark avait jeté un maillot de bain sur son épaule et descendait nager dans le lac. Il s'arrêta devant elle et, immobiles comme tout ce qui les entourait, ils se regardèrent longuement. Il ne dit pas un mot, se détourna et continua sa route. Elle resta un moment encore appuyée contre cet arbre, puis reprit le chemin de la maison.

Revenant au moment présent, elle entendit Wynand qui disait :

– Vous êtes la créature la plus paresseuse que je connaisse, Howard.

– Je le crois volontiers.

– Je n'ai jamais vu personne se reposer comme vous.

– Essayez donc de passer trois nuits blanches de suite.

– Je vous avais demandé de venir hier déjà.

– Je ne pouvais pas.

– Allez-vous enfin vous reposer ?

– Je le voudrais. On est merveilleusement bien ici.

Il releva la tête, les yeux rieurs, comme s'il n'avait pas aperçu la maison sur la colline et ne parlait que du paysage. Il reprit :

– C'est ainsi que je voudrais mourir, étendu sur quelque plage. Je fermerais les yeux et tout serait fini.

« Il pense exactement ce que je pense, se dit Dominique. Nous avons au moins cela en commun... Gail ne comprend pas cela... non pas Gail et lui pour une fois... mais lui et moi. »

– Vous êtes un fou, dit Wynand. Cela ne vous ressemble pas de faire de telles choses. Vous vous tuez à la tâche. Je voudrais bien savoir laquelle.

– Une question de ventilation, pour le moment, une question bien difficile.

– Pour qui ?

– Pour des clients... J'ai toute sorte de clients en ce moment.

– Est-il indispensable que vous y passiez les nuits ?

– Oui... dans ce cas-là. C'est un travail très spécial. Je ne peux même pas le faire au bureau.

– De quoi parlez-vous donc ?

– De rien de spécial. Ne faites pas attention à ce que je dis. Je suis à moitié endormi.

« Quelle preuve de confiance envers Gail, pensa Dominique, que cet abandon... il ronronne comme un chat... et les chats ne ronronnent qu'avec les gens qu'ils aiment. »

– Je vous emmène dans votre chambre après le dîner, dit Wynand, je ferme la porte à clé et je vous laisse dormir douze heures.

– Entendu.

– Cela vous dirait quelque chose de vous lever de bonne heure ? Nous pourrions nous baigner avant le lever du soleil.

– Mr. Roark est fatigué, Gail, dit Dominique vivement.

Roark se redressa et s'appuya sur le coude pour la regarder. Elle vit qu'il la comprenait.

– Vous prenez la mauvaise habitude des campagnards, Gail, qui est de vouloir imposer à des citadins des heures auxquelles ils ne sont pas habitués.

Et en disant cela, elle pensait : « Qu'il reste à moi et à moi seule cet instant où je l'ai rencontré marchant vers le lac, et qu'il ne me faille pas partager cela aussi avec Gail, comme tout le reste. »

– Vous ne devez pas disposer de Mr. Roark, comme s'il était un de vos employés à *L'Etendard*, reprit-elle.

– Je ne connais personne sur terre auquel j'aime tant donner des ordres qu'à Roark, dit Wynand gaiement. C'est peut-être pour cela que j'abuse.

– Vous abusez, en effet.

– Je n'ai aucune opposition à recevoir des ordres, Mrs. Wynand, dit Roark, d'un homme aussi capable d'en donner que Gail.

« Qu'il me cède pour une fois, se dit-elle, qu'il m'accorde cette faveur ! C'est si peu de chose pour lui... cela n'a aucun sens je le sais bien... mais qu'il refuse en souvenir de l'instant que nous avons vécu et qui n'est qu'à nous deux. »

– Vous devriez vraiment vous reposer demain matin, Mr. Roark, reprit-elle, et rester au lit très tard. Je donnerai des ordres pour qu'on ne vous dérange pas.

– Merci, Mrs. Wynand, mais je serai parfaitement bien dans quelques heures et j'aurai le plus grand plaisir à me baigner avant le petit déjeuner. Frappez à ma porte quand vous serez prêt, Gail, et nous descendrons au lac ensemble.

Dominique contempla l'étendue du lac et des collines sur lesquels ne se voyait pas la moindre trace de vie humaine. Il n'y avait que de l'eau, des arbres et le soleil, un monde à eux, et elle sentit que Roark avait raison et qu'à eux trois ils formaient un tout.

Les dessins préliminaires de Cortland Homes comportaient six buildings, de quinze étages chacun, en forme d'étoile irrégulière dont les rayons partaient d'un centre contenant les ascenseurs, les escaliers, le chauffage, et toutes les autres utilités. Les appartements qui partaient de ce centre avaient la forme de triangles allongés. L'espace compris entre les rayons permettait à l'air et à la lumière de circuler librement sur trois côtés. Les plafonds, les murs intérieurs, étaient faits d'une matière plastique qui ne demandait ni couche de plâtre, ni couche de peinture. Fils et conduites enfermés dans des tuyaux métalliques passaient à fleur du plancher de façon à permettre de rapides et peu coûteuses réparations. Les salles de bains et les cuisines, fabriquées en grande série, n'avaient plus qu'à être posées. Des cloisons de séparation, faites d'un métal léger, pouvaient être à volonté enfoncées dans les murs pour faire les pièces plus grandes, ou tirées pour les diviser. Il y avait peu de recoins à nettoyer, pas de place perdue, un minimum de peine et d'efforts requis pour entretenir la propreté. Les plans tout entiers étaient une variation sur le triangle. Les façades, de béton armé, utilisaient avec complexité des lignes extrêmement simples. Il n'y avait aucune ornementation; elle eût été inutile. L'ensemble avait une beauté sculpturale.

Ellsworth Toohey n'examina même pas les plans que Keating avait étalés sur son bureau. Il était tombé en arrêt devant la perspective de la façade et la contemplait, bouche ouverte.

Rejetant la tête en arrière, il éclata de rire.

– Peter, dit-il, vous êtes un génie ! Je suppose que vous comprenez dans quel sens je le dis, ajouta-t-il.

Et comme Keating ne répondait rien, il reprit :

– Vous avez accompli ce que j'ai cherché toute ma vie à accomplir dans mon domaine, ce que des milliers d'hommes livrant de dures batailles ont vainement cherché à réaliser. Je vous tire mon chapeau, Peter, en signe de profonde admiration.

– Voyez les plans, dit Keating, l'air absent. Chaque appartement pourra se louer dix dollars.

– Je n'en ai pas le moindre doute. Je m'en remets entièrement à vous. Oui, Peter, ce projet-là, je peux l'appuyer, et je suis tranquille, il sera accepté. Mes félicitations, Peter.

– Vous êtes un fou ! dit Gail Wynand. A quoi pensez-vous donc ?

Il tendit à Roark un exemplaire de *L'Etendard* ouvert à une page intérieure. On y voyait une photographie sous-titrée : « Projet pour Cortland Homes, le Concours fédéral d'Habitations à bon marché, au capital de 15 000 000 de dollars, projet devant être exécuté à Astoria, par Keating & Dumont, architectes. »

Roark jeta un coup d'œil sur la photo et demanda :

– Que voulez-vous dire ?

– Vous le savez parfaitement. Croyez-vous que je reconnaisse une œuvre d'art uniquement à sa signature ? Si Peter Keating a dessiné ce projet, je suis prêt à avaler l'édition tout entière de *L'Etendard* d'aujourd'hui.

– Peter Keating a dessiné ce projet, Gail.

– Fou que vous êtes ! Mais à quoi pensez-vous ?

– Si je ne veux pas comprendre ce que vous dites, je ne le comprendrai pas, quoi que vous disiez.

– Je pourrais vous y obliger en publiant un article sur un certain projet dessiné par un certain Howard Roark, ce qui ferait sensation et ennuyerait singulièrement un certain Mr. Toohey qui est celui qui tire les ficelles dans toute cette histoire.

– Si vous faites cela, je vous attaque en diffamation.

– Vous feriez cela ?

– Absolument. Laissons cela, Gail. Ne voyez-vous pas que je préfère ne pas discuter cette affaire ?

Dans la soirée, Wynand tendant le journal à Dominique, lui demanda :

– Qui est l'auteur de ce projet ?

– Evidemment, fut sa seule réponse.

– Qu'est-ce que c'est que cette histoire de monde en évolution, Alvah ? Evoluant vers quoi ? Et grâce à qui ?

Alvah Scarret eut à la fois l'air ennuyé et impatient en voyant les épreuves de son éditorial : « La Maternité dans notre Monde en Evolution » étalées sur le bureau de Wynand.

– Qu'est-ce que cela peut faire, Gail ? marmonna-t-il d'un air indifférent.

– C'est bien ce que je me demande, dit Wynand.

Il prit une feuille au hasard et se mit à lire à haute voix :

« Le monde que nous avons connu est mort et bien mort et il est inutile de nous le dissimuler plus longtemps. Nous ne pouvons pas retourner en arrière, il nous faut aller de l'avant. Les mères d'aujourd'hui doivent donner l'exemple en élargissant leur point de vue émotif et en plaçant l'amour égoïste qu'elles éprouvent pour leur propre enfant sur un plan plus élevé qui y inclura tous les autres petits enfants. Chaque mère devrait apprendre à aimer tous les enfants qui vivent dans la maison qu'elle habite, dans la rue où elle vit, dans la ville, dans le comté, dans l'Etat, dans le pays où elle vit, et dans le vaste, vaste monde... exactement comme elle aime sa petite Mary ou son Johnny. »

Wynand fronça le nez d'un air dégoûté.

– Alvah ? Je comprends qu'on fasse de la sauce... mais est-il nécessaire d'en faire de cette sorte ?

Alvah Scarret détourna les yeux.

– Vous ne marchez pas avec votre temps, Gail, dit-il d'une voix basse qui contenait une espèce d'avertissement, comme une bête qui montre légèrement les dents.

C'était, de la part d'Alvah Scarret, une attitude si étrange que Wynand perdit tout désir de continuer la conversation. Il barra d'un trait bleu l'éditorial, mais son coup de crayon n'avait pas sa force habituelle et finit en queue de poisson.

– Allez refaire votre éditorial, Alvah, dit-il.

Scarret se leva, prit ses papiers, et quitta la pièce sans un mot.

Wynand le suivit du regard, surpris, amusé et légèrement dégoûté.

Il y avait plusieurs années qu'il avait remarqué la direction qu'avait prise graduellement, imperceptiblement, *L'Etendard*, et cela sans aucune directive de sa part. Rien ne lui avait échappé, ni la curieuse tendance qui se manifestait dans le moindre récit, les allusions vagues, les rappels à mots couverts, les adjectifs spéciaux placés de manière spéciale, le retour fréquent de certains thèmes, l'insertion de conclusions politiques là où elles n'avaient que faire. Si l'on relatait un conflit entre employeur et employé, l'employeur semblait toujours le coupable, quels que fussent les faits, par la manière dont ils étaient relatés. Si, dans une phrase, il était fait allusion au passé, c'était toujours « ce sombre passé » ou « ce passé mort et bien mort ». Si l'on faisait allusion à un acte accompli pour un motif personnel, la personne incriminée était toujours « poussée par l'égoïsme » ou « aveuglée par ses appétits ». Dans un mot croisé, la définition « un personnage démodé » donnait « capitaliste ».

Wynand s'était jusqu'alors contenté de hausser les épaules avec un dédain amusé. Il se disait que son personnel était bien de son époque ; que ce devait être là le jargon du jour et que ses collaborateurs s'en servaient automatiquement. Tout cela n'avait aucune importance. Il prenait soin que de telles notations n'apparussent jamais en première page, la seule qui comptât. Ce n'était rien de plus qu'une question de mode... et il avait déjà assisté à tant de changements !

Il ne se sentait nullement ému par la fameuse campagne : « Nous ne lisons pas les journaux Wynand. » Il se procura un de ces papillons et le colla sur le pare-brise de sa propre Lincoln en y ajoutant « Nous non plus », et il l'y laissa jusqu'à ce qu'un photographe d'un journal adverse le photographiât. Au cours de sa carrière il avait été attaqué par les plus grands rédacteurs, par les plus puissantes coalitions financières. Il n'allait pas s'émouvoir de l'activité déployée par un certain Gus Webb.

Il savait que *L'Etendard* perdait de sa popularité. « Une éclipse passagère », dit-il un jour à Scarret. Il ouvrait un concours, distribuait quelques prix, obtenait ainsi une légère reprise de la circulation, puis n'y pensait plus.

Il ne pouvait se décider à agir pleinement. Il n'avait jamais éprouvé cependant un plus grand désir de travailler. Il entrait chaque matin dans son bureau plein d'une impatiente énergie. Mais au bout d'une heure, il se surprenait à examiner les joints des panneaux qui recouvraient les murs, ou à se réciter des vers. Il n'était pas excédé, il ne bâillait pas franchement, mais en ressentait une vague envie. Il ne détestait pas son travail, mais il n'y trouvait plus d'attrait, pas suffisamment pour le forcer à frapper du poing et à prendre une décision.

Il se disait vaguement que la cause de ce dégoût devait provenir de la nouvelle tendance du journal, concession faite au public. Il n'y avait aucune raison, évidemment, de ne pas flatter ce goût nouveau des lecteurs, comme on l'avait toujours fait jusqu'à présent, mais il avait de la peine à s'y faire. Ce n'était pas qu'il éprouvât des scrupules d'ordre moral. Ce n'était pas une impression raisonnée, une attitude prise volontairement, ni de la défiance envers une cause qui lui déplaisait ; non, ce n'était qu'un curieux sentiment de dégoût, l'hésitation que l'on éprouve à enfoncer son pied dans la fange. « Cela n'a pas d'importance, se disait-il, cela ne durera pas, il viendra une autre vague qui emportera celle-là, c'est une question de patience. »

Sans qu'il pût l'analyser, son entretien avec Alvah Scarret lui laissa une impression de malaise plus vive qu'à l'habitude. Il trouva curieux qu'Alvah se laissât glisser lui aussi sur cette pente, mais ce qu'il trouva plus curieux encore, ce fut un certain quelque chose dans la façon d'Alvah de quitter le bureau, témoignant par son attitude que l'opinion de son patron avait cessé de compter pour lui.

« Je devrais le flanquer à la porte », se dit-il, puis il se mit à rire, tant l'idée de renvoyer Alvah Scarret lui paraissait bouffonne. Pourquoi pas empêcher la terre de tourner ou, chose plus improbable encore, faire cesser de paraître *L'Etendard* ?

Cependant, au cours de l'été et de l'automne qui suivirent, il y eut des moments où il retrouva tout son plaisir au travail. Assis à son bureau, les mains posées sur les feuilles étalées devant lui, l'encre fraîche lui salissant les mains, il souriait en voyant le nom d'Howard Roark s'étaler dans les colonnes de *L'Etendard*.

Un mot d'ordre était parti de son bureau à toutes les sections du journal : Pousser Howard Roark. Dans la partie artistique, la rubrique immobilière, les éditoriaux, et dans de nombreux articles, on commença à mentionner Roark et ses œuvres. Il n'y a pas tellement d'occasions de faire de la publicité pour un architecte et les buildings n'ont pas en soi une grande valeur journalistique, mais *L'Etendard* attirait l'attention du public sur Roark au moyen des prétextes les plus ingénieux. Jamais Wynand ne supprimait un passage qui lui était consacré. Et chose étonnante pour *L'Etendard*, tout ce qui paraissait sur Roark était écrit avec un goût parfait. Pas d'histoires sensationnelles, de photos montrant Roark en train de prendre son petit déjeuner, pas d'efforts pour exciter l'intérêt du public en lui décrivant l'homme lui-même, mais uniquement un tribut admiratif et respectueux à la grandeur de son œuvre.

Wynand n'abordait jamais ce sujet avec Roark et Roark n'y fit aucune allusion. Jamais ils ne parlaient de *L'Etendard*.

Rentrant chez lui le soir, Wynand vit *L'Etendard* sur la table du living-room. Depuis son mariage, jamais le journal n'était entré dans sa maison. Wynand sourit et ne fit aucun commentaire.

Un soir cependant il en parla. Il venait de lire un article consacré aux stations estivales et qui contenait une description de Monadnock Valley. Il leva la tête, cherchant des yeux Dominique. Elle était assise par terre devant le feu.

— Je vous remercie, chérie, lui dit-il.

— De quoi, Gail ?

— D'avoir compris que je serais heureux de voir maintenant *L'Etendard* entrer dans notre maison.

Wynand, se levant, alla s'asseoir aux côtés de Dominique. Il entoura de son bras les frêles épaules et dit :

– Pensez donc à tous les politiciens, à toutes les stars de cinéma, aux tournées de grands-ducs et aux meurtres sensationnels dont *L'Etendard* a entretenu ses lecteurs pendant toutes ces années. Pensez aux campagnes que j'entreprenais au sujet des compagnies d'autocars, de la circulation routière ou du développement de la culture des légumes dans les petits jardins. Pour une fois, Dominique, je peux dire ce que je pense.

– Oui, Gail...

– Quand je pense à ce pouvoir que j'ai tant désiré, que j'ai obtenu et dont j'ai si mal usé... Mais maintenant les gens verront ce dont je suis capable. Je forcerai le public à admirer Roark comme il doit l'être, à lui accorder la gloire qu'il mérite. L'opinion publique? L'opinion publique est ce que je la fais.

– Croyez-vous que Roark tienne à tout cela?

– Probablement non. Mais peu m'importe. Cette gloire, il la mérite et il l'aura. En tant qu'architecte, il est propriété publique. Il ne peut pas empêcher un journal de lui consacrer des articles.

– Tout ce que vous publiez sur lui... n'est-ce pas vous qui l'écrivez?

– Pour la plus grande partie, oui.

– Gail, quel journaliste vous auriez pu être !

Cette campagne eut des résultats, mais pas précisément ceux sur lesquels Wynand avait compté. Le grand public y resta parfaitement indifférent. Mais dans les milieux intellectuels, dans le monde des arts, parmi les architectes, les gens se moquaient de Roark. Certains commentaires furent répétés à Wynand. « Roark? Ah oui, le protégé de Wynand. » « Le poulain de *L'Etendard*. » « Le génie de la presse jaune. » « *L'Etendard* se met à vendre de l'art, maintenant : Envoyez deux dollars et une enveloppe affranchie. » « Cela vous étonne? ajoutaient certaines gens. Moi pas. J'ai toujours pensé que Roark avait exactement le genre de talent qu'il fallait pour inspirer les journaux de Wynand. »

– Nous verrons bien, répondit Wynand dédaigneusement.

Et il continuait sa croisade.

Aussi souvent qu'il en avait la possibilité, il amenait à Roark des commandes. Au cours de l'été, Roark signa grâce à lui des contrats pour construire un yacht-club sur l'Hudson, un building commercial, deux résidences privées. « Je vous en amènerai plus que vous ne pourrez en faire, lui disait-il. Je vous ferai rattraper toutes les années qu'ils vous ont fait perdre. »

Mais un jour Austen Heller dit à Roark :

– Si ce n'est pas trop présomptueux de ma part, Howard, j'aimerais vous donner un conseil. Je parle bien entendu de cette absurde histoire avec Mr. Gail Wynand. Que vous et lui soyez devenus des amis inséparables heurte en moi toutes mes convictions. Après tout, il y a tout de même certaines classes d'individus... non, je ne vais pas vous parler le langage de Toohey... mais il y a entre certains hommes une limite qui ne doit pas être dépassée.

– C'est parfaitement juste. Mais personne ne nous a jamais dit où se place cette limite.

– Ma foi, la question d'amitié, c'est votre affaire. Mais une de ses manifestations doit absolument prendre fin... et pour une fois il faut que vous m'écoutiez.

– Mais je vous écoute.

– Toutes ces commandes qu'il vous apporte, c'est très bien de sa part. Cela lui évitera certainement quelques-uns des cycles de l'enfer dans lequel il est bien sûr d'aller, mais il faut absolument qu'il cesse de vous éclabousser avec la publicité qu'il fait sur vous dans *L'Etendard*. Obtenez de lui qu'il s'arrête. Ne comprenez-vous pas que l'appui des journaux de Wynand est suffisant pour discréditer n'importe qui ?

Et comme Roark ne répondait rien, il ajouta :

– Cela vous nuit au point de vue professionnel, Howard.

– Je le sais.

– Exigerez-vous qu'il cesse ?

– Non.

– Mais au nom du ciel, pourquoi ?

– Je vous ai promis de vous écouter, Austen, mais pas de discuter cette question.

A la fin d'une journée d'automne, Wynand vint chercher Roark à son bureau comme il le faisait souvent et lorsqu'ils furent dehors, il proposa :

– Belle soirée. Si nous marchions un peu, Howard. Il y a un terrain que j'aimerais vous montrer.

Ils se dirigèrent vers Hell's Kitchen. Ils firent le tour d'un vaste rectangle, deux pâtés de maisons entre la Neuvième et la Onzième Avenue, et cinq du nord au sud. Roark vit devant lui un paysage désolé de maisons misérables, de tas croulants de ce qui avait été autrefois de la brique rouge, de porches branlants, de planches pourries, de linge grisâtre séchant sur des fils de fer dans d'étroites cours sans air, ce qui ne leur donnait pas l'air habité, mais ajoutait à l'impression de pourriture et de décomposition.

– Ce terrain vous appartient ? demanda Roark.

– Entièrement.

– Et pourquoi avez-vous tenu à me le montrer ? Ne savez-vous pas que pour un architecte un tel spectacle de désolation est pire qu'un champ de bataille jonché de cadavres ?

Sans répondre à cette question, Wynand montrant du doigt une taverne, de l'autre côté de la rue, proposa :

– Entrons ici.

Ils s'assirent près de la fenêtre, à une table de métal extrêmement propre et Wynand commanda du café. Il paraissait aussi à son aise que dans le restaurant le plus élégant, car il y avait en lui quelque chose qui faisait qu'il transformait l'endroit où il entrait, comme un roi qui sans rien faire pour cela transforme en un palais la plus humble demeure par sa seule présence. Il s'accouda à la table, contemplant Roark à travers la buée qui s'élevait de sa tasse, les yeux à demi fermés, l'air amusé. Il désigna du doigt l'autre côté de la rue.

– C'est le premier terrain que j'ai acheté, Howard. Il y a longtemps de cela et cependant je n'y ai jamais touché.

– Et qu'attendiez-vous ?

– Vous.

Roark porta à ses lèvres l'épaisse tasse de faïence blanche, soutenant le regard de Wynand, ayant à son tour les yeux à demi fermés et l'air amusé. Il savait que Wynand s'attendait à de véhémentes questions et se garda de lui en poser.

– Tête de bois ! s'exclama Wynand en riant. C'est bon, je m'explique. C'est ici que je suis né. Lorsque j'ai pu songer à acheter du terrain, j'ai acheté celui-ci, maison par maison, pâté par pâté. Cela m'a pris longtemps. J'aurais pu acheter d'autres terrains et gagner de l'argent beaucoup plus rapidement, mais je voulais d'abord être propriétaire de ce lotissement. Je savais cependant que je n'en ferais rien pendant des années. Mais j'avais déjà décidé que c'était ici que s'élèverait le Wynand Building... Vous avez beau essayer de garder votre calme... croyez-vous que je ne vous aie pas vu changer de visage ?

– Par Dieu, Gail !...

– Quoi donc ? Cela vous intéresserait de le construire ? Cela vous intéresserait beaucoup ?

– Mais je donnerais ma vie pour ça... ce qui ne m'avancerait guère d'ailleurs... si c'est cela que vous vouliez m'entendre dire.

– Exactement, mais rassurez-vous, je n'exigerai pas votre vie. Mais c'est bien agréable de vous faire perdre votre calme. Je vous sais gré d'avoir eu le souffle coupé. Cela signifie que vous comprenez ce que sera le Wynand Building. Le plus haut gratte-ciel de la ville, et le plus beau.

– Vous ne pouviez désirer autre chose.

– Je ne le construirai pas encore. Il y a des années que j'attends, et maintenant nous serons deux à attendre. Savez-vous qu'au fond j'aime assez vous torturer, comme je le fais en ce moment ?

– Je sais.

– Je ne vous ai amené ici que pour vous dire que lorsque je serai décidé, ce sera vous qui le construirez. J'ai attendu parce que je sentais que je n'étais pas prêt. Depuis que je vous connais je sens que le moment est venu... et cela, pas seulement parce que vous êtes architecte. Cependant il nous faut attendre encore un peu, peut-être un an ou deux, le temps que le pays retombe sur ses pattes. Ce n'est pas le moment de construire. Je sais que tout le monde prétend que le temps des gratte-ciel est passé, que c'est une conception démodée. Peu m'importe, moi j'en ai besoin. Les entreprises Wynand ont des bureaux dispersés dans toute la ville. Je les réunirai tous dans le même building. Et j'ai suffisamment d'influence sur suffisamment de gens importants pour les obliger à louer le reste. Peut-être sera-ce le dernier gratte-ciel construit à New York. Dans ce cas, tant mieux. Le plus beau et le dernier.

Roark contemplait sans rien dire les maisons lézardées de l'autre côté de la rue.

– Tout cela sera démoli, Howard, rasé. Cet endroit où je n'avais pas d'ordre à donner sera remplacé par un parc au milieu duquel s'élèvera le Wynand Building... Les plus belles constructions de New York se remarquent à peine tant elles sont imbriquées dans d'autres édifices. Mon building se verra de partout. Et il donnera de la plus-value à tout le voisinage. Un mauvais emplacement, diront les gens. Laissez-les parler. Ils ver ront bien ! Qui sait si ce n'est pas d'ici que partira le nouveau centre de la ville, lorsque la ville se mettra à revivre ! J'avais déjà projeté tout cela alors que *L'Etendard* n'était encore qu'une feuille de quatrième ordre. Je ne m'étais pas trompé, n'est-il pas vrai, Howard ? Je savais ce que je deviendrais un jour... Un témoignage de ma vie, Howard. Vous rappelez-vous ce que vous m'avez dit lorsque vous êtes venu dans mon bureau pour la première fois ? Un témoignage pour toute ma vie. Certes, il y a des choses dans mon passé dont je n'aime pas à me souvenir, mais tout ce dont je suis fier se matérialisera en ce building. Après ma mort ce sera lui qui sera Gail Wynand... Je savais qu'en temps voulu je trouverais l'architecte qu'il fallait. Je ne savais pas que celui que je trouverais serait tellement plus pour moi qu'un simple architecte. Je suis heureux que la vie en ait décidé ainsi. C'est une sorte de récompense, une sorte de pardon qui m'est accordé. Ma dernière œuvre, et la plus importante, le sera aussi pour vous. Ce ne sera pas seulement un monument en souvenir de moi, mais c'est aussi le plus beau cadeau que je puisse offrir à l'homme qui compte le plus pour moi sur cette terre. Ne froncez pas le sourcil, vous savez parfaitement qu'il en est ainsi. Regardez cet endroit désolé. Voilà ce que nous allons détruire, vous et moi. Et c'est là que se dressera le Wynand Building... par Howard Roark. J'ai attendu ce jour depuis ma naissance. Depuis votre naissance vous attendez votre plus grande chance. La voici, Howard, et c'est moi qui vous la donne.

4.10

La pluie avait cessé et Peter Keating se surprit à le regretter. Le pavé luisait, les murs des maisons étaient tout éclaboussés de taches noirâtres et, comme il ne pleuvait plus, il semblait que la ville tout entière baignât dans une sueur froide. La nuit était venue trop vite, et cela avait quelque chose d'attristant comme un être prématurément vieilli. Des fenêtres s'éclairaient. Non, il ne pleuvait plus, mais Keating se sentait mouillé jusqu'aux os.

Il avait quitté son bureau de bonne heure et rentrait chez lui à pied. Depuis longtemps son travail avait perdu pour lui toute réalité. Il ne retrouvait la notion du réel que les soirs où il se glissait furtivement dans l'appartement de Roark. Pourquoi « se glissait » et pourquoi « furtivement », se dit-il avec colère... mais il savait que c'était la vérité, même s'il traversait le hall de l'Enright House et prenait l'ascenseur comme un homme qui se rend à ses affaires. Il n'en était pas moins empli d'une crainte vague, de la peur d'être reconnu qui le faisait regarder les gens à la dérobée. Il sentait sur ses épaules le poids d'un péché anonyme, d'autant plus pesant qu'il n'était dirigé contre personne, un péché sans victime.

Il recevait de Roark des esquisses pour chaque détail de la construction de Cortland, et ces esquisses, il les portait à son bureau où elles étaient mises au net. Il écoutait attentivement les instructions de Roark, gravant dans sa mémoire les arguments qu'il lui fournissait contre toute objection possible des membres du comité. Il absorbait tout comme un appareil enregistreur et lorsque, ensuite, il donnait des instructions à ses dessinateurs, sa voix semblait un disque qui se dévide. Il ne discutait jamais, ne posait aucune question.

Ce soir, il marchait lentement le long de rues humides d'une pluie qui ne tombait pas. Il leva la tête et ne vit qu'espace vide là où à l'ordinaire s'élevaient les tours des gratte-ciel familiers. Ce n'était ni du brouillard, ni des nuages qui les dérobaient à la vue, mais une sorte de masse grise et solide qui opérait une gigantesque et silencieuse destruction. L'aspect des gratte-ciel disparaissant dans le ciel avait toujours causé à Keating une sorte de malaise. Il reprit sa marche, les yeux baissés.

Ce furent les souliers qu'il remarqua d'abord. Il comprit qu'il avait dû voir le visage de celle qui les portait, mais que par une sorte d'instinct de préservation il avait détourné les yeux pour ne regarder que ses chaussures. C'étaient des chaussures marron, à talons plats, pratiques, à la fois dédaigneuses de la pluie et de l'élégance. Ses yeux remontèrent le long de la jupe marron, de la jaquette tailleur, sévère et bien coupée comme un uniforme, à la main soigneusement gantée, mais dont un doigt était visible. Son regard s'attarda au revers de la jaquette où un absurde ornement... un Mexicain aux jambes torses, au pantalon d'émail rouge, était piqué en une maladroite tentative de féminité... remonta jusqu'aux lèvres minces, aux lunettes, aux yeux...

– Katie! dit-il.

Elle examinait la vitrine d'une librairie; son regard hésita entre ce visage qu'elle reconnaissait et le titre d'un livre qu'elle était en train de lire; ébauchant un sourire, elle lança à la vitrine un dernier regard, enregistrant soigneusement le titre du livre, puis ses yeux revinrent à Keating. Son sourire était aimable. On n'y sentait aucun effort pour dissimuler de l'amertume, ni aucune joie de cette rencontre. C'était un sourire simplement aimable.

– Par exemple, dit-elle, Peter Keating. Hello, Peter.

– Katie...

Il se sentait incapable de lui tendre la main ou de se rapprocher d'elle.

– C'est amusant de se rencontrer ainsi. Après tout, New York est tout semblable aux petites villes, avec bien des avantages en moins, dit-elle sans le moindre effort.

– Que faites-vous ici? Je croyais... j'avais entendu dire...

Il savait qu'elle avait une excellente situation à Washington et y vivait depuis deux ans.

– Je suis ici en mission. Je repars déjà demain. Je ne veux pas dire que je le regrette. Je trouve New York si mort, si morne.

– Je suis heureux d'apprendre que vous aimez votre travail... si vous voulez dire... si c'est cela que vous voulez dire.

– Que j'aime mon travail! Quelle absurde chose à dire: Washington est tout simplement la seule ville adulte de ce pays. Je ne comprends pas comment on peut vivre ailleurs. Et que devenez-vous, Peter? J'ai vu votre nom, dernièrement, dans les journaux. Il me semble que c'était quelque chose d'important.

– Je... je travaille... Vous n'avez pas beaucoup changé, Katie... pas vraiment... votre visage... est le même qu'autrefois... ou du moins presque...

– Je n'en ai pas de rechange. Je ne sais pas pourquoi les gens éprouvent toujours le besoin de vous parler de changement, s'ils ne vous ont pas vu pendant un an ou deux. J'ai rencontré hier Grace Parker et il a immédiatement fallu qu'elle se livre à un examen de mon apparence physique. Je savais d'avance ce qu'elle allait me dire : « Vous n'avez pas vieilli d'un jour, Catherine... vous êtes exactement la même ! » Les gens sont tellement province.

– Mais... c'est vrai que vous n'avez pas changé... Je... je suis heureux de vous revoir...

– Mais moi aussi. Comment marche le bâtiment ?

– Oh ! je ne sais trop... Ce que vous avez lu sur moi devait concerner Cortland... C'est moi qui construis Cortland Homes...

– Mais oui, bien sûr. C'était cela. C'est une très bonne chose pour vous, Peter, de faire un travail qui ne profitera pas uniquement à une entreprise privée ou à vous qui toucherez de gros honoraires, mais qui a un but social. Les architectes devraient vraiment cesser de n'avoir que l'argent pour objectif et donner un peu de temps aux problèmes sociaux et à des problèmes plus vastes.

– Je crois que les architectes ne demanderaient pas mieux que de recevoir des commandes de l'Etat, mais c'est si dur à obtenir, c'est si...

– Oui, oui, je sais. Il est simplement impossible de faire comprendre aux profanes nos méthodes de travail, et c'est pourquoi nous n'entendons que plaintes et récriminations. Vous ne devriez pas lire les journaux Wynand, Peter.

– Je ne les lis jamais, et qu'est-ce que cela a à faire avec... Oh ! je... je ne sais même plus de quoi nous parlons, Katie.

Il se souvint qu'elle ne lui devait rien, que tout ce qu'il aurait dû lui inspirer ne pouvait être que colère ou mépris, mais qu'elle aurait pu au moins manifester une certaine gêne à le revoir.

– Nous avons un tas de choses à nous raconter, Peter. (Ces mots lui auraient fait plaisir si elle ne les avait pas prononcés d'un air si dégagé.) Mais nous ne pouvons pas passer la journée ici. (Elle consulta son bracelet-montre.) Je dispose d'une heure environ. Si vous m'emmeniez prendre une tasse de thé ? Boire quelque chose de chaud vous ferait du bien, vous avez l'air gelé.

C'était la première allusion qu'elle faisait à l'aspect physique de Peter, et encore avait-elle accompagné cette remarque d'un regard sans chaleur. « Même Roark, se dit Keating, a eu un choc en me revoyant et m'a avoué qu'il me trouvait changé. »

– Mais oui, Katie, quelle bonne idée !

Il regretta de ne pas avoir eu cette idée lui-même ; c'était en effet la meilleure chose à faire, mais il aurait préféré qu'elle n'eût pas l'esprit si clair et si prompt.

– Allons dans un endroit agréable où nous serons tranquilles pour parler, dit-il.

– Allons chez Thorpe. Il y en a un ici tout près. Leurs sandwichs au cresson sont parfaits.

Ce fut elle qui lui prit le bras pour traverser la rue et qui le lâcha aussitôt arrivés de l'autre côté. Son geste avait été purement machinal. Elle n'en eut même pas conscience.

Des gâteaux et des bonbons décoraient la vitrine de Thorpe. Au centre trônait une vaste coupe d'amandes glacées, vertes et blanches. Cela sentait le jus d'orange. La lumière, discrète, était orange elle aussi. Il y avait dans l'air quelque chose de poisseux. Les tables étaient trop petites et trop rapprochées.

Keating s'assit, les yeux obstinément baissés sur la table de glace noire ornée d'un napperon en dentelle de papier. Mais lorsque son regard se posa sur Catherine il comprit que sa discrétion était inutile. Elle ne réagit pas à son examen. Son expression resta la même, qu'il la regardât ou qu'il se tournât vers la table à côté. Elle semblait ne pas avoir conscience d'elle-même.

« C'est sa bouche qui a le plus changé, se dit-il. Les lèvres en sont rentrées. Il n'y a plus qu'un pâle ourlet de chair qui en dessine la ligne impérieuse. C'est une bouche faite pour donner des ordres, se dit-il, non pas des ordres importants, ni cruels. Non, simplement de mesquines recommandations pour des questions de plomberie et de désinfectants. » Il remarqua aussi qu'elle avait de fines rides autour des yeux. Sa peau ressemblait à un fin papier qu'on aurait mis en boule puis défroissé.

Elle lui parlait de son travail à Washington et il l'écoutait, mais il n'entendait pas les mots qu'elle prononçait, seulement le son de sa voix, sec et cassant.

Une serveuse en uniforme mauve empesé s'approcha pour prendre la commande.

– Un thé-sandwich spécial, s'il vous plaît, lui jeta Catherine.

– Un café, dit Keating.

Et sentant peser sur lui le regard de Catherine, il se hâta d'ajouter, sentant qu'il ne ferait que l'indisposer s'il lui avouait qu'il lui serait impossible d'avaler la moindre bouchée :

– ... et un sandwich au jambon sur pain noir beurré.

– Peter, quelle façon déplorable de vous nourrir ! Attendez une minute, mademoiselle. Vous n'allez pas prendre cela, Peter, c'est très mauvais pour vous. Ce qu'il vous faut, c'est une salade panachée. Et pas de café à cette heure de la journée. Les Américains boivent beaucoup trop de café.

– Bon, dit Keating.

– Un thé et une salade panachée, mademoiselle. Et... mademoiselle... pas de pain avec la salade... Vous prenez du poids, Peter... Des biscottes, je vous prie.

Keating attendit que l'uniforme mauve eût disparu et il demanda, espérant enfin une remarque personnelle, car même un mauvais compliment vaudrait mieux que cette indifférence :

– J'ai changé, n'est-ce pas, Katie ? Je n'ai pas bonne mine ?

– Comment ? Oui, c'est possible. Les Américains ne connaissent rien aux problèmes de la nutrition. Cela dit, les hommes se préoccupent beaucoup trop de leur apparence. Ils sont infiniment plus vains que les femmes. Ce sont vraiment les femmes qui assument tout le travail productif actuellement et elles construiront certainement un monde meilleur.

– Et comment fait-on pour construire un monde meilleur, Katie ?

– Eh bien, si vous considérez le facteur dominant qui est bien entendu le facteur économique...

– Non, je... je ne posais pas la question dans ce sens... Katie, j'ai beaucoup souffert.

– J'en suis désolée. Mais tant de gens disent cela actuellement. C'est parce que nous vivons une période transitoire et que les gens se sentent déracinés. Mais vous, Peter, vous avez toujours eu un si heureux caractère.

– Est-ce que... vous souvenez-vous encore comment j'étais ?

– Seigneur, Peter, vous parlez de cette époque comme si cinquante ans s'étaient écoulés.

– C'est que tant de choses se sont passées...

Il prit son élan ; le plus tôt serait le mieux. Il faudrait bien finir par le lui dire.

– ... Je me suis marié. Et j'ai divorcé.

– Oui, je l'ai su. J'ai été heureuse quand j'ai appris que vous divorciez. (Keating se pencha en avant, subitement intéressé.) Du moment que votre femme était le genre de créature capable d'épouser un Gail Wynand, ce qui pouvait vous arriver de plus heureux était d'être débarrassé d'elle.

Le ton d'impatience chronique qui caractérisait son élocution ne s'était pas accentué pour prononcer ces derniers mots. Keating fut obligé de se rendre compte que c'était là tout ce que le sujet lui inspirait.

– Katie, vous êtes pleine de tact et extrêmement bonne, dit-il, mais cessez de jouer un rôle. (En disant cela, il se rendait très bien compte qu'en réalité elle était parfaitement naturelle.) Soyez vous-même... Dites-moi ce que vous avez pensé de moi lorsque... Dites-moi absolument tout... Ne me ménagez pas... J'ai besoin de le savoir... Ne comprenez-vous pas que je me sentirai mieux quand je le saurai ?

– Voyons, Peter, vous ne vous attendez pas à ce que je me mette à vous faire des reproches ? Je trouverais cela vaniteux de votre part si ce n'était pas tellement enfantin.

– Qu'avez-vous ressenti... ce jour... où je ne suis pas venu... et lorsque vous avez appris que j'étais marié ?

Poussé par il ne savait quel obscur instinct à être brutal, il ajouta :

– Katie, vous avez souffert à ce moment-là ?

– Oui, bien entendu, j'ai souffert, comme le font tous les êtres jeunes en de pareilles circonstances. Cela paraît tellement absurde après. Je pleurai et criai des choses horribles à oncle Ellsworth. Il fallut appeler le docteur qui m'administra un calmant. Et quelques semaines après, je m'évanouis dans la rue, sans aucune raison, ce qui était vraiment désagréable. Tous ces états conventionnels par lesquels il faut passer, j'imagine, comme on doit avoir les oreillons, pourquoi y aurais-je échappé, comme le disait oncle Ellsworth ?

Keating comprit à cet instant qu'il y avait quelque chose de pire que le souvenir vivant d'une souffrance, un souvenir mort.

– Et, bien entendu, tout ce qui arriva fut pour le mieux, reprit Catherine. Je ne me vois vraiment pas mariée avec vous.

– Vous ne voyez pas cela, Katie ?

– Ni avec vous, ni avec quelqu'un d'autre d'ailleurs. Cela n'aurait pas marché, Peter. Je ne suis absolument pas faite pour m'enfermer dans un cercle domestique. C'est quelque chose de trop égoïste et de trop étroit pour moi. Bien entendu, je comprends ce que vous éprouvez en ce moment et je vous en sais gré. Il est juste que vous ressentiez quelque chose qui ressemble à du remords puisque vous m'avez en somme abandonnée, comme disent certaines personnes. (Keating eut un mouvement nerveux.) Vous voyez comme cela paraît stupide maintenant. Il est tout naturel que vous vous sentiez légèrement contrit, c'est un réflexe tout à fait normal, mais vous devez repenser à tout cela objectivement, comme un adulte, un être raisonnable. Après tout, rien n'a tellement d'importance, nous ne pouvons rien à notre nature, nous devons nous accepter comme nous sommes et faire notre profit de ce qui nous arrive en enrichissant notre expérience.

– Katie ! Vous n'êtes pas en train de faire la morale à une fille déchue. C'est de vous-même que vous parlez.

– Cela fait-il vraiment une différence essentielle ? Les gens n'ont-ils pas tous les mêmes problèmes et les mêmes émotions ?

Il vit qu'elle mordait dans une mince tranche de pain couverte de quelque chose de vert et comprit que lui-même était servi. Il plongea au hasard sa fourchette dans son assiette de salade et s'efforça d'avaler un morceau de biscotte. Il s'aperçut que l'action de mâcher, lorsqu'elle n'est pas accomplie machinalement, demande un effort considérable. Cette biscotte irréductible, il ne parvenait pas à l'avaler. Il remuait les mâchoires sans pouvoir réduire la pâte sableuse qui lui remplissait la bouche.

– Katie... pendant six années... j'ai pensé au jour où je vous demanderais pardon. Aujourd'hui cette chance m'est offerte, mais je n'en profiterai pas. Cela me paraît... tellement inutile. C'est affreux à dire, mais c'est ainsi : ne pas vous épouser est la pire chose que j'aie faite de ma vie... mais pas uniquement à cause du mal que cela vous a fait, Katie, et pourtant ce mal est peut-être plus grand que vous ne le croyez vous-même. Mais ce n'est pas là ma faute la plus grave... Katie, je désirais profondément vous épouser. C'est peut-être la seule chose au monde que j'aie réellement désirée. Et voilà le péché qui ne peut être pardonné... ne pas obéir à une impulsion profonde. C'est un acte dénué de sens, stupide, monstrueux même et la souffrance qui en résulte est aussi dénuée de sens, et de dignité, une souffrance inutile et vaine... Katie, pourquoi nous enseigne-t-on que faire ce que nous avons envie de faire est une chose facile et mauvaise et que nous devons apprendre à nous contraindre et à nous dominer ? Mais suivre ses impulsions profondes est la chose au monde la plus difficile ! Et c'est cela qui demande à l'homme la plus grande somme de courage. Faire ce que l'on désire réellement, comme je désirais vous épouser, et non comme j'ai envie parfois de coucher avec une femme, de m'enivrer ou de voir mon nom dans les journaux. Ces choses-là, ce ne sont même pas des impulsions... ce sont de ces choses que les hommes font pour échapper à leurs impulsions profondes... car c'est une telle responsabilité de vouloir vraiment quelque chose.

– Peter, ce que vous dites est égoïste et laid.

– C'est possible. Je n'en sais rien. Je vous ai toujours dit la vérité, sur tout, même quand vous ne me la demandiez pas. Je n'aurais pu agir autrement.

– Oui, c'est vrai. C'était chez vous un côté sympathique. Vous étiez un charmant garçon, Peter.

« C'est ce bol d'amandes glacées qui m'agace, se dit Keating. Des amandes vertes et blanches, pourquoi des amandes vertes et blanches à cette époque de l'année alors que ce sont les couleurs de la Saint-Patrick. » Il y avait toujours des bonbons verts et blancs dans les vitrines des confiseurs à la Saint-Patrick, et la Saint-Patrick signifiait le printemps, non, mieux encore que le printemps, cette attente émerveillée qui précède le printemps

– Katie, je ne vous dirai pas que je vous aime encore. Moi-même je l'ignore. Je ne me le suis plus jamais demandé. Et cela n'a plus aucune importance. Et je ne vous le dis pas parce que j'espère ou parce que j'imagine que... Mais je ne sais qu'une chose c'est que je vous ai aimée, Katie, je vous ai aimée, quoi que j'aie fait de mon amour, et même si je dois vous le dire aujourd'hui pour la dernière fois. Je vous ai aimée, Katie.

Elle le regarda... l'air satisfait. Ni émue, ni heureuse, ni attendrie, satisfaite simplement. Si elle était devenue une véritable vieille fille, la travailleuse sociale type, ce genre de femmes qui n'ont que mépris pour l'autre sexe, confites dans l'attitude dédaigneuse que leur donne la conscience de leurs vertus, il y aurait eu dans réaction de l'hostilité. Mais cette tolérance amusée qu'elle lui témoignait signifiait que, pour elle, l'amour était une faiblesse humaine, un sentiment très généralisé, mais de fort peu d'importance, dont il fallait accepter avec indulgence les manifestations. Cet aveu d'un sentiment qu'elle avait inspiré lui était agréable sans plus, et elle aurait eu la même attitude si cet aveu était venu d'un autre homme. C'était, comme le Mexicain d'émail rouge piqué au revers de sa jaquette, une indulgente concession à la vanité masculine.

– Katie... Katie, dites-moi que cet instant ne compte pas... que c'est le passé qui compte ! Et le présent ne peut toucher à ce qui a été, n'est-ce pas, Katie ?... Tant de gens regrettent que le passé soit si terriblement révolu, que rien ne puisse faire qu'il ne soit plus... mais moi j'en suis heureux. Nous ne pouvons en rien l'altérer, mais nous pouvons toujours nous y réfugier, n'est-il pas vrai ? Comme vous le disiez, en adultes, sans chercher à nous leurrer, ni à espérer contre toute espérance, mais heureux de le revivre en pensée... Vous rappelez-vous du jour où je suis venu vous voir à New York pour la première fois ? Vous étiez si frêle et si menue et vos cheveux tout ébouriffés. Ce jour-là, je vous ai dit que jamais je n'aimerais une autre femme que vous. Je vous avais prise sur mes genoux, vous ne pesiez rien, et quand je vous ai dit que jamais je n'aimerais une autre femme que vous, vous m'avez répondu que vous le saviez.

– Je m'en souviens.

– Lorsque nous étions ensemble... Katie, il y a tant de choses dans mon passé dont j'ai honte, mais jamais d'un seul des instants que nous avons vécus ensemble. Lorsque je vous ai demandé de m'épouser... non, je ne vous ai jamais demandé de m'épouser... je vous ai simplement demandé si nous étions fiancés et vous m'avez répondu « oui »... nous étions assis sur un banc dans un parc... et il neigeait...

– Oui.

– Vous aviez de drôles de petits gants de laine qui ressemblaient à des chatons. Je me souviens... des gouttes d'eau qui s'accrochaient à la laine, des gouttes rondes et claires... comme du cristal... et lorsqu'une voiture passait, elles étincelaient.

– Oui, c'est agréable en effet de repenser parfois aux choses passées. Mais on acquiert des choses une vue tellement plus vaste et l'on devient tellement plus riche spirituellement avec les années.

Keating se tut longuement puis il dit d'une voix morne :

– Je m'excuse.

– Mais pourquoi ? Vous êtes très gentil, Peter. J'ai toujours dit que c'est l'homme qui est sentimental.

« Non ce n'est pas un rôle qu'elle s'impose de jouer, se dit Keating. Elle ne pourrait garder le masque aussi longtemps. C'est un rôle qu'elle se joue à elle-même, au plus profond d'elle-même et dans ce cas il n'y a plus de limite, plus de moyen d'en sortir, plus d'autre réalité... »

Elle se remit à parler, reprenant le sujet qui lui tenait à cœur, sa vie à Washington. Il lui répondait quand c'était indispensable.

Il se disait qu'il avait toujours cru que le présent et le passé ne faisaient qu'un et qu'une perte dans le passé se traduisait par une peine dans le présent et que cette peine donnait au passé une sorte d'immortalité... mais ce qu'il venait d'apprendre c'était qu'on pouvait tuer le passé, le tuer rétroactivement... et que pour elle il était comme s'il n'avait jamais existé.

Elle consulta sa montre-bracelet et fit entendre une petite exclamation de contrariété.

– Je suis déjà en retard. Il faut que je me sauve.

Keating dit avec effort :

– Est-ce que vous m'en voudrez si je ne vous accompagne pas, Katie ? Je ne voudrais pas être impoli, mais il me semble que ce serait mieux.

– Mais bien entendu, et je ne vous en veux nullement. Je suis assez grande pour trouver mon chemin toute seule et il n'y a pas de politesse à observer entre de vieux amis comme nous.

Elle prit ses gants, son sac, froissa sa serviette en une petite boule qu'elle fit tomber dans sa tasse, et ajouta :

– Je vous lancerai un coup de téléphone la première fois que je reviendrai et nous pourrons de nouveau bavarder. Mais je ne vous promets pas que ce sera bientôt. Je suis tellement occupée, je dois aller partout. Le mois passé j'étais à Detroit et la semaine prochaine je file en avion pour Saint Louis ; mais la prochaine fois qu'on m'enverra à New York, je vous lancerai un coup de fil. Au revoir, Peter. Ravie de vous avoir revu.

4.11

Gail Wynand laissait errer son regard sur le bois verni du pont qui étincelait sous le soleil. Ce bois brillant et ces cuivres en feu étaient pour lui le signe tangible de ce qui l'entourait : des milles et des milles de solitude ensoleillée entre le ciel et l'océan également embrasés. On était en février et le yacht immobile, toutes machines arrêtées, se balançait en plein Pacifique.

Wynand, appuyé à la rambarde, suivait des yeux Roark qui se baignait. Roark faisait la planche, le corps rigide, les bras en croix, les yeux clos. La couleur de sa peau indiquait qu'il y avait plus d'un mois qu'il se baignait ainsi. Et Wynand eut un sentiment de bonheur à sentir sous ses pieds la puissance de son yacht, et à mesurer le temps à la couleur bronzée du corps de Roark et de ses propres bras croisés sur la rambarde.

Il y avait plusieurs années qu'il n'avait plus navigué et un beau jour il avait décidé de partir sans Dominique en n'emmenant que Roark.

– Vous êtes en train de vous tuer, Howard, avait-il décrété. Vous travaillez à un rythme que personne ne peut soutenir longtemps. Vous ne vous êtes pas arrêté un jour depuis Monadnock. Croyez-vous que vous auriez le courage d'accomplir l'acte qui est pour vous le plus difficile : vous reposer ?

A sa grande surprise, Roark avait accepté sans discuter.

– Je ne fuis pas mon travail, si c'est là ce qui vous étonne, expliqua-t-il en riant. Je sais m'arrêter... mais je ne peux m'arrêter que complètement. Je sens que je me suis surmené. J'ai gâché trop de papier ces derniers temps à faire du mauvais travail.

– Est-ce que cela vous arrive de faire du mauvais travail ?

– Peut-être plus souvent qu'à d'autres architectes et avec moins d'excuses. La seule circonstance atténuante que je puisse invoquer, c'est que mes gribouillages finissent dans la corbeille à papier.

– Je vous préviens que nous serons absents des mois. Et si vous regrettez votre table de travail et vous mettez à pleurnicher pour que je vous ramène, comme le font tous les hommes qui n'ont jamais appris à se délasser, je vous préviens que je ne reviendrai pas. Je suis le pire des dictateurs à bord de mon yacht. Vous aurez tout ce que vous pouvez désirer, excepté du papier et des crayons. Vous n'aurez même pas la liberté de parler travail. Je ne veux plus entendre parler de poutres, de béton armé ou de matières plastiques, une fois que vous serez à bord. Je vous enseignerai à manger, à dormir et à vous laisser vivre comme si vous étiez le plus inutile des millionnaires.

– Je suis prêt à essayer.

Au bureau, la présence de Roark n'était pas indispensable au cours des mois à venir. Les affaires en cours étaient terminées. On ne commencerait pas avant le printemps les nouvelles commandes reçues.

Roark avait terminé pour Keating toutes les esquisses que nécessitait Cortland. Les travaux étaient sur le point de commencer. Avant de s'embarquer, à la fin de décembre, Roark alla jeter un dernier coup d'œil sur l'emplacement où s'élèverait Cortland. Spectateur anonyme parmi des badauds nonchalants, il observa pendant un moment le travail des foreuses à vapeur mordant la terre, creusant l'emplacement des futures fondations. L'East River déroulait le large ruban de ses eaux noires et paresseuses, et au-delà, à travers un rideau léger de flocons de neige, les tours de la ville s'estompaient, dans des mauves et des bleus d'aquarelle.

Dominique n'éleva aucune protestation lorsque Wynand lui expliqua qu'il allait partir en croisière seul avec Roark.

– Chérie, vous comprenez, n'est-ce pas, que je ne fais pas cela pour vous fuir ? J'ai simplement besoin d'être loin de tout pendant quelque temps. Etre avec Roark, c'est pour moi comme si j'étais seul, mais avec un sentiment de paix plus profond.

– Mais certainement, Gail, je comprends très bien.

Wynand la regarda et soudain il se mit à rire, l'air étonné et heureux.

– Dominique, je crois bien que vous êtes jalouse. C'est merveilleux. J'ai plus de gratitude encore pour Roark si c'est possible, si par lui je puis vous rendre jalouse.

Ce qu'elle ne pouvait lui dire, c'est de qui elle était jalouse.

Ils s'embarquèrent fin décembre. Roark s'amusa de bon cœur du désappointement de Wynand lorsque celui-ci s'aperçut qu'il n'avait pas à faire montre d'autorité. Roark ne parlait pas travail, restait pendant des heures à faire le lézard sur le pont et fainéantait comme s'il n'avait pas fait autre chose de sa vie. Ils parlaient peu. Il y avait des jours où Wynand se demandait s'ils avaient échangé trois phrases. Il n'aurait pas été surpris d'apprendre qu'ils n'en avaient échangé aucune. Leur sérénité était le meilleur des liens.

Ce jour-là, ils avaient plongé et nagé ensemble, et Wynand était remonté à bord le premier. Accoudé à la lisse, tandis que Roark s'attardait dans l'eau, Wynand pensait à la puissance qu'il détenait à cet instant. Sur un mot de lui, le yacht reprendrait sa route, abandonnant ce corps aux cheveux de feu au soleil et à l'océan. Il eut du plaisir à sentir sa puissance et à sentir aussi que nulle force au monde ne pourrait le forcer à exercer cette puissance. Les moyens étaient de son côté : quelques contractions de ses cordes vocales donnant des ordres, une main ouvrant une valve... et la machine docile reprendrait sa route. Mais rien ne pourrait l'amener à abandonner cet homme. C'était lui, Gail Wynand, debout sur le plancher solide du yacht qui était le plus faible des deux. Et Roark, flottant sur la mer comme un morceau de bois mort, avait en lui une force supérieure à tout.

Roark remontait. Wynand contemplait ce corps anguleux, ruisselant d'eau de mer.

– Vous avez commis une erreur dans le Temple Stoddard, Howard. C'est une statue de vous et non de Dominique qui aurait dû l'orner.

– Non, je suis trop égoïste pour cela.

– Egoïste ? Un égoïste aurait aimé cette idée. Vous donnez aux mots un sens bien étrange.

– Leur véritable sens. Je me refuse à être le symbole de quelque chose. Je suis moi et uniquement moi.

Etendu sur un « transat », Wynand regardait avec satisfaction la lanterne, un disque de verre opaque, accrochée au-dessus de sa tête et qui, déchirant les voiles noirs de la nuit, l'enfermait dans des murs de lumière qui lui donnaient une impression d'intimité. Il entendait vibrer les machines, sentait sur son visage l'air tiède de la nuit et ne voyait rien d'autre que ce coin de pont qui lui donnait une impression de sécurité.

Roark était debout devant lui, appuyé à la rambarde, haute silhouette blanche se profilant sur la nuit, la tête levée dans la pose où Wynand l'avait vu si souvent devant un building en construction. Ses mains serraient le garde-fou. Ses manches courtes laissaient ses bras en pleine lumière ; des ombres verticales accentuaient les muscles de ses bras et les tendons de son cou. Wynand pensa au moteur du yacht, aux gratte-ciel, aux câbles sous-marins, à tout ce que l'homme était capable de faire.

– Howard, c'est cela que je voulais : vous avoir ici, avec moi.

– Je le sais.

– Savez-vous quel est le sentiment qui m'y pousse ? L'avarice. Je suis un avare pour deux choses sur la terre : Dominique et vous. Je suis un million-naire qui n'a jamais rien possédé. Vous rappelez-vous ce que vous m'avez dit un jour du sentiment de possession ? Je suis comme un sauvage qui découvre l'idée de propriété et qui en devient fou. C'est comique. Je pense à Ellsworth Toohey.

– Pourquoi à Ellsworth Toohey ?

– Aux choses qu'il prêche sans arrêt. Je me suis demandé dernièrement s'il comprenait quelque chose à ce qu'il prône. Le désintéressement dans son sens le plus absolu ? Mais c'est exactement ce que j'ai pratiqué ! Se rend-il compte que je suis la vivante incarnation de son idéal ? Bien entendu, il n'approuverait pas mes motifs, mais les motifs ne peuvent altérer les faits. Si c'est le véritable désintéressement qu'il recherche, dans le sens philo-sophique – car Mr. Toohey est un philosophe, dans un sens qui dépasse infi-niment la question d'argent –, eh bien, qu'il me regarde ! Je n'ai jamais rien possédé. Je n'ai jamais rien désiré. Je ne me suis jamais soucié de rien... et dans un sens aussi large que Toohey pourrait le désirer. J'ai fait de moi-même un baromètre sensible à la pression du monde entier. La voix des masses me faisait monter ou descendre. Evidemment, entre-temps, j'ai amassé une fortune. Mais est-ce que cela change quelque chose à la réalité intrinsèque des faits ? Supposons que je distribue tout ce que je possède. Supposons que je n'aie jamais amassé de fortune et que j'aie agi uniquement par altruisme, pour servir les hommes ? Qu'aurais-je fait ? Rien d'autre que ce que j'ai fait. Donner le plus grand plaisir possible au plus grand nombre possible. La majorité me donnait son approbation et soutenait librement mon effort par son obole de trois cents qu'elle déposait chaque matin au kiosque du coin. Les journaux Wynand ? Pendant trente ans ils ont repré-senté n'importe qui, excepté Gail Wynand. Je me suis effacé moi-même volontairement, à un point jamais atteint par un moine dans sa cellule. Et cependant des gens disent de moi que je suis corrompu ! Pourquoi ? Le saint dans sa cellule ne fait que des sacrifices matériels. Ce n'est pas payer cher le rachat de son âme. Il renonce au monde pour sauver son âme. Mais moi, je garde les autos, le linge de soie, les hôtels particuliers... et je donne au monde mon âme en échange. Qui des deux fait le sacrifice le plus grand... si le sacrifice est un signe de vertu ? Qui de nous deux est le véritable saint ?

– Gail... je n'aurais jamais pensé que vous vous avoueriez cela, à vous-même.

– Pourquoi pas ? Je savais parfaitement ce que je faisais. Je voulais le pou-voir de dominer les foules et je l'ai eu. Une âme collective. C'est un étrange concept, mais le meilleur exemple concret qu'on en puisse donner c'est un exemplaire de *L'Etendard*.

– C'est juste...

– Bien entendu, Toohey m'objecterait que ce n'est pas là ce qu'il entend par altruisme. Selon lui, on ne doit pas laisser aux gens le soin de décider ce qu'ils veulent. Il convient de décider pour eux. Je devrais déterminer, non pas ce qu'ils aiment, ni ce que j'aime, mais ce qu'ils devraient aimer, et le leur ingurgiter de force. Il faudrait vraiment le leur ingurgiter de force puisque, lorsqu'on leur laisse un libre choix, ils choisissent *L'Etendard*. Il y a beaucoup d'altruistes ainsi de par le monde.

– Vous vous êtes aperçu de cela ?

– Evidemment. Que peut-on faire d'autre si l'on veut se mettre au service des masses ? Si l'on veut vivre pour les autres ? Ou bien se plier aux désirs de chacun et se faire traiter de corrompu, ou bien imposer à chacun, par la force, l'idée que vous vous faites de son propre bien. Pouvez-vous concevoir un autre moyen ?

– Non.

– Que reste-t-il, alors ? Et qu'est-ce qui commence lorsque l'altruisme s'efface ? Comprenez-vous ce que je cherche ?

– Oui, Gail.

Wynand perçut dans la réponse de Roark une hésitation qui ressemblait à de la tristesse.

– Qu'y a-t-il, Roark ? Pourquoi me répondez-vous ainsi ?

– Je m'en excuse, ne m'en veuillez pas, mais je suivais une idée. Une chose à laquelle j'ai souvent pensé, et particulièrement ces derniers jours où vous m'avez forcé à ne rien faire.

– Une chose qui me concerne.

– Qui vous concerne, oui.

– Et quelle a été votre conclusion ?

– Je ne suis pas un altruiste, Gail. Je ne prends jamais de décision pour les autres.

– Ne vous tourmentez pas pour moi. Je me suis vendu, il est vrai, mais je ne me suis jamais bercé d'illusions à ce sujet. Je ne deviendrai jamais un Alvah Scarret. Lui croit réellement ce que le public croit, tandis que moi je méprise le public. C'est ma seule justification. J'ai vendu ma vie, il est vrai, mais à un bon prix. J'ai obtenu la puissance. Je n'en ai jamais usé jusqu'à présent. Je n'avais aucun désir personnel. Mais maintenant je puis en user si je le désire. Pour Dominique, pour vous.

Roark se détourna. Lorsqu'il put de nouveau rencontrer le regard de Wynand, il dit simplement :

– Je le souhaite pour vous, Gail.

– A quoi donc pensiez-vous ces dernières semaines ?

– Au principe qui fit agir le recteur qui me renvoya de Stanton.

– Quel principe ?

– Un principe qui est en train de détruire le monde. Celui dont vous parliez tout à l'heure. Le prétendu oubli de soi-même.

– En faveur d'un idéal qui peut-être n'existe pas ?

– Si, il existe, mais pas comme les gens l'entendent. Mais voilà ce qu'il y a de terrible avec les gens et que j'ai mis longtemps à comprendre. Ils n'ont aucune personnalité, ils vivent en fonction des autres. Ce sont des parasites. Pensez à un Peter Keating.

– Je vous l'abandonne, je ne puis le supporter.

– J'ai souvent pensé à lui... à ce qui reste de lui... et cela m'a beaucoup aidé à comprendre les autres. Il est en train de payer pour sa vie, tout en se demandant quels péchés il a commis et en se reprochant d'avoir été trop égoïste, mais en réalité quand et à quelle occasion a-t-il agi en fonction de lui-même ? Quel a été son but dans la vie ? Arriver à être quelque chose... aux yeux des autres. Exciter l'admiration, l'envie, provoquer la considération... tout ce qui vient des autres. Ce sont les autres qui lui dictent des convictions auxquelles il ne croit pas, mais auxquelles il veut faire croire qu'il croit. Ce sont les autres qui ont été la source de ses actes et son premier souci. Il n'a jamais désiré devenir quelqu'un, mais faire croire qu'il était quelqu'un. Il n'a jamais eu vraiment le désir d'être architecte, mais d'être admiré en tant qu'architecte. Il emprunte tout ce qu'il peut à d'autres afin d'impressionner les autres. Voilà ce que j'appelle l'oubli de soi-même. Il a trahi son propre moi et pourtant chacun le traite d'égoïste.

– N'est-ce pas ainsi que vivent la plupart des gens ?

– Oui ! Et n'est-ce pas là la source de toutes les actions méprisables ? Non pas l'égoïsme, mais précisément la trahison de soi. Observez les gens. L'homme qui triche et qui ment, mais qui garde la façade. Il sait parfaitement qu'il est un malhonnête homme, mais les autres le croient honnête et c'est d'eux qu'il reçoit le respect de lui-même, de seconde main. L'homme qui reçoit la récompense d'une œuvre qu'il n'a pas accomplie. Il sait bien, au fond de lui, qu'il n'est qu'un médiocre, mais que lui importe si les autres ont grande opinion de lui ? L'incapable qui professe un grand amour pour les inférieurs et s'attache à plus incapable encore afin de démontrer, par comparaison, sa propre supériorité. L'homme dont le seul but est de faire de l'argent. Notez bien que je ne vois rien de mal à vouloir gagner de l'argent ; mais à condition de ne jamais oublier que l'argent est un moyen et non un but. Si un homme désire gagner de l'argent dans un but bien défini, pour agrandir ses affaires, créer, étudier, voyager, jouir d'un certain luxe, il est complètement dans son droit. Mais l'homme pour lequel l'argent est un but va plus loin que cela. Le luxe nécessaire à l'homme est limité. Ce qui ne l'est pas, c'est l'ostentation, le désir d'éblouir, d'étonner, de surpasser les autres. De nouveau des êtres qui vivent en fonction des autres.

– Si j'étais Ellsworth Toohey, je vous dirais que vous êtes en train de faire le procès de l'égoïsme. Tous ces gens dont vous parlez n'agissent-ils pas pour un motif égoïste... être remarqué, aimé, admiré ?

– ... par les autres ! Et même si cela doit leur coûter le respect d'eux-mêmes. Dans l'échelle des valeurs, ils placent les autres au-dessus d'eux-mêmes, exactement comme l'exige l'altruisme. Un homme véritablement égoïste n'a cure de l'approbation des autres. Il n'en a simplement pas besoin.

– Je suis persuadé que Toohey comprend cela. Et c'est pourquoi il s'acharne à répandre ses idées malsaines. Par faiblesse et par lâcheté. Il est si facile de hurler avec les loups, si difficile de vivre selon son propre idéal. On peut simuler la vertu aux yeux des autres, mais pas à ses propres yeux. On est pour soi-même le plus strict des juges. La plupart des hommes fuient devant ce juge. Il est plus facile de faire une donation de quelques milliers de dollars à des œuvres de charité que de baser le respect de soi-même sur ce qu'on a accompli réellement. Il est facile de chercher à la compétence des substituts tels que l'amour, le charme, la bonté, la charité. Mais il n'existe en réalité aucun substitut à la compétence.

– Et c'est là précisément le côté lamentable des êtres qui vivent en fonction des autres. Ils ne sont jamais réellement préoccupés par des faits, des idées, ou des œuvres, mais uniquement par les gens. Ils ne se demandent pas : Telle chose est-elle vraie ? Ils se demandent : Les autres gens pensent-ils qu'elle est vraie ? Ne pas avoir d'opinion à soi, répéter celle des autres. Ne pas agir, mais donner l'impression qu'on agit. Ne pas créer, mais se faire valoir. Ne pas avoir de capacités, mais des amis utiles. Pas de mérite, mais des relations. Mais qu'adviendrait-il du monde sans ceux qui agissent, pensent, produisent ? Ceux-là sont les vrais égoïstes. Lorsque vous cessez d'avoir un jugement indépendant, vous n'avez plus conscience de vous-même et vous ne vivez plus. De tels êtres n'ont plus de réalité, car leur réalité n'est plus en eux-mêmes, mais quelque part dans cet espace qui sépare un individu d'un autre. Ce ne sont plus des entités, mais des êtres en relation... avec rien. C'est ce néant que je ne puis supporter chez certains hommes. L'homme qui vit en fonction des autres agit, mais l'impulsion qui le fait agir provient des autres et non de lui. Et c'est pourquoi vous ne pouvez discuter avec lui. Il n'est pas sensible au raisonnement. Vous lui parlez... il ne vous entend pas. C'est une masse aveugle qui va de l'avant et qui est prête à vous écraser sans même savoir pourquoi. Steve Mallory ne peut définir le monstre, cette bête grondante qu'il redoute tant. Mais moi, je le connais, c'est l'homme qui vit en fonction des autres.

– Je suis persuadé que ces hommes-là savent tout ce que vous venez de dire, bien qu'ils aient horreur de se l'avouer à eux-mêmes. C'est pourquoi ils sont prêts à accepter n'importe quoi, excepté l'homme qui pense et agit par lui-même. Ils le reconnaissent immédiatement, d'instinct, et éprouvent pour lui une haine spéciale, insidieuse. Ils excusent les criminels, admirent les dictateurs. Le crime et la violence créent des liens. C'est une forme de mutuelle dépendance. Ils ont besoin de liens. Et d'imposer leur misérable petite personnalité à tous ceux qu'ils rencontrent. C'est pourquoi l'homme indépendant les tue, parce qu'ils sentent qu'en lui ils n'existent pas et que vivre par les autres est la seule forme d'existence qu'ils connaissent. Et c'est pourquoi ils haïssent l'homme indépendant. Pensez à votre propre vie, Howard, et à tous les gens que vous avez connus. Ils savent, ils ont peur, vous êtes pour eux un reproche vivant.

– Cela prouve qu'il y a encore en eux quelque dignité, qu'ils sont encore des créatures humaines. Mais on leur a enseigné à se chercher dans les autres. Cependant aucun homme ne peut arriver à cette humilité parfaite dans laquelle il n'éprouverait plus le besoin de se respecter lui-même. Il n'y survivrait pas. Et après s'être entendu répéter pendant des siècles que l'altruisme est l'idéal le plus noble, les hommes en sont arrivés à se chercher dans les autres et à vivre de seconde main. Et cela a ouvert la voie à toutes les horreurs possibles. Cela a conduit à cette trahison de soi-même qu'aucun homme réellement égoïste ne peut concevoir. Et pour guérir une humanité qui est en train de périr par manque de personnalité, on cherche à détruire plus encore le moi chez l'homme. Regardez autour de vous. Pourquoi les hommes souffrent-ils, pourquoi cherchent-ils vainement le bonheur ? Si un homme s'arrêtait pour réfléchir et se demandait s'il a jamais éprouvé un désir vraiment personnel, il trouverait en lui-même la réponse. Il s'apercevrait que tous ses désirs, ses efforts, ses rêves, ses ambitions sont motivés par les autres. Il s'apercevrait qu'il ne lutte même pas pour des biens matériels, mais pour acquérir ce bien illusoire : le prestige. Et c'est pourquoi il ne trouve de joie ni dans la lutte, ni dans le succès. Il ne peut pas dire d'une seule chose : voilà ce que je désirais, parce que ce qu'il désirait, c'était l'admiration des autres. Et il s'étonne, après cela, d'être malheureux. Le bonheur est quelque chose de privé. Nos plus beaux moments nous sont personnels, motivés par nous, non partageables. Les choses qui nous sont précieuses, sacrées, nous les gardons de toute promiscuité. Oui, Gail, je suis absolument persuadé que le plus grand des péchés est de chercher sa raison de vivre dans les autres hommes. J'ai toujours exigé des gens que j'aimais une certaine qualité d'être. Je l'ai toujours reconnue immédiatement... et c'est la seule qualité que je respecte chez l'homme. C'est d'après ce critère que je choisis mes amis. Un homme qui trouve en lui-même sa raison de vivre. Rien d'autre ne compte.

— Je suis heureux de vous entendre dire que vous avez des amis.

— Je suis même prêt à reconnaître que je les aime. Mais je cesserais de les aimer s'ils étaient ma principale raison d'exister. Avez-vous remarqué que Peter Keating n'a plus un ami ? Savez-vous pourquoi ? Lorsqu'un homme ne se respecte plus, il ne peut avoir pour les autres ni amour, ni respect.

— Au diable votre Peter Keating. Je pensais à vous... et à vos amis.

Roark sourit.

— Gail, si ce bateau coulait, je donnerais ma vie pour vous sauver. Non parce que je considérerais cela comme un devoir. Simplement parce que je vous aime, pour des raisons bien à moi. Je serais capable de mourir pour vous. Mais je ne pourrais pas et je ne voudrais pas vivre pour vous.

— Howard, quelles raisons avez-vous de m'aimer ?

Roark le regarda et réalisa soudain qu'il avait formulé des pensées qu'il s'était toujours promis de ne jamais formuler devant Wynand. Il ne put que répondre :

— Parce que vous n'étiez pas, de naissance, un homme destiné à vivre en fonction des autres.

Wynand sourit. La sentence avait été prononcée. Que pouvait-il répondre ?

Plus tard dans la soirée, lorsque Wynand se fut retiré dans sa cabine, Roark resta seul sur le pont, laissant errer son regard sur la mer.

Et il se disait :

« Et je ne lui ai pas parlé de celui qui est pire que tous... de celui qui recherche la puissance. »

4.12

Roark et Wynand rentrèrent au mois d'avril. Les gratte-ciel se détachaient en rose sur le ciel bleu, avec des tons de porcelaine. Les arbres, dans les avenues, étaient touchés de vert.

Roark se rendit à son bureau. Tous ses employés vinrent lui serrer la main, s'efforçant de dissimuler leur joie jusqu'au moment où un tout jeune garçon s'exclama : « Eh ! que diable ! Est-ce défendu de vous dire à quel point nous sommes heureux de vous revoir, patron ! – Allez-y ! Moi-même je ne puis vous dire combien je suis heureux d'être de retour. » Et il s'installa à une table, dans l'atelier des dessinateurs, tandis que tous, s'interrompant les uns les autres, se mettaient à lui raconter ce qui s'était passé au cours de ces trois mois. Roark jouait sans s'en apercevoir avec une règle, comme un paysan pétrit dans sa main un peu de la terre de sa ferme, après une longue absence.

Dans l'après-midi, seul dans son bureau, Roark ouvrit un journal. Cela ne lui était pas arrivé pendant trois mois. Il remarqua un court entrefilet sur Cortland Homes, signé : Peter Keating, architecte. Gordon L. Prescott et Augustus Webb, collaborateurs.

Il ne broncha pas.

Mais le soir même il se rendit sur les chantiers de Cortland.

Le premier building était presque achevé. Il s'élevait solitaire sur une vaste esplanade. Les ouvriers étaient déjà partis. Une faible lumière brillait dans la cabane du veilleur de nuit. On reconnaissait bien le squelette même de l'édifice tel que l'avait conçu Roark, mais des surcharges de styles différents y avaient été plaquées. Il vit que le plan primitif avait été exécuté, mais qu'on y avait ajouté d'incompréhensibles ornements. Les masses modelées avaient disparu pour faire place à la monotonie de cubes bruts ; par contre une aile avait été ajoutée, surmontée d'un toit arrondi, sortant d'un mur comme une tumeur ; des rangées de balcons faits de bandes de métal peintes en bleu violent ornaient la façade ; des fenêtres d'angle rompaient la ligne tandis qu'un autre angle était coupé par une porte parfaitement inutile, ornée d'un heurtoir de métal comme on en trouve dans les merceries de Broadway ; trois bandes verticales de brique, partant de nulle part s'en allaient on ne sait où ; le style général était celui que les architectes appellent entre eux le « Bronx moderne ». Au-dessus de la porte d'entrée un panneau en bas-relief représentait une masse de muscles qui devaient bien appartenir à trois ou quatre corps. Un bras tendu brandissait un tournevis.

Les carreaux fraîchement posés étaient marqués de grandes croix blanches et cela paraissait spécialement approprié, comme une erreur barrée d'un X. Le ciel, au couchant, du côté de Manhattan, retenait une lueur rose et les gratte-ciel s'y détachaient, sombres et fiers.

Roark était debout à l'endroit qui devait devenir la première rue devant le premier building de Cortland. Il se tenait très droit, les muscles de la gorge raidis, les bras écartés du corps, comme il se serait tenu devant le peloton d'exécution.

Personne n'aurait pu dire comment cela s'était passé exactement. Il ne semblait pas qu'il y ait eu dans tout cela une intention cachée. C'était arrivé tout simplement.

Un jour, Toohey avait déclaré à Keating que les noms de Gordon L. Prescott et de Gus Webb seraient ajoutés au sien sur tous les papiers officiels, au titre de dessinateurs adjoints.

– Qu'est-ce que cela peut vous faire, Peter ? Leurs honoraires ne seront pas pris sur les vôtres et cela ne nuira en rien à votre prestige, puisque vous restez le grand patron. Ils ne seront rien de plus que vos employés. Tout ce que je demande c'est de leur donner un coup d'épaule. Cela les aidera d'être associés d'une façon ou d'une autre à un projet pareil.

– Mais cela n'a aucun sens ! Ils n'auront rien à faire ! Tout est prêt !

– Oh ! il y aura toujours des travaux de la dernière heure. Cela soulagera un peu votre bureau. Et vous leur procurerez ainsi un peu de travail. Soyez chic, Peter.

Toohey, pour une fois, disait la vérité. Il n'avait pas d'autre but.

Keating ne put arriver à découvrir quelles relations Prescott et Webb entretenaient, avec qui et dans quels bureaux parmi les douzaines de personnages officiels mêlés à la construction de Cortland. Le nombre de personnes responsables était tel que personne n'était certain de l'autorité de personne. Une seule chose était certaine, c'était que Prescott et Webb avaient de puissantes relations et qu'il fut impossible à Keating de les tenir à l'écart.

Les changements commencèrent avec la salle de culture physique. La personne chargée d'exprimer les désirs des futurs locataires en avait réclamé une. C'était une assistante sociale dont la tâche, en principe, devait prendre fin avec le commencement des travaux. Mais elle parvint à se faire nommer Directrice de l'Organisation des Loisirs à Cortland. Aucune salle de culture physique n'avait été prévue dans les plans originaux, étant donné qu'il y avait deux écoles et un Y.M.C.A. à peu de distance. Mais l'assistante déclara que cette lacune était un outrage à l'enfance malheureuse. Prescott et Webb se chargèrent de la salle de culture physique. Puis survinrent des changements d'un caractère purement esthétique, venant grever le budget si soigneusement établi. La Directrice de l'Organisation des Loisirs partit pour Washington discuter la question d'un petit théâtre et d'une salle de réunion à ajouter au prochain building en construction.

Les adjonctions aux plans se firent graduellement, insensiblement. Des ordres les approuvant venaient de haut. « Mais nous étions prêts à commencer ! » s'exclamait Keating. « Qu'est-ce que cela peut faire ? disait Gus Webb de son air le plus nonchalant. Ajoutez deux mille dollars et le tour est joué. » « Et en ce qui concerne les balcons, disait Gordon L. Prescott, ils ajoutent à l'ensemble quelque chose de moderne. Cette maudite façade avait vraiment l'air trop nu. C'est déprimant. De plus, il y a là un manque de psychologie. Les gens qui vivront à Cortland sont de ceux qui adorent s'installer sur la plate-forme des échelles de secours. Il faut donc absolument leur donner des balcons où ils puissent s'installer au grand air... Le budget ? Eh bien, si c'est cela qui vous tourmente, j'ai une idée qui nous fera faire des économies énormes. Nous supprimons les portes des penderies. Pourquoi diable les penderies auraient-elles des portes, c'est démodé. » Et ainsi fut fait.

Keating luttait de son mieux. C'était là un genre de bataille qu'il n'avait jamais livré, mais il se débattait jusqu'aux extrêmes limites de ses forces. Il allait de bureau en bureau, discutant, menaçant, implorant. Mais il n'avait aucune influence alors que ses dessinateurs adjoints semblaient avoir le contrôle de quelque mystérieuse rivière souterraine aux innombrables affluents. Les officiels haussaient les épaules et priaient Keating de s'adresser à un autre de leurs collègues. Nul ne semblait se soucier de la question esthétique et, quant au budget, Keating s'entendait répondre : « Qu'est-ce que cela peut vous faire ? Cela ne sort pas de votre poche, n'est-ce pas ? »

Il en appela à Ellsworth Toohey, mais Toohey se désintéressait de la question. Il avait d'autres soucis et ne se souciait nullement de provoquer des querelles bureaucratiques. En toute sincérité, il n'avait pas pensé que ses protégés en feraient autant, mais il ne voyait aucune raison valable de les empêcher de se déchaîner. « Mais ce qui se passe est horrible, Ellsworth ! Horrible ! et vous le savez bien. – Oh ! c'est bien possible, mais qu'est-ce que cela peut vous faire, Peter ? Vos pauvres et peu délicats locataires seront bien incapables d'apprécier des finesses architecturales. Le principal c'est que la plomberie fonctionne. »

« Mais pourquoi ces changements ! s'exclamait Keating s'adressant à Webb et à Prescott. Pour quoi faire ? Pourquoi ? Pourquoi ? – Et pourquoi n'aurions-nous rien à dire ? répondaient-ils. Nous avons, nous aussi, envie d'exprimer notre personnalité. »

Lorsque Keating invoquait son contrat, on lui répondait : « Très bien, intentez donc un procès à l'Etat si vous l'osez. » Il lui venait par moments des envies de tuer. Mais tuer qui ? Même si on lui avait accordé ce droit, il n'aurait su qui choisir. Personne n'était responsable. C'était arrivé... comme ça.

Keating vint voir Roark chez lui le soir même de son retour. Il ne s'était pas annoncé. Roark ouvrit lui-même la porte et dit simplement : « Bonsoir, Peter », mais Keating fut incapable de lui répondre. Ils se dirigèrent silencieusement vers le living-room. Roark s'assit, mais Keating resta debout au milieu de la pièce et demanda d'une voix morne :

– Qu'allez-vous faire ?

– J'aviserai.

– Je n'ai pas pu faire autrement, Howard... Je n'ai rien pu empêcher.

– Je veux bien vous croire.

– Mais qu'allez-vous faire ? Vous ne pouvez intenter un procès à l'Etat.

– Non.

Keating aurait aimé s'asseoir, mais la distance qui le séparait d'un siège lui parut trop grande. Il se sentait comme paralysé.

– Qu'allez-vous faire de moi, Howard ?

– Rien.

– Voulez-vous que je dise la vérité, publiquement, à tout le monde ?

– Non.

Au bout d'un instant de silence, Keating reprit, très bas :

– Si vous vouliez me permettre de vous abandonner mes honoraires..

Roark sourit.

– Je m'excuse... murmura Keating en détournant les yeux.

Il se tut encore un moment puis la plainte qu'il ne pouvait retenir davantage monta jusqu'à ses lèvres.

– J'ai peur, Howard...

Roark secoua la tête.

– Quoi que ce soit que je fasse, ce ne sera jamais dirigé contre vous, Peter. Je suis coupable, moi aussi. Nous le sommes tous les deux.

– Coupable... vous ?

– Je vous ai fait le plus grand mal, Peter. Et cela depuis le commencement. En vous aidant. Il y a des choses pour lesquelles on ne doit ni demander ni accorder de l'aide. Je n'aurais pas dû faire pour vous des travaux à Stanton. Je n'aurais pas dû vous aider avec le Cosmo-Slotnick Building. Je n'aurais pas dû faire Cortland. J'ai mis sur vos épaules un fardeau trop lourd. C'est comme un courant électrique trop fort pour les fils à travers lesquels il passe. Cela fait fondre les fusibles. Et maintenant, il nous faudra payer tous les deux, mais moi encore plus que vous.

– Préférez-vous... que je me retire, Howard ?

– Oui.

Arrivé au seuil de la porte, Keating se retourna et dit :

– Howard ! Ils n'ont pas agi avec intention.

– C'est encore pire.

Dominique perçut le bruit que faisait l'auto s'engageant sur la route qui gravissait la colline. Elle se dit que c'était l'heure du retour de Wynand. Depuis quinze jours qu'il était de retour, son travail l'avait retenu en ville tous les soirs.

Le bruit du moteur rompit le doux silence de ce soir de printemps. Dans la maison, aucun bruit ne se faisait entendre. Et le ronronnement de la voiture était quelque chose de si familier qu'au bout d'un instant Dominique cessa même de le percevoir.

Elle entendit l'auto s'arrêter devant la porte. Celle-ci n'était jamais fermée. Personne n'habitant dans le voisinage, les visites inattendues n'étaient pas à craindre. Elle entendit la porte s'ouvrir, un bruit de pas à travers le hall. Quelqu'un gravissait l'escalier avec une tranquille assurance. Une main tourna le bouton de la porte.

Roark était devant elle. Elle pensa, en se levant, que jamais jusqu'alors il n'était entré dans sa chambre, mais qu'il la connaissait comme il connaissait toute la maison, comme il connaissait tout d'elle-même. Il lui sembla qu'elle aurait dû éprouver un certain choc en le voyant soudain là devant elle, mais déjà cela lui paraissait tout simple.

« Les choses les plus importantes n'ont jamais été formulées entre nous, se dit-elle. Auparavant il ne voulait pas me voir seule. Ce soir, il est là. Je l'attendais, je suis prête. »

– Bonsoir, Dominique.

Son nom prononcé par lui combla un silence de cinq années. Elle répondit doucement :

– Bonsoir, Roark.

– J'ai besoin de votre aide.

Elle se revit sur le quai de la gare de Clayton, à la barre des témoins au procès Stoddard, sur le sentier de la carrière, et dit :

– Bien, Roark.

Il traversa cette chambre qu'il avait dessinée pour elle et s'assit à l'autre extrémité, toute la largeur de la pièce les séparant. Elle se trouva assise elle-même sans même s'en être aperçue, comme s'il commandait les mouvements de leurs deux corps.

– Lundi prochain, Dominique, à onze heures et demie exactement, je voudrais que vous passiez en voiture devant les chantiers de Cortland Homes.

Dominique, qui avait vu le premier building de Cortland, comprit aussitôt de quoi il s'agissait.

– Il faut que vous soyez seule dans la voiture et que vous reveniez de quelque endroit où vous aurez été invitée à l'avance. Dans un endroit qu'on ne peut atteindre qu'en empruntant la route qui passe devant Cortland. Il faudra que vous puissiez le prouver par la suite. A onze heures et demie exactement, vous aurez une panne d'essence. Vous donnerez quelques coups de klaxon. Il y a un vieux veilleur de nuit dans les chantiers. Il viendra certainement voir ce qui se passe. Vous lui demanderez son aide et vous l'enverrez au garage le plus proche qui est à un mile de là.

– Bien, Roark.

– Lorsqu'il se sera éloigné, vous sortirez de la voiture. Non loin du building, bordant la route, il y a un grand terrain vague et une sorte de tranchée. Courez à cette tranchée aussi vite que vous pourrez et couchez-vous dans le fond. Couchez-vous aussi à plat que vous le pourrez. Au bout d'un moment, vous pourrez revenir à la voiture. Vous saurez quand le moment sera venu. Ayez soin qu'on vous retrouve dans la voiture et que votre aspect soit à peu près en harmonie avec celui de ladite voiture.

– Bien, Roark.

– Vous m'avez bien compris ?

– Oui.

– Vous avez tout compris ?

– Oui. Tout.

Ils étaient debout l'un devant l'autre. Elle vit à ses yeux qu'il souriait.

Elle l'entendit lui dire « Bonne nuit, Dominique » et déjà il était parti et le bruit que faisait sa voiture allait décroissant. Elle ne pensait qu'à son sourire.

Elle savait qu'il n'avait pas vraiment besoin de son aide pour ce qu'il allait accomplir et qu'il n'aurait pas eu de peine à trouver un autre moyen d'éloigner le veilleur de nuit, mais qu'il l'associait à son entreprise parce qu'il savait qu'elle ne pourrait pas supporter ce qui allait arriver si elle n'y avait pas participé. Et elle savait aussi qu'il avait voulu l'éprouver.

Il n'avait pas voulu s'exprimer plus clairement. Il savait qu'elle comprenait, et ce qu'il voulait d'elle, c'était qu'elle ne montrât aucune appréhension. Elle n'avait pas pu supporter le procès Stoddard, elle n'avait pas eu le courage de lutter à ses côtés contre le monde entier, mais elle avait immédiatement consenti à l'aider dans ce qu'il allait faire. Et elle avait accepté avec la plus parfaite sérénité. Elle comprit qu'elle était enfin libérée de tout et qu'il le savait.

La route qui courait à travers Long Island était parfaitement plane, mais Dominique avait absolument la sensation de gravir une colline. C'était la seule sensation anormale qu'elle ressentait, cette impression que la voiture grimpait une côte escarpée. Elle tenait les yeux fixés sur la route. Au tableau de la voiture, la pendulette marquait onze heures dix.

Uniquement cette impression de gravir une côte... autrement elle se sentait absolument normale. « Il n'y a pas d'acte plus machinal que de conduire une voiture, pensa-t-elle. Je dois avoir la tête très claire ce soir, car jamais conduire ne m'a paru plus aisé, aussi naturel que de respirer ou d'avaler, une fonction qui ne me demande aucune attention. » Elle s'arrêtait lorsque les signaux rouges lumineux jaillissaient aux croisements des routes, elle prenait des tournants, dépassait des voitures et sentait que ce soir rien ne pourrait lui arriver. Il lui semblait que sa voiture était conduite non par elle, mais par ces mystérieux rayons dont elle avait entendu parler.

Oui, elle se sentait extrêmement lucide, plus normale que la normale, comme le cristal est plus transparent que l'air. Elle remarquait les plus petites choses, la façon dont sa courte robe de soie noire remontait sur son genou, dont son talon se tordait lorsqu'elle appuyait sur l'accélérateur, une enseigne en lettres d'or *Le Danny's* se détachant sur un fond sombre.

Elle avait été extrêmement gaie au dîner qu'avait donné en son honneur la femme d'un banquier, un ami important de Gail dont elle ne pouvait se rappeler le nom. Ç'avait été un dîner magnifique dans une magnifique propriété de Long Island. Tous avaient été si ravis de la voir et si désolés que Gail n'ait pu l'accompagner. Elle avait dévoré tout ce que l'on plaçait devant elle. Elle se sentait un appétit dévorant... comme lorsque, étant enfant, elle passait la journée dans les bois et rentrait mourant de faim, ce qui enchantait sa mère qui avait si peur qu'elle ne fût anémique.

Elle avait tenu tout le monde sous le charme en contant des souvenirs d'enfance, et ses hôtes, en voyant rire leurs invités, s'étaient dit que rarement dîner avait été plus réussi. Plus tard, au salon, aux fenêtres ouvertes sur une nuit sans lune, sous un ciel immense qui derrière les arbres descendait jusqu'aux rives d'East River, elle s'était remise à rire, à parler, souriant à ceux qui l'entouraient avec tant de chaude sympathie qu'ils se sentaient portés à lui parler des choses qui leur étaient le plus chères. Il lui semblait qu'elle aimait tout le monde et que tout le monde l'aimait et lorsqu'une jeune femme dans l'assistance lui dit : « Dominique, je ne savais pas que vous pouviez être si charmante ! » Elle répondit : « Je me sens si légère. »

Mais pas un instant elle n'oublia qu'elle devait partir à onze heures moins dix. Elle ne savait absolument pas ce qu'elle dirait pour expliquer son départ, mais à dix heures quarante-cinq elle avait pris congé, ayant donné un prétexte correct et convaincant et à dix heures cinquante exactement elle appuyait sur l'accélérateur.

Sa voiture était un roadster fermé, noir, capitonné de cuir rouge. Elle remarqua une fois de plus combien John, le chauffeur, entretenait bien ce cuir rouge. Il ne resterait certainement rien de la voiture et c'était bien qu'elle fût en parfait état pour sa dernière course. Comme une femme le soir de ses noces. « Je n'ai pas eu de nuit de noces, se dit-elle, rien qu'une fulgurante douleur et le sable de la carrière qui grinçait entre mes dents. »

Lorsqu'elle vit se refléter dans la portière de droite des lignes verticales et des taches de lumière, elle ne sut pas d'abord ce qui se passait. Puis elle comprit qu'elle roulait le long d'East River, que c'était New York qui s'élevait sur l'autre rive, et qu'elle approchait du but...

La silhouette du veilleur de nuit n'était plus que de quinze pouces de haut. « Quand elle ne sera plus que de dix pouces, je m'élancerai », pensa Dominique. Elle était debout à côté de la voiture et aurait voulu que le vieil homme marchât plus vite.

La masse sombre du building s'élevait tout près d'elle. Sur le terrain vague le ciel descendait très bas, avec intimité. Les rues, les maisons les plus proches étaient en réalité fort loin, irrégulièrement dispersées comme les dents brisées d'une scie.

Il y avait un caillou pointu sous la semelle de sa chaussure. Ce n'était pas confortable, mais elle ne voulait pas remuer, de crainte de faire du bruit. Elle savait qu'elle n'était pas seule, que Roark était quelque part, dans le building, séparé d'elle par la largeur d'une rue. Aucun son ne lui parvenait du building où ne brillait aucune lumière, rien que des croix blanches sur des fenêtres noires. Qu'aurait-il fait d'une lumière? Ne connaissait-il pas chaque dégagement, chaque marche d'escalier?

Le veilleur de nuit avait disparu. Elle ouvrit la portière, jeta à l'intérieur de la voiture son sac et son chapeau, claqua la porte. Le bruit lui en parvint alors qu'elle avait déjà traversé la route, courant à travers le terrain vague, s'éloignant du building.

La soie de sa robe collait à ses jambes. Le terrain était semé de trous et de monticules. Elle tomba, mais ne s'en aperçut que lorsqu'elle se fut relevée et se fut remise à courir.

Elle distingua la tranchée, se trouva bientôt à genoux dans le fond, puis couchée sur le ventre, de tout son long, le visage pressé contre la terre.

Elle s'abandonna de tout son poids, éprouvant le contact de la terre contre ses jambes, contre sa poitrine, comme si elle était couchée dans les bras de Roark.

Le bruit de l'explosion fut tel qu'il lui sembla recevoir un coup de poing sur la tête. Mue par une impulsion profonde, elle s'élança hors de la tranchée. La partie supérieure du premier building de Cortland s'affaissait lentement, tandis qu'apparaissait au travers une bande de ciel gris. On aurait dit que le ciel coupait le bâtiment en deux. Puis la bande de ciel devint d'un bleu turquoise. Puis il n'y eut plus de partie supérieure, plus rien que des poutres et des cadres de fenêtres volant dans les airs, tandis qu'une longue et fine flamme rouge jaillissait du centre de l'édifice. Puis de nouveau un coup de poing, encore un autre, puis une lueur intense et les vitres des gratte-ciel, de l'autre côté de la rivière, brillant comme des paillettes.

Elle avait complètement oublié qu'il lui avait recommandé de se coucher sur le ventre et ne s'apercevait même pas que des morceaux de fer et de verre volaient autour d'elle. A l'instant où les murs s'écartaient et où le building jaillissait dans le ciel comme le soleil levant, elle pensa au constructeur qui venait de détruire son œuvre. Elle l'imagina, choisissant soigneusement les points où il placerait ses explosifs, comme un docteur se changeant en meurtrier et qui détruirait à la fois le cœur, le cerveau et les poumons de son patient. Il était là, il assistait à tout cela qui lui faisait mal, mais qu'il avait voulu.

Elle vit la ville illuminée l'espace d'une seconde. Elle put distinguer les encadrements des fenêtres et les corniches à des miles de distance, elle vit se détacher sur le ciel les hautes tours des gratte-ciel, et sentit que désormais cette ville leur appartenait. « Roark ! cria-t-elle, Roark ! Roark ! » Elle ne savait pas qu'elle criait.

Puis elle se mit à courir à travers le terrain vague vers les ruines fumantes, marchant sur des débris de verre, y enfonçant les pieds, aimant la douleur que cela lui causait. Elle savait que maintenant elle avait fini de souffrir. Une fine couche de cendre recouvrait tout. Elle entendit au loin l'appel des sirènes.

Cela ressemblait encore à une voiture, bien que les roues arrière fussent prises sous une pièce de métal tordu et que le capot fût recouvert par une porte d'ascenseur. Elle se glissa sur le siège. Il fallait que l'on crût qu'elle n'était pas sortie de la voiture. Elle prit des poignées de verre brisé et les versa sur ses genoux, sur ses cheveux. Prenant un éclat spécialement aigu elle se fit de longues coupures au cou, aux jambes, aux bras. Elle ne ressentait aucune douleur. Elle vit le sang jaillir de son bras, couler sur ses genoux, tachant la soie de sa robe, s'égouttant entre ses jambes. Sa tête retomba en arrière, sa bouche était grande ouverte. Elle se sentait libre, forte, invulnérable. Elle ne savait pas qu'elle venait de se couper une artère. Elle se sentait si légère. Elle défiait la loi de la gravité.

Lorsque les premiers secours arrivèrent sur les lieux elle était sans connaissance et n'avait plus que quelques minutes à vivre.

4.13

Dominique ouvrit les yeux et reconnut sa chambre à coucher. C'était son premier contact avec la réalité. Elle savait vaguement qu'on l'avait ramenée ici après qu'elle eut passé quelques jours dans un hôpital. La chambre semblait laquée de lumière. « Une clarté cristalline qui recouvre maintenant toutes choses, pensa-t-elle, une lumière qui plus jamais ne disparaîtra. » Puis elle vit Wynand debout à côté de son lit. Il l'observait. Il avait l'air amusé.

Elle se rappela l'avoir vu à l'hôpital. Il n'avait pas l'air amusé à ce moment-là. Le docteur avait dit qu'elle ne passerait pas la nuit. Elle aurait voulu pouvoir leur dire que ce n'était pas vrai, qu'elle vivrait, qu'elle ne pouvait pas ne pas vivre, mais elle n'en avait pas eu la force.

Maintenant elle était de retour. Elle sentait que sa gorge, ses jambes, son bras gauche étaient bandés, mais ses mains qui reposaient sur la couverture étaient libérées de tout pansement, et ne portaient que de fines cicatrices rouges.

– Petite folle ! dit Wynand d'un air heureux. Pourquoi avez-vous éprouvé le besoin d'en faire tant ?

La tête ainsi renversée sur l'oreiller, dans ses cheveux d'or lisse, avec cette chemise d'hôpital à col montant, elle avait l'air plus jeune qu'elle ne l'avait jamais été, plus jeune même que lorsqu'elle était enfant, car elle avait ce doux rayonnement que l'on prête à l'enfance mais qu'on n'y trouve jamais : la pleine conscience de la certitude, de l'innocence et de la paix.

– J'étais en panne d'essence, commença-t-elle, et j'attendais dans la voiture lorsque soudain...

– J'ai déjà raconté cette histoire à la police. Le veilleur de nuit aussi. Mais vous auriez dû employer le verre avec plus de discrétion.

« Comme Gail a l'air reposé, se dit Dominique, et confiant. Pour lui aussi tout a changé. »

– Cela ne me faisait pas mal, dit-elle.

– La prochaine fois que vous aurez envie de jouer les spectateurs innocents, prévenez-moi, je vous donnerai quelques conseils.

– Mais les gens l'ont cru ?

– Certainement. Ils ne pouvaient faire autrement. Vous avez failli mourir. Je ne comprends pas très bien pourquoi il s'est soucié d'épargner la vie du veilleur de nuit et pourquoi il a failli prendre la vôtre.

– De qui parlez-vous ?

– De Howard, ma chérie. De Howard Roark.

– Qu'a-t-il à faire avec tout cela ?

– Chérie, vous n'êtes pas à un interrogatoire de la police. Vous serez interrogée d'ailleurs, et il vous faudra être plus convaincante que cela. Je suis persuadé que vous y parviendrez. Ils ne penseront pas au procès Stoddard.

– Oh !

– Vous voyez bien que vous étiez à ses côtés, que vous avez toujours été pour lui. Quoi que vous pensiez de lui, vous partagez mon opinion sur son œuvre.

– Gail, vous m'approuvez d'avoir agi ainsi ?

– Oui.

Elle vit qu'il regardait sa main, abandonnée sur la couverture. Il tomba à genoux et pressa ses lèvres sur cette main, sans la toucher, sans la soulever, y posant simplement la bouche. Ce fut le seul aveu qu'il fit de ce qu'avaient été pour lui les jours qu'elle avait passés à l'hôpital. Soulevant son autre main, elle la lui posa doucement sur la tête. Et elle pensait : « Ce sera pire pour vous que si j'étais morte, Gail, et cependant c'est ainsi que les choses doivent être, j'espère que vous ne souffrirez pas trop ; il me semble qu'il n'y a plus de souffrance sur la terre, que rien ne peut être opposé au fait que nous existons tous les trois, vous, lui, et moi. Vous avez compris ce qu'il était important de comprendre, bien que vous ne sachiez pas encore que vous m'avez perdue. »

Wynand se relevait.

– Je n'avais pas l'intention de vous faire le moindre reproche. Pardonnez-moi.

– Je vais vivre, Gail. Je me sens merveilleusement bien.

– Cela se voit.

– L'ont-ils arrêté ?

– Il a été libéré sous caution.

– Vous êtes content, Gail ?

– Je suis heureux que vous ayez fait pour lui ce que vous avez fait. Et je suis heureux qu'il ait fait ce qu'il a fait. Il ne pouvait pas agir autrement.

– Et ce sera un nouveau procès Stoddard.

– Pas tout à fait.

– Il y avait des années que vous attendiez une telle occasion, n'est-il pas vrai, Gail ?

– Oui.

– Puis-je voir les journaux ?

– Pas avant que vous vous leviez.

– Pas même *L'Etendard* ?

– Surtout pas *L'Etendard*.

– Je vous aime, Gail. Si vous tenez bon jusqu'au bout...

– Ne me dites rien. Ce n'est pas une affaire entre vous et moi. Pas même entre lui et moi.

– Mais entre Dieu et vous.

– S'il vous plaît de l'appeler ainsi. Mais nous ne reparlerons plus de tout cela avant que ce ne soit terminé. Il y a une visite pour vous au salon. Quelqu'un qui est venu tous les jours.

– Et qui donc ?

– Votre amoureux, Howard Roark. Avez-vous envie qu'il vienne vous remercier ?

Le ton d'affectueuse taquinerie avec lequel Wynand énonçait ce qu'il considérait comme une véritable absurdité fit comprendre à Dominique combien il était loin de deviner la vérité.

– Oui, je vais le recevoir, dit-elle. Et que diriez-vous, Gail, s'il était vraiment mon amant ?

– Je vous tuerais tous les deux. Et maintenant, soyez sage, restez étendue, le médecin l'a bien recommandé. N'oubliez pas que vous êtes couverte d'agrafes.

Il sortit de la chambre et elle l'entendit descendre l'escalier.

Le premier agent qui arriva sur le lieu de l'explosion découvrit, derrière le building, sur le bord du fleuve, le détonateur qui avait fait exploser la dynamite. A deux pas de là, Roark, les mains dans les poches, contemplait les ruines de Cortland.

– Que savez-vous de ce qui s'est passé ? lui demanda l'agent.

– Arrêtez-moi, répondit Roark. Je ne parlerai que devant mes juges.

Il n'ajouta pas un mot de plus à toutes les questions qui suivirent.

Ce fut Wynand qui le fit mettre en liberté sous caution à l'aube du lendemain. Wynand avait gardé tout son calme à l'hôpital devant les blessures de Dominique, même lorsqu'on lui avait dit qu'elle ne survivrait probablement pas. Il était calme encore en téléphonant à un juge d'instruction qu'il fit sortir de son lit et lorsqu'il versa la caution de la libération de Roark. Mais lorsqu'il se trouva dans le bureau du directeur de la prison, il se mit soudain à trembler. « Maudits fous ! » dit-il entre ses dents, et tous les jurons obscènes qu'il avait appris dans son enfance lui revinrent aux lèvres. Il oublia tout sauf une chose, que Roark était dans une cellule, derrière des barreaux. Il fut de nouveau cette grande perche de Wynand de Hell's Kitchen et se sentit envahi de cette fureur qui s'était emparée de lui le jour où, caché derrière un pan de mur croulant, il s'attendait à ce qu'on lui fît son affaire. Mais maintenant il était le grand Gail Wynand, Wynand le tout-puissant, et il ne comprenait pas pourquoi il devait se soumettre à une procédure légale au lieu de pulvériser cette prison avec ses poings ou à l'aide de ses journaux.

Il parvint à se dominer suffisamment pour donner les signatures nécessaires et pour attendre que Roark lui fût amené. Quand ils sortirent ensemble ce fut Roark qui le prit par le bras et, lorsqu'ils arrivèrent à la voiture, Wynand avait retrouvé son calme. La première chose qu'il demanda fut :

– Vous êtes coupable, bien entendu.

– Bien entendu.

– Nous lutterons ensemble.

– Vous voulez donc être à mes côtés ?

– D'après de récentes estimations, ma fortune se monte à environ quarante millions de dollars. C'est suffisant pour s'assurer l'avocat qu'il vous plaira et même tout le barreau.

– Je ne veux pas d'avocat.

– Howard ! Vous n'allez pas de nouveau répondre par des photographies !

– Non, pas cette fois.

Roark entra dans la chambre et s'assit au pied du lit. Dominique, immobile, le regardait. Ils se sourirent. Une fois de plus ils n'avaient pas besoin de parler pour se comprendre.

– Vous avez été en prison ?

– Pour quelques heures ?

– Comment était-ce ?

– Vous n'allez pas, comme Gail, prendre cela au tragique ?

– Gail l'a mal pris ?

– Très mal.

– Moi pas.

– Peut-être irai-je en prison pour des années. Vous le saviez quand vous avez consenti à m'aider ?

– Oui, je le savais.

– Je compte sur vous pour soutenir Gail, si je dois partir.

– Vous comptez sur moi ?

Il la regarda en secouant la tête et il y eut dans sa voix une ombre de reproche lorsqu'il dit :

– Chérie...

– Oui ? murmura-t-elle.

– N'avez-vous donc pas compris que je vous ai tendu un piège ?

– Comment cela ?

– Que feriez-vous actuellement si je ne vous avais pas demandé de m'aider ?

J'irais vous rejoindre à Enright House, publiquement et ouvertement.

– Exactement. Mais maintenant vous ne le pouvez plus. Vous êtes Mrs. Gail Wynand, vous êtes au-dessus de tout soupçon et chacun est persuadé que vous étiez sur le lieu de l'accident par hasard. Faire comprendre aux gens ce que nous sommes l'un pour l'autre équivaudrait pour moi à une condamnation.

– C'est juste.

– Je désire que vous restiez à l'écart de tout. Si jamais vous avez eu l'idée de partager mon sort, c'est une idée à laquelle vous devez renoncer. Et je ne vous dirai pas ce que j'ai l'intention de faire, parce que c'est le seul moyen pour moi d'avoir barre sur vous jusqu'au procès. Mais Dominique, si je suis condamné, je vous demande de rester auprès de Gail. Je compte sur vous. Il vous faudra rester auprès de lui et ne jamais lui dire la vérité sur nous deux, parce que vous aurez besoin l'un de l'autre.

– Et si vous êtes acquitté ?

– En ce cas... Je ne veux pas le dire ici, ajouta-t-il avec un regard autour de lui, mais vous savez ce que je pense.

– Vous aimez beaucoup Gail, n'est-ce pas ?

– Beaucoup.

– Assez pour sacrifier...

Il sourit.

– Vous avez redouté cela depuis le jour où je suis venu ici pour la première fois.

– Oui.

Il la regarda droit dans les yeux.

– Pensiez-vous que ce fût possible ?

– Non.

– Je ne sacrifierai jamais ni mon travail, ni vous, Dominique. Mais il y a une chose que je peux faire pour Gail, c'est vous laisser à lui si je dois partir.

– Vous serez acquitté.

– Ce n'est pas ce que je voudrais vous entendre dire.

– On peut vous condamner... vous jeter en prison ou vous envoyer aux travaux forcés... jeter votre nom en pâture aux journaux... vous empêcher de construire une seule maison de plus... nous séparer à tout jamais... je ne serai plus jamais malheureuse. Ou du moins pas trop. Pas complètement.

– Il y a sept ans que j'attends ces paroles, Dominique.

Il lui prit la main, la souleva et la porta à ses lèvres, comme l'avait fait Wynand, puis il se leva.

– J'attendrai, dit-elle. Je me tiendrai parfaitement tranquille et à l'écart de tout. Je vous le promets.

Il lui sourit et partit.

« Il arrive parfois, qu'au cours de circonstances exceptionnelles, des forces que notre esprit a peine à concevoir nous deviennent soudain perceptibles

617

grâce à un événement qui les éclaire, comme la lentille fait converger les rayons du soleil, et les rend visibles à tous. La destruction de Cortland est un de ces événements. Là, comme en un microcosme, nous pouvons observer le mal qui déchire notre pauvre planète depuis le jour de sa création. Un homme s'élevant contre tous les principes de charité, d'humanité et de fraternité. Un homme détruisant le futur asile des déshérités, condamnant des milliers d'êtres à l'horreur des taudis, à la saleté, à la maladie, à la mort. Alors qu'une société qui s'éveille enfin au sens de ses devoirs humanitaires fait un effort magnifique pour venir en aide aux moins privilégiés ; alors que les hommes les plus doués de cette société s'unissent pour donner à ces déshérités une demeure convenable, l'égoïsme effréné d'un homme réduit cet effort en cendres. Et pour quelle raison ? Pour quelque vague question de vanité personnelle, et par un stérile orgueil. Je déplore que les lois de notre pays n'aient rien prévu de plus que la prison pour un tel crime. Cet homme devrait payer sa faute de sa vie. La société devrait avoir le droit de se débarrasser d'hommes tels qu'Howard Roark. »

Ainsi s'exprimait Ellsworth Toohey dans *Nouvelles Frontières*.

Des échos lui répondirent dans tout le pays. L'explosion de Cortland avait duré moins d'une minute. L'explosion de la fureur populaire fut sans limites, tandis que s'élevait un nuage de plâtre et que l'air s'emplissait de débris de verre, de morceaux de métal tordus et de gravats.

Roark, traduit en justice, avait plaidé « non coupable » et s'était refusé à toute autre déclaration. Il avait été mis en liberté provisoire grâce à la caution qu'avait versée pour lui Gail Wynand et attendait le procès.

Le motif de son acte était très discuté. Les uns prétendaient que c'était de la jalousie professionnelle. D'autres qu'il y avait une certaine similitude entre le projet de Cortland et le style de Roark ; qu'il était possible que Keating, Prescott et Webb eussent emprunté à Roark certaines de ses idées, « une adaptation absolument légitime... Il n'existe pas de droit de propriété sur les idées... Dans une démocratie l'art appartient à tous », et que Roark avait agi sous l'empire de la colère qu'inspire à un artiste l'idée qu'on l'a plagié.

Aucune de ces raisons n'était très claire, mais nul ne se souciait de se faire une idée très nette de la question. Le problème était simple ; un homme contre plusieurs. Il avait certainement tort.

Un homme avait détruit un édifice élevé dans un esprit de charité en faveur des déshérités, alors que depuis dix mille ans on enseignait à l'homme que la charité et le sacrifice de soi sont des notions absolues qui ne doivent pas être remises en question, la pierre de touche de toutes les vertus, l'idéal suprême. Dix mille ans au cours desquels des voix s'étaient élevées pour exalter le dévouement et l'esprit de sacrifice, affirmer que se sacrifier est la première règle du monde, car il faut opprimer ou être opprimé... sacrifier ou se sacrifier... Or se sacrifier est le plus noble... on ne sortait pas de là... se dévouer et se sacrifier...

Et voilà que, s'élevant contre ces principes, un homme ne voulait ni opprimer, ni être opprimé, et avait, par conséquent, commis un crime impardonnable.

Ce fut un scandale sensationnel accompagné de l'habituelle rumeur et de l'habituelle explosion de vertueuse colère qui accompagne ce genre d'exécutions. Avec en plus une sorte d'indignation toute particulière dans la façon qu'avait chacun de parler de cette question.

« C'est tout simplement un maniaque du *moi,* dénué de tout sens moral... »,

... disait la femme du monde se parant pour se rendre à un bazar de charité et qui n'aurait vraiment pas su comment exprimer sa personnalité et impressionner ses amies si la charité n'avait pas existé...

... disait l'homme qui s'était voué aux œuvres sociales parce qu'il n'avait pas de but dans la vie et n'en pouvait faire jaillir aucun de son âme stérile, mais baignait dans la vertu et s'attirait le plus grand respect en fourrant ses doigts dans les blessures des autres...

... disait le romancier qui n'aurait plus rien eu à dire si on lui avait enlevé ces deux sujets : le dévouement et le sacrifice, lui qui gémissait à l'oreille de centaines de milliers de lecteurs attentifs qu'il faut s'aimer, qu'il les aimait et les suppliait de l'aimer en retour...

... disait la journaliste qui venait de s'acheter une propriété à la campagne, parce qu'elle avait beaucoup écrit, et avec une tendresse toute particulière, sur les petites gens...

... disaient ces mêmes petites gens qui voulaient entendre parler d'amour, de cet amour pas dégoûté qui embrasse tout, oublie tout et permet tout...

... disait chacun de ces parasites qui ne peuvent exister que comme des sangsues collées à l'âme des autres.

Ellsworth Toohey écoutait tout cela, observait chacun et souriait.

Gordon L. Prescott et Gus Webb allaient de dîners en portos ; on les traitait avec une tendre sollicitude, comme les survivants d'un désastre. Ils disaient ne pas comprendre ce qui avait pu pousser Roark à agir comme il l'avait fait et ils demandaient justice et réparation.

Peter Keating, lui, n'allait nulle part. Il avait refusé de faire toute déclaration à la presse, refusé de recevoir qui que ce fût. Mais il fit une déclaration écrite dans laquelle il exprimait la conviction que Roark n'était pas coupable.

L'Association des Constructeurs Américains plaça des piquets devant le Cord Building, précaution bien inutile, car il n'y avait plus de travail dans les bureaux de Roark, les contrats pour les nouvelles constructions ayant été rompus.

Ce fut un bel exemple de solidarité. La débutante qui se faisait faire les ongles pour la première fois... la ménagère achetant un paquet de carottes à un marchand des quatre-saisons, le comptable qui aurait voulu être pianiste, mais qui y avait renoncé parce qu'il avait sa sœur à entretenir, l'homme d'affaires qui avait horreur de ses affaires, l'ouvrier qui détestait son travail, l'intellectuel qui détestait tout le monde, tous se sentaient unis comme des frères dans une commune colère qui les sauvait de l'ennui et les sortait d'eux-mêmes, et tous considéraient comme une bénédiction d'être arrachés à eux-mêmes.

La presse elle-même était unanime, les réactions de ses lecteurs également.

Gail Wynand nageait à contre-courant.

– Gail! s'était exclamé Alvah Scarret; nous ne pouvons pas prendre la défense d'un incendiaire!

– Taisez-vous, Alvah, avait répondu Wynand, si vous n'avez pas envie que je vous fasse avaler vos dents.

Gail Wynand, seul dans son bureau, la tête rejetée en arrière, retrouvait cette joie de vivre qu'il avait si fortement éprouvée une nuit, alors qu'il habitait encore Hell's Kitchen et qu'il contemplait les lumières de la ville.

« Dans la stupide clameur qui monte autour de nous, disait un éditorial de *L'Etendard* signé Gail Wynand, personne ne semble se rappeler que Howard Roark s'est livré à la justice de son plein gré. S'il a fait sauter ce building, rien ne l'obligeait à rester sur les lieux pour se faire arrêter. Mais personne ne se soucie de connaître les raisons de son acte. On le condamne sans l'entendre. On veut qu'il soit coupable. Les gens se délectent de cette histoire. Ce qu'ils éprouvent ce n'est pas de l'indignation, c'est de la délectation. N'importe quel maniaque illettré, n'importe quel misérable qui a commis le plus abominable des crimes leur arrache des manifestations de sympathie et soulève une armée de défenseurs humanitaires. Mais un homme de génie est coupable par définition. Il est reconnu que c'est une injustice de condamner un homme simplement parce qu'il est faible et incapable. A quel degré de dépravation notre société doit-elle être descendue pour se plaire à condamner un homme simplement parce qu'il est grand et fort ? Et telle est cependant l'atmosphère morale de notre siècle... le siècle des êtres de seconde zone. »

« Nous entendons répéter, disait un autre des éditoriaux de Wynand, que Howard Roark a passé le plus clair de sa carrière à passer en jugement. C'est parfaitement exact. Un homme comme Roark est mis en accusation par la société tout entière et pendant toute sa vie. Mais qui est le coupable ? Roark ou la société ? »

« Personne n'a jamais fait d'effort pour comprendre ce qui fait la grandeur de l'homme et pour apprendre à la discerner en lui, disait-il encore. On est arrivé à faire croire à l'humanité que la grandeur consistait à faire le sacrifice de soi-même, que c'était là la plus haute des vertus. Réfléchissons un instant. Le sacrifice est-il réellement une vertu ? Un homme peut-il sacrifier son intégrité, son honneur, son idéal, la sincérité de ses sentiments, sa liberté de pensée ? Mais ce sont là les suprêmes possessions de l'homme ! Tout ce à quoi il renonce pour elles n'est pas un sacrifice, mais une chose toute naturelle. Il serait donc grand temps de cesser de prêcher des absurdités aussi malfaisantes que fausses. Le sacrifice de soi-même ! Mais c'est précisément le *soi* que l'homme ne doit en aucun cas sacrifier, s'il veut avoir droit à notre respect. »

Cet éditorial fut reproduit dans *Nouvelles Frontières* et dans de nombreux autres journaux avec en sous-titre : « Devinez donc qui parle ! »

Gail Wynand ne fit qu'en rire. La lutte l'exaltait et le rendait plus fort. C'était la guerre et il y avait des années qu'il ne s'était pas battu, depuis l'époque où il avait jeté les bases de son empire parmi les cris de protestation de la presse tout entière. Il lui était accordé l'impossible, le rêve de chaque homme : combattre avec l'ardeur de la jeunesse et l'expérience de l'âge mûr. Un recommencement avec de puissants moyens. Il lui semblait trouver là l'aboutissement de toute sa vie.

Ses vingt-deux journaux, ses nombreux magazines, ses services d'actualités reçurent tous le même ordre : défendre Howard Roark, rendre l'opinion publique favorable à son égard, s'opposer à la campagne qui s'acharnait contre lui.

– Quels que soient les faits, expliqua Wynand à ses collaborateurs, ce ne sera pas un procès de fait, mais un procès d'opinion. Or jusqu'à présent, l'opinion publique, c'est nous qui l'avons faite. Continuons. Renversons l'opinion au sujet de Roark. Peu m'importe comment vous y parviendrez. Je vous ai formés, je sais ce que vous valez. A vous de me montrer de quoi vous êtes capables.

Ces paroles furent accueillies par le plus profond silence. Les rédacteurs se regardaient sans mot dire, Alvah Scarret s'épongeait le front. Cependant Wynand fut obéi.

L'Etendard reproduisit une photographie de l'Enright House avec la légende : « Est-ce là l'homme que vous voulez condamner ? » Une reproduction du home de Wynand, avec en sous-titre : « Faites-en autant, si vous pouvez. » Des vues de Monadnock Valley avec ce commentaire : « Est-ce là l'homme qui n'a rien apporté à notre société ? »

L'Etendard publia également une biographie de Roark, sous la signature d'un auteur parfaitement inconnu. Elle était écrite par Gail Wynand. *L'Etendard* rappela toute une série de procès fameux au cours desquels des hommes innocents avaient été condamnés par une majorité pleine de préjugés. *L'Etendard* fit paraître une série d'articles sur des hommes célèbres martyrisés par la société tels que Socrate, Galilée, Pasteur, des penseurs, des savants, toute une héroïque lignée d'hommes solitaires, d'hommes qui avaient défié les hommes.

– Mais Gail, au nom du ciel, il ne s'agit que d'un projet d'habitations à bon marché ! gémit Alvah Scarret.

Wynand le regarda d'un air découragé.

– Comment faire comprendre aux pauvres fous que vous êtes qu'il s'agit de tellement plus que cela ? Mais c'est bon. Nous parlerons des habitations à bon marché, puisqu'il le faut.

L'Etendard donna une série d'articles sur les habitations à bon marché : le gaspillage, l'incompétence, les maisons érigées coûtant cinq fois plus cher qu'une maison privée, les lotissements construits puis abandonnés, les performances abominables acceptées, admirées, protégées même, par la vache sacrée de l'altruisme. « L'enfer, concluait *L'Etendard,* est à ce qu'on dit pavé de bonnes intentions. Serait-ce parce que l'homme n'a jamais appris à discerner quelles sont les intentions qui sont bonnes ? Jamais on n'a proclamé si haut l'excellence de ses intentions, et voyez le résultat. »

Les éditoriaux de *L'Etendard* étaient écrits par Wynand, sur une grande feuille blanche, en lettres d'un pouce de haut, au crayon bleu. Jamais le G. W. de la fin n'avait eu l'air plus conquérant.

Dominique, complètement rétablie, était retournée dans leur propriété à la campagne. Wynand y rentrait chaque soir, parfois fort tard. Aussi souvent qu'il le pouvait, il amenait Roark. Ils s'installaient dans le living-room, les fenêtres ouvertes sur la nuit printanière. Le profil sombre de la colline s'inclinait en pente douce jusqu'au lac qui brillait entre les arbres. Jamais ils ne parlaient de l'affaire, ni du procès qui allait avoir lieu. Cependant Wynand parlait de sa croisade, d'une façon impersonnelle, comme s'il s'agissait d'une cause qui ne les concernât pas directement. Debout au milieu de la pièce, il disait :

— Je sais, la carrière tout entière de *L'Etendard* était parfaitement méprisable. Mais cette campagne sera ma justification. Je sais parfaitement, Dominique, que vous n'avez jamais compris comment je pouvais ne pas avoir honte de mon passé et pourquoi j'aimais *L'Etendard*. Maintenant vous avez la réponse et cette réponse c'est : *la puissance*. Je possède une puissance dont je n'ai pas encore fait usage. Maintenant vous verrez ce que je peux faire. Les gens penseront ce que je veux qu'ils pensent. Ils feront ce que je leur dirai de faire. Parce que cette ville est *ma* ville et que c'est *moi* qui commande. Howard, avant que vous ne passiez en jugement, je les aurai si bien retournés, qu'il n'y aura pas un jury qui osera vous condamner.

La nuit il ne pouvait dormir. Il n'en éprouvait même pas le besoin. « Allez vous coucher, disait-il à Roark et à Dominique, je vous rejoindrai dans quelques minutes. » Mais après cela, Dominique, de sa chambre à coucher, Roark, dans la chambre d'invité, de l'autre côté du hall, l'entendaient arpenter la terrasse pendant des heures avec une sorte de joyeuse impatience.

Un soir que Wynand les avait ainsi envoyés se coucher, Roark et Dominique gravirent ensemble l'escalier et s'arrêtèrent au premier étage. Ils entendirent craquer une allumette dans le living-room au-dessous d'eux et imaginèrent la main qui venait d'allumer la première d'une série de cigarettes qui éclaireraient d'un point lumineux l'incessant va-et-vient de Wynand sur la terrasse.

Ils jetèrent un regard vers le living-room, puis leurs yeux se rencontrèrent.

— C'est horrible, dit Dominique.

— C'est magnifique, dit Roark.

— Il ne peut rien pour vous, quoi qu'il fasse.

— Je le sais. Cela n'a aucune importance.

— Il est en train de risquer tout ce qu'il possède pour vous sauver. Il ne sait pas que s'il vous sauve, il me perdra.

— Dominique, qu'est-ce qui serait pire pour lui, vous perdre ou perdre la bataille ?

Dominique l'approuva du geste. Il reprit :

— Vous savez bien que ce n'est pas moi qu'il désire sauver. Je ne suis qu'un prétexte.

Elle leva la main et du bout des doigts lui effleura légèrement la joue. C'était tout ce qu'elle pouvait se permettre. Elle se détourna, se dirigea vers sa chambre et l'entendit pénétrer dans la sienne.

« N'est-ce pas caractéristique, écrivait Lancelot Clokey dans un journal syndical, que Howard Roark soit défendu par les journaux Wynand ? Si quelqu'un avait encore des doutes sur l'issue morale de toute cette affaire, ce seul fait suffirait à lui ouvrir les yeux. Les journaux Wynand, cet agglomérat de vulgarité, de corruption et de bassesse, cette insulte organisée au bon goût et à la décence, ce sous-produit intellectuel dirigé par un homme qui a moins de principes qu'un cannibale, les journaux Wynand sont les dignes champions d'Howard Roark, comme Howard Roark est un héros digne d'eux. Après une vie passée à bafouer l'intégrité de la presse, il n'est que normal que Gail Wynand couronne sa carrière en défendant un incendiaire. »

« Tout ce que l'on raconte, déclara Gus Webb dans une réunion publique, n'est que fantaisie. Je vais vous dire ce qu'il en est réellement. Ce Wynand a amassé une fortune, je dis bien une fortune, en dépouillant les actionnaires dans des affaires immobilières. Comment cela pourrait-il lui plaire que le gouvernement prenne en main des projets importants, même si ces projets sont destinés à donner un toit à de petites gens et la possibilité pour eux d'élever leurs enfants dans d'heureuses conditions ? Pas difficile de comprendre qu'il n'aime pas ça. Ils avaient si bien arrangé leur affaire, Wynand et son ami aux cheveux rouges, et si vous voulez mon avis, j'ai l'impression que le petit ami a dû toucher une jolie somme de Wynand pour faire ce qu'il a fait. »

« Nous savons de source sûre, écrivait un journal radical, que Cortland n'était que le premier échelon d'un gigantesque complot pour détruire toutes les constructions d'Etat, telles qu'habitations à bon marché, bureaux de poste, écoles, etc. A la tête de la conspiration, autant que nous pouvons en juger, se trouvent Gail Wynand et quelques autres gros capitalistes du même genre. »

« On n'a pas suffisamment prêté attention, écrivait de son côté Sally Brent dans *Nouvelles Frontières,* au côté féminin de la question. Le rôle joué par Mrs. Gail Wynand est extrêmement louche, pour ne pas dire plus. N'est-ce pas une bien curieuse coïncidence que ce soit justement Mrs. Wynand qui ait tellement à propos envoyé le veilleur de nuit loin du lieu de l'explosion ? Et que ce soit justement son mari qui défende si fougueusement Mr. Roark ? Si le public n'était pas aveuglé par une galanterie aussi absurde que démodée envers ce qu'il est convenu d'appeler une femme d'une grande beauté, il n'admettrait pas que ce côté de la question reste ainsi dans l'ombre. Et si les gens n'étaient pas arrêtés par la situation sociale de Mrs. Wynand et le soi-disant prestige de son mari qui est d'ailleurs en train de se couvrir de ridi-cule, ils se poseraient certaines questions au sujet du bruit qu'on a fait courir, selon lequel Mrs. Wynand a failli perdre la vie dans le désastre. Comment pourrions-nous être sûrs de l'exactitude de cette histoire ? Les médecins peuvent être achetés, comme n'importe qui d'autre, et Mr. Gail Wynand est un expert en la matière. Nous entrevoyons derrière toute cette histoire une manière assez répugnante de faire de l'argent. »

« La position prise par les journaux Wynand, écrivait un journal conserva-teur, est aussi répugnante qu'inexplicable. »

La vente de *L'Etendard* diminuait de jour en jour, la chute allant toujours s'accélérant, comme un ascenseur dont on aurait perdu le contrôle à la des-cente. Affiches et libelles portant le « Nous ne lisons pas les journaux Wynand » se multipliaient sur les murs, les pare-brise des autos, les revers des pardessus. Les actualités Wynand disparurent des salles de cinéma. *L'Etendard* disparut des kiosques à journaux; les vendeurs étaient obligés de l'avoir mais ils le cachaient sous d'autres journaux et ne le donnaient que sur demande spéciale et non sans maugréer. Le terrain avait été préparé, les fondations attaquées depuis fort longtemps; le procès Cortland fournissait le prétexte cherché.

Roark était presque oublié dans la tempête d'indignation qui s'élevait contre Gail Wynand. Les protestations les plus violentes provenaient du public même de Wynand: clubs féminins, pasteurs, associations de mères, petits boutiquiers. Il fallut éloigner Alvah Scarret du bureau où s'amoncelaient les lettres adressées au rédacteur en chef. Au début il les lisait toutes, mais ses camarades le dissuadèrent de continuer, craignant pour lui une attaque.

Le personnel de *L'Etendard* travaillait en silence. Il n'y avait plus de regards échangés, de conversations furtives, de bavardages aux lavabos. Quelques employés donnèrent leur démission. Les autres continuèrent de travailler, lentement, lourdement, comme des hommes qui ont sorti leur ceinture de sauvetage et qui attendent l'inévitable.

Gail Wynand remarqua une légère altération dans le tempo du travail. Lorsqu'il pénétrait dans le building de *L'Etendard,* les employés s'arrêtaient de travailler en le voyant; lorsqu'il les saluait, la réponse venait une seconde trop tard; lorsque, se dirigeant vers la porte, il se retournait, il les surprenait le suivant du regard. Le « oui, Mr. Wynand » qui avait toujours suivi ses ordres, sans qu'il y eût une seconde d'interruption entre la dernière syllabe de l'ordre qu'il donnait et la première lettre de la réponse, lui parvenait maintenant avec un certain retard, et la pause avait une forme tangible qui donnait à la réponse l'air d'être non suivie, mais précédée par un point d'interrogation.

« Une Voix s'élève » n'écrivit pas un mot sur le cas Cortland. Wynand avait fait venir Toohey dans son bureau, le lendemain de l'explosion et lui avait dit:

– Vous, écoutez-moi bien. Pas un mot de cette affaire dans votre chronique. Vous avez compris? Ce que vous faites et ce que vous écrivez hors du journal ne me regarde pas... pour le moment. Mais si vous hurlez trop fort, je m'occuperai de vous lorsque cette affaire sera terminée.

– Bien, Mr. Wynand.

– En ce qui concerne votre chronique dans *L'Etendard,* vous êtes sourd, muet, aveugle. Vous n'avez jamais entendu parler d'explosion. Vous n'avez jamais entendu parler d'un certain nommé Roark. Vous ne savez même pas ce que signifie le mot Cortland, du moins aussi longtemps que vous êtes dans ce building.

– Bien, Mr. Wynand.

– Et que je ne vous voie pas trop par ici.

– Bien, Mr. Wynand.

L'homme d'affaires de Wynand, un vieil ami qui l'avait servi pendant des années, essaya de le retenir sur la pente où il s'était engagé.

– Gail, que se passe-t-il? Vous vous conduisez comme un enfant. Comme un véritable amateur. Ressaisissez-vous, mon ami.

– Laissez cela, dit Wynand.

– Gail, vous êtes... ou du moins vous étiez le plus grand journaliste du monde. Est-il nécessaire de vous rappeler une vérité aussi évidente ? Défendre une cause impopulaire est dangereux pour n'importe qui. Pour un journal populaire... c'est un suicide.

– Si vous ne vous taisez pas, je vous envoie faire vos paquets et je me cherche un autre homme d'affaires.

Wynand commença à discuter de l'affaire avec les hommes importants qu'il rencontrait à des déjeuners et à des dîners d'affaires. Il n'avait jamais eu l'habitude de discuter un sujet quelconque, ni de s'efforcer de convaincre qui que ce fût. Il exposait ses idées à de respectueux auditeurs, mais maintenant il ne se trouvait plus personne pour l'écouter. Il se heurtait à un silence hostile, où il y avait de l'indifférence et de l'ennui. Ces hommes, qui, autrefois, recueillaient chaque mot qui sortait de ses lèvres sur la bourse, les transactions immobilières, la publicité, les questions politiques, ne s'intéressaient nullement à son opinion sur l'art, le génie et la justice.

Il recevait des réponses dans le genre de celles-ci :

« C'est possible, Gail, mais d'un autre côté, c'était tout de même un acte terriblement égoïste de la part de cet homme. Et c'est justement la plaie de notre époque, l'égoïsme qui envahit le monde. C'est exactement ce que dit Lancelot Clokey dans ce livre où il raconte son enfance, un livre épatant que vous avez certainement lu, puisque j'ai vu, d'après une photo, que vous avez l'air très ami avec Clokey. C'est un garçon qui a énormément voyagé et qui ne parle pas à la légère. »

« C'est entendu, Gail, mais n'est-ce pas un concept bien démodé de faire tant d'histoires au sujet d'un homme ? N'est-ce pas exagéré d'exalter ainsi l'œuvre d'un maître maçon et, d'ailleurs, en quoi est-il responsable de son talent ? Nous ne sommes rien d'autre que le produit de nos glandes et de notre nutrition. C'est ce que Loïs Cook explique si bien dans ce charmant petit livre... comment s'appelle-t-il déjà... ah oui, *Le Valeureux Calcul biliaire*. Et je me souviens que *L'Etendard* a fait une campagne formidable en faveur de ce livre. »

« Mais tout de même, Gail, il aurait dû penser aux autres, avant de penser à lui-même. Il est évident que si un homme n'a pas d'amour pour ses semblables, il ne peut pas donner grand-chose de bon. J'ai entendu développer cette idée dans une pièce que j'ai vue hier soir... une pièce magnifique... par un certain Ike... impossible de me rappeler son nom de famille. Vous devriez aller la voir. Votre critique dramatique, Jules Fougler, dit que c'est le plus courageux et le plus tendre des poèmes scéniques. »

« Vous le défendez fort bien, Gail, et je ne saurais trop que vous répondre, car je ne vois pas ce qui pèche dans votre raisonnement, et cependant vous devez avoir tort, car Ellsworth Toohey... Comprenez-moi bien, je ne partage nullement les idées politiques de Toohey qui est un radical, mais c'est aussi un idéaliste et un grand cœur... Eh bien, Ellsworth Toohey disait récemment... »

Ainsi parlaient les millionnaires, les banquiers, les industriels, les hommes d'affaires qui ne comprenaient pas pourquoi le monde allait de mal en pis et qui ne cessaient de gémir tout au long de leur repas.

Un matin que Wynand sortait de sa voiture et se préparait à entrer dans les bureaux de *L'Etendard,* une femme se précipita sur lui au moment où il traversait le trottoir. Elle avait dû l'attendre à l'entrée. C'était une femme d'un certain âge, plutôt forte. Elle portait une robe de cotonnade malpropre et un chapeau défoncé. Elle avait un visage pâle et mou, une bouche sans forme et des yeux noirs brillants et ronds. Elle se dressa devant Gail Wynand et lui jeta au visage une botte de feuilles de betteraves pourries. Pas les racines, uniquement les feuilles, molles et flétries, nouées d'une ficelle. Elles le heurtèrent à la joue et retombèrent sur la chaussée.

Wynand ne broncha pas. Il regarda la femme, son visage blafard, sa bouche ouverte en un cri de triomphe et de haine bien-pensante. Des passants s'étaient emparés d'elle et elle hurlait d'incroyables obscénités. Wynand leva la main, secoua la tête, faisant signe aux passants de laisser partir la femme, et il pénétra dans les bureaux de *L'Etendard,* avec sur la joue une traînée d'un vert jaunâtre.

— Ellsworth, il faut faire quelque chose, gémit Alvah Scarret à Toohey qui venait d'entrer dans son bureau. Il faut absolument faire quelque chose.

Ellsworth Toohey se percha sur le bord du bureau et sourit comme s'il avait envie d'embrasser Alvah Scarret.

— Pourquoi ne pas laisser tomber cette maudite affaire, Ellsworth? Si seulement quelque chose de sensationnel pouvait arriver qui occuperait toute la première page! Ne pourrions-nous pas provoquer une complication internationale ou quelque chose de ce genre? De toute ma vie, je n'ai jamais vu des gens se déchaîner à ce point pour si peu de chose. Une affaire de dynamite! Mais voyons, Ellsworth, c'est bon pour la dernière page du journal. Cela arrive constamment, au cours de chaque grève, rappelez-vous la grève des fourreurs, et celle des teinturiers... Mais pourquoi tant d'histoires, une telle indignation? Qui donc se soucie de cette affaire, pourquoi tant en parler?

— Il y a des cas, Alvah, où les questions soulevées dépassent de beaucoup les faits qui se sont produits. Les réactions du public vous paraissent alors hors de proportion, mais en réalité elles ne le sont pas. Pourquoi vous désoler à ce point? Cela m'étonne de votre part. Vous devriez au contraire remercier votre bonne étoile. Voilà à quoi je faisais allusion lorsque je vous disais qu'il fallait savoir attendre le bon moment. Ce moment est arrivé. Je veux bien être pendu si jamais j'ai prévu que cette occasion me serait ainsi offerte toute servie sur un plat. Du cran, Alvah. C'est maintenant que nous allons prendre la haute main.

— La haute main sur quoi?

— Sur les journaux Wynand.

— Vous êtes complètement fou, Ellsworth, fou à lier. Vous savez aussi bien que moi que Gail a cinquante et un pour cent des...

— Alvah, je vous adore. Vous êtes merveilleux, Alvah. Je vous adore, mais je voudrais bien que vous ne soyez pas aussi stupide que vous l'êtes. J'aurais pu parler avec vous. Il y a des moments où j'ai envie de parler à quelqu'un.

Ellsworth Toohey essaya un soir de parler avec Gus Webb, mais cette tentative ne fut pas couronnée de succès.

– L'ennui, avec vous, Ellsworth, lui dit-il, c'est que vous êtes trop roman-tique, et que vous voulez toujours philosopher. Il n'y a pas de quoi faire tant d'histoires. La chose n'a aucune valeur pratique. Rien qui vaille la peine de vous en occuper plus d'une semaine ou deux. Si seulement il avait fait sauter le building plein de monde... qu'il y ait eu quelques enfants déchiquetés... alors là on aurait pu en faire quelque chose. Le parti aurait pu utiliser l'incident. Mais là? On enverra cet imbécile à l'ombre et ce sera fini. Et vous vous imaginez que vous êtes un réaliste? Vous êtes un incurable spécimen d'intellectuel, Ellsworth, voilà ce que vous êtes. Et vous vous croyez l'homme de l'avenir! Ne vous faites aucune illusion, mon très cher, l'homme de l'avenir, c'est moi.

Toohey soupira.

– Vous avez raison, Gus, dit-il.

4.14

– Oh! Mr. Toohey, que c'est aimable à vous, dit Mrs. Keating humble-ment. Je suis heureuse de vous voir. Je ne sais que faire de Peter. Il ne veut voir personne. Il ne va plus à son bureau. J'ai peur, Mr. Toohey. Excusez-moi, non, je ne veux pas me laisser aller. Peut-être pourrez-vous l'aider à sor-tir de là. Il a tant d'admiration pour vous, Mr. Toohey.

– Mais oui, j'en suis sûr. Où est-il?

– Dans sa chambre. Par ici, Mr. Toohey.

Cette visite était inattendue. Il y avait des années que Toohey n'était venu dans cette maison. Mrs. Keating débordait de gratitude. Elle traversa le hall et ouvrit la porte sans frapper, ayant peur, si elle annonçait une visite, que son fils ne refusât de la recevoir. Elle dit avec un faux air de gaieté :

– Devine, Petey, qui je t'amène!

Keating leva la tête. Il était assis devant une table encombrée, près d'une lampe basse qui dispensait une faible lumière. Il était en train de faire un mot croisé qu'il avait découpé dans quelque journal. Il avait, à portée de la main, un verre où rougissait un fond de jus de tomate, un puzzle, un paquet de cartes et une bible.

Hello, Ellsworth, dit-il souriant.

Il fit le geste de se lever, puis retomba dans son fauteuil.

Mrs. Keating le vit sourire et se hâta de sortir, fermant la porte derrière elle avec soulagement.

Keating continuait de sourire machinalement, puis certaines choses qu'il s'était efforcé d'oublier lui revinrent à la mémoire, et il répéta mais sans conviction :

– Hello, Ellsworth.

Toohey, debout devant lui, examinait la pièce et la table avec curiosité.

– C'est touchant, Peter, dit-il. Vraiment touchant. Je suis sûr qu'il serait ému s'il vous voyait.

– Qui cela?

– Pas très causant, en ce moment, Peter? Ni très sociable?

– Je désirais vous voir, Ellsworth. Et vous parler.

Toohey attrapa une chaise par le dossier, lui fit décrire un cercle large comme un paraphe, la posa près de la table et s'y installa.

– C'est justement pour cela que je suis venu, dit-il. Pour vous entendre parler.

Keating se tut.

– Eh bien ?

– Ne croyez pas que je ne voulais pas vous voir, Ellsworth. Si j'ai dit à ma mère que je ne voulais recevoir personne, c'est parce que les journaux ne me laissaient pas tranquille.

– Comme les temps changent, Peter. Je me souviens d'une époque où c'était vous qui les recherchiez.

– Ellsworth, je vous préviens tout de suite que je n'ai plus le moindre sens de l'humour, non, plus le moindre.

– C'est bien heureux, sans cela vous seriez en danger de mourir de rire.

– Je suis si las, Ellsworth... Je suis content que vous soyez venu.

La lumière faisait briller les lunettes de Toohey et Keating, cherchant à rencontrer son regard, se heurta à deux cercles à l'éclat métallique comme les phares éteints d'une voiture.

– Et vous croyez que vous vous en sortirez ainsi ? demanda Toohey.

– Que voulez-vous dire ?

– En vivant comme un ermite, dans la grande pénitence et en observant un silence loyal ?

– Ellsworth, qu'avez-vous donc ?

– Ainsi, il n'est pas coupable, hein ? Et vous ne voulez pas que nous nous mêlions de vos affaires, hein ?

Keating remonta faiblement les épaules et parvint à articuler :

– Que voulez-vous savoir ?

– Tout.

– Pour quoi faire ?

– Vous voudriez que je vous facilite les choses, hein ? Que je vous fournisse une bonne excuse pour parler, Peter ? Je le pourrais, si je voulais. Je pourrais inventer trente-six raisons toutes plus nobles les unes que les autres et vous me croiriez. Mais je n'ai aucune envie de vous faciliter les choses, aussi vais-je vous dire la vérité. Ce que je veux, c'est l'envoyer au pénitencier, votre héros, votre idole, votre généreux ami, votre ange gardien !

– Je n'ai rien à vous dire, Ellsworth.

– Vous feriez mieux de vous rendre compte tout de suite que vous n'êtes pas de force à lutter avec moi. Vous parlerez si je le veux et je n'ai pas de temps à perdre. Qui a fait le projet de Cortland ?

– Moi.

– Avez-vous oublié que je suis un expert en architecture ?

– C'est moi qui ai fait le projet Cortland.

– Comme vous aviez fait le Cosmo-Slotnick Building ?

– Que voulez-vous de moi ?

– Que vous veniez témoigner en justice, Peter, et que vous disiez toute la vérité. Votre ami n'est pas aussi aisément déchiffrable que vous l'êtes. Je ne sais ce qu'il a dans la tête. Rester sur les lieux du désastre était un coup de maître. Il savait qu'il serait soupçonné et il a eu cette audace. Dieu sait ce qu'il a l'intention de dire pour sa défense. Cette fois je ne le laisserai pas échapper. Ce que l'on veut savoir, c'est le motif de son acte. Moi, je l'ai deviné, mais personne ne me croirait si j'essayais de l'expliquer. Mais vous, vous témoignerez sous serment. Et je veux que vous leur disiez qui a dessiné Cortland et pourquoi.

— C'est moi qui ai dessiné Cortland.

— Si vous avez l'intention de déclarer cela devant les juges, vous ferez bien de vous surveiller. Pourquoi tremblez-vous ?

— Laissez-moi.

— Trop tard, Peter. Avez-vous lu *Faust* ?

— Mais que voulez-vous ?

— La tête d'Howard Roark.

— Il n'est pas mon ami. Il ne l'a jamais été. Vous savez ce que je pense de lui.

— Oui, je le sais, maudit fou que vous êtes ! Je sais le respect, l'admiration que vous éprouviez pour lui, ce qui ne vous empêchait pas de le frapper par-derrière. Vous n'aviez même pas le courage de l'attaquer ouvertement. Vous me haïssiez... croyez-vous que je l'ignorais ?... mais vous me suiviez. Vous l'aimiez et vous avez tout fait pour lui nuire. Oh ! vous y êtes parvenu, Peter, et maintenant il n'y a plus d'échappatoire possible et il vous faudra aller jusqu'au bout.

— Mais qu'est-il pour vous ? Que lui voulez-vous ?

— Il y a longtemps que vous auriez dû vous poser cette question, mais vous vous en êtes bien gardé. Ce qui prouve que vous connaissiez la réponse, que vous l'avez toujours connue. Et c'est cela qui vous fait trembler. Pourquoi vous aiderais-je à continuer à vous mentir à vous-même ? J'ai fait cela pendant dix ans. C'est ce qui vous a attiré vers moi, c'est ce qui les attire tous. Mais on n'obtient rien pour rien, jamais, quoi qu'en disent mes théories socialistes. Vous avez eu de moi ce que vous vouliez. A mon tour, maintenant.

— Je ne parlerai pas d'Howard. Vous ne me forcerez pas à parler d'Howard.

— Non ? Et pourquoi ne me jetez-vous pas dehors ? Pourquoi ne me sautez-vous pas à la gorge ? Vous êtes beaucoup plus fort que moi, mais vous n'en ferez rien. Vous en seriez incapable. Comprenez-vous maintenant ce que c'est que la puissance, Peter, et qu'elle n'a rien à faire avec la force physique, pas plus qu'avec l'argent, d'ailleurs. Vous iriez bien avec Gail Wynand, vous êtes faits pour vous comprendre tous les deux. Allons, Peter, qui a fait le projet de Cortland ?

— Laissez-moi.

— Qui a fait Cortland ?

— Ne me touchez pas !

— Qui a fait Cortland ?

— C'est pire, ce que vous faites... c'est bien pire...

— Que quoi ?

629

– Que ce que j'ai fait à Lucius Heyer.

– Et qu'avez-vous fait à Lucius Heyer?

– Je l'ai tué.

– Qu'est-ce que vous racontez?

– Mais moi au moins je l'ai laissé mourir.

– Cessez de dire des absurdités.

– Pourquoi voulez-vous tuer Howard?

– Je ne veux pas le tuer. Je veux le voir en prison. Comprenez-vous cela? En prison. Dans une cellule, derrière des barreaux. Enfermé, désarmé, bouclé... et vivant! Il sera forcé de se lever lorsqu'on lui en donnera l'ordre. De manger lorsqu'on le voudra bien. De se lever ou de s'asseoir sur commandement. D'aller au moulin à jute et d'y travailler en sous-ordre. Ils le pousseront en avant s'il n'avance pas assez vite, ils le frapperont au visage s'il leur en prend l'envie et ils le battront avec une lanière de cuir s'il refuse d'obéir. Mais il obéira. Et il recevra des ordres. *Il recevra des ordres.*

– Ellsworth! se mit à crier Keating. Ellsworth!

– Vous m'écœurez! Ne pouvez-vous pas regarder la vérité en face? Il faut toujours qu'on vous dore la pilule! C'est pourquoi je préfère Gus Webb. Lui, au moins, n'a pas d'illusions.

Mrs. Keating entrouvrit la porte. Elle avait entendu crier.

– Sortez d'ici! lui jeta Toohey.

Elle recula et Toohey referma la porte en la claquant.

Keating releva la tête.

– Vous n'avez pas le droit de parler à ma mère sur ce ton. Elle ne vous a rien fait.

– Qui a fait Cortland?

Keating se dirigea en traînant les pieds vers la commode, ouvrit un tiroir, en tira une feuille de papier froissée et la tendit à Toohey. C'était son contrat avec Roark.

Toohey en prit connaissance avec un petit rire sec. Puis il releva les yeux sur Keating.

– A mon point de vue, Peter, vous êtes une réussite parfaite, mais il y a des moments où cette réussite même me dégoûte.

Keating s'était adossé à la commode, les épaules tombantes, le regard vide d'expression.

– Je n'osais pas espérer un papier écrit et signé par lui. Ainsi voilà ce qu'il a fait pour vous... et voilà comment vous le récompensez... Non, je retire l'insulte, Peter. Vous ne pouviez agir autrement. Qui êtes-vous pour infliger un démenti à des lois historiques? Savez-vous ce que représente pour moi ce papier? L'impossible perfection, un rêve séculaire, le but des plus grandes disciplines philosophiques. Vous l'avez fait travailler pour vous et vous lui avez pris son œuvre, sa récompense, l'argent, la gloire et jusqu'à son nom. Nous n'avions fait que rêver de telles choses. Vous nous en offrez la démonstration pratique. Tous les philosophes depuis Platon devraient éprouver envers vous de la reconnaissance. La voilà, la pierre philosophale qui tourne l'or en plomb. Je devrais en être heureux, mais il faut croire que je suis trop humain pour cela, car je me sens légèrement dégoûté. Platon et les autres philosophes croyaient réellement que l'on pourrait un jour changer le plomb en or, mais moi j'ai toujours su que ce serait le contraire. J'ai été honnête envers moi-même, Peter, et c'est la forme d'honnêteté la plus difficile. Celle que vous avez toujours si soigneusement évitée. Et je ne vous en blâme pas, Peter, car réellement c'est difficile.

Il s'assit, l'air brusquement las, tenant toujours le papier à la main.

– Pour vous faire comprendre combien c'est difficile, je vais vous dire quelque chose, à l'instant même, j'ai envie de brûler ce papier. Comprenez cela si vous le pouvez. Mais ne vous y fiez pas, car je sais parfaitement que demain je l'enverrai au juge d'instruction. Roark ne le saura jamais, et d'ailleurs que lui importe, mais il y a eu un moment pendant lequel j'ai eu envie de brûler ce papier.

Il plia la feuille avec soin et la mit dans sa poche. Keating suivait tous ses gestes, bougeant la tête comme un chaton qui joue avec une balle.

– Vous m'écœurez, reprit Toohey, oh! Seigneur, à quel point vous m'écœurez tous avec votre hypocrite sentimentalité. Vous vous attachez à moi, répétant ce que je vous enseigne, profitant de mes leçons, mais vous n'avez pas le courage d'admettre ce que vous faites. Et vous pâlissez lorsqu'on vous force à regarder la vérité en face. Evidemment c'est dans votre nature, et votre nature est ma principale arme contre vous. Mais Dieu, que je suis fatigué de tout cela. C'est pourquoi j'ai besoin aujourd'hui de parler librement. Dire que je suis obligé de jouer un rôle sans un instant de répit... pour des êtres aussi médiocres que vous! Pour épargner votre sensibilité, votre pose, votre conscience et la paix du cœur que d'ailleurs vous ne possédez pas. C'est le prix que je dois payer pour obtenir ce que je veux, mais je le savais. Et je ne me fais aucune illusion ni sur le prix, ni sur le but atteint.

– Mais... quelle est cette chose que vous voulez... Ellsworth?

– La puissance, Peter.

On entendit des pas légers à l'appartement du dessus, quatre ou cinq pas rapides et gais qui ébranlèrent la mince cloison, et Keating leva la tête, puis son regard revint à Toohey. Celui-ci souriait, l'air indifférent.

– Vous... disiez toujours... commença péniblement Keating, puis il se tut.

– J'ai toujours dit cela et rien d'autre, clairement et ouvertement. Ce n'est pas de ma faute, si vous ne vouliez pas l'entendre. Vous l'auriez pu, mais vous ne le vouliez pas, ce qui était pour moi la plus sûre des sauvegardes. Comme mes ascendants spirituels j'ai toujours désiré dominer. Mais plus fortuné qu'eux, j'ai hérité du fruit de leurs efforts et c'est moi qui verrai leur grand rêve réalisé. Je le vois se réaliser chaque jour. Je n'en ai pas de joie. Je n'en attendais pas. Il n'est pas dans ma destinée d'être heureux. C'est dans un domaine correspondant à mes capacités que je trouverai des satisfactions. Je dominerai.

– Qui?...

– Vous. Le monde. Il suffit de découvrir le levier. Le jour où vous avez appris à dominer l'âme d'un seul homme, le monde est à vous. L'âme, Peter, l'âme. Ni fouets, ni épées, ni canons, ni fusils. Voilà en quoi des César, des Attila, des Napoléon se trompèrent et pourquoi ils ne purent durer. Nous,

nous durerons. Pour dominer une âme, Peter, il faut d'abord la briser. Trouver le point faible où enfoncer un coin, et l'homme est à vous. Inutile de prendre un fouet, c'est lui qui vous l'apportera et vous suppliera de le battre. Et maintenant, réfléchissez bien. Vous ai-je jamais menti ? Je n'ai rien fait d'autre que répéter ces choses pendant des années, mais vous ne vouliez pas les entendre. La faute en est donc à vous. Il y a d'ailleurs plusieurs moyens de briser un homme. On peut par exemple le pénétrer du sentiment de ses fautes et de sa nullité. Tuer en lui toute aspiration, toute intégrité. Ce n'est pas facile. Les êtres les plus quelconques ont un idéal à eux. L'intégrité se détruit par la corruption intérieure. L'homme en arrive à se détruire lui-même. Pour cela il faut lui prêcher l'oubli de soi-même, lui affirmer qu'il doit vivre pour les autres, le persuader que l'altruisme est l'idéal suprême. Personne n'est jamais arrivé au complet oubli de soi et personne n'y arrivera jamais. Tous les instincts de l'homme s'élèvent contre ce concept. Mais ne comprenez-vous pas à quoi l'on arrive en prêchant cette doctrine ? L'homme se rend compte qu'il est incapable d'atteindre à ce qu'on lui présente comme la plus noble vertu et cela lui donne un sentiment de culpabilité, d'infériorité. Et puisque son idéal n'est pas à sa portée, il lui arrive de renoncer à tout idéal, à toute aspiration et de perdre même le sens de sa propre valeur. Il cesse de se respecter lui-même, et à ce moment, il vous appartient. Il est prêt à vous obéir, heureux de vous obéir, car il n'a plus confiance en lui.

» Ça c'est un moyen. En voici un autre : tuer en un homme le sens des valeurs. Détruire en lui la capacité d'accomplir quelque chose de grand ou de discerner la grandeur chez un autre. Les hommes de valeur ne peuvent pas être dominés. Nous n'en voulons plus. N'essayez pas de nier la conception de grandeur, détruisez-la de l'intérieur. Ce qui est grand est ce qui est rare, difficile, exceptionnel. Etablissez une échelle des valeurs telle que les plus médiocres, les plus obtus puissent parvenir au sommet, et vous tuerez chez les hommes de valeur le goût de l'effort. Vous détruirez ainsi tout motif de progrès, d'excellence, de perfection. Riez de Roark et faites de Peter Keating un grand architecte, c'est à l'architecture que vous nuisez. Servez-vous de Loïs Cook contre la littérature, de Ike contre le théâtre. Mettez Lancelot Clokey au pinacle, et vous faites du tort à la presse. N'essayez pas de détruire les autels... vous effrayeriez l'humanité. Mais élevez un autel à la médiocrité et votre but sera atteint.

» Et il y a encore un autre moyen : tuer par le rire. Le rire est l'expression de la joie. Apprenez à vous en servir comme d'un instrument de destruction. Tournez-le en ricanement. C'est très simple. Apprenez aux hommes à rire de tout. Répétez-leur que le sens de l'humour est une vertu inappréciable. Que plus rien de sacré ne subsiste dans une âme humaine, et cette âme est à vous. Tuez l'admiration et vous aurez tué ce qu'il y a d'héroïque dans l'homme. On ne révère plus rien si l'on se rit de tout. Ah ! et une autre chose encore et qu'il ne faut pas oublier ! Ne permettez pas à l'homme d'être heureux ! Le bonheur se suffit à lui-même. Les hommes heureux ne nous servent de rien. Les hommes heureux sont des hommes libres. Il faut donc tuer en eux la joie de vivre. Les arracher à tout ce qui leur est cher, à tout ce qui leur semble important. Ne jamais les laisser accomplir leurs désirs. Leur faire sentir que le simple fait de désirer quelque chose est déjà un péché. Les amener à ce point où le " je voudrais " n'est plus l'expression d'un droit naturel mais un aveu plein de honte. L'altruisme vous est fort utile à ce moment-là. Les hommes malheureux viennent à vous les premiers. Ils ont besoin de vous. Ils ont besoin que vous les consoliez, que vous les souteniez, que vous les aidiez à sortir d'eux-mêmes. La nature a horreur du vide. Les âmes vides sont un terrain idéal. Pourquoi paraissez-vous si choqué, Peter ? Tout cela est vieux comme le monde. Pensez au passé. Prenez n'importe quel grand système d'éthique. Est-ce que tous ne recommandent pas de renoncer à toute joie personnelle ? Sous des formes différentes, ne retrouvez-vous pas toujours le même leitmotiv : le sacrifice, le renoncement, l'oubli de soi ? N'est-ce pas toujours la même chanson : Renoncez... Renoncez... Renoncez ?... Prenez notre époque. Tout ce qui est agréable, de la cigarette aux plaisirs physiques, et à la recherche des joies de ce monde, est considéré comme répréhensible. Il suffit qu'une chose rende un homme heureux pour qu'on la considère comme dangereuse. Voilà où nous en sommes arrivés, à considérer le bonheur comme un péché. Nous avons pris l'humanité à la gorge. Offrez votre premier-né en sacrifice expiatoire ; couchez-vous sur un lit de clous ; allez dans le désert mortifier votre chair ; ne dansez pas ; n'allez pas au cinéma le dimanche ; n'essayez pas de devenir riche ; ne fumez pas ; ne buvez pas. Et tout cela relève de la même idée. Une grande idée ! Les imbéciles s'imaginent que ces tabous sont des non-sens, les reliquats d'une époque disparue. Mais il y a toujours un but à ces non-sens. Chacun de ces systèmes d'éthique qui prêchait le sacrifice de soi a régné sur des millions d'hommes. Bien entendu, il faut déguiser votre pensée. Dire aux gens par exemple qu'ils parviendront à une forme de bonheur plus haute s'ils renoncent à tout ce qui les rendrait heureux. Vous n'avez pas besoin de vous exprimer très clairement. Employez de grands mots vagues tels que " Harmonie universelle ", " Esprit éternel ", " But divin ", " Nirvana ", " Paradis ", " Suprématie raciale ", " Dictature du Prolétariat ". La corruption intérieure, Peter, le moyen le plus ancien, la farce qui a réussi et qui réussira toujours. Et pourtant le piège serait si facile à éviter. Lorsque les hommes entendent un prophète leur parler de sacrifice, ils devraient s'enfuir comme devant la peste. Car là où il y a sacrifice, il y a quelqu'un à qui ce sacrifice profite. L'homme qui exalte le sacrifice parle en réalité de maîtres et d'esclaves avec l'intention, bien entendu, d'être le maître. Mais si vous entendez au contraire un homme vous dire que vous devez être heureux, que c'est votre droit naturel, votre premier devoir envers vous-même, alors vous pouvez être sûr que cet homme n'a aucune mauvaise intention et qu'il n'a rien à gagner de vous. Mais lorsqu'un homme parle ainsi on dit de lui qu'il est un monstre d'égoïsme.

» Cependant l'homme a une arme contre vous et c'est sa *raison*. Il faut donc la détruire, mais avec prudence. Inutile de dire que la raison n'existe pas, l'homme ne vous croirait pas, mais il croira volontiers que son empire est limité, qu'il y a quelque chose au-dessus d'elle. Il vous demandera quoi. Là non plus vous n'aurez pas besoin d'être très clair. Le choix est illimité. " Instinct ", " Sentiments ", " Révélation ", " Intuition ". Et si un homme, vous poussant dans vos retranchements, vous dit que vos doctrines n'ont aucun sens, vous lui répondez qu'il y a quelque chose qui est bien au-dessus du raisonnement, qu'il ne doit pas essayer de penser, mais de *sentir* et de *croire*. Vous n'imaginez pas à quoi l'on arrive avec un homme qui a cessé de raisonner et de penser par lui-même. Vous en faites absolument ce que vous voulez. »

Keating était maintenant assis sur le plancher, adossé à la commode. Il s'était senti fatigué et s'était laissé glisser à terre. Il se sentait moins exposé ainsi appuyé contre le tiroir, comme s'il continuait de protéger le papier qu'il avait déjà livré.

– Peter, tout ce que je vous dis là, vous m'avez entendu le dire cent fois. Et vous avez vu pratiquer cette doctrine dans le monde entier. Pourquoi avez-vous l'air tellement horrifié ? Vous n'avez pas le droit de me regarder avec un air vertueusement outragé. Car vous avez joué votre rôle, pris votre part de tout cela et vous ne pouvez plus vous arrêter. Vous avez peur en découvrant où cela conduit ? Moi pas. Et je vais vous le dire. Nous sommes en train de réaliser le monde de l'avenir. Le monde tel que je l'ai toujours désiré. Un monde où régneront l'obéissance et l'égalité. Un monde où l'homme n'aura plus une pensée à lui, mais où il s'efforcera de deviner la pensée de son voisin, tandis que celui-ci s'efforcera à son tour de deviner, etc. Et il en sera ainsi de par tout le monde, Peter. Jusqu'à ce que tous soient d'accord avec tous. Un monde où plus un homme n'aura un désir personnel, mais concentrera tous ses efforts à satisfaire les désirs de son voisin qui lui-même n'aura pas d'autre désir que de satisfaire les désirs d'un autre voisin qui lui-même, etc., et ainsi tout autour du globe, Peter. Un monde dans lequel aucun homme ne travaillera pour un motif aussi innocent que l'argent, mais pour ce monstre sans tête qu'est le prestige. Une pieuvre qui a de multiples tentacules et pas de cerveau. Plus de jugements personnels, mais un vote public. Un monde de nullités, puisque l'individualité sera considérée comme une chose dangereuse. Un monde qu'il sera facile de diriger, que je dirigerai, Peter, avec l'aide de quelques hommes qui me ressemblent. Ceux qui savent comment vous faire marcher, vous, la grande masse, la merveilleuse moyenne, vous qui n'êtes pas entrés dans une saine colère quand on vous a traités de moyenne, de petites gens, vous qui avez aimé et accepté ces noms. Et c'est vous qui régnerez, vous, le petit peuple, vous serez le maître absolu, à faire pâlir d'envie tous les dictateurs des temps passés, vous qui serez à la fois Dieu, le Prophète et le Roi combinés. Ou du moins vous le croirez. *Vox populi*. Le moyen, le commun, le général. Et c'est nous qui le dirigerons. *Vox dei*. Et nous nous assurerons une soumission absolue de la part des hommes qui n'ont pas appris autre chose qu'à céder. Nous appellerons cela « servir ». Nous distribuerons des médailles pour les services rendus. Et vous tomberez les uns sur les autres dans votre hâte à vous soumettre plus vite et mieux que les autres. Ce sera la seule façon de se distinguer. Pouvez-vous imaginer un Howard Roark dans un monde pareil ? Non, n'est-ce pas ? Alors ne me posez plus de questions absurdes. Tout ce qui refusera de se soumettre devra disparaître. Et s'il continue à naître des génies, ils ne vivront pas au-delà de leur douzième année, car lorsqu'ils commenceront de penser par eux-mêmes, ils se sentiront tellement écrasés que leur cerveau fera explosion.

Savez-vous ce qui se passe avec les bêtes qui vivent à de grandes profondeurs sous-marines lorsqu'on les amène à la lumière ? Voilà ce qu'il adviendra de vos futurs Roark. Les autres se contenteront de sourire et d'obéir. Avez-vous remarqué que les imbéciles sourient toujours ? Le premier froncement de sourcil d'un homme, c'est le doigt de Dieu sur son front. L'effleurement de la pensée. Mais il n'y aura plus ni Dieu ni pensées. Plus rien que des automates qui diront toujours oui...

» Evidemment, si vous étiez plus intelligent que vous ne l'êtes, comme votre ex-femme, par exemple, vous me demanderiez : " Et qu'en sera-t-il des dirigeants dans ce monde futur ? Qu'en sera-t-il de vous, Ellsworth Monkton Toohey ? " Et je vous répondrais : " Oui, vous avez parfaitement raison, je ne recevrai rien de plus que vous. Je n'aurai pas d'autre but que de vous contenter. Il me faudra mentir, vous louer, flatter votre vanité. Prononcer des discours sur le peuple et sur le bien commun. " Mais, mon pauvre vieux Peter, je suis le moins égoïste des hommes que vous ayez jamais connus. Je suis moins indépendant que vous que j'ai forcé à vendre votre âme. Vous vous êtes au moins servi des gens pour obtenir des choses que vous désiriez. Moi, je ne demande rien pour moi-même. Je ne me sers des gens que pour accomplir des choses pour d'autres gens. C'est mon unique fonction et mon unique satisfaction. Je n'ai pas de but personnel. Je veux le pouvoir dans le monde de l'avenir. Ce monde où tout le monde vivra pour tout le monde, où tout le monde se sacrifiera et où personne n'en profitera. Où tous souffriront et où plus personne n'aura de joie, où il n'y aura plus de progrès, mais une morne stagnation. Il y a de l'égalité dans la stagnation. Tous obéissant à la volonté de tous. L'esclavage universel sans même la dignité que donne un maître. L'esclave soumis à l'esclave. Un grand cercle... et une égalité totale. Le monde de l'avenir ! »

– Ellsworth !... mais vous êtes...

– Fou ? Vous avez peur de prononcer ce mot. Et c'est pourtant votre dernier espoir. Fou ? Regardez autour de vous. Prenez un journal et lisez les manchettes. N'est-il pas en marche ce monde dont je vous parle ? L'Europe n'a-t-elle pas déjà succombé et ne sommes-nous pas sur le point de suivre son exemple ? Tout ce que je viens de vous dire peut se résumer en un mot, le collectivisme. N'est-ce pas le dieu de notre siècle. Agir en masse, penser en masse, sentir en masse, s'unir, approuver, obéir. Diviser pour régner ; au début, oui. Mais ensuite unir et diriger. Souvenez-vous de cet empereur romain qui souhaitait que l'humanité n'eût qu'une seule tête afin de pouvoir la trancher d'un seul coup. Les hommes ont ri de lui au cours des siècles, mais c'est nous qui rirons les derniers. Nous avons réalisé ce qu'il n'avait fait que rêver. Nous avons appris aux hommes à s'unir et ainsi ils n'ont plus qu'un seul cou autour duquel nous passerons une corde unique. Nous avons trouvé le mot magique : collectivisme. Regardez donc l'Europe, insensé que vous êtes ! Etes-vous donc incapable d'aller par-delà les apparences jusqu'à l'essence des choses ? Notre pays a fait sienne la doctrine que l'homme n'a aucun droit, que la collectivité les a tous. L'individu considéré comme un mal, la masse comme un dieu. Plus de motifs permis à nos actes autres que de servir le prolétariat. Ça c'est une version. Il en existe une autre : le citoyen n'a aucun droit, l'Etat les a tous. L'individu est considéré comme un mal, la nation comme un dieu. Plus d'autres motifs à nos actes que de servir la nation. Est-ce que je rêve où est-ce que ces théories ne sont pas devenues des réalités sur deux continents au moins ? Observez le mouvement en tenailles. Si vous vous lassez d'une des doctrines, nous vous précipitons dans l'autre. Nous vous tenons, les issues sont bien gardées, le cycle est refermé, il se nomme collectivisme. Donnez votre âme à un conseil ou donnez-la à un dictateur, mais donnez-la, donnez-la, donnez-la ! Voilà ma technique, Peter, offrir du poison comme aliment et du poison encore comme antidote. On peut varier dans le détail, à condition de s'en tenir aux grandes lignes. Donner aux imbéciles l'impression qu'ils sont libres, mais ne jamais perdre de vue l'objectif principal qui est de tuer toute individualité, de détruire l'âme humaine. Le reste suivra automatiquement. Pensez à l'état actuel du monde et dites-moi si vous pensez encore que je suis fou. »

Keating était assis sur le parquet, les jambes écartées. Il examinait le bout de ses doigts et, portant la main à sa bouche, mordit un de ses ongles. Mais ce mouvement fut trompeur, Keating était réduit à l'état d'un appareil enregistreur et Toohey comprit qu'il n'avait pas de réponse à attendre de lui.

Keating attendait docilement que la voix qui s'était tue se fît entendre de nouveau.

Toohey posa les mains sur les accoudoirs de son fauteuil, les souleva légèrement, frappa sur le bois une petite tape résignée qui mettait le point final à cet entretien, et se leva.

– Je vous remercie, Peter, dit-il gravement. L'honnêteté est décidément une qualité bien difficile à extirper chez l'homme. J'ai déjà prononcé bien des discours et devant un nombreux auditoire. Mais le discours que je viens de faire, il est bien peu probable que je le refasse jamais.

Keating releva la tête. Il y eut dans sa voix un accent de terreur. Il était enrayé non par la minute présente, mais à la pensée des heures qui allaient suivre.

– Ne partez pas, Ellsworth, supplia-t-il.

Toohey se pencha sur lui et rit doucement.

– Voilà la réponse à tout ce que je viens de dire, Peter, et la preuve que j'ai raison. Vous savez maintenant ce que je suis, vous savez le rôle que j'ai joué dans votre vie, vous n'avez plus aucune espèce d'illusions à mon égard, mais vous ne pouvez pas, vous ne pourrez jamais vous détacher de moi. Vous m'obéissez au nom d'un idéal. Vous m'obéirez sans idéal. Car c'est tout ce à quoi vous êtes bon maintenant... Bonne nuit, Peter.

4.15

« L'affaire Cortland est une véritable pierre de touche. Ce que les gens en pensent montre ce qu'ils sont. En la personne d'Howard Roark, il faut écraser les forces mauvaises de l'égoïsme et de l'individualisme antisocial... cette maladie de notre monde moderne... et dont les pires conséquences sont mises ici en pleine lumière. Comme nous l'avons mentionné au début de cet article, le juge d'instruction a maintenant en sa possession une pièce... nous ne pouvons pas en préciser la nature... qui prouve d'une façon concluante la culpabilité de Roark. Et cette fois, nous demandons que justice soit faite. »

Cet article parut sous la rubrique « Une Voix s'élève », un matin de la fin du mois de mai. Gail Wynand en prit connaissance dans sa voiture, en revenant de l'aéroport. Il était parti pour Chicago tenter un dernier effort auprès d'un de ses clients qui avait dénoncé un contrat publicitaire de trois millions de dollars. Deux jours de discussion serrée n'avaient abouti à rien. Wynand avait perdu son client. Descendant d'avion à Newark, il acheta les journaux du jour. Sa voiture l'attendait pour l'emmener dans sa maison de campagne. Ce fut alors qu'il lut « Une Voix s'élève ».

Un instant il se demanda quel était le journal qu'il avait entre les mains. Il vérifia le titre. Oui, c'était bien *L'Etendard* et l'article était bien à sa place habituelle, à la première page, dans la seconde moitié de la première colonne.

Il se pencha et donna à son chauffeur l'ordre de le conduire à son bureau, et il garda le journal déployé sur ses genoux jusqu'à ce que la voiture s'arrêtât devant le building de *L'Etendard*.

Il remarqua immédiatement quelque chose de nouveau. Dans le regard de deux reporters qui sortirent devant lui de l'ascenseur ; dans l'attitude du garçon d'ascenseur qui semblait lutter contre l'envie de lui tourner le dos ; dans la soudaine immobilité qui frappa tous ceux qui l'attendaient dans l'antichambre ; une des secrétaires s'arrêta net de taper à la machine ; une autre leva la main. Tous semblaient attendre quelque chose. Et il comprit que ce qu'il y avait d'incroyable dans l'article de Toohey ne leur avait pas échappé.

Il ressentit un léger choc à les voir ainsi dans l'expectative. Les choses allaient vraiment mal si l'issue d'un conflit entre Ellsworth Toohey et lui pouvait être mise en doute par n'importe qui.

Mais le moment était mal choisi pour analyser ses propres réactions. Il sentit monter en lui une colère folle qu'il maîtrisa à grand-peine.

Ne saluant personne, il pénétra dans son bureau. Alvah Scarret était affalé dans un fauteuil. Un pansement de gaze pas très propre lui enveloppait la gorge. Ses joues étaient rouges. Wynand s'arrêta au milieu de la pièce. Les personnes qui l'avaient vu entrer dans son bureau s'étaient rassurées en le voyant si calme, mais Alvah Scarret, lui, le connaissait.

– Gail, murmura-t-il d'une voix rauque, je n'étais pas là. J'ai été absent pendant deux jours. Une laryngite, Gail. Vous pouvez vous renseigner auprès de mon médecin. Je n'étais pas ici. J'avais quarante... de fièvre je veux dire. Le docteur s'opposait absolument à ce que je sorte, mais je suis venu quand même. Je n'étais pas ici, Gail, par Dieu, je n'étais pas ici !

Il n'était pas sûr que Wynand l'écoutât. Celui-ci le laissa achever, puis, comme si les sons lui parvenaient après coup, il demanda :

– Qui était à la rédaction ?

– Allen et Falk.

– Renvoyez immédiatement Harding, Allen, Falk et Toohey. Payez à Harding son dédit, mais rien à Toohey. J'exige que dans un quart d'heure ils aient quitté le bâtiment.

Harding était le rédacteur gérant ; Falk, un des sous-rédacteurs, Allen, le secrétaire de la rédaction. Tous travaillaient à *L'Etendard* depuis plus de dix ans. Ce fut pour Scarret comme s'il entendait annoncer à la radio la mise en accusation du Président des Etats-Unis, la destruction de New York par un météore ou la disparition de la Californie dans les abîmes de l'océan Pacifique.

– Gail ! s'exclama-t-il. C'est impossible !

– Sortez.

Scarret se hâta de sortir.

Wynand pressa sur un bouton et, répondant à la voix tremblante de sa secrétaire, ordonna :

– Ne laissez entrer personne.

– Bien, Mr. Wynand.

Il appuya sur un autre bouton et s'adressant au chef de la distribution :

– Faites retirer tous les numéros qui sont en circulation.

– Mais Mr. Wynand, il est trop tard ! La plupart sont...

– Retirez-les.

– Bien, Mr. Wynand.

Il eut envie de poser la tête sur le bureau et de se reposer, mais la forme de repos dont il avait besoin n'existait pas. C'était quelque chose de plus profond que le sommeil, de plus vaste que la mort, le repos de n'être jamais né. Mais ce désir était une insulte envers lui-même, car il sentait bien que cette tension signifiait tout autre chose, un besoin d'agir tellement fort qu'il s'en sentait paralysé. Il fouilla fiévreusement dans son bureau pour trouver des feuilles de papier, oubliant où il les tenait habituellement. Il lui fallait écrire un éditorial pour expliquer et démentir l'article de ce matin. Et il lui fallait se hâter. Il n'avait pas le droit d'attendre une minute de plus.

La tension qu'il ressentait disparut avec le premier mot qu'il traça sur le papier. Et tandis que sa main écrivait rapidement, il s'émerveilla une fois de plus de la puissance contenue dans les mots ; puissance pour ceux qui les liront, mais en premier pour celui qui les trace ; un pouvoir apaisant, salutaire, et cette impression, en même temps, de briser une barrière. Et il pensa que le secret que les savants n'ont jamais découvert, le premier jaillissement de vie, se produit peut-être lorsque les pensées prennent forme et se traduisent en mots.

Il perçut l'habituel grondement, la vibration qui se faisait sentir dans les murs et le plancher de son bureau. Le journal de l'après-midi, *Le Clairon*, était sous presse. Il sourit à ce bruit familier et sa main écrivit plus vite comme si ce bruit communiquait à ses doigts une énergie nouvelle.

Il avait renoncé au « nous » habituel. Il écrivait :

... et si mes lecteurs ou mes ennemis rient de moi à propos de cet incident, j'accepterai ce rire et je le considérerai comme le paiement d'une dette contractée envers eux. J'ai mérité cela.

Et tout en écrivant, il pensait : « Est-ce le cœur même du building que j'entends battre ou est-ce mon propre cœur ? Je me souviens qu'un jour un médecin me mit l'extrémité de son stéthoscope dans l'oreille et me fit entendre les battements de mon propre cœur. Cela résonnait exactement ainsi. Il me dit que j'étais un animal sain et que j'avais devant moi des années et des années à vivre... »

J'ai laissé s'insinuer dans mon journal une méprisable canaille dont la médiocrité est ma seule excuse. Je n'ai pas encore atteint a un degré suffisant de mépris pour la société pour m'être imaginé, ne fût-ce qu'un instant, qu'un tel individu pouvait être dangereux. Et j'ai encore assez de respect pour mes congénères pour me refuser à voir en un Ellsworth Toohey une menace.

« ... On dit que le son ne meurt jamais, mais qu'il voyage à travers l'espace. Qu'advient-il des battements de cœur ? Il y en a, en cinquante-six ans... Serait-il possible de les recueillir dans une sorte de condensateur et de les faire servir à nouveau ? Et dans ce cas, le résultat ne serait-il pas le battement de ces rotatives ? »

Mais je l'ai accueilli et protégé dans mon journal et, bien que faire pénitence publiquement soit un acte étrange à accomplir en plein âge moderne, c'est pourtant la punition que je m'inflige à moi-même.

« ... Non pas cinquante-six ans de ces battements de cœur, de ces petites gouttes de son que l'homme ne perçoit même pas, non pas cinquante-six ans, mais trente et un, car j'ai passé les vingt-cinq premières années de ma vie à me préparer. J'avais vingt-cinq ans lorsque j'accrochai au-dessus de l'entrée une nouvelle enseigne : *L'Etendard de New York*. L'Etendard de Gail Wynand... »

Je demande à tous ceux qui ont lu ce journal de me pardonner...

« ... Un animal sain, et tout ce qui sort de mes mains est sain. Il faut que j'invite un jour ce médecin à venir écouter ces machines. Il aura ce bon sourire réjoui... les médecins, quelquefois, pas souvent, sont des spécimens de santé parfaite... et il me dira que *L'Etendard* a encore des années à vivre. »

La porte de son bureau s'ouvrit et Ellsworth Toohey entra.

Wynand le laissa traverser la pièce et s'approcher du bureau sans esquisser un geste de protestation. Ce qu'il éprouvait, c'était de la curiosité, un abîme de curiosité, parce que Toohey était encore dans le bâtiment, parce qu'il pénétrait dans le bureau de Wynand malgré les ordres donnés et parce qu'il riait.

– Je suis venu prendre congé de vous, Mr. Wynand, dit Toohey.

L'expression de son visage était normale ; on n'y lisait aucune joie excessive ; le visage d'un artiste qui sait que trop en faire est un aveu d'infériorité, et que le plus offensant est d'avoir l'air absolument naturel.

– Prendre congé de vous, et vous dire que je reviendrai. Et que je reprendrai ma chronique dans ce journal, dans ce building. Entre-temps, vous vous apercevrez de l'erreur que vous avez commise Excusez-moi, je sais que je vais faire montre d'un fort mauvais goût, mais il y a treize ans que j'attends cet instant et je peux bien m'offrir cinq minutes de récompense. Ainsi vous faisiez partie de la classe possédante, Mr. Wynand, et vous pensiez avoir le sens de la propriété. Vous êtes-vous jamais demandé sur quoi il reposait ? En avez-vous jamais éprouvé les fondations ? Non, car vous êtes avant tout un homme pratique. Les hommes pratiques fondent leur prospérité sur des comptes en banque, des affaires immobilières, des contrats publicitaires et des valeurs de tout repos. Ils laissent aux intellectuels dans mon genre le loisir de faire subir à ces valeurs de tout repos une analyse qui leur apprend certaines petites choses sur la nature et la source de l'or. Les hommes pratiques s'appuient sur le Kream O Pudding et nous laissent le menu fretin tel que le théâtre, le cinéma, la radio, les écoles, la critique littéraire et les jugements en architecture. Juste une amusette pour nous faire tenir tranquilles, tandis que vous vous occupez à faire de l'argent. Ainsi vous vous imaginez que l'argent est une puissance, Mr. Wynand? Et c'est la puissance que vous recherchiez, n'est-il pas vrai? Pauvre amateur! Vous n'avez jamais découvert la véritable nature de vos ambitions, sans cela vous auriez compris à quel point vous vous êtes trompé. Vous n'aviez pas l'étoffe nécessaire, vous n'êtes pas une assez grande canaille. Je ne crains pas de vous faire ce compliment, car je ne sais ce qui est pire : être une canaille de grande envergure ou un sinistre imbécile. Et voilà pourquoi je reviendrai. Et lorsque je serai de retour, c'est moi qui dirigerai ce journal.

– Lorsque vous serez de retour peut-être, mais pour le moment, sortez d'ici, répondit Wynand calmement.

Les collaborateurs de la rubrique financière de *L'Etendard* se mirent en grève.

L'Association des Employés Wynand suivit comme un seul homme. Un grand nombre d'employés qui ne faisaient pas partie de l'association se joignirent à eux. Les typographes restèrent à leur poste.

Wynand n'avait jamais accordé la moindre attention à l'association. Il versait des salaires plus élevés que les autres éditeurs et aucune requête ne lui avait jamais été présentée à ce sujet. S'il plaisait à ses employés d'entendre des discours, il ne voyait à cela aucune opposition. Dominique avait essayé une fois de le mettre en garde : « Gail, lui avait-elle dit, lorsque les employés s'unissent pour réclamer des salaires plus élevés, des heures plus douces ou n'importe quelles améliorations pratiques, c'est absolument leur droit. Mais lorsqu'ils s'unissent sans aucune raison apparente, c'est inquiétant. – Chérie, lui avait-il répondu, combien de fois faudra-t-il que je vous demande de rester en dehors de tout ce qui concerne *L'Etendard*? »

Il ne s'était jamais donné la peine de découvrir qui faisait partie de l'association. Il se rendit compte que ses membres étaient peu nombreux, mais bien choisis, non parmi les rédacteurs en chef, mais au rang au-dessous. Des hommes actifs, indispensables à la marche du journal, véritables clés de voûte, les meilleurs reporters, les correcteurs, les rédacteurs adjoints. Il examina leurs dossiers. La plupart d'entre eux avaient été engagés au cours des huit dernières années et tous étaient recommandés par Mr. Toohey.

Les employés qui ne faisaient pas partie de l'association se mirent en grève pour des raisons variées. Les uns parce qu'ils haïssaient Wynand, d'autres parce qu'ils avaient peur de rester et que cela leur semblait plus simple. Un drôle de petit bonhomme rencontrant Wynand dans le hall s'arrêta pour lui crier : « Nous reviendrons, chéri, mais il y a aura quelque chose de changé ! » D'autres partirent parce qu'ils n'osaient plus regarder Wynand en face. D'autres encore jouaient sur les deux tableaux. « Je suis désolé, Mr. Wynand, réellement désolé, je ne fais d'ailleurs pas partie de l'association, mais une grève est une grève et je ne peux pas me désolidariser de mes camarades... Honnêtement, Mr. Wynand, je ne sais pas qui a tort et qui a raison. Je suis persuadé qu'Ellsworth vous a joué un sale tour et qu'Harding n'aurait jamais dû le laisser faire, mais qui peut dire actuellement où se trouve le bon droit? Il y a en tout cas une chose que je ne ferai jamais, c'est de traverser un piquet de grève. »

Les revendications des grévistes étaient : le réengagement des quatre collaborateurs qui avaient été renvoyés; un changement de position de *L'Etendard* au sujet de Cortland.

Harding, le rédacteur gérant, écrivit un article pour expliquer son attitude, article qui fut publié dans *Nouvelles Frontières*.

« J'ai volontairement passé par-dessus les ordres de Mr. Wynand, dans une question qui engageait le journal, un acte peut-être sans précédent dans la carrière d'un rédacteur gérant. J'ai agi ainsi en pleine conscience de la responsabilité que j'assumais. Mr. Toohey, Allen, Falk et moi-même désirions sauver *L'Etendard*, aussi bien pour ses employés, pour ses actionnaires, que pour ses lecteurs. Nous espérions ramener Mr. Wynand à la raison par des moyens pacifiques. Nous pensions qu'il se rendrait de bonne grâce en voyant *L'Etendard* se ranger à l'opinion de la presque totalité de la presse de notre pays. Nous connaissions le caractère arbitraire, imprévisible et peu scrupuleux de notre employeur, mais nous avions décidé de courir notre chance, prêts à tout sacrifier à notre devoir professionnel. Alors que nous reconnaissons pleinement le droit du propriétaire d'un journal de donner des directives à ses collaborateurs en ce qui concerne les questions politiques, sociologiques ou économiques, nous estimons que la situation devient réellement inconvenante lorsqu'un employeur demande à d'honorables collaborateurs d'épouser la cause d'un vulgaire criminel. Il serait grand temps que Mr. Wynand comprît que le temps des dictateurs est passé et que nous exigeons d'avoir voix au chapitre quand il s'agit de notre gagne-pain. Nous luttons actuellement pour la liberté de la presse. »

Mr. Harding, un homme d'une soixantaine d'années, était propriétaire d'un domaine à Long Island et partageait ses loisirs entre la pêche au harpon et l'élevage des faisans. N'ayant pas d'enfant, sa femme était membre du Conseil de Direction de l'Institut d'Etudes Sociales auquel elle pouvait consacrer beaucoup de temps. C'était Toohey, le conférencier le plus brillant de l'Institut, qui l'y avait introduite. L'article signé par son mari avait été écrit par elle.

Allen et Falk ne faisaient pas partie de l'Association Toohey, mais la fille d'Allen, une jeune et ravissante actrice, jouait dans toutes les pièces d'Ike, tandis que le frère de Falk était secrétaire de Lancelot Clokey.

Gail Wynand, installé à son bureau, dépouillait son courrier. Il avait un travail fou, mais une image lui revenait constamment dont il ne pouvait se débarrasser, celle d'un garçon déguenillé se tenant devant le directeur du journal. « Comment écrivez-vous chat? » avait demandé le directeur. « Et vous, comment écrivez-vous anthropomorphologie? » avait rétorqué le jeune garçon. Les souvenirs de Wynand se mêlaient, se confondaient. Il lui semblait que ce jeune garçon était là devant lui et il se surprit à dire à haute voix : Va-t'en ! « Tu divagues, mon vieux, se dit-il avec colère, ce n'est vraiment pas le moment de te laisser aller. » Il cessa de parler à haute voix, mais continua d'échanger une silencieuse conversation tout en lisant, classant et signant des papiers. « Va-t'en, tu n'as rien à faire ici. – Je reste par ici. Appelez-moi quand vous aurez besoin de moi. Et il n'est pas nécessaire de me rémunérer. – Ne comprends-tu pas, petit malheureux, qu'ils sont en train de te payer capital et intérêt ? » Puis tout haut, d'une voix normale, parlant au téléphone :

– Dites à Manning de boucher les trous comme il pourra. Et envoyez-moi les épreuves aussi vite que possible... et envoyez-moi également un sandwich.

Les quelques employés qui lui étaient restés fidèles étaient soit des hommes d'un certain âge, soit de très jeunes gens. Ils arrivaient souvent le matin avec des coupures au visage et du sang sur leur col. L'un d'eux s'effondra, le crâne ouvert, et dut être emmené en ambulance. Ce n'était chez eux ni une question de courage, ni une question de loyauté, mais de l'inertie. Ils étaient trop profondément persuadés de l'idée que le monde cesserait de tourner s'ils perdaient leur situation à *L'Etendard.*

De jeunes débutants furent envoyés à la place des reporters. La copie qu'ils rapportèrent était d'une telle qualité que Wynand passa du désespoir au rire. Il n'avait jamais lu de telles élucubrations. Il y reconnaissait la fierté d'un jeune ambitieux qui se voit promu au rang de journaliste. Mais il cessait de rire lorsque le récit paraissait dans *L'Etendard* tel qu'il avait été écrit. Il n'y avait plus assez de personnel pour remanier les textes.

Il essaya d'engager de nouveaux collaborateurs. Il offrit des salaires astronomiques. Ceux dont il aurait voulu s'assurer les services refusèrent de travailler pour lui. Il engagea, bien à contrecœur, ceux qui se présentèrent. C'étaient des hommes qui n'avaient plus travaillé dans un journal convenable depuis des années, de ces gens auxquels, un mois auparavant, il aurait défendu l'entrée de son building. Quelques-uns d'entre eux durent être congédiés les premiers jours, les autres restèrent. La plupart du temps, ils étaient ivres. Certains se conduisaient comme s'ils accordaient à Wynand une faveur. « Ne vous en faites pas, mon vieux Gail, ça s'arrangera », lui dit un de ceux-ci et qui regarda Wynand avec le plus profond étonnement lorsqu'il se retrouva, avec une cheville cassée, deux étages plus bas. D'autres étaient plus subtils. Ils se contentaient de flâner dans les bureaux et de regarder Wynand d'un air rusé, laissant entendre par leur attitude qu'ils étaient des complices liés par une vilaine affaire.

Wynand s'adressa à une école de journalisme. On ne lui envoya personne. Une association d'étudiants lui envoya une résolution signée par tous ses membres : « ... entrant dans la carrière avec un profond respect pour la dignité de notre profession, bien décidés à maintenir très haut l'honneur de la presse, nous sommes absolument persuadés qu'aucun d'entre nous ne pourrait accepter votre offre en gardant le respect de lui-même. »

Le rédacteur aux informations était resté à son poste ; le rédacteur de la rubrique financière était parti. Wynand le remplaça et prit également la place de rédacteur gérant, de télégraphiste et de sous-rédacteur. Il ne quittait jamais le building, dormant sur un divan dans son bureau, comme il l'avait fait si souvent pendant les premières années d'existence de *L'Etendard*. Sans veston, sans cravate, le col de sa chemise ouvert, il montait et dégringolait les escaliers et ses pas faisaient le bruit d'une mitrailleuse. Deux garçons d'ascenseur étaient restés. Les autres avaient disparu on ne savait pas très bien quand ni pourquoi, peut-être par solidarité envers les grévistes, peut-être par pur découragement.

Alvah Scarret ne pouvait comprendre le calme de Wynand. La brillante machine... c'était toujours les mots que dans sa pensée Scarret attribuait à Wynand... la brillante machine n'avait jamais mieux fonctionné. Sa parole était brève, ses ordres rapides, ses décisions immédiates. Dans une confusion de machines, de plomb, de graisse, d'encre, de corbeilles à papier, de bureaux pas balayés, de tables inoccupées, de glaces se brisant en mille morceaux lorsqu'une brique lancée de la rue venait les frapper en plein... Wynand passait comme une silhouette en surimpression, étrangère à ce décor, déplacée, disproportionnée. « Il n'appartient pas à cet endroit, se disait Scarret, parce qu'il n'a pas l'air moderne. Quel que soit le vêtement qu'il porte, il me fait penser aux saints qui ornent les cathédrales gothiques. Cette tête racée, tenue très droite, ce visage ascétique dont les joues se sont encore creusées. Le capitaine d'un navire dont l'équipage sait qu'il va sombrer. »

Alvah Scarret était resté à son poste. Il n'arrivait pas à se persuader que tout ce qui arrivait était réel. Il vivait dans un véritable état de stupeur, éprouvant chaque matin un nouveau choc à la vue des piquets de grève qui gardaient le bâtiment, bien qu'il n'eût eu à souffrir d'aucune voie de fait autre que quelques tomates lancées contre son pare-brise. Il essayait de remplacer plusieurs collaborateurs, mais n'arrivait même pas à fournir une journée normale de travail. Profondément désemparé, il n'était plus qu'un immense point d'interrogation. Il faisait perdre leur temps à tous les employés en les interrompant pour leur demander :

« Mais pourquoi ? Pourquoi ? Pourquoi ainsi, tout d'un coup ? » Il vit un jour une infirmière traverser le hall. Un poste de secours avait été établi au sous-sol. Il vit qu'elle portait à la chaudière une corbeille à papier pleine de gros paquets de gaze souillée de sang. Il se détourna, écœuré, non par cette vision, mais par tout ce qu'elle impliquait. Ce building respectable... avec ses parquets cirés... son atmosphère de travail et d'affaires... où se traitaient des questions sérieuses telles que l'impression d'un journal et l'établissement de contrats publicitaires, un endroit où l'on parlait golf avec ses collègues, s'était transformé en ce hall où passait une infirmière portant des linges souillés de sang. Pourquoi ? mais pourquoi ? » se demandait Alvah Scarret.

« Je ne peux comprendre, répétait-il d'une voix traînante et monotone, à tous ceux qu'il croisait dans le bâtiment, je ne comprends pas comment Ellsworth est arrivé à avoir une puissance pareille... Ellsworth est un homme cultivé, un idéaliste, et non un de ces sales radicaux comme on en rencontre. Il est si amical, tellement spirituel, et quelle érudition ! Un homme qui ne fait que plaisanter ne peut être un homme dangereux. Ellsworth n'a pas voulu cela, il n'avait pas prévu jusqu'où cela irait, j'en suis persuadé. »

Une fois, dans le bureau de Wynand, il s'aventura à dire :

– Gail, pourquoi ne pas transiger ? Vous pourriez au moins accepter de discuter avec eux.

– Fermez ça.

– Mais Gail, peut-être y a-t-il une part de vérité des deux côtés. Ce sont tout de même des journalistes, et comme ils le disent, la liberté de la presse...

Il vit alors dans les yeux de Wynand cet éclair de fureur qu'il avait attendu pendant des jours, l'iris bleu se rétrécissant jusqu'à n'être plus qu'une tache blanche, les prunelles étincelantes dans un visage creusé, les mains tremblantes. Mais c'était la première fois qu'il assistait à ce qui se passa ensuite. Wynand surmonta sa colère, sans bruit, mais aussi sans soulagement. La sueur de l'effort coula le long de ses tempes creuses et ses poings se crispèrent au rebord du bureau.

– Alvah..., dit-il, si je n'étais pas resté pendant une semaine dans les escaliers de *La Gazette* qu'en serait-il actuellement de tous ces gens ?

On avait placé des agents à l'entrée du building et dans le hall. Cela aidait, mais pas beaucoup. Une nuit on jeta de l'acide contre l'entrée principale. Cela attaqua les grandes baies vitrées et laissa sur les soubassements des taches lépreuses. Du sable dans les engrenages arrêta une des rotatives. Un obscur petit traiteur eut sa boutique mise en pièces parce qu'il avait fait de la publicité dans *L'Etendard*. Un grand nombre de petits annonceurs dénoncèrent leurs contrats. Les camions de Wynand furent mis en pièces, un des chauffeurs tué. L'Association des Employés « Wynand » protesta contre ces actes de violence ; l'association n'en était pas responsable et ignorait le nom des coupables. *Nouvelles Frontières* parla également d'excès regrettables, mais les attribua à « une explosion spontanée d'une colère populaire et justifiée ».

Homer Slottern, au nom d'un groupe qui s'intitulait lui-même le groupe des hommes d'affaires libéraux, envoya à Wynand une note l'informant de l'annulation de leurs contrats de publicité. « Vous pouvez nous intenter un procès si vous le désirez. Nous considérons que nous avons une raison valable de résiliation. Nous avions signé des contrats de publicité avec un journal estimable et non avec une feuille qui est devenue une honte publique, qui provoque des grèves, fait tort à nos affaires et n'est plus lue par personne. » Ce groupe comprenait la presque totalité des annonceurs les plus importants de *L'Etendard*.

Après avoir lu cette note, Gail Wynand s'approcha de la fenêtre et contempla longuement la ville.

« J'ai soutenu des grévistes à un moment où il était dangereux de le faire et j'ai combattu Gail Wynand pendant toute ma vie. Je n'avais jamais imaginé qu'un jour viendrait où les circonstances me forceraient à dire... comme je le dis maintenant... que je suis du côté de Gail Wynand », écrivait Austen Heller dans le *Chronicle*.

« Le diable vous emporte, lui écrivit Wynand, je ne vous ai pas demandé de prendre ma défense. G. W. »

Nouvelles Frontières écrivit d'Austen Heller que « c'était un réactionnaire qui s'était vendu à la haute finance ». Et les femmes du monde intellectuelles dirent de lui qu'il était démodé.

Gail Wynand, debout devant un pupitre, à la salle de rédaction, continuait imperturbablement d'écrire ses éditoriaux. Son personnel diminué ne voyait en lui aucun changement, aucune hâte, jamais d'explosions de colère. Personne ne remarquait qu'il faisait parfois des choses qu'il n'aurait jamais faites auparavant. Il entrait parfois à l'imprimerie, rêvait devant le blanc torrent qui sortait des flancs des machines grondantes et vibrait de leurs battements. Il lui arrivait de ramasser un plomb sur le plancher de la salle de composition, de le poser sur la paume de sa main comme il l'aurait fait pour un morceau de jade, et de le poser ensuite soigneusement sur une table comme une chose précieuse. Il accomplissait d'autres petits gestes de ce genre, d'une manière tout instinctive, ramassant des crayons, passant une demi-heure, tandis que le téléphone sonnait sans arrêt, à réparer une machine à écrire. Il ne le faisait pas par économie ; il signait des chèques sans même vérifier les chiffres ; Scarret était effrayé à l'idée de ce que chaque jour qui passait coûtait à Wynand. Non, ces petites choses faisaient simplement partie de ce building dont il aimait jusqu'au dernier bouton de porte, toutes ces petites choses qui appartenaient à *L'Etendard*, qui lui appartenaient.

Chaque jour, tard dans l'après-midi, il téléphonait à Dominique, restée à la campagne.

« Tout va bien. J'ai la situation bien en main... N'écoutez pas les semeurs de panique... Non, au diable le journal, vous savez bien que je ne veux pas en parler avec vous. Dites-moi comment est le jardin... Vous êtes-vous baignée aujourd'hui ?... Parlez-moi du lac... Quelle robe avez-vous mise ?... Prenez WLX ce soir, à huit heures. On donne cette chose que vous aimez, le *Concerto numéro 2* de Rachmaninov... Mais bien entendu, j'ai le temps de me tenir au courant de tout... Bon, je vois qu'il est impossible de tromper une ex-journaliste... Oui, j'ai parcouru la page de la radio... Oh ! si, nous avons toute l'aide nécessaire, mais comme j'avais un moment à perdre... et puis je ne peux pas complètement me fier à quelques-unes de nos nouvelles recrues... Surtout, *ne venez pas en ville*. Vous me le promettez... Bonsoir, chérie... »

Il raccrocha et resta un moment pensif, contemplant le récepteur avec un sourire. Evoquer la campagne c'était imaginer un autre continent dont il était séparé par un océan infranchissable. Il avait la sensation d'être enfermé dans une forteresse assiégée et il ne détestait pas cela... pas le fait, mais l'impression que cela lui donnait. Il ressemblait de plus en plus à un de ses lointains ancêtres qui avait combattu sur les remparts d'un château.

Un soir il se rendit au restaurant qui se trouvait de l'autre côté de la rue. Il y avait des jours qu'il n'avait pas fait un véritable repas. Il faisait encore clair lorsqu'il en sortit, ce doux et long crépuscule d'été qui ne veut pas finir et où il semble que des rayons affaiblis s'attardent dans l'air tiède bien après le coucher du soleil. Le ciel en paraissait plus clair, les rues plus sales. Des pelures d'oranges brunies souillaient le trottoir. Il vit les piquets de grève faisant les cent pas devant l'entrée principale de *L'Etendard*. Ils étaient huit en tout et formaient un long ovale qui se déroulait sur la chaussée. Il reconnut l'un d'eux... un reporter en affaires criminelles ; tous les autres lui étaient inconnus. Ils portaient des bannières : « Toohey, Harding, Allen, Falk... »

« La Liberté de la Presse... » « Gail Wynand foule aux pieds les Droits de l'Homme... »

Il suivit des yeux une femme qui marchait devant lui. Ses mollets commençaient aux chevilles, débordant les souliers trop étroits. Elle avait de larges épaules et son manteau de tweed brun bon marché recouvrait un grand corps mal équarri. Elle avait cependant des mains petites et blanches, de ces mains qui laissent constamment tomber tout ce qu'elles tiennent. Sa bouche n'était qu'une incision sans lèvres et elle se dandinait en marchant, mais elle avançait cependant avec une surprenante assurance. Elle défiait par son attitude le monde entier et l'on sentait qu'elle aurait éprouvé une joie maligne à se mesurer avec n'importe qui, simplement pour montrer de quoi elle était capable. Wynand comprit qu'elle n'avait jamais travaillé à *L'Etendard*, elle ne s'y serait jamais prêtée. Elle portait cependant l'insigne « Nous demandons... »

Il pensa aux nuits qu'il avait passées sur le divan où il dormait maintenant, dans son bureau, à l'époque glorieuse de *L'Etendard*, alors qu'il lui fallait absolument faire de l'argent pour payer les nouvelles rotatives et que son journal devait être le premier à sortir pour enfoncer ses concurrents. Il se souvint de la nuit où il avait craché du sang et où il avait refusé de faire appeler un docteur. Ça n'avait d'ailleurs été qu'un excès de fatigue.

Il se hâta de pénétrer dans le bâtiment. Les machines faisaient entendre leur grondement habituel. Il l'écouta un moment.

La nuit, un grand calme régnait. Le building paraissait plus grand comme si le son qui l'emplissait le faisait se dilater ; il y avait des carrés de lumière devant certaines portes ouvertes, entre de longs espaces obscurs. Une machine à écrire isolée faisait entendre quelque part son cliquetis régulier, comme les gouttes tombant d'un robinet mal fermé. Et Wynand, se dirigeant vers son bureau, se disait qu'il avait eu autant de collaborateurs qu'il le désirait lorsqu'il s'était agi de faire une campagne en faveur de l'élection d'une canaille notoire, de ruiner la réputation de quelqu'un en publiant des documents scandaleux, de sangloter sur le sort des mères de gangsters. Et maintenant qu'il était honnête pour la première fois de sa vie, qu'il menait sa plus grande croisade, il était secondé par une poignée de débris, d'ivrognes ou d'esclaves trop lâches pour le quitter. Les plus coupables, se dit-il, n'étaient peut-être pas ceux qui refusaient de travailler pour lui actuellement.

Un rayon de soleil fit briller l'encrier, un bloc de cristal carré. Wynand se vit sur une pelouse, vêtu de blanc, buvant une boisson glacée et sentit sous ses pieds nus le contact du gazon. Il détourna les yeux de ce gai reflet et se remit à écrire. C'était le matin, la seconde semaine de la grève. Wynand s'était réfugié dans son bureau pendant une heure en donnant l'ordre de ne pas le déranger. Il avait un article à écrire, mais il savait bien au fond que ce n'était qu'un prétexte et qu'il avait besoin, pendant une heure, de ne pas voir ce qui se passait dans le building.

La porte de son bureau s'ouvrit et Dominique parut sur le seuil. Elle n'avait pas pénétré dans le building de *L'Etendard* depuis son mariage.

Wynand se leva, avec une espèce de docilité respectueuse, ne se permet-

646

tant pas la moindre question. Dominique portait une robe de toile corail. Elle apportait avec elle la fraîcheur des bords du lac et semblait avoir retenu dans les plis de sa robe les reflets du soleil couchant.

– Gail, je suis venue reprendre mon poste à *L'Etendard*, dit-elle.

Il la regarda en silence, puis il sourit d'un sourire de convalescent.

Il se tourna vers son bureau, y prit les feuillets qu'il venait d'écrire et les lui tendit en disant :

– Portez ceci à l'imprimerie. Demandez les dépêches et apportez-les-moi. Puis mettez-vous aux ordres de Manning, à la rubrique financière.

L'impossible, la chose qui ne peut être réalisée ni par un mot, ni par un regard, ni par un geste, l'union parfaite de deux êtres dans une compréhension parfaite venait de s'accomplir par l'échange de ces feuillets passant des mains de l'un dans les mains de l'autre. Leurs doigts ne se touchèrent pas. Sans un mot, Dominique sortit du bureau.

Au bout de deux jours, il lui sembla qu'elle n'avait jamais quitté *L'Etendard*. Mais au lieu d'écrire une chronique sur le home, elle s'offrait partout où une personne compétente était nécessaire pour boucher un trou.

« C'est normal, Alvah, disait-elle à Scarret. N'est-ce pas un travail bien féminin de faire office de couturière. Je pose des pièces aux endroits les plus usés. Appelez-moi lorsque l'un des nouveaux journalistes deviendra encore plus fou que d'habitude. »

Scarret était stupéfait par sa manière de parler, sa façon d'être et par sa présence même.

– Vous êtes notre sauveur, Dominique, lui disait-il humblement. Cela me rappelle le bon vieux temps, de vous revoir ici... et que ne donnerais-je pas pour retrouver ce temps-là ? Seulement je n'y comprends plus rien. Gail ne voulait même pas avoir ici une photo de vous lorsque ce building était un endroit sûr et respectable, et maintenant qu'on y est à peu près autant en sécurité que dans un pénitencier durant une révolte de forçats, il accepte de vous voir travailler ici !

– Ce n'est guère le moment de faire des commentaires, mon pauvre Alvah, nous n'avons vraiment pas le temps.

Dominique écrivait une brillante critique sur un film qu'elle n'avait pas vu, donnait un compte rendu sur une assemblée à laquelle elle n'avait pas assisté, inventa toute une série de recettes de cuisine pour « Notre menu quotidien », le jour où la personne chargée de cette rubrique cessa de venir. « J'ignorais que vous saviez faire la cuisine », lui dit Scarret. « Moi aussi », répondit Dominique. Elle se glissa une nuit hors du bâtiment pour aller faire un reportage sur un incendie dans les docks, s'étant aperçue que le seul reporter disponible n'était pas en état d'y aller.

– Du bon travail, lui dit Wynand lorsqu'il lut son article, mais encore un essai de ce genre et je vous renvoie. Si vous désirez rester ici, il ne vous faut, en aucun cas, vous aventurer hors de ce building.

Ce fut le seul commentaire qu'il fit sur sa présence à *L'Etendard*. Il s'adressait à elle quand les nécessités du travail le demandaient et lui parlait brièvement et simplement comme à n'importe quel autre collaborateur, lui donnant ses ordres. Il y avait des jours où ils n'avaient même pas le temps de se voir. Elle dormait sur un divan dans la bibliothèque. Parfois, le soir, elle venait dans son bureau, partager avec lui un court instant de répit et tous deux parlaient de choses et d'autres, de petits détails de leur journée de travail, gaiement, gentiment comme n'importe quel couple de gens mariés échangeant leurs impressions sur les menus incidents de leur vie commune.

Ils ne parlaient jamais de Roark, ni de Cortland. Devant la photo de Roark au mur du bureau de Wynand, elle avait simplement demandé : « Quand avez-vous fait faire cet agrandissement ? – Il y a un an environ », avait répondu Wynand, et ç'avait été leur seule allusion à Roark. Ils ne parlaient pas non plus de la vindicte populaire qui se déchaînait contre *L'Etendard*. Ils ne présageaient pas l'avenir. Ils éprouvaient un soulagement à oublier ce qui se passait hors du journal. Ils parvenaient à l'oublier parce que, pour eux, la question ne se posait pas, elle était résolue et ils en éprouvaient un apaisement : ils avaient un effort à accomplir... l'effort de faire paraître le journal à tout prix... et cet effort ils l'accomplissaient ensemble.

Elle apparaissait, sans qu'il l'eût appelée, au milieu de la nuit, une tasse de café bouillant à la main, café qu'il avalait avec gratitude sans même s'arrêter de travailler. Au moment où il en avait le plus besoin, il découvrait à portée de sa min des sandwichs fraîchement faits. Il n'avait même pas le temps de se demander comment elle se les procurait. Mais un jour il découvrit qu'elle avait installé dans un débarras un réchaud électrique et fait apporter des provisions. Lorsqu'il avait travaillé toute la nuit, elle lui préparait son petit déjeuner. Elle entrait, les plats posés sur un carton en guise de plateau, à l'heure où, dans les rues silencieuses, les premières lueurs de l'aube effleuraient le bord des toits.

Un jour il la trouva, un balai à la main, balayant un bureau. Le personnel chargé de ce soin était complètement désorganisé. Les femmes de journée apparaissaient et disparaissaient sans que personne n'y fît même attention.

– Est-ce pour faire cela que je vous paie ? demanda-t-il.

– Je ne peux pas travailler dans une écurie. Je ne vous ai pas demandé quel était mon salaire, mais à tout hasard je demande une augmentation.

– Laissez cela, au nom du ciel, c'est ridicule.

– Pourquoi ridicule ? Tout est propre maintenant et cela ne m'a pas pris beaucoup de temps. N'est-ce pas du travail bien fait ?

– Si, c'est du travail bien fait.

Elle s'appuya sur son balai et se mit à rire.

– J'imagine que vous pensiez, comme tout le monde, que je suis un objet de luxe, une espèce supérieure de femme entretenue, n'est-ce pas, Gail ?

– Pourriez-vous continuer longtemps de vivre ainsi ?

– Je voudrais vivre ainsi toute ma vie... à condition d'avoir pour le faire des raisons suffisantes.

Il dut se rendre compte que l'endurance de Dominique était plus grande que la sienne. Elle ne montrait jamais le moindre signe de fatigue. Il supposait qu'elle devait parfois dormir, mais n'avait jamais pu découvrir à quel moment.

A n'importe quel moment, dans n'importe quelle partie du building, même si elle ne l'avait pas vu pendant des heures, s'il avait particulièrement besoin d'elle, elle le sentait. Un soir il s'endormit, à demi couché sur son bureau. En s'éveillant, il la vit qui le regardait. Elle avait éteint les lumières, s'était assise près de la fenêtre et son visage qu'éclairait le clair de lune était calme et attentif. Ce fut la première chose qu'il vit. Relevant péniblement la tête, avant de retrouver pleinement le sens de la réalité, il éprouva un brusque sentiment de colère, de désespoir et de révolte désespérée, ne se rappelant plus ce qui les avait amenés là tous les deux, sachant seulement qu'ils étaient soumis tous les deux à une torture lente et que cette femme dont il retrouvait le doux visage était tout son amour.

Dominique avait lu en lui ce qu'il éprouvait, avant qu'il eût eu le temps de se redresser. Elle s'approcha de lui et, debout près de son fauteuil, elle l'attira contre elle et lui mit la tête contre son épaule. Et il ne songea pas à résister, tandis que penchée sur lui elle lui effleurait les cheveux de ses lèvres tout en murmurant :

– Tout ira bien, Gail. Vous verrez, tout ira bien.

A la fin de la troisième semaine, Wynand, sans se soucier de ce qu'il retrouverait à son retour, sortit pour aller voir Roark.

Il n'avait pas téléphoné une seule fois à Roark depuis le début du siège. Roark, lui, téléphonait souvent. Wynand lui répondait calmement, mais ne faisait que répondre, ne disant jamais rien de lui-même et refusant de prolonger la conversation. Il avait prévenu Roark dès le début : « N'essayez surtout pas de venir nous rejoindre. J'ai donné des ordres. On ne vous laisserait pas entrer. » Car Wynand voulait à tout prix oublier l'enjeu de cette bataille, et pour cela il lui fallait oublier jusqu'à l'existence de Roark, car penser à Roark, c'était l'imaginer en prison.

Il fit à pied le long trajet qui le séparait d'Enright House. Marcher faisait paraître la distance plus grande et lui donnait une plus grande impression de sécurité. En sautant dans un taxi, il aurait eu l'impression que Roark habitait trop près de *L'Etendard*.

– Bonsoir, Gail, lui dit calmement Roark lorsqu'il entra.

– Je ne sais ce qui est pire, dit Wynand en jetant son chapeau sur la table, si c'est de pousser de hauts cris ou d'ignorer une chose volontairement. Je sais que j'ai une tête impossible. Vous feriez aussi bien de le dire.

– Vous avez une tête impossible, en effet. Asseyez-vous, reposez-vous, ne parlez pas. Je vais vous faire couler un bain chaud... non, vous n'avez pas l'air sale à ce point-là... mais cela vous fera du bien. Et ensuite nous parlerons.

Wynand secoua la tête et resta debout sur le seuil.

– Howard, *L'Etendard* ne vous aide en rien, il vous nuit au contraire.

Il lui avait fallu deux mois pour avoir le courage de dire cela.

– Oui, dit Roark. Et après ?

Wynand restait toujours sur le seuil.

– Gail, en ce qui me concerne, cela n'a aucune importance. Je n'ai jamais compté sur l'opinion publique, ni d'une façon ni d'une autre.

– Vous voudriez que je renonce ?

– Je veux que vous teniez bon, même si cela devait vous coûter tout ce que vous possédez.

Il vit que Wynand le comprenait, que c'était exactement les mots que Wynand attendait de lui et qu'il lui fallait continuer de parler.

– Je n'attends pas de vous que vous me sauviez. Je crois que j'ai des chances de gagner. La grève ne rend ma position ni pire ni meilleure. Ne vous inquiétez pas pour moi. Et ne renoncez pas. Si vous tenez bon jusqu'au bout... vous n'aurez même plus besoin de moi.

Il vit dans les yeux de Wynand un regard de colère, de protestation et... d'approbation. Il ajouta :

– Vous comprenez ce que je veux dire. Nous serons meilleurs amis que jamais et vous viendrez me voir en prison, si je suis condamné. Ne bronchez pas et ne m'en faites pas dire plus que je veux. Pas maintenant. Je suis content que cette grève ait éclaté. La première fois que je vous ai vu, j'ai pensé que quelque chose de ce genre était inévitable. Et vous le saviez depuis longtemps.

– Il y a deux mois, je vous avais promis... l'unique promesse que j'aurais voulu pouvoir tenir...

– Vous la tenez.

– Est-il possible que vous ne me méprisiez pas ? J'aimerais mieux que vous me le disiez maintenant. J'étais venu pour cela

– Très bien. Ecoutez-moi. Vous avez été dans ma vie cette rencontre qu'on ne fait qu'une fois. J'ai connu Henry Cameron. Il est mort pour la cause que je défends et vous, vous êtes le propriétaire d'un journal malpropre. Mais je vous dis cela à vous et je n'aurais pas pu le lui dire, à lui. Il y a Steve Mallory qui ne s'est jamais abaissé à la moindre compromission, alors que vous n'avez jamais rien fait d'autre que de vendre votre âme de toutes les manières possibles. Mais je ne pourrais pas lui dire ce que je viens de vous dire. *Cependant ne renoncez pas.*

Roark se détourna et ajouta :

– Voilà, c'est tout. Et nous ne reparlerons plus de cette satanée grève. Installez-vous. Je vais aller vous chercher un « drink ». Détendez-vous et cessez de faire cette tête-là.

Wynand rentra à *L'Etendard* tard dans la nuit. Il prit un taxi. Cela n'avait plus d'importance maintenant. Il ne remarqua même pas la distance.

– Vous avez été voir Roark, lui dit Dominique.

– Oui. Comment le savez-vous ?

– Voici les épreuves pour le numéro de dimanche. Ce n'est pas fameux, mais il faudra s'en contenter. J'ai envoyé Manning chez lui pour quelques heures. Il était sur le point de se trouver mal. Jackson nous a quittés, mais nous pouvons nous passer de lui. L'article d'Alvah était illisible. Il a oublié jusqu'à sa grammaire. J'ai dû le récrire, mais ne lui dites pas que c'est moi qui l'ai fait. Dites-lui plutôt que c'est vous.

– Allez vous reposer. Je prendrai la place de Manning. Je me sens capable de travailler des heures.

Ils se remirent à la tâche. Les jours passaient et, dans la salle des expéditions, les piles de refusés grossissaient chaque jour, des piles blanches de papier, pareilles à des plaques de marbre. A chaque nouvelle édition le nombre d'exemplaires tirés diminuait et cependant les piles de refusés grossissaient toujours. Les jours passaient, des jours de lutte héroïque pour faire paraître un journal que personne n'achetait plus, que personne ne lisait plus.

4.16

La longue table d'acajou poli réservée au conseil d'administration était ornée d'un G W en bois plus clair imitant la signature de Wynand. Ce détail avait toujours irrité les administrateurs. Ce jour-là, ils n'y firent même pas attention.

Ils étaient tous assis autour de la table. C'était la première fois que le conseil se réunissait sans avoir été convoqué par Wynand. Cette fois c'étaient ces messieurs qui avaient décidé de se réunir et Wynand qui avait été convoqué. La grève en était à son deuxième mois d'existence.

Wynand, debout, présidait, très élégant, tiré à quatre épingles. Un mouchoir blanc d'une grande finesse sortait de la poche de poitrine de son veston foncé. Les administrateurs se surprirent à penser, les uns à un tailleur anglais, d'autres à la Chambre des Lords, et à ce roi décapité – était-ce bien un roi – qui avait si bien su mourir.

Ils évitaient de regarder l'homme qui était devant eux. Et pour avoir le courage de dire ce qu'ils avaient à dire, ils pensaient aux piquets de grève à l'entrée du building, aux femmes élégantes et parfumées qui soutenaient Ellsworth Toohey dans des discussions de salon, au large visage plat d'une fille qui parcourait la Cinquième Avenue portant un placard : « Nous ne lisons pas les journaux Wynand. »

Wynand, lui, pensait à un mur croulant, sur les bords de l'Hudson. Il entendait des pas s'approcher dans le lointain. Mais cette fois des fils mystérieux ne bandaient plus ses muscles.

– Cela dépasse tout ce qu'on peut imaginer. Sommes-nous à la tête d'une affaire ou d'une société de bienfaisance pour la défense de nos amis ?

– Trois cent mille dollars la semaine passée... Peu importe comment je le sais, Gail. D'ailleurs, je n'en fais pas un mystère, c'est votre banquier qui me l'a dit. C'est entendu, c'est votre argent, mais si vous vous imaginez que nous vous laisserons puiser dans le fonds de réserve, vous vous trompez. Pas un centime, Gail, si vous ne changez pas de tactique. Nous en avons assez de vos inventions.

Wynand regardait la bouche épaisse d'où sortaient ces paroles et se disait : « C'est vous, depuis le premier jour, qui avez dirigé *L'Etendard*. Vous ne le saviez pas, mais moi je le savais. C'était votre journal et moi je n'ai rien à perdre. »

– Oui, Slottern et les autres sont prêts à revenir immédiatement. Tout ce qu'ils demandent, c'est qu'on fasse droit aux revendications de l'Association. Ils rentreront aux conditions fixées par leur contrat, sans même attendre que la situation soit rétablie (ce qui ne sera pas une petite affaire, c'est moi qui vous le dis), ce que je trouve très chic de leur part. C'est Homer, que j'ai vu hier soir, qui m'en a parlé lui-même.

– Alors le sénateur Eldridge n'a pas voulu vous recevoir ?... Mais oui,

Gail, nous savons parfaitement pour quelle raison vous êtes allé à Washington la semaine dernière. Ce que vous ne savez pas, c'est que le sénateur Eldridge va partout répétant qu'il ne voudrait pas toucher cette histoire avec des pincettes. Et Craig a été soudainement appelé au chevet d'une tante malade qui habite la Floride? Personne, cette fois, ne veut vous tirer d'embarras. La pilule est un peu dure à avaler et puis... vous n'êtes plus ce que vous étiez.

Et Wynand pensait : « Je n'ai jamais rien été, surtout pas ici. Pourquoi ont-ils peur de me regarder? Les femmes demi-nues dans le supplément du dimanche, les bébés en héliogravure, l'éditorial sur les écureuils dans le parc, c'était l'expression même de leurs âmes... mais la mienne où était-elle? »

– Je veux bien être pendu si je découvre un sens à toute cette histoire! Si les employés nous demandaient une augmentation, je comprendrais que nous les combattions par tous les moyens... mais nous n'allons tout de même pas perdre de l'argent pour une maudite affaire de prétendus principes.

– C'est ridicule, voyons! L'Etendard faisant figure de feuille évangélique dont Gail Wynand serait le pasteur. Nous sommes dans une situation épouvantable, mais nous avons un idéal.

– Et encore, si c'était pour une question qui en vaille la peine, une question politique par exemple... mais prendre fait et cause pour une espèce de fou, un incendiaire qui met le feu à on ne sait quel asile! Tout le monde se moque de nous. Franchement, Wynand, j'ai essayé de lire vos articles. Eh bien, si vous voulez que je vous donne un avis sincère, je n'ai jamais rien lu d'aussi mauvais. On dirait que vous vous adressez aux professeurs d'un collège.

Et Wynand se disait : « Je sais... je sais... vous êtes de ceux qui donneraient plus volontiers de l'argent à une putain engrossée qu'à un génie en train de mourir de faim. Je vous connais depuis longtemps. Je vous ai signé un chèque en blanc et maintenant vous vous présentez pour l'encaisser. »

– Cette situation moyenâgeuse est une honte pour notre démocratie, dit une voix aiguë, celle de Mitchell Layton. Il serait grand temps que nous ayons aussi notre mot à dire. Un homme dirigeant seul tous ces journaux? Qu'est-ce que cela signifie? Sommes-nous encore au dix-neuvième siècle? Est-ce que personne s'est jamais enquis de savoir si j'avais des idées, reprit-il d'un air boudeur en regardant un banquier qui lui faisait face? Et pourtant, j'en ai, nous en avons tous. Nous devrions travailler en équipe, comme un orchestre. Il est vraiment temps que ce journal adopte une politique moderne, libérale avancée. Prenez par exemple la question des actionnaires...

– Bouclez-la, Mitch, dit Alvah Scarret.

De grosses gouttes de sueur roulaient le long des tempes de Scarret. Il ne comprenait vraiment pas pourquoi il se sentait si nerveux. Il souhaitait de tout cœur la victoire des administrateurs et pourtant... Peut-être était-ce la chaleur. Si seulement quelqu'un avait eu l'idée d'ouvrir une fenêtre.

– Je ne me tairai pas, cria Mitchell Layton. J'ai autant le droit...

– Mr. Layton, je vous en prie, dit le banquier.

– C'est bon, dit Layton, c'est bon. Mais vous feriez mieux de ne pas oublier que c'est nous, après le président (il désigna Wynand du pouce), qui détenons le plus gros paquet d'actions. Oui, ne l'oubliez pas. On verra bien qui commandera ici.

— Gail, dit Scarret en levant sur Wynand un regard honnête et torturé, Gail, il n'y a rien à faire. Mais nous pouvons encore nous en tirer. Si nous admettions simplement que nous nous sommes trompés au sujet de Cortland et... et si nous reprenions seulement Harding, c'est un homme capable... et peut-être Toohey...

— Je ne veux pas entendre prononcer le nom de Toohey ici, dit Wynand. Mitchell Layton ouvrit la bouche toute grande puis la referma.

— Ça y est, Gail? s'exclama Alvah Scarret. Nous y sommes! Nous pouvons maintenant discuter et faire une offre. Nous changeons d'attitude dans la question Cortland... cela nous y sommes obligés, non pour donner satisfaction à cette maudite association, mais pour faire remonter la vente du journal... et nous reprenons Harding, Allen et Falk, mais pas To... pas Ellsworth. Nous faisons des concessions et ils en font aussi. Comme cela les apparences sont sauves. Est-ce cela que vous vouliez dire, Gail?

Wynand ne répondit pas.

— Je le pense, Mr. Scarret, dit le banquier. Je crois réellement que c'est la meilleure solution. Après tout, Mr. Wynand a le droit et même le devoir de maintenir son prestige. Nous pouvons bien sacrifier... un chroniqueur et retrouver notre bonne entente habituelle.

— Je ne suis pas d'accord, cria Mitchell Layton, pas d'accord du tout. Pourquoi devrions-nous sacrifier Mr... un grand libéral, simplement parce que...

— Je suis de l'avis de Mr. Scarret, dit l'administrateur qui avait parlé des sénateurs.

Tous firent chorus, et celui qui venait de critiquer les éditoriaux de Wynand dit soudain dans le brouhaha général : « Gail Wynand a toujours été un chic type, il faut bien le dire », car il y avait en Mitchell Layton quelque chose qui lui déplaisait souverainement. En disant cela il cherchait le regard de Wynand, mais Wynand ne l'entendit même pas.

— Gail? demanda Scarret. Gail, qu'avez-vous à répondre?

Pas de réponse.

— Que diable, Wynand, c'est maintenant ou jamais. Les choses ne peuvent pas continuer ainsi!

— Faites-vous une raison, ou retirez-vous!

— Je suis prêt à tout racheter, hurla Layton. Vous n'auriez pas envie de vendre et de sortir de tout cela?

— Au nom du ciel, Wynand, ne soyez pas stupide!

— Gail; il s'agit de *L'Etendard*..., chuchota Scarret. Notre *Etendard*.

— Nous vous soutiendrons, Gail, nous ferons bloc, nous remettrons le journal sur pied, nous suivrons toutes vos directives, vous serez toujours le patron... mais, par Dieu, agissez en patron maintenant!

— Doucement, messieurs, doucement! Wynand, il faut en finir. Nous adoptons une autre politique dans l'affaire Cortland, nous reprenons Harding, Allen et Falk et nous évitons le naufrage. Est-ce oui, ou non?

Toujours pas de réponse.

– Wynand, vous le savez, c'est ou cela ou la liquidation du journal. Vous ne pouvez continuer ainsi, même si vous rachetiez toutes les actions. Ou accepter ou liquider. Vous feriez mieux d'accepter.

Wynand écoutait prononcer ces paroles qu'il avait déjà perçues dans tous leurs discours. Il le savait mieux que personne. Accepter ou liquider *L'Etendard*.

Il se souvint du jour où il avait fait poser la nouvelle enseigne pour remplacer celle de *La Gazette*.

– Vous feriez mieux d'accepter.

Il fit un pas en arrière. Non, il n'y avait pas de mur derrière lui, simplement le rebord d'un fauteuil.

Il pensa à cet instant où, dans sa chambre à coucher, il avait failli presser la gâchette. Il comprit que c'était maintenant qu'il achevait son geste.

– C'est bon, dit-il.

« Ce n'est que la capsule d'une bouteille, se dit Wynand apercevant à ses pieds quelque chose qui brillait. La capsule d'une bouteille prise entre deux pavés. Le pavé de New York abonde en trouvailles de ce genre : épingles de sûreté, boutons d'uniformes, chaînes d'évier et quelquefois un bijou perdu. Tout cela écrasé, aplati, mais cela fait briller le pavé. Quelqu'un a bu le contenu de cette bouteille et a jeté la capsule. Dieu sait combien de voitures ont passé dessus. Pourrait-on en refaire une capsule neuve ? Si l'on s'agenouillait et que l'on creusât la terre avec ses mains nues pour la dégager, pourrait-on lui rendre sa forme première ? Quel droit avais-je d'espérer échapper à mon destin ? Quel droit avais-je de m'agenouiller et de croire à une possible rédemption ? Il y a des millions d'années, alors que la terre venait de naître, des insectes s'engluaient dans la résine qui devait se transformer en ambre et des animaux préhistoriques s'enlisaient dans le limon qui devait se transformer en pierre. Je suis un homme du vingtième siècle qui s'est transformé en un morceau d'étain sur lequel passent tous les camions de New York. »

Il marchait lentement, le col de son pardessus relevé. Les rues vides s'allongeaient devant lui à perte de vue. Les buildings inégaux qui les bordaient ressemblaient à des livres sur le rayonnage d'une bibliothèque, assemblés sans ordre et de hauteur inégale. Les rues adjacentes formaient de noirs tunnels. Des réverbères distribuaient à la ville une lumière protectrice, mais très vite l'ombre reprenait ses droits. Il tourna dans une de ces rues en apercevant, à trois ou quatre pâtés de maisons, une lumière.

Cette lumière provenait de la boutique d'un prêteur sur gages. Le magasin était fermé, mais la vitrine était éclairée, peut-être pour décourager les cambrioleurs éventuels. Wynand s'arrêta et se mit à examiner ce bric-à-brac, se disant qu'il ne connaissait rien de plus triste qu'une boutique de prêteur sur gages. Des objets qui avaient été sacrés, et des choses précieuses pour certains hommes étaient là étalées aux yeux de tous, tripotées, marchandées, jetées en pâture à des indifférents, dans un mélange indescriptible. Une machine à écrire à côté d'un violon, deux pourvoyeurs de rêve ; de vieilles photographies et des alliances, ces témoins d'amours défuntes ; de vieux pantalons maculés, des cafetières ébréchées, des cendriers, des statuettes obscènes ; ces témoignages du désespoir, mis en gage et non vendus, apportés là avec encore un léger espoir et qui n'avaient jamais été retirés. « Hello, Gail Wynand », se dit-il à lui-même, et il reprit sa route.

Il sentit sous ses pieds une grille de fer et une odeur le saisit à la gorge, un odeur de poussière, de sueur et de vêtements sales, pire cent fois que l'odeur d'une écurie qui a quelque chose de sain et de normal. C'était la grille du métro. « Voilà, se dit-il, ce que donnent des corps humains en grande masse, manquant d'air et d'espace. Voilà le résultat, même si parmi cet amas d'êtres rassemblés se trouvent quelques robes blanches amidonnées, des cheveux propres, des peaux jeunes et saines. Voilà le résultat d'une addition ramenée à son plus bas commun dénominateur. Et que peut donner un amas de cerveaux humains, sans air et sans espace, si ce n'est *L'Etendard* ? »

Il reprit son chemin.

« Ma ville, se disait-il, cette ville que j'aimais, cette ville où je croyais régner. »

A l'issue du conseil d'administration, il avait dit à Scarret : « Occupez-vous de tout, Alvah, jusqu'à mon retour. » Il ne s'était pas arrêté pour parler à Manning, ivre de fatigue, dans la salle de rédaction, ni aux autres collaborateurs qui attendaient la décision du conseil d'administration, ni à Dominique. Scarret leur expliquerait. Rentrant chez lui, il s'était réfugié dans sa chambre où personne ne viendrait le déranger.

Lorsqu'il sortit de chez lui, il eut une impression de sécurité, car la nuit était venue. Il passa devant un kiosque à journaux et vit les dernières éditions des journaux du soir annonçant la fin de la grève Wynand. L'Association avait accepté les propositions de Scarret. Il savait que Scarret s'occuperait de tout, qu'il referait la première page de *L'Etendard* du lendemain, qu'il rédigerait l'éditorial qui paraîtrait sur cette première page. « Les rotatives fonctionnent en ce moment, se dit-il, et dans une heure *L'Etendard* de demain matin sortira. »

Il marchait au hasard. Il ne possédait plus rien, mais la ville le tenait. Il était juste que ce fût elle qui guidât ses pas et qu'il ne se dirigeât qu'au gré des carrefours. Et dire qu'il était celui qui avait désiré la puissance.

« Cette femme assise sur le perron de cette maison enfumée, ses grosses cuisses blanches écartées, cet homme poussant devant lui son gros ventre en descendant de taxi pour pénétrer dans un hôtel, ce petit homme malingre avalant une mauvaise bière au bar du coin, cette femme appuyée sur un matelas maculé dans l'embrasure d'une fenêtre, ce chauffeur de taxi résigné, cette femme à la boutonnière d'orchidée, ivre à la terrasse d'un café, cette vieille édentée vendant du chewing-gum, cet homme en bras de chemise adossé à la porte d'une taverne... voilà mes maîtres, des maîtres aux cent visages.

» Derrière chacune de ces fenêtres éclairées qui s'étagent les unes au-dessus des autres et montent vers le ciel, sous chaque lampe, il y a des gens que tu ne connaîtras jamais, mais qui sont tes maîtres, à table, au salon, dans leurs lits et dans leurs caves, dans leurs studios et dans leurs salles de bains, s'entassant dans des ascenseurs, s'empilant dans des autobus, tes maîtres,

Gail Wynand ! Ce sont eux qui tiennent dans leurs mains les fils de la marionnette que tu es. Tu te prenais pour un meneur d'hommes. Tu croyais les tenir en laisse. Cette laisse n'était qu'une corde avec des nœuds aux deux bouts.

» Mes maîtres, ces êtres anonymes, cette masse informe. Ce sont eux qui m'ont donné mon hôtel particulier, mon bureau, mon yacht. Et pour la somme de trois cents, je leur ai vendu Howard Roark. »

Il passa devant une cour pavée de marbre, profondément creusée dans un building, violemment éclairée, exhalant le souffle froid d'un immeuble réfrigéré. C'était un cinéma et dans l'enseigne lumineuse faite d'arcs-en-ciel on pouvait lire : *Roméo et Juliette.* Et sur un panneau, à côté de la colonne de verre du bureau de location, on lisait : « Le chef-d'œuvre immortel du grand Bill Shakespeare ! Mais rien de compliqué. Une simple histoire d'amour. Un garçon du Bronx rencontre une jeune fille de Brooklyn. Exactement comme le couple d'à côté. Exactement comme vous et moi. »

Il passa devant la porte ouverte d'un bar. Cela sentait la bière aigre. Une femme effondrée appuyait ses seins au rebord d'une table. Un piano mécanique jouait *L'Etoile du Soir* de Wagner, sur un rythme de jazz.

Puis il vit devant lui les arbres de Central Park. Il baissa les yeux. Il ne voulait pas voir l'Aquitania.

Il arriva de nouveau à l'angle d'une rue. Il avait évité les autres, mais celle-ci le happa. C'était un coin obscur, un bout de trottoir étroit serré entre un garage fermé et les hauts piliers du métro aérien. Il entendit décroître le bruit d'un camion disparaissant au bout de la rue. Il n'avait pu en lire le nom, mais il l'avait reconnu. Un kiosque s'abritait sous les piliers de fer du métro. Il leva lentement les yeux. La pile fraîche était là, prête à être distribuée. *L'Etendard* du matin.

Il ne s'approcha pas davantage, mais attendit. Il s'accordait encore quelques minutes d'ignorance.

Il vit des gens sans visage s'arrêtant devant le kiosque, les uns après les autres. Ils demandaient différents journaux, mais voyant la première page de *L'Etendard*, ils l'achetaient également. Appuyé contre le mur il attendait. « Ce n'est que juste, se disait-il, que je sois le dernier à apprendre ce que j'ai dit. »

Mais il ne put attendre davantage. Plus personne ne venait, le kiosque était désert et la pile était toujours là. Il ne pouvait distinguer le vendeur dans son trou noir, derrière la lumière. La rue était vide, formant un long couloir entre le squelette d'acier du métro. Il y avait des fenêtres allumées, mais il eut l'impression que personne ne vivait là. Un train passa avec un bruit de tonnerre au-dessus de sa tête, dans un cliquetis métallique, faisant vibrer les hauts piliers de fer. On pensait à un agrégat de métal fonçant sans conducteur à travers la nuit.

Il attendit que mourût le son, puis se dirigea vers le kiosque. « *L'Etendard* », demanda-t-il. Il ne discerna même pas si la personne qui lui tendait le journal était un homme ou une femme. Il ne vit qu'une main brunâtre et noueuse poussant le journal vers lui.

Il se remit à marcher, puis s'arrêta à un carrefour. Il y avait une photographie de Roark en première page, une photo excellente. Le visage calme, les hautes pommettes, la bouche ferme. Il se mit à lire l'éditorial, adossé à un pilier.

« Nous nous sommes toujours efforcés de dire à nos lecteurs toute la vérité, sans crainte, ni préjugés...

» ... une considération charitable et le bénéfice du doute même à un homme accusé du crime le plus abominable...

» ... mais après de consciencieuses investigations et à la lumière de nouvelles révélations, nous nous trouvons dans l'obligation d'avouer honnêtement que nous avons peut-être été trop indulgents...

» ... dans une société chez laquelle s'éveille un nouveau sens de responsabilité envers les déshérités de la vie...

» ... Nous joignons donc notre voix à celle de l'opinion publique...

» ... Le passé, la carrière, la personnalité d'Howard Roark semblent justifier l'impression généralement répandue que c'est le type même de l'homme dangereux, dénué de principes, antisocial...

» ... et si sa culpabilité est prouvée, ce qui paraît inévitable, Howard Roark mérite de porter le poids du châtiment le plus lourd que la société pourra lui infliger. »

Et c'était signé : « Gail Wynand. »

Lorsqu'il regarda de nouveau autour de lui, il était dans une rue brillamment éclairée, contemplant un mannequin de cire nonchalamment étendu sur une chaise longue dans la vitrine d'un grand magasin, et enveloppé d'un déshabillé rose saumon, un de ses doigts levé tenant un collier de perles.

Il ne se souvint pas d'avoir jeté le journal, et pourtant il ne le tenait plus à la main. Il regarda derrière lui. Comment retrouver un journal qui était tombé de ses mains, alors qu'il ne se souvenait même plus par où il avait passé. Et s'il détruisait cet exemplaire, il en resterait tant d'autres.

« Vous avez été dans ma vie cette rencontre qu'on ne fait qu'une fois... »

« Howard, cet éditorial je l'ai écrit il y a quarante ans, la nuit que j'ai passée sur le toit de notre maison, à contempler les lumières de la ville. »

Il reprit sa course. Une autre rue s'ouvrait devant lui, longue et vide, ponctuée à perte de vue de signaux verts lumineux, comme les perles d'un chapelet interminable. Il se mit à marcher d'un signal vert à un autre signal vert. Et il se disait : « Les mots que je prononce ne signifient rien, mais ils s'accordent au rythme de mon pas : *mea culpa., mea culpa... mea maxima culpa.* »

Il passa devant une échoppe où s'amoncelaient de vieilles chaussures corrodées par l'usure... devant la porte, surmontée d'une croix, d'une mission... devant une colonne d'affichage où achevait de s'écailler une affiche vantant les mérites d'un candidat politique qui avait gagné il y avait deux ans de cela... devant une épicerie sur la devanture de laquelle des cageots de légumes pourrissaient. Les rues devenaient toujours plus étroites, les murs se rapprochaient de plus en plus. Il sentit s'élever l'odeur du fleuve et des lambeaux de brume s'accrochèrent aux réverbères.

Il était dans Hell's Kitchen.

Les façades des maisons qui l'entouraient ressemblaient aux murs lépreux de cours intérieures qui auraient brusquement été exposés aux lumières. La misère s'étalait sans réticence, ayant dépassé le stade de la honte. Des cris lui parvinrent du bar du coin. Il ne put discerner si c'étaient des cris de joie ou de rage.

Il s'arrêta au milieu de la rue. Son regard remonta, du pavé crevassé, aux murs lézardés, aux fenêtres, aux toits.

« Je ne suis jamais sorti d'ici... Non, je n'en suis jamais sorti. Je me suis livré à l'épicier, aux dockers du ferry-boat, aux propriétaires de la taverne où je travaillais. Ce n'est pas toi qui commandes ici, tu m'entends, ce n'est pas toi qui commandes. Mais tu n'as jamais commandé nulle part, Gail Wynand, tu n'as fait que t'offrir à leur tyrannie. »

Il se prit à contempler, de l'autre côté de la ville, les formes élancées des grands gratte-ciel. Il vit des cordons de lumière montant sans support dans l'espace ; une coupole lumineuse qui ne se rattachait à rien ; un carré brillant se détachant en plein ciel. Il reconnaissait les buildings les plus fameux auxquels ces détails appartenaient et il pouvait en rétablir la forme dans l'espace.

« Mes juges et mes témoins, se dit-il. Ils s'élèvent fièrement au-dessus des toits affaissés. Ils s'élèvent dans un élan gracieux vers les étoiles, au-dessus de tout ce qui est lâche, las, accidentel. Il suffit de s'éloigner d'un mille sur l'océan pour ne plus les distinguer, mais on sait qu'ils sont là, dominant, immuables, la ville. Ainsi que dans les siècles passés, quelques individus isolés, se retranchant dans une fière solitude, nous sont un témoignage de ceux qui nous ont précédés. On ne peut vous échapper. Les rues changent, mais vous, vous êtes toujours là. Vous m'avez vu marcher le long des rues, cette nuit. Vous avez vu tous les pas que j'ai faits au long de toutes ces années. C'est vous que j'ai trahis, car j'étais fait pour être des vôtres. »

Il reprit sa marche. Il était tard. Sur les trottoirs déserts, les réverbères laissaient tomber un rond de lumière. Les klaxons des taxis cornant en passant dans les rues vides faisaient penser à la sonnette de la porte d'entrée résonnant longuement dans le corridor d'une maison abandonnée.

Un peu partout de vieux journaux traînaient, sur le pavé, sur les bancs des parcs, dans les corbeilles métalliques, à l'angle des rues. Beaucoup d'entre eux étaient des exemplaires de *L'Etendard*. « Le tirage remonte, Alvah, pensa-t-il. »

Il s'arrêta. Dans le ruisseau un journal s'étalait. C'était *L'Etendard*. La trace grise d'un talon de caoutchouc s'étalait sur le visage de Roark.

Il se pencha, pliant lentement les deux genoux, les deux bras, et ramassa le journal. Il arracha la première page et la mit dans sa poche.

« Une chaussure inconnue, quelque part dans la ville, appartenant à un pied que j'ai amené à cela... Je les ai tous déliés. C'est moi qui ai déchaîné ceux qui un jour devaient me dévorer. Il y a sur la terre une bête terrible, enchaînée par sa propre passivité. J'ai brisé ses chaînes. Elle n'était pas dangereuse, elle ne pouvait rien par elle-même. Je l'ai armée. Je lui ai donné ma force, mon énergie, ma vitalité. J'ai fait entendre une grande voix, mais les mots c'est elle qui me les dictait. La femme qui m'a jeté à la figure des feuilles de betteraves pourries en avait le droit. C'est moi qui ai conduit sa main.

» On peut tout oublier, on peut pardonner à tout le monde, sauf à celui qui se trahit lui-même. On peut pardonner à un Alvah Scarret, il n'avait rien à trahir. A un Mitchell Layton. Mais pas à moi. Je n'étais pas né pour devenir ce que je suis. »

<h1 style="text-align:center">4.17</h1>

Cette journée d'été était fraîche et pure. Le soleil semblait glisser dans une vapeur d'eau qui en atténuait la chaleur. La ville était inondée d'une vive lumière qui dessinait les contours des buildings. Partout, dans toutes les rues, comme des bouffées de fumée grise, des exemplaires de *L'Etendard* étaient déployés. Toute la ville, ricanant, se complaisait à lire l'acte d'abdication de Wynand.

« Ça y est », dit Gus Webb, président du mouvement *Nous ne lisons pas les journaux Wynand*. « C'était couru », dit Ike. « J'aimerais jeter un regard, juste un, sur la figure de Mr. Gail Wynand aujourd'hui », dit Sally Brent. « Il était temps », dit Homer Slottern. « Enfin Wynand a cédé », dit une femme aux lèvres minces qui savait peu de chose de Wynand et rien de l'affaire Cortland, mais qui aimait cette idée que quelqu'un s'était rendu. Dans sa cuisine, après le repas, une bonne grosse ménagère versait les restes du dîner dans un journal. Elle ne lisait jamais la première page, mais suivait une histoire d'amour dans le feuilleton de la deuxième. Elle enveloppa des pelures d'oignons et des os de côtelettes d'agneau dans la première page de *L'Etendard*.

« C'est formidable, déclara Lancelot Clokey, mais j'en veux à l'association, Ellsworth. Comment ont-ils pu vous lâcher ainsi ? – Ne soyez pas idiot, Lance, dit Ellsworth Toohey. – Que voulez-vous dire ? – C'est moi qui leur ai dit d'accepter. – *Vous !* – Oui. – Mais... " Une Voix s'élève "... – " Une Voix s'élève " peut attendre un mois ou deux, non ? J'ai soumis le cas au syndicat, demandant à être réintégré dans mon poste à *L'Etendard*. Il y a plusieurs manières d'écorcher un chat, Lance. L'important c'est d'abord de lui briser les reins. »

Ce soir-là, Roark sonnait à la porte de l'hôtel particulier de Wynand. Le maître d'hôtel qui lui ouvrit l'informa que Mr. Wynand ne pouvait le recevoir. Du trottoir, Roark, levant les yeux, discerna un carré de lumière, bien au-dessus des toits, la fenêtre du studio de Wynand.

Le lendemain matin, Roark vint voir Wynand à son bureau dans le building de *L'Etendard*.

– Mr. Wynand ne peut vous recevoir, Mr. Roark, lui répondit la secrétaire de Wynand.

Et elle ajouta d'une voix polie et disciplinée :

– Mr. Wynand m'a prié de vous dire qu'il désire ne jamais vous revoir. Roark lui écrivit une longue lettre.

– « ... Je sais, Gail. J'espérais que vous pourriez éviter cela, mais puisque c'était inévitable, repartez à zéro. Je sais ce que vous devez endurer en ce moment. Si cela peut vous aider, sachez que je suis prêt à vous répéter tout ce que je vous ai dit. Pour moi, rien n'est changé Vous êtes toujours celui

659

que vous étiez. Je ne vous dirai pas que je vous pardonne, il ne saurait être question de pardon entre nous. Mais si vous ne pouvez vous absoudre vous-même, voulez-vous me laisser le faire pour vous ? Tout cela n'a pas d'importance et ne pose pas pour vous un verdict définitif. Donnez-moi le droit de vous le faire oublier. Appuyez-vous sur ma foi en vous, jusqu'à ce que vous vous retrouviez vous-même. Je sais que c'est une chose qu'aucun homme ne peut faire pour un autre, mais si je suis toujours pour vous celui que j'étais, vous accepterez. Appelez cela, si vous voulez, une transfusion de sang. Vous en avez besoin, acceptez-la. C'est plus dur, je le sais, que de tenir tête à des grévistes. Si cela peut vous aider, faites-le pour l'amour de moi. Revenez, Gail. Vous aurez d'autres occasions de montrer ce que vous êtes. Ce que vous croyez avoir perdu ne peut jamais être ni perdu, ni trouvé. C'est en vous. »

Cette lettre revint à Roark. Elle n'avait pas été ouverte.

Alvah Scarret dirigeait *L'Etendard*. Wynand se tenait dans son bureau. Il avait enlevé la photographie de Roark. Il s'occupait des contrats de publicité, de l'administration et de la comptabilité. Scarret s'occupait entièrement de la rédaction. Wynand ne lisait même plus *L'Etendard*.

Lorsque Wynand apparaissait dans n'importe quelle partie du building, les employés lui obéissaient comme autrefois. Il était toujours une merveilleuse machine et une machine plus dangereuse qu'auparavant, car elle roulait sans essence et sans freins.

Le soir, il rentrait dans son hôtel sur le toit. Il n'avait pas revu Dominique. Scarret l'avait informé qu'elle était retournée à la campagne. Un jour Wynand donna l'ordre à sa secrétaire d'appeler le Connecticut. Il resta debout près de son bureau, tandis qu'elle demandait au maître d'hôtel si Mrs. Wynand était là. Celui-ci répondit affirmativement. La secrétaire raccrocha et Wynand retourna dans son bureau.

Il avait décidé de s'accorder quelques jours de répit. Ensuite il retournerait auprès de Dominique et leur mariage serait ce qu'elle aurait voulu qu'il soit au début. Il s'inclinerait.

« Attends, se répétait-il, dans une agonie d'impatience. Attends. Il te faut apprendre à l'affronter tel que tu es maintenant. T'entraîner à n'être plus qu'un mendiant. Tu ne pourras plus prétendre à des choses auxquelles tu n'as plus droit. Tu ne pourras plus lui montrer ni résistance, ni fierté à dresser ta force contre la sienne. Tu seras devant elle comme un homme qui n'a plus rien à donner, qui vivra des miettes qu'elle voudra bien t'accorder. Elle aura pour toi du mépris, mais ce mépris viendra d'elle et ce sera encore un lien. Il y a une sorte de dignité à renoncer ouvertement à sa dignité. Attends !... Dominique, pensait-il encore, je ne pourrai rien invoquer d'autre que le besoin que j'ai de vous et l'amour que j'ai pour vous. Je vous avais dit autrefois de ne pas vous en soucier. Mais maintenant je m'en servirai comme de la sébille d'un mendiant. Je vous aime... »

Dominique était étendue sur la grève, au bord du lac. Elle contemplait rêveusement la maison sur la colline, et les branches au-dessus de sa tête. Couchée sur le dos, elle observait le mouvement des branches sur le ciel. C'était une occupation absorbante qui lui donnait pleine satisfaction.

« Quelle jolie qualité de vert, se disait-elle, et quelle différence entre la couleur des feuilles et la couleur des objets. Le vert des feuilles est si lumineux, la force vive de l'arbre s'y manifeste. J'évoque, en les regardant, les branches, le tronc, les racines. Et cette frange de lumière qui les borde, c'est le reflet du soleil. Je sais par ces feuilles que la campagne est belle aujourd'hui. Ces taches de lumière qui se déplacent en cercles, c'est le reflet du lac, ce reflet dansant qui ne joue que sur l'eau. Le lac doit être magnifique aujourd'hui, je le devine rien qu'à voir ces taches. Je n'avais jamais, jusqu'à présent, joui profondément de la nature. Ce n'était pour moi qu'un décor sans signification. Et lorsque je pensais à ceux qui possédaient la terre, je ne pouvais plus l'aimer. Mais maintenant, je sais. Je sais qu'ils ne la possèdent pas, qu'ils ne possèdent rien. J'ai vu vivre un Gail Wynand et je sais maintenant ce qu'est leur vie. On ne peut pas haïr la terre à cause d'eux. La nature est merveilleuse. C'est un décor, mais pas le leur. »

Elle savait ce qui lui restait à faire, mais elle se donnait, elle aussi, quelques jours de répit. « J'ai appris à tout supporter, se disait-elle, excepté le bonheur. Il faut que j'apprenne à le porter, à ne pas fléchir sous son poids. C'est la seule discipline qui me reste à apprendre. »

Roark était à la fenêtre, dans son bungalow de Monadnock Valley. Il avait loué ce pavillon pour l'été et s'y rendait chaque fois qu'il ressentait le besoin de solitude et de repos. La soirée était douce. Le fenêtre donnait sur une petite colline entourée d'arbres se profilant sur l'horizon. Un rayon attardé du soleil couchant éclairait la cime des arbres. Roark savait qu'il y avait d'autres bungalows pas très loin du sien, mais il ne pouvait les apercevoir et il se sentait aussi reconnaissant que les autres estivants pour la manière dont il avait conçu Monadnock Valley.

Il perçut soudain le bruit d'une voiture qui approchait. Il écouta, étonné. Il n'attendait personne. La voiture s'arrêta, il alla ouvrir et ne fut nullement surpris de voir devant lui Dominique.

Elle entra comme si elle avait quitté la maison une demi-heure auparavant. Elle ne portait pas de chapeau, pas de bas, mais des sandales et une robe de toile bleu foncé à manches courtes qui ressemblait à un tablier de jardinier. Elle n'avait nullement l'air d'avoir traversé en voiture trois Etats, mais de revenir d'une promenade sur les collines. Il sentit que cet instant, dans sa simplicité, rendait tout leur sens aux sept années qui venaient de s'écouler.

– Howard !

Il écouta, comblé, vibrer dans la pièce l'écho de son nom.

Mais même en cet instant une pensée le traversa qui lui fit mal.

– Dominique, dit-il, attendons qu'il se soit ressaisi.

– Vous savez bien qu'il ne se ressaisira jamais.

- Ayez un peu pitié de lui.

– Ne parlez pas leur langue.

– Il ne pouvait pas faire autrement.

– Il pouvait renoncer au journal.

– C'était toute sa vie.

– La mienne est ici.

Roark ignorait que Wynand avait dit une fois que l'amour est un faiseur d'exceptions, et Wynand ne saurait jamais que Roark l'avait aimé au point de vouloir faire un compromis. Puis Roark comprit que ce sacrifice serait inutile, comme tous les sacrifices, et ce qu'il dit fut comme une signature sous la décision de Dominique :

– Je vous aime.

Elle regarda autour d'elle, demandant à ce qui l'entourait une aide dans cet instant d'une trop grande intensité. Ces murs qu'il avait dessinés, ces fauteuils dans lesquels il s'asseyait, son paquet de cigarettes sur la table, ces humbles nécessités de la vie quotidienne qui acquièrent une telle valeur quand la vie devient ce qu'elle était maintenant.

– Howard, j'ai compris ce que vous aviez l'intention de dire pour votre défense au cours de votre procès. Le fait qu'ils apprennent la vérité à votre sujet ne peut vous faire du tort.

– Non, certainement pas.

– Lorsque vous êtes venu me voir, un soir, et que vous m'avez parlé de Cortland, j'ai immédiatement compris ce que vous alliez faire et je n'ai pas essayé de vous en empêcher. Je savais que vous ne pouviez agir autrement, qu'il y avait des limites à ce que vous pouviez supporter. Cette fois, c'est mon tour. Mon Cortland à moi. Laissez-moi agir à ma guise. Ne me questionnez pas, ne cherchez pas à me protéger, quoi que je fasse.

– J'ai deviné ce que vous voulez faire.

– Vous savez que j'y suis obligée ?

– Oui.

Elle fit le geste d'envoyer quelque chose par-dessus son épaule. La question était réglée et il n'y avait plus à y revenir.

Elle fit quelques pas à travers la pièce pour se familiariser avec ce décor dans lequel elle allait vivre, pour exprimer aussi que, puisqu'il serait désormais toujours auprès d'elle, elle n'avait pas besoin de se hâter de faire la chose dont elle avait le plus envie : se tenir devant lui et le regarder. Elle savait qu'elle s'efforçait de gagner du temps, parce qu'elle n'était pas prête, qu'elle ne serait jamais prête à affronter l'instant qui allait venir. Elle tendit la main vers le paquet de cigarettes, sur la table.

Elle sentit les doigts de Roark se refermer sur son poignet tandis qu'il l'attirait contre lui. La prenant dans ses bras, il lui baisa longuement la bouche. Elle comprit que pendant sept années elle avait attendu cet instant et que même lorsqu'elle croyait avoir dominé cette attente, la douleur d'être séparée de lui et la faim qu'elle avait de lui n'avaient pas cessé de l'obséder.

Malgré la discipline qu'elle s'imposait, elle ne se domina pas aussi bien qu'elle le croyait, car elle sentit qu'il la soulevait dans ses bras et la portait à un fauteuil où il s'assit, la tenant sur ses genoux. Il riait sans bruit comme l'aurait fait un enfant, mais la manière ferme dont il la tenait trahissait son inquiétude. Tout lui parut simple désormais, elle sentit qu'elle n'avait plus rien à cacher et elle murmura très bas :

– Oui, Howard... à ce point...

– Pour moi aussi, cela a été très dur, répondit-il.

Et ces années de séparation furent effacées.

Se laissant glisser à ses pieds, elle s'assit par terre, s'adossa aux genoux de Roark et, levant la tête, lui sourit. Elle sentait que jamais elle ne serait parvenue à cette pure sérénité sans les violentes expériences qu'elle avait faites.

– Howard..., dit-elle... avec joie, complètement et pour toujours... sans réserves, et sans crainte... de la façon que vous souhaitez... comme votre femme ou comme votre maîtresse... secrètement ou publiquement... ici, ou dans une chambre meublée près d'une prison où je viendrai vous voir au parloir... cela n'aura pas d'importance... et que vous gagniez ou que vous perdiez votre procès, Howard, cela non plus n'a pas tant d'importance... Vous avez gagné depuis longtemps... Je resterai ce que je suis et je resterai avec vous... maintenant et toujours...

Il prit ses mains dans les siennes, elle le vit se pencher sur elle, confiant, désarmé, et elle sentit qu'elle se livrait à lui davantage encore en lui confiant son bonheur que sa peine. L'obscurité envahissait la pièce. Seul le rectangle de la fenêtre retenait un peu de lumière et la silhouette de Roark s'y détachait sur le ciel.

Quand elle s'éveilla, le soleil emplissait la pièce. Elle se mit à suivre des yeux les jeux de lumière au plafond. D'après le soleil, pâle encore, elle comprit qu'il était très tôt ; d'après le modelé du plafond, qu'elle était dans la chambre à coucher d'un bungalow de Monadnock Valley. A ses côtés, Roark dormait.

Elle se glissa hors du lit. Debout devant la fenêtre, les bras levés, elle s'offrit au soleil. Et elle se sentait si légère qu'il lui sembla que, traversé de rayons, son corps ne devait pas faire d'ombre.

Mais il fallait se hâter avant qu'il ne s'éveillât. Elle dénicha un pyjama dans le tiroir de la commode et l'enfila, puis se rendit dans le living-room, fermant doucement la porte derrière elle. Elle s'approcha du téléphone et, prenant le récepteur, appela le poste de police le plus proche.

– Ici Mrs. Gail Wynand, dit-elle. Je vous parle de la maison de Mr. Howard Roark, à Monadnock Valley. Je viens de m'apercevoir que l'on m'a volé cette nuit une bague, un saphir étoilé monté sur platine... Environ cinq mille dollars... C'était un cadeau de Mr. Roark... Pouvez-vous être ici dans une heure ?... Merci.

Allant dans la cuisine, elle prépara le café. L'éclat rose de la plaque électrique sous la cafetière lui parut la chose la plus belle du monde.

Elle dressa la table du petit déjeuner près d'une large baie dans le living-room. Roark parut en robe de chambre et se mit à rire à la vue de Dominique perdue dans un de ses pyjamas.

– Ne vous habillez pas, dit-elle. Asseyez-vous et déjeunons.

A peine avaient-ils terminé qu'ils entendirent le bruit d'une voiture s'arrêtant devant la maison. Dominique sourit et se leva pour ouvrir la porte.

Le shérif entra, accompagné de son adjoint et de deux reporters de journaux de l'endroit.

– Bonjour messieurs, dit Dominique, entrez, je vous prie.

– Mrs... Wynand ? questionna le shérif.

– Parfaitement. Mrs. Gail Wynand. Entrez. Asseyez-vous.

Dans les plis abondants de ce pyjama foncé qu'elle avait étroitement serré autour de sa taille par une ceinture, les manches lui tombant jusqu'au bout des doigts, Dominique était aussi élégante que dans la robe la plus habillée. Et elle était certainement la seule dans la pièce à sembler trouver la situation absolument normale.

Le shérif, qui tenait un calepin à la main, ne paraissait pas savoir qu'en faire. Ce fut Dominique qui lui souffla les questions qu'il devait lui poser et auxquelles elle répondit avec précision, en parfaite journaliste.

– Une bague, oui, un saphir étoilé monté sur platine. Je l'ai enlevée et l'ai posée ici, sur cette table, à côté de mon sac, avant d'aller me coucher... Il devait être environ dix heures... Quand je me suis levée ce matin, la bague avait disparu... Oui, la fenêtre était ouverte... Non, nous n'avons rien entendu... Non, elle n'était pas assurée. Je n'avais pas eu le temps de le faire, Mr. Roark me l'avait offerte tout récemment... Non, il n'y a pas de domestiques dans la maison et pas d'invités non plus... Oui, je vous en prie, fouillez partout... Le living-room, la chambre à coucher, la salle de bains et la cuisine... Mais oui, certainement, vous pouvez fouiller également, messieurs. Vous êtes journalistes, je suppose ? Désirez-vous me poser d'autres questions ?

Ils n'auraient vraiment pas su quelles questions poser. Jamais, dans toute leur carrière de reporters, on ne leur avait conté avec tant de bonne grâce un fait divers de cette nature.

Après avoir jeté un regard à Roark, Dominique évita de le regarder à nouveau. Cependant il tint sa promesse. Il ne fit rien pour l'empêcher d'agir comme elle le jugeait bon et, lorsque le shérif le questionna, il répondit suffisamment pour corroborer la déclaration de Dominique.

Les quatre hommes se retirèrent. Ils paraissaient soulagés de prendre congé. Le shérif lui-même avait compris qu'il ne serait pas nécessaire de faire une enquête pour retrouver cette bague.

– Je m'excuse, dit Dominique lorsqu'ils furent partis. C'était pour vous un moment bien désagréable à passer, mais c'était le seul moyen de faire parler de nous dans les journaux.

– Et lequel de vos saphirs étoilés ai-je eu l'honneur de vous offrir ?

– Je n'en possède aucun. Je n'aime pas les saphirs étoilés.

– Je crois que la charge de dynamite était plus forte encore que pour Cortland.

– Oui. Et maintenant Gail sera projeté du côté auquel il appartient. Ainsi il estime que vous êtes un homme « sans principe, le type de l'homme antisocial » ? Nous verrons ce qu'il éprouvera quand *L'Etendard* me couvrira moi aussi de boue. Pourquoi cela lui serait-il épargné ? Je regrette, Howard, mais je n'ai pas votre mansuétude. J'ai lu son éditorial. Ne me reprochez pas ce qui vient de se passer sinon je me mettrai à pleurer... je ne suis peut-être pas aussi forte que le shérif se l'est imaginé. Ce que je viens de faire ne pourra que compliquer les choses pour vous, en ajoutant un scandale à tout ce que l'on vous reproche déjà. Mais, Howard, maintenant nous sommes ensemble... contre tout le monde. On vous traitera de forçat et moi de femme adultère. Howard, vous rappelez-vous combien de choses me faisaient peur autrefois ? Maintenant il m'est indifférent de penser que notre nom va traîner dans tous les journaux. Mon chéri, sentez-vous combien je suis heureuse... et libre ?

— Oui, mais lorsque nous reparlerons de cet instant, je ne vous rappellerai pas que vous pleuriez, Dominique.

Le récit complet, comprenant le pyjama, la robe de chambre, la table du petit déjeuner et le lit unique, fut reproduit dans tous les journaux de New York, dans l'édition de l'après-midi.

Alvah Scarret entra en trombe dans le bureau de Wynand et jeta le journal sur sa table. Scarret n'avait jamais compris lui-même à quel point il était attaché à Wynand et cet attachement se manifesta par une frénétique explosion de colère.

— Le diable vous emporte, maudit fou que vous êtes ! Cela vous sied bien ! Oui, cela vous sied bien et j'en suis ravi, le diable emporte votre sacrée petite âme ! Et que comptez-vous faire maintenant ?

Wynand lut l'entrefilet et se mit à regarder fixement le journal. Scarret était debout devant son bureau. Il remarqua que les mains de Wynand, qui tenait le journal déployé, ne tremblaient pas. « Normalement, pensa-t-il, un homme qui tient ainsi les mains dans le vide devrait trembler. »

Wynand releva la tête. Scarret ne put lire dans ses yeux qu'une sorte de grave étonnement, comme si Wynand se demandait ce que Scarret faisait là devant lui. Terrifié, Scarret chuchota :

— Gail, qu'allons-nous faire ?

— Mais exploiter ce scandale, bien entendu.

— Mais... comment ?

— De toutes les manières que vous voudrez.

Scarret sentit la voix lui manquer. Il sentait que c'était maintenant ou jamais, car il n'aurait pas le courage de recommencer une autre fois.

— Gail, il vous faut divorcer.

Rien ne se passa et il reprit, sans regarder Wynand et parlant très fort pour se donner du courage :

— Vous n'avez pas d'autre choix, maintenant ! Il vous faut sauver ce qui reste de votre réputation. Il faut absolument que vous vous sépariez d'elle et c'est vous qui devez demander le divorce !

— Bon !

— Vous êtes d'accord ? Puis-je dire à Paul de commencer immédiatement les formalités ?

— Oui.

Scarret sortit en trombe. Se précipitant dans son propre bureau, il saisit le récepteur et appela l'homme d'affaires de Wynand Lorsqu'il l'eut au bout du fil, il lui expliqua la situation et répéta à plusieurs reprises :

— Lâchez tout et faites immédiatement le nécessaire, Paul. Tout de suite, aujourd'hui même, dépêchez-vous, Paul, avant qu'il ne change d'avis.

Wynand partit pour sa maison de campagne. Dominique était là qui l'attendait.

Elle se leva lorsqu'il entra et vint au-devant de lui, ne laissant pas de meubles entre eux, voulant qu'il la voie tout entière. Il s'arrêta et la regarda comme s'il était un observateur impartial qui voyait à la fois Dominique et un homme qui lui faisait face, mais qui n'était pas Gail Wynand.

Elle attendait qu'il parlât, mais il se taisait.

— Eh bien, je vous ai fourni un sujet qui va faire monter la vente du journal, Gail.

Il avait entendu, mais on sentait que rien du présent ne le touchait plus. Il avait l'air d'un comptable découvrant que son client a dépassé son crédit et que son compte doit être bouclé. Il dit simplement :

— Il y a une chose que j'aimerais savoir, si vous êtes disposée à me le dire. Est-ce la première fois que c'est arrivé depuis notre mariage ?

— Oui.

— Mais ce n'était pas la première fois ?

— Non, il a été mon premier amant.

— J'aurais dû le deviner. Vous avez épousé Peter Keating immédiatement après le procès Stoddard.

— Voulez-vous tout savoir ! Je suis prête à vous le dire. Lorsque je l'ai vu pour la première fois, il travaillait dans une carrière de granit. Pourquoi pas ? Vous faites bien tout ce que vous pouvez maintenant pour l'envoyer aux travaux forcés. Oui, il travaillait dans une carrière. Il ne me demanda pas mon consentement, il me viola. Ce fut ainsi que cela commença. Avez-vous l'intention de vous servir de ces matériaux pour *L'Etendard* ?

— Il vous aimait ?

— Oui.

— Et pourtant il a accepté de bâtir cette demeure pour nous.

— Oui.

— C'est tout ce que je voulais savoir.

Il se préparait à sortir.

— Par Dieu, s'exclama Dominique, quand on sait encaisser comme vous venez de le faire, on n'a pas le droit d'agir comme vous l'avez fait !

— C'est bien pour cela que j'encaisse.

Il sortit de la pièce, fermant doucement la porte derrière lui.

Guy Francon appela sa fille au téléphone ce soir-là. Depuis qu'il s'était retiré des affaires, il vivait seul dans sa propriété de campagne. Dominique avait refusé ce jour-là de répondre au téléphone, mais quand elle sut que son père l'appelait, elle prit le récepteur. Au lieu de l'explosion de fureur qu'elle attendait, elle entendit une voix lui dire avec douceur :

— Hello, Dominique.

— Hello, père.

— Tu quittes Wynand, n'est-ce pas ?

— Oui.

— Inutile que tu retournes en ville. Il n'est pas nécessaire d'en faire trop. Viens t'installer auprès de moi jusqu'au... jusqu'au procès Cortland.

Les choses qu'il n'avait pas exprimées et le ton de sa voix, ferme, simple, avec quelque chose qui ressemblait à de la joie, firent qu'elle répondit après un instant de réflexion d'une voix de petite fille, avec une sorte de gaieté confiante et lasse :

– Très bien, père. J'arriverai vers minuit. Faites-moi préparer un verre de lait et quelques sandwichs.

– Essaie de ne pas faire trop de vitesse, comme tu le fais toujours. Les routes ne sont pas fameuses.

Lorsqu'elle arriva, Guy Francon l'attendait sur le perron. Tous deux sourirent et Dominique comprit que son père ne lui poserait pas de questions, qu'il ne lui ferait pas de reproches. Il la conduisit dans un petit boudoir où il avait disposé un léger souper, près d'une fenêtre ouverte qui donnait sur le jardin obscur. Le gazon sentait bon, il y avait des bougies sur la table et un bouquet de jasmin dans un vase d'argent.

Elle s'assit, serrant entre ses doigts le verre glacé, et il s'installa en face d'elle, mâchant paisiblement un sandwich.

– Envie de parler, père ?

– Non. Je veux que tu boives ton lait et que tu ailles te coucher.

– Très bien.

Il piqua une olive et se mit à l'examiner d'un air pensif, puis, relevant la tête :

– Vois-tu, Dominique, je ne comprends peut-être pas tout, mais il y a en tout cas une chose dont je suis persuadé... c'est que tu ne pouvais rien faire de mieux et que cette fois tu as bien choisi.

– Oui, père.

– Et c'est pourquoi je suis content.

Elle approuva de la tête.

– Tu diras à Mr. Roark qu'il peut venir te voir aussi souvent qu'il le désire.

Dominique sourit.

– A qui, père ?

– A... Howard.

Elle avait le bras étendu sur la table. Elle y cacha sa tête. Francon regardait briller ses cheveux d'or à la clarté des bougies. Dissimulant toujours son visage, elle dit d'une voix qu'elle s'efforçait d'assurer :

– Ne me laissez pas m'endormir ici, père. Je suis fatiguée.

– Il sera acquitté, Dominique, dit Francon doucement.

Ainsi qu'il en avait donné l'ordre, Wynand recevait chaque jour tous les journaux de New York. Il lisait tout ce qui paraissait et savait tout ce qui se chuchotait en ville. Tout le monde devinait que l'histoire avait été inventée de toutes pièces. La femme d'un multimillionnaire ne signale pas la perte d'une bague de cinq mille dollars perdue dans de telles circonstances. Mais cela n'empêchait pas les gens de se régaler du scandale et d'en parler abondamment. Les commentaires les plus offensants s'étalaient dans les colonnes de *L'Etendard*.

Alvah Scarret avait découvert une nouvelle croisade à laquelle il se consacrait avec une ferveur renouvelée. Il sentait que c'était sa manière d'expier pour le manque de loyauté dont il avait fait preuve à un certain moment envers Wynand. Il voyait dans ce scandale un moyen de rendre à Wynand la faveur du public. Il le représenta à ses lecteurs comme la victime d'une passion malheureuse pour une femme dépravée. C'était Dominique qui avait forcé son mari à se faire le champion d'une cause immorale, et cela bien malgré lui. C'était elle qui avait failli ruiner le journal, la position, la réputation de son mari... tout cela pour servir son amant. Scarret implorait ses lecteurs d'être indulgents envers Wynand, un amour tragique, dévorant, étant sa justification. Scarret avait calculé juste. Chaque adjectif insultant adressé à Dominique augmentait la sympathie des lecteurs pour Wynand. Scarret, stimulé par le succès, se surpassait. Le public réagissait, le public féminin en particulier. Et cela aidait au lent et patient travail de réorganisation du journal.

Des lettres commencèrent d'arriver, pleines de condoléances généreuses et d'appréciations insolentes sur Dominique Francon. « Tout à fait comme autrefois, Gail, disait Scarret d'un air ravi, tout à fait comme autrefois ! » Il empilait les lettres sur le bureau de Wynand.

Ce que Scarret ne soupçonnait pas, c'est que c'était là pour Wynand la pire des épreuves. Il se forçait à lire toutes les lettres, ces lettres sur Dominique qu'il avait toujours tenue à l'écart de *L'Etendard*...

Lorsqu'ils se rencontraient à l'intérieur du building, Scarret le regardait en souriant timidement, comme un élève attendant un mot de félicitations de son professeur pour un devoir bien fait. Wynand ne lui faisait jamais aucune remarque. Scarret s'aventura à lui dire une fois :

– C'était une fameuse idée, hein, Gail ?

– Oui.

– Vous n'auriez pas d'autres suggestions à me faire ?

– Tout ceci vous regarde, Alvah.

– C'est vraiment elle qui est la cause de tout, Gail. Bien avant aujourd'hui. Tenez, le jour où vous l'avez épousée, j'ai eu les pires pressentiments. Vous vous souvenez que vous nous aviez interdit de faire paraître le moindre compte rendu sur votre mariage. Elle a discrédité *L'Etendard*, mais je veux bien être damné si je ne le reconstruis pas sur son propre corps. Comme il était auparavant. Notre cher vieil *Etendard*.

– Oui.

– Vous n'avez pas d'ordre à me donner, Gail ? Que pourrions-nous faire encore ?

– Tout ce que vous voudrez, Alvah.

4.18

Une branche se balançait dans le cadre de la fenêtre ouverte. Son mouvement léger évoquait le soleil, l'été, la terre généreuse. Dominique pensait à ce décor qu'est le monde. Wynand revoyait deux mains pliant une branche pour lui expliquer le sens de la vie. Entre les feuilles, on devinait, par-delà la rivière, New York et son profil déchiqueté. Les gratte-ciel s'élevaient comme des tours de lumière, lavés de blanc par le soleil et par l'été. Une foule nombreuse, venue assister au procès d'Howard Roark, remplissait la salle du tribunal.

Roark était assis à la table de la défense. Il écoutait avec calme.

Dominique était au troisième rang. Bien qu'elle ne sourît pas, il y avait sur son visage le reflet d'un sourire. Elle regardait vers la fenêtre.

Gail Wynand s'était assis tout au fond de la salle. Il était arrivé seul, alors que la salle était déjà pleine. Il n'avait remarqué ni les regards que les gens lui lançaient, ni les éclairs de magnésium sur son passage. Il était resté debout un instant, examinant la salle d'un air détaché. Il portait un complet gris clair et un panama à large bord, relevé d'un côté. Son regard se posa sur Dominique avec la même indifférence que sur le reste de l'auditoire. En s'asseyant, il regarda Roark. Dès l'instant où Wynand était entré, Roark n'avait pas cessé de chercher son regard. Dès que Wynand s'en aperçut, il se détourna.

— Le motif que l'accusation se fait forte de prouver, disait le procureur s'adressant au jury, dépasse les sentiments normaux d'un être humain. Il apparaîtra certainement à la majorité d'entre vous comme monstrueux et inconcevable.

Dominique était venue assister au procès en compagnie de Mallory, de Heller, de Lansing, d'Enright, de Mike et de... Guy Francon, au grand scandale de ses amis. Dans la foule, les célébrités étaient dispersées comme la queue d'une comète qui, partant d'Ellsworth Toohey, assis au premier rang, serpentait dans la salle : Loïs Cook, Gordon L. Prescott, Gus Webb, Lancelot Clokey, Ike, Jules Fougler, Sally Brent, Homer Slottern, Mitchell Layton.

« Ainsi qu'une charge de dynamite projeta dans les airs un building, ainsi tout sens de l'humain a été arraché de l'âme de cet homme. C'est que nous avons affaire, Messieurs les Jurés, au plus dangereux des explosifs, l'égoïsme ! »

Sur des rangées de chaises, l'appui des fenêtres, dans les couloirs, contre les murs, une masse humaine compacte ne formait qu'un seul bloc, sur lequel se détachait l'ovale blanc des visages. Ces visages distincts, uniques, dont pas deux n'étaient pareils. Chacun d'eux portait la marque d'une vie à mi-chemin ou au terme de sa course et l'on pouvait y lire la lutte, l'espoir, et un effort, honnête ou malhonnête, mais un effort vers quelque chose. Et cet effort avait laissé sur tous ces visages, sur des lèvres au sourire méchant, sur des bouches découragées, ou serrées par une fausse dignité, un stigmate commun, celui de la souffrance.

« A notre époque, aux jours que nous vivons, alors que le monde est déchiré par des problèmes gigantesques, cherchant une réponse à des questions dont dépend le sort même de l'humanité, cet homme attache à un concept aussi vague, aussi relatif que son jugement artistique, suffisamment d'importance pour en faire son unique passion et le motif d'un crime contre la société. »

Les gens étaient venus assister à un procès sensationnel, voir de près des célébrités, chercher des sujets de conversation, se faire voir, tuer le temps. Ils retourneraient tout à l'heure à un travail qu'ils n'avaient pas désiré, à une famille qu'ils n'aimaient pas, à des amis qu'ils n'avaient pas choisis. Ils retrouveraient leur intérieur, leurs vêtements du soir, leurs cocktails et le cinéma, mais aussi des chagrins inavoués, des espoirs étouffés, des désirs jamais atteints, abandonnés comme ces sentiers où ne passe plus personne, et ils retrouveraient aussi leurs efforts pour ne pas penser, pour ne pas parler, pour oublier, pour renoncer. Cependant chacun d'eux avait connu quelque moment inoubliable... un matin où il ne s'était rien passé, une œuvre musicale qu'il ne réentendrait jamais de cette façon-là, un visage entrevu dans un autobus... un de ces instants où il avait envisagé une autre façon de vivre. Et chacun d'eux se rappelait aussi d'autres moments, au cours de nuits d'insomnie, à l'église, dans une rue déserte au coucher du soleil, où il s'était demandé pourquoi il y avait tant de souffrance et tant de laideur dans le monde. Ils n'avaient pas cherché à trouver une réponse à cette interrogation et ils avaient continué de vivre comme s'il n'était pas nécessaire d'en trouver une. Mais chacun avait connu cet instant où, dans le dépouillement de la solitude, il avait éprouvé le besoin d'une réponse.

« ... un égoïste éhonté, arrogant, qui voulait avoir raison à n'importe quel prix... »

Les douze jurés, le visage attentif, écoutaient l'exposé du procureur. Des gens avaient chuchoté que le jury avait l'air dur. Il était composé de deux administrateurs-délégués, de deux ingénieurs, d'un mathématicien, d'un conducteur de camion, d'un manœuvre, d'un électricien, d'un jardinier et de trois ouvriers d'usine. La composition de ce jury avait demandé un certain temps. Après en avoir refusé un grand nombre, Roark avait choisi ces douze hommes. Le procureur avait donné son agrément en faisant toutefois remarquer à Roark ce qui arrivait quand un amateur entreprenait de présenter lui-même sa propre défense; un avocat aurait porté son choix sur les types d'hommes les plus indulgents, les plus aptes à répondre à un appel à la pitié; Roark avait choisi les visages les plus durs.

« ... Si encore il s'était agi de la demeure d'un milliardaire, mais une habitation à bon marché, Messieurs les Jurés, une habitation à bon marché ! »

Le juge se tenait très droit sur son siège élevé. Ses cheveux gris, son visage sévère le faisaient ressembler à un officier.

« ... un homme qui avait été instruit à servir la société, un constructeur devenant un destructeur... »

La voix s'élevait, souple, persuasive. Le public lui accordait l'attention que l'on donne à un bon ordinaire, satisfaisant, mais rapidement oublié. Il approuvait chaque phrase. Il avait déjà entendu tout cela, il n'avait même entendu que cela, c'était l'évidence même.

Le procureur fit entendre ses témoins. Le policeman qui avait arrêté Roark raconta comment il avait trouvé celui-ci près du détonateur. Le veilleur de nuit, comment il avait été éloigné. Son témoignage fut bref, le procureur préférant ne pas soulever la question de la présence de Dominique aux abords du building. Le surveillant confirma que la dynamite avait été dérobée dans les entrepôts de Cortland. Des personnages officiels, des inspecteurs, des experts, vinrent témoigner de la valeur du building et de l'étendue des dégâts. Ainsi se termina la première journée du procès.

Peter Keating fut le premier témoin appelé le jour suivant.

Il s'assit, légèrement penché en avant. Il regardait docilement le procureur. De temps à autre, son regard s'échappait vers la foule, vers le jury, vers Roark, sans qu'il changeât pour cela d'expression.

– Mr. Keating, pouvez-vous jurer sous serment que c'est vous qui avez exécuté le projet d'habitations à bon marché connu sous le nom de projet Cortland ?

– Non, ce n'est pas moi.

– Qui l'a exécuté ?

– Howard Roark.

– Sur la demande de qui ?

– Sur ma demande.

– Pourquoi avez-vous fait appel à lui ?

– Parce que je n'étais pas capable de faire ce projet moi-même.

On ne sentait aucun effort dans cette voix pour prononcer la vérité. Rien qu'une immense indifférence.

Le procureur lui tendit une feuille de papier.

– Est-ce bien là le document que vous avez signé ?

– Oui, dit Keating en gardant le papier à la main.

– C'est bien la signature d'Howard Roark ?

– Oui.

– Veuillez, je vous prie, lire le contenu de cet accord au jury.

Keating se mit à lire à haute voix. Sa voix coulait régulière, bien dressée. Personne dans la salle ne réalisa que ce témoignage, dans l'esprit de la partie plaignante, devait faire sensation. Ce n'était pas un architecte célèbre confessant publiquement son incompétence, mais un homme récitant une leçon bien apprise. On avait l'impression que si on l'interrompait, il serait incapable de lire la phrase suivante, mais serait obligé de reprendre depuis le commencement.

Il répondit à un grand nombre de questions. Le procureur produisit ensuite comme pièces justificatives les premiers croquis de Roark que Keating avait conservés ; les copies que Keating en avait faites et des photographies de Cortland tel qu'il avait été construit.

– Pourquoi vous êtes-vous opposé si énergiquement aux excellentes modifications suggérées par Mr. Prescott et Mr. Webb ?

– J'avais peur d'Howard Roark.

– Qu'aviez-vous donc à craindre de lui ?

– Tout.

– Que voulez-vous dire ?

– Je ne sais pas. J'avais peur. J'ai toujours eu peur.

Les questions se suivaient. Bien que cette situation fût en elle-même curieuse, le public s'ennuyait. Ce témoin paraissait ne pas appartenir au procès, tant sa façon de s'exprimer était impersonnelle.

Lorsque Keating se retira, le public eut l'impression étrange que rien ne s'était passé.

– L'Accusation en a terminé, dit l'avocat général.

Le juge se tourna dans la direction de Roark.

– Vous avez la parole, dit-il avec aménité.

Roark se leva.

– Je ne citerai aucun témoin à décharge, Votre Honneur, dit-il. Ceci sera à la fois mon témoignage et ma défense.

– Veuillez prêter serment.

Roark, debout, prêta serment. Tout le monde le regardait et tous, le sentant condamné d'avance, n'éprouvaient plus pour lui cet obscur ressentiment, cette impression d'insécurité qu'il suscitait chez la plupart des gens. Et pour la première fois ils le virent tel qu'il était : un homme qui ne connaissait pas la peur.

La peur à laquelle ils pensaient n'était pas ce sentiment normal qu'éveille un danger tangible, mais cette peur chronique, inavouée, dans laquelle vivent la plupart des gens. Ils évoquaient le souvenir de ces moments amers où, dans la solitude, un homme imagine les paroles hardies qu'il aurait pu prononcer mais qu'il n'a pas dites, et prend en haine l'homme plus courageux que lui qui les prononcera ; l'amertume qu'il y a à se sentir si fort et si capable quand on est seul et tellement incapable de donner vie, dans la réalité, à cette image qu'on se fait de soi. Rêveries ? Illusions sur soi-même ? Ou réalité assassinée, mort-née, tuée par cette force destructrice qui n'a pas de nom précis : peur, faiblesse, dépendance, haine.

Roark était là, devant eux, dans toute son innocence, parfaitement et simplement lui-même. Il était ainsi en face d'une foule hostile et cette foule, brusquement, cessa de le haïr. Le temps d'un éclair elle s'identifia à lui. Chacun se demanda : « Ai-je vraiment besoin de l'approbation des autres ? Est-ce donc si important pour moi ? Suis-je à ce point dépendant des autres ? » Et pendant ce court instant, chacun se sentit libre, suffisamment libre pour éprouver de la bienveillance envers ceux qui l'entouraient.

Ce ne fut qu'un instant, cet instant de silence qui précéda le moment où Roark se mit à parler.

« Il y a des milliers d'années, un homme fit du feu pour la première fois. Il fut probablement brûlé vif sur le bûcher qu'il avait allumé de ses propres mains. Il fut considéré comme un malfaiteur qui avait dérobé à un démon un secret que l'humanité redoutait. Mais, grâce à lui, les hommes purent se chauffer, cuire leurs aliments, éclairer leurs cavernes. Il leur laissa un don inestimable et chassa les ténèbres de la terre. Des siècles plus tard, un autre homme inventa la roue. Il fut probablement écartelé sur cette roue qu'il avait enseigné à ses frères à construire. Il fut considéré comme un transgresseur qui s'aventurait dans un domaine interdit. Mais, grâce à lui, les hommes purent voyager dans toutes les directions. Il leur laissait, lui aussi, un don d'une valeur inestimable et avait ouvert pour eux les routes du monde.

» Cet homme-là, le pionnier, le précurseur, nous le retrouvons dans toutes les légendes que l'homme a imaginées pour expliquer le commencement de toutes choses. Prométhée fut enchaîné à un rocher et dépecé par des vautours parce qu'il avait dérobé le feu des dieux. Adam fut condamné à souffrir parce qu'il avait mangé du fruit de l'arbre de la connaissance Quelle que soit la légende, l'humanité sait obscurément que c'est à ces héros obscurs qu'elle doit sa gloire et que chacun d'eux paya son courage de sa vie.

» Et au cours des siècles il y eut ainsi des hommes qui s'élancèrent sur des voies nouvelles, guidés uniquement par leur vision intérieure. Leurs buts différaient, mais tous avaient ceci en commun : ils s'élançaient les premiers sur une route nouvelle, leur vision était originale et ils ne recevaient en retour que de la haine. Les grands créateurs : les penseurs, les artistes, les savants, les inventeurs, se sont toujours dressés, solitaires, contre les hommes de leur temps. Chaque grande pensée nouvelle ne rencontra qu'opposition ; chaque grande invention qu'incrédulité. Le premier moteur fut considéré comme une absurdité, l'avion comme une impossibilité, le métier mécanique comme une invention répréhensible, l'anesthésie comme un péché, mais les hommes qui avaient inventé tout cela continuèrent d'aller de l'avant. Ils luttèrent ; ils souffrirent, mais ils remportèrent la victoire.

» Aucun de ces créateurs n'était inspiré par le désir de servir l'humanité, car les hommes refusaient ce qu'il leur apportait, ayant horreur de tout ce qui pouvait changer leur routine paresseuse. Sa conviction intérieure était son unique motif. Une œuvre à accomplir, conçue par lui, exécutée par lui. Que ce fût une symphonie, un livre, un moteur, un système philosophique, un avion ou un building... là était son but et le sens de sa vie, et non pas ceux qui entendraient, liraient ou se serviraient de ce qu'il créait. La création en elle-même et non celui à laquelle elle était destinée. L'œuvre et non pas les bienfaits qu'en retireraient d'autres hommes. Cette œuvre qui donnerait forme à sa vérité intérieure, cette vérité qui comptait pour lui plus que tout.

» Sa vision intérieure, sa force, son courage, il les puisait en lui-même, dans cette entité qu'est la conscience de l'homme, car penser, sentir, juger sont des fonctions du moi.

» C'est pourquoi les créateurs ne sont jamais dépourvus d'égoïsme. C'est en cela que réside le secret de leur puissance ; ils trouvent en eux-mêmes leurs raisons de créer, leur source d'énergie, leur principe moteur. Le créateur ne sert rien ni personne. Il vit pour lui-même.

» Et c'est uniquement en vivant pour lui-même que l'homme est capable de réaliser les œuvres qui sont l'honneur de l'humanité, car telle est la loi même de la création.

» L'homme ne peut se maintenir sur la terre que grâce à sa pensée. Il vient au monde désarmé. Son cerveau est son unique arme. Les animaux se procurent leur nourriture par la force. L'homme n'a ni griffes, ni crocs, ni cornes, ni même une très grande force musculaire. Il lui faut cultiver les aliments qu'il absorbe ou se livrer à la chasse, à la pêche. Pour cela il lui faut des armes, et ces armes sont encore une création de son esprit. Des plus humbles nécessités aux abstractions religieuses les plus hautes, de la roue au gratte-ciel, tout ce que nous sommes et tout ce que nous possédons nous vient d'une fonction que seul l'homme possède... sa faculté de raisonner.

» Mais l'esprit est un attribut individuel. Il n'existe rien de pareil à un cerveau collectif. Une décision prise par un groupe d'hommes n'est jamais qu'un compromis ou une moyenne de la pensée de plusieurs. C'est une conséquence secondaire. Mais l'acte premier, le processus du raisonnement, doit être accompli par un individu isolé. Nous pouvons partager un repas entre plusieurs personnes, mais ce repas ne peut être digéré par un estomac collectif, et aucun homme ne peut, à l'aide de ses poumons, respirer pour un autre. Toutes les fonctions de notre corps et de notre esprit nous sont personnelles. Nous ne pouvons ni les partager, ni les transférer.

» Nous héritons du produit de la pensée des hommes qui nous ont précédés. De la roue, nous faisons une charrette, puis une auto. Cette auto se transforme en avion. Mais en réalité tout cela n'est rien d'autre que la résultante d'une pensée. Or la faculté créatrice ne peut être ni donnée, ni reprise, ni partagée, ni empruntée, elle appartient en propre à un individu. L'œuvre qu'il crée appartient au créateur. Certes, les hommes apprennent beaucoup les uns par les autres, mais ce qu'un homme ne peut donner à un autre, c'est la capacité de penser par lui-même.

» Rien n'est donné à l'homme sur la terre. Tout ce qui lui est nécessaire, il lui faut le produire. Et c'est là que l'homme se trouve en face de cette alternative : ou vivre du travail indépendant de son propre esprit, ou n'être qu'un parasite nourri par l'esprit des autres. Le créateur s'exprime, le parasite emprunte. Le créateur affronte la vie directement, le parasite à l'aide d'intermédiaires.

» Le but du créateur est la conquête des éléments ; le but du parasite est la conquête des autres hommes.

» Le créateur vit pour son œuvre. Il n'a pas besoin des autres. Son véritable but est en lui-même. Le parasite vit par dépendance. Il a besoin des autres. Les autres hommes sont pour lui le principe moteur.

» Le besoin le plus profond du créateur est l'indépendance. L'esprit humain ne peut travailler sous la contrainte. Il ne peut être plié, sacrifié ou subordonné à des considérations quelles qu'elles soient. Et c'est pourquoi ses relations avec les autres hommes sont, pour le créateur, secondaires.

» Le besoin profond du parasite est d'assurer ses biens avec les autres hommes. Il met au-dessus de tout les relations. Il déclare à qui veut l'entendre que l'homme est fait pour servir l'homme. Il prêche l'altruisme.

» L'altruisme est cette doctrine qui demande que l'homme vive pour les autres et qu'il place les autres au-dessus de lui-même.

» Or aucun homme ne peut vivre pour un autre. Il ne peut pas davantage démembrer son cerveau qu'il ne peut démembrer son corps. Mais le parasite s'est fait de l'altruisme une arme pour exploiter l'humanité et détruire les bases mêmes des principes moraux de l'humanité. Tout ce qu'on a enseigné à l'homme détruisait en lui le créateur, car on lui a fait croire que la dépendance est une vertu.

» L'homme qui s'efforce de vivre pour les autres est un homme dépendant. Il est lui-même un parasite et transforme ceux qu'il sert en parasites. Rien ne peut résulter de cet échange qu'une mutuelle corruption. L'homme qui, dans la réalité, s'approche le plus de cette conception est l'esclave. Si l'esclavage par la force est déjà une chose répugnante, que dire de l'esclavage spirituel. Il reste dans l'homme asservi un vestige d'honneur, le mérite d'avoir résisté et le fait de considérer sa situation comme mauvaise. Mais l'homme qui se transforme en esclave volontaire au nom de l'amour est la créature la plus basse qui existe. Elle porte atteinte à la dignité de l'homme et à la conception même de l'amour. Et telle est cependant l'essence même de l'altruisme.

» On a enseigné à l'homme que la plus haute vertu n'était pas de créer, mais de donner. Mais comment peut-on donner une chose avant de la créer ?

La création vient avant le don, sans cela il n'y aurait rien à donner; la nécessité intérieure du créateur avant les besoins des bénéficiaires éventuels. Et cependant on nous a appris à admirer l'être de second plan qui dispense des dons qu'il n'a pas créés, en passant par-dessus celui qui a rendu ce don possible. Nous appelons cela un acte de charité, et nous l'admirons davantage qu'un acte de création.

» Les hommes ont appris également que leur premier souci devait être de soulager les misères des autres hommes. Or la souffrance est une maladie. Si un homme se trouve en contact avec cette maladie, il est naturel qu'il cherche à donner au malade l'aide dont celui-ci a besoin, mais faire de cet acte la plus grande marque de vertu est faire de la souffrance la chose la plus importante de la vie. L'homme en arrive alors à souhaiter les souffrances des autres, afin de pouvoir faire montre de vertu. Telle est la nature même de l'altruisme. Le créateur, lui, n'a pas pour intérêt premier la souffrance, mais la vie. Mais en réalité l'œuvre des créateurs a plus fait pour supprimer sur la terre toutes les formes de souffrance, aussi bien morales que physiques, que l'altruiste ne peut l'imaginer.

» On a également enseigné à l'homme que faire chorus avec les autres est une vertu. Or le créateur est par essence même un homme qui s'oppose aux autres hommes. On a fait croire à l'homme que nager dans le courant est une vertu. Or le créateur est un homme qui nage contre le courant. Les hommes croient également que vivre en foule est une vertu. Or le créateur est un homme qui vit seul.

» On a enseigné à l'homme que le moi est synonyme de mal, et que l'oubli de soi-même est la plus haute des vertus. Mais le créateur est un égotiste dans le sens du mot le plus absolu, car l'homme dépourvu d'égotisme est celui qui ne pense, ne sent, ne juge ni n'agit par lui-même.

» Et c'est ici que l'échelle des valeurs a été le plus dangereusement faussée; que toute liberté a été enlevée à l'homme. C'était ou l'égotisme ou l'altruisme; l'égotisme étant considéré comme le fait de sacrifier les autres à soi-même, l'altruisme le fait de se sacrifier soi-même aux autres. Ceci liait irrévocablement l'homme à l'homme, ne lui laissant le choix qu'entre deux partis également pénibles, ou souffrir par les autres ou faire souffrir les autres. Et lorsque enfin on eut persuadé l'homme qu'il trouverait ses plus grandes joies dans le sacrifice de lui-même, la trappe se referma. L'homme se vit forcé d'accepter le masochisme comme son idéal, puisque le sadisme était l'unique parti qui s'offrait à lui. Et ce fut là la plus grande tromperie qu'on eût jamais infligée à l'humanité.

» Ce fut ainsi qu'on fit de la faiblesse et de la souffrance les bases mêmes de la vie.

» Or, en réalité, ce n'est pas entre le sacrifice de soi et la domination des autres qu'il s'agit de choisir, mais entre l'indépendance et la dépendance. Entre le code du créateur et celui du parasite. Le code du créateur est bâti sur les besoins d'un esprit indépendant, celui du parasite sur les besoins d'un esprit dépendant. Or tout ce que produit un esprit indépendant est juste et tout ce qui provient d'un esprit dépendant est faux.

» L'égotiste dans le sens absolu du terme n'est pas l'homme qui sacrifie les autres. C'est celui qui a renoncé à se servir des hommes de quelque façon que ce soit, qui ne vit pas en fonction d'eux, qui ne fait pas des autres le moteur initial de ses actes, de ses pensées, de ses désirs, qui ne puise pas en eux la source de son énergie. Il n'existe pas en fonction d'un autre, pas plus qu'il ne demande à un autre d'exister en fonction de lui. C'est là la seule forme de fraternité, basée sur un respect mutuel, possible entre les hommes.

» L'homme peut être plus ou moins doué, mais un principe essentiel demeure : le degré d'indépendance à laquelle il est arrivé, son initiative personnelle et l'amour qu'il porte à son travail. C'est cela qui détermine et sa capacité en tant que travailleur, et sa valeur en tant qu'homme. L'indépendance est la seule jauge avec laquelle on puisse mesurer l'homme. Ce qu'un homme fait de lui-même et par lui-même et non ce qu'il fait ou ne fait pas pour les autres. Rien ne peut remplacer la dignité personnelle. Et il n'y a pas de dignité personnelle sans indépendance.

» Dans les rapports humains tels qu'ils doivent être, il n'existe pas de notion de sacrifice. Un architecte ne peut vivre sans clients, mais cela ne veut pas dire qu'il doive subordonner son travail à leurs désirs. Ils ont besoin de lui, mais ils ne le chargent pas de leur construire une demeure simplement pour lui fournir du travail. Deux hommes échangent leur travail par un libre consentement mutuel, parce qu'ils y trouvent l'un et l'autre leur intérêt et que tous deux désirent cet échange. Sinon, rien ne les y oblige. C'est là la seule forme possible de relations entre égaux. Toute autre conception est celle de l'esclave au maître ou de la victime à son bourreau.

» Aucune œuvre digne de ce nom ne peut être accomplie collectivement, par la décision d'une majorité. Chaque création doit être conçue par un esprit original. Un architecte a besoin d'un grand nombre de corps de métiers pour construire le building qu'il a conçu, mais il ne leur demande pas d'approuver ses plans. Ils travaillent ensemble par consentement mutuel, chacun remplissant la fonction qui lui est propre. Un architecte se sert de l'acier, du verre, du béton que d'autres que lui ont préparés. Mais ces matériaux ne sont que des matériaux tant qu'il ne les a pas transformés en leur donnant une forme qui lui est personnelle. Voilà la seule forme possible de coopération entre les hommes.

» Le premier droit de l'homme, c'est le droit d'être lui-même. Et le premier devoir de l'homme est son devoir envers lui-même. Et le principe moral le plus sacré est de ne jamais transposer dans d'autres êtres le but même de sa vie. L'obligation morale la plus importante pour l'homme est d'accomplir ce qu'il désire faire, à condition que ce désir ne dépende pas, avant tout, des autres. C'est uniquement selon un tel code que peut vivre, penser, créer le créateur. Mais ce n'est pas là la sphère du gangster, de l'altruiste ou du dictateur.

» L'homme pense et travaille seul. Mais il ne peut pas piller, exploiter ou dominer... seul. Le pillage, l'exploitation de l'homme par l'homme et la dictature présupposent des victimes, donc des êtres dépendants. C'est le domaine du parasite.

» Les conducteurs d'hommes ne sont pas des égotistes. Ils ne créent rien. Ils existent entièrement en fonction des autres. Leur but est d'asservir des êtres. Ils sont aussi dépendants que le mendiant, le travailleur social ou le bandit. La forme de dépendance importe peu.

» Mais on enseigna aux hommes à considérer ces parasites, les tyrans, les empereurs, les dictateurs, comme des symboles même de l'égotisme. Et grâce à cette immense duperie, ceux-ci furent en mesure de détruire l'âme humaine, la leur aussi bien que celle des autres.

» Depuis le début de l'ère historique, les deux antagonistes, le créateur et le parasite, s'affrontèrent. Et à la première invention du créateur, le parasite répondit en inventant l'altruisme.

» Le créateur... honni, persécuté, exploité, n'en allait pas moins de l'avant, emportant l'humanité dans le rythme de son énergie. Le parasite, lui, ne faisait rien d'autre que multiplier les obstacles. Cette lutte portait d'ailleurs un autre nom : celle de l'individu contre la collectivité.

» Le " bien commun " de la collectivité en tant que race, que classe ou qu'Etat fut le but avoué et la justification de toutes les tyrannies qui furent imposées à l'homme. Les pires horreurs furent accomplies au nom de l'altruisme. Est-il possible que n'importe quel acte accompli par égoïsme ait jamais atteint aux carnages perpétrés au nom de l'altruisme ? La faute en est-elle à l'hypocrisie ou aux principes faux qu'on a inculqués aux hommes ? Les pires bouchers furent les hommes les plus sincères. Ils croyaient atteindre à la société parfaite grâce à la guillotine et au peloton d'exécution. Personne ne leur demanda raison de leurs meurtres, puisqu'ils les accomplissaient par altruisme. Les acteurs changent, mais la tragédie reste la même. Un être soi-disant humanitaire commence par des déclarations d'amour pour l'humanité et finit par faire verser des mares de sang. Cela continue et cela continuera tant que l'on fera croire à l'homme qu'une action est bonne à condition de ne pas avoir été dictée par l'égoïsme. Cela autorise l'altruiste à agir et oblige ses victimes à tout supporter. Les chefs des mouvements collectivistes ne demandent jamais rien pour eux-mêmes, mais observez les résultats.

» Prenez maintenant une société édifiée sur le principe de l'individualisme, ce pays, le nôtre. Le pays le plus noble dans toute l'histoire du monde. Le pays des entreprises les plus grandioses, de la plus grande prospérité, de la plus grande liberté. La société n'y avait pas été basée sur la servitude, le sacrifice, le renoncement et autres principes d'altruisme, mais sur le droit de l'homme d'aspirer au bonheur. A son bonheur à lui et non à celui de quelqu'un d'autre. Un but privé, personnel, égoïste. Regardez donc les résultats et faites un examen de conscience.

» C'est un conflit vieux comme le monde. Les hommes se sont parfois approchés de la vérité, mais chaque fois ils ont échoué près du but et les civilisations ont disparu les unes après les autres. La civilisation n'est rien d'autre que le développement de la vie privée. L'existence tout entière du sauvage se déroule en public, commandée par les lois de la tribu. La civilisation n'a d'autre but que de libérer l'homme de l'homme.

» Or dans notre pays, en ce moment, le collectivisme, la loi des êtres de seconde zone et de second ordre, a brisé ses entraves et se déchaîne. Il a amené l'homme à un état d'abaissement intellectuel jamais atteint sur la terre, aboutissant à des horreurs sans précédent. Il a empoisonné la plupart des esprits, avalé la plus grande partie de l'Europe, commence à gagner notre patrie.

» Je suis architecte. Je sais ce à quoi nous sommes en droit de nous attendre, étant donné les principes sur lesquels le collectivisme est construit. Nous approchons d'un temps où il ne me sera plus permis de vivre.

» Vous savez maintenant pourquoi j'ai détruit Cortland.

» Je l'ai conçu, je vous l'ai donné, je l'ai détruit.

» Je l'ai détruit, car il ne m'était pas possible de le laisser debout. C'était deux fois un monstre, par la forme et par l'intention. Il m'a fallu détruire l'un et l'autre. La forme fut mutilée par deux de ces parasites qui s'étaient octroyé le droit d'améliorer une œuvre dont ils n'étaient pas les auteurs et qu'ils n'auraient pu égaler. Et on les laissa faire sous le prétexte que le but altruiste du bâtiment surpassait toutes autres considérations. Que pouvais-je opposer à cela?

» J'avais accepté de faire le projet de Cortland pour la joie de le voir bâtir tel que je l'avais conçu et pour aucune autre raison. C'était là le prix que j'avais demandé pour mon travail. Il ne me fut pas payé.

» Je ne jette pas le blâme sur Peter Keating. Il était sans défense. Il avait un contrat avec l'Etat, ce contrat fut ignoré. Il avait reçu la promesse que le building serait érigé selon les plans du projet, cette promesse fut brisée. L'amour d'un homme pour son travail et son droit à le protéger sont actuellement considérés comme des notions vagues et confuses, ainsi que vous l'a dit tout à l'heure Monsieur le Procureur. Et maintenant, pour quelle raison le building dont je vous parle fut-il défiguré? Sans raison. De tels actes ne sont jamais motivés, excepté par la vanité de quelques parasites qui se sentent des droits sur la propriété des autres, qu'elle soit matérielle ou spirituelle. Et qui leur a permis d'agir ainsi? Personne en particulier parmi les nombreuses autorités. Personne ne s'est donné la peine d'autoriser cela ou de l'empêcher. Personne n'est responsable. Telle est la caractéristique de toute action de la collectivité.

» Je n'ai pas reçu pour mon travail le paiement que j'avais demandé. Les propriétaires de Cortland, eux, avaient reçu de moi ce qu'ils demandaient. Ils voulaient un projet leur permettant de construire aussi bon marché que possible. Personne encore ne leur avait donné satisfaction. J'y parvins. Il prirent ce que je leur donnais et ne voulurent rien me donner en retour. Mais moi je ne suis pas un altruiste et je ne fais pas de dons de ce genre.

» On a dit que j'avais détruit le futur home des déshérités, mais sans moi les déshérités n'auraient pas eu ce home-là. On a dit aussi que la pauvreté des futurs locataires leur donnait des droits sur mon travail. Que leurs besoins exigeaient de moi certaines concessions, qu'il était de mon devoir de contribuer à leur donner du bien-être. C'est là le credo des parasites qui actuellement régissent le monde.

» Je tiens à déclarer que je ne reconnais à personne des droits sur une seule minute de ma vie, ni sur mon énergie, ni sur mes œuvres, quels que soient ceux qui se réclament de ce droit, si nombreux soient-ils, si grands soient leurs besoins.

» Je tiens à déclarer ici que je ne suis pas un homme qui existe en fonction des autres.

» C'est une chose qui devait être dite, car le monde périt d'une orgie de sacrifice de soi-même.

» Je tiens à déclarer aussi que l'intégrité de l'œuvre d'un artiste est plus importante que son but charitable. Ceux d'entre vous qui ne comprennent pas cela font partie de cette humanité qui est en train de détruire le monde.

» Je suis heureux d'avoir pu déclarer ici mes principes. Je ne puis en accepter d'autres.

» Je ne me reconnais envers les hommes aucune obligation autre que celle-ci : respecter leur indépendance comme j'exige qu'ils respectent la mienne et ne jouer aucun rôle dans une société d'esclaves. Et si je suis condamné, cela voudra dire que mon pays n'est plus ce qu'il était. Et c'est à lui que je dédierai les années que je passerai en prison. Je les lui offrirai en témoignage de gratitude et d'admiration pour ce qu'il a été. Et mon refus de vivre et de travailler dans le monde tel qu'il est sera de ma part un acte de loyalisme.

» Ces années de prison, je les accomplirai aussi pour chaque créateur qui eut à souffrir des forces mauvaises qui m'obligèrent à détruire Cortland. En souvenir de chaque heure de solitude, d'échec, de découragement qu'il fut amené à supporter, et de la dure bataille qu'il livra. Pour tous les créateurs dont les noms sont célèbres et pour tous ceux qui luttèrent et succombèrent, inconnus. Pour tout créateur dont on essaya de détruire l'âme et le corps. Pour Henry Cameron, pour Steven Mallory. Et pour un homme qui ne me pardonnerait pas de le nommer, mais qui est dans cette salle et qui sait que c'est à lui que je m'adresse. »

Roark se tenait debout, les jambes écartées, les bras aux côtés, la tête rejetée en arrière, dans cette position qui lui était familière devant un building en construction Et lorsqu'il se rassit à la table de la défense, bien des personnes dans la foule gardèrent dans leur mémoire le souvenir de cet homme dressé là devant eux.

Cette vision les hanta tout au long de la longue discussion juridique qui suivit. Ils entendirent le juge déclarer au procureur général que le défendeur avait adopté un système de défense peu habituel. Il avait reconnu son acte, mais nié toute culpabilité. La question de l'irresponsabilité par folie momentanée fut soulevée; on laissa au jury le soin de décider si le défendeur comprenait la nature et la valeur de son acte et si, dans ce cas, il se rendait compte que cet acte était répréhensible. Le procureur ne souleva aucune objection. Il était persuadé que la cause était entendue. Il prononça sa péroraison. Personne ne se souvint de ce qu'il venait de dire. Le juge donna ses instructions au jury. Le jury se leva et se retira pour délibérer.

Les gens commencèrent à se lever, à quitter leur place, sans hâte, s'attendant à ce qu'il fallût attendre des heures avant de connaître la décision du jury. Wynand au fond de la salle, Dominique, sur le devant, n'avaient pas bougé.

Un huissier s'approcha de Roark pour l'escorter. Roark était debout près de la table de la défense. Ses yeux cherchèrent ceux de Dominique, puis ceux de Wynand. Se détournant, il suivit l'huissier.

Il arrivait à la porte lorsqu'un bruit se fit entendre, auquel succéda le plus profond silence. Un coup venait d'être frappé de l'intérieur de la pièce où s'était retiré le jury, signifiant que celui-ci avait rendu son verdict.

Les gens qui étaient debout s'immobilisèrent, pétrifiés, tandis que le juge reprenait sa place. Le jury rentra dans la salle.

– Accusé, levez-vous et faites face au jury, dit le greffier.

Howard Roark fit un pas en avant et se trouva devant les jurés. Au fond de la salle, Gail Wynand, lui aussi, se leva.

– Monsieur le Président, avez-vous prononcé un verdict?

– Oui.

– Quel est-il?

– Non coupable.

Le premier mouvement de Roark ne fut pas de regarder vers la fenêtre, ni vers Dominique. Il regarda Wynand.

Wynand se détourna brusquement et sortit. Il fut le premier à quitter la salle.

4.19

Roger Enright racheta au gouvernement l'emplacement, les plans et les ruines de Cortland. Il fit entièrement déblayer jusqu'aux fondations. Puis il confia à Howard Roark le soin de reconstruire. Confiant le travail à un unique entrepreneur, suivant à la lettre la stricte économie des plans, Enright parvint à établir des loyers extrêmement bas tout en gardant pour lui-même un bénéfice confortable. On ne posa, aux personnes qui désiraient s'installer à Cortland, aucune question au sujet de leurs revenus, de leurs occupations ou du nombre de leurs enfants. Cortland était ouvert à quiconque désirait l'habiter, même si le futur locataire était en mesure d'assumer un loyer plus élevé.

A la fin du mois d'août, Gail Wynand obtint le divorce. La partie adverse n'avait pas fait opposition et Dominique n'était pas présente à la brève audience. Wynand avait l'expression d'un homme qui passe en cour martiale, tandis qu'il écoutait la description froidement cynique, en jargon juridique, du déjeuner à Monadnock Valley de Mrs. Gail Wynand avec Howard Roark. La cour flétrit publiquement sa femme, l'assura de sa sympathie et lui remit un papier qui était un passeport de liberté pour toutes les années et pour toutes les soirées solitaires qui s'étendaient devant lui.

Ellsworth Toohey, qui avait soumis son cas au syndicat, remporta la victoire. Wynand reçut l'ordre de le réintégrer à son poste.

L'après-midi du même jour, la secrétaire de Wynand téléphona à Toohey et l'informa que Mr. Wynand priait Mr. Toohey de reprendre son travail le soir même, avant neuf heures. Toohey souriait en reposant le récepteur.

Toohey souriait encore en pénétrant, ce soir-là, dans les bâtiments de *L'Etendard*. Il s'arrêta à la rédaction, saluant les uns, serrant la main des autres, faisant des remarques spirituelles sur les films en cours, et prenant un air naïvement étonné, comme s'il ne pouvait comprendre pourquoi on lui faisait une réception aussi triomphale.

Puis il se dirigea en flânant vers son bureau, mais, arrivé devant la porte ouverte, il s'arrêta court, furieux contre lui-même d'avoir laissé deviner sa surprise. Wynand se tenait sur le seuil.

– Bonsoir, Mr. Toohey, dit Wynand doucement. Entrez.

– Hello, Mr. Wynand, dit Toohey aimablement, rassuré de sentir que ses lèvres souriaient et que ses jambes lui obéissaient.

Il pénétra dans la pièce et s'arrêta, hésitant. Rien n'avait changé dans son bureau. La machine à écrire était à sa place et l'on avait posé sur la table une rame de papier. Mais la porte restait ouverte et Wynand était toujours là, adossé aux montants de la porte.

– Installez-vous à votre bureau, Mr. Toohey. Mettez-vous au travail. La loi est la loi.

Toohey fit un léger signe d'acquiescement, traversa la pièce, et s'installa à sa table. Il posa ses mains sur la surface lisse, les paumes fermement appuyées, puis les laissa retomber sur ses genoux. Il prit un crayon, en examina la pointe, puis le reposa.

Wynand éleva lentement son poignet à la hauteur de sa poitrine, les yeux fixes sur sa montre-bracelet.

– Neuf heures moins dix, dit-il. Vous voilà réintégré dans votre poste, Mr. Toohey.

– Et j'en suis heureux comme un enfant. Franchement, Mr. Wynand, je ne devrais peut-être pas le dire, mais mon travail m'a terriblement manqué.

Wynand ne faisait pas mine de se retirer. Il était nonchalamment appuyé à la porte, les bras croisés sur la poitrine, tenant ses coudes entre ses mains. Une lampe de bureau coiffée de vert était allumée, mais dehors il faisait encore jour. Des bandes d'un brun très doux rayaient le ciel pâle. Il y avait quelque chose d'étrangement triste dans la lumière que donnait la lampe de bureau, à la fois prématurée et trop faible. Le bureau était vivement éclairé, mais l'ombre gagnait les angles de la pièce et le seuil de la porte sur lequel se dressait Wynand.

L'abat-jour de verre tinta faiblement et Toohey reconnut la vibration qui lui était familière : les rotatives marchaient. Il se rendit compte qu'il les entendait depuis un moment déjà. C'était un bruit réconfortant, sûr, vivant. Les pulsations du journal... de ce journal qui transmettait les pulsations du monde. Une longue suite régulière de gouttes tombant à une cadence égale, de billes roulant toutes dans la même direction, si pareilles aux battements d'un cœur humain.

Toohey laissa errer son crayon sur une feuille de papier, puis réfléchit que la feuille était violemment éclairée et que Wynand pouvait parfaitement s'apercevoir qu'il traçait avec son crayon un nénuphar, une théière, le profil d'un homme barbu. Il jeta le crayon et fit une légère moue. Ouvrant un tiroir, il examina attentivement une pile de papier carbone et des boîtes de clips. Il ne comprenait pas très bien ce qu'on attendait de lui. Il ne pouvait se mettre à écrire un article ainsi tout d'un coup. Il s'était demandé pourquoi on l'avait prié de reprendre son poste le même soir avant neuf heures, mais il avait supposé que c'était une manière pour Wynand d'adoucir sa défaite en en faisant plus qu'il n'était nécessaire, et il n'avait pas discuté.

Les rotatives tournaient toujours. Toohey n'entendait plus rien d'autre et se disait qu'il serait absurde de garder une attitude si Wynand était parti, mais plus absurde encore de regarder vers la porte s'il était encore là.

Au bout d'un moment, il n'y tint plus et se retourna. Wynand était toujours là. La lumière touchait de blanc ses longs doigts refermés sur son bras et son front élevé. C'était le front qui intéressait Toohey. Non, il n'était barré par aucune ride. Les yeux formaient deux ovales blancs à peine visibles dans les traits anguleux du visage. Ils étaient dirigés vers Toohey, mais Toohey n'y put lire aucune indication.

Toohey dit soudain :

– Vraiment, Mr. Wynand, il n'y a pas de raison pour que vous et moi ne finissions pas par nous entendre.

Wynand ne répondit rien.

Toohey prit une feuille de papier et la plaça dans la machine. Il se mit à en considérer le clavier, tenant son menton entre deux doigts ainsi qu'il le faisait quand il se préparait à écrire un paragraphe. Le cercle de métal de chaque lettre brillait sous la lampe.

Les rotatives s'arrêtèrent.

Toohey sursauta, involontairement, avant même de comprendre pourquoi. Son subconscient de journaliste savait bien que les machines ne s'arrêtent pas ainsi.

Wynand regardait sa montre-bracelet.

– Il est neuf heures, dit-il. Vous êtes sans travail, Mr. Toohey. *L'Etendard* a fini de vivre.

Toohey sentit sa propre main tomber sur le clavier de la machine. Les leviers s'embrouillèrent les uns dans les autres avec un bruit métallique et le chariot fit un léger bond en avant.

Toohey ne dit pas un mot, mais son visage devait parler pour lui car il entendit Wynand lui répondre :

– Oui, vous avez travaillé ici pendant treize ans... Oui, je les ai tous achetés, Mitchell Layton inclus, il y a deux semaines... Non, à la rédaction ça ne se savait pas... à l'imprimerie, oui.

Toohey se détourna. Prenant un clip il le posa sur la paume de la main puis la retournant laissa tomber le clip, observant non sans un vague étonnement la loi inexorable qui faisait que ce clip devait tomber.

Il se leva et regarda Wynand. Celui-ci penchait légèrement la tête de côté. L'expression de son visage était dépouillée comme si tout était devenu simple et qu'il ne fût plus nécessaire d'élever une barrière entre Toohey et lui. Sur ses lèvres se dessinait un sourire douloureux et presque humble.

– Ainsi finit *L'Etendard*..., dit-il. Il m'a semblé indiqué de passer cet instant en votre compagnie.

De nombreux journaux cherchèrent à s'assurer les services d'Ellsworth Monkton Toohey. Il choisit *Le Courrier*, un journal de bon ton et de politique incertaine.

Le soir du premier jour qu'il passa à son nouveau poste, Ellsworth Toohey, juché sur le bureau d'un rédacteur adjoint, parlait de Mr. Talbot, le propriétaire du *Courrier*, qu'il connaissait peu.

– Mais Mr. Talbot en tant qu'homme ? demandait Ellsworth Toohey. Quelles sont les choses auxquelles il tient particulièrement, desquelles il ne peut se passer ?

Dans un des studios de la radio, de l'autre côté du hall, quelqu'un faisait un essai. « Le temps, disait une voix solennelle, poursuit son cours. »

Roark, installé à sa table à dessin, travaillait. La ville, par-delà les murs de verre, avait quelque chose de lustré, l'air, par ces premiers froids d'octobre, étant d'une exceptionnelle transparence.

Le téléphone sonna. Roark s'arrêta de dessiner avec un mouvement d'impatience. Il avait donné l'ordre de ne jamais le déranger lorsqu'il travaillait. Se dirigeant vers son bureau, il décrocha le récepteur.

— Mr. Roark, dit sa secrétaire d'un ton extrêmement sérieux qui était une excuse pour un ordre bravé, Mr. Gail Wynand demande s'il vous serait possible de vous rendre à son bureau demain après-midi à quatre heures.

Il y eut un silence de plusieurs secondes.

— Est-il à l'appareil? demanda Roark.

La secrétaire comprit que ce n'était pas le téléphone qui donnait à Roark une voix si changée.

— Non, Mr. Roark. C'est la secrétaire de Mr. Wynand qui téléphone.

— Oui, oui, dites-lui que oui.

Roark retourna à sa table de travail et se mit à examiner ses croquis. Et il comprit qu'il allait, pour la première fois de sa vie, déserter. Il lui était impossible de continuer à travailler. Le soulagement et l'espoir lui étaient trop lourds à supporter.

Lorsque Roark approcha de ce qui avait été le building de *L'Etendard*, il vit que l'enseigne en avait été enlevée. Rien ne l'avait remplacée. On voyait à sa place un rectangle décoloré. Il savait que le building ne contenait plus maintenant que les bureaux du *Clairon* et des enfilades de pièces vides. *Le Clairon*, un journal de troisième ordre, restait l'unique représentant du trust Wynand à New York.

Roark se dirigea vers l'ascenseur. Il fut heureux d'en être l'unique occupant. Il éprouva un soudain et violent sentiment de propriétaire envers cette petite cage d'acier qui lui était si familière. Il l'avait retrouvée, elle lui était rendue. L'intensité du soulagement qu'il éprouva lui révéla l'intensité de la souffrance qu'il avait endurée. Une souffrance très particulière qui ne ressemblait à rien de ce qu'il avait éprouvé jusqu'alors.

Mais lorsqu'il pénétra dans le bureau de Wynand, il comprit qu'il lui fallait accepter cette souffrance et s'en charger pour toujours, qu'il ne pouvait espérer aucun adoucissement. Wynand était assis derrière son bureau et se leva lorsque Roark entra, le regardant droit dans les yeux. Mais son visage était plus que celui d'un étranger. Un visage inconnu est une énigme que l'on peut s'efforcer, et parfois avec succès, de déchiffrer; mais Roark avait devant lui un visage bien connu qui s'était refermé et ne se livrerait jamais plus. Un visage sur lequel ne se lisait pas la douleur du renoncement, mais quelque chose qui avait dépassé cette douleur. Un visage calme et secret, plein de dignité, qui suggérait, plutôt qu'un être vivant, ces figures médiévales que l'on voit sculptées sur les tombeaux et qui parlent de grandeur passée.

— Mr. Roark, cet entretien est indispensable, mais extrêmement pénible pour moi. Veuillez, je vous prie, ne pas me le rendre plus difficile encore.

Roark comprit que le dernier acte de bonté qu'il pouvait accomplir en faveur de Wynand était de ne rien lui demander. Il savait que l'homme qui était là devant lui s'effondrerait s'il l'appelait simplement : Gail.

Il se contenta de répondre :

— Bien, Mr. Wynand.

Wynand prit quatre feuilles dactylographiées et les tendit à Roark par-dessus son bureau.

— Voulez-vous, je vous prie, lire ceci et le signer, si vous êtes d'accord.

— Qu'est-ce donc ?

— Le contrat par lequel vous vous engagez à faire construire le Wynand Building.

Roark posa les papiers sur le bureau. Il lui était insupportable de les tenir à la main, de les regarder.

— Ecoutez-moi bien, Mr. Roark. Il faut que tout ceci soit très clair. J'ai l'intention d'entreprendre la construction du Wynand Building immédiate-ment. Je désire que ce soit le plus haut gratte-ciel de New York. Ne m'objec-tez pas que le moment est mal choisi. Je veux faire construire. Et ce building aura son utilité... ce qui est tout ce qui vous intéresse. Il abritera les bureaux du *Clairon* ainsi que ceux des nombreuses entreprises Wynand qui sont dis-séminées dans toute la ville. Le reste sera loué. Je dispose encore de suffi-samment de crédit pour vous le garantir. Vous n'avez donc pas à redouter d'élever un building dépourvu de toute utilité. Je vous enverrai un rapport détaillé sur tout l'aménagement intérieur. Pour le reste, je m'en rapporte à vous. Vous dessinerez ce building comme il vous plaira. Les décisions que vous prendrez seront sans appel. Elles n'auront pas besoin, pour être exé-cutées, de recevoir mon approbation. Vous aurez la direction de tout et la plus complète autorité. Tout cela est d'ailleurs notifié dans le contrat. Mais qu'il soit bien entendu que je n'aurai pas à vous revoir. J'aurai un représen-tant pour tout ce qui concerne les questions techniques ou financières. C'est avec lui que vous traiterez, et que vous discuterez de toutes choses. Faites-lui savoir quels sont les entrepreneurs auxquels vous donnez la préférence. Si, dans certains cas, vous trouvez nécessaire d'en référer à moi, faites-le par l'intermédiaire de mon représentant. Vous ne devez pas vous attendre à me revoir, ni faire aucun effort dans ce sens. Si vous vous sentez disposé à accep-ter ces conditions, veuillez prendre connaissance de ce contrat et le signer.

Roark prit une plume et signa sans rien lire.

— Mais vous ne l'avez pas lu, dit Wynand.

Roark jeta la feuille sur le bureau.

— Veuillez, je vous prie, signer également l'autre exemplaire.

Roark s'exécuta.

— Merci, dit Wynand qui à son tour signa les deux exemplaires, en tendit un à Roark et mit l'autre dans sa poche.

— Je ne vous ai pas parlé du côté financier d'une telle entreprise. Ce n'est un secret pour personne que ce qu'on appelait l'empire Wynand n'existe plus. Cependant il est encore sain et fort partout ailleurs qu'à New York et il durera autant que moi. Mais il finira avec moi. J'ai l'intention d'en liquider la plus grande partie. Vous n'avez donc aucune raison de vous sentir limité par des questions d'argent dans le projet que vous ferez de ce building. Vous avez, à ce sujet, toute liberté. Ce building subsistera bien longtemps après que mes journaux auront disparu.

– Bien, Mr. Wynand.

– Je suis persuadé que vous tiendrez à serrer le budget d'aussi près que possible, mais il n'est pas nécessaire de prendre en considération le remboursement du capital engagé. Cet argent n'ira à personne.

– Bien, Mr. Wynand.

– Si vous pensez à ce qui se passe dans le monde actuellement et au désastre au-devant duquel nous allons, il peut vous sembler absurde d'entreprendre une telle chose. L'âge des gratte-ciel est passé. Nous en sommes maintenant à l'ère des habitations à bon marché qui est toujours le prélude de l'âge des cavernes. Mais je sais qu'un geste de protestation contre le monde entier ne vous fait pas peur. Et si ce building est le dernier gratte-ciel construit à New York, tant mieux. Ce sera la dernière chose que j'aurai accomplie sur cette terre, avant que l'humanité ne se détruise elle-même.

– L'humanité ne se détruira jamais, Mr. Wynand. C'est une chose qu'elle ne doit même pas penser, pas tant qu'elle accomplira de pareilles choses.

– Pareilles à quoi ?

– Au Wynand Building.

– Je vous en laisse le soin. Les choses mortes, telles que *L'Etendard*, ne sont que l'engrais financier qui rendra sa construction possible.

Il sortit de sa poche le contrat, le plia avec soin et le mit, d'un geste précis, dans une poche intérieure. Puis il reprit, sans que le ton de sa voix eût changé :

– Je vous ai dit une fois que ce building serait un monument que j'élèverai à ma propre vie. Je n'ai maintenant plus rien à commémorer. Le Wynand Building n'aura rien d'autre en lui que ce que vous y mettrez.

Il se leva pour indiquer que l'entretien était terminé. Roark se leva à son tour et inclina la tête, peut-être un peu plus longtemps que la simple politesse ne le demandait.

A la porte, il s'arrêta et se retourna. Wynand était toujours derrière son bureau, immobile. Tous deux se regardèrent.

Et Wynand dit encore :

– Construisez-le comme un monument à cet esprit qui est le vôtre... et qui aurait pu être le mien.

4.20

Par un jour de printemps, dix-huit mois plus tard, Dominique se rendait sur les chantiers du Wynand Building.

Capricieusement dispersés, les gratte-ciel s'élevaient au-dessus des toits. Il y avait en eux un tel jaillissement qu'il semblait à Dominique qu'ils venaient de sortir de terre et qu'elle les avait surpris à cet instant même. Peut-être que si elle détournait la tête et se retournait assez vite, elle les surprendrait en train de jaillir.

Elle tourna à l'angle d'une rue de Hell's Kitchen et déboucha sur le vaste emplacement qui y avait été dégagé.

Des machines creusaient la terre, préparant le parc futur. Au centre d'une immense esplanade se dressait le Wynand Building, plongeant en plein ciel. La partie la plus élevée du building n'avait pas encore reçu son revêtement de maçonnerie et offrait aux regards son squelette d'acier.

« On dit qu'au centre de la terre, pensa Dominique, couve, emprisonné, un grand feu silencieux. Mais ce feu parfois brise sa prison de glaise, de fer et de granit pour produire une chose telle que ce building. »

Elle se dirigea vers le bâtiment. Une palissade entourait les étages inférieurs; elle était gaiement bariolée de larges affiches de publicité de toutes les maisons qui avaient contribué à l'érection du plus grand gratte-ciel du monde. « L'acier de la Nationale S.A. », « Le verre de Ludlow », « L'équipement électrique par Wells-Clairmont », « Les ascenseurs par Kessler S.A. », « Nash et Dunning, entrepreneurs ».

Dominique s'arrêta, effleurée par une pensée légère, comme si une main s'était posée sur son front, la main d'un de ces êtres de légende qui avaient le pouvoir de guérir. Dominique n'avait pas connu Henry Cameron et ne savait pas qu'il avait prononcé un jour les mots qui lui vinrent à l'esprit : « Et je sais que si vous tenez bon jusqu'au bout, Howard, ce sera la victoire, pas seulement pour vous, mais le triomphe de quelque chose qui est plus grand que tout, qui mène le monde... mais que les hommes se refusent à reconnaître. Et vous vengerez ainsi tous ceux qui sont tombés sur la route que vous suivez et qui ont souffert comme vous souffrirez. »

Sur une petite plaque d'acier fixée à la palissade, on lisait :

Howard Roark – Architecte

Dominique se dirigea vers le bureau du surveillant des travaux. Il la connaissait bien, car elle venait souvent sur les chantiers; mais il y avait là un remplaçant qui lui répondit, lorsqu'elle demanda où était Roark :

– Mr. Roark est tout en haut du building, près de la citerne. De la part de qui, madame ?

– Mrs. Roark, répondit Dominique.

L'homme, aussitôt, partit à la recherche du surveillant qui l'autorisa à prendre, ainsi qu'elle le faisait toujours, le monte-charge extérieur qui montait jusqu'au sommet du gratte-ciel, et qui se composait de quelques planches, bordées de corde en guise de garde-fou.

Dominique planta fermement ses pieds sur les planches et, levant les bras, referma les mains sur un câble. Les planches frémirent, un courant d'air violent moula ses vêtements sur son corps et elle se mit à s'élever doucement au-dessus du sol.

Elle dépassa d'abord les larges baies vitrées des magasins. Les canaux des rues se firent plus profonds. Elle s'élevait maintenant au-dessus des marquises des cinémas, taches sombres ourlées de spirales de couleur. Des fenêtres de bureaux ruisselèrent en longues chutes égales. Les toits trapus des entrepôts s'enfoncèrent sur les trésors qu'ils gardaient. Des tours s'élancèrent comme un éventail qu'on ouvre, puis disparurent. Ces allumettes fumantes étaient des cheminées d'usines et ces petites taches grises et mouvantes, des autos. Le soleil transformait les tours les plus élevées en phares qui, absorbant la lumière, la renvoyaient à la ville en longs rayons lumineux. La cité s'étageait en marches irrégulières entre les deux bras minces et sombres du fleuve; elle se fondait dans les bords dans une brume de plaine et de ciel.

Des toits descendaient comme abaissés par une pédale, tandis que Dominique continuait sa marche ascendante. Elle monta au-dessus de larges baies qui contenaient des salles à manger, des chambres à coucher, des nurseries. Elle vit flotter sur les toits plats des jardins, comme des mouchoirs qu'on agite dans le vent. Des gratte-ciel furent à sa hauteur puis elle les dépassa eux aussi, ainsi que les antennes d'une station de radio.

Le monte-charge se balançait comme un pendule au-dessus de la ville, au flanc du building. Il avait dépassé l'étage où s'arrêtait le revêtement de maçonnerie. Dominique n'avait plus autour d'elle que des poutrelles d'acier et l'espace illimité. Elle sentait l'altitude faire chanter ses oreilles. Le soleil l'aveuglait. L'air frappait contre son visage levé.

Elle vit Roark au-dessus d'elle sur la plus haute plate-forme du Wynand Building, qui lui faisait de grands signes.

A l'horizon l'océan apparaissait. Il montait tandis que la ville descendait. Dominique dépassa les plus hauts gratte-ciel des banques, les coupoles du palais de justice, les flèches des églises.

Et il n'y eut plus devant elle que le ciel, l'océan, et Howard Roark.

Table

I

DOMINIQUE

II

HOWARD ROARK

Cet ouvrage a été imprimé par
CPI Firmin Didot à Mesnil-sur-l'Estrée
pour le compte des Éditions Plon
76, rue de Bonaparte
Paris 6ᵉ
en décembre 2010

Dépôt légal : mai 1997
N° d'édition : 12819 – N° d'impression : 103050
Imprimé en France